译文名著精选

YIWEN CLASSICS

魔山 ㊤

〔德〕托马斯·曼 著 钱鸿嘉 译

Thomas Mann

Der Zauberberg

上海译文出版社

图书在版编目(CIP)数据

魔山/(德)托马斯·曼著;钱鸿嘉译. —上海:
上海译文出版社,2019.3(2025.3重印)
(译文名著精选)
ISBN 978-7-5327-8052-5

Ⅰ.魔… Ⅱ.①托… ②钱… Ⅲ.长篇小说—德
国—现代 Ⅳ.I516.45

中国版本图书馆CIP数据核字(2019)第021184号

Thomas Mann
Der Zauberberg

魔山
〔德〕托马斯·曼 著 钱鸿嘉 译
责任编辑/杨懿晶 装帧设计/张志全工作室

上海译文出版社有限公司出版、发行
网址:www.yiwen.com.cn
201101 上海市闵行区号景条路159弄B座
上海景条印刷有限公司印刷

开本 890×1240 1/32 印张 26.75 插页 4 字数 661,000
2019年3月第1版 2025年3月第7次印刷
印数:21,001—24,000册

ISBN 978-7-5327-8052-5
定价:78.00元(上下册)

译本序

《魔山》是德国大文豪托马斯·曼震撼世界文坛的力作，是德国现代小说的里程碑。

美国著名作家辛克莱·刘易斯对《魔山》的评价很高，他于一九三〇年看了这部书后曾说："我觉得《魔山》是整个欧洲生活的精髓。"确实，它不愧为反映第一次世界大战前夕欧洲社会生活的百科全书。

一九二九年托马斯·曼获诺贝尔文学奖，《魔山》起了决定性作用，这是评论界公认的事实。

关于托马斯·曼，我国读者并不陌生。他是现代德国文坛上继往开来的大师。近年来，我国文化界陆续出版了他的一些名作，例如《托马斯·曼中短篇小说选》、《大骗子克鲁尔的自白》和《绿蒂在魏玛》等。他那现实主义和现代主义相结合的写作技巧，在读者心中留下了深刻难忘的印象，而贯穿每部或每篇小说的人道主义精神和民主思想，又使我们受到感染，获得启迪。他以犀利的笔触鞭挞权贵，嘲讽某些人的伪善与自私，而对正直的人民群众则寄予同情与希望。他以作家的良知卫护艺术的尊严，对那些扼杀艺术、毁灭艺术家的行为痛心疾首。由于他受叔本华和尼采等人哲学思想的影响，某些作品固然流露出一定的颓废情绪和消极思想，但总的基调无疑是健康向上的，有深刻的社会意义和认识价值。

一九一二年五月至六月，托马斯·曼的妻子卡塔林娜因肺部染疾，在瑞士达沃斯肺病疗养院住了三星期左右，他也陪同前往。在此期间，作家对疗养院的各种生活和各色人物作了精心观察，《魔山》的素材即由此而得。他从一九一二年开始执笔写这部巨著，一九一四年由于第一次世界大战爆发，不得不中断写作。以后历尽艰苦，时断时续，终于在一九二四年问世。一九一五年，他在给奥地利语文学家保罗·阿曼的信中曾谈起《魔山》的写作缘起："我在战前不久开始写一部中篇小说——一个具有教育和政治意图的故事。情节发生在山中的一所肺病疗养院里，在这里，一个年轻人遇到了极大的诱惑，遇到了死亡，并且滑稽而可怕地经历了人道与浪漫主义、进步与反动、健康与疾病的矛盾。但与其说是为了要解决什么，倒不如说是为了理解和获得认识。这一切具有幽默的虚无主义精神。”[①]不过在以后写作过程中，中篇扩展成为一部长篇小说，信中所说“幽默”的性质也丧失殆尽，而主题却大大深化了。以后，托马斯 · 曼进一步提出了战时和战后年代的政治事件和社会生活引起的种种新问题，从而赋予这部巨著以新的色彩和生命力。

上面已经说过，《魔山》是以瑞士一座著名的国际疗养院为背景的。疗养院里住着各色各样的人物，有刚毅正直、日夜盼望下山回联队的德国军人约阿希姆，有乐天知命、嗜酒成性的荷兰富商明希尔 · 皮佩尔科尔恩，有酷爱自由、不拘小节的俄国女人肖夏太太，有愚昧无知、专爱自吹自擂和卖弄风情的斯特尔夫人，有学识渊博、以人类进步为己任的意大利人文主义者塞塔姆布里尼，还有口若悬河、愤世嫉俗的犹太人纳夫塔，他对欧洲的一切现存秩序嗤之以鼻，竭力鼓吹战争的正义性和必要性……我们的主人公汉斯 · 卡斯托尔普就是生活在这群人中间，同他们混日子，打交道。他是汉堡一名见习工程师，本是以“客人”身份上山来探望他表哥约阿希姆的，想不到自己也染上了肺结核，一住七年，经受了生活的甜酸苦辣和疗养院里的风风雨雨。七年里，他怀着沉痛的心情眼看许多男女病友悄然去世，其中也包括亲爱的表哥。七年里，他学习到许多学校和社会看不到的东西，了解“精神分析法”是怎么一回事，还参加了招魂会一类的把戏，悠悠晃晃看到了表哥的亡魂。他探究宇宙的奥秘和疾病与死亡之谜，对人生的各种问题进行了深刻的内省。妩媚的肖夏太太激起他初恋的热情，在狂欢节之夜，他终于跪在她面前，向她倾吐自己的衷曲；可她却对他不冷不热，若即若离，不久就下山离他而去。数年后肖夏太太回疗养院，身边伴着的是荷兰富商皮佩尔科尔恩，这不由使汉斯 · 卡斯托尔普妒火中烧，但经过一番波折，这三

---

① 见《托马斯 · 曼给保罗 · 阿曼的信（1915—1952）》，吕贝克，1959 年版，第 29 页。

个人终于结成亲密的友谊。在疗养院漫长而无聊的岁月里，人文主义者塞塔姆布里尼经常苦口婆心地教育他，要他有独立思考能力，不受耶稣会会士纳夫塔的异端邪说所蛊惑，而纳夫塔也竭力向他说教，希望能争取他到自己这边来。这两个对手经常唇枪舌剑，最后到水火不相容的地步，他们终于提出决斗。一声枪响，纳夫塔倒在地上，他自杀了。不久，第一次世界大战的炮声隆隆响起，疗养院里的病人纷纷下山，汉斯·卡斯托尔普穿起戎装、在枪林弹雨中向前挺进——故事就在硝烟弥漫的战场上结束。

在这部近七十五万字的巨著里，托马斯·曼绘声绘色地刻画了各色各样的人物，描写了他们颓废腐朽的生活方式和精神面貌，指出这些人不但身体上患有痼疾，而且思想上也病入膏肓。对于某些知识分子，作者也写得很有分寸，既指出他们正直、热情、追求光明等积极的一面，也揭露他们的弱点和致命伤。至于那些流行于当时欧洲的各种思潮和社会现象（例如弗洛伊德学说的传播，招魂术的兴起等），作者也用了相当多的篇幅，通过具体事例栩栩如生地反映出来。作者本人认为这部作品有双重意义，说它既是一部“时代小说”，又是一部“教育小说”。

关于《魔山》究竟是一部批判现实主义小说抑或是“现代派”小说，历来众说纷纭，莫衷一是。许多评论家倾向于前一种观点，认为托马斯·曼从疗养院的各种病态现象中看出了资本主义社会的本质，作者爱憎分明，通过各种人物形象，以批判的眼光鞭挞这一腐朽没落的社会制度。例如德国当代作家埃伯尔哈尔德·希尔歇尔在《论托马斯·曼》一书中，对《魔山》作了这样的评价：

“托马斯·曼的《魔山》是一部批判现实主义小说，它同时具有三重象征内容：首先，我们在《魔山》中看到后期资产阶级社会的象征。《布登勃洛克一家》的资产阶级腐朽没落问题，不但在这里以新的生活形态重复出现，而且场景有所扩展……在山庄疗养院的狭小天地里，我们看到了来自世界各国的各种人物，既有许多德国人和俄国人，又有斯堪的纳维亚人和其他欧洲人，他们优哉游哉，无所事事，在作者心目中，这批人无疑是冈察洛夫笔下的奥勃洛摩夫。这个圈子里的人没有工作，没有职业，没有配偶，没有家庭，没有子女，没有政治的和经济的生活现实。总之，这个培养疾病的豪华大饭店里，住的全是那些不从事生产劳动的社会阶层的人。”①

某些评论家对此持有不同看法，他们认为《魔山》是一部现代派小说，理由是托马斯·曼是一个现代派作家，在此书中又运用大量意识流及时空交错等写作技巧，内容主要涉及个人的命运及爱情、疾病和死亡等问题，对资本主义只是唱挽歌，并无实质性的批判意味。我认为他们对《魔山》作了恰如其分的评价。在批判现实主义小说中运用某些现代派技巧，并不能因此否认作品原有的特性。让我们看看作者本人的观点吧，他对这个问题说得相当透彻、深刻。他说：

“在《魔山》中，在叙述方面运用了现实主义手法，但它逐渐越出现实主义范围，用象征手法推动和提高它，使我们有可能透过它看到精神领域和思想领域。”

值得一提的是：托马斯·曼在写这部长篇小说时，思想上已克服了颓废的悲观主义哲学对他的影响，使小说的思想内容注入了新的活力。这从主人公汉斯·卡斯托尔普不断进行新的探索和追求中可以清楚地看出。作者承认，在某种程度上说，汉斯·卡斯托尔普就是作者本人的化身。

在《雪》这一节里，汉斯·卡斯托尔普在山里遇上暴风雪。作家描绘了一幅充满幻想并富有象征意义的梦境。当年轻人醒来时，他得出了这样一个结论：为了爱和善，人不应让死神来主宰自己的思想。这无疑也是作者自己找到的结论。

书中对竭力争取汉斯·卡斯托尔普的两个文人，写得淋漓酣畅，入木三分。一个是具有资产阶级文化的人文主义者和民主主义者塞塔姆布里尼，他是理性、进步和正义的卫士，为人类幸福抱病进行孜孜不倦的斗争；另一个则是耶稣会会士纳夫塔，他既是叔本华和尼采的忠实信

---

① 见原书第 83 页，德国柏林人民出版社出版，1983 年版。

徒，又是军国主义分子和民主制度的反对者。两人一直为政治问题和学术问题争论不休，最后终于干戈相见。

塞塔姆布里尼的祖父是革命的烧炭党人，曾为希腊人民的独立进行过流血斗争，而父亲也是一个人文主义者，因此他自幼一直倾向进步与革命。他认为“世界上有两种原则经常处于抗衡状态，这就是权力和正义，暴虐和自由，迷信和智慧”，他又认为：“两种力量究竟何者得胜，这是毫无疑问的……不过这一天终究会到来，即使不是由鸽子的翅膀挟来，也将由雄鹰的翅膀带来，那时欧洲大陆将出现曙光，那就是人与人之间平等博爱的曙光……一句话，那时将诞生一个世界大同式的共和国。”当然，这位意大利学者所向往的只是资产阶级的民主和自由，他的思想有很大的局限性，但不失为一个进步的民主主义者，因此托马斯·曼字里行间对他持同情态度。用托马斯·曼自己的话来说，塞塔姆布里尼“有时甚至是作者的传声筒，但绝不是作者本人”。塞塔姆布里尼是二十世纪初西欧某种知识分子的典型，他们由资产阶级民主主义者蜕化为自由主义者，他们的反抗是抽象的，致力于人类解放的意愿只是一种空想，而他们那些鼓吹阶级调和的论点，也只能以失败而告终。而纳夫塔这个屠夫家庭出身的神职人员，却是地地道道恶魔的化身，他竭力鼓吹战争的正义性，主张用恐怖手段来解决一切问题。纳夫塔在一次荒谬的决斗中结束自己的生命，他的死正是他精神崩溃的表现，也象征着军国主义者绝没有好下场。从纳夫塔这个人身上，我们可以看出以后诞生在欧洲土壤上的法西斯主义的萌芽。显然，这样的人在当时也是有一定典型意义的。

关于疗养院里专为病人作精神分析的助理大夫克罗科夫斯基，作者虽然着墨不多，却写得有声有色。二十世纪初，弗洛伊德学说在欧洲大陆兴起，在许多国家里蔚然成风，这在《魔山》中也作了反映。克罗科夫斯基大夫在两周一次的学术讲演会中，大肆宣扬这种学说，口口声声说“在所有的本能中，性爱是最不稳和最危险的，就其本质来说最易令人误入歧途，而且背信弃义”，又说什么“被禁止、被压抑的情欲……是以疾病的形态重新出现的，疾病的症状，是情欲乔装打扮的活动形态，而所有的疾病都是变相的情欲”。这些似是而非的论调，打动了疗养院里几十个病人的心，大家纷纷上他的门诊室，叫他“分析”自己的潜意识。托马斯·曼在各部小说中，始终善于反映他所处时代的特色与风貌，在《魔山》中，这点显得尤为突出。

深刻细腻的心理描写，是《魔山》的又一特色。对于主人公汉斯·卡斯托尔普的心理状态和潜意识，作者写得尤为出色。汉斯上疗养院后的种种感受，他对肖夏太太的恋慕和思念之情，对生与死、灵与肉等问题的思考与内省——在托马斯·曼笔下，主人公内心深处的隐秘活动一层又一层地展开，给读者以巨大的艺术感染力。

托马斯·曼一向以描写场面与景色见长，这在《魔山》中又一次得到体现。在《瓦尔吉普斯之夜》一节中，作者描述了病人们在狂欢节之夜载歌载舞的场面，写得生动活泼，丝丝入扣，仿佛银幕上一个又一个的镜头在我们眼前映现。在《雪》这一节里，作者以其生花妙笔，描写了漫山遍野的雪景，令人仿佛置身于一片银色世界，并与雪地里挣扎的汉斯·卡斯托尔普同命运，共呼吸。至于描述克罗科夫斯基大夫的招魂术和召唤约阿希姆亡魂的那些片段，虽然从科学角度上看来荒诞不经，但悬念迭起，扣人心弦，在写作技巧上值得推崇。

德国著名评论家汉斯·迈耶在一九八〇年来我国讲学时，曾高度赞誉《魔山》，说它是现代德国文学的范本。确实，它不但是德国文学中一部辉煌夺目的巨著，也是世界文库中永垂不朽的精品。托马斯·曼本人对这部作品也十分珍爱。一九三九年，他在美国普林斯顿大学向学生作《魔山》的专题讲演，其中有一些话意味深长。他说：“这部小说对我来说是一部交响乐……谁第一遍读完《魔山》，我就奉劝他再读第二遍，它那特殊的吸引力和风格，使读者在浏览第二遍时感到更大的兴趣和满足。”在同一篇讲演里他又说：“《魔山》几乎已被译成欧洲各国文字；我怀着欣喜的心情胆敢说这样的话：我的任何一部书，都没有像《魔山》那样在世界各地引起这么大的兴趣，特别在美国。”①

---

① 见《托马斯·曼选集》第12卷第439至440页，柏林建设出版社，1956年。

《魔山》以其波澜壮阔的场景，磅礴的气势，细腻的心理分析，精辟的哲理，反映了第一次世界大战前夕欧洲风云变幻的社会现实，不愧是一部划时代的交响乐性质的杰作。它的社会意义和艺术价值，在现代德国小说中是无与伦比的。

钱鸿嘉

前言

这里我们要叙述的，是汉斯·卡斯托尔普的故事。写这个故事的目的并不是为了他个人(因为读者将会了解到，他是一个心地单纯甚至是惹人喜爱的青年)，而是为了故事本身；在我们看来，它是值得大大描写一番的。不过为了汉斯·卡斯托尔普着想，我们可得记住这是他的故事，而并非发生在任何人身上的任何故事。这个故事发生在好久以前，也可以说已完全是历史的陈迹，因此叙述时无疑须用事隔多年的过去时态。

这对故事来说并不是什么缺点，而恰恰是一个优点；因为故事必然在过去发生，我们可以说，它离现在愈远，故事的趣味性愈强，对写故事的人——他对过去的事往往像术士那样，能洋洋洒洒地信手拈来——也就愈有利。对这个故事来说，情况也是一样：它像当今许多主题一样，涉及的也是各色各样的人群，而对笔者并无丝毫牵连。它时间上比讲故事的年代早得多，它的年份不能用日子计算，它所贯穿的时间究竟有多长，也无法用太阳的出没来衡量。一句话，故事离现在究竟有多远，同时间确实没有什么关系——这种说法，恐怕是作者想玩弄一下故事情节神秘莫测令人捉摸不透的一种花招吧。

不过我们不能有意蒙蔽事实的真相。我们这个故事离现在这么远，是因为它是在世界出现某种转折点之前——这种转折点在人们的生活和意识上留下很深的裂痕——发生的……它发生在——或者我们故意避而不用现在时态——它曾发生或已经发生在很久之前，发生在那些遥远的日子里，也就是在世界大战以前的社会里；在这次大战爆发时，有许多事正好从头开始，但一旦开始就几乎不会终止。不错，它是在大战之前发生的，尽管离大战的时间并不太远。不过，故事发生得愈“早”，它不是就愈鲜明地富于“过去”的特色，因而也更为完整，更有传奇性？此外，我们这个故事就本质来说，就处处体现出传奇的风味。

下面我们就要将它原原本本、详详细细地叙述一番——哪个故事会因它所需的时间与空间而显得过短或过长呢？我们不怕人们责难，说我们过于追求细节；我们倒倾向于这样的观点：只有详尽的情节才能真正引人入胜。

因此，笔者对汉斯的故事并非一挥而就。一星期七天的时间是不顶用的，七个月也不够。最好他事前不要讲明，他为这篇故事埋头构思究竟花了他一生中多长时间，天晓得，时间居然要花七年哩！

现在我们就开始吧。

目　录

第一章

到 达

一位纯朴的青年在盛夏时节从家乡汉堡出发，到格劳宾迪申的达沃斯高地[①]旅行。他准备乘车作为期三周的访问。

不过从汉堡到那儿，有一大段路程；跟这么短的逗留时间相比，旅途确实显得十分漫长。旅行时得经过好几个国家的土地，一会儿上山，一会儿下山，从德国南部的高原，一直往下驶向施韦比施海海滨，再从那儿乘船越过波浪翻滚的海面，一路经过一些过去认为是深不可测的峡谷。

从那儿起，本来是广阔的、循着一条直线前进的路程中断了。路上得有一番停留和转折。在瑞士境内罗尔沙赫地方，又得仰仗铁路，但目前火车只开到兰德克瓦尔特[②]，这是阿尔卑斯山旁的一个小车站，人们非在这儿换车不可。这里，你得在寒风瑟瑟而景色并不怎么动人的地方伫立好一会儿，才能登上一列路轨狭窄的火车；当火车小而异常有力的发动机启动时，真正动人心魄的旅程方才开始。火车沿着陡峭的山坡一个劲儿往上开去，似乎不想停息下来。兰德克瓦尔特车站的地势并不怎么高，但此刻火车却在巉岩峭壁中间费力地奔驰，一直朝阿尔卑斯的高山上驶去。

汉斯·卡斯托尔普——这是这位青年的姓名——独个儿坐在灰色坐垫的小车厢里，身边放着一只鳄鱼皮手提包，这是他的舅舅和养父蒂恩纳佩尔参议[③]（我们在这儿只匆匆介绍一下他的名字）送给他的礼物。他还带了一卷旅行毯和冬季大衣，大衣挂在车厢的一个衣钩上。他坐在卸落的窗口边，由于下午的天气越来越凉，这位娇生惯养的青年就把那件时髦的、丝绸织成的夏季外衣的领子翻上来。在他旁边的座位上，放着一本名叫《远洋客轮》的杂志，旅程一开始，他就不时阅读，但现在却让它搁在一边。机车引擎轰隆轰隆地喘着气，烟雾吹入，在书籍的封面上沾了不少煤灰。

这位青年人涉世未深，两天的旅程就把他跟过去的世界隔得远远的，所有称之为责任、志趣、烦恼、前途等种种意识，他都置之脑后；这种远离尘嚣之感，远远比他坐马车到火车站去时来得强烈。在他本人与乡土之间飞旋着的空间，拥有某些我们通常归因于时间的威力。空间的作用同时间一样，每时每刻会在他内心引起变化，但在某种程度上却更加显著强烈。它像时间一样，也会叫人忘却一切，但只有当我们的肉体摆脱了周围环境的影响，回到自由自在、无拘无束的原始境界中时，才有可能这样。不错，它甚至会使书呆子和乡愚一下子变成流氓之类。有人说，时间像一条忘旧河④，但到远方换换空气也好像在忘旧河里喝一口水；尽管它起的作用没有那么厉害，但发作起来却更快。

汉斯·卡斯托尔普这时就有这种感受。对于这次旅行，他本来不打算看得过分认真，心中泰然处之。他本来倒是想迅速完成这次旅行，因为这次旅行非作不可；出发时怎么样，回来时也怎么样。同时，他也准备在眼下非栖身不可的那块地方重新安排一下自己的生活。就在昨天，他脑海中还完全为往常的一些事情萦绕着，一方面尽是在回想新近经历过的那场考试，一方面却憧憬着即将去“通德尔·维尔姆斯”公司实习的情景，这家公司兼营造船、机械制造及冶炼。对于未来的三星期，他根本不放在心上，就像他往日遇到什么事心里总是很不耐烦那样。可是现在，他对眼前的情况似乎必须全神贯注，似乎不能掉以轻心。

此刻，火车正把他带到他从未到过的一些地方，他知道那儿的生活条件是压根儿不习惯的，异乎寻常的，也可说是艰苦俭朴的。他开始激动起来，并有些惴惴不安之感。家乡和正常的生活不但远远落在后面，而且落在他脚底下几百米深的地方，况且火车仍在不断地往山上爬。他在过去与未来的不可知的生活中间飘忽不定，自问今后在那边该怎么生

---

① 在瑞士格劳宾迪申州，山上有结核病疗养院，附近有温泉。

② 在瑞士境内的一个村庄名。

③ 这是当时外国赠与德国某些有名望的市民一种荣誉头衔。这些人住在德国较大的工商业城市中，作为某一国家经济利益的代表。

④ Lethe，一译忘川，源出希腊神话，说人只要在忘川里喝一口水，就能忘却自己的往事。

活。他一生下来就一直生活在离海拔只有几米高的平原上，现在一下子乘火车来到这些荒僻的高地，而且沿途无论哪块地方一两天都不停留一下，这对他来说也许是不够明智，不合时宜的吧？他巴望一下子到达目的地，因为他想一旦到了那边，他也能像别的地方那样生活，不用再去回想目前他在攀登高峰时那种不惬意的情景。这时他向外眺望：火车正在拐弯向海峡驶去；他看到前面几节车厢，也看到机车费劲地喷出一团团棕色、绿色和黑色的烟雾，烟雾正随风飘荡。水流在右面的深谷里呼啸奔腾，左面的山岩间却是一棵棵耸天的暗黑色枞树。火车进入了黑洞洞的隧道，当它重见天日时，宽广的峡谷迎面而来；峡谷深处，无数村落星罗棋布。接着海峡不见了，出现了一些新的峡谷，在山谷的裂口和裂缝处还可以看到皑皑积雪。火车有时在寒碜的小车站前、有时在大车站前停下来，朝着相反的方向离去，使人摸不清究竟往哪儿行驶，再也记不起自己在天涯的哪一个角落。高耸入云的山峰在前面相继展开，它们的景色雄伟瑰丽，变幻无穷，令人有庄严肃穆之感。山上的小径蜿蜒曲折，从眼前一一掠过，然后在视野中消失。汉斯·卡斯托尔普想，绿树成荫的地带已远远落在他们下面，这儿也许再也没有鸟语花香的景象，他不由感到生命好像停滞了一般，它是那么空虚贫乏，以致他突然感到一阵轻微的昏眩，浑身很不舒畅。他用手蒙住眼睛，两三秒钟后才恢复过来。他看出登山已经结束，火车已开过峡谷的顶峰。这时，火车在山脚下的平原上平平稳稳地向前行驶。

时间已快八点钟了，但暮色尚未笼罩下来。远处还可以望见一片海面。海水是青灰色的；靠近海岸的地方，一片黑魆魆的枞树林一直往上伸展到周围的高地，越向上面树丛就越稀疏，最后只剩下一块块光秃秃的、像缭绕在薄雾中的岩石。火车在一个小车站上停下来。汉斯·卡斯托尔普听到外面有人在喊，达沃斯村到了。现在他快要到达目的地了。忽然，他身边响起约阿希姆·齐姆森的声音，这是他表哥悦耳的汉堡音调，表哥说：“嗨，你到了，现在就出来吧！”他向外一望，只见约阿希姆正站在窗口下面的月台上，身穿一件棕色的宽大外套，头上没戴帽子，看上去从来没有像现在这么健康。他笑着继续说：

“你快出来吧，别忸忸怩怩了！”

“可是我还没有到呢，”汉斯·卡斯托尔普不知所措地说，依旧坐着不动。

“到站了，你已到了，这个村子就是。这儿离疗养院较近。我已叫了一辆车子。把你的东西交给我吧。”

于是汉斯·卡斯托尔普在到达与重逢的一片激动与欢笑声中，把手提包、冬季大衣和带有手杖及雨伞的一卷旅行包一一交给他，最后把那本《远洋客轮》也递给他。然后他沿着狭长的过道走出车厢，跳到月台上，向表兄致意。也可以说直到此时，他才亲自晤见了表兄。他们重逢时并没有热情洋溢的表示，这在头脑冷静的人们中间往往有这种习惯。说也奇怪，他们之间彼此一直不喊名字，仅仅是为了不使内心热烈的真情流露出来。因为他们不叫对方的姓，所以互相就用“你”来称呼。这也是表兄弟之间根深蒂固的一种习俗。

当他们急匆匆地、同时也有些尴尬地握手时，一个身穿号衣、帽上拖着缏子的人在旁瞅着。这时他向前走来，问汉斯·卡斯托尔普要行李票；因为他是山庄国际疗养院的门房，当两位绅士驱车直接前去进晚餐时，他愿为达沃斯村车站的这位客人拎那只大箱子。那人走起路来一瘸一拐地十分显眼，汉斯·卡斯托尔普向约阿希姆·齐姆森问的第一句话就是：

“他是退伍军人吗？他为什么跛得这么厉害？”

“哼，当然不是！”约阿希姆带着几分尖酸的语调回答说。“一个退伍军人！他膝盖上有毛病哪，或者说，他过去闹过病，后来膝盖骨给截去了。”

汉斯·卡斯托尔普迅速思忖了一下。“原来如此！”他说，一面走，一面回头向跛子瞥上一眼。“可是你仍无法叫我相信，你还保留着那种气派。你剑上的缨带还没有解开，看来你刚好参加军事演习回来。”他斜眼瞅一下他的表兄。

约阿希姆的个儿比他高，肩头也比他宽，看去年富力壮，仿佛生来就配做一个军人似的。他皮肤黝黑，在碧眼金发、肤色白皙的种族里，他这副模样儿并不罕见。他脸色本来也是黑黝黝的，长期给日光晒着，几乎变成古铜色了。他眼睛又大又黑，嘴儿也长得很不错，上唇蓄有一抹黑黑的胡子，要不是他的耳朵有些招风，他简直是个美男子。在以前某一个阶段里，这对耳朵是他生活中唯一引以为憾的事。现在他又有其他烦恼了。汉斯·卡斯托尔普继续说：

"你就要跟我一起回老家吧？我看没有什么事碍着你。"

"就要跟你回去？"表兄用那对大眼睛直愣愣瞅着他问。这对眼睛一向是很温柔的，不过在这五个月间却显得有点儿慵倦、甚至是忧郁的神色。"你说什么时候？"

"三星期以后。"

"嘿，在你的脑瓜子里，你已在打算回家了，"约阿希姆回答。"哎，等一下，你可才到哪。三星期对我们这儿山里人来说当然算不了什么，不过对你，对你这个来这儿作客、而且只想呆上三星期的人来说，这段时间确实不短。你先得适应这儿的水土，以后你会看到，要适应水土也可真不容易呵。不过在我们这儿，气候还不算是唯一怪里怪气的事。你以后会在这儿看到许多新鲜的东西，等着瞧吧。关于我的事，那可没有你想象的那么顺利，你说'三星期内回家'，这可是山下人的想法嘛。不错，我的皮肤是有点儿黑，这主要是雪光长期反照的缘故。这没有什么了不起，贝伦斯也经常这么说。上次大伙儿检查身体时，他说，我肯定在这儿还得呆上半年。"

"半年？你疯了吗？"汉斯·卡斯托尔普叫了起来。这时他们登上了车站面前石子路空地上停着的一辆黄色马车，这个车站破落得像一间棚屋。当两匹棕色的马儿起步时，汉斯·卡斯托尔普坐在硬垫上怒气冲冲地数落起来。"半年？你在这儿差不多已住上半年了！一个人可没有那么多时间哪……"

"不错，时间，"约阿希姆一面说，一面频频颔首，对表弟那副义愤填膺的心情根本不去理会。"他们在这儿把人类的时间当儿戏，这点你压根儿不会相信。在他们看来，三星期好比一天。你不久就可以亲眼目睹，把一切看得一清二楚，"他又接下去说，"这儿，人们对事物的概念改变了。”

汉斯·卡斯托尔普从一旁不住地端详着他。

“不过你身体已恢复得挺不错了，”他摇头晃脑地说。

“你以为真是这样吗？”约阿希姆回答说。“可不是吗，我也认为这样！”他说罢在坐垫上挺直了身子，但是马上又一下子斜着身子坐下来。“我身体确实好些了，”他说，“但还没有恢复健康。左肺上部以前可以听到罗音，现在听起来只是有些粗糙，这可没有多大关系。但下肺呼吸音还很粗糙，第二肋间还有些杂音。”

“瞧你已懂得这么多了，”汉斯·卡斯托尔普说。

“嗯，天晓得，这总算是见多识广哪。这是我生了这病之后才好不容易一点一滴积累起来的知识，”约阿希姆回答说。“不过我还有痰，”他说着耸了耸肩膀，既显得满不在乎，又有些激昂。这副神情跟他的脸很不相称。他从外衣侧面的口袋里掏出一件东西给他的表弟看，露出一半后又马上塞进去。这是一只拱形而扁平的蓝色小玻璃瓶，盖子是金属的。“我们这儿大部分人都有这种瓶子，”他说。“我们还给它们取了个名字，也可说是一个诨名，很有劲儿。你在欣赏这儿的风景吧？”

汉斯·卡斯托尔普确是在欣赏，他说：“美极了！”

“你真的这么想？”约阿希姆问。

这时他们已在那条沿山脊方向的崎岖不平的路上奔驰了一阵子，这条路与铁路平行。然后马车拐向左边，穿过一条羊肠小道和水路，在一条公路上驰骋，这条公路向上一直伸展到树木丛生的山坡。现在他们来到一个稍稍突起的高地，它宛如一个草原，在高地西南方耸立着一座圆屋顶的庞大建筑物，前面有许多明亮的阳台，远处望去像一个个孔洞，活像一块海绵。建筑物里灯光刚开始燃亮。天很快黑下来了。刚才片刻间染红天边的一抹淡淡的晚霞已经消失，大自然沉浸在一片昏暗朦胧、忧郁宁静的暮色中，预示夜幕即将垂落。人口稠密、绵亘蜿蜒的山谷现在已是万家灯火，平地和山坡两侧到处都是灯光，特别在右面一片高地上，那儿的房屋结构都是梯田式的。左面有几条小径通到草原的斜坡上，以后又消失在松树林一片迷迷糊糊的黑暗中。山谷在入口处渐渐狭窄起来，远方的山脊在它的后面呈现一片单调的灰蓝色。天空刮起了一阵风，使人感到夜晚的寒意。

“不，坦白地说，这儿并不那么使人望而生畏，”汉斯·卡斯托尔普说。“冰川、终年积雪的山峰和崇山峻岭在哪儿呢？在我看来，这些山并不很高。”

“嘿，它们可真高呢，”约阿希姆回答。“你几乎到处可以看到参天的大树，它们轮廓分明。枞树停止生长，其他一切也都不长了。你可以看出，后面那些地方都是岩石。你瞧，在那‘黑峰’的右面，也就是那座尖尖的高峰右面，不是也有一个冰川吗？你可看到那边蓝澄澄的一片？冰川并不大，但终究是地地道道的冰川，叫‘斯卡雷塔’冰川。峡谷中间是皮茨·米歇尔和廷岑峰，你这儿可望不到。它们一年到头都积着雪。”

“永远积着雪，”汉斯·卡斯托尔普说。

“嗯，永远，随你怎么说吧。不过这些山峰都很高。但你得想一想，我们这儿简直高得吓人。海拔一千六百米。因此这些山峰算不了什么。”

“真的，爬起山来可够呛啦！我得说，我真胆战心惊呢。一千六百米！我算了一下，差不多有五千英尺高。我有生以来从没有到过这么高的地方。”于是汉斯·卡斯托尔普好奇地、尝试性地深深呼吸了一下这块陌生地方的空气。空气是新鲜的——如此而已。它里面没有香味，没有杂质，没有潮气；他毫不费力地吸了进去，但并无心旷神怡之感。

“挺不错！”他彬彬有礼地说。

“唔，这儿的空气好得出名。不过我得再说一句，今天晚上这儿的风光并不怎么好，有时景致还要好些，特别在有雪的时候。可是人们看雪也看腻了。你可以相信我，我们山上的人对这全都腻得要命，”约阿希姆说。他的嘴角扭曲了，显出厌恶的神色。这使人觉得有些过分，而且不够镇静，跟他的风度又不很相称。

“你说话非常特别呀，”汉斯·卡斯托尔普说。

“我说话特别吗？”约阿希姆有些怅惘地问，把脸转向他的表弟……

"不，不，原谅我，我只是一刹那间才有这个感觉！"汉斯·卡斯托尔普连忙说。不过他指的是"我们这儿山上人"这几个字眼，约阿希姆用这些字眼已有三四次了，他听起来有些不顺耳，有些别扭。

"我们疗养院的地势比你看到的那个地方还要高呢，"约阿希姆继续说。"高五十米。在旅行指南里，写的是'一百'，可实际上只有五十。最高的疗养院要算那边的沙特察尔普了，你望也望不到。冬天时，尸体要用雪橇送下山去，因为那时路上无法通车。"

"他们的尸体？噢，我懂了！"汉斯·卡斯托尔普高声说。忽然他大笑起来，笑得那么厉害，那么无法自制，以致胸口一起一伏，他那被凉风吹僵了的脸上显出一副怪相，而且隐隐作痛。"用雪橇！而且你对我说这事时居然那么无动于衷？你在这五个月里确实变得愤世嫉俗了！"

"一点儿也不愤世嫉俗，"约阿希姆耸了耸肩膀回答。"这有什么关系呢？对尸体来说反正都是一个样……再说，我们这儿的人们好像真的有些儿愤世嫉俗。贝伦斯本人也一向是个愤世嫉俗的人。此外他医道上颇有一手，早年是学生会[①]会员，看来是一位出色的开刀医生，他会叫你喜欢的。还有一位克罗科夫斯基是他的助手——是个了不起的家伙。宣传品里特别提到他的工作能力，也就是说，他能为病人作精神分析。"

"他会干什么？精神分析？这简直叫人作呕！"汉斯·卡斯托尔普大声说，此刻他的精神振奋起来了。他完全不能控制自己，精神分析终于使他的心乐开了。他笑得那么厉害，连眼泪也掉在他的手上了。他向前屈着身子，用手捂住眼睛。约阿希姆也尽情地笑着，看来笑对他有好处。就这样，这对青年人兴高采烈地从马车里出来，因为这时马车终于缓步登上陡峭的、迂回曲折的车道，把他们带到国际山庄疗养院门前。

---

① 学生会是一个注重名誉、以享受学生生活为宗旨并具有民族主义倾向的学生团体。

三十四号房间

门房间正好坐落在疗养院大门和风门之间的地方。有一个法国气派的服务员——他穿的那身灰色制服，与到车站提行李的那个跛子相同——本来坐在电话机旁边看报，这时迎面向他们走来，陪他们穿过灯光通明的大厅，大厅左面是会客室。汉斯·卡斯托尔普经过会客室时张望了一下，发现里面空无一人。他问宾客在哪儿，表兄说：

“他们在卧床治疗。我今天请假，因为我要去迎接你。否则我在晚饭后也得躺在阳台上。”

汉斯·卡斯托尔普又禁不住要笑出声来。

“什么，你在夜间潮润的雾气中还要躺在阳台上？”他用震颤的声调问。

“是啊，这是制度。从八点一直躺到十点。不过现在先去看看你的房间，洗一洗手。”

他们登上法国人开的一部电梯。上电梯时，汉斯·卡斯托尔普把眼泪拭拭干。

“我笑得骨头也酥了，力气也没有了，”他一面说，一面用嘴喘着气。“你给我讲了这许多傻里傻气的事……精神分析对我的印象太深了，简直叫人难以想象。另外，我旅途上的疲劳也已稍稍恢复过来。你的脚还感到冷吗？同时脸上却是热辣辣的，这可不大舒服。我们马上能吃饭吧？我似乎有些饿。你们这儿山上吃的还不错吧？”

他们踏着狭长的走廊里椰子皮编成的毯子不声不响地往前走。天花板上装着的乳白色玻璃灯罩放射出惨白的光芒。墙上涂过一层油漆，隐隐地闪着模糊不清的白色微光。不知从哪儿出现了一位护士，她戴着白色的头罩，鼻上架着一副夹鼻眼镜，一条带子拖在耳朵后面。她看去像一个新教徒，对她干的那行职业似乎并不那么专心致志。她显得很好奇，有些懒懒散散，拖拖沓沓。走廊上两处地方门口的地板上（门上都有白漆标志的号码)都放着大大的、某种圆鼓鼓的短颈球形容器，它们究竟是什么，汉斯·卡斯托尔普当时忘了问他。

“你就住在这儿，”约阿希姆说，“三十四号。我就住在你右面一间。左边住的是一对俄国夫妻，我得说他们有些唠唠叨叨，不修边幅，可是这也没有办法。唔，你看怎么样？”

房门有两道，一道开在里面，两道门的中间放着衣架。约阿希姆燃亮了天花板上的壁灯，房间在闪烁不定的灯光照耀下顿时显得明亮悦目，富有生气。房间里摆着常用的白色家具，糊墙纸也是白色的，质地很坚实，可以刷洗。地上铺着清洁的亚麻油毡，亚麻布的窗帘绣得华丽大方，十分时髦。落地长窗敞开着，可以望见山谷里的灯光，远处舞蹈的音乐声也隐约可闻。好心的约阿希姆在五斗柜上的一只小花瓶里插了一些花——这是他亲手在山坡上草丛里摘下的，其中有一些欧蓍草和风铃草。

“你太周到了，”汉斯·卡斯托尔普说。“这间屋子多么优雅！可以在这儿舒舒服服地住上两星期。”

“前天这间屋子里死了一个美国女人，”约阿希姆说。“按照贝伦斯的意见，你来之前就干脆叫她出去，好让你住这个房间。她的未婚夫跟她在一起，是一个英国海军军官，但他不大守规矩。他总是出来到走廊上哭哭啼啼，完全像一个小伙子。然后他在脸颊上涂冷霜，因为他本来脸上刮得很光，眼泪把他的脸毁了。前天晚上，美国女人吐了两次狂血，就此寿终正寝。可是他们昨天早上才把她抬出，于是他们自然用福尔马林把房间彻底熏蒸消毒，你知道，那玩意儿在杀菌方面该是很有效的。”

汉斯·卡斯托尔普心不在焉地听了这番话，内心不免有些震动。他卷起袖子站在一只大的洗手盆面前，洗手盆镍质的开关在电灯光下闪闪发亮。他对那张铺上清洁被单的白铁床几乎连扫也不扫一眼。

“熏蒸消毒，这可了不起，”他稍稍带着挖苦的腔调一个劲儿地说，一面洗着手，让手中的水慢慢淌干。“唔，用甲醛，最厉害的细菌也受不了。用福尔马林呢，对鼻子可有些刺激性，对吗？当然，卫生工作做得尽善尽美是一项必不可少的条件……”他说“当——然”这个词时，音节不大连贯，仍带着浓重的家乡口音，而他的表兄从学生时代起就已养成说话时不带乡音的习惯。汉斯·卡斯托尔普滔滔不绝地说下去：“我还想说的是……让我揣测一下，那个海军军官用的也许是安全剃刀，用这种安全剃刀，比磨得锋利的刀片更容易刮伤脸儿，这至少是我的经验，我是轮流使用它们的……嗨，盐水自然容易使受刺激的皮肤发痛，怪不得他常常要用冷霜了，这在我看来是毫不足奇……”他喋喋不休地说下去，说什么他箱子里带着二百支马利亚·曼契尼牌香烟，海关检查时非常客气，家里许多人都向表哥问好。“这里可有暖气？”他突然提高嗓门问，跑向前去把手按到暖气管上……

“没有。他们叫我们还是凉些好，”约阿希姆回答。“到八月间热气全部出来，那时可就不一样了。”

“八月，八月！”汉斯·卡斯托尔普接腔说。“可是我感到冷啊！我冷得厉害，我指的是我的身体，因为我的脸滚滚烫的——你倒摸一下看，简直像火烧一般！”

这种叫别人摸摸脸儿的要求，跟汉斯·卡斯托尔普的个性完全不相称，他本人也觉得怪不好意思。约阿希姆对这个理也不理，只是说：

“这是空气的关系，没什么。贝伦斯本人的脸也整天红得发紫。许多人都不习惯。嗯，向前走吧，不然我们什么也吃不到了。”

外面，护士的身影又出现了，她用一双近视眼好奇地瞅着他们。但在第一层楼，汉斯·卡斯托尔普突然站住，他听到离走廊转角后面不远的地方传来一阵非常可怖的声音，这声音虽不响，却令人毛骨悚然。汉斯·卡斯托尔普不由得勃然变色，圆睁着眼直愣愣地望着表兄。这咳嗽声显然是男人的，但跟别人的不一样，汉斯·卡斯托尔普从来没有听到过这种咳声。他听到过的其他咳嗽声跟它相比，就显得健康动听而富有生命力了。这是一种奄奄无生气的咳嗽，它不是阵发性的，而像有某种有机溶液的稠黏物质一阵阵无力而令人憎嫌地泛上来，发出咯咯的声音。

“唔，”约阿希姆说，“这个人的脸色很难看。你要知道，他是奥地利的贵族，是一位贵人。他天生是一个骑手，现在却落到这步田地。可是他还能走动。”

他们继续向前走时，汉斯·卡斯托尔普还是热切地谈论着那位骑手的咳嗽。“你得记住，”他说，“这类咳嗽声我从来没有听到过。对我来说，这完全是陌生的，给我的印象当然很深。有多种多样的咳嗽，有干的，也有湿而带痰的。一般说，湿的倒比刚才那种狗嗥叫般的干咳好些。当我年轻时(他居然说出“我年轻时”那样的话来)曾患过哮喘，那时我咳起来就像狼嗥一般。当后来声音稍稍湿一些时，大家都乐了，这个我现在还记得。不过这样的咳嗽我从来没有听到过，至少我没有——这简直不是人的咳声。它不是干的，可也不能说是湿的，湿的还远远谈不上呢。听了咳声，似乎恨不得亲眼去瞧瞧这个人究竟是怎么副样儿——似乎全是黏滞滞的痰液……”

“得了，”约阿希姆说，“我可每天听到它，你用不着在我面前形容了。”

可是汉斯·卡斯托尔普对刚才听到的咳嗽声老是放心不下；他再三申明，恨不得亲眼瞧瞧这位骑手。当他们走进餐室时，他那因旅途而劳顿的双眼闪现出激动的光辉。

在餐厅里

餐厅里灯光明亮，看去高雅而舒适。它正好位于大厅右侧会客室对面的地方，据约阿希姆说，它主要为那些新来的、不准时吃饭的客人以及前来疗养院参观访问者供膳之用。不过有时也在那儿欢庆生日及举行告别宴会，病人身体普查结果良好时，也在这里庆祝一番。有时餐厅里可真热闹呢，约阿希姆说；人们甚至喝起香槟酒来。此刻餐厅里没有别的人，只坐着一位年约三十岁的妇女，她正在看一本书，嘴里哼着什么调子，左手的中指老是轻轻地敲着台布。当这对青年人坐下来时，她立刻换了个位置，背朝着他们。约阿希姆轻声说，这个女人看到男人很害臊，在餐厅吃饭时总是拿着一本书。据说她进肺病疗养院时还是一个姑娘，以后一直没有在外界生活过。

“嗨，你在这儿只住了五个月，跟她相比资格可浅呢。要是你再呆上一年，你还是比不上她，”汉斯·卡斯托尔普对他的表兄说。这时约阿希姆耸耸肩膀——这种耸肩膀的姿势他过去是没有的——拿起菜单。

他们在靠窗一张高起的桌子旁坐下来，这是餐厅里最舒适的位置。他们紧靠奶油色的窗帘面对面地坐着，红灯罩的台灯把他们的脸映得通红。汉斯·卡斯托尔普把两只刚洗好的手交叉在一起，舒舒坦坦地、满怀着某种期待的心情相互摩擦着，这是他坐下来吃饭时的老习惯，也许是因为他祖先吃饭前做过感恩祷告吧。一个身穿黑衣白裙的女郎为他们端上菜来，她的脸儿很大，面色非常健康，态度很客气，声音有些沙哑。汉斯·卡斯托尔普在得悉人们称这儿的女侍者为“餐厅女郎”时，觉得怪有味儿。他们叫了一瓶格鲁奥德·拉罗舍酒，后来汉斯·卡斯托尔普又叫她端回去热一下。吃的东西很好，有芦笋汤，填馅子的番茄，有许多配料的烤肉，调制得特别好的甜食，乳酪以及水果。汉斯·卡斯托尔普尽情地吃着，虽然他的胃口并不像他预期的那么大。不过他一向是吃得多的，即使肚子不饿时也是这样，这不过是为了满足自尊心而已。

约阿希姆对这些菜肴不大看得上眼。他说，他对厨房里的东西已感到腻了，这里山上的人都有这种感觉，人们对伙食口出怨言已习以为常，要是你得一辈子或者整整三天坐在这里……不过他还是高高兴兴地开怀畅饮，尽力避免说一些过分热情洋溢的话，同时一再表示自己的欢悦之情，说现在总算有人在身边能倾吐自己的衷曲。

“哈，你来得真太好了！”他说，平静的语调显得激动起来。“我甚至可以说，这对我简直是一件大事。这确确实实是一个变化——依我看，这在永恒而没有底的单调而寂寞的生活中是一个突破……”

“可是住在这儿，时间一定过得很快，”汉斯·卡斯托尔普发表自己的看法。

“时间快或慢，随你怎么说都行，”约阿希姆回答。“我可以告诉你，它根本没有在跑。根本说不上什么时间，也根本谈不上什么生活——不，都不是！”他摇摇头说，同时又握起酒杯。

尽管此刻汉斯·卡斯托尔普的脸像火烧一般，他也喝起酒来。不过他的身子还老是冷飕飕的，他的四肢有茫然不知所措之感，既有些乐滋滋的，也有些不舒服。他说话很急，常常说漏嘴，说了后就鄙夷不屑地做一个手势。这时约阿希姆的情绪也很兴奋，当那位哼着调儿、用手指敲打桌子的女人突然起身离开餐厅时，他们的谈话更加自由热烈了。他们一面吃，一面挥动着刀叉做着手势，一会儿惺惺作态，哈哈大笑，一会儿又频频点头，耸耸肩膀，两人只是不住地谈着话，连嘴里的食物也来不及咽下去。约阿希姆想听听汉堡的情况，话题转到易北河的治理规划。

“这是划时代的壮举，”汉斯·卡斯托尔普说。“这对我们的造船事业有划时代的意义。这样的估计一点儿也不过分。我们准备一下子投入一千五百万作为预算费，你得相信，我们是懂得怎么去干的。”

尽管他对易北河的治理计划十分重视，他忽而又把话题岔了开去，转而要约阿希姆再谈谈“这儿山上”和山上来客的其他生活情况。约阿希姆乐意地谈了起来，为他能畅所欲言而感到高兴。他又不得不重复谈谈尸体以及人们用雪橇送尸体下山的事，而且再次明确保证，他说的都是有根有据的事实。因为汉斯·卡斯托尔普又捧腹大笑起来，做表兄的也笑了，看来他感到由衷的喜悦。他又给他讲一些滑稽的事助助兴。这时他们桌子上坐了一位女人，叫斯特尔夫人，病得相当厉害，是坎斯塔特一个音乐家的妻子，这么没有教养的女人他可从来没有见到过。她连“消毒”这个字的音也发不准，还一本正经，自以为是。她称助理医师克罗科夫斯基为“古板君子”。人们对此不得不忍住暗笑，不露声色。此外，她说起话来喋喋不休，这里山上人大多都是这样。她还反复说什么另一位女人伊尔蒂斯太太，身上带了一把短刃。“她叫这个是‘短刃’，——这真是无价之宝！”他们懒洋洋地往后靠在椅子背上，尽情地笑着，笑得身子前仰后合，同时差不多打起呃来。

在这段时间内，约阿希姆有时不免黯然神伤，想起了自己的命运。

“唔，我们坐在这儿笑着，”他脸上带着忧戚的神色说，他的话有时为呼吸时横膈膜的一起一伏所打断，“不过我根本无法预料什么时候才能离开这儿，因为要是贝伦斯说再住上半年，那是算得很紧的，你得作好再多住一会的思想准备。不过日子真不容易过呵。你倒说说看，这叫我好不难受。我已经获得准许，本来我下月就可以正式参加考试的。现在我只好嘴里衔着体温表荡来荡去，不住听着那位没有教养的斯特尔夫人在耳边絮聒，糊里糊涂地打发着光阴。像我们那样的年龄，一年时间是多么宝贵，而这一年里，山下的生活却起了那么大的变化，有了那么多的进步。我呢，不得不像一池死水那样凝滞不动——不错，活像一个肮脏的水洼，这样的比喻并不太过分……”

奇怪的是，汉斯·卡斯托尔普对此所作的回答只是提出一个问题，那就是这里能不能喊到一名服务员。当他的表兄稍稍有些惊愕地瞅着他时，看出对方已昏昏欲睡——他真的快睡着了。

“你要睡了！”约阿希姆说。“走吧，是我们两人一起上床的时间了。”

“时间还不到呢，”汉斯·卡斯托尔普含糊不清地说。但他还是弓着背、僵着腿跟着他走，全然像一个因困倦而将脚贴着地面行进的人。可是当他在半明不暗的走廊上听到约阿希姆的说话声时，他猛地振作起来。约阿希姆说：

“克罗科夫斯基坐在那边。我想，我应当很快把你介绍给他。”

克罗科夫斯基大夫坐在一间会客室壁炉旁边一个明亮的角落里靠近折门的地方，正在看一份报纸。当这两个青年人走向他时，他站了起来。这时约阿希姆摆出一副军人的架势说：

“大夫，让我把我汉堡的表弟汉斯·卡斯托尔普介绍给你。他刚到这儿。”

克罗科夫斯基大夫用某种爽朗、坚定和生气勃勃的刚毅神态迎接这位新的住客，仿佛他想表明，跟他相处根本用不着有什么拘束，完全可以愉快地相互推心置腹。他大约有三十五岁，身子胖胖的，肩膀很宽，比他前面站着的两人矮得多，因此要看清他们的脸不得不稍稍向后仰起头来。他脸色异常苍白，白得有些透明，甚至发出磷光般的青色。他眼睛露出深褐色的光辉，眉毛黑黑的，蓄着两撇又长又密的胡子(胡子上面已带有几根白丝)，更显得他的脸白得厉害。他穿着一件相当旧的双排纽扣的黑色上衣，脚上穿的是一双黑色镂孔的凉鞋，鞋子里是一双厚厚的灰色羊毛袜，脖子上系着一条翻下的软领带，这种领带，汉斯·卡斯托尔普过去只有在但泽的一位摄影师那儿见到过，这倒使克罗科夫斯基大夫的外表确实带有几分照相馆里的气派。他热忱地笑着，笑时从胡子间露出一排黄牙。他握着年轻人的手，一面用略带外国腔调的拖长的男中音说：

“很欢迎您来我们这儿，卡斯托尔普先生！希望您能很快习惯这里的生活，日子过得称心如意。请允许我问一句，您是有病来这儿住院的吗？”

汉斯·卡斯托尔普努力控制自己不让睡魔袭来，同时想竭力显得彬彬有礼，这副模样儿可真叫人感动。现在他落得这么一副狼狈相，心中十分恼火；凭着年轻人那种猜疑多端的本性，他从助理医师的笑声和豪放不羁的神态中看到某种怜悯式的嘲弄意味。他回答时告诉对方只住三星期，还说起自己考试的事，最后补充说，感谢上帝，他身体非常健康，一点病也没有。

“真的吗？”克罗科夫斯基大夫问，嘲讽似地把脑袋歪向前面，同时更深沉地微笑起来。“这样看来，您是一个非常值得研究的杰出人物！我有生以来还没有见到一个一点毛病都没有的健康人呢。我能不能问一下，您考的是什么科目？”

“大夫，我是工程师，”汉斯·卡斯托尔普谦逊而又不失尊严地回答。

“啊，工程师！”克罗科夫斯基大夫仿佛收敛了笑容，一时失去了某种力量和热忱。“这是挺好的职业。那么这样说来，您在这儿无论身体上或心理上就不需要什么治疗啦？”

“不需要，我真万分感谢您！”汉斯·卡斯托尔普一面说，一面几乎倒退了一步。

这使克罗科夫斯基大夫又得意洋洋地笑起来。他再次握握年轻人的手，提高了嗓门说：

“唔，卡斯托尔普先生，你就好好地睡一觉吧，尽情享受您那无懈可击的健康吧！好好儿睡，再见！”就这样他打发了这对年轻人，继续坐下看报。

这时电梯已无人管理，因此他们不得不徒步上楼。他们一言不发，刚才和克罗科夫斯基大夫的相遇使他们有些烦躁。约阿希姆把汉斯·卡斯托尔普陪送到三十四号房间，这时那个跛足的人已把来客的行李在房里安顿就绪。他们又聊了一刻钟的天，汉斯·卡斯托尔普一面谈话，一面把夜间用具和盥洗用具一一理出，同时抽起一支很粗、味道很柔和的烟。今天，他连一支烟也受不了，这使他感到惊奇和意外。

“他看来是一个出色的人物，”他一面说，一面把吸入的烟喷了出来。“他的脸白得像蜡一般。可是天哪，他脚上的鞋子袜子实在可怕。灰色的羊毛袜，可还有风凉鞋。我们到底有没有冒犯了他？”

“他有些敏感，”约阿希姆承认。“你在治疗方面不应当这样粗暴地拒绝，至少在心理治疗方面。要是有人避而不愿作这种治疗，他就不乐意。他跟我也并不最投合，因为我不够信任他。不过有时我把梦里的情况说给他听听，这样他就有一些分析的材料。”

“哦，那么看我准是冒犯了他，”汉斯·卡斯托尔普恼恨地说，因为得罪任何人往往使他老不痛快。于是疲劳变本加厉地向他袭来。

“晚安，”他说，“我累得要垮了。”

“八点钟我来约你吃早饭，”约阿希姆说完这话就走了。

汉斯·卡斯托尔普匆匆地作好晚间的梳洗。他一关上台灯，睡魔就征服了他；但他再次一跃而起，因为他记起正好前天有人死在这张床上。“这可并不是第一次，”他暗自想着，似乎这么一想就能宽下心来。“这不过是一张死人睡过的床，一张普通的死人床。”于是他睡着了。

但一当他进入睡乡，他就开始做梦，而且几乎一刻不停，一直做到第二天早晨。他梦见的主要是约阿希姆·齐姆森七零八落、不成样儿地躺在雪橇上，沿着陡峭的山路滑下去。他的脸像克罗科夫斯基大夫一样，苍白而发出磷光。前面坐着那位骑手，他的脸模糊不清，活像那个连声在咳嗽的家伙。“这里山上的人全是这个样儿，”变了形的约阿希姆说。这时，可怕地、黏液满口地咳嗽着的不再是那个骑手，而是约阿希姆了。汉斯·卡斯托尔普不由得痛哭失声，他觉得应当到药房去一趟，买一些冷霜来。可是鼻儿又大又尖的伊尔蒂斯太太坐在路边，手里拿着什么东西，这显然是她的所谓“短刃”，但实际上却是他的安全剃刀。这使汉斯·卡斯托尔普破涕为笑。就这样，他在错综复杂的情绪中翻来覆去，直到晨曦通过半开着的落地窗射进来，把他唤醒。

第二章

关于洗礼盆和两重性格的祖父

汉斯·卡斯托尔普对他父母亲的老家已记得不怎么清楚了。他对父母亲几乎没有什么印象。他们在他五岁到六岁的短时期内相继去世，先死的是母亲，她是在她分娩前夕完全出人意料地死去的，原因是神经炎发作后血管阻塞——海德金特大夫称之为血栓——使心脏立即停止跳动。她当时正好坐在床上笑着；从表面上看，她似乎是因笑得过分而昏倒，但实际上却是因为她已死了。这对他父亲汉斯·黑尔曼·卡斯托尔普是一个难以理解的打击，因为他对妻子怀有非常深厚的感情，同时他本性也不最坚强，他始终无法排遣自己的痛苦。他的精神就此一蹶不振；由于神思恍惚，他事业上就遭到挫折，因而卡斯托尔普父子公司大大亏本。第二年春天，当他在寒风扑面的码头上视察仓库时，得了肺炎。由于他那颗破碎了的心经不起发高烧，尽管海德金特大夫悉心治疗，他还是在第五天与世长辞了。他在一大群送葬市民的护送下跟随妻子进入了卡斯托尔普家世世代代传下来的墓地，地点在圣凯塞琳墓园，那儿风光秀丽，可以眺望植物园的景色。

他那位做参议员的父亲倒比他活得久些，虽然时间也长不了多少。他也是害肺炎死去的，不过他临死时很痛苦，和病魔作了顽强的一番搏斗，因为汉斯·洛伦茨·卡斯托尔普跟他的儿子不同，生命力极其旺盛，不会轻易倒下去。在他死前这段短时间内——时间只有一年半——孤苦无依的汉斯·卡斯托尔普住在自己的祖父家里，这是上世纪初在“广场”附近一块狭小的地皮上建成的一幢具有北方古典风格的房屋，屋子阴森森的，长年受风雨剥蚀，显得有些败落。大门两侧都有半露柱，中间的平地上有五级石阶。除了长窗一直落到地面并且饰有铸铁铁栅的楼房以外，另外还有两层楼房。

这里尽是一些会客室，其中包括光线明亮、用灰泥粉饰过的餐室。餐室有三扇窗，窗上挂着深红色的窗帘，凭窗可以眺望后花园。在那儿，祖孙两人每天四点钟时一起共进午餐，时光过了十八个月。侍奉他们的是一个叫菲埃特的老头儿，他戴着耳环，衣服上的纽扣是银色的。跟主人一样，他衣服上也戴着一个用细薄棉布做成的领饰，可以完全像主人那样把剃得光光的下巴埋在里面。祖父跟孩子以“你”相称，说话时用的是德国乡土方言，这倒并不是为了增添什么风趣——因为他天性中并没有什么幽默成分，——而是完全一本正经的，何况他同一般人(例如仓库管理员、邮差、马车夫和仆役)说话时也是这样。汉斯·卡斯托尔普很爱听这种方言，同时也很爱听菲埃特用方言回答时的那股腔儿——他在侍奉主人时，总是俯下身凑在对方的右耳旁说话，因为这位议员在听觉方面，右耳比左耳好得多。老头儿领悟了他的意思，点点头，继续吃饭，笔挺地坐在红木椅子高高的靠背和桌子中间，几乎不大俯身到碟子上去吃菜。这时做孙子的坐在他对面，聚精会神、默不作声地瞅着祖父洁白、漂亮而瘦骨嶙峋的手如何用利索而有条不紊的动作拿起叉子，用叉尖叉起一片肉、一些青菜或一些土豆，稍稍低下头去把它们送到嘴边；祖父手上长着拱形的、尖尖的指甲，右手食指上戴着绿色的纹章戒指。汉斯·卡斯托尔普瞧着自己笨拙的手，心里琢磨着日后如何也可以像爷爷那样挪动刀叉。

另一个问题，是他能不能让自己的下巴埋到像祖父特殊形式衣领里那样的空腔中去，衣领的尖端正好触到祖父的面颊。要做到这点，他得跟祖父一样长寿；时至今日，远近各处除了他老人家和菲埃特老头儿外，再没有别人佩戴这种领圈和衣领了。这很可惜，因为小小的汉斯·卡斯托尔普看到祖父把下巴靠在高而洁白的领圈里特别高兴。在他成长后，他对这件事记忆犹新。他内心深处对它怀有相当程度的好感。

当他们吃完饭，卷起餐巾把它们放在银盘里后(当时，汉斯·卡斯托尔普干这事还不大顺手，因为那些餐巾像小台布一样大)，议员就离开椅子站起身来，把菲埃特抛在后面，拖着脚步走进自己的“办公室”，拿起一支烟来。有时做孙子的也跟着他进去。

这间“办公室”是这样形成的：餐厅里原来开三扇窗，横贯着整个屋子，因此这屋子与其他同一类型的不一样，没有三间会客室的余地，只留下两间的场地。但其中一间与餐厅成直角，只有一扇窗朝街，深度方面显得很不对称。因此，大约有四分之一的长度被分割开来，恰好成为“办公室”。这是一小块暗沉沉的地方，上面开有天窗，没有多少摆设。有一个分层的小书架，上面放着议员的雪茄烟盒，一张玩牌的小桌子，桌子抽屉里有一些引人入胜的东西：惠斯特牌，筹码，小齿能向上掀开的小型记分板，一块石板和一些石笔，纸质雪茄烟烟嘴，以及其他玩意儿；最后，在角落里有一只紫檀木做的洛可可[①]式柜子，柜子的玻璃门后面张着黄色的丝绸帘子。

“爷爷，”办公室里的小汉斯·卡斯托尔普有时会踮起脚尖凑到老人的耳际说，“请您拿出洗礼盆来给我瞧瞧！”

这时祖父已撩起细软的长衫的下摆，把一束钥匙从裤袋里掏出来，打开玻璃柜。柜子内部有一股舒适而古怪的气味向孩子袭来。柜子里藏着各种各样好久不用而引人注目的东西：一对弯曲的银质烛台，一只木匣装的损坏了的气压表，上面刻有寓意深长的图形；一本达盖尔[②]银版摄影术的纪念册，一只杉木做的盛烧酒容器；还有一个难以捉摸的小土耳其人，它披着一件五光十色的绸衣，体内装有机器；以前只要发条一开，就会在桌面上来回走动，但现在机器失灵已有好久了。此外还有一个奇特的轮船模型，模型底部甚至还有一个捕鼠夹。老头儿从中间一层取出一个失去光泽的银质圆盆，盆子上面还有一个银盘。他把这两件东西分开来拿给孩子看，一面讲述他那常讲的故事，一面把它们放在手心上转来晃去。

盆和盘原来不是连在一块儿的，正如人们清楚看到的那样，这时孩子又一次听到老爷爷的教诲。不过祖父说，它们放在一起使用已整整有一百年历史，换句话说，从洗礼盆制成时起就是这样。盆子很漂亮，外形平凡而雅致，带有十九世纪初叶庄严肃穆的风味。它光滑而又坚实，下面是一个圆形底盘，里面镀过金，但金质已因岁月而消退，只剩下一片淡淡的黄色光泽。它唯一的装饰，就是一个庄严的玫瑰花花环，上部

---

① 是欧洲18世纪建筑及艺术上的一种风格，特点是纤巧、浮华、烦琐。

② 达盖尔(1789—1851)，法国银版照相术的发明人。

边缘有一簇簇锯齿形的叶子。至于那个盘子，年代更为久远，这可从盘子的内部加以识别。那儿镌刻着几个绚丽夺目的字码："一千六百五十年"，字码周围是各种各样弯弯曲曲的雕饰。它们是按当时的"现代派"风格镂刻的，花哨浮夸，有阿拉伯式花纹，一半像星星，一半像花朵。但后面却相继刻着代代相传的持有人的名字，他们一起有七个，上面还写明承袭时的年份。套领圈的老头儿用戴戒指的食指把每个人的名字一一点给孩子看：这儿是父亲的名字，那儿是祖父本人的名字；这边是曾祖，那边又是高祖，以后再一代、二代、三代地从老爷爷历历如数家珍的口中追溯上去，而孩子把脑袋歪向一旁，凝神倾听着，有时若有所思，有时呆呆地睁着两眼出神，嘴角露出敬畏、昏昏欲睡的神情，耳畔只是响起"乌尔①……乌尔……乌尔……乌尔"的声音。这种阴沉沉的声音使人想起墓穴和消逝了的岁月，但同时又显示出现世、他本人的生命以及湮没了的岁月之间还存在着某种虔诚的联系，在他身上产生一种不可名状的影响——这从孩子的脸上也表露出来。听到祖父这种声音，他仿佛呼吸到凯德林教堂或米迦勒地下教堂中霉湿阴冷的空气，也似乎闻到那种地方的气息，在那儿，人们脱下帽儿，俯着身子，踮起脚尖一摇一摆地走着，神态显得毕恭毕敬；他也仿佛感受到能传出回声的幽僻处所那种与世隔绝、万籁俱寂的气息。宗教的感情，与死亡的感受以及老爷爷用阴郁重浊的声音讲家史的意境交融在一起，这一切深深打动了孩子的心，使他感到无比欣慰。确实，也许正是因为要一再听到这种声音，孩子才几次三番地要求仔细看看这个洗礼盆。

这时祖父把容器重新放到盘上，让孩子看看里面这个光滑的、稍稍镀过金的空穴。天窗的光线投在上面，使它闪闪发亮。

"嗯，"他说，"我们把你投到洗礼盆上，让受洗的圣水滴下来，转眼已快八年了。……圣雅科比教堂的拉森司事先把圣水注到我们的好牧师布根哈根的掌窝里，再从那儿经过你的头顶滚到盆里。我们先把圣水热一热，免得你受惊哭起来，可结果出乎意料，你事前就大哭大嚷，弄

---

① 在德语中，乌尔(Ur)是许多名词的前缀，意为原始或祖先，例如 Urgroβ vater 即曾祖父。因汉斯·卡斯托尔普的祖父爱谈祖辈业绩，故云。

得布根哈根不能顺利执行圣事。但圣水一掉在你的头上，你就一声不响，我们希望这是你对圣礼肃然起敬的表示。再过几天，又是你有福的父亲受洗四十四周年了，当初圣水也从他头上流进盆里。他也出生在这屋子里，这是他双亲的屋子，正好在厅堂中间的窗户前面，给他受洗的还是那个黑泽基尔老牧师，他年轻时差点儿让法国人枪杀了，因为他传教时反对烧杀劫掠。现在他早已进天国了。咳，七十五年以前，我本人也在这个厅堂里受洗。他们把我的脑袋按在这个盆子上，好像此刻盆子放在盘上的那个模样。做圣事的口中念念有词，说的话跟对你和你爹说的一模一样。温暖清澈的圣水也从我头发上流到金子做的洗礼盆里。当时我的头发也不比现在多。”

孩子抬头望着祖父银灰色的小脑袋。这时祖父又在洗礼盆上垂着头，与他所讲述的、好久以前的情景相仿佛。孩子体验到一种十分熟悉的感觉，这是一种奇特的、梦幻似的、惝恍迷离的感觉，静中有动，既令人有沧海桑田之感，又使人茫然不知所措。这种感受他过去也曾有过，现在他又期待着，希冀着，渴望能获得它。一当这种代代相传的遗物展示出来时，他就会有这种感受。

年轻人日后扪心自问，发觉他祖父在自己心目中的形象比父亲要深刻得多，清晰得多，也重要得多。原因可能在于他们同甘共苦，而且体格上的特征也十分相似。孙子很像祖父，仅从他发育时刚长出的胡子来看，就有几分像七十来岁苍白而呆钝的老爷爷。不过主要之处，乃在于老爷爷无疑是家庭中的真正角色和别具一格的人物。

从社会角度上说，早在汉斯·洛伦茨·卡斯托尔普去世之前，他的为人之道与观点已远远跟不上时代的步伐。他是一个典型的基督教徒，信奉新教，思想十分保守，顽固地认为社会上只有贵族才有统治能力，仿佛他生活在十四世纪似的。当时，手工业者正开始顽强地与旧的自由贵族阶级一决雌雄，企图在城市议会里争得席位和发言权。他对新生事物不很看得顺眼。他活动的年代，恰好是大动荡、大转变的十年，也是飞跃进展的十年，这对公众的献身精神和冒险精神提出极高的要求。新的时代精神正在喜奏凯歌，而卡斯托尔普老头儿却觉得这一切格格不人。他竭力卫护先辈的习俗和旧制度，而对扩建港口的冒险性尝试及一味兴建大城市而把上帝置之脑后的愚蠢规划不屑一顾。他一有可能就设法加以制止或削弱；倘若他竟能随心所欲，今日市政管理的外貌可能仍保持着他那个时代的田园风味和古代法兰克人的情调。

这就是这位老人生前身后在市民们心目中留下的形象。由于幼小的汉斯·卡斯托尔普对政治一无所知，在他幼稚的心灵中基本上也保持着同样的形象。这是一些默默无言的、也是不加批判的感受，但这些感受栩栩如生。这些感受在他日后的生活中作为有意识的记忆形象完全保存下来，它们不能用文字表达，也无法分析，但印象依旧十分深刻。上面已经说过，这是生活中同甘共苦在起作用，或者说是祖孙之间血缘相近、休戚相关之故。这种情况是屡见不鲜的。做孩子和孙子的往往先观摩，而后产生景仰之心，再由景仰而萌生学习之念，并从先代遗传下来的素质中培育出自己的个性来。

参议员卡斯托尔普长得又高又瘦。岁月使他的背和脖子弓缩起来，可是他试图用其他方法补偿：他威严地把嘴角弯向下方，尽管他嘴里已没有一颗牙齿，只剩下一排牙肉，现在全靠一副假牙咀嚼食物。他脑袋已经开始有些摇摇晃晃，这么一来，头部的不稳感倒可以冲淡一些，看去仍不失尊严，同时下巴也可以在领巾上托住。这样的姿势，小小的卡斯托尔普看了很称心。

他喜欢鼻烟盒——他使用的是一只狭长的、内部镀过金的海龟壳盒子——吸烟时使用一块红手帕，手帕的一角经常从他上衣后面的那只袋里垂下来。如果说这有损于他仪表的话，那么给人的印象也无非是年老而放浪不羁，不拘小节，日子一长，就故意或乐意听之任之，或者连他本人也不知不觉。无论如何，在汉斯·卡斯托尔普年幼而锐利的目光里，这仍不失为祖父外表上的唯一缺点。但无论是当时七岁孩子所看到的，还是他日后成长时所记起的老人的日常形象，都不是原来的真实面目。他的真面目迥然不同，比平时漂亮得多，逼真得多——这从一幅画像上鲜明地表现出来。这是一幅与老人身材相仿的画像，原来挂在小汉斯·卡斯托尔普父母亲的卧室里，后来他迁到“广场”上，那幅画也一起搬过去，挂在会客室的红缎大沙发上面。

在这幅画中，汉斯·洛伦茨·卡斯托尔普穿着担任市政参事时的官服。这是上世纪庄严而又极为朴质的市民服装，有威风凛凛的、富于冒险精神的共和政体的遗风，过去在他身上也曾显赫过一番。它使人有时过境迁、今是昨非之感，也显示出世间万物彼此永远存在着密切的关系，而老人办起事来也十拿九稳。画中是参议员卡斯托尔普的全身像，他站在铺红砖的地板上一根圆柱和尖角拱门的旁边，是一幅透视画。他站时下巴向下，嘴角也往下弯，一双湛蓝的沉思的大眼睛眺望着远方，眼睛下面露出泪囊。他穿着一件黑衣服，确切些说，是一件一直披到膝盖的法衣似的长袍，衣服前面的敞开部分和四周围都饰有毛皮。上袖宽而隆起，也饰有毛皮；下袖则显得狭小，用粗布制成，花边袖口一直拖到手上，把节骨也遮住了。细弱的腿上穿着一双黑丝袜，脚上穿一双有银色扣环的鞋子。他脖子上套着宽大而浆硬的皿形领饰，前端向下，两侧向上隆起，下面在背心上还锦上添花似地饰着上等细麻布的褶襞。他手里提着一顶上端越来越尖的老式宽边帽。

这是某个著名画家的杰作，主题鲜明，风格与古代大师的相仿，使观赏者联想起西班牙、荷兰与中古时代的各种作品。汉斯·卡斯托尔普幼年时常注视这幅画，这当然并不是因为他懂得艺术，而是因为他怀着某种意义更广泛的、甚至更深刻的理解心情。像画布上描摹的那个祖父，尽管他在实际生活中只亲眼见到过一次，而且只是一瞬(当时，祖父正昂首阔步地向议院走去)，但他仍禁不住感到这幅栩栩如生的画像不失为祖父的真面目，而每天所看到的祖父只是所谓“临时性”的祖父，是一个次要的、不能恰如其分地体现祖父风貌的形象。因为显而易见，那幅不同于他日常形象的、神采奕奕的画，是以一种不完善的、也许是不成功的刻意摹仿为依据的，他的这种高硬衣领和高的白领圈都是老式的；不过这样的称呼，不可能适用于这种值得艳羡的衣饰，它也只有“临时性”的意义——这里的衣饰，指的就是西班牙式皱领。祖父在街上戴的那种异乎寻常的拱形大礼帽，与画中的那顶宽边毡帽极为相似，而那件有裥的长袍，在小汉斯·卡斯托尔普看来，只是饰有花边和毛皮的法衣而已。

因此，当某一天他和祖父永诀时，看到祖父仍旧保持着原来严谨、完好的风貌，心里十分欣慰。当时大家都在厅堂里，也就是他们常常面对面坐着就餐的那个厅堂；汉斯·洛伦茨·卡斯托尔普躺在大厅中央一口镀银的灵柩内，灵柩搁在柩架上，四周都摆满了花圈。他跟肺炎曾作了一场殊死的搏斗，这是一场长期而顽强的搏斗，尽管由于他的适应能力强，他在世之日对疾病显得不动声色，处之泰然。此刻他躺在那儿，人们不知他是战胜还是战败了。不过无论如何，他躺着的神态十分安详。病床上的斗争使他大大变了样，鼻子也尖了一些，下身盖着一条毯子，上面放着棕榈枝。头部用一只丝绸枕头垫得高高的，这样他的下巴正好漂亮地陷在皱领前面的凹处。他的双手一半被花边袖口遮住，僵冷的手指被人为地安排得自然而富有生气，手里捏着一个象牙十字架，仿佛他低垂着眼睑定睛瞅着它。

祖父最后一次患病时，汉斯·卡斯托尔普起初还见过他几次，但临终前却没有见过面。家人不让他看到祖父所作的挣扎，这种挣扎大部分是在夜间。他只是从家中沉郁的气氛，菲埃特老头儿红肿的眼睛以及医生的来回奔走中间接地接触到有关情况。现在他站在厅堂里，心中不禁得出这样一个结论：祖父的“临时性”形象现在已庄严地消失，最后又恢复他原来的、恰如其分的真面目了。即使菲埃特老头儿痛哭着，不住地摇着头，而汉斯·卡斯托尔普自己也痛哭失声——以前，当他亲眼看到母亲突然去世，不久父亲也一动不动地像陌生人那样躺在他面前时，他也这样痛哭过——他还是认为这样的结局是令人欣慰的。

在这么短的时间内和这么年轻的时候，死神已第三次在小小的卡斯托尔普心灵上和感官上投下了阴影，特别在感官上。对他来说，看到死已不是什么新奇的事，他已十分熟悉，他对死已安之若素，丝毫不影响他的神经，只是不免有些哀伤而已。这一次他也是这样，不过程度更深一些罢了。他不懂得大人的死对他的生活实际上会带来什么后果，却以天真的漠不关心的态度对待它，满以为将来反正有人会照料他，因此在灵柩面前，他也漠然无动于衷，只是干巴巴的表演一番。这一回是第三次了，他除了那些富有经验的感情和表情外，又带着某种古怪而老练的鉴赏神情。本来，他因为悲痛或在别人的感染下往往流泪，现在，眼泪已不再是他的一种自然反应了。在他父亲逝世三四个月后，他已把死这件事忘了，现在一下子又记了起来，而且当时的种种景象，又清晰、深刻、历历在目地以无可比拟的奇特形态再现在他眼前。

试对上面这些概念作一番分析，并用文字表达出来，大致可归纳为下面这些话。死，一方面固然是神圣的、富于灵性的和哀伤动人的，也就是说属于精神世界的事，但另一方面又完全不同，而且恰恰相反：它纯粹是肉体的，物质的，根本不能称它是动人的、富于灵性的或神圣的，甚至也称不上是哀伤的。庄严而富于灵性的一面，从遗体豪华的殡葬仪式中，从如锦的繁花中以及扇子般的棕榈叶中体现出来；大家都知道，这象征着天国的安宁。此外，祖父冷冰冰的手指中捏着一个十字架，灵柩顶端放有托瓦森[①]的耶稣基督胸像，两侧摆着高高突起的烛台——这些更清晰地体现出这一点。在这种场合下，这些也都散发出一种宗教气息。所有这些安排，都显然而确切无误地指明这样一个事实，即祖父现在已永远回复他的原来真面目。此外它们还有另外一些意义和减轻痛苦的目的，这点小小的汉斯 · 卡斯托尔普心里明白，只是不说出来罢了。所有这一切，特别是这么多的晚香玉，无非都说明死既不美丽动人，也根本不用伤心，而是一种几乎是不体面的、涉及血肉之躯的事，应当掩饰，应当遗忘，而不该常常记在心里。

正是由于这点，已去世的祖父才显得这样古怪，甚至一点也不像祖父本人，而是像一尊被死神替换了的、大小相等的蜡像，目前这一切庄严隆重的场面都是为他忙碌的。他躺在那儿，或者说得确切些，有一件东西躺在那儿，这不是祖父本人，而是一个躯壳；汉斯 · 卡斯托尔普知道，这个躯壳不是蜡做成的，而是祖父的本体，而且只是本体。这倒是不体面的，也没有什么好伤心的——像涉及血肉之躯以及仅仅涉及血肉之躯的事儿那样没有什么可伤心的。小汉斯 · 卡斯托尔普端详着那蜡黄

① 托瓦森(1768—1844)，丹麦雕刻家。作品以纪念像为主，也有取材于神话的。

的、光滑得像乳酪那样干瘪的躯体，身材大小与生前一模一样，脸和手都跟祖父活着时毫无二致。恰好有一只苍蝇飞来，停在祖父一动不动的前额上，它的触嘴开始上下移动。菲埃特老头儿小心翼翼地把它赶跑了，同时战战兢兢地怕碰到死者的额角。他脸色虔诚而阴沉，仿佛不想或不愿知道他刚才干的是什么。这种谦恭的神情，显然同这样的事实有关，那就是祖父只剩下一副躯壳，其他什么都不存在了。但苍蝇兜了一圈后，又栖息在祖父的手指上靠近象牙十字架的地方。在发生这事的时候，汉斯·卡斯托尔普认为自己闻到了某种气息，这股气息虽然不是淡淡的，但比以前闻到的都要古怪而强烈得多，这使他不无羞愧地回想起过去有一位同学也有这股怪味儿，因此大家都回避他。晚香玉摆在那儿就是为了驱散这种气味的，尽管它们这样繁茂芬芳，这种气味还是掩盖不了。

他伫立在尸体旁已有好多次了：第一次单独与菲埃特老头儿在一起，第二次与舅公蒂恩纳佩尔——他是一个酒商——和两个舅舅吉姆斯与彼得在一起。现在是第三次了，一群穿节日礼服的码头工人在尚未合上的灵柩前站了一会，跟卡斯托尔普父子公司的前主人遗体告别。接着开始大殓，厅堂里挤满了人，由戴着西班牙式皱领的圣米迦勒教堂布根哈根牧师致悼词，他就是为汉斯·卡斯托尔普受洗的那个牧师。后来乘马车去墓地，他们这辆车紧随柩车之后，马车排成长长的一列。牧师在马车里待小汉斯·卡斯托尔普很和气。这一时期的生活从此结束，以后汉斯·卡斯托尔普又马上迁到一所新居，换上一个新的环境。对他年轻的生命来说，这已是第二次了。

在蒂恩纳佩尔家以及汉斯·卡斯托尔普的品德

这一变迁对他并无任何损失，因为他住的是参议蒂恩纳佩尔的邸宅，参议是受托保护汉斯的；就他个人的需要而言，他确实不缺少什么，而在保护今后利益——他对此一无所知——的角度来说，他也用不到担什么心。参议蒂恩纳佩尔是汉斯已故母亲的舅舅，他经管卡斯托尔普遗下的产业，把不动产卖掉，同时也负责卡斯托尔普父子进出口公司的清理工作。他从中得益的是汉斯 · 卡斯托尔普四十万马克的遗产，蒂恩纳佩尔把这笔款子转作信托资金，每季度初从中获取百分之二利息，而无损于亲戚间的情谊。

蒂恩纳佩尔的住宅坐落在哈尔费斯特胡德街花园的后面，凭窗眺望，前面是一片草地，草地上连半根杂草也没有；远处是玫瑰花花坛，再前面则是一条河。参议虽然有一辆漂亮的马车，但每天早晨徒步去"古城"办公，为的是稍稍活动一下身体，因他有时脑里有淤血。他晚上总是五点钟回来，一家聚在一块端端正正地坐着吃晚饭。他是一个端庄的人物，穿的是最讲究的英国服式，蓝澄澄的眼睛向前突出，戴着一副金边眼镜，鼻子红通通的，长着灰色的海员式胡子，左手粗短的小手指上戴着一只亮晶晶的宝石戒。他的妻子早已去世。他有两个儿子，彼得和吉姆斯，一个在海军，不常在家；另一个继承父亲的衣钵，从事酒业，是商行的当然继承人。多年来，家务一直由阿尔多纳[①]一位金饰匠的女儿莎莱安主管，她圆鼓鼓的腕部饰有浆硬的白褶边。她所孜孜不倦地关心的是早餐和晚餐都应当有丰盛的冷盆，还有什么蟹啊，鲑鱼啊，黄鳝啊，鹅儿的胸肌肉啊，烤牛肉用的番茄沙司之类。当蒂恩纳佩尔参议设宴招待客人时，她对临时雇来的仆役总是警觉地监视着。对于幼小的卡斯托尔普，她在力所能及的范围内也尽到做母亲的责任。

汉斯 · 卡斯托尔普是在凄风苦雨的环境下成长的，也可以说是在黄色的防水胶布下成长起来的。总的说来，他觉得生活过得挺不错。海德金特大夫说，他从小就有些贫血，在他每天放学第三次餐后，总给他喝一杯黑啤酒。大家知道，这是一种有营养的饮料。海德金特大夫认为它能使血液旺盛，而汉斯 · 卡斯托尔普却觉得对他的精神能多少起些镇静作用，并有助于他舅公蒂恩纳佩尔所说的他那种"昏昏欲睡"的癖好，也就是说，有时他会什么都不想，呆呆地像打盹那样凝望远处出神。不

---

① 阿尔多纳，普鲁士城市名，与汉堡郊区的圣保利邻接。

过他身体总算健康正常，打网球和划船都有一手，可惜他不大爱打桨，而喜欢夏夜在乌伦霍尔斯特[1]摆渡房的露台上坐着欣赏音乐，痛痛快快地喝一杯茶，一面呆望着灯火通明的小船，而天鹅则在波光潋滟的水面上游弋。只要你听他用冷静的、理智的、同时有些低沉、单调而带着一些乡土方言的腔儿说话，只要你看到他是一个标准的碧眼金发男儿，他的头发修剪得多么整洁，带有一些古典风味，而且从冷冰冰、慢悠悠的风度中流露出祖先遗传下来某种自己完全觉察不到的自负情绪，你就决不会怀疑汉斯·卡斯托尔普是地地道道从这块乡土成长起来的，在本土中自得其乐。即使他反躬自问，他对这点也不会有丝毫怀疑。

海滨大城市的气氛——潮湿的空气，世界各地汇集在这儿的零售商商业网以及优裕的生活，使他心情十分舒畅。他先人曾在这儿度过一生的光阴，现在他又轻松愉快、悠然自得地呼吸这儿的空气。他闻到的是水、煤炭、柏油散发出来的气味以及殖民地堆积如山的货物发出的臭气，他看到的是码头上巨大的蒸汽起重机仿佛大象在工作那样，既聪明沉着，又力大无穷。它们把一袋袋、一捆捆、一箱箱、一桶桶以及一瓶瓶重达数吨的货物从远洋轮船的腹部吊上来，卸到火车及货棚里去。他看到商人们像他自己一样穿着黄色的橡皮外套，在中午时分麇集到波尔斯地方，他知道那儿非常热闹，每个人都易于获得发请帖赴宴的机会，从而一下子提高了他的信用。他看到了船坞那边万人攒动(以后，这儿是他特殊的兴趣所在)，也看到了干船坞里亚洲轮与非洲轮庞大无比的船身，它们高得像塔一样，龙骨和螺旋桨都露在外面，由树枝般粗的撑条支持着，它像怪兽那样孤苦无助地躺在干燥的土地上，下面拥满了侏儒般的人群，工人们擦洗着，锤打着，粉刷着。他又看到盖有屋顶的烟雾腾腾的船台上，船舶高高隆起，船身里正在构筑一条条的肋材，而工程师们手持设计图纸和排水表，向造船工人们发号施令——所有这些，汉斯·卡斯托尔普从青年时代起就十分熟悉，并在他心中唤起了依依不舍、异常亲切的感受。当星期日上午，他和吉姆斯·蒂恩纳佩尔或表哥

① 乌伦霍尔斯特，是汉堡的一个市区。

齐姆森——约阿希姆 · 齐姆森——坐在阿尔斯特河畔的亭园里用早餐，吃着温热的圆面包和熏肉，外加一杯陈葡萄酒，以后再靠在椅子上抽一支烟时，他几乎已找到生活的最高乐趣；因为有一点是千真万确的，那就是他爱生活得舒服些，尽管他有些贫血，看上去文质彬彬，他骨子里还是追求吃吃喝喝的生活享受，像一个贪婪的乳儿那样依恋着母亲的乳房。

这个有民主气息的商业城的上层统治阶级，将高度文明赐给它的孩子们，而汉斯则悠闲而不失尊严地将这种文明承载在自己的肩上。他身子洗得像婴儿一样干净，叫裁缝做的衣服都跟当时他那个圈子里的青年人那样时髦流行。他的一束内衣都小心地作过标记，放在一口英国式的衣柜里，由莎莱安极其小心地照管着。汉斯 · 卡斯托尔普在外面求学时，就一直按期把衣服寄回家来洗涤修补（他有一句箴言：帝国之内除了汉堡外，没有别的地方懂得熨衣艺术），只要他漂亮的花衬衫袖上有些皱，他心里就老不舒服。他的手看起来虽不特别娇贵，却保养得很好，皮肤十分光洁。手上的装饰品是一只链式白金戒指和祖父传给他的印章戒指。他牙齿不很坚实，常常有些毛病，并用金子镶过。

无论他站着还是走路，他肚子总稍稍有些突起，很不雅观，但他就餐时的姿势十分优美。同桌旁的人聊天时，他总彬彬有礼地挺直了上身（说起话来当然很有分寸，而且带些乡土方言），当他用刀叉分开一片家禽肉或用专门餐具熟练地从壳中扒下淡红色的虾肉时，他只是把胳膊肘轻轻搁在桌上。他饭后首先需要的，是那只有香水的洗手指用的小盆，其次需要一支俄国香烟，这烟不必付税，是通过适当方式秘密偷运来的。过后再抽一支雪茄，这是一种味儿挺美的不来梅产品，牌子叫做马丽亚 · 曼契尼，在后面我们还要提到。这种烟既有香味，又有毒性，吸时佐以咖啡，很有提神作用。汉斯 · 卡斯托尔普把贮备的烟草保存在地窖里，使它不致受到热蒸汽的有害影响。他每天早晨下地窖，在烟盒里装满当天吸的必需量。吃牛油时不喜欢厨师预先切成一块块的，也不喜欢切成凹球状。

可以看出，我们这里想要说的都是偏袒他的话，但我们认为并未言过其实。我们对他的描写既不比实际好，也不比实际坏。汉斯·卡斯托尔普既非天才，也非蠢人；如果我们避而不用“中不溜儿”这个字眼形容他，其原因与他的智慧无关，跟他质朴的个性也几乎没有关系，而是出于对他命运的尊重。对于他的命运，我们很想赋予某种超乎个人恩怨的意义。他的头脑应付实验中学[1]的课程绰绰有余，并不感到紧张；不论在哪种环境下，也不论为了什么目的，他也确实不愿使自己处于某种紧张状态，这倒不是怕吃苦，而是他认为这样做丝毫没有理由，确切些说，没有非这样做不可的理由。这也许是我们不愿称他为“中不溜儿”的缘故，因为他在某种程度上意识到紧张是没有理由的。

人们不仅仅以个人的身份生活，而是不知不觉地与他的时代和同时代的人同呼吸，共命运。人们可能认为他生活中那些一般性的、非个人的基础已牢固地奠定，同时把它们看作是天经地义的，对它们一点儿不抱攻击、批判的态度，像善良的汉斯·卡斯托尔普那样。但有一点也是很可能的，即人们同样也觉察到时代的弊病，从而多少有损于自己道德上的完美性。个人各式各样的目的、目标、希望、前景都在眼前浮现，他从这里面汲取奋发向上、积极工作的动力。如果不属于他个人的、亦即他周围的生活（甚至是时代本身）外表上看来哪怕多么活跃而富有生气，而骨子里却十分空虚，没有什么希望和前景；如果他私下承认它既无希望，又无前途及办法，同时对人们有意识或无意识地提出的问题（在一定程度上，这些问题是人们费尽心机在最终的、超乎个人之上的绝对意义上提出的）报以哑然的沉默，那么对一个较为正直的人来说，几乎不可避免地会使他趋于消极而无所作为，开始时只表现在他的精神上和道德上，后来就一直扩展到他的生理和机体部分。在一个不能满意地回答“人生目的何在”的时代里，凡才能卓越、成就出众的人，不是道德上异常高超——这是很少见的，而且不失为英雄本色——，就是生命力极其旺盛。上列无论哪一种品质，汉斯·卡斯托尔普都不具备，因而他可算是个“中不溜儿”的人，尽管我们是从崇敬他的角度说这话的。

---

[1] 当时德国的一种九年制学校，相当于我国解放前六年制小学四年级起至高中三年级的程度。

我们这里说的，不仅仅指这位年轻人求学时代的内在素质，也指他选定职业后那些年份里的本质。就他求学的经历而言，他各课常常须反复学习。但总的来说，他的出身、他的良好教养以及对数学方面的优异天赋(他对此是无动于衷的)都有助于他不断进步。在领到一年的结业证书后，他决定继续留校。说句实话，留下来的主要原因却在于他想借此延续一下他已过惯了的那种生活，可借此暂时维持现状，不必另作打算，同时还可赢得时间，以便让他汉斯·卡斯托尔普仔细考虑今后怎么做才是上策。关于这方面，他心里一直没有一个底，即使在最高一班里学习时也是懵里懵懂的；而当最后一旦决定了时(说他已最后作出决定，恐怕有些言过其实)，他却觉得用其他方式作出决定也没有什么不好。

不过有一点是确凿无疑的：他对船舶一向很感兴趣。当他还是一个孩子时，他就爱用铅笔在笔记簿里画满渔船、五桅船以及菜船之类。十五岁时，他曾坐在一个挺不错的位置上亲眼观看布洛姆·福斯公司新式双螺旋桨邮船“汉萨”号下水，事后他就用水彩画把这艘苗条的船惟妙惟肖地描绘出来。参议蒂恩纳佩尔把它挂在私人办公室内。这幅画上，波涛滚滚的海面一片绿色，像玻璃那样清澈透明，显得十分逼真，手法也颇高明，因而有人对蒂恩纳佩尔说，这是一个天才，以后可以成为一个优秀的海洋画家。参议把这番话若无其事地复述给他监护的孩子听，汉斯·卡斯托尔普只是淡淡一笑，对这种极度紧张连肚子也填不饱的职业根本不放在心上。

“你拥有的东西并不多，”蒂恩纳佩尔舅公有时对他说。“我的钱大部分是给吉姆斯和彼得的，也就是说，钱在店里，而彼得从中拿一笔利息。关于你的东西，我已给你保藏得好好的，将来到你手中的东西是很靠得住的。不过靠利息过活，在今天可不是玩儿的，除非钱的数目至少比你现在的多五倍。如果你想在这个城里搞出点名堂来，生活水平达到你过去那样，那么你就得好好干一番事业。孩子，你得记住我这番话。”

汉斯·卡斯托尔普记住了这点，并且在寻找一个他本人和别人眼中都过得去的职业。一旦他选定了，他也十分重视。这工作是通德尔·维尔姆斯公司的维尔姆斯老头儿在某一星期六打惠斯特牌时向蒂恩纳佩尔提议的，他说汉斯·卡斯托尔普应当学习造船，这个主意很妙，将来可到他公司里去工作，那时他会好好照顾这位年轻人的。汉斯认为这个职业虽然非常艰苦复杂，但同时也非常崇高，非常出色，性质也很重要。他生性好静，这个行业无论如何比他表哥齐姆森的好得多。齐姆森一心想成为一名军官，他是他已故母亲的异父姊妹的儿子。约阿希姆·齐姆森的胸部不大健康，如果有一种职业能使他经常在室外活动，不必动什么脑筋，也谈不上什么紧张，对他倒是挺合适的——汉斯·卡斯托尔普稍稍有些轻蔑地想。他非常尊重工作，虽然就他个人说，工作很易使他疲倦。

这里，我们又要回到上面说过的话题上，也就是假定人类个人生活中因时代而带来的不利因素会影响到他的体质。汉斯·卡斯托尔普干吗不尊重他的工作呢？这是理所当然的。不论是谁，工作都该是他无条件地最最值得尊重的东西，除了工作之外，基本上没有别的更值得重视了。它是人们立身的准则，它关系到一个人的成败。这在时间上也有绝对性的意义，也可以说，它种瓜得瓜，种豆得豆。因此，汉斯对工作的尊重是虔诚的，而且就他个人所知，是毫无疑义的。不过另一个问题是他是否热爱它；尽管他非常尊重它，但却不能爱它，理由很简单：工作对他不合适。紧张的工作使他绞尽脑汁，一会儿他就精疲力竭。他曾直言不讳地承认，他宁可空些，而不愿让工作像铅块似的重担压在头上；他宁可让时间空着，不愿咬紧牙关去克服横在前面一个又一个的障碍。他对工作的这种矛盾态度，严格地说应当予以调和。要是他在灵魂深处能不自觉地把工作看成是一种无价之宝，是能够获得报酬的一种准则，并可从中找到慰藉，那么他的身体和精神——首先是精神，精神之外还有身体——在致力于工作时是否可能更加愉快，更能坚持不懈？这里又提出了关于汉斯·卡斯托尔普的“中不溜儿”或“比中不溜儿略胜一筹”的问题，我们对此不愿作出明确的回答。我们又不是为汉斯·卡斯托尔普歌功颂德的人，还是让人们去作这样的猜测：他生活中的所谓工作，只是和无忧无虑地享受一支马丽亚·曼契尼雪茄烟相距不远的一种观念罢了。

他生性不爱在军队里当差。他生来对它有反感，总是想方设法避而不愿前去。这也许是因为参谋部军医埃贝丁克某次去哈费斯特胡德街时，曾在谈话中间听蒂恩纳佩尔参议说，年轻的卡斯托尔普正离家在外学习，他认为投笔从戎对开始从事的学业显然是个妨碍。

他动起脑筋来缓慢而冷静——汉斯·卡斯托尔普在外时，尤其保持着早餐时喝黑啤酒的习惯，他认为这是有镇静作用的——头脑里满是解析几何、微分学、力学、投影学及图解静力学；他计算满载排水量与空载排水量、稳定性、吃水差及定倾中心等，有时感到很腻烦。他的机械制图、框架设计图、吃水线投影图及纵向投影图固然及不上“汉萨”号飘浮于大海上的那幅水彩画，但在需要用官能的感受烘托理智的场合，以及在刻划阴影线和绘制素材色彩较为鲜明的一些截面图时，汉斯·卡斯托尔普的手法比大多数人都要高明。

当他回家休假时，他衣冠楚楚，十分整洁，蓄着淡红色的小胡子，年轻而娇贵的脸上显出昏昏欲睡的神情；显然，他已踏上飞黄腾达的道路。这时，关心社会事业和一心想了解家庭与个人内幕的那些人，也是他的同乡——在实行自治的城邦里，大多数居民都是这样——就会细细把他审察一番，同时暗自思忖，这位年轻的卡斯托尔普日后在社会上究竟会扮演什么角色。他出身于世袭之家，他的姓氏久享盛名，有朝一日，他可能成为政治上的显要人物，这点怕不会有错儿吧。那时他也许坐在市政厅或市参议会上制定法律，或者担任什么要职，在维护主权方面出一份力。那时他可能是行政部门、财政部门或建筑管理部门的人，大家对他的话得好好听从，好好思量。这位年轻的卡斯托尔普先生将来究竟归依哪一个党派，这点人们可怀着好奇心。光看外表不一定正确。从表面上看，他压根儿不像是民主主义者信得过的人物，他跟祖父有许多相似之处，这是决不会错的。也许他仿效祖父，将来是个故步自封的人，一个保守派？这倒很有可能，但也可能截然相反，因为他毕竟是个工程师，一个未来的造船专家，是一个熟悉技术并和世界各地商务打交道的人。他，汉斯·卡斯托尔普也许会成为激进派，一个一味蛮干的家伙，会亵渎神明地把一切古老的建筑和秀丽的风景毁了。他会像犹太人那样放浪不羁，像美国人那样傲慢无礼；他宁愿肆无忌惮地与优良的传统观念决裂，处心积虑发展自然资源；他宁可把国家的命运孤注一掷——这些也都是不能排斥的。他的家族曾在议会里占有两个席位，现在他血统上是否仍保持着先人洞烛一切的那份明智，或者竟会在市政厅中支持反对派？同乡们好奇地提出的这些问题，从他淡红色眉毛下的那双蓝眼睛中都找不到任何答案。现在，连汉斯·卡斯托尔普本人也一无所知，他还是一张一尘不染的白纸哩。

当他登上读者初次和他见面的旅途时，他正好二十三岁。那时他已在但泽工业专科学校读完四学期课程，另外四个学期又在布劳恩施魏克和卡尔斯鲁厄工业大学度过。他刚顺利通过了第一次大考，成绩虽谈不上大放光彩，却也相当可观。现在他正准备进通德尔·维尔姆斯公司当义务见习工程师，在船厂里接受实际训练。正好在这个关头，他的生活道路遇到了下列转折点。

为了应付大考，他不得不坚持不懈地努力学习，回家时显得十分憔悴，像他那种类型的人，脸色照理是不会落到这步田地的。见惯他的海德金特大夫责备起来了，他要求汉斯换一换空气，也就是说彻底换个环境。他说这一回，住到诺尔德奈岛或弗尔岛[①]上的维克去都不济事，如果有人征求他的意见，他认为汉斯·卡斯托尔普在进造船厂前应当到高山上住几个星期。

这个主意倒不错，参议蒂恩纳佩尔对他的外孙和受监人说，不过这样一来，今年夏天他们得分道扬镳了，因为四匹马是不能把他蒂恩纳佩尔参议拉上高山的。这对他也算不了什么，汉斯需要的只是适宜的气压，否则他会害病的。汉斯·卡斯托尔普还是舒舒服服地独个儿上山吧。他可去探望一下约阿希姆·齐姆森。

这是一个合情合理的建议。约阿希姆·齐姆森病了，不过他的病不像汉斯·卡斯托尔普那样，而是真正染上了病，病得很凶险，甚至家人

---

① 在诺尔德奈岛和弗尔岛上，有著名的海滨浴场。

都惊惶失措。他一直容易患感冒，发烧，有一天竟吐起血来，于是约阿希姆得赶紧去达沃斯休养，这使他非常痛苦烦恼，因为他的愿望行将实现。他本来遵家人之命，几学期来都在攻读法律，但后来为一种不可抗拒的欲望所驱使，他调换了学科，投奔军官学校，而且已被吸收为学员。现在他在山庄国际疗养院已待了五个月以上，这所疗养院由顾问大夫贝伦斯主持。他在寄给家中的明信片中说，他腻烦得几乎送掉半条命。因此，如果汉斯·卡斯托尔普在进通德尔·维尔姆斯公司就职之前还想排遣一下，那么上山去疗养院跟可怜的表哥作一会儿伴可再适当也没有了，这样双方都称心如意。

他决定出发时已是盛夏季节，时光已到了七月下旬。

他动身作三星期之游。

第三章

庄重与阴郁

汉斯·卡斯托尔普本来怕睡过了头，因为他实在太疲倦了。但结果他比平时起得还早，有充裕的时间为自己理晨妆。每天早晨仔仔细细地梳洗一番已成了他的习惯，有高度教养的人往往有这种习惯。一只橡皮面盆，一只盛绿色香水肥皂的木盘，还有附带的一柄草刷——这些都是盥洗用的主要工具。除梳洗装扮之外，他还有足够的时间把行李打开，搬到室内去。当他拿起镀银的剃刀放在涂满香皂泡沫的脸颊上时，他猛然想起了昨夜那些神魂颠倒的噩梦，不禁哑然失笑，对梦里那些乱七八糟的事宽容地摇了摇头，心里洋溢着光天化日之下修脸整容的人们那种洋洋自得之情。他还没有完全定下心来，只感到黎明的清新。

他脸上扑着粉，穿着胶带衬裤和红色的山羊皮拖鞋，走到阳台上，让手里的水分收收干燥。阳台一直通到屋子里，用一些不透明的玻璃隔板分成各个小间，这些玻璃隔板并不一直伸到栏杆处。清晨凉爽多云。重重的浓雾黏滞不动地弥漫在两侧的高山前面，远处山峦上白色和灰色的云块低垂着。这儿那儿间或露出一方蓝天，阳光透射下来，把山谷下面的村庄照得闪闪发光，它们在山坡上一片暗黑色的枞树林掩映之下，显得一片银白。不知从哪儿传来了清晨的音乐声，这声音也许是昨晚开音乐会的那个旅馆里发出的。那儿传来了赞美诗低沉的和音，停了一会又奏起一支进行曲。汉斯·卡斯托尔普酷爱音乐，音乐在他身上产生的效果像早餐时的黑啤酒一样，有一种强烈的镇静作用和麻醉作用，使他昏昏欲睡。他高兴地倾听着，脑袋歪向一边，嘴巴微微张开，眼睛里泛起几根红丝。

他看到下面有一条路蜿蜒而上，一直通到疗养院，这就是他昨晚乘车到来的那条路。在山坡潮润的草丛里，长着短茎的龙胆，形状很像星星。一部分平台用篱笆围成一个小园子，那儿有砾石小径和花坛；在一株雄伟挺拔的白杉树下，还有一个假山洞。这里有一个朝南的厅堂，里面有几把靠背椅，屋顶则盖有白铁皮。厅堂旁边竖着一根红棕色的旗杆，用绳索牵住的旗子不时迎风招展。这是一面绿白相间的花哨旗子，中间有蛇盘杖，它是医学界的标志。

这时，有一个愁容满面的年长女人在花园里踱来踱去。她穿着一身黑衣服，乱蓬蓬的灰黑色头发前面蒙着一幅黑纱。她在花园小径上急促不安地漫步，膝盖有些弯曲，胳臂僵硬地垂向下面。她两眼直勾勾地向前望着，一双眼睛是深黑色的，眼睛下面的皮肉凹陷而松弛，额角上面满是皱纹。她有一张衰老的、南方人特有的苍白的脸，嘴巴阔而歪向一边，唇角下垂，显得心事重重，这不由使汉斯 · 卡斯托尔普想起过去曾经见过的某个著名悲剧女演员的一幅画像。那个面容苍白、一身黑服的女人阴沉沉地跨着大步，她的步子竟不自觉地与山下传来的进行曲调子合拍，看去真有些怪模怪样。

汉斯 · 卡斯托尔普若有所思而满怀同情地往下瞅着她；在他看来，似乎她阴森森的身影使清晨的阳光也黯然失色。但同时他还感受到一些别的——他从左面的邻室里听到了某种声音；据约阿希姆所知，这房间是一对俄国夫妻住的。这种声音不但也跟早晨明朗清新的气氛很不相称，而且在某种程度上黏滞滞地玷污了它。汉斯 · 卡斯托尔普记得昨夜也听到过类似的声音，只是由于疲倦而不及注意。这是一种挣扎声、吃吃的笑声和喘气声；对年轻人来说，尽管他出于好心，一开始就尽力把这个看作是无伤大雅的，但它们令人作呕的本质可隐藏不了多久。对于这种好心，我们也可冠以其他名称，例如心地纯洁，不过听来有些枯燥无味；或者称之为高雅贞洁，这个称呼既庄严又漂亮；也可贬低为“不敢正视现实”或伪善，甚至可名之为神秘的羞怯及虔诚。汉斯 · 卡斯托尔普听到隔室的这种响声，上面种种心理现象或多或少从他的神态上反映出来。他的脸色一本正经，阴沉沉的，仿佛他不愿也不该知道他所听到的一切。他真是道貌岸然，不过这种道学气不是与生俱来的，只是他在某些场合下做作出来罢了。

他就这样绷紧着脸，离开阳台回到房里，不愿细听下面的过程。虽然他听到的有格格的笑声，但他认为他们决不是开玩笑，而且这股势头简直令人咋舌。可是在房间里，隔壁的响动声听来还要清楚。他似乎听到这对配偶绕着家具互相追逐，一把椅子倒下来，你捉住我，我捉住你，接着是咂嘴声和亲吻声。这时又从远处传来华尔兹舞曲，是一支陈腐而婉转动听的流行小调，似乎为他们演出的这场私房戏作伴奏。汉斯·卡斯托尔普捏着手帕站着，听得怪不自在。突然他扑着香粉的脸刷地红了起来，因为他早已看清的、即将发生的事，终于发生了：现在，这场戏无疑已过渡到兽性阶段。天哪！真该死！他一面想，一面掉头就走，在结束他的梳洗时故意闹得很响。唔，天晓得，从发生的事儿看，他们总该是一对夫妻。可是在光天化日之下，脸皮未免太厚了些。我敢担保，昨夜他们一点儿也不得安宁。既然他们在这里，他们终究是病人，至少其中一个有病，应当稍稍节制些。不过他愤愤地想：真正令人反感的地方，自然在于墙壁太薄，什么都听得清清楚楚，这个情况倒是不能容忍的！这房子建造的时候一定偷工减料，而且偷工减料到可耻的程度！以后我见到这些人，或者竟然有人把他们介绍给我，那该怎么办？这倒是非常尴尬的。这时，汉斯·卡斯托尔普感到有一件事很诧异：他注意到刚才在修得光光的脸颊上泛起的红晕一直不肯退去，随红晕而来的那股热辣辣的感觉也还没有消逝。不但如此，它们似乎在他脸上生了根，这种干热跟他昨晚脸上感觉到的一模一样，睡着时退了，这时又重新升上来。他对隔壁这对夫妇本来就看不惯，这下子的印象也并不因而好转。他噘起嘴唇，喃喃地数落他们几句，然后干了一件冒失的事：他再一次用冷水洗脸，好让自己清凉些，谁知反而火上加油，热得更加厉害。因此，当他表哥敲着墙壁唤他时，他回答的声音有些打战，心头老不舒畅。当约阿希姆进门时，汉斯竟不像是一个一觉醒来后精神饱满、容光焕发的人。

早　餐

“早上好！”约阿希姆说，“这是你上山过的第一夜。你满意吗？”

他正准备到户外去，穿的是一身运动衣和坚固的靴子，胳膊上挟一件宽大的外套，外套旁边的袋里露出一只扁平的瓶子。今天他仍没有戴帽子。

“谢谢，”汉斯·卡斯托尔普回答他，“还可以。我不想再下什么评语。我做了许多噩梦，另外，这幢房子有一个缺点，就是隔音设备太差，怪难受的。唔，花园里那个穿黑衣服的女人是谁啊？”

约阿希姆马上领会他指的是谁。

“哎，这就是那个叫‘两口儿’的女人，”他说。“山上大伙儿都这样叫她，因为从她那儿听到的只有这句话。你要知道，她是墨西哥人，德语一点也不懂，法语也几乎不懂什么，只有一鳞半爪的知识。她和大儿子一块儿住在这儿已有三星期，大儿子的病已毫无希望，眼看就要完蛋。他到处都有病，可以说结核菌已侵袭到他的全身。贝伦斯说最后这病像伤寒一样，对每个接触到的人都好歹是个威胁。两星期前，第二个儿子又来了，因他还想再看上哥哥一眼。他是一个挺漂亮的小伙子，还有一个也长得很俊——两个都是美男子，眼睛亮晶晶的，女人看了哪个不动心。做弟弟的在山下时已有些咳嗽，但别的没有什么，显得生气勃勃。你瞧，他一到这儿就发起烧来，体温高到三十九度五，躺在床上；贝伦斯说要是他再起床，那就凶多吉少。不过贝伦斯说，他总算来得很及时——唔，做母亲的不坐在他们身边时，就在园子里这样踱来踱去，嘴里老是念叨着‘两口儿’这几个词，因为别的她什么都说不来。眼前这儿懂西班牙语的人一个也没有①。”

“原来如此，”汉斯·卡斯托尔普说，“如果我认识她，她会不会也对我讲同样的话呢？这倒是件怪事；我的意思是说，这又滑稽，又荒唐。”他说话时感到眼睛像昨天一样，似乎有些热辣辣的，眼皮很重，仿佛哭过很长一段时间，同时眼睛里射出一种光辉；那天骑士怪模怪样地咳嗽时，他眼睛里曾燃起这种光辉。在他看来，似乎只有此刻才和昨天的一切发生关系，似乎只有此刻才又想起昨天的一情一节，而他醒来

---

① 墨西哥人通用西班牙语，故云。

后已把这一切几乎忘得干干净净。他说他已准备好了，一面说，一面在手帕里洒上几滴香水，同时在额角上和眼睛下方也洒了些。“如果你愿意，咱们‘两口儿’一起去吃午饭吧。”他放肆地打趣说。这时约阿希姆温存地看了他一眼，神秘地笑了，笑得似乎有些阴郁，也有些嘲讽的味儿。究竟为什么这样笑，那只有他自己知道。

汉斯·卡斯托尔普检点一下身边究竟有没有香烟，然后拿起手杖、外套和帽子。他戴帽子是很不甘心的，因为他的生活方式和生活习惯都已定型，光住三星期就要他轻易地养成一些新的习惯，他老不愿意。于是他们跨出房间，走下台阶。走廊里，约阿希姆指着这扇门或那扇门，告诉他里面住的是谁，有德国人的名字，也有许多外国人的名字，同时也简单介绍了他们的性格和病情。

他们遇到一些吃罢早饭回去的人。每当约阿希姆向人道早安问好时，汉斯·卡斯托尔普就彬彬有礼地脱下帽子。他像正被介绍给许多陌生人的小伙子那样，显得拘谨而紧张。他清楚地意识到自己的眼皮沉甸甸的，脸上也有一层红晕，心里十分烦躁；不过说他脸红可不全对——他是怪苍白的。

“我不该忘了！”他突然怀着某种莫可名状的兴奋心情说，“你得把花园里那位女人在适当机会介绍给我。我是不会有意见的。她也会絮叨不休地对我说‘两口儿’，这也没有什么。我已有思想准备，也懂得这话的意思，并且知道怎样去对付。不过这对俄国夫妻，我可不愿结识，你听清了没有？我干脆不愿意。他们这些人一点儿教养也没有。要是我真的不得不在他们隔壁住上三星期，别无他法可想，我也不愿认识他们。这是我的权利，我坚决谢绝……”

“很好，”约阿希姆说。“难道他们打扰了你吗？不错，在某种程度上，他们简直是野蛮人，总而言之不文明，我早已跟你谈起过了。男的吃饭时总穿一件皮夹克，破破烂烂的，我始终弄不懂为什么贝伦斯不加干涉。女的虽然戴一顶羽饰帽，但也不怎么干净……你尽可放心，他们坐在下等俄国人餐桌上，离咱们远得很，还有一张上等俄国人餐桌，专供高等俄国人坐。哪怕你想跟他们打交道，也难得找到机会。这儿要结识一个人真不容易哪，原因是病人中有这么多外国人。我本人在这儿住了这么些日子，认识的人也不多。”

“那么他们两人中哪个有病呢？”汉斯·卡斯托尔普问。“男的还是女的？”

“我看是男的。唔，只是男的有病。”约阿希姆心不在焉地说，一面他们从餐厅前的一排衣帽架旁边走过。然后进入一间明亮而拱顶低的厅堂，那里人声鼎沸，碗碟铿锵作响，女侍者拿着热气腾腾的水壶走来走去。

餐厅里有七张桌子，大都排成直的，只有两张横摆着。这些都是大号桌，每张可坐十个人，虽然此刻没有全部坐满。只朝横斜方向往厅里走几步，汉斯·卡斯托尔普就在自己桌上入席；他坐在前面中央那张桌子尽头的地方，正好在两张横放的桌子中间。汉斯·卡斯托尔普直挺挺地靠在椅子上，约阿希姆把同桌就餐的人一一正式介绍给他。他只得硬邦邦、笑吟吟地欠着身子，不过对他们的脸几乎瞧也不瞧一眼，更不要说把他们的姓名深深印在脑海中了。他只记起一个人和她的姓名——斯特尔夫人；她的脸红扑扑的，长着一头油光光的浅灰色金发。一看到她，你就完全相信她是一个缺乏教养的人，模样儿愚昧无知，傻里傻气。于是汉斯坐了下来，洋洋自得地看着人们在这儿一本正经地吃早饭。

早餐供应的，有几碟果酱和蜂蜜，几碗牛奶饭和燕麦粥，几盆炒蛋和冷肉。牛油尽量供应，有人揭开了贮存瑞士乳酪的玻璃罩，把湿淋淋的乳酪切开；桌子中央还摆着一盆新鲜的果干。这时，一位衣服黑白相间的女侍者向汉斯·卡斯托尔普走来，问他要不要喝些什么——可可，咖啡呢还是茶。她长得像女孩子一般矮小，一张脸长长的，显得相当苍老。他发现她原来是个矮子，不禁怔了一下。他瞅了表哥一眼，但约阿希姆不动声色地耸了耸肩膀，扬了扬眉毛，仿佛想说：“好吧，下面还有什么名堂？”于是汉斯又回到现实中来。侍者是个女的，又是个矮子，所以他特别客气地回答她，他要的是杯茶，同时吃起拌有肉桂和糖的牛奶饭来。他扫视一下其他的食物，这些食物他看了真是垂涎欲滴；也环顾七张桌子上的食客，这些都是约阿希姆的同伙和跟他命运相同的人，他们一面吃早饭，一面聊天，身体内部都是有病的。

餐厅装点得十分时髦，能恰如其分地体现出这种建筑简朴实惠的独特风格。与长度相比，餐厅算不得很深，绕餐厅有一条游廊，里面摆着餐具柜，这条游廊在通向摆餐桌的内厅处形成弧形。柱子的下半截用精雕得像檀香木那样的木材镶成，上半截涂有白漆，跟天花板和墙壁的上面部分一样。它们饰有一条条五光十色的花纹，样式单调而鲜艳，在拱顶的大梁上，仍可以看到这种线条。餐厅里还挂着好几盏枝形吊灯，它们都是电灯，用富有光泽的黄铜制成。它们在结构上有三个相互叠置的扣环，扣环由纤巧的编织物紧扎在一起，最下方的一个环是毛玻璃制成的一种球状物，很像一个月亮。餐厅有四扇玻璃门，其中两扇开在对面一侧较宽的墙上，一直通往前面的阳台；第三扇开在左前方，可一直通往前厅；最后一扇就是汉斯·卡斯托尔普通过走廊跨进餐厅的入口，昨夜约阿希姆却是陪他从另一座楼梯下楼的。

汉斯右边是一个身穿黑服、容貌平平的女人，脸上皮肤毛茸茸的，面颊上有一层没有光泽的红晕。她看去像一个缝衣工或家庭女裁缝。也许是因为她早餐时只吃咖啡和白脱面包，他一向认为女裁缝是专跟咖啡和白脱面包打交道的。他左边坐的是一位英国小姐，她也上了一把年纪，长得很丑，十个指头干瘪而僵硬。她正在读一封字迹圆滚滚的家信，喝着一杯血红色的茶。她旁边坐的是约阿希姆，再过去就是穿苏格兰羊毛衫的斯特尔夫人。夫人吃东西时，左手握成拳头状靠在面颊附近，讲话时上唇缩向后面，不让她兔子般狭长牙齿露出，其目的显然是竭力装得温文尔雅，富有教养。斯特尔夫人旁边坐的是一个年轻人，长着稀稀落落的胡子，从面部表情看，他嘴里好像含着什么苦涩的食物，只好一言不发地闷吃。他进来时，汉斯·卡斯托尔普早已就座；他走路时低下头，下巴靠着胸脯，对任何人都不理睬，从举止上看，他干脆拒绝同新来的人熟识。也许他病得太厉害了，没有心思去注意这种表面工夫，或者对周围环境根本不感兴趣。他对面坐一位异常瘦削、长着淡黄色头发的姑娘(不过她没坐多久)，她把自己盘子上的一瓶酸乳酪一倒而空，用羹匙舀着，然后马上离去。

餐桌上，人们谈话并不怎么热烈。约阿希姆彬彬有礼地跟斯特尔夫人聊天，他问起她的健康状况；当他知道对方身体并不太好时，流露出一种恰如其分的遗憾之情。她埋怨生活总是那么懒散，提不起劲儿。“我感到浑身懒洋洋的！”她拖长声音装腔作势地说，把自己装扮得很有教养。早上起床时她体温已有三十七度三，那么到了下午，又会升高到什么程度呢。女裁缝承认自己体温也有这么高，不过她说，她相反感到兴奋、紧张和焦灼不安，仿佛有什么异常和重要的事即将发生，而实际上却什么也没有发生。这只是身体上的某种亢奋现象，并没有任何精神因素。看来，她似乎不是什么家庭女裁缝，因为她讲得很有道理，简直博学多才。不过这种亢奋现象——或者不如说这种亢奋现象的流露——表现在这么一个貌不惊人的小人物身上，实在有点儿不相称，甚至令人生厌。他先后问女裁缝和斯特尔夫人，她们来山上已有多久，一个回答说已住了五个月，另一个说已住了七个月。接着他又煞费苦心地拼凑一些英语词汇问右边坐着的那位女人，她刚才喝的是什么茶(原来这是野玫瑰茶)，滋味如何，她连声叫好。然后他眼看着餐厅里的人们走来走去，严格地说，第一顿早餐大家吃得零零落落，似乎不是很正规。

他本来有点儿顾虑，以为疗养院会给人以一种阴森恐怖的印象，但结果失望了：在这儿餐厅里，人们都兴高采烈，并无愁闷之感，脸孔黑黝黝的青年男女低声哼着调儿走进餐厅，跟女侍者们谈天，吃起早饭来胃口都是挺好的。那儿还有成人和一对对夫妻，讲俄国话的携儿带女的整个家庭，还有尚未完全发育的少男少女。妇女们穿的几乎全是羊毛或丝绸的紧身衣，也就是所谓线衫之类，有的白色，有的彩色，线衫的上部有翻领，侧面有小袋。她们双手插在袋里挺立着，谈笑风生，模样儿怪可爱的。某几张桌子上，人们拿照片传来传去，这些无疑是新拍的、甚至是现成的照片；另一些桌子边则有人在交换邮票。他们聊聊天气，问问晚上睡得如何，早上口腔温度究竟多少。人们大部分都兴致勃勃；也许只是因为他们眼前没有什么事需要操心，同时大伙儿凑在一块十分热闹，他们才没有特殊理由灰心丧气。当然，也有个别人独自坐在桌边，两手托着脑袋，呆呆望着前面出神。人们就让他们呆望着，毫不理会。

这时汉斯·卡斯托尔普突然被什么震了一下，心头怒不可遏。门砰的一声开了——这是直接通向厅堂前面左侧的门。有人把门打开，又砰的一声把它关上。这种响声，汉斯·卡斯托尔普死也受不了，他一向痛恨这种声音。这种憎恶感也许是他家庭教养造成的，也可能是与生俱来的一种癖性。他对砰砰的关门声是深恶痛绝的，如果有人竟敢触犯他的耳朵，他真想狠狠揍他一顿。在这所餐厅里，门的上方嵌有小玻璃窗，因而响声就更加刺耳，既有木头砰砰的响声，也有玻璃格格的颤音。“哼，”汉斯·卡斯托尔普怒气冲冲地想，“这个人真是马虎懒惰得要命！”凑巧在这一刹那，女裁缝对他说些什么话，他就没有时间看清这个捣蛋鬼是谁。不过他淡黄色的眉毛间出现了一道道皱纹，在他回答女裁缝的问话时，他的脸气得走了样。

约阿希姆问大夫有没有来过。有人回答他，他们已来过一次，不过当这对表兄弟正好跨进餐厅时，他们就离开了。那么还是走了吧，不必再等，约阿希姆想。白天里总能找到机会把表弟介绍给大夫的。但到了门口，他们几乎跟顾问大夫贝伦斯撞了个满怀，他急匆匆地走了进来，后面跟着克罗科夫斯基大夫。

“嗨，先生们，可要小心哪！”贝伦斯说。“撞了一下，咱们可两败俱伤啦。”他用下萨克森地区[1]浓重的乡音爽朗而慢条斯理地说。“嗯，原来是您啊，”他对汉斯·卡斯托尔普说，这时约阿希姆三言两语把汉斯介绍给他。“咳，见到您真高兴。”于是他向年轻人伸出一只铲子般大的手来。他是一个骨瘦如柴的人，比克罗科夫斯基大夫高出三个头，头发已经花白，脖子向前伸出，一双泪汪汪的蓝眼睛充着血，眼珠大而突出，狮子鼻，小胡子修得短短的，有些歪斜，这想必是上唇歪向一边之故。约阿希姆对贝伦斯的脸谱曾作过一番描绘，现在这些话全给证实了；他的脸确是青灰色的。他的脑袋在一身白大褂的衬托下，显得十分

① 德国地区名，位于易北河下游。

鲜明——束带的罩衣一直披到膝盖上，下面穿一条条纹裤，一双脚硕大无比，脚上是一双穿带子的黄色破旧的长筒靴。克罗科夫斯基大夫也穿着工作服，只是这件罩衣是黑色的，由光亮的黑色织物制成，很像一件衬衫，手腕处装有橡皮宽紧带，这样，他的脸显得格外苍白。他扮演的纯粹是一个助理的角色，贝伦斯跟他们打招呼时，他闷声不响；不过从他嘴角紧张不安的神情看，屈居人下使他感到很不自在。

"一对表兄弟？"顾问大夫贝伦斯问，一面扬起手在这对表兄弟间指来指去，一对充血的蓝眼睛瞅着他们。"哎，他要跟您一样去当兵吗？"他对约阿希姆说，并抬起脑袋向汉斯·卡斯托尔普示意。"绝对不许可，对吗？我一眼就看得出，"这时他直接同汉斯·卡斯托尔普对话，"您有一些文人的风度，挺安静的，不像山上这位班长[1]那样杀气腾腾。我敢打赌，您这个病人比他要温顺些。无论谁，我一眼就能看出他究竟能不能成为一个信得过的病人。这需要才能，干每件事都需要才能，而这儿这位迈密登[2]却一点儿才能都没有。练兵方面我一窍不通，可病家的事就完全不一样了。您相信不相信，他一天到晚想开小差？他一刻不停要走，老是纠缠不休，迫不及待地想到山下让人家去抽筋剥皮。真是一个狂热之徒！他连半年时间也不肯给我们。我们这儿可真美呀！齐姆森，您倒说说看，这儿美不美？嘿嘿，您的表弟不像您那样，以后会赏识我们的，而且日子会过得挺开心。女人也并不缺少，我们这儿有的是挺可爱的女人。至少有些女人外表上挺漂亮的。不过请您听着：您要好好打扮一下，否则是不能讨女人们欢心的。金色的生命之树是常青的，但脸色发青可不对头呀。自然，这是贫血的缘故，"他一面说，一面凑近汉斯·卡斯托尔普，随手伸出食指和中指把他的眼皮翻下来。"我说得不错，当然完全是贫血。您知道吗，您短时间离开汉堡老家，头脑倒一点儿也不笨。汉堡这地方功劳真不小，气候方面总是潮气重重，因而源源不断为我们输送一支支顶呱呱的队伍。不过，要是我趁

---

① 指约阿希姆。

② 希腊神话中跟随阿基里斯去特洛伊作战的塞萨利人，借喻盲目执行主子命令的人或忠实的追随者。此处亦指约阿希姆。

此机会向您提出一个不一定中听的忠告——您知道，这完全是免费奉送的——那么，只要您留在这儿，一举一动就得跟您表哥一模一样。在这种情况下，最聪明的办法莫过于像轻度肺结核病人那样生活一段时间，让您稍稍长出些肉来。我们这儿，蛋白质的新陈代谢可有些古怪。尽管消耗得厉害，但体重却增加了……咳，齐姆森，您睡得可香？睡得好极了，对吗？那么出去散会儿步吧！不过别超出半小时！半小时后，脸上去插一支水银式香烟，好好记录下来，齐姆森！规规矩矩地做，认认真真地做！星期六我要来看看温度曲线！您的表弟先生也应当一起量一量体温。量体温绝对没有害处。早上好，先生们！你们好好休息！早上好……早上好！……”这时克罗科夫斯基跟贝伦斯一唱一和，贝伦斯挥舞胳臂，手掌翻向后面，大模大样地向前走去，一面走，一面问左右两边的病人晚上睡得可“香”，大家普遍都说睡得好。

取笑。旅行用品。欢乐的情绪受挫。

“这人真有意思，”当他们向跛足的看门人(这时他正在门房间整理信件)友好地打过招呼，穿过大门来到外边时，汉斯·卡斯托尔普说。这座建筑物粉刷得白白的，大门开在屋子的东南方，中央部分的一座楼房比两边的侧屋高一层，顶端有一个盖着蓝灰色铁皮的矮小钟楼。从这里出屋不能走到围有篱笆的花园，而是直接通到野外，前面就是山野一片倾斜的草地，上面稀稀落落地长着不怎么高的枞树和矮小弯曲的松树。他们走的这条路——除了向下通往山谷的那条公路外，这是他们唯一能走的路——从疗养院后侧越过厨房和管理室向左面稍稍高起，通往地下室的阶梯装有栏栅，栏栅旁有一些铁壳垃圾桶。朝那个方向还绵亘着一块土地，弯成膝形，从它的右上方一直通到一个林木稀疏的山坡，坡度十分陡峭。这是一条险峻而潮润的山路，土壤略带红色，山路两旁间或有一些砾石。在这条路上散步的不只是这对表兄弟，有些客人一吃完早餐，就紧跟他们走了出来；还有一大批人正好大摇大摆地走下山坡回疗养院，这时迎面碰到他们。

“这人真有意思！”汉斯·卡斯托尔普又说了一遍。“他真是口若悬河，听他说话真叫我开心。用‘水银式香烟’比喻温度表，真是妙不可言，他一说我就明白……不过我现在倒想点燃一支真正的香烟，”他顿了一下继续说，“我再也忍不住了！从昨天中午起，我就没有好好抽过烟……请原谅我稍稍抽一会儿吧！”于是他打开银边花押字的汽车皮盒子，取出一支马丽亚·曼契尼雪茄烟。这是放在最上层的漂亮的“样烟”，一端压平(他特别喜欢香烟压得这样)，然后用系在表链上的一把角形小刀，一刀切断烟的尖头，再拿出袖珍打火机让它点火，鼓起嘴来在长而前端粗钝的烟上猛吸几口，烟就烧了起来。“好吧，”他说，“现在看我的面上，继续散步吧。你不抽烟，自然因为你纯粹是个狂热之徒。”

“我一向不抽烟，”约阿希姆回答。“干嘛我该在这儿抽起来呢？”

“这个我不理解，”汉斯·卡斯托尔普说，“我真不懂，为什么有些人不会抽烟。可以说：不吸烟，一个人生活中最好一部分就失去了；无论如何，他生活中没有多大的乐趣！当我醒来时，我就因整天可以抽烟而引以为乐，我吃饭时，一想到抽烟也喜不自胜；甚至可以说，我吃饭的目的仅仅是为了能抽烟，尽管我这么说难免有些夸大。对我来说，一天不抽烟，就感到枯燥沉闷，索然无味；如果我早上不得不说‘今天没有烟抽’，那么我想连起床的心绪都没有了，说实话，我想赖在床上呢。你瞧，要是嘴里有一支好烟抽着(当然，这种烟不应有难闻的气味，卷烟质量也应当符合要求，否则使人非常恼火)，我的意思是说，要是你有支好烟，你就安如泰山，万事大吉。这好比你躺在海滩上，你不是在海滩上躺过吗？那时你什么都不要，既不想工作，也不想娱乐……谢天谢地，全世界都在抽烟哪。就我所知，世界上没有哪块地方不染上这种习惯，哪怕是南北极探险家，烟草的备货也很充足，这样在艰苦环境下就顶得住。当我读到这类消息，我总禁不住满怀同情。一个人可能遇到不如意的事，就拿我来说吧，我曾有许多苦恼，但只要我有一支烟，我知道自己什么都经得住，烟能帮我渡过难关。”

“你对烟的依赖性这么重，”约阿希姆说，“意志未免太薄弱了。贝伦斯说得对，你是一个文人。他说的不过是一番恭维话，不过说句老实话，你确实是一个不可救药的文人。此外你是个健康人，你想干什么就能干什么。”他说话时，眼神显得很困倦。

“唔，除了贫血外，我总算是个健康人，”汉斯·卡斯托尔普说。“他说我脸色发青，脾气真直爽极了。他的话倒也有理；我自己也注意到，跟这儿山上的人们相比，我的脸色确实青得厉害，在家时我可没有觉察到。他自称免费而毫无保留地给我提出忠告，他也真是一个有心人。我很乐意按照他的话去做，生活方式完全跟你的一模一样。既然我到了山上和你们在一起，我还能再干些别的吗？要是看在上帝的面上我居然长出些肉来，那也没有什么损失，虽然你得承认，长肉这个词听起来怪不入耳。”

在散步过程中，约阿希姆咳嗽了几次；看来，他上山非常吃力。当他第三次咳嗽时，他皱起眉头停下步来。“你先往前走吧，”他说。汉斯·卡斯托尔普头也不回地急急忙忙向前走。过了一会，他放慢脚步，最后几乎停住，因为他看到自己在约阿希姆前面已遥遥领先。不过他没有环顾四周。

一群男男女女的客人向他迎面走来。他早已看到他们沿着平坦的道路走上山坡半腰，此刻他们正噔噔地走下山坡朝他走过来，在他耳边响起各种各样的声音。他们一共有六七个人，年龄各不相同，有的青春年少，有的已上了年纪。他低头斜瞅他们一眼，心里只想着约阿希姆。他们不戴帽子，脸孔黑黝黝的，女人穿的是花色线衫，男人大多不穿大衣，也不带手杖，这副气派，很像那些不拘礼仪、到屋外信步蹓跶的人。因为是下坡，他们就不必花很大力气，只要站稳脚跟别走滑了腿，冲下去时不摔跤即可。实际上，这无异是一种向下的自由滑翔运动；他们的步态轻飘飘的，表情和整个体态都令人有一种轻盈之感，别人见了恨不得也加入他们的行列。

此刻他们就在他身边，汉斯·卡斯托尔普把他们看得一清二楚。他们并没有全被太阳晒黑，其中两个女人苍白得令人触目，一个骨瘦如柴，脸儿白得象牙似的；另一个又矮又胖，一脸雀斑把她的容貌毁了。她们都定睛瞧他，厚着脸皮不约而同地向他微笑。这时有一个穿绿色线衫的颀长女郎掠过汉斯·卡斯托尔普身旁，胳膊几乎擦着他的身体。她头发散乱，两眼呆滞地半开半闭，一面走，一面嘘嘘吹起口哨来。咳，这简直太狂妄了！她吹口哨不用嘴儿，吹时嘴唇不但不翘起，反而闭得紧紧的。这嘘嘘声是从她内部发出的，一面吹，一面用呆滞的、半睁半闭的眼睛瞅着汉斯。这声音特别刺耳，粗嗄尖厉，重浊拖长，尾音急转直下，使人想起市售橡皮小猪[①]的叫声——当充在小猪肚里的气瘪下来时，就会发出这种哀鸣。口哨声是从她胸口某处不可思议地迸出来的；吹罢，她跟着伙伴们继续往前走。

汉斯·卡斯托尔普呆立着，凝视远方。接着他匆匆向四周扫视一下。刚才那令人憎恶的口哨声势必是一个玩笑，一出预先安排好的闹剧——他所能领悟的至少是这么一些，因为他回头望望这伙人的肩膀，看到他们正在大笑。一个粗壮的厚嘴唇小伙子，双手插入裤袋，不雅观地卷起了外衣，他甚至公然朝他歪着脑袋，呵呵地傻笑……这时约阿希姆走来了。他像往常一样，彬彬有礼地几乎挺直身子向大伙儿问好，而且用“立正”姿势向他们鞠躬，接着他和颜悦色地走向表弟。

“你干吗板着脸？”他问。

“那女人吹起口哨来了！”汉斯·卡斯托尔普答道。“她走过我身边时，肚子里发出嘘嘘的声音。你能告诉我这是什么玩意儿？”

“哎！”约阿希姆轻蔑地一笑，接着说：“不是从肚子里来的，你胡说。她叫克莱费尔特，全名黑尔米内·克莱费尔特。这声音是她气胸里发出的。”

“从哪儿？”汉斯·卡斯托尔普问。他心情异常激动，可不知究竟为什么这样。接着他又啼笑皆非地说：“你总不能指望我会懂得你们的切口吧。”

---

① 一种玩具。

“让我慢慢说来！”约阿希姆说。“咱们一边走，一边谈。你的脚怎么像生了根似的！刚才说的是一种外科治疗法，你自己也可以想象到。这是这儿常做的一种手术，贝伦斯干起来很有一手。你瞧，要是一只肺烂得厉害，另一只还没有病或者比较健康，那么就让那只坏肺停止工作一段时间，让它休息一下……也就是说，他们在这儿刺了一下，在身体侧面什么地方刺了一下，究竟什么部位我也不很清楚，贝伦斯干起来非常出色。以后再在身体里注入气体，什么氮气之类，这么一来，那只像乳酪样的坏肺就不再呼吸。这种气体待在里面的时间当然不会长，过了半月光景又得注入新的——这也好比给人充气，你也一定能够想象。这样，如果过了一年或一年以上一切良好，肺部就因为得到休息而治好了。但当然不一定都能治好，这事甚至有点儿冒险。不过用气胸治疗总算已取得了良好成绩。你刚才看到的那些人都打过气胸。伊尔蒂斯太太也是，她就是那个长雀斑的女人。还有一位是莱费小姐，你该记得她是瘦瘦的，她躺在床上已好久了。他们已经组织起来，因为气胸之类的玩意儿很自然地将人们凑合在一起。他们自称‘半肺协会’，这些人就此出名。但黑尔米内 · 克莱费尔特是这个协会的一朵花，她能用气胸吹出口哨声。这是她的一种才能，远不是每个人都能做到。至于她是怎么干的，我可说不上来，连她本人也说不清楚。不过她路跑得快时，身体内部就会发出嘘嘘声；自然，她用这个来吓唬人，特别吓唬新来的病人。另外，我相信她发声时要消耗氮气，因为她每隔八天就得重新打气胸。”

这时汉斯 · 卡斯托尔普笑了。约阿希姆说话时，汉斯已由激动而转为欢乐，一面走，一面捂住眼睛，弯着身子；由于他吃吃地狂笑，连肩膀也抽动起来。

“他们也登过记吗？”他费了好大力气才问出这句话。他竭力忍住笑，因而声音听来有些苦恼悲切。“他们有章程吗？可惜你不是其中一员，否则他们就能把我当作贵宾让我入会，或者作为……候补会员……你应当要求贝伦斯让你的肺也部分休息一下。也许你也会从胸口发出嘘嘘声的，只要你高兴这么做。学了这一套倒是挺有意思的……这是我生平所听到最有趣的事儿！”他说罢深深叹一口气。“请原谅我说了这番话，但你这些打过气的朋友，他们的情绪也好得很呢！瞧他们刚走过来时的那副模样……同时你得想想，居然有‘半肺协会’这种组织！她‘嘘——嘘——’地打我身边擦过，真是一个疯女人！何况他们还兴高采烈呢！你能不能告诉我，他们为什么这样高兴？”

约阿希姆设法找一句回答的话。“我的天哪，”他说，“他们多么自由自在！我的意思是说，他们都很年轻，时间对他们来说算不了什么，不久他们又可能死去，他们为什么要绷起脸呢？有时我想：生病和死亡其实没有什么了不起，它们不过是混日子的一种方式。只有山下人才一本正经地对待生活。我想只要你在山上住得久些，你迟早会懂得这个道理的。”

“真是这样，”汉斯·卡斯托尔普说，“我想我肯定会了解的。我对山上你们这些人已很感兴趣。可不是吗，一个人只要有兴趣，什么事都自然会懂得。不过我的问题只是……这个东西的味儿不对头！”他说话时，目不转睛地看着他的雪茄烟。“这些时间我老是在想，我究竟哪儿不对劲，现在看来，问题出在马丽亚雪茄烟上，它的味儿可不美哪。我向你保证，它抽起来有些像 Papiermaché①，一个人消化不良时，就会有这种味儿。这个我真不理解！我早餐确比平时吃得多，但这不能成为理由，因为要是你吃得过饱，抽起烟来味儿特别好。你以为这是一夜没有睡好的缘故吧？也许这是我不舒服的原因。不，我非把这烟干脆扔掉不可！”他作了一次新的尝试后说。“我每吸一口，每次总叫我失望，硬抽下去是没有意思的。”他又迟疑了一下，就把雪茄烟扔到山坡下潮湿的松林间。“你可知道，我这下身体不舒服跟什么有关系？”他问。“依我看，这准是跟脸上该死的发烧有关系，我一起床，脸上又是热辣辣的怪难受。我感到自己脸上似乎因怕羞而涨得通红，真见鬼！你刚到这儿时可有同样的经历？”

“有的，”约阿希姆说。“我开始时有些不自在。你不要大惊小怪。

① 法文，意为混凝纸浆。

我已告诉过你，要习惯这儿的生活并不怎么容易，不过你不久又会正常起来的。瞧，这条长椅倒不错。咱们可以坐一会儿，再回院去，我还得做治疗呢。”

道路变得平坦起来。它现在向达沃斯高地伸展，这里的高度是整座山的三分之一左右。通过一片挺拔、稀疏和东倒西歪的松林，可以俯瞰下面的村落，它正明晃晃地闪耀着银白色的光辉。他们坐的粗陋的长椅靠着山崖的峭壁。在他们近旁，一股泉水潺潺地向下流向山谷。

约阿希姆想把阿尔卑斯山环抱南面峡谷的一些云雾缭绕的山峰一一介绍给表弟听，同时举起登山的手杖向他指点。但汉斯·卡斯托尔普只是匆匆一瞥。他坐在椅上向前弯着腰，用镀银手杖——手杖富有城市风味——的金属包头在沙地上画画儿。他还想知道一些别的。

“我想要问你的是——”他开腔说，“我来时，房间里那个病人不是刚去世吗？那么自从你上山以来，已有不少人死去了吧？”

“确是死了几个，”约阿希姆答道。“不过你要知道，他们处理时很小心，人们不知不觉，或者只是以后偶尔听到。为了照顾病人，特别是女病人，死了一个人时他们总严守秘密。女人容易惊惶失措。要是你隔壁房间里有人死了，你根本就觉察不到。棺材是一清早送来的，那时你还睡着呢。死人也是在适当的时候抬出去的，例如在你正好用膳的时候。”

“哼，”汉斯·卡斯托尔普继续在沙地上画画儿。“原来他们在偷偷摸摸地干啊。”

“唔，确是这样。不过最近，待一下……大约在八星期以前……”

“那么你不能说是最近了，”汉斯·卡斯托尔普干巴巴地挑剔说。

“怎么？那就不说最近吧。不过你太刻板了。我只是想算一算日期。就在不久以前，我有一次完全出于偶然的机会暗中看到了这出戏的内幕，至今记忆犹新哩。小胡尤斯——巴巴拉·胡尤斯，是一个天主教徒；我亲眼看到他们把最后的圣餐放在她面前，你知道，那就是临终圣餐，也就是临终涂油礼。我来这儿时，她还能起床，还是高高兴兴，跳跳蹦蹦的，真像一个小女孩。但不一会，病势发展得很快，她不能起床。她住的地方同我住的隔开三间。这时她爸爸妈妈来了，接着神父也赶到了。他来时正好是下午，大家都在喝茶，过道上一个人都没有。可是你瞧，我卧床午休竟睡过了头，没听到锣声，迟了一刻钟。在紧要关头时，大家都在场，我却不在那儿，只是像你说的那样窥见了一些内幕。当我跑到走廊上时，他们正好迎面而来，穿的是花边衬衫，前面有人执着一个十字架引路，这是一个有提灯的金十字架，好像土耳其近卫军乐队前面那种系着小铃的月牙棒。"

"你这个比方不伦不类，"汉斯 · 卡斯托尔普板着脸说。

"在我看来就是这样。我禁不住想起这种月牙棒来。不过你再听我说。他们就这样向我走来，大踏步地走来，走得很快，如果我没有记错，他们一起有三个人，前面是拿十字架的人，后面是戴夹鼻眼镜的神父，还有一个是拿着香炉的青年。神父把临终圣餐捧在胸口，圣餐用什么遮着。神父歪着脑袋，样儿非常谦恭。这自然是他们最最神圣的事。"

"确是这样，"汉斯 · 卡斯托尔普说。"正因为如此，我才奇怪你为什么竟说起什么月牙棒来。"

"嗯，嗯。不过待一会儿。可要是你也在场，你事后回想起来脸上真不知会有什么表情。这真会叫人做起噩梦来……"

"你这是怎么说的？"

"是这样的：当时我在考虑，在这种情况下我该怎么办。我不戴帽子，没法脱帽致意。"

"瞧你的！"汉斯 · 卡斯托尔普再次打断他的话。"现在你总看清楚，咱们该戴一顶帽子吧！你们这儿山上没有人戴帽，我自然感到奇怪。你好歹得戴上一顶，这样适当的时机就能脱下。哎，以后呢？"

"我倚在墙上，"约阿希姆说，"规规矩矩的，当他们走到我身边时，我稍稍欠一下身子。当时我们正好在小胡尤斯住的病室前面，那是二十八号房间。我想神父看到我俯身致意，心里一定很高兴，他很有礼貌地答谢，把帽子脱下。但同时他们也站停下来，那位手持香炉的年轻助手敲了一下门，门把手一转呀的一声门开了，他们让神父先进房间。

现在请你想象一下我当时的心情和恐惧吧！神父的脚一跨进房间，里面就发出一阵救命声和尖叫声，这种声音你从来没有听到过。叫声接连三四次，以后连续不断发出‘啊——啊’的哀叫声，喊时显然张大了嘴，声音里充满痛苦、恐怖和反抗的情绪，简直无法形容。叫声中还夹着哀求声，使人听了毛骨悚然。接着，声音一下子变得暗哑而低沉，仿佛它已沉入地底，也像是从地窖里发出来的。”

汉斯·卡斯托尔普猛地回过头来瞪眼看着他的表哥。“这是胡尤斯的声音吗？”他怒气冲冲地问。“怎么声音是从地窖里传出来的？”

“她的头钻到被子里去了！”约阿希姆说。“你倒想想我当时的感受！神父站在门槛边，说些安慰的话。我至今还仿佛看到起先他探出头来、后来又缩回去的模样。拿十字架的人和助手还在门口迟疑不决地站着，不能进去。从他们中间我可以看到房间的轮廓。其实这间房间和你的、我的一样，病床放在门左面的侧墙旁边，床头站着一群人，自然是亲戚们和爹娘，他们也低头朝向病床说些劝慰的话。朝床上看去，她已不像个人了，似乎只是一团东西；她又是恳求，又是狠狠地抗议，而且蹬着腿。”

“你说她蹬着腿？”

“她拼着命呢！可是不顶用，她必须领受临终圣餐。神父凑近她，其他两人也走进房去，门关上了。可是事前我还来得及看到胡尤斯的脑袋闪现了一下，浅黄色的金发乱蓬蓬的，睁大了的眼睛瞅着神父，眼睛一点血色也没有，然后惨叫一声钻到被子里。”

“现在对我讲的这番话，你还是第一次说吗？”汉斯·卡斯托尔普顿了一下说。“我不懂你昨儿晚上为什么不说。天哪，看来她一定还有相当多的力气可以自卫，自卫需要力气啊。一个人还没有精疲力竭之前，是不该请神父来的。”

“她确实非常衰弱，”约阿希姆回答说。“咳，要谈的话可多哩，不过措词倒很难哪……她已很弱了，只是恐怖给她增添了这么多力气。当时她害怕极了，因为看到自己就要死去。她还是一个年轻的姑娘呢，咱们总得原谅她。不过有时成年人也这副模样，这自然是不可饶恕的软弱。贝伦斯倒懂得怎样对付他们；在这种情况下，他说话的口气可恰到好处。”

“他的口气怎么样？”汉斯·卡斯托尔普皱起眉头问。

“他总是说‘请您别这样吧！’”约阿希姆回答。“至少他最近对人说过这话，咱们是从护士长那儿听来的。护士长也在场扶助临死的病人。这个病人一直到死还是吵吵嚷嚷的，一点也不想死。这时贝伦斯凑近他那儿，说：‘请您赏个脸别这样吧！’病人立刻安静下来，不声不响死去了。”

汉斯·卡斯托尔普用手拍拍大腿，往后一仰靠在长椅的背上，抬头望着天空。

“唔，我说，这太过分了，”他高声说。“走近一个临死的人，光是对他说：‘请您别这样吧！’这确实太过分了！临死的人多少令人尊敬。我们不能对他一点儿不讲人情。我真想说，临死的人简直是神圣的！”

“这个我不否认，”约阿希姆说。“不过在病人这样软弱无力的时候……”

“不！”汉斯·卡斯托尔普坚持说，他说话时的激昂程度与他遇到的阻力一点也不相称。“我坚持认为，一个垂死的人，比任何嬉皮笑脸、游来荡去、挣几个钱填饱肚子的粗汉子强些！这可不太好……”他怪里怪气地说，声音有些颤抖。“对临死的人这样铁面无情，可不太好……”他话说到这里突然中断，接着发出一阵抑制不住的大笑，这笑声像昨天笑时一样，是那么激越冲动，那么漫无节制，连身子也抖动起来，于是他闭住眼睛，泪珠从他的眼睑滚滚而下。

“嘘！”约阿希姆忽然止住了他。“别作声！”他轻轻说，同时偷偷推了一下笑个不停的表弟的腰部。汉斯·卡斯托尔普张开泪汪汪的眼睛往上看。

一个陌生人从左面的路上走来。他是一个皮肤黝黑、风度优雅的绅士，蓄着漂亮的、翘起的黑色小胡子，下面穿一条浅色方格纹的裤子。他走近时跟约阿希姆相互道了早安，这人发音精确，声调悦耳动听。他双腿交叉，拄着手杖，神态自若地站停在约阿希姆面前。

魔 鬼

他的年龄似乎难以估计，约摸在三十到四十之间。尽管他整个形象十分年轻，但两鬓已经花白，头顶显得童山濯濯；狭狭的头路向两边分开，头发稀稀落落，使额角看去更加宽广。他的服装——淡黄色宽大的方格条纹裤，两排纽扣的绒布上衣(上衣显得太长)和大的袖边，远远谈不上什么高雅华贵，而他那弯成圆形的竖领，由于经常洗涤，领边多少有些起毛。他的黑领带已经很旧，衬衫显然不装袖口；从他手腕那儿的袖子宽宽松松的模样来看，汉斯·卡斯托尔普就知道他是没有袖口的。纵然如此，他仍清楚看出站在他面前的是一位绅士，陌生人那种深有教养的风度，他那洒脱的甚至是漂亮的举止，说明他确是这种身份的人。他既寒酸又优雅，眼睛黑黑的，小胡子又微微翘起，使汉斯·卡斯托尔普顿时想起圣诞节时在家乡院子前面卖艺的某些外国乐师，他们骨碌碌地转动着天鹅绒般的眼珠，握着软帽伸出手来，好让人家从窗口投下零零星星的钱币。“他是奏手摇风琴那一号人！”他想。因此，当约阿希姆从长椅上站起，带几分窘迫的神情向他介绍陌生人姓名时，他听了也毫不惊奇。他介绍说：

“这是我表弟卡斯托尔普——塞塔姆布里尼先生。”

汉斯·卡斯托尔普也站起身来致意。他脸上还残留着刚才兴高采烈的痕迹。但意大利人很礼貌地对两人说，他不想惊扰他们，要他们再坐下来，自己却仍旧悠闲地站在他们面前。他微笑地站着，打量这对表兄弟，特别是汉斯·卡斯托尔普；微笑时，在那漂亮地向上翘曲的丰满小胡子下面，嘴角的纹路更皱更深了，露出嘲讽的神情，这在表兄弟身上起一种奇妙的作用，使他们精神为之一振，如醉如痴的汉斯·卡斯托尔普也一下子清醒过来。他感到很难为情。塞塔姆布里尼说：

“先生们的情绪可高啦，这是满有理由的，满有理由。早晨多美呀！天空蓝澄澄的，太阳又是笑盈盈的，”他一面说，一面轻捷而优雅地挥动一下手臂，向天空扬起一只皮肤微微发黄的小手，同时目光炯炯地斜眼往天际仰望。“这儿这么美，真叫人忘怀自己究竟栖身何处了。”

他说话时没有外国腔，只是发音时每个字眼咬得太准，使人们看出他大约是个异国人。他发音时，嘴唇动得怪有劲的，听他说话挺有意思。

“先生，您上咱们这儿一路还舒服吧？”他转向汉斯·卡斯托尔普说。“您对自己的命运是不是心中有数？我的意思是说，‘初次检查’这个阴森森的仪式有没有举行过？”这时，假如他真的想叫对方回答，他理应闭起嘴来稍等一下，因为他提出了问题，而汉斯·卡斯托尔普也正打算回答。但陌生人接着继续问：“仪式的经过情况很顺利吧？从您的笑声中——”说到这里他顿了一下，嘴角的皱纹一条条变深起来，“可以得出不同性质的结论。咱们的弥诺斯①和赖达曼托斯②判处了您几个月？”“判处”这个词从他嘴里吐出来，似乎显得特别可笑。“让我猜一下吧。六个月，或者干脆九个月？咱们这儿对时间可从不吝啬……”

汉斯·卡斯托尔普惊诧地笑了。他在苦苦思索弥诺斯和赖达曼托斯究竟是谁。他回答说：

“嗳，不。您搞错了。塞普塔姆……”

“塞塔姆布里尼，”意大利人明确而着重地纠正他，同时又幽默地鞠了一躬。

“塞塔姆布里尼先生，请原谅。哎，您误会了。我一点病也没有。我只是来看我表哥齐姆森，住上一两个星期，乘此机会也想稍稍休养一下……”

“怪了，您竟不是咱们的一员？您身体健康，您只是在这儿作客，像浓阴中的俄底修斯③一样？你居然屈身下降到死人出没、闲荡的深渊里，真勇敢呀！”

---

① 希腊神话中宙斯之子，克里特岛国王。据说死后为阴间三判官之一。
② 希腊神话中宙斯之子，弥诺斯兄弟。死后与弥诺斯等一起为阴间判官。
③ 一译奥德修斯，希腊神话中的英雄，特洛伊战争中曾献木马计，使希腊军队获胜。

“塞塔姆布里尼先生，怎么说降到深渊里？这我倒要请教一下。我可登上你们五千英尺左右的高山呢。”

“这只是您的看法罢了！依我看，这是错觉，”意大利人做了一个毅然决然的手势说。“咱们是掉在深渊里的人，可不是么，少尉？”这时他转向约阿希姆。约阿希姆对他的谈吐也颇感兴趣，但不想流露出来，沉思地回答说：

“咱们把这个问题确实看得太简单了。但咱们以后毕竟可以同心协力，振作起来。”

“唔，这点我相信您，您是一个正派人，”塞塔姆布里尼说。“是，是，是，”他连称三声“是”，把 S 发成清音。[①]这时他又转向汉斯·卡斯托尔普，用舌尖轻舐上颚三次，咂咂有声。“瞧，瞧，瞧，”他又连说三次，S 仍发清音。他凝神打量新来的客人，可说是目不转睛。接着眼神又活跃起来，继续说：

“那么，您是心甘情愿地上山来跟咱们这些沉沦的人为伍，赏个光跟咱们周旋一个时期喽。唔，这很妙。您心目中准备待上多少时间？我只是问一下大致期限。既然这个期限是他本人、而不是赖达曼托斯规定的，那我倒很想知道时间究竟有多长？”

“三星期，”汉斯·卡斯托尔普得意洋洋地说，因为他看出，人家对他不胜艳羡哩。

“哦，天哪，三星期！少尉，您听到了没有？‘我到这儿住上三星期，以后又得动身’，这种说法不是有点儿傲慢不恭吗？先生，如果允许我来教导您的话，咱们这儿的日子不是以星期算的，最小的时间单位是月份。咱们算起日子来是大模大样的，这是咱们这些幽灵所享的特权。另外咱们还有一种特权，性质也大致相同。我能不能问一下，您生活中从事的是哪一门行业，或者说得更确切些，您准备从事哪一门行业？您可看得出，咱们的好奇心是没有止境的，好奇心也可算是咱们的特权之一呢。”

---

① 德语 S 一般发浊音，而意大利语则一般发清音。

“好说好说，”汉斯·卡斯托尔普说，于是他回答了对方提出的问题。

“原来是造船师，这可了不起！”塞塔姆布里尼高声说。“您完全可以相信，我认为这是了不起的工作，不过我本人的能力在另一方面。”

“塞塔姆布里尼先生是一位文学家，”约阿希姆解释说，样儿有些尴尬。“你要知道，他为德国报纸写过卡尔杜齐[①]的追悼文章。”这时他显得更尴尬了，因为他表弟惊异地瞧着他，似乎说：你对卡尔杜齐知道些什么，我看你懂得的不比我多。

“是啊，”意大利人点点头说。“鄙人有幸能在卡尔杜齐生命终止时，为贵国同胞介绍这位大诗人和自由思想家的生平。我认识他，我可以说还是他的学生呢。在波洛尼亚[②]，我曾听过他的教诲。我感谢他，因为他把文化与欢乐赐给我。不过咱们刚才谈的是您的情况。一位造船工程师？您可知道，您在我心目中的形象显然高大起来了？您坐在那儿，简直一下子成了辛勤劳动和真才实学的化身！”

“塞塔姆布里尼先生，可我还是个学生，一切还刚刚开始呢。”

“确实，凡事都是开头难。一般说，所有名符其实的工作都是困难的，可不是吗？”

“是啊，魔鬼知道这个，”汉斯·卡斯托尔普说。这倒是他的心里话。

塞塔姆布里尼的眉毛陡的竖了起来。

“您居然叫魔鬼来作证？把真正的撒旦唤来？您可知道，我伟大的老师曾写过一篇赞美诗奉献给它吗？[③]”

“请原谅，”汉斯·卡斯托尔普说，“您说有一篇赞美诗奉献给魔

① 乔苏埃·卡尔杜齐（1835—1907），意大利著名诗人、学者和爱国者，于一九〇六年获诺贝尔文学奖金。主要作品有《撒旦颂》、《野蛮颂》等。他的某些诗歌反对天主教会和封建制度，拥护资产阶级民主，反映了意大利民族复兴运动的思想。

② 意大利城市，亦译波仑亚或博洛尼亚。

③ 老师指卡尔杜齐。《魔鬼的赞美诗》（一译《撒旦颂》）是他主要作品之一，发表于 1865 年。

鬼吗？”

“就是献给魔鬼本身。在我们国家里，每逢节日常常吟咏这首诗。O salute， o Satana， o Ribellione， o forza vindice della Ragione[①] 这是一首美妙的诗歌！不过这个魔鬼跟您指的不尽相同，他对工作是颂扬备至的。而您所指的魔鬼呢，却憎恶工作，因它见了工作就怕，可能就是人们所谓连小指也不敢向他伸出的那种……”

这一切在我们善良的汉斯·卡斯托尔普身上产生奇妙的作用。他不懂意大利文，其余的他听了也不很入耳。这些话虽用漫不经心的、诙谐的语调随口说出，却颇有些说教的味儿。他看看表哥，表哥的眼睛正瞧着地面。于是他开口说：

“噢，塞塔姆布里尼先生，您把我的话理解得太死板了。我说的魔鬼那句话只是口头禅，我可向您保证。”

“看来有的人倒是颇有才智的，”塞塔姆布里尼说，忧伤地凝望着前方，然后又打起精神来，巧妙地转入原来的主题，继续说：

“无论如何，从您的谈话中我满有理由地得出结论，那就是您已选定一种既紧张又光荣的职业。天哪，我是一个人文主义者，homo humanus[②]，尽管我对工程方面怀着真心实意的尊敬，可我对此一窍不通。但我颇能想象，要掌握您这门专业的原理需要清醒而敏捷的头脑，而投入实践又需要付出毕生的精力。是不是这样呢？”

“嗯，当然是这样。您的话我完全同意，”汉斯·卡斯托尔普回答，说话时不自觉地尽力卖弄自己的口才。“今天，这项工作对我们的要求非常高，正因为要求太高，还是别说得太清楚为妙，免得令人灰心丧气。呃，这可不是开玩笑呢。要是你身体不是最好……我只是在这儿作客，身体也还算结实；假如我硬说这项工作对我非常相宜，那我准是在撒谎。我还不如老老实实承认，它叫我够呛了。只有当我什么也不干时，我才感到挺自在。”

“比如说现在？”

---

① 意大利文：哦，健康，哦，撒旦，哦，反抗，哦，理性的复仇力量。
② 拉丁文：富有人性的人；也可译作人文主义者。

“现在？噢，现在我对这儿山上还很陌生，简直有些糊里糊涂，您也可以想象。”

“哎，糊里糊涂。”

“是啊，我睡也没有睡好，后来这顿早餐也确实太丰富。平时我早上吃的东西很一般化，可今晨吃的在我看来太扎实了，照英国人的说法，太丰盛了。总之，我感到有些闷气。今天早晨我抽雪茄时，味儿有些异样，真是天晓得！过去从来没有这种情况，只有病得厉害时才有这种感觉。抽起烟来的味儿简直像皮革一样！我只得把烟扔了，硬抽是毫无意思的。请问，您抽烟吗？不抽？那么您就不能想象，对我那样从青年时起一直嗜烟如命的人来说，碰到这类事该是多么懊丧，多么失望……”

“我对这类事没有经验，”塞塔姆布里尼回答，“我倒认为，对这类事情没有经验并不是什么坏事。许多高贵而富于理智的人士对抽烟都深恶痛绝。卡尔杜齐也不喜欢。可是在这点上，您跟咱们的赖达曼托斯意气相投。他是您那恶习的支持者。”

“唔，恶习，塞塔姆布里尼先生……”

“干吗不是恶习呢？咱们得按照事物的本来面目给它起名字，这样生活就更加丰富多彩。我也有我的恶习。”

“顾问大夫贝伦斯倒能鉴别烟的好坏。他是一个怪有意思的人。”

“您认为是这样吗？啊，原来您已跟他相识？”

“刚才我们出来时跟他相识。您可知道，当时我好像诊了一次病，不过是免费的。他一眼就看出我贫血相当厉害。于是他劝我生活起居要跟我表哥一样，要在阳台上多躺躺，还说我也得量量体温。”

“真的吗？”塞塔姆布里尼高声说。“妙极了！”他仰望天空喊了一声，又俯下身子笑起来。“你们那位大师①的歌剧里唱的是什么戏呢？‘我是一个捕鸟人，心里经常很有劲，哈哈！’②一句话，这是怪有趣的。您愿听从他的劝告吗？那是毫无疑问的。为什么不该听呢。这个赖

---

① 大师指18世纪奥地利杰出的作曲家莫扎特(1756—1791)。

② 所引用的话，出自莫扎特的著名歌剧《魔笛》。

达曼托斯真是个魔鬼。‘心里经常很有劲’倒是句真话，不过有时有些勉强。他很容易感伤。抽烟的恶习对他没有好处——否则就不成其为恶习了——抽烟会使他伤感。正因为如此，咱们可敬的护士长把他的存货都收藏起来，每天只给他一小撮定量。有时他受不了诱惑，竟动手去偷，于是又感伤起来了。一句话：一个糊涂虫。您可也认识咱们的护士长？还不认识？这不对头！不把您介绍给护士长是不公正的。先生，她是冯·米伦东克家族出身的。她跟梅迪奇的维纳斯[①]不同的地方，乃在于女神胸部发达，而护士长却经常佩戴一个十字架……”

“哈，哈！妙极了！”汉斯·卡斯托尔普大笑起来。

“她的教名是阿达丽亚蒂卡。”

“是这个名字吗？”汉斯·卡斯托尔普嚷道。“哦，这太动人了，冯·米伦东克，还有阿达丽亚蒂卡。从名字听来，仿佛她是死去多年的人了。姓名真像中古时代一样。”

“可敬的先生，”塞塔姆布里尼答道，“这儿有许多人正像您说的那样，有‘中古时期的风味’。我本人就相信，咱们的赖达曼托斯纯粹在某种艺术感受的驱使下，才创造出这个女人化石般的脑袋，让她来监护这座恐怖的宫殿[②]的。他确是一个艺术家——您还不知道吗？他画过油画。可不是吗，您想干什么，谁也不会禁止，每个人都有选择的自由。阿达丽亚蒂卡夫人不管人家爱不爱听，逢人便说这样的话：米伦东克家族中，有一位在十三世纪中叶是莱茵河畔波恩地方一所女修道院的院长。过后没多久，她本人就去世了……”

“哈，哈，哈！塞塔姆布里尼先生，我看您真爱开玩笑哪。”

“开玩笑？您的意思恐怕是‘不怀好意’吧。唔，我确实有些不怀好意。”塞塔姆布里尼说。“使我着恼的是，我命中注定只是把这种恶意发泄在微不足道的事情上面。工程师，我希望您不反对什么恶意吧？在

① 维纳斯，罗马神话中爱和美的女神。梅迪奇是中世纪意大利佛罗伦萨的望族，对佛罗伦萨艺术与文化的繁荣颇起作用。这里指的是模仿希腊阿芙罗狄蒂（希腊神话中爱与美的女神）像塑成的维纳斯雕像。

② 此处借喻肺病疗养院。

我心目中，它是理智用来对付黑暗势力和邪恶的最有力的武器。先生，恶意是批判的灵魂，而批判却是进步和启蒙的源泉。”他的话题一下子转到彼特拉克[1]上来，他称彼特拉克是“现代精神之父”。

“现在咱们得躺下来休息了，”约阿希姆若有所思地说。

那位文学家说话时，总是潇洒地做手势。此刻他指着约阿希姆做个手势，说：

“咱们的副官要赶任务去了，咱们走吧。咱们走的是同一条路——‘一直向右，走向通往巍峨宫殿的地方’，啊，维吉尔，维吉尔[2]！先生们，没有人能超过他呢。确实，我相信人类是在进步的。不过维吉尔在修辞方面，近代没有一个人比得上……”在他们回院的路上，他开始用意大利腔背起拉丁文诗歌来，可是当他看到一个少女迎面走来时，他顿时停住了。她看去像一个农村姑娘，容貌并不出众。这时他向她媚笑，哼起小调来。“特尔，特尔，特尔，”他的舌头咂咂作声。“嗳，嗳，嗳！来，来，来！你这个可爱的小虫儿，你愿投入我的怀抱吗？瞧，‘眼睛水汪汪，闪闪发亮光’，”他不知从谁的作品里引用这么一句诗。接着他朝少女狼狈离去的背影送了一个飞吻。

“他真是游蜂浪蝶，”汉斯·卡斯托尔普想。在塞塔姆布里尼心血来潮地向少女献过殷勤、重又喋喋不休地挑剔起别人来时，他仍抱有这种想法。这时他的矛头主要针对顾问大夫贝伦斯，他嘲笑贝伦斯脚的大小，并且在他的头衔上大做文章。这头衔是某个患脑结核的亲王赐给他的。关于这位亲王生活上的丑闻，大伙儿现在都议论纷纷，不过赖达曼托斯眼开眼闭，佯作不见，一举一动都不失顾问大夫的本色。难道大人先生们不知道夏季是顾问大夫发明的吗？不错，不是他又有谁呢。他可当之无愧。过去，只有死心眼儿的人才在这个山谷里挨过夏天。可是“咱们的幽默家”用犀利的目光看出，这种失算只是偏见的结果。他甚

---

① 彼特拉克（1304—1374），意大利著名诗人及人文主义者。

② 维吉尔（公元前 70—前 19），古罗马杰出诗人，长篇史诗《伊尼特》是他的名著。他的史诗不仅在当时是罗马文学中的典范，对后世欧洲文学的发展也有很大影响。

至得到这样的教训：至少就他的疗养院而论，夏季疗养不仅值得推荐，甚至还特别有效，简直是必不可少的。他懂得如何把这一理论传播开去，并为此撰写了通俗性文章，在报刊杂志上发表。此后，夏天的生意就跟冬天一样兴旺。“天才！”塞塔姆布里尼说。“真是异想天开！”他说。于是他挑剔这一带高地上其他的疗养院来，用挖苦的口气称赞它们的老板生财有道。那儿有一位卡夫卡教授……每年，在积雪初融的关键性时刻，当许多病人正纷纷要求离院时，卡夫卡教授就声称自己不得不外出再作一周之行，同时答应一回来就放他们出院。可是他在外边逗留六星期，可怜的人们都眼巴巴地等着，这样，顺便说一句，他们的账越付越多了。有一次，人家请他到阜姆[①]去，但在没有把握赚上五千瑞士法郎之前，他是不愿动身的。这样，十四天光阴就在讨价还价中过去了。这位大人物后来终于赶到，但到后只一天，病人就呜呼哀哉。扎尔茨曼大夫背后曾指摘卡夫卡教授，说他的针头不干净，结果病人相互感染。扎尔茨曼又说，他走路时穿的是橡皮鞋，这样他的死人就听不到。相反地，卡夫卡却扬言扎尔茨曼的病人们吃了过量的“葡萄汁兴奋剂”——为的也是多捞几个钱——病人们就像苍蝇那样纷纷死去，不是死于肺结核，而是死于肝硬化……

他就是这样滔滔不绝地说开来。对于这些口若悬河的诽谤，汉斯·卡斯托尔普衷心地、好意地笑着。这位意大利人说起话来娓娓动听，口齿清楚，发音准确，没有任何方言。他吐出来的每个字都圆润清脆，好像都是他两片活动自如的嘴唇创新的产物；他对自己优雅而尖刻的言词引以为乐，甚至对讲话时运用文法上的变格与变位也喜不自胜；看来，他头脑非常冷静沉着，连一次也没有说错。[②]

“您讲得这样滑稽，塞塔姆布里尼先生，”汉斯·卡斯托尔普说，“又这样生动。我不知道怎么形容才好。”

“形象化，是吗？”意大利人回答时用手帕扇了几下，虽然天气已相当凉爽。“这也许就是您要说的话。您想讲，我说起话来很形象化。得

① 地名，即现在的克罗地亚的里耶卡。

② 德文的名词变格与动词变位比较复杂，外国人讲话时往往说错。

了吧！”他大声说。“我看到的是什么呢？咱们的阴间判官在那儿游荡呢！这是怎样一幅景象呀！”

散步的人们已走完了弯弯曲曲的一段路程。不知是因为塞塔姆布里尼的谈话和下山的缘故呢，还是因为实际上这儿离疗养院并不像汉斯·卡斯托尔普想象中那么远（因为我们第一次走陌生路时，感觉上总比熟路长得多），他们很快就回院。塞塔姆布里尼说得对：下面，在疗养院后的空地上，两位大夫正在散步，走在前面的是穿白大褂的顾问大夫，他的脖子向前伸出，双手像掌舵般地摆动着，后面跟的是穿黑衬衫的克罗科夫斯基大夫。他的神态，比查病房时的那副样儿——查病房时，他按理应跟在上司后面——更不自在。

“嗳，克罗科夫斯基！”塞塔姆布里尼叫道。“他在那儿走。咱们山上女人的一切秘密，他全知道。请注意他衣服上的象征性味儿。他穿的是黑衣服，表示他的专业范围是在夜间。这个人头脑里只有一个念头，而这个念头是肮脏的。工程师呀，为什么咱们刚才一点儿也没有谈到他？您认识他吗？”

汉斯·卡斯托尔普点点头。

“唔，原来如此。我不禁萌起一种设想：他也博得您的好感呢。”

“我说不准，塞塔姆布里尼先生。我只是偶尔见到他。我也不善于迅速作出判断。我对人们只是冷眼旁观，心里想：‘原来你是这样的？那很好。’”

“您太漠不关心了！”意大利人答道。“您评判吧。正是为了这个，自然界才赋予我们眼睛和理解力。您感到我刚才说话有些恶意；要是我真的这样，那也许是因为我存心要说教。我们人文主义者都有些说教的味儿。先生们，人文主义者同教师爷之间存在着历史性的关系，这主要表现在心理学方面。从人文主义者那儿是得不到教育机会的，唔，从他那儿是得不到的，因为他那儿只有人类传统的美和尊敬。那些在混乱而不讲人道的时代曾冒充青年人领导者的牧师，他们的真面目已给人文主义者揭穿了。从那时起，先生们，就压根儿不再有什么新型的教师爷了。人文主义学府……工程师，您就说我反动吧，不过从原则上说，in abstracto①，我请您谅解，我信奉这种主义……"

在电梯里，他还是絮絮叨叨地发挥这一见解；只有这一对表兄弟到了三楼走出电梯时，他才闭嘴。他一直乘到四楼，据约阿希姆说，他住在四楼后角落的小房间里。

"他怕没有什么钱吧？"汉斯·卡斯托尔普问。他伴着约阿希姆走进房间，这房间看去同汉斯那面一间一模一样。

"没有，"约阿希姆说，"他没有什么钱。也许他只有正好付住院费的那么些钱。你该知道，他父亲也是文人，我想他爷爷也是的。"

"唔，当然啰，"汉斯·卡斯托尔普说。"那么他病得厉害吗？"

"据我知道的，他的病并没有什么危险，不过很顽固，常常复发。他得病已有好几年了，病了一会他又出院，但不久又不得不住进来。"

"可怜的家伙！看来他对工作倒是专心致志的。他非常健谈，很容易从一个话题扯到另一个话题。对那个姑娘，他有点儿厚颜无耻，当时我也怪窘的。可后来他谈到人类的尊严时，他说得妙极了，简直像一篇演说。你是不是常跟他在一块儿？"

思想的磨炼

不过约阿希姆回答得断断续续，含含糊糊。他从桌子上一只衬有天鹅绒的红皮盒子里取出一支小小的体温表，将它注有水银的下端插在嘴里。他把表衔在舌头左方的下面，这样，玻璃表就斜往一边从嘴里向上翘起。然后他换上室内服，穿好便鞋和军装般的翻领短褂，拿起桌上的一张打印表格和铅笔，再捧起一本俄文文法书。他学俄文，是因为照他所说指望对工作有些用处。拿着这些，他就走到外边阳台上，在卧椅上躺下，同时把一条骆驼毛毯子轻轻一抛，盖在脚上。

其实这是没有必要的。一刻钟来，云层越来越薄，太阳透过云层，

---

① 拉丁文："从理论上说"。

发出炎夏时那种炽热而耀眼的强光。约阿希姆不得不用系在卧椅扶手处的一块白亚麻布遮光罩把脑袋保护好。这个遮光罩小而实用，可按照阳光的照射角度加以调节。汉斯·卡斯托尔普对这种创新赞扬不已。他想等着瞧表哥体温测定的结果，同时察看周围的一切究竟是什么玩意儿。他也细细观看靠在凉廊一角的一只毛皮睡袋，这是约阿希姆冷天时用的。然后他胳膊肘靠住栏杆，俯首眺望花园。这时，公共休憩室里已挤满了病人，他们伸手伸脚地斜靠在椅背上，有的在写字，有的在看书，有的在聊天。不过他只看到室内的一部分，里面大约有五把椅子。

“你体温要量多久？”汉斯·卡斯托尔普转过身来问。

约阿希姆竖起七个指头。

“时间应当到了——七分钟！”

约阿希姆摇摇头。过了一会，他从嘴里取出体温表，仔细看了一会，说：

“唔，要是你把时间放在心头，那它就走得很慢。我一天经常量四次，心里倒很快乐；因为你看得出，一分钟或一股脑儿七分钟，实际上意味着什么。这儿，一星期七天一晃眼过去了，快得惊人。”

“你说‘实际上’，‘实际上’你不能这样说，”汉斯·卡斯托尔普顶着他说。他坐时把大腿搁在栏杆上，眼睛里布满红丝。“可是归根结蒂，时间是‘不实际’的。假如你看来长，那么它就是长的；要是你看来短，那么也是短的。实际上究竟长还是短，可没有人知道。”他平时不惯于讲哲理，此刻却憋不住了。

约阿希姆反驳他。

“不见得吧。时间，咱们还是在计算的。咱们有钟表和日历，要是一个月过去了，那么对你，对我，对咱们大家来说，也过去了。”

“注意，”汉斯·卡斯托尔普一面说，一面干脆把食指按到黯淡无神的眼睛边。“这样说来，一分钟的长短完全凭你计算时的感觉决定的吧？”

“一分钟的长短……它的长短不多不少，恰好等于手表秒针走一圈所需的时间。”

“不过对咱们的感觉来说，所需的时间长短完全不同！实际上……我说，从实际上看……”汉斯·卡斯托尔普重复说，说时把食指狠狠托住鼻子，把鼻尖弄得弯弯的。“这是一种运动，一种空间运动，可不是吗？且慢！这无异是说，咱们是用空间来计算时间的。可是这却跟咱们用时间来计算空间一样，只有没有科学头脑的人才干这个。从汉堡到达沃斯，乘火车要花二十小时。可步行要多久？至于头脑里想一下，不消一秒钟就得了！”

“听着，”约阿希姆说，“你这是什么意思？我看你是想跟我们待在一块儿吧？”

“住口！我今天头脑十分清醒。那么，时间是什么呢？”汉斯·卡斯托尔普问。他使劲把鼻子扭向一边，鼻尖一下子变得白而毫无血色。“这个你说得上来吗？咱们凭感官察知空间的存在，也就是说，凭视觉和触觉。好。可是咱们感知时间的器官是什么呢？你能给我说一下吗？瞧，你难住了。可是咱们对于心目中不甚了了、连它的特性也说不上来的东西，怎么能计算呢？咱们说，时光流逝。好，就让它流逝吧。但为了能计算它……待一会儿！为了使时间能够计算，它必须均匀地流逝，可是哪儿记载过这样的事实呢？就咱们的意识来说，它并不是这样的，咱们只是方便起见才假定这样。咱们的计量单位纯粹是一种习俗，请允许我……”

“好，”约阿希姆说，“现在我体温表的刻度上高了四格，难道这也纯粹是一种习俗？正因为这五格刻度，我才不得不在这儿荡来荡去，不能服役。这真叫人头痛！……”

“你体温有三十七度五吗？”

“温度已退下来了，”说罢，约阿希姆把温度记在表格里。“昨儿晚上大约有三十八度，这是你来山上引起的。所有初来乍到的人，体温都会升高。不过这也许是件好事。”

“我现在也得走了，”汉斯·卡斯托尔普说。“对于时间，我也有满脑子想法——我几乎可以说，简直是一团糟。可是我现在不想来刺激你，你的体温太高了。我想把一切保留一下，咱们以后再回头谈谈，也许在早餐以后。到了早餐时间，你该来喊我一下。现在我也想躺下来休息，谢谢上帝，这不会使我难受的。”于是他穿过玻璃隔墙到自己房里，那儿的小桌旁也摆着卧椅。他拿起那本《远洋客轮》杂志，从打扫得干干净净的房间里取出漂亮、柔软、暗红色与绿色相间的方格花纹披衣，躺了下来。

他也不得不马上张起遮光罩来，因为当他刚一躺下，炙人的阳光就晒得他难以忍受。然而汉斯·卡斯托尔普顿时高兴地注意到，他躺着感到意外舒服，在他的记忆中，自己从来没有躺过这样安适的卧椅。椅架的样式有些过时，但却别有风味，因为椅子显然是新的，用赤褐色光洁的木材制成。这里铺有席子，上面还有一层软绵绵棉花般的东西。实际上，它由三个厚厚的软垫组成，从脚端一直伸到靠背的地方。此外，这种硬中带软、用刺绣的亚麻布套的圆形靠垫，是借一条绳子系紧在椅子上的，令人有一种异常舒适之感。汉斯·卡斯托尔普把一只胳膊搁在又光又宽的扶手上，眨巴着眼睛休息着；他不需再看什么《远洋客轮》杂志消遣了。从凉廊的拱门望去，野外荒凉的、然而又是阳光灿烂的景色历历在目，宛如一幅图画。汉斯细细玩赏这幅景色，一面在凝神思索。忽然他想起了什么，于是打破岑寂大声地问：

“刚才招待咱们吃早点的不是有一个矮矮的娘儿吗？”

“嘘——”约阿希姆喝住他。“放轻声些。不错，矮娘儿倒是有一个。怎么样啦？”

“没什么。咱们还一点儿也没有谈过她呢。”

于是他又呆呆出神。他躺下时已是十点钟了。已过去了一小时。这是平淡无奇的一小时，不短也不长。一小时刚过去，屋子和园子里就响起锣声，由远而近，然后又渐渐远去。

“吃早餐了，”约阿希姆说。可以听到他已起身了。

这一回，汉斯·卡斯托尔普已结束了他的卧床疗法，走到房间里稍稍打扮一下。表兄弟在走廊里碰头，然后一起下楼。汉斯·卡斯托尔普说：

“哎，躺着真够味啊。这种椅子究竟是怎么做成的？要是这儿可以买，我倒想带一只到汉堡去，躺在上面真像上天堂一样。你看，它们是不是根据贝伦斯的设计特制出来的？”

约阿希姆不知道。他们把话题搁在一边，第二次进入餐厅。那儿，人们又在一个劲儿吃着。

餐厅里闪着牛奶的白光。每个座位上都有一只大玻璃杯，杯里满盛半升牛奶。

“我不想吃，”汉斯·卡斯托尔普说，这时他又一次在女裁缝和英国女人之间坐下来，摊开了餐巾，虽然第一次早餐时他肚子已塞得饱饱的。“我不想吃，”他说，“上帝保佑，我压根儿不能喝牛奶，现在更一点儿也不想。那边也许是黑啤酒吧？”他礼貌而又温柔地转身问那个矮娘儿。可惜黑啤酒没有。不过她答应去拿库尔穆巴赫[①]啤酒，结果端来了。这种酒又浓又黑，泛起棕色泡沫，代替黑啤酒再好也没有了。汉斯·卡斯托尔普用一只半升容量的高脚玻璃杯贪婪地喝着。他吃了烤面包上一片片的香肠。侍者又端来了燕麦粥，还有许多牛油和水果。他只是眼睁睁地望着，吃不下。他也瞅着那些吃客。大伙儿开始注意他起来，个别一些人尤其如此。

他餐桌里已坐满了人，只有他对面的首席位子仍旧空着；人家告诉他，这是大夫的座位，因为只要时间允许，大夫也跟病人一起进餐，轮流坐在每张餐桌上，而餐桌上的首席座位都是留给大夫的。这时两个大夫一个也没有来，据说他们正在做手术。蓄小胡子的青年又走进餐厅，他像过去一样垂下脑袋，下巴靠近胸口，愁眉苦脸，一言不发。淡黄色头发的瘦娘儿又在原位坐下，用调羹舀着酸牛奶，仿佛这是她唯一的食物。这回她身边坐了一个矮小的、精神奕奕的老太，用俄语同那个沉默寡言的青年搭起讪来。对方只是心事重重地朝她看，用频频颔首的姿态来代替答话。从他脸上的表情看，仿佛嘴里有什么苦涩的东西似的。在他对面老太太的另一侧，坐着一个少女，模样儿很漂亮，容光焕发，胸部高高耸起，一头波浪形的栗色秀发，棕色的孩子般的眼睛圆溜溜的，

---

① 德国地名，以产啤酒著名。

娇美的手上戴一只红宝石戒指。她常常放声大笑，讲的也是俄语，而且只讲俄语。汉斯·卡斯托尔普听到她的名字：玛鲁莎。他又无意中注意到，当她说说笑笑时，约阿希姆眼睛朝下，脸孔绷得紧紧的。

这时塞塔姆布里尼从侧门进来，翘起小胡子大踏步地走向自己的座位。他的位子在餐桌末席，与汉斯·卡斯托尔普坐的方向正好成一条对角线。他坐下时，同桌的人都哄然大笑，也许是他说了些什么尖利的话。汉斯·卡斯托尔普也认出了“半肺俱乐部”的成员们。黑尔米内·克莱费尔特从阳台门前面溜向餐桌，眼神呆钝钝的。她向厚嘴唇青年致意，那青年就是先前不合时宜地穿着外套而引人注目的人。那个脸白得同象牙一样的莱费坐在胖女人伊尔蒂斯旁边，她们坐在汉斯·卡斯托尔普右面那边斜摆的桌子上，桌上的人他都不认识。

“你的邻居就在那边，”约阿希姆弯下身子悄悄对表弟说。这一对夫妻正好从汉斯·卡斯托尔普身边擦过到右边最后一张餐桌上去，也就是到“下等俄国餐桌”上去，那儿已坐着一家人，其中有一个丑陋的孩子正在狼吞虎咽地喝粥。那俄国汉子身材瘦小，灰沉沉的两颊凹陷进去。他穿一件棕色皮夹克，脚上穿一双有鞋扣的笨重毛毡皮靴。他妻子也长得很娇小，穿着小小的俄罗斯高跟皮鞋，走起路来一跳一蹦，连帽子的羽毛也会晃动起来。她脖子上披一条肮脏的羽毛长围巾。汉斯·卡斯托尔普狠狠地端详这一对人，他一向不用这样的目光看人，连他自己也觉得太无情；但正是这种肆无忌惮的目光，使他突然体验到某种乐趣。他的眼睛没有神采，同时却又咄咄逼人。恰在此时，左面玻璃门像第一次早点时那样砰的一声关上了，玻璃发出格格的震颤声。这下他不像今天清晨一样吓了一跳，只是懒洋洋地装个怪脸儿；当他想回头往那边瞧时，他感到身子沉甸甸的，觉得费这番精力很不值得。因此，他这回也搞不清莽撞地关门的究竟是谁。

本来，汉斯早点时喝啤酒从来不会迷迷糊糊，可今天这小伙子可完全醉倒了，昏昏沉沉的，仿佛额角上被谁揍了一拳。他的眼皮像铅块般的沉重，当他出于礼貌想跟那位英国女人聊天时，他的舌头不听使唤，甚至左顾右盼也很费劲。此外，他脸上又泛起昨天那样热辣辣恼人的感觉，两颊热得胀鼓鼓的，而且呼吸急促，心在怦怦地跳，就像有一只包着布的锤子在敲打。假如说这一切并没有使他特别难受，那是因为他头脑里已好像几次三番地吸入过氯仿。这回早餐时，克罗科夫斯基大夫坐在他桌子上面向着他，他只是隐隐约约地、梦幻似地感到他的存在，尽管他跟右边的女人讲俄国话时，大夫曾多次目不转睛地盯着他。这时，那些青年姑娘——也就是妙龄女郎玛鲁莎和喝酸牛奶的瘦个儿——谦卑而羞怯地在他面前低下头来。不消说，汉斯·卡斯托尔普的举止也很得体。他默不作声，因为他的舌头不听指挥，他只是循规蹈矩地挥动着刀叉。当表哥向他点头示意要他离席时，他就站起身来，冒冒失失地向同桌人欠了欠身，一步一拐跟在约阿希姆后面出去了。

“咱们什么时候再躺下来休息啊？”他离开屋子时问。“照我看，这是这儿最妙的事了。我恨不得再躺在那张顶呱呱的卧椅上。咱们再多多散一会儿步吧？”

多余的话

“不，”约阿希姆说，“我不允许走得很远。近来，我空时经常下山稍稍走动，穿过村庄，有时一直走到高地。那边有店铺，人也多，可以买些需要的东西。午饭以前咱们还可以再躺上一小时，以后一直可躺到四点钟。你放心吧。”

他们在明媚的阳光下沿着车道下山。经过小溪和羊肠小道，右边山脊的各个峰谷就俨然在望，什么“小仙霞峰”啦，“绿塔峰”啦，“村山”啦，约阿希姆都能一一说出它们的名字。那边高起的地方，是达沃斯村筑有围墙的墓地，约阿希姆也用手杖指点给他看。这时他们走上大路，这条大路比谷底高出一层楼房，沿着梯层式的山坡一直伸向前方。

至于村庄，却没有什么值得说的，只是徒有其名而已。疗养街吞并了这儿的土地，它一直向山谷的入口方向发展，以至称之为“村庄”的整个居住区域已不知不觉地消失，与名为“达沃斯高地”的这块土地合而为一。大路两侧有许多饭店和供膳食的公寓，设备上都有遮蔽阳光的游廊、阳台和卧房，还有供出租的私人住宅。附近各处都有新的建筑物，有时也在兴建新屋，大路上可以眺望山谷里一片草原的景色……

汉斯·卡斯托尔普为了追求他日常所爱好的生活刺激，又燃起了一支雪茄烟。也许是他刚才喝过啤酒的缘故，此刻他居然不时闻到渴念已久的雪茄烟香气，感到说不出的喜悦。当然，香气闻到的次数不那么多，香味也不那么浓。只有当他振作起精神，才能感知这种喜悦，而可厌的皮革气味还依稀存在，远远没有散去。他感到软绵绵的没有力气，无法再少许享受这份清福。他觉得这种享受格格不入，或者可望而不可即，终于慵倦而不胜厌恶地把烟头一扔了事。尽管他有些昏昏沉沉，却仍感到礼仪上有必要找些话题聊聊，因此他想起刚才同约阿希姆关于"时间"的一席出色的谈话。只是他对"一连串问题"已忘得一干二净，"时间"的概念在他的头脑里已荡然无存。于是他开始谈谈身体方面的一些事儿，而且谈得十分古怪。

"那么你什么时候再量体温呢，"他问。"饭后吗？那好。这正是机体活动最旺盛的当口。情况准是这样。贝伦斯叫我也量量体温，这也许只是开开玩笑罢了。为了这个，塞塔姆布里尼笑得前仰后合。这简直无聊透顶。我连一支体温表也没有呢。"

"哦，"约阿希姆说，"这倒没有关系，你只要买一支就行了。这儿到处都买得到体温表，几乎每家店里都有。"

"可干嘛要买呢？我只觉得躺着休息才有味儿。这个我愿意做。但对一个客人来说，量体温委实太过分了，还是留待这儿山上的人们去受用吧。要是我能知道，"他继续说，说时像一个热恋中的人把双手按住胸口，"我的心一直跳个不停究竟是什么缘故，那就好了。这真叫我不安，我对这个问题已考虑了好久。你知道，只要一个人遇到意外高兴的事，或者害怕什么——一句话，在他情绪激动的当口，他的心就会怦怦跳起来，可不是么？不过要是一个人的心莫名其妙地、也可说是身不由已地跳起来，你得知道，那真叫人心寒哪。心跳时，身体仿佛和灵魂分了家，自己走自己的路，有几分像尸体，只是它没有真正死去罢了。实际上压根儿不是那么回事，生活按照本身的规律一往直前地进展，照样长指甲，长毛发，而且，正如人们说的，在化学上和物理上蠢蠢欲动……”

“这算什么话，”约阿希姆冷冷地呵责他。“蠢蠢欲动！”今天早上他说了“月牙棒”之类的话，受到对方的责备，现在他也许算是稍稍报复一下。

“可是事实确是这样！确是蠢蠢欲动！你干嘛要恼火呢？”汉斯·卡斯托尔普问。“我只是顺便讲一句罢了。我别的什么都不想讲，只想说：当你在生活中感到身体不由自主地和灵魂分了家，而且来势汹汹——比如遇到这种莫名其妙的心跳——你真会惶惶不安，苦恼万分。这究竟是怎么回事，我真想穷根究底。我真想搞清楚情绪上的激动是什么原因，是喜悦还是恐惧引起的。至少对我是这样，我只能谈谈自己的感受。”

“对，对，”约阿希姆叹了口气说，“这倒很像发寒热时的情况。用你的话来说，这时身体里真有一种‘蠢蠢欲动’的特殊感觉。对于你说的那种‘情绪激动’，咱们不由得要研究一下，看这种蠢蠢欲动的结果怎么会促使一个人丧失部分理智……可是咱们谈的话题太恼人了，”他用颤抖的声音说，说完了便不作声。汉斯·卡斯托尔普只是耸了耸肩膀，这副姿态就跟约阿希姆昨晚看到时一样。

他们沉默了一会，接着约阿希姆说：

“哎，这儿的人你喜欢吗？我指的是咱们同桌吃饭的那些人。”

汉斯·卡斯托尔普脸上显出漫不经心的神态。

“天哪，”他说，“我看他们并不逗人喜欢。另一张桌子上坐的那些人倒要强些，不过这只是表面现象。斯特尔夫人应当烫发，她太胖了。那位马祖卡，反正不管她叫什么名字，我看有些笨头笨脑。她咯咯笑个不停，不得不老是用手绢往嘴里塞。”

汉斯说错了人名，约阿希姆不由高声大笑。

“‘马祖卡’倒是顶呱呱的！”他高声说。“要是你批准，她叫玛鲁莎，就等于咱们的玛丽。不错，她确实太放荡了，”他说。“其实她真该规规矩矩的，因为她的病一点也不轻呀。”

“这真想不到，”汉斯·卡斯托尔普说。“她脸色多好啊。万万想不到她胸部有病。”他匆匆瞟上表哥一眼，但当他发现表哥那被阳光晒黑的脸上显出一颗颗的雀斑(那些被阳光晒得黑黝黝的脸上在没有血色时，往往有这种情况)，而且嘴角也古怪而懊丧地歪向一边时，年轻的汉斯·卡斯托尔普顿时萌起一种莫可名状的恐惧感，于是他连忙改换话题，探询别人的情况。他要很快地把玛鲁莎和约阿希姆的脸部表情忘个干净，结果也真的忘了。

喝玫瑰茶的英国女人叫鲁宾森小姐。女裁缝其实不是成衣匠，而是柯尼斯堡一所国立高等女子学校的教师，正因为如此，她说起话来头头是道。她叫恩格尔哈尔特小姐。至于那个生气勃勃的老太婆，连约阿希姆也不知道她姓甚名谁，住在山上已有很久。不过她好歹是喝酸牛奶那位姑娘的姨婆，始终伴着姑娘住在疗养院里。但同席的人病得最厉害的，要数布卢门科尔博士了。他是敖得萨来的，全名是里奥·布卢门科尔，也就是那位蓄有小胡子的愁眉苦脸、沉默寡言的人。他住在山上已有好几年了。

此刻他们在市镇的人行道上散步；显然可以看出，这是国际疗养院的主要街道。他们遇到在路上蹓跶的病友们，大多数都是青年，有的是身穿运动衣、不戴帽子的骑士式人物，有的是女人，她们身穿白裙，头上也不戴帽子。这些人讲俄语和英语。街道两边都是商店，店里的商品陈列橱窗，琳琅满目。汉斯·卡斯托尔普的好奇心，与他极度的疲乏感展开了激烈的搏斗。他振作精神勉强张望，在男式时尚用品前面逗留很久，看这些陈列品是否够得上标准。

他们来到一个长廊顶部掩蔽着的圆形大厅，那儿有一支小小的乐队正在演奏。这里就是疗养地旅馆。几个网球场里，一对对的人在打球。一些须发剃修整洁的长脚小伙子正在同姑娘们对阵，小伙子们身穿紧身法兰绒裤，脚着橡皮鞋，袖子一直卷到胳膊肘；姑娘们则一身白色服装，脸蛋儿黑黝黝的，她们在阳光下伸展双臂，疾步如飞，在空中狠狠击球。网球场养护得很好，好像敷过一层面粉。表兄弟在一条空的长椅上坐下，观赏和议论他们的比赛。

“你不在这儿打球？”汉斯·卡斯托尔普问。

“他们不准我打，”约阿希姆回答。“我们得躺着，老是躺着。塞塔姆布里尼经常说，我们的生活是仰卧式的；他说，我们都是‘仰卧家’。这也算是他尖酸刻薄的一种智慧。那边打球的都是健康人，如果是病人，那么这样做也是违犯禁令的。不过他们打得并不认真，与其说打球，还不如说是为了炫耀衣饰。至于说违犯禁令，那么这儿玩的东西违禁的多得很，例如打扑克，还有这家那家旅馆里玩的‘小马’①。我们这儿有告示，说这个对身体最有害处。可是许多人在晚上查病房后还是溜到那儿去赌博。据说，赐给贝伦斯头衔的那个亲王也经常搞这个玩意儿。”

汉斯·卡斯托尔普几乎没有在听。他的嘴张得大大的，因为他一用鼻子呼吸就会伤风。他心跳得像锤子敲击一样，和音乐很不合拍，他感到气闷、难受。当约阿希姆劝他回家时，他在迷离惝恍、矛盾复杂的心情下开始打起瞌睡来。

他们在回家的路上几乎一言不发。汉斯·卡斯托尔普在平坦的街道上有两次几乎摔跤，他忧伤地笑了笑，摇摇头。跛子开动电梯，把他们送上楼去。他们在三十四号房间门前简短地说了声“再见”，就此分手。汉斯·卡斯托尔普踉踉跄跄地走过房间来到阳台上，还没有站定，就一骨碌倒在卧椅里。他来不及变换躺卧的姿势，就在一阵阵急剧不安的心跳中昏昏沉沉进入朦胧的睡乡。

当然，是一个女人！

他也不知睡了多久。时间一到，锣声就响了起来。不过汉斯·卡斯托尔普知道，这一回还不是就餐的鸣锣声，只是通知人们做好准备，因

---

① 系一种当时流行的赌博。

此他依然躺着，直到噹噹的金属声第二次鸣响，接着又渐渐远去，他才起身。当约阿希姆走进房间找他时，汉斯·卡斯托尔普还想换衣服，但约阿希姆不允许。他最恨不遵守时间。他说，要是一个人连吃饭也这么拖拖拉拉，那还谈得上什么一往直前，奋发向上，献身于公职呢。他的话当然不错；汉斯·卡斯托尔普只能说，他身体确实没有病，只是昏昏欲睡。他只是匆匆洗了洗手，然后两人一起下楼，第三次进餐厅。

就餐的人通过两道门口拥了进来。他们也从那边开着的两扇阳台门拥入。他们很快在七张餐桌旁坐下，仿佛从未离席过似的。这至少是汉斯·卡斯托尔普的印象——当然这种印象十分荒谬而富有梦幻色彩。可是汉斯昏昏沉沉的头脑一下子怎么也摆脱不了这种幻象，甚至还暗暗感到高兴。在用膳过程中，他多次试图唤起这一幻象，而且效果也不差。这时那位欢乐的老太太又同坐在对面的布卢门科尔博士搭起讪来，布卢门科尔心事重重地倾听着。她那位羞怯怯的侄女终于吃起酸牛奶以外的食物来——也就是说，这回她吃的是大麦奶油浓汤，这是女侍者盛在盆子里端来的。不过她只舀了几调羹，过后又放在一边。漂亮的玛鲁莎格格地笑着，用手绢掩起嘴儿不让发出声来，手绢散发出橙子的香气。鲁宾森小姐还在读那些字体圆滚滚的信件，这些信件她今天早晨已经看过。显然，她德文一个字也不识，也不想懂得。约阿希姆献殷勤地用英文跟她扯起天气来，她只是用单音节的字回答，说话时依旧一个劲儿地咀嚼食物，然后又默不作声。至于穿苏格兰羊毛衫的斯特尔夫人，她今天上午又去诊过病。她向大家报道这个消息时，既粗声粗气，又装模作样，说话时上唇向后咧开，露出兔子般的牙齿。她叫苦连天地说，她右肺上部还能听到罗音，左肩胛下面呼吸音还很短促，老头儿说她还得呆上五个月。她粗野地称顾问大夫贝伦斯为“老头儿”。接着她又愤愤不平地说，“老头儿”今天没有跟她同过席。今天中午，“老头儿”照例应当“轮”到她那儿(她把“轮”字念作“弄”)，结果又坐到隔壁左边那张桌子旁边(顾问大夫贝伦斯真的坐在那边，他的大手交合着放在盘子面前)。当然，那边坐着阿姆斯特丹的胖太太萨洛蒙，她平时用餐时每天都穿袒胸露肩的衣服，“老头儿”对此显然很感兴趣，虽然她斯特尔夫人对这个怎么也不能理解，因为每次检查时，他可以把萨洛蒙太太任意看个痛快。过一会儿，她又悄声而激动地说，昨儿晚上，上面的公共卧厅（也就是屋顶上的那个休息室）里灯光熄灭了，其目的无非是像斯特尔夫人说的可以获得“透明”的效果。“老头儿”得悉这个，大发雷霆，连整个屋子都听得到。不过肇事者是谁，结果自然没有找到。你不用受大学教育，也可以猜到这无疑是布加勒斯特的米克洛西希干的；对他来说，混在女人堆里，周围环境永远也不会太黑的。这是一个没有半点教养的人，尽管他穿着一件紧身胸衣。他本性简直像一头猛兽……不错，一头“猛兽”，斯特尔夫人压低了嗓门说，说时额角上和上唇都是汗涔涔的。他和维也纳总领事维尔姆布兰特的夫人关系如何，村子里和高地上尽人皆知，他们之间的关系已几乎谈不上什么秘密了。早晨，当总领事夫人还躺在床上时，上尉有时也跑进她的房间，在整个梳洗过程中伴随着她。上星期四，他甚至一直待在房里，到清晨四时才离开。这是十九号房间年轻的弗兰茨的女护士说出来的，弗兰茨最近人工气胸没有做成。这时她正好撞见了他，一窘之下，竟走错了门，闯进了多德蒙特的帕拉范特检察官的房间里……最后，斯特尔夫人絮絮叨叨大谈其那家开设在山下的“应有尽有的百货店”，她在那儿买到了漱口水。约阿希姆只是眼睛朝下，呆呆地望着自己的菜盆。

午膳不仅烹调得很出色，而且极其丰盛。连那盆营养丰富的汤在内，加起来总共不少于六道菜。吃了鱼以后，又是一盆加配菜的美味可口的烧肉，接着是一盆别致的蔬菜，然后又是一盆烤禽，一客布丁，味儿比昨晚以来的各道菜肴毫不逊色；最后是乳酪和水果。每道菜都端来两次，而且侍者的精力都没有白费。七张餐桌上，人们都盛满了盆子吃着，在餐厅的拱顶下，大家都在狼吞虎咽，这幅景象看了真叫人满心欢喜，可惜有些地方不大顺眼，甚至令人厌恶。不但愉快活泼的人敞开肚子吃着，谈笑风生，把一片片面包扔来扔去，连沉默阴郁的人也是这样。他们在每道菜的间歇期间用手托住脑袋，呆呆出神。左边餐桌上有一个尚未完全发育的少年，从年龄上看还是一个学生；他衣服的袖子很短，戴一副又厚又圆的眼镜。他把菜盆里堆积如山的食物统统切成糊状，然后埋头大吃，吃时常常把餐巾按到眼镜后面，揩拭眼睛。人们不知道他在揩些什么，是汗呢还是眼泪。

午膳时发生了两个插曲，引起汉斯·卡斯托尔普的注意。根据汉斯坐的方向，他只能注意到这些。首先，玻璃门又砰的一声关上了，这时大家正好在吃鱼。汉斯·卡斯托尔普不屑地耸了耸肩，然后怒气冲冲地打定主意：这回他一定要搞清楚撞门的究竟是谁。他不光用脑子想，而是认真地翕动起嘴唇来。我一定要搞清楚！他轻声地而又十分激昂地说，因而鲁宾森小姐和女教师都惊讶地瞅着他。他整个上身转向左边，把充满血丝的蓝眼睛张得大大的。

穿过餐厅的是一个女人，与其说是妇女，倒不如说是一个姑娘。她中等身材，穿一件白色毛线衣和花色裙子，一头淡红色的金发，脑袋旁晃着两条辫子。汉斯·卡斯托尔普没有看清她的轮廓——几乎没有瞧见。她走路不声不响，与刚才进来时乒乒乓乓的喧闹声形成鲜明的对照。她耷拉着脑袋，蹑手蹑脚地走向左侧最外边的一张餐桌。这张餐桌与阳台门成直角，也就是“上等俄国人”的餐桌。走路时，一只手插在贴身羊毛衫口袋里，另一只手托着脑袋，把头发理向后脑勺。汉斯·卡斯托尔普瞅着她那双手；他对人们的手很有一番鉴别力；每次新结识一个人，他的注意力总是先集中在那个人的手上。她没有贵妇人的特有风度，托住她头发的那只手，并不像年轻的汉斯·卡斯托尔普在和女人们社交往来中所常见的那么高贵娇嫩。她的手背很阔，手指很短，粗糙稚气，有几分像女学生的手。她的指甲显然没有染过，修剪得很不雅观，也像女学生一样，指甲旁的皮肤有些起毛，好像是咬指甲的恶习留下来的痕迹。不过由于距离太远，汉斯·卡斯托尔普无法看得很清楚，只是有这么一个印象而已。这个姗姗来迟的人向同桌的人们点点头，在桌子内侧克罗科夫斯基旁边坐下，背朝着餐厅。克罗科夫斯基坐在首席。一坐下来，她就左顾右盼，向大伙儿扫视。这时她依然把手搁在头发上，汉斯·卡斯托尔普眼睛一瞟，看到她颧骨很高，眼睛细细的……这当儿，某些模模糊糊的往事从他脑海间掠过，他似乎记起了什么事，什么人……

“当然，是一个女人！”汉斯·卡斯托尔普心里想，嘴里也喃喃地脱口而出，因而这位女教师恩格尔哈尔特小姐听清了他的话。这位可怜的老处女发出会心的微笑。

“这是肖夏太太，”她说。“她老是马马虎虎的，可这位太太很有魅力。”这时恩格尔哈尔特小姐长有柔毛的红彤彤的面颊上罩上了一层阴影。每逢她开口时，她总是这样。

“她是法国人吗？”汉斯·卡斯托尔普一本正经地问。

“不，是俄国人，”恩格尔哈尔特小姐说。“也许她丈夫是法国人或法国人的后代，我可说不准。”

汉斯·卡斯托尔普依然有些气鼓鼓地问，那边坐的一位先生是不是她的丈夫，说时指着上等俄国人餐桌旁一位肩膀下垂的绅士。

“不，她的丈夫不在这儿，”女教师回答他。“他压根儿没有来过这儿，这儿没有人认识他。”

“她应当懂得规规矩矩地关门！”汉斯·卡斯托尔普说。“她总是使劲地关门。这简直是缺乏教养。”

女教师听了这番谴责，温顺地微笑着，仿佛她本人就是该受责备的人。这样，他们就不再谈肖夏太太的事了。

另一个插曲，就是布卢门科尔博士暂时离开餐厅，别的可没有什么了。他的脸一向郁郁寡欢，此刻突然板了起来，忧心忡忡地凝视前方，然后拘谨地把椅子往后推了一下，走了出去。这时，斯特尔夫人的粗野暴露无遗。也许她因为自己的病情比布卢门科尔轻而洋洋自得，她用同情与挖苦参半的口气伴送他出餐厅。“可怜的人儿！”她说。“他差不多只剩下最后一口气了。他又要跟‘蓝家伙’[①]讲话了。”她总是傻里傻气地把“蓝家伙”这个可笑的词儿挂在嘴边，不能自已，汉斯·卡斯托尔普听她说话，真感到啼笑皆非，不寒而栗。过了几分钟，布卢门科尔博士又折回来，模样儿仍和出去时那样谦恭，他重新坐下来继续用膳。他吃得很多，每盆菜都吃两份，吃时仍是心事重重，一言不发。

---

① 此处指疗养院肺结核患者随身携带的吐痰用的蓝瓶子。

于是午餐结束了。由于服务周到——那位矮娘儿端起菜来，疾步如飞——午餐只费了一小时。汉斯·卡斯托尔普喘着气，不知怎么上楼才好，于是又在他阳台里那张精美的卧椅上躺下，因为午膳以后，人们一直可以卧床休息到喝茶时为止。这是一天中最重要的时刻，而且必须严格遵守。有一些不透明的玻璃隔墙一边把汉斯同约阿希姆隔开，一边跟这对俄国夫妇隔开。他就躺在这些隔墙中间，半睡半醒，心房怦怦跳个不停，用嘴巴透气。当他用手帕时，他发觉上面被血染红了，但他没有精力去想，尽管他对自己确实有些担心，而且生性有些疑神疑鬼，唯恐自己得病。他又燃起一支马丽亚·曼契尼雪茄烟，这回他一口气吸到底，不管它的味儿如何。他头晕胸闷，而且神思恍惚地在想：他来山上后发生的一系列事儿多么荒唐。想到那个斯特尔夫人谈话时怎样愚昧无知地用一些可怕的字眼，他有两三次不禁内心笑出声来。

阿尔宾先生

在下面花园里，两蛇双翼、奇形怪状的作为医院象征的旗帜不时迎风招展。天空又均匀地布满了云块，太阳隐没了，天气马上又不客气地凉下来。公共休息室里似乎挤满了人，人语嘈杂，下面一片笑声。

“阿尔宾先生，我求求您，收起您的刀子吧，把它放进口袋里，这会出事的！”一个女人用游移不定的语调尖声地说。

“亲爱的阿尔宾先生，看上帝面上，让我们的神经安静些吧，别让我们再看到这个可怕的杀人凶器！”另一个声音接着又插了进来。这时有一个坐在最前面一排卧椅侧面、嘴里叼一根香烟的金发青年，粗声粗气地回答：

“不要想到这上面去吧！太太们总该允许我玩玩我的小刀子！嗨嗨，这把刀子确实特别锋利，我是从加尔各答一位瞎眼魔术师那儿买来的……他能吞下这把刀，接着他的跟班就从五十步远的土地里把它挖出来……你们想看一看吗？它比剃刀快得多。你只要摸一摸刀口，它就会戳穿你的皮肤，好像切奶油那样。你们等着，我要仔细给你们看看……”说到这里，阿尔宾先生站起来。大家尖声怪叫。“呸，我要去拿左轮手枪了！”阿尔宾先生说。“我感到这个更有劲。这真是该死的东西。它的穿透力很强……我到房里去把它拿来。”

“阿尔宾先生，阿尔宾先生，千万别这样！”许多声音大叫大嚷。可是阿尔宾先生已经离开休息室，上楼到自己房里去了。他是一个青春年少、又瘦又高的小伙子，脸色像孩子般的红润，连鬓胡子一直长到耳边。

“阿尔宾先生，”里面一个女人在喊他，“还是把您的厚大衣带来吧，把它穿上，看在我的面上穿起来吧！您得上肺炎躺着已有六星期了，而现在您不穿大衣坐在这儿，连衣服也没有穿暖，甚至还抽起烟来！我敢起誓，这叫做向上帝挑战！”

阿尔宾一面走，一面轻蔑地笑着；不一会，他就握着左轮手枪回来。他们比以前叫嚷得更加蠢了。可以听出，有些人想从卧椅上跳起来，裹着毯子逃出去。

“你们瞧，这把枪又小又亮，”阿尔宾先生说，“不过只要我在这儿按一下，它就会送你的命……”这时大家又是一阵怪叫。“当然，里面装有子弹，”阿尔宾先生继续说。“在这个枪筒里有六发子弹，每发射一次，它就向前转一格……我可不是说着玩的，”他说。这时他看出人们已不再那么紧张了，于是他把手枪放到衣袋里，重新坐下来，一只大腿搁在另一只上面，又点起一支香烟。“我可决不是说着玩的，”他又说了一遍，然后紧紧闭起嘴唇。

“您干嘛要这样？干嘛要这样？”许多发颤的声音齐声问他，声调中充满不祥的预感。“多可怕呀！”突然有人叫了一声，阿尔宾先生点点头。

“我看出你们已开始领会我的意思了，”他说。“实际上，我藏这把枪也就是为了这个。”他继续漫不经心地说，尽管他肺炎治愈才不久，他还是抽了一口烟，然后又把它喷出。“我藏着它，是为了将来一旦感到这种无聊的日子再也挨不下去时，就有这份光荣，一枪结果自己。事情再简单也没有了。我已经研究过一番，我知道怎样巧妙地完成它。（当他说到“完成”这个字眼，有人“啊”的叫了一声。）心脏可不是我的目标……选中这个地方对我是不大方便的……我倒喜欢自己当场不省人事，也就是说，只要我把外国带来的这个小玩艺儿按在这个怪有意思的部位上……”说时，阿尔宾先生用食指指点着自己剪得短短的金发头顶。“你得把枪放在这儿，”阿尔宾先生又从袋里掏出他镀镍的左轮手枪，用枪口在太阳穴上敲了一下。“正好在这儿动脉上面的地方……即使没有镜子，干起这事也很顺手……”

这时响起许多带着恳求味儿的抗议声，甚至有人泣不成声。

“阿尔宾先生，阿尔宾先生，扔掉手枪吧，别把手枪按在太阳穴上了。看了真叫人害怕！阿尔宾先生，您年纪还轻，您身体会好起来的，您不久就能正常生活，您会享有大伙儿对您的敬爱的！快披上大衣，躺下来，衣服穿得暖些，继续做治疗吧！下次浴室里的师傅用酒精给您擦身体时，别再把他赶跑了！千万别再抽烟了，阿尔宾先生，我们求求您爱惜自己的生命，爱惜您年轻而又宝贵的生命吧！”

可是阿尔宾先生非常固执。

“不，不，”他说，“别管我，我很好，多谢你们。太太们的要求我从来没有拒绝过，可是你们可以看出，违抗命运的安排是没有用的。我住在这儿已是第三年了……我真腻烦透了，这样的日子再也混不下去了。这个你们能责怪我吗？太太们，我的病好不了啦。你们看着我坐在这儿，我这病已无可救药，就是顾问大夫也顾不上你有没有面子，几乎也不隐讳这个事实。请你们赐给我从这一事实中找到出路的一点儿自由吧！这好比在中学里一样，上面决定你留级，你就得老老实实留下来，没有人会来过问，你也不用再干什么。现在我终于进展到这一令人愉快的境地。我不用再做什么，我什么都不放在心上，我一切都一笑置之。你们想吃巧克力吗？请用吧！嗨，你们用不着来抢，我房间里巧克力堆积如山呢。我楼上有八盒巧克力糖，五块‘加拉-彼得’和四磅‘林特’巧克力。这都是我得上肺炎以后疗养院的太太们送给我的……”

不知从哪儿传来男子低沉的声音，喝令大家安静。阿尔宾先生干巴巴地笑了，笑得勉强而不连贯。于是休息室里又是一片静寂，静得像梦魂或幽灵飘然而过一般。以后，人们的话音又在这静寂的空气中怪声怪气地回荡。汉斯·卡斯托尔普倾听着，直到悄然无声为止。虽然他不能肯定阿尔宾先生是不是一个花花公子，但对他不禁有些艳羡。学校生活的比喻，对他的印象特别深刻，他在中学六年级时曾留过级。他想起当时自己受人奚落的羞辱境地，不过其中也有某些可笑和令人高兴之处——在第四季度，他竟放弃了跑步，对“一切”都嗤之以鼻；想到这里，他心头乐滋滋的。由于思绪纷乱，他难以明确说出这究竟是怎么回事。总之在他看来，荣誉虽能给人带来许多好处，但羞辱的好处也不少，它的好处是无穷无尽的。他设身处地为阿尔宾先生着想，他的想象力在描摹这番情景：当一个人最终摆脱荣誉的包袱，永远享受到羞辱的无穷乐趣时，他的感受将会是怎样。想到这里，一股甜滋滋的感觉袭上这位年轻人的心头，他感到一阵战栗，一时心头也跳得越来越快了。

魔鬼提出不光彩的建议

过了一会，他失去知觉。他的表三点半时，被左面玻璃墙后面的谈话声吵醒了。克罗科夫斯基大夫在查病房——这回他没有和顾问大夫在一起——他同这对不懂礼仪的夫妻说俄国话，问那位丈夫身体如何，还查看他的体温表。不过他继续往前走时并不经过阳台间，而是绕过汉斯·卡斯托尔普住的一带地方，然后又折回走廊，推开房门进入约阿希姆的房间。汉斯·卡斯托尔普看到他兜了这么一个大圈子，不把自己放在眼里，心中闷闷不乐，尽管汉斯压根儿不希望跟克罗科夫斯基打交道。当然，他是健康人，他不是病员的一分子——他想起这儿山上往往有这种情形：享有健康福分的人往往无人理睬，无人过问，这使年轻的卡斯托尔普不免有点儿怏怏不乐。

克罗科夫斯基大夫在约阿希姆那儿待了两三分钟后，又沿一排阳台向前走去。汉斯·卡斯托尔普听到他表哥说，现在该起身了，可以准备吃茶点了。

“好，”汉斯说罢就起身。可是躺的时间太久，他感到头昏目眩。他睡得迷迷糊糊，很不畅快，因此脸上又隐隐发起烧来，身体有寒凛凛的感觉，也许他睡时盖得不够暖。

他洗洗眼睛洗洗手，理理头发和衣服，便在走廊上和约阿希姆碰头。

“你听到阿尔宾先生的事吗？”当他们下楼时，汉斯问。

“当然听到过，”约阿希姆说。“这人应当管束一下。他喋喋不休，妨害了大伙儿午休时的安静，太太们也被他搞得心惊肉跳，好几个星期不能复原。他是一个不听管教的人。可是谁愿意出面责备他呢？何况许多人对他这番言论还引以为乐哩。”

汉斯·卡斯托尔普问：“你认为他是不是说得到，做得到？用他自己的话，‘干起来很顺手，一颗子弹就了结’。”

“唉，”约阿希姆答道，“并不是完全不可能。这儿山上确实发生过这种事。我来这儿两个月前，一个长住在这里的学生在一次全身检查后，在树林里上吊了。我刚来时，人们还在纷纷谈论这件事哩。”

汉斯·卡斯托尔普打个呵欠。他听了有些激动。

“啊，我住在你们这儿不大舒服，”他说。“我挺不自在。我怕自己再也待不下去，我得走了。你会怪我吗？”

“你要走？你怎么啦？”约阿希姆嚷道。“真是胡说。你到这儿才一天，怎么可以下结论呢？”

“天哪，还只是第一天吗？我感到已经很久了，在山上跟你们一起已经很久了。”

“在时间方面你别再想入非非了，”约阿希姆说。“今儿早晨你真把我搞得稀里糊涂。”

“别担心，这一切我都忘了，”汉斯·卡斯托尔普抢白说。“一连串问题都忘了。现在我头脑一点也不清醒，这已经过去了……现在该喝茶了吧。”

“唔，喝过茶后，咱们再走到今儿早上那条长椅上去坐坐。”

“那当然行。不过咱们最好别再碰见塞塔姆布里尼了。我今天不想再聆听高雅的议论，我预先声明。”

餐厅里，侍者端来了此时此地可以办到的各色饮料。鲁宾森小姐又在喝她深红色的玫瑰花茶，而她的侄孙女却在舀酸牛奶。另外也供应牛奶、浓茶、咖啡和巧克力，甚至还有肉汤。就餐的人们在丰盛的午餐后已休息过两小时，此刻竟又急急忙忙在大块葡萄干蛋糕上涂起白脱油来。

汉斯·卡斯托尔普选择的是浓茶，并且把干面包片浸在里面，另外也尝些果酱。葡萄干蛋糕他仔细看了看，可是吃呢，他却一点胃口都没有。他又一次坐在那摆着七张桌子、陈设简单而拱顶华丽多彩的餐厅里，坐的仍是原来的位置——这回已是第四次了。过一会到七点钟时，他又将第五次坐在那边，这次该是用晚餐了。在这短而无聊的时间内，他们又一直漫步到悬崖小溪旁的那条长椅边，这时山路上病人熙熙攘攘，表兄弟俩不得不向他们频频致意，然后他们又在阳台上无所事事地匆匆躺了一小时半。汉斯·卡斯托尔普冷得直哆嗦。

晚餐之前他认真地打扮了一下，然后坐在鲁宾森小姐和女教师中间用膳：喝肉汁菜丝汤，吃烤肉、烧肉和配菜，两块嵌有各色食物的圆形大蛋糕，其中有蛋白杏仁饼、白脱油、巧克力、果酱和蛋白杏仁，而且还有优质乳酪及裸麦粗面包。他像以前一样要了一瓶库尔穆巴赫啤酒，不过他用高脚杯喝了半杯时，他恨不得自己一头栽倒在床上。他头脑里嗡嗡作响，眼皮像铅块那样沉重，心房跳得像击小鼓一样，同时又自寻烦恼地凭空想象出一幅情景：漂亮的玛鲁莎俯着身子，用那只戴小红宝石戒指的手捂住了脸，嘲弄地笑他，虽然他尽力控制自己不让别人钻到取笑的空子。他从远处听到斯特尔夫人在高谈阔论。在他听来，她简直胡话连篇，以致使他惝恍迷离地怀疑起来：究竟是他没有听真切呢，还是斯特尔夫人的话一钻入他的脑际后就变成废话。她声称自己能调制出二十八种鱼用酱汁，这点她敢人格担保，尽管她丈夫告诫她别说这样的话。“别这样说吧！”他曾这样讲过。“没有人会相信你的。要是有人相信，他们也会笑你！”然而她今天还是说了，而且公开声称自己能调制二十八种鱼用酱汁。可怜的汉斯·卡斯托尔普觉得这些话简直耸人听闻，他怔住了。他用手抓着前额，完全忘记自己嘴里的一块涂有柴郡[1]干酪的裸麦粗面包尚未嚼完吞下。他离席时，嘴里还含着这块面包。

就餐的人们通过左面的玻璃门出去，也就是从那扇经常砰砰作声的该死的玻璃门出去，它一直通往前厅。几乎所有客人都走这条路，因为事实上在晚餐以后的时间内，客厅和隔壁几间文娱室无疑形成了人们的聚会之所。大多数病人三两成群，在周围聊天。在两只张开的绿色折叠桌上，人们在玩牌，一张桌上在玩多米诺骨牌，另一张在玩桥牌；玩牌的都是年轻人，阿尔宾先生和黑尔米内·克莱费尔特也在其中。第一间文娱室里还有光学方面的玩意儿：一只立体窥视镜箱，从镜头上可以看到里面展出的一些照片，例如可以望见一个表情呆板、脸无血色的威尼斯平底船船夫。另外还有一个望远镜式的万花筒，只要把眼睛贴近镜片，轻轻转动手轮，就能显示出五光十色的星状图案和阿拉伯式的花纹，绚丽夺目，变幻无常。最后还有一个能转动的圆筒，上面放有一卷电影胶片，从侧面窗口望去，可以看到一个磨坊主在殴打扫烟囱的人，有一个老师在惩罚孩子，还有一个人在蹦蹦地跳绳，一对农民夫妇在跳“雷恩特勒”舞[2]。汉斯·卡斯托尔普把冷冰冰的双手放在膝上，在每种玩意儿上看了好些时候。他在玩桥牌的台子上也消磨了好一会儿；那里，病入膏肓的阿尔宾先生也在玩牌。他嘴角下垂，一举一动显得玩世不恭。克罗科夫斯基大夫坐在一个角落里，正在和一群女人兴致勃勃、热情亲切地谈话，她们把他围成一个半圆形，其中有斯特尔夫人、伊尔蒂斯夫人和莱费小姐。“上等”俄国人餐桌上的人们已退入隔壁一间娱乐室里，那儿也形成一伙小圈子。有一条门帘把这间文娱室同玩牌室隔开。除了肖夏太太外，尚有一位懒散、拖沓、蓄有金褐色胡子的绅士，他胸腔凹陷，眼珠突出。再有一个黝黑的姑娘，神态滑稽，别有一种风韵，耳朵上戴一副金环，茸毛般的头发乱蓬蓬的。在他们的小圈子里，还有一位就是布卢门科尔博士，此外还有两个肩膀下垂的青年。肖夏太

---

① 英国郡名。

② 是八分之三拍或四分之三拍的一种圆舞。

太穿的是一件花边白领口的蓝衣服，她坐在小室后部圆桌后面的沙发上，正好在这伙人的中心，她的脸朝向玩牌室。汉斯·卡斯托尔普不无反感地端详着这个不懂礼仪的女人，心里想："她使我想起了什么，可是究竟什么，我可说不上来。"

这时有个三十岁左右脑袋光秃秃的颀长男子在一架棕色的小钢琴前坐下，连奏三遍《仲夏夜之梦》①里的婚礼进行曲。有些女人叫他再弹一次，于是他深情而默默无言地依次凝视着每个女人，然后又第四遍奏起这支清音妙曲来。

"工程师，我可以打听一下您的健康状况吗？"塞塔姆布里尼问。他两手插在裤袋里，在这群游客之间逛来逛去，现在朝汉斯·卡斯托尔普方向走来。他始终穿着那件粗绒布衣和浅色方格条纹裤，说话时笑盈盈的，嘴巴弯成优美的轮廓，嘴角又带着嘲讽的表情，嘴上黑黑的小胡子依然翘着。汉斯·卡斯托尔普一见到这副神态，头脑又豁然开朗。他呆呆地瞅着这位意大利人，嘴角松弛，眼里也充着血。

"啊，原来是您！"他说，"原来您就是我们早上散步时在山上长椅边……小溪旁遇到的那位先生。当然，我一下子认出你来了。您相信吗，"他继续说，尽管他意识到这样说是不得体的，"一眼看来，当时我还以为您是一位奏手摇风琴的乐师呢……这当然纯是瞎猜，"他又添上一句，因为他看出塞塔姆布里尼的眼睛流露出一种冷冰冰的探索的表情。"总之，我是个大傻瓜！我一点儿也不理解，我居然会……"

"别挂在心上，这又有什么关系呢！"塞塔姆布里尼凝神看了青年人一眼，接腔说。"今天是您上这块乐土的第一天。这一天的日子您是怎么过的？"

"多谢，日子过得规规矩矩，"汉斯·卡斯托尔普答道。"用您爱说的那个字眼打个比方，主要是'卧式'。"

塞塔姆布里尼微微一笑。"我偶尔也可能用这个字眼的，"他说。"哎，您觉得这样的生活方式还有趣吗？"

---

① 系19世纪德国著名作曲家门德尔松（1809—1847）的作品。

“有趣也好，枯燥也好，随您怎么说都行，”汉斯·卡斯托尔普回答。“您知道，这种事有时很难下结论。我一点也没有感到枯燥无味——你们这儿山上的生活到底还是挺活跃的。有许多东西都是那么新奇，都是那么值得听，值得看……可是另一方面，我又觉得自己来这儿不是仅仅一天，而是好长一段时间了。说得干脆些，上这儿后我仿佛变得老成些、聪明些了，这就是我的感受。”

“也变得更聪明些了？”塞塔姆布里尼说时，扬起了眉毛。“恕我问您一句话，您多大岁数了？”

嘿，汉斯·卡斯托尔普居然答不上来！当时他想不出自己究竟几岁，哪怕他苦苦思索。为了争取时间，他把对方提的问题重说一遍，接着说：

“我……我多大岁数了？我当然是二十四岁。我快二十四岁了。请原谅，我疲劳了！”他说。“我的情况，用疲劳这个字眼还远远不足以说明问题。有时您知道自己在做梦，一心想醒可又醒不过来，这种滋味您可曾尝到过？现在我就有这种感觉。我准在发烧，否则就根本没法解释。您相信吗，我现在的脚冷冰冰的，一直冷到膝盖上？要是可以这么说，那么膝盖就不再是脚了——请原谅我，我心里简直乱得一团糟！不过，只要您一清早就领教过……领教过气胸的嘘嘘声，以后再听过阿尔宾先生的一席谈话，还加上什么‘卧式位置’之类，那么说到底也就不足为奇。您倒想想，我简直再也不相信自己的五官了，这比脸上发热、两脚冰冷更加难受。请老实告诉我：斯特尔夫人说她能调制二十八种鱼用酱汁，您认为有可能吗？我的意思并不是说她实际上是否办得到——这毫无疑问是办不到的——而是说刚才在餐桌上她究竟有没有讲过这些话，或者这些话都是我凭空想出来的。我想知道的就是这些。”

塞塔姆布里尼瞅着他，似乎没有在听。他的眼睛又凝神呆呆注视他，像今天早上那样连说三声“是，是，是”和“瞧，瞧，瞧”时的情况，揶揄的语调中带有深思熟虑的意味，发S的时候用清音。

“您说二十四种？”他问。

“不，二十八种！”汉斯·卡斯托尔普说。“二十八种鱼用酱汁！这不是一般的酱汁，而是特别的鱼用酱汁，叫人听了简直毛发直竖。”

“工程师！”塞塔姆布里尼怒气冲冲地带着教训的口吻说。“振作起来，不要再说这些乌七八糟的废话了！您说的这个我一点也不了解，也不想去了解。您不是说您二十四岁吗？如果您愿意，请允许我再提一个问题或一个仅供参考的建议。既然您住在这儿看不出什么好处，既然您的身体和心灵——如果我没有搞错的话——都不适应这儿的环境，那么我看您还是放弃在这里养老的打算吧！一句话，我看您还是今夜打起背包，明儿按照行车时刻表乘快车溜之大吉吧！”

“您意思是说我该离开这儿？”汉斯·卡斯托尔普问。“我刚到这里就动身？不！到这儿才一天，怎么就能作出判断呢？”

他一面说，一面无意间向邻室瞥一眼，正面看到了肖夏太太。他看到她细细的眼睛和高高的颧骨。“她究竟使我想起了什么，想起了谁呢？”他暗自思忖。可是尽管他努力思索，疲倦的头脑还是找不到一个答案。

“当然，要叫我习惯你们这儿的水土并不那么容易，”他接下去说，“不过我还要等着瞧。要是仅仅因为开头两三天头脑有些混乱或身体有些热度，就马上失去勇气一走了事，我会害臊的，我会感到自己简直是个胆小鬼。何况这又违反理性，这个您不是说过吗……”

他突然说得激昂起来，肩膀兴奋地抽动。他似乎要意大利人正式撤回他的建议。

“我尊重理性，”塞塔姆布里尼回答，“我也尊重勇气。您说的话听来很有道理。用充分的理由来驳倒您，是不容易的。我确实也看到过某些人后来非常习惯于这儿水土的例子，去年那个克奈弗小姐就是这样。她全名是奥蒂丽·克奈弗，是一位名门闺秀，父亲是政府高级官员。她在这儿住上一年半，对山上生活非常满意，因此当她完全恢复健康时——有时，山上也偶尔有几个人恢复健康——她也无论如何舍不得离开。她真心诚意恳求顾问大夫让她住下去，她不能也不愿回家；这里就是她的家，她在这里感到幸福。可是新病人蜂拥而来，需要她腾出房间，因此她白白恳求了一番，院里硬要她以健康人的身份离开。于是奥蒂丽发起高烧来，她让自己的体温曲线急剧上升。不过有人揭穿她的把戏，同时把她的那支‘哑护士’拿走，换上普通的体温表。您还不知道‘哑护士’是什么名堂呢。这是一种没有刻度的体温表，大夫按照一定的尺度去量，能自动记下温度曲线。先生，奥蒂丽的体温只有三十六度九，她可没有发烧。于是她到湖里去洗澡，这时是五月初，夜间还有霜呢。湖水还没有冷到结冰的程度，水温正好在零上几度。她在水里泡了好一会，希望得上这种或那种疾病，但结果呢？她没有病，而且一直很健康。她带着痛苦和绝望的心情离开，父母对她说的安慰话，她都听不进。‘下山后我怎么办呢？’她几次三番这样叫嚷。‘这就是我的家！’以后的情况如何，我不得而知……不过工程师，您似乎没有在听我的话吧？如果我没有搞错，你撑着两条腿站着看来很费力呢！少尉，您的表弟在这儿呢！”这时他转向刚走来的约阿希姆。“您带他上床睡吧！他把理性和勇气合而为一，不过今儿晚上他稍稍有些虚弱。”

“不，说真的，您说的我全明白！”汉斯·卡斯托尔普斩钉截铁地说。“所谓‘哑护士’，不过是没有刻度的一支水银柱罢了。您瞧，我已完全领会了！”说到这里，他和约阿希姆及其他几个病人一起登上电梯。今天的聚会到此结束，人们向四处散开，纷纷到休息室和凉廊里去作晚间的静卧疗法。汉斯·卡斯托尔普走进约阿希姆的房间。当他经过时，走廊上铺着椰子皮席毯的地面在他脚下一起一伏，但他并无不舒服之感。他在约阿希姆那把有花纹的大卧椅上坐下，他自己房里也有这么一把椅子。他开始抽起马丽亚·曼契尼雪茄烟来。它的味儿像胶水，像煤炭，也像其他别的什么，完全失去原来的香味。即使如此，他还是继续吸着，同时眼睁睁地看约阿希姆如何做他的静卧疗法：先穿上室内短褂，再穿上旧大衣，然后拿起夜灯和俄文初级读本，走到阳台上。他把灯燃亮后，就在卧椅上躺下，嘴里衔一支体温表，开始把披在椅子上两条大的驼毛毯子极其灵活而熟练地裹在自己身上。看到约阿希姆干得这么麻利，汉斯·卡斯托尔普不由真心实意地感到钦佩。约阿希姆把毯子一一盖上，先从左面一直拉到肩头，再在下面裹住两脚，然后从右面盖上去，最后就形成一个极其匀称而光洁的“小包裹”，只有脑袋、肩膀和胳膊露在外面。

“你干起这个来真有一手！”汉斯·卡斯托尔普说。

“这是熟能生巧，”约阿希姆回答，说时把体温表在牙缝里咬紧。“你也应当学会这个。明天我一定给你搞几条毯子来，以后你下山时也可以用。我们在山上是必不可少的，特别在你没有睡袋的时候。”

“夜里我可不愿睡在阳台上，”汉斯·卡斯托尔普说。“这个我不干，我可以干脆告诉你。这样做多怪呢。无论什么都有它的限度。我某些地方终究得和你们划一条界线，因为我是来山上作客的。我要在这儿坐一下，像往常那样抽一支雪茄烟。它的味儿真糟，可我知道它的质地很好，今天我该满足了。现在快九点钟了，可惜九点还不到。如果已到九点半钟，那么可能来不及舒舒泰泰地上床了。”

这时他感到冷入骨髓，寒意一阵紧接着一阵。汉斯·卡斯托尔普一跃而起，往墙上挂寒暑表的方向跑去，像去捉拿现行犯。按照列氏温度计算，室温是九度。他摸摸暖气管，发觉它冷冷的，关着。他喃喃地说些不连贯的话，大意是即使在八月天，不用暖气也真岂有此理；问题不在于日历上写的是什么月份，关键在于天气的冷暖。此刻天气冷得使他像一只狗那样直哆嗦。然而他的脸却是火辣辣的。他坐下后又站起身来，嘟哝着要拿约阿希姆的被子，拿来后就坐在椅上，把被子裹住下身。他就这样坐着，一阵热一阵冷；雪茄烟的味儿令人厌恶，他心里十分难受。他感到苦不堪言，这样糟的生活他似乎从来没有经历过。“这真是活受罪！”他喃喃地说。但这时一种荒唐而又奇特的喜悦与期望突然涌上他的心头，他体会到这种滋味后，依旧呆呆地坐在那边，等待这种感觉能重新在心头萌起。可是这种感觉不再来了，他感到的只是苦恼而已。他终于站起来，把约阿希姆的被子往床头一扔，歪起嘴来含含糊糊地说些“晚安”、“别受凉”、“吃早点时你再来叫我”之类的话，然后踉踉跄跄地经过走廊走回自己的房间。

脱衣服时他哼着歌儿，但并不是因为心情欢畅。他机械而漫不经心地做完了晚间梳洗的一些小动作和文明人应做的各种例行手续，从旅行用的小瓶里倒出粉红色的漱口水，小心翼翼地漱口，再用优质柔润的紫罗兰香皂洗手，然后穿上细薄棉布的长衬衫，在衬衫胸口的袋上绣有 H.C.①两个字母。接着他躺下把灯熄了，他热烘烘的、思绪纷乱的脑袋一下子倒在那美国女人临死时睡过的枕头上。

他本来满以为一倒下就能沉沉入睡，但事实证明他是错了。他的眼皮本来不大张得开，现在却一点不想闭拢；一当他想闭上，它就不安地颤动，并且张了开来。他暗暗想：他平时睡的时间还没有到，何况白天里睡得又太久。外面响起了击拍地毯的声音，这却是不大可能的，而实际上也根本没有这回事。事实表明这是他的心房在跳，跳动声连身外远远的地方都能听到，仿佛外边有人用柳条做的击拍工具在拍打地毯。

房间里还没有全黑下来，外面屋子的灯光，以及约阿希姆和"下等俄国人"餐桌上那对夫妻房里的灯光，从敞开的阳台门透射进来。当汉斯·卡斯托尔普贴背躺在床上眨巴着眼睛时，白天里的某些印象——也就是他观察的心得——突然又浮现在他的脑际，他怀着恐惧和微妙的心情想把它立刻忘个干净。这是当他同约阿希姆谈到玛鲁莎和她的身体特征时约阿希姆脸上流露的表情：约阿希姆的脸相古怪而苦恼地走了样，黝黑的面颊刷的一下变白了，显出点点雀斑。这是怎么一回事，汉斯·卡斯托尔普心里明白，而且也看得很透；他对这事有一番新异、深入而敏锐的洞察力，以致外面柳条击拍地毯的声音，无论在速度和强度上都加快一倍，几乎把下面高地上传来的小夜曲声淹没了。山下那个旅馆这时又在开音乐会。一曲节奏均匀、调门陈腐的歌剧在昏暗的暮色中传来，汉斯·卡斯托尔普吹起口哨悄声应和着（人们甚至能悄声吹口哨），而且用盖在毛绒被下面两只冰冷的脚打拍子。

这当然是不马上入睡的好办法。此刻汉斯·卡斯托尔普一点也没有睡意。自从他明确而深刻地懂得约阿希姆蓦然变色的原因以来，他感到整个世界都变了样，刚才那种荒唐的喜悦与期望又一次在他的内心深处触发。此外他还在期待些什么，也不问自己这究竟是什么。当他听到左右两边的邻人都已结束晚间的静卧疗法回到房里，用室内的"卧式"姿

① 即汉斯·卡斯托尔普（Hans Castorp）开头两个字母的缩写。

态代替室外的“卧式”姿态时，他表达出这样一种信心：这对野蛮的俄国夫妇今夜该平静无事了吧。“我可以安安稳稳睡一觉了，”他想。今夜他们总该太太平平的，这是我求之不得的事！然而他们并没有保持安静，汉斯·卡斯托尔普对此也不抱多大信心。老实说，即使他们悄无声息，汉斯·卡斯托尔普本人也懂不了什么。纵然如此，他对听到的一切还是惊愕不已，而且从内心迸发出依稀可闻的叫唤声。“真是闻所未闻！”他悄声自语。“简直混账透顶！谁会相信这是可能的呢？”在汉斯的嘴唇悄悄发出声音的当儿，山下又不住地阵阵传来陈腐的歌剧曲调。

后来他终于朦胧入睡。但一睡着就梦魂颠倒，梦境比第一夜的还要混乱。他常常被这些噩梦惊醒，或者苦苦追寻梦里茫无头绪的意境。他梦中似乎见到顾问大夫贝伦斯屈着腿，两只胳膊直挺挺悬垂在身子前面，在花园的小径上踯躅。他那跨度大而令人似乎感到沮丧的脚步，与远处的进行曲合拍。当顾问大夫在汉斯·卡斯托尔普面前站停时，汉斯看到对方戴一副镜片又厚又圆的眼镜，嘴里胡扯一通。“当然不是一个军人，”贝伦斯说，同时也不征求对方同意，用他巨手的中指和食指把汉斯·卡斯托尔普的眼皮往下翻。“我一眼就看出，您是位可敬的文人。不过也并非没有才能。抖擞起精神来时，才能可不小哩！别吝惜您的光阴，就在这儿山上跟我们待上短短一年，快快活活地干上一年吧！嗨，嗨，各位先生！出去散散步吧！”他一面大声说，一面把两只其大无比的指头伸到嘴里，吹起古怪而响亮的口哨来。口哨一响，女教师和鲁宾森小姐就从不同方向由空中飞来，她们的身体比实际要小，飞来后就停落在贝伦斯左右两边的肩胛上，正像她们在餐厅时坐在汉斯·卡斯托尔普左右一样。于是顾问大夫一跳一蹦地走了，还用一块餐巾放到眼镜后面去揩眼睛，人们不知道他要拭干的究竟是汗水还是眼泪。

接着，做梦的人发现自己在学校的园子里，多年来，他曾在那儿度过许多课余时间。当时肖夏太太也在场，他正想问她借一支铅笔。她给他一支半长的用银白色笔套套着的红铅笔，同时用沙嗄而悦耳的声音告诫他：课后一定得还给她。当她用高颧骨上细小的蓝灰色眼睛端详他时，他猛然从梦中挣脱出来，因为现在他终于弄清楚——而且想把这个紧紧抓住——肖夏太太使他回想起的究竟是什么事和什么人，而这种回忆又是那么栩栩如生。他急于把刚才这幕经历铭记在心，这样到明天也忘不了。他感到睡魔和梦魇又一次缠住了他。梦里，克罗科夫斯基大夫死盯住他，要替他作心理分析，他非立刻逃之夭夭不可，因为汉斯·卡斯托尔普对这种心理分析委实恐惧万分。他跌跌撞撞地逃走，想避开大夫的纠缠，经过玻璃隔墙，穿过阳台间，冒着生命危险跳到花园里；在他走投无路的当儿，竟爬到赤褐色的旗杆上，当追逐者一把抓住他的裤脚时，他冷汗直淋地惊醒了。

他惊魂方定，却又昏昏入睡。不过他做梦的内容又变了样：塞塔姆布里尼站在他前面微笑，汉斯却尽力想用肩膀把他从站的地方推开。那人笑得很狡黠，冷冰冰地带着嘲讽的神气，嘴上是一抹翘得怪漂亮的小胡子。正是这种笑容，使汉斯·卡斯托尔普感到难堪。“您真讨厌！”他清楚地听到自己说。“走开！您只是一个奏手摇风琴的，可您在这儿找麻烦！”可是塞塔姆布里尼只是站在原处不动，而汉斯·卡斯托尔普也仍然站着，心中在盘算做些什么才好。出乎他意料之外，这时他有机会深入探究一下时间的实质，结果发现，它不过是一个“哑护士”而已，也就是有些人用来欺诈的那种没有刻度的水银温度表。他醒来时，打算明天一定把这个发现说给表哥约阿希姆听听。

这一夜就在惊险的梦魂和新奇的发现中过去了。黑尔米内·克莱费尔特、阿尔宾先生和米克洛西希上尉在他的梦里扮演着乱七八糟的角色。这位米克洛西希在盛怒下把斯特尔夫人轰走，而他自己却被帕拉范特检察官用长矛刺穿身体。其中有几个梦，汉斯·卡斯托尔普在这一夜甚至做了两次，情节完全相同，做第二次时已快拂晓了。他坐在有七张桌子的餐厅里，在砰砰几声巨响下，厅里的玻璃门开了，肖夏太太走了进来，身穿一件白色线衫，一只手插在袋里，另一只手托住后脑勺。但这个没有教养的娘儿们这回不坐到上等俄国人餐桌上去，而是悄悄坐到汉斯·卡斯托尔普身边，同时默默伸出手来，让汉斯去吻。不过她伸出的不是手背，而是手心。于是汉斯·卡斯托尔普吻起她的手来：这是一只不很娇嫩、手背宽阔而指头很短的手，指甲旁的皮肤相当粗糙。这时，一股近乎粗犷的甜蜜的暖流又流过他的全身。以前，当他企图摆脱人世间荣誉的羁绊、一心想享受羞辱的无限益处时，他曾尝到过这种滋味。现在在梦境中，他又一次体验到它，而且滋味强烈得多。

第四章

必要的购买

“现在你们的夏天结束了吗？”汉斯·卡斯托尔普第三天带着挖苦的口气问表哥。

这几天天气可变得真厉害哪。

客人住在山上的第二天，整天都是绚丽的夏日景象。在枞树长矛形的树梢上，蔚蓝色的天空阳光普照，山谷里的村落在骄阳的热浪下闪着炫目的光辉。空气中回荡着母牛哞哞的叫声，听来又快乐又忧伤；它们慢悠悠地荡来荡去，啃着山坡上炙热的草地里短短的杂草。女士们吃早点时已换上鲜艳的上衣，有的甚至穿起开式袖子来，这样的服饰，并非每人穿着都合身。例如斯特尔夫人穿起来就很不雅观，她手背上的皮肤像海绵一样，一点也不配穿这种香气袭人的装束。疗养院的男士们也感受到这样的好天气，他们也用种种方式打扮起来。有人穿起了光彩夺目的夹克衫和亚麻布服装，约阿希姆穿起洁白光亮的法兰绒裤，和他的天蓝色外衣交相辉映。这一套衣饰，使他的外表更有一番军人气概。至于塞塔姆布里尼呢，他曾不止一次地表示要换一套衣服。“见鬼！”当午膳后他和这对表兄弟一起散步到山下的村落里时，他曾发表过他的见解。“太阳晒得多厉害啊！我看我衣服不得不穿得薄些了。”可是尽管他唱高调，他却仍像以前一样穿一件翻领的长绒毛衣和方格条纹裤。也许他衣柜里的存货就只有这些。

可是第三天，老天爷似乎遇到什么不幸，一切都颠倒过来了。汉斯·卡斯托尔普简直不相信自己的眼睛。事情发生在午餐以后的二十分钟，大家正好都在午休。这时太阳忽然隐匿起来，形状丑陋的灰褐色云块笼罩在东南方的山脊上，一阵气流性质不明的、冷入骨髓的寒风突然横扫山谷，好像从冰天雪地的什么地方吹来，于是温度骤降，什么都改观了。

“下雪了，”玻璃隔墙后面响起了约阿希姆的声音。

"你说'雪'是什么意思？"汉斯·卡斯托尔普问。"你总不是说现在快要下雪吧？"

"准要下雪了，"约阿希姆回答。"这阵风的脾气，我们是摸透了的。这阵风刮来，人们就可滑雪橇。"

"胡说！"汉斯·卡斯托尔普说。"要是我没有记错，现在还是八月初呢。"

不过约阿希姆对这一带的情况了如指掌，他的话没有错。不上几分钟，雷声隆隆，暴风雪来临了。这场狂风大雪来势汹汹，到处似乎弥漫着白色的烟雾，村子里和山谷里，几乎什么也看不清。

暴风雪刮了整整一个下午。暖气又开放了。约阿希姆又用得上他的毛皮睡袋，照旧做他的静卧疗法，而汉斯·卡斯托尔普却逃到房间里去，把一张椅子挪向暖气管旁，眺望窗外一片混沌的景色，而且不时摇摇头。第二天早晨暴风雪停止。室外温度虽在零上几度，但雪已积得一英尺来深，因而在眼光缭乱的汉斯·卡斯托尔普面前，展开了一片地地道道的冬日景象。这时疗养院里又关上了暖气。室温在零上六度。

"你们的夏天现在结束了吗？"汉斯·卡斯托尔普恶狠狠地挖苦他的表哥。

"这个很难说，"约阿希姆冷冷地说。"如果老天爷发慈悲，以后还有些晴朗的夏日呢，哪怕在九月里也很可能这样。实际情况是：这儿一年四季的差别并不那么大，可以说它们交错在一起，凭日历是算不了数的。冬天时，太阳光往往很强，人们散步时还会出汗，不得不把外衣脱下。夏天呢，你如今亲眼看到了，这里的夏天有时就是这样。下起雪来，一切就变得颠三倒四。一月份会下雪，而五月份的雪也不小，八月份也会下雪，这个你已看到了。整个说来，没有一月不下雪，这已成了常规。总之，这儿虽有冬日和夏日，春天和秋天，但说到正规的四季，我们山上可没有。"

"这真是一笔糊涂账，"汉斯·卡斯托尔普说。他穿起套鞋和冬季大衣，跟表哥一起到山下的村子里去，采办静卧疗法用的毛毯，因为在这样的天气下，他穿的方格花呢披衣显然不够暖和。眼前他甚至在斟酌要不要买一个毛皮睡袋，但结果放弃这一打算。一想到它，心里就有几分害怕。

“不，不，”他说，“咱们只买毯子算了！将来下山时我还用得着它，不管到哪儿总得需要毯子。这不是什么新奇或令人兴奋的东西。不过毛皮睡袋却非常别致！要是我也搞一个，那我就像在这儿安家落户似的，有点像你们中间的一员……你懂得我的意思吗？总之我不想再说什么。仅仅为了住两三星期而去买一个毛皮睡袋，真是一点也不值得。”

约阿希姆表示同意，这样他们就在英国商场一家漂亮而存货充足的店里买了两条同约阿希姆一样的驼毛绒毯。这是一种又长又宽没有染过色的织物，柔软而舒适。他们吩咐店里立刻将这些毯子送往疗养院——山庄国际疗养院三十四号房间。今天午后，汉斯·卡斯托尔普打算第一次使用它。

他们买毯子自然在第二次早餐以后，否则根据作息时间的安排，他们再也没有机会下山到街头去。这时下起雨来，街上的积雪已变成冰碴儿，脚一踩就溅射开来。他们在回院途中赶上塞塔姆布里尼，他带着雨伞(虽然没有戴帽子)也在攀登通往疗养院的山路。意大利人面有菜色，情绪上显得郁郁寡欢。他用典雅的措词埋怨这天气又冷又湿，他在这样的天气里真吃足了苦头。要是有暖气该多好呢！可是雪一停，可恨的主管部门便把暖气关上，这种规章制度真是愚蠢透顶，对人类理性简直是一种恶毒的讽刺！当汉斯·卡斯托尔普反驳他时——汉斯认为不冷不热的室温是符合疗养原则的，院方这么做，显然为了使病人不致过分娇生惯养——塞塔姆布里尼回答时就狠狠嘲讽他一番。哼，治疗原则实际上算得什么。治疗原则难道是神圣不可侵犯的吗？汉斯·卡斯托尔普谈起这些原则时确有道理，不过这仅意味着盲目虔信和屈从。可惜有一点引人注目(尽管极其使人快慰)：凡叫人奉若神明地遵守的那些规章制度，恰恰与掌权者的经济利益吻合，而对利害关系不大的那些制度，他们就眼开眼闭……当表兄弟听了这些话笑起来时，塞塔姆布里尼又谈起他去世的父亲；在谈到所渴望的暖气时，他联想起父亲来。

“我的父亲，”他慢条斯理地带着崇敬的口气说，“他真是一个出类拔萃的人物，无论身体或心灵上都十分敏感。冬天时，他多爱自己那间温暖的小书房啊！他衷心喜欢它，室内炉火烧得通红，因此始终能保持二十度列氏温度。有时天气又湿又冷，从异乡吹来砭人肌骨的寒风，这时倘使您经过走廊进入这间书房，您准会感到和暖如春，仿佛披上了一条柔和的肩巾似的。您眼睛里会噙满幸福的眼泪。小书房堆满了各种各样的书籍和手稿，有的非常名贵。他穿着蓝色法兰绒睡衣站在小桌旁，周围都是他的精神财富，然后埋头处理起书稿来。他身材小巧。你们倒想一想，他竟比我矮一个头！可是他太阳穴上有一束束浓密而花白的头发，鼻子又长又挺，先生们！他对古罗马文化有多深的造诣啊！在他那个时代里，他是首屈一指的，很少有人像他那样精通本国语言。他写起拉丁文来自成一体，没有人再能比得上他。他真是薄伽丘①理想中的uomo letterato②！许多学者不远千里而来和他交换意见，有的来自哈帕兰达③，有的来自克拉科夫④，他们来到我们的故乡帕多瓦⑤城，显然是为了向他致敬。他总是友好而不失尊严地接待他们。他也是一位杰出的诗人，空时还用优美的托斯卡纳⑥语散文写故事，他真不失为一位 idioma gentile⑦ 大师！”塞塔姆布里尼得意洋洋地说，说时用家乡土音慢慢卷起舌头，同时来回摇晃着脑袋。“他仿照维吉尔布置自己的小花园，”他继续说，“他说的话既有道理，又很漂亮。可是他小书房里必须暖而又暖，否则他会冷得发抖；要是让他冻着，他准会气得流泪。现在您倒想想，工程师，您倒想想，少尉，这位父亲的儿子竟不得不在这块野蛮的该死的地方受苦，在盛夏季节身子冷得直哆嗦，而在这种令人屈辱的景象前面，精神上也经常受到折磨！唉，真够受！咱们周围是怎样一些角色呀！顾问大夫、克罗科夫斯基这些傻头傻脑的魔鬼……”说到这里，塞

① 薄伽丘(1313—1375)，文艺复兴时期意大利的著名作家，《十日谈》是他的杰作。他的作品对后世欧洲文学颇有影响。
② 意大利文，意为学者或文人雅士。
③ 瑞典地名，是瑞典最北部的城市。
④ 波兰地名。
⑤ 意大利地名。
⑥ 意大利地区名。
⑦ 意大利文，原义优美的语言，此处借喻文学。

塔姆布里尼似乎欲言又止。“克罗科夫斯基，这个听忏悔的神父好不害臊，他恨我，因为我维护人类的尊严，不允许他在教义方面瞎吹一通……在我的餐桌旁……我不得不同席就餐的是怎么一伙人啊！我右面坐的是一个哈雷[①]来的啤酒商，名叫马格努斯，他蓄着一把小胡子，像一束干草似的！‘请您别再跟我谈文学吧，’他说。‘文学顶什么用呢？只是漂亮的文字罢了！我跟漂亮的文字有什么相干？我是一个讲究实际的人，漂亮的文字在生活中几乎不存在！’这就是他的看法。漂亮的文字……唉，圣母！他的妻子就坐在他对面，身上的肉越来越少，而头脑也越来越笨。这真卑鄙而又令人遗憾……”

约阿希姆和汉斯·卡斯托尔普一致认为这番话很有道理，只是心照不宣而已。他们觉得他的话既伤感，又有煽动性，在尖刻的语调中含有反抗的意味，因而听了也很感兴趣，甚至有启发性。听到他说“胡子像一束干草”以及“漂亮的文字”之类的话，汉斯·卡斯托尔普不禁好心地笑了。与其说汉斯为此而笑，倒不如说因为塞塔姆布里尼讲这类话时显出一脸滑稽而灰心丧气的神情。接着，他又说：

“老天爷，社会上的人就是这样凑合起来，构成一个团体。就餐时和谁同席，您是无法选择的，否则结果如何只有天知道了。我们桌上也坐着一位太太……斯特尔夫人，我想你们也认识她吧？简直可以说，她半点教养也没有。有时当她喋喋不休地说开来时，人们的眼睛不知往哪儿望才好。可是她经常抱怨气候不好，害得她总是懒洋洋的，我怕她的病情不轻呢。这个倒挺怪的——又有病，又是笨：我不知道这样说法是否恰当。不过我总有一种古怪的想法：要是一个人笨而又病，两者兼而有之，那么这是世界上最伤心的事了。人们一点儿也不知道怎样对付这号人才好，可不是吗，对病人终究要尊重些。对于病，人们总带几分敬意——如果我可以这么说的话。不过，要是一个人傻得连‘fomulus’[②]和‘宇宙商店’[③]之类的错误也犯上了，那真令人啼笑皆非，而人们的心

① 地名，在今德国境内。
② 似是而非的拉丁语，是斯特尔夫人的杜撰或误拼。
③ 此处系“化妆品商店”之误，因两词拼法近似。

情也会陷入某种困境；这种情况真叫人可悲可叹，我简直无法形容。我的意思是说，这是不和谐的，彼此毫不相干，人们不习惯于这样的联想。人们认为，笨人必然健康而平凡，而疾病则能使人变得高雅聪明，超脱不群。人们往往是这样想的，可不是吗？我说的话可能已超出应说的范围，”他最后说。“这只是因为咱们偶尔谈起这一问题……”这时他感到茫然若失。

约阿希姆也有些不自在。这时塞塔姆布里尼扬起眉毛一言不发，似乎出于礼貌地等待谈话告一结束。实际上，他故意把话收一下，为的是将汉斯·卡斯托尔普搞得晕头转向。接着他又说：

“Sapristi①，工程师，您显示出非凡的哲学才能，我压根儿想不到您竟有这种才能！从您的理论来看，您身体肯定没有外表那么健康，因为您读起这个来显然劲头十足。不过请允许我直言不讳：您的推论我不敢苟同，我否定它，甚至完全反对，您可以看出，对理性方面的事我是有些不耐烦的，我宁愿让人家斥为迂腐，而不愿俯首帖耳地屈从于您的观点。您阐明的这种观点，在我看来简直大有驳斥的必要……”

“不过，塞塔姆布里尼先生……”

“请……您允许我……我懂得您想说什么。您想说，您的意思并不是一本正经的，您代表的那种观点不一定是自己的，似乎只是从空中飘浮着的各种观点随手抓一个碰碰运气，不负任何责任。像您这样的年龄，这倒是颇合适的，这里并没有成年人那种固定不变的看法。您可以预先用各种各样的观点作一番尝试。Placet experiri②，”他说，用意大利腔说“C”字时发出软音来。“这是个警句。使我感到困惑的，却是下面这个事实：您的试验正好朝这个方向发展。我怀疑这是否偶然。我怕会出现这样一种倾向，如果不予迎头痛击，这种倾向会有根深蒂固地形成的危险。因此我感到有责任来纠正您。您说疾病和愚蠢结合在一起，是世界上最伤心的事。我承认这点。我宁取思想丰富的病人，而不喜欢患痨病的傻瓜。可是当您把疾病和愚蠢合起来看作是美学上不协调的现

---

① 表示惊叹的语气词，意为“哎呀！”

② 拉丁文：试一下也好。

象，自然界的一种扫兴事儿，或者像您爱说的那样使人们的心情陷入某种困境，那我就有异议了。您把疾病看作是某种高雅的事，而且如您所说，某种值得尊敬的事，它和愚蠢完全不相干。这也是您说的话。我可认为不是这样！疾病一点儿也不高雅，一点儿也不值得尊敬。这样的观点本身就是病态的，或者有病态的倾向。要是我告诉您这种想法是多么陈腐和丑恶，也许会引起您对它的反感。它起源于人类崇奉迷信而只知忏悔罪恶的时代，当时人们的思想境界非常低下，只知道笨拙地模仿。那是一个异常可怕的时代，人们把和谐与健康看作是可疑的和邪恶的东西，而病弱呢，在当时却无异是一张通往天国的特许证。可是后来，理性和启蒙教育把盘踞在人类心灵中这些阴影驱散了，不过还不彻底，今天我们仍在和它们作斗争。先生，这种斗争就叫工作，为人世间、为荣誉、为人类的利益而工作，人们在这种斗争中每天重新经受锻炼，这些力量将使人类完全解放，并把人类带到进步和文明的道路上，使他们获得更明亮、更温和、更纯洁的灵光。”

好家伙！汉斯·卡斯托尔普又惊又羞地想。他的调门唱得多高！刚才这些话我究竟是怎样引出来的？我听来多少有些枯燥。他老是爱谈工作。他反反复复谈工作，可实际上有些话不对题。可是汉斯说：

“您说得很动听，塞塔姆布里尼先生。您刚才讲的话全都值得领教。我看，别人说起来不会……不会像您那样头头是道。”

“倒退，”塞塔姆布里尼继续说，说时挥动雨伞，让它从一位路人的脑袋上掠过，“精神上倒退到那个黑暗而苦难的时代，工程师，请相信我，这就是一种疾病，一种人们研究得腻烦了的疾病。科学赋予它许多名称：美学和心理学给它定了一个，政治又给它定了另一个。这些都是学术名词，不切实际，还是不谈为妙。可是在精神生活中，一切都息息相关，从一件事中引申出另一件来，人们是不会向魔鬼伸出小指头的，唯恐魔鬼攫住整只手掌以及整个身躯……而另一方面，健全的原理却总能产生健全的结果，不管您的出发点如何。因此您得记住，疾病远远不是一种高雅的、过分值得尊敬的事，也并非令人遗憾地和愚蠢结成不解之缘，它无非意味着一种屈辱；不错，这是人类痛苦而难堪的一种屈辱，这在个别场合下还可同情，不过对它表示崇敬，那就大错特错了！您应当记住这个！这就是误入歧途，也就是精神错乱的开始。您刚才提起的那个女人——我记不起她的大名来，哦，谢谢，原来是斯特尔夫人——是个可笑的女人；依我看来，难道她不是像您说的那样，把人们的心情陷入困境了吗？她又病又笨，简直是可怜虫。事情很简单，总之，人们对这号人只能表示同情，或者耸耸肩膀而已。先生，当自然界如此残酷无情，以致破坏了人体的和谐，或者一开始就使人们无能为力，使高贵、热情的心灵无法适应生活，那时困境、也就是悲剧开始了。工程师，您可认识莱奥帕尔迪[①]？或者您呢，少尉？这是我国一位不幸的诗人，他是一个弓着背而病弱的人，生来就具有崇高的灵魂，但因身体多灾多难，经常受人羞辱和嘲弄，他的苦处真叫人心痛欲裂。你们倒听听这个！”

于是塞塔姆布里尼开始用意大利文背诵些什么，让一个个漂亮的音节滔滔汩汩地从他的舌尖流泻出来，背时摇头晃脑，有时还闭着眼睛，哪怕他的伙伴们一个字也不懂，他也满不在乎。他这样做的目的，显然是为了自我欣赏记忆力和发音，同时也想在倾听他的伙友前卖弄一番。最后他说：

“不过你们不懂得这个。你们虽然在听，却无法理解其中悲痛的含义。先生们，残废的莱奥帕尔迪主要缺乏的，是女人的爱，也许正因为这点，使他更无法抑制内心的痛苦，你们能完全体察到这样的心情吗？荣誉和德行在他面前黯然失色，自然界对他似乎怀有恶意——它确实怀有恶意，简直又恶又蠢，这点我倒同意他——他悲观失望，说来也叫人怪难受的；他甚至对科学和进步也绝望了！工程师，悲剧也就在这里。您的所谓‘人们心情的困境’我看就是这个，而那边的女人却不是那么一回事，至于她的大名，恕我不再劳神了……看上帝面上，请别跟我谈什么生了病后‘精神境界能够提高’！别谈这个吧！没有

---

① 莱奥帕尔迪(1798—1837)，19世纪意大利著名诗人及学者，自幼孱弱多病，一生遭遇坎坷，备尝艰辛。《致意大利》、《致席尔维娅》等诗都是他的名篇。他的诗歌在意大利文学上颇有地位。

身体的灵魂，同没有灵魂的身体一样没有人性，一样可怕，不过前一种情况是罕见的例外，后一种却是司空见惯的。一般说，身体能发育滋长，繁荣昌盛，把一切重要而富有活力的东西吸引过来，而且能摆脱灵魂，令人厌恶地存在着。凡是以病人身份活着的人，都不过是一个躯体而已，这既违反人情，又令人屈辱——在大多数情况下，这不过是行尸走肉而已……"

"说得挺有趣，"约阿希姆忽然插嘴说。他躬身向前眼睁睁地瞪着表弟，此刻汉斯正靠着塞塔姆布里尼身边走。"有的话跟你最近说得差不多。"

"真的吗？"汉斯·卡斯托尔普说。"不错，我头脑里可能也有过类似的想法。"

他们继续向前走几步，塞塔姆布里尼没有出声。接着他又说：

"这样更好，我的先生。如果真是这样，那就更好。我一点也不想向你们宣扬什么别出心裁的哲学，这又不是我的职务。要是我们的工程师和我的观点相同，那只证实我的假设：他在理性上的造诣还不深。他像有才能的其他青年一样，目下对各种观点只是在进行试验而已。有才能的青年并不是一张白纸，他倒像一张用富于同情心的墨水写过的纸片，这上面既写了'善'，也写了'恶'；而教育者的职责，就是坚决发扬'善'的，把显示出来的'恶'通过适当手段永远消除。两位先生刚才在买些什么吧？"他改用另一种比较轻快的语调问。

"没有，没什么，"汉斯·卡斯托尔普说，"只是……"

"我们只是为表弟张罗两条毛毯，"约阿希姆冷冷地回答。

"静卧疗法用的……天气冷得真够呛……我还得呆上两三星期呢，"汉斯·卡斯托尔普笑着说，眼睛瞧着地面。

"唉，毛毯，静卧疗法，"塞塔姆布里尼说，"好，好，好，嗳，嗳，嗳。事实上，试一下也好。"他用意大利腔又说了后面这句拉丁文，然后告别，因为这时他们已进入疗养院的大门，向跛足的门房打招呼。到了大厅，塞塔姆布里尼转身走进会客室，他说要坐在桌子前看报。看来，他想逃避第一次静卧疗法。

“谢天谢地！”当汉斯·卡斯托尔普和约阿希姆一起上电梯时，汉斯说。“他真是一位道学先生。他自己最近也说过，颇有几分道学先生的气质。跟他打交道得处处留神，话别说得太多，免得他唠唠叨叨教训你一番。不过他的话倒是动听的，说起来头头是道，从他嘴里吐出来的每句话，流畅而有吸引力。当我听他讲话时，我心里觉得好像有许多新鲜的圆面包一只只滚出来。”

约阿希姆哈哈大笑。

“你最好别跟他说这种话。我相信，要是你在想象中把他的教诲看作是圆面包，那他会失望的。”

“你以为这样吗？这个我倒说不准。我印象中始终认为，他的目的并非仅仅为了宣扬他那番大道理，也许这是他的次要目的；主要目的倒在于说话本身，让人家听每个字眼怎样从他口中滚滚流泻出来……他的话多么富于弹性，简直像橡皮球一样！当人们注意到这点时，他是相当高兴的。啤酒商马格努斯说什么‘漂亮的字’，那固然有些蠢，但我怕塞塔姆布里尼也说过些什么文学在生活中实际地位之类的话。我不想提什么问题，免得当场出丑，我对这方面懂得不多，过去我从来没有见过一个文学家。可是，要是他们指的不是漂亮的字体，那么指的显然也是漂亮的文字，这是我在塞塔姆布里尼圈子里获得的印象。他用的是怎么一套词汇啊！他说起‘德行’这个词来，简直无拘无束，真是天晓得！我有生以来，嘴边从未挂过这个词，就是在学校里，当书本中出现‘道德’这个词时，我们总干脆说作‘勇敢’。我得说，这时我心里怪不自在。当我听到他大骂天气怎么冷，大骂贝伦斯和马格努斯太太——骂这位太太只是因为她体重减轻——总之对一切都破口大骂时，我心里总不大舒坦。他反对一切，我一眼就看得出来。他对一切现存的制度都看不顺眼，我禁不住想，他是一个肆无忌惮的人。”

“你尽管这么说，”约阿希姆深思熟虑地回答说，“可是他身上也有某种骄气，不能把他看作是肆无忌惮的。恰恰相反，这个人对自己和全人类倒是很尊重的。这使我对他有某种好感；在我的心目中，这是个优点。”

“你说得不错，”汉斯·卡斯托尔普说。“他甚至有些严厉，这往往使人不快，因为这样就会使人——我该怎么说呢——受到约束，唔，这样的表达方式倒不坏。我老是感到，他对我买静卧用的毛毯似乎不以为然，很不赞成，而且在这个问题上纠缠，你有同样的看法吗？”

“不，”约阿希姆沉思了一会，惊讶地说。“这怎么可能呢。我认为不是这样。”于是他衔着体温表，带着全部什物去卧床休息了。汉斯·卡斯托尔普马上开始梳洗打扮，准备午膳，反正离午膳还有一小时不到的光阴呢。

关于时间感受的一些题外话

当他们饭后上楼时，毛毯的包裹已放在汉斯·卡斯托尔普房内的椅子上了。当天他第一次使用这种毯子。约阿希姆是此中老手，他向汉斯传授裹在身上的种种技巧，这儿山上人都会干这一套，每个新来者也必须马上学会。先要把毛毯一条条地摊开，放在椅上，使它绰有余裕地从椅脚拖到地面。然后坐下来，开始把里面那条毯子裹在身上；先从纵直方向拉到肩头，然后在下面把两脚盖住，这时你应当弓起身子坐着，先揪住折叠的一端，然后抓住另一端，直到两脚脚尖在伸直身子躺着时也都能紧紧裹住，而且须尽量保持平直。以后，你可以依样画葫芦地裹上外面一条毛毯，不过干起来稍稍难些。汉斯·卡斯托尔普还是一个笨拙的新手，他曲着身子，伸手伸腿做着表哥教他的种种动作，口中毫无怨言。约阿希姆说，只有为数不多的精明鬼，才能用三个稳稳当当的动作把两条毛毯一起披上，不过这种技能是罕见而值得艳羡的，而且也要有某种天赋。

汉斯·卡斯托尔普听了这番话不由大笑，他腰酸背痛地躺在椅上，但约阿希姆一下子弄不懂究竟可笑在哪儿，用游移不定的目光瞅着他，然后也笑开了。

“好了，”约阿希姆说。这时汉斯·卡斯托尔普已把四肢盖住，浑身裹得像滚筒似地躺在椅上，颈背靠着一只圆圆的枕垫，刚才七手八脚的动作已把他搞得精疲力竭。“即使现在冷到列氏二十度，你也受得了的。”说罢就走到玻璃隔墙后面，也去用毛毯裹身子。

汉斯·卡斯托尔普对冷到二十度有些怀疑，因为现在他已冷得够呛；当他通过木拱门望向户外湿漉漉的一片，眼看又将大雪纷飞时，他不禁感到一阵阵战栗。奇怪的是尽管空气中湿气很重，他脸上还是干热得厉害，仿佛他坐在热不可挡的房里似的。刚才他忙着盖毛毯已累得不可开交，此刻当他把《远洋客轮》杂志凑到眼前时，他的手确实哆嗦起来。看来他身体并不怎么健康——正像顾问大夫说的，贫血得厉害，因此在这儿这么怕冷。可是他现在躺的姿态非常舒适，把他这种不快的情绪抵消了。这种舒适感，是卧椅所具有的莫可名状的，而且几乎是神秘莫测的特性，汉斯·卡斯托尔普在第一次试用时已体会到它的极度乐趣，现在又证明了它确是其乐无穷。不管是枕垫的质地优良，靠背处的倾斜角度或扶手处的高度和宽度恰到好处，还是颈背的圆枕垫软硬适当，总之你要摊开四肢休息，再没有比睡这种出色的卧椅更安逸、更舒适的了。汉斯·卡斯托尔普打心眼里高兴的是，他接下去还可享受两小时的清福，这两个钟点是疗养院规定的主要静卧疗养时间，虽然他只是上山作客来的，他却感到这样的安排非常称心。因为他生性好静，哪怕长时间无所事事，他也受得了；我们还记得，他爱好空余时间，不希望让无聊的活动将时间销蚀掉，吞噬掉，浪费掉。四时左右他吃茶点，还有蛋糕和果酱，接着在外边活动一会，然后再躺在椅子里休息，七时左右晚餐。晚餐像其他各餐一样，气氛有些紧张，但也能增长许多使人喜闻乐见的见识。饭后再看看什么万花筒、立体窥视镜或转筒式影片之类……如果说汉斯·卡斯托尔普对这里的生活已像人们说的那样习惯了，那也许太过分，不过他对这里的日常生活终究已能很好地适应。

这毕竟是人们使自己习惯于陌生环境的一种奇特的方式。不过要适应它、习惯它却是很费力的；这样做无非是为了他本人的需要，但同时也怀有一种明确的目的，那就是一当完成这项使命或在完成后不久，就重新抛弃了它，回复到原来的状态。人们把这类事当作生活情趣中的一种插曲，目的无非是为了“消遣”，也就是说使机体尝到些新鲜味儿，换换花样——日常生活是那么单调而枯燥无味，久而久之就使人有娇纵而萎靡不振之虞。但固定刻板地做同一件事时间太长，究竟为什么会有这种萎靡不振的感觉呢？其中原因，倒不在于生活的种种要求使他体力上和精神上劳瘁不堪(因为这样的话，休息一番就能恢复)，而是心理上的某种原因造成的。人们对时间的感受，往往因它的千篇一律而容易淡薄，同时它和生活感受又息息相关，一个削弱后，另一个也接着受到损害。关于寂寞无聊的性质，人们有许多错误的概念。一般认为，时间内容中的趣味和新奇之处，就是让它“流逝”，也就是说，使时光短促，而单调和空虚则会抑制时间的进程。这种说法不尽适当。空虚和单调无聊固然会使每一分钟、每一小时延长，令人有“度日如年”之感，但它们也能将巨大和极大的时间单位缩小或使它飞逝，甚至化为乌有。反之，一个充实而有趣的时间内容，能使一小时，甚至一天的光阴缩短或轻松地逝去。可是在量度方面，它却赋予时间进程以宽度、重量和坚实性，因而多事之秋与那些平淡无奇、风平浪静的年代相比，前者的流逝进程慢得多。

因此，我们所说的寂寞无聊，其实只是一种由单调引起的，时间上一种反常的缩短感觉。生活老是千篇一律，漫长的时间似乎就会缩做一团，令人不寒而栗。倘若一天的情况和其他各天一模一样，那么它们也就不分彼此。每天生活一个样儿，会使寿命极长的人感到日子短促，似乎时光不知不觉地消逝了。所谓习惯于生活，其实就是对时间有一种木然甚至麻痹的感觉；年轻时的日子过得慢，而晚年的岁月却消逝得愈来愈快，也必然是这种“习惯于生活”造成的。

我们知道，生活中引入一些插曲或变换一番新花样，乃是维持我们生命力，使我们对时间保持清新感以及使我们对时间不会感到漫长，厌烦或枯燥无味的唯一方式，从而让我们的生活有一种新的感受。调环境，换空气，上温泉浴场，都是为了这个目的，而调换环境和生活中加入某些插曲就有消除疲劳的作用。住到一个新的地方，头几天有一种清新之感，也就是说使人精神百倍——它能保持六天到八天左右。接着，随着你“习惯于”这个地方，似乎渐渐觉察日子紧缩起来。谁依恋着生命——或者说得确切些，谁对生命依依不舍，谁就会恐惧地觉察到，日子的步子跨得越来越轻盈，无声无息地开始溜走，而最后的几星期，比如说四星期左右，简直飞逝得令人害怕。当然，生活的插曲终了时，对时间的清新感也就随之消逝；而在回复到正常的生活以后，它又重新显现。外出后再回到老家时，开头几天又过得新鲜而生气勃勃，不过只是短短几天而已，因为人们对“习以为常”的生活，适应起来比那些例外情况为快。如果说时间的感受由于年迈而减弱，或者这种感受一向不很强烈(这是生命力本来就衰弱的征兆)，那么他很快就会昏沉沉地回复到原来的生活，过了二十四小时，就感到从来没有外出过似的，几天前的旅行宛如晚间做了一场梦。

这里插入了上面这段话，只是因为年轻的汉斯 · 卡斯托尔普对时间方面曾有类似的感受。他在山上住了几天后，曾用充血的眼睛瞅着表哥，并对他说：

“到了一块陌生地，开头时觉得时间过得真慢，这倒是挺可笑的。我的意思是……这自然不是说我感到厌倦无聊，恰恰相反，我简直可以说高兴得像个活神仙。可是你要知道，当我回顾一下，也就是反省一下时，我就觉得在这儿似乎已不知呆了多久，上山以来也不知过去多长时间，简直不明白自己居然会在山上，而你竟对我说，‘现在就下山吧！’你还记得吗？时间对我说来，真是长得无边无际呀。这和时间的计量毫无关系，和理解力也压根儿不相干，只是一个感觉问题。当然，说这样的话是愚蠢的：‘我认为已在这山上住了两个月’——简直胡说八道。我只能说：‘时间很长’。”

“对啊，”约阿希姆回答，体温表仍衔在嘴里。“听了你这席话，我也得益不浅。你来山上后，我某些地方都得仰仗你哩！”汉斯 · 卡斯托尔普听了约阿希姆直截了当说的这些话，不由哈哈大笑。

他试图讲法语

不，他还一点没有适应新的环境。他既不熟悉这里生活上的种种特点，机体方面也不能适应山上那种怪异的气氛。疗养院的生活特点，短短几天内是无法熟悉的，正如他自己设想的那样（而这点他也跟约阿希姆说起过），哪怕三星期也无法了解它——因为这种适应对他来说是件苦事，天大的苦差事。他似乎干脆不愿去适应它。

这儿的日常生活安排得细心周到，井井有条；如果你肯顺应这里的生活规律，你就能很快地跟上，而且得其所哉。不过过了一星期或更长的时间，生活日程会渐次出现某些规律性的变化：先出现一个新花样，然后再是第二个，而第二个往往是在第一个重复出现后再显示的。即使是日常生活事件中的个别现象，汉斯·卡斯托尔普也得亦步亦趋地去学习。对一些浮光掠影的东西，他得留神观察，而对一些新奇事物，则须用青年人灵敏的接受能力去吸取。

例如那些短脖子、大肚子的容器，在过道上每间病室的门口都放着，汉斯到疗养院的那天晚上就看到了。它里面装着氧气。汉斯问他，约阿希姆就讲给他听。里面是纯氧，氧气瓶价值六法郎。这是一种起死回生的气体，供垂危病人使用，为临终的生命添上一口气，接上一些力。病人通过一根软管吸入这种气体。在放这种氧气瓶的病室门后，躺着临死的病人，或者像顾问大夫贝伦斯所说的“奄奄一息的人”。有一次汉斯·卡斯托尔普在二楼遇见顾问大夫，他就用这样的称呼。当时他身穿白大褂，脸色青青的，在走廊里一摇一摆慢吞吞地走着，后来他们一起上楼。

“嗨，您这个漠不关心的旁观者！”贝伦斯说。“您在这儿干什么？难道您像视察一般地东张西望就能博得我们的青睐吗？不胜荣幸，不胜荣幸。唔，我们的夏季倒有一些名堂，这样的季节可不坏呢。为了使它更有起色，我也花了一些代价。不过遗憾的是，您不准备在咱们这儿过冬，听说您只想呆上八星期，对吗？啊，三星期？可这只是走马看花，连帽子也不用费心脱下来，咳，随您怎么想吧。可惜您不在这儿过冬，因为这时只有贵人们才来，”他不像样地打趣说。“这块高地上，各国贵人到冬天才来，您得看看他们，让您增长一番见识。当您看到这些家伙踏着雪橇滑起雪来，您准会捧腹大笑。还有那些太太们，天哪，太太们！我可以对您说，她们像极乐鸟一样，五光十色，而且还富有冒险精神呢……哦，现在我得去看看我那奄奄一息的病人了，”他说，“他住在二十七号病室。您知道，他已是晚期了，肺的中心也烂穿了。昨天和今天他白白吸了五袋氧气，真吸得够了。中午时，他怕要见他的老祖宗去了。哎，我亲爱的罗依特先生，”他进去时说，“咱们再敲碎一只氧气瓶的脖子怎么样？……”他把门带上，他的声音也就在门后消失。不过房门开时，汉斯·卡斯托尔普瞥见房间后面的轮廓，他看到一个面色蜡黄的年轻人，脑袋靠在枕头上，下巴长着稀稀落落的胡子，大大的眼珠慢悠悠地转向房门口。

这是汉斯·卡斯托尔普有生以来第一次看到垂死的人，因为不论他的双亲或祖父去世时，可以说他当时都不在场。那个颚须微微翘起的年轻人，他的脑袋靠在枕上的姿态多庄重啊！他那双大得出奇的眼睛慢慢向房门口转动时，目光又何等意味深长！这时汉斯·卡斯托尔普还一心一意回味着刚才匆匆的一瞥，他情不自禁地也像那个临死的病人那样把眼睛张得大大的，缓慢而意味深长地转动着眼珠。这时他正好继续上楼，他就用这样的眼神瞅着他后面一扇门里出来的一个女人，她在楼梯口碰上了他。他没有马上认出这是肖夏夫人。她看到汉斯挤眉弄眼，不禁微微一笑，然后用手抓住挂在后脑勺的辫子，越过他前面悄悄地、柔顺地下楼，脑袋稍稍往前倾。

最初几天，他几乎没有结识什么人，好久以后还是这样。他对这里的生活方式并无多大好感。汉斯·卡斯托尔普生性好静，他只感到自己是来作客的，正如顾问大夫贝伦斯所说，他是个“漠不关心的旁观者”，约阿希姆跟他聊天做伴，他基本上已心满意足。走廊上那位护士自然伸长脖子盯住他们，后来约阿希姆终于把表弟介绍给她；在这以前，他曾好几次同她聊过天。她把夹鼻眼镜的丝带吊在耳根，说起话来装模作样，调门简直有些伤心。只要仔细观察她一下，你就会发现她心灵似乎受到空虚无聊的折磨。要再摆脱她是很困难的。谈话快结束时，她就会显露不胜惶恐的迹象。一当这对小伙子显出离她而去的神情，她就急急忙忙再说些什么话，而且频送秋波，甚至死乞白赖地向他们微笑，把他们缠住，这样他们出于怜悯，就不得不再逗留一会。

她漫无边际地谈自己的父亲，说他是一位法学家，还谈起自己一位做医师的堂兄弟，目的显然是替自己涂脂抹粉，表明自己出身于富有教养的阶层。至于他的养子，则是科布尔格玩偶制造商的儿子，姓洛特拜因，可最近这个年纪轻轻的弗利茨肠子里却害起病来。亲人们对这个可受不了啦，先生们对此是不难想象的。特别是书香门第出身的人，有的是上流社会人士那种细腻的感情，这个打击怎么受得了呢。我们寸步不离地守着他……最近她到外边去了一下——先生们该相信这个——为的只是想为自己买些牙粉，回来时却发现病人坐在床上，喝一杯又浓又黑的啤酒，而且吃起一条意大利香肠、一片硬硬的黑面包和一条黄瓜来！这些美味的土产，都是他家里人送来的，吃了好让他长些力气。但第二天，他的病自然加剧，死去活来，他自己在催自己的命。不过对他来说，这只意味着解脱，而对她来说（她叫贝尔塔大姐，实际上她的姓名是阿尔弗蕾达·席尔特克内希特）却是无所谓的，因为接着她又得看护其他病人，他们的病在不同程度上比他更加严重，不是在这儿山上，就是到别的疗养院去。这就是展现在她眼前的前景，别的没有什么可指望的了。

不错，汉斯·卡斯托尔普说；就您的职业说，任务确很艰巨，不过他倒认为也很称心。

确是这样，她回答。这行职业确使她满意——即使满意，但任务十分艰巨。

那么替咱们向洛特拜因先生问好吧——这对表兄弟说完这话，想脱身了。

但她又巧言令色地缠住他们。看到她这样煞费苦心拖住这两位青年人不放，哪怕再短短一会儿也好，好不叫人伤心。这样，他们就不得不再答应陪她一会，否则未免太残酷了。

“他正睡着呢，”她说。“他现在用不着我。我不过出来在走廊里呆上几分钟罢了……”于是她开始数落起顾问大夫贝伦斯来；他跟她说话的腔调太随便了，对像她这样出身的人来说，他真不该如此。这方面，克罗科夫斯基大夫倒比他好得多，她觉得他心眼儿挺好的。然后她又讲起她父亲和堂哥来。她头脑里再也榨不出什么油水。她还想苦苦挽留一会这对表兄弟，这次可不成了。一看到他们要走，她猛地提高嗓门，简直要尖声怪叫起来。他们终于摆脱了她，溜之大吉。可是这位护士还弓起身子，用突出的眼珠贪婪地瞅着他们的背影，恨不得用那双眼睛把他们吸回来。接着她长叹一声，回到房里去护理她的病人。

这些日子，汉斯·卡斯托尔普只结识一个身穿黑衣服、面色苍白的女人，那就是上次他在花园里见到的、绰号叫“两口儿”的墨西哥女人。事实果真如此：他从她嘴里听到的，尽是与她的诨名恰如其分那一套令人伤心的话，但他事前已有思想准备，因而他显得很有礼貌，事后也泰然置之。表兄弟在疗养院的大门口遇见她。这时他们按照常规，正在早餐后作一回晨间散步。她裹着一条“开司米”黑围巾，屈着腿，在那边心神不宁地踱步。她有一张干瘪的大嘴巴，脸上罩着一方黑纱，面纱上端，缠绕她一丝丝花白的乱发，一端在下颚处扎住；在黑面纱的衬托下，她苍老的脸隐隐放射出惨白的光芒。约阿希姆像平时那样不戴帽，向她鞠躬致敬，她也慢条斯理地还礼，眼睛望着他时，狭狭的额头上的皱纹一条条变深了。她看到一张陌生的脸，于是停下步来等待，当这对青年走近时，她微微点头示意。显然，她认为有必要搞清陌生人是否知道她的命运，是否愿意倾听她的诉说。约阿希姆把表弟介绍给她。她从披巾里伸出手来给客人，这是一只枯黄的、瘦骨嶙峋而青筋毕露的手，戴着许多戒指，她一面点头，一面继续看着这位陌生人。这时她开腔了：

“先生，两客儿，”她说。“您知道，两客儿①……”

---

① 这里是不合标准的法语。这个墨西哥女人法语讲得不准，发音走了样。她本来想说“两口儿”。

“Je le sais，madame[①]，” 汉斯 · 卡斯托尔普用法语轻声回答。“Et je le regrette beaucoup[②].”

她黑瞳瞳的眼睛下面，皮肉松弛，眼窝深陷，汉斯从未见过这样又大又呆滞的眼睛。她身上似乎隐隐散发出一种枯花似的香味。汉斯心头不由泛起一种温馨而沉重的感觉。

“Merci[③]，” 她用粗嗄的喉音说，声音和她那枯枝败叶般的外形极为相称。她宽嘴巴的嘴角阴沉沉地向下耷拉着。这时她把手缩回披巾里，低下头来，又开始踯躅。

汉斯 · 卡斯托尔普继续往前走时说：

“你看，我毫不放在心上，我跟她刚才相处得很好嘛。我相信，我跟这号人打交道挺有办法，我生来懂得如何跟他们周旋，不知你的看法是不是这样？我甚至认为，我跟忧郁的人相处，总的说来比跟愉快开朗的人更好些，天晓得这是什么原因。也许是因为我是个孤儿，这么早就失去了父母。要是人们严肃，悲戚，甚至死了什么人，我可满不在乎，也不会手足无措——我反而有一种得其所哉的感觉，而遇到愉快活泼的场面，我却感到怏怏不乐，兴味索然。我最近在想：这里的娘儿们真蠢，对‘死’和有关死亡的一切简直怕得要命，吓得对这个问题提也不敢提，而且吃饭时也把临终圣餐带来。哼，这真是无聊透顶。你爱瞧一瞧棺材的样儿吗？我倒很爱看。我觉得棺材是一种顶呱呱的家具，哪怕它是空的；可是一旦有人躺在里面，我认为简直有一种庄严肃穆之感。葬礼很有启发性——有时我甚至想，要是有人想得到某些启示，那么他还是去参加一次葬礼，而不必上教堂。人们都穿着正正经经的黑衣服，脱下帽来举目向灵柩致哀，严肃而又虔敬，没有人会像平时那样胡扯些不堪入耳的话。如果人们终究变得稍稍正经些，那我真是求之不得。有时我扪心自问：我是不是应该做牧师；在某种程度上说，我认为这个职

---

① 法文：我知道，太太。
② 法文：我很替您难受。
③ 法文：谢谢。

业对我还算合适……哎，我刚才说的法文没有什么错误吧？”

“没有错，”约阿希姆说。“‘Je le regrette beaucoup’这句法文完全对头。”

政治上可疑！

日常生活的变化开始显示出它的规律——先表现在星期日，星期日常有一队乐队在露台上演奏，每十四天奏一次，也就是两星期的标志。汉斯·卡斯托尔普是在这个时期的下半阶段上疗养院来的。他到的那天是星期二，因而也是第五天。前几天风雪交加，一下子又回到萧瑟的冬天，而星期二却像春天那样，温柔明媚，浅蓝色的天空上飘着朵朵明净无疵的白云，和煦的阳光照在山坡上和山谷里，又呈现夏日常有的郁郁葱葱的景象，因为新近这场雪已注定要迅速融化了。

每逢星期日，大家显然都在费一番心机，使它具有节日气氛，与平时迥异。无论院方和病人，都在这方面出一把力。早点时就供应香饼[①]，每个餐座前面都摆着一只小花瓶，里面插了一些花卉和野丁香，甚至有阿尔卑斯玫瑰，男士们把这种花插在翻边的纽扣眼里，多德蒙特的检察官帕拉范特甚至穿起燕尾服和有花斑的背心来，而女士们的装束则更是色彩缤纷，喜气洋洋。肖夏太太早餐露面时，穿的是一件轻飘飘的开袖花边晨装。她砰的一声关上玻璃门走进来时，在蹑手蹑脚走到自己的餐桌以前先面对大伙儿站了一会儿，仿佛向整个餐厅显示自己的风度是多么优雅。今天她打扮得这样出色，使坐在汉斯·卡斯托尔普身边的那个女人——也就是柯尼斯堡的女教师——也不禁啧啧称佳。即使是“下等”俄国人餐桌上那对不讲礼仪的夫妇，也意识到今天应当与往日不同：男的本来穿皮夹克，现在换上了短短的礼服；毡靴也为皮鞋所代替；女人呢，今天虽仍围着脏而长的毛围巾，却换了一件折叠领的绿丝

---

① 是一种发面糕点，上面有一层糖、面粉和奶油。

衫……汉斯·卡斯托尔普一看到这对夫妻就皱眉头，脸色也变了——他上这儿后，动不动就脸红。

第二次早餐一过，露台上就开起音乐会来；乐队里，铜管乐器与木管乐器应有尽有，时而轻快活泼，时而平缓庄严。音乐几乎一直奏到午睡时才停。开音乐会时，并非卧床休息不可。确实有些人站在阳台上饱享耳福，在花园的小厅里，也有三四个人坐在椅子上，但大多数人却坐在平台上小小的白桌子旁，平台上搭有遮蔽阳光的凉棚。有些个性特别活跃的人，觉得坐在椅子上太一本正经，于是在通往小花园的石阶上安下身来，在那儿尽情作乐。这些都是年轻的病人，男的女的都有，他们的名字，汉斯·卡斯托尔普大多数叫得出，脸也认得出。这伙人中有黑尔米内·克莱费尔特，还有阿尔宾先生。阿尔宾随身带了花花的一大盒巧克力糖，你一块他一块分给大家吃，自己一点也不吃，只是老气横秋地吸着一支金黄色过滤嘴的香烟。再往前就是“半肺协会”那位厚嘴唇的青年，还有那位瘦棱棱、白得像象牙雕出来一般的莱费小姐；再下去是一位头发金灰色的青年，人们叫他“拉斯穆森”，因为关节软，他一双手像鱼鳍一样只能举到胸口。还有一位来自阿姆斯特丹[①]的萨洛蒙太太，穿的是红衣服，身体胖胖的，她也一直跟年轻人混在一块儿；她后面的石级上坐着一位身材颀长、头发稀疏的青年，那就是能奏《仲夏夜之梦》那支曲子的人，此刻他用胳膊抱住骨瘦如柴的膝盖，茫然而目不转睛地瞧着她黑黝黝的后脖子。此外有一位红发的希腊姑娘，一个来历不明、容貌像只貘的人，那个戴一副厚镜片眼镜的贪吃的小伙子，还有一位十五六岁的少年，他夹着一副平片眼镜，咳嗽起来就把小小的手指捂在嘴上，指甲留得像盐匙那么长，他一望而知是个地地道道的傻瓜。另外还有一些人。

约阿希姆悄声说，那个留长指甲的少年刚来时病情很轻，没有寒热，他父亲是个医师，为了小心起见才把他送到山上。根据顾问大夫的看法，他只需住三个月左右。现在过了三个月，他体温有三十七度八至

---

① 荷兰城名。

三十八度，看来病势不轻。不过他日子过得这样浑浑噩噩，真该打一下耳光才好。

这对表兄弟独占一张小桌子，和别人隔开一段距离，因为汉斯·卡斯托尔普抽烟时佐以黑啤酒，这啤酒是他早餐后带出来的。他不时觉得雪茄烟倒还有点味儿，不过啤酒和音乐像往常一样，使他醉醺醺的，以致他张开了嘴，脑袋歪向一边，用发红的眼睛观察周围无忧无虑、优哉游哉的生活。这时他丝毫不觉得有什么在妨害他，恰恰相反，他觉得一切都别有风味，而且还感受到精神上的某种魅力——一种难以抗拒的腐朽没落的情绪侵蚀了这些人的内心，大部分人似乎都轻微地发着寒热……他们坐在小桌旁喝着冒起泡沫的柠檬茶，有的在台阶上拍照，又有一些人在交换邮票。红发的希腊姑娘支起一块画板，为拉斯穆森先生画像，但画好后不给他看，只是把身子扭来扭去，露出一口又大间隙又宽的牙齿格格笑着，害得这位先生好久才抢到这块画板。黑尔米内·克莱费尔特半闭着眼睛坐在台阶上，一面听音乐，一面拿着一张卷起的报纸打拍子，她乖乖地让阿尔宾先生将一束野花插在她的衣襟上。至于那位厚嘴唇的小伙子，却坐在萨洛蒙太太的脚边仰起脖子来跟她聊天，而头发稀疏的那位钢琴家却依然目不转睛地呆望着这位太太的后脖子。

医师们来了，和病人们混在一起。顾问大夫贝伦斯穿着白大褂，克罗科夫斯基大夫穿的却是黑色工作服。他们一先一后向一张张桌子走来，顾问大夫在每张桌子边几乎都要说几句笑话，似乎他走了后，周围的气氛还是生气勃勃的。接着他们走下台阶到小伙子队伍里，娘儿们一跃而起，跳跳蹦蹦地把克罗科夫斯基大夫团团围住，斜睨着他，而顾问大夫呢，他用一只系鞋带的靴子向男士们表演精彩的技艺，为星期日增光。他把一只硕大无比的脚搁在较高一级的台阶上，把鞋带统统解开，以一种特别巧妙的动作用一只手将它们握住，同时能不必借助另一只手马上打个横结，手法熟练的程度使大伙儿为之咋舌。有些人也想跟他比个上下，结果都不如他。

晚些时间，塞塔姆布里尼也在露台上出现了。他从餐厅里出来，手里拿着散步时用的手杖。今天他仍穿着绒毛衣和淡黄色条纹裤，露出一脸精明而爱挑剔的神气。他向四周看了看，便走近这对表兄弟坐的桌子，说声“妙啊！”便请求他们让他坐下。

“啤酒，烟草和音乐，”他说。“这是你们祖国的特色！我看得出，你们都有一股爱国热情，工程师。你们都自得其乐，这点使我很高兴。请你们允许我也分享一下你们这份清福吧！”

汉斯·卡斯托尔普顿时沉下脸来。他一看到这个意大利人就如此。他说：

“您来听音乐可迟了，塞塔姆布里尼先生。演奏快结束了。难道您不爱听音乐吗？”

“命令我听，我就不爱听，”塞塔姆布里尼回嘴说。“按照每星期日程排出来的节目，我不爱听。院方那种充满一股药味儿的、为病人健康着想指定给我们听的音乐，我偏不爱听。我宁愿自由自在，抱着老天爷留给我们的一丝自由和人类的尊敬不放手。在这些事情上，我只是一个客人，正像您基本上也是这儿的客人一样。我来这儿呆上一刻钟，以后再走我的路。这给我某种独立自主的幻觉……我并非说它不止是一种幻觉，可是只要幻觉能给我某种满足，你还希冀些什么呢？对您表哥来说，那就是另一回事了，对他来说，这是工作。少尉，您不是把它看成是工作的一部分吗？哦，我知道了，你们懂得在屈辱的境地中保持骄傲的把戏。这是使人迷糊的一种把戏。在欧洲，并不是每个人都能识破它。音乐？您不是在问我自称为一个业余音乐爱好者吗？嗯，当您说‘业余爱好者’这个字眼时(其实汉斯·卡斯托尔普已记不起有否说过这样的话)，选词方面倒不坏，听起来有点轻飘飘的味儿。好吧，我同意，是的，我是一个业余音乐爱好者——这意思应当是说，我对音乐并不特别放在心上，尽管我对这种说法既尊敬又爱听，说这是什么‘精神的支柱，进步的工具和进步的光辉的犁铧’……音乐？……它暧昧不明，捉摸不定，不负责任，超然物外。可能您会驳斥我，说有时它也表现得清清楚楚的。可是自然界，甚至一条小溪有时不也是清清楚楚的吗，这对我们究竟有什么好处？其实它不是真的清楚，在清楚中却带着朦胧不明、无法表达和对一切都不负责任的成分。这种清楚没有结果，因而是危险的，因为它会使人逆来顺受，听天由命……让音乐执行它崇高的使命吧。好！它固然会点燃起我们的热情，可是我们的当务之急，却是唤起理智。音乐显然就是运动本身，但尽管如此，我对它的清静无为[1]还是感到怀疑。让我把问题说到点子上来：我反对音乐还有政治上的原因。”

汉斯·卡斯托尔普禁不住拍拍自己的膝盖，同时大声说，他生平从来没有听到过这种论调。

“尽管如此，您还是应当对它权衡一下，”塞塔姆布里尼微笑道。“作为一种效果良好的兴奋剂，作为一种使人奋发向上的力量，音乐的价值是无法估计的——要是它确能发挥它那陶冶心灵的作用。但文学必须作为它的先导。光凭音乐不能使世界前进。只有音乐是危险的，工程师，对您个人来说，它是绝对危险的。我刚才走来时，一下子从您脸上的表情中看出了这一点。”

汉斯·卡斯托尔普笑了。

“啊，塞塔姆布里尼先生，您是说我的脸呀。说来您也不信，你们这儿山上的空气在往我脸上添火加薪呢。这儿的水土，看来比我想象的更难适应。”

“我怕您的想法不对头。”

“怎么会不对头呢！天晓得，我一直是多么累，脸上又是多么热啊。”

“我倒认为，咱们应当感谢院方组织这次音乐会，”约阿希姆若有所思地说。“塞塔姆布里尼先生，您用比较高深的观点来看问题，也就是站在作家的立场上看问题，这个我没有异议。不过我却觉得稍稍搞些音乐，我们是应当感恩的。我对音乐一点也没有特殊的爱好，而他们演奏的作品又没有什么了不起，既不是古典的，也不是现代的，只是吹吹打打的大众音乐。不过这也是一种愉快的调剂。我认为，它能令人满意地填补几小时的空隙时间，它把每小时分成一个个细小的单元，然后又逐一填满，这样总多少有些收获，否则这儿每小时、每天以至每星期就要糊里糊涂地溜走了……您瞧，一个要求不高的音乐节目也许只花七分钟

① 原文 Quietismus，亦译“静寂主义”，是宗教中神秘主义的一种，1675 年由神秘主义者莫利诺斯倡导。

时间，可不是吗？这七分钟时间，终究有些内容，它有始有终，异乎寻常，在一定程度上使人们的光阴不致在懒懒散散中白白浪费掉。此外，它们又由每支曲子的旋律分成比较小的段落，各个旋律再细分为节拍，因而运动始终进行着，每个瞬间都有人们所能抓住的某种意义，反之在其他情况下……我不知道这样说是否对头……”

“妙极了！”塞塔姆布里尼嚷道。“妙极了，少尉！您在音乐性质方面对它的道德价值无疑发表了很好的见解，也就是说，它那种罕有的生机勃勃的计量时间方式，能使人头脑清醒，精神焕发，而且富有价值。音乐激发时间，它激发我们很好地享用时间，它激发……这仅是指道德而言。艺术只要有激发作用，它就是道德的。但要是它起的作用恰恰相反，那又如何？要是它起的是麻醉作用，使我们昏昏入睡，妨碍我们的活动和进步，那又如何呢？音乐也是这样，从根本上说，它也能像鸦片那样起麻醉作用。先生们，它的作用真是恶劣透顶，鸦片是魔鬼赐给的，它会使人感觉迟钝，麻木不仁，无所作为，死气沉沉……音乐有某些可疑的地方，先生们。我坚持认为，音乐的性质是模棱两可的。要是我说它政治上可疑，也不会太过分。”

他还是这股劲儿滔滔不绝地讲下去，汉斯·卡斯托尔普虽然倾听着，但听得不很真切，这首先是因为他疲倦了，而这些轻佻的青年在石阶处进行联谊活动，也使他分了心。他看到的是否真实，而实际情况又怎样呢？那位长貘脸的姑娘，此刻正忙着为那个戴单片眼镜的青年缝运动裤袜带上的扣子呢！她缝时呼吸急促，气喘吁吁，而小伙子却一面咳嗽，一面把长着盐匙般指甲的手伸向嘴里。他们两人自然都有病，但尽管如此，这儿山上的年轻人却有自己独特的交际习俗。这时音乐奏起一支波尔卡来……

希　佩

星期日就是这样度过的。下午消磨时光的特色，乃是由病人分成各组乘车游览。有时茶点以后，有几辆双马马车缓缓登上迂回曲折的山路，在疗养院大门前停下，承载预先订好车的客人们——主要是俄国人，而且大多数是俄国女人。

“俄国人很爱乘车去兜风，”约阿希姆对汉斯·卡斯托尔普说。这时他们一起站在大门口，目送他们出发，聊以自娱。“这回他们开到克拉瓦德尔或湖边去，或者到弗吕埃尔谷地，说不定一直驶往克罗斯特吧。目的地总不外乎这些地方。乘你在这儿时，我们也去逛一逛，要是你有兴趣的话。不过目前我看你在适应环境方面还得多花些功夫，不需要什么活动。”

汉斯·卡斯托尔普表示同意。他嘴里叼着一支香烟，两手插在裤袋里。他眼睁睁地瞧着那个矮小、活泼的俄国女人怎样带着她瘦棱棱的侄孙女和其他两个女人一起在马车里坐定。这两个女人就是玛鲁莎和肖夏太太。她们都穿薄薄的防尘罩衫，背上用一根带子缠住，但没戴帽子。她坐在马车后座上老妇人的身边，而两个姑娘却坐在最后面的座位上。四个人都兴高采烈，翻滚着软而仿佛没有骨子的舌头滔滔不绝说个不停。她们有说有笑地谈起马车的车顶，说她们在这样的车顶下挤在一起实在不好受，还谈起了姨婆带来给她们享享口福的俄国糖果，这些糖果都装在一只小木匣里，匣里填塞着棉絮和花边纸，现在这些糖果都在分给大家吃呢……

汉斯·卡斯托尔普不无兴趣地听出肖夏太太的嗓子有些沙哑。像往常一样，当这位不拘小节的妇人出现在他眼前时，他又一次坚信这个女人跟他一度朦朦胧胧地追寻过的形象极为相似，后来这一形象又在梦境中出现……但玛鲁莎的笑容和她圆圆的褐色眼睛的表情，她那拿起小手帕捂住嘴儿稚气地顾盼的神态，还有那里面病得实在不轻而又高高耸起的胸脯——这一切都使他回想起另一些事，回想起新近看到的什么可怕的景象，因而他小心翼翼地瞅着约阿希姆，脑袋连动也不动一下。谢天谢地，约阿希姆脸上此刻不像过去那样显出那么多的斑点，他的嘴唇现在也没有怒气冲冲地噘起。他只是凝视着玛鲁莎，他的姿态和眼神虽不能不说有一副军人气派，但眉宇之间那种迷惘抑郁和专心致志的神气，令人毋庸置疑地会认定他是一个文职人员。不过一会儿他又打起精神来，飞快地扫了汉斯·卡斯托尔普一眼，这时汉斯正好来得及把眼锋避开，仰望天际的某个地方。他感到这时心儿又在怦怦地跳——莫名其妙地、不由自主地跳着，像上次在山上一样。

星期日余下的时间中，别的没有什么突出的事儿，也许饭菜方面是例外，因为它们和平时相比做得再丰盛也没有了，至少菜肴方面显得更加精美。午膳时吃的是鸡冻，盆里还有小龙虾和去核樱桃，冷饮以后又是糕点，盛在用棉花糖编织成的篮子里，此外还有新鲜的菠萝蜜。晚上，汉斯·卡斯托尔普喝了啤酒后，又觉得比前几天更加疲倦，四肢也更加冷冰冰、沉甸甸的，不到几分钟，就跟表哥说了声晚安告别，急急上床，把鸭绒被子盖住下巴，像被人击昏似地睡熟了。

但第二天，也就是这位客人上山后另一个星期一，每星期的常规又周而复始：这就是说，克罗科夫斯基大夫每隔一周，总要在餐厅里向山庄疗养院的全体成年人作一次报告，凡是懂德语的，而且不是“奄奄一息”的病人，都是听讲的对象。汉斯·卡斯托尔普从他表哥处得悉，报告的内容是一系列彼此有关的课程，是一种大众科学教程，总题目是“爱情是一种致死的力量”。这种启迪性的讲演在第二次早餐后进行，正如约阿希姆一再所说，缺席是不允许的，至少会引起院方大大不快。同时，人们认为塞塔姆布里尼真是胆大包天，尽管他的德语比任何人强，可他不但从不前去听讲，而且对这种讲演嗤之以鼻。至于汉斯·卡斯托尔普去听讲的原因，主要是出于礼貌，其次是他对内容怀着不加掩饰的好奇心，因而他迫不及待地去听。然而听讲之前，他做了一桩不近人情的乖戾之事：他身不由己地作了一次长时间的散步，使他的情绪坏得超出一切意料之外。

“你留神听着！”当约阿希姆那天早晨走进他房内时，他劈头就是这么一句。“我现在明白，这样的日子我再挨不下去了。横着身子躺着——这样的生活方式我已受够了，叫一个人的血液似乎也昏昏欲睡。对你来说自然不一样，你是病人，我丝毫不想引你到歪路上去。要是你对我没有意见，我很想一吃好早饭就经常到外面散一会步，随便蹓跶一会，一二小时就行。我准备在袋里放些什么当早餐，这样我就自由自在了。咱们倒要瞧瞧，散步回来后我是不是会完全变样。”

“妙极了！”约阿希姆说，因为他看出，对方是真心实意、信心十足的。“可是我劝你别太过分。这里和家里毕竟不同。散步后，得准时回来听报告！”

实际上，年轻的汉斯·卡斯托尔普怀有这样的企图除了身体上的原因外，还有别的种种理由。他热辣辣的脑袋，嘴里常有的苦涩味儿，心头任意怦怦乱跳——这一切固然叫他难受，但使他更难以适应这儿的环境的，倒是这样一些事实：例如邻室那对俄国夫妻的所作所为，又病又蠢的斯特尔夫人在餐桌上喋喋不休的谈话，每天在走廊上听到的那个骑手绅士有气无力的咳声，阿尔宾先生的议论，周围青年病人的交际习俗在他内心所产生的印象，约阿希姆在端详玛鲁莎时脸上的表情，以及其他诸如此类的感受。他暗自想，暂时摆脱一下山庄疗养院的环境，深深呼吸一下野外的空气，适当地活动一番，该是大有裨益的，这样，当晚上感到疲劳时，就知道究竟是什么原因。就这样，他就雄心勃勃地和约阿希姆分了手，约阿希姆在早餐后照例还要往小溪边放长椅的地方适当作一回散步。于是他拄着手杖，大摇大摆地径自沿着公路向山下走去。

这是一个寒冷而阴云密布的早晨，时间还不到八点半。汉斯·卡斯托尔普按照预定的计划，深深呼吸早晨纯净的空气。野外的空气十分清新，呼吸起来非常舒畅，里面没有什么湿气和杂质，使人心旷神怡。他渡过小湖，经过羊肠小道，来到建筑物七零八落的街头；不一会又离开，来到一块草坪上，草坪只有一小块在平地上，其余部分从右面一直往上斜伸，坡度很大。上坡使汉斯·卡斯托尔普精神焕发，他敞开胸膛，用手杖的弯柄把压在前额的帽子挑向后面。他站在相当高的地方回头眺望，只见远处刚才经过的那个湖里，湖水清澈如镜，于是他哼起歌来。

他唱他所记得起的那些曲调，唱大学生酒宴歌集和体育歌集中各种各样通俗的、情调感伤的歌曲，其中一首有这么几行：

诗人应赞扬美酒和爱情，
不过歌颂德行更要紧。

开始时他只是轻声哼着，后来就引吭高歌。他唱男中音声音不够洪亮，但现在却觉得唱得很美，唱歌使他越来越兴奋。起唱时的调子太高了，就改用假嗓子唱，即使这样，他还是觉得很动听。当他想不起某些旋律时，他就借助于任何含义不明的溜到嘴边的音节或词儿搭配在乐曲里，像职业歌手那样噘起嘴唇漂亮地发出卷舌的 R 音。最后他兴之所至，竟虚构出一些歌词和曲调来，一面唱，一面还演戏般地做着手势。因为一面上坡，一面唱歌十分吃力，不久他呼吸就越来越急促。但由于实现了自己的理想，而且自以为唱得美妙动听，他还是鼓足劲儿唱，不时气喘如牛，最后他气也接不上来，头晕目眩，眼前金星直冒，脉搏跳得越来越快，不得不在一棵粗大的松树边颓然坐下。本来他情绪很高，一下子就沮丧起来，没精打采，甚至近乎灰心丧气。

当他重新打起精神，继续散步时，他发觉脖子哆嗦得厉害，尽管他这么年轻，他的脑袋却像他爷爷汉斯·洛伦茨·卡斯托尔普当年那样摇晃起来。这个症状，不禁使他油然回想起已故的祖父，他对这种姿态不但没有反感，而且还引以为乐——他能模仿老人那种俨然用托住下巴的方法来控制脑袋的摆动，当时年幼的汉斯对此也深为叹服。

他蜿蜒曲折地爬得更高了。母牛的颈铃吸引着他，他也找到了牛群；它们在一家茅舍附近吃草，茅屋屋顶堆满了乱石。两个长胡子的人向他迎面走来，肩上扛着斧头。他们在向他走近时分手。“嗨，身体强壮，感谢上苍！”一个用低沉的腭音对另一个说，一面把斧头搁到另一只肩胛上，劈劈啪啪地穿过松树丛大踏步走向山谷。“身体强壮，感谢上苍！”这句话在这沉寂的山林里，听来别有一种滋味。汉斯·卡斯托尔普由于登坡和歌唱，感觉上已经有些麻木，听到这种声音，仿佛自己置身在梦境中。他竭力模仿山地人带有重浊喉音的庄重而笨拙的土语，把这句话轻声地重复一遍。这时他已登上比牧地村舍更高的一块地方。他本来想走到树林的尽头，但看一看表后，就放弃了这个打算。

他往左面循一条小径朝村子方向走去。这是一条平坦的小径，后一段路又向下拐。两旁都是参天的古松。当他穿过松林时，竟又轻声吟起歌来，不过唱得没有像上次那么放肆，尽管下坡时他两腿比以前不可思议地抖动得更加厉害。但走出松林时，看到前面呈现的一派瑰丽景色，幽静明媚，风光如画，他不禁愣住了。

一条山溪的水流从右面的山坡上潺潺而下，流到浅而石块累累的河床里。它在倾泻到梯田般地堆集着的巨砾上时，泛起了阵阵泡沫，然后缓缓流向山谷。那儿引人入胜地架着一座小桥，桥栏用粗木制成。地上到处长着一种灌木，钟罩形的花卉朵朵绽开，一片翠绿。匀称而魁梧的冷杉，庄严肃穆，有单棵的，有成群密集地矗立在峡谷上的，还有的则是伸向高地，其中一棵杉树歪斜地长在山坡上，它的根牢牢扎在湍急的溪流边，弯腰的树干气势夺人，蔚为奇观。在这美丽、荒僻的地方，除了淙淙的流水声外，万籁俱寂。在小溪对岸，汉斯·卡斯托尔普望见一条供憩息的长椅。

他跨过小桥坐下来，呆望着湍急的水流和翻腾的泡沫聊以自娱，同时谛听着富有田园风味的单调而实际上变化多端的各种声音，因为汉斯·卡斯托尔普爱听淙淙的流水声，正像爱听音乐一样，甚至比音乐更爱听。可是一当他坐下来休息，就发觉自己流起鼻血来，鼻血来得那么突然，他根本来不及掩住衣服让它不沾上血迹。血流得很厉害，而且流个不停，把它止住得花半小时光景。这时他不得不经常在小溪和长椅间踱来踱去，一会儿洗手帕，一会儿用鼻子使劲吸水，然后伸手伸脚仰天躺在长椅上，把一块湿布放在鼻子上。他就这样躺着，一直到最后把血止住为止——他静静躺着，两手交叉托在脑袋后面，膝盖高高耸起，闭住眼睛，耳朵听到的只是潺潺的水声。他并无不适之感，放了这许多血反而使他好受些，可是觉得自己的生命力出奇地衰退，因为当他呼气时，他感到不需要吸进什么新鲜空气，只希望身体一动不动地躺着，让他的心怦怦地跳个不住，以后才可以再缓缓地、轻轻地吸气。

他感到自己一下子回到过去的生活环境中。前几天夜里他经常做梦，梦把他近几天的印象一一塑造成形，如今它们又逼真而栩栩如生地在他的脑际中再现出来。它沉醉在对过去的回忆中，对过去的一切是那么全神贯注，以致连时间和空间的概念都消失了。我们首先可以说，在这儿溪边的长椅上躺着的，只是一个没有生命的肉体，而真正的汉斯·卡斯托尔普却已回到遥远的年代和过去生活过的地方——当时的境况对他来说固然很稚气，但却富于冒险精神，令人心醉。

那时他十三岁，是四年级学生，穿着短裤，站在校园里跟其他班级里年龄相仿的同学聊天，谈话是汉斯·卡斯托尔普任意扯起来的，因为涉及的主题范围狭窄，而且是就事论事的，谈话时间只能很短，但这次谈话使他异常高兴。那时正好是最后两节课当中的休息时间——对汉斯·卡斯托尔普班上来说，一节是历史课，一节是绘画课。校园里铺着坚实的红砖，只有一道围墙和外界隔开，中间开了两扇门以供出入，墙上铺有木瓦。孩子们有的在校园里走来走去，有的成群站着，有的却蹲着身子斜靠在校园墙头光溜溜的凸起部位。校园里一片喧闹声。一个帽子耷拉的教师在监视学生，他嘴里嚼着一块火腿三明治。

跟汉斯·卡斯托尔普聊天的那个孩子，姓希佩，名叫普里比斯拉夫。一个明显的特点是当人们唤他的名字时，R 的声音往往走样，变成“普希斯拉夫”。这个古怪的名字和他的外表倒十分相称，他长相也与众不同，颇有几分异国情调。希佩的父亲是一位历史学家和大学预科教员，因而他是一个出名的模范学生，虽然年龄和汉斯·卡斯托尔普相仿，却比他高一班。他是梅克伦堡人，在血统上显然是各个古老种族的混合物，在日耳曼血液中掺入文德人[①]—斯拉夫人的，或者在文德人—斯拉夫人血液中掺入日耳曼人的。他的头发固然是金黄色的，剪得短短的披在圆圆的头颅上，但他的眼睛却是蓝灰色或灰蓝色的，这是一种朦胧、暧昧的色彩，仿佛是远处山峦的颜色。那对眼睛细小而古怪，确切些说，他有些斜视，下面的颧骨高高耸起。对他来说，长这副脸型丝毫没有变丑，反而招人喜欢，同学们因此给他起了个诨名，叫他“吉尔吉

① 文德人原是斯拉夫人的总称，后仅指住在德国北部劳西茨的斯拉夫人。

斯人”。此外，希佩穿的是有背带的长裤和蓝色高领上装，衣领上经常有一些头皮屑。

实际情况是，汉斯·卡斯托尔普早已看上了这位普里比斯拉夫，在校园里这堆熙熙攘攘的熟识和不熟识的人群中选中了他，对他发生兴趣，眼睛也一刻不停地盯住他。莫非汉斯欣赏他？无论如何，他怀着特别的同情心注视着他。哪怕在上学的路上，他也一个劲儿地瞧他怎么和同学们交往、谈话，远远地就能辨别出他的声音，声音听起来那么悦耳，不过有些含糊不清，也有些沙哑。应当承认，汉斯对他的偏爱并没有充分的理由，除非他异教徒般的名字和模范学生的称号(但这对汉斯是无足轻重的)吸引着他，或者他这对吉尔吉斯人般的眼睛对汉斯有某种魅力。这对眼睛有时在心不在焉地斜睨时，眼神里就会悄悄蒙上一层阴影。汉斯·卡斯托尔普产生这种感情究竟是什么原因，他很少过问，也不管这种感情必要时应当怎么称呼才好。这里谈不上什么友谊，因为他对希佩首先一点也不“了解”。不过首先，定名一点儿也没有必要，反正它永远不可能成为讨论的话题，这是不合时宜的，他也并不企求。其次，定名即使不是判断，至少也是下一个定义，也就是说把它列入熟悉的和习惯的这一类，而汉斯·卡斯托尔普的内心却不自觉地浸透这样一种信念，而像这一类“内在的善良”是永远不需要什么定义和分类的。

不过，这种感情不管是否站得住脚(这种感情根本没有恰当的名称，也很难表达)，它却有强大的生命力；一年左右以来，汉斯·卡斯托尔普心里总默默怀着这种感情。我们说差不多有一年光景，因为什么时候开始可说不上来。如果考虑到在那个时代里，一年的时间有多长，那么这点就足以说明汉斯性格上忠贞不渝的一面了。可惜在为性格下定义时，往往需要作出道德上的判断，不论是赞扬还是非难，尽管每种性格都有两面性。汉斯·卡斯托尔普的“忠贞”之处——他对此并不引以为豪——未免失之愚拙、迂腐及执拗，同时还有这么一种基调，那就是对生活中依恋而耐久之情十分尊重，持续的时间愈长，就越尊重。他也很愿相信，他目前所处的情况和境遇是永恒的，对它倍加珍惜，巴不得不要改变。因此，他对普里比斯拉夫·希佩从心底里已习惯于保持一种缄默而疏远的关系，把它看成是生活中固定的、不可或缺的东西。他喜欢思绪连绵不断地涌来，也留恋今天会不会遇到希佩的一种迫不及待的心情，还有希佩会不会在他身边掠过，有没有可能瞟他一眼。他也喜爱内心的秘密给他带来的那种默默无言而微妙的满足，甚至对灰心失望的情绪也有所眷恋；当普里比斯拉夫“缺席”时，他的失望达到了高峰。那时，他感到校园里一片凄凉，日子过得黯然失色，但依旧殷殷怀着希望。

这样持续了一年，一直到这种情感发展到险峻的顶峰；然后由于汉斯·卡斯托尔普的忠诚不贰，又持续了一年，接着便停止了。联系汉斯和普里比斯拉夫之间友谊的纽带，现在已松散开来，但对于这点，汉斯不像他们的关系刚刚建立起来时那样看得清清楚楚。因为普里比斯拉夫的父亲调动工作，他也离开学校和那个城市，但汉斯·卡斯托尔普对此几乎并不介意，在他离校之前，汉斯早把他忘了。我们可以说，这个“吉尔吉斯人”的形象是不知不觉地从云雾中走入他生活中来的，后来慢慢地越来越清晰，变得可以捉摸，直到在校园里他走得越来越近，形象鲜明而具体。就这样，他像近景中的人物那样站了一会儿，然后又渐渐后退，不一会就在云雾中消失，分别时也没有什么痛苦。

汉斯·卡斯托尔普恍恍惚惚地重新浮映在脑际的，是一幕惊心动魄的情景——也就是与普里比斯拉夫·希佩的一席谈话——经过是这样的：下一节是绘画课，汉斯·卡斯托尔普发觉身边没有铅笔。他的同班同学自己都要用，但其他班里的学生他也认识一些，可以向他们借一支。然而他对普里比斯拉夫最熟，同时也近在身边，何况又是他的神交，于是他兴奋地鼓起勇气，决定利用这个机会（他把这称作是“机会”）向普里比斯拉夫借一支铅笔。这种做法是相当别扭的，因为实际上他并不熟识希佩。不过由于他大胆打破一切顾虑，他没有意识到这点，或者说根本不予理会。在铺有红砖的校园里，现在都是熙熙攘攘的人群，他正好站在普里比斯拉夫·希佩面前，对他说：

“对不起，你能借我一支铅笔吗？”

普里比斯拉夫用突出的颧骨上面那双吉尔吉斯人式的眼睛瞅着他，用那沙哑而悦耳的嗓音答话。他毫不惊异，或者说毫不露出惊异的神色。

“可以，”他说，“不过下课后一定得还给我。”于是他从袋里摸铅笔。这是一支镀银的铅笔，末端有一个小圈儿，只要向上一推，铅笔芯就会从金属套管跳出。希佩把这简单的机构讲给他听，这时两人俯下身子来看，脑袋凑在一块儿。

“别把它折断了！”他又添上一句。

他想到哪儿去了？好像我汉斯·卡斯托尔普想存心赖掉这支铅笔不准备还他似的，或者使用时竟那么粗心大意。

他们相互瞅着微笑，别的再也没有什么好说，于是他们先扭动肩膀，再转过背，分手了。

当时的经过就是这样。但汉斯·卡斯托尔普有生以来，从没有像这节绘画课那样兴高采烈，因为他是用普里比斯拉夫·希佩的铅笔画画儿的，下课后将要把铅笔还给原来的主人——还时像借时那样，依旧从容不迫。他擅自把铅笔削削尖；从削下来的红漆小片中，把其中三四片保存起来，而且放在书桌的内夹抽屉里整整保存一年左右，凡是看到过的人，都猜不出它们究竟有什么意义。还铅笔的方式也非常简单，但这完全合乎汉斯·卡斯托尔普的脾胃。确实，他真有些得意洋洋，由于他和希佩的亲密往来而飘飘然。

“喏，还给你，”汉斯说。“多谢。”

普里比斯拉夫一声不响，只是匆匆检查一下活动机构，就把铅笔塞到袋里……

以后他们再也没有谈过话，这回只是由于汉斯·卡斯托尔普的闯劲，才有这么一段交往。

他努力睁开眼睛，为刚才呆呆地出神而茫然不知所措。“我刚做了一场梦吧，”他想。“是的，这是普里比斯拉夫。我已好久没想起他了。现在一片片的铅笔屑到哪里去了呢？书桌仍旧放在我舅舅蒂恩纳佩尔的顶楼上。现在铅笔屑想必仍在书桌后面左边的抽屉里。我从来不曾把它们取出过。我甚至不想花什么精力把它们扔掉，给您瞧瞧……刚才我看到的完全是普里比斯拉夫本人。我真想不到会如此清晰地重新看到他的形象。他的外貌多么像她啊——多么像山上的这个女人啊！难道正因为如此，我才对她这样感兴趣？我对他感兴趣，莫非也就是这个缘故？胡说，简直是胡说八道！我得走了，而且要快些走。”但他依然躺着，沉思默想，苦苦追忆。然后他站起身来。“身体强壮，感谢上苍！”他念叨着，泪水不觉涌上眼际，但同时在微笑。他这时本想离开，但忽又坐了下来，手里拿着帽子和手杖，因为他感到两膝直不起来。“哎哟！”他想，“这可不行！我本该正好在十一点钟回餐厅听报告。到这儿散一会步挺不错，但看来也有难处。嗯，嗯，我待在这儿可不成。我躺的时间久了，身子有些发麻，活动一下也许会好起来的。”他再试图挺起身子走路，费了好大力气才能跨步。

他出来时情绪高昂，可回院的路上却垂头丧气。他不得不几次三番在路边休息，因为他感到脸上骤无血色，额上直冒冷汗，心头怦怦乱跳，连气也喘不过来。他好容易顺着蜿蜒的山路走下坡来，但当他走到疗养地旅馆附近的山谷时，他清楚地感到精力不济，无法徒步走完通往山庄疗养院的这段路程，这一带又没有电车或出租马车，正好这时有一个人驾着一辆载空箱的骡车驶向“村子”，于是恳求他让自己坐上。他和驱车人背靠背坐着，两条腿从车上耷拉下来。他随着车身的颠簸，身子前后摇晃，脑袋上下摆动，昏昏欲睡，路人都怀着好奇的同情心盯着他看。他乘到铁轨交叉处下车，付了钱后(他不理会究竟付多少)，就急匆匆地、冒失地爬上返往疗养院的公路。

“先生，快些，”那个法国门房说。“克罗科夫斯基大夫的讲演会刚刚开始。”汉斯·卡斯托尔普把帽子和手杖挂在衣帽架上，咬紧牙关，匆忙而小心地从人群中挤过去，穿过半开的玻璃门，走到餐厅。这时病人已成排地坐在椅上，而在右面狭窄的一隅，克罗科夫斯基身穿一件大礼服，正站在一张桌子后面讲演，桌子上面盖着一块台布，放着一大瓶水……

分　析

幸亏在门口附近的角落里有一个空位。他从侧面悄悄地溜到这个位子上，装出一副早已坐在那儿的样子。听众们的眼睛只是盯着克罗科夫斯基大夫的嘴唇，对他本人却并不怎么注意。这也挺好，因为他的脸色实在难看。他的脸白得像一匹麻布，衣服血迹斑斑，仿佛刚干过杀人的勾当。当他坐下时，前面一个娘儿不由掉过头来，用细小的眸子打量他一下。他认出这是肖夏太太，心里老不痛快。真见鬼！难道他连片刻的安静也享受不到吗？他满以为在到达目的地后，能安安静静地坐下休息一会，现在却不得不紧挨在她的身边。在其他场合，他要是凑巧遇到她，本来可能十分高兴，可是此刻他已精疲力竭，她对他又有什么意义呢？这只能使他的心情更加沉重，在整个讲演过程中连气也透不过来。她是用普里比斯拉夫那样的眼睛瞅着他的——瞅着他的脸，他衣服上的血迹。她的目光大胆泼辣，咄咄逼人，跟随手砰地关上房门的那种女人的气派十分相称。她的举止多粗鲁啊！她完全不像汉斯·卡斯托尔普在本乡交往过的那些女人，她们就餐时顾盼同桌的男士，身子也坐得端端正正，说起话来也是一字一句，慢条斯理的。肖夏太太懒洋洋地把身子陷在椅子里，背部拱得圆圆的，肩膀垂向前方，甚至脑袋也往前伸，连后颈的脊椎骨也从袒胸落肩的白衬衣上明显地露出来。普里比斯拉夫的头部姿态和她一模一样，不过他是一个模范学生，博得大家的尊敬(尽管汉斯·卡斯托尔普向他借铅笔并不是为了这个原因)，而肖夏太太呢，显而易见是一个疏懒而不拘小节的人，她大声关门，瞧起人来大胆而无所顾忌，这一切恐怕同她的疾病有关。这种放荡不羁的作风固然不值得尊敬，却也有说不尽的好处，年轻的阿尔宾先生对此还引以为豪呢……

汉斯·卡斯托尔普坐在那儿呆望着肖夏太太的皮肉松弛的项背，思绪纷乱。现在他头脑里已没有什么思想，而像陷入了一片梦境，耳际只朦朦胧胧地响起克罗科夫斯基大夫拖长的男中音，大夫发得软软的 R 音像是从遥远的地方传来似的。厅内鸦雀无声，听众全神贯注地倾听着，这在他身上也起了作用，使他从半醒半睡的状态中苏醒过来。

他环顾四周……坐在他身旁的是那位头发稀疏的钢琴家，他两臂交叉，脑袋缩进脖子里，张大了嘴侧耳谛听。稍远的地方坐的是女教师恩格尔哈尔特小姐，她的目光如饥似渴，两颊泛起红润润的一片。汉斯·卡斯托尔普在别的娘儿们脸上也发现类似的红晕，他在坐在阿尔宾先生旁边的萨洛蒙太太那儿，也在体重经常减轻的啤酒商妻子马格努斯太太那儿看到过。斯特尔夫人坐在后面一点的地方，她脸上显出蒙昧无知，但却聚精会神的表情，看去怪可怜的。肤色白得好比象牙一般的莱费小姐，却半闭着眼睛，斜着身子靠在椅背上，两手在衣袋上摊开，要不是她胸部那么强烈而有节奏地一起一伏，就活像一个死人，这不由使汉斯·卡斯托尔普想起有一次在蜡像陈列馆里看到的一尊女人蜡像，蜡像的胸部有一个活动机械。许多听讲的病人把手弯成爪状按在耳壳边，有的人在把手举向耳边时在半途中顿住，仿佛由于专心听讲，连手的动作也僵住了。检察官帕拉范特肤色黝黑，看来力大如牛，他甚至用食指轻轻弹着一只耳朵，以便听得更清楚些，然后再竖起耳朵倾听克罗科夫斯基大夫滔滔不绝的讲话。

克罗科夫斯基大夫究竟在讲些什么？他的思路往哪个方向发展？汉斯·卡斯托尔普集中思想盼望听出一个名堂来，但一下子无法捉摸，因为开始部分他没有听到，后来一心想着肖夏太太皮肉松弛的项背，就把大夫其余的话错过了。他讲的是关于某种威力，这么一种威力……总之他谈的是关于恋爱的威力。当然啰！这一主题在讲座的总节目中早已预告过，克罗科夫斯基大夫除此之外，还有什么可讲的呢？何况这是他范围之内的事。本来，汉斯耳边听到的只是造船专业中变速机械一类的事，现在一下子听起有关爱情的课来，真有些怪。在大庭广众之下这么多的男男女女面前居然谈起这个微妙而不便轻易出口的事来，这究竟是怎么搞的？克罗科夫斯基大夫谈时用各种各样的措词，既富于诗意，又玄奥而莫测高深，科学逻辑极其严密，而节调又婉转动听，在年轻的汉斯·卡斯托尔普听来，这个不很相称，然而正因为如此，才使娘儿们两颊飞红，汉子们却侧耳倾听。特别当讲演人在用“爱情”这个词儿时，意义经常相当含混，以致人们不知他究竟讲些什么，不知他所指的究竟是贞节还是情欲，这就难免使人稍稍产生某种晕船般的感觉。汉斯·卡斯托尔普有生以来，从没有像此时此地这样，三番五次地听到“爱情”这个词儿被人如此讲述。他仔细回想一下，觉得过去他嘴里从未讲过这个词儿，也从未在陌生人那儿听到过。也许是他错了，但不管怎么说，他觉得反复赘述，对“爱情”这个词儿并无多大好处。恰恰相反，这一个半用舌音、唇音发出的，中间带着软绵绵元音的又湿又滑的音节①，他毕竟有些反感；听到这个词儿，他就联想起掺水的牛奶或其他某种青白色的、淡而无味的东西，特别是跟克罗科夫斯基大夫安排给强壮人吃的肉食相比。很显然，只要你像大夫那样一开头就谈这个问题，以后什么肉麻的话也就说得出来，而不会把全厅的人吓走。他说了一些人人都知道而羞于说出口的事，讲得很巧妙，很富于策略，但他并不以此为满足。他粉碎了人们的幻想，无情地让人们认识荣誉的真面目，毫不留情地抨击白发苍苍的老人们的尊严，对幼儿的天真无邪也嗤之以鼻，叫人们不要轻信。此外，他在大礼服上仍系着一条皱皱的领带，灰色的袜子外面穿的是一双凉鞋，给人以一种超群的印象，而汉斯·卡斯托尔普也暗暗有些吃惊。

他面前的桌子上，手边放着几本书和一些活页纸。他举了许多例子，讲了不少趣闻，为他的讲演增添不少光彩，有几次他甚至背起诗句来。克罗科夫斯基大夫讲述了有关爱情的许多惊心动魄的形态，谈到了爱情现象中各种惊人的、痛苦的和神秘莫测的变化以及它巨大的威力。他说，在所有的本能中，性爱是最不稳和最危险的，就其本质来说最易令人误入歧途，而且背信弃义。这也是不足为奇的。因为这种强烈的冲动并不是简单的事，就其性质来说由许多成分组成，虽然整个说来是正当的，但各个组成部分却荒谬绝伦。克罗科夫斯基大夫继续说，既然我们不愿因为各个组成部分荒谬绝伦，就得出整体也是荒谬绝伦的结论，

---

① 此处即指德文 Liebe（爱情）这个词。

我们就一定会要求整体中至少有一部分——即使不是全部——是正当合法的，对各个荒谬的成分来说也是如此。这是逻辑的必然，大夫希望听讲的人都牢牢记住这点。有某些心理上的对付办法和纠正方法，某些正当合理的本能——他几乎要说这是属于布尔乔亚范畴的，在它协调的和有限的影响下，能将上述荒谬成分融成一个正常而有用的整体，这终究是一种经常性的、受人欢迎的过程，但结果如何(这时克罗科夫斯基大夫轻蔑地加上一句)，医师和思想家是不相干的。反之在另一些场合下，这种过程无法获得，它也不能或不应获得；这时克罗科夫斯基大夫问：谁敢否认这种情况实际上更为高尚，而从心理角度来说也更难能可贵？在这种场合下，有两种力量是适合的：一种是对情欲的渴望，另一种是恰恰相左的一些冲动，其中特别值得一提的是羞耻心和憎恨，从普通的布尔乔亚标准来衡量，它们都显示出异乎寻常的激情。它们在灵魂深处发生冲突，这种冲突使犯错误的本能不致找到庇护之所，用道德的外衣来掩饰。这样就能使爱情生活和谐而合乎礼仪。贞洁与情欲这两种力量之间的冲突——他演讲的重点不外乎这个主题——结果又如何呢？显然，最后是贞洁胜利了。恐惧、礼仪、淡漠、努力追求身心纯洁——这一切都压制着情欲，使它无法抬头，也不准朦胧的欲念在各种形式下尽情唤起和发泄出来；要唤起或发泄的话，至多也只是一部分而已。不过贞洁的胜利，只是表面上的和付出极大代价才取得的胜利，因为情欲是缚不住的，用强制性的方法也不能奏效。硬压下去的欲火是扑灭不了的，它还在燃烧，而且依旧保存在内心深处最隐蔽的角落里，努力寻找机会以求一逞。它会冲破贞洁的屏障，而且以其他形式(哪怕它改头换面，以致无法辨认)重新出现。可是这种被禁止、被压抑的情欲是用怎样的形式和面具重新出现的呢？克罗科夫斯基大夫提出这个问题，同时向大伙儿扫视一下，似乎一本正经地想等待听众的回答。唔，这个只好让他自己来讲，既然他已经讲得这么多了。除了他自己之外，谁也不知道，而看来他肯定是知道的。他那双眼睛欲火焰焰，脸色像蜡一样苍白，黑黑的胡子，再加上僧侣穿的那种凉鞋和灰色的羊毛袜，看去简直就是他刚才讲的那种贞洁与情欲之间的冲突的化身。至少汉斯·卡斯托尔普是这么想的。这时他像大家一样，迫不及待地等大夫的回答——这种被禁止的情欲究竟用什么形态重新出现。娘儿们屏住了呼吸。检察官帕拉范特又急急抖动起他的耳朵来，这样在紧要关头他就能听个一清二楚。于是克罗科夫斯基大夫说了出来：它是以疾病的形态重新出现的！疾病的症状，是情欲乔装打扮的活动形态，而所有的疾病都是变相的情欲。

现在他们明白了，即使并非每个人都能全部领会大夫话中的真谛所在。大厅里只听到一阵叹息声。在克罗科夫斯基大夫继续发挥他的主题思想时，检察官帕拉范特意味深长地点头表示赞同。汉斯·卡斯托尔普却低垂着脑袋，他在回味刚才听到的话，而且审察自己究竟是否懂得。但他不惯作这样的思考，加上他刚才作了一次徒劳无益的散步，精神还有些倦怠。他思想不易集中，不一会又为肖夏太太的身体所吸引——她的背部呈现在他前面，下面露出臂膀。这时她举起手臂弯向后面，一只手正好在汉斯·卡斯托尔普的眼前掠过。她把手伸到头上，挽住盘在头上的发髻。

她的手离他的眼睛这么近，他感到很不自在。不管愿不愿意，你好歹得细细端详这双手，研究手上的种种缺点和人性，好像在放大镜下观察一般。唔，这压根儿不是贵族的手，而是像女学生那样指头粗短的手，指甲修剪得很不雅观。他甚至连指尖是否清洁也说不准，而指甲旁的皮肤却毫无疑问是有咬痕的。汉斯·卡斯托尔普努了一下嘴，但眼睛依旧盯着肖夏太太的手，对刚才克罗科夫斯基大夫说的有关迎头痛击布尔乔亚式的情欲侵袭的一席话，还模模糊糊地在头脑里盘旋不散。于是她的手臂漂亮些了，它在脑袋后面稍稍弓起，几乎是裸露着的，因为衣袖的料子比衬衫的要薄，是用最薄的纱做成的，因而有某种透明感，而完全袒露在外却也许没有那么动人了。她的手臂又丰满又娇嫩，想来它必然是冷冰冰的。就她的手臂而言，这里就根本谈不上什么迎头痛击布尔乔亚式的情欲侵袭了。

汉斯·卡斯托尔普看着肖夏太太的手臂出神。娘儿们穿的是怎么样的衣服呀！她们露出的脖子和胸脯，她们在手臂上罩上一层薄纱，使人看来更加光洁……全世界的女人都是这样，为的是唤起我们的欲念。天哪，生活多美好啊！正因为娘儿们穿得千娇百媚是理所当然的——这不但是理所当然，而且获得普遍的公认——人们几乎连想也不去想，只是不动声色地欣赏着。不过汉斯·卡斯托尔普暗自想，人们对此倒应当好好思考一下，以便尽情享受生活的乐趣，同时应当意识到这样的打扮能讨人欢心，而且简直美艳得像天仙似的。当然，我们允许娘儿们打扮得美艳动人而不致伤风败俗，是怀有一定目的的；我们为的是下一代，不错，为的是人类的传宗接代。但要是女人内部有病，不宜做母亲，那又怎么样？要是她袖口罩一层薄纱只是为了吸引男人使他们对她的肉体产生好奇心，而身体内部却有病，那又有什么意义？显然这没有任何意义，实际上应当认为这种做法是不适当的，不许可的。要是有人对患病的娘儿发生兴趣，那他肯定没有理智……过去汉斯·卡斯托尔普暗暗对普里比斯拉夫·希佩怀有好感，就属于这类情况。这样的比喻不伦不类，但勾起这样的回忆也叫他心痛。可是他是不由自主地想起这个的。此时他忽然从梦境中惊醒，这主要是他的注意力又被吸引到克罗科夫斯基大夫身上，大夫的声音又激昂起来。他张开胳膊、歪着脑袋站在小桌后面，即使穿着大礼服，看去确实有些像钉在十字架上的耶稣基督！

事情的结果是：克罗科夫斯基大夫在演讲结束时大事宣传精神分析的好处，并且张开双臂要求大家上他那儿去。“上我这儿来吧，”他换了一种腔调说，“凡是疲劳的、心事重重的人，都上我这儿来吧！”他深信不疑地认为，听讲的人都毫无例外是疲劳的、心事重重的。他谈起隐蔽的痛苦、羞耻和忧伤，谈起精神分析的拯救作用。他主张应当对人们的潜意识加以剖析，说明如何将疾病再转化为有意识的内心冲动；他劝人们要有信心，指望可从中找到乐趣。然后他垂下胳膊，重新抬起了头，卷起演讲时用的一叠印刷文件，像教师那样用左手挟着这包东西，然后昂起头从走廊出去。

大伙儿都站起身来，把椅子往后一推，开始慢慢向大夫离开大厅的那个出口走去。他们好像迟疑不决地从四面八方向他拥去，不过他们都身不由己，只是糊里糊涂一起跟着走，熙熙攘攘的人群好像跟在捕鼠者[1]后面似的。汉斯·卡斯托尔普在人流中一动不动地站着，一只手靠在椅背上。“我只是在这儿作客的，”他想。“我是健康的，谢天谢地，这事跟我毫不相干，下次他演讲时，我已不再待在这儿了。”他眼看肖夏太太悄悄出去，脑袋依旧略略凑向前方。“不知她作过精神分析没有？”他想，于是心头开始突突跳动起来……他竟没有注意到，约阿希姆正穿过椅子间向他走来，表哥对他说话时，他神经质地怔了一下。

“你到最后一刻才来听讲，”约阿希姆说。“你刚才跑得很远吗？味儿怎么样？”

“哦，很好，”汉斯·卡斯托尔普回答。“我可跑得很远。不过我得承认，这次散步带给我的好处，比我预期的要少。也许这样的散步为时过早，或者根本不起作用。眼前我不想再去了。”

汉斯·卡斯托尔普是否对演讲感兴趣，约阿希姆没有问，汉斯也没有发表意见。即使以后，他们俩对这次讲演也缄口不提，好像彼此间有默契似的。

怀疑和推测

星期二那天，我们主人公在这儿山上已住满一星期了，所以当他早晨散步回来时，在房里看到一张账单。这是他第一个星期的账目，是一张纯粹商业性的清单，外面套着一只绿信封，上端有一幅图景，山庄疗养院的房屋轮廓就惹人喜爱地绘印在这上面。账单左下方有一小栏面积，简要地介绍疗养院的情况，里面还引人注目地隔行印了“按照最新方法进行心理治疗”几个字。具体账目是书写的，总计一百八十法郎，其中膳宿和医疗费十二法郎，房金每天八法郎，另外住院费二十法郎，房间消毒费十法郎，其余一些小数则是洗衣服、啤酒以及第一夜来院时

① 1284 年，德意志西北部汉诺威州的哈默龙城老鼠猖獗，人人恼恨，当时有一个男人自告奋勇，称只要他笛子一吹，即能诱出鼠群，从而消灭。吹笛时，城里儿童纷纷上街，跟在这个捕鼠者后面，故云。

的酒菜费。

汉斯·卡斯托尔普和约阿希姆仔细算了一下，觉得账目无可指摘。“咳，我没有用过什么医疗费，”他说，“不过这是我自己的事。它包括在膳宿费内，我不能要他们扣除，何况又怎么扣除得了呢？至于消毒费，那他们是净赚了，因为要把美国女人的毒气熏走根本用不了十法郎的福尔马林。不过整个说来，从他们开出的价钱看，我认为还是便宜的，不算贵。”于是在第二次早餐以前，他们就到“管理部门”把欠账付清。

“管理部门”在底楼。只要跨过大厅，经过衣帽间、厨房和配菜室，然后穿过走廊，就准会看到一扇触目地挂有一块陶瓷牌子的大门。汉斯·卡斯托尔普对这所疗养机构的财务中枢满怀兴趣地审察一番。这是一间雅致的小办公室，一个女打字员正忙着打字，三个男职员坐在写字台旁埋头工作，而邻室则有一个主任或领导人模样的高级职员坐在独立的圆筒形办公桌旁工作。他抬起头，透过那副玻璃眼镜向伙计们冷冰冰地、检阅式地扫了一眼。伙计们在柜台口给他们办好手续——兑零钱，收款，开发票。结账过程中，这对表兄弟始终谦逊文静，彬彬有礼，甚至显得十分温良。他们像一般德国青年那样，由于对当局和官场十分尊重，因而对笔墨纸砚之类和使用这类文具的机构也不免肃然起敬。可是一到外面，在他们前往早餐的路上以及那天晚些时候，他们的话题也就扯到山庄疗养院的结构上。约阿希姆是老病人，又是知情人，所以表弟提的问题都能一一回答上来。

其实，顾问大夫贝伦斯根本不是疗养院的主管人和老板，尽管人们会有这样的印象。在他的上面和幕后，有某种看不见的势力，刚才他们看到的办公室，从某种程度上说就是这种势力的代表。这就是一个董事会和一个股份公司，能够入股倒是不坏的，因为照约阿希姆看来，虽然疗养院拥有不少医务人员，经济管理原则也极自由，但股东每年保证可以分到一笔相当可观的红利。因此，顾问大夫并不是一个独立自主的人，他不过是一个代理人，职员，高级当局的亲信。他当然是疗养院第一号人物和整个机构的灵魂，对全院(包括经理部门在内)有举足轻重的影响，然而他是主任医师，对疗养院的营业事务自然无暇过问。

顾问大夫是德国西北地区的人；大家都知道，他几年前来此干这项工作乃是出于无奈，与他的志趣和抱负格格不入。他上这儿是为他的妻子，她的遗骸好久以来一直埋在“村子”旁的墓地里。达沃斯村的墓地，风光如画，坐落在右面的山坡上，靠近山谷的入口处。他妻子长得很美，只是从照片上看眼睛过大了些，有些病恹恹的。她照片在顾问大夫的住所里到处都有，壁上还挂着他作为业余爱好者亲笔画的油画像。

她为他养了两个孩子，一男一女。后来她身体发烧，再也支持不住，就被打发到这块地方来，不上几个月，生命力就耗尽了。据说贝伦斯非常宠爱她，她的死对他的打击十分沉重，因此他有一个时期郁郁不乐，垂头丧气，有时在街上傻里傻气地笑，自言自语，而且做着各种手势，引人瞩目。这时他不再回到原先的生活圈子里去，而是留在当地，这当然是因为他舍不得离开妻子的坟墓，但另外还有一个原因(这个原因并没有那么感伤的味儿)促成这一转变，那就是他的身体也受到一些创伤，根据他本人的科学观点，他干脆是属于这个疗养院的。于是他厕身于疗养院作为医师中的一员，这号医师既看护住院病人，又和他们同病相怜，这种医师对疾病并非毫不相干，洁身自好地唯恐自己也被染上，而是本人也打上了疾病的烙印——这种情况虽有些古怪，但也绝不是个别的。这无疑有其优点，不过也并非没有问题。医师与病人能患难与共，确实值得欢迎，据说只有受疾病折磨的人，才能引导病人，治疗病人。然而，要是他本人就是疾病的奴隶，又有什么资格去发号施令呢？屈从于别人意志的人，又怎能使他人获得自由呢？有病的医师在一般人心目中是违反常情的，是一种令人迷惑不解的形象，他的才智会不会因为自己对疾病有切身体验而黯然失色，不可能这么丰富，而道德上也不会那么崇高？他不会用纯粹敌视的眼光来看待疾病，他持有成见，他的地位是模棱两可的。一个患病的人究竟能否像健康人那样专心致志地医治或关心别人，这个问题人们是持有保留态度的。

当汉斯·卡斯托尔普和约阿希姆闲聊着山庄疗养院和院方的医务主任时，汉斯发表了某些怀疑和推测性的意见。可是约阿希姆说，人们完全不知道顾问大夫贝伦斯现在是否还是个病人，也许他早已康复了。他在这儿开业已很久，刚开头时他只是单枪匹马，不但听诊方面十分内行，而且切肺手术也颇有一手，因此很快就出了名。后来山庄疗养院就把他聘下来，他和疗养院亲密合作快十年了……后面，在疗养院西北角侧厅的尽头处，就是他的宿舍，克罗科夫斯基大夫的住处也离他不远。贝伦斯这个小小的鳏夫之家，家务是由那位贵族出身的女人——也就是那位护士长——主持的，塞塔姆布里尼常常对这位贵妇人嗤之以鼻，而汉斯·卡斯托尔普到现在也只偶尔见到她。此外，顾问大夫只是孑然一身，因为他儿子在帝国大学里念书，而女儿也已结婚——嫁给瑞士法国行政区里的一位律师。贝伦斯的儿子有时在假期里探望父亲，在约阿希姆住院时也来过一次。据约阿希姆说，院里的女病人看到他都很兴奋，连体温也升高了。大家相互嫉妒，结果在休息室吵吵嚷嚷，于是在克罗科夫斯基大夫的诊病时间里拥向他的女人越来越多了……

这位助理医师有自己一间专用的诊病室，它像大检查室、实验室、手术室和爱克司光室那样，都在疗养院建筑物光线充足的地下室里。我们称它为地下室，是因为楼房底层有一级级石阶通往那儿，实际上就形成通往地下室这么一个印象。不过这无非是一种错觉。首先楼房底层的地势相当高；其次，山庄疗养院整个说来是倚山建筑在陡峭的地面上的，而所谓地下室的各个房间，方向都朝前面，可以眺望花园和山谷；由于有几级石阶通向下面，地形的真实面目就或多或少被掩盖了。人们通过这些石级从底层走下去，但一到下面，又发现里面的地形仍和原来一样高，或者只略略低些。有一天下午，汉斯·卡斯托尔普陪表哥到“地下室”去找浴间师傅称体重，对那儿就有这么一种赏心悦目的印象。

那块地方令人有一种医疗室特有的明净感，一切都显得十分洁白，门上也涂着白漆，油光光的，通往克罗科夫斯基大夫接待室的房门也是如此。大夫的名片就用图钉钉在这上面。只要从走廊向下走两级，就可到达那间接待室，因此那间隐在后面的房间显得相当宽敞。这扇门在走廊的尽头，阶梯的右侧。当汉斯·卡斯托尔普在走廊里踱来踱去等待约阿希姆时，他对这扇门特别注意。他看到正好有人出来，是一个刚来院的女人，他还不知道她姓甚名谁。这是个娇小纤弱的娘儿，额上有一绺鬈发，戴一副金耳环。她登上阶梯时俯着身子，一只手撩起裙子，另一只戴戒指的小手却用手绢掩住嘴儿，偻背弯腰地用浅蓝的大眼睛恍惚地凝望前方出神。她跨着小步急匆匆地上楼，裙子发出沙沙的声音，半路上又忽然停住，仿佛想起什么，接着又急急忙忙往前走，直到在楼房中消失。一路上她总是弓起身子，手绢不离嘴唇。

当那扇门开时，她后面的地方看去比白色的走廊里暗得多。医疗室的那种明净感，显然没有从部位较低的地方传到那儿。正如汉斯 · 卡斯托尔普所看到的，克罗科夫斯基大夫的精神分析室里只是一片昏暗朦胧。

餐桌上的谈话

在五光十色的餐厅用膳时，年轻的汉斯 · 卡斯托尔普感到很窘，因为自从他不由自主地作了这次散步后，脑袋就像祖父那样一直哆嗦不停，此刻坐在餐桌边，这个症状又规律性地发作了，而且无法制止，难以掩饰。除了庄重地托住下巴外(不过这是不能持久的)，他还想出各式各样的办法掩盖这个弱点，例如尽量使脑袋摆动，说话时一忽儿转向左，一忽儿转向右，或者在汤匙往嘴里送时用左臂紧紧靠在桌面上，以维持平衡。在歇息时，他把胳膊肘搁在桌上，用手托住脑袋，不过在他自己看来，这种姿势未免有点儿粗野，只有在不拘小节的一伙病人中才算不了怎么一回事。可是他浑身没有劲儿，吃饭时情绪不免十分恶劣。本来呢，他总乘用膳的时间排愁解闷，借此机会自娱。

事实的真相是——汉斯 · 卡斯托尔普对这点也知道得很清楚，他在努力克制的那种丢脸的脑袋抖动状态，并不光是他的身体引起的，也不能归咎于这儿的空气和适应水土所作的努力，而是体现出他内心的某种激动，和排愁解闷有直接关系。

肖夏太太总是很晚才坐到餐桌上来。她来之前，汉斯 · 卡斯托尔普总是坐立不安，因为他得等着听玻璃门的砰砰声，她一进门来就必然发出这种声音。他知道自己听到这声音准会惊跳起来，脸色顿时沉下，这已成了常规。以前遇到这种情况，他总是生气地摇摇头，怒气冲冲地目送这个粗心大意的迟到女人坐到“上等俄国人餐席”上去，有时他甚至在牙齿缝里迸出一言半语的骂人话来，发出恼火的抗议声。但现在他不是这样了，只是在菜盆上低垂着头，咬紧嘴唇，或者有意把脑袋转向另一侧，因为他的怒气看来已经消散，似乎不想再随便责备她了；不但如此，他还隐隐感到别人对她的非难，自己也有过错，也得负一部分责任呢。一句话，他感到害臊。说他为肖夏太太害臊是不确切的，而是他自己在大伙儿面前怪难为情的——其实他这么想根本没有必要，因为在餐厅里，没有把肖夏太太的恶习和汉斯·卡斯托尔普的害臊放在心上。也许只有坐在汉斯右边的女教师恩格尔哈尔特小姐是个例外。

这位可怜的人儿已经看出，由于汉斯·卡斯托尔普对关门声显得神经过敏，这位同桌而坐的青年人对那个俄国女人似乎怀着某种激情。此外，如果拿他那副神态跟实际情况相比，却又算不了什么。再说他假装无动于衷——由于汉斯缺乏演戏才能和这方面的训练，他装模作样的本领很不高明——，可并非意味着对那个女人不感兴趣，而是说明他的情感已向更高的阶段发展。恩格尔哈尔特小姐对自己一无所求，但对肖夏太太却颂扬备至，结果有一点显得很突出：汉斯·卡斯托尔普虽不是一下子地，但到头来终于清晰地看出她是在从中撮合。他对此甚至有些反感，但还是心甘情愿地任她摆布，愚弄。

“砰——砰！”那位老处女说，“那就是她。您不用抬头瞧就肯定知道是谁来了。当然啰，她过来了，活像一只小猫儿溜向牛奶盆，走路的姿势多美呀！我真想跟她换个位子，这样您就可像我那样把她饱览一番了。我知道您不想老是掉过头来瞟她——天知道，要是她看出这点，她简直会得意忘形的……现在她在跟同桌人打招呼了，您应当瞧一下，看她这副模样真令人振奋！像现在她这样谈笑风生的时候，腮帮儿上就泛起一个酒窝来，但酒窝并不经常有，只是凭她高兴。咳，真是一个如花似玉的娘儿，但她娇生惯养，所以才这么随便。这样的人儿谁都会爱上的，不管你愿不愿意。尽管她们莽莽撞撞会使你恼火，但恼火只会惹你更喜欢她们。叫你恼恨之后又不得不爱，真够味儿……”

女教师就这样在汉斯身边悄悄耳语，老处女毛茸茸的脸上泛起一阵红晕，说明她的体温已反常地升高，同时娓娓动听的话句句说到可怜的汉斯·卡斯托尔普心里。他是一个不很有主见的人，需要从第三者中证实肖夏太太是个迷人的娘儿。此外，这位年轻人又希望自己的感情让外界推波助澜，因为他的理智和良心都陷入了死胡同。

不过老处女这席谈话实际上起不了什么效果，因为恩格尔哈尔特小姐对肖夏太太的了解程度，充其量和疗养院里其他人差不多。她不知道她的底细，甚至无法夸口说她们两人已经结识。她在汉斯·卡斯托尔普面前唯一可以摆老资格的地方，就是肖夏太太过去曾在柯尼斯堡住过——柯尼斯堡离俄国国境不远——而且懂得点儿零星的俄语。从这一鳞半爪中，汉斯·卡斯托尔普很想窥见肖夏太太私生活的详细内幕。

“我看她不戴戒指，”他说，“不戴结婚戒指。这是怎么一回事？您不是对我说过，她已是结过婚的女人？”

女教师显得很窘。这一问可把她僵住了，努力想说些什么。在汉斯·卡斯托尔普面前，她感到对肖夏太太是负有很大责任的。

“这个问题您别看得太认真，”她终于说。“肯定她已结过婚，这是不用怀疑的。大家叫她太太，不仅仅是因为像某些外国姑娘那样，当年纪稍稍大些时，人们为了尊敬起见才这么称呼她们；实际上大家知道，她在俄国的什么地方确有一个丈夫。这儿到处都知道有这回事。没有出嫁时她姓别的，是一个俄国人、而不是法国人的姓，叫什么‘——阿诺夫’或‘——乌可夫’似的，我本来晓得，只是后来又忘了。您想了解的话，以后我再去打听，这里肯定有不少人知道这个姓的。至于戒指吗？不，她不戴戒指，这个我看得一清二楚。老天爷，也许戒指对她不合适，也许戴了后她的手会显得太阔，也许她认为戴结婚戒指太俗气，这样一只光溜溜的戒指……她缺少的只是‘钥匙筐子’——她用这个，气派确实太大了——这点我是了解的，俄国女人有些无拘无束，讲究派头。此外，结婚戒指之类简直平淡无奇，令人生厌。我得说，它不过象征着女人是男人的附属品罢了。它使一个女人有脱离尘世之感，把一朵纯洁的小花变得神圣不可侵犯似的。要是肖夏太太的想法也和我一样，我可一点也不奇怪……真是一个妙龄的迷人娘儿哪！当她向每个男人伸出手时，也许她既没有理由，也没有兴趣，一定要让别人觉察到，她的终身大事已经定了呢……”

老天爷，这位女教师多卖力呀！汉斯·卡斯托尔普用惊愕的目光直勾勾地瞅着她，但她也用惊疑而不知所措的眼光回敬他。接着两人沉默一会儿，想重新打起精神来。汉斯·卡斯托尔普一面吃，一面把脑袋的抖动尽力压制下去，最后他说：

“她的丈夫呢？难道他一点也不关心她吗？他一次也没有上山来看过她？他究竟是干什么的？”

“官员，俄国一个偏僻省份里的政府官员。你知道，叫什么达吉斯坦的，在高加索东面很远的地方。他是奉命到那边去的。我可以老实告诉您，谁也没有见到他来过这儿山上。她这次上山又是三个月了。”

“那么她不是初次才上这儿的？”

“不错，这已是第三次了。这中间，她还去过别的疗养院，恰恰相反，倒是她有时去看他，不常去，一年一次，时间也不长。据说他们分居，有时她去看他。”

“哎，她有病在身……”

“她当然有病，不过并不怎么厉害。她的病不是重到非一天到晚住疗养院和丈夫分居不可。看来一定还有别的原因，这儿大家都认为一定另有缘故。也许她不喜欢高加索那边达吉斯坦这个地方，那个地方真是又远又荒凉，这毕竟没有什么可奇怪的。可是那个丈夫看来也一定有些问题，使她不怎么称心。他有一个法国人的姓，但却是一个俄国官员，这号人是粗里粗气的，这点您可以相信我。我有一次看到过这么一个官员，他蓄着铁灰色的连鬓胡子，脸膛红通通的。……您可知道他们都是贪官污吏……都爱喝伏特加酒，烧酒……为了体面起见，他们还要吃些零星食物，比方说腌蘑菇或一片鲟鱼，吃后又喝起酒来，而且纵饮无度。这就是他们的所谓‘小吃’……”

“您把一切责任都推在男的身上，”汉斯·卡斯托尔普说，“可咱们不知道他们不住在一块儿，她是否也有责任。咱们应当公正些。从她的举止以及狠命关门的粗野动作看来，我认为她不像一个天使。请您别动气，我一点也信不过她，可是您在偏护她。您坐在这儿全凭成见说她的好话……”

有时他就是用这副腔调说话的。他凭着与他天性格格不入的那份狡黠，设法表明恩格尔哈尔特小姐对肖夏太太一番热心的吹捧话并没有如实地反映出她所了解的真实情况，而只是一些独立的、引人发噱的事实，而他，自由自在的汉斯·卡斯托尔普，可以用这种资料冷静而幽默地同这位老处女开玩笑。他确信这位为他拉线的老处女对他厚着脸皮装腔作势一定心领神会，而且还引以为乐，因此没有什么风险。

“早上好！”他说。“您晚上睡得可好？我想您梦见您那位漂亮的敏卡吧？……怎么，一提起她，您怎么一下子脸红了？您完全给她迷上了，最好还是别抵赖吧！”

女教师的脸真的绯红了。她低下头来瞧着杯子，从左边嘴角喃喃迸出几句话来：

“胡说，卡斯托尔普先生！您含沙射影地攻击起我来，使我好不尴尬，这样可不行。大伙儿都看得出，咱们指的是她，而您竟说出一些使我不得不脸红的事来……”

餐桌上这一对人玩的把戏倒是挺精彩的。两个人都知道，他们说的尽是彻头彻尾的谎话，汉斯·卡斯托尔普开女教师的玩笑，无非是可借此谈起肖夏太太而已。不过他在跟老处女打趣过程中找到某种病态的、过度的乐趣，而老处女也乐于欣然接受。首先是因为她能为他们拉皮条，其次是因为她能促成这位年轻人拜倒在肖夏太太的石榴裙下，最后，是因为她尽管被他嘲弄，连两颊也绯红起来，可内心在酸苦中还带有甜滋滋的味儿。关于这点，他们两人心里都明白，也知道对方心中有数，而这一切又是那么错综复杂，不够正派。虽然汉斯对错综复杂和不正派的事一般是反感的，在这一场合下也不例外，但他继续浑水摸鱼，同时自己安慰自己说，他在山上只是暂时作客，反正不久就要离开的。

他以行家的口气俨然对这位“懒散的”太太评头品足，说她从正面看来肯定比侧面看来年轻美丽，她一双眼睛的距离太远，她的风采令人无限神往，而她的手臂则既漂亮，又“娇嫩”。他说这些话时，尽力掩饰脑袋的抖动，但他不但觉察到那位女教师已看出他在枉然克制自己，而且怀着极其憎恶的心情看到，连那女人自己也在抖动脑袋哩。他称肖夏太太为“漂亮的敏卡”，无非是一种策略和随机应变的手段，这样他就可接下去问：

“我叫她‘敏卡’，可究竟她叫什么呢？我是指她的名字。您既然这样倾心于她，一定知道她的芳名。”

女教师沉思了一会。

“等一下，我知道的，”她说。“我早已知道了。她叫达吉雅娜吗？不，不是的，也不叫娜达霞。[①]娜达霞·肖夏？不，我没有听到过这个名字。哦，我想起了。她叫阿芙多佳，或者跟这相差不远。因为肯定不叫卡金卡或尼诺奇卡。也许我记不起了。要是您很想知道，我很容易打听出来的。”

第二天，她果真知道了她的名字。午膳时，当玻璃门砰砰地关上时，她说了出来，肖夏太太叫克拉芙吉亚。

汉斯·卡斯托尔普不是一下子就领会。在领悟之前，她把这个名字反复读了几遍，拼了几次。然后他又说了几回，同时用布满红丝的眼睛向肖夏太太瞟了一下，看这个名字是否跟她相称。

“克拉芙吉亚，”他说，“唔，也许就是她的名字，挺合适的。”他对底细了解得这么清楚，真是乐不可支，但也不想掩饰；现在一当他谈起肖夏太太，就用“克拉芙吉亚”代替。“我刚才看到，您的克拉芙吉亚居然把面包揉得像一只小球儿。这很不雅观哪。”“这要看谁在揉，”女教师回答，“克拉芙吉亚干起来没什么。”

是的，在摆有七张餐桌的餐厅里用膳，对汉斯·卡斯托尔普有很大的魅力。每次用膳完毕，他觉得很惋惜，但一想到两三个小时后又能坐

---

① 达吉雅娜和娜达霞，是俄国女人常用的名字。

在这边，就感到很宽慰。一当他再坐下来，就仿佛自己从来不曾起过身似的。在这中间他做些什么呢？什么也没有做。到溪边或“英国区”散一会步，或者在椅子上略坐片刻。这算不上什么真正的休憩，也谈不上什么沉重的负担。当工作和操劳摆在他眼前时，会出现一些别的什么，它们在心灵上不那么容易消逝。但在山庄疗养院井井有条的生活中却不是这样。当汉斯·卡斯托尔普在公共餐厅里用膳完毕站起身时，他因不一会又可用膳而暗自高兴——要是暗自高兴这个词儿，能恰当地表达出汉斯期待与患病的克拉芙吉亚·肖夏太太重新会面那种迫切心情的话。这种会面并不太容易，太愉快，太单纯，太平凡。读者也许会认为只有这些形容词——也就是愉快和平凡——才适合于汉斯·卡斯托尔普的个性和情绪。可是我们应当记住，由于汉斯是一个有理智和良知的青年，他一看到肖夏太太或一跟她接近，所引起的感觉并非仅仅“高兴”而已；我们必须知道，而且可以断言，要是有人说这些话给他听，他会不屑地耸耸肩膀。

是的，他对某些表现方式是不屑一顾的。这虽是一个细节，但颇值得一提。这时他跑来跑去，脸颊又红又热，情不自禁地轻声哼起曲子；因为他心头痒痒的，很想唱出声来。他哼着不知何时何地从某次集会或慈善募捐音乐会中听来的一支小调，那是一首女高音歌曲，情意缠绵，内容空洞。它现在在汉斯的记忆中浮映上来，歌词是这么开头的：

只要你一开口，
我就昏了头。

他还想继续唱下去：

你唇儿吐出来的话，
句句落在我心头！

这时他忽然耸耸肩膀，说一声“可笑！”顿时觉得这支小调淡而无味，肉麻不堪，不再唱下去了。他怀着某种遗憾和端庄的心情不再唱下去。这种亲切的小调，只有某个兴高采烈的青年人把“自己这颗心”（像人们习惯说的那样）合法地、心安理得地、希望无穷地“奉献”给低地里某只健康的小鹅儿时，才唱得出，从而沉湎于合情合理而充满着希望的喜气洋洋的情感中。对他与他同肖夏太太的关系来说——“关系”这个词儿是汉斯想出来的，我们不负任何责任——这种曲调根本不合适。他躺在卧椅上，心头乱糟糟的，只是用审美的眼光说一声“愚蠢”，便皱起鼻子闭口不语，尽管他知道再唱这支歌是不适当的。

不过有一件事使他很开心，那就是躺着倾听自己心脏的跳动。在主要的卧床休息时间内，山庄疗养院照例总肃静无哗，在这一片岑寂中，他的心不但跳得很快，而且清晰可闻。他的心一个劲儿跳，上山以来它几乎总是这样。但最近汉斯 · 卡斯托尔普对心跳已不像最初几天那样感到心烦意乱。现在他不能再认为它的跳动是不由自主和莫名其妙的，与自己的精神状态毫不相干。心跳和他的精神状态之间是有关系的，而且也不难探究出原因来。情绪不无缘由地激动了，身体上某部分就难免兴奋地活动起来。汉斯 · 卡斯托尔普想的只是肖夏太太，他确实一心一意想着她，因而心跳是他理所当然的一种感觉。

恐惧情绪在增长。关于两个祖父和黄昏的舟游。

天气坏透了。就天气方面说，汉斯 · 卡斯托尔普在这块地方作短时间的逗留，运气并不佳。虽没有下雪，但淫雨霏霏，连日不断，叫人讨厌透啦。山谷里弥漫着浓重的雾气，而令人惊异不止的雷雨（天气这么冷，在餐厅里甚至开起暖气来）却发作起来，雷声滚滚而过，发出了隆隆的回响。

“真遗憾，”约阿希姆说。“我本来想，咱们一起到沙特察尔普吃早饭，不然干些别的，但看来不成了。但愿下星期天气好些。”

可是汉斯 · 卡斯托尔普回答说：

“别管它。我现在并不急于走动。第一次外出时，我并不特别走运。我倒认为还是浑浑噩噩地过日子，不翻什么新花样最好。对多年老病人，换换花样是有意思的。我只不过住上三星期，又何必搞什么新鲜的玩意儿呢。”

他感到此时此地生活很充实。要是他怀有希望的话，那么他的希望(正如他的失望一样)也许在这儿开花结果，而不是在什么沙特察尔普。折磨他的并不是空虚无聊，恰恰相反，他开始害怕的是住院的日子看来很快即将结束。第二个星期过去了，他的日子快要过去三分之二，第三星期一到，他就得考虑整理行装。汉斯·卡斯托尔普对时间的新鲜感，早已成为陈迹。光阴飞逝，是的，日子一天天地过去，尽管每一天总给他带来新的期望，使他默默中丰富了生活经历……是啊，时间真是一种难以捉摸的东西，要说明它的本质可真不易！

我们是否有必要详细描述汉斯·卡斯托尔普在那些日子里默默经受着的又沉重、又轻快的生活经历呢？其实，我们大家都知道的，这就是人们通常感受到的那种空虚无聊。即使在头脑清醒而充满希望的场合——在这种场合下，他禁不住唱起“只要你一开口，我就昏了头”这类庸俗的小调来——也不会有其他不同的感受。

肖夏太太不可能不注意到，她和某张餐桌之间已有了某种默契。汉斯·卡斯托尔普巴不得她意识到这一点，而且程度越深越好。我们说“巴不得”，是因为他一清二楚地知道，他这种情况是不容于理智的。不过要是任何人处在汉斯那样的地位——或者汉斯即将身历其境的地位——他也一定希望对方了解他的心绪，哪怕实际上并无意义。人往往是这样的。

因此，当肖夏太太用膳时有两次或三次偶然地或由于磁性吸力回过头来向那边桌子张望，而且每次都和汉斯·卡斯托尔普的目光相接，她又第四次向他有意识地瞟上一眼，这回正好遇上他的目光。第五次她送秋波时落了个空，汉斯正好没有注意到。然而他顿时觉察到她在瞧他，于是用深情的目光瞅着她，对方就微笑着掉过头去。看到了这一微笑，他既猜疑不定，又欣喜若狂。要是她把他看作孩子一般，那就错了，他需要把自己装扮得有教养些，这点是重要的。第六次，当他预感到而且意识到她的眼睛快瞟过来时，他假装不胜厌恶地在端详一个脸上长粉刺的女人，这个女人正好走到他的桌旁，跟她的姨婆聊天，他就这样厚着脸皮支持了两三分钟，直到确信那对吉尔吉斯人式的眼睛不再朝他看，他才停止玩这个把戏。这场戏演得可妙哩，肖夏太太不但能看得清清楚楚，而且也应当看得透透彻彻，好让她细细想一想汉斯·卡斯托尔普是多么精明而富于自制力……

接着发生下面一段插曲。在用膳的一次空档时间内，肖夏太太漫不经心地把头转来转去，仔细打量着餐厅。汉斯·卡斯托尔普留意到这点，于是他们的目光就搭上了。他们就这样互相瞅着：那位女病人的眼神游移不定，有些嘲弄的意味；汉斯·卡斯托尔普则一个劲儿地盯着（他睁着眼睛时甚至咬紧牙关）。这时肖夏太太的餐巾滑下来，而且快从她的衣兜落到地上。她神经质地、战战兢兢地赶紧去抓，而汉斯的两手两脚也跃跃欲动，从椅子上半仰起身子，想没命地跳过八米的距离和中间拦着的一张餐桌去救助她，仿佛餐巾掉在地上就会大祸临头似的……当餐巾快要落到灰泥的地面上时，她恰好一把抓住了它。她在地面上俯着身子，紧紧握住餐巾的一角，脸色阴沉沉的，对刚才所受的那场小小虚惊显然十分动气，而且在她看来，他应当对此负责。可是她还是回头瞟了他一眼，看到他想跳过来的那种架势和高高扬起的眉毛，于是又微笑着掉过头去。

这件事使汉斯·卡斯托尔普得意非凡，心花怒放。不过反作用也是有的，因为整整两天，也就是在十顿的用膳时间内，肖夏太太在餐厅里压根儿不东张西望，甚至在进门时也不像往日的习惯那样，在大伙儿跟前“抛头露面”。这真叫汉斯难受。可是这种不理不睬的样儿无疑全是装给他看的，因而他们之间显然还保持某种关系，哪怕其中有消极因素。这也够称心了。

约阿希姆曾经说过，除了同桌的餐友外，要在这儿结识其他的人是颇不容易的。他现在认清这话确实一点也不假。在晚饭后短短一小时里，人们经常三五成群，形成一个小团体，但时间常常短到二十分钟，肖夏太太也毫不例外地和她圈子里的人们坐在一起——例如胸膛凹进的那位先生，头发像羊毛般的、幽默的小姑娘，沉默寡言的布卢门科尔以及肩膀下垂的小伙子，他们都坐在小客厅的后堂。这间小客厅看来是专留给“上等俄国人”用的。约阿希姆经常迫不及待地想早些离开，照他自己说，为的是晚上的卧疗时间不致缩短；不过也许还有其他生活规律上的原因，这点他虽没有说出，但汉斯·卡斯托尔普却猜得出，也表示尊重。我们曾经责备汉斯“随心所欲”，但不管他的意愿如何，他跟肖夏太太的结交却不是他孜孜以求的目标。他原则上对环境总是逆来顺受。他和那位俄国女人之间的暧昧关系和眉目传情，可不是社交性质的，它们不负什么责任，也没有什么责任可言。也许正是本着这样的原则，他很不喜欢社交活动。他头脑里想着“克拉芙吉亚”，心头就不禁怦怦乱跳，但这点远不足以动摇汉斯·洛伦茨·卡斯托尔普孙子的那份自信心，那就是他深信和这个外国女人之间，除了实际上保持所谓那种神秘的关系外，再不想跟她有什么瓜葛。这个女人不和丈夫生活在一起，不戴结婚戒指，在各个疗养所里消磨日子，缺乏教养，关起门来砰砰作响，把面包揉成小球状，而且还要咬指甲呢。他深知同这个女人之间隔着一条很深的鸿沟，而且对她的任何指摘(她的种种缺点他都承认)，他都无法卫护。显而易见，汉斯·卡斯托尔普并不是个生性傲慢的人，但某种世俗的、传统性的骄傲却在他额际和朦胧的眼神里显示出来，在他身上产生一种优越感，就凭这种优越感，他审察肖夏太太的为人；这种感觉他不愿摆脱，也摆脱不了。奇怪的是，当某天听到肖夏太太讲起德语来时，他也许第一次才意识到自己这种高人一等的优越感是多么强烈。当时他吃好饭在餐厅里站着，双手插在毛线衫袋里。汉斯走过时注意到，她正同也许是在休息室里相识的另一个女病人聊天，娓娓动听地讲着德语。这是汉斯·卡斯托尔普祖国的语言，他骤然涌起了一种前所未有的自豪感；但同时也有一种感受，那就是把这种自豪感扔掉，让自己沉浸在无比的喜悦中。听到她吞吞吐吐、断断续续地说起动人的德语来，他心里乐滋滋的。

总之，汉斯·卡斯托尔普把他和山上这位疏懒的女病人之间那种默默无言的关系，看作是假期中的某种风流韵事。在理智（也就是他本人的良知）的审判席上，提出这样的情感要求是不许可的，这主要是因为肖夏太太是个病人，软弱无力，发着烧，身体内部也在溃烂，而这和她可疑的生活方式也有密切关系，同时也进一步促使汉斯·卡斯托尔普对她抱一种审慎的、若即若离的态度……不，就他内心而言，他并不想真正跟她结识，至于别的，不管结果是祸是福，他都不在乎，反正他再一个半星期就要到通德尔·维尔姆斯公司去实习了。

不过目前，他跟女病人之间的微妙关系已促使他的情绪波动起来，时而紧张焦灼，时而灰心失望。他把这看作是假期生活的真正意义和内容，想痛痛快快地体验它一下，并让自己的心绪随着这种情感的发展而上下起伏。这些情况，都有助于他们情感的发展，因为他们的生活方式都刻板而有规律，彼此都在有限的空间里活动。即使肖夏太太住在另一楼——她住的是二楼；据女教师对汉斯·卡斯托尔普说，肖夏太太是在公共休息室里仰卧治疗的，也就是米克洛西希上尉新近熄过灯的那间屋顶休息室——但他们每天要吃五餐饭，彼此几乎形影不离。他们早晚相见不但有其可能性，而且有其必然性。就这样，汉斯·卡斯托尔普一天天无忧无虑、逍遥自在地打发日子，颇有踌躇满志之感，哪怕他在这有限的天地里活动，感到有些透不过气来。

可是他还想加一把劲，千方百计挖空心思使自己走得更远些。肖夏太太平素入席时总是姗姗来迟，因此他去餐厅也故意迟些，以便路上能遇见她。他梳洗时故意拖拖拉拉，当约阿希姆进来找他时，他还没有完毕，于是叫表哥先走一步，说自己接着就来。凭着对事态的某种直觉，他等待某个适当的时机，急匆匆地跑到二楼。他下去时，不走从自己门口一直通往下面的楼梯，而是一直走到走廊尽头，准备在那边下楼；靠近这儿有一扇他早已牢记在心的房门，那就是第七号病室的房门。沿走廊在这条路上走，从楼梯的一端走到另一端，每走一步都会出现一个机会，那就是他所熟悉的那扇门会随时打开——事实往往如此。肖夏太太砰一声关上了门，悄悄地溜了出来，悄悄地顺楼梯走下去……有时她在他前面，用手托住发髻；有时汉斯·卡斯托尔普走在前头，隐约感到她在凝神瞅着自己的背部，于是浑身一阵战栗，好像有蚂蚁沿他的背脊往下爬动。不过他存心装腔作势，似乎根本不理会她在身边，自己单独生活着，跟她毫不相干。他两手插在衣袋里，有时不必要地耸耸肩膀，用力咳嗽几声，或者用拳头捶捶胸口——这一切无非表明自己对她是丝毫不放在心上的。

有两次他表演得更加狡黠。他在餐桌坐下后，两手东摸西摸，惊异而着恼地说："哎哟，我把手帕给忘了！现在得再上楼去拿。"说着他就回病室，以便和"克拉芙吉亚"相遇，因为这种邂逅与她走在他身前或身后相比，显得别有风味，同时更使他心荡神漾，富于刺激性。他第一次玩这个把戏时，她在相当远的地方先用眼睛毫无顾虑、毫不害臊地从头到脚打量他，走近时又若无其事地掉过脸去，然后再往前走。因此，这次会见的结果没有多大价值。第二次她在不远的地方瞅他，直愣愣地、一个劲儿地凝神瞅着他，脸色甚至有些阴沉沉的，当彼此从身边擦过时，她还是回头看他，这一下简直使可怜的汉斯·卡斯托尔普有冷入骨髓之感。不过我们用不着替他难过，因为他对此是求之不得的，而且完全是自作自受。但这次会见深深打动了他的心，事后尤其如此。因为只有当一切都过去时，他才认清刚才发生些什么。

肖夏太太的脸，他从来没有像此刻看得这么清楚分明，纤细无遗。盘在她头上的辫子是金黄色的，稍稍带有金属般的淡红色光泽；辫子打成一个发髻，从发髻上他甚至可以分辨出一根根短发来。当时他和她的脸相隔只有一只手掌的距离，而她姣美的形象则是他好久以来所熟悉的。对他来说，这个形象盖世无双：这是一个有异国情调的、富有特征性的形象(因为在我们看来，只有外国人才有特征)，带有北国风味和浓厚的神秘色彩。就她那不易捉摸的特征和轮廓来说，往往会引起人们的遐想。关键性的一点，也许是她高高突起的颧骨十分引人注目，颧骨几乎使眼睛受到压迫，那对眼睛异常不鲜明，距离也隔得异常远，在颧骨的压力下，它们甚至有些倾斜。由于同样的原因，她的腮帮儿稍稍凹进去，这样一来，又间接地使她略略噘起的嘴唇显得十分丰满。特别打动他的是她的那双眼睛，那是一对细长的(汉斯·卡斯托尔普的心目中是这样的)、充满魅力的吉尔吉斯人的眼睛，颜色像远处的山峦那样，呈灰蓝色或蓝灰色，有时只要斜睨一眼——而不是存心看人——就一下子像罩上一层暮色那样，变得灰暗朦胧，令人销魂。这就是克拉芙吉亚的眼睛，它们看起汉斯来是那么咄咄逼人，而靠近身边时目光又是那么阴森，无论就眼睛的位置、光泽和表情来看，和普里比斯拉夫·希佩的是多么酷肖！用“酷肖”这个词儿，其实一点也不确切，他们的眼睛简直一模一样。还有她上半部分脸儿的阔狭，扁塌塌的鼻子，甚至白里透红的皮肤，腮帮儿健康的色泽(在肖夏太太的身上，这种健康不过是一种假象，山上的病人都是这样；这无非是室外空气疗法的表面成绩而已)，总之，一切的一切都和普里比斯拉夫一般无二。以前，汉斯同他在校园里擦身而过时，普里比斯拉夫就是用这样的目光瞧他的。

这真叫他心惊胆战。汉斯·卡斯托尔普对这样的相逢喜不自胜，但同时内心也滋长着恐惧和某种惶惶不安的情绪，这是他和她近在咫尺不可避免地面对面在一块儿时引起的。他早已遗忘了的普里比斯拉夫，现在在山上却在肖夏太太的身上重现，而且用吉尔吉斯人的眼睛瞅他——这似乎是不可避免地或无法逃避地命中注定的，而这种无法逃避的命运叫人又喜又忧。这使人充满了希望，但同时又不寒而栗，甚至感到毛骨悚然。年轻的汉斯·卡斯托尔普感到需要有人帮助他一下，内心迷迷糊糊地乱作一团，可以认为，此刻他急于需人帮助、出主意或给予支持。他前前后后想起了许多人，不知谁能助他一臂之力。

他想起了约阿希姆——这个始终站在他一边的善良、正直的约阿希姆。这几月来，他的眼神露出忧郁的光芒，过去他从来不耸肩膀，现在却时时不屑地作出这副姿态。目前，约阿希姆袋里常带着那只“蓝瓶子”，斯特尔夫人总爱称这种痰瓶为“蓝色的亨利希”。一看到那张绷紧的脸，汉斯·卡斯托尔普的心就冷了半截……就是这个耿直的约阿希姆，曾苦苦要求顾问大夫贝伦斯让他出院，到平地或平原上——这是山上病人对外面健康的大千世界的称呼，语气中显然带有稍稍轻蔑的成分——去干他那久已渴望的事业。为了迅速达到他的目的和节约时间(这儿山上人对时间浪费得那么厉害)，他一心一意地疗养，目的当然是希望能早日康复，但汉斯·卡斯托尔普好几次觉察到，约阿希姆有时也只是“为疗养而疗养”；疗养和别的事情一样，到头来也是一项义务，责任终究是责任，应当履行不误才是。

晚上，当约阿希姆和大伙儿在会客室里待上一刻钟后，总迫不及待地下楼去躺着休养，这倒很好，因为他这种恪守纪律的军事作风对汉斯·卡斯托尔普的市民意识倒有几分帮助，否则他也许会无所事事地跟大伙儿在俄国人聚谈的小客厅里混得更久。不过约阿希姆急于想使晚上的聚会很快收场，还有另一个他说不出口的理由，这点汉斯·卡斯托尔普心里十分明白。自从他看到约阿希姆长着雀斑的脸有时变得苍白起来和鼓起嘴巴满腔不高兴的样儿，他对这事看得一清二楚了。因为玛鲁莎多半也在那边——玛鲁莎在漂亮的手指上戴着小小的红宝石戒指，始终绽开嘴笑嘻嘻，手帕发出橙子的香气，乳峰耸得高高的，可内部被病菌蛀蚀了。汉斯·卡斯托尔普知道正是她的存在促使他离去，因为这对他有一种特别强烈的吸引力。难道约阿希姆也“陷在里面，不能自拔”，甚至比他自己陷得更深，因为约阿希姆每天有五次之多能和玛鲁莎坐在同一张餐桌上，闻到她手帕上的橙子香味儿！不管怎样，约阿希姆本人有太多的问题要考虑，对于汉斯·卡斯托尔普的思想问题，他怕帮不了多少忙。他每天晚上离开大伙儿溜走固然很体面，但汉斯·卡斯托尔普对此深感不安，他现在甚至觉得约阿希姆循规蹈矩地履行卧休疗法虽然是一个好榜样，自己靠他的指引才获得这方面的经验，但这种做法也有值得怀疑之处。

汉斯·卡斯托尔普上山来还不到两星期，但他觉得时间还要长些。约阿希姆严格遵守山上千篇一律的生活日程，在汉斯看来，这种生活对约阿希姆已习以为常，具有神圣不可侵犯的特色。因此，从这儿疗养院的角度看，他认为山下的生活几乎有些古怪和反常。在寒冷的天气里做静卧疗法时，他已能熟练地把两条毯子均匀地裹在身上，活像一具木乃伊。他按部就班干起这一行来，敏捷灵巧的程度和约阿希姆相差无几，但一想到山下对这种玩意儿和做法都一窍不通，不由哑然失笑。不错，这是令人惊异的；但汉斯·卡斯托尔普同时也很奇怪，他怎么对此会感到惊异，于是他内心又萌起了找人商量和支持的念头。

他不由想起顾问大夫贝伦斯，想起他“免费”提出的忠告，叫他如何像别的病人那样生活，甚至量体温。他还想到塞塔姆布里尼，想到这个人听了上述劝告后怎么仰天长笑，而且引用《魔笛》中的一些词句。是的，他斟酌着他们两个人，看对他有没有帮助。顾问大夫贝伦斯已是一个白发苍苍的人了，他可以做汉斯·卡斯托尔普的父亲，何况他又是疗养院的主管，也就是最高权威。正因为他是父亲般的权威，年轻的汉斯·卡斯托尔普打心眼儿里感到需要他，但内心未免忐忑不安，即使他打算向顾问大夫求助，他对他可并没有怀着稚气的信念。顾问大夫在这儿埋葬了他的妻子，当时他痛不欲生，后来就在这里定居下来，因为妻子的坟茔把他羁绊住了。此外又因为他自己也染上了病。现在一切已过去了吗？他有否恢复健康，能不能一心一意地治疗病人，让他们病愈后迅速回到山下工作？他的脸色经常发青，看来真的在发烧。也许这是一种错觉，他脸上这种颜色不过是野外空气在作怪。汉斯·卡斯托尔普自己的脸上每天也在“发干烧”，不用体温表就能断定自己实际上并没有寒热。当然，在人们听顾问大夫说话时，有时就又觉得他在发烧。他说话方式有些不对头，听起来固然坦率亲切，但总有些不自然，有些过度兴奋。当人们一想到他青灰色的脸颊和泪汪汪的眼睛时，尤其会有这样的想法。从这双眼睛的神态看，似乎他一直在痛哭，在痛哭自己的妻子。汉斯·卡斯托尔普还记得塞塔姆布里尼对顾问大夫下的评语，说他“情绪抑郁”，“德行欠佳”，还说他“精神有些错乱”。塞塔姆布里尼这样说，也许不怀好意，不负责任，但他总觉得向顾问大夫求援没有太强的信心。

但这里自然还有塞塔姆布里尼本人。他是一个对一切都看不顺眼的人，爱吹牛，而且如他自己所说，一个“人文主义者”。在汉斯的印象中，他口若悬河，把疾病和愚蠢混为一谈，而且把它们称作是人类感情中的矛盾和困境。他情况怎样？在他身上打主意有好处吗？汉斯·卡斯托尔普还清楚记得，他住在山上时有几夜做了几个形象异常鲜明的梦，对意大利人漂亮的、卷曲的小胡子下尖酸刻薄的微笑很有反感，同时他怎样骂他是手摇风琴乐师，企图把他赶走，因为他在这里捣鬼。不过这只是做梦，而汉斯·卡斯托尔普醒来后就判若两人，不像梦里那样放荡不羁。醒来时，情况可能有些不同，也许从心底里体味一下塞塔姆布里尼创新式的为人之道也有好处——意大利人执拗而爱挑剔，尽管挑剔时有些感伤，而且喋喋不休。他称自己是一个道学家，显然他想对别人施加影响。汉斯·卡斯托尔普这个小伙子衷心希望接受别人的影响。当然受影响的程度不会太严重，以致在塞塔姆布里尼的怂恿下竟想整理行装提前离院。最近意大利人不是一本正经向他提出这个建议吗。

"试一下也好[1]，"他微笑地想。尽管他懂得这么多拉丁文，他还称不上自己是一个人文主义者。结果他把希望寄托在塞塔姆布里尼身上，心甘情愿地听他的教诲，留神谛听他发挥的种种见解。他们常常晤面，有时按规定到巉岩峭壁的长椅边散步，偶尔也到山下的"高地"蹓跶，其他机会也多的是。例如用膳完毕后，塞塔姆布里尼常常第一个站起身来，他穿的是方格条纹裤，嘴里衔着一支牙签，大模大样地穿过摆着七张桌子的餐厅，不顾礼仪与习俗站在表兄弟的那张餐桌旁"旁听"。他两脚搁在一起，神态悠闲，牙签夹在牙齿缝里，指手画脚地聊起天来。有时他也挪过去一把椅子，坐在汉斯·卡斯托尔普与女教师之间、或汉斯·卡斯托尔普与鲁宾森小姐间的一个角落里，看他们桌上几个人吃最后一道菜，看来他自己已不打算吃了。

"请允许我加入你们这个高雅的团体吧，"他一面说，一面紧握着这对表兄弟的手，对桌上其他人也欠身致意。"那边这位啤酒商，真叫人够受……更不必说啤酒商老婆那失魂落魄的眼神了！可这位马格努斯先生，刚才他对老百姓的心理发表了长篇大论的演说。你们想听一听吗？'咱们可爱的德国是一个大兵营，这点是千真万确的，不过内底里却有许多精明强悍之处。我情愿像咱们的人儿那样货真价实，而不像其他人那样礼貌十足。要是我彻头彻尾地受骗上当，礼貌十足对我又有什么好处？'他说的尽是这类话。我再也耐不住了。坐在我对面的又是一个可

---

① 原文系拉丁文。

怜虫，她腮帮儿红得像墓地里的玫瑰花一般，唔，一个西本博尔根地方的老处女，她老是滔滔不绝谈她的什么‘小叔子’，而这号人谁都不了解，也不想了解；一句话，我再也受不了，于是拔脚就跑。”

“您抓起旗子，溜之大吉，”斯特尔夫人说，“这个我想象得到。”

“一点儿也不假！”塞塔姆布里尼嚷道。“旗子！我明白，这个词儿用得多漂亮——不消说，我终于找到了理想的人儿！我懂得什么叫做溜之大吉……谁能创造出这样漂亮的词儿来！——唔，我可以问一下您的健康状况进展如何吗，斯特尔夫人？”

看到斯特尔夫人装模作样的怪态，真叫人作呕。“老天爷，”她说，“身体总是老样子，您先生想必知道。进两步，退三步——您在这儿坐上五个月，老头儿又来了，说还要再待半年。唉，真像坦塔罗斯[①]那样在吃苦。人们总是拖三拖四的，想一想吧，到山上来了……”

“哦，您真出了个好主意！您终于赐给坦塔罗斯一个机会，让他可以换换环境！您倒把他请了上来，让他滚转出名的大理石，调剂一下精神！这个，我称之为大慈大悲。可是，太太，对于您口里传出来的一些秘闻，究竟是怎么回事啊！还讲起什么幽灵、鬼怪的故事……到现在为止，我还不敢置信，可是有关您的事儿，我却稀里糊涂……”

“看来，您先生想跟我寻开心。”

“丝毫没有这个意思！我连想都没有想过呢。对于生活中的某些阴暗面，请先让我安下心来，以后再谈谈什么开心的事儿。昨夜九点钟到十点钟光景，我在花园里稍稍走动一下。我抬头往阳台张望，只见您房里电灯在黑暗中闪闪发光，这样看来，当时您做静卧疗法——既是尽义务，又是遵照医嘱办事，合情合理。‘咱们漂亮的女病人躺在那儿，’我暗自说，‘她一丝不苟地恪守医嘱，以便尽快回家，早日投入斯特尔先生的怀抱。’可是几分钟前，我听到的是什么呢？据说，正好在那个时候有人见到您在治疗室里看电影（电影这个词，塞塔姆布里尼先生用意大利

---

① 根据希腊神话，坦塔罗斯是主神宙斯之子，因泄露天机被罚永世站在上面种有果树的水中，水一直没到下巴处，口渴想喝水时，水即减退，腹饥想吃果子，果树的树枝却升高了。后受罚被押至大理石的山上。

文发音，重音落在第四个音节上)，以后又在咖啡馆里喝甜酒，还有什么‘吻糖’①，而且……”

斯特尔夫人抖抖肩膀，用餐巾捂住嘴巴吃吃笑了起来，同时用胳膊肘轻轻推着约阿希姆·齐姆森和布卢门科尔的肋骨(后者仍一言不发)，狡黠而亲昵地眨巴着眼睛，显出一脸痴呆而怡然自得的表情。晚上，她总在阳台上故意燃亮了台灯，让人们造成错觉，实际上却悄悄溜走，到下面的“英国地区”寻欢作乐。她丈夫在坎斯塔特盼着她。玩这种把戏的病人，其实不止她一个呢。

“……而且，”塞塔姆布里尼继续说，“您吃那种‘吻糖’究竟跟谁在一起？原来是跟布加勒斯特的米克洛西希上尉呢！有人对我斩钉截铁地说，他穿着妇女的紧身胸衣，可是天哪，这倒是无关紧要的！夫人，我求您告诉我，当时您究竟在哪儿？您能一饰两角啰！好歹您总是睡着的，那时，您的血肉之躯在阳台上作‘卧疗’，而灵魂却出了窍，与米克洛西希上尉一起纵情作乐，吃他的‘吻糖’……”

斯特尔夫人听了这些话毛发直竖，仿佛有谁把她的骨头逗得痒酥酥的。

“咱们不知道，颠倒过来是不是更好，”塞塔姆布里尼说。“那就是您独个儿享受‘吻糖’的滋味， 而跟米克洛西希上尉一块儿做静卧疗法……”

“嘻，嘻，嘻……”

“各位知道最新的消息吗？”意大利人一个劲儿接下去问。“有人被接回家去了——被魔鬼接走了。严格地说，是被他母亲大人接走了。她是一个刚强的女人，很叫我喜欢。走了的那个人就是施内尔曼小伙子，安东·施内尔曼，坐在前面那张桌上，和克莱费尔特小姐同桌。你们瞧，他的位置已空出来了。不一会，又有人会补缺的，我对此毫不担心，不过安东一眨眼工夫就神不知鬼不觉地不翼而飞。他到这儿一年半，他年纪才十六岁哩。他本来还得住上六个月。可是发生了什么呢？

---

① 吻糖(Baiser)，系糖果的一种。原系法文，是“接吻”之意。

我不知道谁向施内尔曼太太漏了嘴的，无论如何她听到了宝贝儿子的一些风声，说他又是喝酒，又是怎么的，于是她出其不意地露面了，真是一位威风凛凛的太太，身材比我高三个头呢。她头发花白，暴跳如雷，不由分说地将安东少爷一把拉住，连打几下耳光，还拉住他的衣领，把他拖到火车上。'要是他得入地狱，'她说，'现在就让他下去吧，'于是就打回老家去了。"

坐着听到这件趣闻的人都哈哈大笑起来，因为塞塔姆布里尼先生说得很滑稽。尽管他对山上的人们抱讥刺揶揄的态度，他对各种新闻还是了如指掌。对每个新来的病人，他能说出昨天有哪个男病人或女病人在肋骨上开过刀，而且从最可靠的来源得悉：秋天以后，疗养院不再接收体温三十八度五以上的病人。根据他的说法，昨天夜里，从米蒂莱纳来的卡帕特朔乌里阿斯太太有一只小狗碰动了它女主人床头柜上的电铃按钮，害得大伙儿跑来跑去乱作一团，特别是人们当时看到卡帕特朔乌里阿斯太太不只是一个儿，而是与陪审推事迪斯特蒙特在一起。听了这些轶事，布卢门科尔博士也不禁笑了起来。漂亮的玛鲁莎用那橙子香味的手帕蒙起了嘴儿，而斯特尔夫人则发出刺耳的尖叫声，一面用两手按住左面的胸口。

不过在这对表兄弟面前，洛多维科·塞塔姆布里尼也谈谈他本人和自己的家世，有时在散步时谈，有时在晚上聚会时谈，有时在午膳结束时谈。那时，许多病人都纷纷离开餐厅，这三个人却仍在餐桌一隅待上一会；女侍者在收拾杯碟，而汉斯·卡斯托尔普则燃起他那支马丽亚·曼契尼雪茄烟来。上山后第三星期，他才又稍稍尝到这支烟的香味。他侧耳倾听意大利人的讲述，怀着惊异的心情仔细斟酌他的每句话，但又感到他的话富有吸引力。对方的谈话，在他面前展开了一个十分奇妙的新世界。

塞塔姆布里尼谈起自己的祖父，他是米兰的一个律师，但主要是一个伟大的爱国者，在某种程度上说也是一个政治煽动家、演说家和杂志撰稿人。他像他的孙子一样，什么事都看不顺眼，可是他办事大胆而富有魄力。正如洛多维科自己不无愤慨地所说，他本人所能做的，只是对国际山庄疗养院人们醉生梦死的生活方式加以冷讽热嘲，同时以庄重而富有活力的人道主义名义对这一切提出非难，而祖父却在政府方面插上一手。他密谋反对奥地利和神圣同盟[①]，神圣同盟使当时他那四分五裂的祖国受尽屈辱与奴役。他是一个烧炭党[②]人，烧炭党是当时意大利发展得很广泛的一个秘密团体，他是其中的一个积极分子。当塞塔姆布里尼说到“烧炭党人”这个词儿，突然把嗓门压低了，仿佛现在一提到它还会发生危险似的。简短地说，根据做孙子的说法，这位季乌塞普[③]——塞塔姆布里尼，在这两位旁听者的心目中是一个阴郁、热情、有煽动性的人物，一个阴谋活动的首领和叛逆者；尽管他们出于礼貌努力控制自己，但那种不信任、甚至反感的神色仍多少在他们的脸上显现出来。自然，当时的情况也很特殊，他们听到的乃是好久以前的事，几乎在一百年以前。这是历史事实。从历史、尤其从古代的历史中，他们在理论上熟悉了所听到的故事的实质，也懂得了什么是对自由的热烈向往和对暴政的深恶痛绝。不过他们从未想到亲身和他直接接触。他们又听塞塔姆布里尼说，他祖父这种密谋叛乱的激情是和爱祖国的热情融而为一的，他巴不得祖国早日获得统一和自由。是的，正因为他把这两者令人尊敬地融而为一，才使他从事这种颠覆性的革命活动。反叛与爱国主义融为一体——在这对表兄弟（无论是表兄还是表弟）的头脑里，这是多么不可思议啊！因为在他们的心目中，爱国主义的概念总是与奉公守法相提并论的。不过他们私下不得不承认，根据当时当地的种种情况，反叛无疑是公民的一种德行，而恪守法纪则不啻是对公众利益漠不关心。

但塞塔姆布里尼的祖父不仅是意大利的一位爱国者，而且同情渴望

---

① 1815 年拿破仑帝国崩溃后，俄、普、奥三国君主在巴黎结成反革命同盟，即所谓“神圣同盟”，欧洲绝大多数君主国家均参加。由于欧洲各国间的矛盾及民族革命运动的发展，1830 年法国七月革命后实际上已经瓦解。

② 烧炭党系意大利资产阶级的秘密革命组织，最初因其成员逃在烧炭山区而得名，旨在使意大利在法国（后为奥地利）奴役下获得解放，并消灭封建专制制度。成员有资产阶级、自由贵族、知识分子、军人和农民。先后领导几次起义，结果均遭失败。

③ 即塞塔姆布里尼祖父的名字。

自由的各国人民，并和他们一起斗争。本来有人想在都灵发动一次叛乱，企图推翻政府，结果失败了。他也亲身参与其事，好容易才逃脱梅特涅[①]大人密探们的魔掌。在流亡期间，他利用时间先为西班牙立宪政体出力，后来又在希腊为希腊人民的独立进行流血斗争。塞塔姆布里尼的父亲就是在这里诞生的，——也许正因为如此，他才成为一个热衷的人文主义者和一切古典传统的爱好者。此外，他的母亲是属于德国血统的，因为季乌塞普在瑞士与那位姑娘结婚，随后又带她一起经风雨，见世面。以后经过了十年的流亡生活，他才重返祖国，在米兰当律师，但他一刻也没有放弃用演讲和文章，用散文或诗歌号召人们为祖国的自由和建立一个统一共和国而斗争，同时还满腔热情地拟定颠覆政府的计划，用明晰的文体鼓吹解放了的人民团结一致，使大家共同获得幸福。在塞塔姆布里尼——也就是季乌塞普的孙子——的谈话中，有一个细节在年轻的汉斯·卡斯托尔普心中留下特别深刻的印象，那就是他的祖父季乌塞普在他的同胞面前，一生只穿黑色的丧服，他说这是为了哀悼祖国意大利，这个国家曾受到多大的屈辱，又是何等苦难深重啊。

汉斯·卡斯托尔普听了这话，不由想起自己的祖父来。以前，他有几次也曾拿他的祖父和自己的祖父作一番比较。自己的祖父虽然在孙儿眼里也总是一身黑衣服，但意义和另一位祖父迥然不同。他祖父汉斯·洛伦茨·卡斯托尔普念念不忘的，只是老式的服装，这种服饰只会令人追忆起逝去的年华，与现实社会则显得格格不入；他到死为止还一直庄严地保持他原来的一本正经的面目，戴着那浆硬的轮状皱领。这两个祖父截然是两类人，他们之间的对照是多么鲜明啊！汉斯·卡斯托尔普陷入了沉思，两眼直愣愣地瞅着前面，同时小心翼翼地摇摇头，仿佛表示对季乌塞普·塞塔姆布里尼不胜钦佩，同时却也有惊愕和不以为然的意

① 梅特涅(1773—1859)，奥地利帝国外交大臣和首相。一贯敌视自由、正义和革命运动。他是1814至1815年维也纳会议主要参加者和神圣同盟的组织者之一，力图恢复欧洲封建专制统治，镇压欧洲革命和民族解放运动。奥地利1848年革命爆发后被迫下台，亡命英国。

味。他对自己不熟悉的东西总不妄加判断，只是默默地记在心里，比较和确证一下完事。他仿佛又看到老态龙钟的汉斯·洛伦茨俯下小小的脑袋，在客厅里对着受洗盘的淡黄色的金边沉思。受洗盘是沧海桑田中幸存下来的传家宝呢。这时祖父嘴巴张得圆圆的，因为他的嘴唇又要发出“乌尔……乌尔”的音节了，这声音重浊而虔诚，令人不禁回想起那些庄严肃穆的所在，那里人们走起路来也不得不弓起背，蹒蹒跚跚。他似乎看到了季乌塞普·塞塔姆布里尼，胳膊上缠着三色旗[①]，挥动宝剑，阴郁的眼光投向天空，率领大群争取自由的战士，誓与专制政体的喽啰们决一死战。汉斯想，这两个人都各有各的完美之处和光彩；他在评判时努力使自己做到公正无私，因为他感到自己多少有些凭个人好恶，有某些偏袒心理。塞塔姆布里尼的祖父固然为获取政治权利而斗争，但汉斯本人的祖父或他的祖先本来是拥有一切权利的，而四个世纪来，这一切都给一些贪心鬼们巧取豪夺，搜刮一空……因而两个做祖父的都经常穿着黑衣服，一个在北，一个在南；两人都怀有同样的目的，那就是在他们自己和严酷黑暗的现实面前划了一条鸿沟。不过一位是怀着满腔虔敬的心情纪念他整个生命所属的过去和死亡，另一位则出于叛逆的心情，一心致力于社会的进步，而对温驯恭让则嫉恶如仇。不错，这是两个世界或天地，汉斯·卡斯托尔普想。当塞塔姆布里尼先生讲述时，汉斯似乎就站在他们中间，用探询的目光一会儿看着这个，一会儿又瞅着那个；在他看来，这些他似乎曾一度经历过。

他记得几年之前一个夏末的傍晚，曾在暮色苍茫中独自驾着一叶扁舟，漫游在霍尔斯泰因的湖面上。当时已是七点钟了，太阳已经下山，在林木丛生的海岸上，一轮满月已在东方升起。汉斯·卡斯托尔普在静静的湖水上划着桨，心中泛起一种惝恍迷离的感觉，宛如置身于梦境一般。在西边，刚才还是大白天，阳光明灿灿地照着，可是此刻他抬起头来，眼前却展现一片烟雾迷蒙的夜景，月色皎洁，景色极为迷人。就这样，十分钟过去了。这幅绮丽的画面持续了一刻钟后，夜色

① 这里指的是法国国旗，它由蓝、白、红三种颜色组成。

和月光就完全占优势。汉斯·卡斯托尔普在这片景色的转换中，只觉得眼花缭乱，白昼一下子变成黑夜，黑夜过后又是白天，——这一切都使他惊异不止，同时也感到心旷神怡。这时他不由想起当时的这番情景。

汉斯接着又想下去：季乌塞普·塞塔姆布里尼虽身为律师，但从他的生涯及广泛的活动中看，恐怕不会是一个才能高超的法学家吧。然而正如他的孙子塞塔姆布里尼所确信的，从孩提时代起一直到寿终正寝为止，他头脑中始终渗透着法学的基本原则。尽管目下汉斯·卡斯托尔普的脑子里有些昏昏然，吃了山庄疗养院的六餐饭感到饱餍餍的怪不舒服，可是当塞塔姆布里尼把这种原则称作是“自由和进步的源泉”时，他不免努力思索，想了解一个究竟。在汉斯·卡斯托尔普心目中，他一直把“进步”理解为十九世纪中出现的起重机之类的创新产物，他也看出塞塔姆布里尼先生并没有低估这类事物的重要性。显然，他的祖父也何尝不是如此。对于德国，也就是这两位静聆他教诲的青年人的祖国，这个意大利人却非常尊敬，因为火药是这个国家发明的，它把封建主义的甲胄炸成一堆废物，同时这个国家也发明了印刷机，它使思想能获得民主的传播——换句话说，它使民主思想得到发扬。他在这个观点上赞扬德国，但仅仅赞美它的过去，而对自己的祖国意大利，他却认为应当授予荣誉勋章，因为当别的国家尚处于蒙昧状态而受人奴役时，他的祖国第一个揭竿而起，展现了启蒙、文明和自由的旗帜。他对技术和交通——这些都是汉斯·卡斯托尔普的个人工作范围——固然十分尊敬（关于这点，他在溪边斜坡上第一次遇到这对表兄弟时就表过态），但看来促使他尊敬的并不是因为它们本身的力量，而是考虑到它们对提高人类道德的意义，因为他说，这一意义理应归功于它们。他说，只要技术以它的种种形态日渐征服自然，例如通过它所发展的各种联系方式，兴建街道，发展电报事业，克服气候上面的差异，那么事实表明，它就是使各国人民相互接近、促进彼此间的了解与和解、消除偏见以及最后导致世界大同的最可靠的工具了。人类在原始时代本处在黑暗、恐怖和仇恨中，但后来沿着光辉的道路不断前进发展，走向一个终极的目标，那就是相互关心、光明磊落、善良和幸福；在这条道路上，技术乃是一个推动力最强的媒介，他说。可是对于他说的这些话，汉斯·卡斯托尔普只是囫囵吞枣地去领会的，过去他一向认为这些范畴南辕北辙，毫不相干。技术和道德！塞塔姆布里尼说。后来他又一本正经地说什么基督教拯救世界的教义，是基督教首先倡导了平等和团结友爱的原则，而印刷机则广泛地传播这种教义，最后，法国大革命竟把它提高而成为法律。这些都使年轻的汉斯·卡斯托尔普摸不着头脑，他也不知道是什么缘故；不过事实上他真的莫名其妙，尽管塞塔姆布里尼先生在措词上又明确，又圆滑。

意大利人接着说，他祖父在他风华正茂的青年时代，有一次曾感到自己极其幸福，那时正好在巴黎发生七月革命①。当时他慷慨陈词，说巴黎的三天就功绩而言，与上帝创造世界的六天②足可并驾齐驱，所有的人都将充分认识这一点。这时，汉斯·卡斯托尔普不由自主地用手捶起桌子来，从心底里惊叹不已。一八三〇年夏季巴黎人颁布新宪法的三天，竟能与上帝创造世界的六天相提并论，他看来确是太过分了！在这六天中，上帝毕竟把水面与陆地分开，而且把天国的永恒之光以及花卉、鱼鸟和各种生命都一一创造出来。以后当他单独和表哥约阿希姆在一起时，他又把自己的这个意见和盘托出。他认为这样的说法委实太过分了，简直有些亵渎神明。

可是他心甘情愿接受塞塔姆布里尼的影响，也就是说，他乐于经受这一试炼，因而他尽力控制自己不对塞塔姆布里尼为人之道提出异议，而按照他的信条和情趣，他本该是要反对他的。他之所以如此，是因为他考虑到人们称之为英勇的东西，他却看作是邪恶，而他认为是情趣低下的东西，在过去某个时期及某个地方可能是慷慨大方及情操高尚的流露。例如，当塞塔姆布里尼的祖父把街垒称为“人民的王冠”，同时宣

---

① 指1830年7月爆发的法国资产阶级革命。7月27日至29日，巴黎市民举行起义，占领王宫，查理十世逃亡国外，波旁王朝被推翻。但资产阶级夺取了胜利果实，建立了以路易·菲力普为首的七月王朝。

② 参见《圣经·旧约·创世记》第1章。

称应当把“市民的长矛奉献给人类的祭坛”时，情况就是这样。

汉斯·卡斯托尔普知道他为什么爱倾听塞塔姆布里尼先生的谈话。他尽管没有明说，但心里十分清楚。责任感是其中原因之一；另外，他还抱着旅游者和旁听生那种逢场作戏、姑妄听之的逍遥态度，心想反正明后天他又会振翅飞回到正常的生活圈子中。因此也可以说，是良心在驱使他倾听；说得精确些，是一颗不十分纯洁的良心在指使他，劝诫他，叫他聆听这位意大利人的谈话，听时一条腿搁在另一条上面，嘴里抽着他心爱的马丽亚·曼契尼牌雪茄烟。有时，当三个人一起从“英国地区”爬上“山庄”的时候，他也这么倾听着。

根据塞塔姆布里尼的观点，世界上有两种原则经常处于抗衡状态。这就是权力和正义，暴虐和自由，迷信和智慧，因循守旧的原则和不断变动的原则，也就是进步的原则。人们称前者为亚洲人的原则，后者为欧洲人的原则，因为欧洲是反叛、批判和实现变革的国土，而东方大陆则体现出清净无为和一成不变的精神。两种力量究竟何者得胜，这是毫无疑问的，唯有凭借启迪的力量，才能合乎情理地取得胜利。因为在人类光辉的历程上，始终能把更多的人们带在自己周围一起前进。在欧洲本土，人们征服了越来越多的国家，后来又开始向亚洲推进。尽管他们取得了全胜，但还有许多工作待做；而那些心地善良的、已经获得光明的人们，尚须努力履行伟大而崇高的职责，直到欧洲那些并未经受十八世纪各种变革和一七八九年大革命①的国家中也把专制政体和宗教推翻为止。不过，这一天终究会到来的，塞塔姆布里尼掀起了他的小胡子狡黠地微笑说；即使不是由鸽子的翅膀挟来，也将由雄鹰的翅膀带到，那时欧洲大陆将出现曙光，那就是人与人之间平等博爱的曙光，它的象征是理智、科学和正义。它会带来人民民主的神圣同盟，这一同盟与臭名昭著的、由王公和内阁组成的同盟截然不同，后者为塞塔姆布里尼的祖父季乌塞普所深恶痛绝。一句话，那时将诞生一个世界大同式的共和国！不过在达到这一目的之前，那种亚洲式的奴颜婢膝、墨守成规的原

---

① 指法国大革命。

则必须正中要害地彻底打垮，换句话说，在维也纳，应当先把奥地利击溃，这样既可为过去报仇雪耻，又能使正义占上风，让地球上的人们获得幸福。

汉斯·卡斯托尔普对塞塔姆布里尼后面这些娓娓动听、滔滔不绝的言词和结论，一点也不感兴趣。他厌恶这些话，它们在塞塔姆布里尼口中反反复复絮叨着，他听了十分刺耳，像是他个人在发泄满腹牢骚，也像在恶意攻讦国家。当那位意大利人口若悬河地说开来时，约阿希姆却一言不发，只是沉着脸，掉过头去，不再听他。有时约阿希姆提醒他们该去做治疗了，或者设法把话题引开。当他离开正题大发议论时，汉斯·卡斯托尔普也忍不住了，不再集中思想去听。显然，这些话远远超出他良心驱使和告诫他去洗耳恭听的范围之外，可是这种告诫声清晰可闻，因而无论当塞塔姆布里尼先生坐在他们身边或在户外一起散步时，汉斯总要求他发表一些见解。

塞塔姆布里尼说，这些见解、理想和志趣，是他家里的固有传统。祖孙三代都把整个生命和全部精力奉献在这上面，而每人奉献的方式却各不相同。他父亲的献身精神并不亚于祖父季乌塞普，尽管父亲不像祖父那样是一个政治煽动家和争取自由的战士，而是一个又沉默、又敏感的学者，是一位伏案写作的人文主义者。可是人文主义者是什么呢？他热爱人类，如此而已，因而在政治上，他对玷污和降低人类尊严的一切观念，都是采取反抗态度的。人家责备他过分重视形式了。可是他只是为了人类的尊严才珍爱美丽的形式。这与中古时代形成鲜明的对照，那时，人们不但耽于迷信，置人性于不顾，而且恬不知耻地不讲究任何形式。他一开始就维护人间的事物和尘世的利益，他卫护自由思想和生活乐趣，坚持认为上苍会自己作好安排的。普罗米修斯[①]！也许他是最早的人文主义者，他与卡尔杜齐诗歌中所吟咏的那种恶魔并无二致……唉，我的上帝，要是这对表兄弟能听到波洛尼亚[②]这位教会的死敌在反

---

① 普罗米修斯，希腊神话中造福人类的神。在欧洲文艺作品中，他一直是敢于抗拒强暴、不惜为人类幸福牺牲一切的英雄形象。

② 即波伦亚，意大利城市名。

对浪漫主义者基督式的感伤主义时那些挖苦的话，那该多好！而且还反对曼佐尼[①]的圣歌！他又反对浪漫主义那种树阴与月光的诗歌，把它和“惨淡的月亮，天上的修女”相比。听了他的话，真是其乐无穷！他们可也应当听听，卡尔杜齐是怎样解释但丁[②]的，他把但丁誉为大城市里的公民。但丁能挺身而出反对禁欲主义和与世无争的消极情绪，竭力卫护革新和改善世界的种种努力。因为诗人所尊敬的，并不是他称之为“Donna gentile a pietosa”[③]的贝亚特丽契[④]那病弱而神秘莫测的阴影，而是他的妻子，她在诗歌中体现出入世和实际工作的原则……

现在，汉斯·卡斯托尔普总算也听到有关但丁的一些情况，而且确实是从权威人士口中获悉的。关于那位介绍人的夸夸其谈，他并不完全相信，但塞塔姆布里尼说但丁是一个大城市的觉醒的公民，这话倒十分动听。接着他继续听塞塔姆布里尼讲他自己的事。他说先辈的各种气质都融而为一地集中在孙子洛多维科[⑤]身上，既有祖父的政治家风度，又有父亲的人文主义思想，而他自己则是个文人，一个自由自在的作家。因为文学只是人文主义和政治的综合而已，这种说法，比“人文主义本身就是政治，而政治就是人文主义”那样的说法更加不受约束……讲到这里，汉斯·卡斯托尔普竖起耳朵倾听，努力想领会其中含义，因为他希望搞清酿酒商马格努斯的不学无术究竟是怎么一回事，而且想了解文学是否仅仅是一种“漂亮的字符”。这时塞塔姆布里尼问这两位倾听他的人，他们是否听到过布鲁内托·拉蒂尼[⑥]其人，他是一二五〇年左右

---

① 曼佐尼(1785—1873)，意大利大作家，出身贵族。早年写诗，歌颂法国资产阶级革命，反对教会和君主。代表作为历史小说《约婚夫妇》，描写17世纪意大利在贵族统治和国内封建势力压迫下中、下层人民的困苦生活，是意大利的文学名著之一。

② 但丁(1265—1321)，意大利最杰出的诗人之一，代表作《神曲》广泛地反映了中世纪后期意大利的社会矛盾，对欧洲文学有极大影响。

③ 意大利文，意为“温柔而虔诚的女人”。

④ 但丁《神曲》中的女主角，是但丁早年的恋爱对象，也是他理想化的女人，但丁在《新生》、《诗集》等许多诗歌中都吟咏过她。1290年，贝亚特丽契去世；过了五年，但丁与吉玛·多那底结婚。

⑤ 即塞塔姆布里尼本人的名字。

⑥ 拉蒂尼(1210左右—1294)是13世纪意大利文学家及外交家，他将法国文学介绍给意大利。他学识渊博，著有《百科辞典》。

佛罗伦萨的一位官员，曾经写过一本论述善与恶的书？是这位大师首先使佛罗伦萨人的智慧敏捷起来，后来又传授他们语言的艺术，而且根据政治的原则提出管理共和国的方法。“两位先生，现在你们总懂了吧！”塞塔姆布里尼提高嗓门说。“现在你们该清楚了！”接着他谈起“文字”，谈起了对文学和修辞的狂热崇拜，他称它们是人类的胜利。因为文字是人类的光荣，只有它才使生命获得人的尊严。不但人文主义和文字有关，而且人道本身，人类古已有之的尊严，对人的尊敬和人的自尊心，都和文字分不开，对文学也难解难分，因而政治也同文学有密切关系。（“你可曾注意到，”汉斯·卡斯托尔普后来对他的表哥说，“你可曾注意到，他说什么文学取决于美丽的词藻？我一下子就注意到了。”）或者不如说，它是人道和文学这一混合体的先导，因为美艳的文字孕育出壮丽的事业。“二百年以前，”塞塔姆布里尼说，“贵国有一位诗人，他是一个出色的爱饶舌的老人，他很重视书法之类，因为他认为字写得好，文体也就漂亮了。他甚至还想更进一步，说什么美丽的文体会导致美丽的事业。”写得漂亮，也几乎等于想得漂亮，这和干得漂亮相距不远。所有的道德和德行的完善都是从文学的精髓中产生出来的，从人类尊严的精神中产生的，它同时又是人道和政治的精神。不错，它们都是一回事，都是同一种力量和同一个概念，人们可以用一个名称来概括。这个名称是什么呢？嘿嘿，这个名称是由大家熟悉的音节组成的，可是对这对表兄弟来说，他们对它的意义过去肯定没有像现在领悟得那么真切透彻，这就是：文明！塞塔姆布里尼这句话一出口，他那又小又黄的手就在空中挥动了一下，仿佛想祝酒似的。

汉斯·卡斯托尔普觉得这些话都值得一听。尽管它们并不是非听不可，有些“姑妄听之”的味儿，可是终究还是值得一听。以后他把这些意思向约阿希姆·齐姆森说了，但约阿希姆嘴里总是衔着一支体温表，回答只是含含糊糊的，以后又忙于看度数，在表单里记录下来，对塞塔姆布里尼的看法不能发表什么意见。我们已经说过，汉斯·卡斯托尔普乐于领悟意大利人的话中之意，他打开自己的心扉审察一番。他由此主要得到一个启示：清醒的人比昏昏欲睡的人更为有益，两者是迥然不同的。当汉斯·卡斯托尔普昏昏欲睡时，他曾好几次毫不留情地把塞塔姆布里尼先生斥之为“奏手摇风琴的江湖卖艺人”，企图尽力把他赶走，因为他是一个“干扰的因素”；但当他头脑清醒时，他却彬彬有礼、聚精会神地倾听他的谈话，想公正地把他对这位良师益友的见解和观点所持的反感压下去。因为他内心深处对他抱有某种反感，这是不容否认的；某些反感成分他一开始就有，以后也就一直埋在他的心里；有的却是特别由目前处境引起的，是由他同山上人们间接的、默默无言的相处引起的。

人是多可怜的动物，他的良知又多么善于诳骗啊！哪怕在充满责任感的声调中，他也轻易地听出了对于情欲的默许。汉斯·卡斯托尔普出于责任心，为了正义和求得内心的平静，他倾听塞塔姆布里尼的谈话，同时怀着一片好意体味着对方有关理智、共和国和“美丽的文体”的种种见解，并乐于接受他的思想影响。可是在这后面，他却越发觉得自己的思念和幻想允许在另一个截然相反的方向自由驰骋。要是我们把心中的怀疑或真知灼见全部说出来，那么他倾听塞塔姆布里尼先生的谈话无非只怀着这个目的，那就是使他能随心所欲，而这点，他在过去是办不到的。但究竟是什么，又是谁，在爱国主义、人类尊严及美丽的文学相反的一端出现，使他不由自主地全心全意投到那边去？原来那边是……克拉芙吉亚·肖夏；她总是那么慵懒，一双吉尔吉斯人的眼睛，而体内却被病菌啃啮着。当汉斯·卡斯托尔普想到她时（不过“想”这个字，远不足以表达出他内心对她的渴慕和思念），他仿佛又坐在霍尔斯泰因湖的小船上，用迷惘的眼睛时而欣赏西边湖畔落日的余晖，时而又掉过头来，凝望东方天空雾气迷濛的月夜。

温度表

汉斯·卡斯托尔普在这儿的日子，是按星期二为周期计算的，因为他上山那天正好是星期二。两三天以前，他已上办公室付清第二星期的账目。这一星期的账目为数不大，只有一百六十法郎左右。在他看来，这是笔区区小数，相当便宜，何况住在这里又有数不尽的好处，而这却是无法计入账内的。另外还有一些优点也无法入账(不过硬要计账的话，倒也可以算一下)，比如两周一次的治疗性音乐会和克罗科夫斯基大夫的演讲。其实一百六十法郎之数，仅仅是山庄疗养院在客人名下所收的招待费和住宿费，疗养院毕竟为他安排好舒舒服服的住所和五顿极其丰盛的饭食呢。

“价钱一点也不贵，倒是相当便宜喽。你不能责怪山上在敲你的竹杠，”新来的客人对那位长住的病号说。“住的和吃的方面，你每月只消花上六百五十法郎左右，而医疗费用也包括在内了。唔，要是你想大方些，爱讨别人的好，姑且假定你每月再付三十法郎的小费，合计起来，总数是六百八十法郎。唔，你会对我说，还得付一些开支和小费呢。饮料啦，美容品啦，雪茄烟啦，都得花钱；高兴的话，你还想作一次远足，乘马车去兜兜风，有时还得找找鞋匠和裁缝。唔，无论你怎么花，每月总不会超出一千法郎吧！八百马克还不到呢。一年也不上一万马克。决不会再多。你的生活开支就是这一些。”

“你的心算本领倒挺强，”约阿希姆说。“我真想不到你有这一手。你居然按一年来计算，我觉得你真是大手大脚的了。你在这儿山上可确确实实学到些东西啦。不过你把开支算得太大了。我从来不抽烟，而衣服呢，我在山上也根本不想做，谢谢！”

“这笔开支又算不上太大，”汉斯·卡斯托尔普惘然若失地说。不过他怎么竟然把表兄的雪茄烟和衣服都计算在内，就他机敏的头脑和杰出的心算本领来说，只能算是一时糊涂。他像别的事情一样，在这方面本来相当迟钝，缺乏火一般的活力；他心算能达到目前这种敏捷熟练的程度，并非一蹴而就，而是靠日积月累的准备工作，靠书面的准备工作。例如有一天晚上，汉斯·卡斯托尔普正在阳台上做静卧疗法(因为他像别人一样，晚上总在露天的地方躺着)，忽然从舒适的卧榻上一跃而起，心血来潮地离开房间去取纸张和铅笔计算起什么来。由此他得出结论：他的表哥，或者山上不论什么人，每年总共需花费一万二千法郎；

同时暗自打趣地在琢磨：要是本人呆在山上，经济方面可绰绰有余，因为他每年理应有一万八千至一万九千法郎的收入。

第二个星期的费用，他三天以前已经像人们经常说的那样结算得一清二楚。他在山上逗留的时间，第三星期转眼已过去一半，这也是他预定启程的最后一个星期了。下星期日，他还可以听一下两周一次的治疗音乐会，星期一那天，他还能聆听同样是两周举行一次的克罗科夫斯基的演讲会。他像在自言自语，又像是在对表哥说话。而星期二和星期三呢，他就得动身上路，把约阿希姆撇在一边。可怜的约阿希姆！不知赖达曼托斯[①]还要判决他住多少月份呢。每当人们谈起汉斯·卡斯托尔普马上就要启程回家，他那双温柔的黑眼睛总泛起一层哀伤的阴影。哦，天哪，假期还留下些什么呢！它们已飞快地流逝了，至于怎样飞逝的，人们可确实说不上来。不过他们在一起毕竟度过了二十一天光阴，这是一段很长的时间，人们一开头不容易看得清清楚楚。现在一下子只剩下寥寥可数的三四天了，这些日子简直微不足道。可是除了正常性的日子之外，还夹杂着两次周期性的活动，此外还得收拾行李，和山上的人们告别。在这里住上三星期再好也没有了——人们一开头都这么对他说。这里，最小的时间单位是按月份计算的，这点塞塔姆布里尼已经说过；汉斯·卡斯托尔普住的时间连一个月也不到，因此根本算不了什么。正如顾问大夫贝伦斯说过的那样，汉斯在这里只是作一次周末性访问罢了。在山上的时间一转眼就消逝，也许是因为有机体的燃烧过程较快的缘故吧？日子能这么飞快地过去，对约阿希姆未来五个月的疗养生活倒是一个慰藉——要是他只住五个月就可以出院的话。在这三星期里，他们真该在时间上面多花些工夫，像约阿希姆量体温时那样专心致志，那时，规定的七分钟简直就像很长的一段时间……汉斯·卡斯托尔普对表哥衷心表示同情，从对方的眼神里，他看出表哥即将失去同伴的那种悲哀。一想到可怜的表哥今后一直呆在这里，而他自己又可以在平原上打发日子，为促进各国人民交往的交通运输技术贡献力量，他不禁对表哥

① 阴间判官。此处指顾问大夫贝伦斯。

怀着极其强烈的同情心。这种同情心简直像火烧一般，有些时刻使他心里隐隐作痛；总之，它是那么强烈，使他有时一本正经地怀疑起自己究竟能否经受得住，是否舍得让约阿希姆独个儿留在山上。这种怜悯心有时极其炽烈，这也许是他越来越少同约阿希姆说起自己即将离开的原因。还是约阿希姆偶尔提到这个话题；而汉斯·卡斯托尔普呢，我们已经说过，凭他那天赋的机智和对人体贴入微的心情，到最后一刻也避而不愿想它。

“咱们至少希望，”约阿希姆说，“你在我们山上已多少恢复了疲劳，回家后感到精神焕发。”

“哦，我会向大家问好的，”汉斯·卡斯托尔普回答说，“并且告诉他们，你最多五个月就要回家。恢复了疲劳？你以为我在这两三天内已恢复了疲劳吗？我认为是的。即使这段时间很短，我的身体总或多或少有了起色。在这儿山上，我也确实吸收到许多新鲜事物，不论哪方面都十分新鲜，而且使人兴奋。不过无论从心灵上和肉体上来说又显得相当紧张，我觉得自己还适应不了，而适应环境却是增进健康的前提。谢天谢地，马丽亚雪茄烟还没有变样，我尝到它的香味已有好几天了。可是我在用手帕时，发现它依旧经常沾着血迹，而脸上可恨的炙热和莫名其妙的心跳，看来到死也不会消失。不，不，我根本说不上适应这儿的环境，在这么短的时间内，又有谁适应得了呢！要适应这儿的环境和习惯于新的生活方式，所需的时间还要多一些，那时才谈得上恢复健康，增加体重。这真是遗憾得很！我说‘遗憾’，是因为我不替自己留下更多的休息时间肯定是失策的，要是我愿意，我满可以住得更久一些。我真想回到山下的草地里，在山上休息后再在家里好好休息一下，睡它三个星期，有时我真感到精疲力竭啊。可恨的是染上了感冒，真是火上加油……”

由此看来，汉斯·卡斯托尔普要带着重伤风回平原了。也许他在进行卧床疗法时着了凉，也可能是在晚上仰卧治疗时受了寒。他参与这种活动差不多已有一星期了，尽管天气又湿又冷，他总坚持参加。在他动身之前，天气始终没有好转的征兆。不过他也知道，这样的天气并不算坏。所谓“天气恶劣”的概念，在这儿压根儿用不上；不管怎么样的天气，人们都毫不害怕，毫无顾虑。汉斯·卡斯托尔普像一般青年人那样，能屈能伸，对新近置身于其间的环境和习俗能擅自适应，因此对这种天气也已不放在心上，要是下一场倾盆大雨，那么也别以为空气会因此变得潮湿些。事实上也许不会这样，因为你们像以前一样感到自己的脑袋热烘烘的，好像刚在热不可挡的小房间里耽搁过，或者仿佛喝过大量的酒。如果寒气逼人，到房间里去避寒是不很明智的，因为只有下雪天才开放暖气，光是呆呆地坐在房间里，可一点儿也不比穿着风雪大衣、按照这里的规矩披着两条优质的驼毛毯躺在阳台上更加舒适。正好相反，后一种方法要无可比拟地舒适得多。汉斯·卡斯托尔普干脆把这看作是他记忆中最惬意的生活经历。尽管有什么作家和烧炭党的信徒不怀好意地嘲讽它不过是一种“仰卧式”的生活方式，汉斯的上述看法却从来没有动摇过。特别在晚上，他觉得这样躺着更加开心，那时他身边小桌上的台灯灿然放光，你可以暖洋洋地披着毯子，嘴里衔着一支可口的马丽亚雪茄烟，恣意享受这儿特制的卧椅所提供的无可言喻的乐趣。当然啰，这时他的鼻尖冻得冰冰冷，手里总是拿着一本书(他老是在读《远洋客轮》)，冷得发红的两手紧紧攥在一起。他透过弓形的阳台，眺望暮色愈来愈浓的山谷，山谷里有的地方灯火密集，有的地方却疏疏落落。差不多每天晚上，山谷里传来了一阵悠扬而低沉的音乐声，时间至少有一小时光景，这些都是人们熟悉的曲调，它们都是歌剧中的一些片断，例如《卡门》①、《行吟诗人》②或《自由射手》③中的一些插曲。接着他听到的是优美洒脱的华尔兹，还有进行曲；他听了非常激动，不禁频频摇晃起脑袋来。有时他听到的是马祖卡舞曲。马祖卡？其实她的名字叫玛鲁莎，也就是戴红宝石戒指的那个娘儿。在隔壁一个房间里，在厚厚的乳白色玻璃墙后面，躺着约阿希姆。汉斯·卡斯托尔普不时同他悄悄地交换一言半语，深恐影响其他仰卧休息的病员们。约阿希姆在自

---

① 系19世纪法国作曲家比才(1838—1875)的著名歌剧。
② 系意大利作曲家威尔第(1813—1901)的著名歌剧。
③ 系德国作曲家韦伯(1786—1826)的著名歌剧。

己的住处，也感到跟汉斯·卡斯托尔普一样逍遥自在，哪怕他不会欣赏音乐，对音乐晚会不像汉斯那样感到有兴趣。这是多么遗憾；他宁愿拿起他的那本俄文文法书来阅读。汉斯·卡斯托尔普让《远洋客轮》搁在毯子上，全神贯注地倾听音乐；他怀着喜悦的心情窥探着音乐所展示的晶莹明亮而又深邃无比的世界，对既能体现作品的特性又富有艺术魅力的清音妙曲十分倾倒，因此，当他一想到塞塔姆布里尼对音乐发表的一些见解时，就不禁怒火中烧。塞塔姆布里尼说的话多么叫人气愤，他说什么“音乐在政治上是值得怀疑的”——实际上，这种话并不比祖父季乌塞普对七月革命的评论和创世记六天的说法好多少……

虽然约阿希姆不能尽情享受音乐的乐趣，烟草浓郁的香味也与他无缘，但他在自己的住处也同样悠闲舒泰，自得其乐。白昼已到了尽头；这时什么都宣布结束，今天肯定不会有什么场面，不会发生什么震撼人心的事，心肌也不会过分紧张了。有一点倒可以确信不疑，那就是明天，所有这一切很可能又会恢复原状，重新开始，而这种可能性却是这里环境的狭隘、优裕和富有规律所决定的。这里既安全，又稳妥，可以极其安逸地打发日子，此外再听听音乐，而马丽亚雪茄烟浓郁的香味又回到嘴边——这些都为汉斯·卡斯托尔普的晚间仰卧疗法增添声色，使他感到这样的生活其乐无穷。

可是这一切，都没有使这位娇生惯养的新客在作仰卧疗法（或者在别的什么场合）时免于严重受凉。看来他染上重伤风了，额窦发了炎，有压迫感，扁桃腺肿痛。他不能像平时那样，通过天生的器官畅通地呼吸，透气时寒簌簌的，很不顺畅，而且喉头痒痒的不住引起咳嗽。过了一夜，他的声音变了样，听去是沙哑的、像喝过烈酒后变了调门的男低音。按照他的说法，他整夜没有合过眼，喉头干呼呼像快要窒息似的，有时无法平躺在枕头上，不时跳起身来。

“这倒是怪恼人的，”约阿希姆说，“而且很伤脑筋。你得知道，感冒在这儿是不认账的，人们否认它的存在。官方认为，山上的空气非常干燥，根本不会有感冒。要是你是个病人，你上贝伦斯那儿说自己伤风了，那么准会碰钉子。可是对你就不一样，你毕竟享有这方面的权利。

要是咱们能遏止这种黏膜炎[①]，那就好了。在山下，人们说得到做得到，可是这儿——我真怀疑，他们对除病灭菌是不是怀有足够的兴趣。最好别在这儿生病，这个谁也不会关心的。虽然听起来是老生常谈，但你得好好听我说完。当我刚到山上时，有一位太太整整一星期抱住自己的耳朵，唉声叹气说耳朵痛。后来贝伦斯终于看一下。'你千万放心，'他说，'这可不是结核哪。'此事就此了结。嗯，你的病怎么治，咱们得等着瞧。要是明天一早浴室师傅上我这儿，我倒跟他说说看。这是照章办事，他一定会转告别人，也许你的事会有什么结果的。"

约阿希姆实践了自己的诺言，"照章办事"也就见效了。星期五那天，汉斯·卡斯托尔普早出活动后刚回到房里，就听到有人敲门。这一回，他有幸能亲自同米伦东克小姐，也就是人们称之为"护士长"的那个女人结识。以前，他只是在隔开相当远的地方才看到这位显然是忙得不可开交的人儿，她从一个病室里出来，又穿梭似地经过走廊跑进对面的一间病室，有时匆匆在饭厅里露一露脸，听到她那尖声尖气的嗓音。现在她亲自上门来看他了；是他的黏膜炎把她唤来的。她在他房门上硬邦邦、急匆匆地敲了一两下，不待主人回答就跨了进去，一面站在门槛上往后弯起身子探头探脑在看，房间的号码有没有搞错。

"三十四号，"她尖叫道。"一点儿也不错。小伙子， on me dit, que vous a vez pris froid.[②]I hear， you have caught a cold.[③]看来您伤风了？[④]我听说您受凉了？我该用哪种语言跟您谈话较好？哦，我明白了，还是用德语吧。哎，您是来探望年纪轻轻的齐姆森的，我已看出来了。我得上手术室去。有一个病人要用氯仿麻醉，刚才他还吃过菜豆色拉哩。要是哪儿我的眼睛没有照顾到……喂，您这小伙子，您想在这儿染上感冒吗？"

这位世世代代是贵族的女人居然用这样的方式对他说话，他不禁怔

---

① Katarrh，即卡他尔，是一种呼吸道炎症，有时感冒也可用此称呼。

② 法文：听说你受凉了。

③ 英文，意义同上。

④ 此句原文是用不合标准的俄语讲的。米伦东克小姐接连用三种语言表达同一个概念，无非是在汉斯·卡斯托尔普面前卖弄自己的才学。

得目瞪口呆。她说话时口齿含糊不清，还焦躁不安地摇头摆脑，同时翘起鼻子像在寻找什么东西，仿佛关在囚笼里的猛禽想觅食似的。她的右手满是雀斑，四个指头捏成一团，大拇指则往上翘起，拇指跟手腕一起在他眼前直摇晃，似乎想说："快些，快些，快些！我说什么话您别听，您想说什么就尽管说吧，不然我得走了！"她年纪约莫四十开外，身材瘦小，没有风度，穿的是一件系有皮带的围裙式的白大褂，胸口悬着一枚石榴石十字架。从她的护士帽下，露出了一丝丝稀疏的红头发。她的眼睛蓝得像水一样，眼皮有些红肿；一只眼睛的眼角还多余地生了一个发展到晚期的"麦粒肿"。她的目光游移不定，鼻子朝天，嘴巴长得像青蛙似的，下唇突出，而且有些歪斜，说话时就像铲子那样翕动起来。汉斯·卡斯托尔普天生是与人为善的，现在他怀着谦逊、耐心和充满信任的友好心情凝望着她。

"那么您患的是哪一种感冒呀？"护士长又一次问他，两只眼睛直瞅着汉斯，仿佛想看透对方的内心似的，但结果眼光却歪到一边去了。"咱们是不喜欢这种感冒的。您常常感冒吗？您表哥不是也常常感冒吗？您多大年纪了？二十四岁吧？看来差不多。那么您现在到这儿山上来，就这样感冒了？咱们这里不该谈说什么感冒的，尊敬的小伙子；这是山下人在胡扯。（她从嘴角吐出"胡扯"这个词时，模样儿怪里怪气，也非常可憎，下唇像铲子那样把这个词硬迸出来。）我敢说，您得上了顶呱呱的气管炎，这个一眼就可以看出。"这时她又奇怪地企图凝神直愣愣望汉斯的眼睛，但结果又告失败。"不过气管炎可不是受凉引起的，而是感染的结果，人们很容易染上。现在的问题仅仅在于是不是存在着无害的感染，或不是那么无害的感染，别的一切都是胡扯。"（她又说起令人毛骨悚然的"胡扯"来了！）"您感染到的那种气管炎，无害的可能性比较大。"她一面说，一面用她那发展到晚期的麦粒肿眼睛看着他。他真不知道这是怎么一回事。"我这里给您些抗菌剂，也许对您有用。"于是她从腰带间悬着的黑皮袋里取出一小包东西，放在桌上。这是福马明特[1]。

---

① 治疗感冒之类的药品。

“可是您看上去很亢奋，好像有热度。”她仍目不转睛地瞅着他的脸，但眼睛总是斜向一边。“您量过体温吗？”

他回答说没有量过。

“为什么不量呢？”她问，那下半片歪斜地牵动着的嘴唇似乎悬浮在空中……

他不出声了。这位好青年年纪还轻，还保持在学青年沉默寡言的习惯。这类青年往往呆在长椅上什么也不懂，只是不吱一声。

“那么您从来没有量过？”

“护士长，量过的，不过是在发寒热的时候才量。”

“小伙子，量体温的目的，首先是要弄明白是不是真的有热度。现在照您看来，您是没有热度喽？”

“这个我可说不准，护士长。有没有寒热，我几乎辨别不出来。我上山以后，就一直觉得有点儿热，也有点儿冷。”

“啊哈。那么您的体温表在哪儿呢？”

“我手头没有，护士长。我用它干吗。我上这儿只是来探望病人的，我好端端的又没有病。”

“胡扯！因为您没有病，才叫我来看您吗？”

“不，”他彬彬有礼地笑了。“只是因为我有点儿……”

“受凉呗。这类受凉，咱们这儿是司空见惯的。这里！”她一面说，一面又去掏衣袋，结果摸出两只长长的小皮盒，一只红色，一只黑色。她把它们一股脑儿放在桌上。“这个价钱是三法郎零五十，另一个值五法郎。五法郎那只质地当然好一些。要是您好好使用，够您用一辈子呐。”

他笑吟吟地从桌上拿起那只红色的小盒，把它打开。玻璃器皿像一件贵重的装饰品那样，端端正正地嵌在天鹅绒衬垫的凹槽里。刻度都用红颜色作标记，十分之一的分度则用黑线标出。数字是红色的，下面又尖又细的一端则亮晶晶地注满了水银。水银柱冷冰冰的，度数很低，远远在动物的正常体温之下。

汉斯·卡斯托尔普懂得，像他那样有声望的人应当走哪一步棋子。

“我买这只，”他说，对另一只连瞟也不瞟上一眼，“就是五法郎的那只体温表。我该马上向您……”

“说了算数！”护士长尖起嗓子说，“购买顶用的东西，本来是不该吝啬的！不用急急忙忙付钱，咱们会记账的。您把表还给我，咱们再让度数低些，把水银甩到下面去，嗯，”说着就取下汉斯手中的体温表，在空中一连挥了几下，使水银柱一直低到三十五度以下。“它又会升高的，又会冉冉上升的，那水银呀！”她说。“这回儿您懂得它的妙处了！不知您可知道，咱们这里是怎么搞这个玩意儿的？只要把它放在您可贵的舌头底下，七分钟就行了，一天量四次，再把您那珍贵的嘴唇紧紧闭上。再见吧，小伙子！但愿结果称心如意！”于是她走出了房间。

汉斯·卡斯托尔普鞠躬如仪地送她出门后，站在桌子旁，呆望着她的影子消失处的房门，然后再看看她留下的体温表。“米伦东克护士长就是这么一个人，”他暗自想。“塞塔姆布里尼不喜欢她，这也难怪，她确实叫人看不顺眼。麦粒肿可真不雅观，好在她脸上并不经常长着。可她为什么老是叫我‘小伙子’，而且当中还夹一个‘S’[①]？这真太随便，也太古怪了。何况她又卖给我一支体温表，她的袋里经常放着一两支。其实这里到处都有卖，每家商店都有，哪怕您意想不到的地方也弄得到，约阿希姆曾对我说过。可这样一来，我不用动脑筋去采办了，它自动送上门来啦。”他把那小巧玲珑的仪器从盒子里取出，细细观察一回，接着在房内好几次踱来踱去，显得焦躁不安。他的心房怦怦直跳。他往敞开着的阳台门张望，然后向房门走去，很想去找约阿希姆谈谈，但随即打消了这个念头，依旧在桌子边站着。这时他清了清喉咙，听听自己的声音是不是沙哑了。过后他咳嗽一声。“真的，我现在倒一定要弄个清楚，我是不是因伤风发了寒热，”他说着就迅速把体温表放到嘴里，把水银头的一端放在舌头下，这样，体温表就从他的两片嘴唇间斜斜地往上翘起。他闭住嘴唇，不让外界空气进入。接着他看看手表，时间是九点半过六分。他静待七分钟的时间过去。

---

① 此字的标准拼法，字母中间不应有一个“S”。小伙子的原文理应为 Menschenkind，但护士长读成了 Menschenskind。

“每一秒钟的时间不算太长，”他想，“也不算太短。山上的人们也好，山下的人们也好，都应当信得过我。他们总不必给我换一支‘哑姐妹’，像塞塔姆布里尼说的奥蒂丽·克奈弗那样。”他在房间里跑来跑去，用舌头把温度表压在下面。

时间悄悄流逝，这一段时间似乎长得无穷无尽。他看看表上的指针，原来只过去两分钟半，而他却担心七分钟时间已经过了。他做了无数的事：把房里的许多物件一忽儿拿起，一忽儿放下，再走到阳台上，不让表哥注意到他。他眺望风景，眺望山谷。现在他对这里的所有景物都已十分熟悉了，不论是这里的角峰、山脊和峭壁，不论是“布雷门伯尔”左边突出的侧翼也好——它的山脊陡峭地向下方倾斜，而其侧面都长满了高高低低的野树杂草，山脉则在右方形成，而它们的名字汉斯也像别人一样熟悉——他都了如指掌。此外还有阿尔泰因峭壁，它从这里看来仿佛从南面把山谷团团围住。它往下眺望花园里的小径和花坛、山洞以及银色的枞树；倾听病人作治疗的休息室里发出的低语声，然后回到房里，把嘴里的温度表位置调整好，再挪动一下胳膊，让手腕上的袖子甩开，于是把前臂弯到脸前。他几经磨难及周折，一会儿东推西撞，一会儿又跺足踏步，才好容易把六分钟光阴打发过去。于是他站在房间中央，让自己昏昏然陷入梦境，并听凭自己胡思乱想，这样，他剩下的最后一分钟也就不知不觉地溜走了。他再把胳膊一挥，发现一分钟时间又偷偷地逝去。这时第八分钟却已过去了三分之一。当时他想：至于结果如何，我可满不在乎——一面想，一面把体温表从嘴里抽出，茫然不知所措地凝视着这支表。

表上的示度究竟如何，他一下子可搞不清楚。光线射在温度计扁圆形的玻璃管上，水银的亮光也随着玻璃的反射时隐时现，闪耀不定。水银柱一忽儿升得高高的，一忽儿又无影无踪。他想把这支表凑近眼睛，转过来掉过去，但怎么也看不清。最后他侥幸地转动一下，里面的度数忽然清晰可见。他把表紧紧握住，想急于了解其中底细。事实上，水银已经膨胀起来，而且膨胀得很厉害，水银柱已升得相当高，它已经超出身体的常温好几格。汉斯·卡斯托尔普的体温是三十七点六度。

在大白天，在上午十点到十点半之间居然有三十七点六度的体温，这确实太高了，算得上有“热度”。这是感染引起的热度(他是很容易受到这种感染的)，他自问三十七点六度究竟是哪种性质的感染。约阿希姆的热度不会再高，山上任何人也不会再高，除非是重病号和禁止起床、奄奄一息的病人。不论是打人工气胸的克莱费尔特，还是……还是肖夏太太，体温也不会再高。当然，他的情况跟别人不一样，他只是“伤风发热”，像山下人们常说的那样。不过也很难把两者严格区别开来。汉斯·卡斯托尔普怀疑这几分寒热是不是受凉以后才有。他刚上山时，顾问大夫就建议他同水银温度计打交道，结果没有听从，现在他不由懊悔起来。现在可以看出，大夫的建议很有道理，而塞塔姆布里尼对此嗤之以鼻，倒是极不公正的。塞塔姆布里尼这人三句不离本行，说来说去无非是共和国以及所谓“优美的文体”。汉斯·卡斯托尔普看不起共和国和“优美的文体”之类，他只是一而再、再而三地细看体温表的度数，由于光线刺眼，度数好几次显得模糊不清。于是他只得费劲地把这个用具翻来转去，让度数再次出现。它仍是三十七点六度，而且是在早上！

他异常激动。他手里握着体温表，在房间里来回踱了两三次。不过这一回他是平握着的，免得竖向摆动时会出毛病。然后他小心翼翼地把它放到盥洗台上，暂且带着大衣和毛毯去作仰卧疗法。他一坐下来，就按照以前学会的方法把毯子披在身上。他熟练地先把身体的两侧一一裹住，再从下面包紧，于是静静地躺着，等待着第二次早点和约阿希姆的来到。他有时微笑起来，仿佛对某个人在笑。他胸部不时一起一伏，而且不安地颤动；为了气管黏膜发炎，还忍不住连连咳嗽。

当十一点钟约阿希姆听到打锣声走到汉斯房里，叫他一起用第二次早膳时，他看到他依旧躺着。

“怎么啦？”他走到对方的卧椅边惊异地问。

汉斯·卡斯托尔普一时什么话也不说，只是坐在他的前面。过一会儿他才答道：

“报告最新消息，我有点儿体温。”

“这是什么意思？”约阿希姆问。“你感到自己有寒热吗？”

汉斯·卡斯托尔普回答之前又让对方等待片刻，然后懒洋洋地说。

“寒热嘛，亲爱的，我早已感觉到了，上山后一直是这样。不过这不仅仅是主观的感觉，而是确凿的事实。我已量过体温了。”

“你已量过了？用什么量的？”约阿希姆惊叫起来。

“当然用一支体温表啰，”汉斯·卡斯托尔普用不无讥刺挖苦的口气说。“护士长已卖了一支给我。为什么她口口声声叫‘小伙子’，我也莫名其妙。这很不恰当。可是她不失时机地卖给我一支好的体温表。要是你想核实一下我的体温究竟多少，那么就在盥洗台上，你自己看吧。它只是稍稍有些升高。”

约阿希姆转身踅进房间里。他回来时吞吞吐吐地说：

“不错，是三十七点五五度。”

“那么它已退些了！”汉斯·卡斯托尔普急匆匆地回答。“刚才是三十七点六度。”

“在上午，这点温度根本没有什么了不起，”约阿希姆说。“这真有点儿不尴不尬，”他说着就站到表弟身边，像真的站在“不尴不尬的人”的面前似的，两手叉腰，脑袋低垂。“你得上床睡了。”

汉斯·卡斯托尔普已准备好回答的话。

“我真不懂，”他说，“为什么我只有三十七点六度就得卧床，而你和别的许多人热度都不比我低，却都可以在这儿逍遥自在地走来走去。”

“这可是两码事，”约阿希姆说。“你的病情急，但不碍事。你是感冒引起的寒热。”

“首先，”汉斯·卡斯托尔普回答说，这回他说话时竟甲乙丙丁地分起类来。“我不明白，为什么发‘碍事’的寒热时非躺在床上不可——我暂且假定有这种‘不碍事’的寒热存在——，而发其他性质的寒热却不必躺在床上。其次，我可以老实告诉你，我这次伤风引起的热度并不比以前高。我的立场是，”他最后说，“三十七度六就是三十七度六。要是你们有这几分寒热可以跑来跑去，我也可以嘛。”

“我刚上山时，得卧床四星期哩，”约阿希姆反驳他。“只有后来事实证明卧床休息热度仍不退时，他们才允许我起床。”

汉斯·卡斯托尔普微微一笑。

“怎么啦？”他问。“我本来以为你的情况跟我不同。看来，你说的话自相矛盾了。起先你认为我们彼此有区别，后来又归成一类。真是胡扯……”

约阿希姆的身子来了一个“向后转”。当他又回过身来面对表弟时，可以看出他那黑黝黝的脸上，阴影又加深了。

“不，”他说，“我并没有归成一类，是你把它们混为一谈了。我只是想说你的感冒确实很厉害，从你的嗓子里就听得清楚。说得简单扼要些，你应当卧床休息，因为你下星期准备回家。要是你不想——我的意思是说，要是你不想躺下休息，那也随你的便。我不给你定什么清规戒律。不管怎样，咱们现在还是去吃早点吧。快点，时间要过了！”

“好啊，快走！”汉斯·卡斯托尔普说着，把毯子扔在一边。他走入房内，用梳子梳理头发。他梳头时，约阿希姆又一次去察看盥洗台上的体温表，而汉斯·卡斯托尔普则在远处瞅着他。随后他们俩默默无言地走下楼去，又一次坐在餐厅的原来位置上。这时餐厅像往常一样，泛着牛奶的白光。

当矮小的女侍者给汉斯·卡斯托尔普端上库尔姆巴赫[①]啤酒时，他一本正经地摇摇手，拒绝了。他今天不想喝啤酒，不，谢天谢地，他什么东西都不想喝，至多喝一口水就够了。这就引起在座各位的注意。这是怎么一回事？多么令人意外！为什么不喝啤酒呢？他有一点儿热度，汉斯·卡斯托尔普冲口说了出来，不过是三十七点六度的低热。

他们伸出食指在奚落他——这幅景象看了真叫人奇怪。他们在取笑他，侧着脑袋，眨巴着眼睛，食指凑到耳朵边挪来摆去，似乎某人有什么见不得人的、不是味儿的幕后材料突然暴露于光天化日之下，而这人一直是以忠厚老实的面目出现的。“啾，啾，你们呀，”女教师开腔道，脸颊上泛起一阵红晕，一面还笑呵呵地装腔作势。“听到了什么动人的故

---

① 德国地名，以产啤酒著称。

事喽，荒诞不经的故事喽。等着听吧，等，等。”——“哎，哎，”斯特尔夫人也发作起来。她那干瘪的手指头又短又红，此刻她把它放到鼻子旁边，装模作样。“这位来访的客人先生，他竟有热度了。您和我是同病相怜——真是同病相怜哪，我的好兄弟！”这时，哪怕是坐在靠壁桌子最后一个位置上的姨婆，在听到消息后也狡狯地开玩笑地向他挤眉弄眼，指手划脚。至于漂亮的玛鲁莎呢，她到现在为止对汉斯几乎毫不理会，这时也曲着身子盯住他看，用滚圆的、棕色的眼睛盯住他看，同时用黄澄澄的手帕紧紧抿住嘴唇，向他惺惺作态。布卢门科尔听了斯特尔夫人的叙述，也禁不住跟大伙儿一块动作起来，不过他的眼睛当然不朝汉斯·卡斯托尔普瞧。只有鲁宾森小姐像往常一样，对这漠然无动于衷，不吱一声。约阿希姆的一双眼睛规规矩矩地朝下看。

汉斯·卡斯托尔普眼见这么许多人在打趣他，不无受宠若惊之感，但他认为还是设法制止他们比较谦虚。“没什么，没什么，”他说，“各位错了。我的病谢天谢地是一点儿不碍事的，我不过有些伤风罢了。你们瞧，我的眼睛在流水，胸口闷得慌，一夜倒有半夜在咳嗽，身子可真不舒服哪……”可是他们对他的辩解不加理会，他们纵声大笑，挥动两手，高声嚷嚷。“废话，借口！感冒发热，咱们都明白，咱们都明白！”他们都异口同声地一致要求汉斯·卡斯托尔普立刻去检查一下。他们听到这个消息后都很活跃；在七张餐桌中，只有这张在整个午餐期间显得最为生气勃勃，特别是斯特尔夫人，她那张执拗的脸涨得通红，脖子上的衣领饰有褶边，面颊上青筋毕露。她打开话匣子说了开来，一下子竟谈起咳嗽的滋味，要是你胸口深处痒痒的，后来越痒越厉害，简直要痒到痉挛和按捺不住的程度，使你感到其间有某种吸引力，那真是其乐无穷。还有，打起喷嚏也能享受到同样的乐趣，这时你心花怒放，乐不可支，在一呼一吸之际骤然打两三下喷嚏，令人如醉如痴，幸福无比，打出后真是浑身舒畅，以上的一切都给忘了。有时会接连打两三下。这是生活中不花钱的享受，这方面还可以举一个例子：当春天你患的冻疮甜滋滋地发痒时，抓起来可痛快咧。你会狠狠地抓，拼命地抓，直到鲜血淋漓才肯罢休，这时只要你偶然照照镜子，就会发现自己是个丑八怪。

这个俗不可耐的斯特尔夫人不厌其详地谈起这种事来，令人毛发直竖。她的话一直要谈到第二次早膳结束，这次早膳时间虽短，内容倒也充实。这时这对表兄弟开始作上午第二次散步，他们下山一直到达沃斯高地蹓跶。约阿希姆一路上心事重重，汉斯·卡斯托尔普却为伤风所苦，由于胸口窒闷而不时清喉咙。回院途中，约阿希姆说：

“我向你提个意见。今天是星期五，明天饭后，我要作常规检查。这次可并不是全身大检查，贝伦斯只是在我胸口叩几下听听，让克罗科夫斯基将结果记下来。那时你可一块儿去，请他们趁此机会也赶紧给你诊察一下。要是你呆在家里，你准会请海德金特上门，这事想来也怪可笑，而这儿虽有两位专家在屋子里，你却任意跑来跑去，不知道自己情况如何，不知道病究竟有多深，也不知道是不是上床躺着好一些。”

“那好，”汉斯·卡斯托尔普说。“就照你的意思做吧，我什么都可以照办。能亲自作一次检查，对我来说倒也挺有兴趣的。”

他们就这样说定了。当两人上山刚走到疗养院门口时，恰巧遇见了顾问大夫贝伦斯本人，于是趁此大好机会立即向他提出这项要求。

贝伦斯从门廊里走了出来。他身材高大，脖子细长，后脑勺戴一顶上过浆的帽子，嘴里衔一支雪茄，脸颊发青，眼睛湿润，看来刚忙过一阵子。据他自己说，刚才他在手术室工作，此刻正想到村子里去为病人出诊。

“饭后好，先生们！”他说。“你们一直在跳跳蹦蹦吧？大千世界里是不是美得很？我刚才经历一场手术刀和锯骨刀之间并非势均力敌的搏斗——你们可知道，这件事可不简单呐。我在做肋骨切除术。以前有百分之五十的病人得躺在手术台上，现在可好些了，但尽管如此，咱们对 mortis causa① 还往往不得不预先编造一番。哎，凡是懂得开玩笑找乐趣的人，眼下也一定受得了这几句笑话的……见鬼，人们胸膛一下子化为乌有，软绵绵的，你们可知道，真是有失体统。这就是所谓概念稍稍有些混淆。喔，你们怎么啦？你们的贵体如何？是不是只有成双成对地过

---

① 拉丁文：死亡的原因。

日子，生活才更有意义？喂，齐姆森你这机灵鬼，可不是吗？嗽，您这位来消遣的游客，干吗哭鼻子啦？”说最后一句话时，贝伦斯的目光立即移到汉斯·卡斯托尔普身上。“这儿是不准当众哭鼻子的。院规不允许。谁都会跑过来的。”

“我是在伤风呢，顾问大夫先生，”汉斯·卡斯托尔普回答他。“我不知道怎么老是眼泪汪汪的，不过我的炎症确实不轻。我还咳嗽。胸口真有点不舒服。”

“是这样吗？”贝伦斯说。“那么您应当去请教一位高明的大夫喽。”

两个青年人都笑出声来。约阿希姆作一个两脚立正的姿势回答说：

“咱们正想找大夫呢，顾问大夫先生。明天我要检查了，咱们想要问问，您能否赏个光给我的表弟附带检查一下。问题在于，他星期二能不能动身回家……”

“那行嘛！”贝伦斯说。“那当然行啰！很高兴为您效劳！我们早该给您检查了。既然到这儿来，就应该经常查查。不过当然不必争先恐后。那么就在明天两点钟吧，你们从小床爬出后就来！”

“我还有些热度呢，”汉斯·卡斯托尔普又补充一句。

“您说什么！”贝伦斯嚷道。“原来您想告诉我新消息吗？难道您以为我脑袋上不长眼睛吗？”说着就用一只巨大的食指朝他自己两只充血的、泪汪汪的蓝眼球指了指。“那么有多少热度？”

汉斯·卡斯托尔普谦逊地报上了数字。

“上午？嘿，不算坏。对初出茅庐的小伙子来说，算不得没有才能。好吧，明天两点钟你们俩一块儿来！这对我可增光不少。擅自吸收营养！”于是他蹬蹬地下山去，走起路来曲着腿，双手像划桨似地一摇一摆，身后飘起雪茄烟的一股云雾。

“看来事情按照你的愿望实现了，”汉斯·卡斯托尔普说。“咱们碰到的运气再好也没有了，我真是适逢其会。也许他除了给我开一服浓缩干草汁或咳嗽糖之类药物之外，不能再给我更多的帮助，不过任何人的感觉要是像我现在那样，那么听到大夫一言半语劝慰的话也是挺高兴的。可是他说话的气派干吗总是那样泼辣，那样肆无忌惮？”他说。“开头倒是娓娓动听的，到头来可叫我讨厌了。什么‘擅自吸收营养’！这种杂七杂八的话简直不成体统！我们可以说‘擅自珍摄’，因为‘摄’字是所谓‘雅语’，像‘每日的面包’一样，与‘擅自’等字配在一起恰到好处。而‘吸收营养’却纯粹是生理学术语，再加上什么‘擅自’之类，就变成讥讽的语言了。他抽烟的那副样儿，也叫我怪不自在，我心里很不好受，因为我知道这对他不相宜，会使他满腹忧闷。塞塔姆布里尼曾经谈起他的为人，说他乐呵呵的神气是矫揉造作的。塞塔姆布里尼是一位评论家，是一个有判断力的人，这点谁也否认不了。也许我也应当自己多作些判断，别不管什么都全盘接受下来。他说的话很有道理。不过某些时候他语气中开始时有的是判断、责备和正义的愤慨，接着又完全换了一个样，跟判断毫无关系；后来又同所谓清规戒律一刀两断。而共和国和优美的文体对你说来又索然无味……”

他不知所云地说了一通，看来他想说些什么，连自己都不很清楚。他的表哥向他斜视了一眼后说声“再见”，于是两人各自回房，到自己的阳台间里去了。

“热度多少啦？”约阿希姆过了一会轻声地问，尽管他没有看到汉斯·卡斯托尔普在审察他的体温表……汉斯·卡斯托尔普用漫不经心的口气回答：

“还是老样子。”

他一进去，就把今天早上搞到的那支娇小玲珑的体温表从盥洗台上取下。他自上而下把那支表甩了几下，使水银柱不再停留在三十七点六度上。现在，这一度数已完成了它的历史使命。他像老资格的病人那样，嘴里衔着这支“玻璃雪茄烟”去作仰卧疗法。可与他想入非非的预期相反，尽管他在舌头下足足衔有八分钟，水银的膨胀依旧没有超出原来的限度，仍只是升到三十七度六为止。他毕竟还有热度，即使一点儿也不比清晨高。饭后，这支一闪一亮的玻璃小柱升到三十七点七度，晚上却保持在三十七点五度，这时病人兴奋了一天已感到很累了。第二天一早，他的体温甚至只有三十七度，但将近中午时分又和昨天一样高。

汉斯就在这样的测量结果下前去用第二天正餐，餐后即将前去赴约。

事后汉斯·卡斯托尔普记得，那天正餐时肖夏太太穿的是一件金黄色的线衫，线衫上的纽扣很大，袋口绣边。这件线衫她从来没有穿过，至少汉斯·卡斯托尔普从来没有看见过。她仍像往日那样姗姗来迟；在餐厅门口露面时站停了一下，那种神态正是汉斯·卡斯托尔普所十分熟悉的。接着她溜到餐桌边（她一天五次都是如此），轻轻地坐下去，一面用膳，一面聊天。汉斯·卡斯托尔普越过塞塔姆布里尼的背部（塞塔姆布里尼坐在中间斜放着的餐桌一端），把目光扫向"上等俄国人餐桌"。这时他像过去每一天那样，看到了肖夏太太讲话时摆动着的脑袋，同时又一次看到她那圆鼓鼓的脖子和姿势不很挺直的背，不过今天看时特别专心罢了。肖夏太太用正餐时，从来不掉过头来向餐厅东张西望。不过在端来最末一道点心以后，当大厅右侧"下等"俄国人餐桌上方小墙头上挂着的一只摆钟正好敲过两点钟时，汉斯·卡斯托尔普怀着神秘的震颤心理看到一幅景象：在摆钟正好"一"、"二"敲了两下时，那位妩媚的女病人就慢慢转过头来，同时也微微扭动上身，目光越过自己的肩膀坦然向汉斯·卡斯托尔普的餐桌投来，而且不仅仅是泛泛地朝他餐桌上看——不，她的眼睛是专门瞟向他的，丝毫没有错儿；紧闭着的嘴唇漾起一丝微笑，而那双狭小的眼睛长得跟普里比斯拉夫一模一样，仿佛在说："怎么样？时间到了。你想走吗？"（只有当眼睛传话时，才会以"你"相称，即使嘴里连"您"也没有称呼过。）这一插曲使汉斯不由心荡神驰。他几乎不相信自己的神志。他先失魂落魄地凝视着肖夏太太的脸，然后抬起眼睛，掠过她的前额和头发望向空际。难道她知道他已约定在两点钟时去检查身体？看来确实这样。但这简直是不可能的，正如她没法知道一分钟前他头脑中刚掠过的想法一样——他在想是否有可能叫约阿希姆捎个信给顾问大夫，说自己的感冒已好了些，不必再作检查。经那位女人意味深长微笑了一下以后，他这种想法当然缩了回去，认为这么做再也没有什么好处了。他顿时变得厌倦无聊。过了一秒钟，约阿希姆已把他那卷起的餐巾放在桌上，扬起眉毛向他示意，同时也向桌上的人们欠了欠身子，准备离席。这时，汉斯·卡斯托尔普跨着外表上是坚定的、内心里却是蹒跚的步伐，带着肖夏太太的微笑和目光，随表哥一起离开餐厅。

从昨天早晨以后，他们再也没有谈起过今天的计划，就是现在，他们走路时还是心照不宣，默默无言。约阿希姆匆匆地上路，因为约定的时间已过，而顾问大夫贝伦斯是坚决要求人们准时的。他们离餐厅沿着底层的走廊前进，走过“行政管理室”，踏着铺有亚麻布地毯的光洁而打过蜡的楼梯，来到地下室。约阿希姆敲正好对着楼梯的那扇门，门上挂着一块瓷质的标牌，牌上写有“就诊室由此入内”的字样，以资辨认。

“进来！”贝伦斯高声应道，第一个字眼说得特别响亮。他身穿白大褂站在就诊室中央，右手握着黑色的听筒，这时他正用听筒拍拍大腿。

“及时，及时，”他一面说，一面抬起那双鼓起的眼睛向挂钟望了一下。“Un poco più presto, signori！[①]我们不是专为你们这两位贵人服务的。”

克罗科夫斯基大夫坐在双用写字台旁，前面是一扇窗子。他身穿一件亮光光的黑衬衫，脸色显得更加苍白；胳膊肘撑在桌面上，一只手握钢笔，另一只手捋着胡子，前面摆着一大堆文件，很像是病情记录。他以助理人员的身份，用懒洋洋的神情朝进来的一对青年人瞧了一下。

“哎，把病历卡交上来！”顾问大夫听完了约阿希姆的道歉后就答上一句，把他手上标有体温曲线的卡片接过来，细细察看。这时病人急急卸去上身的衣着，把脱下的衣服挂在门边的衣架上。对汉斯·卡斯托尔普，谁也不理会。他东张西望地站了一会，然后坐在一把老式的安乐椅上。这把椅子安置在一张放有玻璃水瓶的小桌旁，椅子的扶手饰有流苏。墙边有几口书橱，尽是一些书脊厚厚的医书和卷册。室内除了一把高低可调节的、铺有一块白油布的长沙发椅外，别无其他家具。长沙发椅的头枕上有一条纸餐巾。

---

① 意大利文：稍稍快一些，先生们！

“点七，点九，点八，”贝伦斯一面翻阅一周的病历卡，一面嘀咕起来。在这份卡片里，约阿希姆把一天五次的体温都如实地记录下来。“您的身体依旧一闪一闪地在发微光呢，亲爱的齐姆森。咱们还不能确切地说，您最近已变得结实些了。（他说“最近”，是指过去的四星期。）毒性还没有退呢，毒性还没有退，”他说。“这个，一朝一夕当然是办不到的。咱们又不能玩弄魔法。”

约阿希姆点点头，耸耸他那光油油的肩膀，虽然他本来还想反驳，说自己绝不是昨天才上山的。

“您右脐门刺过针的地方现在怎么样了？那里发出的声音总是很尖的。好些了吗？喂，请您过来，让我规规矩矩给你叩几下看。”于是他就开始诊察了。

顾问大夫贝伦斯叉开双腿，身子向后仰，听筒挟在胳膊下，先使出手腕之力叩打约阿希姆的右肩上部，叩时用右手那只强有力的中指作为锤子，而以左手充作承托物。接着他叩起约阿希姆肩胛骨的下部，再从侧面拍打他背部的中央和下方，而约阿希姆则像老资格的病人那样，抬起胳膊让大夫敲敲腋下。以后又在左侧重复同样的过程，完毕后，顾问大夫命令一声：“转身！”于是叩击起他的胸部来。他随即叩击脖子下面的锁骨处，沿胸部上下反复敲拍，先右侧，后左侧。在叩诊圆满结束以后，他转而用听诊诊察；他把听筒的一端套在耳朵上，一端按在约阿希姆的胸部和背部——凡是以前他叩击过的地方，他都用听筒听。这时约阿希姆还得一会儿深呼吸，一会儿强行咳嗽。这使他显得十分紧张，他上气不接下气，两眼直淌泪水。顾问大夫贝伦斯把病人身上听到的，都用简短的固定用语说给坐在写字台对侧的助手听，这使汉斯·卡斯托尔普不禁想起裁缝的工作过程来：当时一位衣冠楚楚的男人要替你把衣服的尺寸量一下，他一面依照传统的程序把量尺在客户躯干和四肢各处按来按去，一面把量得的数字报给俯身坐着的助手听，让对方用笔一一记下。“弱”，“减弱”，顾问大夫贝伦斯在口授。“气泡音，”他说，后来又说了一遍：“气泡音（显然，这是好的）。”“粗糙，”他说，脸色沉了下来。“异常粗糙。”“罗音。”克罗科夫斯基大夫把这一切都记了下来，像裁缝的助手记下裁缝口授的数字似的。

汉斯·卡斯托尔普把脑袋歪向一边，眼睛紧紧跟随着这些动作。他细细看着约阿希姆的上身，陷入沉思。在约阿希姆气喘吁吁时，他的肋骨（谢天谢地，他总算具备全副肋骨）在绷紧的皮肤下面高高耸起，而胃部却陷了进去。汉斯看到的，是一个青年瘦棱棱的、黄里带黑的上身，胸骨处长着黑茸茸的汗毛，两只胳膊坚实有力，其中一只胳膊的手腕上戴有链镯。"这是运动员的胳膊，"汉斯·卡斯托尔普想；他一直很爱体育锻炼，而我在这方面却毫无作为，这跟他喜欢当兵也不无关系。他总喜欢在身体上打主意，比我要喜欢得多，而且喜欢的方式也不一样。我始终是一个文人，更多地向往热水浴和吃得好、喝得好这类的事，而他呢，关心的都是丈夫气概的要求和业绩。可现在呢，他的身体在另一个方面变得显赫了，显得独立自在而十分重要，而这却是疾病造成的。约阿希姆体内在发烧，毒性迟迟未消，身体一直不见康复，哪怕这位可怜的青年人很想下山去做一个军人。除了胸口的一撮毛外，他发育得同书里描写的一样好，外表上长得与观景楼[①]上阿波罗[②]的雕像一般无二。可是内部他有的是隐疾，而外部又因病发着寒热；疾病使人们形体大为改观，它使身体大受影响……他一想到这些，不禁暗自震惊，于是用探询的目光迅速朝约阿希姆瞥了一眼，眼光从裸露的上身一直移到他的眼睛，他那双又黑又大而又温柔的眼睛。由于强行呼吸和咳嗽，约阿希姆的眼睛里噙满了泪水。随着检查的进行，那双眼睛带着忧伤的神色越过旁观者一直向空际凝视。

但这时顾问大夫贝伦斯已结束他的工作。

"喔，齐姆森，这回倒不错，"他说。"从检查结果看来，没什么大不了。下一次（他指的是四星期以后），情况肯定还会好些。"

"顾问大夫先生，您看还得多久……"

"您又想催我了吗？您还处于酩酊状态，可不能下山跟您的那伙人团聚嘛！最近我不是说过还得半年——看我的面上，您就从最近算起

---

① 此处指罗马梵蒂冈宫殿内的建筑。该处侧翼有阿波罗雕像。
② 阿波罗，系希腊神话中主管光明、青春、音乐和诗歌等的天神，一说即太阳神。

吧，可您得把这看作是最短期限。住在这儿毕竟不算差，您得懂点儿礼节才是。我们这里又不是监狱，也不是什么……西伯利亚的矿山！也许您想说，我们这块地方同监狱和矿山相差无几？好啊，齐姆森！那就开路吧！谁还有兴趣，快过来！”他叫了一声，仰天望着。他伸出胳膊，把听筒递给克罗科夫斯基大夫。克罗科夫斯基站起身，接住听筒，又在约阿希姆身上略略复查了一下。

这时汉斯·卡斯托尔普站了起来。他两眼紧紧盯着顾问大夫，大夫叉开两腿，张大嘴巴，似乎陷入了沉思。汉斯开始急急忙忙作准备。他过于匆忙，在将花点活袖衬衫往头上翻出时，一下子显得手足无措。这时，他这个碧眼金发、胸围狭窄的青年人，浑身雪白地站在顾问大夫贝伦斯面前。同约阿希姆·齐姆森相比，他显得文绉绉的。

但顾问大夫只是让他站着，还在沉思默想。这时克罗科夫斯基大夫又坐了下来，约阿希姆也穿好了衣服。贝伦斯终于决定对那个有兴致前来检查的人注意起来。

“哎哟，现在轮到您了！”他一面说，一面用他那硕大无比的手握住汉斯·卡斯托尔普的上臂，接着把他推开，尖起眼睛打量着他。贝伦斯不像一般人看别人那样望着对方的脸，而是瞧他的身体；他像转动一个没有生命的物体那样把汉斯的身子转过来，同时还盯着汉斯背部。“哼哼，”他说，“喔，让咱们瞧瞧您有什么花样。”于是像以前那样开始敲敲拍拍。

他像刚才对约阿希姆·齐姆森那样，在上身到处叩击，而且在好几块地方来回叩了好多次。有较长一段时间，他交替地东拍拍，西敲敲；为了比较起见，他又叩了锁骨的右上方，接着又击起它的下方来。

“听到了吗？”他问对侧的克罗科夫斯基大夫。克罗科夫斯基大夫坐在离他五步远的写字台旁，他点了点头，表示听清对方的话。他板起脸，下巴一直低垂到胸前，胡子紧压在胸口，尖端向上翘起。

“深呼吸！咳嗽！”顾问大夫下起命令来，这时又接过听筒。汉斯·卡斯托尔普气喘吁吁地配合他工作达八分或十分钟之久，而顾问大夫则不住地在听。他一言不发，只是把听筒一忽儿移到东，一忽儿移到西，对刚才频频叩击过的各个部位，特别反反复复地细听。听完后，他把听诊器挟在胳膊下，反剪双手，垂头望着他本人和汉斯·卡斯托尔普之间的地面。

“嗯，卡斯托尔普，”他说——这是他第一次只喊这个青年人的姓氏——“情况跟我以前一直设想的大致相同。卡斯托尔普，我本来已对您起过疑心，现在我可以向您直说了——从我一开始愧不敢当地有幸和您结识的那时候起，我就颇有把握地猜测到，您会悄悄地成为我们这儿的一员，而且有朝一日将会看出，像许多上山时原来翘起鼻子东张西望一心想寻欢作乐的人们那样，您终有一天会认识到在这儿多逗留一个时期是有好处的——请好好理解我的意思，这岂止是‘好处’而已——而逗留的目的并非出于漫不经心的猎奇。”

汉斯·卡斯托尔普的脸刷地一下变了色。约阿希姆正想去扣背带，这时在他刚才站的地方停住了，留神听着……

“您在那边有一个好心肠的、富于同情心的表哥呢，”顾问大夫继续说，说时朝约阿希姆的方向摆动脑袋，身子一摇一晃好容易才站定脚跟。“我们不久就有希望可以说，他过去曾经生过病，不过根据我们眼前的诊断，我们也敢说他早先曾经一度生过病，您那位顶呱呱的表哥。正像思想家所说的，这就是 a priori① 对您发生了某些影响，亲爱的卡斯托尔普……”

“他只是我异父方面的表哥，顾问大夫先生。”

“嘿嘿。您总不能连表哥也不认呀。不管是不是异父母所生，他始终是您的血亲。究竟是父亲还是母亲的？”

“母亲，顾问大夫先生，他是我继……的儿子，继……”

“令堂还健在吗？”

“不，她已死了。我很小的时候，她就死了。”

“哦，怎么死的？”

“血块梗塞，顾问大夫先生。”

---

① 拉丁文，意谓：演绎性的、先验的或先天的。

“血块梗塞？嗯，这是很久以前的事了。令尊呢？”

“他是得上肺炎死的，”汉斯·卡斯托尔普说，接着又添上一句，“我的祖父也是……”

“哦，原来他也是这样？唔，您的祖先都是这个样子。现在就您而论，您经常贫血，可不是吗？可是在体力和脑力劳动以后，您却一点儿也不疲倦？哦，还是很容易疲倦？您是不是经常心悸？最近才发现？好。另外，您显然很容易染上黏膜炎和呼吸道疾病。您可知道，以前您染上了病？”

“我？”

“是啊，我已亲眼看出这个了。您听听这有什么区别？”于是顾问大夫轮流叩击他左胸的上侧和下侧。

“那边的声音比这边的浊些，”汉斯·卡斯托尔普说。

“妙极了。您应当是一名专家。不错，这是浊音，浊音往往由已钙化的老病灶引起。钙化点，您高兴的话也可以算它为结疤。您是一个老病人哪，卡斯托尔普，可是您不知道自己有病，我们谁也不能责怪。早期诊断是有困难的，对山下的那些同行尤其有困难。我并不是想说我们的耳朵比他们尖些，不过专干这个行业好歹总有些成绩。您得明白，空气帮助我们听诊，我指的是这儿山上稀薄而干燥的空气。”

“当然啰，真是这样，”汉斯·卡斯托尔普说。

“妙啊，卡斯托尔普。小伙子，您且听着，此刻我要奉上几句金玉良言。您该懂得，要是您再也没有什么新花样，要是除了您身内通风管里那些浊音、疤痕以及钙化的异物外什么都万事大吉，那么我就要把您送回老家去，不再为您操什么心，您明白我的意思吗？可是事实明摆在那儿，我们又发现了您的一些新情况，而且您既然已走上山来——那么汉斯·卡斯托尔普呀，打道回府就不值得喽。不久后，您又准会再上这儿来的。”

汉斯·卡斯托尔普又一次感到热血涌上心头，心房怦怦乱跳。约阿希姆却一直站在那边，双手按在背后的纽扣上，两眼呆呆地望着地面。

“因为除了浊音之外，”顾问大夫继续说，“您左上侧又有些粗糙，几乎是一种粗糙音，这无疑是从新病灶来的。我现在虽然还不敢说它是一个浸润性病灶，但无疑有点儿浸润。如果您就这样下山混日子，我亲爱的，您整片肺叶就会完蛋，那时候叫苦也来不及了。”

汉斯·卡斯托尔普一动不动地站着。他的嘴角古怪地在抽搐；可以清晰地看出，他的心脏顶着肋骨在狂跳不已。他掉过头去瞧瞧约阿希姆，可没有看到对方的眼睛，于是又望着顾问大夫那张两颊发青、蓝蓝的眼睛鼓起而小胡子向一侧翘起的脸。

“还有一件客观的旁证，”贝伦斯继续说，“我们也有您的体温记录：上午十点钟三十七点六度，这同听诊的情况不谋而合。”

“我倒以为，”汉斯·卡斯托尔普说，“热度是感冒引起的。”

“你说感冒吗？”顾问大夫反驳说，“感冒是哪里来的？卡斯托尔普，请您再听听我要说的话，而且听时要留心。据我所知，您的头脑是迂回曲折，十分复杂的，我们这儿的空气对疾病有好处，难道您不认为是这样吗？事实上确实如此。可是同时您要懂得，这里的空气对疾病也有利，它能促进疾病的发展，使全身发生一次巨大的变革；它能使潜在的病患暴发，因此您的感冒发作可不是一件坏事。我不知道您在山下是不是一直有些寒热，不过我来谈谈我的看法：您上山的第一天起就已有寒热，决不是得了感冒以后才有。”

“对啊，”汉斯·卡斯托尔普说。“对，我真的也这么看。”

“一有寒热，您就马上感到迷迷糊糊的，”顾问大夫证实他的看法。“这就是细菌引起的可溶性毒素。它像麻醉剂那样在中枢神经系统发生作用，您得明白；于是您的脸颊就泛起一片潮红。您现在上床躺一下再说，卡斯托尔普：我们要看看您在床上休息一两个星期以后，头脑会不会清醒些。别的且留待以后再说吧。我们要把您的内部好好透视一下——您对自己的情况了解清楚后，会感到十分高兴的。不过我也得向您直说：像您这样的病，一两天是好不了的；广告上吹嘘的有效治疗方法和什么仙丹妙药之类，都帮不了您的忙。我一眼就看出，作为病人来说，您似乎比您表哥规矩些，在适应疾病的本领方面，看来您也比那边的陆军准将强些。他一当热度退下几分，总想马上溜之大吉。看来，‘静卧’这个口令似乎不像‘立正’那样称他的心！安静是市民的首要职责，而不耐烦只会败事。卡斯托尔普，我请求您别叫我失望，并别用谎言惩罚我那对人类天性的认识吧！好吧，快走，快回到你们的小间里去！”

顾问大夫贝伦斯就这样结束了他的交谈，坐到写字台前。这个干许多活儿的忙人，现在乘这段空余时间赶紧写些东西，再等待下一次检查。克罗科夫斯基大夫从座位上站起身来，大踏步向汉斯·卡斯托尔普走去。他向后歪着脑袋，一只手搭在年轻人的肩膀上，宽厚地微笑着，笑时从他的胡髭中露出一排黄牙，同时还热情地握住汉斯的右手。

第五章

永恒的汤汁和豁然开朗

这里出现了一个现象，对于这个现象，作者本人已颇引以为奇，免得读者也对此大惊小怪地发起议论来。在汉斯·卡斯托尔普住在这儿山上的最初三个星期(也就是二十一个大热天，就人们预见所及，他们逗留也仅限于这些日子)内，我们谈的尽是关于空间和时间多寡之类的事，把它的内容有意拉得长长的，颇符合作者的心愿，而这种心愿作者也多少承认，不想掩饰。至于他在这里作客的后面三个星期，叙述时所花的笔墨、甚至所需的字数和瞬间就不必像以前那样长篇累牍，把每小时和每天的活动都一一记下来。我们即将看出，这三个星期一眨眼工夫就会过去，落在我们的后面。

这样做也许使人感到奇怪，但它却是正常的，符合讲故事的规律和听众的口味。正因为写作时符合这些规律和法则，才使我们感到时间有的时候长，有的时候短，同时我们的见闻范围也随着本书主人公，年轻的汉斯·卡斯托尔普的遭遇一忽儿变得宽广，一会儿又变得狭隘。由于命运的播弄，此刻正有一层阴影意想不到地罩在汉斯头上。考虑到时间的神秘性，作者为读者再准备一些像这里那样引人瞩目的其他扣人心弦的情节，也许是有益的，只要我们不离主人公的左右，就会遇上这些情节。现在，每个人只要记住这点已经够了，那就是当他卧病在床打发日子时，一连串的日子消逝得多么快。每天都是相同而重复出现的；由于始终相同，因而说“重复”这个字眼是根本不够确切的，这里我们应当选用“千篇一律”、“固定不变的现在”和“永恒”这些词儿。人们替你带来午膳的汤汁，像昨天给你端来的一样，而明天也会再给你送来。这种感受在同一瞬间向你袭来，可你不知道它怎么来，又从何而来。你看到汤汁端来，就感到头晕目眩。各个时间单元在你面前显得模糊不清，它们掺合在一起；在你眼前展现的真正的存在形式，乃是一个没有“量纲”的现实世界，在这现实世界中，人们永远把汤汁端来给你。不过我们一面谈永恒性，一面又说时间缓缓地逝去，这种说法却大大自相矛盾，而这种自相矛盾的观点，我们力求避免，对本书主人公来说尤应避免。

从星期六下午起，汉斯·卡斯托尔普就卧床休息，因为环绕我们周围这个世界的最高权威顾问大夫贝伦斯是这样嘱咐他的。他穿着卧衫躺在干净洁白的床上，卧衫的口袋绣有花押字①，躺时两手交叠，放在脑袋后面。这张床曾是美国女人一病不起的地方，也许它上面还躺过许多死人。他张大天真无邪的、因伤风而变得混浊的蓝眼睛仰望着天花板，对自己奇特的生活遭遇沉思起来。这可并不是说，要是他没有伤风的话，他的眼睛就清澈明亮，眼光也明确而不含糊，因为他的内心也不是这样。他的心地即使非常单纯，事实上也有许多阴暗、迷惘之处，而且心里有鬼，猜疑重重。他这样躺着，一会儿有某种疯狂的、得意洋洋的欢愉之情从他内心深处一直升腾到胸口，使他受到震撼，他的心凝住了，由于某种无法克制而以前从未体验过的欢悦和期望而隐隐作痛；一会儿又因恐惧和忧虑而脸色发白——这是他的良知本身在跃动，而他那颗心则随之以飞快的节拍顶着肋骨怦怦乱跳。

第一天，约阿希姆让汉斯彻底休息，对此事避而不谈。有两三回，他小心翼翼地走进病室，向卧床的汉斯点头示意，为礼节起见问他短缺些什么。因为约阿希姆是“过来人”，他对汉斯·卡斯托尔普的羞于启齿更能体谅，并能加以尊重。按照他的看法，他的处境甚至比汉斯更加尴尬。

可是星期日上午，当他像过去那样独个儿散早步回来时，他说什么再也不能拖延下去了——他得马上跟表弟商量一下必要的措施。他在汉斯的床边坐下，叹了口气说。

“咳，什么办法也没有，咱们不得不采取行动了。家里人都在盼着你呢。”

“时间还没有到。”汉斯·卡斯托尔普回答。

---

① 花押字，也称：交织字母，即把姓名或商号名称的起首字母相互交织成图案状，用作标记或商标。

“话虽这么说，可是就在最近几天之内，不是星期三就是星期四。”

“哎，”汉斯·卡斯托尔普说，“他们绝不会专在哪一天等我回去。他们除了等待我，数着我哪天能回去的日子以外，还得干别的事咧。我一去，人就到了那边，那时蒂恩纳佩尔舅公会说：‘你又回来了？’吉姆斯舅舅会说，‘哦，那边生活过得好吗？’要是我不去，那么他们还要记挂我好长一段时间，这点你是决不会怀疑的。当然啰，我们过不了多久得通知他们……”

“你可以想象，”约阿希姆说罢又叹了一口气，“这事我多难受啊！现在该怎么办呢？我感到自己多少有些责任。你是上山来探望我的，我把你带到这儿高高的地方，现在你却坐着不能动弹，而且谁也不知道你什么时候才能脱身，回到自己的岗位上去。你一定看出，我真有说不出的难受。”

“让我说几句！”汉斯·卡斯托尔普说，双手依旧枕在脑袋底下。“干嘛你要心烦意乱呢？这太没有道理了。我上山来的目的不是为了看你吗？真是这样；不过归根到底，我上山来主要是听从海德金特大夫的嘱咐，休养一下。嗷，现在事实表明，我居然比他和我们中间任何人所想象的更需要休养。有些人到这儿来的本意只是匆匆地探亲访友，想不到后来情况变了。在这号人中间，也许我不是第一个。比如说那个‘两口儿’的第二个儿子吧，他到这儿后所遇到的是迥然不同的命运。我不知道他是不是还活着，也许我们在一次用膳期间，他们已把他带走了。我得上了病，对我当然是一个晴天霹雳，不过我只好把自己看成是这儿的病人，老老实实把自己看成是你们中的一员，而不能像以前那样只是一个客人。其实我一点儿也用不着大惊小怪，因为我一向觉得自己的身体没什么了不起，何况我的父母又死得这么早，身体又怎么健壮得起来呢！你有一些小毛病，可不是吗，哪怕现在已医治好了，可是我们在大家面前谁也骗不了。我们家族里，这方面的传统倒是有一点儿，至少贝伦斯说起这个问题。不管怎么说，我从昨天起就躺在这里，自问这几天的心情究竟如何，同时考虑我对整个事件，对生活，你知道，对生活提出要求，都应当抱什么态度。就我本性而言，我一本正经，对活跃的热闹的场面一向抱有某种反感。就在最近我们还谈起过，由于我对想念的、有启迪性的事物有兴趣，有时甚至想从事神职的工作哩——一块黑布，你知道上面还有一个银十字架或者 R.I.P.……也就是 Reguiescat in pace①……这倒是最美丽的词儿，远远比‘但愿他长命百岁’更能打动我的心，后面这种说法真是瞎热闹。这一切，我认为都是因为我本人有点儿毛病的缘故，一开始就对疾病安之若素——现在的情况也正是这样。但现在情况既然如此，我上山来作一番检查还能说是幸运的，你一点也不必为此而责备自己。你不是听他说过么，要是我再在山下混日子，过不了多久，我的整叶肺很可能会干脆见魔鬼去的。”

“这个倒很难说！”约阿希姆说。“这件事，恐怕谁都难说！你过去肺里不是也有斑点吗，只是没有人注意到罢了，后来就自行痊愈，所以现在大夫只能听到几声无关紧要的浊音。如果你不是由于偶然的机缘上山来，你现在肺里已经染上的浸润性病变也可能是这样——这个倒很难说哩！”

“不错，真的谁也说不上来，”汉斯·卡斯托尔普回答。“可是正因为这样，我们没有权利往最坏的地方想。我这里是以我将在这里究竟待上多久为例。你刚才说，谁也不知道我什么时候走得了，什么时候才能回到船厂去，可是你这种说法太悲观了。我觉得下这样的结论为时过早，因为这点谁也说不上来哪。贝伦斯没有定下什么期限，他是一个深思熟虑的人，并不冒充是什么算命卜课的。你还没有透视过，也没有拍过片，只有透视拍片以后，才能客观地摸清事实的真相。谁知道那时会不会又有什么值得议论的新花样，我会不会在照爱克斯光之前就已经退热，向你们道别。我认为我们不到时间最好先别大叫大嚷，不要马上用极其吓人的措词向家里汇报。我们下次写信时，只要说我染上了重伤风，发寒热睡在床上，眼前不能动身就得了，别的就让它去吧。我会亲自去信的，只要我稍稍坐起身来握起这里的钢笔就行。”

“好，眼前我们只能这么做。至于别的，我们还得等着瞧。”

---

① 拉丁文：安息。

“别的还有什么？”

“别这样没头没脑的！你本来只打算住三星期，带来的只是一只旅行用的小箱子。你需要衣服，内衣、衬衫和冬装；还有各种鞋子。另外，你还得叫他们寄些钱来。”

“假如，”汉斯·卡斯托尔普说，“假如我需要这些东西的话。”

“好吧，让咱们等着瞧。可是咱们应当……不，”约阿希姆一面说，一面在房间里踱来踱去，“咱们不应该抱有幻想！我在这儿已住得很久，山上的情况都了如指掌。当贝伦斯说起什么地方粗糙，听去像罗音时……当然啰，咱们得等着瞧！”

事情就这样定了下来。现在，常规疗养生活中每周一次和两周一次的变换花样[①]仍在照旧进行。汉斯·卡斯托尔普即使目前陷入了这样的处境，仍参与这些活动，有时虽不亲自前去欣赏，也可通过约阿希姆的传达略知一二。那时他会上汉斯那儿，在汉斯床边坐一刻钟和他畅谈。

在他们给汉斯端来星期日午餐的茶盘上，现在装饰着一只花瓶；他们也不会错过机会，把当天餐厅里供应的那份精美糕饼分给他。过了些时候，下面花园里和露台上开始活跃起来，圆号和单簧管的吹奏声，宣布两周一次的音乐会开始了。这时约阿希姆又上表弟那儿，在住所外边敞开的阳台门旁欣赏演出，而汉斯·卡斯托尔普则在床上半仰起身子，脑袋侧向一边，倾听那飘荡上来的悠扬的乐曲声，这时他的眼睛灿然放光，神态十分虔诚。一想起塞塔姆布里尼的话，说什么音乐是“政治上可疑”的东西，他不由暗自轻蔑地耸了耸肩膀。

此外，像我们刚才已交代过的，汉斯常要约阿希姆报告近日来山上的各种动态。汉斯问他，星期日人们穿的是不是节日盛装，谁已穿起饰花边的晨服来，以及其他类似问题(不过天气太冷，穿花边的晨服还不很相宜)。他还问起下午有没有人驾车出游(确实有人已经出发了，例如“半肺”协会的成员全体出动，去克拉瓦德尔一游)。星期一那天，当约阿希姆听完克罗科夫斯基大夫的讲演会回来时，汉斯还问他讲演的内

① 系指前节所述的音乐会或讲演会之类。

容，在他午休以前，还特地上约阿希姆那边跟他扯谈这个问题。约阿希姆懒得开口，不愿向他谈论讲演会的内容，像上次开完会时那样故意避而不谈，使两人的谈话中断。可是汉斯·卡斯托尔普缠住他不放，坚决要听其中的细节。“我躺在这儿，可是什么费用都得付，”他说，“院里有些什么东西，我也得享受一下才是呀。”这时他想起了两星期前那个星期一，想起了那次孤零零一个人的散步；这次散步对他没有带来什么好处，只证实了他的某种猜想：就是那一次散步，使他的机体起了根本性变化，并使潜伏的疾病得以暴发。“可是这里的人们呀，”他提高嗓门说，“这里的老百姓，说起话来可够庄严的，有时听起来简直像诗歌一般。‘唔，身体强壮，感谢上苍’，”他仿效樵夫的腔调，背着樵夫说过的话。“我在树林里听到这话，而且终生难忘。你知道，只要把这类事跟其他的印象或回忆联系起来，你就到死也不会忘掉。喂，克罗科夫斯基大夫又谈起‘爱情’一类事吗？”他又继续问，说到“爱情”这个词时装了一个鬼脸。

“那还用说，”约阿希姆说。“除这个外，他还能说些什么呢。他说的总是这个老题目。”

“今天他说些什么来着？”

“咳，没有什么特别的。你上次也去听过，你知道他说的究竟是些什么。”

“不过他的讲话总有些新的内容吧？”

“谈不上什么新的……哦，今天他讲的纯粹是化学，”约阿希姆终于放下了架子，勉强地给表弟讲起来。“这里牵涉到机体的某种中毒现象和机体的‘自体感染’——克罗科夫斯基大夫这么说过；这是散布在身体各部分某种迄今尚未为人查明的物质分解时引起的；这种分解物对脊髓神经中枢起一种麻醉作用，性能方面和按照一般方式注入外界的毒物——例如吗啡和可卡因——一般无二。”

“正因为如此，你的脸颊上就泛起潮红！”汉斯·卡斯托尔普说。“嗨，这倒是值得听一下的。他真是无所不知，不过他有时是在招摇撞骗哪。且慢，有朝一日他还会替你发现一种人们不知道的物质，这种物质布满全身，分解出某种溶解性毒汁，对中枢神经发生麻醉作用，这样一来，他把人们格外弄得糊里糊涂了。也许过去有人搞过这种玩意儿。听他说话，就不禁使人想起春药和这类药剂的事来，传奇中往往有这种题材……你想走了吗？”

“是呀，”约阿希姆说，“我非躺下来不可。昨天起，我体温曲线又升高了。你的事也多少带给我一些不利的影响。”

星期日和星期一又匆匆过去了。夜尽昼来，汉斯·卡斯托尔普待在“小室”里一转眼已是第五天了。这是星期中平凡的一天，没有什么异样——是星期二。不过这是他上山的日子，他到这个地方来已整整三星期了，他不得不赶紧给家里写信，跟舅公谈谈目前的生活情况，至少得表面化地谈一下。他把鸭绒被拉到背上，在疗养院的一张信笺上写了起来；他说动身要延期了，不能按照预定计划回家。他因感冒发热躺在床上，而顾问大夫贝伦斯的责任心非常强——也许他真是这样的——对这种病显然十分重视，说这种病对他汉斯的健康有密切的关系。那位主任医师跟他初次结识时，就一眼看出他汉斯患恶性贫血；总而言之，在他汉斯·卡斯托尔普看来，疗养院权威人士对他身体恢复所定的期限，日子可不算太长。有什么话，以后一想到就会再去信的。“这样就行了，”汉斯·卡斯托尔普想。“信里没有太多的话，不过无论如何，短时间内总能应付过去。”这封信叫疗养院的工友带去，带时嘱咐他别投在邮箱里绕个弯，而应直接送到火车站，让下一班火车送往目的地。

我们这位冒险成性的青年按照这样的方式处理好这许多事，心头倒感到挺轻松的，尽管咳嗽不住找他麻烦，而感冒又使他头昏脑涨。他怀着期待的心情一天天挨日子。现在，日子在他眼前分成一个一个短短的小段，每天都是千篇一律的，既不消逝得太快，又不过于沉闷无聊——每天都是老样子。早上，浴室师傅进来前总是先乒乒乓乓地敲敲门，他是一个名叫忒恩黑尔的神经质的男人，衬衫袖口卷得高高的，前臂的青筋根根凸起，说起话来咕噜咕噜的，不很流畅。他对汉斯·卡斯托尔普像对其他所有病人那样，也是用病室号码来称呼的，进来后就用酒精擦他的背。浴室师傅走后不久，约阿希姆就衣冠整齐地来了，他向表弟道了早安，再向表弟询问七点钟的体温记录，接着也把自己的情况告诉他。约阿希姆在下面用早餐时，汉斯·卡斯托尔普也披着鸭绒被在楼上用膳，虽然换了一个新的生活环境，但食欲依旧不减，两位大夫例行公事地走进室内，他也不动声色。这两位大夫在病人用膳期间经过餐厅，并且匆匆穿过卧床病人和重病号房间巡视一番。汉斯的嘴里满是果酱，他告诉他们晚上睡得“很好”，视线越过杯子边缘往顾问大夫身上瞧，这时顾问大夫正在迅速翻阅中间桌子放着的体温曲线表，两只拳头撑在桌面上。两位大夫离去时向他寒暄几句，汉斯则无动于衷地用拖长的声音回答。于是他点燃一支香烟。这时他眼见约阿希姆作完晨间的例行散步回来了，他几乎没有意识到约阿希姆刚才已离开过一段时间。他们俩又天南地北扯谈起来，这段时间与第二次早餐相隔甚短(这时约阿希姆在作卧疗)，即使是一个头脑极其简单、精神极其空虚的人，也不会觉得寂寞无聊。至于汉斯·卡斯托尔普，他对上山最初三星期的事态已有很深的印象，许多地方都值得回味，而且目前的处境和今后的去向也值得他好好思考，因此他从疗养院图书馆里借来的厚厚两卷画报，他只是放在床头柜上，没有时间去看。

约阿希姆去达沃斯高地作第二次散步这一段时间，情况也没有什么两样。这段光阴也一点儿不沉闷。回来后，他又上汉斯·卡斯托尔普那儿，把散步过程中吸引他注意的种种事说给他听。他在回到自己房里午休以前，总要在汉斯的病床旁站一会儿或坐一会儿。这段时间究竟有多长呢？也只有短短一小时光景！他正好叉起双手搁在脑袋后面，两眼稍稍朝天花板看几下，陷入沉思，锣声又忽然响起来了，要那些能起床走动的病人前去用正餐。

约阿希姆走下楼去，“中午的汤汁”就端来了：端来的东西其实不是汤汁，它只是一个象征性的名词罢了！汉斯·卡斯托尔普吃的不是病人的伙食——干嘛他们要给他吃这种食物呢？像他这样的情况，院里是绝对不开病人的伙食的，这种伙食太单薄了。他躺在这里，付的是全费，而院里在这个永远不变的时刻给他送来的，可不是什么“中午的汤汁”，而是富有山庄疗养院特色的六道菜的正餐，花色品种十分齐全，一道也不缺。星期一到星期六各天菜肴都十分丰盛，而星期日呢，更像节日盛宴，由疗养院一位在欧洲高级饭店的厨房受过训练的厨师担任烹调。女侍者的职责是照料那些卧床休息的病人，她把盛有美味食物的小锅端来，锅上覆有镀镍的盖子。她把病人专用的小桌推来，这是只靠一只脚维持平衡的怪东西，推到时正好同他的床头成一个斜角。于是汉斯·卡斯托尔普像裁缝的儿子那样，在小桌上大吃大喝起来。[①]

他刚好吃得饱饱的，约阿希姆就回来了；当约阿希姆回到自己的凉廊里时，人们都在卧床午休，山庄疗养院笼罩着一片静寂时，差不多已有两点半了。也许不完全是这样；说得精确些，到两点三刻才完全静下来。但在大手大脚地算时间的场合(例如当你外出旅行时在火车里接连待上好几小时，或者当你出神地静待着什么，当时只一心盼望时间快些流逝)，除了整数单位以外，这种一刻钟的零星时间是不计在内的，只是轻轻把它略过。两点一刻——你可以也算它是两点半；看上帝面上，你甚至可以把它当作是三点钟，因为“三”是一个整数，应当向“三”看齐。我们可以把三十分钟看作是从三点到四点整段时间的前奏曲，暗地里不给计入——在这种场合下，人们往往是这样做的。因此，下午的卧床休息时间归根到底实际上只有一小时，到快结束时就干脆缩小了，省略了，甚至可以说加了一个“省字号”，而这个“省字号”却是克罗科夫斯基大夫加的。

不错，克罗科夫斯基大夫在下午独自出巡时，不再上汉斯·卡斯托尔普那儿来了。现在，这个青年人不再是一个“空档”了，他也是病人，也得向他问长问短，不能再像过去好长时间那样把他撇在一边。过去他无人问津，每天心里暗暗着恼。星期一那天，克罗科夫斯基大夫首次在他的病室里出现。我们说“出现”，是因为这个字眼对汉斯·卡斯托尔普当时怎么也摆脱不了的那种奇特的、甚至有点儿可怕的印象来说，十分恰当。当时他正迷迷糊糊的半睡半醒，忽然看到助理医师在房里出现，不禁一怔。他不是从房门里跨入，而是从外边进来的。这一

① 出典见《格林童话》。

回，他不是经过走廊巡行的，而是通过外边的凉廊，从阳台那扇开启的门进入，因而印象上宛如自天而降。这时他站在汉斯·卡斯托尔普床边，黝黑的脸上没有血色，肩膀宽阔，高大健壮。他的胡须向两边分开，当他富有大丈夫气概地微笑起来时，露出了一排黄澄澄的牙齿。

“卡斯托尔普先生，您似乎想不到我会来，”他拖长声调用温柔的男中音说，语气无疑有些做作，发 R 声时带有外国腔的腭音，不卷舌头，只是让舌头在上排的门牙后面碰一下。“不过我只是履行我愉快的义务，要是我现在也有权利来拜访您的话。您跟我们的关系已进入了一个新阶段，一夜之间，您就由客人一跃而变成一位同志……”（听到“同志”这个字眼，汉斯·卡斯托尔普有些惊惶失措。）“这个谁又想得到呢？”克罗科夫斯基大夫友好地打趣说。……“当那天晚上我初次有幸结识您，而您对我那错误的假设——当时您认为是错误的——却加以反驳，说您身体完全健康时，谁又想得到今天呢？我认为当时只表示某种怀疑，不过我可以向您保证，我只是随便说说罢了！我不想自作聪明，自以为比实际上更有远见。当时我并没有想到什么浸润病灶。其实我别有所指，我指的是更有普遍意义的哲学性的问题。我只表示我的怀疑：‘人’和‘完全健康’这两个词儿的概念究竟是不是完全符合。即使今天在检查过您的身体之后，我还仍旧跟我那位可敬的主任医师存在着分歧。我认为这个浸润部位，”他说着用指尖轻轻触了触汉斯·卡斯托尔普的肩胛，“倒不是什么最要紧的事。在我看来，它只是一种次要的现象……有机体始终是次要的……”

汉斯·卡斯托尔普倒抽了一口冷气。

“……而您的感冒呢，在我心目中只是第三类现象，”克罗科夫斯基大夫又轻描淡写地加上一句。“怎么样？在这方面，卧床休息肯定很快能奏效。今天您量体温的结果怎样？”

从那时起，助理医师的访问就带有无伤大雅的检查性质，以后几天和几个星期仍旧保持这种性质。每天四点差一刻或更早一些，克罗科夫斯基大夫总穿过阳台的那扇门进来，爽朗而大方地同躺在床上的汉斯打招呼，简短地问起他的病情，中间也夹杂一些私人性质的闲聊，还友好地说些俏皮话。如果说在这一切中间还难免有些猜忌的痕迹，那么他们对这种猜忌最后也习以为常，只要保持在限度以内就行了。不久，汉斯·卡斯托尔普对克罗科夫斯基大夫的经常出现就不再抱什么反感，现在它已是他那日常生活的组成部分，成为他午后卧床休息时间中的一个“略号”。

四点钟时，助理医师又回到阳台上来，那时已接近傍晚了。你连想也来不及想，时光忽然已近傍晚，一转眼间，暮色渐浓，差不多已是黄昏。下面餐厅里和三十四号病室里，人们还没有喝完茶，时间已快到五点。等约阿希姆第三次例行散步回院，再来探望他的表弟，至少已是六点钟。要是我们只用整数计算，那么在晚餐前再作一次卧疗，为时也至多只有一个钟点。如果你头脑里思想活跃，而且在床头柜有许许多多文艺书籍，要消磨这许多时间是不难的。

约阿希姆同汉斯道了别，前去用晚餐。人们给汉斯端来了饭菜。这时山谷里早已罩上一片阴影，当汉斯·卡斯托尔普用膳时，白色的房间已显然黑下来。晚餐一结束，他就披着鸭绒被靠在床上，前面那张活动小桌上的菜肴已一扫而空。他凝望着越来越浓的暮色。今天的暮色，同昨天的、前天的或八天以前的很难区别。现在已是晚上——前不久才是早晨呢。分成一小块一小块的、人为地缩短的日子，在他手下确实捣成碎片，而且化为乌有。当他觉察到这点时，他感到惊异，不管怎么说，他陷入沉思。对他这样年龄的人来说，他根本不懂得什么叫害怕。他只觉得自己“一直像过去那样”凝望着。

有一天大约过了十点钟或十二点钟，汉斯·卡斯托尔普早已卧在床上。这时忽然响起了一阵敲门声。当时约阿希姆还没有回来，他晚餐后还在进行社交活动。汉斯·卡斯托尔普说了声“谁呀，进来”时，洛多维科·塞塔姆布里尼就在门槛上出现了；门开时，房里顿时耀眼地亮起来。原来客人开门时的第一个动作，就是把天花板的吸顶灯开亮。灯光把天花板照成一片银白色，然后又反射在家具上，转眼间，整个房间就变成雪亮的了。

在疗养院的许多病人中，汉斯·卡斯托尔普这些日子在约阿希姆面前只指名道姓地问起一个人——那就是这位意大利人。约阿希姆每次来时，总在表弟床边坐上或在他身边站上十分钟，一天得来上十次。他来时总把院里的一些琐事趣闻和日常生活中的一些变化讲给他听，而汉斯·卡斯托尔普所提的各种问题，性质上都是泛泛的，并不专指某人。这位离群索居的人非常好奇，他甚至想知道有没有什么新病人上山来，有没有熟悉的人物已经启程下山；使他高兴的是，只有人上山来，而没有人回去。据说来了一个"新客"，是一个青年人，面色绿幽幽的，两颊深陷，吃饭时和皮肤白得同象牙一般的莱费小姐和伊尔蒂斯太太同桌，正好在表兄弟那张餐桌的右边。不错，汉斯·卡斯托尔普过一会儿可以亲眼看到他。那么谁也没有离开吗？约阿希姆把目光垂向地面，只是简短地说了一声"不"。不过他每隔一天都得好几次回答汉斯这个问题，最后他声调中显得有些不耐烦，想一劳永逸地把情况交代清楚，他说据他所知，根本没有人打算动身，待在这里休想轻易下山。

关于塞塔姆布里尼，汉斯·卡斯托尔普很想打听他个人的一些情况，而且想听听他对那个问题的"说法"怎么样。那是什么问题呢？"嗯，我指的是我躺在这儿，算是病倒了。"塞塔姆布里尼对此确实发表过意见的，哪怕十分简单干脆。就在汉斯·卡斯托尔普失踪的那天，他就向约阿希姆问起这位客人的下落；他思想上显然准备听到这样的消息：汉斯·卡斯托尔普已经动身下山了。约阿希姆将情况说清楚后，他只吐出了两个意大利词儿作为回答，第一个是"Ecco"，第二个是"Poveretto"，译成德文，意思就是"原来如此"和"可怜的小伙子"。这两个年轻人对意大利语的理解能力比谁都强，要懂得这两个词儿的含义并不困难。"他干嘛说'可怜的小伙子'呢？"汉斯·卡斯托尔普说。"他也住在山上，念念不忘他那由人文主义和政治所组成的文学，这对世间的生活利益并没有多大帮助。他不该这么高高在上地垂怜于我，我回到山下去的时间要比他早得多呢。"

现在，塞塔姆布里尼站在突然灯火通明的房间里。汉斯·卡斯托尔普托住胳膊肘撑起身子朝门口张望，眨巴着眼睛认出了他，他的脸刷的一下红了。塞塔姆布里尼像往常一样，穿着一件翻边宽大的厚上衣和方格子裤，翻下的衣领已经有些破旧。他刚用完膳，所以按照老习惯在两片嘴唇间叼着一根木牙签。他的嘴角埋在两撇弯弯的漂亮的小胡子下面，现出一丝往日那样冷冷的、诡谲的、睥睨一切的嘲笑。

“晚上好，工程师！您能允许我来拜访吗？要是允许的话，那么我就需要光亮——我擅自把灯开了，请原谅！”他一面说，一面伸出那只瘦小的手往上向天花板的吸顶灯挥了一下。“您正在沉思默想哪。我真不该来打扰您。处在您那样的境况，我认为沉思默想是理所当然的事，而您想聊天，又可以找上您那位表哥。您瞧，我是一个多余的人，这点在我心里真是一清二楚。尽管如此，由于咱们同住在一个狭窄的小天地里，人与人之间难免有几分同情心，精神与共，心灵相通……大伙儿没有见到您已有整整一星期了。我真的开始在想，您也许已经动身下山，因为我看到您在楼下斋堂里的那个座位已经空出来了。少尉对我总是循循善诱，哼，可惜结果不妙，要是我这么说并没有失礼的话……总之一句话，您身体怎么啦？日子过得怎么样？感觉如何？不怎么灰心丧气吧？”

“原来是您啊，塞塔姆布里尼先生！多承您劳驾了。哈，哈，您说起‘斋堂’？您又在开玩笑了。请坐下来吧。您一点也没有打扰我，我刚才躺在床上沉思——哦，讲沉思实在也太过分了。我只是懒得要命，连灯也不想开。谢天谢地，我主观感觉很好，像平时一样。卧床休息以后，我的伤风咳嗽差不多已经消失，不过这只是一种‘次要现象’，我到处听人这么说。但体温还一直没有恢复正常，有时三十七点五度，有时三十七点七度，这些日子也老是这样，没有变化。”

“您经常在量体温吗？”

“对，每天六次，同山上你们各位一模一样。哈哈，请原谅，一想到您称咱们的餐厅是‘斋堂’，我就禁不住又要笑了。‘斋堂’是寺院里的用语，可不是吗？这儿的餐厅确实有些‘斋堂’的味儿——虽然我从来没有去过寺庙，可是我看倒有些大同小异。我对‘规章制度’已经完全掌握，而且严格遵守。”

“像虔诚的弟兄一样认真。咱们可以说，您的见习期已满，可以正式上任了。我得向您隆重道贺。您刚才甚至说起‘咱们的餐厅’来了。不过，恕我说一句——我一点不想伤害您那男子汉的尊严——您给我的印象与其说是一个和尚，倒不如说是一个小尼姑，这个小尼姑刚刚削过发，是耶稣基督的天真无邪的新娘，两只大眼睛充满了献身精神。我过去在世界上到处都看到过这些羔羊，看到他们时不无……不无某种伤感。哎，对，对。您的表兄大人已把一切全对我说了。不久前他们还检查过您的身体……”

“因为我有些寒热哪。老实说，塞塔姆布里尼先生，要是我在山下染上这种感冒，我就会去请教家里的大夫的。而这里，你坐在所谓‘发源地’里，屋子里又有两位专家，看来倒有些好笑……”

“那当然，当然。这样不待别人嘱咐，您就量起体温来。不过老早就有人向您提出这个建议。体温表是米伦东克小姐偷偷塞给您的吗？”

“偷偷地塞给？是当时情况需要，我向她买来的。”

“这个我懂得。这笔交易真是天衣无缝，无可指摘。主任罚您住几个月？……老天爷，这个我以前也问过您一次了！您还记得吗？那时您刚来。您当时回答得这么干脆……”

“当然我还记得起来，塞塔姆布里尼先生。从那时起，我又经历了不少事情，可是我都记得清清楚楚，仿佛在眼前一般。那时您多逗人，把顾问大夫贝伦斯说成是阎罗大王……什么赖达曼托斯……不，等一下，还是什么别的……”

“赖达曼托斯？也许我是随口这么称呼他的。我心血来潮想起的事，可不能一一都记得住。”

“赖达曼托斯，当然啰！米诺斯和赖达曼托斯！那时您也给我们讲起卡尔杜齐呢……”

“亲爱的朋友，对不起，让我们把他撇在一边吧。在这个时刻，这个名字从您的嘴里说出来倒真是太怪了！”

“那也不错嘛，”汉斯·卡斯托尔普大声笑道。“不过我从您那儿学到了有关他的许多东西。不错，那时我一无所知，我回答您时说，我上这儿只住三星期，别的我都心中无数。那时，那个叫克莱费尔特的女人从人工气胸里发出口哨般的声音，这使我怪不自在。即使在那时，我也感到有些热度，因为这里的空气不但能治疗疾病，同时也能助长疾病，有时促使它暴发。要把病治好，这个步骤终究是必不可少的。”

“这个假设倒是挺诱人的。去年，不，前年，有一个德国血统的俄国女人在这里住了五个月，顾问大夫贝伦斯可曾把她的情况说给您听过？还没有？其实他应该说给您听听。她是一个很有魅力的女人，按血统来说有德国的，也有俄国的。她已结过婚，是一位年轻的母亲。她是从东方来的，有淋巴腺、贫血，可能还有什么严重的情况，嘿，她在这儿住了一个月，就叫苦连天说受不了啦。大家叫她忍耐些。第二个月过去了，她还是说自己的身体不但没有好起来，反而恶化了。人家告诉她，她身体究竟怎么样，只有大夫才能下断语，她所能说的只是自己的感觉，而后者是无关紧要的。大夫认为她的肺部没有毛病。好，她什么也不说，照样疗养，过了一星期体重也减了。第四个月，她在检查时昏了过去。贝伦斯说，这不碍，她的肺里一点也没有毛病。可是到第五个月，她竟不能走动了，于是写信给东方的丈夫。贝伦斯接到过他的一封信，信上清晰地标有‘亲启’和‘火急’字样，我也亲眼看见过这封信。‘不错，’贝伦斯说，还耸了耸肩膀，‘现在看来的情况是：她显然不能忍受这儿的气候。’那女人气得暴跳如雷。她嚷道，这些话大夫早该告诉她，她自己也始终感到这一点，现在她彻底毁了！……我们但愿她回到东方投入丈夫的怀抱后，会重新长出力气来。”

“妙极了！塞塔姆布里尼先生，您讲得多么动听，每句话简直都富有创造性。您以前还讲起一些故事，例如湖里洗澡的姑娘啦，有人把‘哑姐妹’发给病人啦，我一想起就不禁常常暗暗笑出声来。咳，什么事都可能发生。真是学到老，学不了。可是我自己的情况还是一个未知数。顾问大夫已在我身上找出一些小毛病。我肺里有一些旧斑点，这些地方以前发过病，只是没给察觉到，我在他叩叩敲敲的时候自己也听出来了。后来又在肺里什么地方听到新的毛病——哈哈，在这种场合下说起‘新’这个字眼来，可真有些怪了！不过到现在为止检查还只停留在听诊阶段，只有在我改日起床经过透视、拍片以后，诊断方面才能有个确切的结论。那时我们就能知道事实的真相了。”

“您以为这样吗？——您可知道，大夫以为肺里有空洞，而爱克司光照片显示出的却往往是斑点，可实际上只是影子而已？再说，明明里面有毛病，有时片子里却什么斑点也显不出来？爱克司光片，真是圣母娘娘！以前这里住过一位年轻的钱币学家，他一直发着烧，因为发烧，他们在照片上就看到了明显的空洞。他们甚至用听诊也听得出！于是院里作为肺结核处理，他就此一命呜呼。待尸体解剖后，方才看出肺里没有什么病，是什么球菌之类使他丧命的。”

“咳，塞塔姆布里尼先生，听您的，您竟谈起解剖尸体来了！我还是丈二和尚摸不着头脑呢。”

“工程师，您太爱开玩笑了。”

“而您却是一位地地道道的批评家和怀疑者，我不得不这样说您！您连严谨的科学也不相信喽。那么您在片子上有没有斑点呢？”

“有，斑点是有一些。”

“您果真有病？”

“唔，很遗憾，我病得不轻，”塞塔姆布里尼回答时垂下了脑袋。他顿了一下，咳嗽了几声。汉斯·卡斯托尔普凭他那仰卧的位置望着这位客人，他刚才这些话，竟说得客人不吭一声了。看来，他两个十分简单的问题，已把对方的全部论点驳倒，而且使对方哑口无言——甚至把对方有关“共和国”和“优美的文体”的论据也驳倒了。他并没有作出任何努力，使中断了的谈话恢复。

过了一会，塞塔姆布里尼先生又挺直了身子，脸上泛起一丝微笑。

“现在请您对我说说，工程师，”他说，“府上各位听到您的情况，有些什么反应？”

“您指的是什么情况？是指我延期动身吗？您知道，我的家人，我家里的亲人都是舅辈方面，一起有三个，一个是舅公，还有两个是他的儿子。我对他们比一般的表亲还亲。别的再也没有什么人了。我很早父母就双亡了。他们听到了我的消息有什么想法？他们知道的，比我本人也多不了多少。一开头，当我不得不卧床休息时，我给他们去信说我染上了重伤风，不能动身。昨天，我看出我还得在山上呆一些日子，于是再一次写信告诉他们说，顾问大夫贝伦斯见我的感冒一直不好，已经注意起我的胸部来，一定要我再住一段时间，把病情查个水落石出。他们得到我的消息后，可不会大惊小怪的。”

“您的工作岗位呢？您以前讲起实际的工作活动，本来您就想参加这种活动。”

“不错，我是自愿去实习的。我告诉他们暂时不能去船厂，希望他们谅解。您千万别以为船厂里没有我便会灰溜溜的。他们没有志愿人员也照样能过得去，不管时间多长。”

“很好嘛！从这方面来看，万事大吉。在整条线路上，什么都可处之泰然。贵国的人遇事都能泰然自若，头脑十分冷静，可不是吗？可同时又是精力充沛的！”

“哦，是啊，同时又是精力充沛的，而且是十分充沛的！”汉斯·卡斯托尔普说。他在遥远的异乡，对故国人民的气质作一番斟酌，觉得对方形容得恰到好处。“头脑冷静，精力充沛——他们确实是这样的。”

“嗯，”塞塔姆布里尼先生继续说，“要是您住的时间再长一些，山上的人们就会跟您的舅辈相识。我指的是您的舅公。他准会走出家门，上山来探望您的。”

“不可能！”汉斯·卡斯托尔普提高嗓门说。“他绝对不会来！十匹马也不会把他带上山来！您可知道，我舅公很容易中风，他胖得连脖子也没有了。不，他需要高低适度的气压。要是他来这儿，情况比你们东方的那位太太还糟。他的病又会发作的。”

“那很叫我失望。很容易中风？那么冷静和精力对我又有什么用处呢。您的舅公大人很有钱吧？您也很有钱？您府上各位都很有钱吧？”

对于塞塔姆布里尼先生的著作家那样的概括方式，汉斯·卡斯托尔普淡然一笑，于是他躺在病床上，内心又神驰于远隔千里的家园。家中的景象又在他记忆中一一唤起了，他在判断时想尽力做到客观公正。正因为他离家这么远，他才鼓起了勇气，把家里的事一一想起。他回答道：

“有钱呢，哎，还是没有钱，我可不清楚。要是没有，那就更糟啦。我呢？我不是百万富翁，可是我所拥有之物却都有保障。我能自立，穿的吃的都不愁。现在暂时撇开我自己不谈。要是您说，一个人非有钱不可，那么我也可以同意您。假定您没有钱，或者本来富有，后来变穷了，那就苦喽！‘这个人呀！他还有钱吗？’他们会这样问……他们的话不外乎这一些，而且总会装出这么一副嘴脸；这类话我常常听到。我还注意到，它们已深深印在我的心里。当时我听到这种话一定感到很奇怪，尽管我已听惯了。否则，我的印象也不会这么深。那么您的看法如何？不，像您这样一个 homo humanus[①]，我认为我们在一起会感到称心如意的；即使我本人，那个家庭中的一员，事后也觉得往往怪不自在，尽管就我个人来说，我在家里从来不用吃什么苦。要是谁在正餐时不用最贵重的上等酒招待客人，谁在交际场上就休想吃得开，而他的女儿也休想嫁出去。这些人就是这个样儿。我躺在这儿从远远的地方看他们，也觉得这些人俗不可耐。而您却用这样的形容词，什么‘头脑冷静’，还有‘精力充沛’！那很好，可是它的意思是什么？那就是严峻，冷酷。而严峻和冷酷又意味着什么？那就是残酷。山下的气氛是残酷无情的。当您这样躺着，从远处眺望家乡，您就会不寒而栗。”

塞塔姆布里尼听了点点头。在汉斯·卡斯托尔普暂时中止批评、不再说话时，他还在频频颔首。接着他叹了一口气，说：

“对于您家园中冷酷的现实生活所表现出的那种特殊形态，我不想加以美化。这是无关紧要的；骂他们冷酷，倒颇有些感情用事。要是您在当地，您就不致提出这样的谴责，怕当面受人讥笑。您让生活中的逃兵来提出这种谴责，这是对头的。现在您自己居然也提出了，这证明您和家园里的人们在某种程度上已疏远起来。我不愿看到这种疏远情绪在您心里增长，因为谁习惯于提出这种责难，谁就很容易脱离生活，和他出生后在他周围形成的那种生活方式格格不入。工程师，您可知道什么叫做‘脱离生活’？我嘛，我是知道的，我在这儿天天都看得到。年轻

---

① 拉丁文：人文主义者。

人上山后最多不过半年(上山的几乎全是青春年少的小伙子),头脑里除了调情和量体温外,什么念头都没有。住上一年后,青年人甚至不能相互理解,而是感到对方'冷酷',或者说得精确些,把对方看成满是缺点,愚昧无知。您是爱听故事的,现在让我来讲一个给您听听吧。我讲的是一个男人,他有一个妻子,还有一个老娘。他在这儿住了十一个月,我认识他。依我看,他的年纪比您稍稍大些——哦,确实是大了一些。他身体好了些后,院里暂且放他回家一次,于是他回到家中,投入亲人的怀抱。家人不是大舅子小舅子,而是母亲和妻子。他整天躺着,嘴里衔一支体温表,别的什么也不感兴趣。'你们是不懂得这个的,'他说。'只有在山上住过的人,才懂得这样做是必要的。这里山下人缺乏基本概念。'后来,做母亲的终于下了决心,说:'你还是再上山吧。你在这里不顶用了。'于是他又上山了。他又回到'家'来——您该知道,一旦人们在院里住过,就称它为'家'。他跟他年轻的妻子完全疏远了,她缺乏'基本概念',而她也根本不想去理解这个。她看得出,他在那个'家'里将要找到一个懂得这种'基本概念'的志同道合的人,而且要在院里住上一辈子。"

汉斯·卡斯托尔普听时似乎并没有全神贯注。他依然呆望着他那间白色的病室里泛起的一片耀眼的灯光,仿佛在极目凭眺远方。他过了一会才笑了笑,说:

"他居然称起'家'来了?那倒真像您所说的,有点儿感情用事。嗯,您知道的故事多得讲不完。刚才我讲到心肠硬和冷酷无情,现在我还在想个不停呢。这几天来,我头脑里一直乱纷纷地想这些事。您瞧,山下的人有这种怪想法,而且提出'他还有什么钱吗'这类问题,讲起来还眉飞色舞,要是谁居然表示赞同,那他的脸皮准是相当厚了。我听了这种话真怪不自在,尽管我从来不是一个人道主义者。我事后发觉,我听了这种话一直感到心惊肉跳。也许这跟我不知不觉地容易生病有关,不过当时我想不到自己有病。那天我在叩诊时亲自听到老病灶发出的声音,现在贝伦斯又自称给我找出了一些新毛病来。我当时确实吃惊不小,但总的说来也怪。我从来不感到自己身体结实得像一块石头那样，何况我的双亲又死得这么早——我从小就父母双亡，您得知道……”

塞塔姆布里尼先生摆动他的脑袋、肩膀和双手，全身作出一个姿势，似乎在兴致勃勃地、彬彬有礼地问对方：“嗯，怎么样？还有别的话要说吗？”

“您是一位作家，”汉斯·卡斯托尔普说，“是一个文人。对这一类的事，您肯定十分明白，而且定能清楚看出，在这种情况下，一个人的想法不会这么粗鄙，竟以为人们的冷酷是理所当然的事——您得知道，我指的是普通的人们，他们说说笑笑，跑来跑去，挣钱，填饱肚子……我不知道我说的是不是对头……”

塞塔姆布里尼欠了欠身子。“您的意思是说，”他解释道，“由于您早年就频繁地跟死亡接触，于是您个性上就形成了这么一种基调：您对浮华世界中那种冷酷和粗鄙十分敏感，或者不如说，对‘玩世不恭’十分敏感。”

“正是这样！”汉斯·卡斯托尔普激昂地说。“您正是说到点子上了，塞塔姆布里尼先生！跟死亡接触——！我确实知道，您，作为一个文人……”

塞塔姆布里尼向他伸出一只手，同时把脑袋歪向一侧，闭上眼睛。这是一个十分漂亮、柔美的姿态，意思是请对方别再作声，还是继续听他讲吧。他保持这样的姿势有好几秒钟，即使汉斯·卡斯托尔普已沉默了半晌，而且多少有些尴尬地静待下面会有什么文章，这个姿势还是不改。后来他终于张开那双乌黑的眼睛——那双手摇风琴琴师的眼睛——，重新开起腔来：

“请允许我说话。工程师，请您允许我把心底里的话向您抖出来。看待死亡唯一健全的、高尚的，而同时也是——恕我明确地再表白一句——虔诚的方式，就是把它理解和感受为生活中的组成部分和神圣不可侵犯的条件，在理性上无论如何不能把它同生活分离，不能反其道而行之，不然，就与上述健全、高尚、理智和虔诚的概念背道而驰了。古人用生命和生殖的标志装饰在石棺材上，甚至还用淫猥的标志；就古代的宗教信仰而论，圣洁的事物往往和猥亵的事物并列在一起。这些古人懂得如何向死亡致敬。死亡作为生命的摇篮和新生的发源地，是值得令人敬畏的。如果看待死亡时与生命割裂开来，那它就变成鬼怪一类的东西，甚至更加不堪入目的事物。因为死亡作为一种独立自在的精神力量，是一种贪得无厌的力量，它那邪恶的吸引力无疑是十分强烈的，而对死亡表示同情，却无疑地意味着人类的灵性极其可怕地走入了歧途。”

塞塔姆布里尼先生说到这里不再作声。他那篇泛泛的言论到这里顿住了，最后作了一个十分明确的结论。他说这番话是一本正经的，并非随便聊聊而已。他根本不给对方有插口对答的机会，而是在发言结束时降低了嗓门，打一个句号表示暂停。他闭起嘴巴坐着，两手交叉地放在膝盖上，套着方格子长裤的一条腿搁到另一条上面，轻轻摆动悬着的那只脚，用严肃的神情注视它。

汉斯 · 卡斯托尔普也不出一声。他披着鸭绒被坐在床上，脑袋侧向墙壁，用指尖轻轻敲着被子。他听了这席话深有启发。他像上了一堂课，甚至挨了一顿训斥。在他的沉默中，含有许多幼稚的、不服气的味儿。冷场的时间相当长。

半晌，塞塔姆布里尼先生才抬起头来，微笑说：

“工程师，您也许还记得，咱们以前也一度争论过类似的问题——也可以说是同一个问题吧？咱们那时谈的是关于疾病和愚蠢的问题，您出于对疾病所怀的敬意，认为把两者合在一起是一种似是而非的论点。这些话我想是在一次散步时谈的。我把这种尊敬称为阴郁的、不切实际的幻想，玷辱了人们的思想，而您对我的责难当时似乎并不怎么反感，愿意加以考虑，我真不胜欣喜。我们还谈到了青年们的无所作为和意志上的游移不定，谈到他们的自由选择，谈到他们一发现什么新的观点，就企图拿来为自己所用，最后又说起我们不应当、也不需要把这种企图看作是最终的和最认真的抉择。您能否允许我——”塞塔姆布里尼先生微笑着在椅子上向前弯了弯腰，两脚在地板上靠紧，交叠的双手放在膝盖间，脑袋也稍稍侧向一边——“今后您能不能允许我，”他接着说，声调稍稍有些激动，“让我在您的实习工作稍稍插上一手，而且当毁灭性的危险威胁着您时，让我为您施加一些影响，使您回到正路上来？”

“那当然不成问题，塞塔姆布里尼先生！”汉斯·卡斯托尔普连忙把刚才拘束的态度和厌恶的情绪抛在一边，不再用手指尖敲击床沿，对客人显得亲切友好，但也显得有些惊惶失措。“您真太客气了……我自问是不是真的能够……也就是说，我是不是真能……”

“完全是 Sine pecunia①，”塞塔姆布里尼引用拉丁文说，一面站起身来。“谁会这么慷慨大方呢，”说着两人都呵呵大笑。这时只听得外面的那扇双重门动了一下，接着，里面的那扇门也呀的一声开了。进来的原来是约阿希姆，他刚参加了晚间的聚会回来。他一见到这个意大利人，脸孔也像刚才汉斯·卡斯托尔普那样刷地红了。他的脸本来已被阳光晒成古铜色，现在在灯光下更显得暗沉沉的。

“哦，原来你有客人，”他说。“你真是好福气哪。刚才我给他们留住了。他们硬要我打桥牌，外面，人们管它叫‘白立奇’，”他摇头摆脑地说。“不过玩法毕竟完全不同。我赢了五分……”

“对你来说，这根本谈不上是什么邪恶的吸引力，”汉斯·卡斯托尔普说，“哈哈，哈哈。刚才塞塔姆布里尼先生跟我一起消磨时光，挺痛快的……不过这样的说法一点儿也不恰当。这句话对你的骗人的桥牌来说可正好用得上，可是塞塔姆布里尼先生怪有意思地填补了我时间上的空白……当骗人的桥牌在你们周围玩起来时，一个规规矩矩的人就一定会千方百计希望摆脱这样的环境。不过常听塞塔姆布里尼先生谈话，领受他的教诲，倒是很有意思的，我巴不得热度遥遥无期地一直不退，在这儿同你厮守在一起……到头来院里还得给我一支‘哑姐妹’，叫我量体温时不会上当。”

“工程师，我再说一遍，您这人真爱开玩笑，”意大利人说。他温文有礼地告辞了。当汉斯·卡斯托尔普和表哥单独在一起时，他叹了一口气。

---

① 拉丁文：免费。

“真是一个学究！”他说。“谁都得承认，他是一个信仰人文主义的学究。他总是不住地纠正你，时而用讲故事的形式，时而用抽象的概念来说服你。至于人们跟他谈的一些事情——人们对于怎么谈法可真难以想象，甚至无法理解。要是我在山下遇见他，我恐怕也无法了解他的为人，”他接着说。

在这样的时刻，约阿希姆往往跟他待上一会儿，他得往往牺牲半小时或者三刻钟的晚间卧疗光阴。有时，他们在汉斯·卡斯托尔普的活动餐桌上下棋——约阿希姆把棋子从楼下带了上来。过了一会，他带着整套什物走到阳台上，嘴里衔一支体温表。这时汉斯·卡斯托尔普也在量他最后一次的体温，而柔和的乐声则从远远近近的地方透过夜色正浓的山谷飘荡上来。晚间卧疗在十点钟结束。他听到约阿希姆的声音。他也听到“下等”俄国人餐桌上那对夫妻的声音……他侧起身子躺着，好让自己沉沉入睡。

夜间的光阴过得没有白天那么舒畅，因为汉斯·卡斯托尔普常常醒来，而且往往一连几小时不能入睡，这是因为他的体温极不正常，害得他夜间十分清醒，或者是因为他上山后的生活方式一直是卧卧躺躺的，使他失去了睡眠的欲念和强制自己入眠的能力。所以当他入睡时，他总做着变幻多端的、形象极其鲜明的梦，待他醒过来时，他仍能细细回味这些梦境。如果说他把白天细分成许多段落后感到日子短些，那么当夜间他眼看每一小时迷迷糊糊地以单调的方式飞速地流逝时，内心也会有同样的感觉。一旦黎明临近，汉斯就满怀兴趣看着四周渐渐升起灰蒙蒙的一片，房间的轮廓也隐隐显现，而病室里的各种摆设也像揭开了面纱似的露出脸来。看到外边的天色已经暗沉沉地或明晃晃地被朝霞染红，他心里也挺高兴；他连想都来不及想，浴室师傅上门的时间又到了——他重重地叩起门来，宣称新的一天又投入工作日程了。

汉斯·卡斯托尔普出行时，随身没有带日历，所以日期方面他老是心中无数。他不时向表哥打听，但对方在这方面也总是吃不准。只是在星期日，特别是两周举行一次音乐会的那个星期日（上山后的第二个星期日，汉斯·卡斯托尔普是在聆听音乐中度过的），他总算对时间有个端倪。这时他才清楚地知道，九月已确实过了相当长一段时期，现在已接近九月中旬了。自从汉斯·卡斯托尔普卧床以来，外面山谷里本来是阴冷而彤云密布的天气渐渐转了，变成了阳光灿烂的夏日。这种日子多得数也数不清，因此约阿希姆每天早晨出现在表弟面前时总是穿着白裤子。汉斯不能在这样绚丽的天气里任意活动，怎么也压制不住内心的遗憾：他不但打心底里感到难受，而且那年轻的肌肉也是痒痒的。有一次，他甚至悄声地说，错过了这样的时光真是一种“耻辱”，但接着又自言自语加上一句聊以自慰：要是他自由自在地来来往往，他也不懂得能怎样比现在更好地利用时光，因为根据他的经验，他在这儿是不准过分活动的。那扇宽敞的、通往阳台的门，毕竟给他提供了几丝温暖的阳光。

可是在汉斯的指定休息期限将满时，天气又变了。一夜之间雾气弥漫，天气顿时冷了下来，山谷里狂风怒号，大雪纷飞，病室里又散发着水汀管干燥的暖气。就在这一天，当顾问大夫一早巡回探望病人时，汉斯·卡斯托尔普就提醒他，到今天为止他已躺了三星期，要求准许起床。

“真见鬼！难道您已到期了吗？”贝伦斯说。“让咱们瞧瞧。真是这样——您没有错。天哪，一个人老得多快呀。这些日子，您可并没有多大改变。怎么，体温昨天已正常了？不错，下午六点钟以前量的是这样。咳，卡斯托尔普，那么我错怪您了，让您仍回到社交界里去吧。好家伙，起床走动走动！不过当然要在规定的范围和限度以内。我们马上要给你身体内部照个相。记下来！”他一面向克罗科夫斯基大夫走去，一面翘起他那硕大无比的大拇指在汉斯·卡斯托尔普的肩膀上指了一下，同时用他那双充血的、泪汪汪的蓝眼睛瞅着那位面容苍白的助理医师……这时汉斯·卡斯托尔普离开他的“小室”。

汉斯穿着套鞋和领子高高翻起的外衣，又一次陪同表哥来到河畔的长椅旁，然后回院。路上他向表哥抛出一个问题：如果他不曾向顾问大夫提出卧床期限已满的问题，大夫还要他在床上躺多久。约阿希姆神情沮丧，微微张开嘴巴，好像要绝望地说一声“唉”，并且在空中做了一个神秘莫测的手势。

天哪，我看到了！

过了一星期后，汉斯·卡斯托尔普才接到护士长冯·米伦东克要他前去爱克司光检查室的通知。他一向不喜欢匆促行事。山庄疗养院的人们都是忙忙碌碌的，不论大夫还是其他工作人员，表面看来手头都一点儿也不闲。近几日来，新病人陆续到达，其中有两位俄国大学生，他们的头发非常浓密，穿的是黑色紧身上衣，衣服连半点光泽都没有。另外还来了一对荷兰人，夫妇俩都和塞塔姆布里尼同桌；还有一个驼背的墨西哥人，由于他气喘病频频发作，来势汹汹，使同桌的人望而生畏。发作时，他两只长长的手会像铁爪子一样紧紧抱住他邻座的人，不管这人是男是女，同时像一把虎钳一样把对方夹住，哪怕对方惊慌失措，十分反感，他也把他或她拉住不放，在恐惧中呼天抢地喊着救命。总之，餐厅里几乎座无虚席，虽然冬季要到十月份才真正开始。按照汉斯·卡斯托尔普那样的病情，他几乎没有资格要求疗养院对他特别关心。斯特尔夫人尽管愚昧无知，缺乏教养，病情却无疑比他重得多，布卢门科尔博士更不必说了。要使汉斯·卡斯托尔普壮起胆来，不致畏首畏尾，那么这里的人们千万不能分等级，彼此间也不能有什么距离，而疗养院里，这种气氛却特别浓重。轻病人是算不了什么的，他从谈话中常常听出这点。按照山上的风气，人们谈起轻病人来总是满不在乎，不屑一顾；不但病势较重的人或重病人有这种看法，就连“轻”病人彼此之间也是如此。因此，轻病人自然而然也流露出轻视自己的情绪，不过只要他们能随俗浮沉，还是能抢回自尊心的。这也是人之常情啊。“嘿，这个人呀！”他们有时会说来说去，“他其实没有什么病，他几乎没有待在这儿的资格。他肺里连空洞也没有……”这里的气氛就是这样。从它特殊的意义上说，这样未免有些专横，但汉斯·卡斯托尔普生来就恪守各种形式的规章制度，因此也就服服帖帖。这就是像一般人所说的：到了哪个国土，就得尊重那个国土的风俗习惯。如果旅行者对客乡的风俗和优胜之处嗤之以鼻，那就显得自己缺乏教养了。你可以举出各种各样的特点，替它捧场。即使对约阿希姆，汉斯·卡斯托尔普也怀着一定程度的敬意，这不仅仅是因为他住院的时间比他长，又是他的引路人和这个圈子里的向导，更重要的原因乃在于他的病无疑“比他重”。一切的一切既然如此，那么人们惯于装模作样，有时甚至夸大自己的病情，以显示自己高人一等或与高等人相距不远，也是可以理解的了。因此，当汉斯·卡斯托尔普用膳时有人问起他的体温，他也虚报几分；当别人伸出指头数落他，说他是个机灵鬼时，他也不禁受宠若惊，即使他为自己涂脂抹粉，但严格地说，他始终是一个等而下之的角色，因而忍耐和退让对他来说无疑是合适的。

他最初三星期的生活，是和约阿希姆一起度过的。这是一种熟悉的、有规律的、安排得井井有条的生活，从第一天起就进展得很顺利，仿佛永远不会间断似的。实际上，这种间断的时间很短，微不足道；当他第一次在餐桌上重新露面时，他清楚地感觉到这一点。约阿希姆对生活中的这种变化有意识地十分重视，他煞费苦心在汉斯的餐桌上插起两三朵花来，以事点缀。不过同桌的病友们对他的问候并不那么热烈，哪怕彼此不见面已有三星期。但欢迎他的程度，与过去相隔三个钟点的时候并无多大区别。这倒并不是因为他们对汉斯纯朴而富于同情心的性格反应冷漠，也不是因为这些人只顾自己，不顾别人（也就是说，他们只关心自己的身体），而是因为他们根本没有意识到这一段时间间隔。汉斯·卡斯托尔普顺应这些人们也并无任何困难，他坐在餐桌一端自己的座位上，位于女教师和鲁宾森小姐之间，就像不久前（仿佛近在昨日）坐在这里时一般无二。

要是说汉斯退隐结束后重返餐厅在同桌人们之间并未引起什么震动，那么在餐厅更远的地方还会惹人注意吗？严格地说，除了塞塔姆布里尼一个人外，谁也没有注意到这点。他餐毕就走向汉斯身边，谈笑风生地向他问长问短。当然，在汉斯·卡斯托尔普的内心深处另外还保留某种东西，我们必须认为他是不无理由的。他暗自认定，克拉芙吉亚·肖夏对他的重新露面是看在心里的——当她像往常那样姗姗来迟地走进餐厅，砰的一下关上玻璃门，她就眯缝起眼睛盯住他看，而他的目光也正好与她的相遇。她刚坐定下来，就又回过头去越过肩胛笑盈盈地凝眸看他。她还是像三星期之前在他接受检查以前那样，笑盈盈的，她的这一举动丝毫不加掩饰，而且肆无忌惮(她不忌惮汉斯本人，也不忌惮其他病友)，因而他不知道自己应当欣喜若狂呢，还是应该把这看成是轻蔑的标志，生她的气。不管怎么说，他给她看上两眼后心头抽紧了，本来他以为这位女病人与他之间好比陌路人，没有什么社交往来，现在她这么瞅着他，证明他的想法完全与事实不符，这使他不禁心醉神迷，忘乎所以。以前，当玻璃门砰的一声响起来时，他的心总是痛苦地缩紧起来；他等待这个瞬间，连呼吸也变得急促了。

还应当补充一句：汉斯·卡斯托尔普在卧床休息期间，对“上等俄国人餐桌”的那个女病人内心所怀的好感，以及他纯朴的心灵对这位中等身材、步态轻盈、眼睛像吉尔吉斯人那样的女人所抱的同情心，都大大地向前进展了一步。简言之，他这种感情就是恋爱。我们姑且保留“恋爱”这个词儿，尽管这是“山下人”说的话，也就是平原上人们用的词儿，这个词儿能唤起他的遐思，正如“句句落在我的心头”那支小调在某种程度上也能适用于这里一样。当他一早醒来，眼看晨曦在他的房间里迟疑地揭开面纱，或者在晚上向着越来越浓重的暮色凝视时，她的形象就在他的眼前浮现。那天夜里，当塞塔姆布里尼突然开亮了灯走进他的房里时，她的形象又清晰地在他面前闪现，这就是那天他一看到那位人文主义者脸上顿时飞红了的缘故。在他分割成各个小块的每一天里，他每时每刻都在想着她——想着她的嘴儿，她的颧骨，她的眼睛，她那眼睛的色彩、形状和在他心灵深处所占的位置，还有她那松软的背部，她脑袋的姿势，她那短上衣领圈那儿的颈椎，以及那层薄薄的轻纱衬映得光洁动人的玉臂。他就是靠这样的朝思暮想把这些日子轻松地打发过去的；如果我们隐讳这一事实，乃是因为我们对汉斯的内心激动深表同情，在这种激动中，还混有这些幻象所唤起的惊心动魄的幸福感。不错，他感受到的是惊骇和震动，是一种朦胧不明、不着边际和狂妄无比的奢望。这是一种无名的喜悦和痛苦，可是有时这位年轻人的心(这里既指他的心灵，也指他的心脏）突然出现一种紧迫感，于是他一只手放在胸口，另一只手抚着额头——这只手搁在眼睛面前，像一层屏障——，嗫嚅地说：

“我的天哪！”

这是因为在他的额头后面，有一些思想或飘忽不定的思绪，它们对幻象赋予某种极为深沉的甜蜜感。这些思想或思绪，不但同肖夏太太的漫不经心和肆无忌惮有关，而且跟她的病体、跟她因疾患而变得富有病态特征的身体以及她整个人都是疾病的化身这些因素有关。现在，根据大夫的判决，他，汉斯·卡斯托尔普，现在也得饱尝疾病的滋味了。有一点他的脑子是十分清楚的：肖夏太太这个人放荡不羁，无拘无束，即使他们彼此还没有打过招呼，她还是满不在乎地左顾右盼，向他微笑，仿佛他们俩根本不是社交界的人物，同时也丝毫没有必要交谈……正是这点使他害怕，而害怕的性质却与他以前在检查室时目光从约阿希姆的上身一直匆匆扫到他眼睛时一模一样。唯一的区别是，当时他的恐惧是出于同情和关心，而现在起作用的却完全是另一种东西。

现在，山庄疗养院优裕的、安排得井然有序的生活又在它那狭窄的舞台上，以均匀的节奏展开了。汉斯·卡斯托尔普一面等待着肺部爱克司光检查，一面继续和善良的约阿希姆一起度过这里的时光。他跟着表哥亦步亦趋，每小时都是如此。同表哥做伴，对这个年轻人大有好处，因为尽管他只是一个病中的伴侣，他也有许多军人值得尊敬的优点，这样就使他不知不觉地把疗养生活随时看成是一种乐趣，简直就像在山下履行职责和从事某种临时性的工作一般。汉斯·卡斯托尔普并不是一个笨人，他把这些全看在眼里。不过他也感到军人的那种自制力对他的市民气质所起的影响。也许正因为他跟表哥亲近，而这种军人气概既能作为他的榜样，也能对他起监督作用，才使他没有越轨行为，也不致轻举妄动。他也许看出，品行端正的约阿希姆一直在煞费苦心地忍受着每天向他渗透的橙子香味的侵袭，在这个散发着橙子香味的气氛里，呈现一对圆圆的褐色的眼睛，一只小小的红宝石戒指，还有那无缘无故地不时迸发出来的纵情的笑声和轮廓异常优美的胸脯。约阿希姆有足够的理智和自尊心不使自己受到这种气氛的影响，这也感染了汉斯·卡斯托尔普，使他也循规蹈矩起来，不至于向那位眼睛细长的娘儿去干“借一支铅笔”这一类勾当。我们深知汉斯的为人，要不是他的那位近亲那么恪守纪律，他很可能会来上这么一手。

约阿希姆从来不说起那个爱纵声大笑的玛鲁莎，因此汉斯·卡斯托尔普同他谈话时，也绝口不提克拉芙吉亚·肖夏。他认为跟坐在餐桌右方的女教师偷偷交换一言半语倒是无害的，于是就跟这位老处女恣意开起玩笑来，说她对那个温良的女病人是多么偏爱，害得女教师的脸儿也绯红了。说话时，他仿效祖父的姿态，庄严地托住下巴。他迫不及待地向她打听肖夏太太的私生活情况，问起她的家世，她的丈夫，她的年龄，她的疾病，最近有何症状，以及其他值得了解的细节。他也想知道她有没有孩子。对方回答说没有，她可没有孩子哪。像肖夏太太那样的娘儿，干嘛要养起孩子来呢？也许她是绝对不准生男育女的，即使有的话，又会是怎样的孩子呢？汉斯·卡斯托尔普对女教师的话不得不表赞同。说实在的，现在养孩子也许为时已晚——他非常客观地推测着。有时，从侧面轮廓看，他觉得肖夏太太的脸未免有些尖棱棱的。莫非她已三十出头了吧？——恩格尔哈尔特小姐厉声反驳。克拉芙吉亚三十岁了？她充其量只有二十八岁。就她的侧面轮廓而言，可以说，她的邻座还是免开尊口为妙。克拉芙吉亚的侧影看去像一个妙龄少女，青春焕发，当然能引起人们的兴趣，不像什么健壮的蠢娘儿那样。为了惩罚起见，恩格尔哈尔特小姐又一口气接下去说：她知道，肖夏太太经常接待男客，前去看她的是一位侨胞，住在“高地”上；她每天下午在自己的房间里接待他。

这些话打中了要害。哪怕汉斯·卡斯托尔普竭力掩饰，他的脸还是变了样。他嘴里虽满口说什么“胡说八道”和“等着瞧吧”之类的话，企图把女教师出口的话顶回去，但他的脸还是走样了。有这么一位侨胞在肖夏太太身边，他可不能掉以轻心，他一听到这个消息时就显得那么紧张，现在一想到这个，嘴唇还不住在抽搐。一个年轻人？——女教师回答他说，她听到大伙儿都夸他年轻又漂亮，至于她本人的观感如何，却说不上来。——他有病吗？——至多是一个轻病人！——这时汉斯·卡斯托尔普嘲讽地说，他希望看到这个青年人的衬衫比下等俄国人餐桌上的同胞们多一些。恩格尔哈尔特小姐听了这话还想惩罚他一下，说这点她可以担保。汉斯承认这件事倒是不能等闲视之的，于是恳切地向她求情，要她把年轻人的动静和这个进进出出的侨胞究竟干些什么勾当随时告诉他。可是过了几天，她探听出一个新奇透顶的消息，而年轻人方面却毫无音讯。

原来她听说有人在替克拉芙吉亚·肖夏画画儿，也就是说画肖像。她问汉斯·卡斯托尔普是否也略知一二。要是没有，他对此倒应当深信不疑，因为这个消息的来源是极其可靠的。肖夏太太坐在屋子里让人家当模特儿画，画画的人您猜是谁？原来是顾问大夫！正是为了这个目的，她才几乎每天待在顾问大夫贝伦斯的私房里。

汉斯·卡斯托尔普听到这个新闻，内心受震动的程度比前一个消息更甚。于是他开了许多勉强的玩笑。唔，不错，大家都知道顾问大夫能画油画，你女教师爱怎么说就怎么说，谁也不禁止你，每个人都有他的自由。难道真的在顾问大夫那个鳏夫家里画像吗？但愿至少有米伦东克小姐在场。女教师说，那位小姐恐怕没有时间。“护士长再忙，总没有贝伦斯大夫那么忙吧，”汉斯·卡斯托尔普板起脸孔说。虽然这像是一句斩钉截铁的话，但他还远远不肯放弃这个话题，还要穷根究底。他又絮絮叨叨问起画像之事，他想知道大小如何，是头像呢还是半身像，还问肖夏太太在那边到底坐了几小时——关于这些，恩格尔哈尔特小姐无法一一细说，只得答应他以后再去打听，待有结果时再告诉他。

听了以上消息，汉斯·卡斯托尔普体温升到三十七点七度。肖夏太太居然亲自去贝伦斯那儿作客，这件事深深地刺痛了他的心，使他惴惴不安，而她屡次接待宾客，他却远远没有这么难受。肖夏太太本人的私生活，不管其内容如何，已引起了汉斯的痛苦和不安，而他听到的内容又都很成问题，更使他忧心忡忡。一般说，俄国客人前来访问他的女同胞，看来是合乎礼仪，无伤大雅的，可是汉斯·卡斯托尔普好长一段时间以来，都认为合乎礼仪和无伤大雅只是一句废话；在他看来，画肖像只是这个说话尖刻的鳏夫同那位眼睛细长、步履轻捷的年轻妇女之间勾勾搭搭的一种手段，别无其他。这种想法，他怎么也摆脱不了。顾问大夫在选择模特儿时所显示出的情趣，与汉斯本人的一模一样，要说它“合乎礼仪”是难以置信的，一想到顾问大夫铁青的脸颊和那双鼓起的、布满血丝的眼睛，他认为更值得怀疑。

这些日子里，他偶然遇到了一件事，他对此有一番切身的感受。虽然这件事又一次证实了他的情趣，但在他身上产生了迥然不同的影响。在萨洛蒙太太和那个戴眼镜的、饕餮的学生横对面那张餐桌上，也就是在表哥左边、靠近侧面玻璃门的位置上，坐着一个病人，汉斯·卡斯托尔普听人家说他是曼汉姆人，年纪在三十岁左右，头发稀疏，一口龋齿，说起话来畏畏缩缩。在晚间聚会的当儿有时前去弹钢琴的，就是这个人，而且弹的老是那首《仲夏夜之梦》中的婚礼进行曲。汉斯·卡斯托尔普听人家说他非常虔诚；山上的人们多数是这样，这点是不难理解的。每星期天，他总要到下面的“高地”上做礼拜，在卧病期间则阅读封面上标有花萼或棕榈树枝的圣书。有一天，汉斯·卡斯托尔普发觉这个人的视线竟与他的方向相同，两眼死盯住肖夏太太苗条的身躯，神态显得怯生生的，又像一条狗那样的垂涎欲滴。汉斯·卡斯托尔普一旦注意到这点，就禁不住看了又看，一心想加以证实。

一天晚上，汉斯看到他在娱乐室里站在一群病友中间，呆愣愣地瞅着那个可爱而身罹疾患的女人出神，这时她正坐在小客厅一角的沙发上，跟头发软得像羊毛一般的塔玛拉（那位幽默的姑娘就叫这个名字）和布卢门科尔博士以及她同桌一位胸部凹陷、弓背偻腰的绅士聊天。汉斯看到他转过身又踱了几步，然后又慢腾腾地把眼珠转向一边，忧伤地翘起上唇，掉过脑袋缩头缩脑地向肖夏太太那边窥视。他看到他的脸色变了，而且不敢抬头正视，但当玻璃门砰的响了一下而肖夏太太轻盈地跃到自己的座位上时，他就抬眼贪婪地凝视着她。汉斯·卡斯托尔普不止一次地看到这个可怜虫在餐后总坐到大门出口处和“上等俄国人”餐桌之间，好让肖夏太太在身边擦过，而她却根本没有注意到他。他近在她的身边，两只眼睛恨不得一下子把她吸进去，眼睛中充满着无比忧伤的神情。

这一新发现，对年轻的汉斯·卡斯托尔普也增添了不少烦恼，虽然这个曼汉姆人可怜巴巴地盯住肖夏太太看，在汉斯身上引起的不安在性质上同克拉芙吉亚·肖夏与顾问大夫贝伦斯之间的私人交往截然不同；不论就年龄，才能和社会地位而论，贝伦斯都远远高出汉斯呢。克拉芙吉亚对曼汉姆人毫不放在眼里——要是她真的关心他，也逃不过汉斯·卡斯托尔普机灵的眼睛。在这种情况下，他灵魂深处并无妒火中烧之感。可是他经历了陶醉和激情所唤起的种种感受，当时这种感受也在外部世界中显示出来，它构成了一种奇妙的混合物，其中既有厌恶，也有亲昵的成分。把他内心全部复杂的情绪加以掌握和剖析是办不到的——要是我们还想把故事继续说下去的话。不管怎么说，汉斯·卡斯托尔普在观察了曼汉姆人的一举一动以后，他真是够受的了。

汉斯·卡斯托尔普接受透视前的一星期，就是这样度过的。他想不到检查时间一下子就到了。只是一天清晨在用第一次早餐时，他从护士长那儿接到指令(护士长脸上又长起一个麦粒肿来，这当然不是原先的那个。显然这个麦粒肿是无损健康的，只是使她的面孔受“变形”之苦罢了)，叫他下午上爱克司光检查室去，他才猛地觉得原来又过去一星期了。汉斯·卡斯托尔普得同表哥一起去，时间是在喝茶前半小时，约阿希姆应当趁此机会再给透视一下，上次透视的记录现在已经过时，不适用了。

因此，他们今天的午休缩短了三十分钟。钟敲三点半，他们就走下石阶，来到那个人为的“地下室”里。他们一起坐在狭小的候诊室里，这间小室把诊察室和爱克司光检查室隔开。对约阿希姆来说，这已不是什么新的玩意儿，所以泰然自若，而汉斯·卡斯托尔普却满心期待着，有些焦灼不安，因为他的身体内部过去从来没有给照过光。这里不光是他们两人：当他们进去时，已有好几个病人坐在候诊室里，膝盖上摊着破破烂烂的画报，于是他们跟这些人一起等待。等候的病人中有一个魁梧雄伟的瑞典青年，他就餐时和塞塔姆布里尼同桌，听人们说，他在四月间进院时病势很重，院方几乎不肯接受，可是现在他的体重增加了八十磅，即将康复出院。另外，还有一个妇人坐在“下等俄国人”座席上，她已经做母亲了，病得很厉害。她有一个鼻子长长的丑儿子，名叫萨沙，病情比她更加险恶，这些人比表兄弟俩等得更久。根据先后次序来说，他们显然在这对表兄弟前面。看来，爱克司光检查室里有什么事给耽搁住了，因此他们只好坐冷板凳。

检查室里很忙碌。顾问大夫的声音清晰可闻，他在发号施令。三点半多一点，检查室的门开了，是地下室里干活的一个助理技师打开的。这时，这位雄赳赳气昂昂、十分走运的瑞典人才走了进去；显然，比他早检查的病友们是从另一扇门出去的。现在，里面干起来就快些了。十分钟后，人们听到这个已完全恢复的斯堪的那维亚人（他的病霍然而愈，无异在替这儿的疗养地和疗养院作义务宣传）昂首阔步穿过走廊渐渐远去，于是俄国妈妈随着萨沙一起进入。此外，在瑞典人进去时，汉斯·卡斯托尔普看出透视室里是半明半暗的，也就是说人为地搞得朦朦胧胧的，正如克罗科夫斯基大夫在他那边的试验室里一样，窗上挂有帘子，把日光遮住，有两盏电灯在发光。不过正当汉斯·卡斯托尔普目送着萨沙和他的母亲进去时，走廊的门突然打开了，又有一个预约的病人走进了候诊室。由于透视室的工作耽搁下来，这个病人显得早到了。原来这人是肖夏太太。

现在，克拉芙吉亚·肖夏太太突然在这个小房间里出现了。汉斯·卡斯托尔普睁大了眼睛认出了她。这时他清楚地感到脸上的血液都退尽了，下颌的肌肉一下子松弛开来，仿佛想张开嘴巴说话。克拉芙吉亚的进来是那么偶然，那么叫人意想不到，过去她一向没有去过那边，此刻却一下子在这个小天地同这对表兄弟挤在一起了。约阿希姆急匆匆地瞥了汉斯·卡斯托尔普一眼，接着不但垂下了眼睛，而且又拿起那本已经搁弃在桌上的画报来，装出埋头阅读的模样。汉斯·卡斯托尔普可下不了决心模仿表哥的动作。他的脸刚才十分苍白，现在又是红彤彤的，心儿怦怦地跳个不停。

肖夏太太在爱克司光透视室门边的一把小小的圆圆的安乐椅上坐下。这把椅子的扶手有点儿像树桩，也可以说有些残缺。她身子往后靠着，一条腿轻轻地搁在另一条上，呆望空间出神。她意识到有人在打量她，于是她那双普里比斯拉夫式的眼睛神经质地避开了，不再往原来的方向瞧，显得有点儿斜视。她穿一件白色羊毛衫和蓝色上衣，膝头上放着一本书，看来是从图书馆里借来的。她的脚跟靠在地面上，轻轻地叩着。

过了一分半钟，她改变了姿势。她东张西望，站起身来，模样儿似乎不知道她怎么会上这儿，也不知道应当去哪儿才好。接着就开起腔来。她问起什么话，向约阿希姆提出一个问题，虽然约阿希姆似乎在埋头看画报，而汉斯·卡斯托尔普却坐着什么也不干。她想凑些什么话，从她白皙的喉头发出声音来，这是一种不算低沉、但听来却是清脆悦耳的声音，汉斯·卡斯托尔普对这种声音是熟悉的，而且很久以来就很熟悉，他甚至一度在身旁听到过，当时有人用这种声音对他说："好。下课后你一定要还给我。"不过这些话说得十分明快流利，而现在他听到的，却有些拖拖沓沓，断断续续。说话的人儿对此没有天然的权利，她只是从别人那儿借来的，正如汉斯·卡斯托尔普过去有几次怀着某种优越感听到的那样，不过在这种优越感中还交织着恭顺的喜悦。肖夏太太问话时，一只手插在羊毛衫袋里，另一只手搁在后脑勺上。

"请问，他们是约定您几点钟来的？"

约阿希姆飞快地瞟了表弟一眼，然后靠拢脚跟依然坐着回答：

"三点半。"

她又接着说：

"他们约我在三点三刻来。怎么啦？现在已快四点了。有些人刚进去了，可不是吗？"

"不错，进去了两个人，"约阿希姆答道。"他们比我们早到。里面的工作给耽误了。看来，什么都推迟了半小时。"

"这真不痛快！"她说着又烦躁不安地抓抓头发。

"说的倒也对，"约阿希姆接腔说，"我们差不多已等了半个钟点。"

他们就这样对起话来，汉斯·卡斯托尔普听着，仿佛置身于梦中一般。约阿希姆同肖夏太太说话，几乎就像他亲自跟她交谈一般——可当然啰，滋味又是那么不同！“说的倒也对，”这句话深深刺痛了汉斯·卡斯托尔普；根据目前情况，约阿希姆说这句话脸皮似乎太厚了，至少听来很不顺耳。然而约阿希姆终于这样说了；他毕竟能跟她搭起讪来。他机灵地吐出“说的倒也对”这句话，也许对汉斯不无好处。正如汉斯本人过去在约阿希姆和塞塔姆布里尼面前时那样，当有人问他还想在山上待多久时，他只是回答说“三星期”。她是向约阿希姆提问的，尽管他当时在埋头看杂志；她找他谈，肯定是因为他进院的时间比较长，那张脸也比较熟悉，不过也许还有别的理由，那是因为处在他们那样的地位，他们可以礼尚往来，可以用明确的语言交换意见，而彼此之间并没有什么狂野的、深不可测的、惊心动魄的和神秘莫测的东西在起支配作用。要是同他们一起在这儿等着的，是一个长有一双褐色眼睛，手戴红宝石戒指，身上散发橙子香气的女人，那么就要由他汉斯·卡斯托尔普来谈，讲什么“说的倒也对”之类的话了，而且说的时候正大光明，不动声色，正像现在约阿希姆当着她面说的一样。“确确实实，倒真的不大痛快，尊贵的小姐！”他也许会这么说，也许会把手一挥，从胸袋里取出一块手帕去擤鼻涕。“请忍耐些吧。我们的情况一点也不比您的好。”约阿希姆也许对自己的逍遥自在感到惊讶，不过他可能不希望自己一本正经地处在汉斯那样的地位。不，按照目前的情况，汉斯·卡斯托尔普并不妒忌约阿希姆，尽管约阿希姆能同肖夏太太交谈。她刚才同表哥对话，汉斯觉得满意；原来她说话时是考虑到他们之间的处境的，因此应当承认，她是意识到这种处境的……他的心猛跳不已。

在约阿希姆用镇定自若的态度把肖夏太太应付过去后，她，这位名叫“克拉芙吉亚”的女人，就想站起身在这间小室内走动一下。他们交谈时，汉斯·卡斯托尔普甚至感到好心的约阿希姆对这位女病友怀着几分敌意，尽管汉斯内心十分激动，他还是忍俊不禁。可是她发觉这块地方太小，因此也从桌上拿起一本画报，回到那把扶手已经残缺的安乐椅上来。汉斯·卡斯托尔普坐着盯住她看，模仿祖父的姿态托着下巴，活像一个老头儿，令人发噱。这时肖夏太太又架起二郎腿，因而不但膝盖露了出来，连蓝布裙子下面她那大腿整个纤巧的线条也清晰可见。她不过中等身材；在汉斯·卡斯托尔普眼里，这样的身材非常动人，非常合适，只是大腿比较长些，臀部还不够大罢了，她坐时不靠背，而是向前稍稍弓起身子，两只手臂的下方交合在一起搁在大腿上(她依然架着二郎腿)，背部圆圆的肩胛下垂，因而颈椎骨突出，而她那件紧身的羊毛衫下面，连脊椎也清晰可辨。她的胸部不像玛鲁莎那样丰满发达，而是比较狭小，像少女那样，从两边向内侧压紧。汉斯·卡斯托尔普突然想起，她也坐在这儿等待接受透视呢。顾问大夫替她画像；他用油和颜料把她的外貌在帆布上再现出来。可现在，他要在昏暗中把射线投在她身上，射线会使她身体内部在他面前赤裸裸地显现。汉斯·卡斯托尔普一想起这个，他的脸色就顿时阴沉下来，把脑袋歪向一边，神情上显得拘谨而道貌岸然。想到这种事情上时，他只有摆出这么一副姿态才是合适的。

三人一起待在候诊室的时间并不长。里面花不了好多工夫，就把萨沙和他的母亲检查完毕。刚才他们耽搁了很久，现在得急忙补救一下。穿白大褂的技术员又一次打开了门。约阿希姆把报纸扔回到桌子上，站起身来。汉斯·卡斯托尔普跟着他走到透视室门边，尽管内心免不了有些踌躇。他既怀着骑士式的殷勤，又想不失礼仪地同肖夏太太说话，如果可能的话，甚至用法语交谈；他急匆匆地在寻找字句及措词方式。可是他不知道这样的礼仪是否合乎习俗，世俗的成规是否比骑士风度更为重要。约阿希姆必然知道这个，因为尽管汉斯·卡斯托尔普向他示意，用迫不及待的眼光望着他，他还是不动声色，不想叫汉斯向这位在场的女人献殷勤，于是汉斯只得默默地跨过肖夏太太身边，穿过门口走进透视室。肖夏太太伏着身子匆匆扫了他们一眼。

对于刚才发生的事，对于十分钟以前那段奇妙的经历，他感到恍恍惚惚，心神不宁，因此他的脚虽然已经踏进透视室，内心还不能一下子镇定下来。他什么都看不到，或者说，他只看到里面朦朦胧胧的一圈人工照明的灯光。他仿佛听到肖夏太太悦耳的含糊不清的声音，她用这种声音在说：“怎么搞的……刚才已有人进去了……这真不痛快……”现在，这些声音还甜丝丝地在他的背后缭绕，发出余音，他不禁微微一怔。他看到她布裙下隐隐显现的膝盖，看到她向前弓起的后脖子，在后脖子下面，她那短短的红褐色头发蓬蓬松松地散开，没有编成一条辫子。还看到她那凸起的颈椎。这时他又感到一阵战栗。他看到了顾问大夫贝伦斯，贝伦斯背对着进来的人，正站在一只匣子或框架式的嵌装物面前，目不转睛看着一块暗沉沉的板；他伸长胳膊，拿着这块板让吸顶灯昏暗的光线照在上面。他们经过贝伦斯身边，直到透视室内部，大夫的助手在前面引路，他在为他们的检查工作做准备。房间里发出一股恶臭。空气中弥漫着某种变了质的臭氧的气味。透视室的嵌装式结构在挂有黑色帘子的窗户间凸出，把房间分成不均匀的两部分。可以辨认出一些物理仪器，凹透镜，开关板，高高耸起的测量仪器，不过在滚柱式的台架上还有一只照相机模样的箱形物件，墙壁间一排一排地放有透明的照相正片。这里究竟像摄影室和暗室呢，还是像发明家的工作室和巫师施法的房间，人们可说不上来。

约阿希姆花不了多大力气，就把上身脱得赤条条的。大夫的助手是一个两颊红润、粗壮结实的小伙子。他是本地人，穿的也是一件白大褂。他示意汉斯·卡斯托尔普也把衣服脱光。检查工作进展得很快，马上就要轮到他了……当汉斯·卡斯托尔普脱下背心时，贝伦斯从原来站着的那间小室里跨到较宽敞的那间房里来。

“哈啰！”他说。“这可真是咱们不可分离的双胞胎哩！卡斯托尔普和普拉克斯[①]……要是您想发牢骚，就请忍住吧！请您等一下，咱们马上要把你们两位仔仔细细检查一番。卡斯托尔普，您把身体内部暴露在别人眼前，心里有些害怕吧？请您放心，这在美学上完全是无可非议的。您参观过我这儿的私人画廊吗？”说着，他就攥住汉斯·卡斯托尔普的胳膊，拉他一起走到一排暗沉沉的玻璃板面前，“啪”的一声把这些玻璃板后面的灯开亮了。玻璃板发出了亮光，图像一一显现出来。汉斯·卡斯托尔普看到了人体上的许多结构：两手，两脚，膝盖骨，大腿和小腿，手臂，还有骨盘。不过人体各部分圆鼓鼓的生命形态在轮廓上

---

① 普拉克斯，相传系希腊神话中朱庇特及斯巴达王后勒达的孪生子之一。另一个名叫卡斯托尔。两人的读音相拼，同卡斯托尔普的发音相近。这里贝伦斯在打趣。

显得影影绰绰，模糊不清，它们的周围似乎被一层白蒙蒙的雾气笼罩着，而人体的核心部分——骨骼，却异常清晰、鲜明而又纤细无遗地呈现在人们眼前。

“很有意思，”汉斯·卡斯托尔普说。

“当真很有意思！”顾问大夫回答。“这对青年人是一堂很有用的直观教学课。您得知道，用爱克司光对人体结构加以鉴定，是新时代的一大胜利。瞧，这是女人的一只胳膊，从它那小巧玲珑的外形，您就能识别。您得知道，在谈情说爱时，搂抱您的就是这样的胳膊。”他说着呵呵大笑，笑时那片蓄有小胡子的上唇就高高掀起，歪向一边。汉斯·卡斯托尔普转过身去，朝向约阿希姆正准备接受爱克司光检查的所在。

检查是在顾问大夫刚才站过的那块地方隔壁的小室里进行的。这时约阿希姆在皮鞋匠用的那种小凳上坐了下来，小凳前面竖有一块板。他把胸部贴紧在这块板上，并且张开双臂抱住了它。那位助手动手动脚地帮助约阿希姆矫正位置，把他的两只肩胛扳向前面，而且摩挲起他的背部来。接着助手站到那台摄影机的背后，像任何摄影师那样弯下身子，叉开双腿，朝里面探望。他对约阿希姆的姿态表示满意，于是又站到一边，叫约阿希姆深深吸一口气，再把气屏住，直到一切结束为止。约阿希姆圆圆的背鼓了起来，然后保持原来的姿势一动也不动。就在这一瞬间，助手扳动了开关板上必要的手柄。爱克司光射线可怕的威力在两秒钟的时间内发挥了作用。要使射线穿透人体，必须花上这些时间。汉斯·卡斯托尔普似乎记得，这么干要耗费几千伏，甚至十万伏的电流。射线的威力不仅限于被检查的人体，它们还要在旁的地方寻找出路。逸出时，它们像枪弹那样爆裂开来，并且在测量仪器上噼噼啪啪地迸发出蓝色的火花。墙壁上也喀嚓喀嚓地出现了闪电似的亮光。房间里什么地方亮起了一盏红灯，像一只凝住不动的、咄咄逼人的眼睛，而约阿希姆背后却有一只小瓶，里面发出绿幽幽的光。接着一切都静寂下来，各种光线都消失了，约阿希姆长叹一声，吐出口气来。事情结束了。

“下面的那个懒汉上来！”贝伦斯吩咐道，一面用胳膊肘推了一下汉斯·卡斯托尔普的身子。“别推说自己太累了！您可以得到一份复制的样品呢，卡斯托尔普。以后，您就可以将您那胸部的秘密在壁上投影出来，给您的子子孙孙看！”

这时约阿希姆已走了下来。技师把片子换了。顾问大夫贝伦斯亲自过来指点这位新病人，告诉他应当怎么坐，应当采取怎样的姿势。“张开胳膊抱住！”他说，“抱住这块板！要是您高兴的话，把这块板设想成另外一种东西吧！把胸口乖乖地贴上去，就好比心窝里开了花似的。唔，这样就对头啦。吸气！屏住！”他发布命令。“请赏个光，别动！”汉斯·卡斯托尔普眨巴着眼睛静静等待，肺里胀满了气。他身后电闪雷鸣，噼里啪啦地热闹了一阵子，热后沉寂下来。摄像镜头已把他的内部看得一清二楚。

他走了下来，对刚才发生的事感到头昏脑涨，尽管射线穿过他的身体时，他几乎什么也感觉不到。

“好家伙，”顾问大夫说。“现在让我们亲自瞧瞧。”这时老资格的约阿希姆已向前走到出口处的门边，在一个台架边就位；他靠背的地方有一台躯干高大的仪器，在仪器后部高高的地方可以看到一个注水的玻璃容器，水只满到容器一半的地方，另外还有一些蒸馏管。在他的面前齐胸处，则可见到一块设有框架的荧光屏，荧光屏悬在滑车上面。左面，在开关板和仪表盘之间的地方，一盏红色的钟形灯赫然在目。顾问大夫叉开两腿，坐在悬着的荧光屏前的一条矮凳上，把灯扭亮。这时天花板上的吸顶灯熄灭了，只有红灯照着室内的景物。大夫把手一挥，又把这盏灯一下子熄灭了，于是技师们的周围一片漆黑。

“你们先得使眼睛习惯起来，”只听得顾问大夫在黑暗中说。“咱们要像猫儿那样把瞳孔张得大大的，才能把需要见到的东西看清楚。你们该懂得，凭咱们日常的视力是什么也看不清楚的，为了达到咱们的目的，咱们得把亮光和它那些逼真的画面暂且抛在脑后。”

“那是理所当然的，”汉斯·卡斯托尔普说。这时他站在顾问大夫身后靠近他肩膀的地方，闭起眼睛，因为四周漆黑一团，简直像深夜一样，他的眼睛睁也好，闭也好，反正都无关紧要。“咱们首先得用黑暗把眼睛净化一下，这样才看得真切，这个道理是明明白白的。我认为咱们事先最好能稍稍振作起精神来，比如说默默祈祷一番。我站在这里闭住了眼睛，昏昏欲睡，怪舒服的。可是这里有一股什么臭气？”

“氧气，”顾问大夫说，“您在空气中闻到的是氧气。这是咱们小室里暴风雨发作时弥漫在大气中的产物，您得知道……把眼睛睁开来！”他说。“魔法就要显灵了。”汉斯·卡斯托尔普连忙俯首听命。

他们听到手杆的扳动声。一台马达发动了，它狂吼怒号起来，但扳动另一只手柄后，声音就稳住了。地面发出均匀的有节奏的震颤。那盏长圆形的立式红灯虎视眈眈地看着他们。不知从哪儿划起一道闪电。这时从黑暗中渐渐露出乳白色的微光，接着有一扇明晃晃的窗子显现了：这是灰白色的、四角方方的荧光屏。就在这台荧光屏前，顾问大夫贝伦斯叉开两腿坐在鞋匠用的小凳上，两只拳头托在上面，粗大的鼻子贴近玻璃板，这样就能看清人体的内部结构。

“看到了吗，小伙子？”他问。汉斯·卡斯托尔普顺着贝伦斯的肩胛弯下身子，接着再抬起头来朝约阿希姆那双眼睛的方向望去（凭他的猜想，约阿希姆在黑暗中是朝那个方向看的）。看来，约阿希姆的眼睛依然像刚才检查时那样，温柔而忧郁。汉斯问：

“你也能让我看看吗？”

“当然可以，看吧，”约阿希姆在黑暗中慷慨地回答。在地板的震动声中，在魔力作法时的一片喧响声中，汉斯·卡斯托尔普俯下身来，从白茫茫的透明的玻璃上窥看着约阿希姆·齐姆森四肢八骸的造像。胸背和脊椎骨并在一起，像一条黑压压的、软骨似的柱子。前部的肋骨骨架在脊柱骨骨架的遮掩下，显得灰沉沉的。锁骨高高翘起，向两侧分开，而肩胛骨和约阿希姆上臂骨骼的关节在软绵绵的皮肉的衬映下，显得尖棱棱的。胸腔十分明亮，可以看到一些血管、暗黑色的斑点和波纹似的阴影。

“多清晰的图像，”顾问大夫说。“尽管瘦骨嶙峋，可很体面哪。这就是咱们年轻的军人。我也瞧见了您的肚子——不过光线没有穿透，几乎什么也看不清。射线只有在通过脂肪层时才能让人看个清楚……这会儿的工作可干得挺利落哪。您看到横膈膜吗？”他一面说，一面用手指指点着那扇“小窗”下面上下翕动的一道黑黑的圆弧……“您可看到左边厚厚的一块，也就是高高凸起的地方？这就是他十五岁时患过胸膜炎的痕迹。深呼吸！”他又命令道，“呼吸深一些！我说的是深！”于是约阿希姆的横膈膜又抖呀抖的升起来，而且想升得多高就多高。两肺上部可以看得清清楚楚，但顾问大夫并不满意。“还不是最理想！”他说。“您看到肺门的淋巴腺吗？您看到粘连[①]吗？您可看到这儿的空洞？毒性就是从那儿发生的，把他搞得昏头昏脑。”不过这时汉斯·卡斯托尔普的注意力被某种口袋模样的东西吸引住了，它像什么形状丑怪的动物，在中央那条柱状物后面显得黑黑的，清晰可辨。从旁观者看来，它多半位于右侧。这时它一会儿膨胀，一会儿收缩，节奏很均匀，有点儿像在水面浮游的海蜇。

“您看到他的心脏吗？”顾问大夫问他。这时他那只硕大无比的手不再搁在大腿上，用食指指向跳动的荧光屏……老天爷，他汉斯·卡斯托尔普看到的，原来是一颗心脏，约阿希姆可贵的心脏！

“我看到你的心了！”他压低了嗓门说。

“看吧，看吧，”约阿希姆再一次回答他。也许他在那边的黑暗中温顺地微笑。可是顾问大夫叫他们别再作声了，别再感情用事地对话了。顾问大夫细细察看荧光屏上的斑点、线条以及病人胸腔内部黑黑的纹理，而站在一旁观看的汉斯却毫无倦意地细细审察约阿希姆那尸体般的躯干和死人般的腿——这些没有皮肉的骨架和干枯的死亡的象征。他的虔敬与恐惧之心不禁油然而生。“对啊，对啊，我见到了，”他三番四复地说。“天哪，我看到了！”这句话，他过去曾从一个女人那儿听到过，她是蒂恩纳佩尔方面一位早已死去的亲戚。她有一种令人遗憾的功能——也可以说这是一种不幸的功能——，使她终日郁郁寡欢，那就是她能看到人们临死时的骨骼。而现在，汉斯·卡斯托尔普也能把善良的约阿希姆看得清清楚楚，不过看时借助于物理仪器和光学仪器罢了，所以没有什么可以大惊小怪的，而且完全合情合理，何况约阿希姆对此又

---

① 是结核性胸膜炎患者的一种病理现象。

公然表示同意。不过那位视力特别强的姨母既然落得如此可悲的命运，汉斯难免有些同情。面对所见的一切（或者说得确切些，面对所见的一情一节），他十分激动，心头像针刺那样怪不自在，而且暗自怀疑，他现在的所作所为是否对头，怀疑自己在一片震颤声和噼噼啪啪声中站在黑暗处观望是否允许。他一方面满心想不顾礼仪地继续看下去，一方面心头又乱糟糟的，同时还怀着虔诚的心情。

可是几分钟后，他本人就站在"耻辱柱"[①]旁，让暴风骤雨在他的耳边响起，而约阿希姆却遮着身子，穿起衣服来。顾问大夫又一次透过乳白色的玻璃板观看，不过这一回他瞧的是汉斯·卡斯托尔普的内腔。他口中念念有词，而且不时发出断断续续的诅咒声，看来，他荧光屏上所见似乎同他的预期完全吻合。他甚至大发慈悲地允许这位病人在荧光屏上察看自己的手，因为病人坚决要求这么做。这时，汉斯·卡斯托尔普看到他意料中必然会看到的东西（不过一般人是不难看到这个的，甚至从来没有想过他居然有资格看到它）：他透视了自己的坟墓。通过射线之力，他预先看到了自己身体日后的腐化过程，现在他能活动自如的皮肉，将来会分解、消失，化成一团虚无飘渺的轻雾——而在荧光屏里，他看到了自己右手枯瘪的骨骼，上面戴着祖父遗赠的纹章戒指，这只戒指黑黑地、松弛地套在无名指的上部关节处。这种戒指是大千世界中一种坚硬的实物，人们用来装饰自己的躯体。有朝一日，它注定要在身体下面熔化掉，结果落得一场空。以后自己又会转化成为一种皮肉，还能再戴它一会儿。他用蒂恩纳佩尔家族中先辈妇女们所特有的眼睛瞅着自己身体上这个熟悉的部分，这双眼睛炯炯有神，富有预见性。有生以来他第一次才明白，自己总有一天会死去的。这时他脸上的表情，和往常听音乐时一模一样——相当呆滞，昏昏欲睡，又显得十分虔诚。他的嘴半开半闭，脑袋搭拉着垂向肩胛。只听得顾问大夫说：

"像鬼怪一般，呃？不错，看起来确实有点鬼怪的味儿，一点也不假。"

---

① 即欧洲中世纪立在广场上让罪犯示众的刑柱。

于是他切断了电源。地面刹时间静寂下来，闪闪的电光也顿时消失；那扇作魔法的窗子又陷入一片黑暗。天花板的吸顶灯又亮起来了。在汉斯·卡斯托尔普披衣时，贝伦斯就把观察的一些结果告诉这对青年人；考虑到他们不懂医学，讲时尽量不用专业术语。特别就汉斯·卡斯托尔普的病例而言，爱克司光所见完全证实了听筒所闻，在某种程度上为科学增添光彩。他在荧光屏上不但看到了老病灶，还看到了新病灶。一条一条的“影子”从气管一直延伸到肺脏——在条状阴影中，还有小结节。据说，拍下的片子即将交给汉斯·卡斯托尔普，他本人可以在片子上亲眼看到。那么，你就得安心，忍耐，自我约束，量量体温，吃吃，睡睡，等待，还有喝喝茶。贝伦斯说罢转过背去。他们走了。汉斯·卡斯托尔普跟着约阿希姆出去，又掉转头朝后面望了一下。他看到肖夏太太在技术员的引导下，步入透视室。

自　由

现在，年轻的汉斯·卡斯托尔普对时间的感受究竟如何呢？难道他清清楚楚地、没有一丝疑问地同山上的人们一起度过的七个星期，看去只有七天光景？或者在他的心目中恰好相反，觉得住在这里的时间比实际的长得多？他一面扪心自问，一面又向约阿希姆问个究竟，但他得不到什么结论。也许两者都有道理：如果他把这儿消磨了的时光作一番回顾，他觉得时间既短得异乎寻常，又长得异乎寻常，不过，他倒不希望时间只有实际上那么长。这里的前提是：时间说到底只是一种自然现象，而且允许把它同“现实”的概念联系起来。

不管怎么说，十月已近在眼前，不论哪天都会来到。汉斯·卡斯托尔普是很容易算出日子来的；此外，他在倾听病友们的谈话中也能获知一二。“您可知道，过了五天又是一号了？”有一回，他听到黑尔米内·克莱费尔特跟她一伙里的两个青年男子说。其中一个是姓拉斯穆森的大学生，另一个是厚嘴唇的小伙子，名叫根舍。午膳时间已过，人们还站在餐桌边聊天，迟迟不肯前去午休。餐桌上还散发出菜肴的热气。“已是十月一号了，我在办公室的日历上看到了！我在这块游览胜地里度过这样的年月，已是第二次了！好呀，要是说夏天曾经有过的话，现在也已过去了。人们糊里糊涂地度过了夏天，推而广之，正像自欺欺人地度过一生一样。”说罢，她就用她的半爿肺叹了一口气，同时摇了摇头，用两只浑浊的、像罩上一层云翳的眼睛呆愣愣地望着天花板。“拉斯穆森，开心些！”她一面说，一面在那位同伴的下陷的肩膀上重重拍了一下。“说些笑话吧！”“我肚子里的笑话不多，”拉斯穆森回答，两只手像鱼鳍那样在胸口前撑开，“可我能够讲的，又不能说出口来，我一天到晚真是倦极啦。”这时根舍从牙齿缝里迸出一句话来：“哪怕是一条狗，这样的生活再也受不了。”于是他们耸耸肩膀大笑起来。

这时塞塔姆布里尼也站在近旁，两片嘴唇间叼着一根牙签。他们出去时，他对汉斯·卡斯托尔普说：

“工程师，当他们发牢骚时，别相信他们，千万别相信他们！他们都是这样，一个也不例外，尽管他们住在这里都是得其所哉。他们过着放荡的生活，可又要求人们怜悯，同时认为自己那种讽刺挖苦、玩世不恭的态度是满有理由的。‘在这个游览胜地’！难道这不是游览胜地吗？依我看，这里确实是胜地，不过词义极其模棱两可，含混不清罢了！那个女人说什么‘自欺欺人’，说什么‘在这个游览胜地自欺欺人地度过一生’。可是您把他们放到山下去，他们在那边的生活方式就无疑会促使他们马上再回到山上来。哎哟，讽刺！工程师，您得提防，这儿山上到处都盛开讽刺之花，工程师！尤其要戒备他们这种精神状态！既然讽刺不是一种直截了当的、合乎规范的表达方式，头脑健全的人永远也不会看成是模棱两可的，那么它就失之轻浮，成为文明的障碍，同停滞不前、不讲修养和邪恶这些素质不干不净地勾搭起来了。由于我们生活的环境显然十分有利于这种乌烟瘴气的东西成长与繁荣，我倒希望——或者说，我该害怕——您能理解我。”

确实，意大利人的这番话就性质而论，汉斯·卡斯托尔普七星期前在低地上听来是会当作耳边风的。然而他在山上住过以后，内心深处已感到这些话是可以接受的。所谓“可以接受”，是指他心中已领悟其中真谛，并非轻易表示同情。要是同情的话，在意义上也许更进一步了。不管发生过什么，塞塔姆布里尼现在仍一如既往地同他谈话，继续劝诫他，教诲他，企图对他施加影响，他固然心底里感到高兴，不过他的理解力现在已经很强，足以对意大利人的言论发表评论，同时至少在某种程度上能对自己的赞许缄口不表态。“瞧，”他暗自想，“他说起讽刺来时，跟说起音乐时一模一样，而且差点儿戴上‘政治上可疑’的帽子；换句话说，只要讽刺不再是‘直截了当的、合乎规范的教学工具’。不过说到讽刺‘永远也不会是模棱两可的’，那么我倒要以上帝的名义大胆插问一句：这还算得上什么讽刺呢？真是干巴巴的学究式的说教！”这种正在受教育的青年是多么忘恩负义啊，他接受了别人的赠与，可对这件赠品又吹毛求疵。

汉斯对此尽管持有异议，但用言语表达出来对他似乎太冒险了。他只是就塞塔姆布里尼对黑尔米内·克莱费尔特的非难表示异议，他认为这样不够公正，或者说，他有这样的想法是有一定理由的。

“可那位小姐病着哪！”汉斯说。“她的病很重，这是千真万确的，她灰心绝望有极其充分的理由。您能向她指望些什么呢？”

“疾病和灰心绝望，”塞塔姆布里尼说，“往往都只是一些放荡的形态。”

“难道莱奥巴尔迪，”汉斯·卡斯托尔普想，“也公然对科学和进步表示灰心绝望吗？还有这位学究先生本人呢？他身体也有病，一而再，再而三地上山来。卡尔杜齐对这也不会怎么喜欢的。”于是他大声说出口来：

“您真好！那位小姐随时可能一病不起，而您还说她放荡！这点您得详细解释一下。如果您的意思是说：疾病有时是生活放荡的结果，那倒是有几分道理的……”

“很有道理！”塞塔姆布里尼插嘴说。“哎呀，要是我的话讲到这儿为止，您总满意了吧？”

“或者您的意思是说，疾病有时可以作为生活放荡的借口——这样也能称我的心呢。”

“您说得多美！”

“可是疾病难道是生活放荡的一种形式吗？换句话说，它虽不是放荡引起的，但它本身却是一种放荡？这种说法是自相矛盾的！”

“唉，工程师，请别歪曲我的本意！我瞧不起自相矛盾的论点，我痛恨它！我对您说的关于讽刺的那些话，您就都把它们统统说成是自相矛盾的论点吧，甚至更尖锐一些！自相矛盾的论点，是清静无为的毒汁四溅的花朵，是腐朽了的灵魂放射出的虹彩，也是最大的堕落！此外恕我直说，您又一次在为疾病辩护了……”

“不，我对您说的话很感兴趣。这使我想起克罗科夫斯基大夫每星期一演讲的一些内容。他也认为机体上的疾病是一种次要现象。”

“他算不上是纯粹的理想主义者。”

“您哪些地方看不惯他？”

“看不惯的正是这种观点。”

“您认为他讲的心理分析糟得很？”

“那不一定。有时糟得很，有时好得很，一会儿糟，一会儿好，工程师。”

“这话怎么说？”

“心理分析作为文明的启迪工具，倒是好的；它之所以好，是因为它能摧毁愚蠢的信仰，溶解天然的偏见，削弱权威的威信；换句话说，它之所以好，在于它能传播自由思想，提高人们的思想境界，使我们更富于人性，并使奴隶觉悟起来，为争取自由而斗争。同时它也是糟的，糟得很，原因在于它妨碍行动，摧残生命力，使它不能形成。可以说，精神分析是一件十分令人倒胃口的事，像死亡那样令人倒胃口，实际上它和死亡同属一个范畴——跟坟墓和它那声名狼藉的解剖学血缘相近……”

“这头狮子吼得好凶呀，”汉斯·卡斯托尔普忍不住这么想。每当塞塔姆布里尼先生发表某些迂腐的言论后，他总有这种想法。不过他嘴里只是说：

“最近几天，我们在地下室里接受爱克司光解剖。贝伦斯给我们透视时就是这么称呼的。”

“呃，您也走上这一步了。嗯，下文如何？”

“我看到了两只手里骨头的影子，”汉斯·卡斯托尔普一面说，一面尽力回忆起当时亲自体会到的感受。“您可曾要求他们让您看看自己的手？”

“不，我对自己的骨头一点儿也不感兴趣。大夫的结论如何呢？”

“他看到了条状阴影，阴影中还有小结节。”

“这个下流胚！”

“对顾问大夫贝伦斯，您以前也这样叫过他。您为什么这样称呼他呢？”

“您要相信，我选用这个雅号是十分恰当的。”

“不，您可不公正呐，塞塔姆布里尼先生！我承认贝伦斯这个人有他的缺点。他说话的那种腔调，久而久之我听了怪不舒服，语气有时很粗暴，当人们想起他在这儿山上有失妻之痛，听来更觉刺耳。不过他毕竟是一个有功劳的人，值得尊敬的人，为病人们干了许多好事！最近我遇上他，他正好动完手术，替病人切除几根肋骨。这件事非同小可，是一点也不能疏忽的。当我看到他干完这样一件艰难而有益的工作，而他对此又是那么内行，我感受的印象可深哩。当时他思想上还很紧张，于是点起一支烟来，算是干这件活儿的报酬。我真羡慕他。”

“您真是好样的。那么您的判决期限呢？”

“他没有给我规定具体日期。”

“这也不坏。我们去卧疗吧，工程师，让我们各就各位。”

他们在三十四号病室门前分手了。

“您还是上屋顶吧，塞塔姆布里尼先生。跟大伙一起躺着，比独个儿要够味些。您跟他们谈话吗？跟您一起卧疗的人都很有意思吧？”

“唉，这些不过是些帕提亚①人和徐西亚②人罢了。”

① 帕提亚，系伊朗东北部的古国。

② 徐西亚，系古时亚洲与欧洲东南部一个地区。

“您是说俄国人？”

“还有俄国女人哪，”塞塔姆布里尼说着就把嘴角收紧。“再见吧，工程师！”

他的话里有刺，这是毋庸置疑的。汉斯·卡斯托尔普惘然若失地跨进自己的房间。难道塞塔姆布里尼已对他的情况了如指掌？也许意大利人像学监一样，始终在窥伺他的行踪，他的眼睛瞟向哪里，意大利人也跟向哪里。汉斯·卡斯托尔普不但恨这个意大利人，也恨起自己来，由于缺乏自制力，结果竟把麻烦找上门来。在他把书写用具一一收集起来，准备把它们带到卧疗场所时，他仍余怒未消(因为他给家里写第三封信已是刻不容缓了)，嘴里喃喃地自言自语，怪这个夸夸其谈、专爱争辩的学究实在多事；这个人对与己无关的事总爱插上一手，而他本人却在街上跟姑娘叽叽喳喳地聊个不停。他实在没有心思写东西，这个奏手摇风琴的人说起话来含沙射影，把他的情绪全毁了。不管怎样，他必须穿冬衣，用钱，而衬衫和鞋袜等也必不可少。一句话，要是早知道他上山来不是仅仅在大热天住上三个星期，而是……而是需要不定期地住下去，时间一直拖到冬天，他就会把所需要的一切全带来了。根据这儿山上过去的时间概念，往往是将整个冬季包括在内的。他至少要把这方面的可能性说给家里人听。这一回，他得费一番劲把真情老老实实说给山下的人们听，不能再自欺欺人了……

他就是在这样的心情下写信的，写时严格遵守他在约阿希姆那儿多次看到的操作技术：坐在卧椅上，一手握起自来水笔，在高高耸起的膝头上放着文件夹。他用疗养院的信笺写信，在他的抽屉里，这种信笺比比皆是。他信是写给吉姆斯·蒂恩纳佩尔的，在三个舅辈中，他跟吉姆斯最亲近。他要求他把情况转告给参议。他谈起自己不幸的遭遇；他本来担心自己有病，经大夫诊察后已经证实，大夫认为今年冬天他必须在山上住一段时间，也许整个冬天都得在这里度过，因为像他这样的病，往往比一开头就来势汹汹的那种疾患更加顽固，必须认真采取措施，一劳永逸地及时根治。他认为从这个观点上看，这次他偶然上山来，在大夫促动之下作一番检查，倒是非常幸运，非常有利的，否则，他对自己的情况依然蒙在鼓里，等以后知道时，病情也许严重得多。至于疗养时间预计究竟多久，那么，如果听说他也许整个冬天都得待在山上，而下山的时间也不比约阿希姆早多少，他们也不要大惊小怪。这里，时间的概念同待在浴室和一般疗养院里时不同，月份可以说是最小的单位，一个月根本算不了什么……

天气很冷，他写信时穿着大衣，披着毛毯，两手冻得红红的。有时他抬起头来不再看信纸——现在，信纸上都是些理智很强、充满说服力的句子。他眺望他所熟悉的景色，但几乎视而不见。横在他前面的是一片山谷，出口处是层峦叠嶂，现在都显得明净苍白，下面则是人烟稠密的平原，有时在阳光照射下灿然放光。山坡上有的长着参差不齐的树林，有的是一片草地，从那里传来母牛的颈铃声。此刻他越写越轻松，他不懂以前为什么这样怕写信。在写信过程中，他甚至觉得他的文字比谁的都要明白流畅，家里人准能完全看懂。像他那种门第和家庭环境出身的小伙子，干起事来总是随机应变的，善于利用他那种人眼前的种种有利时机。这样做也是对头的。要是他动身回家，他们一听到他的自述就会再把他送回来。他信中要求家人把他所需要的东西送来。末了，他又照例要他们寄些必要的钱：每月八百马克足能应付多方面的支出。

他签了名。信写完了。第三封家信写得够长的，该打住了——这并不是根据山下的时间概念，而是根据这里山上流行的时间概念。这封信确定了汉斯·卡斯托尔普的自由。这是汉斯使用的字眼，不过他并没有正式使用它，这个词的音节，还刚刚在他的心中形成呢。可是他感受到这词儿的全部意义；在这里逗留期内，他已学会了如何懂得它。它的意义，与塞塔姆布里尼赋予它的很少有共同之处。这时他心里涌起一阵他过去曾体会过的恐惧与激动的浪潮；他长叹一声，胸口震颤不已。

他写时血液直往脑门冲，两颊也烧得热烘烘的。他从灯台上取下水银温度表，像凑机会似的随手量起体温来。水银柱升至三十七度八。

“你们看到了吗？”汉斯·卡斯托尔普想。于是他在附言上又加了一笔：“我写这封信可费了不少劲儿。我量了体温，结果是三十七度八。我明白，眼前我不得不保持安静。要是我不常来信，你们可别见怪。”

然后他躺了下来，伸出一只手朝天举起，手心向外，像刚才站在荧光屏后面时那样。可是大自然的光线对人体是无法穿透的，在亮光面前，它所创造的物体甚至显得更加黯淡和朦胧不清，只是外缘显得有些红彤彤的。这就是他经常看到的、洗擦的、使用的活生生的手，而不是在荧光屏里见到的那副陌生的骨架。当时他清清楚楚地看到的射线分析的坟墓，现在已不复出现了。

水银的情绪

十月像一年中每个月那样，翩然降临了。它是无声无息地、悄悄地来临的，事前没有什么征兆和痕迹，也可以说是偷偷地溜进来的，如果你不留心观察，就不会引起你的注意。事实上，时间是不能一刀切的，在新的一月或新的一年开始时，不会下一场暴风雨，也不会响起一阵号角；即使一个新的世纪开始，也只有我们人类才射枪、鸣钟表示欢庆。

在汉斯·卡斯托尔普眼里，十月的第一天和九月的最后一天完全一样，这两天都是又冷又难受，后面几天也是如此。在卧疗时，人们都穿起冬季大衣，披上两条驼毛毯，不但晚上如此，白天也是一样。捧书本的几只手指，都是湿滞滞、硬邦邦的，哪怕两片腮帮儿干燥得发烫。约阿希姆恨不得穿起他的那件皮大衣来，不过一想到穿得这么早不免有些娇气，也就忍住了。

可是过了几天，大约在月初到十五日左右那一段时间吧，天气忽然完全变了样，姗姗来迟的夏季又降临到山上，而且绚丽多彩，令人惊异。汉斯·卡斯托尔普以前曾听到人们盛赞这儿山上的十月风光，现在觉得确实名不虚传。约摸有两个半星期时间，山峰和峪谷的上空一直保持光辉灿烂的特色，而且一天比一天蔚蓝，一天比一天明净。太阳光直射下来，威力很大，热不可挡，因此每个人不得不把已经搁在一边的衣服重新捡起来，穿上最轻便的夏装——纱衫和亚麻布衣裤之类。这时，病友们连没有柄的帆布太阳伞也用上了；凭借一个巧妙的机构，一个钻有许多孔眼的木桩，人们把太阳伞拴在卧椅的扶手上。不过即使如此，也不足以抵御日丽中天时灼热的阳光。

“我们能呆在这儿躬逢其盛，倒是挺不错的，”汉斯·卡斯托尔普对他的表哥说。“好多时候天气一直很糟，可现在呢，冬天似乎远远抛在后面，大好的时间已经来到啦。”他的话没有错。从气象上看，足以说明季节真已到了十月的特征并不多，即使有一些，也依稀难以辨认。在这儿“高地”上，过去种有两三株槭树，现在它们早已没精打采地抖落身上的树叶，苦苦地挨着日子。除了这些槭树之外，再也没有什么足以为十月的山区景色盖上秋季印记的阔叶树了。只有杂种的阿尔卑斯山赤树不时抽出树叶那样又细又软的针叶，给山景抹上一层萧瑟的秋天色彩。装点在这个地区里其他的树木，不论是高高耸起还是低背弯腰的，都是常青的松杉之类，能在严冬中屹然挺立。山里的冬天，时间长短是说不准的，冬天一到，就会降起暴风雪来，皑皑的白雪撒在这里的各个角落，可能终年不化。只有从森林上面那片浓重的、红褐色的色调中，才能看出岁暮的痕迹，尽管天际赤日炎炎，宛如盛夏。如果你仔细看看，那么草地上自然还长着一些野花，它们也悄悄地向你说明了同样的问题。这里还有红门兰；当这位访客的青年人刚上山时，灌木状的耧斗菜还结着菜花，现在却已经枯谢了，野丁香无踪无影。只有龙胆和矮矮的秋水仙还可以看到，这说明了表面上空气虽热，气候实际上已相当凉爽了，即使身体表面在阳光暴晒下热不可挡，但你静坐下来时，就觉得寒气袭人，那种砭人肌肤的感觉，就像发寒热的病人打冷战似的。

汉斯·卡斯托尔普不像某些控制时间的人那样，密切地注视着它的流逝，把它划分成许多单元，计数，命名；他内心根本没有计算过时间。十月份悄悄来临，他根本没有注意到；只是他感官上受到了刺激：上面是炎热的阳光，下面则隐隐感受到寒霜的凉意。过去他从来没有这种体验，他不由想起人们以前曾以厨房用语作过比喻——他记得有一次曾对约阿希姆说过一句比喻的话，那就是“冰爆蛋”上面的蛋热得起泡，下面却是许多碎冰。他经常说起这类事，说得又快又流利，声调十分激动，像害寒热的人说的那样。有时他也沉默寡言，不过不能说他一心只想着自己。他的注意力还是向着外界，只是集中在某一点上罢了；其余的一切，不论人和物，都在雾气中飘浮。这雾气是汉斯·卡斯托尔普的头脑里制造出来的，顾问大夫贝伦斯和克罗科夫斯基大夫无疑会把这看成是可溶性毒汁的产物。连神思恍惚的汉斯本人也是这么想的，他已没有什么理智，不但无力摆脱这种醉醺醺的感觉，而且也一点不想去摆脱它。

一旦陷入了这种醉醺醺的感觉，对清心寡欲就视之若蛇蝎。凡是削弱这种感觉的威力的种种观念，他都竭力反对，他不能容忍它们。肖夏太太的外形并不美观，线条有些尖削，而且年纪也不轻了。这点汉斯·卡斯托尔普早已知道，而且以前还亲口说过这样的话。那么结果呢？他避而不看她的身段，要是他偶尔从远处或近处看到她，他甚至会闭上眼睛。这使他难受。这究竟是什么缘故呢？难道他的理智已令人快慰地懂得如何利用机会，施展出它的威力了吗？可是他要求的又是什么呢？……在这些阳光明媚的秋日里，当克拉芙吉亚穿着热天时那套白色的晨服再度在餐厅里出现(她是来用第二次早膳的)，而她的丰采显得格外楚楚动人时，他又感到欣喜若狂，连脸色都白了。她仍像往日那样姗姗来迟，进来时狠狠地关上了门，脸上露出微笑，一高一低地甩动手臂，大模大样地跨入餐厅。不过这一回他喜出望外，倒不是因为她的模样这么妩媚姣好，而是因为他头脑中那种甜丝丝、飘飘然的感觉更够味了。他就是喜欢沉湎在这种如醉如痴的境界里，用这种感觉来滋养自己，而且认为这样是心安理得的。

凡是对洛多维科·塞塔姆布里尼的思维方法深有研究的人，看到汉斯那样不怀好意，也许也会说他这样简直是放荡，或者是“放荡的某种形态”。有时，汉斯·卡斯托尔普想起了意大利人针对文人说的有关“疾病和灰心绝望”一些话，他觉得这些话不可理解，或者装作不懂。他两眼盯着克拉芙吉亚·肖夏，她的背部是软绵绵的，脑袋稍稍向前耷拉着。他看到她用膳时经常比人家迟得多，既没有什么理由，也找不到什么借口，只是因为不守规矩，缺乏教养。凡是她进进出出的地方，每扇门都给她撞得乒乒乓乓的，这也是不懂礼仪的一种表现。此外她还把面包捏成一个个小球，有时还要咬咬指尖。这时他心里还升起一种莫可名状的预感：要是她有病的话(她确实有病，而且几乎难以治愈，因为她经常上山来，而且还得住上这么久)，多半也是属于品德范畴。塞塔姆布里尼说得有理："懒散"不是生病的原因或结果，而是既系原因，又为结果。他又想起了这位人文主义者在谈到自己在卧疗的当儿不得不与帕提亚人和徐西亚人做伴时，不屑把手一挥的那种姿态。这种轻蔑而不屑一顾的态度不但有根有据，而且也是十分自然的。以前，汉斯·卡斯托尔普对此也很理解。过去当他直挺挺地坐在餐桌旁时，一听到砰砰的关门声，心里就对她恨之入骨，但从来不想去咬手指(他不咬手指，是因为有马丽亚·曼契尼作为代用品)。肖夏太太这种粗暴无礼的举动，他过去也十分恼火，而当他听到这个眼睛细长的外国女人试图讲他的祖国语言时，他却怀着一种优越感。

处在目前的境况之下，汉斯·卡斯托尔普再也没有心思去想这些事了；叫他着恼的倒是这位意大利人，因为他自命不凡地称俄国人是帕提亚人和徐西亚人。然而他指的却并不是下等俄国人餐桌上的那些人，那里坐的是几个头发浓密、不穿衬衣的大学生，他们用粗野的本国语言争论不休，对别的表达方式显然都无能为力。他们那种没有骨气的性格，使汉斯想起了没有肋骨的胸腔，顾问大夫贝伦斯最近就讲起过这种胸腔。这些人的举止、作风引起了人文主义者的反感，也是理所当然的。他们吃东西时爱用小刀，而且常把衣服玷污，说起来也怪羞人的。塞塔姆布里尼振振有词地说，他们当中有一个高年级的医科学生对拉丁文完全是门外汉，——比如说，他连真空是什么意义也不懂。斯特尔夫人就餐时曾经说起三十二号病室里那一对俄国夫妇的情况，当早晨浴室师傅到他们房里擦背时，他们总双双睡在床上。根据汉斯·卡斯托尔普的每日的切身经历，她这些话也许不假。

如果这些都符合事实，那么人们把俄国人截然分成"上等"和"下等"两类倒不是无缘无故的。汉斯·卡斯托尔普坚决认为，他对终日鼓吹共和国和所谓"优美文体"的那个意大利人只能嗤之以鼻，意大利人居然傲慢地、冷冰冰地——尤其是冷冰冰地，尽管他也害着寒热，有些醉意朦胧——把那两桌人归结为帕提亚人和徐西亚人，真是岂有此理。意大利人的话中之音，年轻的汉斯·卡斯托尔普心里是十分清楚的。他甚至领悟到肖夏太太的病同她的那“懒散”的作风确实有连带关系。然而事态的发展正像他某天对约阿希姆所说的那样：人们开始时对某事感到恼恨、憎恶，后来忽然有“别的事物插入”了，于是“判断方面丝毫无能为力”，任何严峻的态度都无济于事。那时，学究式的论调，不管是侈谈共和国的还是别的长篇宏论，对你都起不了什么作用。但我们也许像洛多维科·塞塔姆布里尼那样不禁要问：这种可疑的经验究竟是什么，它扼杀了人们的判断力，剥夺了判断的权利，甚至促使人们放弃这种权利，让人们恣意陷入自我陶醉中去？我们不必问这种经验叫什么名字，因为每个人心里都明白。我们要搞清楚的倒是它的道德性质。坦白地说，我们不指望能获得满有把握的答复。就汉斯·卡斯托尔普来说，这种道德性质竟体现到这样的程度：他不仅不作判断，而是沉醉于其中，身体力行。他亲自作一番尝试，让自己放松身子屈着背坐在餐桌旁，这时他就觉得骨盆肌肉松弛得多了。此外他又试着去关他经过的一道门；关时不像平时那样小心翼翼，而是随手砰的一声带上。这样，他不但觉得舒适，也感到无伤大雅。这也跟人们耸肩膀一样，上次约阿希姆来火车站迎接他，就是这样耸耸肩膀，以后他在山上的病人中间，常常看到这种现象。

简短地说，我们这位旅客现在完全倾心于克拉芙吉亚·肖夏了。我们再一次使用这样的字眼，为的是尽力避免它可能引起的任何误解。我们认为他那爱情的实质跟小调中那种带有几分感伤的柔情蜜意并无相同之处，它是一种狂妄不羁的痴情，其中掺杂着寒霜和烈火，像高屋地带十月天里害寒热病的人那样。他所缺少的，只是联系他们两端的一座情感桥梁而已。一方面，年轻的汉斯在这种激情的直接冲击下显得脸色苍白，面容表情也失去常态，他呆呆地看着肖夏太太的膝盖、大腿的线条、背部、颈椎骨和两条紧紧围住她瘦小胸部的上臂——一句话，他瞅着她的身体，她那懒散慵倦、轮廓分明、由于疾病而线条毕露、宛如另外有一个躯壳的身体。另一方面，这种感情又极其飘忽不定，这是一种意念，不，一个梦境，是青年人一个可怕而又无限诱人的梦境，对于某些问题，哪怕是无意识地提出的问题，所得到的回答只是一片哑然的沉默。像任何人那样，我们对这段故事有独立思考的权利，我们敢大胆作一番揣测：如果有人能满意地将人生的意义和目的讲给他听，使他那颗纯朴的心能从时代的深度上加以领会，那么他也许不会到现在还留在山上迟迟不走，超出他原定的期限了。

此外，他的思恋之情给他增添了千万种痛苦，又为他带来了说不尽的欢乐，不论谁处在他的境况下，都会无条件地感受到这种痛苦和欢乐。这种痛苦是揪心的；它像别的任何痛苦一样，具有令人屈辱的性质，并且震撼整个神经系统，叫人透不过气来，成年人甚至会伤心落泪。至于欢乐呢，说句公正话，它也是多方面的；尽管它的诱因并不怎么显眼，但也同痛苦一样，动人心魄。在山庄疗养院的日子里，几乎每时每刻都能带给他欢悦。例如当汉斯·卡斯托尔普快走进餐厅时，他就注意到梦寐以求的人儿正在后面。以后的结局如何是不难清晰地预见到的，而且极其简单，但内心都喜不自胜，甚至要流出眼泪来。他们的眼睛短兵相接，他的眼睛与她绿幽幽、灰溜溜的眼睛相遇。她的眼睛不论在大小与位置方面，都略略带有亚洲人的风采，这不由使他神魂颠倒。他思绪纷乱，迷迷糊糊地向一旁闪开，让她先穿过餐厅的玻璃门。她认为这不过是一种礼仪性的殷勤，于是嫣然一笑，轻声地用法语说了声“谢谢”，就从他身边掠过走进餐厅。他站在那里，似乎闻到她刚才擦过时身上散发出的那股香气。对于刚才的邂逅和她亲口向他说的那句话，也就是法语的那声“谢谢”，他高兴得直发愣。他跟在她后面，摇摇晃晃地径自向自己的那张餐桌走去，当他一屁股坐到椅子上时，才觉得克拉芙吉亚在就座时向他瞟上了一眼。依他看来，她脸上的表情像在默默地追忆刚才在餐厅门口相逢的情景。啊，这真是难以令人置信的风流韵事！哦，这怎不叫他欢欣鼓舞，大喜若狂！嘿，要是汉斯·卡斯托尔普在山下的平原上看到了什么健康的小鹅儿，像小调中吟咏的那样冠冕堂皇地、平心静气地、满有成功把握地“倾心”于她，那么他再也体味不到那种如醉如痴的感觉了。他兴高采烈地跟那位女教师打招呼，情绪极为激动，女教师早把一切看在眼里，毛茸茸的面颊泛起了一片红潮。接着，汉斯向鲁宾森小姐连珠炮似地讲了一通英语，讲得没头没脑，不明不白，那位老姑娘对汉斯的那份狂热毫不理解，缩头缩脑地不出一声，并用戒惧的目光打量着他。

有一次他又遇上了一件事，那时他们正在晚餐。西沉的夕阳正把明亮的光辉投射在上等俄国的餐桌。虽然阳台的各扇门和餐厅的窗户都挂上了帘子，但不知什么地方露出了一条裂缝，红艳艳的阳光正好从那儿射入。光线虽不是火辣辣的，可很耀眼。这时肖夏太太正和坐在右边的那位胸部凹陷的同胞说话，阳光不巧恰好照在她的脑袋上，她不得不用手遮掩。这件事确实令人不快，但没有什么了不起；谁也不去理会这个，就是那位被阳光照着的人儿也没有感到什么不舒服。可是汉斯·卡斯托尔普放眼在餐厅里扫来扫去时，却发现了。不过他也只看了一眼。他马上作实地考察，追根究底，检查光线是从哪儿射进来的。毛病原来出在右角的那扇弓形窗上，这扇窗户正好在阳台门和下等俄国人的餐桌之间，离肖夏太太的座位相当远，同汉斯·卡斯托尔普的座位也保持大致相等的距离。于是他下定决心，他一言不发地站起身来，手里依旧拿着餐巾，绕过几张餐桌，从餐厅的一端走到另一端。他把后面窗上两条奶油色的帘子严严实实地拉在一起，再回头看一下夕阳的光线是不是完全遮没，是不是还能再照到肖夏太太身上。确信什么都没有问题后，才故作镇静地踱回到自己的座位上，真不愧是一个小心眼儿的青年人。他做了一件应当做的事，而别人却掉以轻心地疏忽过去了。他在这上面插了这么一手，只有极少数人才注意到，但肖夏太太顿时觉得一阵轻松，她左顾右盼，直到汉斯·卡斯托尔普重新回到自己的餐桌旁。汉斯一坐下来就盯住她看，她也报以微笑，微笑中夹杂着亲昵和惊讶的成份。她点头致谢——与其说是点头，倒不如说是把脑袋向前探了一下。他也欠身致意。他的心僵住了，似乎压根儿停止了跳动。只有当一切都过去后，它才又像锤子那样怦怦乱跳。这时他才发现约阿希姆的两只眼睛一直盯住他的盆子瞧。后来他又发觉斯特尔夫人低头暗笑，用手推推布卢门科尔博士的腰部，然后逐一看看自己桌上和桌上的人，想从他们的眼神中看出对方是否心领神会……

我们刚才描写的，都是日常琐事，不过日常琐事在特殊的土壤里繁荣滋长，也就具有特殊的性质了。他们之间的关系，有时紧张，有时缓和——也许，“他们之间”这个词儿也不一定用得上（因为肖夏太太究竟是否动情，还未见分晓），这只是汉斯·卡斯托尔普的幻想和单相思罢了。在这些明媚的秋日里，疗养院的病友们午餐后大部分三五成群地走到餐厅前的阳台上晒一刻钟左右的太阳，这番景象和两周一次的音乐会相似。这些青年人游手好闲，无所事事，肉类和甜食把他们的肚子填得饱了又饱；他们都有点儿寒热，有的聊天，有的打趣，有的挤眉弄眼。阿姆斯特丹的萨洛蒙太太宁愿坐在栏杆上，她一旁紧挨着厚嘴唇的根舍，两人的膝盖几乎靠在一起，另一侧却坐着那位孔武有力的瑞典人。虽然瑞典人已完全康复，但住院时间还要延长一些，因为他还得稍事调养。伊尔蒂斯太太看来是一个寡妇，因为她只是不久前才有幸接见了她的那位“未婚夫”，这人看去垂头丧气，其貌不扬。即使这个男人在她的身边，她也照样接受米克洛西希上尉对她献的那份殷勤，上尉是一个鹰爪鼻、胡子挺括、胸部凸起、眼睛威风凛凛的汉子。这时又有另外一些人物登场了：有的是卧疗厅里出来的不同国籍的女人，有的是十月一日起从山下来的新病人，这些人的姓名，汉斯·卡斯托尔普连喊也喊不出来。在这群人中间，尚有一些像阿尔宾先生那样富有骑士风度的青年，有戴单片眼镜的年约十七岁的小伙子，还有一个年纪轻轻的荷兰人，他戴着一副眼镜，脸颊红扑扑的，酷爱集邮。此外还有几个希腊人，他们头上涂着光油油的发脂，眼睛像杏仁一般，专爱在餐桌上胡闹，以及一对模样儿差不多的花花公子，诨名叫做“马克斯和莫里茨”，也专爱调皮捣蛋……至于那个佝偻的墨西哥人，对山上人们讲的几种语言一窍不通，因此脸上的表情简直像聋子一般。他只顾不停地拍照，用滑稽的动作在平台上把三脚架拖来拖去，从一个地点转换到另一个地点。有时顾问大夫也出现在他们中间，表演他那鞋子打结的拿手好戏。但还有一个人独个儿闪闪躲躲地蜷缩在人群中，那就是曼汉姆那个狂热的信徒，他那双忧伤透顶的眼睛贼溜溜地瞟来瞟去，使汉斯·卡斯托尔普十分反感。

现在让我们举几个例子，再回头谈谈汉斯那种时而紧张、时而缓和的心情吧。这当儿，汉斯·卡斯托尔普坐在花园里一把涂漆椅子上，同约阿希姆聊天。哪怕约阿希姆不愿意，还是硬要他一起出来，靠近墙头坐着。汉斯前面站着肖夏太太，她和同桌的病友们一起倚在栏杆旁，他正抽起一支烟。汉斯谈起她的种种事情，为的是使她能够听到。她转过背来……这时我们看得一清二楚了。他矫揉造作地喋喋不休，表哥的谈话并不能使他满足；他还有意找一个相识。那么究竟是谁呢？原来他想结识黑尔米内·克莱费尔特。他同这位年轻的娘儿随便交谈几句，和约阿希姆一起作了自我介绍，而且把一张涂漆的椅子推向前面，以便更出色地演好这出戏。他问她是不是知道，有一天早晨散步时他们初次相见，当时她把他吓了一大跳。嘿，那时她居然用吹口哨的方式如此兴致勃勃地来欢迎他！他心甘情愿地承认，她的目的已如愿以偿，因为当时他真像当头挨了一棒，不信可以问他的表哥。哈，哈，用人工气胸吹口哨，竟可以使无辜的游历者大吓一跳！他称这件事是恶作剧，他细声细气地说这是胡作非为，难怪叫人恼火……约阿希姆意识到他是在做汉斯的工具，垂头丧气地坐着，而克莱费尔特从汉斯暗淡无光、游移不定的目光中，也渐渐看出自己只是被汉斯利用了，心里怪不是滋味，可汉斯呢，仍旧装模作样，花言巧语，把声音故意说得婉转动听，这番甜言蜜语终于引起了肖夏太太的注意，她不由回过头来，正面对着他看。可是这只是一瞬间的事。接着她那双普里比斯拉夫式的眼睛就向架起二郎腿、坐着的汉斯自上而下地飞快扫了一下，神情故意装得十分冷漠，似乎对他不屑一顾，后来她的眼睛轻蔑地在他那双黄皮靴上停留了一会，然后冷冷地把视线收了回去，心里也许在暗笑。

这对他无异是一个极其沉重的打击。汉斯·卡斯托尔普再慷慨激昂地谈了一会，然后在某句话说到一半时就戛然而止，闭口不语，心事重重，因为他内心深处已感到她往他皮靴上一瞥时眼神的威力。克莱费尔特既感到厌烦，又为此怏怏不乐，自顾自地走了。约阿希姆带着几分烦躁的口气说，现在他们该去卧疗了。这时汉斯肝肠寸断，他有气无力地回答他说，他们真的该一起去了。

由于这件事，汉斯·卡斯托尔普足足唉声叹气地难受了两天。在这段时间内，没有什么事足以叫他宽慰，把他那痛彻心扉的创伤治愈。她干吗要这样看他？究竟凭什么她敢这样轻蔑地瞧他？难道她把他看成是山下来的一个身体健康的凡夫俗子，这种人乐于接受一切，不会加害于人？或者说他不过是平原上一个老老实实、普普通通的小伙子，他在各处嘻嘻哈哈地跑来跑去，把肚子填得饱饱的，又会挣钱，生活上能处处为人表率，除了孜孜不倦地为自己争光外，什么都不懂得？难道他只是一个飘忽而来的旅客，在山上只准备住三星期，对他们圈子里的一切漠不关心？由于肺部的浸润性病变，他不是已立誓进疗养院了？难道他不是已参加了他们的行列，成为山上病人中的一员，预计要足足住上两个月，而且昨天晚上水银柱又升到三十七度八了？……可是使他痛苦不已的正是这点：水银柱不再升高了！这些日子来，汉斯·卡斯托尔普始终萎靡不振，这使他变得冷静而理智，神经也不那么紧张了，因而体温测量的结果已经很低，比正常高不了多少，为此他感到又羞又恼。当他感到他的忧虑和苦恼只能使他与克拉芙吉亚更加疏远时，他简直受不了。

第三天，他幸运地得救了。事情发生在一清早。这是一个瑰丽的秋晨，阳光和煦，空气清新，草地上抹上一层银灰色。太阳和下弦的月亮一起高悬在明净的天空中。这对表兄弟比平时起得早，满想趁此大好时光在早晨超出原定范围多散一会儿步。他们循着树林中的小径，越过水道边的长椅往前继续挺进。约阿希姆的体温曲线最近令人安慰地下降，因而主张打破常规地调剂一下，而汉斯·卡斯托尔普也不加反对。“咱们的身体似乎已经恢复，”他说，“退了烧，解了毒，像山下的人们一样精神饱满。咱们干嘛不纵情游乐一番呢！”于是他们光着头去蹓跶了。自从汉斯·卡斯托尔普“入伙”以来，他已决心跟着疗养院的风尚跑，外出散步时不戴帽子，尽管他以前认为这样做是违反他的生活习惯和教养的。他们随身还带着手杖。但他们还没有走完那条暗红色小径的上坡路，正好差不多走到汉斯初来时遇上用人工气胸吹哨子那队人的地方，在不远处看到了肖夏太太，她正慢慢地登上坡来。肖夏太太一身是白，毛线衫是白的，法兰绒裙子是白的，连鞋子也是白的，而她那金红色的头发却在朝阳下闪闪发光。说得精确些，汉斯·卡斯托尔普把她认出来了。而约阿希姆可不同，只有表弟对他拉拉扯扯提醒他注意时，他才意识到她的存在，而且情绪上颇为不快。他之所以不快，是因为汉斯本来突然停住脚步几乎动也不动，现在又一下子疾步如飞，推推撞撞地苦了他这个带路人。汉斯那么匆匆忙忙，约阿希姆确实十分恼火，也异常不耐烦，他顿时呼吸急促，而且咳嗽起来。可是汉斯·卡斯托尔普一心想着自己的猎获物，身子也显得挺棒，对约阿希姆毫不在意；做表哥的把眼前的一切都看在眼里，只能紧蹙眉头一声不吭，亦步亦趋地跟在后面，因为他不能撇开表弟，让他独个儿在前面跑。

明媚的早晨使年轻的汉斯·卡斯托尔普心旷神怡。他心情本来沉重抑郁，现在总算暗暗松了一口气。这时他心底里闪起一道亮光，确信消除他眼前那座壁垒的时机已经到来。他迈开大步，气急败坏、满怀反感的约阿希姆跟在后面。在迂回曲折的小径前面(这里小径变得平坦起来，右面是树木丛生的小丘)，他们正好赶上了肖夏太太。这时汉斯·卡斯托尔普放慢了速度，免得在暴露自己的意图之际过分紧张，狼狈不堪。在曲径那一边的斜坡与峭壁之间，在阳光从树枝中透过的铁锈色的云杉之间，一桩奇迹发生了：站在约阿希姆左面的汉斯·卡斯托尔普终于追上了那位可爱的女病人。他雄赳赳地从她身边走过；当他站在她右侧的一瞬间，他光着头向她欠了欠身子，而且悄声地、毕恭毕敬地说了一声“早安”，她也点头作为酬答，态度是友好的，不再有什么惊愕的神情。她也用汉斯祖国的语言说了声早安，眸子里露出笑意。这一切都是别开生面的，同过去望着他靴子时的目光迥然不同，实在可喜。这一回他真是造化不浅，事情可有了转机，从此定能万事如意。这事完全出乎意料，他怎么也搞不清楚。他终于获得了解脱。

汉斯·卡斯托尔普受到了肖夏太太的青睐(既听到了她亲口说的话，又看到她的微笑)，简直得意忘形，晕头转向了。他脚上像长有翅膀似的，飞快地走着，同时催促身旁的约阿希姆一起迅速上路。约阿希姆受他的摆布，心中忿忿不已。他不作一声，只是往山坡下面眺望。在约阿希姆眼里，这是一出恶作剧，一出肆无忌惮的恶作剧，甚至是玩弄诡计和出卖亲人的行为；这点，汉斯·卡斯托尔普本人也十分清楚。不过这样做，同开口向素昧平生的人借一支铅笔却完全是两码事。要是你见到一个女人从你身边走过，尽管她好几个月来一直同你住在一座大院子里，可你板起面孔来理也不理，那倒是缺乏教养了。克拉芙吉亚最近在候诊室里不是同他谈过话吗？正因为这点，他什么话也不能说。但汉斯·卡斯托尔普也清楚地知道，在他为自己的恶作剧取得胜利而乐不可支时，可敬的约阿希姆为什么竟闷声不响地掉过头去，自顾自走路。平原上向健康的小鹅儿“倾吐衷曲”的任何青年，哪怕他的求爱是多么称心如意，充满着希望，而且取得了很大的成就，也没有像汉斯现在那么幸福。不，谁也及不上他那样幸福，他刚才可抓住了千载难逢的时机……因此过了一会，他用力拍了拍表哥的肩膀说：

“喂，你怎么啦？天气多好啊！过一会咱们一起到下面休息室里去吧，想一想吧，他们也许在开音乐会呢！也许他们在唱《卡门》中的一段，现在正唱到‘瞧，这就是从那天起我心里珍藏着的花儿’。你为什么发起脾气来了？”

“没什么，”约阿希姆说。“不过你显得那么激动，我怕你的体温再也不会降低了。”

体温果然不再降低了。汉斯·卡斯托尔普同克拉芙吉亚·肖夏打过招呼后，自卑感和抑郁的情绪总算压下去了；说真的，正因为他意识到这点，他心里才乐开了花。约阿希姆说得不错：水银柱又升高了！当汉斯·卡斯托尔普散步后再去量一下时，它升到了三十八度左右。

百科全书

如果说塞塔姆布里尼先生某些含沙射影的话果真激怒了汉斯·卡斯托尔普，汉斯也不应该怏怏不乐，同时也没有权利责怪那位人文主义者总是盯在他后面教训他。哪怕是一个瞎子，也能把汉斯的心理状态看得清清楚楚；他本人对此也不加掩饰。只是由于某种高傲和天真的想法在作怪，才使他守口如瓶，始终不愿把真实的思想暴露出来。在这一点上，他跟那个害单相思的曼汉姆人完全不同，那人头发稀疏，行动鬼祟。要是你愿意的话，就可以认为从这点差别上就看出汉斯比他强了。我们要提请读者注意，而且反复强调：处在汉斯那样的情况，一般人就本性来说会迫不及待地把这事坦白出来，而且急于承认一切，盲目地自我陶醉，恨不得全世界的人都知道自己的这份心情。事情看来越是无聊、缺乏理智和没有希望，咱们明眼人就越是看不惯。这号人究竟怎样开始泄露自己的心事，谁也说不真切，看来，他们觉得如骨鲠在喉，不吐不快。在山庄疗养院这样一个社团里，这点尤其突出，正像那位吹毛求疵的意大利人说过的那样，这里人们关心的大致只有两件事：第一件是体温，第二件还是体温。关于后者，他指的是这一类问题，例如维也纳武尔姆布兰特总领事太太知道米克洛西希上尉另有新欢之后，又找到了谁作为替身，以弥补自己的损失；这个人可能就是彻底恢复健康的瑞典大力士，也可能是多特蒙德的检察官帕拉范特，或者一起把两个人都搭上了。检察官和阿姆斯特丹的萨洛蒙太太之间的关系已经维持了好几个月，现在双方已经友好地讲定不再互相往来。萨洛蒙太太顺应着自己的年龄，开始对乳臭未干的小伙子动起脑筋来，眼下她看中了与克莱费尔特同桌的嘴唇厚厚的根舍。斯特尔太太对此曾以官方权威人士的口吻相当明确地表过态：这个小伙子不过“附在她名单里凑个数”。这话倒是千真万确的，而且遐迩皆知，因为那位检察官的行动完全不受约束，为了总领事夫人，他不管同瑞典人格斗也好，和平共处也好，都可以随心所欲。

这一类的事，在山庄疗养院的病人之间简直是少不了的，在发烧的青年人中间更是如此。在阳台的过道上(也就是玻璃墙对侧沿栏杆的地方)，这种事显然司空见惯，人们头脑里想的尽是这些玩意儿，它们是山上人们生活中的组成部分。即使这么说，人们对这里的种种现象还是不肯直言不讳。汉斯·卡斯托尔普有一种奇特的感受，那就是生活中有这样一种基本现象，全世界都一本正经地(有时是打趣地)公认这种现象十分重要，而在这里山上，它另有一番色调、价值和意义。它很有分量，而在这种分量面前又显得那么新奇，因而这种现象以崭新的面貌出现，即使谈不上惊心动魄，也可以说是扣人心弦。当我们把这个问题摆出来时，我们难免面红耳赤，同时又得指出，如果我们在谈起目前山上的种种暧昧关系时不得不用轻松而戏谑的语调，那也是出于一般人通常遇到的那种见不得人的原因，实际上并没有什么轻松，也谈不上戏谑。但事实上，在目前我们所处的环境里，这点还没有别处那么普遍。汉斯·卡斯托尔普过去一直认为自己对人们经常作为趣闻的“基本现象”早已了如指掌，他这么想也许不无理由。可是现在他认识到，他过去在山下所获得的知识远远不足，简直可说是愚昧无知，一窍不通。他在这儿的切身经历(关于它的性质，我们已不止一次卖力气地向大家介绍过，而在某些瞬间会迫使他高喊“我的天哪！”这类的话)，却打开了他的眼界，使他能觉察和理解山上每一个人种种事情与众不同的特质，它们简直是闻所未闻，又是那么荒诞不经，莫名其妙。这并不是说，他们在这里对这个问题连笑话都不说一句。不过在这里，说笑话要比山下显得远远更加不合时宜。它们会使人们牙齿打战，呼吸急促。它们像一块透明的遮羞布，满想把隐藏在内心的激情或者无法掩饰的激情遮蔽起来，可是欲盖弥彰。汉斯·卡斯托尔普还记得这么一件事：当约阿希姆用他在山下时那种天真的口气第一次(也只有这么一次)打趣地谈起玛鲁莎苗条的身材时，他的脸顿时刷白，雀斑历历可见。他也记得在他拉下窗帘，免得夕阳的余晖照在肖夏太太的脸上时，自己的脸凉得血都退尽了。他又想起了不论在此事之前或此事之后，他又好多次在许多陌生的脸上看到了类似的神色，这种神色一般在两个人的脸上同时显现，萨洛蒙太太和年轻的根舍这对儿就是其中一例。他们两人刚刚搭上关系时就是这副模样，斯特尔夫人对此大肆渲染，说得娓娓动听。我们说，汉斯对这一切都记在心里，而且懂得在这种情况下，对自己的心事秘而不宣不但十分困难，而且动脑筋掩饰也不太值得。换句话说，这样做不但显得自己高傲大方，毫不做作，而且周围的环境也鼓励他不要强制压制自己的情感(即使汉斯·卡斯托尔普认为这样做没有什么必要)，把自己的心事隐瞒起来。

约阿希姆早已谈起过山上结交朋友的难处。难处主要在于这对表兄弟在疗养院里只形成一个所谓小圈子，而富有军人气概的约阿希姆除了一心想早日康复外，原则上不想和病友们密切接触，结成一伙。不然，汉斯·卡斯托尔普就有更多的机会随心所欲地向人们倾诉自己的衷肠了。即使如此，约阿希姆有一天晚上在客厅里还是见到汉斯和大伙在一起，在场的有黑尔米内·克莱费尔特和她同桌上两个餐友——根舍和拉斯穆森，还有一位是戴单片眼镜、养指甲的青年。只见汉斯的眼睛一反常态，炯炯闪光；他正用激情满怀的声音信口谈起肖夏太太与众不同的、带有几分异国情调的面型来，而听他讲话的那些人却在挤眉弄眼，彼此轻轻用胳膊肘推来推去，并且在哧哧地暗笑。

约阿希姆看到这个局面感到很不自在，但把大伙儿逗得眉欢眼笑的汉斯，对这样的自我暴露却无动于衷，他倒认为，憋在心里闭口不说反而受不了。他认为对于这类事，大家心里肯定都一清二楚。至于其中掺杂着一些幸灾乐祸的成分，他也只好听之任之。就餐开始时，当玻璃门的关闭声砰砰地响起来时，不论是汉斯同桌的还是邻近几桌的人都向他投来了目光，看到他脸上白一阵、红一阵而引以为乐，而汉斯本人也满心欢喜，因为他觉得自己如醉如痴的感觉已经引起了人们的注意，同时也在外界获得了某种公认和证实。这样就能推动此事的进展，为他那朦胧的、不理智的希望增添声势。这也使他十分兴奋。后来，人们甚至三五成群地聚集在一起，盯住这个晕头转向的青年人看。他们有时餐后聚集在露台上；星期日午后，这些病人有时也聚集在传达室门前，等待邮件的到来。因为院里在这一天是不给病房里送信的。人们都清楚地知道这个年轻人醉态朦胧，亢奋异常，不管别人怎么看他，他都不放在心上。斯特尔夫人、恩格尔哈尔特小姐、克莱费尔特和她那位长得像一只貘一样的女友，病入膏肓的阿尔宾先生，还有那位养指甲的小伙子以及这个那个的病友，有时往往站在一块儿，垂下嘴角不屑地嗤笑他，还瞪住他看个不停，而汉斯却显得失魂落魄，热情地微笑着，脸颊上泛起他第一夜上山时就有的红晕，眼睛里闪现以前那位骑士咳嗽时所引起的光泽，目光朝一个固定的方向投往远方……

在这种情况下，塞塔姆布里尼先生的表现倒是挺不错的。他走向汉斯身边，同他搭讪，问他生活得怎么样，但汉斯对于意大利人这种不怀成见的善意是否感恩，却值得怀疑。某一个星期日下午，院门的入口处聚满了人，传达室门前病人熙熙攘攘，伸长了手眼巴巴等信件到来。约阿希姆也挤在前面的人群里。他的表弟却落在后面，神态和我们上面描写过的毫无二致。他巴不得能望上克拉芙吉亚·肖夏一眼。这时肖夏太太正和同桌的餐友们站在一旁，待门廊里的人群不再那么拥挤后再走上前去。这是病友们云集的时刻，是一个充满机会的时刻，唯其如此，年轻的汉斯·卡斯托尔普喜欢这一时刻，巴不得这一时刻快快来到。记得八天之前他站在窗口，同肖夏太太近在咫尺。他们挨得这么近，她的身子甚至撞了他一下，于是她匆匆地点了一下头，用法语向他说了一声"对不起"，而他呢，当时心里虽是热乎乎的，总算还保持着冷静的头脑，对此他引以为幸。他好容易用法文答上一句：

"没什么，太太！"

每星期下午都能稳稳地站在过道里等待邮件送来，真是生活中稀有的乐趣呢，他想。人们可以说，他消磨了一星期的光阴，同时又在等待七天后同一时刻的重新到来。等待意味着时间快快过去；也就是说，别把时间和眼前的光阴看作是一种恩赐，而是一种障碍，应当否定它们的实际价值，把它们看得一钱不值，同时应当在心灵上跨越它们。人们说，等待令人厌倦，不过，要是你把整段光阴大块大块地消耗掉，不是为了时间而生活，也不加以利用，那么也不会感到无聊，甚至还挺有意思呢。只知等待的人就好比一个饕餮之徒，他的消化器官只能摄取大量食物，而不能把它们变成养分和有用的东西。我们还可以进一步说：正像不消化的食物不能使人体更加健壮一样，在等待上消磨时光也不会使人苍老。当然，纯粹的、毫无私心杂念的等待，实际上是不存在的。

一星期就这样囫囵吞枣地过去了。下一班星期日下午的邮件又接踵而来，跟七天之前始终没有什么不同。它又为汉斯提供了激动人心的机会，使他每时每刻都暗中可能与肖夏太太交往。一想到有这种可能性，汉斯的心房一会儿缩得紧紧的，一会儿又像万马奔腾，但又不敢化为实际行动。经常妨碍他采取这一行动的有两种原因，一是军人性质的，一是公民性质的。换句话说，一方面是由于可敬的约阿希姆近在身边，而汉斯·卡斯托尔普也考虑到自己的荣誉和义务；但另一方面，汉斯头脑里也有一种想法，那就是光同克拉芙吉亚·肖夏保持合乎礼仪的社交关系，谈话时欠身致意，以“您”相称，尽量讲法语——这些不但没有必要，而且不太得体，不很对头……他站在那里，看她说话时谈笑风生，神态与普里比斯拉夫·希佩过去在校园里说说笑笑时一般无二。她的嘴儿张得大大的，她那灰绿色的眼睛斜向一边，笑时在颧骨上面眯成一条细缝。这副模样一点也不“美”，可是这算不了什么。当一个人陷入情网时，审美观念往往不从美学的角度出发，而是侧重在品德方面。

“您也在等待公函喽，工程师？”

只有一个人才会说出这样的话，那就是扰乱汉斯安宁的人。汉斯·卡斯托尔普怔了一下，抬眼向塞塔姆布里尼先生看了看，对方只是笑容可掬地站在他的前面。他的微笑优雅而充满人情味，那天他在小溪边的一条长椅旁第一次向新上山来的客人打招呼时，也是这么微笑的。可是汉斯·卡斯托尔普看到了这样的笑容，也像当时一样感到羞愧难当。汉斯在睡梦中，曾经好多次企图把这个“奏手摇风琴的人”赶跑，因为他“在这里干扰”了他。不过清醒的人总比睡意朦胧的人强些。汉斯·卡斯托尔普又一次看到了这样的笑容时，不但感到羞愧和清醒，而且也满怀感激之情。他说：

“塞塔姆布里尼先生，您谈起什么公函来啦，真是天晓得！我又不是什么大使。也许咱们中有谁会收到一张明信片。我表哥正伸长脖子等着呢。”

“门房里那个跛脚的鬼东西已经把一小包信件交给我了，”塞塔姆布里尼一面说，一面伸手去摸那件厚呢绒上装的插袋，这件衣服他老是穿在身上。“这件事很有意思，既有文学价值，也有社会意义，这点我不否认。谈的是关于百科全书的编写工作，承蒙一所慈善机构看得起我，叫我也插上一手……总而言之，这是件美差使。”说到这里，塞塔姆布里尼先生顿了一下。“阁下情况如何？”他问，“您近来好吗？比如说，这儿的水土您已适应到如何程度？您呆在我们圈子里的时间毕竟还不太长，提这个问题也许为时过早。”

“谢谢，塞塔姆布里尼先生。情况像以前一样，适应起来还有困难。依我看，住到最后一天也恐怕无法适应。我刚上山时表哥就告诉我，有的人一辈子也习惯不了。不过人们不习惯的事，到头来还是能习惯起来的。”

“这是一个复杂的过程，”意大利人笑着说。“要用特殊方式来适应新的环境。当然啰，年轻人什么都行。尽管他们不容易适应，可扎根也不难。”

“这里毕竟不是西伯利亚的矿山啊。”

“对。哦，您总爱和东方相比，这也很容易理解。亚洲就在我们的四面八方。不论往何处看，总能见到鞑靼人的脸。”说到这里，塞塔姆布里尼先生小心翼翼地扭过头去。“成吉思汗，”他说，“还有草原狼的眼睛，大雪，烧酒，皮鞭，施利塞尔堡[①]和基督教。咱们应当在门廊里为智慧女神雅典娜树立一个祭坛，以便祛邪。您瞧，那边拥在前面的是不穿衬衫的伊凡·伊凡诺维奇[②]之流，他正和检察官帕拉范特吵吵嚷嚷呢。两个人争先恐后想把邮件拿到手。我不知道两个人谁是谁非，不过依我看来，受到智慧神庇护的倒是检察官。他无疑是一头蠢驴，可是他至少懂得些拉丁文。”

汉斯·卡斯托尔普大笑起来。塞塔姆布里尼先生可从来没有这样笑过。谁也不能想象他会纵声大笑，他充其量只是文雅地、干巴巴地绷紧嘴巴而已。他眼看这个青年人哈哈大笑，接着问：

“您的片子呢？已拿到手了吗？”

“已到手了！”汉斯·卡斯托尔普郑重其事地说。“到手才不久呢。它就在我的身边。”于是他伸手去摸胸口的内衣袋。

---

① 施利塞尔堡是古代俄罗斯拉多加湖上的一个要塞，1611 年曾为瑞典人占领，1702 年被彼得一世的军队夺回。后来被沙皇用作监禁革命人士的地方。

② 是俄罗斯人的常用人名（伊凡是人名，伊凡诺维奇是父名），此处泛指俄罗斯人。

“啊，您在公事包里放着呢。它像一张所谓证明文件之类，或者是一张护照或会员证。很好。让我看一下吧！”塞塔姆布里尼先生拿起这张玻璃片凑到亮光下去看，片子很小，用黑纸带镶边。他把片子挟在左手的大拇指和食指之间。这样的姿势，在这儿山上是常见的。在他细细察看这张暗沉沉的爱克司光片时，他长着一对又黑又圆的眼睛的脸显得有些怪模怪样，这是由于他看片子时过分仔细呢还是别有原因，我们就不得而知了。

“嗯，嗯，”他看后说，“您终于有一张合法的身份证了，多谢多谢。”于是他掉开了脸，从侧面越过自己的右臂把玻璃片递给汉斯，物归原主。

“您看到一条一条影子吗？”汉斯·卡斯托尔普问。“还有结节？”

“您知道，”塞塔姆布里尼慢条斯理地回答，“我对这里产品的价值有什么看法。您也知道，片子里的一些斑点和阴影大部分都是生理上的东西。这样的照片我已看到百来张，表面看来都跟您的差不多，至于它们是否真的能作为疾病的‘佐证’，多少还得根据判断人的主观看法来决定。我以门外汉的身份说话，可是我毕竟是一个患病多年的门外汉呀。”

“您的那张证明书比我的还差吗？”

“是的，还要差些。此外我也知道，山上的大人先生们光凭这个玩意儿还不能作出诊断。这样看来，您还存心跟我们一起在山上过冬喽？”

“真是这样，天晓得……我现在已经常在这么想：我将来只能跟表哥一起下山了。”

“这就是说，您本来不习惯的事，到头来还是能习惯起来……您这话说得多风趣呀。我希望已经得到了所需要的东西，比如说御寒的衣服，结实的鞋子和靴子？”

“什么都有了。什么都已安排就绪，塞塔姆布里尼先生。我已通知我的亲戚，我们的管家妇已把各种物件用‘加急包裹’寄来。我现在已足能御寒了。”

“那我就放心了。不过且慢，您还需要一件大衣，一件皮大衣！喔，我们想到哪儿去了！晚夏天气挺会捉弄人，不消一个钟点又会是严冬了。您将在这儿度过最冷的岁月……”

“不错，卧床用的皮大衣，”汉斯·卡斯托尔普说。“这个也许是少不了的。我也曾经动过念头，过几天要亲自跟表哥一起到山下去一次，买一件回来。这个东西以后再也用不到了，但毕竟可以享受四个月到六个月，值得一买。”

“值得，值得，工程师！”塞塔姆布里尼先生走近这位年轻人轻声地说。“您知道不知道，您在山上虚度岁月是多么可怕？我说可怕，是因为这是违反自然的，是和您的本性背道而驰的，只是因为您年纪轻，又温良恭顺，才感觉不出。唉，青年人的温良恭顺是一个致命伤！它使教师灰心绝望，因为青年人最容易误入歧途。小伙子，说话时别学您周围那些人的腔儿吧，而应当使用那些适合您欧洲生活方式的语言！我们四周亚洲人太多了，莫斯科式的蒙古人满眼都是，倒是怪有意思的！这些人哪，”说到这里，塞塔姆布里尼先生努一努下巴，向后面回过头去，“您千万别向他们看齐，也别为他们的思想所感染；您应当有自己的主见，发扬您那优于他们的本性，别受他们的影响吧。您是西方的子孙，是超凡入圣的西方的子孙，也是文明的子孙，凡是您在本性和血统方面认为是神圣的东西，您就得牢牢抱住它，把它看作是神圣不可侵犯的！光阴就是其中一例。这种任意浪掷光阴的野蛮行为，乃是亚洲人的风气，疗养院里那些东方的子孙对此泰然置之，不以为意，原因也许就在这里吧。俄国人说起‘四小时’的概念时，就好比我们西方人说‘一小时’，您难道一向没有注意到这点吗？这些人毫不珍惜光阴，看来和他们国家辽阔的疆土有关，这点倒是不难想象的。地方大，时间多——于是他们就会俨然说，他们这个民族有的是时间，什么都可以等待嘛。我们欧洲人哪，我们可办不到。我们时间这么少，我们那高贵而秀丽的大陆上，地盘又是那么少，因此我们这两方面都应当严格履行节约，应当尽量利用，尽量利用，工程师哪！您就拿我们的大城市作为范本吧，它们是文明的中心和焦点，是思想的发源地！正像那边地面的价值越来越高，土地越来越不能满足要求一样，时间也越来越显得宝贵，这个您务必记在心里！Carpe diem[①]！大城市的一位居民这么唱道。时间是上帝的恩赐，它只给予能利用它的人，利用它为人类的进步事业服务的人，工程师！”

即使塞塔姆布里尼先生在说最后一句话时，他那地中海人的舌头似乎阻碍重重，他的整篇讲话听来还是清晰悦耳，甚至可以说是抑扬顿挫，娓娓动听。汉斯·卡斯托尔普什么话也没有回答，只是像小学生挨训时那样拘谨地畏畏缩缩地微微颔首。他能答上什么话呢？塞塔姆布里尼先生对汉斯补上这节额外的私人课程，而且是背着其他病人偷偷地、悄悄地讲的，这些话就其性质来说确实十分客观，不过它们见不得人，交谈时也是难以出口，因此即使你想表示赞同，也需要用一番心机。任何人总不能用这样的话来回答老师：“这番话您说得很漂亮。”汉斯·卡斯托尔普以前曾好几次说过这种话，从某种程度上说，他这样做是为了表明彼此在地位上是不相上下的。可是这一回，这位人文主义者的教诲比任何时间都尖锐激烈，汉斯对他的告诫只能照单全收。小学生听了老师这番说教，真感到迷迷糊糊。

我们还可以看出，即使塞塔姆布里尼先生的话暂时打住，他的思维活动还在继续。他依然站在汉斯·卡斯托尔普身边，使汉斯的身子不得不稍稍往后仰些。他那双黑眼睛紧紧盯住这位青年人的脸，若有所思。

“您很苦闷哪，工程师！”他接着说。“您像一个走入歧途的人，十分苦闷，这点谁看不出来呢？可是您对苦闷的态度也应当是欧洲式的，不要像东方人那样，因为东方人弱不禁风，容易生病，大批大批的人上这块地方来……他们对待苦难的态度，是同情和无穷无尽的忍耐。我们的态度和您的态度不能这样，也不应当这样！……我们刚才谈起我的邮件……您瞧，这里……最好您跟我来！这个地方不行……我们还是回头走，到那边房间里去一下。我还有许多话要向您说呢，这些话……来吧！”说罢就掉过头去，拉着汉斯·卡斯托尔普走出门廊，到第一间离

① 拉丁文：及时行乐。

大门最近的会客室里，这间会客室既充作写字间，又充作阅览室。现在，这间屋子正好空着，一个人也没有。房间的墙板是用橡树做的，拱形的天花板十分明亮。房里摆着九口书柜，中央还有一张桌子，桌子上面有一些用夹架夹住的报纸，周围放着许多椅子。在窗口下墙头凹入的地方，有一些书写用具。塞塔姆布里尼先生一直走到一扇窗口边，汉斯·卡斯托尔普紧紧跟着他。房门没有关上。

意大利人从他厚呢绒上装那钱囊般的插袋里急匆匆地掏出一卷文件和一只巨型开口信封，翘起手指把它的内容逐页翻给汉斯·卡斯托尔普看。里面除了许多印刷材料外，还有一页是书写的。"这些文件，"意大利人说，"在这些文件上盖有法语的印章：'国际进步组织联合会'。他们是从卢加诺[①]寄给我的，联合会在那边设立一个分会。您会问我它的原则是什么，宗旨又是什么？我用两句话就可以给您讲清楚。进步组织联合会从达尔文的进化论中推断出这样一个哲学观点：'自我完善'是人类的禀性。由此再进一步的推论：谁想使这种禀性获得满足，谁就有责任在人类的进步事业上出一把力。许多人响应了联合会的号召，在法国、意大利、西班牙、土耳其甚至在德国都拥有为数众多的会员。我也居然有幸参加这个联合会。现在已拟就了一项规模宏大而又有充分科学根据的革新计划，内容包括目前人类有可能实现的各种改良措施。对我们种族的健康问题也进行了研究，人们还在探索与退化作斗争的种种方法，退化呢，无疑是工业化加速进展时令人遗憾的副产物。此外，联合会还努力为各民族兴办大学，通过种种为此目的服务的社会改良措施消除阶级斗争，最后消除各民族的冲突，通过国际法的确立而消弭战争。您看，联合会致力的目标是宏伟的，内容又极为广泛。好几家国际性的期刊都为它的活动提供见证，有的月刊用三四种文字极其热情地报道了文明人的进步与发展状况。在许多国家里又建立了不少地方组织，通过晚上的讨论会和致力于人类进步思想的星期日活动，对人们将会产生有益的影响和启迪作用。最主要的，联合会用现有的材料尽力帮助各国的进

① 瑞士地名。

步政党……您听得清我的话吗，工程师？”

“非常清楚！”汉斯·卡斯托尔普斩钉截铁地回答。他说这句话时有这样一种感觉，仿佛自己险些滑了一跤，后来又总算幸运地站稳了脚跟。

塞塔姆布里尼先生看来很得意。

“我猜想这些观点对您来说都十分新奇吧？”

“是啊。我不得不承认，我头一回才听到这些……这些尝试。”

“要是您能早些听到，该多好呀！”塞塔姆布里尼轻声说。“可是现在您听到也许不太迟。哦，这些印刷品……您想知道这里面说些什么吗……再听我说下去吧！去年春天，联合会在巴塞罗那[1]召开一次隆重的大会。您知道，这座城市因为和进步的政治观点血缘相关而出名。大会开了一星期之久，又是宴会，又是庆祝活动。我的天哪，我真想到那边去，我恨不得去参加大伙的讨论。可是顾问大夫这个鬼东西用死来威胁我，禁止我前去开会；不管怎么样，我总是怕死的，因此没去成。您可以想象得到，我对那倒霉的身体玩弄的恶作剧实在感到灰心绝望。没有什么比因为我们的机体或肉体有病而不能为人类的理性服务更加痛苦的了。正因为如此，我收到卢加诺分会的来件就更加心花怒放了……您很想知道里面的内容吧？这个我完全能想象到！上面有一些粗略的报道……‘进步组织联合会’，鉴于它的任务在于促进人类的幸福，换言之，通过有效的社会工作与人类的各种苦难作斗争，从而最终消除它们——此外，鉴于这一崇高的任务只有借助社会学之力才能完成，而其最终目的则是一个尽善尽美的国家，因此本会在巴塞罗那开会时决定出版多卷本丛书，书名《苦难问题社会学》。丛书中对人类的苦难按等级和类别仔细地、详尽地分成各种系统。有人会向我提出责难：分成各种等级类别和系统又有什么用呢？我可以这样回答他们：条理清楚和分门别类是精通某门学科的起码要求，而蒙昧无知则是真正可怕的敌人。我们必须引导人们摆脱恐惧和灰溜溜地逆来顺受的原始状态，使他们能自

---

① 西班牙地名。

觉地参加活动。我们应当从下列两方面开导他们：第一，凡是明确其原因后又加以放弃的那些活动，一概是不中用的；第二，个人的各种痛苦，都是社会机构的弊病造成的。好！这就是‘社会病理学’的主旨所在。这种书约有二十卷左右，大小和辞典差不多。书中记述了人类可以想象到的各种苦难，苦难小至个人和私人的隐痛，大至集团之间的冲突，这些苦难是由阶级之间的敌对情绪和国际冲突引起的。总之，书中列举各种化学元素；人类的各种苦难，就是这些化学元素的各色各样混合物和化合物造成的。它一方面以人类的尊严和幸福为准绳，另一方面则分别指出了消除各种痛苦成因的方法和措施。欧洲学术界中所有出名的专家，医师，经济学家和心理学家，都参与‘苦难’这本百科全书的编写工作，由卢加诺的编辑总部将各地的来稿汇总起来。您的眼光在问我，我在这里面该担任什么角色？请您听我说完吧！这部皇皇巨著既然涉及人间的苦难，因而也少不了文人。其中有一卷书，是专门抚慰和开导那些受苦人的，内容是对各国文学中描写某种内心冲突的所有优秀作品加以综述和简要的分析。嗯，——蒙联合会信任，把这项任务交给了您那谦卑的仆人，您看到的那封信里说起的就是这项任务。”

“您说什么来着，塞塔姆布里尼先生！请允许我衷心地向您祝贺吧！这是一项了不起的任务，而且依我看来，对您非常合适。联合会打您的主意，我一点儿也不以为奇。您能在消除人类苦难方面出一把力，一定非常高兴！”

“这项工作的涉及面很广，”塞塔姆布里尼先生沉思地说，“需要仔细琢磨，博览群书。特别是，”他又接下去说，眼睛似乎望着浩繁的工作任务出神，“特别是因为文学的使命，实际上几乎经常是描写人类的苦难，哪怕是第二流和三流的佳作也多少以此为主题。唔，这也不要紧，甚至更好！不管这项工作的内容是多么丰富，我在这块该死的地方还是有可能、有必要千方百计去完成它，不过我希望别在这里待得太久，非在疗养院里写完不可。对于这个，”他又走近汉斯·卡斯托尔普身边压低嗓门，几乎像耳语般地继续说，“对于这个，谈不上什么是自然赋予的义务，工程师！这就是我想倾吐的话，对此我提出警告。您知道，我多么羡慕您的工作，可是它是一项实际工作，不涉及精神方面，因此您同我不一样，只能下山去干。只有在山下低地上，您才能成为一个欧洲人，才能按照您的方式积极战胜苦难，促进进步事业，好好利用光阴。刚才我向您交代落在我肩上的任务，只是为了提醒您，叫您认清自己的使命，而且纠正您的某些看法。在这个环境的影响下，有些事您显然已开始给弄迷糊了。我竭力奉劝您：腰板子要挺直！要有一股傲气，别在陌生人中间忘乎所以！当心别让自己陷入泥淖中，这是魔女喀尔刻[1]的岛屿，您可没有奥德修斯[2]的那份功力，能安安稳稳地住在这里不受惩罚。您将撑起四脚爬行，您的前肢已经着地，要不了多久您就会愤愤地嘀咕起来——小心！”

人文主义者在悄声提出告诫时，他的脑袋动人心魄地摇来晃去。他垂下眼睑，皱紧眉头，不再吭声。此刻，汉斯·卡斯托尔普不能像往常那样打趣地、转弯抹角地回答他，现在他得踌躇一会儿，权衡轻重。汉斯也垂下眼皮站着。过了一会他耸耸肩，用同样低沉的声音说：

“我该怎么办？”

“按照我给您的劝告办去。”

“您的意思是动身回去？”

塞塔姆布里尼先生不出一声。

“您的意思是说，我应当启程回家？”

“上山的第一天晚上我就奉劝过您了，工程师。”

“那时我可以随心所欲，尽管我当时的头脑不够冷静，一感到这里的空气有些不对劲就灰心丧气。可以后，情况就变了。我的身体经过检查后，顾问大夫贝伦斯对我十分干脆地说，我回家是不合算的，不久又得重新上山，如果我再在山下荡来荡去，那么不管你有多大本领，整叶肺就会完蛋。”

---

① 喀尔刻是希腊神话中的女妖，住在地中海的小岛上，通巫术，旅人受她蛊惑，就变成牲畜或猛兽。

② 古希腊诗人荷马的伟大史诗《奥德修纪》中的英雄人物。他在海上漂流十年，经历种种艰险，终于回到自己的国土，和亲人团聚。

“我知道，此刻您的袋里还放着证明呢。”

“您在冷嘲热讽……不过当然讽刺得恰到好处，任何时候都不会误解。这是一种直率而典雅的修辞。您瞧，我对您的话都心领神会。不过您在看了我的照片，知道了我的透视结果和听了顾问大夫的诊断后，仍有胆量劝我回老家吗？”

塞塔姆布里尼先生犹疑了片刻。然后他挺直身子，抬起眼睛。他那双乌黑的眼睛凝视着汉斯 · 卡斯托尔普，用富有戏剧性的、强调的语气一字一句地回答说：

“是的，工程师。我有这份胆量。”

汉斯 · 卡斯托尔普僵住了。他的脚跟靠在一起，同时也直勾勾地望着塞塔姆布里尼先生。这会儿的场面像一场决斗。汉斯 · 卡斯托尔普坚守自己的阵地。附近有某种力量为他“壮了胆”。他前面站着一个学究，而屋子外面却有一位眼睛细长的夫人。他对刚才说的话并无半点歉意，也没有接着说“请别介意”之类的话，只是答道：

“这么说，您对别人的身体不很关心，而对自己却是那么珍惜！您对大夫的劝阻没有异议，因而不去巴塞罗那出席进步事业的大会。您怕死，所以待在这儿。”

塞塔姆布里尼先生听了这番话，内心无疑受到了某种程度的震动。他勉强堆起笑容，说：

“我知道敏捷而流畅的回答是应当尊重的，即使您的逻辑同诡辩相距不远。这里，人们经常闹对立，竞争不休，真叫人讨厌。我不想和你们争高低，这叫我头痛。不然我可以用这样的话来回答您：我的病比您的严重得多，而且遗憾得很，我事实上确实病得十分厉害，要想再离开此地回到山下去，恐怕只是一种奢望，带有些自我欺骗的性质。一旦事实令人难堪地证明我的这种想法完全有根有据，我就要掉转身子离开疗养院，在某处深山幽谷中或私人的寓所里了却我的残生。这样会使我十分伤心，不过我的工作性质极其自由，也极其抽象，因而什么都阻挡不了我为人类的事业服务，并且同病魔搏斗，直到我最后一口气。关于我们两人在这方面的差别，我早已向您明确指出。工程师，您不是一个能在这儿发挥才能的人，这点我在初次见面时已看出来了。您责备我不上巴塞罗那。我在大夫的禁令下屈服了，因为我不想过早地毁灭自己。可是我这样做是万不得已的，我内心极其傲慢、极其痛苦地抗议我那可怜的肉体对我的约束。当您受到这块地方清规戒律的约束时，您心里是不是也提出了抗议？或者您是否只乖乖地听从肉体和它那不良癖好的支配……”

“您对肉体有什么过不去？”汉斯·卡斯托尔普猛地打断了他的话，张大了一对蓝眼睛望着他，眼白里布满了红丝。他觉得自己的话太轻率了，有些头昏目眩。他的这种心情，也从神色中表现出来。“我刚才说些什么？”他想。“这真叫人难以置信。一旦我跟他拉开了阵势，我就要尽可能坚持到底，决不退让。当然他是会占上风的，可是这也不要紧，我无论如何要尽力而为。我要激他一下。”于是他进一步责难他：

“难道您不是一个人文主义者吗？您怎么能诋毁肉体呢？”

塞塔姆布里尼又微笑起来，这一回他笑得并不做作，而且充满自信。

“您为什么要反对分析？”他引用汉斯的话，说话时脑袋歪向一边。“‘您在诋毁分析吗？’您得经常准备好我要和您答辩，工程师，”他说着欠了欠身子，挥手向下朝地面作了一个敬礼式的姿势，“尤其当您有兴致提出责难的时候。您在招架方面倒颇有一手，挺漂亮的。人文主义者——不错，我确实是人文主义者。您总不能把‘有禁欲主义倾向’这个罪名加在我的头上。我对肉体抱肯定态度，我尊敬它，热爱它，正像我对形式、美丽、自由、欢乐和享受抱肯定态度，并且尊敬它们和热爱它们一样。我主张‘入世’和生活兴趣，而反对感伤地逃避世界。我拥护古典主义而反对浪漫主义。我认为，我的立场是十分明确的。可是有一种力量，有一种原则使我最为倾心、最为尊重和最为爱戴，这种力量和原则就是灵性。尽管我不喜欢月光下的轻纱或月光下的幽灵之类——这些东西不足为信，人们竟称之为‘灵’——认为它们不比肉体高出多少，但在肉体与灵性这两者之间，肉体体现了邪恶和残暴的原则，因为肉体就是自然，由于自然和灵性、理智相互对立，所以我重复说一遍：它是邪恶的，既神秘，又邪恶。‘您还是一个人文主义者呢！’我自然当之无愧，因为我是人类之友，像普罗米修斯[①]一样，我热爱人类和人类的尊严。这种尊严落实在灵性里，理智里，因此您责备我搞基督教的蒙昧主义，只是徒劳无益的……”

汉斯·卡斯托尔普只能采取守势。

“您呀，”塞塔姆布里尼还是一个劲儿说下去，“提出这样的责难完全无济于事，要是将来有朝一日人文主义者会满怀高傲的心情认识到，把灵性同肉体和自然联系在一起是一种屈辱和羞耻。您可知道有人说过，伟大的柏罗丁[②]曾以自己有一个血肉之躯而引以为耻？”塞塔姆布里尼提出这个问题急于要对方回答。汉斯·卡斯托尔普不得不承认，这事他才第一回听到。

“这话是波菲利[③]说的。这种说话很荒唐，随你说吧。可是荒唐的东西，在理性上是值得尊敬的，没有比斥责某事为荒唐更令人遗憾的了。所谓荒唐，其实是灵性在大声疾呼要求保持尊严，和自然分庭抗礼，不向自然屈服……您曾听人们说起里斯本的地震[④]吗？”

“没有听到。地震吗？我在这里又不看报……”

“您误解我的意思了。顺便说一句，您在这里懒得看报，是一件令人遗憾的事，这就是这块地方的通病。不过您误会了。我刚才说的自然界的重大事件，并不发生在眼前，而是在一百五十年以前……”

“原来如此！喔，且慢——对了！我在书里看到过，当时歌德住在魏玛[⑤]，一天夜里在卧室里对他的仆人说……”

“我要说的不是这个，”塞塔姆布里尼打断了他的话，闭起眼

---

① 希腊神话中造福人类的神。在欧洲文艺作品中，他始终是一个敢于反抗强暴不惜为人类幸福牺牲一切的英雄的形象。

② 柏罗丁（约204—270），古罗马时期希腊的唯心主义哲学家，新柏拉图主义的重要代表。他提出了“流溢式”的理论，认为万物的来源是神秘的精神实体。他的学说，对中世纪的哲学有很大影响。

③ 波菲利（约234—305），希腊唯心主义哲学家，新柏拉图主义者，普罗提诺的门徒。

④ 葡萄牙的里斯本曾于1755年发生大地震，约有30000人丧生。

⑤ 德国大诗人歌德1775年起住在魏玛。

睛，在空中挥动他那棕色的小手。“您把两次灾难混为一谈了。您说的是墨西拿[①]地震。我指的是一七五五年侵袭里斯本的那次地震。”

“对不起。”

“伏尔泰[②]对此十分恼火。”

“这话……怎么说？他恼火了？”

“是的，他反抗了。他受不了天公那种野蛮的行径，他拒绝向自然界屈膝投降。他以灵性和理智的名义抗议大自然的这种丑恶的、野蛮的行为，它使四分之三的繁荣的城市沦为废墟，使成千上万的人丧失生命……您感到惊异？您在微笑？您惊异倒是可以允许的，至于微笑，那就恕我不敢苟同了！伏尔泰不愧为古代高卢人[③]的后裔，他的态度和他的祖先一模一样，高卢人曾将千万支箭射向天空。……工程师，您瞧，这就是理性违抗自然的表现；理性骄傲地不信任它，而且坚持认为有权利去抨击它那邪恶的、违反理性的威力。大自然是一种力量，对它迁就，在它面前俯首帖耳，乃是一种卑躬屈膝的行为……请注意，我指的是内心对它俯首帖耳。现在您面前又出现了人文主义，如果它在肉体中决意看到的是邪恶的、对抗性的原则，那么丝毫不会陷入矛盾中去，也不会背上基督教伪装的罪名。您认为自己看到的那种矛盾，原则上只是同样的东西。‘您为什么要反对心理分析？’只要它能为启迪、解放和进步事业服务，我一点也不反对。如果它竭力渲染坟墓般那种阴森可怕的情趣，那我就全力反对。对肉体也全然一样。如果我们关心的是肉体的解放和它的美，还有思想自由，幸福，欢乐，那么我们应当尊重它，保护它。如果它代表的是无所作为、停滞不前的原则，阻碍人们为争取光明而行动，那么我们就应当蔑视它；如果它代表的竟是疾病和死亡的原则，如果它的精神特质是离经叛道、腐朽堕落、纵欲无度和恬不知耻，那么就应当厌恶它……”

---

① 意大利地名，位于西西里东北部。1783 年发生地震，城市大半被毁。1908 年又发生地震，15 万人口中死亡 83000 人。

② 伏尔泰(1694—1778)，法国哲学家，文学家，启蒙思想家。

③ 高卢，古欧洲地名，今法国、比利时及瑞士一部分地区当时均属高卢。人们常称法国人的祖先是高卢人。

塞塔姆布里尼的最后几句话，是紧靠在汉斯·卡斯托尔普身边说的，声音轻得几乎听不见，而且说得非常快，好像想一下子把话说完。这时有人走来为汉斯·卡斯托尔普解围了：约阿希姆步入阅览室，手里拿着两张明信片。这位文人的话就此中断。这时他说话的调门顿时变得像平日闲聊时那样轻松洒脱。意大利人这种临机应变的本领，在他学生身上留下了难忘的印象——要是汉斯·卡斯托尔普称得上是他的学生的话。

"您来了吗，少尉！您在找您表弟吧，那么原谅我！我们刚才在屋子里聊天呢。要是我没有错，我们甚至还吵了一回嘴。您那表弟辩论起来倒很有一套。要是他兴致勃发，他正是一个相当了不起的争辩对手哩。"

人文方面的学识

正餐后，汉斯·卡斯托尔普和约阿希姆·齐姆森身穿白裤蓝衣，坐在花园里。这一天依然是人们赞美的富有十月特征的天气，暖和而不闷热，萧瑟中仍呈现一番生机勃勃的景象。山谷上是一片南国般的明净澄蓝的天空，山谷间有几处牧场，小径纵横交错，六畜兴旺，牧场的草地上仍旧显得郁郁葱葱。从草木凋零的山坡上，传来了母牛的颈铃声，玎玲玲的铃声清脆悦耳，单调而给人以宁静的感觉。周围的空气稀薄而清凉，悠扬的铃声不住在静寂的空中飘荡，给高地上空添上一层庄严肃穆的色调。

这时，这对表兄弟坐在花园尽头的一条长椅上，前面是一丛围成半圆形的枞树。达沃斯高地位于台地的西北角，台地高出山谷约五十米，周围都是篱笆；山庄疗养院就是以这个台地作为基脚的。他们两人都默然无语。汉斯·卡斯托尔普抽起烟来。他心里跟约阿希姆很过不去，因为约阿希姆饭后总不愿和大伙一起到游廊上，而是不管他愿不愿意硬要他一起到这个幽静荒僻的花园里来，然后再例行公事地去作卧疗。约阿希姆真太专横了。严格地说，两人不像是一对暹罗双胎①。如果他们的志趣南辕北辙，他们是可以分道扬镳的。汉斯·卡斯托尔普待在疗养院里不是替约阿希姆做伴的，他自己也是病人呐。他为此闷闷不乐，尽管如此，但他还是忍得住，因为他有的是马丽亚·曼契尼雪茄烟。他的双手放在上衣的插袋里，坐时两脚往前伸开，脚上穿的是一双棕色的皮鞋，嘴里衔的是一支长长的、浅灰色的雪茄烟。这支烟才烧到第一阶段，也就是说，汉斯还没有把那呆钝钝的烟头上的烟灰捻掉，现在正夹在两片嘴唇中间(不过稍稍垂向下方)。他在饱餐一顿后，现在又能尽情享受这烟的香味了。也许可以这么说，适应山上的生活习惯，只是对原来不习惯的事物使自己习惯起来罢了。至于他胃部的化学反应，还有那干燥的容易出血的黏膜神经，他最后显然还是适应得了。在山上六十五天或七十天的日子里，由于他服用了精制的植物性兴奋剂或麻醉剂，他又精神焕发，但这是不知不觉的，自己感不到有什么进步。他为自己恢复了精力而高兴。由于心情舒畅，身体也好起来了。卧床期间，他已省下了随身带来作为旅行贮备的二百支雪茄烟，剩下来的仍在手边。可是现在他和衣服及冬装一起又收到五百支不来梅出的雪茄烟，这是他通过夏雷恩定购的，以备不时之需。它们装在上过漆的漂亮的小盒子里，饰有一个地球仪、许多纪念章和一座展览馆，它们都镀上一层金质，展览馆上还飘着旌旗。

在他们坐着时，瞧，顾问大夫贝伦斯穿过花园走来了。今天，他是在餐厅里用午膳的，人们看到他和萨洛蒙太太同桌，在自己的盘子面前合起两只大手。以后他也许到露台上蹓跶一会儿，向不论什么人问长问短，也许表演他那鞋带打结的玩意儿给没有观赏过的人看看。现在他沿着石子路漫步走来，自己穿的不是那种白大褂，而是一件小方格子燕尾服，一顶硬邦邦的帽子套在后脑勺上，嘴里也叼着一支雪茄烟。这烟是深黑色的，他大口大口地把白濛濛的烟雾吸了进去。他的脑袋，他那脸颊发青的面庞，他的塌鼻子，水汪汪的蓝眼睛和那翘起的小胡子，同他

① 暹罗双胎，是指人或动物身体连接的双胞胎，亦即连体婴儿。

那颀长的身材、伛偻的躯体和手脚规模相形之下，显得非常小。他有些神经质，一看到表兄弟在场，显然怔住了，甚至有些尴尬，因为他不得不从他们身边经过。不过他还是像往常那样兴致勃勃、表情十足地招呼他们说："瞧，瞧，提摩修斯[①]！"接着又问起他们身体的新陈代谢，祝愿他们一切都好。这对表兄弟想站起身来向他致敬，他却示意叫他们坐着别动。

"别客气了，别客气了！对我这个微不足道的人物，是用不着什么客套的。我一点也够不上资格，因为你们两个都是病人呐。你们不用客气。不过谈谈身体现状如何，我倒不反对。"

于是他在他们前面站住，右面的那只大手握住雪茄烟，把它夹在食指和中指之间。

"您那烟叶的味道怎么样，卡斯托尔普？让我看一下，我不但识货，而且爱好这一行。烟灰倒不错。那个黄棕色的美人儿是什么牌子？"

"马丽亚·曼契尼，是不来梅波斯特勒·德·邦凯特出品的，顾问大夫先生，价钱不算贵，也可以说很便宜，真货只要十九芬尼，它有一股葡萄酒的香气，一般市价买不到这样的货色。包装纸是苏门答腊——哈瓦那的，您可以看得出来。我已经吸上瘾了。它里面的杂质不多，香味很浓，舌头上的感觉凉丝丝的。最好让烟灰多留一些时间，我每次至多只撇去两次。当然它也有一些怪脾气，吸时一定要特别小心，掌握分寸。马丽亚这号烟的性子很靠得住，一抽起来可以稳稳当当的。我请您吸一支好吗？"

"谢谢，让我们交换一支吧。"于是他们各自掏出烟匣来。

"它有它的独特风格，"顾问大夫一面说，一面取出他那种牌号的雪茄烟。"您得知道，它有它的个性，它的生气和活力。是巴西的圣费立克斯牌。我吸的一直是这种牌子。这烟一上口，一切烦恼都烟消云散。一点起火来，就像烧酒一般，快要吸完时，简直像电闪雷鸣。同别人交换时得小心点儿，不能在你的烟头点上我的火，这对一般人来说是难以

① 希腊海军统帅名。这里贝伦斯随口滥用称呼。

办到的。不过经常吸它一口，总比一天到晚尝水蒸气滋味的好……”

他们把互换得来的礼物夹在手指里转来转去，用鉴赏的眼光细细察看这些瘦长的烟身。雪茄烟的外包烟叶有些鼓起，孔隙很多，还有几条斜向平行的筋络；上面还有一些似乎在搏动的静脉，皮肤也稍稍有些凹凸不平；光线照在它的表面和边缘上，看去宛如活生生的有机体。于是汉斯·卡斯托尔普发表了一通议论：

“看来雪茄烟也有生命。它的确也能呼吸。有一回我在家里忽然心血来潮，把我的马丽亚贮藏在一只密封的马口铁盒里，以免受潮。结果它送了命，您相信吗？不上一星期，它烂掉了，死去了，只剩下死尸般的皮囊。”

接着他们交流经验，讨论用哪种方式保存雪茄烟最好，特别是进口货。顾问大夫爱吸进口烟，他恨不得一天到晚吸浓味的哈瓦那雪茄，可惜他受不了。他说，有一次在外应酬，抽了两次亨利·克雷牌雪茄，心里爱得着迷，可险些送了命。“我一面抽烟，一面喝咖啡，”他说，“抽了喝，喝了又抽，没有什么顾虑。事后我自问身体究竟有没有异样的感觉。咳，彻头彻尾变了一个人，和以前完全两样了，我有生以来从来没有这种感觉。回家可不是一件简单的事哪，一到家，哎哟，大事不好了！老天爷，我两腿冰冷，冷汗直冒，脸色煞白，心头横冲直撞，一会儿脉搏细得摸也摸不出，一会儿怦怦地乱跳乱蹦，您可明白，而头脑也异常兴奋……当时我真想跳一会儿舞咧。跳舞！这就是我当时想起的字眼，我用这个词儿形容当时的感觉，真可谓恰如其分。我那时真快活得像过节一般，不过同时我也非常害怕，或者确切地说，吓得心惊胆战。可是每个人都知道，恐惧和快乐是并不相互排斥的。小伙子头一回搂住姑娘，心头很害怕，姑娘也是一样，但结果在欢乐面前融为一体了。我当时也几乎融化了，心里波涛起伏，恨不得跳起舞来。可是米伦东克小姐好言劝慰我，让我镇定下来。她一会儿给我压冰块，一会儿用刷子按摩，一会儿又注射樟脑，这样我总算保住了性命。”

汉斯·卡斯托尔普以病人身份端端正正地坐着听，并用深情的目光望着贝伦斯。贝伦斯在叙述时，鼓起的蓝眼睛里噙满了泪水。

“有时您也绘画吧，顾问大夫先生。”他突然问。

顾问大夫佯装吓了一跳。

“哼哼！小伙子，您把我看作是什么样的人？”

“请原谅。我过去偶然听人说起过，刚才想到随便问问罢了。”

“喔，我又不想拦住您，叫您别说谎。我们大家都是可怜虫。不错，绘画嘛，是有这回事。Anch' io sono pittore①，像西班牙人常说的那样。”

“风景画？”汉斯·卡斯托尔普简短地问，口气很硬，仿佛他精于此道。形势迫使他用这样的调门说话。

“随您怎么说都行！”顾问大夫回答时有些窘，但口气中也带几分自吹自擂的腔儿。“风景，静物，动物。我是堂堂男子汉，干什么都不怕。”

“您不画人物吗？”

“人物也偶尔画几张。您有什么任务要交给我干吗？”

“哈，哈，没有。不过，要是顾问大夫先生便时能把大作拿出来给我们看看，那就太够朋友了。”

约阿希姆对表弟惊愕地看了一会，然后也急忙出来帮腔，用坚决的口气说这样做才够朋友。

贝伦斯喜出望外，受宠若惊，甚至有些飘飘然了。他兴奋得脸都红起来。这一回，眼泪似乎真的要夺眶而出。

“好啊！”他高声说。“我非常非常高兴！如果有兴趣，当场就给你们看吧！到我家里去，大家一起去，我在小屋子里烧些土耳其咖啡给大家喝喝！”于是他攥住两个青年人的胳膊，把他们从长凳上拉起来，然后臂挽着臂走在他们中间，沿着石子路一起走向他的寓所。他们都知道，贝伦斯寓所位于山庄疗养院西北角的边房里。

“我本人呢，”汉斯·卡斯托尔普说，“过去在绘画方面也试过几笔。”

“好说好说，油画方面很有一手吧？”

---

① 意大利文：我也是画家。

“不，不，画的不外是一些水彩画之类。有时画一只船或大海的景色，有时画一些小玩意儿。不过我很爱图画，因此我不揣冒昧……”

听了这番解释，约阿希姆对表弟令人诧异的好奇心才安下几分心来，而且恍然大悟。原来汉斯·卡斯托尔普提到自己的艺术实践多半是为了他，而不是为了顾问大夫。他们来到贝伦斯的家门口。门前显得很简陋，不像那边车道上那样华丽，大门两边都挂着灯笼。弯成圆形的石阶一级级地往上，一直通到橡木的大门口，顾问大夫从一大串钥匙中找出一把弹簧锁钥匙，把门打开。开门时他的手哆嗦着，内心肯定烦躁不安。他们走进客厅。客厅里摆着衣架，贝伦斯随手把他那上浆的帽子挂在帽钩上。接着他们沿里面一条短短的走廊走去；有一扇玻璃门把走廊与正屋隔开。走廊的两边是一间间小小的私房。他在走廊里高声呼唤女仆，吩咐她干些什么。然后他妙趣横生地和两位客人聊几句，陪他们穿过右边的一扇门。

那边有两间摆设相当俗气的房间。房间彼此相通，窗子面向山谷，当中不设门，只用门帘相互隔开。一间是富有德国古代风格的餐室，一间是起居室兼工作室，里面摆着一张书桌，书桌上挂着学生帽和一把十字形宝剑。室内还有羊毛地毯、书架和沙发。另外还有一间小小的“土耳其”式吸烟室。到处挂着图画——这些都是顾问大夫本人的图画。两个青年一进室就抬起眼睛朝它们看，彬彬有礼地准备说几句赞扬的话。好几处地方，都可以见到顾问大夫那位已去世的夫人，有的是油画像，有的是摆在写字台上的照片。她是一个面容清瘦、表情有些神秘莫测的金发女人，衣服轻飘飘的，两手交合地搭在左肩上——严格地说，两只手并不紧紧合在一起，只是指尖跟指尖轻轻勾住而已——眼睛不是朝天上望，就是往下看，从眼睑中侧面衬托出她那又长又密的睫毛。在画像或照片中，已经归天的那位女人从不正眼看人。别的大多是一些山村风景画，有白雪皑皑和绿树成荫的山峦，有雾气弥漫的山头，还有巍然屹立、轮廓分明的山峰，都是些塞根蒂尼[①]一派画师的手笔。另外还有些

① 乔万尼·塞根蒂尼(1858—1899)，意大利画家，善于描绘阿尔卑斯山山区居民的生活，对光和色的分析很有研究。

图画，画的是阿尔卑斯山牧人的茅舍，大腹便便的母牛在洒满阳光的牧场上有的站着，有的卧着。另一张画中有一只已经拔了毛的母鸡，它那扭弯了的脖子在一丛蔬菜中间露出，从桌面上垂落下来。此外还有描写山村居民一类的画，但都不是出自行家手笔，线条粗枝大叶，色彩也浓淡不齐，很像是画家从锡管里直接把颜料注在帆布上似的，花好长时间才能干燥。不过这样的画法，有时可以弥补其他技法上的严重缺陷。

他们在主人陪同下浏览墙上的各幅图画。有时，主人点明了某几幅画的题材，但大部分时间不吭一声，以艺术家那种矜持而拘谨的态度与客人们一起默默欣赏自己的作品。克拉芙吉亚·肖夏的画像挂在起居室靠近窗口的墙头上，汉斯·卡斯托尔普进门时眼睛一扫，就偷偷地看在心里，尽管与肖夏太太的真面目相差很远。他有意避开这块地方，怂恿伴他同行的两个伙友在餐室里多待一会。在餐室里，他假装自己在观赏塞尔吉塔尔山谷一片郁郁葱葱的景色，山谷深处，淡蓝色的冰川隐约可见。随后他一厢情愿地径自走到土耳其式吸烟室里，聚精会神地欣赏一番，嘴里啧啧称赞不已；接着又注视起居室入门处的墙壁，有时也叫约阿希姆一起说些称颂的话。最后他转过身去，用经过斟酌的惊奇的口气问：

“这张脸好像在哪儿见到过？”

“您认识她吗？”贝伦斯想了解其中原委。

“嗯，也许我不会搞错吧。她是高等俄国餐桌上的一个女人，姓法国人的姓……”

“不错，叫作肖夏。这幅画像她，我听了倒挺高兴。”

“简直一模一样！”汉斯·卡斯托尔普扯了一句谎话。他说谎倒不是因为虚伪，而是考虑到如果他想把一切摆摆平，还是装得压根儿不认识这个模特儿好些。换上了约阿希姆，就准会矢口不认她的。善良的约阿希姆被愚弄了，现在他当然知道汉斯·卡斯托尔普以前是在玩花招，现在终于看清了事实的真相。“真是这样，”他轻声嘟哝着，也凑热闹地瞧起这幅画来。表弟汉斯为了他不上游廊和大伙儿厮混，现在汉斯已设法使这一损失获得补偿了。

贝伦斯画的是一个半身胸像，比实际身材小些，袒胸露肩，肩上和胸口披着一方薄纱。画像嵌在一只宽大的锥形黑框里，帆布的周围镶有金边。肖夏太太看去比实际年龄大上十岁，业余画家为了突出画中人的性格，往往是这样画的。整个脸上，红色抹得太多，鼻子画得不伦不类，头发的色泽不很妥帖，稻草色太多，嘴儿变了形，面部的特殊魅力无从看出，或者没有表现出来。画师的本意原是为了夸张她的魅力，结果反而弄巧成拙。总的看来，这幅作品相当糟，从肖像角度看，与模特儿的面貌相距很远。不过汉斯·卡斯托尔普对于画像的逼真度并不斤斤计较，画布上肖夏太太的这幅像，已使他够贴心的了。这幅画的描绘对象总不外是肖夏太太，是她自己坐在这些房间里做模特儿；他需要知道的仅此而已。于是他又感动地说了一句：

“简直是她本人的化身！”

“别这么说了，”顾问大夫提出异议。“这件作品粗劣得很。干了这件事，我一点也不自负，尽管我叫她坐着画像约摸已有二十次了。这样糟糕的一张脸，您该怎么处理好呢！有人以为她一定容易掌握住，她有的是北极人的颧骨，眼睛像发酵的糕点上刻出来的东西。不错，她身上确实有这个东西。要是您把她身上每个细节都表现得十分确切，整个形象就会糟蹋。这是一个麻烦透顶的谜，叫人猜不透。您认识她吗？也许画时不该叫她坐着，而是凭记忆描摹出来。您究竟认识她吗？”

“谈不上认识，只是面熟罢了，像这儿山上任何人认识别人的程度那样……”

“喔，您懂吗，我倒对她内部和皮下了解得更多一些，我知道她的动脉的血压，组织的活力以及淋巴的运行状况，由于某些原因，我对她身体里的情况知道得一清二楚咧。可是表面上的东西却难以掌握。您有几回看到她走路的姿势吗？她走路的模样，从脸上也看得出来。她走起路来是蹑手蹑脚的。比方说她的那双眼睛吧——我姑且不谈它的颜色，它也像面部表情那样诡谲得很。我只是说这双眼睛的位置和大小。您会说，她的眼睑像有一条缝，而且有些斜视。这不过是表面现象罢了。把您搞糊涂了的，原来是一种‘内眦赘皮’，这种变异物只存在于某种民族的身体内，实际上是一种赘皮，它从这些人扁平的鼻梁起经眼皮一直通到眼睛内部的一个角落。如果您托住鼻根上的皮肤，把它绷紧，那么您的眼睛就像我们大家一样，不会再斜视了。斜眼看人令人有一种神秘莫测之感，何况又没有多大光彩。老实说，内眦赘皮能隔代遗传，是发育障碍引起的。”

“原来如此，”汉斯·卡斯托尔普说。“我对此本来一窍不通。不过好长时间来，我一直想知道斜眼看人究竟是怎么一回事。”

“真是自寻烦恼，又是一笔糊涂账，”顾问大夫加强语气说。“如果您光是把斜视和眯眼画出来，您就不对头了。您必须根据生理现象的角度把斜视和眯眼画好，所谓以错觉来驾驭错觉。因此，您当然需要懂得有关内眦赘皮的知识了。多懂一些总没有害处。您看看皮肤，看看这里的身体上的皮肤吧。根据您的看法，它是不是逼真，或者并不特别逼真？”

“和真的完全一模一样，”汉斯·卡斯托尔普说。“皮肤嘛，您真画得栩栩如生。依我看，谁也没有画得这么出色。简直连毛孔都看得出来。”于是他用手轻轻去摸图画中袒胸露肩的地方。和她那被画师渲染得过分的绯红的脸儿相比，这些地方的肤色显得异常洁白，仿佛身体上的这些部分从未被阳光晒过似的。因此，不管作者是否故意如此，裸露部分给人以华而不实之感，效果不佳。

尽管如此，汉斯·卡斯托尔普的赞美还是言之有理。她那柔嫩的、不算干瘪的胸部绘成油光光的乳白色，同淡蓝色的纱巾衬映在一起显得恰到好处，十分自然。显然，画师在这上面是动过情的，而且还无伤大雅地给它添上几分甜润可爱的色彩，不过艺术家还懂得如何赋予它以合乎科学的真实感，使它显得栩栩如生。他利用画布较为粗糙的特点，使皮肤表面天然的不均匀性在抹上油画颜料以后能充分体现出来，在优雅地凸起的锁骨部分表现得尤为明显。胸口上方乳房分界处的左侧，有一颗小痣，贝伦斯画时也并未略过，在隆起部分的中间，一条条淡青色的血管隐约可见。赏画的人们看到这半裸的身体，难免动几分感情，浑身会微微战栗起来。人们仿佛看到她身上正沁着香汗，肉体上散发出某种无形的气息，这时你恨不得把嘴唇贴上去体会一下，但愿感受到的不是颜料和清漆的气味，而是肉体的气味。我们把汉斯·卡斯托尔普看了这幅画后的印象一一复述出来。既然他对这些印象有特殊的感受力，我们就可以客观公正地下一个断语：肖夏太太那肉体半露的胸像是这间房间里最引人注目的一幅画儿。

顾问大夫贝伦斯两手插在裤袋里，踮起脚跟，抵住脚跟上的肉球转来转去，一面看看自己的作品，一面又瞧瞧两位客人。

“我很高兴，我的同行，”他说。“我很高兴您居然欣赏它。要是一个人能对皮下的情况略知一二，换句话说，要是他对自然除了光是所谓抒情式的关系外，尚有其他关系，能把肉眼看不到的东西画出来，倒是一桩好事，一点也没有什么害处。要是一个艺术家同时又是医师，生理学家，解剖学家，能对身内之物隐隐约约懂得一些，那就大有好处，您肯定会占优势——随您怎么说都行。身体上的皮肤也有它的科学，您可以用显微镜检查出，它在有机结构上是正确无误的。您不但能看到表皮的黏液和角膜层，而且还可以想见下面的真皮组织，那儿还有脂肪腺、汗腺、血管和小乳头。再下面还有脂肪膜，您可知道，这是衬垫模样的组织，也可以叫衬层，上面有许多脂肪细胞，女人迷人的姿态就是这样形成的。您懂得些什么，又在想什么，对您创作的画儿都能起到作用。它们会自然而然地流到您的画笔上施加影响。表面看来两者似乎不相干，其实多少有些关系。一幅画的真实感就是这样产生的。”

汉斯·卡斯托尔普全神贯注地倾听这番话。他的额头涨得通红，眼睛闪现兴奋的光芒。他不知怎样开口才好，因为要说的话太多了。他首先想到一个主意，那就是将这张画像从窗口阴暗的墙头搬开，放到更适宜的地方去；其次，他急于想吃透顾问大夫对于皮肤性质的一些见解，他对于这些见解极感兴趣；第三，他也想发表自己对这个问题的一般观点和哲理，对此他兴趣十足。他双手搁在画像上想把它取下，同时急匆匆地说：

“对，对！您说得好极了。这些话很重要。我想说的是……也就是您顾问大夫先生说的：‘尚有其他关系’。如果除了抒情式的——我认为您是这样措词的——艺术的关系外尚存在其他关系；总而言之，如果人们能从另外一个观点，例如医学观点来理解事物，那就好了。这些说法都万分恰当，请原谅，顾问大夫，我的意思是：这些话千真万确，因为实际上，不论关系方面或观点方面都根本谈不上什么原则性的分歧，严格说来始终是同一种东西。我的意思是说，它们只是同一事物的变种，也可说是形影不离的东西。换句话说，它们是人们普遍感兴趣的、同一事物的变种，而艺术活动只是其中一部分和其中一种表现方式而已，要是我能这样说的话。嗯，请原谅，我把这幅画拿下来，这儿一点光线也没有。我要把它拿到沙发这边来，让我们看看它会不会完全变样……我的意思是说，医学的对象究竟是什么？我对此当然一无所知，不过它毕竟是为人类服务的。而法律、立法和司法呢？它们的对象也是人类。还有多半和教育者的职业有密切关系的语言学？再有神学，宗教以及神职？这一切都以人为对象。它们都可谓异曲同工，有重要的……甚至根本性的意义，换句话说，它们都关系到人，一句话，它们都是人文范畴的职业；如果您想深入研究它们，那么为了能受到所谓形式方面的教育起见，首先得学习古代语言，它是这一切的基础，可不是吗。我说这一套话也许您感到奇怪，我只是一个讲究实际的人，一个技术人员。可是最近我躺在床上时总在思考这么一个问题：我觉得形式、形式的概念和美的形式的概念，是从事各项人文工作的基础，这一点真是妙不可言，是人世间一件妙不可言的事。它赋予事物以高贵的、丰富多彩的性质，能使人情意绵绵，同时……彬彬有礼——多关心这方面的事，能使人充满勇往直前的精神……这就是说，我也许表达得很不恰当——不过可以看出，智力和美是掺杂在一起的，实际上往往是同一个东西，换句话说，也就是科学和艺术，而艺术活动作为‘第五种学科’也肯定属于这一范畴。只要‘人’仍然是艺术最重要的课题或研究对象，它也不外乎一种人文性质的职业，一种反映人文趣味的学科。这点您总能同意我吧。我年轻时曾在这方面作过一番探索，当时我画的只是轮船和水，不过在我的心目中，我过去和现在都认为绘画中最吸引人的东西倒是肖像画，因为它是直接以人为对象的，因此我迫不及待地问您顾问大夫先生，您在这一领域内是不是动过笔……哎，这幅画挂在这儿不是要好得多吗？”

贝伦斯和约阿希姆两人都眼睁睁地看着他。汉斯不假思索地说了这一大堆话，他们不知他是否感到羞赧。不过汉斯·卡斯托尔普一心一意琢磨这件事，居然一点也不脸红。他拿起这幅画靠在沙发上方的墙头上，问他们这样挂着后光线是否强得多。恰在此时女仆端来了盘子，上面放着热水、酒精灯和咖啡杯。于是顾问大夫招呼客人们到吸烟室去，一面说：

“这么看，您对画图实际上并没有像雕刻那样感兴趣咧……不错，这样光线当然好些，只要您认为它受得了这么强的光线……我刚才指的是造型艺术，因为一般说来，它对人体有着极为密切的、简直是独一无二的关系。可我们别让水烧干了。”

“一点也不错，造型艺术，”他们往吸烟室走去时，汉斯又发表起意见来。他忘了把这幅画挂上或放放好，只是随身拿着，拖呀拖的把它带入邻室。“真是这样。看来，希腊的维纳斯或大力士最能清楚地体现出人的本质，这是毫无疑问的。要是您考虑一下，它在本质上也许是艺术中最真实的东西，是真正人文的艺术。”

“嗯，关于这位矮小的肖夏，”顾问大夫说，“我认为还是适宜于做绘画的模特儿。不论是菲狄亚斯[①]还是姓名末尾带有拼花式图案的其他人，看到她的那副尊容都会皱眉头的……呃，您拖来的那只火腿准备怎样处理？”

“谢谢，我暂且放在我的椅脚边，眼前这样倒挺合适。希腊的造型艺术家对头部不大在乎，他们着眼的是身体，这也许就是他们的人文主义精神……女人的造型如何，不是很丰满吗？”

“很丰满！”顾问大夫斩钉截铁地说。这时他打开一口壁橱，把烧咖啡的用具一一取出，其中有土耳其出品的圆筒形研磨机，长柄壶，盛

---

① 菲狄亚斯，公元前5世纪希腊雕刻家，是古代最伟大的雕刻家之一。

糖和盛咖啡粉的两用容器，这一切都是黄铜制的。“甘油软脂酸酯，甘油硬脂酸酯，酒精，”他一面说，一面把咖啡豆从一只锡瓶倒在研磨机里，同时摇起手柄来。“两位先生看着，我一切都亲自动手，而且从头做起。烧出来的味儿顶呱呱的。你们认为怎么样？是仙丹妙药吗？”

“不，这个我也懂一套。只是听了您的话，觉得怪新奇的，”汉斯·卡斯托尔普说。

他们坐在门口和窗口之间的一个角落里。这里放着一只藤桌，桌上有一只东方格调的铜盘，盘里有一些吸烟用具，吸烟用具之间则是咖啡机。约阿希姆坐在一只布满丝绸垫子的长沙发上，身边就是贝伦斯；汉斯·卡斯托尔普却坐在一张有小脚轮的安乐椅上，身子靠着肖夏太太的画像。他们脚下是张五光十色的地毯，顾问大夫把咖啡和砂糖舀到长柄壶里，加上些水，让调制好的饮料放在酒精灯上烧起来。它在洋葱般的小杯子里冒起棕色的泡沫，啜起来味儿又浓又甜。

“您那方面也是一样，”贝伦斯说。“您的造型艺术，要是算得上是造型艺术的话，也自然都是怪丰满的，尽是脂肪，即使没有女人身体那么肥。我们男人身上，脂肪一般说只占体重的二十分之一，而女人则是十六分之一。要是没有这些皮下细胞组织，我们大家就都会长得像龙葵那样大小。年龄大起来，脂肪也就越来越少，于是出现了我们大家都知道的不雅观的皱纹。女人的胸部、肚皮和大腿，总之，凡是那些叫您动心的部位，肉最厚，脂肪也最多。脚掌的肉也很多，而且怕痒。”

汉斯·卡斯托尔普两手捧住筒状咖啡研磨机，转来晃去。它像其他所有用具一样，大都是印度货或波斯货，而不是土耳其货。从黄铜上的雕刻风格以及底色暗、表面熠熠闪光的特色，就清楚地说明了这点。汉斯·卡斯托尔普细细看着上面的花样，一下子还不领会上面刻的是什么玩意儿。当他看清了后，脸孔不知不觉地涨得通红。

“不错，这是单身汉用的东西。”贝伦斯说。“所以我把这藏得好好的，你懂吗。不然，我那厨娘的眼睛就完蛋了。你们男人看了后不会有什么害处。这东西是以前一个女病人送给我的，她是埃及的一位公主，居然赏光在我们这里住上一年。你们看，这种图案在整套用具上一再出现。怪逗人的，是吗？”

“嗯，确实别出心裁，”汉斯·卡斯托尔普答道。“嘿，不，我看了当然不放在心里。如果您知道的话，您甚至可以把它看成是严肃而庄重的东西——尽管归根到底，在咖啡用具上出现这种东西是不恰当的。古人有时在棺材上也刻着这种玩意儿，淫猥和神圣两者，在他们眼中多少是一码事。”

“喔，关于那位公主，”贝伦斯说，“依我看，送的东西还不止这一回哩。另外，她又送我一些上等香烟，都是特级品，只有在招待贵宾时才出一下风头。”于是他从壁橱里取出一只花哨的匣子，把里面的香烟递给客人吸。约阿希姆做一个立正的姿势谢绝了。汉斯·卡斯托尔普接住烟，吸了起来。这种香烟异乎寻常，又大又粗，上面有一个金色的斯芬克司像①，味儿确实美得很。

“给我们讲一讲皮肤方面的知识吧，”汉斯提出了要求，“要是您不怕麻烦的话，顾问大夫先生！”这时他又把肖夏太太的画像挟在身边，放在膝上，细细端详。他仰面靠在椅子上，嘴里叼着香烟。“别再谈脂肪层，我们现在已懂得这是怎么一回事了。只是请您把人类皮肤的大致情况说一说，您画图时对这一套挺内行。”

“谈谈皮肤？您对生理学也有兴趣吗？”

“很有兴趣！嗯，我对它一直怀有莫大的兴味。人体嘛，它在我心目中始终占有突出的地位。有时我扪心自问，我是不是应该当一名医师。在某种程度上看，我认为我当医师也是相当合适的。谁对身体发生兴趣，谁对疾病也发生兴趣……对疾病特别感兴趣，不正是这样么？不过多说这种话没有什么意思，我本来干别的什么行业都行。比如说，我本来可以当牧师。”

“真的？”

“真是这样。就是目前我也曾好几次想过，当牧师是不是更合我的脾胃。”

---

① 古埃及的著名建筑，即狮身人面像，高约20米，长57米，是距今4600年前作为金字塔的守护神雕刻而成的。

“那么您为什么又当起工程师来了？”

“是偶然的机会促成的。起决定性的作用的，或多或少是外界因素。”

“喔，谈谈皮肤？对于您那层感官的外皮，我能说什么好呢？这里是您的外脑壳——从发育的观点看，它的性质与您头盖骨里所谓高级器官一样，您得知道，中枢神经系统只是外部表皮层的一种变形，对低等动物来说，中枢神经与末梢神经之间压根儿没有什么区别，你们应当想想，它们是用皮肤来嗅闻，来辨味的。它们全靠皮肤来感知一切，要是人类处在它们的地位，一定感到十分舒适。相反地，对您和我那样器官功能高度分化的生命来说，皮肤再也没有那么神通广大了，只局限于痛痒感。它只是一种保护性器官和传达性器官，要是有什么东西接近身体，它就会处于严重警戒状态。——它甚至超出感觉器官的范围。就拿毛发，那身体上小小的毛发来说，它们只是由角质状皮肤细胞构成的，不论什么一靠近，就能感知，即使皮肤还没有接触到。我们可以说一句私房话：皮肤的保护和防卫职能甚至很可能超出生理范围……您可知道，您的脸怎么一会儿红，一会儿白？”

“不太清楚。”

“唔。说句老实话，这个我们也不太清楚。至少我们不明白为什么羞愧时会脸色绯红。这事还没有完全搞清楚，因为在血管舒缩神经的作用下产生运动的扩张性肌肉和血管的关系，到现在还没有查明。雄鸡的鸡冠究竟怎么会膨胀——这方面还可举出其他种种众所周知的实例——现在可以说还是个谜，特别是精神因素引起的一些事。我们假定大脑皮质和髓鞘的脉管中枢之间有某种依存关系。试以人们在某些刺激时的情况为例。当您羞愧难当时，这种依存关系就起作用，脸上的血管就扩大、膨胀，那时您就会像一只火鸡一样，满脸充血，涨得通红，眼睛里什么也见不到。反之在其他场合下，比如说当您提心吊胆害怕什么事会发生时，天晓得这事也许甜美透顶，您皮肤上的血管就会收缩，皮肤发青，看去会像一具死尸，眼窝上一层铅灰色，鼻子尖棱棱地变成灰白色。不过心脏的交感神经会使您的那颗心仍旧正常地跳动。”

“原来如此，”汉斯·卡斯托尔普说。

“大致就是这样。您得知道，这就是反应。反应和反射本来是有目的的，因此我们生理学家有这样一种揣测，就是伴随这些精神因素发生的现象实际上是一种适当的防卫手段，也就是身体的防御性反射。鸡皮疙瘩就属于这一类。您可知道，您身上怎么会起鸡皮疙瘩的？”

“也不大明白。”

“这是皮脂腺在作怪。它分泌出一种皮脂，您要知道，这是一种含有蛋白的脂肪性分泌物，尽管它没有什么味儿，却能使皮肤保持光滑，不会因萎缩而开裂，摸起来富有弹性，怪惬意的。没有胆固醇脂，人类的皮肤摸上去感觉如何是难以想象的。这种皮脂腺有一种很小的有机肌肉，能使皮脂腺竖起。当它竖起时，那么您就像那个被公主将一桶泥鳅泼在身上的小伙子那样[①]，皮肤变得像锉刀一样；如果刺激很大，那就毛管直竖。您的头发会一根根竖起来，身体上的汗毛像一只企图自卫的豪猪一样。那时您就会说，您体会到毛骨悚然的滋味。”

“哦，我呀，”汉斯·卡斯托尔普说，“我已好几次有这种体会。我在好多场合下都很容易激动，简直毛发直竖。我感到奇怪的，是仅仅皮脂腺为什么在各种不同的场合下都会竖起来。听到笔在玻璃板上摩擦的声音，您就会起鸡皮疙瘩；闻到特别美妙的音乐，您也会突然有这种反应。在行坚信礼、领受圣餐的当儿，我的鸡皮疙瘩也一阵一阵发作，一会儿冷，一会儿痒，闹个不停。为什么所有的小肌肉不全部投入运动，倒是一件奇怪的事。”

“嗯，”贝伦斯说，“刺激就是刺激嘛。至于刺激的实际内容，身体是管不着的。泥鳅也好，圣餐也好，皮腺都同样会竖起来。”

“顾问大夫先生，”汉斯·卡斯托尔普一面说，一面瞅着膝上的那张画像。“我还想回到刚才那个话题上去。您刚才谈起身体的内部机理，谈起淋巴运动以及诸如此类……这究竟是怎么一回事？要是您乐意，我还想再听您谈谈，例如淋巴运动。我对这个很感兴趣。”

---

① 源出《格林童话》。

“这个我相信，”贝伦斯答道。“淋巴液是人体机能中最为精细、最为微妙的一种物质。我敢说您在提这个问题时，头脑中对此也许有一丝概念。人们经常说到血液和它的神秘性，称它是一种特殊的液汁。可是您可知道，淋巴液却是液汁中的液汁，是人体中的精华，也就是血乳，是一种极其贵重的流体。在吃了脂肪性食物之后，它看去真的像奶汁。”于是他兴致勃勃、有声有色地谈了开来。他先谈到血液像剧场中的幕布那样，颜色鲜红，由脂肪、蛋白、铁、糖和盐等各种成分组成，通过呼吸和消化而制造出来，里面包含有各种气体和废物；在三十八度温度下，它像水泵那样从心脏输送到各条血管中，在身体各部分产生新陈代谢作用和体温，总之，使可爱的生命得以维持。接着他又说，血液是并不直接流到细胞里的，而是在它所处的压力下通过血管壁滤出一种乳汁状的精液，再渗入组织内部深入全身的每个角落。这种组织液注满了体内的每个空隙，使有弹性的细胞组织膨胀。这就是所谓组织张紧，也叫组织扩张。由于组织扩张，淋巴液在选洗细胞和交换细胞成分后，又回到淋巴管，拉丁文称之为vasa lymphatica中，以后再回流到血液里，每日约为一立升半。他继续谈论淋巴管的管状组织及吸收管组织，也谈到胸部乳液分泌情况，它把腿部、腕部、胸部、一只手臂和头部一侧的淋巴液聚集在一起。后来又讲到淋巴管许多部位上那些结构精细的过滤器官，人们叫它们淋巴腺，位于脖子、腕下、胳膊肘关节、膝盖凹处以及其他类似微妙而纤细的部位上。“这些地方淋巴腺会肿大，”贝伦斯说，“我们的谈话就是从这上面开场的——例如膝头凹处和胳膊关节上淋巴腺肥大，身体各部分水肿性肿瘤等等。我们往往从这里找到病根，尽管有时不一定可靠。在某些情况下，我们可借此诊断结核性淋巴管阻塞的可能性。”

汉斯·卡斯托尔普听了默然无语。过一会儿后，他轻声说：“对，确是这样。我真该当一名医师。什么胸部的乳液流动过程……腿上的淋巴……这些我都很感兴趣。究竟什么是身体呢？”他突然狂热地提高了嗓门说。“什么是肉体？人类的身体又是什么东西！它是哪些成分组成的？顾问大夫先生，今天下午再跟我们谈谈吧！把这些一股脑儿地详详细细地说给我们听听，让我们长些见识！”

“是水组成的，”贝伦斯回答。“您也对有机学感兴趣吗？人类的身体大部分由水组成，不太多也不太少，反正您没有理由为它的数量发脾气。固体成分只占百分之二十五，其中百分之二十是普通的朊，如果说得雅一些，那就是蛋白质。另外还有一点儿脂肪和盐分，全部物质如此而已。”

“不过蛋白是什么？”

“各种元素，例如碳、氢、氮、氧和硫等。有时还有磷。您的求知欲真强，思路好广啊。有的蛋白也和碳水化合物结合，名叫葡萄糖和淀粉。上了年纪后，皮肉就硬，因为您得知道，结缔组织中骨胶原增多，也就是碳质增多，它是骨头和软骨最重要的组成部分。我还该同您谈些什么呢？在肌肉的原生质中还有一种蛋白，叫做纤维蛋白，死时凝成肌肉纤维素，因此死后身体僵直。”

“死后僵直原来是这番道理，”汉斯·卡斯托尔普开朗地说。“很好，很好。再来谈谈全身分解过程和坟墓上的解剖学吧！”

“喔，当然谈。您的措词挺漂亮的。这件事说起来真是海阔天空。也可以说，人体溶解了。想一想身体上的所有水分吧！失去了生命，其他各种成分都不大稳定，它们因为腐烂，分解成单纯的化合物，变成无机物了。”

“腐烂，分解，”汉斯·卡斯托尔普说，“这也是一种燃烧过程嘛。就我所知，它们与氧化合。”

“完全正确，氧化。”

“那么生命呢？”

“也一样，一个样儿，小伙子。生命也氧化了。生命本身主要也只是细胞蛋白质的一种氧化作用，有机体那可爱的体温即由此而来，有时这种温度偏高。嘿，生就是死，这点是毋庸讳言的。une destruction qrganigue①，有一位法国人曾用他天生的轻浮态度这么称呼过。生命确实

---

① 法文：有机体的毁灭。

有这股味儿。要是我们不这么想，我们的判断力就败坏了。”

“谁对生命有兴趣，”汉斯·卡斯托尔普说，“对死亡也特别有兴趣，不是这样吗？”

“哼，不过好歹还是有些区别。生命总是生命，它是靠物质的交替而维持其形式的。”

“形式为什么要维持下来？”汉斯·卡斯托尔普说。

“为什么？听着，您说的话连一点人道气味也没有。”

“形式是无聊的东西。”

“您真不愧是现时代一个颇有作为的人。您的想法倒是挺时兴的。我落伍了。”顾问大夫说。“我现在心里忧闷起来，”他一面说，一面把他的大手遮住两只眼睛。“您瞧，我感到这种情绪正向我袭来。刚才我还跟你们一起喝咖啡，觉得它的味儿怪可口的，可现在我突然感到忧心忡忡，两位一定能原谅我吧。我认为这次叙谈是不寻常的，我始终引以为乐……”

这对表兄弟立即站起身来。他们责怪自己不该打扰顾问大夫先生这么久……对方客气一番，叫他们别放在心上。汉斯·卡斯托尔普急急忙忙把肖夏太太的画像带到邻室，在原位挂好。他们回到自己的住所时不再经过花园。贝伦斯为他们指点出屋时的路径，而且亲自送他们到玻璃门，刚才他突然忧从中来，脖子上的喉结显得比平时更粗了。他眨巴着鼓囊囊的大眼睛，嘴唇上的胡子向一侧翘起，模样儿有点可怜巴巴的。

当他们踏上走廊和阶梯时，汉斯·卡斯托尔普说：

“你得承认，刚才我出的主意可不坏哪。”

“这好歹是一种调剂，”约阿希姆回答。“你们总算趁此机会痛痛快快地说出了对各种问题的看法，这点谁都承认。我的头脑里倒有些乱哄哄的。我们去作卧疗正是时候，离喝茶时间至少还有二十分钟。我对这方面这么关心，你也许认为无聊透顶——你最近真的变得‘时兴’了。可是你毕竟不像我那样需要疗养啊。”

探　索

汉斯·卡斯托尔普以前梦想不到会在这儿亲身体验到的事，现在终于发生了，——它是必然要发生的。原来冬天降临了。这是山上的冬天，约阿希姆对它已十分熟悉；他刚到这里时，冬天还在逞威哩。汉斯·卡斯托尔普尽管装备齐全，对它总有几分惧意。他表哥竭力劝说他叫他安心。

“你千万别把这儿的冬天看得太可怕，”他说，“这儿并不像北极那样。由于空气干燥，没有风，你的感觉可没有实际那么冷。要是你把身体包得暖暖的，在阳台上一直待到深夜也不会受冻。在大雾弥漫的高地上，气温的变化往往这样；地势越是高的地方越是暖，关于这点，大伙儿以前是不很清楚的。倒是下雨的时候天气冷些。不过现在你有的是皮大衣，如果必要的话，也可以开暖气稍稍暖和一下。”

其实，冬天的降临根本谈不上什么出其不意和气势汹汹，它的来势不猛，一眼看去同仲夏的一些日子并无多大差别。先刮了两三天南风，太阳低低地在上空照着，山谷似乎又短又狭，山谷出口处阿尔卑斯山的悬崖峭壁，看去光秃秃的，显得比平时近些了。后来天上布满了云，从皮茨·米歇尔和廷岑峰一直伸展到东北角，山谷里黑压压的。接着就下起倾盆大雨。雨下到后来，性质变了，颜色白里带灰，里面夹着一些雪片——天终于飘起雪花来了。山壑间狂风劲吹，大雪纷飞，而且持续不断，气温急剧下降，因而积雪不能完全融化，它依旧湿湿的留在那儿，为山谷披上一件薄薄的、潮润的、斑斑点点的素装，相映之下，山坡上松树的针叶就显得黑黑的了。餐厅里，水汀管都已开放，暖洋洋的。现在正是十一月初万灵节[1]前后的日子，下雪一点儿也不稀罕。即使在八月天有时也下过雪，人们早已不把下雪看作是冬天到来的预兆了。每逢

① 天主教的节日，时间是 11 月 2 日。

气候发生变异时——哪怕是在离此较远的地方——也能见到皑皑白雪。在岩石嶙峋的、位于峡谷面前充作守卫的雷蒂康山脉上，大大小小的山缝和裂罅都积满了残雪，西南那些最远的雄伟而巍峨的群山也展现出一片雪景。尽管如此，雪仍旧下着，气温还在不断下降。天空一片灰白色，它离开山谷的距离似乎很近。一片片鹅毛似的雪花无声无息、无休止地纷纷落下，来势很猛，令人稍稍有些不安。天气一小时比一小时冷。有一天早晨，汉斯·卡斯托尔普的病室里是摄氏七度，但第二天早晨只有五度。严寒虽保持在限度之内，但持续的时间很长。本来只是夜间才结冰，现在白天也冰冻了，从早到晚一直是这样。第四天、第五天和第六天，它还是连绵不断地下着，只是偶尔才停一会。雪已堆得厚厚的，简直叫人心烦意乱。不论在通往水道旁长椅的那条供人散步的小径上，还是向下一直通到山谷的那条车道上，人们已把积雪铲除，可是这些道路都很狭窄，有人迎面过来，你想避也避不开，只能闪到一边走到雪堆里，一脚踏去，雪有膝盖那么深。在疗养地下面的街道上，有一匹马整天拖着一具石轮滚雪机来回扫雪，马笼头旁有一个汉子管着；另外还有一辆黄色的雪橇车，在疗养地旅馆和该地区北部称之为“村落”之间的地方来往奔驰，它的形状很像老式的驿递马车，前面有一条雪犁，把一块块的白雪铲到一旁。世界，这个狭小的、高高在上的、与世隔绝的世界，此刻似乎铺上了一层厚厚的毛皮和衬垫，没有一条柱子或树桩不披上银白色的外罩，通往山庄疗养院门口的石级都看不见了，变成了一片倾斜的平面。松树的椏枝上，到处都悬着沉甸甸的奇形怪状的白色枕头，雪块不时滑落下来，飞散开来，在树干间扬起白色的尘雾。周围的群山都是一片银白，山腰间的雪也是东一块西一块的；在姿态各异、树木已经无法生长的山峰上，也薄薄地盖着一层白雪。大地暗沉沉的，太阳像一只苍白的圆盘那样，悬在面纱般的云层后面。不过积雪反射出一种间接的、柔和的光线，它那乳白色的亮光给大地和人们增添了几分美感，即使人们戴着白色和彩色的绒帽，鼻子还是冻得通红。

在餐厅的七张饭桌上，冬天——它是这块地方举足轻重的季节——的到来是人们谈话的主要课题。据说有许多旅行家和运动员都上这儿来，住在“达沃斯村”和“达沃斯高地”的饭店。雪厚估计达六十厘米，这种质地的雪，对滑雪橇的人们来说是最为理想的。人们正在热心筹备二联橇的跑道，可以从沙特察尔普西北角的山坡通到山谷，只要不刮热风而打破预定的计划，不上几天就可以开辟好。现在，山下那些健康人和旅客又开始活动起来了，病人们对这些都很感兴趣。他们不顾院方的禁令，想利用卧疗时间偷偷溜出去观赏一番。汉斯·卡斯托尔普听说有一些新鲜的玩意儿，是北欧国家的一种新发明，名叫“斯基克卓林”①。举行这种竞赛时，运动员穿着滑雪鞋，由马儿拉着滑行。病人们纷纷溜出去，正是为看这种把戏。圣诞节也是谈话的主题。

圣诞节！咳，汉斯·卡斯托尔普还没有想到这个日子呢。大夫查出他身体有病，他不得不在这里同约阿希姆一起过冬，这对他说起来、写起来都不花什么力气。可是事实表明，过冬也意味着他将在这儿过圣诞节，这对他的情绪无疑是个打击。这是因为(当然不是唯一的原因)他过去除了在故乡、在家庭的怀抱中外，从未在别处度过这一节日。天哪，现在只好在这里“将就”一下了。他已不再是个孩子，约阿希姆也并不因此而怏怏不乐，而是毫无怨言地适应这个新的环境。不妨想一想，过去世人是在哪些地方和在哪些条件下过圣诞节的！

不过在第一个降临节②尚未到来之前就谈圣诞节，为时未免过早，离圣诞节还有整整六星期哩。这六星期光阴，在餐厅里却一晃眼就飞越过去。这种在心底里推算时间的本领，汉斯·卡斯托尔普上山后早已亲自学会，尽管还不像老病人那样，总是大手大脚的。在他们看来，像圣诞节那样标志一年中某个阶段的节日，是迅速度过中间一段空档时间的支点和跳板。他们身上都有热度，新陈代谢都在亢进，有机体的活动旺盛而迅速——归根结蒂，它也许和他们这样快又这样大量地打发日子有关。如果他们把圣诞节看作已成过去，接下去又写上谈起新年和大斋期的前夜时，他恐怕也不以为怪。可是在山庄疗养院的餐厅里，人们却没有这样逍遥自在。圣诞节一方面让人们透过一口气，另一方面也引起人

---

① 原文 Skikjöring，是北欧的一种冬季滑雪运动。

② 基督教的一个节日。

们的烦恼，使人们伤透脑筋。病人们按照院方惯例，正在为当主任的顾问大夫贝伦斯筹措集体赠送的礼物，准备在圣诞夜送给他。为此，他们正在集合商谈。据在此居住一年以上的老病人说，去年他们送给他一只旅行用的箱子。这一回，病友们在计议送他一只新的手术台，一只画架，一件皮大衣，一把摇椅，或者一具象牙制的用什么方式“嵌入”的听筒。有人征求塞塔姆布里尼的意见，在主张送一册目下正在编纂中的百科全书，书名《苦难问题社会学》，不过只有一个人表示同意，那就是不久前用膳时与克莱费尔特同桌而坐的书商。到现在为止，意见还没有统一。俄国病人那张餐桌上也难以达成协议。与会者意见分歧。莫斯科人主张由他们自己单独送礼给贝伦斯。斯特尔夫人一连几天显得极其焦躁不安，这是因为她在集会时曾掉以轻心地借给伊尔蒂斯太太一笔款子，总数十法郎，而伊尔蒂斯太太“忘记”还给她了。她把它“忘记”了——斯特尔夫人是加强语气说这句话的，意味深长，总而言之，对伊尔蒂斯太太的记忆力不佳流露出极度的怀疑，话里带刺，弦外有音。对于这套本领，斯特尔夫人曾直言不讳地说自己颇有一手，而且显得满不在乎。好几次，斯特尔夫人对此表示灰心绝望，说还是把这笔欠债干脆送给伊尔蒂斯太太算了。“我和她名下的两笔账目就算在一起吧，”她说，“好，这样我就不丢脸啦！”可是最后她想出了一个解决方案，说给她同桌的病友们听，大家听后都兴高采烈：原来她去跟院方的“管理处”打交道，由管理处在伊尔蒂斯太太的名下付出十法郎的钱。这么一来，那位迟迟不肯还债的女人就吃了败仗，这件事总算风平浪静。

雪已不下了。天空出现雪后初晴的景象。阳光从散开的、青灰色的云层中间透射出来，给大地的景物抹上一层淡青色。不一会，天色完全晴朗了。空中弥漫着凛冽的寒气；十一月中旬的冬景，纯净而又明媚。拱形的凉廊后面，景色如画；森林披上了洁白的素装，峡谷埋在雪中，线条显得十分柔和，白白的谷地里一片阳光，上面是灿烂的蓝天——这一切也都显得瑰丽无比。

晚上，一轮圆滚滚的月亮悬在天空，又给大地增添了几分魅力，十分动人。不论远近，都闪耀着水晶般的光泽和金刚石般的银辉，而森林却显得黑白相间。在离月亮较远的天边，暗沉沉的，绣花似地点缀着一颗颗星星。在闪闪发亮的表面上，房屋、树木和电线柱都投下了清晰而轮廓分明的阴影，它们看去比原来的模样更富有真实感，更为鲜明生动。在太阳下山后两三个小时，气温降至零下七八度。天公似乎施了魔法，使整个世界沉浸在冰雪遍地的一片明净洁白之中，自然界原来的污垢被掩盖起来了，大地仿佛被死神念过符咒似的，昏昏入睡，凝住不动。

汉斯·卡斯托尔普待在阳台上观赏山谷上极其迷人的冬景，一直到深更半夜。他在那边逗留的时间比约阿希姆长得多，约阿希姆在十点钟或稍晚一些就回房去了。他把自己那张精致的卧椅（它有三层衬垫，并有圆角形枕头）挪近木栏杆旁，栏杆上已铺上了一层狭长的积雪；在白色的桌子上，一盏台灯亮着，上面还有一堆书，书旁是一杯脂肪丰富的牛奶。这是晚上九点钟送到病房里来的夜间牛奶，住在山庄疗养院的人都有份儿。汉斯·卡斯托尔普在自己的牛奶里加了少许烧酒，使它更加可口。他已把手边所有的御寒工具都用上了，简直可以说是全副武装。他把一件脱卸式的皮大衣一直披到胸口，那是他从疗养区一家专卖冬装的商店里及时购得的，而且还按照这里的惯例再裹上两条驼毛毯。此外，他在冬装上还加上一件短的皮夹克，头上戴一顶绒帽，脚上穿一双毡靴，手上戴一副非常厚实的手套，可是即使如此，手指还免不了冻僵。

他在露天里待得这么久，有时将近午夜，有时过了午夜还不走（那时，那对下贱的俄国夫妻早已离开隔壁的房间），也许是因为冬夜的景色极其引人入胜，特别在十一点钟以前，从山谷各处还传来一阵阵清音妙曲。不过懒散和激动却是其中的主要原因，而且两者同时在起作用。换句话说，他身体上懒洋洋的，疲倦得不想走动，而精神上却热乎乎的，异常兴奋。在这个小伙子的头脑中，老是有什么新奇的、吸引人的研究课题萦绕着，他的脑子不想安静下来。天气使他疲倦，寒气促使他的肌体兴奋，也耗蚀他的精力。他吃得很多，享用山庄疗养院中极其丰盛的膳食，吃了拼有添菜的烤牛肉后，又来了烤鹅，而他的胃口也异乎寻常。这里的人们，冬天时的胃口照例比夏天大。他同时又十分嗜睡；不论在大白天或月色皎洁的夜晚，他一翻起书来(至于他看的是什么书，我们以后会说明的)就往往沉沉入睡，待昏昏然过了几分钟后，再继续他的研究工作。他说起话来劲头十足；上山后，他聊起天来比过去在平原上时更快，更随便，甚至更加肆无忌惮。同约阿希姆一起在雪地上散步时，他谈起来也十分卖劲，这使他十分疲劳，有时感到头昏目眩，浑身哆嗦。这时他又显得醉意朦胧，头脑发热。入冬以来，他的体温又升高了，顾问大夫贝伦斯给他注射些什么针药。大夫一般是对热度持续不退的病人才用这种针药的，有三分之二的病人经常在打这种针，包括约阿希姆在内。不过汉斯·卡斯托尔普认为他的体温升高，肯定会同他的思想活动和情绪激动有关，正因为如此，他才在雪光闪闪的寒夜里躺在卧椅上一直到深夜。他那爱不释手的读物正好为他的思想状况提供说明。

在国际山庄疗养院的公共卧疗厅里和每间病室的阳台上，有不少人在读书，特别是新病人和短期住院的病人。在院里住上好几个月或好几年的病人，都早已学会消磨时光的方法：他们不必找什么事散散心，也不必开动脑筋，而是靠精湛的涵养功夫打发日子。他们公然说，死抱住书本不放是傻瓜干的傻事。只要在膝上或身旁的小桌子上放一本书，也就绰绰有余，心安理得了。疗养院的藏书十分丰富，看各种语言的书籍，书中插图也很多，足够人们消遣。这些书都陈列在齿科候诊室里，免费借阅。达沃斯高地的街头还有一个图书馆，出借各种小说，病人都在轮换浏览。有时出现了一本热门书，大家都争先恐后抢着想看，即使平时不爱读书的人也把手伸得长长的，而表面上却故意装出一副冷漠的神态。目前他们在传阅的，是阿尔宾先生介绍过来的一本印刷技术拙劣的小册子，书名《引诱的艺术》。这本书从法文逐字逐句翻译过来，译时连法语的句法也原封不动，因为译文优雅多姿，富有刺激性。书里阐述发挥的无非是肉欲与淫乐之道，用异教徒式的腔调阐述纵情作乐的诀窍。斯特尔夫人一口气看完了，认为此书“妙不可言”。马格努斯太太，也就是丢了体重的那个女人，也竟毫无保留地表示赞同。她那酿酒商的丈夫很想亲自浏览一番，以便从中获得教益。不过马格努斯太太居然捧起这本书来，她觉得十分遗憾，因为这种书“毒害”女人的心灵，会把不贞洁的思想灌输给她们。她这么一说，人们对这本书更加如饥似渴地想一饱眼福。下面的卧疗厅里有两个女人抢着想看这本书：一位是雷迪斯太太，是波兰一个实业家的妻子；另一位是柏林的寡妇黑森弗尔德太太，两人都是十月间上山的。她们都说是自己先开口向人借的，相持不下，因此正餐后出现了令人不快的、实质是粗暴不堪的场面：其中一个女人竟歇斯底里地大叫大闹，可能是雷迪斯太太，也可能是黑森弗尔德太太，最后那位怒气冲天的女病人逃回房里，这幕戏总算收场。汉斯·卡斯托尔普在自己的阳台上，对一切都听得清清楚楚。这篇论著给小伙子们捷足先得了，年长的还没有他们看得早。晚餐后，他们几人一组在几间房间里一起研究。汉斯·卡斯托尔普在餐厅里亲眼看到那个蓄指甲的青年把这书传给一位姑娘，她名叫弗兰慈欣·奥伯但克，入院不久，病势很轻，是一个头发向两边分开的金发闺女，新近才由母亲陪同上山。

不过恐怕也有些例外情况。卧疗期间，有的人也许在认真地思考问题，致力于某种有益的研究工作，目的无非是借此了解山下的动态，使自己不致同生活脱节；或者可借此使日子过得轻松些，不致把光阴白白浪费掉。塞塔姆布里尼先生和可敬的约阿希姆就是这类人。前者致力于消除人类的苦难，而后者却埋头于俄文初级课本。除他们之外，也许还有一些人抱有这种态度；这些人不是在餐厅里一起用膳的病友，就是卧床的病人和重病号。汉斯·卡斯托尔普倒认为前一种人实际上并不多见，而后一种人就比较常见了。就他本人而言，他也在好好利用自己的时间。《远洋客轮》他早已看得差不多了，他曾告诉家人，除冬衣以外再寄些和他职业有关的书籍来，例如科学技术和造船工艺之类的书。可是目下他热衷于别的书籍，把这些暂时搁在一边。这类学术性著作类别不同，学科各异，而年轻的汉斯·卡斯托尔普对它们怀有浓厚的兴趣。这些书涉及解剖学、生理学和生物学，用好几种语言写成，有德文的、法文的和英文的。有一天，达沃斯村的书商把这些书寄到山上来，显然这是他定购的。原来有一次他乘约阿希姆打针或称体重的当儿，独个儿溜到山下的街头上去散步，趁此机会亲自悄悄地定购了这些书。约阿希姆看到表弟手里有这一类书，大惊失色。它们很贵，一般科技书都是这样。封皮和封面内侧都标有价格。约阿希姆问他，如果他真的想看这些书，为何不向顾问大夫贝伦斯去借；这一类书，贝伦斯确实有好多。可是汉斯·卡斯托尔普回答说，他宁愿自己备几本，自己的书，读起来味道不同。他还喜欢用铅笔画线，做记号。一连好几小时，约阿希姆听到表弟在房间里用纸刀裁书页时发出的响声。

这些书很重，拿起来很不方便。汉斯·卡斯托尔普躺着时，让书籍的下部边缘在胸口或胃部托住。书虽是沉甸甸的，但他毫不在乎。他的嘴半开半闭，眼睛在含义深奥的书上一页页地掠过。他身旁有一盏套灯罩的小灯，淡红色的灯光照在书上。其实电灯也不一定需要，必要时也能在明亮的月光下看书。他的脑袋跟着书本摆动，最后下巴也垂到胸前。当这位读者摆出这么一副架势时，他也许在默想什么，也许在假寐，也许在半睡半醒的状态下沉思，然后再抬头阅读下一页书。他在深入地探索，埋头读着。月亮在晶莹透明的高高的山谷上悠然循着自己的行程前进。他读到了有机物，读到了原生质的特性，读到了生成和分解之间在奇妙的飘浮中得以维持的某种敏感物质，以及它们由原虫从古代一直到今天的发展与形成过程。他怀着浓厚的兴味读到了关于生命和它那既神圣、又不纯洁的奥秘的种种细节。

生命是什么？谁也不知道。在生命形成的瞬间，它自身无疑是能意识到的，不过它也不知道自己究竟是什么。能对刺激发生反应的那种意识，即使在生命最初级的、尚未发达的阶段就已经或多或少地存在，这是毫无疑问的。不过意识过程最早出现于生命历史(不论就其整体或个别而言)中的哪一阶段，意识是否依赖神经系统而存在，我们就难以确定了。最低级的动物形态是没有神经系统的，更不用说有大脑了；可是它们对外界的刺激具有反应能力，这点谁也不敢否认。人们能麻醉生命，不仅能使形成生命的感觉器官和神经失去知觉，也能使生命本身失去知觉。人们能使植物界与动物界中每种有生命的物质的感受能力暂时消失，还可以用氯仿、水合氯醛或吗啡麻醉卵子和精虫。因此，意识本身只是构成生命物质的一种功能，这种功能高度发达时，又反过来对生命发生作用，力求探索和阐明它所形成的生命现象——这是生命对于“自我认识”的一种既充满希望、又徒劳无益的探索，是一种对自然的“自我发掘”，结果却一无所获，因为凭知识既不能洞悉自然的一切，也无法窥知生命的奥秘。

生命是什么？谁也不清楚。谁也不知道它是从哪一个自然的基点上跳跃而出，又是从哪儿点燃起来的。在这个基点以后，生命领域内什么都不是偶然发生的，或者某些现象的发生原因还没有研究清楚，但生命本来似乎是偶然发生的。如果我们想对此作一番说明，那么可以归纳成下面几句话：生命的发展形成在结构上必然是十分高级的，同它的关系甚微的任何物质，在没有生命的世界中都是不存在的。在变化多端的变形虫与脊椎动物之间，差别十分微小，在同最单纯的生命现象与自然界相比之下(对于自然界，我们称它是“死亡的”也不值得，因为它是无机的)，简直微不足道。因为死亡只是生命的逻辑上的否定，不过生命与无生命的自然界之间有一条鸿沟，任你怎样努力探索也无法跨越。人们设法用理论来弥补一番，但只是囫囵吞枣地吸收了，它的深奥莫测和博大精深之处依然无从知悉。为了能从中找到一个连锁关系，人们就提出了一个“生命物质无结构”的荒谬假设，也就是无机的有机体，它在蛋白液中自行凝固，像母液中的结晶物一样。可是有机的分化性，仍是一切生命的先决条件和表现形态。我们还没有发现任何不赖两性生殖而存在的生命。人们用打捞工具从海底深处找到了一种原生质，大喜若狂，但结果却落得一场羞辱。事实证明，他们把石膏沉淀物当作原生质了。为了不致在奇迹面前显得目瞪口呆(因为由同一物质形成的、又分解成同一物质的生命，像无机物一样也是偶然发生的，称得上是个奇迹)，人们就不得不相信无性生殖来了，也就是说，有机物是由无机物产生的，这同样是一种奇迹呀。人们就是这样不断探索下去，同时设想出一些中间阶段和过渡阶段，并且假定有一种比常人熟知的更为低级的有机物存在，不过它们作为生命的先驱者，身上也初步出现了生命的萌芽。原虫的形态，人类从来没有见到过，因为不管显微镜的倍数放得多大，也始终无法看出，而且在假设它们的存在之前，蛋白化合物的合成势必已经完成……

那么生命究竟是什么？它是一种热，是维持形体不稳定状态时产生的一种热，也就是物质发出的热，由于不断的分解与再生过程而无比复杂化，蛋白分子的结构也随着趋于无比精巧。它实际上是一种本来不可能存在的东西，是在分解与再生交替进行的有限热过程中出现的东西，含有能在生命刚形成时勉强促其保持平衡的物质。它既非物质，亦非精神，而是介于二者之间的一种东西，是一种以物质为素材的一种类似飞瀑上的彩虹和类似火焰的现象。尽管它是物质性的，它却能感知自己喜爱的是什么，嫌恶的又是什么，它是能意识到自己恬不知耻的物体，是“存在”的一种淫猥的形态。宇宙间万物贞洁娴静，而它却暗中蠢蠢欲动；它不断在吸入和分泌，鬼鬼祟祟，肉欲横流。它是一种能排出碳酸气和其他有害物质的、来源和成分不明的物体。它是某种由水分、蛋白质、盐类和脂肪组成的物质不断滋生、繁育、发展成形的，人们称这种物质为肉体；只有战胜了它的不稳定性，而且听从它内在的发展规律的支配，才有可能形成这种物质。肉体成为形态，成为崇高的形象和美，但本质上依旧体现了性感和肉欲。因为这种形式与美不是精神产生的，像诗歌和音乐作品那样；也不像雕刻的形式和美那样，由一种中性的、消耗精神的、使美的精神能以纯洁的方式诉诸官能的物质产生。不如说，它是由人们熟知的、唤起肉欲的物质产生和形成的，也就是有机物，即时而消失，时而存在的物质本身，也即散发着气味的肉体……

生命的形象在年轻的汉斯·卡斯托尔普的脑海中显现出来。在寒彻骨髓的深夜里，他的下方是晶莹闪亮的山谷，没有生命的星星在夜空熠熠发光。皮衣和毛皮使他的身体十分暖和。生命的形象在他的眼前浮现，它在空间的什么地方飘忽不定，不可捉摸，但感觉上却十分亲近。这个血肉之躯，这个乳白色的身体，呼着气，湿油油的，黏滞滞的；而皮肤呢，却天生是不干净的，到处是污垢，上面有斑点、丘疹、黄斑和裂纹，有些地方是角块和鳞皮，表面上是发育不全的茸毛，有柔美的线条和漩涡状的轮廓。它屹立于无生物世界的一片寒气中，在自己的天地内懒洋洋地冒着气，头上长满某种凉凉的、角质的、染了色的东西[①]，这是皮肤的产物；两只手叉在脖子后面，低垂着的眼睑往下看，眼睛似乎有些斜视，眼睑的皮肤带有异国情调，嘴唇半开半闭，微微翘起，迎向抬头瞧向它的汉斯，身体的重量支在一条腿上，髋骨在皮肉间明显凸起，另一条大腿松松地不使劲儿，上面的膝盖稍稍向承重的那条腿的内侧弯曲，脚的重量落在足趾上。它站在那儿，转动身子时嫣然含笑，斜靠着时千娇百媚，亮油油的胳膊肘向前叉开，四肢的结构配着苗条的身材，显得十分匀称。股内的阴影，与腋窝下散发着浓烈气味的暗影不谋而合，它们都有一个神秘的三角形。同样，眼睛同开启着的、红红的嘴儿(它由上皮细胞构成)相互呼应。纵向伸长的肚脐，与胸口上两朵红花交相辉映。在中枢器官和出自脊髓的运动神经的作用下，腹部与胸部动作起来，胸腔与腹膜之间的空腔一会儿膨胀，一会儿收缩。呼吸时，在肺内气泡中的氧气同血液中的血红素为进行体内的呼吸而结合后，吐出的气饱含着分泌物，由于气管黏膜的作用有些潮润，还有一些热气。这股气从嘴唇里吐了出来。因为汉斯·卡斯托尔普理解到，这个由血液供养全身的活生生的躯体是十分神秘地保持和谐的，全身布满了神经、静脉、动脉和毛细孔，而且渗透着淋巴液，体内则是骨骼，有充满髓质的管状骨，还有肩胛骨、椎骨和骱骨，它们都由原来支持物质中的胶状组织借石灰质和胶质固定，使躯体的重量得以维持。此外，还有关节上的被膜以及又湿又滑的窝腔、韧带和软骨；两百块以上的肌肉；用于营养、呼吸和传递刺激信号的各种中枢器官。再有保护的皮膜，充满浆液的体腔，富于分泌物的各种腺；在通过身体各个孔眼与外界沟通的复杂的内表面上，则有各种管系和裂口。他知道“自我”是一个高级的生命单元，与那些用它们整个身体表面进行呼吸、汲取营养甚至思维的简单的生物相距甚远。“自我”由无数这些细小的器官组成，它们最早出自一个本源，后来由于一再分裂而繁衍，分别适用于各种不同的职责和联络功能，然后分离，自成一体，并且铸成了一个个形态——这是它们的条

① 指头发。

件和结果。

因此，在他眼前浮现的肉体、个体和活生生的自我，是一个能呼吸、并能吸取养分的无数个个体的巨大复合物，在有机的排列和为了特殊目的而形成的组合下，各自的存在、自由和生存的独立性都显著失去，变成了解剖学中的各个要素，因而某些要素的机能仅仅限于对光、声、接触和温度的感知，另一些要素只懂得通过收缩改变它们的形状或产生消化液，另一些要素则能行使保护、支持、传送体液或生殖等各种职能，并单方面在这些部分发展。联合起来形成高级“自我”的、为数众多的有机机构，有时也出现松弛现象。例如在某些场合下，许多附属的个体只是不很紧凑地、可疑地组成了一个较高级的生命单元。年轻的学者埋头研究细胞群体现象：他读起有关“准有机体”海藻方面的书籍来。海藻的各个细胞只是由一层胶状物包住，细胞相互之间往往相距很远，照理算得上是一种多细胞形成物，不过人家问起你来，你也不知如何回答才好：不知把它看作单细胞的群体好呢，还是看成是统一的个体，因而在定名词究竟选用“我”还是“我们”，就会意外地令人犹疑不决。这里，自然界在形成高级“自我”的组织与器官之无数原始个体的高级社会统一体以及原始个体的自由个体生存之间，有一个中间阶段：多细胞有机体只是生命演变、代代繁殖的循环过程的一种现象。受胎行为，两个细胞体的性的融合，在每一多细胞个体开始构成时即已存在。单细胞原始生物在每一世代初也同样存在，而且一再出现。这一行为在好几个世代里持续不衰，不必再借一而再、再而三的分裂而繁殖，直到无性生殖所产生的后代重新又行使两性职能，使这一循环结束时为止。这是由两个双亲细胞的细胞核结合而产生的、多细胞个体的生命国家，是无性生殖形成的、细胞个体几世代来共同生活的结果。它的生长就是它的繁殖；当生殖细胞、特别是专为传宗接代而发达起来的一些要素在体内形成，并且找到一条通往刷新生命的道路时，生殖循环就完结了。

这个雄心勃勃的小伙子把一卷胚胎学放在心窝上，研究有机体的成长发展过程。他从卵子受精的瞬间研究起：在许多精虫中，有一个精虫冲在前面，向前推进时尾部发生颤毛运动，顶部的尖端撞向卵子的胶质膜皮，钻进了受胎丘，当精子接近时，卵细胞外侧的原生质使受胎丘弯成拱形。自然界不爱对这一固定的过程有所改变，看来也没有什么荒唐可笑的地方。在某一些动物身上，雄的寄生在雌的肠里，而还有一些动物，雄的通过雌的口腔把精虫的小臂伸到里面，在那儿播下种子，下种后小臂被咬断，又被吐了出来，它就只剩下几只指头独自游开，这使科学界大惑不解。科学家很久以来就对这种动物起了一些希腊文和拉丁文的学名，硬把它说成是一种独立的动物。汉斯·卡斯托尔普也读了有关卵源论者和精虫论者两派论争的文章。一派的意见认为，卵子本身就能形成一只完整的小蛙，或者狗和人之类，精子只能促进它的生长；另一派的意见却以为精虫有头有臂，也有双腿，是未来生物的萌芽，卵子只充作它的培养基而已。最后两派的意见统一起来：不论卵细胞还是精细胞，都是由原来并没有什么区别的生殖细胞形成的，它们的功绩应当相同。

汉斯·卡斯托尔普在书中读到了受精卵的单细胞有机体为何变成多细胞有机体，读到了细胞体是如何附和在黏膜叶上的，又如何陷入胚胞里，形成杯状物的空腔，并在这个空腔里开始吸取营养和进行消化活动。这就叫肠蛹，原始动物，或者叫“原肠胚”，是所有动物的基本形态，也是具有肉体美的各种生物的基本形态。它的内外表皮层，亦即外胚层和内胚层，都不外是一些原始器官，在这些器官陷入和翻出的地方，形成了各个腺、组织、感觉器官以及身体的突起部分。外面的胚层有一条地方增厚，皱折成沟槽状，闭合处形成神经管，成为脊柱和脑子。当胎膜黏液凝固时变成纤维状结缔组织和软骨，胶质细胞中开始产生的是胶质而不是黏蛋白时，汉斯在某些地方也看到了结缔组织细胞从清洗的浆液中吸取了石灰盐和脂肪，并且骨化。人类的胎儿在母胎内盘起身子，尾部朝上，同母猪胎中的猪仔毫无区别，腹茎很长，四肢残缺而尚未成形，不伦不类的脸儿伏在胀起的肚子上。胎儿的成长过程，似乎是一门直率而阴郁的科学，像匆匆地复述动物发生史。有一个短时期，胎儿的腮囊像蟑螂一样。从胎儿经历的各个发展阶段中，似乎可以（或者有必要）想见原始时代人类已趋成熟时的一点儿风貌。他的皮肤上配备痉挛性肌肉，以防虫咬，而且长有密密茸茸的汗毛，嗅觉黏膜面积非常大，两耳凸出，能够活动，对面部表情起着举足轻重的作用，辨声能力也比现代人类的耳朵强些。那时，人类的眼睛用垂下的第三眼睑保护，位于头部侧面，只有第三眼睑除外，基迹则是松果腺，有了这种腺，就可以自由自在地向上空察看。原始人的肠道很长，还有很多臼齿，喉头有“声囊”，呐喊起来比较方便，男性生殖腺则在腹腔内。

读了解剖学后，人体四肢赤裸裸地呈现在我们这位研究人员面前。这书在他眼前，展示出人类表面的和内部深处的各种肌肉以及腱和韧带，有腿上的，脚上的，特别是胳膊上的，包括上臂和下臂。他从书中学到了许多拉丁文学名；反映人文精神的医学赋予它们许多典雅动听的名称，以示区别。他深入一步研究骨骼。它的形成使他打开了眼界，从这里可以看到人身是一个统一的整体，各门学科都是息息相关的。这里，他很奇怪地联想起自己的（或者不如说是过去的）专业来，也就是自己从事的那门科学；关于这门科学的属性，他上山后遇到克罗科夫斯基大夫和塞塔姆布里尼先生时就已经向他们作过介绍。为了能学到些东西——至于究竟是些什么，他是无所谓的——他在专科学校里曾读过一鳞半爪的一些静力学，有可挠性的支柱，负载，以及教导人们如何有效地使用机械材料的结构学。如果我们认为“工程学——机械学”法则能适用于有机自然界，那未免太幼稚了，同样我们也没有充分的根据说，这种法则是从有机自然界导出的，它只是自然的重复和证实而已。中空圆筒的原理，在长形的管状骨的结构上体现出来，同静力学中对于固体结构精确度的最低要求恰好符合。过去汉斯·卡斯托尔普在书中读到，凡是符合张力和压力要求的任何物体，只要它是由机械上能使用的材料，例如横木或薄板构成的，就能像同一材料制成的大梁那样承载负荷。在形成管状骨时也是这样：随着它表面上的固体物质逐步形成，内部力学上不必要的中心部分就变成脂肪组织，也就是黄色的骨髓。大腿骨好比起重机，在设计时，有机的自然界按照各条骨材的配置方向分毫不差地绘出同样的张力曲线和压力曲线，过去汉斯·卡斯托尔普也这样精密地绘制过同样用途的器械。他一想到这点就满怀高兴，因为他感到自己对股骨或一般的有机自然界存在着三种关系：一是抒情式的，二是医学上的，三是技术性的。一想到这些，他就十分兴奋，他发现这三种关系都毫无二致地富于人性，三者都是人们所迫切关心的，实质上只是一种事物的不同形态而已。它们都是人文主义的学科……

尽管如此，原生质的作用还依然无法解释。生命似乎不允许自己把这个谜儿揭开。人们对大部分生物化学现象不但蒙昧无知，而且按其性质来说，人们也避而不敢去认清它们。对于名叫“细胞”的生命单位，人们对它的结构和成分还几乎一无所知。在这种情况下，对没有生命的肌肉，又何必去阐明它的成分呢？活生生的东西，通过化学途径也无法检查出来。死后身体僵直引起的各种变化，足以说明所有的实验都没有什么意义。谁也不了解新陈代谢，谁也不了解神经功能的实质。辨味体凭什么特性辨味？某些知觉神经由于香料而激起各种兴奋状态，原因究竟何在？嗅觉的性质又到底是什么？动物和人体之所以具有特殊的气味，是因为某些不知名的物质在蒸发。人们对称之为汗的分泌物，在成分方面还不很清楚。分泌汗液的各种腺会产生香料，这点对哺乳动物来说无疑起着很大的作用，但对人类的意义目前还无法阐明。另外，身体上有许多部分显然极其重要，但我们对它们的生理意义目前仍茫无所知。盲肠当然不用说了，它一直是个谜；可是在兔子的盲肠里却经常充满一种粥状物质，至于这种物质怎样重新排出或补充新的，我们一点也说不上来。此外，脑髓中白色和灰色的物质是什么？与视觉神经相通的神经床是什么？“脑桥”中灰色沉淀物又是什么？脑髓和脊髓中的物质很容易分解，要查明它们的结构看来是永无希望的。睡熟时，是什么使大脑皮质停止活动？是什么使胃的自行消化能力受到障碍，例如死亡以后往往会出现这种现象？人们会回答说，这是生命；这是由于有生命的原生质具有一种特殊的抵抗力——不过这种解释令人神秘莫测，对事实的真相似乎视而不见。对于像发烧那样日常的生活现象，理论方面也是矛盾百出。新陈代谢亢进的结果使热量增高，可是热的消耗量为什么不能像别的场合一样相应地增高作为补偿呢？发汗减少的原因，是不是由于皮肤收缩？只有在发热时伴有发冷的病例下才出现这种现象，否则发热时皮肤总是火辣辣的。“寒热”这个词儿，根子在于中枢神经系统分解代谢旺盛，而皮肤也出现了某种可足以称之为“反常”的情况，因为我们不知道怎样确切定义才好。

尽管人们对于这一切显得愚昧无知，可是拿这一点同人们在记忆现象面前或人们称之为“获得形质的遗传”的更为广泛、更加惊人的记忆现象面前大惑不解相比，又算得上什么呢？对于细胞物质的这种性能，即使作一鳞半爪的机械性的说明也全然无能为力。精虫能将父亲无数的复杂的种族形质和个人形质传递给卵子，可是只有在显微镜下才能看到它；哪怕在倍数最大的显微镜下，它所展示的也不过是一种均质体，而且也无法判明它的来源，因为各种动物的精子在显微镜下看去都是相同的。从精虫的组织状况中使我们不得不作出这样的假设：细胞的性状同它构成的高级有机体并无二致，它本身已经是一种高级有机物，也是由有生命的分裂物体和各个生命单元组成。这样人们从所谓最小的单位过渡到更小的单位，而且迫不得已地把原始的物体进一步分解成更原始的物体。毫无疑问，正如动物王国由各色各样的动物组成，而动物和人类的有机体则由许多细胞种族的整个动物王国构成一样，细胞有机体也是由一个新而繁复的原始生命单元的动物王国组成，它的大小远在显微镜可见范围以下，它按照生物仅能同种相传的法则自行生长，也自行繁殖，并且根据分工的原则，为发展到下一个更高的生命阶段各尽所能。

这就是基因、原生子和生源体。汉斯·卡斯托尔普能在寒夜熟悉这些名词，心里很高兴。不过他在兴味正浓的当儿又问起自己来：书中的记述虽然十分详细，但它们的原始性质究竟是怎样确定的呢？既然它们有生命，它们应当是有机物，因为生命是依赖有机组织的。但如果它们是有机体，那么就不可能是原始的，因为有机体不是单体，而是复合物。它们是有机地构成细胞的生命单元以下的生命单元。要是它们真是这样，那么不管它们小得难以想象，它们必然是自行“形成”的，而且是作为生命单元有机地形成的；因为“生命单元”这一概念，与较微小的、从属性物质（这里指的是与较高级的生命形式有关的生命单元）组成的结构概念相同。只要分解的结果能产生具有生命特性（亦即同化、生长与繁殖能力)的有机单元，就不受什么限制。只要人们口口声声地谈什么"生命单元"，"原始单元"的提法也就说不上名正言顺了，因为生命单元的概念无限大地包含了从属的构成单元，世界上并不存在什么原始生命之类，也就是说并不存在既是生命、又属原始性质一类的东西。

不过，尽管它从逻辑角度上并不存在，它毕竟还是某种现实的东西，因为原始生殖(也就是从"非生命"中形成生命)的概念是不能排斥的。对于生命与非生命之间存在的一条鸿沟，人们在外部的自然界中是无法加以弥合的；必须按某种方式在有机自然内部加以填补或跨接。分裂迟早会导致"各个单元"的出现，它们即使是复合的，但尚无组织形态。在生命与无生命之间存在一群分子，是生命与单纯的化学之间的一种过渡。不过在到达分子以后，人们又临近了另一个深渊，它的开口处比有机自然和无机自然之间更加神秘莫测得多：也就是说接近物质和非物质之间的深渊。因为分子是由原子组成的，而原子的体积，连小得异乎寻常也称不上。它这么小，是这么一种极其微小、出现得这么早而又是过渡性块状物，在能量方面还谈不上是一种物质，但与物质相似，我们还不能把它看成是一种实质性的东西，而是介乎物质与非物质之间的一种中间物和边缘物。这里又出现了另外一个比有机物的偶然发生远为神秘而荒诞不经的原始生殖问题：这就是物质出自非物质的原始生殖问题。实际上，物质与非物质之间的鸿沟也同样迫切地需要填补，而且在程度上比有机的自然界和无机的自然界之间的更加迫切。非物质性的东西必然有一种化学机理，非实质性的东西必然有一种混合物，物质性的东西就是由此产生的，正如有机物从无机化合物产生的那样。原子可能代表物质的原虫类和单虫类——按其性质是物质，但又不完全是物质。不过要达到"不能再小"的程度是规范所不许可的；"不能再小"和"大得惊人"的意义差不了多少，而要把原子探索到这一地步简直难乎其难，这点并不言过其实。因为在物质最后分解和细分时，天体宇宙突然展现在我们的眼前了!

原子是一个满载能量的宇宙系统，那里，天体环绕太阳那样的中心不停地旋转，而彗星则超过太空以光年的速度飞驰，中心体的引力迫使它滞留在自己的偏心轨道中。如果人们称多细胞生命的身体为“细胞国家”，那么充其量只是一个比喻而已。按照社会劳动分工建立起来的城市和国家，不但可与有机体生命相比拟，而且是复现了生命的全过程。同样，宏观宇宙中的许多星星，也在自然界深处像一面面镜子那样清晰地复现出来，它们高高悬在寒气凛冽、闪闪发光的山谷上空，有的三五成群，有的组成了一个个集团，星星的群象在月光下显得苍白暗淡，而我们这位全身裹起冬装的研究者就这样披星戴月地坐着。下面一种设想是不是太大胆了些，那就是：原子在太阳系统中的某些星球——构成物质的无数太阳系统和银河——也就是宇宙内的某些天体，是否像地球一样可能成为生命的居住之所？对于这个皮肤情况有些“反常”，在“暧昧勾当”这一领域内还缺乏任何经验的醉态朦胧的年轻研究者来说，上面这些只是一些冥想，不过这些冥想不但毫无荒谬之处，而且十分明确，宛如赫然呈现在他的眼前，同时富有逻辑的真实性。如果有人说内部世界的天体“微小”，那么这种谴责未免失之偏颇，并无事实根据，因为当人们发现了“最小”微粒的所谓“宇宙性质”以后，“大”与“小”的规范已不复存在，而“外部”与“内部”的概念也同样站不住脚了。原子世界是属于外部的，而我们所住的那个地球从有机角度看，很可能属于“深入的”内部。以前，一个研究人员对于“银河动物”不是说过一番大胆而富于幻想的话吗？他说银河动物是宇宙的怪物，它们的肉、骨和脑髓都是太阳系构成的。汉斯·卡斯托尔普想：如果真是这样，那么在一个人自以为已到达终点的瞬间，一切又会从头开始！他，年轻的汉斯·卡斯托尔普本人，就这样不住地发掘自己内心的奥秘，一次，一百次；他，衣服裹得暖暖的，躺在阳台上眺望寒夜月色皎洁的高山深谷，而且出于对人文主义和医学的关心，顾不上指头发僵，脸孔发烫，研究起人体和生命来！

他拿起一本病理解剖学，在台灯红色光线的斜照下仔细研究起它的内容来。书里还有许多插图。他读到寄生性细胞合体的传染性肿瘤的实质。书中读到了异种细胞侵入有机体时造成的组织形态，这种组织形态特别肥大，而有机体却易于受到它的感染，并以任何方式(应当说，以某种漫无限制的方式)为它的繁殖提供有利的条件。这倒并不是因为寄生物从周围组织中吸取营养，而是像任何细胞进行新陈代谢一样，它产生对宿主的细胞具有强烈毒性的有机化合物；无可否认地，这种毒性是毁灭性的。人们懂得如何将这种毒素从一些显微镜组织中游离出来，并且以浓缩形态显示出来。此外又令人惊异地发现：凡单纯属于蛋白质化合物的这些物质，哪怕剂量很小，一旦注入动物体内后就会产生极其危险的中毒症状，引起破坏。这种腐蚀作用的外部特征就是组织肿大，病理上就称为肿瘤，换句话说，它对寄生于其间的细菌所造成的刺激引起反应。这时就形成粟粒大小的结节，它们由黏膜组织状的细胞构成，细菌就寄生在它们之间或它们内部，某些细菌内原生质极多，体积很大，而且有许多核。可是好景不长，它们不久就破灭了。这时，巨型细胞的核开始萎缩、崩解，它们的原生质由于凝固而解体，而周围的其他组织也受到外界刺激的影响。于是炎症过程扩大了，邻近的组织也受到波及。白血球纷纷移动，向有病的部位麇集，崩解继续发生；这时，可溶性细菌毒质早已对神经系统起麻醉作用，机体处于高温状态，也就是说呼吸急促，胸口起伏不停，踉踉跄跄走向解体。

这就是病理学，也就是关于疾病的学问，关于研究肉体痛苦加深的学问；可是在肉体加深的同时，欲念也加深了。疾病是生命的放荡不羁的一种形态。那么生命本身呢？也许它只是物质的一种传染性疾病吧？人们称为物质的自然发生的那种现象，也许只是一种疾病，一种非物质的、内刺激引起的病态增长物吧？走向邪恶、情欲和死亡的第一步，无疑是在这样的时刻开始的——那时由于受到某种渗透物(人们尚不知道它究竟是什么)的刺激，精神上初次出现密集度加深现象，组织上也发生病理性的肥大，它一半是愉快的，一半是苦恼的；它是物质的最初阶段，是“非物质”到“物质”的一种过渡。它就是所谓“下凡”。第二个自然发生，也就是从无机物生成有机物，只是肉体过渡到意识的一种亢进，正如机体的疾病是肉体的一种失调和不受约束的亢进一样。再往前跨一步，生命就踏上精神变得不光彩的险象环生的道路上，剩下的，只是能唤起感官的、物质对于羞耻的反应能力，这种物质对唤起感官的因素是颇有接受能力的……

这些书一本本地堆集在放台灯的小桌上，有一本已掉在地上，正落在卧椅旁的、铺在凉廊的苇席上，而汉斯·卡斯托尔普最近读的那本书，却搁在他的胃部，沉甸甸地压得他透不过气来。可是他的大脑皮质不能把命令传达到有关肌肉，他舍不得把书放开。他已一口气读完这一页，他的下巴垂到胸口，眼皮已在他那天真无邪的蓝眼睛上闭住了。他看到了生命的图像，看到了它的鲜花般美艳的四肢和承载肉体的那种美。她已从脖子后面伸出手来，也伸出了张开的手臂。在手臂的内侧，特别在胳膊肘关节的柔嫩的皮肤下面，血管和两条大大的静脉清晰可见，颜色是蓝幽幽的。这两只手臂娇美得难以形容。她俯身向他凑近，弯下身子朝他看；他闻到了她有机体发出的清香，感受到她心尖的搏动。他的脖子周围有一种温暖而柔和的感觉，他出于欲念和恐惧，把双手搁在她上臂的皮肉上，在那儿，她那三头肌过分紧张的、有一颗颗细粒的皮肤凉得令人销魂。这时，他感到自己的嘴唇吸到她润湿的亲吻。

死神的舞蹈

圣诞节后没多久，那位骑手先生就去世了……圣诞节正好在他去世之前降临人间，这个节日共有两天，要是把圣诞夜计算在内，总共有三天之多。汉斯·卡斯托尔普怀着恐惧和翘首企盼的心情等待这个节日的到来，心里在琢磨山上的人们究竟是怎样过节的。结果，他发觉这些日子的早晨、中午和晚间仍旧和往日一样，平淡无奇，只是气候有些异常——冰雪融化了。从外表看，人们对规定的这几天节日稍稍作过一番装饰与点缀，而实际上，节日在人们的头脑里和心里也无形中起过一些支配作用，然后在人们心里只残留着一些“节日毕竟与平日不同”的印象，渐渐地成为过去的陈迹……

顾问大夫有一个名叫克努特的儿子前来度假，和他的父亲一起住在边房里。他是一个年轻漂亮的小伙子，只是他的颈椎骨有些凸出。人们都感到年轻的贝伦斯似乎近在身边；女人们看到他总是嘻嘻哈哈笑个不停，而且在他面前很爱打扮，还要吵吵嚷嚷地惺惺作态。她们口口声声说在花园里、树林里或疗养室碰上了他。他本人也接待一批客人：有几位大学里的同学到山谷上来，总共有六七个学生，他们住在村落里，但与顾问大夫同桌而餐，他们结成一伙，跟别的大学校友在疗养院里逛来逛去。汉斯·卡斯托尔普避而不愿见到他们。他对这些年轻人敬而远之，必要时，他总和约阿希姆一起避开他们，不爱见他们的面。山上的人，同这些哼着歌曲、挥动手杖、逍遥地荡来荡去的小伙子隔阂很深，汉斯不愿听到、也不愿知道他们的任何情况。此外，他们大多数好像都是北方人，其中很可能有汉斯的同乡。汉斯·卡斯托尔普很怕见到同乡人，他经常怏怏不乐地在思忖，会不会在山庄疗养院里遇到什么汉堡人，尤其贝伦斯曾经说过，这个城市里经常有许多人上山疗养。也许有的人是重病号或奄奄一息的人，人们无法见到。能见到的，只是一个两颊深陷的商人，据说他来自古赫哈文，两星期来一直和伊尔蒂斯太太同桌。汉斯·卡斯托尔普见到他后，知道山上的病人除了自己餐桌外从不轻易同其他餐桌上的人接触，而且他本乡乡土的范围十分广袤，心里很高兴。他本来很担心会有其他汉堡同乡上山来，现在看到这个商人在山上丝毫不惹人注目，心中宽慰不少。

就这样，圣诞夜一天天逼近，终于有一天它降临了，而第二天就是圣诞节……当山上的人们第一次谈到圣诞节时，汉斯·卡斯托尔普十分惊奇，那还是整整六星期以前的事。按照他原先的估计，他在山上也得待上这么长一段时间，卧床时间也一起算在里面。尽管如此，六星期光阴在汉斯·卡斯托尔普的回忆中似乎是一段很长的时间，特别是前半阶段，而后半阶段就显得无足轻重，几乎算不了什么。现在他觉得餐厅里的人们对时间掉以轻心是很有道理的。六星期，这时间可不像每星期七天那么多；当你进一步考虑到从星期一到星期日又从星期日回到星期一只是一个短时间的循环，那么一星期又算得了什么呢。人们经常要问下一个较小的时间单位的价值和意义如何，目的是为了要理解：即使把这些时间加在一起，也没有多大结果，它的效果，只不过是同时大大缩短，变得模糊不清，以致萎缩和消失。一天的日子，如果从人们用午膳的瞬间算起一直到二十四小时以后重新用午膳的时间为止，又算得什么？实际上什么也没有，只是二十四小时的光阴而已。那么一小时又是什么呢，如果这一小时是在卧疗、散步或用膳中（这是人们尽量消耗时间单元的方式）消磨掉的话？仍旧什么也没有。可是把这些“一无所有”总括起来，按其性质来说也没有多大了不起。只有在时间的最小单位面前，这件事才显得了不起，那就是每日七次的七十秒钟时间——在这段时间内，人们将体温表噙在两片嘴唇之间，以便将温度曲线继续记录下来。这些时间倒是富于生命力的，而且十分重要。它们扩展到小小的永恒，时间的长河像影子般的流逝，它们在这上面形成了十分坚实的多层结构……

这个节日，对于山庄疗养院里人们的生活规律几乎没有什么干扰。早在几天之前，在餐厅右面下等俄国人餐桌边一个狭小的角落里，已放起了一株枝繁叶茂的枞树，它的香味，有时透过一道道丰盛的菜肴上散发的热气，一直传到就餐的人们那儿，餐厅中七桌中的某些人闻到这股香气后，眼神中流露出某种忧思的神情。十二月二十四日晚餐时，枞树已装点得五光十色，上面有锡纸箔窄条，玻璃珠镀金的枞果，悬在网里的小苹果以及各式各样的糖果，在晚餐期间和晚餐以后，彩色蜡烛一直在树上燃得亮亮的。即使在那些所谓“卧床不起”的病人的房间里，小树上也灿烂放光；每人房间里都有一株小小的枞树。在圣诞的前几天，邮包纷至沓来，约阿希姆·齐姆森和汉斯·卡斯托尔普也收到一些从遥远的家里寄来的包裹。这些礼物都包扎得很细心周到。他们在房里把礼物摊开来：有意味深长的衬衫、领带，有皮制或镍制的奢侈品，还有许多节日糕点，以及坚果、苹果和杏仁糖果之类。表兄弟用犹疑的眼光细细看着这些贮备物资，一面自问在山上究竟何时才能享用。汉斯·卡斯托尔普知道，是夏雷恩把包裹寄给他的，是他同舅舅们商量好后，把这些礼物采办好后寄给他的。吉姆斯·蒂恩纳佩尔的一封信就近在身边，是厚厚的一叠私人信件，不过是打字的。舅父代表舅公和本人向汉斯致以节日的问候，并祝他早日康复，同时也出于礼仪预祝他下一年的新年能过得愉快。汉斯·卡斯托尔普也不失时机地为蒂恩纳佩尔参议写好节日的贺信，另外还附上一张病情报告单。

餐厅里的圣诞树灯火通明，发出劈劈啪啪的响声，还散发出阵阵香气——这些都在人们的头脑里和心里唤起对节日的思念。病人们梳妆打扮：男人穿起社交时的礼服，女人身上装点起饰物来，这些饰物也许是亲爱的丈夫从山下某个国家寄来的。肖夏太太本来穿的是当地流行的羊毛衫，现在却换上了一件沙龙式的十分花哨的衣服，显得大胆泼辣，也可以说带有民族风格。这是一件浅色的、用刺绣绣成的衣服，束有腰带，衣服上镂有细细的金丝，颇有俄国农家女子或巴尔干女人的风味，说不定也有几分像保加利亚人。衣服上的皱裥雅致大方，使肖夏太太显得异常丰满妖媚，以前塞塔姆布里尼总爱说她有一副“鞑靼人的脸相”，特别说她有一对“草原狼的眼睛”，现在看来确实十分恰当。在上等俄国人的餐桌上，人们兴致勃勃，起先只在那边桌子上乒乒乓乓地响起喝香槟酒的声音，后来别的餐桌上也几乎都喝了起来。在表兄弟那张餐桌上，是那位大伯母为她的侄女和玛鲁莎斟酒，后来她又替每个人斟酒。菜肴是精选的，最后两道点心是乳饼和糖果，再佐以咖啡和利口酒。有时，枞树的一根树枝会突然熊熊燃烧起来，人们得花一番力气把它扑灭，于是大家慌作一团，尖声怪叫。

节日的晚餐行将结束时，塞塔姆布里尼走来在表兄弟的餐桌的一角坐了一会儿。他穿的衣服和平时一模一样，嘴里叼着一根牙签。他对斯特尔夫人冷嘲热讽，后来又絮絮叨叨地说起木匠的儿子和人类的法师[①]来，说人们今天正在幻想中庆祝他的生日。他说耶稣这个人究竟是否存在，谁也说不准。不过他那个时代诞生了一种思想，也开辟了一个胜利的航程，这种航程一直绵延到今天，从不间断——那就是每一个人在精神上都应当保持尊严，而且一律平等；一句话，应当有个人民主。人们给他斟了一杯酒，他说正是鉴于基督教这种思想才干杯的。斯特尔夫人认为他的话“模棱两可，缺乏情感”，站起身来表示抗议。这时其他餐

① 此处指耶稣。

桌的人都开始走向客厅，因此斯特尔夫人桌上的人也跟她一起离席。

这天晚上，病人为顾问大夫赠送礼品，因而晚上的聚会显得热闹隆重，生气勃勃。顾问大夫带着儿子克努特和米伦东克小姐一起参加半小时的聚会。送礼仪式在那间陈设着光学娱乐用品的客厅里举行。俄国人送的礼物是一只又圆又大的银盆，中央刻有受礼人姓名的花押字，这种礼物显然是不合用的。其他病人送给他一把长长的卧椅，虽然椅子上既没有套子，也没有垫子，只用一块布遮盖起来，但至少可以躺下来休息，椅子枕头的地方可以调节，贝伦斯躺着试一下感到十分舒适，于是他胳膊下夹着这只无用的银盘，伸手伸脚地仰面躺下身来，而且闭上眼睛，像木锯那样打起呼噜来，他那副模样，真像法夫尼尔[①]怀着宝物似的。大伙都兴高采烈，连肖夏太太看到这副姿态也笑得前仰后合，眼睛眯成一条缝，嘴巴张得大大的。汉斯·卡斯托尔普看出，肖夏太太笑的时候，不论眼睛和嘴，竟和普里比斯拉夫·希佩笑时一般无二。

院长一走，病人们就坐在牌桌边玩起牌来，一些俄国人仍像往常一样，麇集在小客厅里。有些病人则仍在大厅的圣诞树旁站成一圈，眼看一支支蜡烛在小小的金属器皿里渐渐熄灭，同时一小块、一小块地品尝着悬在树上的糖食。在已经为翌晨第一次早膳作好布置的一些餐桌旁，零零落落地坐着一些病人，彼此相隔的距离都很远，他们两手托着脑袋，各自在沉思默想。

圣诞节第一天，天气潮湿，雾气沉沉。贝伦斯说，疗养院里人们实际上坐在云层里，因为山上没有什么雾。不过云也好，雾也好，人们好歹感到一阵湿气。积雪的表面开始融化，形成一个个孔隙，雪水又黏又滑。在卧疗时，人们的脸和两手都冻僵了，比晴朗的严寒天气更加难受。

这天晚上举行了一次音乐会，为节日增添了不少声色。这是一次地地道道的音乐会，山庄疗养院的管理部门为病人特地印发了节目单，还准备好一排排坐椅。这是一次歌唱晚会，由定居在当地并且在当地授课

---

① 法夫尼尔是北欧著名传说《尼伯龙根之歌》中守住宝物的一条龙。

的一位职业歌唱家主唱。她穿着一身舞台礼服，领口下侧挂着两枚奖章。她的手臂细得像两条手杖，嗓音单调平板，别有风味。歌声在她居住的高地上回荡，情调十分忧伤。她唱道：

我的情思，
随着歌声飘荡。

伴奏的钢琴家也是当地人。肖夏太太坐在第一排，但她利用休息时间溜了出去，因而汉斯 · 卡斯托尔普从这个时候起可以静下心来倾听音乐（它毕竟是货真价实的音乐），一面还可以在歌唱时看看印在节目单上的歌词内容。塞塔姆布里尼先生在他身边坐了一会儿，对这位本地歌唱家瓮声瓮气的“美声”[①]发表了一些灵活的、不着边际的评论，还讽刺地对这次晚会感到满意，说今晚在此感到十分亲切，说完这些话也就悄然走了。说句老实话，汉斯 · 卡斯托尔普在这两个人走后（一个是细眼娘儿，一个是道学先生），心头倒感到十分轻松，这样可以自由自在地专心听歌。他觉得高兴的是：在全世界，甚至在某些特殊环境下，人们到处可以听到音乐声，甚至到南北极探险时也可以听到。

圣诞节第二天，人们感到与平时稍稍有些两样，与平时的星期日及每星期的其他日子有所区别。这一天就这样过去了，圣诞节也就这样成为陈迹。如果说圣诞节过了一年又会在遥远的未来降临，也同样正确。到那个时间只要十二个月，又会周而复始——比汉斯 · 卡斯托尔普在这里已消磨的只多七个月。

这一年的圣诞节过后不多几天，新年还不到，绅士风度的骑手就去世了。这对表兄弟是从阿尔弗蕾达 · 席尔特克内希特（也叫贝尔塔小姐）那儿获悉的，她是可怜的弗利茨 · 洛特拜因的护理人。她在走廊里遇见了他们，用谨慎的口吻把这件事说了出来。汉斯 · 卡斯托尔普对此深表同情，部分是因为这位绅士风度的骑手发出的、象征生命之火即将熄灭

---

① Bel Canto，意大利文，是一种以发声洪亮圆润为特点的歌唱风格。

的咳嗽声，是他上山时最初印象之一(在他看来，正是由于这种印象，使他脸上泛起了红潮，以后这种红潮也一点不肯褪去)，一部分是道义方面的原因，也可说是精神方面的原因。汉斯缠住约阿希姆要他同这位女执事谈很长时间，她对此津津乐道。她说，这位绅士风度的骑手能活过圣诞节，真是一件奇迹。他早已表现出自己是一个英勇顽强的骑士，他临终前是靠什么呼吸的，很少有人理解。好多天来，他自然只靠吸取大量氧气苟延残喘，光是昨天就吸了四十瓶，每瓶六法郎。这得花一大笔钱，这位骑手先生自己也算得出。你们倒想一想，他去世后，他的太太连一个子儿也没有了，他就是在太太的怀抱中同她诀别的。约阿希姆不赞成花去这么大的一笔开支。既然他已病入膏肓，干吗还要叫他受苦，花了这么多钱有意拖日子？病人糊里糊涂地消耗了宝贵的氧气，不该受到什么责备，因为这是院方硬要他吸的。反之，疗养院管理部门考虑这个问题时应当理智些，应当看老天爷面上让他自顾自走那条不可避免的路，经济条件姑且撇开不谈；如果考虑到经济条件，那就更不该这样了。不过活人自然也有他们的权利以及诸如此类的东西。汉斯·卡斯托尔普强烈反对这种说法。他表哥的说法同塞塔姆布里尼的几乎一模一样，对病痛毫无恻隐之心。那位绅士风度的骑手终于死了，别打趣了吧，再要对他表示关切也来不及了，而对死者表示关心和尊敬，乃是理所当然的事——汉斯·卡斯托尔普坚持这样的观点。他只希望贝伦斯在这位骑士临终前没有大声呵责他，毫无礼仪地辱骂他。席尔特克内希特小姐说，连辱骂也没有机会。这位有绅士风度的骑手只作了一次小小的、不经过考虑的垂死挣扎，想从床上跳出来，不过只消稍稍暗示他一下，告诉他这种打算完全是徒劳无益的，就足以使他永远打消这个念头。

汉斯·卡斯托尔普亲眼去看这位死者。按照院规，院方对病人的死亡是保守秘密的，但汉斯藐视这种规章，硬是去看，因为他认为院里对病人封锁消息，什么也不让知道，什么也不让看到和听到，是一种自私的做法，他偏偏不把这种院规放在眼里，还要采取实际行动对抗。他在餐桌上曾试图和别人谈谈死者的情况，但别人一听到这个话题，就异口同声地责备他别说了，口气十分固执强硬，使他又羞又怒。斯特尔夫人甚至发起火来。她问汉斯，你居然说出这类话来，心里存的是什么主意？你这人受的究竟是怎么样的家庭教育？院规对这种事严格保守秘密，不让病人知道这种事，现在居然有一个毛头小伙子公然对此高谈阔论，这还了得？何况又是在端出烤肉的时候，在布卢门科尔博士在场的时候说这番话的，他每天都可能遭到不幸，赶上这位骑手的。（后面这句话，她是悄声地说的。）如果这出悲剧真的重演了，她可要控诉哩。这样反而促使这位受责备的青年人作出这样一个决定，而且表示了这样的愿望：他要亲自去看看这位已长辞人间的病友，在他的床边致最后的默哀和敬意。他劝说约阿希姆和他采取一致行动。

通过阿尔弗蕾达小姐的介绍，他们终于来到死者的房间。房间在二楼，正好在他们病房的下面。那位寡妇接待了他们。她是一个瘦小、蓬首垢面的金发女人，由于经常守夜而憔悴不堪。她的嘴前捂着一块手绢，鼻子红通通的，穿的是一件厚厚的方格呢大衣，领子高高翻起，因为室内很冷。暖气已关掉了，通往阳台的大门敞开着。两个年轻人悄声说了一些他们认为该说的话，于是女人伤心地挥一挥手，陪他们穿过房间，来到床前。他们毕恭毕敬地踮起脚尖向前挪动步子，站在死者的床前细细观看。两人的姿态各有千秋：约阿希姆仍不失原有的军人风度，两脚立正，半弯着身子致哀；汉斯·卡斯托尔普却懒懒散散，垂头丧气，两手叉在胸前，脑袋歪向一边，神态同往常听音乐时相仿。这位绅士风度的骑手，头部高高枕起，两只脚在棉被底下显得高了些，因而身体看去格外扁平，几乎像一块木板似的。他的身体在结构上是细长的，是生命一系列复杂的生殖循环的产物。在他的膝盖上放有一只花圈，凸出在花圈上的棕榈树枝触到他那黄苍苍的、瘦骨嶙峋的大手上，两只大手交叉在一起，放在凹陷的胸口上。他的脸也是蜡黄的，十分消瘦，光秃秃的头顶，鹰爪鼻，高高凸起的颧骨，一丛浓密的、茶褐色的胡子——由于胡子十分浓密，就显得他那灰沉沉的脸颊陷得更深了。眼睛闭着，闭得紧紧的，有些不大自然；汉斯·卡斯托尔普一定在想，它们不是闭着，而是人为地盖上去的。人们称这种做法是最后的一次行善，尽管这种好事宁愿做在活人身上，而不要替死人做。同时，这件事必须干得及时，病人一死就马上做去，因为一当肌肉内形成肌浆球蛋白，眼皮再也合不上了，病人就会瞪着眼睛躺在那儿，令人有一种意味深长的“假寐”之感。

汉斯·卡斯托尔普站在死者床边，对死人的事显得颇有经验，十分内行，但态度十分严肃虔敬。“他似乎在打瞌睡呢，”他出于人道精神说，虽然“人道”两个字还远远谈不上。于是他机灵地压低了嗓音，同那位绅士风度的骑手的未亡人交谈起来，问起她丈夫的患病历史，问起他最后这些日子和时刻是怎样度过的，又准备怎样把遗体运送到卡林西亚①去。说话的口气一半像大夫，一半像道貌岸然的神职人员，显示出他既满怀同情心，又深谙其中内情。寡妇用拖长的澳大利亚口音说话，鼻音很重，说时不时抽抽搭搭地啜泣起来。她觉得这对年轻人对陌生人竟然这样关心，真了不起。于是汉斯·卡斯托尔普回答她说，他的表哥和他自己都有病在身；另外，他本人年幼时有许多亲属死去，临死时他曾站在他们的床边，自幼父母双亡，也可以说对丧事早已习以为常了。寡妇问汉斯，他选择的是什么职业？他回答说，“本来”是一个技术人员。“本来吗？”她问。原来汉斯那句“本来”的意思，是说他毕业后到正式工作这段时间内，他忽然病了，而且在这儿山上得待上一段时期，日子长短难以确定。这段间隔相当长，也可能是他生命中的转折点，谁又能说得上来呢。（这时，约阿希姆用探索的目光惊惧地看了他一眼。）他的表哥又如何呢？——他在山下时想当一名军人，是一名候补的军官。——“哦，”她说，“打仗当然也是一种职业，应当认真对待。一个军人在某些情况下还不得不跟死神打交道，而且对死亡的景象也得预先好好地习惯起来。”她送这对年轻人出门，连连道谢，态度十分亲切。鉴于她的处境十分可怜，特别是她丈夫死后还得为他付一笔代价高昂的氧气费，她的态度不得不使他们肃然起敬。

这时表兄弟回到自己的楼房里。汉斯·卡斯托尔普对这次访问表示

① 地名，在今奥地利境内。

满意，对于刚才会见时所得的印象，精神上十分兴奋。

“Requiescat in pace①，”他说。“Sit tibi terra levis. Requiem aeternam dona ei，Domine.②你瞧，当发生什么丧事，或者人们在死者面前说话或者谈起死人时，拉丁文就又发挥起它的威力来了。拉丁语是这种场合下的官方语言。你可以注意到，死亡真是一件与众不同的事。不过用拉丁文谈话来表示对死者的尊敬，是不符合人道精神的；你得知道，丧事用的拉丁文，不是那种高雅的拉丁文，它的说法完全不同，也许可以说截然相反。这是教会里的拉丁文，是僧侣用的一种中古时代的方言，在某种程度上说，它是一种枯燥单调而适用于冥府的唱词之类。塞塔姆布里尼一点也不喜欢它，人文主义者、共和主义者以及这一方面的学者都不用这种语言，这是另外一种人说的，另外一种人创造的。我觉得，人们对这种精神倾向或精神状态必须心中有数；说得更加确切些，世界上有这么两种人：一种是虔信宗教的，一种是信奉自由思想的。这两种人各有各的优点，可是我心底里却反对具有自由思想的人，也就是塞塔姆布里尼式的人，理由仅仅是因为他们认为只有他们才理解人类的尊严，这未免言过其实。另一种人对人类的尊严也有自己的一套看法，他们要求人们温文尔雅，崇尚礼仪；他们在这方面比‘信奉自由思想的人’更加讲究，尽管他们特别着眼于人类的弱点和容易堕落的本性，而死亡和解体的思想在其间也起了十分重要的作用。你曾看过《唐 · 卡洛斯》③这出戏吗？你还记得西班牙宫廷里发生的场面吗？那时国王腓力普一身黑色服装，戴着最高勋章，披着金羊毛，慢慢地把帽子脱下，这顶帽子跟我们的西瓜看去十分相似——他脱帽时向大臣们说：‘卿等戴上帽子吧！’或者别的一些话。应当说，国王这样做极为得体，不能说他过分随便，有失体统。相反，王后却说了这样的话：‘在我们德国境内，情况可不一样。’当然，她太刻板了，太繁琐了，应当更亲切些，更富于人情味些。

---

① 拉丁文：安息吧。

② 拉丁文：主啊，让他永远安息吧。

③ 《唐 · 卡洛斯》系十八世纪德国大诗人、戏剧家席勒（1759—1805）的著名悲剧。剧本通过16世纪西班牙太子唐 · 卡洛斯和他继母之间的恋爱悲剧，猛烈抨击了专制制度，鼓吹民主自由思想。

可是什么叫富于人情味呢？不论什么东西都是富于人情味的。我得说，西班牙人那种敬畏神明、谦虚庄重、一丝不苟的作风，是富有人情味的表现，值得尊敬。另一方面，人们用‘富于人情味’这个词，可以把‘放纵’和‘疏懒’掩饰一下。你一定同意我的观点吧。”

“你的话我同意，”约阿希姆说，“放纵和疏懒，我当然也受不了。一定要有纪律。”

“不错。你是以军人的身份说这话的。我承认，军人对这种事是十分清楚的。寡妇谈起你们职业时的那番话倒很有道理，这个职业确实是十分庄严的，因为你们遇事非得异常严肃认真不可，你们是在跟死神拼搏哪。你们那套军服紧贴身子，一尘不染，领带十分挺括，使你们看来气度非凡，仪表堂堂。此外，你们等级分明，以服从上级为天职，相互之间开诚相见，彼此非常尊敬，有西班牙人的风度。对于这点，我从心底里佩服不已。我们市民阶层不论在礼仪和举止方面，都应当有更多的军人气概，这样更好些，我认为这样更加适合。我觉得，不论世界和生活本身，都要求我们大家都穿起一身黑服，在脖子上是一条硬的折叠领，而不是你们那种衣领，还要求大家在彼此交往时都严肃而虚心，规规矩矩的，想到自己有朝一日总会死去。我认为这样才是对头的，合乎道德原则的。你瞧，塞塔姆布里尼还有一个错误的观点和自命不凡的地方，将来我要向他指出才是。他认为，他不但理解人类的尊严，也掌握人类的道德原则；他大谈其什么‘生活中的实际工作’和他那进步的星期日活动，仿佛人们在星期日除了进步之外，没有别的可想。他还谈起如何有系统地消除人类的‘苦难’，你对这点一窍不通，可他已对我教导过一遍了。他说要编纂一本辞典，借此有系统地消除人类的苦难。依我看来，这并不符合道德原则——可是这有什么用呢？这个我当然没有对他直说。他苦口婆心地向我说教，像往常那样油嘴滑舌地说，‘我警告你，工程师！’可是各人的想法有各人的自由。——先生，让我思想上有自由的权利吧。我再要对你说一些话，”他最后说。（这时他们已上楼走进约阿希姆的房间，约阿希姆准备卧疗。）“我要把心里的打算对你说一说。咱们住在这儿，与死人为邻，而且背着沉重的十字架，苦难深重。但咱们对这一切不但要装得若无其事，而且还要处处提防，免得接触到这个题目。对此装作视而不见。当咱们用晚餐和早餐时，它们就会把那位有绅士风度的骑手悄悄抓去。我认为这是不道德的。斯特尔夫人就是因为我提起了死人的事而大发雷霆。我这样做太愚蠢了。她固然是一个没有文化教养的女人，在最近一次用膳时，她竟认为'遇事勿大声，做人顶聪明'这句话是从《汤豪舍》[1]那儿搬来的，不过她多少还有点人情味，别人也一样。我已打算好今后要多多关心屋子里的重病人和垂危的病人，这将对我有好处——刚才咱们访问了那个寡妇，使我多少受到益处。我上山的最初几天，曾从门缝里瞧见二十七号病室里那个可怜的罗依特，一定早已上路去看他的祖先去了，在这个世界上销声匿迹。当时，他那双眼睛是多么大啊。可是这里还有像他那一类的人，院里的病人已经挤得满满的，上山的人永远不会缺少。阿尔弗蕾达小姐或护士长，甚至贝伦斯本人，也会帮助我们和这些病人建立起某些关系，他们这样做是轻而易举的。假定有个快要死去的病人过生日了，而咱们也知道这回事——其实，这种事总会让人知道的。好，于是咱们就上病人的房里，给他或她献上一束花，以两个病友的名义关心他们，去的时候可以隐姓埋名，对他们可以说一番'祝您早日恢复健康'一类的客套话，'恢复健康'这个词儿，在疗养院里一直是最最温文有礼的。要不了多久，这些病人当然会认出咱们来的，不论他或她，都会透过病室的门缝向您友善地致意，尽管身体十分衰弱。也许有什么女人请咱们进去招待一会，而咱们在他死去之前能相互说几句富有人情味的话。我就是这么想的。你同意吗？就我个人来说，我已打定主意了。"

约阿希姆想不出许多可以反驳他这个意图的话来。"这可不合院方规定哪，"他说，"这样一来，你就多少违反院规了。不过如果真的提出这个要求，也许可以破例，贝伦斯也许会同意的，我想，你不妨引证一下你对医学的兴趣。"

"唔，有机会时可以提一下，"汉斯·卡斯托尔普说，因为实际上他

---

① 《汤豪舍》，德国19世纪著名作曲家和剧作家理查·瓦格纳(1813—1883)所作的歌剧。

内心有一些复杂的动机，他这一愿望就是由这些动机产生的。他抗议院方的利己主义，只是其中的一个动机而已。同时起作用的还有一个因素：他精神上特别希望自己能以严肃和尊敬的态度来对待痛苦和死亡，他希望和重病人及濒死的人接近后，能使自己感到满足，精神更加振作起来，以期求得心理上的平衡，不致为日常的、每时每刻伴随着他的各种痛苦所纠缠。在听到塞塔姆布里尼的某些指摘后，他对这方面的要求尤其如饥如渴，有关的例子简直不可胜数。如果有人问起汉斯·卡斯托尔普来，他首先也许会举出山庄疗养院中的这样一些人：他们自己也承认根本没有什么病，可以为所欲为，仅以一些微恙为借口待在山上，实际上只是在寻欢作乐，因为病人的生活方式对他们合适。就拿我们前面顺便提到过的寡妇黑森弗尔德来说吧，她是一个极其活跃的女人，酷爱打赌。她同每个男人打赌，对每一件事都要打赌——过一会天气将会怎样，用膳时将端来什么菜肴，病友们的身体常规检查结果如何，某人在院里还得住上几个月，她都同别人打赌。另外，她对于体育竞赛方面，例如二联雪橇、带帆雪橇滑冰或滑雪运动究竟谁是冠军，某些病友之间谈恋爱时间的长短以及其他往往微不足道或无关紧要的事，她都要打赌一番。她还同人家赌巧克力，赌香槟酒，赌鱼子酱，这些东西当时在餐厅里都是时髦食品。有时她拿钱、拿电影票，甚至拿接吻的次数来作赌注，——一句话，凭着她这股打赌的劲儿，她给餐厅增添了不少朝气和生气。不过她那频繁的活动当然不能打动年轻的汉斯·卡斯托尔普的心，在他看来，光是她的存在就似乎有损于疗养院的尊严。

维护和亲自保持这种尊严，是他内心孜孜以求的事。现在，他在山上和这些人一起已住了半年左右，他觉得这是一件困难重重的事。他对这些人的饮食起居、生活习惯和观点都渐渐看在眼里，而且看得十分透彻，感到很不合自己的脾胃。就拿那两个瘦棱棱的、爱穿奇装异服的小伙子来说吧。他们一个十七岁，一个十八岁，诨名叫作“马克斯-莫利茨”，他们总在晚间跳出窗口，不是打扑克牌，就是和女人们厮混，大伙对他们早已议论纷纷。最近，也就是新年后的八天光景（我们必须记住：在我们讲故事时，时光一直向前无休止地流逝），人们在早餐时传开了这么一个消息：一天早晨，浴室师傅看到这对宝贝儿穿着褶皱的衣服躺在床上。汉斯·卡斯托尔普听了大笑起来。不过，如果说这件事已叫他面红耳赤，那么另一个人的事迹与之相比，也就算不得什么了。这个人是余特博格地方的律师，名叫艾因胡夫。他年约四十岁，胡子尖棱棱的，满手是黑黑的汗毛，吃饭时与塞塔姆布里尼同桌，坐在已经恢复健康出院的那个瑞典人席位上已有好一阵子了。他每夜回院时喝得酩酊大醉，最近连夜间也不回来，人们甚至看到他睡在草地上。他们把他看成是十分危险的浪荡子。斯特尔夫人说，有人看到一个年轻女人在某一时刻曾从艾因胡夫的病室里走出来，她能指出这个女人是谁，尽管她在山下已经订过婚。当时年轻女人只穿一件皮袄，下身除了一条轻飘飘的裤子外，看来什么也没有穿。这真是一件丢人的事——不仅仅在广义的道德观念上是丢人的，就是汉斯·卡斯托尔普本人也觉得不光彩，使他内心阵阵发痛。事情甚至发展到如此程度：他一想到这位律师，就难免想起弗兰慈欣·奥伯但克，她就是那个头上纹路光滑滑的小闺女，几星期前由她母亲陪同来到山上，她母亲是内地的一位贵妇人。弗兰慈欣·奥伯但克来院接受初次检查后，大夫认为她的病并不重。可是也许是治疗不奏效，也许是山上的空气对像她那样病例的人一开始不但无益，反而有害，也可能是那小妞儿心里有什么疙瘩或情绪过分激动，伤了她的身体：上山几星期后，她重新作了一次检查，检查后她走到餐厅里，在空中摇晃起她那只小手提包来，用清亮的嗓子大叫："哈哈，我还得住上一年！"听了这话，整个餐厅的人都像荷马史诗中的诸神那样纵声大笑起来。但两星期以后，有一个消息不胫而走：艾因胡夫律师在对弗兰慈欣·奥伯但克"耍流氓手段"。不过这是我们正派人的说法，或者不如说是汉斯·卡斯托尔普的说法，因为在传播消息的人看来，这种事谈不上什么新鲜，不必大惊小怪地用这种激烈的字眼。他们只是耸耸肩膀，意思是这种事总是双方情愿的，任何一方不愿意就不会发生。至少斯特尔夫人抱这种态度，她对这个颇成问题的伦理观也是如此。

卡罗琳·斯特尔是一个非同小可的女人。要是说有什么力量扰乱了汉斯·卡斯托尔普内心的平静，使他的正义感无法伸张，那就是因为有这么一个女人。她讲话时经常滥用字句，说漏了嘴，这已叫人够受了。对于临死时痛苦的挣扎，他不用德文的Todeskampf，而是不伦不类地用“Agonje”①这个字。如果她谴责某某人狂妄无礼，她会用“insolvent”②这个字眼。在谈起日食成因的天文学过程时，她会信口开河地乱说一通。对于一块块的积雪，她会说什么“容量实在可观”。有一天，她说了一番话，竟使塞塔姆布里尼先生吓得目瞪口呆：她说目下正在看疗养院图书馆里借来的一本书，这书会叫他感兴趣的，书名是席勒译的《贝内德多·切内尼传》③，她专爱用某些表达方式，由于它们都是一些陈词滥调，使年轻的汉斯·卡斯托尔普很不好受。例如她总爱说：“这真是到顶啦！”或者说：“你真也一点儿预料不到！”长时期来，人们曾用“光彩夺目”（“blendend”）这个时髦的口头语来代替“闪闪发光”（“glänzend”）或“出色”（“vorzü glich”）这两个词的意义，但现在已废弃不用，失去了生命力，甚至显得过时。她谈话时总抛出最时兴的用语，例如“糟糕透顶”这个词儿，她一本正经也好，讽刺挖苦也好，什么场合下都用上了；不论对比赛雪橇、面食制品和她本人的体温，她现在都一概说成是“糟糕透顶”，使人听了十分刺耳。此外她很爱闲聊，一谈上口就滔滔不绝。她有时还会说出这种话来：今天萨洛蒙太太穿起一件华贵的、用带子束紧的内衣，因为她要接受检查，所以穿起漂亮的内衣打扮一番给大夫们瞧瞧。她说的也不是没有道理。汉斯·卡斯托尔普本人也有这么一个印象，就是太太们把检查身体看作是一件乐事，而对结果如何却并不怎么关心；她们可借此装饰一番，卖弄风情。另外，斯特尔夫人又会振振有词地说，那个有骨结核嫌疑的、来自波兹南④的雷迪施太太，竟每星期一次须在顾问大夫贝伦斯面前一丝不挂地在房内来

---

① Agonje：系法文Agonie及英文Agony之误拼，意为临死时的痛苦挣扎。

② insolvent，英文系“无偿债能力”之意。其实是insolent（傲慢的，狂妄的）之误。

③ 实际上，斯特尔夫人这里是指意大利16世纪著名雕刻家切里尼（1500—1571），由于她对文学艺术一无所知而又自炫博学，混淆了艺术家的姓名，称他是Benedetto Cenelli。

④ 波兹南，今波兰地名。

回走动十分钟。对于这种话，人们又该说些什么才好呢？这种说法既不真实，又令人反感。可是斯特尔夫人发誓说这是千真万确的。这位可怜的女人谈起这类事来为何那么卖劲，强词夺理地絮聒不休，似乎也难以令人理解，因为她本人的身体状况也很棘手。她的老毛病常常发作，一会儿觉得自己心惊胆战，一会儿又忍不住哭哭啼啼，据说发病的原因要么是她那“懒病”越来越深，要么是体温不断上升。有时她呜咽着走到餐桌边，娇嫩而又红润的双颊泪汪汪的，又掩起手帕号哭起来，这时，贝伦斯就会要她卧床休息，而她却想知道大夫在她背后说些什么话：她究竟是什么病，病情究竟如何，她想把真相搞个水落石出！有一天她谈起一件事，这事使她吓破了胆：原来她发现自己那张床的床脚朝向房门，当时她真吓得浑身抽搐。要理解她的愤怒和恐惧可并不怎么容易，特别是汉斯·卡斯托尔普对此一点也不理解。这有什么关系？这又怎么样？病床的位置为什么不该保持原状呢？天晓得，他怎能理解这个呢？“最要紧的是床脚……”她绝望地闹着，病床的位置非马上改变不可，虽然从此以后她的枕头对着光线，使她的睡眠大受影响。

这一切都没有什么了不起，它们不很能满足汉斯·卡斯托尔普精神上的需要。不过在这段时间里发生了一起可怕的意外事件，它在这个年轻人身上产生了极其深刻的印象。事情是在用膳时发生的。在最近上山来的病人中，有一个名叫波波夫的，职业是教师，瘦骨嶙峋，沉默寡言，他那娘儿也同样骨瘦如柴，不吭一声。他们用膳时都坐在高等俄国人餐桌上。当时人们正吃个痛快，不料那男人忽然发起羊痫风来，像书上经常描写的那样恶魔般地大叫一声跌倒在地（患那种病的人往往会遇到这种突然袭击），在自己的椅子旁边躺了下来，两脚两手不住扭动，模样儿非常可怕。刚才端来的是一盆鱼，这就使情况更复杂化了，人们害怕波波夫在浑身痉挛时会让骨头鲠住喉咙，有生命危险。餐厅里引起一阵骚动，情况非笔墨所能描述。以斯特尔夫人为首的娘儿们，包括萨洛蒙太太、雷迪施、黑森弗尔德、马格努斯、伊尔蒂斯、莱费以及我们能喊出姓名来的其他一连串女人，都吓得死去活来，各人有各人的姿态。其中有几个娘儿们简直同波波夫先生不相上下。她们尖声怪叫，十分刺耳。只见她们眼珠翻白，嘴巴张开，上身发颤。其中有一个竟装腔作势地昏迷过去。刚才大伙都狼吞虎咽，受了这场惊吓，有些人的喉头就给哽住了。一部分就餐的人看到哪儿有出口，就往哪儿跑，一直跑到户外，有的甚至通过游廊的大门溜了出去，哪怕外面的空气又湿又冷。整个事件带着某种离奇色彩，叫人看了作呕，它那恐怖的场面还姑且不论。不知怎的，人们把这件事同克罗科夫斯基大夫最近的演讲中所阐述的一些观点联系起来了。这位心理分析学家正好上星期一在讲演会上谈起爱情是一种致病的力量，而且说它很容易使人昏倒在地。他说，在心理分析的学说尚未创立以前，人们时而把这种疾患看成是某种神圣的现象，甚至是某种预兆，时而看成是“中邪”的标志。当时大夫说话的口吻已带几分诗意，也用上一些极其严谨的科学词汇，说它们无疑是爱情和头脑亢奋两者的混合。总之，大夫是用怀疑的态度来看待疾病的，因此，凡是听过他讲学的病人，对教师波波夫这次疾病的发作必然会有这样的看法：大夫的讲演应验了，刚才的事不但是一幅凄惨的景象，也是一件神秘莫测的丑事，怪不得许多女人都掩起脸来溜之大吉，显得怪难为情的。

吃饭时，顾问大夫本人也在场，是他和米伦东克小姐以及几个年轻健壮的餐友，一起把这个灵魂出窍的人从餐厅一直带到大厅里，当时病人脸色蜡黄，口吐白沫，身体僵直，不成样儿。在大厅里，大夫们、护士长以及其他工作人员，在那个昏迷不醒的汉子身边忙了好一阵子，然后用担架把他抬走。可是过不了多久，人们看到那位波波夫先生又神色自若，笑容满面，在他那同样是神色自若、笑容满面的妻子陪同下重新在“上等俄国人”餐桌边坐下，把午膳用完，仿佛什么也没有发生过!

汉斯·卡斯托尔普亲身经历了这场风波。他表面上虽装得十分紧张，表示对此事甚为关切，但心底里却不以为意——也许上帝会帮助他的。波波夫也许真的会被鱼刺鲠得断了气，可是实际上却没有窒息。他在神志昏迷时本来是喜怒无常的，刚才人们又何必那么关怀他呢。此刻他精神饱满地坐着大吃大喝，仿佛他刚才并没有像疯狂、暴躁的醉汉那样发作过一阵子。他准是什么也记不起了。不过他这副样儿，并不能使汉斯·卡斯托尔普同情他的疾病，使他对他更加尊重。波波夫妻子的一举一动，汉斯也同样看不惯，这个女人在汉斯眼里，只是显得更加轻浮。山上的人经常那么轻佻，汉斯一向抱有反感，唯其如此，他才不顾院规，想与重病人和奄奄一息的病人结交，以事抵消。

在表兄弟一层楼房上离他们病室不远的地方，住着一个名叫莱拉·格恩格罗斯的年轻姑娘。根据阿尔弗蕾达小姐传来的消息，这位姑娘快要死了。她十天里吐了四次狂血，父母亲都赶上山来，想趁她一息尚存之际带回家去，但看来这是办不到了。顾问大夫不允许把这位可怜的格恩格罗斯小姐带去，她是受不了的。她不过十六七岁光景。这一回，汉斯·卡斯托尔普看到能实现自己计划的真正机会了，可以送一盆花给那个姑娘，还可以致以恢复健康的祝愿。虽然莱拉的生日现在还没有到——人们可以预见，她是活不到生日那天的，因为汉斯·卡斯托尔普已听人说起，她的生日是在明春——但对她表示这番同情和敬意也无伤大雅，于是他的主意定了。他在中午和表哥一起到离疗养院不远的地方散一会儿步。他们来到一家花店里，店里的花卉散发出夹杂着泥土潮润气息的阵阵香味。汉斯怀着激动的心情，敞开胸脯吸入其中的香气。

他买了一盆美丽的紫阳花，附上一张名片，上面不署名，只是写上“祝您早日康复。两病友敬赠”几个字，叫花店送到垂危的小姑娘住的病室里。他满腔高兴地办了这件事。花草的气息和花店里暖洋洋的气氛，使他感到十分快慰。外面冷，里面暖，他的眼睛不由滴下泪水来。他的心头怦怦乱跳，感到自己颇有骑士风度，是一件既勇敢又谦逊的壮举。在这件事上，他悄悄地赋予它以象征性的意义。

莱拉·格恩格罗斯没有专人看护，而是由米伦东克小姐和大夫们直接照料。护士小姐阿尔弗蕾达也在她的病室进进出出，因而她能把她护理的结果告诉年轻人。那个小姑娘自知命在旦夕，对陌生人的友好姿态自然怀着稚气的喜悦。这盆花正好放在她的床边，她用双手抚摸它，用温存的眼光注视它。她要亲眼看到有人给它浇水，哪怕在咳嗽发作得最厉害时，她那忧伤的眼睛依然瞅着它。她的父亲和母亲（父亲格恩格罗斯是一位退伍少校）为此也十分感动，十分高兴。他们在疗养院里一个熟人也没有，无法猜到送花的究竟是谁。席尔特克内希特小姐再也忍不住了——她自己供认了这一点——终于把隐姓埋名的人说了出来，告诉他们这些花是一对表兄弟送的。她向表兄弟转达了格恩格罗斯父女三人的邀请和谢忱，隔了一天，表兄弟俩就在女执事的陪引下，蹑手蹑脚地踏进莱拉的病室。

濒死的人是一位十分秀美的金发姑娘，眼睛蓝得像毋忘草一样。尽管她大量出血，而且只能靠尚未感染的残余肺组织勉强呼吸，她的模样儿还很妩媚，但娇柔中并不显得十分凄楚。她向他们道了谢，还寒暄了几句，声音很低，但十分悦耳。说话时，她的面颊泛起了淡淡的红晕，以后一直不退。汉斯·卡斯托尔普在姑娘和她的双亲面前，像人们所期待的那样客套了几句，而且说了些抱歉的话。他压低了嗓门说话，情绪有些激动，同时满怀着尊敬和温情。他并不怎么犹豫，就在床边跪了下来——他一向很容易情感冲动——紧紧拉住莱拉的手有好长时间。不过这只温暖的小手现在不但有些潮润，简直可说是湿漉漉的，因为姑娘身上大量出汗液。她身体上的水分经常排出得这么多，看来如果不用柠檬水一个劲儿作补充，使渗出的汗液能获得补偿，她的皮肉也会萎缩。她的床头柜上，就放有一只盛满柠檬水的大腹瓶。做父母亲的固然十分伤心，还是不失礼貌地同这对表兄弟寒暄了一阵，并且问起他俩的身体情况。少校是一个肩膀宽阔的汉子，额头很低，小胡子一根根地竖起。小姑娘体弱多病，与这个彪形大汉的体质显然是不相干的。倒是他的妻子身材矮小，肯定是结核型的女人，她把这种素质遗传给女儿，似乎感到忐忑不安。莱拉在交谈了十分钟后，显得十分疲劳，而且过度兴奋。这时她脸颊上的红晕更厉害了，毋忘草那样的蓝眼睛不安地闪着光。阿尔弗蕾达小姐的目光向表兄弟示意，他们就起身告辞了。格恩格罗斯太太送他们到门口，自怨自艾，使汉斯·卡斯托尔普深受感动。

她带着痛悔的心情，口口声声说，生病的罪责在于她，这病完全是她遗传给那可怜的孩子的，她的丈夫完全不相干，一点责任也没有。她说自己年轻时也得过这病，不过她敢保证这病只是暂时性的，病势很轻，时间也很短。后来她确信自己彻底战胜了疾病，因为她希望结婚。

她真想结婚，生活下去。她终于完全恢复健康，跟她那亲爱的、身体挺棒的丈夫结婚，他对疾病这类事根本不放在心上。尽管男方这么健康结实，不幸的事仍无法防止。在孩子身上，那可怕的、已被埋葬和忘却了的东西又露出头来。它还没有了结，它要毁灭那个孩子。而她做母亲的呢，却早已逢凶化吉，欢度晚年。那可怜的小亲亲呀，她快死了，大夫再也不抱希望了。罪责只能由她一个人来负，这是过去的经历造成的。

两个青年人想安慰她一番，说姑娘的身体也许会好转的。但少校夫人只是泣不成声，并再次向他们道谢，感谢他们为姑娘送来了紫阳花，还感谢他们特此前来看她，使她能获得少许的宽慰。可怜的小宝贝现在只能孤零零地、痛苦地躺在那儿，而别的年轻姑娘却能享受生活的欢乐，同漂亮的小伙子跳舞。疾病是扼杀不了人们的七情六欲的。他们给她带来了一丝阳光，我的天哪，不过这可能是最后一次了。紫阳花宛如舞会时的一束礼物，而和两位风度翩翩的骑士聊天，对她来说也好比某种亲切的、小小的调情，她，格恩格罗斯太太，早已把这点看在心里了。

这些都使汉斯·卡斯托尔普深受感动，而且十分痛苦。此外，少校太太说“调情”这个字时，发音不很正确，这特别使他难受。她不按英文发音[①]，而是用德文的“i”字发音，他为此异常恼火。他也不是什么风度翩翩的骑士，他来探访小莱拉，只是为了抗议院方现行的自私自利的制度，让自己扮演医师和教士之类的角色。总之，事情落到这样的结局，少校夫人竟把这事的性质理解成这个样儿，他感到很不自在。不过他的计划终于实现了，心里不免乐滋滋、甜丝丝的。有两件事对他的印象特别深刻：一是散发泥土气息的花店，二是莱拉潮润的小手，它们深深印在他的脑海里。这事既然已开了一个头，于是在同一天他又跟阿尔弗蕾达小姐约好再去探望一个人，那就是她在护理的那个小病友弗利茨·洛特拜因。小病人对他的护士小姐已经厌烦透顶，尽管他已经活不长了，如果所有的症状都没有错儿的话。

---

① 调情：原文是“Flirt”，系英语。

好心的约阿希姆对此也无可奈何，他只得一块儿去。汉斯·卡斯托尔普的冲动和行善的心情，比他表哥的抗拒情绪更加强烈，约阿希姆至多只能一言不发，垂下眼睛，以表示自己的不满，因为他拿不出什么论据可以驳倒汉斯，只能表明自己缺乏基督那样的献身精神。汉斯·卡斯托尔普对此看得清清楚楚，而且从中获得利益。约阿希姆站在军人的立场上也不爱这么做，这点他也心中有数。但要是此举能使他感到欢欣鼓舞，能对他起促进作用，那又怎样呢？真是这样，他就只好把约阿希姆沉默的反抗撇在一边，自行其是了。他同表哥商量要不要给年轻的弗利茨·洛特拜因也送花去，或亲自带些花去，虽然这个濒死的人是一个男性。他很想这么做，他觉得送花是十分恰当的。上次他买漂亮的紫阳花时，高兴得了不得，因此他打定主意，希望洛特拜因这样的男青年在临终时能有什么东西调剂一下心情。花儿并不一定在生日才送，因为对待垂死的人好比对待永远过生日的孩子一样，不必拘拘束束。他这样琢磨了一番后，就再一次同表哥到那家散发泥土温馨气息的花店里去。他带了一束束新近浇过水的、香气扑鼻的玫瑰花、丁香花和紫罗兰花，在阿尔弗蕾达·席尔特克内希特的陪同下走进了洛特拜因的病室。洛特拜因的病情，也是她告诉他们的。

这个重病人不过二十多岁光景，但头上已是光秃秃的，稀疏的头发呈灰白色，面色苍白而憔悴，两只手很大，鼻子和耳朵也相当大。看到客人登门造访，借此机会可以散散心，他感激得流下泪来。当他招呼两位客人并把一束花收下时，他由于情感脆弱真的哭起来了。接着他就马上谈起欧洲的花卉贸易来，尽管说话的声音低得宛如耳语一般；此外还谈到花卉的买卖越来越兴旺发达，谈到尼斯[①]和戛纳[②]的花圃里的花大量出口的情况，说起人们每天如何把花儿从这些地方装运到各地，还谈起柏林和巴黎的批发市场和对俄国的供应量。因为他是一个商人，只要他活着，他的兴趣总不外乎商业方面。他又悄声告诉他们，他的父亲是柯堡的玩偶制造商人，他送他到英国去受教育，想不到在英国染上了病。

① 法国地名，以产花卉、香水和葡萄酒等而闻名。
② 法国地名，靠近地中海，气候温和，是疗养胜地，以出产花卉等而驰名。

他发寒热时，大夫本来把他的病看成是伤寒，于是就当伤寒来治，叫他吃流质，因而他的体重大大减轻。在这儿山上，大夫叫他应当吃一些，他也遵命。他坐在床上汗流满面，满想滋补一下，可是已太迟了，他肠子可惜已受到感染。家里给他送来了猪舌头和熏制鳗鱼，都不济事，他再也消化不了。贝伦斯打电报叫他的父亲上山，现在可能已从柯堡出发，因为现在大夫要对他动决定性的手术了，也就是肋骨切除术。虽然成功的可能性看来越来越小，但无论如何总得试一下。洛特拜因用耳语般的声音实事求是地说了这些话，对于手术问题，他也完全从商业角度出发——只要他还活着，他总是从商业角度来考虑问题的。他悄声说，根据院方规定，手术费连脊髓麻醉在内，共一千法郎，因为整个胸腔都得动一下，一共要切去六条到八条肋骨，问题只在于这笔钱是不是付得起。贝伦斯劝他动手术，大夫对这个问题看得很简单，而他自己却犹豫不决，他搞不清楚，不动肋骨让自己安安静静地死去是不是更明智些。

要劝他可不是一件容易的事。这对表兄弟认为，顾问大夫是一位杰出的外科医师，手术十分高明，权衡这个问题时应把这点考虑在内。后来大家一致认为，这个问题还是由动身上山的洛特拜因老先生来决定吧。他们告别时，年轻的弗利茨又抽抽搭搭地哭起来，虽然他只是由于软弱才哭的。他泪流满面的情景，与他那干巴巴的、实事求是的思维方式和讲话方式形成奇异的对比。他要求两位先生下次再来看他。他们也乐意地答应了，但后来无法兑现。那个玩偶制造商当晚就到，第二天上午病人就去动手术，以后，年轻的弗利茨就再也不能接待客人了。两天以后，当汉斯·卡斯托尔普和约阿希姆经过洛特拜因的病室时，看到房间已经被清理过。阿尔弗蕾达小姐已带着她的小箱子离开山庄疗养院，急匆匆地到别的疗养院去护理奄奄一息的重病人了。她临走时叹了一口气，夹鼻眼镜的丝带在她的耳朵后面迎风飘动。在她眼前展现的前程始终就是那么一回事。

一个“荒弃了”的房间，一个腾空了的房间。房间里的家具都是七颠八倒的，病室的两扇门都敞开着，而且经过清理。只要有人上餐厅或去户外时经过这儿，就会看得清清楚楚。这番景象是意味深长的，不过人们也已习以为常，看了后也不多说，特别是当他们自己也住进了这种“撤空了的”、清理过的房子，感到住了后也十分安逸。有时你了解到这间病室本来是谁住的，这时你就会浮想联翩。八天以后，当汉斯·卡斯托尔普走过莱拉·格恩格罗斯的房间，看到这番景象，心里就有这种感受。他的眼光一接触到这间病室，就对里面的各种景象十分反感。他站着往里瞧，思潮起伏，心烦意乱。正在这时，顾问大夫走了过来。

“我站在这儿，看到里面已经清理过，”汉斯·卡斯托尔普说。“早上好，顾问大夫先生。小莱拉……”

“嘘——”贝伦斯接腔说，同时耸耸肩膀。他顿了一下，以便对方彻底领悟他耸肩膀的含意所在。接着又说：

“在这间病室的大门关上之前，您已迫不及待地向她正式献过殷勤了吧？您对我那些关在笼子里吹肺泡的人儿有点儿动心，我真高兴啦。相比之下，您本人就显得结实了。这是一种美德。嗨，让咱们说句公道话，这真是您本性上的一种美德。我能不能乘此机会向您对这里的情况稍稍介绍一番？要是您有兴趣看看的话，我的笼子里还有各种各样的金翅雀坐着呢，比如说现在吧，我正赶着去看护一下我那个气打得太多的女病人。您一起去好吗？我介绍给对方时，说您是一个富于同情心的病友就得了。”

汉斯·卡斯托尔普说，顾问大夫的这句话是从他的嘴里套去的，汉斯请求他说说他的用意何在。如果允许他跟大夫一起去，他是很感激的。不过“气打得太多”的女病人究竟是谁，这个诨名又应当如何理解呢。

“从字面上来理解，”顾问大夫说。“非常恰当，一点不带隐喻。让您听她亲口说说吧。”走不了几步路，他们就来到“气打得太多”那个女病人的病室门口。顾问大夫推开里面的两道门直冲进去，一面命令伴随他的汉斯等着。当贝伦斯进去时，病室里传出了响亮而欢乐的笑声和叽叽喳喳的说话声，但声音十分短促，好像透不过气来，但一忽儿又戛然而止了。几分钟后，当人们让他这位富有同情心的访问者进去时，他又听到了这种笑声。贝伦斯把躺在床上的一位金发女人介绍给他，女人用一双碧澄澄的眼睛好奇地打量着他。她的背靠在枕头上，身子半坐半躺，显得局促不安；她不住地笑，笑声像银铃一般，明彻响亮，一面连连喘气，仿佛缠绵床侧反而使她兴奋，逗她快乐似的。顾问大夫介绍客人的那种谈话方式，她也高兴得大笑起来，当大夫告辞时，她不住说"再见"、"再会"，同时连声道谢，在他背后挥手示意，随后又用悦耳的声调叹息起来，发出一阵阵银铃般的笑声，还用双手托住起伏不停的胸部。她的上身穿着一件上等细麻布衬衫，两条腿一刻不停地在摆动。她叫齐梅尔曼夫人。

汉斯·卡斯托尔普一眼就把她认出来了。几星期来，她一直和萨洛蒙太太以及那个狼吞虎咽的学生同桌而食，以前也一直纵声大笑，后来就看不见她的踪迹，年轻的汉斯再也不把她放在心上。既然他见不到她的影踪，他还以为她可能已经动身下山了。现在居然又在这里看到了她，而且用的是"气打得太多"的诨名，他很希望对方能把它的意义解释一下。

"哈哈哈哈！"她像珠落玉盘般地狂笑起来，胸部一起一伏。"这个贝伦斯啊，他真可笑得要命。他这人真滑稽透顶，逗人发噱，真叫人笑弯身子，笑痛肚子。卡斯登先生，卡尔斯登[①]先生，不管您叫什么都行，请您坐下来吧。您的姓名多可笑呐，哈，哈，嘻，嘻！请原谅我吧！请您坐在我脚边的那把椅子上吧，不过请允许我蹬蹬大腿，这个我可……"说到这里，她张开嘴儿长叹一声，又银铃般地大笑起来："这个我可忍不住哪。"

她称得上是漂亮的，脸儿清秀，线条异常分明，看去倒还顺眼，还长着一个小小的双下巴。但她的嘴唇有些发青，鼻尖也有这种色调，无疑是缺乏氧气所致。她的手又瘦又细，令人油然而起怜悯之心，睡衣的花边袖口对她十分合身，说起话来，袖口也像她的两只脚那样忙个不停，不肯安定。她的脖子像姑娘的一样，在柔嫩的锁骨上有所谓"盐碟"，她的胸部在纵情的笑声和急促的呼吸下一起一伏，也显得线条毕

---

① 齐梅尔曼夫人搞不清汉斯·卡斯托尔普的姓名，所以误将卡斯托尔普喊成卡斯登或卡尔斯登。

露，看去十分娇媚，焕发着青春的气息。汉斯·卡斯托尔普决定也送给她或带给她一束美丽的鲜花，这些花水淋淋地，香气扑鼻，它们也是从尼斯和戛纳进口的。齐梅尔曼夫人那种兴高采烈、上气不接下气的劲儿，也使汉斯受到感染，不过心里有几分担忧。

“这么说，您在这儿是专门来访问发烧的病友喽？”她问。“您这人真有意思，真够朋友，哈，哈，哈！不过您要想一想，我一点寒热也没有，也就是说，我到前几天为止实际上一点热度也没有，连半分热度也没有……直到最近发生这件事为止仍旧这样……您倒说一说，这是不是您生平听到的最滑稽的事儿？……”于是她气喘吁吁地在滴溜溜的笑声中向他讲起自己的经历来。

她上山时病势很轻——不过病还是有的，否则就不会上山了。也许病不太轻，只是比重病人轻一些罢了。人工气胸在她身上取得了显著的疗效。这是一门新兴的外科技术，很快就受到人们的欢迎，而且成效卓著。这种治疗法极其灵验，齐梅尔曼夫人的健康状况有了可喜的进步，她的丈夫(她已结婚了，虽然没有孩子)满以为她住了三四个月就可以出院。于是为了消遣起见，她去苏黎世作了一次旅行，除了聊以自娱之外，并无其他目的。她在那边尽情作乐，但后来觉得有必要补打一些空气，于是委托当地的一位大夫干起这件事来。他是一位顶呱呱的、很有趣的青年医师，哈哈哈，哈哈哈，可是结果发生了什么事啦？他在她胸口里打的气太多了！别的称谓都是多余的，“气打得太多”这个词儿本身就说明了一切。大夫本来是一片好心，可惜他干起这行来不太熟练。总而言之，气打得太多以后，胸口就发闷，呼吸也困难起来——哈！嘻嘻嘻！于是她又回到山上。贝伦斯大发雷霆，叫她立刻卧床休息，不准走动。这样一来，她就变成了一个重病人。她实际上虽没有热度，但事情糟极了，完蛋了——哈哈哈，他的脸，他的脸显得多可笑啊！她翘起手指头指着汉斯的脸呵呵大笑起来，连她的额角也开始发青了。可是她说，最可笑的莫过于贝伦斯发脾气、讲粗话的时候了。当她发现大夫在她的胸口里打了过量的气时，她禁不住大笑起来。“您的生命危在旦夕，”他直截了当地、毫不隐讳地像一只熊那样向她嚷道。“哈哈哈，嘻嘻嘻！请原谅我。”

顾问大夫的话为什么会叫她格格地大笑，到现在还是个谜。不知是因为他的话粗里粗气呢，还是她不相信他的话。也许她虽然相信贝伦斯——看来她对他的话深信不疑——不过“她的生命危在旦夕”这种话在她听来实在可笑得要命。在汉斯·卡斯托尔普看来，最后一种可能性较大；实际上，她像大珠小珠落玉盘般地纵情狂笑，只是因为她像孩子般的轻率任性，小鸟样的脑子什么都不懂。他对她的笑颜不以为然。虽然他给这位嗜笑的齐梅尔曼夫人送了花，可以后没有再见过她。后来她靠氧气维持了几天生命，就在她丈夫的怀抱里死去了。院里拍电报叫他来，他总算及时赶到。汉斯·卡斯托尔普从顾问大夫那儿得悉她的死讯，又听到他说了一句：“这女人真像一只大鹅儿。”

在此以前，汉斯·卡斯托尔普靠顾问大夫和护理人员的帮助，又满怀同情心结识了疗养院里别的几个重病人。约阿希姆也不得不跟他一起去访问他们。汉斯去访问“两口儿”的儿子时，他也一起去。“两口儿”的第二个儿子还活着，第一个儿子的病室早已打扫一清，而且用甲醛消过毒。他们还去看过一个名叫特迪的孩子，他本在名叫“弗立德利西亚努姆”的一所学校里求学，最近因为病重才上疗养院来。此外，他们还去访问了一个名叫安东·卡洛维奇·费尔格的保险商，他是德国人和俄国人的混血种，脾气很好，对自己的病痛从不叫苦。另一个探访的对象冯·马林克洛德太太，是一个不幸的女人，但爱卖弄风情。像上面提到过的其他人那样，她也接受了一束鲜花，还让汉斯·卡斯托尔普不止一次地喂粥吃，当时约阿希姆也在场……这对表兄弟渐渐地获得了“撒马利亚人”[①]和慈善僧[②]的名声。有一天，塞塔姆布里尼对汉斯·卡斯托尔普也谈起了对方这种助人为乐的精神。

“天晓得，工程师。听说您跑来跑去，十分引人注目。您也投身到

---

① 撒马利亚系古代巴勒斯坦城市，以色列王国的首都。根据《圣经》记载，撒马利亚人乐善好施。

② 16世纪，圣·约翰·冯·戈德(1495—1550)曾创办一个慈善团体，其成员以护理病人为职责。

慈善事业中来啦？您想靠做做善事来替自己的行为辩护吗？”

“这事不值得一提，塞塔姆布里尼先生。一点也不值得大惊小怪。我的表哥和我……”

“别把您表哥扯进去吧！要是人们对你们俩有什么议论，责任总要您来负，这点丝毫没有疑问。少尉是一个值得尊敬的人物，心地单纯，稳健而富有理智，这种人不怎么会叫老师担心。您别设法使我相信，什么事都是他在指挥，两个人中间，您比他更起作用，因而也更容易受外界不良的影响。如果我可以直言不讳，那么您是生活中叫人担忧的孩子，别人不得不为您操心。此外，您也已经允许我为您操心了。”

“真是这样，塞塔姆布里尼先生。您得永远为我操心。您真太够朋友了。‘生活中叫人担忧的孩子’，这话多么动听啊。只有作家才想得出这种话来！我真不知道听了您赐给我的这个雅号后是不是受宠若惊。不过我不得不说，听起来倒美得很。不错，现在我跟‘死神的孩子’在打交道，他们也许就是您刚才所谓的那种人。要是我有时间，我就在附近的重病人中间来来去去，对疗养根本不放在心上。您知道，这些人不是在这儿吃喝玩乐，过着放荡的生活的，而是一个个地死去。”

“可是书上这么写着：‘让死者埋葬死者’，”意大利人说。

汉斯·卡斯托尔普举起胳膊做了一个姿势，仿佛在说书上写的东西尽管很多，但正、反两方面都可以解释，因而要判断谁是谁非是相当困难的。当然，这位拉手摇风琴的人发表了一种自相矛盾的观点，这是可以预期的。即使如此，汉斯·卡斯托尔普还像往常一样准备侧耳倾听他的高谈阔论，——哪怕他的话不堪入耳，不值一听……而且试图接受他的教导。不过为了某种“教育学”上的观点，他远远不愿放弃自己雄心勃勃的事业；尽管格恩格罗斯的母亲说什么“亲切的小小的调情”，尽管可怜的洛特拜因是一个冷漠无情的人，尽管他听到那位空气注入得过多的女人如痴如狂的笑声，他仍旧觉得自己这番努力在某种程度上是有益的，是颇有意义的。

“两口儿”的儿子名叫劳洛。他已收到了一些花儿，是散发着泥土气息的尼斯出产的紫罗兰花，附条上写着“由两个富有同情心的病友赠送。祝早日恢复健康”。附条上不署名纯粹是装模作样，因为每个人都知道这些花是谁赠送的。“两口儿”是一个皮肤黝黑、脸色苍白的墨西哥女人，有一回她在走廊上遇到这对表兄弟时，用忧伤的、邀请的手势结结巴巴地恳求他们亲自去看她儿子一次，接受他的谢意，他已是她唯一的、最后的一个儿子了，现在他也快死去。他们立即照办。从外表上看，劳洛是一个非常俊俏的小伙子，眼睛炯炯有光，鹰钩鼻，鼻孔一张一翕，嘴唇也很漂亮，上面长着一撮黑黑的小胡子。不过他有些自吹自擂，姿态富于戏剧性，所以这两个来客，不论汉斯·卡斯托尔普也好，约阿希姆·齐姆森也好，一离开他的病室就十分高兴。在病室里时，“两口儿”披着一条开司米黑围巾，黑色的面纱在下巴下面打了个结，曲着膝盖在房里踱来踱去。她狭狭的额头上全是皱纹，乌黑光亮的眼睛下面有两个大大的泪囊，嘴巴很大，一侧嘴角忧伤地垂向下方。她不时向坐在床上的这对表兄弟走近，像鹦鹉学舌般的一而再、再而三地说出一些伤心话：“两客儿，你们知道，先生们……先走了一个，现在另一个又要走了。”[①]漂亮的劳洛也用法语讲话，讲起来口若悬河，夸夸其谈，使人难以忍受，内容不外是他打算像西班牙的英雄那样毅然死去，像他那高傲的弟弟费尔南多一模一样，他弟弟也是像西班牙的英雄那样离开人间的。他说时不住打手势，并且把衬衫拉开，露着黄澄澄的胸脯——这是命运在他身上留下的标记。他一直这样说下去，后来突然一阵咳嗽，一层薄薄的、淡红色的泡沫涌到他的嘴唇上来，他的长篇大论再也发挥不下去了，表兄弟也乘此机会悄悄离开病室。

访问劳洛的事，他们两人以后再也没有提起，对于劳洛的举止，他们也只是闷在心里，不作任何判断。不过他们访问了彼得堡的安东·卡洛维奇·费尔格后，心里倒比较舒畅。他躺在床上，一脸大胡子显得挺和善的，凸起的喉结也不叫人讨厌。大夫也给他打过人工气胸，他好容易才从这个手术中慢慢恢复过来；他，费尔格先生，为此几乎断送性命。他的胸膜受到了严重的振荡，也就是胸膜振荡。在施行这种时兴的

---

① 引号里的话是法文，由于墨西哥女人发音不准，原书中拼法也不正确。

手术时，它是一种常见的意外事件。不过费尔格的胸膜振荡特别凶险，身体完全垮了，而且昏迷不醒，令人极为担心。总之，他身体上出现了这么严重的症状，因而不得不中断手术，暂时搁一下再说。

费尔格先生一说到打气胸的过程，和善的灰色的眼睛就张得大大的，而且脸如死灰，看来他对这种手术十分害怕。“打时不用全身麻醉，两位先生。嗯，咱们这个可受不了。在这种情况下是禁用的。人们依旧有知觉，打这种针时，头脑里一清二楚。可是局部麻醉并不深，两位先生，只是表皮上有些麻木。把你身子打开时，你仍旧什么也感觉得到。不过这只是一种压榨感。我捂住脸躺着，这样什么也见不到。助理大夫和护士长掐住我的身子，一个在左，一个在右。我只感到自己被压得紧紧的，原来他们打开了我的皮肉，用什么针在硬戳。这时我听到顾问大夫说：‘准备好！’于是他开始了，用一种很钝的工具来穿刺胸膜，工具看来一定很钝，不能很快穿透。他终于找到了一个适当的部位，可以戳一个洞让气体送进去。当他用工具在我的胸膜上移来移去时，哦，先生们！我的先生们！我只觉得自己彻底完蛋了，究竟什么滋味，我真无法形容。我的先生们，胸膜这东西是动不得的，谁也不该去动它，也不希望去动它。这是一个禁区，上面长着皮肉，它自成一体，一辈子也碰不得。现在，他却把它打了开来，东碰碰，西戳戳。我的先生们，这真叫我受不了。多可怕呀，我的先生们，我从来没有想到，世界上居然有这等可怕的、叫人作呕的感觉，只有地狱里才有！我昏过去了——一连昏迷了三次，一次眼前一片绿色，又一次一片棕色，还有一次一片紫色！此外在昏迷中，我还闻到一股臭气，随着胸膜的振荡，连嗅觉器官也受到了影响，我的先生们，闻到的只是一股硫化氢的气味，好像是地狱里散发出来的。尽管如此，在我走开时，我还听到自己的笑声，不过这种笑声不像是人发出来的，而是一种不体面的、十分讨厌的笑声，我有生以来没有听到过。因为，先生们，他们掠起你的胸膜，就好比在非常令人难堪地、非常可怕地、非常不近人情地抓您的痒，不但非常丢人，也十分痛苦，这就是所谓胸膜振荡，愿仁慈的上帝保佑您，不致吃这个苦头！”

安东·卡洛维奇·费尔格回忆起这段“骇人听闻”的经历时，往往不寒而栗，现在复述一次，仍感到毛骨悚然。他一开始就把自己看成是一个平凡的人，对一切“崇高”的东西都完全没有资格过问；在理性和情感方面，人们不应对他提出任何特别的要求，而他对任何人，这方面也从不苛求。只要这点没有异议，他说起过去的生涯来就头头是道，饶有兴味。由于疾病，他同这种生涯一刀两断了——他本来是火灾保险公司的一个职员，经常出差到外地去。他曾从彼得堡出发周游俄国各地，访问了保过险的各家工厂，对经济上可疑的一些厂家作了一些查勘，因为根据统计数字，火灾往往发生在经营不善的那些厂里。正是基于这一理由，他才得以找种种借口出差到某一企业单位调查，并向公司汇报情况，以便通过高额的“再保险”或调配保险费的方法避免可能遭受的损失。他谈起自己在俄国辽阔的国土所作的冬季旅行，谈起在严寒的冬夜里跋山涉水，有时躺在滑雪车里，有时裹着羊皮毯，当他醒来时，他看到一些狼在雪地里瞪着眼睛，它们像星星般地闪闪发光。他随身带的放在匣子里的一些食物，不论菜汤，还是白面包，都冻住了，当他到达驿站换马的当儿，再把它们热一下解冻，以备享用，那时就像第一天烤出来时那样的新鲜。如果中途天气忽然暖和起来，那就糟了，那时他带着的冻成一块的菜汤就会融化，流个干净。

费尔格先生就这样讲述自己的事，讲到中途不时唉声叹气。他还说，只要大夫不再在他身上试行人工气胸，什么都是挺美好的。他的话没有什么崇高的意境，但实事求是，娓娓动听，汉斯·卡斯托尔普更有这种体会。听到谈起俄罗斯帝国和俄国人的生活方式，谈起茶炊、独木小舟、哥萨克人和木屋搭成的教堂——教堂有许多洋葱般的圆顶，好像一丛丛蘑菇——汉斯觉得很有益处。他让费尔格先生把话题落到俄国人的种族上面，叫他谈谈富有北方民族特征而情绪奇特的异国人，他们的眼睛更显得离奇而变幻莫测。还叫他谈谈俄国人的亚洲血统，他们凸起的颧骨以及一半像芬兰人、一半像蒙古人的眼锋。汉斯还怀着人类学的兴趣谛听他讲俄语，只听到这种东方语言从费尔格先生怀着善意的小胡子下以及怀着善意的喉结里快速地、一泻千里地滚滚而出。这些话在汉斯听来更觉得津津有味，像少年时那样入了迷，因为从教育学的观点来看，他正在禁区上流连忘返。

他们常常在安东·卡洛维奇·费尔格床边待上一刻钟。他们还乘此机会去探望“弗立德利西亚努姆”学校里出来的那个名叫特迪的金发孩子，他只有十四岁，风度优雅，容貌俊美，由一位特别护士照料，穿的是一件雪白的丝绸睡衣，上面系着一条带子。据他自己说，他是一个孤儿，家境十分富裕。他在等待大夫为他试行一次较深的手术，将有病的部分切除。在他的自觉症状较佳时，他有时离开病床，穿起漂亮的运动衫，同下面的伙友们厮混一小时。娘儿们爱跟他打趣，他也侧身恭听她们的谈话，例如涉及艾因胡夫律师、穿一条轻便裤子的姑娘以及弗兰慈欣·奥伯但克的谈话。过后他又上床睡了。特迪这孩子就是这样悠闲自在地打发日子的，人们可以清楚地看出，除了睡睡玩玩等待手术外，他对生命再也没有别的指望了。

五十号病室里住着冯·马林克洛德太太，名唤娜达莉亚，黑黑的眸子，耳上戴着金环。她爱卖弄风情，喜欢打扮，不过她是妇女中的拉撒路[1]和约伯[2]，上帝赐给她各种各样的病痛。毒汁似乎流遍了她的整个机体，因而各种可能患的疾病，她都同时染上或此起彼伏。她的皮肤也令人怜悯地受到了感染，到处生着又痛又痒的湿疹，连嘴角也不能免，用勺子吃东西时十分困难。她体内各部分，例如胸膜、肾脏、肺、骨膜甚至脑子，都患有炎症，因而很容易昏迷过去。这些炎症在冯·马林克洛德太太身上交替发作，有时还由于热度和剧痛而引起心力衰竭，这使她极其苦恼：例如食物不能正常下咽，仿佛在食道里哽住了。总之，那女人十分可怜，而且在世上孑然一身。她为了另一个男人，曾抛弃了自己的丈夫和孩子，这个男人还是一个乳臭未干的少年，后来又被她的情夫遗弃了。这个情况，都是表兄弟听她亲口说的。现在她虽无家可归，经济来源还没问题，因为她丈夫依旧在寄钱给她。她利用了他的一片好心，也可以说是经久不衰的爱情，可内心并无任何不恰当的自豪感。她

① 在基督教中，拉撒路往往作为看护的象征。
② 约伯在基督教中常喻作坚韧不拔的人物，《旧约全书》中有《约伯记》。

对自己看得一文不值，把自己看成是一个不光彩的、有罪的女人，因而像约伯一样以惊人的耐心和毅力以及女性固有的抗击生活冲击的能力，忍受一切苦难，并且战胜了她那黄褐色肉体上的种种病痛。由于某种难以出口的理由，她总爱在头上系一条白白的纱带，她甚至把这当作是一件合适的装饰品。她经常调换饰物，早上佩戴珊瑚，晚上又换上珍珠。汉斯·卡斯托尔普送给她一束花，她非常高兴，把这显然看成是对她的一种殷勤而不是什么施舍，于是这对年轻人在床边喝茶。她用一只小茶壶①喝茶，除了大拇指外，每只手指到关节处都饰有蛋白石、紫晶和绿宝石。不一会，她就把自己的情况详详细细地说给这对表兄弟听了，讲话时，耳朵上的金环一摇一晃的。她说起她那值得尊敬的可又令人厌倦的丈夫，以及她那些同样值得尊敬的而又令人厌倦的孩子，这些孩子全像他们的父亲，她对他们从来没有特殊的热情。她也谈起那个同她一起远走高飞的少年，她对他那充满诗情画意的柔情蜜意赞誉备至。可是他的亲人施展了阴谋诡计和强硬手段，把他们俩拆开了，而那个少年见到她病了也感到厌恶。她已有半张脸布满了湿疹，她那固有的女人气质把湿疹也战胜了。

汉斯·卡斯托尔普对那个玩腻了她的少年嗤之以鼻，听后耸了耸肩膀表示不屑。对于那个乳臭未干的风流少年身上的弱点，他看作是对自己的一种鞭策。在他以后再去看这位不幸的马林克洛德太太时，他找机会给她做一些小小的护理工作，这些护理工作不需要任何基础知识，比如说中午自己用膳完毕后小心翼翼地替她喂粥；如果她有食物哽在喉咙里咽不下去，就递给她小茶壶喝水，有时帮助她改变卧床的姿势，因为除了一切病痛之外，她还有一个手术时留下的创口，她躺着十分不便。当他去餐厅或散步回院时，他总上她那儿安慰她几句，给她帮上几手。这当儿，他总要约阿希姆先走一步，说自己还得在五十号病室待上一会，照料一下病人。这时他觉得自己的生命幸福地充实起来了，这是一种助人后所体味到的乐趣，他暗自感到自己的行为很有意

① 指病人卧着时可以饮用的一种小茶壶。

义。此外他又窃喜自己的所作所为混合着基督教的殉道色彩，无可指摘。实际上，它是那么虔诚，那么温情，那么值得赞美，因而不论从军人角度还是从人文主义者和道学先生的角度上看，都谈不上违背严肃的道德原则。

对于卡伦·卡斯特德，那就更不在话下了。不论汉斯·卡斯托尔普和约阿希姆，都对她特别关怀，照料备至。她是顾问大夫的门诊病人，他要求表兄弟替她行行好。她来山上已有四年，本人没有经济来源，只靠一些硬心肠的亲戚过活。人们认定她必死无疑，曾一度把她赶下山去，后来顾问大夫提出抗议，于是把她送上山来。她住在“村子”里，靠微薄的赡养费生活。现在她已十九岁了，身材瘦小，油光光的头发，一双怯生生的眼睛射出某种光泽，但她竭力想掩盖它，这种光泽是与肺结核病人脸上所特有的红潮互相呼应的。她那沙哑的声音颇有典型性，但婉转动听。她几乎不住地咳嗽。由于手指生了坏疽而开裂，指尖都贴上了膏药。

顾问大夫在两兄弟面前为她说情。他们俩本来都是好心肠的小伙子，这一回就格外殷勤了。他们先给她送鲜花，接着又上“村子”的小阳台上去探访可怜的卡伦，后来三个人就一起进行种种异乎寻常的活动：一会儿去参观滑冰竞赛，一会儿去看双联雪橇比赛。现在，咱们山上的冬季运动正遇上热火朝天的季节。有一星期光景，人们像欢度节日那样，文娱体育活动一个紧接着一个，好不热闹。对于这番景象，这对表兄弟以前只是偶尔才注意到。约阿希姆对山上的各种娱乐都抱有反感。他上山不是来消遣的，他到这里来，压根儿不是为了浑浑噩噩地过日子，只要生活舒舒服服，玩的花样多，就心甘情愿地住下去。他唯一的目的，只是尽快地摆脱病魔的纠缠，以便下山服役，真正的干起工作来，而不是做什么卧疗。现在他做卧疗，只是不得已的一种“替代”办法，不过他也不愿牺牲卧疗的机会。大夫禁止他参加冬季的文娱活动，他本人也不愿站在一旁瞪着眼睛看。至于汉斯·卡斯托尔普呢，他把这种事看得很认真，当作是自己分内的事。作为山上的一个成员，他很想亲眼看看这儿人们的生活动态，这儿的人们把这片谷地看作是一个游乐场哩。

现在，他对可怜的卡斯特德小姐怀有仁慈的同情心，他在观点上有了一些改变。约阿希姆对此也不能向他提出任何责难，否则就有失基督徒的身份了。他们把女病人从“村子”寒碜的住所中带出来。在阳光明媚的严冬天气中，他们经过以“英国旅馆”命名的英国区，沿着大街蹓跶。繁华的店铺在大街两旁林立，雪车在街上发出叮叮当当的响声。这里有来自世界各地的享乐的富人和游手好闲的人，还有疗养地的旅馆里和其他大旅馆里的客人，他们都不戴帽子，穿的是由贵重衣料制成的新式运动衫，由于曝晒在冬日下，又受到积雪反光的照射，脸上都现出一层青铜色。他们一直来到离疗养地旅馆不远的、位于谷地深处的溜冰场。夏季这里本是一片草地，充作足球场之用。这时响起了音乐声：疗养地旅馆里的小乐队，在位于四角跑道顶部的木亭的走廊上奏起乐来。在木亭后面，积雪的山峦耸向深蓝色的天空。他们从入口处走进去，穿过人群(这些人都坐在由三方面围绕跑道的向上高起的座位上)，终于找到了座位，抬头观看。职业滑冰运动员穿着紧身衣，也就是绷紧的黑色运动衫，饰有金银花丝带的外套上镶有毛皮，此刻一会儿跳来蹦去，一会儿前俯后仰，一会儿又团团打转，大显身手。这时有一对名噪一时而艺技无与伦比的职业滑冰专家上场，一男一女，他们表演的绝技是举世罕见的，因而赢得了全场的掌声，乐队也吹奏喇叭，以示祝贺。有六个不同国籍的青年人在举行速度竞赛，他们弯着腰，两手叉在背后，有时用手帕捂住嘴，在四角跑道上跑了六次之多。音乐中响起了铃声。人群中不时爆发出一阵阵鼓动性的欢呼声和喝彩声。

竞技场上的人群五光十色，三个病人——表兄弟和他们保护下的一个姑娘——都在昂首观看。有一些头戴苏格兰帽和牙齿洁白的英国人，正在和异香扑鼻的法国女人搭讪。这些女人从上到下穿着毛线衣，有的甚至穿起灯笼裤来。还有一些脑袋不大、头发涂得油光光的美国人，嘴里叼着烟斗[①]，身上披着粗皮往外翻出的皮衣。此外还可见到一些胡子

① 原文 Shagpfeife，指细切烟丝用的短柄烟斗。

拉碴、风度翩翩、看去阔气得近于野蛮的俄国人以及马来亚血统的荷兰人，他们都坐在德国人和瑞士人中间。这里还可以散见各种各样国籍不明的人，他们都讲法语，其中有的是巴尔干人，有的是近东人[①]，真是一个光怪陆离、令人眼花缭乱的世界。汉斯·卡斯托尔普很偏爱他们，但约阿希姆却觉得这些人猥亵卑下，不屑一顾。孩子们竞相戏谑，连蹦带跳地在角逐，一只脚沾满了雪，另一只脚穿着滑雪鞋。孩子们有的在滑雪时，手里拿着雪铲，前面还搀住一个姑娘；有的在赛跑时，手里各擎着一支烧着的蜡烛，胜利者到达目的地时，那支蜡烛仍不该熄灭；有的在跑时必须越过一些障碍物，或者用锡勺子把土豆捡起来，投入跑道上的喷水壶里。大伙儿都笑逐颜开。人们把家境最富裕、最有名望和风度最优雅的孩子一一指点出来，还指出了谁是家私足足有几百万的荷兰富商的小女儿，谁是普鲁士王子的儿子，还有这么一个十二岁的孩子，他的名字竟和举世闻名的一家香槟酒公司相同。可怜的卡伦看了这番景象也欢腾起来，而且连连咳嗽。她高兴地拍起手来，她的手指尖儿都开裂了。她真是说不尽的感激。

表兄弟俩又带她去看双联雪橇表演。这儿距他们的终点不远，离山庄疗养院和卡伦·卡斯特德的家都没有多少路，因为跑道是从沙特察尔普山峰蜿蜒而下，一直通往西面山坡里住宅区中间的“村子”。那儿建起了一座岗亭，每一辆滑雪车出发时，就由起点站来电话通知。这时低而扁平的雪橇沿着闪耀着金属光泽的弯弯曲曲的跑道从高处一一滑行而来，它们相互间隔开一定的距离，跑道两边都堆着一堵堵的积雪。驾雪橇的是穿着白色绒线衣的男人和女人，胸口系着各种国籍的五光十色的佩带。他们看到滑雪者的脸都是红通通的，显得很紧张，雪花不住扑往他们的脸飘落。有的雪橇撞到角落上，翻了身，把人扔到雪里，于是旁观者就拍起照来。这里也奏起了音乐。观众有时坐在小小的看台上，有的在跑道旁边铲过雪的小径上推推搡搡地来往。以后在上面又架设了木桥，桥上也拥着许多人，木桥下面不时有竞赛的双联雪橇沙沙地疾驰而

① 原文 Levante，欧洲人对于土耳其、希腊及埃及等国人的称呼。

过。汉斯禁不住想：疗养院里抬出的尸体也是经同一条路从桥下沿着弯弯曲曲的小径咔嚓咔嚓地送往下面一个又一个的谷地的。他把心里的想法也对其他两个人说了。

一天下午，他们甚至把卡伦 · 卡斯特德带到“高地”上一家放映电影的戏院里。她对一切都十分满意。这里的空气十分污浊，他们三人以前吸惯了山上纯净的空气，现在觉得很不舒畅，胸口很闷，头脑里也混混沌沌的。生活的镜头，在他们发痛的眼睛前的幕布上一一掠过，生活被切成一片片的小块，短暂地匆匆而过，各个镜头时隐时现，闪烁不定，有时还伴随着一些音乐，音乐把人们从眼前的生活带到往昔的各种景象上去。尽管电影的表现手段有限，却能把人间一切庄严华丽的场面和七情六欲统统体现出来。他们看到的，是一个激动人心的关于恋爱和凶杀的故事，剧情在一个东方暴君的宫廷里默默展开，场景移动得十分迅速，绚烂壮丽，而且把各种细节都赤裸裸地表现出来。剧中人物有的热衷于统治欲，有的卑躬屈膝，一味盲从，洋溢着残酷、贪婪、嗜血成性的气氛，后来转成特写镜头，使观众可以清楚地看到刽子手胳膊上的肌肉——总之，这出戏的构思，是煞费苦心地为迎合世界上各个文明国家里观众内心深处隐秘的愿望的。汉斯 · 卡斯托尔普想：身为批评家的塞塔姆布里尼，对这种违反人道的演出准会嗤之以鼻，而且准会以他惯用的直率的讽刺口吻猛烈进行抨击，谴责人们滥用技术，竟为如此蔑视人性的场面增添声势。汉斯把自己的这些想法悄悄告诉了表哥。斯特尔夫人则恰恰相反。她当时也在戏院内，坐在离三人不远的地方，聚精会神地观看。她那红通通蒙昧无知的脸由于极度快乐而变了形。

此外，在他们所见到的其他一些人的脸上，表情也是相同的。不过当一系列的画面结束，图像上最后闪烁的余晖已经消失，剧院里的灯光也已熄灭，在观众面前只呈现一片空白的幕布时，场里居然连一点喝彩声也没有。剧中人一个也不见了，观众无法鼓掌致意，以感谢他们的艺术造诣。人们刚才欣赏过的那出戏中聚在一起的各个演员，此刻早已无影无踪，刚才人们看到的，只是他们动作时的影子，人们已将他们的活动分割成几百万张图片，拍下了瞬时快照，以便今后可以经常迅速地将它们任意放映出来，使时间的各个片段重新呈现在观众眼前。幻觉消失后，人们一片沉默，这种沉默显得奄奄无生气，也叫人厌恶。他们无可奈何地垂着双手，眼前一无所有。他们揉眼睛，茫然凝视着前方，对眼前这一片明亮感到羞惭，恨不得再回到黑暗中去观看影剧，重温刚才那番热闹的场景——当时的场面是多么栩栩如生，而且还有音乐伴奏哩。

暴君在刺刀下张开嘴巴，吼了一声死去了，可人们听不见他的吼声。接着，大伙儿看到了世界各地的景象：有头戴大礼帽，身佩大绶章的法兰西共和国统领坐在四轮马车上回答人们欢迎词的场面，有印度总督出席印度王公结婚仪式的场面，还有德意志皇太子在波茨坦军营里巡视的场面。观众可以看到纽梅克伦堡[①]土著部落的风土人情，婆罗洲的斗鸡场面，一丝不挂的蛮人用"鼻笛"吹奏曲子，捕捉野象，暹罗王宫里举行的盛大仪式，日本的一条以妓院著称的街道，有许多艺妓在木栅后面坐着。还可以看到萨莫耶特[②]人裹着毛皮外套、驾着驯鹿拖着的雪橇在亚洲北部白雪皑皑的荒原上驰骋。俄国朝圣者在希伦[③]祈祷，一个波斯的罪犯正在受笞刑。这些人在各个镜头中都反复出现，空间已不复存在，时光也倒流了；在悠扬的音乐声中，地点和时间像玩弄魔法似的一转眼从东转到西，由过去变为现在。一个年轻的摩洛哥女人穿着有条纹的丝衫，佩戴着项链、手镯和指环，半裸的胸部一起一伏。这时突然出现她的特写镜头，显得栩栩如生。她的鼻孔张得大大的，眼睛充满了兽性，脸部显出蠢蠢欲动的神态。她咧开嘴巴露出雪白的牙齿笑了起来，一只手遮在眼睛上，手指像她皮肉那样亮光光的，另一只手则向观众挥舞致意。观众不知所措地呆望着这个富有魅力的幽灵出神。她若隐若现，观众的视线无法把她捉摸住。她的笑容和举止使人们想到的不是现在，而是过去，因而要回答对方的音容笑貌是毫

---

① 岛名。
② 俄罗斯西伯利亚的一种人种。
③ 巴勒斯坦城名，在耶路撒冷之南，亚伯拉罕之墓即在此城。

无意义的，人们对此只感到无能为力。于是幽灵消失了。这时屏幕上一片空白，幕上出现了“剧终”字样。演出到此结束，人们默默地走出剧院，而另一批观众又从外面蜂拥而入，渴望享受刚才那样的演出场面。

斯特尔夫人跟他们一起走了出来。在她的怂恿下，他们还一起上疗养地旅馆的咖啡馆，这使可怜的卡伦异常高兴，她合起掌来称谢不迭。咖啡馆里也有音乐。这里有一支穿着红色制服的小乐队，由一位捷克或匈牙利的第一小提琴手指挥演出。他和乐队里其他人不在一起，站在一对对舞伴中间，演奏提琴时身体在狂热地扭摆。餐桌上的场面十分阔气，人们把各种名贵的饮料递来递去。表兄弟叫了几杯橘子水，使自己和他们的保护人凉快一些，因为天气很热，室内尘埃又多。斯特尔夫人则要了一杯加糖的烧酒。她说，这个时候咖啡馆里的生意还不是最兴隆。一当夜阑人静，跳舞的场面还要热闹得多。晚些时候，几所疗养院里的许多病人以及散居在旅馆里和这个疗养区的一些病人，都纷纷上这儿来，人数比现在还多得多。有一些重病人在这儿跳舞后不久就一命归天，把生命中那杯欢乐之酒打翻了，最后 in dulci jubilo，[①]口吐狂血。从“dulci jubilo”这句话里，斯特尔夫人的粗野和缺乏教养达到异乎寻常的程度。这里的第一个词，她是从大夫的意大利文的音乐词汇中借用的，因而念作“dolce”[②]；第二个词，则使人想起了 Feuerjo[③]，Jubeljahr[④]，或者天晓得是什么词儿。在斯特尔夫人卖劲地讲拉丁文时，表兄弟却一心一意伏在杯子上咬紧麦秆，不过她对此显得若无其事。她执拗地露出兔子般的牙齿，想用含沙射影和讽刺挖苦的办法搞清这三个年轻人究竟是怎么样的关系。对可怜的卡伦来说，斯特尔夫人有一点看得十分清楚（而且她也说出口来）：她外出漫步时有两个漂亮的骑士同时护送，也许是十分合适的。不过表兄弟方面的情况，表面上还不容易看清楚。尽管

---

① 似是而非、拼法不准确的拉丁文，意为：在甜蜜的狂欢中。
② 意大利文：柔和之意。
③ 烟火的意思。
④ 德文：狂欢的年头。

她十分愚蠢，没有知识，但凭她做女人的直觉，事实的真相却能看得相当清楚，即使看到的不可能是全部，而且观点十分庸俗：她知道(而且还冷嘲热讽地发表过议论)，这里真正扮演骑士角色的乃是汉斯·卡斯托尔普，而年轻的齐姆森只是推波助澜。在她看来，汉斯的心上人是肖夏太太，而可怜的卡斯特德只是作为肖夏太太的替身才让他伴着，因为他无法公开接近另一个女人呀。这只是斯特尔夫人鄙俗的直觉，没有足够的根据，道义上也站不住脚，真是有眼无珠，岂有此理。因此当她用戏谑的口吻俗不可耐地向汉斯·卡斯托尔普陈述自己的这种看法时，他只是用慵倦而轻蔑的眼光向她瞥了一眼，作为回答。不过同可怜的卡伦交往，确实像他所有其他的善行那样，能填补他内心的空虚，使他朦朦胧胧地得到一些慰藉。但同时这种乐善好施就其本身来说，也是一种目的。在他给受尽折磨的马林克洛德太太喂粥时也好，在听费尔格先生讲述那段地狱般的肋骨振荡的经历时也好，或者在看到可怜的卡伦怀着喜悦和感激的心情用指尖贴着膏药的手儿鼓掌起来时也好，他总感到一阵满足，这种满足心理即使是感染性的，有些休戚相关的成分，但同时又是直接的、纯粹的。它渊源于一种与塞塔姆布里尼先生所代表的学究式观点迥然不同的道德思想；在年轻的汉斯·卡斯托尔普看来，把 Placet experiri① 应用到实践上去似乎也是值得的。

卡伦·卡斯德特住的屋子，离通往水道和通向“村子”的铁道处不远，因而表兄弟俩想在早膳后带她一起作例行公事式的漫步，倒是十分方便的。如果他们向村子走去以便踏上大道，他们眼前就会呈现仙霞峰小小的山峰和再远处右方的三个尖峰，人们称它们为“绿塔”，但它们现在也披上了耀眼的阳光照射着的白雪。再右边更远的地方，是达沃斯村山峰的圆顶。离山坡约四分之一高度的地方，人们可以看到一座墓园，也就是“达沃斯村”的墓园，它四周有一道围墙，可以一览下面的胜景，也许从这里可以眺望湖畔的风光，因而这里是人们散步时流连忘返的所在。

---

① 拉丁文：试一下也好。

在一个明媚的早晨，他们三人一起登上那儿。现在，每天天气都是挺好的：风和日丽，碧空如洗，冷而高爽，到处闪耀着一片银白色。这一对表兄弟，一个脸孔红扑扑的，另一个脸呈古铜色，他们都不穿大衣，因为在这阳光明媚的日子里，大衣反而成了累赘。年轻的齐姆森身穿一件运动衫，脚踏一双橡胶套鞋；汉斯·卡斯托尔普脚上穿的也是一双橡胶套鞋，但着了一条长裤，他认为穿短裤子不够大方。新年已过，现在已是二月上旬了。一点也不错，自从汉斯·卡斯托尔普上山以来，年份的数字已换了一个样，现在，日历上已标志着更高一位的数号了。大地的时钟上一枚巨大的分针，又向前推进了一个单元，不过这枚分针并不是巨大无比的，不能计量一千年的光阴，现在活着的人很少能体验到这种分针的走动。同时，这种分针也不能标志一世纪或仅仅十年的光阴——这是办不到的。标志年份的指针能向前推进一个小小的单元，虽然汉斯·卡斯托尔普上山还不到一年，而是只有半年多一点时间。这种分针像某一只大钟中以五分钟为单位计时的分针，现在暂时停住不动，过一会又会继续前进。可是指示月份的指针还得前进十次，也就是说比自从汉斯·卡斯托尔普上山后，它还得多上两三次——他不把二月份计算在内。因为一个月开始就好比一个月已经结束，正如兑换了的钱同花去了的钱并无二致。

有一回，三个人漫步到达沃斯村山腰的墓园边。为了使故事讲得详尽无遗，一丝不漏，他们这次郊游也得在此交代一下。这个主意是汉斯·卡斯托尔普出的，约阿希姆开始时有顾虑，怕可怜的卡伦受不了，但后来也想通了，同意了，认为对卡伦瞒三瞒四是毫无意义的，也用不着像胆小的斯特尔夫人那样，在卡伦面前畏首畏尾地不敢提起一切足以使她想起自己最后归宿的事儿。卡伦·卡斯特德对自己晚期的疾病并不抱什么自我欺骗的幻想，她对自己的病情如何，以及手指尖的坏疽究竟意味着什么，心里也一清二楚。她也知道，她那些冷酷的亲戚是不愿耗费巨大的开支，把她的遗体送回故乡去的，也许在她死后，上苍将在那边山头上给她安排好一块勉强容身之地。总之，人们也许可以看出，上墓园兜一圈，对她来说在道义上比别的一些事情（比如看双联雪橇竞赛或看电影）更为合适。对长眠在山上的人作一次访问，总不失为一种亲切友好、合乎礼仪的行为，只要不要把墓园单纯看作是名胜古迹或闲游之地就得了。

他们像鹅儿般地慢慢踱到山上。小径上的积雪才铲除不久，他们只能一个接着一个向上走去。他们把位于斜坡上最后的一些别墅都抛在后面和下面。登山时，他们所熟悉的景色又一一映入眼帘；这些景色在冬日显得灿烂夺目，只是位置的远近稍稍有些异样，而视野也更加广阔。在东北角谷地入口的地方，望去更为空旷，人们所盼望的湖景也历历在目。湖口的四面长着许多树木，圆圆的湖面已经冻结，上面披着一层白雪。在最远的河岸后面，山坡似乎与地面连成一片，而在山坡后面，又可以看到一些不知名的积雪的山峰高高地耸向蔚蓝色的天空。他们站在墓园入口的石板门面前眺望这片景色，然后穿过嵌装在石板门里的铁栅门进入墓园，铁栅门只是虚掩着。

在一排排墓穴之间，横贯着一条条小径，小径上的积雪也已经铲过。墓穴的四周围起了铁栅，墓上也堆满了雪，显得高高凸起。雪在坟顶上堆得齐整而均匀，坟上有石头和金属制成的十字架，还竖立着一块块雕有圆形饰物或刻有铭文的小小纪念碑。但这里既看不到人影，也听不到谁在说话。这里肃静无哗，仿佛与世隔绝，而且静得出奇，静得令人有一种神秘感。在某处灌木丛中，站着一个石雕小天使或爱神丘比特像，它那小小的头上斜戴着一顶雪帽，手指放在嘴唇边，很像是这块地方的守护神，也可说是沉默之神。人们深深感到这种沉默之神是反对说话的，在它面前只能不吭一声，但这种沉默却是意味深长的，远非没有内容和实质。如果这两位来访的男客戴着帽子，那么脱帽致意也许正是时机。可是他们都光着脑袋，连汉斯·卡斯托尔普也没有帽子，因此他们只能毕恭毕敬地走，全身重量落在足趾球上，仿佛一会儿向左、一会儿向右微微欠身致礼。卡伦·卡斯德特在前引路，他们在她后面缓步走着。

墓园的外观很不规则，初建时延伸成狭狭的长方形，方向朝南，后来也向两侧扩展成长方形。显然，增大面积是非常必要的，于是又把附近的田地并入。如此，目前墓地里又满是新冢，不论石墙两旁还是墓园内部不怎么惹人喜欢的地方，都是这样。以后这里究竟是否还有容身之所，谁也看不清，说不准。三个外来客人在墓碑间的小路上小心翼翼地来回踱了很久，他们不时停下脚步，想努力识别碑上刻的死者姓名和生卒年月。石碑和十字架都不很精致，看来耗钱不多。铭文上刻有世界各国人们的姓名，有英国人、俄国人或其他斯拉夫民族，还有德国人和葡萄牙人等等。但从日期方面看，死者都很年轻，他们的生命历程总的说来都非常短，出生和死亡之间总共不过二十年左右，有的二十年还不到。埋葬在这块地方的差不多都是乳臭未干的青年人，几乎没有上岁数的人，他们都还没有定型；他们从世界各个角落会聚到这儿，终于横下身来，长眠于此。

在墓园深处、草地内部靠近中央的某个地方，有一块扁平而空旷的场地，大小有人体那么长。它正好位于两个坟茔之间，坟前的石碑上挂有永久性花圈。三个游客在它面前不由自主地站住了。姑娘站在伴随她的两个小伙子面前。他们在细读石碑上哀怨动人的词句——汉斯·卡斯托尔普放松身体，两手交叉在胸前，张开嘴巴，显得睡眼惺忪。年轻的齐姆森却镇定自若，但站得笔挺，而且身子还稍稍向后仰。这时，表兄弟俩同时怀着好奇心偷偷瞟了卡伦·卡斯德特一眼。她也注意到了，径自羞答答地、谦逊地站在那边，脑袋略略歪向一边，噘起嘴唇强作笑容，同时急匆匆地眨巴起眼睛来。

瓦尔普吉斯之夜[①]

不上几天，年轻的汉斯·卡斯托尔普在山上打发日子就快满七个月

① 瓦尔普吉斯本是英国修女，后在德国传教，任海登汉姆修道院院长。她是天主教的圣女，瞻礼日为5月1日。按德国民间习俗，4月30日至5月1日间的那一夜为“瓦尔普吉斯之夜”。那天夜里，魔女们骑扫帚柄及山羊等前往布罗肯山同恶魔跳舞，举行一年一度的晚会。

了。当汉斯上山时，他的表哥约阿希姆已在院里住了五个月，因此屈指算来就快满十二个月，也就是整整一年。“整整”两个字不过是天文学上的概念，因为自从那辆小小的牵引力很强的火车把他带到这儿后，地球绕太阳已整整转了一周，现在又回到原位。狂欢节①快到了，狂欢节之夜近在眼前。汉斯·卡斯托尔普向老病人打听，山上人们是怎样过节的。

“隆重极了！”表兄弟在早晨散步遇见了塞塔姆布里尼问起这个时，对方就这样回答。“华丽多彩！”他说。“简直像在普拉特公园②那样热闹非凡，您等着瞧吧，工程师。要不了多久，咱们就可以看到有许多容光焕发、风度翩翩的男人在这儿轮舞。”接着他又鼓起嘴巴说一些诽谤性的话，一面冷嘲热讽，一面摇头晃脑，不论胳膊、头部和肩膀都姿势十足地摆动起来。“您指望些什么？哪怕在 maison de santé③ 里，有时也会为呆子和痴子举行舞会，我在书里已看到过。那么这里又有什么不可呢？节目中包括各种各样的 danses macabres④，这个您可以想象得到。可惜去年参加节日的一部分客人，这一回不再露面了，因为舞会过了九点半就要结束……”

“您的意思是……哎呀，原来如此，妙极了！”汉斯·卡斯托尔普大笑起来。“您真爱开玩笑！九点半左右，表哥，你听懂了吗，你？换句话说，在塞塔姆布里尼先生看来，这个时间对去年‘某一部分’病友来说是太早些了。哈，哈，真叫人不寒而栗。也就是指去年到现在一直不沾‘肉食’的那一些人。你懂得我一语双关的意思吗？不过我还是十分兴奋，”他说。“我觉得咱们在这儿像平日过节时那样庆祝一番，像往日那样装点一下，是对头的。要是搞得冷冷清清，单调乏味，那反而叫人

① 一称谢肉节，是欧洲民间的一个节期，在封斋节之前举行，一般为封斋开始前三天。因封斋期内教会禁止肉食，故人们在此节期举行各种宴饮跳舞，称为“谢肉”。

② Prater，系维也纳郊外的一个公共游乐场，以前是王家的动物饲养园，1776 年后对外开放。塞塔姆布里尼这句话，引自歌德诗剧《浮士德》第一部第二十一场《瓦尔普吉斯之夜》中的语句。

③ 法文：精神病院。

④ 法文：死亡舞蹈。

奇怪了。咱们已过了圣诞节，也懂得新年怎么过，现在谢肉节也快到了。以后又是复活节前的星期日(这里吃脆饼吗？)，接着是耶稣复活节前的一周，复活节，再过六星期就是圣灵降临节。此后不久，君不见白昼最长，夏至降临，于是秋天又迎面而来……”

“住口！住口！住口！”塞塔姆布里尼大声喝住他，说时脸孔朝天，伸起手掌压住太阳穴。“别说了！我不准您用这种腔调乱放炮！”

“请原谅，我说的意思恰恰相反……再说，贝伦斯最后下决心给我打针，让我解毒，因为我的体温总有三十七度四五六，甚至三十七度七。这种情况老是改变不了。现在，我是生活中娇生惯养的孩子，以后仍是这样。我不是老病人，赖达曼托斯并没有判处我任何确定的期限，可是他说，既然我已在山上待了这么久，也就是说花了这么多时间，提前中断治疗就简直是胡闹了。要是他给我规定期限，那又有什么用呢？这没有多大意义，因为当他说比如半年时，这样的算法也很勉强，实际上还要长一些。只要看看我的表哥就行了：他本来月初就可出院，也就是说完全治愈出院，可是最近，贝伦斯又说要彻底把病治好还得加上四个月——哼，那我们又有什么话好说？刚才我已说过，不久夏至就要到了，我这么说一点也没有冒犯您的意思。过一会又是冬天了，不过就眼前来说，我们当然先过谢肉节。我觉得这里过节时一切都像日历上那样按部就班地进行，倒是挺好的，这个我已对你们说过。斯特尔夫人说，门房那儿可以买到儿童玩的喇叭，真是这样吗？”

实际情况果真是这样。人们还来不及抬起眼睛向远处眺望，忏悔日就马上到了。一清早，餐厅里就响起了诙谐的管乐器发出的各色各样的声音，有的叽里嘎啦，有的嘟嘟作声。午膳时，根舍、拉斯穆森和克莱费尔特坐的餐桌还飞来了一条条飞蛇。许多人戴起纸帽来，脸儿圆圆的玛鲁莎也是其中之一，在跛脚的门房那里，也可以买到这种纸帽。可是在晚上，大厅里和会客室里尽是庆祝活动，人们都忙于庆祝……只有我们事先知道，汉斯·卡斯托尔普那种敢作敢为的精神，会把谢肉节的欢庆活动引导到哪一个方向去。不过我们既然知道内情，也不该粗心大意，泄露机密，而应当恰如其分地尊重时间的安排，别急于把故事内容一五一十地抖出来。也许我们把故事情节拉长，是因为我们对汉斯·卡斯托尔普这位年轻人的害臊心理表示同情；正因为他爱面子，才好长时间踟蹰不前，迟迟不敢进入角色。

下午，大伙儿都纷纷徒步上达沃斯村，观看街头上的节日景象。一路上已有许多头戴面具的人，还有手持木剑、身穿奇装异服的各色丑角。在徒步行走的人和在雪橇里同样戴着面具的人中间(雪橇也装饰得花花绿绿，从人们身边经过)，展开了一场投掷五彩纸屑的战斗游戏。晚餐时，七张餐桌的食客都喜气洋洋，兴高采烈，他们决心把户外的欢乐气氛传播到室内来。房间里的纸帽和吹吹打打的乐器很快就销售一空。检察官帕拉范特是第一个把自己进一步打扮得不伦不类的人，他穿起日本女人的和服，把维尔姆布兰特总领事太太的那条假辫子紧缠在自己的后脑勺上，用火钳把自己的小胡子弯弯地卷向下方，与中国人简直惟妙惟肖，因而引起在座众人的连声喝彩。院方的管理部门在欢庆节日的方面也并不落在病人后面。他们在七张餐桌上各装点一只纸灯笼，里面点着一支蜡烛，还可以看到一个彩色月亮。当塞塔姆布里尼步入餐厅，在汉斯·卡斯托尔普的桌边经过时，他就念念有词地引用关于灯火的诗句来：

> 你瞧，五光十色的火焰！
> 欢乐的集团在那儿聚宴。[①]

他背诗时优雅地、干巴巴地笑了起来，一面大摇大摆走到自己的坐席上。那边，他迎面挨到了一连串小小的榴弹——这是一些薄壁的、里面注满香味液体的小球，它们碰到什么地方就爆了开来，散发一股香气。

总之，节日气氛一开始就十分浓厚。到处是一片琅琅的笑声，枝形

---

① 是歌德《浮士德》第一部《瓦尔普吉斯之夜》一场中魔鬼梅非斯特的台词。

吊灯上悬着的纸蛇迎风飘舞。在烤肉的酱汁上，五彩纸屑在游动。矮个儿的女侍者很快就带来了第一桶冰，同时灵巧地提早端上了一瓶香槟酒。在艾因胡夫律师的示意下，人们在香槟酒里掺上了红葡萄酒。晚餐快结束时，吸顶灯熄灭了，餐厅里只有纸灯笼发出色彩斑驳、朦胧不明的光线，使人仿佛置身于意大利的夜景。人们的心情极其舒畅。这时塞塔姆布里尼向汉斯·卡斯托尔普递上一张字条(他把字条交给了坐在身边的玛鲁莎，玛鲁莎头上戴一顶饰有绿绸纸的骑师帽)，上面写了几行铅笔字：

> 不过今天山上闹得不亦乐乎，
> 如果您一定要叫魔鬼带路，
> 那您就不能过于认真。①

看到这个场面，坐在汉斯·卡斯托尔普一桌的人都连声叫好。只有布卢门科尔博士不很高兴，嘴里在嘀咕些什么，仿佛想知道这是些什么诗句。最近他的病情又恶化了。他脸上的表情(还不如说他嘴唇的表情)像往常那样显得很古怪。至于汉斯·卡斯托尔普方面，尽管他认为不一定要给意大利人一个答复，但从打趣逗乐的角度上看，他觉得还是有责任写一张回条给他。当然，结果如何是无足轻重的。他想在袋里找一支铅笔，但什么也没有，约阿希姆和女教师那里也借不到。他那充血的眼睛转向餐厅东侧的左面深处求助。可以看出，他原来那种昙花一现的企图，此刻变成了广泛的联想。于是他的脸刷地一下白了，压根儿忘记原来的企图。

还有别的原因使他陡然变色。原来坐在那边角落里的肖夏太太，为谢肉节也特别打扮过一番。她穿起一件新衣服，这件衣服，至少汉斯·卡斯托尔普还没有看到她穿过。衣服由薄薄的暗色的——甚至可以说是黑色的——丝绸制成，只是它有时有些黄棕色的闪光。这件衣服在脖子

① 是歌德《浮士德》第一部《瓦尔普吉斯之夜》一场中鬼火与梅非斯特对话时的台词。

上有一个小小的圆领口，像少女的衣服似的，领口的深浅正好让喉头及锁骨部分露出，当她的脑袋稍稍往前探时，也使后脖子柔软的毛发下面那略略有些突起的颈椎骨显现出来。克拉芙吉亚的手臂也一直裸露到肩膀处，她的手臂既柔嫩，又丰满，看去有些凉幽幽的；在一身黑绸衣服的衬托下，显得格外洁白，而且白得令人心醉，因而汉斯 · 卡斯托尔普不由闭起眼睛，悄悄自语："我的天哪！"

过去他从来没有看到过这种式样的衣服。舞会里的各种服装他都见识过，它们都华贵而庄重，有的袒胸露肩的程度比这位肖夏太太的还厉害，不过它们都合乎礼仪，一点也不像穿这身衣服时那么肉感。可怜的汉斯 · 卡斯托尔普过去在第一次看到女人用薄纱遮着的手臂时(他当时用"神化"这一名称来形容)曾发表过一个见解，那就是这样的手臂很有魅力，有一种使人失去理性的魅力。这话虽然不对头，但也许还有几分道理。不对头！该死的自我诳骗！现在，这个女病人身上美艳的肢体光灿夺目地、赤裸裸地呈现在他的眼前，他觉得比当时称之为"神化"的那种玉臂更加令人心醉。在这一景象面前，他什么话也说不上来，只是垂下头，悄没声儿地重复着这样的叹息："我的天哪！"

过了一会，又有一张字条传过来，上面写的是：

真是难得的聚会，
全是地道的新娘！
而青年们，不论哪一位
前途都大有希望。①

"妙啊！妙啊！"人们连声高呼。此刻他们已喝起上等咖啡来，咖啡是盛在棕色的小陶瓷罐里饮用的。有些人也喝露酒，例如斯特尔夫人就是其中之一，她一生喜爱啜饮甜酒之类。不一会，大伙儿就站起身来走动了。各张餐桌的人相互搭讪起来。一部分病友已走到会客室，还有

---

① 是《浮士德》第一部《瓦尔普吉斯之夜》一场中风信旗的台词。

一些人却依然坐着，津津有味地继续享用掺酒的饮料。塞塔姆布里尼手持咖啡杯，嘴叼牙签悠然走了过来，在汉斯·卡斯托尔普与女教师中间的桌旁一角坐下，听他们聊天。

“哈尔茨山，”[①]他说，“在希尔克和埃伦特[②]附近。我在您面前失言太多了吧，工程师？我简直在胡言乱语啦！可是且请您等一下！咱们的笑话不会这么快就讲完。咱们还没有达到高潮呢，更谈不上到了顶。听各方面的消息说，还有更多的化装场面哩。有些人已经离开餐厅——我们的种种期待是不会落空的，您等着瞧吧。”

又有一些化过装的人们出现了：有的女人穿起男人的服装，模样儿胖鼓鼓的，看去像喜剧演员，奇形怪状的，脸上用烧焦了的软木塞涂着黑黑的胡子。男人们恰好相反，穿的是女人的服装，他们撩起裙子一颠一瘸地走了出来。大学生拉斯穆森就是这样。他穿的是一身点缀着煤玉的女式服装，袒胸露肩的部分斑斑点点，手里挥动着一把纸扇，扇扇脸，也扇扇背。这时又有一个乞丐模样的人屈起腿、拄着拐杖走了出来。接着出来一个身穿白内衣的江湖小丑，他头戴女人毡帽，脸上涂着白粉，眼神显得很不自然，嘴唇抹上血艳艳的口红。原来他是蓄长指甲的那个小伙子。“下等”俄国人餐桌的一个腿长得很长的希腊人，也趾高气扬地走了出来。他穿的是淡紫色的紧身衬裤，披着短大衣，折叠领是纸做的，手里握着一柄内藏短剑的手杖，俨然一副西班牙贵族或神话中公子的气派。这些面具都是饭后匆促地临时准备起来的。斯特尔夫人在椅子上再也待不住了。她不见了，不一会打扮得像一个清洁女工走了回来。她撩起裙子，卷起袖子，纸帽在下巴下面打个结，随身带着水桶和刷子，开始做起清洁工作来，同时用一把湿漉漉的长柄粗毛地板刷子伸到桌子底下，在坐着的餐友们的脚边刷来刷去。

---

① 哈尔茨山在今德国的下萨克森州境内。它的最高峰是布罗肯山。

② 希尔克和埃伦特是布罗肯山以南两个邻近的乡村。《浮士德》第一部第二十一场《瓦尔普吉斯之夜》，即以此地作为背景。这里塞塔姆布里尼自炫博学，对德国古典文学如数家珍。

保婆老母独个儿赶路。①

塞塔姆布里尼一看到她就吟诵起来，同时接下去念一句诗，声音清脆而柔顺。她听到后叫他一声“火鸡”，要他收回这种“下流的笑话”，说这种笑话还是留给他自己受用吧。在化装时，大伙儿都可以无拘无束，因此她对他称了一声“你”，其实在用膳时，大家普遍都改了口。他打算再回敬她几句，但大厅内的喧闹声和欢笑声止住了他，餐厅里的人都被这些声音吸引住了。

这时从会客室里大模大样走来两个特殊人物，后面跟着一群人。他们才化装好不久哩。其中一个穿着护士服，但她那身黑衣服从头到脚都缝着横的白线。一些短线相互间的距离较近，而少许长线则横向突出，像体温表上的刻度一样。那个女人把一只食指放在她苍白的嘴上，而右手则拿着体温记录表。另外一个假面，彻头彻尾都是蓝色的：嘴唇涂上蓝色，眉毛染成蓝色，脸上和脖子上也画的是蓝色，一顶蓝帽子斜套在头上，盖住一只耳朵，身上披一件蓝色闪光亚麻布的外衣或大衣之类的衣服；大衣连成一体，踝骨部分都用带子拉紧，中央部分塞得满满的，圆圆的肚子高高鼓起。大家认出了他们是伊尔蒂斯太太和阿尔宾先生。他们两人都挂着纸板牌，上面写着“哑护士”和“蓝亨利”。他们蹒蹒跚跚地步入餐厅。

人们高声欢呼，纵情喝彩。斯特尔夫人把扫帚挟在腋下，双手捧住膝盖，俗不可耐地尽情狂笑起来，活像她扮演的扫地女工角色。只有塞塔姆布里尼不动声色。他对这两个扮演得十分成功的戴假面具者瞥了一眼，然后咬紧嘴唇——嘴唇在翘得挺漂亮的小胡子下面细得像一条缝。

在会客室内蜂拥而出的紧跟着“蓝亨利”和“哑护士”的这群人

① 系《浮士德》第一部《瓦尔普吉斯之夜》中魔女的台词。保婆是罗马神话中司农业和谷物的女神；在希腊神话中，她是农耕女神德茉特尔的乳母。德茉特尔因女儿被拐而愁绪重重，保婆常以淫猥之词为她解闷。在《浮士德》中，保婆系用作为淫猥魔女之名字。全文应为：“保婆老母独个儿赶路，骑着一头怀孕的母猪。”塞塔姆布里尼引用这句话，对斯特尔夫人竭尽讽刺挖苦之能事。

中，克拉芙吉亚 · 肖夏太太也在里面。她和头发像羊毛般的塔玛拉以及一个胸口凹陷的青年人在一起，那人名叫布尔金，与她同桌就餐，此时穿着一身晚礼服。肖夏太太穿着这套新装从汉斯 · 卡斯托尔普身边擦过，斜步走向年轻的根舍和克莱费尔特那儿。这当儿，与她同来的病友们继续尾随着那两个扮作怪物的面具，跟他们一起走出餐厅，而她却留着不走，反剪双手，眯缝着眼睛，和人们谈谈笑笑。肖夏太太也用谢肉节节日的帽子装饰起来，这帽子并不是买来的，而是儿童们戴的，无非是一种白纸做的、折成三角形的帽子，她斜戴在头上显得极其相称。那件暗棕色的丝裙恰好让她露出双足，裙子有些皱起。对于她的玉臂，我们在这里不多说了。它们一直裸露到肩膀处。

“你把她看个仔细！”汉斯 · 卡斯托尔普听到塞塔姆布里尼先生在说，声音像是远处传来的。她不一会就走向玻璃门，离开餐厅，他也目送着她。“她就是莉莉特①。”

“谁呀？”汉斯 · 卡斯托尔普问。

这位文学家高兴起来。他答道：

“是亚当的第一个妻子。只要你注意一下……”

餐桌上除了他们两人外，另一块地方还坐着布卢门科尔博士。别的餐友现在都走到休息室里，约阿希姆也一样。汉斯 · 卡斯托尔普说：

“你今天诗兴大发，出口成章。这个莉莉特又是什么？难道亚当娶了两次妻子？我连一点头绪都没有……”

“这是根据希伯来神话的传说。后来莉莉特变成了夜间的妖怪，对年轻人为害不浅，特别是她那一头秀发很有吸引力。”

“真见鬼！夜间的妖怪居然有一头秀发，这种事你是忍不了的，对吗？于是你来了，开亮电灯，把年轻人引导到正路上——你不是这样做的吗？”汉斯 · 卡斯托尔普异想天开地说。他确实已喝了相当多的“混

---

① 莉莉特：据《圣经 · 旧约 · 创世记》第 1 章第 27 节记述，“上帝……照着他的形象造男造女。”这个女的就是莉莉特。她是亚当的前妻，长着一头秀发。后来她被夏娃（她是上帝用亚当的肋骨造出来的）替代，变成了鬼怪，专门诱惑男人，残害儿童。塞塔姆布里尼和汉斯的对话，引自《浮士德》中魔鬼梅非斯特和浮士德的对白。

合酒”。

“您听着，工程师，注意我说的话！”塞塔姆布里尼皱起眉头命令道。“请您使用有教养的西方国家通用的谈话方式，用第三人称复数①，要是我可以这样要求的话！您居然试图称起‘你’来，在您似乎一点儿也不体面吧！”

“这有什么关系？今天可不是谢肉节吗？今天晚上什么都允许做……”

“不错，不过这是为了找寻不合礼仪的刺激罢了。外国人彼此以‘您’相称，自以为很合适，其实是一种野蛮的习惯，叫人讨厌。这是原始时代的一种游戏，一种放荡的游戏，我嫌恶它，因为它在原则上同文明和进步的人性背道而驰，厚颜无耻地同它唱对台戏。不过我对您也不曾称过‘你’，请您别产生什么错觉！我只是引用贵国文学杰作②中的某些章句。我不过是引用一些诗句……”

“我也一样！我也引用了一些诗句。我认为眼下这个似乎十分合适，所以就这么说出口来。我根本不是说，我称呼‘你’是十分自然的，轻而易举的；恰恰相反，我花了相当大的力气才说了出来，我这么做非卖一把劲不可。可是我卖这把劲是心甘情愿的，我很高兴这么做，而且是真心实意的。”

“真心实意？”

“真心实意。不错。这点你可以相信我。咱们在这儿山上现在已相处这么久了，屈指算来已有七个月了。就咱们这儿山上的情况来说，这段时间并不算长，但我回想起山下人的时间观念，想必十分可观了。嗯，咱们现在一起生活着，因为生活把咱们带到一块儿来。咱们差不多天天见面，相互间说些很有意思的话，其中一部分话题，对山下人来说是压根儿摸不着头脑的。但在这里却很合适，它们在这儿既重要，又亲切，因而在咱们讨论问题时，我始终非常认真。或者不如说，当你向我

① 在德语中，第二人称的“du”（你）是亲昵的称呼，而第三人称复数形的大写“Sie”则是尊称（您）。

② 此处即指歌德的巨著《浮士德》。

解释 homo humanus[①] 时，我总是全神贯注，因为到现在为止我依旧幼稚无知，缺乏经验，所以发表不出什么意见，只觉得你说的话都非常值得一听。通过你，我知道、懂得了许许多多的东西……知道有卡尔杜齐这个人还是最起码的事。再举些例子说，我还懂得了共和国和优美文体的相互关系，或者时代与人类进步之间的关系——反之，如果没有时间，也谈不上什么人类的进步，而世界就只像静止不动的水坑和腐臭的池塘了。要是没有你，我对这一切什么都不知道。因此我就简单地用'你'来称呼你，否则就再也谈不下去，请原谅！因为我不清楚这究竟是怎么一回事。我真不由自主啊。现在你坐在这里，对你只是以'你'相称，这已够了。你不仅仅是一个有姓有名的某个人，而是一个代表，塞塔姆布里尼先生，是一个被派到这块地方，而且同我站在一起的代表人物，你就是这样的人物，"汉斯·卡斯托尔普劲头十足地说，同时用手掌拍一下台布。"现在我要感谢你，"他继续说，一面把那杯混有香槟酒和勃艮第葡萄酒[②]的玻璃杯推到塞塔姆布里尼先生的咖啡杯面前，似乎想在餐桌上跟他碰杯。"我感谢你，是因为在这七个月里，你一直待我十分亲切友好。我像一头初出茅庐的驴子，毫无生活经验，一下子接触到许多新鲜事物就感到手足无措，而你却不遗余力地教导我，为我指点迷津，不收分文，有时采取讲故事的形式，有时借助于抽象的说教。我清楚地感到现在是向你感恩的时候了，而且还请求你的原谅——原谅我是一个不争气的学生，是你说的那种'生活中叫人担忧的孩子'。你说这样的话很使我感动，每次当我想到它时，我就感动不已。一个叫人担忧的孩子！对你来说，对你那教师爷的气质来说，我可能是这样一个人；在我们会面的第一天，你就说起这样的话来。当然，这也是你给我上的一堂课，也就是人文主义和教育学之间的关系。今后我肯定还会想起更多的事。那么你就原谅我吧，别把我往坏处想！塞塔姆布里尼先生，敬祝你一切如意！你为了减轻人类的痛苦，从事文学工作，鞠躬尽瘁，我向你

---

① 拉丁文：具有人性的人。

② 系产于法国勃艮第地区的一种红葡萄酒或白葡萄酒。

致敬，为你干杯！”他说完这些话，身子往后一仰，就喝了这杯混合酒，喝时打了个嗝儿。接着他站起身来说：“现在咱们跟别人去联欢吧！”

“嗨，工程师，您刚才怎么啦？”意大利人十分惊讶地圆睁着眼睛说，他也离席了。“您好像是在致告别词……”

“不，干吗要告别呢？”汉斯·卡斯托尔普有意回避。他要回避的不仅仅是在言词方面，身体上也一样——这时他的上身画了一个弧形，在女教师恩格尔哈尔特小姐面前停住了，她是前来找他们俩的。她通知他们，顾问大夫正在调琴室里亲手为大家斟上谢肉节的“潘趣酒”[1]，这种酒是由院方供应的。如果他们这几位先生也想喝上一杯，那就得赶紧前去。于是他们一起走了。

顾问大夫贝伦斯真的站在钢琴室中央一张铺白布的圆桌旁，周围簇拥着许多病友。每个病友都在他眼前擎着一只小小的有耳形柄的酒杯。贝伦斯正在用一只长柄勺把热气腾腾的饮料从一只又大又深的钵里舀起。从外表上看，他也稍稍感染到谢肉节的欢乐气氛，不过即使是今日，他仍旧穿着那件白大褂，因为他的工作一刻也不能停止。他戴了一顶洋红色的货真价实的土耳其帽，帽上黑黑的流苏一摆一摆地一直垂到耳际。这两者合在一起，已够得上是动人的化装服了。他的外貌本来已很引人注目，现在看去更加别有风味和放荡不羁了。顾问大夫穿的这身白大褂比他的身子还长，如果你把他弯曲的后脖子也考虑在内，同时又设想将他的身材往高处延长，那么他看去比实际身材还高一些。他的脑袋很小，头部装扮得花花绿绿的，显得奇形怪状。人们从来没有见到过贝伦斯的头部打扮得像今天那样荒唐可笑，至少对年轻的汉斯·卡斯托尔普来说是这样的。他的鼻子又塌又扁，脸庞红里透青，脸上的眉毛呈淡黄色，一双蓝眼睛泪汪汪的，在嘴角往上弯成弧形的嘴上，蓄着两撇翘起的淡色小胡子。钵子里冒起一缕缕蒸汽，他一面掉头避开，一面冲着它去舀那棕色的饮料，长柄勺划着弧形，甜甜的米酒式“潘趣酒”便从那儿一滴滴地淌到人们递往他眼前的玻璃杯里。他嘴里嘟嘟哝哝地不住说一些乱七

---

[1] Punch，用果汁、香料、砂糖和茶混合制成的一种热饮料。亦称调和酒。

八糟的话，显得兴高采烈，每斟一杯酒，桌子周围的人就发出一阵哄笑。

“魔鬼老爷在上边坐下来了，”塞塔姆布里尼朝顾问大夫做一个手势悄声说，然后走向汉斯·卡斯托尔普。这时克罗科夫斯基大夫也到场了。他矮小、健壮，黑黑亮亮的毛线衫披在肩上，袖子不套在手臂上，看去像一件化装外衣。他曲起手臂把酒杯举得同眼睛齐平，和一群戴面具的人谈笑风生。有人奏起乐曲来了。脸儿长得像一只貘那样的女病人用小提琴奏起亨德尔①的“广板”来，那个曼汉姆人用钢琴伴奏，后来又奏起格里格②的一支奏鸣曲，曲调富有民族风格，而且十分雅致。人们衷心鼓掌，连打桥牌的两桌人也喝起彩来。这些坐着打牌的人，有的戴假面，有的却没有，身旁放着盛冷饮的瓶子。房门敞开着，有些病人待在大厅里。圆桌旁手捧潘趣酒的一群人，睁大眼睛瞧着顾问大夫，他正为大家搞一种新的玩意儿。他在桌子旁弓起身子，闭着眼睛挥起铅笔在一张名片的背面画起什么图像来；画时他的脑袋歪向后面，使大家都看到他是闭着眼睛的。他不借眼睛之助，用那硕大无比的手画出一只小猪的轮廓。尽管线条十分简单，画得有些随心所欲，不像真的，但毕竟明确无误地是一头小猪的基本轮廓，何况又是在如此艰难的条件下草就的。这是一种了不起的本领，而他居然能得心应手。那双细小的眼睛画得几乎恰到好处，只是离开尖嘴巴太远了些，但位置基本上是对头的。猪头旁的耳朵和圆滚滚的小腹下悬着的猪脚也画得挺不错；背脊也同样是圆鼓鼓的，后面很乖巧地扬起了一条尾巴。

当贝伦斯完成这幅作品时，人们禁不住“啊”的一声大叫起来，他们虚荣心十足，争先恐后地想试一下，和这位大师比个高低。可惜睁着眼睛画一头小猪也谈何容易，何况闭起眼睛呢！他们真是活见鬼了！画出来的东西都是不伦不类的。有人把眼睛画在头外，有人把猪腿画到肚子里去，而肚子的线条一点也不连贯，尾巴也有些错位，和猪头乱七八糟的形状并无有机联系，像一个独立的阿拉伯式图案。人们都忍不住笑得前仰后合。这时人聚得越来越多了。在打桥牌的桌子上，赌牌的人也

---

① 亨德尔(1685—1759)，德国作曲家。
② 格里格(1843—1907)，挪威作曲家。

怀着好奇心闻声赶来，手里还拿着扇形的纸牌。站在一旁的人在察看绘画者会不会眨巴起眼睛来。有的人没有本领，在闭着眼睛瞎画一通的当儿再也憋不住了，于是格格地笑出声来。当他睁开眼睛往下看那荒唐的作品时，他简直乐不可支。一种盲目的自信驱使每个人去参加竞技。那张纸虽然很大，但正反两面很快就涂满了不像样的图形。可是顾问大夫又从自己的公文包里献出一张纸片，检察官帕拉范特沉思了一下，就想一气呵成地画出一头小猪来——结果，他画得很惨，比以前的各张画儿还要糟：他创造出的玩意儿不但不像小猪，连世界上的任何东西都一点儿对不上号。哈哈，于是人们纵声大笑，热烈祝贺。有人把餐厅里的菜单也拿来了，这样，许多人——不论男的或女的——都可以同时画，而每一个参加比赛的人都拥有自己的监视者和旁观者，每一个候补人员都在等待绘画者刚使用过的铅笔。铅笔一共有三支，人们从对方的手中夺了过来。这三支铅笔都是病友的。顾问大夫眼见一场新的游戏已引上轨道，而且气氛十分热闹，便带着助手走开了。

汉斯·卡斯托尔普挤在人群中，越过约阿希姆的肩膀观看绘画的人。他的胳膊肘靠在表兄的肩胛上，五个指头托住下巴，另一只手叉在臀部上。他有说有笑。他也很想画一手，大叫大闹要一支铅笔，终于搞到了一支，不过这支铅笔很短，只能用大拇指和食指勉强捏住。他闭起眼睛仰起脸来对着天花板，骂这支铅笔真短得可怜——他破口大骂，骂这支铅笔一点儿也不中用，一边骂，一边在纸上匆匆地乱画一通，最后甚至把纸也毁了，扔在台布上。他大叫起来：“这不行！”这时观众报以一阵哄笑。“用这种铅笔怎么能……真见鬼！”他把这支罪大恶极的短铅笔扔到盛潘趣酒的钵里。“谁有一支像样的铅笔？谁能借我一支？我还得画一回！一支铅笔！一支铅笔！谁手边还有一支？”他大声问两边的人，左臂下部依旧撑在台板上，右手高高举起，在空中挥动。可他一支也得不到。于是他掉过头去，走到房间里，一面继续叫着要铅笔。他径直向克拉芙吉亚·肖夏走去。他知道她正站在离通往小客厅的门帷不远的地方，微笑地看着喝潘趣酒的熙熙攘攘的人群。

汉斯听到有人用嗓音圆润的外国语在喊：“Eh！Ingegnere！Aspetti！

Che cosa fa! Ingegnere! Un po di ragione, Sa! Ma è matto questo ragazzo!”①可是他更提高了嗓门在喊，把对方的声音淹没了。只见塞塔姆布里尼先生甩开胳膊，越过脑袋一挥，离开了正在庆祝谢肉节的伙友们。这种挥手的姿势在他的祖国里是司空见惯的，它的意义难以用言语表达，挥手时往往伴以拖长的“哎——”声。汉斯·卡斯托尔普觉得自己站在铺有砖石的庭院里，身旁站着一个斜视的人，高高的颧骨上有一对灰沉沉、绿幽幽的眼睛。他仿佛在问：

“你也许有一支铅笔吧？”

他脸如死灰。那天他独个儿散步回来去听大夫讲演时血流满面，脸色也是那么苍白。控制血管的神经对他的脸起了作用，这张年轻的脸上，皮肤一下子失去血色，变得又冷又白，鼻子尖棱棱的，眼睛下面的地方呈铅灰色，像死人的眼睛那样。由于交感神经的作用，使汉斯·卡斯托尔普的心猛跳不已，他压根儿谈不上正常呼吸，在身体内皮脂腺的作用下，这位青年人感到一阵战栗，同时毛发直竖。

她戴着三角形纸帽站在那里，嫣然含笑地从上到下打量着他。看到他一脸沮丧的神色，她既没有什么同情心，也没有任何关切的表示。男人由于情欲而失魂落魄时，女人向来不动恻隐之心，也丝毫不会体恤他的。关于情欲方面，女人显然比男人熟悉得多，男人就本性来说，对此是不很内行的。女人见到男人动情，总爱冷嘲热讽，而且怀着幸灾乐祸的心情。至于同情和关切，那当然不在话下了。

汉斯刚才称她为“你”。“我吗？”那个露出手臂的女病人回答。“嗯，也许有一支。”在她的微笑和声音里，显示出男女双方彼此长时期默默无言第一次启口时的某种激动。这是一种微妙的激动，它把过去的一切悄悄地集中到眼前的这一瞬间。

“你真是雄心勃勃……你……你真……起劲，”她用异国情调的声音继续说下去，显然在拿他开玩笑。她发音完全是外国腔，发音时口张得太大。她的声音稍稍有些沙哑和含糊不清，但很悦耳。在说“雄心勃

① 意大利文：哎，工程师！等一下！怎么啦！工程师！理智一点儿，懂吗？这孩子疯啦！

勃”这个词时，她把重音落在第二个音节上①，因而听来完全像外国语。她在她的皮包里搜索了一通，再往里面窥视了一番，先掏出一方手绢，然后又摸出一支小小的银铅笔，又细又脆。这只是一件装饰品似的小玩意儿，几乎谈不上什么实用价值。而他借到的第一支铅笔，是货真价实，便于使用的。

“Voilà②，”她说时把这支铅笔的尖端夹在自己的大拇指和食指中间，在汉斯眼前轻轻地来回摇晃着。

由于她捏捏放放，汉斯无法把这支铅笔牢牢接住，也就是说，他悬空伸出手去，准备用五只手指去紧紧抓住铅笔，但无法把它完全抓在手里。他从铅青色的眼窝里瞪出眼珠，一会儿瞧瞧他的目的物，一会儿瞧瞧克拉芙吉亚那张鞑靼人的脸。他那两片没有血色的嘴唇半晌张得大大的，似乎不是用它们来说话的。他只是说：

“你瞧，我早知道你会有一支铅笔的。”

“Prenez garde， il est un pen fragile③，”她说。“C’est à visser， tu sais④.”

他们两人的脑袋都凑在这支铅笔上面。她把这支铅笔的一般用法讲给他听：只要把螺丝旋开，细细的、针头一般的铅芯就会露出来，不过这种铅芯也许一钱不值。

他们贴近身子，俯着脑袋站着。由于他穿着晚会的礼服，他今晚穿着硬领，可以将下巴托住。

“小虽小，却是你的宝，”他低下头来对着这支铅笔说，额头对住她的额头；说话时嘴唇不在翕动，因而听不出唇音来。

“哦，你倒是挺聪明的，”她回答时“啊哈”笑了一声，随即挺直身子，把铅笔正式递给他。（他究竟什么地方谈得上聪明，也许只有上帝知道，因为他的头脑中，显然连一滴血也没有了。）“那么走吧，赶快走开吧。

---

① 原文为Ehrgeizig，按理重音应在第一个音节上。
② 法文：在这儿。
③ 法文：注意，铅笔有些脆。
④ 法文：你知道，用时得旋开来。

画一张图，好好地画，画个痛快！”就她来说，把他赶跑也是挺聪明的。

“不，你还不曾画哪。你应当先画一画，”他在说“应当”这个词儿①时，没有发出唇音“m”，接着诱人地后退了一步。

“我？”她惊愕地又一次说起“我”这个字，似乎真的想答应他的请求了。她又站了一会儿，茫然微笑着，随即三脚两步地跟着他走向他们在喝调和酒的餐桌上。刚才汉斯后退了一步，对她似有一种磁性吸力。

然而餐桌上的人已不再像刚才那样兴致勃勃了。有的人固然还在画画儿，不过已不再有人旁观。菜单上被涂得乌七八糟，每个想画上一手的人结果都显得力不从心。餐桌边几乎空无一人，人们的注意力已被吸引到另一个方向。他们知道大夫们都已离开，话题一下子转到跳舞上。人们早已把餐桌七手八脚地拖到一边，还在写字间和钢琴室门口布置了岗哨，关照他们万一“老头儿”、克罗科夫斯基大夫或护士长又露脸，就立即发出信号，停止跳舞。这儿有一架核桃木制成的小钢琴，一位年轻的斯拉夫人正在表情十足地按动小琴上的键盘。安乐椅和一些椅子东拼西凑地围成一个不规则的圆形舞池，在这个舞池里，人们开始一对对地翩翩起舞，而旁观者却坐在这些椅子上。

汉斯·卡斯托尔普挥了一下手，暗下说了一声“去你的吧”，同刚才被推到餐厅一隅的那张餐桌告别。他看到小餐厅靠近门帘的隐蔽角落里有两把椅子空着，于是朝那个方向努一努下巴。他什么话也不说，也许是因为音乐声太闹了。他在刚才用下巴示意过的地方挪来一把椅子给肖夏太太坐，这是一把人们称之为“凯旋椅”的卧椅。这是一把长毛绒衬垫的木椅子。他自己却拣了一把摇摇欲坠的藤椅，藤椅的扶手已经卷曲。他坐在这把椅子上，俯身凑向那位女人，两臂撑住扶手，手里拿着她的那支铅笔，两脚往后缩在座位下面。她呢，却斜靠在卧椅上，身子紧紧贴住长毛绒，膝盖高高抬起。尽管如此，她还是架起二郎腿，让一只脚在空中摇呀晃的，黑色的漆皮皮鞋边缘上的踝节部恰好被她的黑丝袜遮住。他们面前还坐着一些人。这时一些人站起来去跳舞，将位置让

---

① “应当”原文是 muβt，“m”是它的第一个字母。

给疲倦了的人。来来去去的人络绎不绝。

“你穿的是一件新衣服，”他说这句话，只是为自己注视她找寻口实。只听得她这么回答他：

“新的？难道你对我的打扮很熟悉吗？”

“我说得对吗？”

“你说得不错。这件衣服我新近才叫人做，是村子里的路加契克做的。他替山上的娘儿们做了好多衣服。你喜欢这身衣服吗？”

“很喜欢，”他一面说，一面再度上上下下打量着她，然后垂下眼睛。“你爱跳舞吗？”他又接上一句。

“你喜欢跳吗？”她扬起眉毛含笑反问他。他答道：

“只要你有兴趣，我就奉陪。”

“你的胆量比我想象的要小些，”她说。看到他轻蔑地笑起来，于是又补充一句：“你的表哥来了。”

“是啊，他是我的表哥，”他不必要地证实了一句。“我早注意到他已离开了。他要躺下休息。”

“C'est un jeune homme très étroit, très honnête, trés allemand.”①

“Étroit? Honnête?”②他重复她的话。“我对法文的理解力，比我的会话能力强些。你的意思是说，他有些学究气——nous autres Allemands?③”

“我们谈的是你的表哥。不过说句老实话，你们稍稍有些小市民气息。你们爱秩序胜过自由，全欧洲的人都知道这一点。④”

“爱……爱……什么是爱？这个字没有确切的定义。‘人有之，我则爱之’，我们的俗语有这么一句话，⑤”汉斯·卡斯托尔普说。“最近，”他继续说下去，“我有时想起自由。也就是说，因为我经常听到这个词儿，于是引起我的深思。我把我的想法用法语向你谈一谈。Ce que toutc

① 法文：他是一个十分古板、十分规矩的青年，富有德国人气派。
② 法文：古板，规矩。
③ 法文：我们别的德国人。
④ 这里一部分用法语，一部分用德语。
⑤ 这里法语夹德语。

l'Europe nomme la liberté, est peut-être une chose assez pédante et assez bourgeoise en comparaison de notre besoin d'ordre-c'est ça! ①"

"Tiens! Cést amusant. C'est ton cousin à qui tu penses en disant des choses étranges comme ça? ②"

"不，c'est vraiment une bonne âme③，他心地单纯，不用叫人担心。tu sais. Mais il n'est pas bourgeois, il est militaire④."

"不用叫人担心？"她吃力地重复这个字眼"……Tu veux dire: une nature tout à fait ferme, sûre d'elle-même? Mais il est sérieusement malade, ton pauvre cousin." ⑤

"谁告诉你的？"

"这儿，病人都知道彼此的情况。"

"是顾问大夫贝伦斯告诉你的吗？"

"Péut-être en me faisant voir ses tableaux." ⑥

"C'est-à-dire: en faisant ton portrait?"

"Pourquoi pas. Tu l'as trouvé réussi, mon portrait?"

"Mais oui, extrêmement. Behrens a très exactement rendu ta peau, oh vraiment très fidèlement. J'aimerais beaucoup êtreportraitiste, moi aussi, pour avoir l'occasion d'étudier ta peau comme lui."

"Parlez allemand, s'il vous plaît!" ⑦

---

① 法文：所有欧洲人称之为自由的东西，同我们对秩序的需要相比，也许显得相当俗气，富有小市民气息——问题就在这里！

② 法文：天晓得！这可逗人了。你这种怪里怪气的话只是针对你的表哥说的吗？

③ 法文：他确实是个正派人。

④ 法文：你知道。不过他不是小市民，而是军人。

⑤ 法文：你的意思是说，他的个性非常顽强，充满自信？可是你那可怜的表哥病得很重哪。

⑥ 法文：也许是他叫我去看画时告诉我的。

⑦ 法文：

"也就是说，在画你那幅肖像的时候？"

"可不是吗。你认为我那幅肖像画得成功吗？"

"妙极了。贝伦斯把你的皮肤画得真是惟妙惟肖。我也真想做一个肖像画家，像他那样有机会研究你的皮肤。"

"请讲德语吧！"

“哦，我讲德语时，有时也夹上一些法语。C’est une sorte d’étude artistique et médicale-en un mot：il s’agit des lettres humaines，tu comprends.[①]你现在不想跳舞吗？”

“不，跳舞太孩子气了。En cachette des médecins. Aussitôt que Behrens reviendra，tout le monde va se précipiter sur les chaises. Ce sera fort ridicule.[②]”

“你很尊敬他吗？”

“尊敬谁？”她说，提问时腔调既干脆，又显得陌生。

“贝伦斯。”

“Mais va donc ton Behrens！[③]这里太挤了，没有办法跳舞。Et puis sur le tapis[④]……还是让我们看他们跳吧。”

“好，我们就这样吧，”他表示同意。他脸色苍白，用祖父那样沉思的蓝眼睛傍着她望着客厅和那边书写室里病人的假面舞会。只见“哑护士”和“蓝亨利”也傍在一起跳舞，而萨洛蒙太太却俨然以舞会的主人自居。她穿的是燕尾服和白背心，衬衫胸口高高凸起，脸上还画着小胡子，戴一副单片眼镜，脚上穿的是一双小小的高跟鞋，和她穿的那条男人黑长裤很不相称。她转动身子抱着比埃洛在翩翩起舞，比埃洛猩红的嘴唇在涂得白白的脸上显得鲜艳夺目，两只眼睛像患白化病的兔子一般。希腊人披着短大衣，挽住袒胸露肩、黑皮肤闪闪发亮的拉斯穆森，他下身穿的是一条淡紫色紧身裤，两条腿一摇一摆晃个不停。身穿和服的检察官帕拉范特和总领事夫人维尔姆布兰特以及小伙子根舍三人臂挽着臂，凑在一起也跳起舞来。至于斯特尔夫人，却挟着一把扫帚在跳舞哩。她把它紧紧抱在胸口，爱抚地摸着上面的鬃毛；在她的眼中，这些鬃毛仿佛是男士脑袋上一根根竖起的头发。

“我们就这样吧，”汉斯·卡斯托尔普机械地重复一句。他们的话

---

① 法文：这是艺术上和医学上的一种研究——总之，你要懂得，它涉及人文科学。

② 法文：何况又瞒着大夫。贝伦斯一回来，大家就都会急急忙忙坐到椅子上，这未免太可笑了。

③ 法文：去你的贝伦斯！

④ 法文：何况是在地毯上。

说得很轻，周围响起了钢琴声。“就让我们坐在这里，像梦里那样旁观吧。你得知道，这样坐着对我来说就好比一场梦——就好像一场深不可测的梦，[1]因为要使梦境达到这般地步，非睡得很沉不可……我的意思是说，这是一场很熟悉的梦，任何时候都孜孜以求的梦，既漫长，又永恒。不错，像现在那样近在你的身边，这就是永恒。”

“诗人！”她说。“小市民、人文主义者兼诗人——地地道道的德国人就是这样！”

“我怕我们还谈不上是地地道道的德国人哪，”他回答说。“哪一点也谈不上。我们也许只是生活中令人担忧的孩子罢了。”

“讲得倒很动听。那么告诉我……事前梦想这个，梦想那个，可并不是太困难的事哪。你这位先生下决心向奴家说话，看来稍稍晚了一些。”

“说话有什么必要？”他说。“干吗要说话？说话，讨论，这是共和主义者的事，这点我承认。不过我怀疑，这也同样富有诗意。我们院里有一位病人，我们刚交上朋友，那就是塞塔姆布里尼先生……”

“他刚才对你说了一番话。”

“嗯，他确实能说会道，口若悬河，甚至很爱背诵漂亮的诗句。可他是个诗人吗，这家伙？”

“我一直无缘结识这位绅士，真是遗憾得很。”

“这个我相信。”

“啊！你相信吗。”

“怎么？我刚才的话只是随口说说罢了。你明白，我不多讲法语。可是跟你在一起，我就宁愿讲我本国的语言，因为对我来说，讲法语在某种程度上好比信口开河，讲时可以不负责任，或者像说梦话一般。你懂得我的意思吗？”

“似懂非懂。”

“那就够了……讲话，”汉斯·卡斯托尔普说，“是一件苦差使！在

---

① “就好像一场深不可测的梦”至“……你肯定不能对我称‘你’了。我就要动身了”一段，对白均系法文，仅个别词句为德文。

永恒中，人们什么也不讲了。你知道，在永恒中，人们的所作所为就像画小猪那样，往后面歪着脑袋，闭起眼睛。”

“这话倒讲得不坏！你无疑置身于永恒中，这个你了解得一清二楚。应当承认，你是一个富于好奇心的小小的幻想家。”

“嗯，”汉斯·卡斯托尔普说，“要是我早些时候有机会跟你说话，我对你就不得不称呼‘您’了！”

“喔，你对我想永远称呼‘你’吗？”

“可不是吗。到现在为止，我一直以‘你’相称，今后我将永远在你面前用一个‘你’字。”

“这未免有些过分吧。不过要不了多久，你肯定不能对我称‘你’了。我就要动身了。”

这些话过了相当时间才渗透到他的意识中。于是他猛地跳了起来，茫然看看四周，仿佛刚从睡梦中惊醒似的。谈话进行得很慢，因为汉斯·卡斯托尔普讲起法文来十分吃力，需要期期艾艾地斟字酌句。不久前静下去的钢琴又响起曲子来，这时是那位曼汉姆人在弹奏了。他接替了那个年轻的斯拉夫人，在钢琴上摆好乐谱。恩格尔哈尔特小姐坐在他的身畔，翻起乐谱来。跳舞的人已越来越少，大部分病友都横着身子去静卧了。他们面前已没有任何人坐着。阅览室里有人在玩牌。

“你想做什么？”汉斯·卡斯托尔普惊愕地问。

“我就要动身了，”她重复说了一遍，对他那张皇失措的神情故作惊异，同时微微一笑。

“这不可能，”他说。“你只是在开开玩笑。”

“一点也不是玩笑。我说的全是真话，一点也不假。我要动身了。”

“什么时候走？”

“明天。Après dîner.①”

他觉得浑身瘫痪了。他说：

---

① 法文：正餐后。

“上哪儿？”

“很远的地方。”

“到达吉斯坦去。”

“Tu n'es pas mal instruit. Peut-être, pour le moment...①”

“那么你已恢复健康了？”

“Quant à ça...non.②不过贝伦斯说，待在这儿，目前对我并没有多大好处。C'est pourquoi je vais risquer un petit changement d'air.③”

“那你还会回来的！”

“这就得看情况了。主要的问题是什么时候再回来。Quant à moi, tu sais, j'aime la liberté avant tout et notamment celle de choisir mon domicile. Tu ne comprends guère ce que c'est être obsédé d'indépendance. C'est de ma race. peut-être.④”

“Et ton mari au Daghestan te l'accorde, —ta liberté?”

“C'est la maladie qui me la rend, Me voilà à cet endroit pour la troisième fois. J'ai passé un an ici, cette fois. Possible que je revienne. Mais alors tu seras bien loin depuis longtemps.” ⑤

“克拉芙吉亚，你认为是这样吗？”

“Mon prénom aussi! Vraiment tu les prends bien au sérieux les coutumes du carnaval!” ⑥

“那么你知道我的病情吗？”

“知道，也可以说不知道。人们对山上这种事总是这样一知半解的。你里面有一个浸润性病灶，还有一些热度，可不是吗？”

---

① 法文：你的消息倒灵通。也许，目前……

② 法文：至于这个……还没有。

③ 法文：正因为如此，我才要冒一下险，到别处去换换空气。

④ 法文：至于我，你知道，我爱自由胜于一切，特别是选择住所的自由。念念不忘独立自主是怎么一回事，你是不大明白的。这也许是我们民族的一种特性。

⑤ 法文：“你在塔吉斯坦的丈夫允许你这样自由吗？”
“是病促使我这样的。我已是第三次上这块地方了。这一回，我在这儿待上了一年。也许我会回来的。可那时你早已远远离开这里了。”

⑥ 法文：原来你也知道我的名字！你对谢肉节的风俗习惯真的看得这么认真！

“中午后，体温是三十七度八或三十七度九，”汉斯·卡斯托尔普说。“那你呢？”

“哦，你知道，我的情况就稍稍复杂些了……一点也不简单。”

“在人文学中有一种名叫医学的分科里面，有叫作‘淋巴腺结核性栓塞’的一种东西。”

“嘿！你在做暗探，亲爱的，这点谁也看得清清楚楚。”①

“Et toi……请原谅我！现在让我向你提一个问题，用德语迫切地提一个问题！六个月前，当我离开餐桌去检查身体时……你左顾右盼地瞅着我，你还记得吗？”

“Quelle question？ Il y a six mois！”②

“你知道我上哪儿？”

“Certes， c’était tout à fait par hasard.”③

“你是从贝伦斯那儿知道的吗？”

“Tourjours ce Behrens！”④

“哦，他把你的皮肤画得那么逼真……此外，他是一个脸颊发烧的鳏夫，有一套很出色的咖啡用具……我深信，他对你的身体情况不但像大夫那样，也像其他的人文学专家那样了如指掌。”

“你的话确实不错：你是在讲梦话，我的朋友。”

“随你说吧……你要下山的消息像闹钟一样把我的好梦残酷地惊醒了，那就让我再梦想一番吧。朝夕相处七个月……而现在，我刚同你名副其实地交上朋友，你就向我说要走了！”

“我再向你说一遍：要是我们能早些谈谈，那就好了。”⑤

“你是这样希望的吗？”

“我吗？你别一见到我就避开吧，我的小伙子。问题出在你身上。你以前不是怯生生地不敢接近那个你现在正向她说梦话的女人吗？还是

---

① 以上六段对白均为法文。
② 法文：什么话？六个月前？
③ 法文：真的，这完全是偶然的。
④ 法文：老是这个贝伦斯！
⑤ 以上四段对白均为法文。

有谁妨碍了你，使你壮不起胆子来？”

“我已对你说过了。我不愿对你称呼‘您’。”

“你真爱开玩笑。回答我吧——那位爱说漂亮话的先生，那位中途离开晚会的意大利人——刚才他对你说了些什么来着？”

“我什么也听不进去。当我的眼睛看到你时，对这位先生就不大放在心上。可是你忘了……在这个圈子里要同你结交，可并不怎么容易。我身边还有我那形影不离的表哥，他不很喜欢在这儿寻欢作乐。他一心只想回到平原上服役。”

“真可怜。实际上，他的病比他自己知道的还要厉害。你那位意大利朋友也病得不轻哪。”

“他自己也说过这话。可是我的表哥……他真是这样吗？你叫我吓了一跳。”

“要是他想到平原去当兵，他很可能会送命的。”

“会送命。死去。这话叫人害怕，不是吗！可是很奇怪，今天我听到这个字眼，我并不怎么动心。我说‘你叫我吓了一跳’那样的话，只是一种传统性的说法。死亡的概念已不叫我害怕。我处之泰然。听到他也许会死去，我既不怜悯那位好心的约阿希姆，也不怜悯我自己。如果这是真的，那么他的情况和我的十分相似，我并不认为有什么了不起。他病入膏肓，我却苦苦害相思。在爱克司光的候诊室里，你曾跟我表哥聊过天，你也许还记得。”

“我还记得起一点儿。”

“那么，那天贝伦斯把你透视过喽！”

“不错。”

“天哪。照片你在身边吗？”

“不，我放在房间里。”

“哎，在你的房间里了。我的那张却一直放在我的皮包里。你要我给你看看吗？”

“多谢多谢。我的好奇心不是不能征服的。这是一件很单纯的东西。”

“我吗，我已见到过你外部的形象了。我还更想仔细看看你的内象，现在它正藏在你的房间里哪……让我提一些别的要求吧！有时，有一位住在城里的俄国绅士前来看你。他是谁？这个人的来意何在？”

“我承认，你的刺探工作干得挺漂亮的。嗯，我来回答你。不错，他是我本国的一位同胞，身体有病。他是我的朋友。我是几年前在另一个温泉疗养院里认识他的。我们的关系吗？关系就是这些：我们一起喝茶，一起吸两三回卷烟，还一块儿聊天，讲大道理。我们谈到人，谈到上帝，谈到人生，道德，还有其他数不清的事。我的账目清单就是这些。你总满足了吧？”

“还谈到道德！那么在道德方面，你们得出了什么结论？”

“道德？这使你感兴趣了？在我们看来，道德不应当从德行中去寻找，也就是说，不应当从理性、纪律、善良的风气以及诚实中去寻找，而且恰恰相反：我的意思是说，我们应当让自己陷入危险的、对我们有害的并可能使我们受到毁灭的境地中，从罪恶中来寻找道德。在我们看来，失去自己甚至让自己毁灭，比保存自己更有德行。一些大名鼎鼎的道德学家都谈不上什么德行，而一些作恶多端的冒险家和罪行累累的人，却教导我们在苦难面前逆来顺受。这一切在你听来一定很不顺耳，是吗？”①

他默不作声。他仍像以前那样坐着，叉起的双脚搁在咯吱咯吱作响的凳子底下，向前弯起身子面对着那位头戴三角纸帽、身子横在卧椅上的女人，那女人的手指中间依然夹着她的那支铅笔。他用祖父汉斯·洛伦茨·卡斯托尔普那样的蓝眼睛往下瞧着房间，此刻房里已空无一人。凑热闹的人都已四散。现在，斜靠在屋角的钢琴，曼汉姆来的那位病人仅用一只手指在弹奏，音调低沉，时断时续。女教师坐在他的身边，翻动那搁在膝上的乐谱。当汉斯·卡斯托尔普和克拉芙吉亚·肖夏的谈话中止时，钢琴家的演奏也完全停住，他本来轻轻触动琴键的那只手也放在膝头上，而恩格尔哈尔特小姐却继续翻阅她的那本乐谱。谢肉节晚会

---

① 以上二十段对白均为法文。

留下来的四个人一动不动地坐着。静默持续了好几分钟。在沉默的压力下，小钢琴旁这一对人儿慢慢垂下脑袋，而且越垂越低——曼汉姆人的脑袋靠向钢琴的键盘，恩格尔哈尔特小姐则靠向乐谱。最后，仿佛达成默契似的，他们俩同时小心翼翼地站起身。房间的另一个角落还有人在活动，但他们踮起脚尖轻轻地走，故意不掉过头去东张西望。就这样，曼汉姆人和女教师缩头缩脑、僵着身子一起穿过了书写室和阅览室，杳无踪影。

“Tout le monde se retire[①]，”肖夏太太说。“C'étaient les derniers; il se fait tard. Eh bien, la fête de carnaval est finie.[②]”她举起手臂，想用两只手把那顶纸帽从她金红色的头发上摘下来。发辫盘在她的头上，像一顶花冠。“Vous connaissez les conséquences, monsieur.[③]”

可是汉斯闭起眼睛，依旧保持原来的姿势一动也不动，表示异议。他回答说：

“Jamais, Claudia. Jamais je te dirai ‘vous’， jamais de la vie ni de la mort[④]，要是人们可以这样说的话——照理是可以这么说的。用这种方式称呼人[⑤]，称呼受西方文明熏陶和富有人文思想的人，我认为非常俗气，非常迂腐。说到底，干吗要形式呢？形式本身就是学究气的东西！你们，你和你患病的同胞对道德的看法——你居然一本正经地认为说出来后会使我大吃一惊：你把我看成是哪号傻瓜？告诉我，你认为我是怎样一种人？”

“这个问题是不用多加思索的。你是一个温文尔雅的绅士，名门子弟，风度翩翩，在老师面前是一个循规蹈矩的好学生，不久就要回到山下，把这里胡诌的一套梦话忘得一干二净，踏踏实实在工地上为强大的祖国效劳。这就是你内部的图像，不用爱克司光机就显得一清二楚。我

---

① 法文：大家都退场了。
② 法文：是最后两个人了，时间不早了。啊，谢肉节已就此了结啦。
③ 法文：您懂得这事的后果，先生。
④ 法文：一辈子也不懂，克拉芙吉亚。我一辈子也不会向你称呼“您”，活也好，死也好，绝不会。
⑤ 这里起及以后八段对白，均为法文(仅有个别德文词)。

希望你认为这张图像十分逼真？”

“还缺少一些细节，贝伦斯却找到了。”

“唉，大夫总会在你身上找到什么的，他们在那里总发现一些东西……”

“你的说法同塞塔姆布里尼先生的一模一样。那么我的热度呢？从哪儿来的？”

“别理它，这只是偶然发生的，无关紧要，很快就会退去。”

“不，克拉芙吉亚，你说些什么，自己是清楚的，可不是吗。你说的话连自己也半信半疑，我深信是这样。我身上的热度也好，那颗恼人的心脏的怦怦跳动也好，四肢瑟瑟发抖也好，都绝对不是什么偶然事件，因为这不外是”——说到这里，他苍白的脸和抽搐着的嘴唇与她的凑得更近——“不外是对你的一种爱慕。不错，在我的眼睛一接触到你的瞬间，或者说当我认识你后，我就爱上你了——很明显，是爱情把我引到这块地方来的……”

“你真傻！”

“哦，要是说爱情不是件傻事，蠢事，受人禁止的事，以及陷入罪恶中的冒险勾当，那么它什么也不是了。不然的话，它只是赏心悦目、平淡无奇的事，只适宜于在平原上唱唱和平的小调而已。至于我向你承认的事，向你承认我对你的爱——不错，我早已认识你，认识你那双美妙的斜睨的眸子，你的嘴儿，你那说话时的声音——当我还是一个学生时，我有一次就曾向你借过铅笔，为的是和你结识，因为我疯狂地爱着你。正是由于这个，由于过去我对你的爱恋，才使我身体上残留着贝伦斯所发现的斑痕，这表明我过去也患过病……”

他的牙齿在打战。这时他的一只脚已从吱吱嘎嘎的椅子底下抽出，一面仍旧喋喋不休地梦呓着。当他向前伸出这只脚时，另一条腿上的膝盖已经着地，因而实际上他跪在她的身旁，俯下脑袋，浑身战栗不已。“Je t' aime[1]，”他结结巴巴地说。“je t' ai aimée de tout

---

[1] 法文：我爱你。

temps, car tu es le Toi de ma vie, mon rêve, mon sort, mon envie, mon éternel désir…[1]"

"Allons, allons[2]," 她说,"Si tes précepteurs te voyaient[3]..."

可是他绝望地摇了摇头，脸孔伏在地毯上，回答她道：

"Je m'en ficherais, je me fiche de tous ces Carducci et de la République éloqunte et du progrès humain dans le temps, car je t'aime!" [4]

她用一只手轻轻抚弄他后脑勺上剪短的头发。

"Petit bourgeois!" [5]她说。"Joli bourgeois à la petite tache humide. Est-ce vrai que tu m'aime tant?" [6]

在她的抚摸下，他感到异常振奋。他仰起脑袋，闭住眼睛，继续说下去：[7]

"哦，爱情，你知道……肉体，爱情，死亡，这三者只是一个东西。因为肉体意味着疾病和纵欲，是它促成了死亡。不错，爱情和死亡两者都同肉欲有关，它们的恐怖之处或巨大的魅力也就在这里！可是你知道，死亡一方面是一种臭名昭彰的东西，是叫人脸红的无耻的东西，另一方面却是一种十分神圣和庄严的力量，比挣钱及填饱肚子之类欢乐的生活高尚得多，比现代人们喋喋不休的进步事业值得尊敬得多，因为死亡就是历史，就是高尚，就是虔诚，就是永恒，就是神圣，在它面前我们得脱下帽子，踮起脚尖走路……肉体和肉体的爱也是一样，它们都是不体面的、惹人讨厌的东西。恐惧或害臊时，肉体的表面就会变得苍白或泛起红潮。可是它同样也是一种令人崇敬的无上的光荣，是有机生命的奇妙的图像，是形式和美丽的神奇、圣洁的化身；对它的爱，对人

---

① 法文：我永远爱着你，因为你是我生命中的"你"，我的梦想，我的命运，我的憧憬，我永恒的希望……

② 法文：别说了，别说了。

③ 法文：如果你的老师们看到了你……

④ 法文：我对这些卡尔杜齐式的人物、夸夸其谈的共和国和当代人类的进步都不屑一顾，今后也毫不介意，因为我爱你！

⑤ 法文：小市民。

⑥ 法文：胸部有浸润性小斑点的漂亮的小市民，你真的这样爱我吗？

⑦ 下面的话均为法文。

类肉体的爱，同样引起人文学家极其浓厚的兴趣，而且它的威力比世界上所有的教育材料都更有启发性！……唉，有机体动人的美艳之处并不是由油画颜料和石块组成的，而是由活生生的腐败性物质组成的，充满着生命和死后腐朽的令人神往的秘密！看一看人体那种美妙动人的对称性吧——左肩和右肩，左腰和右腰，胸部那鲜花般的乳房也是一左一右，肋骨也是成双成对地排列，柔软的腹部中央有一个脐眼，股间长着黑黑的阴部！瞧一瞧肩胛骨如何在背脊的丝绸状的皮肤上活动。脊骨往下通向丰满而鲜嫩的两片臀部，血管和神经系统的一些巨大的分支则从躯干通过腋下传向四肢，而两只手臂和两只大腿的结构又是多么对称啊。哦，肘部和腘部的内部关节是多么柔软，它们内部的肉层在有机结构上是多么柔顺丰满！能够爱抚人体中这些甜美的所在，真是其乐无穷！这样的欢乐，即使死而无憾！好，我的天哪，就让我闻闻你那膝头皮肤的气息吧，精巧的关节囊已分泌出一种脂肪液！让我的嘴巴虔诚地接触一下你大腿前面搏动着的动脉，它在下方分成两条胫骨动脉！让我嗅一嗅你毛孔散发的气味，抚摸一下你的柔毛！人体本是水分和蛋白质的组合物，迟早总得在坟墓中解体。让我的嘴唇贴着你的嘴唇，在人世间消失吧！”

他讲完这些话，再也睁不开眼睛来。他在原处一动也不动，头部仰天，指间夹有银铅笔的两只手向前伸出，双膝着地，浑身震颤不已。只听得她说：

“Tu es en effet un galant qui sait solliciter d’une manière profonde, à l’allemande.” ①

她把那顶纸帽戴在他头上。

“Adieu, mon prince Carnaval! Vous aurez une mauvaise ligne de fièvre ce soir, je veus le prédis.” ②

说罢，她轻巧地从椅子上站起来，轻巧地越过地毯走向门边。在门槛处她犹疑了片刻，身子稍稍往后转，一只光裸裸的手臂高高举起，手

---

① 法文：你真不愧是一个好汉，能以德国人的气派深情地向女人献殷勤。
② 法文：再见，谢肉节的王子！我向您预言，今晚您的热度准会升高。

儿托在门枢上。她越过肩膀悄声说：

“N'oubliez pas de me rendre mon crayon.”①

于是她走出门去。

---

① 法文：别忘了把铅笔还我。

译文名著精选

YIWEN CLASSICS

魔 山 （下）

〔德〕托马斯·曼 著 钱鸿嘉 译

Thomas Mann

Der Zauberberg

上海译文出版社

第六章

变 化

什么是时间？这是一桩秘密，既空洞无实质，又威力无穷。这是外部世界必不可少的条件，是一种与空间内的物体的存在及其运动相结合并混成一体的运动。那么没有运动就没有时间了吗？没有时间也没有运动了吗？这倒是一个疑问！时间和空间是不是息息相关？反过来是不是也一样？或者它们两者完全相同？回答一下吧！时间并不是静止不动的，它是一种动态，它能“导致某种结果”。那么它导致的结果是什么？变化！“现在”不同于“过去”，“此处”与“彼处”有别，因为两者之间存在着运动。不过人们量度时间的那种运动是循环的，局限于一个小圈子里，人们几乎也可称之为休息和静止；因为“过去”经常重复的结果就是“现在”，而“彼处”也就变成了“此处”。此外，由于我们竭尽全力也无法想象出一个有限的时间和有限的空间，我们就决心把时间和空间“设想”为永恒的和无限的——我们显然希望这样能解决问题，即使说不上解决得很好，但总还算不错。可是永恒和无限的概念一经确立，那么从逻辑和数学的角度上看，一切“有限”的概念不是全被否定而消失殆尽了吗？在永恒中，事态的连续性有没有可能？在无限中，物体的并列性有没有可能？距离、运动、变化，甚至宇宙间有限物体存在的种种概念——它们同永恒和无限的假设是否相合？这毕竟是你苦思冥想的一个问题！

汉斯·卡斯托尔普在头脑里翻来覆去思考这一类问题。上山以后，这些荒诞不经、乱七八糟的问题就一直纠缠着他，而他那别有用心的强烈欲望一旦获得满足后，又变本加历地开动脑筋，寻根究底起来。他向自己和善良的约阿希姆提这些问题，也向长年累月积上皑皑白雪的山谷提这些问题，可是他从这些地方却得不到任何答案之类的东西，连最起码的答案也说不上。他向自己提这类问题，只是因为无法回答它们。至于约阿希姆，他对这类事儿几乎根本不放在心上，因为正如汉斯·卡斯托尔普在某天晚上用法语说过的，他除了一心想在山下当一名军人外，别的什么都不考虑。这种希望在他的心里翻腾，时而近，时而又飘向远处，似乎在嘲弄他。最近这种思想斗争渐渐激烈起来，他真想一不做，二不休，干脆一走了事。不错，善良、耐心、正直的约阿希姆一向是奉公守法，循规蹈矩的，现在也频频动起反抗的念头来了。他甚至对“加夫基指数”提出责问来。这是化学试验室（人们通常称为“化验室”）里一种检查法的名称，用以检验病人受细菌感染的程度。从送检的痰液中可以看出，病人的细菌只是寥寥可数呢，还是大量密集，多得数不清，从而测出加夫基值的大小，而病人的一切情况也以此为依据。加夫基值的高低，能正确无误地判别病人康复可能性的大小，病人对此寄予很大的期望；用此法不难决定某人还要在疗养院呆多久，是几个月还是几年——从半年的“周末作客”一直到所谓“终身监禁”，从时间上看，又往往被认为是微不足道的。

约阿希姆对加夫基指数持有异议，对它的权威性公然表示怀疑。不过他也做得并不十分露骨：他并没有直接针对院方，只是在表弟面前、甚至在餐桌间发发牢骚。“我对这个感到腻烦，我再也不受骗上当了，”他大声说，深棕色的脸充起血来。“两星期前，我的加夫基指数是2，真是微不足道，可说大有希望。今天，细菌却济济一堂，加夫基指数高到了9，再也别想下山了。你的病情究竟如何，只有鬼知道！这个再也受不了！听说沙特察尔普山上有一个庄稼汉，希腊人，他们从阿卡狄亚[①]把他送到这里，是一个代理人送他来的。他的病已经没有救，是一种奔马性结核病，随时会送命，可是那人的痰里从来没有找到过细菌！那个胖胖的比利时上尉正好相反，痰里的菌多得数不清，加夫基指数是10，可是他却健健康康地出院了，而肺里只有很小的空洞。让加夫基见鬼去吧！我完蛋了，我还是动身回家吧，否则我会死的。”约阿希姆这么说。大伙儿看到这位温存而又庄重的小伙子这么激动，心里非常难受。汉斯·卡斯托尔普听了约阿希姆要抛弃一切动身下山这番威胁性的话，

---

① 希腊的一个高原地区。

不禁也想发表一些意见，说一说他从第三方面听来的用法语说的一些话。可是他还是忍住了没有出声，因为他要在表哥面前树立起忍耐的榜样来，像斯特尔夫人一样；这位夫人曾经切实地告诫过约阿希姆别亵渎神明，而是应当逆来顺受，老老实实学她的样。她，卡洛琳，就是凭着这股忍耐心在山上坚持下来，以顽强的意志控制自己不回到坎斯塔特老家去做家庭主妇。如果她真的回去了，她在她丈夫的怀抱里不是一个身体完全恢复健康的贤妻吗？不，汉斯·卡斯托尔普是不会说这种话的，特别自从谢肉节以来，他对约阿希姆一直于心有愧：换句话说，他的良心告诉他，约阿希姆对某些他们没有说出口的事肯定心中有数，同时把这看作是背信弃义的表现。当然，这里指的是一位有一双棕色的圆眼睛、无缘无故就爱粲然笑出声来而手帕里散发出一股苹果香味的女郎，尽管约阿希姆一日五次处于这种香味的影响之下，可他依旧保持自己的尊严，不动声色，两只眼睛仍向下朝碟子看……不错，汉斯·卡斯托尔普对“时间”问题一些想入非非的念头和观点，约阿希姆依旧默默地表示反感，汉斯认为这不过是军人的一种礼仪，内心也何尝不在责备他。至于山谷，那白雪皑皑的冬天的山谷，当汉斯·卡斯托尔普躺在舒适的卧椅上仰望天际陷入冥想时，山巅、圆屋顶、悬崖峭壁和棕色、绿色、暗红色的森林也都悄没声儿地矗立在时间的大海里，尘世的时间在它们周围静静地流过——一会儿碧空如洗的天际闪闪发亮，一会儿雾气弥漫，一会儿一轮红日破雾而出，发出玫瑰色的红光；一会儿明月皎洁，晶莹得像金刚石一样，为夜色平添不少魅力。可是六个月来，不论什么都始终披上一层雪，这是不可思议的六个月，即使这六个月的时间匆匆而过。在山上作客的人们，都说他们的眼睛再也受不了雪，他们对此已感到厌恶；从夏天起，他们对雪景已看了个饱，而现在呢，日日夜夜都是一大块、一大块的雪，积雪成“堆”，积雪成“垫”，积雪成“坡”，谁都吃不消，人们的心情都给毁了。于是他们戴上彩色眼镜，有的绿色，有的黄色，有的红色，这样也许是为了保护眼睛，但主要是求得心理上的安慰。

深山幽谷都陷在雪里已有六个月了吗？不，是七个月！我们讲故事时，时间在大踏步前进。不仅我们讲故事时，时间在前进，连过去的时间——那时，汉斯·卡斯托尔普和他那些共患难、同命运的人们在山上度过大雪纷飞的日子——也在前进。而时间却带来了变化。汉斯·卡斯托尔普在谢肉节前夕从达沃斯高地回院时曾说了一些莽撞的话，使塞塔姆布里尼先生大为恼火，现在一切都极佳地应验了。尽管夏至不会马上到来，但白色的山谷已度过复活节，四月份又过了一段时间，圣灵降临节[①]在望，春天即将到来，而冰雪也将融化。其实并不是所有的雪都会消融：在南面的山巅上，在北面雷蒂冈山脉的岩缝里，始终会有一些残雪，而夏天的几个月里，雪还会霏霏而降，不过再也积不起来了。岁月流转，短时期内肯定还会出现一些新鲜事物。在那个谢肉节的晚上，汉斯·卡斯托尔普向肖夏太太借了一支铅笔，以后又还给了她，在他的要求下，后来获得了一个纪念品，他把它始终放在口袋里。从那时起，已过去六星期。六星期的光阴比汉斯·卡斯托尔普后来打算在山上逗留的时间多一倍呢。

自从汉斯·卡斯托尔普与克拉芙吉亚·肖夏结识以来，六星期已过去了。后来他回病室，要比循规蹈矩的约阿希姆晚得多。第二天，肖夏太太就动身了，这回她真的走了。她暂时动身去塔吉斯坦，这个地方远在高加索的东部。从那时起，也过去六个星期了。这次旅行是暂时性的，就是这么一次，肖夏太太肯定还要回来，即使什么时候还说不定，但终究要回来，也一定会回来。关于这点，汉斯·卡斯托尔普从对方的嘴里直接获得了可靠的信息。这一信息并不是在彼此用外国语对话中得到的，而是以后在默默无言的时间间隔中取得的，在这一时间间隔中，我们暂且把故事搁一搁，暂不交代那些同时间有关的情节，让纯粹的时间继续向前流逝。年轻的汉斯在回到三十四号病室以前，势必听到肖夏太太的保证和安慰性的语言，因为第二天他并未与肖夏太太对过半句话，也几乎没有见上她一眼。只有两次他总算远远望见她：一次是午餐时，当时她穿一条布裙子和一件白羊毛衫，砰的一声狠狠关上玻璃门

---

① 复活节后第七个星期日。

后，又一次跨着轻盈的脚步来到餐桌边。这时汉斯的心快跳到喉咙口，如果不是恩格尔哈尔特小姐尖瞪眼睛盯着她，他要伸出双手捂住自己的脸了。第二次是下午三点钟，当时她正好动身。他不能亲自送行，只能隔着走廊的玻璃窗张望，眼巴巴地看她出发。

她出发时的情况，像汉斯·卡斯托尔普在山上逗留期间几次三番看到的一模一样：一辆雪车或马车停在院门前的斜坡上，马车夫和看门人把箱子捆好，病友和别的友人聚集在大门口，向下山回到平原去的人道别，不管这个人是不是已经痊愈，也不管今后是死是活。大门口还站着一些逃避例行卧疗前来瞧热闹的病人，他们想借此机会排遣一下。有时，院方管理部门也可能出场，于是好奇的围观的人和留在院里的人向出院的那位频频致意，他们通常笑容满面，情意真挚恳切，由于这个场面非常热闹，疗养院里一时变得十分活跃……这一回可轮到肖夏太太了，她悠然走出院门，笑容可掬，手臂上都是鲜花，身披一件又长又粗的旅行镶皮大衣，头戴一顶宽大的帽子，陪她一起下山的是布里京先生，他脸型凹陷瘦削，跟她是同乡，她回家时准备送一段路程。她像其他下山的人一样，似乎仅仅由于能调换环境而容光焕发，十分激动，不管他们离院是否已获得医师的许可，是否仅仅由于悲观绝望抱着孤注一掷的心理才中断疗养。她面颊绯红，不住说话，讲的也许是俄文，膝上绕着一条皮毯……在场的不仅有肖夏太太的同乡和同桌用膳的餐友，还有其他数不清的病友。克罗科夫斯基大夫爽朗地微笑着，胡须间露出两排黄牙。人们献给她的花越来越多。姨婆慷慨地送给她一份人们通称的所谓“甜食”，也就是俄国果酱。女教师也站在那边送行。在场的还有那个曼汉姆人，他站的地方离她有一定距离。这个汉子用忧郁的眼神偷偷瞅着她，还抬起充满痛苦的眼睛往疗养院瞧，看到汉斯·卡斯托尔普正倚在走廊的窗口，于是两眼又悲哀地停留在汉斯身上……

今天，顾问大夫贝伦斯没有在场，显然，他已另找机会私下同那个启程的女人告别……这时人们将马儿牵来了，周围的人有的向她挥手，有的同她道别。肖夏太太也斜起眼睛向疗养院的正门扫了一下，脸上又一次漾起微笑。此刻她已坐上雪橇，上身陷在软垫里，雪橇开始往前行驶。有一刹那工夫，她的眼光落在汉斯·卡斯托尔普的脸上……留在院里的汉斯顿时脸色苍白，他急急走向自己的病室，跑到阳台上，从阳台上再一次目送雪橇叮叮当当顺着车道向下朝达沃斯村滑去。然后他一骨碌地坐到椅子上，从上衣胸前的里袋内掏出一个纪念品来。这一回，这种标志友谊的纪念品并不是什么红棕色的木雕之类，而是一块镶框的薄板，里面夹一块玻璃板，只有在光线明亮的地方才看得清里面是些什么。原来这是克拉芙吉亚·肖夏的体内图像，虽看不到脸庞，但她上半身纤细的骨骼、胸腔的各个器官以及周围影影绰绰的肌肉，均隐约可见……

自从那晚同她话别后，他不知把它看了多少遍，又吻过多少次！在这段时间内，流逝的光阴又不知给他带来多少变化！例如，他已习惯于克拉芙吉亚·肖夏业已远离而不在他身边的那种疗养生活。他的这种适应能力，比人们想象的要快。疗养院安排了这样的日程，不正是为了使人们的日子能过得快些吗？此外，此种安排方式还有一个目的，即是使人们能习惯于山上的环境，叫他们对不习惯的东西也习惯起来。他已不再期待三次丰盛的膳食开饭时那种叮叮当当清脆的响声了，他对此再也无动于衷。这时，肖夏太太也许在远隔重洋的某个地方砰砰地关上门吧。这点很能体现出她的性格；这个特点，是同她的整个人品和她的疾病血肉相关的，正如时间同空间的各个物体有着密切的关系一样。也许，她的疾病就在于此，别的再没有什么了……尽管她远走高飞，无踪无影，可是在汉斯·卡斯托尔普的感官上，她仿佛仍在他的身边，即使肉眼看不到她。她真是这块地方的精灵，而他正是在一个令人骚乱不安而又十分甜蜜的时刻与她相识，把她占有（在这个时刻里，他对山下所唱的那种宁静的小调感到格格不入）；而现在，他把她的爱克司光相片又珍藏在怀里，九个月来，他一直对她如饥似渴。

在那个时刻，他那抽搐的嘴唇用外国语和本国语把憋闷在心里的许多放肆的话情不自禁地喃喃说了出来：有的是建议，有的是恳求，有的却是疯狂的计划和意图。这些要求谁也不会同意，而且有充分理由加以否决——例如他想陪伴这个精灵越过高加索，跟着她旅行；随心所欲的精灵下一站准备在哪儿歇脚，他就要在哪儿等候，以后决不与她分离。此外还有其他一些冒冒失失、不负责任的呓语。在那个惊心动魄的时刻里，这位纯朴的青年人带在身边的东西，只是一件影影绰绰的爱克司光纪念品，另外还有一种似是而非的可能性，那就是肖夏太太就会回到山上，第四次住院，时间的早晚则随她的病情而定。不过早也好，晚也好，对汉斯·卡斯托尔普来说，正如她临别时再次说过的那样，那时此事“早已成为陈迹”了。要是他没有考虑到，人们对某些事作出预言不是叫它应验，而是叫它不要应验，好像咒语那样，那么这一预言的轻蔑的性质就更难以忍受。这种性质的预言，对未来是一种嘲弄，向未来说它是如何形成的，其目的无非是说它的形成委实惭愧。在我们以前交代过的谈话过程中以及别的场合下，这个精灵曾称他汉斯·卡斯托尔普是一个“joli bourgeois au petit endroit humide”，[①]这种说话，与塞塔姆布里尼的所谓“生活中令人忧虑的孩子”有异曲同工之妙。如果真是这样，那么我们不禁要问：他那具有多种成分的生命中究竟以哪一种成分占优势，是布尔乔亚呢，还是别的……莫非这个精灵也没有考虑到，她本人曾好几次去而复回，而汉斯·卡斯托尔普在适当的时刻也会回来——尽管汉斯自然而然地始终在山上住着，不需要回来。像别的许多人一样，他在山上留着不走的用意显然也在于此。

谢肉节晚上的一个富于嘲讽意味的预言终于成为事实：汉斯·卡斯托尔普的体温曲线不对头了，开始急剧上升。他怀着庄严的心情把它记录下来。体温降低了一些后重又回升，而且越来越高，持续地在高温区徘徊，波动很小，超出他平时固有的体温。他发烧了。按照顾问大夫的说法，热度又高又顽固，说明肺部的某些地方很成问题。“小朋友，你身体里的毒性，比一般人想象的要大哪，”他说，“咱们马上打针去吧！这定会叫您开窍的。过了三四个月，您会感到如鱼得水，这个我敢担保！”于是汉斯·卡斯托尔普每星期两次——也就是星期三和星期六——下楼到“工作室”去打针，做好晨间活动后马上就去。

---

① 法文：有微小浸润病灶的漂亮的布尔乔亚。

两位大夫都做这种治疗，时而是这一位，时而是那一位。不过顾问大夫干起来特别熟练，手一挥，针头就即刻戳了进去。此外，他动手时往往顾不上戳的地方，所以有时好长时间阵阵灼痛。再说，打针对整个机体都有强烈的刺激作用，神经系统会像剧烈运动以后那样受到震动。眼前，它那内在的力量直接表现为体温升高。顾问大夫事先已指出这一点，因此人们理所当然会有这样的反应；对这种现象既然有言在先，就不必吹毛求疵了。手术只消一刹那工夫，病人挨个儿接受注射，一转眼，抗毒药水就注入皮肤下，有时在大腿上，有时在手臂上。有几回，顾问大夫情绪高昂，没有因吸烟而垂头丧气，就会借打针的机会同汉斯·卡斯托尔普攀谈起来。汉斯·卡斯托尔普说话的内容不外乎下面这些：

“顾问大夫先生，我到现在还常常想起去年秋天我们在您府上喝咖啡时愉快的情景，那是一个偶然的机会促成的。这事仿佛就像在昨天或两三天前一样，那件事我曾提醒过表哥……”

“加夫基是7，”顾问大夫说。“这是最近一次的检查结果。那个小伙子的毒性硬是不肯退。可最近他却老是缠住我，说他很想拔脚就走，到山下佩上一柄宝剑。真是小孩子头脑。他没住上一年半载，就破口大骂，喋喋不休没个完，仿佛已经住了千秋万载似的。他想开路之类的话，不知对您谈起过没有？您应当跟他谈谈心，要语重心长！要是他过早地下山，用他那右上肺吸入你们那儿情感丰富的云雾，您就会眼看他完蛋！牛皮大王不用动多大脑筋，可您是一个规规矩矩的文人，是一个受到上等教育的男子汉，您就应当把他的脑筋拨拨正，不让他干出蠢事来。”

“我是这样做的，顾问大夫先生，”汉斯·卡斯托尔普答道，他不肯放弃主动权。“当他为此而大发牢骚时，我常常劝他，我总以为他会清醒过来的。可是我们眼前的榜样却一直不是最好，这真贻害无穷。经常有人出院，不经您批准任意动身到平原去，可出院时像节日一样，非常热闹，仿佛真的已恢复健康可以离去似的，这对性格不坚强的人却是一种诱惑。例如最近——谁最近动身下山呀？是高等俄国人餐桌上的一位夫人，也就是肖夏太太。据说她去塔吉斯坦。嗯，塔吉斯坦，我不知那里的气候如何；说到底，比呆在山上水边也许强些。可是平原只是我们心中的概念，也许从地理上说，那边也有许多山谷，我对这个方面的知识并不怎么渊博。对于一个没有治愈的病人来说，离开疗养院又怎么生活呢？那边缺乏基本的卫生知识，谁也不懂山上的一套规矩，对于卧床休息和测量体温之类都一窍不通。不过她反正要回来的，有一回她碰巧跟我说起过。喔，我们怎么会谈到她头上去？对，顾问大夫先生，要是你记忆力不错的话，是那个时候我们在花园里碰上了您，也可以说您遇上了我们。当时我们坐在一条长凳上，我现在还记得是哪一条。对于我们坐过、而且抽过烟的那条长凳，我可以清清楚楚指给您看。其实抽烟的只有我，表哥可不抽，真叫人摸不透。您也正好在抽烟，我又记得，当时我们交换了各自牌子的烟。您那巴西货，味道真是顶呱呱的，可是依我看，跟它打交道却不得不小心翼翼，否则就会闯祸。您当时抽了两支小小的进口货，结果您胸口像波浪样的翻腾，恨不得手舞足蹈起来，结果安然无恙，大家一笑了之。最近，我又从不来梅定了两三百支马丽亚·曼契尼牌的烟，我对这种烟已吸上了瘾，它在各方面都很合我的胃口。海关和邮寄方面得花上一笔钱，因此价钱相当贵。顾问大夫先生，如果下次您再给我什么名牌货，我倒要向您推荐一种本地的烟草，我从窗外可以看到一些很好的品种。后来，我们在您允许下看了您的几幅画，非常欣赏这些作品，这一切仿佛就是眼前的事。使我大惑不解的是：您竟有胆量创作油画，我可不敢问津哪。后来我们又看到了肖夏太太的画像，她的皮肤在您笔下真是第一流的——我应当承认，我看了很激动。当时我还没有结识这个模特儿，只是凭她的姓名看到过这么一个女人。可是以后，在她动身前不久，我亲自同她结识了。”

“您说些什么呀！”如果允许我们回溯一下，那么顾问大夫答话的口气，同过去汉斯·卡斯托尔普第一次检查身体以前告诉他自己有热度时所作的回答如出一辙。别的他什么也不说了。

“不错，我同她结识了！”汉斯·卡斯托尔普加强语气说。“根据我的经验，在这儿山上要结识一个人并不这么容易，可是肖夏太太和我在深更半夜遇上了，大家有机会好好谈上一次……”说到这里，他从牙齿缝里吐出一口气。这时他挨了一针。“嘘！”他后退了一步。“您刚才偶然触到的，肯定是一根很重要的神经，顾问大夫先生。哎呀呀，真痛得要命。谢谢，按摩一下就好些了……说话后，我和肖夏太太更接近了。”

“喔！——这是怎么一回事呀？”顾问大夫说。他带着疑问的口气说，一面点点头。从神态上看，他仿佛期待对方在回答时会有许多溢美之词，而自己在提问时却凭经验知道这种溢美之词是肯定会说出口的。

“我怕我的法语很糟，”汉斯·卡斯托尔普不敢正面作答。“我哪儿用得上这许多法语呀。可是在适当时机，有一些词汇就不知不觉浮现在我的脑际，所以我们彼此谈得还可以。”

“这个我相信。这是怎么一回事呀？”顾问大夫又追问他。后来再加上一句：“很有味儿，哎？”

汉斯·卡斯托尔普把衬衫领子上的钮子扣好，叉开两条腿和胳膊肘站着，脸朝向天花板。

“说到底，还不是老一套，”他说。“疗养院里，两个人或者两个家族同住在一幢屋子里，好几星期彼此不相往来。有一天，他们交上了朋友，相互间也怀有好感，可是好在这个时候，一方却准备离院了。我想，这样的事往往叫人遗憾。在这种情况下，他们至少想保持接触，互通音讯，也就是说写信。可是肖夏太太……”

“咳，这位太太不愿意啰？”顾问大夫愉快地大笑起来。

“不错，她根本不考虑这个。离院以后，她一直没有从住的地方给您写过信？”

“嗅，真是天晓得，”贝伦斯答道。“她连想都没有想过呗。首先，她懒得写，其次，她怎么写法？我又不识俄语，只能在必要时胡凑几句，可是看呀，却一个字也看不懂。您也看不懂哪。那只小雌猫呀，法语或者新高地德语能咪咪呜呜地讲得很流利，可是写呀——她就一筹莫展了。拼法是一个关呀，亲爱的朋友！小伙子，这点咱们得聊以自慰。她迟早总要回到山上来的。这只是人们所说的方式方法问题和脾气问题。某一个人在这个时候或那个时候走了。以后又不得不回来；另一个人一直待在院里，根本谈不上回院。如果您的表哥现在要走，那么您可以告诉他，将来他威风凛凛地回来时，您很可能还住在山上没有走哩！”

“顾问大夫先生，依您看，我还得在这儿待多久……”

“您吗？还是说他？将来他呆在山下的时间，还没有在山上的那么长。这就是我对那诚实的小伙子要说的话。我把这个任务交给您，希望代我转告，要是您有那份好心肠愿意代劳的话。”

他的话题不外乎这一些，而谈话的内容都是汉斯·卡斯托尔普机灵地引出来的，尽管他的收获很成疑问，有时甚至一无所获。究竟他还得呆上多久才能看到比肖夏太太更早离院的人回来，他仍旧心中无数；至于肖夏太太本人，更是音讯全无。只要时间和空间的秘密把他们隔开，汉斯·卡斯托尔普就永远得不到她的消息。她不愿写信，他也没有机会握起笔来……当他一想到这点时，他又不禁问自己：干吗不应该这样呢？认为他们非相互写信不可——这不是一种小市民意识和迂腐的书生气吗？而以前，他不是以为他们相互谈话既没有必要，也不值得吗？谢肉节的晚上，他不是挨在她的身边按照两方面文明社会的礼仪“谈过话”，或者不如说用外国语交谈过，那时他仿佛置身于梦境，而谈话的方式却没有那么文明？此刻他干吗要用信纸或明信片写信给她，像有时写信给住在平原的家人那样向她汇报自己体温曲线的波动情况？克拉芙吉亚由于患病而变得放荡不羁，因而感到没有必要写信，难道这样做不对头吗？读与写——这两者事实上突出地体现了人文主义与共和主义的精神，也就是体现了布·鲁内多·托蒂尼的所作所为；他曾写了一本有关“善”和“恶”的书，告诉佛罗伦斯人懂规矩，讲礼貌，并教导他们如何谈话，又如何按照正确的政治的原则管理共和国……

这时，汉斯·卡斯托尔普不禁想起了洛多维科·塞塔姆布里尼。他顿时脸色绯红，像那天这位作家闯进他的病室里突然把灯开亮时一样。在塞塔姆布里尼先生身上，汉斯·卡斯托尔普似乎觉得也有某种超感觉的、解不开的谜，哪怕他只是借故寻衅，满腹牢骚。他从这位人文主义者身上是找不到什么答案的，这个人所追求的，无非是尘世的生活趣味。不过，自从谢肉节晚上人们尽情欢乐过一番，而塞塔姆布里尼从钢琴间里悻悻地退出以来，在汉斯·卡斯托尔普与这位意大利人中间就有某种疏远感，其原因在于一方心里有鬼，另一方则觉得有损自己道学先生的尊严，心里怪不是滋味。结果，两人彼此相互回避，几星期来没有交换过一言半语。如今，在塞塔姆布里尼先生的眼睛里，汉斯·卡斯托尔普还是一个“生活中令人忧虑的孩子”吗？不，对一个企图从理智和善行中寻找道德的人来说，汉斯只是一个不可救药的人……汉斯·卡斯托尔普见了塞塔姆布里尼先生总是硬着一条心，当他们相遇时，他总皱起眉头，噘起嘴唇，而塞塔姆布里尼先生则睁大乌黑的、炯炯有神的眼睛瞪着他，表示默默的谴责。然而正如我们以前说过的，过了几星期后，当这位文人又向他搭讪起来，他的心就顿时软了，即使他只是随便说上一言半语，而且说的都是神话式的隐喻，只有那些对西方文化有修养的人才能理解。那是在晚餐以后，他们在玻璃门旁相遇。现在，那扇门不再砰砰作声。塞塔姆布里尼追上了这位年轻人，还想甩开他走到前面去。他说：

“喂，工程师，石榴的味儿如何？①”

汉斯·卡斯托尔普高兴地笑了笑，茫然不知所措。

“您的意思是……您说的是什么，塞塔姆布里尼先生？石榴？这里有什么石榴？我有生以来……不过，我过去喝了一次掺汽水的石榴汁，味儿甜极了。”

意大利人已越过他走在前面，这时转过头来，发出清脆的声音：

“上帝和我们芸芸众生有时去游地府，后来又找到了归路。可是阴间的人都知道，谁尝了地府的果实，谁就陷在那里面，万劫不复。”

于是他继续向前走去，下身穿的老是那条淡色的花格纹裤。他把汉斯·卡斯托尔普抛在后面，让汉斯“细细玩味”他的弦外之音。在某种程度上说，他确实是语中带刺的。汉斯被他那讨厌的纠缠激怒了，不禁喃喃自语：

---

① 见《圣经·旧约》。

“什么托蒂尼，卡尔杜齐，捕鼠器[1]，还是让我安静一会吧！”

尽管如此，他对塞塔姆布里尼的搭腔还是喜出望外。对于他藏在胸口的那个战利品，也就是那件令人毛骨悚然的赠品，他很想听听塞塔姆布里尼先生的意见，对他寄予莫大的期望。可是即使这样，他还是很怕被他唾弃，遭他白眼，而这种念头压在他心上的分量，比幼时怕在学校中受人奚落、不能在羞耻中自行其乐——像阿尔宾先生那样——的想法更加沉重，更加可怕……可是他不敢主动向那位启蒙老师开口说一句话。过了好几个星期，那位老师才又向那个“令人忧虑的孩子”接近。

时间的波浪滚滚向前，发出永远是单调的节奏，一会儿又快到复活节了。他们在山庄疗养院庆祝这个节日；对于每个节日，他们在院里是逐步、逐个阶段庆祝的，院方颇费一番心机，以免千篇一律，枯燥单调。第一次早膳时，每位病友的餐具边都摆上一束紫罗兰花，第二次早膳时，每人可吃到一只彩色蛋，而节日的午餐则佐以小兔肉，上面拌有糖和巧克力。[2]

“您可曾乘客轮旅行过，少尉？您呢，工程师？”塞塔姆布里尼先生在餐厅里用过膳，口中叼着牙签，向这对表兄弟的餐桌走来……今天，大部分病人把卧疗时间缩短一刻钟，坐在这里喝咖啡和烧酒。“吃到小兔肉和彩蛋，我就不禁想起过去在一艘大轮船上度过的日子。海阔天空，一望无垠，好几星期来都是如此，那种心旷神怡的境界，真叫人忘却世间的坎坷险恶，可是这只是表面性的，内心深处，您仍隐隐感到不寒而栗……我又看到，轮船里的人是怀着何种心情庆祝 terra ferma[3] 这一节日的。他们想的是外部世界的事，对日历十分敏感……今天，陆地上的人们在过复活节，可不是吗？或者说，人们在陆地上庆祝国王的生日——我们也要尽力庆祝一番，我们毕竟也是人哪……是这样吗？”

表兄弟认为他的话是对的。看来，他的话句句有理。汉斯 · 卡斯托

---

① 捕鼠器是意大利人发明的，此处泛指意大利人。

② 复活节时，欧洲人多以红蛋和兔子形水果给孩子吃，象征耶稣复活及多产。

③ 拉丁文：陆地。

尔普听了他的话很受感动，同时觉得于心有愧，便高声赞扬起他来，说他的话颇有见地，讲得非常出色，不愧是一个作家。他对塞塔姆布里尼先生有说不完的溢美之词。塞塔姆布里尼先生刚才用灵活的语气说的“只是表面性的”那句话，也确实不假；海洋客轮上那种舒适安逸的生活，会使人忘记种种烦恼与冒险。如果他能不揣冒昧再补充说几句，他认为在船上过着舒服的生活会使人有一种飘飘然、目空一切的感觉，它与古人所称的“Hybris”①相去不远(为了向这位文学家讨好，汉斯竟引用古人的话来)，或者会萌起“我是巴比伦的国王”②之类的想法，总之是一种亵渎神明的念头。另一方面，船上奢侈豪华的生活也使人们的心头油然而生(油然而生！)一种超然的自豪感，也可说是人类的一种尊严。人们在波涛汹涌、泡沫飞溅的海面上过这种豪华舒适的生活，威风凛凛地享受着它，仿佛大自然的威力已在其主宰之下，这时人们的心头就油然而生一种胜利感：人类的文明毕竟能制服一切混乱现象，要是他能不揣冒昧用这样一个措词的话……

塞塔姆布里尼先生叉起大腿和胳膊，专心致志地听着他，一面优雅地用牙签抚弄着他那线条平滑的胡子。

“说得很动听，”他说。“一个人对一般问题发表或多或少综合性的意见时，难免会不知不觉泄露自己的身份，同时会通过比喻以某种方式表明他说话的主旨和对生活的基本态度。您刚才就是这样做的，工程师。您说的一切，实际上都是体现您品格的心里话，即使是眼前，这一品格仍旧富有诗意地表现出来：一切仍停留在试验阶段……”

“Placet experiri！”③汉斯·卡斯托尔普点点头，笑出声来，“c”字却按照意大利语发音。

“Sicuro④，只要一个人能怀着可敬的热情探究宇宙的奥秘，而不是

---

① 拉丁文：傲慢或亵渎神明之意。

② 巴比伦是文明古国，在公元前2060年即已十分繁荣，在其中的一位国王(公元前605—前562)统治该国时，是该国的黄金时代。这位国王是自大狂，见《圣经·旧约》。

③ 拉丁文：试一下也好。

④ 意大利文：确实。

敷衍塞责，漫不经心。您刚才说到‘Hybris’，您用起这个字眼来。理智地对待 Hybris，用它来反对黑暗势力，是一种至高无上的人性，可是天上诸神一旦妒心发作，也会加以报复，per esempio①，他们会叫那艘华美无比的轮船损坏，沉入海底，这样，一切荣誉就付之东流。普罗米修斯的所作所为也是一种 Hybris，他后来在西徐亚的巉岩峭壁上受苦受难，在我们看来是一种极其神圣的献身精神。反之，另一种 Hybris 违反理智，与人性格格不入，如果我们任意加以玩忽，后果又将如何？难道它有光彩吗？它能得到光彩吗？si o no②？”

汉斯·卡斯托尔普搅动起他的杯子来，虽然里面一无所有。

“工程师呀工程师，”意大利人点头拨脑地说，瞪起一双乌黑的眼睛，陷入沉思。“第二层地狱刮起的旋风，您难道不害怕吗？它无情地冲击那些肉体上有罪的人，这些不幸的人丧失理智，做了情欲的牺牲品。Gran Dio③，当我想象到您那时被风暴扑打得团团乱转，七颠八倒时，我不禁因担心您的命运而昏倒，像一具死尸一样……”

说到这里他们大笑起来，为他的打趣和富有诗意的谈话而感到高兴。可是塞塔姆布里尼又接下去说：

“工程师，您可记得一件事？在谢肉节晚上喝酒的当儿，您忽然跟我告别，或者作某种与告别相距不远的事。嗨，今天可临到我了。两位先生，请你们注意，我准备告辞了。我要离开疗养院。”

表兄弟俩大吃一惊。

“这不可能！您只是在开玩笑！”汉斯·卡斯托尔普嚷道。他在别的场合下曾这样高声嚷过，而吃惊的程度也同当时相差无几。但塞塔姆布里尼又说：

“这全是事实，一点儿也不假。何况这个消息对你们来说也不是什么意外。过去我曾跟您说过，一旦我发现自己没有什么希望在近期内回到社会重新工作，我就下定决心搬家，在某个村落里找一个永久栖息之

① 意大利文：例如。
② 意大利文：对呢，还是不对？
③ 意大利文：伟大的上帝。

所。好吧，现在这一时刻到来了。我的身体再也恢复不了，这是确凿无疑的。我还能苟延残喘，不过只有山上才行。对我的判决，最后的判决，乃是无期徒刑——关于这个，顾问大夫贝伦斯已同我谈过，他是一向打开天窗说亮话的。那好得很，我从中作出结论。我已租好一个住所，准备把自己那份微不足道的家私和从事文学活动的手工艺工具一起搬到新居……那边离这儿不远，是在'达沃斯村'里。我们肯定后会有期，我今后一定还能看到您，不过作为疗养院的一个病友，我有幸向您道别。"

这就是塞塔姆布里尼在复活节星期日那天所作的表白。表兄弟俩对此特别激动。他们对这位文学家所作的决定反反复复谈了很长时间，还谈起他离院后如何可以私下继续疗养，此外又说到他所承担而且继续从事的内容广泛而详尽的百科全书工作，这种书的基本观点涉及人类如何与病痛作斗争，并且如何消除它，是人类精灵呕心沥血的杰作；最后也谈到他今后的寓所——他将在一个"杂货零售商"家里栖身，塞塔姆布里尼先生就是这样称呼他的。这个杂货零售商将楼房租给一个专做女人衣服的波希米亚裁缝，而他又把这些楼屋租给别人……

这些话都是过去的事了。时光向前流逝，它已导致不止一起的变化。现在，塞塔姆布里尼先生真的不再住在国际山庄疗养院内，而是在专做女人服装的裁缝卢巴契克那里住了几星期。他出院时不坐雪橇，而是徒步下山，身上披一件短短的黄大衣，领口和袖口稍稍镶了些皮，随行的还有一个推手车的汉子，手车上装着这位作家的一些书稿和日常生活用品。人们看到他下山时挥舞手杖，临走前还用两个手指捏了捏一个餐厅侍女的腮帮儿……

通常我们说，到了四月份，一年中已有相当时间，也就是四分之三的时间成为陈迹；可是现在山上确确实实还是严冬，室内温度早上还不到摄氏六度，室外则是零下九度，如果把墨水瓶放在凉廊上，过夜就往往会结成煤砖那样的冰块。然而大家都知道春天即将来临；有些日子阳光普照，那时人们就感到空气中某些地方隐隐透露出一股柔和温馨的春意。融雪季节近在眼前，山庄疗养院上也会随而连续不断地发生一些变化——尽管院方和顾问大夫贝伦斯对此都提过警告：贝伦斯在病室里、餐厅里；在每次检查身体、视察病房和用膳时，都絮絮叨叨、娓娓动听地告诫大家要同融雪的世俗偏见作斗争。

他问大家：他所打交道的那些人到底是冬季运动员呢，还是病人，病号？对他们来说，冰天雪地究竟有什么用？他们以为融雪对住院养病是一个不利的时机吧？其实倒是最有利的时机呢！他可以提供种种证据，说明在这个季节里，整个山谷的卧床病人比一年中其他任何时候都要少些！对肺病患者来说，下面大千世界中无论哪块地方，在这个季节里的气候条件都比不上这里！谁还有一点儿头脑，就应当坚持下去，好好利用这里的气候条件中对身体有磨炼作用的一面。只要他们再耐心住一会儿，他们就会恢复健康，以后不管针刺刀割，都能挡住，同时对世界上各种气候也都无所畏惧了。还说了一些类似的话。可不管顾问大夫说得多么动听，关于融雪后不宜住院的偏见在病人的头脑里仍旧根深蒂固。疗养院里的病人越来越少了。也许是因为春天逼近，人们身体内有什么东西蠢蠢欲动，连那些坐得定的人也不安分起来，想改变一下环境。不管怎么说，山庄疗养院内病人“任意离院”和“未经批准擅自离院”的情况越来越多，后来竟多到令人担忧的程度。例如阿姆斯特丹的萨洛蒙太太，即使她在检查身体时能够给别人欣赏自己的丝衬衫，还是未经当局准许任性地擅自离院，而她当时的健康状况不但不见好转，反而每况愈下。她住院的日子远较汉斯·卡斯托尔普为早，来山上已有一年以上，来时病势很轻，大夫满以为三个月就可以出院。过了四个月，大夫又说“四星期内一定恢复健康”，可是过了六星期，根本谈不上什么康复，据说她至少还得呆上四个月。事情就是拖下去，这里毕竟不是Bagno①，也不是什么西伯利亚矿山。萨洛蒙太太就这样留在山上，把非常漂亮的内衣暴露于光天化日之下。现在，由于冰雪融化，她又作了一次检查。检查结果，发现左上肺有啰音，左腋下的浊音也确凿无疑，因此院方再叫她住五个月，这可使这位太太沉不住气了。她动身了，回老

① 意大利文：牢狱。

家去，回阿姆斯特丹这个终年刮风的水城去，走时一片抗议声，大骂达沃斯村，达沃斯高地，大骂这里素负盛名的空气，大骂国际山庄疗养院和这里的大夫。

她这样做是明智之举吗？顾问大夫贝伦斯对此耸耸肩膀，扬扬胳膊，后来让两只胳膊啪的一声落在大腿上。他说，萨洛蒙太太最迟秋天就会回来——那时她再也不会出院了。他的话站得住脚吗？我们要等着瞧；我们在这个欢乐的天地里还得过一段较长的尘世生活。不过像萨洛蒙太太那样的情况绝不是个别的。时间会引起变化，这事一向如此，不过变化较为缓慢，并不怎么触目而已。

现在，餐厅里已有几个空位子，七张餐桌上都有空缺——不论是上等俄国人或下等俄国人的餐桌，也不管是横向或纵向的餐桌。单凭这点却不足以可靠地说明疗养院里病人的多寡，因为即使是现在，仍旧有新病人到来；病室里仍旧有人满之患；问题倒是在于：有的人已病入膏肓，自由行动已受到限制。刚才我们说过，餐厅里有空缺，是因为有些人的行动已受到限制，但某些座位无人就席却是意味深长的，像布卢门科尔博士就是这样，因为他已去世。过去有一段时间，他的脸色越来越难看，好像嘴里什么味儿也没有。后来就经常卧床，不久与世长辞。谁也说不清楚他究竟是什么时候死去的，院方像往常一样，对此事的处理十分谨慎，不加声张。于是留下了一个空缺。斯特尔夫人正好坐在这个空缺旁，因此心惊胆战。所以她换了个位置，坐到齐姆森这小伙子的另一侧去，也就是坐到罗宾森小姐的位置上，这位小姐最近已病愈出院。这个位置正好在女教师对面，女教师是汉斯·卡斯托尔普的左邻，她一直占着这个席位。现在，餐桌的这一角落只有女教师一人坐着，其他三个位置都空空如也。大学生拉斯穆森一天比一天消瘦，一天比一天衰弱，如今已缠绵床榻，也许算得上是奄奄一息了。至于姨婆，则带着她的侄女儿和胸脯丰满的玛鲁莎“外出旅行”去了，像大伙儿惯常说的那样，因为她们这些人在不久的将来肯定要回院。她们到秋天又要回来——难道这称得上出院吗？圣灵降临节一过，夏至就近在眼前；如果白昼最长的日子到来，那么转眼便又是冬天。总而言之，姨婆和玛鲁莎也可以说是回来了，这是一件好事，因为这个嘻嘻哈哈的玛鲁莎，她的病一点也不见好转，毒性也丝毫没有解除。眼睛棕色的玛鲁莎在丰腴的胸脯里有的是“肺脓疡”，女教师对这种病颇有些常识，大夫好多次认为有动手术的必要。当女教师谈起这件事时，汉斯·卡斯托尔普匆匆瞥了约阿希姆一眼，约阿希姆却低头看起自己的碟子来，满脸的雀斑历历可见。

临走前，活跃的姨婆曾请同桌的餐友在一家饭馆里吃晚饭，表示告别；表兄弟俩、女教师以及斯特尔夫人都在被邀之列。这是一次很丰盛的宴会，有鱼子、香槟和甜烧酒。席间，约阿希姆沉默寡言，只是悄声说了一两次话，声音低得几乎听不见，而姨婆正好兴致勃勃，因而努力给他打气，而且一反文明社会的习俗，对他甚至以“你”相称。“小老爷，别放在心上，别难过，喝吧，吃吧，说话吧，我们不久就会回来的！”她说。“我们大家还是吃一些，喝一些，聊聊天，让伤心的事——伤心的事抛在脑后吧！我们连想都来不及想，上帝就给我们送来了秋天，所以又何必发愁呢！”第二天早晨，她分高级糖给大家吃，餐友们几乎每人一盒，盒子花花绿绿的，十分漂亮，接着便带了她的两位姑娘小别了。

约阿希姆呀，他的情况又如何呢？她们走后，他是如释重负，心头为之一松呢，还是眼望空桌而茫然若失，心头依旧沉甸甸的？他那异乎寻常的怒气和焦躁，别人冲撞他时，总是气势汹汹地扬言要不顾一切动身回去，难道这一切和玛鲁莎的离院都有关系？或者不如说，他眼下实际上并没有动身，而是侧耳倾听顾问大夫关于融雪的一些高调。这一事实，难道和胸脯高高的玛鲁莎没有关系吗——她实际上并没有离院，而只是暂时外出旅行，过了疗养院里的所谓五个小小时间单位就会回来？唉，这两种情况都说得通，用得上，不分彼此。对于这件事，汉斯·卡斯托尔普只是心里想想而已，在约阿希姆面前总是缄口不言，而约阿希姆也一样，在表弟面前同样绝口不谈另一个女病人下山的事。

在最近这段时间内，塞塔姆布里尼的餐桌上，也就是这位意大利人的座位上（当时和意大利人一起就座的，还有一些荷兰人，他们的食欲大得惊人，每人在每日五道正餐之前，甚至在喝汤以前，还要吃上三只油煎蛋哩！）究竟坐的是谁呢？原来是安东·卡洛维奇·费尔格！他就是那个胸膜振荡手术上吃足地狱般苦头的人。不错，费尔格先生已能起床；不做人工气胸，他的病也大有好转，白天的大部分时间可以穿好衣服外出活动，还和大家吃饭。这个人的小胡子高高翘起，显得很和善，连他那大大的喉结也显得怪和善的。在餐厅里和客厅里，这对表兄弟有时跟他说天道地，有机会也常常同他一块儿作例行散步，对这位纯朴的受苦者颇有好感。这个病人的嘴里虽说不出什么高雅的事，但当他们在一片雾霭中踩着融雪后泥泞的道路漫步前进时，他却能津津有味地谈起胶鞋的制造技术以及俄国的一些边远地区来，例如萨马拉[1]和乔治亚等地。

现在，各条路都积满了雪水，几乎无法通行，而且雾气弥漫。尽管顾问大夫说这不是雾，而是浮云，但根据汉斯·卡斯托尔普的判断，这不过是一种遁词罢了。春天三反四复地返回严冬，最后终于杀出重围。它持续了好几个月，一直到六月方才结束。太阳出来时，即使是三月间也热不可当；病人躺在阳台的卧椅里，哪怕穿着极薄的衣服，撑上阳伞，也难以挡住滚滚的热浪。有的女人把现在的季节看作是夏天，用第一次早点时就已穿起麦斯林。由于这儿山上的气候与别处不同，她们这样做在一定程度上是可以原谅的。山上的气象，一年四季相互混淆，不分彼此，往往令人如坠五里雾中，难以捉摸。可是她们这种冒冒失失的作风中，有许多短见和缺乏想象力的成分；她们愚蠢之处在于只顾眼前，不顾将来，不去想一想不久天气又会发生变化；最主要的，她们渴望翻翻花样，换换口味，而对吞噬人的时间感到不耐烦。

现在，日历上已是三月，照理应是春季，但事实上却和夏天一样，女人们急急忙忙穿起薄薄的麦斯林来，无非是趁秋天还没到来之前出一下风头。实际上，天气在一定程度上也确是如此。到了四月份，彤云密布，天气开始湿冷，在几阵霏霏的雨夹雪之后，又是大雪纷飞。人们在凉廊里，连手指也冻僵了，非重新裹上两层的驼毛毯不可，甚至还需用

---

① 河名。今系俄罗斯伏尔加河左岸支流。

起毛皮睡袋来，因此院方决定开放暖气。每个人都叫苦连天，说自己受春天的骗了。快到月底时，什么都盖上了一层白雪，但不久就来了一阵燥热风，有经验的和敏感的病人都预报有这种现象。不论斯特尔夫人，还是大腿白得像牙一样的莱费，甚至寡妇黑森弗尔德，在南方花岗石山峰上尚未出现最小的一朵云儿之前，就不约而同地感知到这一点。黑森弗尔德太太马上害起啼泣痉挛症来，莱费不得不卧床休息，而斯特尔夫人则露出兔子般的牙齿，每时每刻都在诉说自己怀着一种迷信般的恐惧，怕随时会突然咳起血来，因为人们都说燥热风是咳血的成因。天气热得令人难以置信，暖气关上了，通往阳台的门彻底洞开，尽管如此，早晨室内仍有摄氏十一度。积雪大片融化，颜色已和冰一样，东一个小孔，西一个小洞，堆雪的地方已经沉陷，似乎陷进土地里了。到处可以听到融雪时的淅沥声和汩汩的流水声。水从树林上不住淌下来，流泻下来。街头两侧的雪堤已经铲去，覆盖在草原上一层白皑皑的毯子也已消失，然而积起的雪块实在太多，不可能一下子全部除尽。这时，山谷的一些通道里呈现出一片见所未见的瑰丽景象，春意盎然，五光十色，仿佛置身于神话世界。那儿是辽阔的草原，草原后面是残雪未融的黑峰，山峰的圆顶高高耸起，而斯卡雷塔冰川则近在右方，它如今依然埋在雪里。牧场和场里的干草堆上，某些地方也还积着雪，虽然已经又薄又稀，许多地方已露出一块又粗又黑的高起的地面，干枯的杂草到处蔓生。到这里来漫步的一对表兄弟会发现这里草原的积雪方式别具一格，很不规则：远处，在林木郁郁葱葱的山坡附近，雪积得较厚，但如果在近处观察一下，则发现眼前那片冬意萧瑟、荒芜不毛、色泽暗淡的草地上，积雪只是斑斑点点的，像是轻轻地在上面敷了一层粉，或者像点缀着一朵朵小花……走近仔细一看，他们惊讶地俯下身去——原来这不是什么雪，而是一朵朵花，雪中之花，花中之雪，是一些茎儿短短的小花萼，有的呈白色，有的白中带淡蓝色。原来这是藏红花，它们从浸水的草原深处成千成万地朵朵绽开。因为长得十分茂密，人们把它们看成是雪花，一点也不过分，两者实在难以区别。

他们由于自己的错误而笑；为十分欣喜地看到眼前这番奇丽的景象

而笑；看到这种有机体先于其他植物在地上重新生长，同时还娇美而羞答答地以假乱真，他们也不禁哑然失笑。于是他们采撷了几朵，对它们柔嫩的花萼组织加以观察及研究，并且饰在纽孔里，最后带回疗养院，插在病室的花瓶里。山谷里的无机物都冻僵了，冻僵的时间多长——说它长吧，其实时间倒是很短的。

可是不久，在那种似雪的花朵上果真染上雪了，而蓝色的高山钟花以及黄色的、红色的报春花不久也遇上了同样的命运。是啊，春天要杀出重围，战胜这里的冬天，是多么困难重重呀！它在山上站稳脚跟之前得逆转十次——不一会，严冬又至，朔风凛冽，暴风雪过后又是白茫茫的一片，室内又得开上暖气。到五月初(因为我们在谈到“雪中花”时，时分已交五月)，坐在凉廊上写一封明信片给山下亲人也简直是活受罪，手指头会像受到十一月刺骨的寒气侵袭那样阵阵发痛。山上四五株阔叶树，现在像平原上一月的树木那样，光秃秃的。雨水终日不断，有时整整下一星期，如果这里的卧椅不是那么舒适宜人，那么在雾气弥漫的环境中在户外露出又湿、又僵的脸休息这么久，恐怕谁也受不了。可是私下说一句，这其实是一种春雨，而且越来越多。它持续的时间越长，春雨的性质就越明显。在春雨下，几乎所有的雪都融化了，大地上再没有什么白色，到处都是灰色的肮脏的冰。现在，草地真的开始披上一层翠绿了！

眼睛在长期接触无边无际的白色之后，忽然草地上呈现一片新绿，感觉上该是多么柔和舒适啊！可是另外还有一种绿色，从娇美柔和程度上看，还远远超出新生草儿的那种绿色。原来这是落叶松一丛丛初生的针叶。汉斯 · 卡斯托尔普在例行散步途中，难免情不自禁地伸手去爱抚它们，或者把两颊贴在上面，轻轻抚弄。它们苍翠欲滴，清新可喜，有一股无法抗拒的诱惑力。“看到这番景象，一个人恨不得成为植物学家哩，”年轻人对他的同伴说。“在这里山上度过这么一个冬天之后，为了纯粹欣赏自然界的复苏，我真心实意地对这门科学感兴趣！小伙子，你在山坡上看到的，就是龙胆。这里却是一种黄色小紫罗兰，这个品种我不很熟悉。可这儿长的是金凤花，模样儿与山下的一般无二，属于毛茛科。我觉得这是一种特别惹人喜爱的植物，雌雄同体，你在那儿可以看到许多雄蕊和一些子房，一个雄蕊，一个雌蕊，我所能记住的就是这些。我真想买几本植物学的旧书来，使我能在这个涉及生命和学问的领域内获得更多的知识。哎，世界上真是五光十色，无比瑰丽！”

“六月里还更加壮观哩，”约阿希姆说。“草地上的花，在这儿是出名的。可是我并不认为，我在等着看这些花。你想研究植物学，也许是受克罗科夫斯基的影响？”

克罗科夫斯基？他这话是什么意思？原来克罗科夫斯基大夫最近在一次讲演会里提到过植物学。如果谁认为由于时间引起了种种变化，结果连克罗科夫斯基大夫的学术演讲也不做，那么他就错了！他仍像以前一样，每两星期讲一次，上台身穿小礼服，不过凉鞋再也不穿了——他只是在夏天才穿，不久他又要穿了。讲演会像往常一样，每隔两周逢星期一在餐厅里举行。汉斯·卡斯托尔普来院后不久，有一天正是淌着血迟到入场的。这位心理分析学家，一年中倒有三个季度在讲述恋爱与疾病的问题，每次讲得并不多，只讲一小部分，谈天说地的时间在半小时至三刻钟。他把头脑中珍藏的知识和想法和盘托出；每个人都有这样的印象：他一谈起来就没完没了，似乎永远不肯停歇。它的性质，与半个月的《一千零一夜》差不多，每次可以随心所欲地把话题拉得长长的，像谢赫拉查德[1]讲的神话那样，用以满足国君的好奇心，制止他的残暴行为。克罗科夫斯基大夫讲述的范围是那么不着边际，不禁使人想起塞塔姆布里尼所参与的那项事业，也就是那本关于苦难的百科全书。他谈话的题目变化多端，人们从下列事实可以证实：这位讲演人最近居然谈起植物学来了，说得精确些，谈的是蘑菇……他谈的内容也许有些变化，现在谈的课题是爱情与死亡，这不由诱发人们既去想一些诗情画意的场面，又不得不在无情的科学面前陷入沉思。就这样，这位博学多才的人用他那东方的、拖长的声调和发“R”时舌尖只在上颚碰击一次的那种卷舌音谈起植物学来，也就是说谈起蘑菇来。这是一种十分茂密地生

① 即讲《一千零一夜》的那个女子。

长在荫凉处的古怪的有机体，肉质厚实，性质与动物界十分相似。这是动物的新陈代谢的产物，组织内有蛋白、糖原、动物质淀粉等。克罗科夫斯基大夫谈起蘑菇来，说它自远古以来即以它的形态及固有的功能而闻名于世，这是一种草肚菌，其拉丁学名是形容词“impudicus”，形状使人联想起爱情，而其气味则使人想到死亡。显然，impudicus 散发某种尸体般的气味，当一种淡绿色浓稠的黏液从它的钟形的顶盖滴出时，即有这种气味，而这种黏液里即含有孢子。可是即使在今天，无知无识的人们仍用蘑菇作为春药。

检察官帕拉范特听了，觉得这些话对女士们说来稍嫌过分。听了对顾问大夫的宣传，他获得了道义上的支持，准备在山上熬过融雪季节。斯特尔夫人也是一个坚持到底的典型，她对任意出院的种种诱惑始终抱抵制态度。她在餐桌上说，克罗科夫斯基今天对于古已有之的蘑菇发了一通议论，内容可真“不干净”。“真不干净呀，”那个不幸的女人说。由于一点也没有教养，她对自己的疾病用了许多亵渎的字眼。

可是使汉斯·卡斯托尔普感到惊诧的是，约阿希姆居然在谈话中提起克罗科夫斯基大夫和他的植物学来，因为在他们中间，这位心理分析家一向很少谈到，正如他们很少谈及克拉芙吉亚·肖夏或玛鲁莎一样。他们不去谈论他；对于他的品格和所作所为，他们宁愿缄口不言。然而现在，约阿希姆竟谈起这位助理大夫来了，虽然说话的语气有些郁郁不乐——正如他说起自己不愿在山上坐等草地上开遍鲜花时情绪上显得灰溜溜一样。看来，这位善良的约阿希姆将渐渐失去心理上的平衡了。由于恼火与激动，他说话时的声音有些发抖，往日的温文尔雅和深思熟虑的风度已荡然无存。是不是因为他再也闻不到甜橙的香味？是不是因为加夫基指数愚弄了他，使他灰心绝望？或者连他自己也搞不清楚，他究竟准备在这儿等待秋天来临呢，还是擅自离院。

约阿希姆的声音之所以怒气冲冲，有些发颤，而且最近还用冷嘲热讽的口吻提到那次植物学讲演，实际还有别的原因。汉斯·卡斯托尔普对此一无所知；或者不如说，他不知约阿希姆对此是心中有数的，因为他本人，这个冒险成性、放荡不羁的人，这个生活中令人担忧的孩子，这个道学先生，对这件事是知道得太清楚了。一句话，约阿希姆识破了表弟的花招，他突然看出表弟背叛了他，正如谢肉节那天他做了亏心事一样。这是一种新的背信弃义；由于汉斯·卡斯托尔普经常对他不讲信义（而这是毫无疑问的），使问题的性质更趋尖锐了。

光阴流逝时，它的节拍永远是单调的。每一个正常的日子都可以划分为好几个小小的阶段，它的构成是固定的。每天总是一模一样，这一天和那一天彼此极其相似，简直相似到互相混淆和扑朔迷离的程度。每天都是相同的——这是一个永恒的真理，因此说时间会引起某种变化，却是难以理解的。大家谅必还记得，每日下午三时半至四时，乃是克罗科夫斯基大夫查病房的时间，这是他每日的例行公事，他恪守这一制度，从不有误。他查遍每一个病室，走遍每一个阳台，从这张卧椅问到那张卧椅。自从汉斯·卡斯托尔普因不得不卧床而自怨自艾以来（助理大夫在他面前做了一个画圆圈的手势，把他搁在一边，不予理睬），山庄疗养院的日常生活何尝有多大变化！当时的客人，早已变成一名“同志”了。克罗科夫斯基大夫在查病房时，甚至在他面前常常用起这个称呼来；尽管大夫说这个军用字眼时，像汉斯·卡斯托尔普在约阿希姆面前评论的那样，叫人有些反感（大夫发R音时[①]像外国人那样，舌尖只在上颚碰击一次），但他称呼时的口气豪放而欢快，亲切而充满信任感，因而听来倒还顺耳。不过他当时的脸色一会儿黑，一会儿白，在一定程度上说明他心里有鬼，因此，他的一举一动都有些可疑。

“喂，同志，您的情况如何？”克罗科夫斯基大夫本来在那对野蛮的俄国人那边，此刻向汉斯·卡斯托尔普卧榻的端部走来。对汉斯来说，同志这个称呼倒是怪新鲜的。他双手叉在胸前，听到这样难听的称呼每天总不免善意地苦笑了一下，同时瞅着大夫那黑胡子里露出的一排黄牙。“休息得很好吧？”克罗科夫斯基大夫继续问。“体温下降了吧？今天又升高了？嗨，不要紧，结婚以前会恢复正常的。祝您万事如意。”这句话听来也叫人恶心，因为他说起“祝”字来，“R”的声音

---

① 此处同志一字为Kamarad，其中有一个字母为“R”。按此字在德文中属外来语。

又走样[1]；说完后向约阿希姆走去。他只是作一番巡视，简单地问一下病情，别的再没有什么了。

可是有些时候，克罗科夫斯基大夫逗留的时间还要长些，他站在一旁同病友们谈天说地，肩膀看去十分宽阔，脸上总是带着丈夫气概的微笑。他谈起天气，谈起哪些人出院，哪些人进来，还谈起病人的情绪，他们的脾气有的好，有的坏；有时还讲到他个人的生活情况、家庭出身和前程，最后说了声“我向您问好”，就离开这里往别处去了。遇上这种场合，汉斯·卡斯托尔普总是交替地叉起双手搁在脑袋后面，回答对方的每一个问题，说话时也是笑眯眯的。当然，他对大夫怀着一种不胜厌恶的心情，但还是回答了他。他们压低了嗓门扯谈，尽管作为隔墙的玻璃门不能把各个凉廊完全隔开，约阿希姆还是听不清他们在谈些什么话，何况他也根本没有丝毫偷听的意图。他听到表弟从卧椅仰起身来的声音，以后又听到他和克罗科夫斯基大夫一起走进病房，也许让大夫看看自己的体温曲线。从大夫迟迟走出病房这一点来判断，两人的谈话又持续了好一会儿，这一回，这位助理大夫是在约阿希姆进室时从内路出去的。

这对伙友在谈些什么呢？约阿希姆并没有问起。不过，要是我们中间任何人不学他的样而居然提出问题，那么就会出现一些老生常谈式的话题，在具有理想主义色彩的基本观念的两个男人或伙伴之间，往往有许多意思可以彼此交流，一个从自身的教养中得出这样的结论：物质无疑是精神的罪恶堕落的一种形式，是它上面一种不良的刺激性的增长物，而另一个则以医师的身份，总是宣扬有机疾患的从属性质。我们认为，把物质看成是非物质性的东西可耻的堕落，把生命看作是物质的淫乱的结果，或者把疾病看作是生命的放浪不羁的形态——那上面有几多题材可以探讨和交流啊！他们的谈话内容以经常性的学术讲演为背景，也许会涉及情爱，它是形成疾病的一种力量；也许还谈到“老”病灶和

---

① “祝”字原文为“grüße”其中也有一个“R”，但克罗科夫斯基把它读成了“gdieße”，走了音。

“新”病灶，谈到可溶性毒质及春药，谈到无意识的意识化，谈到精神分析的福祉，谈到症状的还原，以及我们说不清的一些话题。总之，克罗科夫斯基大夫和年轻的汉斯·卡斯托尔普之间聊天的内容，我们只能凭空猜测而已，如果人们对此提出问题的话。

话又得说回来，两人后来不再聊天了，他们之间的聚谈，只是短时间的事，充其量不过几星期。最近，克罗科夫斯基大夫跟汉斯·卡斯托尔普谈天的时间不比别的病人长些，查病房时，逢人一般只是说“同志，你好哇？”或者“我向您问好！”之类的话。约阿希姆后来又有一个新发现：他在无意中偶尔发觉汉斯·卡斯托尔普对他怀有二心，作为一个军人，他素来光明磊落，不作任何猜忌，更没有半点暗中窥探的行径，这点人们应当确信不疑。事实很简单：有一天星期三，他在第一次卧疗期间被召至地下室，让浴室师傅称称体重。他对此看得清清楚楚。只见汉斯踏下诊疗室房门对面清洁的铺有亚麻油地毯的石阶，诊疗室两侧都是爱克司光透视室，左侧是有机体透视室，右侧一隅的石阶低一级的所在，乃是精神分析室，门上钉有克罗科夫斯基大夫的名片。约阿希姆在石阶一半高度的地方站停了：当时他正看到汉斯·卡斯托尔普离开那儿，原来他是从诊疗室里走出来的，刚才给打过针。他匆匆往右跨过那扇门，用双手关上，然后头也不回地往右走向那扇用图钉钉着卡片的门。他三脚两步走到那边，走时身子往前冲，一点响动也没有。他敲起门来，敲时俯下脑袋，耳朵贴向敲门的那只手指。小房间已响起了男中音：“进来！”大夫在发 R 音时带有几分异国情调，双元音的发音也不那么准确。约阿希姆眼看他的表弟走入克罗科夫斯基大夫半明不暗的小小的精神分析室，转眼就不见了。

又来了一个人

天日很长，客观地说，就日光照射的时间而言，这些日子的白昼是最长的，因为天文学的长度对稍纵即逝的时日丝毫无损，不论就个别的时间或光阴单调的流逝而言，都是如此。春分过去差不多才三个月，转眼夏至又到了。可是这儿山上的季节却同日历很不合拍，春天直到此时此刻才姗姗来迟。这里的春天依旧没有夏日那种沉重的气氛：它香气浓郁，空气稀薄，清澈明净，蔚蓝的天空放射出银色的光辉，草地上缀满五彩缤纷、纯朴可爱的花朵。

汉斯·卡斯托尔普在山坡上又找到了以前约阿希姆放在他房间里用以向他亲切致意的那种花卉，那就是欧蓍草和风铃草。这表明一年的循环又周而复始了。现在，山坡和各处草地上都郁郁葱葱地长满了鲜嫩的、翠绿色的草儿，草丛中到处闪现着生机盎然的花朵，有的呈钟形，有的呈杯形，有的像一颗颗星星，有的形状却很不规则。花草浓郁的香味洋溢在阳光灿烂的大气中，这里有无数捕蝇草和野生的三色堇，还有雏菊、法兰西菊和黄花九轮草，它们有的呈黄色，有的呈红色，都比汉斯·卡斯托尔普在山下留心观看时所见到的要美得多，大得多。此外尚有频频颔首的高山钟花，这种花上长有纤毛，呈钟形，有蓝色的、紫色的和玫瑰色的，是本地区的一种特产。

他把心爱的花卉全部采撷下来，并将一大束带回家去。他的态度非常严肃；他这样做的本意并不是为了装饰房间，而是为了认真地进行科学研究。他购置了一些培植花卉的用具，一本常用的植物教科书，一把挖掘植物用的轻便的小铁锹，一册植物标本，还有一只倍数不小的放大镜。这个年轻人就这样在自己的凉廊里干了起来。此刻他又穿起那件上山时随身带来的夏服，这也说明他上山已有整整一年了。

在内室的家具上，在他所偏爱的卧椅旁那张放台灯的小桌上，都有一些玻璃器皿，上面都插满了鲜花。在阳台的栏杆上和凉廊的地面上，散满了部分已经枯萎但尚未完全干瘪的失去光泽的花卉，另外一些散乱的花儿则夹在吸墨水纸里，在石块的压力下将水分榨干。汉斯·卡斯托尔普将这些花卉干透和压平后，就用涂胶纸条把它们粘贴到纪念册里。他抬起膝盖躺着，一条腿架在另一条上；他把植物手册翻开，让书背搁在自己的胸口，形状像一个屋脊，一面把厚厚的、圆锥形的放大镜放在他两只天真无邪的蓝眼睛中间，另一只手则握着一枝花。他预先用小刀将花冠切去一部分，以便更好地研究花柱，在倍数颇大的透镜下，只见花柱组织显得肉嘟嘟的一片，十分壮实，煞是好看。在花丝的顶端，雄蕊撒出了黄色的花粉，有柱头的花柱则从子房中高高突起，如果再把花柱切一刀，就可以看到一条细细的沟痕，在糖质分泌物的作用下，花粉粒子和花粉孢子即通过这条沟痕漂至子房的胚囊中。汉斯·卡斯托尔普对它们作了计数、检验与比较。他对萼叶与花瓣的结构和位置作了研究，也对雌雄生殖器官作了考察，并将见到的结果同书本上的草图和示意图进行比较，看它们是否一致。当他同某些熟知的植物在结构上作了比较后，发现科学的结论完全正确，他十分满意。然后他研究起一些不知名的植物来：他借助于林奈[①]的著作，确定了它们的类别、群别、科别、种别、族别及属别。由于他有的是充裕的时间，他以比较形态学为基础在植物分类学方面取得了某些进展。在植物标本册的每一株干燥的植物上，他工工整整地写下了拉丁文学名，这种学名是人文科学所勇敢地赐予的。他还写下了每一种标本的特性，让好心的约阿希姆看看，约阿希姆对此叹为观止。

晚上，他观察天上的星群。他对流逝的年月甚感兴趣——他住在地球上的期间，地球已经经历了二十余次的公转，而过去他对此却从未关心过。如果我们不由自主地用起“春分”之类的名词来，那是因为他汉斯存心要这么讲，而且是着眼于目前而言。这类术语他最近很爱用，一有机会便说出口来。他在这方面的渊博的学识，也使表哥大为震惊。

当他们一起散步时，他会说起这样的话：“此刻，太阳快要进入巨蟹宫了，这个你清楚吗？它是黄道十二宫中最初的夏宫，你懂吗？通过狮子宫和处女宫，即是秋分点和昼夜平分点，那时快到九月底，太阳的位置又正好在天球的赤道上，像最近在三月里太阳进入白羊宫时那样。”

“这些我没有注意，”约阿希姆怏怏不乐地说。“你讲得这样头头是道的东西，什么白羊宫呀，黄道十二宫呀，究竟是些什么玩意儿？”

---

① 林奈(1707—1778)，瑞典自然科学家，以研究植物分类学而著称于世。他最早阐明动、植物之种、属定义的原则，著有《植物属志》、《植物种志》等。原来的姓氏，在瑞典文中应为“Linnaeus”。

“可不是吗，黄道十二宫，黄道带。这是太古时代就有的天宫：天蝎座，射手座，摩羯宫，宝瓶宫以及别的种种。谁会对它们不发生兴趣呢？一起有十二宫，这个你至少要知道。每一个季度有三个，有的是上行的，有的是下行的，太阳就是经过这些星座的。依我看，这真是蔚为奇观！你倒想象一下，人们看到在某个埃及神庙里，它们竟充作天花板的图案！这可是阿芙罗狄蒂[1]的神庙，离底比斯[2]不远。迦勒底人[3]对这些也很熟悉，他们是古代懂得魔法的人，是阿拉伯-闪族人，对天文学和占卜方面很有学问。他们对天上的黄道带也颇有研究，各个星球就在其间转动。他们把黄道带分为十二星座，也就是‘十二宫’，一直流传至今。这真是了不起的事。这就是人学！”

“你现在也读起‘人学’来了，像塞塔姆布里尼一样！”

“不错，像他一样，但稍稍有些不同。我们必须按照人学的本来面目来看待它，可是即使如此，它还是了不起的。当我躺着观望迦勒底人所熟悉的星球时，我想得很多很多，并对他们满怀同情，因为尽管他们十分聪明，他们并非什么都懂。不过他们不懂得的事，我也一无所知。天王星只是最近才发现的，也就是说，是一百二十年以前用望远镜才发现的。”

“最近吗？”

“我说它‘最近’，是指同到那时为止的三千年时间比较而言，如果你允许我这么说的话。可是，如果我这么躺着，仰观星球，那么三千年时间也可说是‘最近’。我对迦勒底人开始有一种亲切感，他们当时也在仰观星球，并为它们写诗。这也是人学嘛。”

“唔，说得好。你头脑里的想法倒是挺有气魄的。”

“你说‘有气魄’，我说‘亲切’，随你怎么说，反正都一样。不过，要是太阳此刻进入天秤宫，那么过了三个月左右，白昼就又变得非

---

① Aphrodite，爱与美的女神。

② Thebes，埃及尼罗河畔的古城，有许多寺庙及宫殿的遗迹。

③ Chaldäer，古时入侵巴比伦的一个种族名称，于公元前 626 年左右占领巴比伦，建立迦勒底王朝。

常短，白昼与黑夜的时间相等。以后白昼越来越短，一直到圣诞节，这个你是很清楚的。可是请你留意：当太阳经过冬宫，也就是经过摩羯宫、宝瓶宫和双鱼宫时，白昼又长起来了！不久春分就要到了，这是迦勒底人以后的第三千个春天，白昼又渐渐长起来，直到过了年夏天又重新开始为止。”

“当然是这样。”

“不，这是骗人的鬼话！冬天的时候，白昼就长起来，当最长的日子到来时——也就是六月二十一日，夏天开始的时候，它又走下坡路了，天日又短起来，以后又是冬天。你说‘当然是这样’，可是假如你一旦忽略了‘当然是这样’这个事实，你片刻之间就会惴惴不安，惶恐万分，似乎浑身打战地想抓取什么东西而不可得。说什么春天在冬天开始的时候才到来，秋天在夏天开始的时候才到来……这看来似乎是骗人的鬼话。你让人牵着鼻子走，让人诱拐到一个圆圈子里到处走走，你的眼睛固定注视着某个东西，可是它又变成了拐点……圆圈中的拐点！由于圆周是由这些全然没有延伸性的拐点构成，曲率是无法计算的，方向上也没有持续性可言，永恒并不是‘笔直，笔直’的，而是‘旋转木马，旋转木马’式的。”

“住口吧！”

“夏至节！”汉斯·卡斯托尔普说，“夏至！山上火光通明，人们紧拉起手，在熊熊的火光周围跳起‘圈舞’来。我从来没有见到过这番景象，但我听人说起，原始人就是这样来庆祝第一个夏夜的，秋天就从那一天开始。这是一年的正午和顶点，过了这个时辰，就又走下坡路了。他们跳舞，转动身子，雀跃欢腾。为什么他们这些原始人这么欢天喜地？你能理解其中的缘由吗？干吗他们纵情作乐？是因为从那时起，天色会黑得更快，或者说不定是因为过去他们一直都在山上，现在却来了一转折，也就是说一个人力无法控制的转折点，即仲夏之夜，他们的情绪达到高潮，在极度喜悦中夹杂着忧戚之情？我心里想到什么话，嘴里就说出来。这是忧郁中的欢乐，欢乐中的忧郁，因此原始人雀跃欢腾，而且在篝火周围蹁跹乱舞。他们这么做纯粹是出于某种绝望心理，如果你想这样说的话，其目的是对圆圈的骗人的鬼话和没有方向持续性的永恒表示尊敬——在这里面，一切都会反复发生。”

“我不想这么说，”约阿希姆喃喃地说，“请别把这个推到我身上。晚上你躺下来时，有许许多多事够你忙的。”

“我不否认，你正卓有成效地忙于学习你的俄语语法。要不了多久，你一定能熟练地掌握这种语言。嘿，要是打起仗来，对你自然大有好处，不过打仗是上帝不许可的。”

“上帝不许可？你讲话的口气像一个小市民。战争是必不可少的。莫尔特克[①]说，没有战争，世界不久就会腐烂掉。”

“不错，世界确实会有这样的倾向的。我甚至能直言不讳地向你说，”汉斯·卡斯托尔普继续下去，他想使话题回到迦勒底人身上，说他们也进行过战争，后来还征服了巴比伦，尽管他们是闪族人，也就是说同犹太人几乎没有什么区别——正在这时，这一对表兄弟同时看到有两位绅士在他们不远的前方散步，两位绅士对他们的谈话十分注意，这时收起自己的话头，回过头来瞧着表兄弟俩。

这时他们在疗养地旅馆和贝尔韦德雷饭店之间的大街上，踏上回达沃斯村的归途。山谷披着节日的盛装，沉浸在一片柔和、光明与欢乐的色彩中。空气极为清新。草地上的许多花卉散发出阵阵清香，各种香气汇集在一起，弥漫在纯净干燥的阳光灿烂的大气中。

他们在一个陌生人旁边认出了洛多维科·塞塔姆布里尼；可是塞塔姆布里尼似乎不认识他们了，或者不想同他们晤面。他只是迅速地掉过头去，跟他的同伴继续聊天，一面谈，一面不住打手势，同时甚至想更快地走向前去。当这一对表兄弟从右方向他走去，并且热忱地向他欠身致意时，他故作惊喜地说了些“原来是这个嘛”和“真是意想不到”之类的话。不一会，他又想控制住自己，使自己不动声色，让他们自顾自往前走，可是对方不理解他的意图，也就是说看不出他葫芦里卖的什么药。汉斯·卡斯托尔普已好久没有同他在一起了，与他重逢感到由衷的

① 莫尔特克(1800—1891)，德国将军，普法战争时曾任参谋总长。

喜悦，他在塞塔姆布里尼身边站停，跟他握起手来，还问他的生活情况如何，同时怀着彬彬有礼的、期待的神情瞅着他的同路人，因而塞塔姆布里尼不得不做他所显然不愿意的事；目前他在他们眼前最自然的动作，莫过于把那位陌生人介绍给他们了。于是塞塔姆布里尼让这几位先生相互结识，介绍时殷勤地舞动双手，还说了一些悦耳动听的话，这几个男人的手就在他的胸口前握在一起了。

看来，陌生人的年龄跟塞塔姆布里尼的相仿，而且与他同住一室。他也是女裁缝卢加契克那里的房客，就这对年轻人所知，他的名字叫纳夫塔。他是一个瘦小的男子，剃修光洁，就容貌而言，可以说丑陋得令人刺目，叫人恶心，使这对表兄弟不禁为之咋舌。他的一切都是尖棱棱的：一个压倒整个脸部轮廓的鹰爪鼻，一张小而缩拢的嘴，眼镜轻巧的镜框里面两片厚厚的磨光玻璃，玻璃片后面有一对淡灰色的眼睛——即使在他缄口不语的当儿，也看得出他一旦开起口来，一定是声色俱厉，头头是道的。他按照当时的习俗不戴帽子，不穿大衣，但穿得十分讲究。他穿的是一套深蓝色白条子的法兰绒衣服，在这对表兄弟世俗的眼光看来，服装的式样非常入时。不过在表兄弟细细打量时，矮小的纳夫塔却以同样的目光回敬他们，只是他的眼锋更加迅疾，更加咄咄逼人罢了。要是洛多维科·塞塔姆布里尼不懂得如何以极大的高雅和尊严来穿他那绒毛磨光、织纹毕露的长毛绒上衣和格子花纹裤，他和他那挺括的同伴在一起就必然相形见绌了。由于方格子不久前才熨得平平直直，人们一眼望去可能看作是新的，他更显得不那么寒酸了。这对年轻的表兄弟当时灵机一动：这无疑是那位做裁缝的房东的劳绩。不过，那个丑陋的纳夫塔穿着一身质地精美、合乎时尚的衣服，使他的地位与身份看去近乎表兄弟俩，而不近乎与他同住的塞塔姆布里尼。纳夫塔和塞塔姆布里尼两人同这对年轻人相比之下，不但年龄较大，而且还有其他更明显的因素，这从这两对人的脸部肤色中可以看得最为清楚；换句话说，这对表兄弟的脸被太阳晒得红扑扑的，显得十分黝黑，而另外两个人则显得苍白。在冬天过程中，约阿希姆原来是古铜色的脸显得更加黑了，而汉斯·卡斯托尔普一头金发的脑袋下却焕发出一片玫瑰红。可是塞塔姆布里尼先生的脸具有南欧人所特有的苍白，在他那黑黑的小胡子的衬托下，显得十分高雅，太阳光无法发挥它的威力，而他的同伴尽管一头金发——他的头发是金灰色的，缺乏金属般的光泽，头发从平滑的额头起披满了整个颅顶，油光光地向后掠——脸上也同样显示出浅黑型种族所专有的那种暗白色。他们四人中，有两个带着散步用的手杖，那就是汉斯·卡斯托尔普和塞塔姆布里尼；约阿希姆因为是一个军人，不带手杖；而纳夫塔一经他们介绍，就立刻又把双手叉到背后去了。他的两只手小而瘦弱，他的两只脚也很小，同他的身材一致。他着了凉，稍稍有些咳嗽，咳嗽起来有气无力，这点可以隐隐约约地看出来。

塞塔姆布里尼刚才看到这对年轻人时有些吃惊或不自在，但他立刻用优雅的态度克制住了。他的情绪极佳，在介绍三个人认识时不住打趣。例如，他称纳夫塔为“Princeps scholastico rum”[1]。他引用阿雷帝诺[2]的话，说喜悦在他本人的胸膛里有一个闪闪发光的庭院，这是春天的功绩，他赞誉备至。两位年轻的先生知道，他对这里山上的环境和人们颇为不满，他常常对此加以诋毁，而光荣却属于高山上的春天！它暂时能补偿这块地方的种种令人不快之处。这里没有平原上的春天那种令人迷惘、使人焦躁的气氛。这里既没有低地上那种翻滚的雾气，也没有潮气和郁闷的烟雾！有的只是明净，干燥，蓬勃的生机和粗犷的魅力。他真是得其所哉！这里的春天美极了！

他们四人参差地列队往前走，尽量并肩而行。可是如果有其他行人迎面而来，要么处于右翼的塞塔姆布里尼得走到车道上退避一下，要么这支队伍的阵线暂时宣告瓦解，由四人中的任何一位后退几步或向旁闪开——或者由走在左面的纳夫塔让路，或者由位于人文主义者与表兄约阿希姆之间的汉斯·卡斯托尔普让路。这时纳夫塔干笑一声，说话的声音由于伤风而变得瓮声瓮气，使人联想起用手指节敲击破碟子发出的浊音。他侧起脑袋向意大利人点头示意，然后用慢条斯理的音调说：

---

① 拉丁文：经院哲学派的首领。
② 阿雷帝诺（1369—1444），意大利人文主义者。

"倾听一下伏尔泰主义者，也就是理性主义者的声音吧！他赞美自然，因为自然即使多的是机会，也不会用神秘的蒸气来迷惑我们，它保持着某种古典主义干巴巴的色彩。可潮湿在拉丁文里是什么词啊？"

"Humor，"塞塔姆布里尼越过左肩高声说。"咱们教授的自然观察力的 Humor[①] 之处，在于他像锡耶那的圣女卡塔林娜[②]一样，看到一枝红红的高报春，就立刻想到耶稣基督的伤口。"

纳夫塔回答说：

"这个与其说是幽默的，倒不如说是机智的。不过这却意味着，要在自然中灌输精神。它非这样不可。"

"自然，"塞塔姆布里尼压低了声音说，这时他不再完全越过肩胛，而只是顺着肩胛向下说话："自然这东西一点也不需要它的什么精神。它就是精神本身。"

"您的一元论不让您感到厌倦吗？"

"哎，那么您承认，您把世界分为两个敌对的阵营，把上帝同自然截然分开是一件聊以自娱的事啦？"

"听您说'聊以自娱'那样的话，我倒颇感兴趣。其实我的本意，指的却是情欲和精神。"

"对这种轻浮的需要，您居然说出分量这么重的话来，别忘了您有时还说我是演说家呢！"

"您坚决认为精神意味着轻浮。不过就实质来说，它不能不是二元论的。二元论，反命题，这是动的原理，热情的、辩证法的、有才智的原理。目睹世界分为敌对的两部分，这就是精神。所有的一元论都是无聊透顶的。Solet Aristoteles quaerere pugnam.[③]

"亚里士多德？亚里士多德把普遍的理念的现实性置于个体之内。这就是泛神论。"

---

① 这里的 Humor 指的是"幽默"，与上面的拉丁文 Humor 有别。

② 锡耶那是意大利的一个城市名。圣女卡塔琳娜生于 1347 年，卒于 1380 年。她主张饮基督的血，于 1461 年列圣。

③ 拉丁文：亚里士多德常爱争斗。亚里士多德（公元前 384—前 322）是古希腊哲学家、科学家和文艺理论家。他的文艺理论著作有《诗学》、《修辞学》等。

“您错了。如果您像亚里士多德的信徒托马斯[①]和博纳文图拉[②]那样，在个体上假定有实体性存在，并且认为各种事物的本性都由普遍而转化为特殊的个别现象，那么您就毁了世界与最高理念之间的每一种统一性；您使世界与神分离，使神成为超越物质世界的东西。阁下，这是古典的中世纪哲学哪。”

“古典的中世纪哲学，这真是妙语连篇！”

“请原谅！我不过是恰如其分地引用一个古典的概念，也就是说，在一个概念始终达到登峰造极的地方引用它，古典时期的文化并不始终是经典性的。我从您身上看出了您不喜欢……不喜欢广泛地应用各种范畴，反对绝对观念。您甚至不要绝对精神。您只需要主张民主进步的那种精神。”

“我希望我们一致坚信，不论精神绝对至如何程度，它决不能成为反动势力的鼓吹者。”

“然而它经常在鼓吹自由！”

“然而？自由是人类相爱的法则，它不是虚无主义和恶意。”

“您显然害怕这两种东西。”

塞塔姆布里尼在脑袋上挥了挥胳膊。交锋暂时告一段落。约阿希姆惊奇地望望这个，再看看那个，而汉斯·卡斯托尔普则扬起眉毛向下注视着前面的道路。刚才，纳夫塔谈得那么尖锐，那么斩钉截铁，尽管他也捍卫过广义的自由。纳夫塔在反驳时说起“不对”这个字眼来，另有一功，发出“施”[③]字的声音时，那种先翘起嘴唇、后闭拢嘴巴的样儿，看去很不顺眼。塞塔姆布里尼跟他对阵时，有时比较委婉，有时措词也不乏慷慨激昂的味儿，例如在他劝说对方希望就某些基本观点取得一致意见的场合。此刻纳夫塔沉默不语，他就开始向这对表兄弟讲起这位陌生人的一切情况来——在他同纳夫塔交换意见结束后，做这番解释工作

---

① 托马斯·冯·阿基诺(1225—1274)，意大利经院哲学派学者。他的哲学以亚里士多德的学说为依据，信奉理性主义。

② 博纳文图拉(1221—1274)，13世纪意大利学者。

③ “不对”原文系 falsch，字尾 sch 发“施”音。

确有必要。纳夫塔随他信口说去，并不介意。原来纳夫塔是腓特烈大帝时代上层的古典语言教授，塞塔姆布里尼说；介绍纳夫塔的身份时，他以意大利人特有的华丽辞藻加以强调。纳夫塔的命运同他塞塔姆布里尼的一般无二。五年前，他由于健康状况不佳上山疗养，院方明确地告诉他，他非长时期呆在山上不可，因此他离开了疗养院，定居在做女人衣服的裁缝卢加契克家。正如塞塔姆布里尼含糊其辞地说明的那样，他不但是一位优秀的拉丁语学者，又曾是修道院附属学校的学生，所以这块地方的高等学校颇有卓见地聘请他为讲师，他给学校增添了光彩……总而言之，塞塔姆布里尼把这位其貌不扬的纳夫塔好好捧了一阵子，尽管刚才他跟他在理论问题上辩论过一会，尽管两人的唇枪舌剑看来马上又将继续进行了。

接着，塞塔姆布里尼向纳夫塔先生介绍了两位表兄弟的情况；看来，他以前已在纳夫塔面前说起过这两个人了。他说，这一位是上山混三星期日子的年轻的工程师，顾问大夫贝伦斯却在他的肺部发现了浸润性病灶；还有一位则是普鲁士军队组织的希望，齐姆森少尉。他谈起了约阿希姆的反抗精神和下山的打算，附带还添上一句：如果人们不理解工程师那种急于想下山重返工作岗位的心情，认为他并不急急想回去，那么对工程师无疑是一种侮辱。

纳夫塔听了扮一个鬼脸。他说：

“这两位先生倒有一位口若悬河的监护人哪。他对你们的想法和愿望是否正确无误地转达出来，我不敢存有任何疑问。工作，工作——我怕他马上会责骂我是一个人类的敌人了，骂我是一个 inimicus humanae naturae[①] 了，如果我胆敢提醒各位过去曾有那么一个时代，那时像他那副腔儿说话一点也不能达到常有的那种效果；在那个时代里，同他那观点截然相反的思想却受到了多得无法比拟的尊敬。比如说，贝恩拿特·冯·克兰尔伏[②]对于生活完善性的发展程序，其教诲方式跟洛多维科先生的迥然不同，究竟如何，后者连做梦也不会想到。你们想知道是什么

① 拉丁文：人性的敌人。
② 贝恩拿特·冯·克兰尔伏(1090—1153)，法国神秘主义者。

样的程序吗？它的最低阶段是‘磨坊’，第二阶段在于‘耕田’，至于第三阶段，也是最值得赞美的阶段——您别听，塞塔姆布里尼——则在于‘床笫之间’。磨坊，这是尘世生活的象征，这个譬喻选择得并不恶。耕田意味着世俗人们的灵魂，布道者和神职人员就是在灵魂上用功夫的。这个阶段更加值得尊敬。可是床笫嘛……”

“够了！我们知道了！”塞塔姆布里尼叫道。“先生们，现在他要向你们说明卧榻的目的和用途了！”

“我倒不知道您在两性关系上原来是那么羞羞答答，洛多维科。当别人看到您向姑娘眨眼示意时……异教徒式的那种无拘无束的精神又何在呢？因此，床榻是求爱者和被爱者性交的地点，并且是悠然同外界和世人隔绝以便与上帝进行神交的象征。”

“呸！去你的，去你的！”意大利人拦住了他的话，几乎想哭出声来。大家哈哈大笑。接着，塞塔姆布里尼煞有介事地继续说：

“哎，不，我可是欧洲人，西方人，而您的程序却纯粹是东方式的。东方人害怕活动。老子[①]有这么一句教导的话：清静无为比天地间任何事都有益。如果世上的人都无所作为，地球上就会呈现一片升平气象，其乐无穷。那时您就得到所谓神交了。”

“说得好！那么西方的神秘主义呢？还有所谓静寂主义，费内隆[②]该是其中的一员吧！根据他的学说，每一个行动都是有错误的，因为行动的意愿无疑是冒犯上帝，而上帝却是喜欢自行其是的。我引用的是莫利诺斯[③]的见解。不过看来，那种认为能在清静无为中获得解脱的精神倾向，在人间已广为流传。”

说到这里，汉斯·卡斯托尔普插话了。他一鼓作气地介入了他们的辩论，说话时举目向空间仰望。

“悠闲！与世隔绝！这里面可有点儿名堂，怪动听的。我们这儿山

---

① 即我国古代哲学家老聃。

② 费内隆(1661—1715)，法国思想家，批评家。信奉静寂主义。

③ 莫利诺斯(1640—1697)，西班牙神秘主义哲学家。曾著有《精神入门》一书，赞美静寂主义。1687 年遭终身监禁。

上的人都过着程度相当深的与世隔绝的生活，别人可以这么说。我们躺在卧椅上，离地面有五千米之高，卧椅舒适得异乎寻常。我们俯视世间与万物，头脑里有种种想法。我沉思默想，要说句真心话：床榻——您要知道，我这里指的是卧椅——这十个月来给我的好处，比过去这么多年来山下的磨坊所带给我的要多，提供给我的思索材料也更多，这点是不能否认的。”

塞塔姆布里尼用一对黑眼睛望着他，眼睛里闪耀着忧郁的神情。“工程师！”他带着克制的声音说，“工程师！”于是他挽住汉斯·卡斯托尔普的胳膊，把他稍稍推向后面，仿佛想在汉斯的背后说几句私房话。

“我几次三番对您说过，一个人应当了解自己的身份，而且应当恰如其分地去思索！我们西方人即使有一些不三不四的论点，但主导思想总是理性，分析，活动，以及进步，而不是什么僧侣的躺椅！”

纳夫塔听到了他们的谈话。他在后面插嘴道：

“僧侣！欧洲大地上的文化，我们得感谢僧侣才好呢！德国、法国和意大利现在已不再有一大片荒野的森林和原始的沼泽，而是五谷丰盛，果实累累，美酒也取之不尽，这还得感谢僧侣才是！阁下，僧侣也辛勤地干过活……”

“得了吧！”

“恕我再说下去。神职人员所从事的工作，本身既没有什么目的，也就是说，它既不是麻醉剂，也不想促进世界的进步或谋取商业上的利益。僧侣的工作纯粹是禁欲主义的修行，是忏悔苦行的一部分，是拯救灵魂的一种手段。它保护肉体免受七情六欲的煎熬，而且压抑肉欲。因此，请允许我向您明确指出，它的性质完全是非社会的。它是彻头彻尾的宗教利己主义。”

“蒙您指点迷津，十分感激。能知道僧侣的工作即使违反人类的意愿，也能带来福祉，不胜欣喜。”

“不错，违反人类的意志。我们所要搞清楚的，不外是功利主义和人道主义之间的区别。”

“我十分不满地注意到，您又把世界分为互相敌对的两部分了。”

“我使您怏怏不乐，甚是遗憾。可是对事物必须区分与整理，并且把 Homo Dei[①] 的概念从不纯洁的成分中解脱出来。交易所与银行就是你们意大利人发明的，愿上帝原谅你们！然而美国人发明了经济社会学，人类的守护神决不会宽恕他们。”

“哎，人类的守护神也在那个岛上的那些伟大的经济学思想家心里活着！——您想说话吗，工程师？”

汉斯·卡斯托尔普否认这点，但还是开口说了几句。纳夫塔和塞塔姆布里尼都怀着某种紧张的心情谛听他的话。

“从您的谈话中，纳夫塔先生，您对我表哥的职业似乎十分喜爱，而且理解他那不耐烦的心情……我是一个彻头彻尾的文人，我表哥常常因为这点而责备我。我从来没有服过役，是一个地地道道的和平之子，有时甚至恨不得去当一位神职人员……问问我的表哥吧，这话我在他面前不知说过多少回。不过，如果我撇开个人的爱好不谈——说得精确些，也许我没有完全撇开——那么可以说，我对军队生活倒有一点儿理解和同情。军队生活有它严格得令人叫苦不迭的一面，如果您愿意，您可以用‘禁欲主义’这个字眼。刚才您不是亲切地用这个字眼来表达吗？军人不得不经常同死神打交道；归根结蒂，神职人员也肩负着同样的使命，两者异曲同工，不分彼此。因此，军人讲究礼仪、等级、服从，还有‘西班牙式的光荣’，要是您能允许我这么说的话。不论那个人系的，是僵硬的制服领还是上浆的轮状皱领[②]，反正都没有什么两样，主要的问题乃在于您刚才说得那么动听的‘禁欲主义’……我不知道，我是否能让您明白我的思路……”

“明白，明白，”纳夫塔说罢瞥了塞塔姆布里尼一眼。这时塞塔姆布里尼正在转动手杖，仰望天际。

“根据您所说的各点，”汉斯·卡斯托尔普继续说，“我认为我表哥齐姆森的爱好一定能博得您的同情。我并没有想到‘皇权与僧权’以及和这两者有关的一些事；有好些人，也就是那些恪守秩序以及存心善良

---

① 拉丁文：属于上帝的人；或译：神子之人。
② 是教士带的领带。

的人，有时认为两者之间息息相关是理所当然之事。我的想法恰恰是这样：在军队里工作，也就是服役——在这种场合下，人们通称为‘服役’——绝对不是什么孳孳为利之举，同您说的所谓‘经济社会学’也一点儿没有关系，正因为如此，英国人只有为数不多的士兵，少数士兵是为了印度，另外一些是供国内检阅之用……”

“您说下去是徒劳无益的，工程师，”塞塔姆布里尼打断了他的话。“士兵的存在——我说这个，对我们的齐姆森少尉并无冒犯之意——从理性上说是不值得讨论的，因为它纯粹是形式主义的东西，本身并没有什么内容。十五六世纪的雇佣兵就是士兵的典型代表，他们受人雇佣，在这个或那个战役上出力。简而言之，有西班牙宗教改革反对派的士兵，有各种革命军的士兵，有拿破仑的士兵，还有普鲁士的士兵。请您让我谈谈那些士兵吧，如果我知道他们是为什么打仗！”

“他们确实打了仗，”纳夫塔接嘴说，“那毕竟不失为士兵阶层的明确的特性呀。关于这点，让我们的意见统一起来吧。这也许不足以在士兵阶层上套一顶‘理性上是不值得讨论’的帽子，不过它却把士兵推到一个布尔乔亚乐天主义所无法理解的境界中。”

“您那津津乐道的所谓布尔乔亚乐天主义，”塞塔姆布里尼先生翕动嘴唇的上面部分回敬，说话时，嘴角在那向上翘起的小胡子下面掀开，脖子从领子间一抖一抖地斜向前方探出，模样儿妙不可言，“对于理性概念和道德概念，对于它们在年轻的、摇摆不定的心灵上所起的合法的影响，您可永远以任何形式随心所欲地使用。”

接着大家沉默了一阵。这对年轻人张皇失措地望着前方。塞塔姆布里尼踱了几下方步后又开腔了，这时他的脑袋和脖子又恢复常态：

“你们用不着大惊小怪。这位先生和我经常争论不休。不过争论的目的都是与人为善，而且多少有相互谅解的基础。”

这些话起了很好的效果。塞塔姆布里尼先生不愧是一个有义气、讲人道的人。可是约阿希姆也怀着一片好心肠；为了使大家的谈话不伤和气，他硬着头皮、仿佛违反自己的心愿似地说出下面的话来：

“刚才表弟和我在你们后面散步，我们碰巧谈起战争问题。”

“这个我听到了，”纳夫塔答道。“我听出了话中之意，于是回头张望。你们刚才在谈政治吧？你们在讨论世界大局吗？”

“哎，不是，”汉斯·卡斯托尔普呵呵大笑。“我们怎么会谈起这些问题呢？对我们这位表哥来说，他的职业就干脆不适宜他关心政治；我呢，我自愿放弃这个权利，对这方面可说一无所知。自从我上山以来，我手头上可一份报纸也没有呐……”

塞塔姆布里尼听了这话，觉得像上次那样应当受到谴责。接着他显示出自己对世界大事处处了如指掌，而且作出这样的判断：只要事态的发展有利于文明，他就无不赞许。欧洲的整个气氛是和平思潮占上风，各个国家都急于想裁减军备。民主思想在急剧地抬头。他说，他已掌握可靠的消息，知道“年轻的土耳其人”正好要结束他们民主革命运动的筹备工作。土耳其要变成一个民族自主国家和立宪国——这是人性的伟大胜利！

“这是伊斯兰教的自由化，”纳夫塔嘲笑道。“说得妙极了。启蒙的狂热。这很好。再说，这个对您倒很有意思，”说到这里，他转向约阿希姆。“当阿勃杜尔·哈米特①没落时，您在土耳其的影响就要寿终正寝，而英国就会以保护者自居……你们对咱们塞塔姆布里尼的联络网和情报务须极其重视，”他对这对表兄弟说。其实这句话听起来也很唐突，仿佛他认为两弟兄会对塞塔姆布里尼先生掉以轻心似的。“对于民族革命方面的事，他知之甚详。在他的国度里，他们同英国巴尔干委员会维持着良好的关系。倘若你们那些进步的土耳其人一旦得逞，那么洛多维科呀，雷瓦尔协定②的命运又将如何呢？这样，爱德华七世③就不再让俄国人在达达尼尔海峡④享有自由通路，同时，如果奥地利不顾这个而振起精神在巴尔干推行一项积极的政策，那么……”

“去您那灾难性的预言！”塞塔姆布里尼驳斥道。“尼古拉⑤是爱好

① 阿勃杜尔·哈米特(1842—1918)，土耳其第三十四世君王。

② 雷瓦尔，系俄罗斯城市塔林的旧称。

③ 爱德华七世(1841—1910)，英国皇帝。

④ 欧洲与亚洲之间的一个海峡，是黑海到地中海的唯一通路。

⑤ 指俄国皇帝尼古拉二世(1868—1918)。

和平的。海牙会议[1]，我们得向他感恩，这些会议始终是顶呱呱的、富于道义的事件。”

“哎，俄国在东方碰上了小小的厄运[2]以后，不得不稍事休整一下！”

“呸，阁下！人类的本性渴望使社会能趋于尽善尽美，您不该横加嘲弄啊！凡是阻挠这种企图的民族，无疑会受到道义上的谴责。”

“如果政治不能给双方有道义上相互妥协的机会，那政治又有什么用呢？”

“您在崇尚泛日耳曼主义[3]啰！”

纳夫塔耸耸肩膀，他的两个肩胛不很均匀。说真的，他五官不很端正，这使他显得更加丑陋。他羞于回答这个问题。塞塔姆布里尼却下起断语来：

“不论怎么说，您说的话都是玩世不恭的。在民主主义企图涉足国际事务的崇高的愿望里，您除了政治阴谋外，什么都不愿看见……”

“也许您希望我在其中看到理想主义或笃信宗教的那种虔敬吧？其实，这里面充其量不过是维护自已本能残余的某种最后的、微弱的冲动；被判处死刑的世界体系至今还拥有这种本能。毁灭性的灾难将会降临，而且必然降临；它通过各种渠道和各种方式到来。请您看看英国的政治手腕吧。英国希望印度确保其堡垒的地位，这样的要求是合情合理的。可是后果又如何呢？爱德华[4]像您和我一样清清楚楚地知道。彼得堡的当权者[5]必须弥补他们在满洲的惨败，而防止革命爆发却像亲爱的

---

① 即海牙和平会议，系 1899 和 1907 年在荷兰海牙召开的国际会议。会议宣称以限制军备和保障和平为目的，但在限制军备方面未取得任何结果，只是通过了许多有关战争、中立与和平解决争端的国际法规的公约。参加的有中国、俄国、英国、法国及美国等。

② 指日俄战争，俄国战败。

③ 即大日耳曼主义，是德国资产阶级对外扩张的沙文主义思想和运动，产生于十九世纪末叶，并设有各种团体，宣传日耳曼民族的优越性，主张把所有日耳曼人居住的地区合并于德国，进而建立世界霸权。

④ 指英国皇帝。

⑤ 此处指俄国。彼得堡是当时沙皇俄国的首都。

面包一样必不可少。尽管如此，他——他非如此不可呀！——把俄国的扩张欲引向欧洲，并且煽动彼得堡与维也纳之间潜在的敌对情绪……”

“唉，维也纳！我猜想，您对这个世界进步障碍的地方十分关心，因为您在以维也纳为首都的这个垂死的帝国中看到了日耳曼民族神圣罗马帝国①的木乃伊！”

“而您呢，我猜想，由于对政教合一②怀有人道主义的同情，恐怕是亲俄派吧！”

“阁下，民主这个东西，您与其向霍夫堡③去企求，倒不如向克里姆林宫④去企求，对路德⑤和谷登堡⑥的国家来说，这是一桩耻辱……”

“除此之外，也许这是一件愚蠢行为。不过即使是这种愚蠢行为，也是命运的工具……”

“唉，别向我说命运的话了！人类的理智，比命运的要求更为强烈，它就是命运！”

“一个人总爱支配自己的命运。资本主义的欧洲就希望有它自己的命运。”

“如果人们对战争并不怎么厌恶，那么就会相信它有朝一日会发生。”

“如果您并不以国家本身作为出发点，那么嫌恶战争在逻辑上是矛盾的。”

“民族国家乃是世间的原则，您却把它归到恶魔一类了。可是当民族达到自由、平等的时候，当弱小民族受到保护不让外族压迫的时候，当正义得到伸张的时候，当民族间的境界得以确立的时候……”

“我知道，布伦内罗边界⑦。奥地利垮台。要是我能知道，您如何能

① 欧洲的封建帝国(962—1806)。公元962年，德意志国王鄂图一世在罗马由教会加冕称帝，始创神圣罗马帝国。1806年被拿破仑一世推翻。
② 欧洲某些国家政权与教权合一的政治制度。
③ 奥地利地名。
④ 指俄国。
⑤ 即宗教改革运动的创始人马丁·路德，德国人。
⑥ 谷登堡(1400—1468)，德国人，印刷术的创始人之一。
⑦ 意大利地名。从古罗马时代起，布伦内罗即为意大利到德国的主要通道。

不借助于战争而把它实现！”

“我也确实很想知道，我过去什么时候曾经谴责过民族战争。”

“不过我听您说……”

“不是这样，我必须替塞塔姆布里尼先生证明一下，”汉斯·卡斯托尔普一直在谛听他们的争论，这时插起嘴来。听他们谈话时，他一会儿看看这个，一会儿又瞧瞧那个，同时侧起脑袋。“我表哥和我有时能优先地同他攀谈这个问题以及类似的事情。当然在谈天时，我们只是倾听他的谈话，让他发挥他的见解，把一切都解释清楚。我可以证明，表哥也可以在这里做旁证：塞塔姆布里尼先生曾不止一次地满怀兴奋的心情谈起运动、反抗和改革世界的原则，我应当认为，这其实并不是什么和平的原则。他还谈起在这种原则获得胜利之前，在普遍的、幸福的世界共和国能够建立之前，还须作出艰巨的努力。这就是他说的话，尽管他说起来自然比我委婉流畅得多，更像一个作家的口气，这一点是不言而喻的。不过我印象最深、而且至今仍一字一句铭记在心的，乃是他下面这样一段话，作为一个彻头彻尾的文人，我听了后不免十分震惊，他说：这样的一天终究会到来，如果不是乘着鸽子的翅膀飞来，就是乘着老鹰的翅膀飞来，还说如果人们想享受幸福，就得把维也纳当头一棒，击倒在地。我还记得，听到他‘老鹰的翅膀’这种话，我怔了一下。因此我们不能说，塞塔姆布里尼是笼统地谴责战争的。塞塔姆布里尼先生，我说得对吗？”

“大致不错，”意大利人简单扼要地说，同时扭过头去挥动他的手杖。

“太糟了，”纳夫塔丑陋地微笑了。“您自己的门徒对您定了罪，说您有好战的倾向啰。Assument pennas ut aquilae①…”

“伏尔泰本人对促进文明的战争也予以肯定，并且劝腓特烈二世向土耳其人宣战。”

“结果腓特烈并未听从，他同土耳其人结成联盟了，咳，咳！还有

① 拉丁文：乘着老鹰的翅膀来到。

世界共和国！我不禁要问：一旦幸福和大团结得以实现，革命运动和反抗的原则又会落得如何下场。在这个时候，反抗就变成犯罪行为了……”

“您知道得十分清楚，这两位年轻的先生也很明白，我们这里所谈的所谓‘人类的进步’，是指‘无限’的意义而言。”

“不过所有的运动都是圆周形的，”汉斯·卡斯托尔普说，“空间如此，时间上也是如此，质量不变定律和周期率都指出了这点。我表哥和我不久前还谈到这个问题。在没有方向持续性的闭合的运动中，还能谈得上什么进步呢？晚间，当我躺在病榻上仰观只能看得见一半的黄道带，想起古时那些聪慧的人们……”

“工程师，您不该苦思冥想，白日做梦了，”塞塔姆布里尼打断了他的话，“而应当毅然决然相信您那年华和您那种族的本能，它们必然促使您投入行动。您在自然科学方面所受的教育，也必然把您同进步思想联系在一起。在数不清的年代里，您看到生命从纤毛虫一直发展到人类；您不必怀疑，今后人类还存在着进一步发展与日臻完善的无限可能性。如果您深入研究数学，您在圆周的探讨上乃是从完善走向完善，永无止境；倘若您阅读了十八世纪的一些书籍，那么您会精神十足地发现：人类本来是善良的、幸福的、完好的，只是由于社会的种种弊端，他才变坏了，而且给毁了。在我们对社会结构进行批判性的改造以后，人类又将会变得善良、幸福而完好……”

“塞塔姆布里尼先生有一点略而未加补充，”纳夫塔插嘴说，“即卢梭①的牧歌只是对过去教会的教义作了诡辩式的篡改，弄巧成拙。过去的教义说什么人类本来没有国家，而且也没有罪恶；人类本来同上帝十分接近，仿佛就是上帝的儿子，以后应当回复到此一状态。然而在尘世的各种形态解体以后，天国的重建在于地和天、感觉与超感觉接触的所在地，灵魂的拯救是超越一切概念的。至于您的资本主义世界共和国，亲爱的博士啊，听到您居然在这方面高谈所谓‘本能’，那真是咄咄怪事了。本能也许完全是民族方面的东西，上帝本人在人类身上赋予一种

① 卢梭(1712—1778)，18世纪法国启蒙思想家、哲学家、教育学家兼文学家。

自然本能，嗾使各国人民各自分裂成各个国家。战争……”

“战争，”塞塔姆布里尼高声说，“即使战争，我的先生，有时也势必为进步事业服务，如果您还记得您所宠爱的历史时期内某些重大的事件——我指的是十字军东征的那个时期——，那么请允许我援引一下吧！这些文明的战争在经济与商业往来方面极为有力地促进了各民族之间的关系，并且把西方的人们在一个观念下结合在一起。”

“您对观念这个东西真是宽宏大量啊！可愈是这样，我愈是要更有礼貌地纠正您的说法：十字军运动除了它所引起的商业繁荣之外，只不过是促使各个民族之间更加接近而已。相反地，它教导各民族，让他们意识到相互之间是有差别的，并且有力地促进了民族国家观念的形成。”

“十分恰当。不过这只是指各民族与僧侣之间的关系而言。对啊！正是从那个时候起，国家和民族的荣誉感开始使人们更加激烈地反对僧侣的专横……”

“您的所谓僧侣专横，不过是精神名义下人类结合的概念而已！”

“人们很懂得这种精神，对此敬谢不敏。”

“显然，您那民族主义的狂热，对教会妄想征服全球的世界主义是深恶痛绝的。我真想知道，您对战争的嫌恶如何能同民族主义调和起来。您模拟古典风格，对国家顶礼膜拜，这样必然使您成为法律的实证观点的卫护者，结果呢……”

“我们谈到法律上来了？阁下，自然法和普遍理性的概念，至今仍栩栩如生地体现在国际法中……”

“呸！您的国际法，只是再一次把卢梭的 ius divinum[①] 改得面目全非，弄巧成拙。其实它同自然和理性并无任何关系，而是以启示为基础的……”

“我们别在名称上争吵不休，教授！我毕恭毕敬称为自然法和国际法的东西，您却自由自在地名之为 ius divinum。主要的问题在于：在民

① 拉丁文：神权。

族国家的实证法律之上，有一种更高的、普遍适用的法律，能通过仲裁法庭解决国际间有争端的利害问题。”

“通过仲裁法庭！听到这个词眼，我真不寒而栗！通过市民的仲裁法庭，居然能裁决生活中的各种问题，还能猜度神意，决定历史的进程！好吧，所谓‘鸽子的翅膀’就谈到这儿。那么‘老鹰的翅膀’又如何呢？”

“市民的文明……”

“市民的文明不懂得它要的是什么！它大声疾呼，要求同降低出生率的现象作斗争，还要求减低子女养育费和职业准备教育费。而另一方面，世界上却人口过剩，人多得透不过气来，各行各业都有人员过剩之患，大家忙着抢饭碗，对过去各次战争的恐惧就不那么放在心上了。空旷的场地，花园城市！种族得到锻炼！然而，如果文明和进步提出要求今后不再发生战争，那干吗要锻炼呢？战争是阻挠一切和促进一切的手段。它有助于锻炼，而对出生率的降低则甚至起阻挠作用。”

“您在开玩笑哪。您说话已不像以前那么认真了。我们的谈话到此结束，结束得正是时候。我们已到达目的地，”塞塔姆布里尼一面说，一面举起手杖向表兄弟俩指指前面的一座小屋。他们在小屋的篱笆门前驻足。这座屋子离“达沃斯村”的街首很近，有一个狭小的前庭同街道隔开。屋子看去十分简朴。野生的葡萄藤在屋子门前盘起裸露的根部，再从这里蔓生出去，弯弯曲曲地紧贴着墙壁伸展出它的一臂枝叶，一直向右方长到小杂货店底层陈列橱窗的窗口。塞塔姆布里尼又说，底层房屋归杂货店老板所有。纳夫塔的住所就在楼上的裁缝店里，他本人住在顶楼上，那里可以做他的幽静的书房。

纳夫塔用亲切而十分做作的神态向表兄弟俩表示今后希望再同他们晤面。“你们再来看看我们吧，”他说。“要是这里的塞塔姆布里尼先生不比我更早地跟你们结识，那你们就来看看我吧。你们一有兴趣想聊聊天，那就来吧，什么时候高兴来就来。我很高兴同青年们交换意见，也许还没有失去全部的教育传统……如果我们的共济会①主席（说到这里，

---

① 是欧洲的一种秘密团体，起源于 18 世纪带有资产阶级启蒙思想的手工业者组织。

他指指塞塔姆布里尼）认为所有教育的素质和天职都是市民的人文主义的专利品，那么我要提出抗议了。回头见吧！”

塞塔姆布里尼把困难的情况说明了一下。他说，困难是存在的。少尉在山上的时间屈指可数，工程师为了尽快跟着表哥下山，现在正要以加倍的热情执行治疗任务。

两个年轻人都相继表示同意。他们鞠躬如仪地接受了纳夫塔的邀请，不一会儿，两人对塞塔姆布里尼发表的议论又频频赞许，衷心表示折服，认为他的话句句有理。这样，什么疙瘩都不存在了。

“他刚才唤他什么来着？”当他们两人登上通向山庄疗养院迂回曲折的山路时，约阿希姆问道。

“我听出是‘共济会主席’，”汉斯·卡斯托尔普说，“刚才我在琢磨这到底是什么名堂。也许他们是在开玩笑，两个人彼此以怪名字相称。塞塔姆布里尼管纳夫塔叫‘princeps scholasticorum’，这个称呼倒不坏。经院哲学家——这也许是中世纪的神学研究人员，信奉教条的哲学家，随你怎么说都行，嘿嘿。他们几次三番说起中世纪，这不禁使我想到这样一件事：当我们第一天相识时，塞塔姆布里尼就谈起这儿山上有好些事都沾染中世纪的气息：我们是在谈论阿达丽亚蒂卡·冯·米伦东克这个名字后才扯到这个题目上去的。他这个人你可喜欢？”

“那个矮个儿吗？不大喜欢。不过他说的某些话却能称我的心。仲裁法庭自然是一种胆小怕事的表现。可是他这个人不大讨我的喜欢。一个人尽管能讲许多漂亮话，但要是这人是一个靠不住的家伙，我可也并不在乎这些漂亮话。纳夫塔这人是靠不住的，这点你不能否认。光是关于‘交媾的地点’这席话，就确实令人产生满腹疑问。他有一个犹太人的鼻子，你可看得出来？只有闪米特人的身躯才是那么矮小。你真的想去看看这个人吗？”

“我们当然要去看他！”汉斯·卡斯托尔普说。“你说这人身躯矮小，只是根据你军人的立场出发的。迦勒底人也有这样的鼻子，他们不论什么事都十分留神，注意力并不光是放在一些神秘的学科上。纳夫塔在神秘的学科方面也颇有一手，他倒很叫我感兴趣。我不能说现在我已搞清他的真面目，不过要是我们常常跟他接触，以后也许能做到这点。我还认为，如果我们常同他在一起，头脑会聪明起来，这点并非绝对不可能。”

“哎，好家伙，你在这儿山上研究生物学、植物学，思想观点一刻不停地在改变，你会越来越聪明的！在你上山的第一天，你就思考起‘时间’问题了。我们上山的目的是使自己变得健康些，而不是变得聪明些——我们要使自己健康些，完全恢复健康，这样最后就能获得自由，以健康人的姿态离开山上，回到平原！”

“高高的山上，栖息的是自由！”汉斯·卡斯托尔普漫不经心地吟咏起来。“请你先告诉我什么是自由，”他继续说。“刚才纳夫塔同塞塔姆布里尼为此争论不休，结果意见也没有统一。‘自由是人类之爱的法则’，塞塔姆布里尼说。这句话的腔儿跟他的老祖宗，也就是烧炭党人一模一样。不过，尽管烧炭党人是那么勇敢，而我们的塞塔姆布里尼本人又是那么勇敢……”

“不错。当我们谈到个人的勇气时，他就怪不自在了。”

“……我可认为，凡是矮个儿纳夫塔不害怕的一些东西，他倒有些怕；而他的所谓自由和勇敢，都或多或少是胡扯淡，你懂吗。你以为他有没有足够的勇气 de se perdre ou même de se laisser dépérir？”①

“你干吗讲起法文来了？”

“为什么不该讲呢。……这里的气氛富有国际性的意味呐。我不知道，谁对这个更感兴趣：是追求市民世界共和国的塞塔姆布里尼呢，还是热衷于僧侣统治的世界主义的纳夫塔。你看得出，我在这里对周围事物十分留意，可是我看不清事物的真面目。我看到的情况恰恰相反，从他们的谈话中，显出一片混乱。”

“事情往往是这样。你常常会发现，当人们谈天说地和发表意见时，结论往往只是一片混乱。我老实对你说，问题不在于某人持的是什么样的观点，而在于他究竟是不是一个好汉。最好的莫过于什么意见也

① 法文：沉沦下去，甚至让自己灰心绝望？

没有，而只是尽到他的本分。”

“不错，你是一名雇佣兵，你的存在纯粹是形式上的，所以你可以这么说。就我而言，情况就不一样，我是一个文人，我或多或少负有责任。不过，当我看到有一个人一面使劲鼓吹国际性的世界共和国，对战争抱深恶痛绝的态度，一面却爱国心切，到处要求什么布伦内罗边界，而且为此想发动一场拯救文明的战争，我心里免不了乱糟糟的。另外我又看到一个人，他认为国家是魔鬼创造出来的产物，同时却甜言蜜语地说什么将来总有一天会实现世界大同；然而一转眼间，他又卫护起自然本能的权利来，而且对和平会议嗤之以鼻。看到这种混乱的现象，我真无比激动！我们一定要去看看他们，把其中奥妙搞个清楚。你说得不错，我们来这儿的目的不是增长智慧，而是增进健康。可是这两者必须结合起来，好家伙。如果你不以为然，那么你把世界一分为二了。我提醒你注意，你这样做始终是一个很大的错误。”

关于神的国家和邪恶的释出

汉斯·卡斯托尔普在阳台里鉴定某种植物。如今天文学的夏天已经开始，白昼短了起来，植物在许多地方繁育滋长：毛茛属的耧斗菜或“阿基雷吉亚”长得像灌木一样，茎儿很高，上面长着蓝色的、紫色的和红棕色的花朵，叶子又阔又大，像草本植物的一样。植物生长在各个地方，不过在差不多一年之前他第一次看到它们那块静僻的土地上长得特别茂盛：那是一个人迹罕至、树木郁郁葱葱的峡谷，这里湍急的水流发出呼啸，峡谷里有木板小桥和可供休憩的长椅，当时他曾急匆匆地、自由自在地漫步其间，最后元气大伤，败兴而归。后来他又不时去那边散步。

如果当时汉斯不是那么雄心勃勃，这条路其实也并不怎么远。假如人们从“达沃斯村”的雪橇跑道终点站出发稍稍登上山坡，那么只消花二十分钟时间就能到达林间小道上那个景色如画的所在——那里，小道上的木桥同沙特察尔普伸出来的双联雪橇跑道纵横交错——只要你不走弯路，一路上不走马看花和疲劳时不急着休息就行。当约阿希姆在尽病人的例行公事时，例如禁闭在院里接受检查、拍爱克司光片、验血、注射或称体重等，汉斯·卡斯托尔普一遇上晴朗的天气就在第二次早餐后——有时甚至在第一次早餐后——去那边散步；有时他利用喝茶和晚餐间的几个钟点去观赏他那心爱的地方，静坐在那条一度曾使他鼻血如涌的长椅上，斜着脑袋倾听山间溪流哗啦哗啦的响声，同时细细观赏他周围幽静的风景和一丛丛青青的耧斗菜，这些植物如今又在这片峡谷的地面上灿然开花。

他仅仅是为这个目的而来吗？不，他坐在那边是为了离群独处，回忆一番，把过去好几个月来的种种印象和冒险活动粗略地回顾一下，并把全部经历细细思量。它们是多种多样的，真是五光十色，要分类可并不容易；它们彼此交织、融合在一起，几乎难以分辨哪些是明确而具体的东西，哪些仅是思念、梦想和想象。不过它们都是一些光怪陆离的东西，以致他的心像第一天上山时那样一直十分激动，一想起它们就缩成一团，怦怦乱跳。

他在理智上也许已考虑到这样一些问题：他过去曾在心力交瘁的情况下看到蔓生在这里的“阿基雷吉亚”中间普利比斯拉夫·希佩的形象活生生地呈现在他的眼前，这种植物即使不能万古长青，但是否还能再开一次花呢？本来他只想呆上“三星期”工夫，如今倏忽过了整整一年，难道这还不足以使他的那颗敏感的心激动万分，怔忡不已？

现在，他坐在湍流边的那条长椅上时再也不淌鼻血了，这件事早已成为陈迹。约阿希姆早已向他指出，要适应这里的水土谈何容易，他的亲身经历也证明了适应起来确有困难，不过后来已有所进步。过了十一个月，这种适应过程总该告一段落，在这方面理应别无所求了。他胃部的化学反应机理已经调节就绪，对食物已能适应。马丽亚·曼契尼雪茄烟上口时也津津有味。他那鼻黏膜的皮肤上的神经早已恢复了功能，可以闻到这种名贵的烟草花一般的气味。他像过去一样一当存货即将告罄，就怀着虔敬的心情向不来梅去定购，尽管这条国际疗养街的玻璃橱窗里陈列着一些十分诱人的品种。难道马丽亚雪茄烟不是联结他这个异乡的流浪汉和平原上老家的一条纽带吗？这种相互间的关系，不是比他不时寄往山下那个舅舅的明信片显得更为有效吗？上山以来，汉斯对时间的概念已懂得了一套，知道这里的人们都算得很宽。他越是算得宽，每次寄明信片的时间间隔就显得越长。他寄去的多半是风景明信片，为了使对方能更加高兴些，上面有的是山谷里的秀美的雪景，有的是夏日的旖旎风光。这些明信片的面积不大不小，正好能使执笔者把一切必要的话写上——他向亲戚们报告医师最近的诊断意见，还告诉他们每月或常规检查的结果；也就是对他们说，根据听诊和爱克司光检查的结果，他的身体已确凿无疑地有了进步，不过他的毒性至今尚未消散，而他一直尚未退尽的低热却源于肺上小小的病灶；病灶至今依然存在，可是只要有耐心，它一定会消失，不留一丝痕迹，今后决不用重新上山疗养了。他确切地知道，亲戚们并不要求、也不指望他写去洋洋洒洒的长信，他的通信对象并不是什么舞文弄墨、善于辞令之辈，他所收到的回信中也没有什么长篇大论。他们来信时往往将生活费一起寄来，这些钱源于他家里父亲遗产中的利息，兑换成瑞士地区的硬币，非常实惠，下一笔钱寄来时，原有的钱还远远没有用罄呢。信里的内容只是寥寥几行，用打字机写成，署名是吉姆斯·蒂恩纳佩尔，信里说舅公向他问好，并祝他早日恢复健康。有时，在海上航行的彼得也向他致意。

汉斯·卡斯托尔普又告诉家人，最近顾问大夫中断了注射。注射已不适合这个年轻的病人，它使他头痛，食欲不振，体重减轻，疲乏；它先使“体温”升高，后来却无法退尽。他玫瑰红的面庞发烫，这是一种“干热”，说明这个小伙子一向住在平地，在潮湿的环境里习以为常，现在在高山上却水土不服，对这里的气候不习惯。赖达曼托斯本人可从来没有这种经历，他的脸颊老是青幽幽的。约阿希姆过去曾经说过，有些人对此永远无法适应，现在看来，汉斯·卡斯托尔普倒是一个例子了。他到这里高山上后不久，脖子又可恼地抖动起来，以后这个毛病一直不肯罢休，不论走路或谈话时都会频频发作；甚至在这盛开蓝色之花的谷地上对自己复杂而丰富多彩的经历沉思默想时，他的脖子也免不了瑟瑟震颤，因而汉斯·洛伦茨·卡斯托尔普那个威严的“下巴托”，现在已不离左右，使用它几乎已变成了固定的习惯。他经常有意识地使用它，使用时不禁联想起老头儿的竖领，也就是翎领的临时性形式；还想起了洗礼盆的淡金色的圆边，以及庄严的“乌尔—乌尔”的声音和诸如此类的事。这一切使他回忆起最近遇到的各式色样的生活经历。

普利比斯拉夫·希佩已不再像十一个月以前那样有血有肉地浮现在他的眼前。他适应气候的过程已经结束，他已不再有什么幻象；他已不像以前那样，肉体静卧在长椅上，而“自我”却神游于遥远的现实——这样的偶然事件已不会再发生了。回忆的图景如果当时在他的眼前映现的话，总显得那么清晰而生动，而且控制在正常和健康的范围之内；不过汉斯·卡斯托尔普还是忍不住从胸前的口袋里掏出一块作为赠品的玻璃片，他把玻璃片存放在皮夹子里一只有衬料的信封内。这是一块小型玻璃板，握着的时候如果与地面齐平，那么它的颜色黑而不透明；倘若把它举起迎着光线看，那么它就十分明亮，人体的各种结构历历在目：肉体的透明图像，肋骨的结构，心脏的轮廓，横膈膜的弓形结构，像鼓风机那样的肺脏，还有锁骨及上膊骨，而这一切都为一层灰白而朦胧的遮蔽物质包围着，也就是被肉包围着——在谢肉节的那个星期里，汉斯·卡斯托尔普曾丧失理智地为这个肉体付出了很大的代价。当他细细看着这个赠品，然后又叉起双臂，头部歪向一侧，肩胛倚在长椅光滑的靠背上，在湍急的水流声中和灿然开着蓝花的耧斗菜面前思潮起伏地回想起过去的“一切”时，他那激动的心僵住了，而且怦怦乱跳，这又有什么奇怪呢?

像那个寒气凛冽、星光灿烂的夜晚他专心致志地研究问题时那样，有机生命的高贵的形象和人体的各种结构又在他眼前一一浮现。年轻的汉斯·卡斯托尔普在省察它们的内部时，常常同一些问题和各种事物的差别联系起来。对于这些，善良的约阿希姆并无责任过问，而汉斯·卡斯托尔普既是一个文人，就已经感到自己是责无旁贷了。他在山下时从来没有意识到这一点，也许他从来也不想注意这种问题。然而在这海拔五千英尺静僻的、与世隔绝的地方俯视大地和芸芸众生，思前想后，就不免会考虑到这些问题了。凡是一个人受到可溶性毒素的作用，出现机能亢进状态，而且脸上也烧灼着所谓“虚火”，很可能会出现这种情况。他从而想起了塞塔姆布里尼，这个好为人师的手摇风琴拉奏者，他的父亲出生在希腊，他把对高等形象、亦即人类的爱解释为政治、反叛和雄辩，同时却把市民的长枪奉献给人类的祭坛。汉斯也想到伙伴克罗科夫斯基，还想到不久以前两人一起在昏暗的小室里度过的时光。他又想起了分析的两重性，以及它对现实和进步会起多大的促进作用，而且同坟墓和解剖学的关系又密切到何种程度。他心里同时出现了两个祖父的形象：一个叛逆成性，另一个忠心耿耿，由于截然不同的理由，他们都身穿黑色服装，两个人形成鲜明的对照，而且道貌岸然，威风凛凛。他的思路进一步的展开，对一些广泛而复杂的问题反躬自问，不断省察，诸如形式和自由，精神与肉体，荣誉与耻辱，时间与永恒——想到耧斗菜又开起花来，一年的光阴又周而复始，他不免感到一阵短暂的、骤然的昏眩。

他在离群独处的那个风景如画的地方，觉得自己有责任陷入沉思，他称之为“省察”，这是一个游戏时的术语，也是儿童的口头语，孩子在从事他所喜爱的游戏时往往用这个词来表达，尽管它与恐惧、昏眩和各种各样的内心的悸动紧密相连，而他脸上比往常也更加灼热。然而与这一活动息息相关的紧张心理迫使他用起“下巴托”来，他认为并非不合时宜；因为这样的姿势同他的尊严十分相称，使他得以在内心掠过的高贵的形象面前完成他的“省察”。

“Homo Dei①”，丑陋的纳夫塔曾对人体的高贵形象说过这样的话，当时他起而卫护英国的社会学。现在，汉斯·卡斯托尔普为了尽到他文人的责任，也为了不负他称之为“占领”的自我反省，准备偕约阿希姆上纳夫塔家作一次小小的访问，这又有什么奇怪呢？塞塔姆布里尼对此并不乐意——汉斯·卡斯托尔普是一个既机灵、又细心眼儿的人，对此当然看得一清二楚。他们第一次相遇时，这位人文主义者就怏怏不乐，

① 拉丁文：神子之人。

他曾明显地企图阻挠纳夫塔和年轻人相识，特别希望以教师爷的姿态阻止纳夫塔与他汉斯结识(我们这位狡诈的、所谓令人担忧的孩子心里在这样说)，尽管塞塔姆布里尼本人不时同他交往，并且展开辩论。教师爷总是这副腔儿。他们纵情于自己感兴趣的东西，以“长成了的大人”自居，而对年轻人则加以禁止，要求他们别去过问，希望他们意识到自己“尚未成长，不够格”。幸而这位手摇风琴演奏者并没有一本正经地禁止汉斯·卡斯托尔普做什么事，而且这方面连一点儿企图也不曾有过。这位令人担忧的孩子只要不承认自己“面皮嫩”，同时装作天真无邪就行，因此任何事都不妨碍他去友好地接受那位矮小的纳夫塔的邀请。在他们初次会面后的不多几天，他就偕同约阿希姆一起去访问纳夫塔，也不管约阿希姆是否愿意，时间是在一个星期天下午的午间卧疗以后。

从山庄疗养院往下走到门口爬满葡萄藤的那座屋子，只消几分钟就行。他们经过杂货店门口的右方走进屋子，然后登上棕色的狭小的楼梯，楼梯一直通到楼上一个房间的门口。门铃旁边只有一块标牌，上面有“卢加契克，专做女人衣服”等字样。前来开门的是一个尚未成年的孩子，他身穿某种制服——是一种上衣饰有条纹，下身有护腿的号服。这是一个头发剪得短短的、面颊红扑扑的侍童。他们向他问起纳夫塔教授；由于没有随身带名片，他们只得通报自己的姓名，让孩子头脑里有个印象。孩子答应前去禀报纳夫塔——他只称纳夫塔先生，不用任何头衔。入口处对面的房门敞开着，成衣铺的内部可以看得清清楚楚。虽然今天是例假日，卢加契克还是叉起双腿坐在桌子边做针线活儿。他的脑袋光秃秃的，面色苍白，鼻子大得异乎寻常，而且向下弯，鼻子下面黑黑的小胡子向两侧嘴角分开，神色十分阴郁。

“下午好！”汉斯·卡斯托尔普向他问安。

“您好哇！”裁缝用方言回答，尽管这种瑞士方言同他的名字和外表都很不相称，听去有些虚假，有些古怪。

“您这么卖力啊？”汉斯·卡斯托尔普点点头，继续说，“今天是星期日嘛！”

“有些活儿急着要干，”卢加契克简短地回答，继续做针线。

“也许是什么漂亮的活儿，”汉斯·卡斯托尔普在揣测，“也许有人想参加舞会之类的活动叫您赶做的吧？”

裁缝有片刻工夫不回答他的问题，只是咬咬棉线，把线重新穿进针眼，过一会儿才点点头。

“衣服做得漂亮吗？”汉斯·卡斯托尔普还是缠住他问。“衣服上您做袖子吗？”

“不错，袖子；衣服是给老太婆穿的，”卢加契克用浓重的波希米亚口音回答。这时侍童回来了，打断了他们在门边进行的谈话。他说纳夫塔先生请客人们进去，并且为两位年轻人打开离此两三步路位于右方的一扇房门，再把他们面前挂着的一幅门帘掀开。纳夫塔穿着一双拖鞋，站在苔绿色的地毯上迎接进来的宾客。

接待他们的书室开有两扇窗子，陈设十分豪华，表兄弟俩不觉惊诧不已——岂止是惊诧，他们简直为之头晕目眩；因为这座屋宇显得十分寒碜，而楼梯及走廊看去又破旧败落，人们万万想不到纳夫塔房间里的摆设居然如此高雅，相形之下，使人似置身于神话世界，好像它们不配有这种高洁华美的色彩，而汉斯·卡斯托尔普和约阿希姆·齐姆森见了也仿佛未能置信。不过它们毕竟都精雕细琢，光灿夺目，以致房内纵使有写字台和书橱，看去总不大像男人的房间。房间里的丝绸实在太多，有的是葡萄红丝绸，有的是紫红丝绸，遮住那些寒酸的房门的门帘是用丝绸作成，窗帘也是这样；甚至室内第二扇门对面几乎盖满整个墙壁的织花壁毯前狭长地带摆着的一组家具，其套子也用绸布制成。室内还有几把巴罗克式扶手椅，两侧靠手上有小小的软垫，它们围住一张镶有金属的圆桌，圆桌后面有一张同样风格的铺有天鹅绒软垫的沙发。靠近两扇门的墙边有几口书橱。它们像书桌一样，或者不如说像位于窗间、装有弓形折叠盖的书柜那样，都用红木制成。书橱的玻璃门后面张着绿色的绸布。不过在一排沙发角却可以看到一件艺术品，这是一个耸立于台架(台架用红色的绸布盖着)上的大型彩绘木雕，有些令人望而生畏——这是圣母马利亚哀痛地抱着耶稣尸体的雕刻像，质朴而富有艺术效果，令人有离奇荒诞之感。雕像中的圣母戴着帽子，双眉紧锁，悲哀地张开有些歪斜的嘴，怀里抱着这个痛苦的人儿，人像的雕刻技巧较为幼稚，显得比例失调，人体结构的艺术处理也很粗糙，说明创作者对此不甚内行。受难者低垂着满是荆棘的脑袋，脸上和四肢血迹斑斑，一滴滴葡萄般的浓血从腰部及两手两足钉子钉住的地方涌出。这件陈列品无疑给这个丝绸之室增添某种特殊的色彩。在书橱上和开窗的墙壁处可以见到的一些糊壁纸，显然都是房客自己铺上去的：它上面的纵长条子呈绿色，而在红色的地毯上铺着的软软的天鹅绒毯子也是绿色的。只是天花板很低，没有办法修饰。它光秃秃的，又有许多裂纹。不过上面挂有一盏威尼斯的枝形吊灯。窗子上有奶白色的透明窗帘，窗帘一直垂到地面。

“我们来府拜访，想和阁下谈谈天！”汉斯·卡斯托尔普说。他的两眼不怎么看那位令人惊讶的房间的主人，而是专心去看角落里那座神圣而可怖的雕像。主人对表兄弟如约前来表示赞赏。他伸起小小的右手用客气的手势想请他们坐在缎椅上，但汉斯·卡斯托尔普像入了魔似地一直往前走，在那座木雕前面站住，两手叉腰，下垂的脑袋斜向一侧。

“您那里倒有宝货呢！”他轻声说。“真是妙不可言。谁曾见到这么一副苦相？当然是一件老古董吧？”

“是十四世纪的货色，”纳夫塔答道。“也许来自罗马。您看了动心吗？”

“大大地动心喽，”汉斯·卡斯托尔普说。“谁见了也许都不会不动心的。我真没有想到，世界上竟有这么一种美与丑两者同时并存的东西——请原谅，我用上这个‘丑’字了。”

“世界上的一切精神产品和艺术作品，”纳夫塔说，“经常都是美中有丑，丑中有美。这是普遍的规律。关键在于精神美，而不是肉体美，后者是极其愚蠢可笑的。再说，它也是抽象的，”他又加上一句。“肉体美是抽象的。只有内在的美，表达宗教信仰的美，才有现实意义。”

“您把它们间的差别区分得头头是道，真该感谢您，”汉斯·卡斯托尔普说。“十四世纪吗？”他还想确证一下……“那么是一千三百某一年的事喽？不错，根据书本的记载，那时是中世纪。我对它多少有一些概念，最近我在中世纪方面获得一些知识。以前我在这方面委实一无所知，我毕竟是一个学习技术进步的人，学识见闻也逃不出这个范围。可是上山以后，我通过各种途径对中世纪已有一个概念。当时还没有什么经济社会学，这是一清二楚的。请问，那个艺术家叫什么名字啊？”

纳夫塔耸耸肩膀。

“这又有什么关系呢？”他说。“我们不该问是谁创作的，因为作品问世的那个时代，人们也不问作者是谁。作者并不是什么了不起的某位艺术大师，没有姓名，是某些人的共同作品。此外，创作的时间又是中世纪的后期，属于哥特式，Signum mortificationis①。在这里，您再也找不到什么怜惜和美化，而在罗马时代，艺术家认为在创作耶稣受难时是少不了这些的。这里您看不到王冠，看不到对于世界和殉难而死的庄严的胜利。一切都极端地表现了痛苦和肉体上的软弱无力。悲观主义和禁欲主义——哥特式风格就是这么一回事。英诺森三世②的著作《关于人类境况的悲惨性》您不大熟悉吧？这是一部极为机智的文学作品。它写于十二世纪末叶，这个雕像是为该书提供插图的最早艺术作品。”

“纳夫塔先生，”汉斯·卡斯托尔普叹了一口气说，“您刚才说的每一句话都使我感兴趣。您不是说‘Signum mortificationis’吗？我要好好记住。刚才您说什么‘没有姓名，是某些人的共同作品’，看来也值得细细思索。遗憾得很，您猜得一点也不错：我不了解那位教皇的著作——我假定英诺森三世是一个教皇。我是不是已正确地理解您话中的含义，即那部作品既宣扬禁欲主义，又十分机智？我必须承认，我从来没有想到这两者能并行不悖；可是我一旦着眼于此，我就自然而然地明白这样一个道理：在人类的苦难问题上撰写论文，势必使人有机会卖弄机智，而以肉体作为牺牲品。这部著作能搞到手吗？要是我的拉丁文还过得去，我就能阅读它了。”

---

① 拉丁文：禁欲的象征。

② 罗马教皇，于1198年至1216年在位。在位时权势极盛，曾迫使英国、瑞典、丹麦、葡萄牙等国国王臣服于教廷，并发动第四次十字军东征。

“我倒有这本书，”纳夫塔回答时摆动脑袋向其中的一只书橱示意。“您要看拿去就是。可我们干吗不坐下来？您在沙发上也可以看到那个圣母抱耶稣尸体的雕像。午后茶点就要来了……”

侍童端来了茶，随手还提着一只漂亮的盛有银质器皿的篮子，篮子里放着切成一块块的中空塔状蛋糕。这时有一个人跟在侍童后面经过敞开的门跨着轻快的步子满面春风地走了进来，嘴里念叨着“Sapperlot！”“Accidenti！”[1]之类的话，他是谁呀？原来他就是住在楼上的邻居塞塔姆布里尼先生，来此的目的是为了同这几位先生做伴。他说他从小窗口望见这对表兄弟前来造访，于是急急忙忙把手边要完成的百科全书再写好一页，这样他就可以请主人邀他一起作为座上客了。他来这里是再也自然不过的事。他同山庄疗养院这两位老住户早已相识，因此来这里乃是理所当然；再说，他和纳夫塔在见解方面尽管存在严重的分歧，但彼此间的交往显然十分活跃，主人请这样的客人光临自属不在话下，丝毫不必大惊小怪。尽管如此，汉斯·卡斯托尔普对塞塔姆布里尼的到来仍免不了有两个十分鲜明的印象。首先，他感到，塞塔姆布里尼先生的出现是为了不让他和约阿希姆——或者干脆是不让他——同丑陋矮小的纳夫塔单独在一起，亲自上场以后就能在教诲青年方面建立起一个均势。其次，显而易见，他不但一点也不反对，而是乐于利用机会让自己离开所住的顶楼到纳夫塔那满目绸布的精美房间里呆上一会儿，喝一盅美味可口的茶。他开始品尝中空塔状蛋糕，一片片小而弯曲的蛋糕中间嵌有一丝丝巧克力，他吃得津津有味，而且赞不绝口，然后搓搓黄苍苍的双手，小手指的背面长有黑黑的汗毛。

谈话仍继续以那个圣母抱耶稣受难的雕像进行下去，因为从汉斯·卡斯托尔普的目光和言谈中看出，他仍抱住这个题目不放。他转身对着塞塔姆布里尼先生，似乎希望他能对这件艺术作品评头品足地议论一番，而这位人文主义者对室内这件装饰品的嫌恶情绪，从他后来转身审视它时的神态上可以清晰无误地看出——他本来是背对着雕像坐在那个

① 意大利文：原来如此！真是意想不到！

角落里的。他非常懂得礼貌，心里想的话并不全部说出口来，只是对这个作品的比例大小和身体轮廓的缺陷方面加以指摘，说它违反了自然的真实性，远远不能在他身上产生感染力，因为其根源不在于它是一件早期的艺术品，功力不够，而在于雕刻者居心叵测，创作的原则一反时尚，对于这点，纳夫塔不怀好意地表示赞同。当然，技术上不够纯熟几乎是不消说得的。这里，作者有意识地把精神从自然的桎梏中解放出来，由于怀着宗教的虔诚拒绝向自然臣服，显示出对自然的蔑视。可是塞塔姆布里尼认为，藐视自然和忽略对它的研究会令人误入歧途，并且反对中世纪和模仿它的那些时代所热衷的不讲究形式的弊病，斥之为荒谬绝伦。后来他又口若悬河地开始赞扬起希腊、罗马的文化遗产以及古典主义、形式、美、理智和归真返璞的乐趣，只有它们才负有促进人类进步事业的使命。

塞塔姆布里尼说到这里，汉斯·卡斯托尔普忍不住插话了。他问：根据可靠的记载，普罗提诺曾以拥有肉体为耻，而伏尔泰曾以理性的名义抗议里斯本丑名远扬的地震，他们的问题应当怎么看？难道也是荒谬的吗？也许说得上是荒谬的，可是只要人们对一切好好考虑一番，那么据他看来，荒谬的事也可被人们看成是理性上值得尊敬的东西；由此看来，哥特式艺术荒谬地违反自然的性质也像普罗提诺和伏尔泰所持的态度一样，同样值得尊敬，因为这也意味着从天命和事实中解放出来，同样有一股不可屈服的傲气，它在那愚昧的力量、亦即自然面前拒绝让位……

纳夫塔听了失声大笑，声音颇像以前提到过的破碟子，最后咳了一阵子。塞塔姆布里尼花言巧语地说：

“您说话这么俏皮，可冒犯我们的主人了，而且对刚才吃的贵重的蛋糕显得忘恩负义。难道感恩不正是您的长处吗？这里我假定，感恩的实质在于对所接受的赠与能好好利用……”

汉斯·卡斯托尔普听了这话有些惭愧，于是他又惺惺作态地继续说下去：

“大家知道您是一个爱开玩笑的人，工程师。尽管您怀着亲切友好的态度嘲讽真善美，但您还是珍爱这些的，对此我毫不怀疑。您当然知道，理性对自然的反叛，只有一种称得上是值得尊敬的，那就是以人类的尊严和美为宗旨的反叛，而不是其他。其他的反叛好歹会招致耻辱和堕落，即使并不存心如此。您也知道，我后面的那件艺术品得以问世的那个时代，曾是多么惨无人道，其扼杀生机的程度令人难以容忍。我只要让您记住一个令人毛骨悚然的宗教法庭审判官就行，比如说嗜血成性的康拉德·冯·马尔堡[①]，他是一个卑鄙无耻的神职人员，动起肝火来，会把妨碍超自然统治的一切力量统统剪除。您可远远不是这样一个人，总不致把宝剑和柴堆[②]誉为爱人类的工具……”

“可是整个机器都为此服务，”纳夫塔说，“宗教法庭借此清除了世界上一些不中用的市民。教会使用种种惩罚，甚至火刑和逐出教门，以拯救灵魂不受永恒的诅咒，而雅各宾人[③]的杀戮欲就不是那么一回事了。请允许我说一句：任何以苦役和流血为目的的司法机构，倘若不是以来世的信仰作为基础，那真是混账透顶，愚蠢已极。就人类的堕落而论，这种堕落史恰恰与布尔乔亚精神的发展史一致。文艺复兴、启蒙思想以及十九世纪的自然科学和经济学，对人类并未留下、一点也没有留下富有教益的东西，足以促进这种堕落。例如近代的天文学，已把这个地球——地球是万物的中心，也是上帝与魔鬼为了赢得他们垂涎三尺的创造物而争斗不已的庄严的戏台——变成了一个无足轻重的小小的行星，因而人类在宇宙中的崇高地位暂时就寿终正寝，而占星学即是以这种地位为依据的。”

“您说暂时？”塞塔姆布里尼恶狠狠地问，说话时的态度就像一个异教徒裁判官和宗教法庭审判官在审问罪人，让陈述人只想到自己无可争辩的罪状而无法自圆其说。

“当然是这样。几百年来，”纳夫塔冷冷地断言道，“要是什么都没

---

① 马尔堡(生年不详—1233)，德意志多明我会教士，于1232年起任宗教法庭审判官。

② 此处指用于焚烧异教徒的木柴垛，即火刑。

③ 法国大革命时期激进的革命党人。

有搞错的话，人们始终面临着拯救经院哲学的任务，在这个范畴内也是这样。这一任务，现在已在积极展开。哥白尼[①]就要被托勒密[②]打倒。太阳中心说日渐遭到学术界的反对，后者的所作所为也许会达到目的。科学将受到哲学的驱迫，使地球重新恢复固有的种种尊严，教会的教义就想为地球维护这种尊严。”

“怎么？怎么？学术界的反对？受到哲学的驱迫？要达到目的？您在宣扬什么样的唯意志论？没有先决条件的研究？纯粹的知识？先生啊，与自由如此息息相关的真理何在？自由的殉道者呢？您想设法使这些殉道者成为地球上的罪人，而其实他们却是点缀自由花冠上的灿烂的星星？”

塞塔姆布里尼先生提起问题来总是滔滔不绝的。他坐得笔挺，正气磅礴的话像子弹一样嗖嗖地一句句射向矮小的纳夫塔，结尾时的声调高亢激越，人们不难听出他多么富于自信，满以为对手听了他的话后只能面红耳赤地不置一词，无以为答。他谈话时手指间本来夹着一块中空塔状蛋糕，此刻却放回到碟子上，因为在提了上面的问题后，他已没有心思咬蛋糕了。

纳夫塔用一种令人不悦的镇静神态回答说：

“好朋友， 世界上没有什么纯粹的知识。教会对科学的见解，可以用奥古斯丁[③]的话概括起来， 这句话是：‘我信， 故我认识’。这种见解的合理性， 是绝对无可争辩的。 信仰是认识的关键， 而理解力却是次要的。您那没有先决条件的科学无疑是神话。这不过是一个信仰，一种世界观， 一个理念， 简而言之， 意志是经常存在的， 理智的任务就是阐释它， 证明它。任何时候以及任何场合， 结果总是这么一个问题：

---

① 哥白尼（1473—1543），波兰天文学家。太阳中心说（即日心说，地动说）的创始人。他的学说沉重地打击了封建神权统治，使自然科学从神学中解放出来。

② 托勒密（约 90—168），古希腊天文学家，数学家。主要著作《大综合论》是中世纪时的重要天文学著作，他认为地球居中央不动，日、月、行星和恒星均环绕地球运行。他的学说后为哥白尼的理论推翻。

③ 奥古斯丁（354—430），罗马帝国的基督教思想家，教父哲学的主要代表。他曾用新柏拉图主义的哲学来论证基督教教义，把哲学同神学结合起来，宣扬“原罪论”，鼓吹教权主义，为中世纪西欧的教权至上论提供了理论根据。

'Quod erat demonstrandum' [①]。甚至'证明'这个概念本身，从心理学角度说，包含着很多唯意志论的元素。十二世纪和十三世纪一些伟大的经院哲学家一致坚决地认为，凡是神学上谬误的东西，在哲学上不可能是真实的。如果您愿意，我们对神学可以暂时撇开不谈；可是人道这个概念，如果它不承认'哲学上谬误的东西在自然科学上是不可能真实的'这一点，就不成其为人道了。宗教法庭指控伽利略[②]的论据，在于他的理论从哲学上看是荒谬的。再没有比这更令人信服的论据了。"

"哎，哎！事实证明，咱们可怜的、伟大的伽利略所提出的论据毕竟更有价值！不，让我们认认真真地谈一谈，教授。在这两位专心致志的年轻人面前回答我的问题吧：您相信真理吗，相信客观的、科学的真理吗？追求这样的真理是一切德行的最高准则，而它对权威的胜利则是人类精神历史上光辉的一页。"

汉斯·卡斯托尔普和约阿希姆从塞塔姆布里尼那儿掉过头去望着纳夫塔。汉斯的脑袋比约阿希姆的掉转得快。纳夫塔答道：

"这样的胜利是不可能得到的，因为权威就是人，就是他的利益，他的尊严，他的幸福，在权威与真理之间不会产生什么冲突。它们是一致的。"

"那么依您看，真理是……"

"对人有利的就是真理。自然是概括性地包含在人中间的，它只是在一切自然中被创造出来，而一切自然也为他服务。人是一切事物的尺度，他的幸福就是真理的标准。不从实际出发侈谈人的幸福观念的那种理论是毫无意义的，它不承认真理的价值，因而是不能容许的。在基督降生以来的各个世纪中，人们一致认为：自然科学对人类来说是无足轻重的。君士坦丁大帝[③]曾选派拉克坦修斯[④]做太子的师傅。拉克坦修斯曾

① 拉丁文：这就是要证明的。
② 伽利略(1564—1642)，意大利著名物理学家、天文学家。
③ 君士坦丁大帝（286—337)，罗马皇帝。
④ 拉克坦修斯(约260—317)，罗马神学家及修辞学家。公元312年，曾担任君士坦丁大帝之子克里斯普斯的教师。

经直截了当地提出这样的问题：如果他知道尼罗河起源于何处，物理学家对天空在胡诌些什么，他将获得多大的幸福啊。您就给他一个答复吧！我们偏爱柏拉图的哲学胜过其他哲学家，正是因为它所涉及的不是对自然的认识，而是对上帝的认识。我可以向您明确无误地说，人类又回过头来信奉他的观点，不久我们就可以看清：真正的科学的任务，并不在于寻求这种不可救药的认识，而是彻底扬弃一切有害的东西或者理念上毫无意义的东西；一言以蔽之，是宣扬本能、节制与选择。有人认为教会卫护黑暗而摈弃光明，这种想法是幼稚的。教会对'无条件地'追求纯知识的现象——也就是不考虑灵性、不以拯救人类灵魂为目的的那种追求——不屑一顾，并公然宣称要加以惩罚，而把人类引向黑暗、且把他们愈来愈深地陷在黑暗中的，正是那种'无条件的'、非哲学的自然科学！"

"您在宣扬实用主义，"塞塔姆布里尼反驳他，"这种实用主义您只能搬到政治方面去，让它那腐朽的全部本质在世人面前暴露无遗。对国家有益的，乃是善良、真理与正义。它的福祉，它的尊严和它的力量，是道德的标准。好！这样一来，就为每一种犯罪行为敞开了大门，而人类的真理，个人的正义以及民主——它们不知会落得如何下场……"

"我在论点上加上少许逻辑吧，"纳夫塔打断了他的话。"要么托勒密和经院哲学家是言之有理的，这样世界在时间上和空间上就是有限的了。于是神是超越宇宙的，神与世界俨然对立，人的存在也是二元性的，他的灵魂问题的实质，在于感觉的一方与超感觉的一方之间的冲突，而所有社会性的问题都是次要的东西。只有这种个人主义，我才承认它在逻辑上是首尾一贯的。要么您的文艺复兴时代的天文学家说的是真理，而宇宙是无限的。这样就没有超感觉的世界，没有二元性；来世包含在现世中，神与自然的对立消失，人类的个性也不再是两种对立的原则相互斗争的舞台，而是和谐的，统一的，因而人类的内在的斗争，仅仅存在于他的个人利益和集体利益之间，这样国家的目的就披上一层异教徒的色彩，成为道德的规范。两者必居其一。"

"我抗议！"塞塔姆布里尼高声叫了起来，同时伸长手臂在东道主面前擎起茶杯。“有人进行诽谤，说什么现代国家奴役个人，像魔鬼一般，对此我提出抗议！我三倍地抗议大普鲁士主义和哥特式反动之间那种进退两难的抉择，而您居然想把我们推入这条死胡同里！民主除了每一国家至上主义的个人修正的意义以外，再也没有别的意义了！真理和正义是个人道德方面至高无上的珍宝。在它们与国家利益冲突的场合下，它们表面上有时甚至呈现出一些敌视国家的力量，但实际上它们却怀着更崇高的目标，我敢说，它们的目标就是国家超尘世的福祉。文艺复兴居然是国家崇拜的根源！真是混账逻辑！争取到的成就——我从语源学角度上对此字加以强调——文艺复兴和启蒙运动争取到的成就，先生啊，那就是个性、人类的权利和自由！”

两兄弟刚才屏息静气地谛听塞塔姆布里尼先生回击纳夫塔的宏论，这时才透过一口气来。汉斯·卡斯托尔普甚至情不自禁地用手敲起桌子的边缘来，虽然他的动作并不那么显眼。“妙极了。”他从牙齿缝里迸出了这么一句话。约阿希姆听后也显出很满意的神色，尽管意大利人讲话时漏出了“大普鲁士主义”这个词。两人都掉头看看那位刚被击退的讲话对手。汉斯·卡斯托尔普此刻劲头十足，他的胳膊肘支在桌子上，下巴用拳头托住，姿势与以前画猪猡时相仿。他凑近纳夫塔先生，紧张地盯住他的脸直瞧。

纳夫塔严峻地、不动声色地坐着，瘦骨嶙峋的双手搁在膝上。他说：

“我想在我们的谈话里用上一些逻辑，而您却用慷慨激昂的语气回答我。文艺复兴给世人带来的，只不过是人们所称的自由主义、个人主义和市民的人文观念之类，我对此所知并不甚鲜。可是您那‘语源学角度上加以强调’的话却使我心里冷了半截，因为‘开拓性的’以及您理想中的英雄般的年代早已成为陈迹，这种理想业已寿终正寝，至少在目前已成强弩之末，而置它们于死地的那一双脚已伫立在大门口了。要是我没有记错的话，您曾称自己是一个革命家。不过倘若您认为未来革命的结果将导致自由，那就错了，过去五百年来，自由的原则已经履行，功德圆满，现在已经过时。一种直到今天仍以启蒙的儿女自居的教育学，把批判、自我的解放与崇拜以及绝对固定的生活形式的废弃看成是它的教育方式——这样一种教育学虽有可能赢得某些眼前的、修辞学上的成就，但其保守落后性在有识之士眼中无疑是昭然若揭的。所有货真价实的教育团体一向认识到，教育学不论何时何地均应当按照什么样的原则行事，也就是说，教育的目的是绝对命令，唯命是从，纪律，牺牲，自我否定，以及压抑个性。最后一点，如果认为青年们在自由中找到乐趣，那是对他们不怀好意的曲解。他们最大的乐趣却是服从。”

约阿希姆直挺挺地站起来，汉斯·卡斯托尔普则面红耳赤。塞塔姆布里尼先生激动地捋了捋他漂亮的小胡子。

“不！”纳夫塔说下去。“自我的解放和发展并不是我们时代的秘密，也不是它的需要。它所需要的，它所追求的，它所要实现的，乃是——恐怖。”

他说最后那个词的声音比别的任何字都轻，身子一动也不动，只是他眼镜上的玻璃倏地闪动了一下。聆听他的三个人都惊跳起来，即使塞塔姆布里尼也免不了。不过他马上又保持镇静，脸上泛起一丝微笑。

“是否可以提这样一个问题，”他问，“您认为是谁，或者是什么样的东西——您看，我一肚子都是问题，我真不知该如何提问才好——是谁，是什么，才给人们带来了这个——我很不乐意地重复这个词——这个恐怖？”

纳夫塔静静地坐着，显得冷酷而严峻，眼睛忽闪忽闪的。他又讲起话来：

“听我慢慢说。我认为我们在某些问题上的观点是一致的，这样的假设没有错吧？不论您和我都认为人类有一个理想的原始状态，既没有国家、又没有权力的状态，亦即直接作为上帝之子的状态，那时既没有统治，也没有隶属，既没有法律，也没有刑罚，没有过错，没有肉体的结合，没有阶级差别，没有工作，没有财产，有的只是平等、友爱以及道德上的完美。”

“很好，这个我同意，”塞塔姆布里尼开口了。“我全部同意，只有肉体结合这一点除外。显而易见，它不论哪个时代都必然存在，因为人类是高度发展的脊椎动物，与其他生物并无不同……”

“随您怎么说吧。我只是阐明，关于人类的原始天国般的无法律、直接听命于上帝的那种状态，我们的意见基本上是一致的。不过这种状态由于人类的罪恶而消亡。我认为，我们两人还可以肩挨着肩走一段路，也就是说，我们都把国家看成是考虑到人们的罪恶、用以防止不法行为而缔结的社会契约，而且还是统治力量借以产生的根源。”

“Benissimo！”[1]塞塔姆布里尼提高了嗓门。“社会契约……这就是启蒙精神，这就是卢梭。我真没有想到……”

“请让我再说下去。我们在这里分道扬镳了。所有的统治权和权力原来都在人民手里，后来，人民把它连同制定法律的权利以及全部权力都移交给国家，移交给公侯了。根据这一事实，您那学派的人主要得出这样的结论：人民有权起来革命反对君王的统治。而我们正好相反……”

“我们？”汉斯·卡斯托尔普紧张地想……“这个‘我们’是哪些人？过一会儿我一定要问问塞塔姆布里尼，‘我们’究竟是什么意思。”

“就我们这方面而论，”纳夫塔又说了起来，“我们的革命性也许不比您的差，不过根据我们的推论，我们一直认为，教会应凌驾于尘世的国家之上。即使国家的世俗性质并没有写在自己的额头上，但只要指出这样一个历史事实——那就是：它的力量在于人民的意志，而不像教会那样在于神的捐赠——就足以显示出国家即使算不上是一个恶势力创办的机构，却好歹是一种应急的和罪恶累累、不够完备的机构。”

“先生，国家……”

“您对民族国家的想法如何，我一清二楚。‘对祖国的爱和无止境地渴求名誉，乃高于一切之事。’这是维吉尔[2]说的话。您用某种有自由意味的个人主义修正了它，那就是民主。不过您对国家的基本关系仍旧一点也没有触及。国家的灵魂就是金钱：这个您显然不肯承认。或者您想争辩一下吗？古典时期，是资本主义式的，因为它信奉国家。基督教的

① 意大利文：好极了！
② 古罗马诗人。

中世纪清楚地看出了尘世国家的固有的资本主义。‘金钱将来就是帝王’，这是十一世纪时所作的一个预言。您能否认这句话实际上已经应验，而人们的生活已彻头彻尾变得一团糟了吗？”

“亲爱的朋友，这个您有发言权。我急于想同这位伟大的陌生人，这位恐怖的旗手结识呢！”

“您倒不失是一个旨在毁灭世界的自由旗手那一社会阶层里的代言人，对此居然怀有大胆的好奇心。不得已时，我可以对您的反驳置之不理，因为您那市民的政治观念对我来说是一清二楚的。您的目标是民主帝国，把民族国家的原则自动提高到世界国家的普遍的原则。民主帝国的国王呢？我们认识他。您的乌托邦是阴森可怕的，不过——在这一点上，我们的看法又或多或少相合了，因为您的资本主义世界共和国确实具有某些超验性质，世界国家是尘世国家的超验，我和您都一致相信，在遥远的地平线上隐约可见的一个完美的、臻于终极理想的境界，应当与人类原始的完美境界相吻合。从神的国家的建立者大格列高利[①]那个时代以后，教会一直以重新引导人类皈依上帝为己任。教皇对统治权的要求并不是为他本人提出的，他那代表神权的独裁却是以解救人类为目的的一种手段和途径，是从世俗国家过渡到天国的一种形式。刚才您向您的学生谈起教会的血腥行径以及不讲宽恕地对人们横加惩罚的情况，其实这是愚蠢不过的，因为上帝发起火来，理所当然地不可能平心静气。格列高利说过这样的话：‘抽回宝剑不敢动杀心的人，该受诅咒！’暴力是一种恶行，这个我们都知道。但如果那个神的国家真的到来，那么善与恶、来世和现世、精神和权力的二元论就暂时被扬弃，代之以一个禁欲主义和统治合而为一的原则。这就是我所说的恐怖的必要性。”

“旗手！旗手！”

“您还问吗？难道您那自由贸易学派[②]竟没有觉察到有这样一种社会学存在，它认为人的力量凌驾于经济学之上，而其原则与宗旨正好同

① 大格列高利，即格列高利一世，罗马教皇。在位时期为公元590至604年。

② 自由贸易学派，也称曼彻斯特学派。是反对英国谷物条例而产生的一种政治团体，主张激进的自由贸易原则。该团体中心地为英国的曼彻斯特。

基督教的天国原则与宗旨吻合？教会的长老们把‘我的’和‘你的’称之为有害的字眼，而把私有财产称之为掠夺与盗窃。他们对个人财物的所有权加以非难，因为根据神的自然法则，土地系万人所共有，因而它所产生的果实应由众人共享之。他们教导说，贪婪是原罪的结果，只有贪婪才代表占有权，从而建立了私有财产制。他们认为总的来说，经济活动对灵魂的拯救、也就是对人类造成了威胁，这已是够人道的了，反商业的程度也无以复加了。他们仇视金钱和金融业，把资本主义的财富称为地狱之火的燃料。价格是供需关系的结果这一经济学原则，他们嗤之以鼻，不屑一顾，而对充分利用时机，则目为不顾邻人的困境，恶意加以剥削，因而深恶痛绝。在他们的心目中，还有一种更为令人发指的剥削，那就是对时间的剥削；有些人光是花了一些时间，就要索取报酬，也就是要收利息，他们认为这简直是胡作非为。时间是上帝对万民的赐予，这些人就这样滥用了时间，损人而利己。”

“Benissimo！”汉斯·卡斯托尔普十分激动，他仿效塞塔姆布里尼先生表示赞同的方式，高声说起这个意大利词来。“时间……上帝对万民的赐予……这是极其重要的！……”

“当然重要，”纳夫塔继续说。“人类的这些精英认为，一想到金钱积聚得越来越多，真叫人恶心。他们认为收利息和投机买卖无疑是重利盘剥，宣称每一个富人不是盗贼，就是盗贼的后代。他们还走得更远。他们像托马斯·冯·阿基诺一样，认为贸易只是一种纯粹的生意经，买进卖出，有所收益，它既不能创造出什么东西，对经济产物又不能有什么改进，是一种令人鄙夷的职业。他们对劳动本身并不倾向于给予很高的评价，因为它只是伦理学上的事，而不是宗教性质的事；它为生活服务，而不是为上帝服务。既然牵涉到的问题只限于生活和经济，那么他们就提出这样的要求：应当把实际从事的生产劳动看成是经济利益的条件和贵贱的标准；因此在他们看来，受到尊敬的应当是农民和手工业者，而不是商人和实业家。这是因为，他们主张生产应按需要而进行，对大规模的商品生产感到嫌恶。现在，唔——好几世纪来，这些经济学的原则和标准全都湮没无闻，现在却在近代的共产主义运动中复活了。

两者之间没有丝毫差别，甚至在统治权的要求这一点上也完全相同。他们认为应由国际劳动阶级来统治世界，而不是由国际性的商贾集团和投机分子来统治世界。今天，世界无产阶级已将上帝国家的人道主义和道德标准奉为圭臬，同市民的资本主义的腐朽性处于对立地位。无产阶级专政，通过政治上与经济上的方式拯救我们时代的这一要求，并不是为了无产阶级本身才想统治世界，也不企图永久统治，而是以十字架作为标记暂时消除精神和权力间的矛盾，也就是说，借统治世界的方式来征服世界，它的性质是过渡的，超验的，类似神的王国的。无产阶级把格列高利的工作接过来，他的宗教热情在内心燃烧，并且尽量不使自己的手沾上鲜血。他的任务就是用恐怖来拯救世界，达到解放的目的，并且消灭国家，消灭阶级，回到天国一般的原始时代。”

纳夫塔一席尖锐的谈话就此结束。他身边的一小圈人都不吭一声。两个年轻人定睛瞧着塞塔姆布里尼先生：此刻他应当有一番作为了。只听见他说道：

“真是惊人之谈。确实，我承认，我内心受到很大的震动。我料不到您会说出这番宏论。Roma locuta.[①]可是——他说的是些什么话呀！他在我们面前 Salto mortale[②] 地作一番僧侣式的说教——如果修饰语是矛盾的，那么就让这矛盾‘暂时废弃’吧！哎，哎！我重复一遍：这是惊人之谈。教授，您认为这样的责难是可以设想的吗——即仅仅着眼于首尾是否一贯的角度而加以责难？不久以前，您还煞费苦心地要我们懂得什么是立足于上帝与世界的二元论的基督教个人主义，还要向我们证明它优于一切受政治决定的道德。过了几分钟后，您又把社会主义推到独裁与恐怖的边缘。您怎么能自圆其说呢？”

“两种对立的东西，”纳夫塔说，“是可以调和的。只有偏而不全和平庸的东西才是不可调和的。我已不揣冒昧地指出，您的所谓个人主义，是一种偏而不全的东西，是一种妥协。通过了一点儿基督教义，一点儿‘个人权利’，一点儿所谓自由，它校正了您那异教徒式的国家道

① 拉丁文：罗马说话了。
② 意大利文：竭尽全力。

德观念，这就是一切。反之，由个人灵魂的宇宙的与占星学的重要性出发的个人主义，一种不是社会的而是宗教的个人主义，根据这种个人主义的体验，人间的问题并不在于自我与社会的矛盾，而是自我与上帝间的矛盾，肉体与灵魂之间的冲突——这种货真价实的个人主义却是跟非常富有约束力的共同性调和一致的……”

“它是无名的，又是共同的，”汉斯·卡斯托尔普说。

塞塔姆布里尼睁大眼睛望着他。

“别说了，工程师！”他用十分严峻的口气下起命令来，看来这是他神经焦躁和过分紧张造成的。“您得好好学习，可别作出结论！——这就是回答。”他一面说，一面又转身对着纳夫塔。“回答尽管不给我什么安慰，但毕竟是一个回答。让我们对其中的后果逐个考察一番吧……就工业而论，基督教的共产主义否认技术、机器和进步。就您所称呼的商业而论，亦即就金钱和金融业而论，古时人们认为它们的地位远比农业与手工业为高，可是基督教共产主义却加以排斥，从而否定了自由。因为显而易见，像中古时期一样，所有公私方面的种种问题都与土地有密切的关系，即使——我说出这个来实在十分勉强——个人也是如此。如果土地能哺育人民，那么只有土地才能赋予自由。手工业者和农民尽管始终受人尊敬，不过要是不占有土地，那么只能是土地占有者的奴隶。实际上，早在中世纪，即使是城市里的大部分居民都是奴隶。在谈话过程中，您曾提到有关人类尊严的种种问题。其间，您卫护了经济的道德观，它是以剥夺个人自由和尊严为其内容的。”

“关于尊严和失去尊严，”纳夫塔回答，“倒有许多话可以谈。眼前，如果这方面的问题能促使您把自由看成是一个严肃的问题，别理解为美丽的姿态，那我就心满意足了。您明确地说，基督教的经济道德观虽然披着美丽和人道的外衣，其实是制造奴役。而我却断言，自由的问题——如果可以说得具体一些，也就是城市的问题——这些问题一直是有高度道德标准的，而且在历史上与经济道德的不人道的堕落有密切的关系，与现代的商业买卖同投机行为以及金钱、金融的恶魔般的统治有密切关系。”

“我必须坚持下列看法：您别在疑虑和自相矛盾的观点后面躲躲闪闪，而应当坦白地、明确无误地承认，您是站在最黑暗的反动势力一边的！”

“让人们摆脱由‘反动’一词的概念所引起的战战兢兢的恐惧，也许是获得真正的自由和人道的第一步。”

“好吧，够了，”塞塔姆布里尼用略微颤抖的声音说，一面说一面把空空如也的杯子和碟子推至一边，同时从缎子沙发上站起身来。“今天已足够了，我看似乎已足够一整天用了。教授，我们感谢您那美味可口的款待，以及十分精彩的谈话。山庄疗养院里这两位朋友不久即将卧疗，我希望在他们未走之前能让他们看看我楼上的那间斗室。走吧，两位先生！ Addio，Padre！①”

现在，他竟喊起纳夫塔“神父”来了！汉斯·卡斯托尔普注意到这一点时，不禁竖起了眉毛。表兄弟俩让塞塔姆布里尼单方面宣布休会，而且听从他的吩咐，也不管纳夫塔是否还想继续讲下去。两个年轻人向主人告别时也向他道谢，主人热情地要他们下次再来玩。他们跟意大利人一起走，汉斯·卡斯托尔普手里拿着一本名叫《论人类境况的悲惨性》的书，这是一本破破烂烂的、纸版封面的书，是意大利人在半路上借给他的。当他们经过卢加契克家敞开的房门准备登上几乎像梯子一般的楼梯走向顶楼时，那个胡子长得灰溜溜的裁缝依旧坐在桌边，为老妇人缝制有袖子的衣服。仔细看看，其实算不上是什么顶楼，而只是一个小阁楼，盖有木瓦的屋顶下面撑着几条光秃秃的梁柱，它像仓库一样，散发出一种热烘烘的气味——一种木材未干时的气味。不过顶楼里有两个房间，这位拥护共和国的资产阶级分子就住在这里。对这位参与《痛苦社会学》编写工作的文学家来说，它们既充作书房，又用作卧室。他兴高采烈地让这两个年轻人看这两个房间，说屋子既“幽静”，又“舒适”；他用上这些字眼，无非是帮助他们能用恰当的词儿来加以赞美，结果他们异口同声照他的意思办了。他们两人果然发觉这块地方正像他

① 意大利文：再见吧，神父！

说的那样，幽静而舒适，富有魅力。他们向小小的卧室看了一眼，卧室里有一个又狭又短的床架，位于复斜式屋顶下面的一个角落里，床架前有一条小小的粗毛地毯。接着他们又回头看看书房，那边的陈设也同样简陋，但颇有几分气派，而且井然有序，显得有些冷峻。房门两侧各有四把笨重的旧式椅子，排列得十分对称，坐垫是稻草做的。长沙发被挪到墙角落里，房间中央只有一张铺有绿台布的圆桌，圆桌上放有一只颈口玻璃翻转的水瓶，看来是为了点缀或提神；不管怎么说，这只水瓶令人有某种清新之感。一本本装订好的书籍和小册子斜靠在一个靠壁的小书架上；在敞开着的小窗边，一只质地不很坚实的高脚折叠式写字台高高突起，前面是一块小而厚的毡毯，大小正好供一个人站在上面。汉斯·卡斯托尔普在这个位置站停一会儿，企图尝尝个中滋味。这是塞塔姆布里尼先生的书室，他就是在这个地方为旨在解救人类苦难的百科全书撰写文章。这时汉斯把胳膊肘靠在写字台的斜面上，声称这里确实既幽静，又舒适。他猜想，洛多维科那个鼻子又长又尖的父亲也许在帕多瓦时曾一度在这写字台面前站过——后来他得知他站在面前的那个写字台真是那位已去世的学者的遗物；不但如此，连那几把稻草垫子的椅子、桌子甚至是水瓶，原来都是他父亲的财物。尤有甚者，这些稻草垫子的椅子还是他那烧炭党人祖父的遗物，它们曾为那位老人在米兰的律师办公室的墙壁做过装饰品。这在两个年轻人心中留下了深刻的印象。在他们的心目中，椅子的外形同政治煽动性似乎有某种关系。约阿希姆刚才叉起双腿坐在这椅子上，原来连看也没有看它一眼，这时怀着不信任的目光瞅了一会儿，以后就再也不去坐了。汉斯·卡斯托尔普站在塞塔姆布里尼祖传写字台的旁边，正在默想做子孙的如何把祖父的政治和父亲的人道主义糅合起来，在文学中融成一体。不一会，三个人都走了。作家自告奋勇要把这对表兄弟送回疗养院。

三人默默地步行了一会。沉默的原因是为了纳夫塔。汉斯·卡斯托尔普可以再等待一下。他确信塞塔姆布里尼就要谈起那位住在同一屋子里的伙伴了；不错，他是为了这个目的才跟他们结伴而行的。他没有错。意大利人抽一口气，仿佛要启口说话。他的开场白是：

“朋友们，我想对你们提出警告。”

他说到这里顿了一下，于是汉斯·卡斯托尔普故作惊奇地问：“为了什么事呀？”他本来至少可以这样问：“要提防谁啊？”可是他冷静地克制住自己，表示一点儿也不懂得对方的意思。其实，意大利人的话中之音连约阿希姆也十分清楚。

“我要你们提防刚才做东道主招待大家的那个人，”塞塔姆布里尼答道，“我介绍他同你们结识，其实是违背我的意愿的。你们知道，是偶然的机缘促成了这次会晤，我真是身不由己；不过我对此负有责任，而且耿耿于怀。我的责任，就是至少向你们年轻人指出同这个人接触时智能方面会有某种危险性，还要求你们跟他交往时应当保持一定的限度，头脑要放聪明些。他在形式上合乎逻辑，而实质上却是一片混乱。”

啊，真是这样，汉斯·卡斯托尔普说。纳夫塔这个人确实叫人不寒而栗。他说的话有时有点儿古怪，某些话听来仿佛要表达这么一种思想：太阳是绕地球旋转的。可是说到底，他们，也就是表兄弟俩，怎么会想到同他塞塔姆布里尼的一位友人交往是不足取的呢？他自己也说过：他们是通过他才结识纳夫塔的，他们是当他在场时遇见纳夫塔的，他跟纳夫塔一块儿散步，他无拘无束地下楼到纳夫塔家喝茶，这表明……

“千真万确，工程师，千真万确，”塞塔姆布里尼先生的声音听来既柔和，又有几分无可奈何的味儿，同时带着轻微的战栗。“这话可把我问倒了，而您居然问倒了我。好吧，我心甘情愿地担当起责任来。我跟这位先生住在同一个屋顶下，邂逅是不可避免的，一句话引出了另一句，于是相互结识了。纳夫塔是一个有头脑的人——他是不平凡的。他的个性喜欢夸夸其谈，我也一样。如果你们高兴，就责备我吧——可是我要利用一切机会跟这个势均力敌的对手交锋，在思想上比个高低。上上下下，我再也找不到别的人可以……简而言之，我去他那儿，他来我这儿，我们一起散步，这是真的。我们争辩。我们争得头破血流，几乎每天如此，可是我承认，尽管他的思想同我针锋相对，而且怀有敌意，我觉得同他见面对我却有更大的魅力。我需要摩擦。人们的意见如果没有在斗争中较量的机会，那就没有生命力；通过争辩，我的观点得到了巩固。你们对这方面能说些什么呢——您，少尉，或者您，工程师？你们对这种智力上的故弄玄虚毫无防备，你们处于这样一种危险之中，即在狂热和恶意参半的诡辩主义的影响下，不论在智能和心灵上都蒙受其害。”

不错，不错，汉斯·卡斯托尔普说；他和他的表兄就个性而言也许多少会受到这方面的威胁，这也许是事实。这不过是“生活中令人担忧的孩子”那一套老话，他懂得这个。然而另一方面，人们可以引用彼特拉克[①]和他的格言，塞塔姆布里尼先生对此十分熟悉；纳夫塔说的一些话，无论如何还是值得听一番的。为人必须公正；他所说的关于共产主义时期到来时没有人再取得酬金的话，倒是挺有意思的，而他关于教育学的一席话，也叫他很感兴趣，除了纳夫塔外，他从别人那儿从未听到过……

塞塔姆布里尼先生咬紧嘴唇，因此汉斯·卡斯托尔普急忙补上一句：他本人当然不偏向任何一方，只是他认为纳夫塔关于青年欲念的那番话倒值得一听。“请您先给我解释一件事，”他继续说。“纳夫塔这个人曾经——我称呼他‘这个人’，无非表明我同他之间一点儿也没有共同语言，恰恰相反，我内心对他有许许多多保留的看法——”

“您的态度完全正确！”塞塔姆布里尼感激地叫了起来。

“刚才他对金钱说了许多坏话，按照他的说法，它是国家的灵魂。他还反对私有财产，因为它无异于偷窃；简而言之，反对资本主义财富。对此，我认为他曾说过，它是地狱之火的燃料。如果我没有记错的话，他确实说过诸如此类的话。他对中古时期禁止人们取利息却赞誉备至。可是他本人……请您原谅，他非这样不可……当我们踏进他的房间里时，简直大吃一惊。所有的丝绸……”

“哎，真是这样，”塞塔姆布里尼微微一笑。“他的口味很有特征性。”

---

① 彼特拉克(1304—1374)，意大利诗人，文艺复兴的先驱者。

“……漂亮而古老的家具，”汉斯·卡斯托尔普继续回忆下去，“十四世纪圣母抱基督的受难雕像……威尼斯的枝形吊灯……穿号衣的奴仆……任意用这么多的巧克力塔形蛋糕招待客人……他这个人一定……”

“纳夫塔先生，”塞塔姆布里尼答道，“他这个人也跟我一样，远远谈不上是什么资本家。”

“不过？”汉斯·卡斯托尔普问。“您话中还隐含着一种未尽之意呢，塞塔姆布里尼先生。”

“那帮人是不会让自己的属下忍饥挨饿的。”

“那帮人，您指的是谁呀？”

“那些神父嘛。”

“神父？神父？”

“不过，工程师，我指的是耶稣会[①]会士！”

冷场片刻。这对表兄弟大惊失色。汉斯·卡斯托尔普大声说：

“什么？天哪！真该死，那人居然是耶稣会会士？”

“您猜到了，”塞塔姆布里尼先生一板一眼地说。

“我有生以来从未……谁会想到这个！正因为如此，您才给他戴上神父的头衔？”

“这不过是为了礼貌起见夸张一下罢了，”塞塔姆布里尼回答。“其实纳夫塔并不是神父。由于患病，他还没有取得这样的资格。不过他的修士见习期已满，已宣过第一次誓。疾病迫使他中断神学的研究。后来他又在僧侣团一类的机构担任过几年领导职务，也就是说，他曾是青年学生们的监护人、导师和教师。这正好适合他那诲人不倦的口味。这里他可继续干他的本行，在腓特烈大帝学院里教授拉丁文。他上山已有五年了。他是否能离开这块地方，何时才能离开，他自己也吃不准。可是他是僧侣团的一员，哪怕关系并不十分密切，但什么也不缺少。我告诉您：就他个人来说他是贫困的，也就是说没有财产。当然，这是僧侣团

① 耶稣会系天主教的一个派别，创立于1534年。1540年经罗马教皇批准。该会强调顺从教皇，成立数月后即向国外传教。耶稣会会士主要从事各项教育工作。

的章程。可是它拥有数不尽的财产，您看得出来，它对自己的会员关怀备至。”

“雷打电劈的！”汉斯·卡斯托尔普喃喃地说。“我根本不知道、也从来没有想到，居然会有这样的事！一个耶稣会会士，真是这样！……不过请您告诉我一件事：既然那个机构对他如此厚待，那他干吗还要住在……当然，我一点儿也不想说您住宅的坏话，塞塔姆布里尼先生，您住在卢加契克那儿挺美的，那么幽静，又特别舒适。我的意思是：既然纳夫塔的底子那么肥厚——恕我用一个俗气的字眼来形容，那他为什么不另租一所有体面的楼梯和宽敞的房间更加神气的豪华住宅？这个人简直有点儿神秘莫测，令人捉摸不定。他住在那个小窝里，全部都用丝绸……”

塞塔姆布里尼耸耸肩膀。

“他必定熟谙人情世故，富有鉴赏能力，”他说。“他注定是这号人物。我假定他住在寒酸的房间里，是借此让自己反对资本主义制度的良心安静一些，并且凭他那种居住方式来补赎自己。慎重在其间也起着作用。魔鬼在暗地里如何煞费苦心地照顾他的自家人，这是不用向世人宣传的。他表面上装得道貌岸然，不惹人注目，背后却享尽他做神父的口味，尽是丝呀绸的……”

“妙极了！”汉斯·卡斯托尔普说。“我承认，您的话在我听来极其新奇，而且激动人心。不，塞塔姆布里尼先生，您让我们结识了这个人，我们确实十分感激您。我们还想经常前去访问他，您相信我的话吗？这是毫无疑问的。跟他接触后，人们的眼界出乎意料地扩大了，并使人们得以深刻认识一个做梦也想不到会存在的世界。一个地地道道的耶稣会会士！当我说‘地地道道’这个字眼时，我头脑中想到什么词目，它就自然而然地涌出，连我自己也不曾注意到。我问：‘他是地地道道的吗？’我清楚地知道，对一个魔鬼在后面撑腰的人来说，您认为压根儿谈不上什么地地道道。可是我提出的问题却是：作为一个耶稣会会士，他是否地地道道——我头脑里盘桓的就是这个。他对现代共产主义和无产阶级的宗教式的热忱曾发表过一些见解，还说什么无产阶级的手不该沾上鲜血——您知道，我说的是什么意思——总之是一些见解嘛。我对这方面不想再说什么，可是您那手持市民长矛的祖父，相形之下却是一头纯洁的小羊了，请原谅我竟用这样的话来比喻。纳夫塔的见解行得通吗？他的上级同意吗？这种见解是否同罗马教会的训诫符合，而据我所知，全世界的僧侣团对此却在玩弄阴谋诡计？难道这不是异端邪说的，偏离正道的，谬误的吗？我该用什么字眼才好呢？我对纳夫塔的看法就是如此，现在很想听听您的意见。”

塞塔姆布里尼微微一笑。

“很简单。当然啦，纳夫塔先生首先是一个耶稣会会士，一个彻头彻尾的会士。不过其次，他也是一个有学识的人——如果不是这样，我就不会同他结交了——正因为如此，他在努力追求新的推论，新的适应方式，新的关系，以及与时代相符合的种种变革。您看得出来，他的理论连我也为之惊诧不已。过去，他在我面前一向没有表白得那么透彻。我利用他在你们面前显然会表现出激动这一点，故意挑逗他，让他或多或少能把心底里的话抖出来。这话听起来真是滑稽可笑，令人毛骨悚然……”

“不错，一点也不错。不过后来他为什么不当神父？他的年龄大概已经够格了。”

“我已经对您说过，是疾病暂时不能让他当上这个职务。”

“好。可是您是否认为：如果他首先是一个耶稣会会士，其次才是有学识的人，满肚子都是推论——那么第二个附加的特质同他的疾病有没有关系？”

“您这话是什么意思？”

“哎，哎，塞塔姆布里尼先生。我只是想说，他有一个浸润病灶，这叫他无法当上神父。可是他的推论也妨碍他成为神父，因此在某种程度上说，推论和浸润病灶是息息相关的。他也是另一种生活中令人担忧的孩子呀，一个 joli jésuite①，带有一个 petite tache humidle。②”

---

① 法文：漂亮的耶稣会会士。
② 法文：潮湿的小斑点，此处即指浸润病灶。

他们走到疗养院。他们在分手前还在疗养院前面的平台上站了一会儿，三个人围成一个小圈儿。有几个病人这时正在门廊边蹓跶，他们注意地看着三人，倾听他们的谈话。只听得塞塔姆布里尼说：

“我的年轻朋友们，我得重复一遍：我警告你们。你们既然跟他相识了，我也无法阻挡你们来往，要是好奇心驱使你们这样做的话。可要把你们的心灵和精神武装起来，对他要有戒心；你们万万不可失去抵御他的能力，对他要持批判态度。我要用一句话来概括这个人的特征：他是一个淫荡之徒。”

这对表兄弟的脸色陡然变了。汉斯·卡斯托尔普接着问道：

“一个……什么？恕我直言，他毕竟是一个会友呀。就我所知，会友要宣过什么誓的，此外，他又那么虚弱，瘦削……”

“您在说蠢话，工程师，”塞塔姆布里尼先生回驳他。“这跟身体瘦弱毫无关系。至于宣誓嘛，其中可有些保留。不过我指的是更加广泛的、更加精神上的涵义，此刻我假定您对此是理解的。您也许还记得，有一天我曾到您的房间里来——这是很久以前的事了，很久很久——当时您被疗养院接纳，卧床三月的期限正好结束……”

“当然记得！那时您在昏暗中走进来，把灯开亮，我觉得一切历历如在眼前……”

“嗯。当时我们谈天说地，像以前经常欢天喜地谈的那样，那会儿触及的是更高的主题。我记得，我们谈起死亡和生命，谈起死的庄严性，只要它是生命的条件和附属品；还谈起了一旦心灵令人厌恶地作为一种独立的原则而游离出来，它会堕入滑稽可笑的境地。年轻的人们！”塞塔姆布里尼先生继续说，一面走近这两个年轻人，左手的大拇指和中指对着他们弯成叉形，仿佛要他们聚精会神，而右手的食指也高高翘起向他们提出警告……“你们要牢牢记住：精神是绝对的，它的意志是自由的，它决定了伦理世界。如果它以二元论的形式与死亡分离，那么死亡通过这个精神的意志实际上变成一种‘实实在在的东西’。您要懂得我的意思：我指的是一种与生命对立的力量，与生命敌对的原理，一种巨大的诱惑，它的王国就是淫荡。您问我为什么是淫荡？我可以回答您：因为它释出、释放，因为它就是释放。不过不是从邪恶中释放出来，而是邪恶的释出。它使礼仪和道德松弛，它使人们不恪守纪律，不受到约束，使人们纵情淫乐。如果我向你们提出警告，要你们提防这个我不乐意地介绍同你们相识的人，如果我要求你们同这人交往和谈话时应怀有三倍的戒心，对他处处持批判的态度，那都是因为他的所有思想都属于淫荡的范畴，都是在死亡的庇护之下——死亡是一种极其放荡的力量，我那时已对您说过，工程师。我对自己说过的话总记得很清楚。凡是我有机会发表过的一些精辟的言论，我一直牢记在心。我得说，这是一种同文明、进步、劳动与生命敌对的力量，一个教育者最崇高的职责，就是保护青年人，使其灵魂不致受到这种恶魔般的气息的毒害。”

谁的话都没有塞塔姆布里尼先生那么精彩、那么清晰和那么头头是道。汉斯·卡斯托尔普和约阿希姆·齐姆森对他的那一席话表示衷心的感激，然后同他告别，登上山庄疗养院的门廊，而塞塔姆布里尼先生则又回到纳夫塔那间到处是丝绸的小室的楼上，坐到那张人文主义的写字桌前。

这是表兄弟俩第一次访问纳夫塔，其中经过我们已在这里详加叙述。以后他们又访问了两三次，有一次甚至未经塞塔姆布里尼先生陪同。这几次访问也为年轻的汉斯·卡斯托尔普提供了思考的素材，当时他的心灵的眼睛前浮现出名为Homo Dei崇高的图像，身子则坐在蓝花遍野的幽僻所在，“省察”自己的情绪。

暴怒以及更令人难堪的事

八月到了。随着八月的到来，我们的主人公到这儿高山上也屈指有一年光景了。光阴匆匆流逝倒是件好事，因为在汉斯·卡斯托尔普这小伙子的心目中，这段时光委实有些不好受。这是一般人的常规。上山一周年的日子并不讨人喜欢。对多年的老病人来说，这种日子连想也不去想，通常，他们总是找寻种种借口为自己欢庆，举杯痛饮，并且尽量找机会进行许多私下的、不正规的欢庆活动，从而使每年的生活节奏更富有生气；此外，他们每逢生日、体格普查和出院（不管是私下出院或正式出院）前夕等等的类似场合，总要在饭店里大张筵席，开怀畅饮。然而在上述的一周年的纪念日，他们只能默默无言，什么举动也没有，让这一天白白流逝。他们也许已真的忘记对这样的日子加以注意，他们也许相信，别人对这个日子已并不怎么放在心上。他们把时间分成一个个小小的段落；他们观察日历，留神每年的季节循环，注意它们如何周而复始。不过那种对个人来说与此地山上的空间息息相关的时间，也就是说私人的和个人的时间，只有短期疗养的病人和新来的病人才仔细计算，斤斤较量。至于老病人，在这方面则更喜欢不可计量和不受注意的永恒，以及始终是千篇一律的日子，而每一个人也温情脉脉地假定别人怀有跟自己相同的愿望。如果你逢人便说今日是你上山三周年的日子，那真是半点儿也不合时宜，被人目为粗野——这种事是不会发生的。即使是斯特尔夫人也不致说出这样的话来，尽管她在其他方面始终缺乏修养，在这个节骨眼上却老谋深算，十分圆滑，不会在这上面出岔子。当然，她的疾病经常复发，体温经常升高，跟她的愚昧无知是分不开的。还在不久以前，她在餐桌边大谈其什么自己的肺尖受到“Affektation”①，后来话题转到历史事件上，她说什么历史的日期只不过是“多次反复无常的东西”，使在座各人惊愕不已。可是有一件事也真叫人不可思议：她居然提醒齐姆森这个小伙子说，他上山的周年纪念日是在二月份，而她却自以为这种想法也许颇合情理。她那不祥的头脑里当然尽是一笔糊涂账，而她偏偏喜欢过问别人的事情。不过当地的习俗把她约束住了。

对汉斯·卡斯托尔普的周年纪念日也是如此。就餐时，她有一回曾意味深长地想方设法向他挤眉弄眼，可是看到对方丝毫不动声色，便毫不迟疑地把眼锋缩回了。约阿希姆对表弟的这个日子也保持沉默，不过

① Affektation 原意是“做作”、“装模作样”，斯特尔夫人误将 Infektion（感染）误为此字。

他对于自己上“达沃斯村”车站迎接来客的这个日子，也许还记得清清楚楚。约阿希姆生性不善辞令，而汉斯·卡斯托尔普上山以后却至少变得能说会道，在这一点上他远远不及汉斯；至于同他们所结识的人文主义者和诡辩家相比，则更不可同日而语了。最近一段时间，约阿希姆特别沉默寡言，他嘴唇里吐出的只是单音词，可是从他的神色看，好像有千言万语需要倾吐。显然，对他来说，“达沃斯村”车站除了迎接来客和客人到站外，在他心里还勾起了其他种种思念……他一直与山下的人们保持频繁的通信往来。他的决定已经成熟了。他的准备工作已接近完成。

七月过得暖洋洋的，而且阳光明媚。但新的一个月来到时，天气开始恶化，阴霾密布，潮湿不堪；先是雨夹雪，接着实实在在地下起雪来。这样的天气一直持续到八月底、九月初，只是其间偶尔有几个阳光灿烂的夏日。开始时，房间里还有刚消逝了的夏日的余热，室温有摄氏十度，尚称舒适。可是不久就越来越冷，人们看到山谷披上白雪，喜不自胜，因为看到了它，院方就不得不开暖气(单单温度降低是不会促使他们开暖气的)，先在餐厅开，再在病房里开，这样人们在卧疗完毕裹着两条毯子从凉廊进入室内后，就可以用冻僵的手摸一下热烘烘的管子；当然，蒸汽使空气变得干燥后，人们的脸颊更加发烫了。

难道这是冬天吗？人们的感觉不外乎有这种印象，而且怨声载道，说“受了夏天的骗”，虽然他们实际上是在自我诳骗，因为自然条件和人工条件都助长了这样的印象，而且不论内部或外部，时间都在大量浪费掉。理智知道绚丽的秋日还在后面，也许还会出现一连串甚至是温暖的、阳光灿烂的日子，如果冠以夏日的称呼，也许受之无愧，只是太阳运行时的弧形更平坦些，而落山的时间也早一些。然而眺望野外的冬景时在人们情绪上所起的影响，比这种自我安慰的想法更加强烈。人们站在紧闭着的阳台门旁边，怀着厌恶的心情凝神观看外面的暴风雪。约阿希姆就是这样站着观赏雪景的一个。他压低了嗓门说道：

“天气就这样周而复始吗？”

待在房间里站在他后面的汉斯·卡斯托尔普回答道：

"时间还早，还没有到最后关头呢。可是模样儿确实很吓唬人，好像已到岁末了。如果冬天的实质就是天色黑暗、雪花纷飞、寒冷和暖气管，那么冬天果真又到来了，这是无法否认的。如果有人认为冬天刚刚过去，融雪才不久——不管怎么说，看起来确是这样，可不是吗？好像春天刚好过去似的——那么你在一瞬间会觉得不是滋味，我得附带说一句。这会给人们的生活乐趣投下阴影。让我向你解释一下我心里的意思。我想说的是：在正常情况下，世界是按照人类的需要和依据他们的生活乐趣而作好安排的，人们必须承认这一点。我并不想得那么远，竟以为某些自然秩序，例如地球的大小，地球自转和公转所需要的时间，一天的时间和四季的更迭，以及宇宙的节拍，要是你愿意这么称呼它的话——都是根据我们的需要而估算出来的。这真是厚颜无耻，又属幼稚可笑。这也许就是思想家所说的'目的论'。不过事情也十分简单：我们的需要同一般的、基本的自然现象是协调一致的，谢天谢地。我说谢天谢地，是因为我们确实有理由赞美上帝。在平原上，当夏天或冬天来临时，我们觉得前一年的夏天或冬天已过去了很长时间，因而对当年的夏天或冬天有新鲜感而表示欢迎，生活乐趣也寄托在这里面了。可是在这儿山上，这种秩序与和谐受到破坏，首先是因为这里根本没有真正的季节可言——这一点，你自己有一回曾经说起过——而只有夏日和冬日混杂在一起；其次是因为一个人在这儿消磨的压根儿不是什么时间，因而当新的冬天降临时，它根本算不上是新的，而仍然是老的。这就是你透过玻璃窗往外眺望心里怪不好受的缘故。"

"多谢，"约阿希姆说。"你既然把这个说得那么清楚，那我认为你对此是满意的，连对这里的一草一木也是满意的，尽管它们……不！"约阿希姆又说。"完了！真是混账透顶！一切都是混账已极，叫人恶心。如果在你这方面……而我……"他疾步离开房间，狠狠地把门一摔，如果汉斯没有看错，他那漂亮而温柔的眼睛已含着泪花呢。

汉斯留在房里，张皇失措。如果表哥的某些决心只停留在口头上，他是不当一回事儿的。可是现在，约阿希姆不只是板起脸来一言不发，而且像刚才那样发作起来，这不由得叫汉斯·卡斯托尔普大惊失色，因为他深深懂得，这个军人是一个说到做到的汉子。他由于惊慌而面如土色，他既为自己担心，也为表哥捏一把汗。“Fort possible qúil aille mouvir，”[①]他想。固然他得到的肯定是第三者的传闻，但其中仍免不了掺杂着某种因猜疑而引起的痛苦，这种猜疑他很早就有，而且永远无法抑制。同时他又在思忖：他会不会自顾自走了，撇下我这儿一个人不管？我，我本来是上这儿来探望他的呀！还得加上一句，这将是疯狂的，可怕的；当我一想到这个，脸上就发冷，心头就不规则地乱跳，因为如果我留在山上——如果他动身走了，我就独自留着；我是绝对不可能跟他一起走的——那么可以肯定，我将永远地、一辈子留在这里，因为只有我一个人，我永远找不到回平原的道路。一想到这点，我的心就滞住不动……

这就是在汉斯·卡斯托尔普头脑中掠过的一连串可怕的想法。就在那天下午，他就要确凿无疑地获悉事态的进程。约阿希姆宣称，骰子已经掷出，决定性的时刻到来了。

他们喝了茶后，就往下走向灯火通明的地下室作每月一次的常规检查。时间是九月初。他们走入空气燥热的诊疗室时，看见克罗科夫斯基大夫坐在写字台旁，而顾问大夫则脸色铁青，叉起两只胳膊倚在墙边，一只手拿起听筒，拍拍自己的肩胛。他仰头望着天花板，打起哈欠来。“是吃饭的时间了，孩子们！”他没精打采地说。还可以看出，他懒洋洋地一点也没有精神，而且显得悒悒不欢，百无聊赖。也许他刚抽过烟。他的气恼确实也是事出有因，而表兄弟已风闻其事。这件事在疗养院内已传得沸沸扬扬，几乎尽人皆知。原来有一个名叫阿梅·纽特林的少女，前年秋初曾来住院，九个月后，也就是在八月间，她康复出院。可是九月份还没有过，她又回到山上，因为她在家里“日子不好过”。二月间，她肺部的杂音又完全消失，回到平原。然而七月中旬，她再度上山，就餐时与伊尔蒂斯同席。想不到就是这个阿梅，有人发现深夜一时她同一个名叫波利普拉克西奥斯的病人待在一起，地点是她的房间。这

① 法文：他很可能就要死去。

汉子是希腊人，由于他在谢肉节之夜显露过他那优美的大腿，理所当然地受人青睐。他是一个年轻的化学家，他的父亲在比雷埃夫斯[①]拥有一家染料厂。事情是由于阿梅的一位女友妒忌心发作而露馅的；当时她的取道方式也像波利普拉克西奥斯那样，是通过阳台来到阿梅的房间内的。她目睹此一情状，既痛苦万状，又怒火三丈，因而发出骇人的尖叫声，引起很大的骚动，事情就这样张扬开来。贝伦斯不得不打发这三个人出院——这三个人，一个是那位雅典人，一个是纽特林，还有一个则是她的女友，前者由于激动，连自己的尊严也很少顾及——并且把那件不光彩的事儿原原本本说给助手克罗科夫斯基听。以前，这位助理大夫不但私下看过阿梅的病，也同出卖阿梅的那个女人打过交道。在检查这对表兄弟的身体时，他又用阴郁和无可奈何的语调继续说起这件事来，因为他在听诊方面非常内行，能把人体内的一切听得清清楚楚，一五一十说出来后让他的助手记录下来；一面听，一面信口谈论些别的。

“对啊，对啊，先生们，力比多[②]真该死！”他说。“你们当然能在这件事儿上得到乐趣，这对你们来说也是天经地义的。——气泡音。——不过作为疗养院的领导人，这样的事可够受了，这个，你们可以——浊音——你们可以相信我。有人认为肺痨跟性欲息息相关——轻微的粗糙音？我并没有作过这方面的安排，不过转眼之间，你就成为小屋的主人了。——左肩胛下呼吸音短促。我们有的是精神分析法，我们这里要说什么就说什么——那可糟透了！这群小淘气鬼话说得愈多，他们愈是纵情于色欲。我鼓吹数学。——这里好些了，杂音已经消失。——我说呐，在数学上下功夫，是抑制肉欲最佳的方法。检察官帕拉范特本来病得很厉害，后来一头钻到数学里，现在孜孜不倦地研究圆的求积法，身体就大有起色了。可是大多数的人在数学方面不是太笨，就是太懒，愿上帝垂怜！——气泡音。——你们瞧，我清清楚楚地知道，这里的年轻人很容易腐化堕落，以前我曾好几次采取措施来对付这

① 比雷埃夫斯，希腊最大港口。
② libido，拉丁文，意即性欲。

些淫棍荡妇。可是后来发生了这样的事：有什么小伙子或新郎官这一号人当着我的面质问我，这种事跟我有什么相干。从此以后，我只干我医生的行当——右上轻微啰音。”

他听完约阿希姆的身体以后，就把听筒塞到白大褂的袋里，并像平时那样用硕大的左手摩擦两只眼睛，当他感到“精神不振”和忧郁时，他总有这个姿势。他由于情绪不佳而连连打哈欠，而且或多或少用机械刻板的语气说出他的警句来：

“嗨，齐姆森，您应当打起精神来。您的所有症状跟生理学书籍上说的还不一样，某些地方还存在不足之处，至于加夫基指数嘛，您的情况还不能说万事大吉，最近可又高了一个指数呐——这一回数字是六。可是别因此伤心落泪，厌恨世界。您上山的时候，病还要厉害多哩。这个，我可以给您开书面证明。您还得再住五六个 Manote[①]——您可知道，以前人们管月份叫‘mânôt’，而不是‘Monat’？这样真要悦耳动听得多了。我打定主意，以后还是再说‘Manot’这个词吧……”

“顾问大夫先生，”约阿希姆开始说……他光着上身站着，带着毅然决然的神态，胸部向前挺起，两脚脚跟靠拢，脸上雀斑累累，正像汉斯·卡斯托尔普在某一场合下第一次看到他那黑黝黝的脸陡然变得苍白时所显示的那样。

“要是您先生，”贝伦斯径自把先前的话接下去，“再在这里规规矩矩地严格锻炼半年左右，那您就是一个顶呱呱的人了，您就能征服君士坦丁堡，您就能威风凛凛地做一个总司令……”

要是约阿希姆不用坚决的态度把他自己毫不含糊的意愿和盘托出——而且说话的口气十分勇敢——，叫他别再在这个问题上动脑筋，天晓得贝伦斯在昏昏然的状态下还会胡说些什么。

“顾问大夫先生，”年轻人说，“我怀着诚惶诚恐的心情告诉您：我已决定动身下山了。”

“什么？您想一走了事吗？我想，您还是慢一步走，待身体健康后

---

① 月份。德文中月份一词应为 Monat。

再去当一名军人？”

“不，我现在就得走，顾问大夫先生。过一星期就走。”

“您说的话当真吗？您半途而废，想溜之大吉吗？您要知道，这是开小差。”

“不，我认为不是这样，顾问大夫先生。现在我必须回到队伍里去。”

“即使我告诉您，我在半年内一定能放您走，而不到半年却不能放您？”

约阿希姆的态度显得更加富有军人气概。他缩进肚子，用压抑的语调简扼地说：

“我在这儿已有一年半以上了，顾问大夫先生。我不能再等下去了。您顾问大夫先生原先说过：一季度就行了。以后，治疗时间一再延长，先是三个月，继而半年，可我一直还没有恢复健康。”

“难道这是我的过错？”

“不，顾问大夫先生。可是我不能再等下去了。如果我不想坐失良机，我就不能在这儿山上呆等我的身体康复。现在我一定要下山了。不过我还需要一些时间准备行装，还得作好别的安排。”

“您家里的人同意您这么做吗？”

“我的母亲同意我。什么都已准备就绪。十月一日，我就是七十六联队的候补军官。”

“不惜冒任何风险？”贝伦斯问，睁大那双充血的眼睛瞅着他……

“是，顾问大夫先生，”约阿希姆回答时，嘴唇也抽搐起来。

“喔，这很好，齐姆森，”顾问大夫陡然变色；他放弃原来的姿势，让身体各方面松弛一下。“这很好，齐姆森。开始行动吧！愿上帝与您同在。您知道自己需要的是什么，这个我看得出。您要自己承担这事的责任。这是您的事，不是我的事，这可是千真万确的。从此时此刻起，您要自己承担责任。即使是您这个人也要自己负责。您冒着风险上路，我对此不负任何责任。天哪，也许将来什么都安然无恙。从您从事的职业中倒能吸到些新鲜空气，这个您了解。也许这样反而对您身体有益，从此得到解救。”

“正是这样，顾问大夫先生。”

“嗯，那个文明社会里出来的小伙子呢？您带着他一起扬长而去吗？”

这回该轮到汉斯·卡斯托尔普答话了。他站在那里，像一年前接受检查时那样面无人色，这次检查的结果终于使他以病人的身份留下来。他像以前那样站在原地，这时又可以清晰地看出他的心脏在肋间一阵阵地搏动。他说：

“我很想听听您的意见，一切由您决定，顾问大夫先生。”

“我的意见吗？好哇！”他拽住对方的胳膊，让病人靠近自己，一会儿听听，一会儿敲敲。他并未口述什么。诊察工作进行得相当快。完毕后，他说：

“您可以下山了。”

汉斯·卡斯托尔普期期艾艾地说：

“那就是说……怎么？难道我恢复健康了？”

“不错，您健康了。左肺上部那块地方已经无关紧要了。您的体温跟这个不相干。究竟为什么还有几分热度，我可说不上来。我认为以后这个并没有什么关系。根据我的看法，您可以动身了。”

“可是……顾问大夫先生……此刻您说的话也许不是一本正经的吧？”

“我的话不当真？我干吗不说真话？那么您是怎么想的？顺便说一下，您对我的看法究竟如何，我能知道吗？您把我看成是怎么一号人？难道是小屋的主人吗？”

他怒不可遏。顾问大夫的脸色本来发青，此刻由于火气勃发，一股血冲上来，顿时变成紫色。他那蓄着小胡子的嘴唇在一侧高高翘起，因而上颚侧面的一些牙齿历历可见。他探出了头，模样儿像一头公牛，眼睛泪汪汪的，还布满了红丝。

“这个我不准！”他高声嚷道。“首先，我可不是主人！我是这儿的职员！我是医师！我只是医师而已，您明白我的意思吗？我又不是妓院老板！我又不是漂亮的那不勒斯城里托莱多大街[①]上专门勾引女人的汉子，这个您能理解我吗？我是为苦难深重的人类服务的！如果您对我的人品另有一种看法，那你们两人就见鬼去，完蛋也罢，毁灭也罢，什么都随你们的便！祝你们一路顺风！”

他迈开大步走向门边，一会儿穿过通往爱克司光候检室的那扇门，砰的一下把它关上。

这对表兄弟向克罗科夫斯基大夫投去求助的目光，此时大夫正埋头研究他的文件。他们急急忙忙穿好衣服。在楼梯上，汉斯·卡斯托尔普说：

“刚才那一幕真吓人呐。以前您可曾见过他发这样大的脾气？”

“不，没见过。上司发起火来往往是这副样儿。遇上这种情况，唯一正确的办法就是举止得体，装作若无其事。波利普拉克西奥斯同纽特林出了事，他自然很恼火。可是你看到吗，”约阿希姆继续说；不难看出，他刚才打胜了这一仗，不禁喜形于色，高兴得胸口憋不过气来，“你看到吗，在他看出我对这事非常认真之后，他认输了，投降了？人应该有一股冲劲，不能轻易受哄受骗。现在我已获得所谓‘许可’了，刚才他甚至这么说：我也许能由此得到解救。再过一星期我就可以动身……三星期后就回到联队。”他纠正了自己的说法，同时怀着喜悦得发颤的心情一心考虑本人的问题，把汉斯·卡斯托尔普撇在一边。

汉斯·卡斯托尔普默默无言。他对约阿希姆的所谓“许可”什么都不说，对自己的出院也一字不提；按理说，这个问题也应当谈起了。他梳洗一下，准备卧疗，再把一支体温表放在嘴里，然后用敏捷、正确和熟练的手法把两条驼毛毯裹在身上；这种神乎其神的本领，平原上的人们是无法想象的。不一会，在初秋午后寒冷而潮湿的空气里，他像一个均匀的辊子那样在自己舒适的卧椅里安安静静地躺平了。

带雨的云层在天幕低垂，疗养院顶端那面象征性的旗帜朝下端飘荡；残雪依旧滞留在银枞树湿淋淋的枝头上。轻悄的谈话声从下面的休

① 是意大利那不勒斯一条主要的商业大街。

憩厅传到上面正在进行卧疗的汉斯的耳畔，一年以来，阿尔宾先生的声音第一次从那边传了上来。不久，汉斯的手指和脸都冻僵了。他对此已习以为常，而且对这里别具一格的生活方式久久怀着感恩的心情，因为他能有幸安安稳稳躺在那儿，任情遐想。

约阿希姆要下山，这事已经定局了。赖达曼托斯放他走了——不是按照规定地走，不是以健康人的身份走，而是半准、半不准地走；放他走的原因，只是由于硬是要走，拗不过他。他就要下山了，先经过羊肠小道一直到兰特夸尔德，然后到洛曼斯峰，以后再途经那个广阔而深不见底的湖泊(根据诗歌的传说，骑士曾在这里经过)，穿过整个德国回到家庭的怀抱。他以后要在那边生活，置身于平原的世界里，同吵吵嚷嚷的人群打交道，他们不知道生活有什么必须遵循的规则，他们对体温表、把毯子裹在身上的技巧、毛皮睡袋、一日三次的闲步以及诸如此类的事均一无所知；对于山下人不知道的种种事情，是难以讲述、难以一一列举的。可是一想到约阿希姆在这儿山上呆了一年半多以后就要住在那些不明白他的生活方式的人们中间——现在他想的只是约阿希姆，而对他汉斯·卡斯托尔普自己则只是一个朦胧的远景而已——汉斯不觉惘然若失，于是闭起眼睛，做了一个抗拒的手势。“这个办不到，办不到，”他喃喃地说。

既然这个是办不到的，难道他仍将继续住在这儿山上，独个儿住，而不和约阿希姆在一起？不错。但住多久呢？要一直住到贝伦斯把他治愈出院为止，而且讲话的态度要认认真真，不像今天那样。可是首先，他自己究竟什么时候能走实在无法预见，约阿希姆过去某一个时候也正是这样。其次，本来是不可能的东西，以后不是也会成为可能吗？正好相反。应当老老实实承认，约阿希姆的出院助了他一臂之力；此刻，不可能的事也许尚未完全变为这么不可能，这从以后就见分晓——不错，约阿希姆的擅自离院对他将来回到平原既提供了一个支持，又不失为一个引导，他自己是一辈子也找不到这条回乡之路的。如果那位人道主义教育家得悉了这一情况，这位教育家就会劝诫他，叫他抓住那只伸出来的手，并接受引导。可是塞塔姆布里尼先生只是一个代表——对于值得倾听的某些事情和思想，他确是一个代表，但并不是独一无二的，也不是绝对正确的。约阿希姆这个人也是一样。不错，他是一个军人。他要走了，几乎正好在胸脯高高的玛鲁莎要回院的时刻离去(大家知道，她十月一日就要回来)；而他呢，作为文人的汉斯·卡斯托尔普，下山之事简而言之似乎尤其办不到，因为他必须等待克拉芙吉亚·肖夏，而她回院之事可谓杳无音讯。“我的看法不是这样，”赖达曼托斯以前向他谈起“开小差”时，约阿希姆曾经这样回答过。当然，在约阿希姆看来，阴郁的顾问大夫嘴里说的只是一派胡言和废话。然而对他汉斯这个文人来说，也许又是另一回事了。对他来说——不错，毫无疑问，确实是这样！今天，他躺在这里，又湿又冷，心里不禁萌起了这种对他的前途有决定性意义的想法——对他来说，这可是名副其实的“开小差”，也就是抓住机会合法地或是半合法地动身下山。这样一来，他就放弃某些应尽的责任(他在这儿山上对某种崇高的形象，亦即“神子之人”曾细心加以体察，因而滋长了这种责任感)，同时也背叛了那繁重而炙手可热的、非他本身的力量所能及的义务，而这种省察自己内心的义务却使他充满幻想，欢欣鼓舞。在疗养院的凉廊里静卧和在开满蓝花的所在漫步——这就是他应尽的、非履行不可的义务。

他从嘴里一把拔出体温表，用力很猛，以前只有一次他才这么用劲，那就是在护士长刚将这个玩意儿卖给他而他第一次使用它的时候。他用当时那样贪婪而好奇的眼光低头看着这支表。水银柱升得很高，表上指的是三十七度八，差不多快到三十七度九。

汉斯·卡斯托尔普甩开身上披着的毛毯，一跃而起。他疾步走到房间里，先走到走廊的门边，然后又折回来。不一会，他又平躺下来，轻声地跟约阿希姆打招呼，问他量体温的结果如何。

“我不再量了，”约阿希姆回答他。

“咳，我有温酒啦，”汉斯·卡斯托尔普说，故意把“温度”念作“温酒”，模仿斯特尔夫人的腔儿；这个女人常把“温度”念成是“香槟酒”。约阿希姆在玻璃墙后面，听到对方的话不吭一声。

他以后也不再说什么话，当天也好，下一天也好。他也不想打听表弟的行动计划和决定，反正到了规定的期限一定会见分晓——要么动身下山，要么什么行动也没有。结果，他们采取了后一步骤。汉斯·卡斯托尔普似乎信奉“清静无为”，他一向认为一切行动不啻是冒犯上帝，而上帝是喜欢自行其是的。不管怎么说，汉斯·卡斯托尔普这些日子的活动仅限于对贝伦斯作一次拜访，也就是同他作一次商谈。约阿希姆是知道这回事的，而此事的经过和结局，他早已能了如指掌。他的表弟曾经说过，他宁愿听从顾问大夫以前对他一再所作的告诫，让自己的病在山上彻底治愈，免得以后非再回疗养院不可，而不愿听大夫发火时所说的不负责任的话。此刻他的体温有三十七度八，他不能自以为有资格可以冠冕堂皇地出院；如果他对顾问大夫新近说的话不作为“开除出院”来理解(他，说这种话的这个人，可不知道他的信口雌黄会引起人们多少非难)，那么他经过深思熟虑之后就故意同约阿希姆·齐姆森唱对台戏：他决定在这儿留下来，等身体完全好后再走。当时，顾问大夫却是逐字逐句这样回答他：“Bon①，好得很！”还有，“没有什么恶意呀！”也就是说，他这回说话倒像一个颇有头脑的小伙子；再有什么：一眼已经看得出来，汉斯·卡斯托尔普作为一个病人来说，比他那赳赳武夫、企图逃下山去的表哥更有能耐，诸如此类。

他们谈话的经过，约阿希姆差不多都丝毫不爽地猜到了。因此他什么话也不说，只是默默无言地确信汉斯·卡斯托尔普不会跟着他一起采取动身下山的步骤。不过，好心的约阿希姆自己有多少事需要去做啊！他对表弟的命运和去留实在没有精力再操心了。暴风骤雨在他的胸口翻腾——这点人们是不难想象的。不错，也许他不再量体温了。不过根据他自己说的话，他已让那支工具落下在地，而且已经打碎。测量体温有时反而会得到错误的结果。因此，约阿希姆就显得异乎寻常地激动，一会儿满脸通红，红得发紫；一会儿又因喜悦和紧张而显得苍白。现在他已不再肯静卧休息，而是整天在自己的病室里踱来踱去；关于这个，汉斯·卡斯托尔普听得十分清楚。当山庄疗养院里的病人们一天四次都在

① 法文：好。

仰卧的时刻，约阿希姆却在这样踱步不休。一年半时间过去了！现在，他终于能下山回到平原，回到家乡；现在，他真正能回到自己的联队里，即使下山仅仅获得院方一半的准许！这无论如何不是一件小事，汉斯·卡斯托尔普对不安地踱来踱去的表哥不由深表同情。十八个月！先是整个过了一年，后来在山上又度过了半年光阴——他对山上的生活规律和一成不变的生活方式已习以为常，已经熬过了七个七十天的日子，对它们的甜酸苦辣都已尝遍。而现在，他即将回到家里，同陌生人和不了解他的人住在一起！他在适应新的环境方面将会遇到多大的困难呢？如果说，约阿希姆的极度激动不仅仅是由于喜悦，同时也是因为害怕离别，而同他已习惯了的生活诀别则使他十分痛苦，因而他在室内踱来踱去，这又有什么大惊小怪的呢？至于玛鲁莎，这里就绝口不提了。

可是毕竟是喜悦占了上风。好心的约阿希姆心里想什么，嘴里就说什么；他嘴里只谈自己，对表弟的前途不闻不问。他说起今后的一切将会多么新奇而新鲜，不论生活也好，他自己也好，时间也好——每一天，每一小时。不久，他又将拥有充实的时间，漫长的、扎扎实实的青春。他谈起他的母亲，也就是汉斯·卡斯托尔普的后舅母齐姆森，她同约阿希姆一样，也有一双温柔的黑眼睛。在他住在山上的整段时间内，她一次也没有来看过他，因为她像他一样，一月又一月、半年复半年地稽延下来，始终下不了决心去探望自己的儿子。他含着兴奋的微笑谈起即将举行的入伍宣誓：在联队的旗帜面前，他要参加一种庄严肃穆的仪式，他将向联队的旗帜本身和军旗发出誓言。“咳！”汉斯·卡斯托尔普问。“当真这样？向旗杆宣誓？向那块破布宣誓？”不错，确是这样。在炮兵队方面，他们向大炮宣誓，这是象征性的。那位文人汉斯·卡斯托尔普又说，这是一种富于幻想的习俗，人们可以说，它既感伤而又狂热。约阿希姆听了此话，骄傲而快乐地点点头。

他着手准备起来。他和院方管理部门结清账目，在规定动身日期的前几天就开始整理行囊。他把夏衣和冬衣一一装在箱子里，并叫一个佣人把毛皮睡袋和驼毛毯缝入麻袋中，军事演习时也许用得着它们。他开始向人们告辞。他到纳夫塔和塞塔姆布里尼家里一一道别——他单独前去，因为他的表弟不愿同往，也不问塞塔姆布里尼对约阿希姆的即将动身和汉斯·卡斯托尔普眼前仍赖着不走有什么意见和看法。对汉斯来说，不管意大利人说“对，对”①或“我明白，我明白”②，或者两种话都说，或者说“可怜虫”③，他一定都是无所谓的。

动身的前夕终于到了。约阿希姆对院里的一切规章做了最后一次的例行公事：各次就餐，各次卧疗，各次散步，同时又向两位大夫和护士长告别。天色破晓，约阿希姆前去用早餐，两眼红炎炎的，两手冰凉，因为他彻夜不眠。他差不多一口东西也没有吃，当矮小的女侍者通知他所有的行囊都已上车时，他从椅上一跃而起，向同桌的病友们告辞。斯特尔夫人泪下如注，她这个女人没有教养，动辄流下淡淡的泪水；但一待约阿希姆告别，就在他背后朝着女教师摇摇头，同时摊开手在空中来回摆动，挤眉弄眼，像常人那样对约阿希姆有无把握下山及今后是否健康满抱怀疑态度。这时汉斯·卡斯托尔普正好站着喝完一杯饮料，准备送表哥动身，对斯特尔夫人的一举一动看得一清二楚。此外还得付小账，对院方派来在门厅向他送别的一位职员，他也得应酬一下。像往常一样，病友们都纷纷前来送行，他们中间有带有“短刃”的伊尔蒂斯夫人，皮肤像象牙一般的莱维小姐和放荡不羁的、带着新娘的波波夫。他们在马车下坡时后轮刹住的当儿挥动手帕向他致意。他们给约阿希姆戴上了玫瑰花。他头上戴一顶帽子，汉斯·卡斯托尔普则光着头。

那天早晨天气无比晴好。好几天来一直彤云密布，现在总算见到了阳光。仙霞峰、绿塔以及达沃斯村山峰的圆圆的顶部清新夺目地按它们本来的面貌耸向蔚蓝的天空，约阿希姆两眼直愣愣地瞅着。汉斯·卡斯托尔普说，动身那天正好遇上这样好的天气，未免有些可惜。真是天公不作美。如果临走时对这块地方最后有一个令人不快的印象，那么离别时人们的心情就会好受些。听了这话，约阿希姆这样回答：他并不需要心情好受些，这样的天气对操练极为相宜，这样的天气在山下就顶用

① 原文 Szieh，Szieh，近于意大利文的 si（是，对）。
② 原文 Szo，Szo，近于意大利文的 so（我知道，我明白）。
③ Poveretto，意大利文。

啦。他们对别的就很少说了。既然什么都是他们两个人之间的事，他们自然没有太多的话可说。跛足的门房也坐在驾驭台上马车夫身边。

他们直起了腰坐在双轮轻便马车硬硬的坐垫上，听凭马车不住颠簸。他们将溪流与狭狭的山径抛在后面，接着又在建筑物不规则的、与铁道平行的街道上行驶，终于在“达沃斯村”车站前面的铺砌许多石块的广场上停下，车站的建筑物已不啻是一座荒凉败落的破屋。汉斯·卡斯托尔普旧地重游，见到这一切不禁愕然。十三个月之前，他在暮色苍茫时分来到这里，以后就一直没有见到过它。“过去我就是在这儿下车的，”他说了一句多余的话，而约阿希姆只是这样回答：“咳，你是在这儿下来的，”于是径自付钱给马车夫了。

机灵的跛足门房负责各种杂务，照管行李和车票。他们一起站在月台前的小火车旁；在这辆火车的一节灰色软垫的小车厢里，约阿希姆定了一个席位——他随身带了大衣、旅行毛毯和玫瑰花。“好，你去狂热地宣誓吧！”汉斯·卡斯托尔普说。约阿希姆只是回答他：“就快宣誓了。”还有什么话可以说的呢？他们相互说了些最后分手的话：向山下各位致意，向山上诸人问好。接着，汉斯·卡斯托尔普用手杖在沥青上画了些图案。当车站职员叫旅客上车时，汉斯怔了一下，他看了看约阿希姆，约阿希姆也望着他。他们彼此伸出手来。汉斯·卡斯托尔普游移不定地微微笑着，双方的眼神显得十分严肃，忧郁中带有恳求的意味。“汉斯！”他说。万能的上帝啊，难道世界上真的已发生如此令人痛心的事？他竟叫起汉斯·卡斯托尔普的小名来！不称“你”或“好家伙”，像他们平时一贯称呼的那样，而是无所顾忌地打破常规，热情洋溢地唤起他的小名来！“汉斯，”他一面说，一面沉痛地紧握着表弟的手。做表弟的势必看到表哥将经历不眠之夜，为旅途而劳顿不堪，而且将激动不已，因而连脖子也会颤抖起来，正像他本人在“省察自己”时那样。“汉斯，”他用哀求的声调说，“快些下山吧！”于是他一下子跳上车厢的踏板。车厢的门关了，火车的汽笛响了，各节车厢扭动起来。小小的车头一开动，整辆火车就上道了。动身的人从窗口挥动帽子，留在月台上的人招手示意。汉斯的心头七上八下，火车开走后，他还久久独个儿站在那里。终于，他慢慢地循着约阿希姆一年多前带领他的那条老路，回疗养院去。

进攻被击退

时间的车轮在转动。指针向前移动。红门兰和耧斗菜的花已经凋谢，野生的石竹也是这样。形如星星的、深蓝色的龙胆，苍白而有毒的秋水仙，又在潮湿的草丛间出现，森林中呈现一片淡红色。秋分过去，万灵节在望，对那些惯于浪费时间的人们来说，也许接下去就是基督降临节、冬至和圣诞节了。不过目前还有好些晴好的十月天，这些日子的色彩，与表兄弟俩过去在顾问大夫家看油画时相仿佛。

自从约阿希姆离去以后，汉斯·卡斯托尔普不再坐在斯特尔夫人那张餐桌上了，死去的布卢门科尔博士曾在那里用过膳，而玛鲁莎也曾在那里用她那散发着橙子气味的手帕强自抑制自己莫名其妙的欢笑。现在在那里坐着一些新来的宾客，他们全是陌生人。我们这位朋友上山已是第二个年头了，而上两个半月已经过去，院方已给他在邻近一张餐桌安排好另一个座位，那张餐桌与原来的那张恰呈对角线方向，与左侧的阳台门相近，即在以前的那张与高等俄国人的餐桌之间——简而言之，就是与塞塔姆布里尼同桌。不错，在那位人文主义者已经遗弃的那个席位，现在坐着汉斯·卡斯托尔普，位子仍在餐桌的末席，对面是“大夫的坐席”；在每七张餐桌中，就有一席空位留给顾问大夫和他的旁听的医科实习生们。

在上端，亦即医官席位的左侧，蹲坐着伛偻的墨西哥人，他是一个业余摄影师，座位上摆有好几个衬垫。他脸上的表情像个聋子，因为他没有人可以交谈。他的身旁则坐着来自西本博尔根的老小姐。正如塞塔姆布里尼先生所抱怨的那样，她认为世界上所有的利益都应该属于她的小叔子，尽管谁也不知道这个男人的情况，而且谁也不想知道。每天在某一固定时间，人们总可以看到这位老小姐倚在凉廊的栏杆上，脖颈儿边斜放着一条土拉[1]出产的银柄小手杖，只见她鼓起干瘪得像碟子那样的胸脯做起健身的深呼吸运动来，而这条小手杖却是她在院里规定的例行散步时随身必带的。她对面坐着一个捷克人，大家都称他为文策尔先生，因为没有人念得出他的姓氏来。塞塔姆布里尼先生有时试图把他的姓氏中胡乱地凑在一起的几个辅音念出，其目的肯定不是为了哗众取宠，而只是为了高高兴兴地考核一下在这群杂乱无章的声音面前他那卓越的拉丁语水平是否帮得了忙。虽然这个波希米亚人肥胖得像一只獾，而且在这儿山上素以饕餮闻名，但他四年以来一直口口声声地断言，他不久必死无疑。晚上大伙儿集合在一起时，他有时会拿起一把饰有带子的曼陀林胡乱地奏出一些本国的歌曲，或者谈起糖萝卜的种植行业和从事种植的那位漂亮的姑娘。在汉斯·卡斯托尔普那张餐桌的左右两侧，后来又坐上了马格努斯夫妇俩，他们是干啤酒酿造业的，老家是哈雷[2]。这一对伉俪终日郁郁不乐，因为这两人都缺少对生命有重要意义的促进新陈代谢的物质：男的缺少糖分，女的缺少蛋白质。他们，特别是面容苍白的马格努斯夫人的精神状态中，似乎缺乏某种奋发向上、给人以希望的东西，她终日萎靡不振，身上仿佛散发出一种地窖的霉气，疾病与愚昧两者的混合物，在她身上比在没有教养的斯特尔夫人身上表现得更为明显。塞塔姆布里尼先生对疾病与愚蠢一直加以非难，因而汉斯·卡斯托尔普对这个女人也很反感。马格努斯先生则比较活跃、健谈，但尽管如此，按照塞塔姆布里尼的文学修养，他还是忍受不了这样的人。马格努斯容易发脾气，为了政治方面和其他方面的原因，他经常同文策尔先生闹对立。波希米亚人的民族主义倾向颇使他恼火，此外，前者又主张禁酒，对酿酒工业发表了一通大道理，马格努斯听后面红耳赤，力图维护自己，说饮酒——它和他自身的利益是多么息息相关——在卫生角度是无可争辩的。在这种场合下，塞塔姆布里尼先生以前的那套幽默起了缓冲作用，但就汉斯·卡斯托尔普来说，对此却几乎无能为力，他可没有足够的威信来应付这个局面。

---

① 莫斯科的一条街名，以金属工业著称。
② 哈雷，德国地名。

在同桌而食的伙伴中，他只同两个人有比较亲密的来往：一个是彼得堡的A.K.费尔格，坐在他的左面，他是一个脾气挺好而苦难深重的病人，他从一丛浓密的红棕色小胡子下面娓娓道出心里的事：他谈起胶鞋的制造以及边远地区，谈起北极圈，以及北岬[1]永不消逝的冬天。有时汉斯·卡斯托尔普甚至愿同他一块作例行的散步。另一个经常以第三者身份自愿介入的人，就是头发稀薄、牙齿十分蹩脚的曼汉姆人，此人姓韦泽尔，全名是费尔迪南特·韦泽尔，职业是商人，坐在餐桌上方一角，恰好位于驼背的墨西哥人对面。以前，他的眼睛曾阴郁而贪婪地盯住肖夏太太优美的身体不放，而自谢肉节以后，他又企图与汉斯·卡斯托尔普交上朋友。

他坚持不懈地、十分谦卑地要同汉斯结交，对他低声下气，无限忠诚，这使对方非常反感，因为汉斯知道他的心理十分复杂。可是汉斯心地挺好，对他的友谊不忍拒绝。汉斯对他显得心平气和，因为他知道即使稍稍皱一下眉毛，也足以挫伤对方可怜的感情，使他畏缩不前。对韦泽尔那种唯命是从的姿态，他也只好耐着性子，那个可怜虫总是抓住一切机会让自己在他面前显得毕恭毕敬，讨人喜欢。他们一起散步时，韦泽尔有时替他拿大衣，他也只好听之任之；这个人让大衣在手臂上挂着时，神态也是带几分虔敬的。最后，对于这个曼汉姆人的谈话，他也不得不忍耐，因为这人说起话来总是含糊不清。韦泽尔急于提出下列性质的一些问题：要是有人爱上了一个女人，而这个女人对他置之不理，那么向她求爱——也就是说毫无希望的求爱——有没有意义，是否合情合理？一般人对这个问题持什么样的意见？就他本人来说，他认为挺有道理，这样做可以获得无穷的乐趣。向心上人倾诉衷肠即使会引起对方的反感，本人也因而卑躬屈膝，但他在当时的一刹那能和他朝思暮想的人儿亲近一会，使对方不得不信任你，为他的热情所陶醉；如果一切就此结束，那么他那永恒的损失也能由于瞬间的绝望的幸福而绰绰有余地获得补偿。因为表露自己的心迹乃是意志力的表现，所遇到的阻力愈大，

---

① 北岬是挪威马琪洛岛的一个海岬，海拔307米，位于欧洲的最北端。

心里也愈是高兴。

他说到这里，汉斯·卡斯托尔普的脸色沉了下来，韦泽尔不由愣了一下。其实，汉斯板下脸多半是因为那位好心的费尔格先生在场——费尔格曾多次强调，他对种种高谈阔论和艰深晦涩的东西都敬鬼神而远之——，而不是由于我们的英雄韦泽尔古板的道德说教。我们一点儿也不想把这个人说得比实际上更好些或者更坏些；我们只想说的是：有一天晚上，可怜的韦泽尔哆嗦着嘴唇跟汉斯推心置腹地说起悄悄话来，要他看在上帝面上把谢肉节欢庆活动后发生的各种事和各种经历毫无保留地告诉他。汉斯·卡斯托尔普心平气和地满足了他的要求，在讲述当时那夜阑人静的场面时，汉斯可没有添加任何轻浮的色彩，这点读者也许能意识到。尽管如此，我们有种种理由暂时撇开他不谈，也不把我们自己牵涉在内；我们只想添上一句：从此以后，韦泽尔为好心的汉斯·卡斯托尔普拿大衣更加显得忠心耿耿，死心塌地了。

汉斯同桌的新伙伴的事就谈到这里为止。他右侧的座位一直空着，只是前几天才暂时被人占据。这人像他过去一样，是一个临时性来客，是来自平原一位前来探望他的亲戚，也可以说，他是山下来的一名使者。一言以蔽之，此人乃是汉斯的舅父吉姆斯·蒂恩纳佩尔。

这是一件不可思议的事：突然间，家里的一个代表、一个大使到山上来坐在他的身边；这人穿着一身英国式服装，衣上的每一条织物依旧新鲜地散发出某种古老的、没落的、象征往昔生活和山下“上层社会”的气息。有人上山来是必然的。很久以来，汉斯·卡斯托尔普就暗暗料到山下会有人前来探望，甚至他还确切地预见到派来看望他的究竟是谁。其实这也是不难猜到的，因为彼得出海远航，可能性极小，而对舅公蒂恩纳佩尔来说，有一点是确凿无疑的，那就是即使有十四马也不能拖他上这块地方来，他对山上的气压害怕得要命。不错，来的人非是吉姆斯不可，他受家人之托前来察看这个离家出走的青年人，关于这点，汉斯早些时候已经预料到了。在约阿希姆一个人回家把这里山上的一切情况向亲人们作了汇报以后，上山一行乃是及时之举，也许为时已晚了些。因此，当汉斯·卡斯托尔普在约阿希姆动身回家十四天以后就接到门房交给他的一份电报，他一点儿也不惊奇。他很有预见性地拆开一看，果然是吉姆斯·蒂恩纳佩尔不日即将到达。他在瑞士的国土上有事情需要办理，决定乘此机会到山上来看看汉斯。他后天就到。

“好啊，”汉斯·卡斯托尔普想。“妙呀，”他想。他内心甚至又加上一句“别来找麻烦了！”诸如此类的话。“要是你能想象得到的话！”他对前来访问的人自言自语。一句话，他对这一消息泰然置之。另外，他通知顾问大夫贝伦斯和行政管理部门，要他们准备好一个房间。约阿希姆的房间空着，可以接待客人。他自己则在两天之后驱车至“达沃斯村”车站，迎接这位来自平原、前来探听他的动静的使者。他去时已将近晚上八时，天色已黑，同他以前初次到那边的时间差不多；乘的仍是那辆送别约阿希姆时坐的马车。

他的面孔呈朱红色，不戴帽子，不穿大衣，站在月台边。当列车开到站里时，他正好站在他舅父那节车厢的窗口下，于是他招呼他出来，因为他已前来迎接。参议蒂恩纳佩尔——他是副参议；他已让老父免去了这种挂名的头衔，真是谢天谢地——精神饱满而又十分惊讶地从车厢里走出，即使他穿了冬季大衣，还是感到冷不可挡。十月的黄昏确实寒气袭人，冷得足以结霜，黎明时分肯定会结冰。他用相当简洁、十分高雅的语气以其北德意志绅士那种优雅的风度表达了他的惊奇，向外甥问了安，看到外甥脸色这么好，他不止一次地表示满意。他眼看跛足的门房把自己的行李一一安顿好，于是走出月台，同汉斯·卡斯托尔普一起登上马车，坐在又高又硬的位置上。马车在繁星点点的天空下往前行驶，汉斯·卡斯托尔普的脑袋靠向后面，食指朝向天际，向舅父讲述太空里的事物，他一面说话，一面还做手势。他列举闪闪发光的各种星座的名称，还说出了一些行星的名字——而舅父呢，他所关心的是伴随着他的外甥，对宇宙天体可不怎么放在心上，因此他暗自嘀咕：一到这里就马上谈谈什么星星之类，固然未尝不可，也不至于设想他有些疯疯癫癫，可是毕竟有许多其他急需谈的话题呀。他问汉斯·卡斯托尔普，打什么时候起他获得这许多有关太空的知识，汉斯却回答说，这是春夏秋冬一年四季晚上在阳台上卧床治疗的成果。怎么啦？晚上躺在阳台上？———一点儿也不错。参议也将这么做。他没有别的事可做。

“真是这样，当——然啰，”吉姆斯·蒂恩纳佩尔迎合他说，同时也有几分吃惊。他像自己弟弟那样保护过的人[①]说起话来平心静气而十分单调。汉斯坐在他身边，在秋夜即将结霜的清新、凛冽的空气中，不戴帽子，不穿大衣。“难道你一点儿也不冷吗？”吉姆斯问他，吉姆斯本人穿着一英寸厚的外套，冷得直哆嗦。他讲起话来有些急匆匆的，同时有些含糊不清，因为他的牙齿常常会打架。“我们不冷，”汉斯·卡斯托尔普镇静而简短地回答。

参议坐在汉斯的身边，对他无法看个仔细。汉斯·卡斯托尔普并没有问起家里的亲戚和熟人。吉姆斯却向他转达了家乡众人的问候，约阿希姆也不在外：现在，他已回到联队里，洋洋自得，十分快乐。汉斯听了他的话，只是不动声色地表示感谢，对家里的种种情况也不再细问。吉姆斯环顾四周，对高地的景色看不了许多，因为某种难以确定的，连他自己也无法说清的东西使他惴惴不安，这也许是他外甥造成的，也许是长途跋涉后身体上的反应引起的。他深深地吸了一下这里的空气，又呼了出来，说这里的空气确实好极了。当然好喽，汉斯回答说，难怪它遐迩闻名。它有一种强有力的性能。显然它能加速新陈代谢，但同时也能增加体重。它能治疗某些潜伏在每个人身上的疾病，尽管它开始时会对疾病推波助澜；由于对整个有机体起一种刺激和亢进作用，它促使疾病得到所谓“欢乐的”暴发。对不起，你说是“欢乐”？一点也不错。难道人们没有察觉到，当疾病发作起来时，就会有某种“欢乐”的感觉，身体也有一种舒畅感吗？“真是这样，当——然啰，”舅父急着回答，说话时下颚几乎失去控制。接着他告诉汉斯，他可能在这儿住上八天，也就是一星期，七天，说不定只住六天。他说他发现汉斯·卡斯托尔普的面色非常好，容光焕发，这应归功于他在山上长时期的疗养，而疗养时间之长却超出了人们的预料；既然如此，他猜想外甥不久就能同他一起下山回家。

---

① 这里指汉斯·卡斯托尔普。

“不，不，我不会糊里糊涂蛮干一通的，”汉斯·卡斯托尔普说。吉姆斯说话的水平像山下人一般。他应当在这儿多住一会，向周围看看，习惯于这里的生活，以后他的思想才会改变。关键在于彻底治愈，“彻底”具有决定性的意义，贝伦斯最近曾向他大喝一声，叫他再呆上半年。舅舅此时称他为“小伙子”，问他神经是否正常。“难道你疯了不成？”他问。一转眼，休假已有一年零三个月了，而现在还得拖上半年！天晓得谁会有这么多的时间！——听了这话，汉斯·卡斯托尔普仰望星星，泰然自若地干笑一声。时间嘛！关于这个问题，也就是人类的时间问题，那么吉姆斯在这儿山上谈论它之前，首先得修正一下他对这一问题的固有概念。蒂恩纳佩尔说他一定要做一件事：为了汉斯的利益，明天要同顾问大夫严肃地谈一谈。“你呀！”汉斯·卡斯托尔普说，“他会叫你喜欢的。这个人挺有意思的，既果断，又有些忧郁。”接着，他指着沙特察尔普山顶疗养院里的灯光，顺便同他谈谈从连橇冰道把病人尸体运下山去的情况。

汉斯·卡斯托尔普把客人领到约阿希姆原来的房间，再给他找机会盥洗一番之后，两位绅士就一起在山庄疗养院的餐厅里用膳。房间已用福尔马林消过毒，汉斯·卡斯托尔普说，而且消得很彻底，仿佛原来的病人并非擅自出院，而是往另一条路上走；也就是说，他不是“迁出”，而是“死脱”①。

舅父听了就问他，这话是什么意思。“切口嘛！”外甥说。“咱们这儿已顺口说惯了，”他说。“约阿希姆已开小差了，开小差后归队了。真有这样的事。快，趁热快吃吧！”就这样，他们面对面坐在舒适而温暖的餐厅里，餐桌的位置在稍稍高起的地方。矮小的女侍者动作十分敏捷，吉姆斯要了一瓶勃艮第葡萄酒，她用篮子盛来。他们相互碰杯，让既温和又使人血液沸腾的酒在身体内缓缓流过。年轻人谈起这儿山上随季节而变化的生活，谈起餐厅里形形色色的人和事，谈起人工气胸，附带说明了它的原理；同时还把话题扯到好心的费尔格身上，对胸膜振荡

① “迁出”原文系“Exodus”，原指古代以色列人迁出埃及；“死脱”原文为“Exitus”，意为死亡。

的可怕性质发了一通议论。他还讲起了费尔格先生所陷入的所谓“三色昏迷”以及伴随“振荡”而发生的嗅觉方面的幻觉，还有昏迷状态下发出的大笑声。

汉斯付了膳食的账目。吉姆斯像平时那样，大吃大喝了一顿，由于旅途劳顿，环境也变换了，此时的胃口更加好。可是他在进食时中途也停顿了好几回——他呆坐着，嘴里满是食物，忘记咀嚼了，刀和叉搁在盆子上形成一个钝角，目不转睛地瞅着汉斯·卡斯托尔普看，似乎不知道自己在做什么，而汉斯也没有显示出心领神会的迹象。参议蒂恩纳佩尔的太阳穴上披着稀稀疏疏的金发，这时青筋一条条地暴凸出来。

他们的谈话内容并不涉及故乡的各种事情，既不讲个人或家族里的事，也不谈城里和商业方面的事，对兼营造船、机械制造和锅炉制造的通德尔·维尔姆斯公司也没有提起。这家公司一直等待这位年轻的实习生报到；当然，等待汉斯远非这家厂唯一的业务，因而人们不禁要问，它现在是否还在等待。对于这种种情况，吉姆斯·蒂恩纳佩尔在乘马车途中和以后一些时间曾谈起过，但后来就缄口不再述及，这些话题就此搁起。它们仿佛由于汉斯·卡斯托尔普那沉静、明确、毫不矫揉造作的冷漠而跳了回去，这是一种漠不关心或者闭关自守，就好像对秋夜的寒意无动于衷那样，按照他的话来说，就是“咱们不感到冷”。他的这副神态，也许是舅父好几次目不转睛地瞅着他的理由。他们也谈起了护士长，谈起两位大夫，谈起克罗科夫斯基的演讲会——如果吉姆斯能住上八天，那么他就能听一次演讲了。谁告诉过外甥，舅父要去听大夫的演讲？谁也没有。他只是假定而已，他悠悠然作出了这样的假设，认为这准没错儿：他不可能出席这样的讲演会；他不会忸忸怩怩地在那边露面，他会抱着怀疑的态度急急忙忙地说一句：“真是这样，当——然啰”，好像这种打算一分钟也没有过。正是这种力量——它不很明确，却咄咄逼人——促使蒂恩纳佩尔先生不知不觉地定睛注视起他的外甥来。这一回他还张开了嘴，因为他的鼻腔阻塞，尽管据他所知，参议并没有伤风。

他曾听到他亲戚谈起的那种疾病，它已成为疗养院里众人话不离口的题目，还谈到大家对这疾病都已能逆来顺受。他又听到汉斯·卡斯托尔普谈起自己并不严重而催人岁月的病症，谈到细菌对气管、支气管和肺叶的组织细胞所起的刺激作用，谈起结核的形成以及可溶性的麻醉性的毒素的制造过程，谈到细胞的崩解和干酪化过程，后来又谈到这样一个问题：干酪现象是否能由于石灰化和结缔组织的结疤而得到控制已趋向愈合，或者形成更大的浸润病灶，使空洞蔓延，并破坏了机体。蒂恩纳佩尔还听说有一种结核病发作时来势汹汹，疾如奔马，两三个月、甚至几星期就能使人丧命；还听他谈起顾问大夫的拿手好戏肺切除术和肋骨切除术，他明后天就要为一个新来的重病人动这种手术，病人是一个苏格兰女人，原来长得很迷人，后来患上了肺坏疽，肺内有一种暗绿色病毒在扩散，终日得吸入石炭酸溶液的喷雾，不然的话，她会憎恨自己，失去理智。听到这里，参议忽然笑出声来，这连他自己也完全意想不到，而且感到很难为情。他扑哧一声笑了出来，但想到这样有失体统，就立刻控制自己，心中甚感惭愧，就咳嗽起来，竭力掩饰刚才有伤大雅的举动。

他松了一口气。然而当他发现汉斯·卡斯托尔普对这件小事显得毫不在乎(其实这是不可能逃过他的眼睛的)，漫不经心地不加理会，他倒又忐忑不安起来。在他看来，汉斯并不是由于懂得人情世故和讲究礼貌才露出这副神态，而是由于纯粹的冷漠和无动于衷，是一种莫测高深的宽容态度，仿佛他对这种事早已不感到惊诧了。也许参议在爆发出高兴的笑声后还想给自己的失态披上一件通情达理的外衣，或者怀着某些与此有关的想法——忽然间，他又打开了话匣子，海阔天空地扯谈起来：他额上青筋毕露，先说起一个所谓“chansonette”①，也就是一个街头卖唱的女歌手的事，说她是一个了不起的尤物，眼前在圣保利卖艺；他告诉这位表亲，她热情奔放，富有魅力，整个家乡的男人们都为之倾倒。他讲起这件事情来时，口齿有些含糊不清，可是他并不因此而尴尬，因为汉斯显然仍以那种令人惊异的容忍态度来对待他此刻的谈话。

---

① 法文：歌女。

他一路毕竟太劳累了，疲倦的程度越来越明显，因此将近十点半时，他就主张叙谈暂告结束。他来到客厅里会见人们常常提起的克罗科夫斯基大夫时，内心实在怏怏不乐，大夫坐在客厅的一扇门边看报，外甥把他介绍给他。大夫对他侃侃而谈，他的回答不外乎“真是这样，当然啰”之类的话。不一会，外甥取道约阿希姆消过毒那间病室的阳台回自己的房里去，同时约他明晨八时一起去用早餐，这样他就能躺在那位开小差者的床上像平时那样抽起临睡前的晚烟来，心里十分高兴。香烟几乎用不到烧着；因为他嘴里衔着这微微发光的烟头时，已经有两次坠入睡梦中了。

吉姆斯·蒂恩纳佩尔是一个年过四十的绅士，腿很长，汉斯·卡斯托尔普一会儿叫他“吉姆斯舅舅”，一会儿叫他“吉姆斯”。他身上穿的是英国衣料，衬衫很花哨，淡黄色的头发稀稀疏疏的，一双蓝眼睛靠得很近，脸上的稻草胡子修剪得短短的，两只手保养得很好。尽管他结婚已有好几年，而且有了孩子，但仍舍不得离开哈尔维尔特胡德大道旁边老参议的那座宽敞的别墅。他和同一阶层的一个女子结了婚，这女子很有文化教养，说起话来跟他一样，轻柔、迅速而彬彬有礼。虽然他的风度十分高雅，家里人却把他看成是一个精力充沛、小心谨慎、头脑冷静、办事干练的生意人，可是在陌生人的圈子里，例如他去南方旅行时，他就表现出某种急于迎合他人意图的品格，甘心情愿地把个人置之度外，这倒并不意味着他对自己的文化修养缺乏把握，而是相反地表明他对此有充分的信心；此外还说明他力求修正自己贵族阶层在观念上的局限性，对于他心目中那些不可思议的习俗，他也丝毫不露出惊奇的神色。“自然啰，真是这样，当然啰！”他急于说出这类的话，这样谁也不会认为他是一个心胸狭窄的人，尽管他是那么优雅大方。他上这儿来当然负有某种实际性的使命，也就是说受家人之托，想看看这个迟迟不归的年轻的亲戚究竟过得怎么样，正如他心底里想说的那样，要“救他出来”，把这位亲戚带回家去。然而他也意识到，他是在异国的土地上办这件事；从上山的最初几分钟起，他就敏感地预见到前来做客的地方是一个十分陌生的世界，有着不同的习俗，它对自己的一套方式所怀的自信心比起他本人来不是更弱一些，而是更强一些。因此，他的办事的精力和良好的教养发生了冲突，而且这种冲突十分尖锐。他面对着眼前的环境，自信心确实受到了压抑，感到自己透不过气来。

在汉斯·卡斯托尔普给参议打回电时，他内心曾发出一个声音："别来找麻烦了！"这时，汉斯就已预见到现在的一切情况了。不过我们不该认为，汉斯是有意识地利用山上周围环境的种种异乎寻常的特点来吓唬他舅父的。他很早就已是山上小天地的一部分，给这位来访者以迎头痛击的并不是他，而是适得其反。因此，从参议自外甥处隐隐约约地感知到自己的努力并无任何希望的那个时刻起，一切就按照实际情况简单地展开了，一直到结束和收场为止；在这一过程中，汉斯·卡斯托尔普不禁露出一丝忧郁的微笑。

第一天早晨，餐桌上的常客汉斯就把临时来搭伙的舅父介绍给同桌的伙友们。早餐以后，蒂恩纳佩尔又结识了顾问大夫贝伦斯，他身材颀长，容光焕发，在餐厅里大摇大摆地走来走去，后面跟着皮肤黝黑、面容苍白的助理大夫。他照例咬文嚼字地向大家匆匆问早安。"睡得美吗？"他从顾问大夫那里不仅得知，他上山来同这个孤独的外甥作一会儿伴是一个极其荒唐的想法，而且明白为了自己的利益，上山来一趟倒是很值得的，因为他显然患有严重的贫血症。"他，蒂恩纳佩尔，会贫血吗？"——"咳，一点也不假！"贝伦斯一面说，一面伸起食指把他的下眼皮翻下来。

"贫血得可厉害哪！"贝伦斯说。舅父大人应该乖乖的干去，在自己的阳台上舒舒服服地躺上两三星期，一举一动都得努力以外甥作为榜样。按他的那种情况，他除了像轻度 tuberculosis pulmonum[①] 病人那样生活外，丝毫不必再做其他更聪明的事了，而这种轻病人比比皆是哩。"正是这样，当——然啰！"参议急忙回答。那位喉结十分明显的大夫大摇大摆地走开了，参议还挺有礼貌地张开嘴巴望他一会儿，而他的外甥则站在他身边，镇定而冷漠。然后两人按照规定到溪滩边的长椅旁散步，

① 拉丁文：肺结核。

散步回来后，吉姆斯·蒂恩纳佩尔在汉斯·卡斯托尔普指导下进行第一次卧疗。吉姆斯随身带来了一条花格子旅行毛毯，汉斯又把自己的一条驼毛毯借给他，由于秋天的天气很好，他只用一条已够暖了。关于毛毯如何裹在身上的技巧，汉斯一步一步地如实教起他来。汉斯把参议包得圆圆整整像一个木乃伊以后，再把毛毯逐条摊开，这样参议就可以自己动手，只消在进行时让汉斯助他一臂之力就行了。汉斯还教他如何把麻布阳伞撑在坐椅上，用哪个方向遮太阳最好。

参议说起俏皮话来了。他在平原时的情趣依然很浓，他对刚学到手的东西引以为乐，正像他对早餐后在溪边的例行散步感到兴致勃勃一样。然而，当他看到外甥回答他的谐谑的是一种不动心的、不明事理的微笑时——在这种微笑中，反映出山上的习俗给他带来的坚定的自信心——，他感到惶悚不安。他对自己的办事毅力担起心来，乘他还有山下带来的那股自信心和劲儿，他决定愈快愈好(就在当天下午)，跟顾问大夫谈谈有关外甥的事，而这次谈判是有决定性意义的。他感到自己的劲儿已不那么粗了，山上的风尚与他那良好的教养结成危险的同盟，跟他作对。

另外他也感觉到，顾问大夫看到他贫血就要他住在山上加入病人的行列，实在是多此一举，因为这是理所当然的事，看来此外就无法可想了。汉斯·卡斯托尔普如此镇定自若，无动于衷，也许就有这个因素在内；也许实际上并没有达到非走这条路不可的地步——对一个富有教养的人来说，两者之间一开头是很难加以区别的。最清楚不过的是：在第一次卧疗结束后，接着是第二顿丰盛的早餐，以后则丝毫不爽地作一次去“达沃斯高地”的例行散步。接着，汉斯·卡斯托尔普再用毛毯将舅父裹了起来。“他把他裹起来”，正确的用语应是这样。在秋日的阳光下，汉斯让他在自己躺着那样的卧椅上躺下来，这种椅子的舒适程度是绝对无可争辩的，值得高度赞美，一直睡到震耳的锣声响起招呼病人们吃午饭为止。

午饭是第一流的，顶呱呱的，而且菜肴十分丰盛，因而午餐后的休憩与其说是摆场面，倒不如说是人们内在的需要。吉姆斯信心十足地休息了好一会。接着就是琳琅满目的晚餐，饭后大伙儿聚在客厅里，那儿有一些利用光学原理的娱乐用具。每天的日程都安排得井然有序，无懈可击，使人有一种温暖舒坦之感，谁也不会提出非难。不过，参议吹毛求疵的能力却由于所谓“身子不适”而受到削弱，它是由疲劳和兴奋两者引起的，感觉又冷又热，十分恼人。

参议迫不及待想同顾问大夫贝伦斯作一次谈话，汉斯·卡斯托尔普就替他找一条途径：他先向浴室师傅捎个信，浴室师傅转达给护士长，于是参议蒂恩纳佩尔就趁此机会同这个怪僻的人物结识。当她在阳台上露面时，他正躺在卧椅上，在她面前显得像一个孤立无援的卷筒，这在他内心引起了强烈的震动。她对他说，可尊敬的人儿哟，你最好耐着性子等上两三天，顾问大夫可忙哪，一会儿开刀，一会儿普查，受苦的人应当占先，这是基督教的教义啊。大家看出他是健康人，因此应当习惯于这样的想法：他在这儿不能挂上第一号，必须排在后面等待才是，如果他要求作一次检查，那可是另一回事了，要检查的话，她，阿达丽亚蒂卡也毫不奇怪。他只要朝着她看，眼睛对着眼睛：他的眼睛就会感到有些浑浊，发花。当他在她面前这样躺着时，仿佛觉得周围的一切都显得杂乱无章，并不一清二楚，那么他应当好好理解她的意思：健康不大对头。你究竟是想检查身体呢，还是要求作一次私人谈话？当然是后者啰，要作一次私人谈话！躺着的人斩钉截铁地说。——那么你就得等到她通知你为止。私人谈话，顾问大夫可没有时间。

总而言之，一切同吉姆斯想象的不一样。护士长的谈话扰乱了他的平静，在他内心引起了很长时间的震动。他是一个富有教养的人，不会不懂礼貌地向外甥直言：护士长在他看来是一个叫人害怕的女人，因为外甥在疗养院里已安下心来，对山上的种种现象都能适应，这点已是显而易见的了。他只是小心翼翼地旁敲侧击地问外甥，护士长也许是一个古怪的女人吧。

汉斯·卡斯托尔普抬头急匆匆地、若有所思地瞥了一眼，对他的看法有一半是同意的，可是他反问舅父：“米伦东克小姐可曾卖给你体温表？”

“给我体温表？没有。难道这是此地的规矩吗？”舅父回答……

糟糕的是，即使护士长真的卖体温表给他，汉斯也毫不惊奇，这从外甥脸部的表情可以清楚地看出。“我们并不冷，”在他的表情中还可看出这样的话。可是参议觉得冷，冷了又冷，而头却是热的。他想，如果护士长真的向他兜售体温表，他肯定会拒绝的；归根结蒂，这样做不对头，因为为了显得知礼识趣，他是不能用陌生人——例如外甥——的体温表的。

几天工夫就这样过去了，也许是四五天。“大使”的生活在给他安排好的几条轨道上运行，离开这些轨道走，似乎是不能想象的。在此期间，参议经历了一些事，获得了一些印象。我们就听听他的事吧。

有一天，他在汉斯·卡斯托尔普的房间里发现了一块黑玻璃片。它放在一只五斗橱上，其间还有主人用以装饰他那整洁家园的其他一些小摆设。玻璃片在一个精雕的小照相架上，他拿起往亮处一看，原来是一张底片。“这是什么呀？”舅父一面细看，一面问……他问得真好！相片没有头部，显示出一个人上身的骨骼，还有一层模模糊糊的皮肉——可以看出，这是一幅女人的裸体躯干图像。“这个吗？是一件纪念品，”汉斯·卡斯托尔普回答。于是舅父说了一声“对不起”，把底片放回架子上，很快地离开了。这不过是他四五天内生活经历和所见所闻的一个例子。他也出席过一次克罗科夫斯基大夫的讲演会，不去参加这样的会也是难以想象的。至于渴望已久的跟顾问大夫贝伦斯的私谈，到第六天才能遂愿。大夫请他去，他早餐后就信步走向地下室，准备同那人认真地谈一谈外甥的情况和自己今后消磨时间的方式。

他离开地下室回病房时，细声问汉斯：

“你可曾听到过这类话吗？”

显而易见，汉斯·卡斯托尔普肯定已听到过，而且听了后也不会“发冷”。他就不再问下去了，对外甥以后并不那么急切的诘问，只是回答：“没什么，没什么。”不过隔了一些时候，他染上了另一个习惯：那就是紧皱眉头，噘起嘴唇，抬头斜睨天花板的某个地方，然后急遽地掉过脑袋，朝相反的方向瞪起眼睛……难道同贝伦斯的谈话结果跟参议原来所想象的不同？难道谈话的内容到头来不但牵涉到汉斯·卡斯托尔普，连他吉姆斯·蒂恩纳佩尔也包括在内，因而谈话就失却了私人晤谈的性质？从他的一举一动上看来，可以得出这样的结论。参议看去兴高采烈，话说得很多，无缘无故大笑，还伸起拳头敲敲外甥的腰侧，同时高喊："嘿，好小子！"有时，他一会儿看看这里，一会儿又忽然往那边望望。可是在就餐时，在例行散步时以及晚间同病友们聚在一起时，他的目光就不那样游移不定了。

以前我们曾经提起有一位雷迪施夫人，她是波兰实业家的妻子，用膳时坐在暂时离院的萨洛蒙太太和戴圆边眼镜的一个贪吃的学生中间。参议一开头对这位夫人并不怎么注意；实际上，她也像休息室的其他女人那样，并不出众。她是一个矮小、丰满、皮肤黝黑的女人，年纪已不轻了，头发甚至有些花白，不过她有一个迷人的双下巴，一对棕色的眸子也奕奕有神。从文化修养的角度上看，她同山下的那位蒂恩纳佩尔参议夫人简直不能相提并论。只是在有一个星期日晚上，参议在食堂里用完晚餐，从雷迪施夫人穿的那件袒胸露肩的黑色闪光衫中发现她有一对白白的、靠得很紧的乳房，中间的轮廓相当分明；这一发现使这位思想成熟、情操高尚的男子汉心荡神驰，仿佛他遇上了一件新奇透顶的、梦想不到的事。他设法与雷迪施夫人相识，和她作了长时间的谈话，先是站着，后来坐下，晚上就寝时竟唱起歌来。

第二天，雷迪施夫人不再穿那件黑色的闪光衫了，她的胸部遮了起来；可是参议知道应当如何行事，对她的好感依旧不减。他在例行散步时找上这个女人，走近她身边同她娓娓而谈，对她曲意逢迎，异常殷勤。他两次在席间为她祝酒，她酬答时嫣然一笑，粲然露出了几颗金牙齿。他在外甥面前也提起了她，说她简直是一个"尤物"。说到这里，他又哼起歌儿来了。汉斯·卡斯托尔普对这一切充耳不闻，泰然置之，从他的表情上看，仿佛这种事是理所当然的。这件事既不能提高做长辈的威望，也不符合参议的使命。

参议同雷迪施夫人一起干杯共有两次，一次在端上五香鱼片的时候，另一次是在喝冰冻果子汁的时候。当时顾问大夫贝伦斯正好与汉斯·卡斯托尔普和汉斯的客人共席——他在七张餐桌上总是轮流坐坐，每张餐桌的上端一直为他保留一个小小的坐席。他翘着胡子、叉起大手在自己的餐具面前坐着，左右两边是韦泽尔先生和驼背的墨西哥人。他同墨西哥人说起西班牙语来，因为他通晓各种语言，连土耳其语和匈牙利语也能懂得。参议蒂恩纳佩尔举起满盛波尔多红葡萄酒的酒杯向雷迪施夫人祝酒时，他瞪起布满红丝的蓝眼睛瞅着。后来在用膳过程中，坐在餐桌下端的吉姆斯向坐在上端的贝伦斯大夫随口提出了一个问题，人的尸体是怎样开始腐烂的；为此，顾问大夫发了一通议论。顾问大夫对人体的结构素有研究，对人体的各部分显然了如指掌，也可以说他是精通人体结构的专家，现在且听他谈谈尸体的分解过程吧！

“最先裂开的是肚皮，”顾问大夫说时把两肘撑在餐桌上，两手交合，伛着身子。“你睡在刨花和锯屑里面[①]，你要晓得，种种气体让你们胀了起来，鼓得大大的，好比顽皮的小鬼在青蛙的肚子里打满了气。你像地地道道的气球，肚子的表皮受不了气体的高压，最后崩了开来。‘嘭’的一下子，你如释重负，像加略人犹大[②]从树上掉下来那样，你的肚肠也流出来了。嘿嘿，以后你又可以参加社交活动了。如果你请得出假，你可以访问那些落在后面的朋友，不会再冒犯他们了。咱们称之为‘除去臭气’。如果你暴露在空气之下，那么像巴勒莫[③]的市民们那样，又会成为一个好家伙，他们就是悬在新门[④]外面托钵僧僧院[⑤]地窖里的那种人儿。他们悬在那儿干巴巴的，可挺神气，谁见了都肃然起敬呢。问题在于要除去臭气。”

“理所——当然啰！”参议说。“敝人真是不胜感谢！”第二天早晨，他离开疗养院。

他走了，乘着早班小火车下山了。当然，他把自己的事都安排就

---

① 此处指棺材，因它是木材制的。

② 犹大系耶稣十二门徒之一，出卖耶稣后因绝望而自缢。

③ 意大利西西里城名，今西西里首府。

④ 新门，系巴勒莫之城门，创建于 1535 年。

⑤ 托钵僧派是天主教圣方济各会的一个派别，以复活圣方济各的清贫理想为目的，创始于 1527 年。

绪，谁认为他不会这样做呢！他结清了账目，为大夫给他作过的一次检查付了酬金，同时悄悄地整理好他的手提箱，对他的亲戚连一句临别赠言都没有留下。也许这一切是他在上一天晚上或者黎明时分大家尚在熟睡的当儿办好的。当汉斯·卡斯托尔普用早点时走进舅父的房间，发现房里已空无一人。

他叉起胳膊站着说："原来是这样，是这样！"一丝忧郁的微笑掠上了他的脸。"咳，原来如此，"他说着点点头。有人溜走了。他把行李扔在箱子里，心急火燎、不吭一声地走了，仿佛一瞬间下了决心，绝不肯让那一瞬间错过似的。他单独走了，而不是两个人一起走，没有完成他那崇高的使命。他高高兴兴地独个儿离开了，这个老实人终于逃往山下了，吉姆斯舅舅。哦，祝你一路平安！

汉斯·卡斯托尔普努力不让任何人看出他对亲戚的悄然离去是一无所知的，对那个陪参议去火车站的跛脚门房更保守秘密。他收到吉姆斯从博登湖①寄来的一张明信片，说他接着一份电报，要他马上下山办一些事。他不想打扰外甥了。这是圆谎。——"在山上再愉快地住下去吧！"——难道这是在嘲笑吗？汉斯·卡斯托尔普觉得这是一种十分做作的嘲笑，因为他认为舅父在缩短行程的当儿肯定没有心思讽刺挖苦和开玩笑，而是从内心深处感到（可以想象，他有这种感受时一定面容苍白，惶悚不已）：他在山上住了一星期后再回到平原时，有好多时间会觉得山下一切显得虚妄、不自然和不能容忍，那时将只能去办公室，而不能在早饭后外出漫步，过后也不能照规矩用毯子裹住身体，在户外平躺着……这些可怕的念头，乃是逃往山下去的直接原因。

山下的人们企图把待在外面的汉斯·卡斯托尔普找回来的努力落空了。这个小伙子对自己并不隐瞒这样一个事实：舅父的彻底失败（这点汉斯是预见到的），对他本人和山下亲人间的关系有决定性意义。对山下人来说，这一失败意味着汉斯不屑亲人垂顾，终于放弃了回家的打算；对他本人来说，则是获得了完全的自由——他的心已渐渐不再为此而震颤了。

---

① 博登湖，是横跨瑞士与德国的一个湖，最深处252米，平均水深90米。

精神的修炼

莱奥·纳夫塔出生于加利西亚[①]与伏尔希宁[②]接壤处邻近的一个小村落。他的父亲是村里的一个屠吏，纳夫塔说到他时满怀尊敬的心情，显然是因为他感到自己离原来的那个世界已日益遥远，可以对它作出善意的评价。他的职业与基督教世界里的屠夫不大相同，屠夫是手工劳动者和商贾。莱奥的父亲不是这号人。他不但是一个官员，而且是神职人员。犹太教经师对埃利亚·纳夫塔的信仰坚定性加以考察后，根据摩西法典和犹太教法典的规章授权他屠宰一些可以杀戮的牲畜。根据他儿子的描述，埃利亚的蓝眼睛放射出星星那样的光辉，洋溢着一种沉静而睿智的精神力量。他履行职责时有一种神职人员的责任感，神态庄严肃穆，令人想起古时屠杀牲畜实际上是教士分内的事。莱奥的乳名是莱泼；当父亲和一名孔武有力的奴仆一起在院子里执行例行公事时，他总站在一旁观看。助手是一个膂力过人的犹太青年，身材瘦小、长着一脸金黄色络腮胡子的埃利亚站在他身边，显得更加孱弱。他父亲对着手脚被缚得牢牢的但尚未昏迷的牲畜举起巨大的屠刀，向它的颈椎深深扎了进去，而奴仆则端着器皿去盛汩汩地流出来的、冒着气的鲜血——鲜血很快在容器里注满了。孩子眼看着这场活剧，在他内心留下了很深刻的印象，这对蓝眼睛埃利亚的儿子日后性格的形成可能有异乎寻常的影响。他知道，信奉基督教的屠夫在杀死牲口之前要先用棍子把它打昏；订出这样一条规矩，为的是免得被杀的动物过于痛苦，景象也不致十分残忍。而他的父亲呢，尽管比那些粗俗的无赖要文弱、聪明，而且还有一双那些人没有的蓝眼睛，却按照法典的精神干起这件事来，在牲口神志清醒的时候就戳上一刀，让它流出血来，直到挣扎不动为止。莱泼这

---

① 加利西亚系波兰南部的一个地域名，旧属奥地利。第一次世界大战后，分属波兰与乌克兰。

② 伏尔希宁系波兰东部地名，1797 年后是俄罗斯的一个县。

个孩子感觉到：笨拙的异教徒所用的方法是从一种可饶恕的好心出发的，不过它亵渎神明，及不上他父亲庄严而冷酷地执行任务时所享有的光荣。因此在孩子的想象中，虔诚的概念与残酷的概念紧紧连在一起，而神圣和精神的概念却同看到和闻到冒泡的鲜血连在一起了。因为他也许看出，父亲选择那血腥的职业并非像基督教中身强力壮的屠夫或他家的犹太奴仆那样出于残忍，而是由于某种精神力量——他瘦弱的身体和一双蓝眼睛都说明了这一问题。

其实埃利亚·纳夫塔真是一个耽于冥想和富于思考力的人，不但孜孜不倦地研究犹太教的全部经文，而且对《圣经》常加评议；对于其中的某些章节，他常和犹太教经师展开辩论，经常和他争执不休。在埃利亚的村落里，大家(不仅仅是他的教友们)都认为他是一个与众不同的人，认为他懂的学识比别人多——这些东西一部分是有关圣书的，另一部分则属于另一范畴，它们也许非同寻常，绝对不是正统的东西。他有某种标新立异、另立宗派的味儿，他通晓神谕，是美名大师①之类的人，是一个能创造奇迹的人。下列事实特别引起人们的注意。有一次，他治愈了一个妇人的毒疹；另一回，他医好了一个孩子的痉挛，用的只是血和符咒。然而正是这种异样的宗教气氛发生的灵光——他那屠杀牲畜的血腥职业在这里也起着作用——使他走向毁灭。有两个基督教家庭的孩子不明不白地死去，引起人们的起哄和暴怒，于是伊利亚就惨遭非命：人们把他用十字架钉死，悬在他家门口，屋子也给烧了。他的妻子虽然患有肺痨，卧病在床，不得不带着莱泼这孩子和四个弟妹哭哭啼啼地流亡他乡。

这家遭受沉重打击的人终于在沃拉尔贝尔格②的一个小城市里定居下来。由于伊利亚未雨绸缪，他们手边倒并非一文不名。纳夫塔夫人在一家棉纺厂里找到了工作，拼死拼活地干；年岁较大的四个孩子也上了

---

① 美名大师，指犹太教中知晓上帝的秘名而行神迹治病的人。11世纪，犹太诗人便雅悯·本·齐拉等人首先在诗歌中使用上帝的秘名，其后某些“拉比”也认为使用这种秘名有效验，通称美名大师。

② 沃拉尔贝尔格，系奥地利王室的领地。

公立小学。这所学校的精神生活，就莱奥弟弟妹妹的素质和要求来说颇能满足，但对作为兄长的他本人而言，却远非如此。他从母亲那里承受了胸疾的胚芽；而从父亲处除了瘦小纤弱的身体外，还从遗传中得到了一种异乎寻常的智力，这种素质和才能一开头就同进取心、雄心壮志、强烈渴望过优裕的生活方式紧紧连在一起，他一心一意想跳出个人所属的那个阶层，出人头地。这个十四五岁的少年除了学校的正规教育以外，还浏览了能搞到手的许多书籍，以打破常规的学习方式和迫不及待的心情进一步提高自己的修养，为自己的智慧提供养料。他所想的事和说出来的话，使抱病在身、苟延残喘的母亲垂头丧气，摊开两只瘦骨嶙峋的手徒呼奈何。他的人品和宗教课的应答引起了当地经师的注意，经师是一个虔诚而学识渊博的人，他把莱奥收为私人弟子，对于正规教育方面，他教授他希伯来语和古典语言；在他的逻辑教育方面，则用数学来满足他的求知欲。可是这位好心人的苦心得不到什么报答；时间越长，他越是清楚地感到自己在豢养一条毒蛇。埃利亚·纳夫塔和经师的关系过去一度就是这样。现在做儿子的也发展到这样的地步，经师再也受不了他：教师和学生之间在宗教问题和哲学问题上发生摩擦，矛盾越来越尖锐，年轻的莱奥反抗成性，吹毛求疵，喜欢怀疑，爱唱对台戏，同时辩论起来咄咄逼人，使那位耿直的书呆子简直无法忍受。更有甚者，莱奥的诡辩术和精神的煽动性新近又添上一层革命色彩：他结识了奥地利国会议员——他是一位社会民主主义者——的儿子，跟这条好汉待在一起后，他的思想转向政治上面，这样他的论理热情就转到社会批判的方向上来。他发表的一些谈话，使那位好心肠的犹太法典学者毛发直竖，后者一直忠于自己的信仰。这样，师生之间的和好关系就陷入绝境。长话短说，后来形势发展到这般地步：纳夫塔被老师赶了出来，以后永远不能再跨进老师的书室。恰在此时，他母亲拉赫尔·纳夫塔卧病不起了。

在母亲去世后不久，莱奥就结识了翁特佩廷格神父。有一次，那位十六岁的少年独自一人坐在所谓玛加蕾特高地的公园区里一条长凳上，高地位于城市西郊的伊尔河河畔，从那边可以远眺莱茵河的美景。他坐在那儿，陷入遐想，朦朦胧胧地、痛苦地思索着自己的命运和自己的前途，这时有一人漫步而来，坐在他的身旁。这人是耶稣会中名叫“晨星学园”的寄宿学校的一名教师。他把帽子放在身边的长凳上，在袈裟下面架起二郎腿，拿起祈祷书念了一会儿经文后，就同莱奥攀谈起来，而且谈得很热烈。这对莱奥今后的命运起了决定性的影响。这位耶稣会会士见多识广，富有教养，是一个热心的教育家。他洞察人心，又能猎获人心。当那个贫穷的犹太少年用嘲弄的语气和明确的字句回答他最初提出的一些问题时，他侧耳倾听。在少年的言谈中，他听出了某种敏锐的、受苦难折磨的悟性；他进一步地考察他，发觉少年知识渊博，才思过人，同他衣衫褴褛的外表相比很不相称，这使他尤为惊异。他们谈到了马克思，莱奥·纳夫塔曾研读过他所著《资本论》的普及本，后来又从马克思谈到了黑格尔，对于黑格尔的著作或有关他的文献，莱奥也读得相当多，足以发表一些真知灼见。不知是生性喜欢发表似是而非的怪论呢，还是出于礼貌——莱奥称黑格尔是一位“天主教的”思想家；当神父笑吟吟地问他这种说法有何根据时——因为黑格尔固然是普鲁士的御用哲学家，而实际上就本质来说却应当是一个清教徒，于是他回答说：正是“御用哲学家”这个字眼，证明了他称黑格尔为“天主教思想家”是颇有道理的，不过他是从宗教的角度而言，当然不是从教义的角度出发。因为（莱奥特别爱用这个连词；它在他的嘴里有某种洋洋自得的、辛辣的意味，每当他用上这个字眼时，他那副眼镜后面的一双眼睛闪闪发光），政治的概念和天主教的概念在心理学上是结合在一起的，两者都构成了一个包括客观的、实践的、活动的、实现的、具体化的一切事物的范畴。虔敬的清教徒们对此则持反对态度，其根源在于神秘主义。他接着又说，就耶稣会的本质而言，天主教教义中政治的和教育的两种要素都是显而易见的。耶稣会把政治和教育看作是自己分内的事。他又提到了歌德，歌德虽然植根于虔敬主义，肯定信奉新教，然而由于他尊重客观事实，又以活动为信条，身上具有许多天主教的素质。他拥护耳语忏悔，作为一个教育家，他几乎算得上是一个耶稣会会士。

纳夫塔说出这些话，也许是因为他坚信这些话都有根有据，也许是因为他富有机智，也许是因为他是穷人，懂得必须用一些动听的言词来讨对方的好，以便达到自己的目的。神父对这些话是否站得住脚并不怎么在意，他注意的却是这些话确实富有智慧。他们谈话又延续了一段时间，不久，这位耶稣会会士就获悉了莱奥的个人经历，分手时，翁特佩廷格神父就要求莱奥上他的学校。

就这样，纳夫塔踏上了“晨星学园”的土地。可以想象，他对这个学园严明的学风和良好的学习环境艳羡已久，现在时来运转，他刚巴结上的那位导师和恩人，在评价和促进他的才具方面远远比以前那位师长要精明。这位新导师头脑冷静，他的优点在于懂得人情世故，莱奥如饥似渴地想钻进他的生活圈子。纳夫塔像许多有才能的犹太少年一样，生来既是一个革命者，又是一个贵族；他是一个社会主义者——同时，对于优裕的、唯我独尊的和富有规律的生活方式，他梦寐以求。他在天主教神学者面前倾吐出的最初的言论，尽管从实质上说是分析性和比较性的，却是拥护罗马教会的一篇宣言，既是高贵的权力，又是精神的权力，也就是反物质的权力；既是反现实的权力，又是反世俗的权力，因而也就是革命的权力。他对它的爱戴是真诚的，是发自内心深处的；因为，正如他自己所阐明的那样，犹太民族由于它世俗的和物质的倾向，它的社会主义，它的政治智慧，实际上同天主教教义十分接近，而天主教教义同新教教会的耽于冥想和神秘的主观主义就不那么接近了。因此，犹太人皈依罗马教会同清教徒皈依罗马教会相比，在精神方面肯定更加无拘无束。

纳夫塔脱离了以前那个宗教团体的引导人，孤苦无依，一心渴望能在更清净的环境中生活，憧憬着凭他的天赋有资格享受的生活方式。他在法律上早已成年，他迫不及待地想改变原来的宗教信仰，因而“发现他才能”的那位神父不必花多大力气，就把这个灵魂——或者不如说这个不凡的头脑——争取到自己的宗派里来。莱奥在受洗以前，在神父的尽力下就在“晨星学园”里找到了暂时的寄居之所，那里他既有物质供应，又有精神养料。后来他就搬到那边去住，怀着精神贵族那种冷漠的态度心安理得地让弟弟妹妹由贫民救济院照料，任他们由只配低能者适合的命运去摆布。

“晨星学园”土地广袤，建筑成群，能容纳四百名学员。校园内有树林和牧地，六个运动场和农业建筑物，还有一些能养几百条奶牛的牛棚。这个学园既是寄宿学校、模范农场、体育学校、学者培训所，又是剧场，因为里面经常演出戏剧，演奏音乐。那里的生活既是庄园式的，也有修道院风味。这里秩序井然、舒适优雅、恬静愉快、生活环境优裕，使人朝气蓬勃，加以每天的日程总是富有变化，使莱奥衷心感到无比欣喜。他快乐极了。他在一个有修道院风味的宽敞的食堂里享用精美的膳食，那里像学园的走廊里那样，肃静无哗，食堂中央的高坛上坐着一个年轻的执事，为用膳的人们诵读经文。他对各门功课兢兢业业，尽管他胸部衰弱，他在午后的各种游戏和运动总是不甘落在别人后面。他每天早晨去做弥撒，星期日也总去参加庄严的礼拜仪式，那种虔敬的劲儿真叫指导他的神父高兴。他待人接物也使导师们十分满意。节日午饭，在享用了糕点和美酒以后，他总穿着高领的灰绿色的制服和条纹裤，头戴小圆帽，同其他学生一起列队外出散步。

像他那样出身寒微、入教年份短而又无家产的人居然受到这样优渥的待遇，他当然满怀喜悦的感激之情。学园里似乎谁也不知道他是一个免费的学生。校里的规章制度，使他的同学们不会注意到他是一个无家可归的人。学校一般禁止外人送食物糖果之类的包裹给学生；即使包裹来了，大家也分着吃，莱奥也有份。学园广收世界各国的子弟，因而他那种族的特征就一点儿也不显眼。学生中还有一些年轻的异邦人，例如住在南美洲的葡萄牙人，外表看去比他更富有犹太人的特征，因此并不存在人种方面的想法。同纳夫塔一起进校的还有一位埃塞俄比亚王子，甚至是一个地地道道的摩尔人，尽管他风度十分优雅。

在读到修辞学课程时，莱奥表示要进修神学的愿望，以便将来条件允许时成为耶稣会的一名会员。因此，他从生活较为俭朴的“第二寄宿学校”转到“第一寄宿学校”。那里的饭菜由侍者端上，而他的卧室一边通向西里西亚的冯·哈尔布瓦尔和夏马雷的房间，另一边则通向莫德纳[①]的伦哥尼-桑达克罗齐侯爵的房间。他毕业时学习成绩优良，同时结束了学生生活，如愿以偿地进入附近蒂西斯地方的一所修士见习学校，过着谦卑的、默默顺从的和有各种宗教训练的生活，从这种生活里，他获得了早年狂热信仰所企求的那种精神上的快慰。

不过与此同时，他的健康水平下降了——主要是内部的原因，而不是由于修炼生活过分严格，因为从身体角度上说，他还不缺乏娱乐的机会。校方在他身上施行的教育实践，同他聪慧与吹毛求疵的素质格格不入，他处处感到不称心如意。他每天得从事精神修炼，夜间也得花上一些工夫，让自己日夜陷入探索良心、沉思默想、反省和自我检察之中；他怀着满腔热情想把问题弄个清楚，结果却遇上了无数困难、矛盾和争议点。他的导师本来对他寄予很大的希望，如今莱奥每天用咄咄逼人的辩证术和挖空心思的话来纠缠他，导师已感到灰心绝望了。“Ad haec quid tu? ”[②]他问道，眼镜的玻璃片在闪闪发亮……陷入困境的神父除了劝他好好祈祷，让灵魂安静下来外，ut in aliquem gradum quietis in anima perveniat[③]，别的再也不能做什么了。不过要获致这样的“安静”，个人生活中应当把所有棱角磨平，变得麻木不仁，成为没有生命的工具，这是一种精神上的墓园般的平静，修生纳夫塔可在周围许多目光呆滞的面孔上观察到，他一辈子也达不到这样的境界，除非通过肉体毁灭的道路。

显然，耶稣会里高一级的僧侣并没有因他时常提出异议和责难而减弱对他的信赖。在纳夫塔修士见习两年期满后，大主持[④]亲自召见了他，同他谈话，后来就批准他入会。年轻的修士在担任了四个初级圣职——即门前僧、辅弥撒僧、讲读僧和调伏僧——以及作“简单”的宣誓以后，终于成为耶稣会的一名会员。随后他动身去荷兰法尔根堡的神学院，进修神学。

---

① 意大利城市，今在艾米利亚-罗马涅行政区。
② 拉丁文：这个你是怎么想的？
③ 拉丁文：意同上句，直译为：以便让灵魂获得少许安静。
④ 是管辖一个教团省中几个修道院的神父。

那时他二十岁。三年以后，由于当地的气候不佳，精神上又过分紧张，母亲遗传给他的疾病变本加厉，他不能再在那边待下去了，否则就会危及生命。有一回他咯血了，他的监护人非常担心；好几个星期，他徘徊在死亡的边缘。他身体稍稍复原以后，监护人就把他送回原处。在以前念过书的“晨星学园”里，他成了寄宿学校学生的学监和古典文学兼哲学教师。对于耶稣会的会友来说，在这段时期内按原来的规定要先服务数年，以后再回到神学院继续进修七年的神学课程，直至结业。可是纳夫塔修士却做不到。他又生起病来；大夫和他的监护人认为让他留在学园里带着学生干一些农活，吸取一些新鲜的空气，也许眼前对他是适宜的。他获得了第一级较高的神职，有资格在礼拜天做弥撒时朗诵使徒书——然而他结果并未行使此项权利，首先是因为他一点儿没有音乐才能，其次是由于他身体有病，嗓子沙哑，不宜歌咏。他的职位没有超过副助祭以上——既升不到助祭，更谈不上神父之职。这时他又反复咯血，热度也不减退，因此由耶稣会出费，在这里山上作较长时间的疗养，现在已拖到第六个年头了。实际上这已不是什么疗养，而是在高山的稀薄的空气里一天天混日子，用某些活动来点缀他的生活，那就是在为病人开设的文科中学里教授拉丁文……

对于这些情况，汉斯 · 卡斯托尔普都是听纳夫塔亲口说的，而且知道得详详细细。有的话是他独自或陪着同桌餐友费尔格和韦泽尔一起去纳夫塔那个布满丝绸的房间时（汉斯介绍他们同他相识）听来的，有的话是他外出散步时遇上纳夫塔伴他一起闲步回“达沃斯村”时听来的。他一有机会就听，有的是零零碎碎的片断，有的是连贯性的故事，不但他本人颇觉新奇，而且也设法让费尔格和韦泽尔开怀，让他们感到这些故事很有意思——果然，他们觉得挺有味儿。费尔格要把这些趣事牢记在心，同时声称自己决达不到像纳夫塔那样高的境界，他那胸膜震荡的经历，是他生平唯一超越“平淡无奇”境界的奇事。韦泽尔则恰恰相反，他对于某个一度受压抑的人走上成功之路感到喜悦，但这样的人当然不能一步登天，而此人又因身体有病而似乎一蹶不振。

就汉斯·卡斯托尔普而言，他对纳夫塔的厄运也感到惋惜，同时怀着骄傲与不安想起了沽名钓誉的约阿希姆。约阿希姆以他英雄气概作出的努力，冲破了赖达曼托斯用口若悬河的雄辩术布下的强韧的罗网，逃往山下回到自己的队伍里；在汉斯·卡斯托尔普的想象中，现在表哥正靠着军旗的旗杆伸起右手的三个指头宣誓，表示忠诚。纳夫塔也在他的旗帜面前宣过誓，当他向汉斯·卡斯托尔普谈起自己那个教会团体的性质时，他也说过自己投奔到这个组织的旗帜下面。然而由于他三心二意，偏离正道，他显然没有像约阿希姆那样忠于自己的旗帜。汉斯·卡斯托尔普倾听着这位未来的耶稣会会友的谈话，认为自己既是一个文人，又是“和平之子”，有下面这样的想法更是满有理由了，那就是：纳夫塔和约阿希姆两人会觉得对方的职业和地位讨自己喜欢，而且一定认为彼此的情况十分相似；因为不论哪一方都有军队那样严格的纪律，用“军事性”这个字眼处处名副其实：不论在“禁欲苦行”方面也好，等级观念方面也好，唯命是从方面也好，“西班牙式”的荣誉方面也好。后者在纳夫塔的教会组织中特别起了重要的作用，西班牙是这一组织的发祥地。耶稣会的法典，与军队的操典异曲同工。后来这种操典由普鲁士的腓特烈大帝颁发，应用于步兵方面，原来是由西班牙语编成，因此纳夫塔在讲述自己的经历和作说明时，常常引用西班牙词组。他谈起所谓“dos banderas”①，也就是说“两面旗帜”，有两支军队在各自的旗帜下投入了激战：一支是地狱的军队，另一支是天国的军队；天国的军队在耶路撒冷一带，由基督统领，他是所有善人的“总领袖”；地狱的军队在巴比伦平原，“Caudillo”②或头目是魔鬼王……

难道“晨星学园”不是一所地地道道的军事学校吗？学园里的学生不是也各自分成“联队”，恪守半宗教、半军事的礼节吗？难道不可以说，它是军人的“硬领”和僧侣的“西班牙领子”的一种混合物吗？荣誉和授勋的观念，在约阿希姆的职业上起着十分重要的作用——汉斯·卡斯托尔普不禁想：这些观念在纳夫塔的团体里也显然是举足轻重

① 西班牙文：两面旗帜。
② 西班牙文，系“首领”、“头目”之意。

的，可惜他因病不能再升到更高的地位！听了他的话，就知道耶稣会是由一些雄心勃勃的官员组成的，他们一心一意想干一番事业，希望“出人头地”（拉丁文中称为“Insignes esse”）。根据耶稣会创始者和元勋西班牙人罗耀拉①所作的教导和所制订的规章，他们应当比一般只凭健全的理智干活的人们工作得更多、更出色。他们还应当做“余功”②（拉丁文称作“ex supererogazione”），也就是说，不但应当抵抗肉欲的蠢动（拉丁文称“rebellioni carnis”）——这是普通有健全的理智的人非做不可的事——而且应当同喜爱官能之乐、利己主义与迷恋于世俗生活作斗争，对一般能容许的事也未能例外。因为对敌人发动攻势（拉丁文称作“agere contra”，德文中则称为“angreifen”）比仅仅防卫（拉丁文称“resistere”）更加好，更加光荣。削弱敌人，击溃敌人！这是《野战勤务操典》中说的话，这里，该操典作者，也就是西班牙的罗耀拉，又同约阿希姆的大师——普鲁士的腓特烈大帝和他的战斗原则完全一致，他的战斗原则是：“进攻！进攻！”“把敌人打得落花流水！”“Attaquez donc toujours！”③

不过纳夫塔的世界和约阿希姆的世界最突出的共同点，是他们对流血的态度以及他们“别怕手上沾满鲜血”的那句格言。在这点上，就两人的世界、团体和社会地位而言，他们是完全一致的。纳夫塔曾谈起中世纪那些好战的僧侣，说即使他们奉行禁欲主义直到身体精疲力竭的程度，他们在精神上还渴望着权力；为了建立一个神的国家，以超自然的力量统治世界，他们不惜流洒鲜血；他还谈到那些骁勇善战的修士们，这些人认为同异教徒一直战斗到死，比死在床上更为值得；为了基督而杀人或者被人杀掉，不是一桩罪过而是无上的光荣。“和平之子”的汉斯觉得上面这些话都十分动听。幸而在说这话时，塞塔姆布里尼不在场！不然，他又会胡乱地扮演手摇风琴演奏者的角色，高唱起和平经来——

---

① 依纳·罗耀拉（1491—1556），原系西班牙贵族军人，耶稣会的创始人。他参照军队的纪律，制定会规，强调会士必须服从会长，并且无条件地执行罗马教皇委派的一切任务。罗耀拉是耶稣会的首任会长。

② 职责以外的工作。

③ 法文：不断攻击吧！

可是现在人们发动了一场反对维也纳的神圣的国民和文明战争，对此他一句话也不说，而纳夫塔则用嘲笑和轻蔑来谴责这种热情和弱点。至少，在意大利人为此而感到慷慨激昂的时候，纳夫塔就引用基督教“天下一家”的教义来反驳他，说每一个国家(要么没有一个国家)是他的祖国，并且又用辛辣的口气重复引用耶稣会一个名叫尼克尔的首领的话，说什么爱祖国只是“一种瘟疫，确切无误地葬送了基督教的爱”。

不言而喻，是禁欲主义促使纳夫塔诅咒对祖国的爱是一种瘟疫。不过瘟疫这个词的含义，他究竟懂得多少，他那禁欲主义和神之国家的理想，又有多少事同他唱对台戏呀！不但对家庭和故乡的依恋受到压抑，而且健康和生活的爱好也加以否定。他甚至谴责那位人文主义者，说他高唱和平与幸福的赞歌；他吵闹不休地非难肉欲之爱(拉丁文中称“amor carnalis”)和对肉体舒适之爱(拉丁文中称“commodorum corporis”)，而且对着他的面痛斥这样的观点是市民目无宗教的表现，认为对生命和健康应当置之度外。

这就是在他们之间对于健康和疾病问题引起的争论。在临近圣诞节的一天，他们踏雪到“达沃斯高地”去，以后又回疗养院，谈话中彼此意见不合，争论就是这样发生的。参加的成员是：塞塔姆布里尼，纳夫塔，汉斯·卡斯托尔普，费尔格和韦泽尔。他们的头脑都有些发热，而且由于在严寒中散步和谈话，身体显得有气无力，而神经却十分兴奋。他们冷得瑟瑟发抖，无一例外。不论热烈地参与争辩的人——例如纳夫塔和塞塔姆布里尼——也好，或者大部分时间旁听，只是偶尔插上一言半语的人们也好，大伙儿都异常激动，因此常常不知不觉地停下脚步来。他们这群人聚精会神在争议，一面还做着手势，把道路也给堵塞了，根本不考虑到别人怎么走。路上的行人只得围成一圈，站停了听他们谈话，倾听着他们过激的言论，感到十分惊讶。

争论是由人们谈起卡伦·卡斯特德时引起的。可怜的卡伦，她的手指尖因坏疽而开裂，最近刚刚去世。对于她病情的突然恶化和死亡，汉斯·卡斯托尔普事前一无所知；否则，他倒很想以病友的身份前去送葬，何况他也承认，自己对殡仪抱有偏爱。可是疗养院当局惯于对这类事保密，因此他知道卡伦离去的消息已太晚了。她终于静卧在那站着头戴歪雪帽的童贞守护神的墓园里了。Requiem aeternam[1]……他说了一些友好的话表示悼念，可是塞塔姆布里尼打断了他，对他发的慈悲冷嘲热讽，还讥笑他居然去探望莱拉·格恩格罗斯，满口生意经的洛特拜因，充满了气的齐梅尔曼，“两口儿”的大言不惭的儿子，以及多苦多难的娜达莉亚·冯·马林克洛德。塞塔姆布里尼又指摘汉斯为这一帮子奄奄一息的、滑稽可笑的人送去贵重的花儿，以表示自己的一片忠心。汉斯·卡斯托尔普向他指出，接受过他关心的人目前除了冯·马林克洛德太太和孩子特迪外，别的都已实实在在地死去了。塞塔姆布里尼听了就反问他，你这样做了后他们是否更加受人尊敬。对此，汉斯·卡斯托尔普答道，在深重的苦难面前，能不能有什么称之为“基督的尊敬”的东西。塞塔姆布里尼还来不及纠正他，纳夫塔就插了进来，谈起中世纪时期一些极端虔诚的善行，他举出了一些异常热诚、如痴如狂地照料病人的惊人例子：例如国王的女儿去吻麻风病患者发臭的伤口，有意让自己染上麻风病；她们还称他们身上的溃疡为“蔷薇花”，还把患者洗过脓疮的水喝了，说这种水的味儿真是鲜美极了。

塞塔姆布里尼装出要呕吐的样子。他说，想到这些情景固然在生理上叫人反胃，但对人类之爱在概念上作如此可怕的歪曲，却更令人恶心。于是他直起身子，又显得泰然自若，一本正经，同时向他陈述了近代人类博爱行为的种种进步形态，谈起人类已胜利地控制了瘟疫以及卫生措施和社会改革，再把医学科学的业绩同中世纪的丑恶作了对比。

纳夫塔回答说，这些都是市民阶层干出的光荣事业，不过对上面所说的时代来说并没有带来多大好处，不论对患病的、受苦的一方，或者对健康的、享福的一方，都是如此。健康而幸福的人们对患病而吃苦的人们表示友善，与其说是出于同情心，还不如说是为了拯救自己的灵魂。因为通过卓有成效的社会改革，健康而幸福的人们就不再拥有最重要的自我辩解手段，因患病而吃苦的人们则失去了他们神圣的地位。所

---

① 拉丁文：愿她永远安息。

以说，一直让贫困和疾病存在下去，对双方都有益处。如果纯宗教观点站得住脚，那么这样的见解也是合乎情理的。

真是一种肮脏的观点，塞塔姆布里尼说。这种见解愚蠢已极，根本不值得一驳。因为“神圣的地位”以及工程师人云亦云地所谓“对苦难的基督教的尊敬”，其实都是欺人之谈，根源在于错觉，不对头的同情心，和一种心理上的误解。健康人对病人的同情不过是一种近乎敬畏的同情，因为他自己根本不能想象，他在患病时如何能忍受这样的苦难——这种同情心是非常言过其实的，病人根本不配接受。实际上，这是思维错误和想入非非的结果，健康人却把主观情绪强加在病人头上，以为病人也和健康人一样，不得不承受病人的苦痛——这真是大错特错了。病人只是一个病人而已，有他自己的本性和改变了的生活经历。疾病能使患病的人改变到两者能互相适应的程度，病人的感受能力减退、丧失，对别人的善意麻木不仁，在精神上和道德上能随遇而安，在各种逆境下处之泰然。而健康人却天真地忘记把这点考虑进去了。山上这群肺病患者就是最好的例子，他们轻浮、愚蠢、放荡，对争取康复缺乏毅力。一句话，如果富有同情心和尊重病人的健康人自己也病了，不再享有健康，那么他会明白，疾病只是自行存在的一种状态，不过绝不是一种值得尊敬的状态，他原来把问题看得过于认真了。

这时，安东·卡洛维奇·费尔格挺身而出，为胸膜振荡抱不平，说不该对这个加以嘲笑和蔑视。怎么会把胸膜振荡看得过于认真呢？他要谢谢说这种话的人，并且要请他原谅！说话时，他那大大的喉结和象征好心肠的小胡子上下起伏，当时他吃苦头时，人家常常看不起他，对此他绝不允许。他是一个单纯的人，是一家保险公司的巡回推销员，谈不上有什么高深的思想——现在这番话已大大超过了他的水平。可是塞塔姆布里尼先生随口举出了胸膜振荡的例子来——瘙痒似地叫你受不了，还有硫磺的臭味和“三色昏迷”——真的，他得好好感谢塞塔姆布里尼先生，并要求他的原谅。不过居然说出感受能力减退，对别人的善意麻木不仁以及想入非非这种话来，这可是普天下最最叫人难堪的事，谁没有像他那样亲身经历过，谁就压根儿无法想象这种倒霉事儿……

不错，不错！塞塔姆布里尼说。费尔格先生吃这份苦头的时间越长，他的虚脱越是厉害，不久会像一个光圈那样罩在他的头上哩。他，塞塔姆布里尼，对那些大惊小怪要求别人垂怜的病人并不怎么看重。他本人也有病，而且病也不轻，不过可以毫不矫饰地说，他对自己的病引以为耻。不过他的话不带个人主观色彩，是有哲理性的，至于他谈的关于病人和健康人之间气质上和生活经历方面的区别，却是明明摆着的事实，而大人先生们竟以为这是精神病，例如精神病患者的幻觉。假使我们这伙人中间有谁，比如说工程师或者韦泽尔先生，在今天晚上暮色昏暗的时刻在房间一角看到了自己已经过世的父亲大人，他瞅着你，跟你谈话，那么对这位先生来说该是一种异乎寻常的、非常吓人的、令人惊惶失措的经历，使他六神无主，晕头转向，并且迫使他立刻逃出房间，跑到神经科大夫那儿要求治疗。难道不是这样吗？我开这样的玩笑，是因为各位决不会遇上这样的事，因为你们精神上都是健康的。万一有谁遇上了这样的事，那就说明他不但不健康，而且有毛病，反应和健康人不一样，也就是说，他不但不害怕、不逃跑，而是跟这个幽灵相安无事，仿佛一切都是正常的，而且开始同它谈天——这就是幻觉症患者的反应。如果我们认为，患有这种病症的人对幻觉会像健康人那样感到恐怖，那就大错特错了，而健康人是很容易犯这种错误的。

塞塔姆布里尼先生谈起屋角里的父亲时非常富有风趣，而且很形象化。大家都禁不住哈哈大笑，连费尔格也不例外，尽管由于意大利人对他的地狱般的经历轻描淡写而颇感委屈。此刻，这位人文主义者趁大家兴致正浓，再进一步发挥他的高论。他说幻觉症患者和各种精神病人都是不值得尊重的。他认为这些人往往放纵自己，令人不能容忍，而实际上却常有能力来控制自己疯疯癫癫的行径；他本人曾有机会参观过疯人院，亲眼看到过这类事实。因为当大夫或陌生人在门槛上出现时，那些精神病人就不再装鬼脸，聊天，挥舞双手，只要有人看着他们，他们就显得规规矩矩，但过后又故态复萌。在许多场合下，发痴无疑是一种自我放纵的表现，是个性荏弱的人在巨大忧患面前的一种逃避手段，是他在命运严酷的打击下采取自卫的一种措施，而这类人在头脑清醒时则无法应付。可以说，每个人都可能走上这条路，而他，塞塔姆布里尼，曾通过某种途径使好几个疯人就范；方法仅仅是：他对他们的胡诌用严峻的冷静的态度向他们瞪眼睛，这样至少能使他们暂时保持清醒……

纳夫塔发出嘲弄的笑声，而汉斯·卡斯托尔普则表示塞塔姆布里尼先生的话是可信的。当他想象这位意大利人掀开小胡子笑眯眯地向头脑不清醒的人瞪眼睛促使对方就范时，他明白，那个可怜虫此时如何尽力控制自己，不得不装出一副头脑清醒的神态，尽管他对塞塔姆布里尼先生的出现自然感到是一种极端不受欢迎的打扰……可是纳夫塔也参观过疯人院呀。他记得有一次到过所谓“吵闹病房”，那里见到的种种景象，亲爱的上帝，怕你塞塔姆布里尼先生冷峻的眼光和驯服人的本领再也起不了多大作用——那里有的是但丁《神曲》里的场面，人们奇形怪状，是恐怖与痛苦的化身：有的疯子光着身子一直蹲在浴缸里，各种姿势都显示出内心十分痛苦，由于恐惧而陷入痴呆；有的发出悲痛的尖叫声，再有一些疯子则扬起胳膊，张开嘴巴，发出那种令人想起地狱里种种景象的狂笑……

“哼，”费尔格径自走了，这使他们想起他在让人抓胸膜时曾经迸发出笑声来。

总而言之，塞塔姆布里尼先生那咄咄逼人的教师爷的气势在“吵闹病房”面前只好完完全全收敛起来；对这个病房来说，对宗教的敬畏心理将会是更合乎人性的反应，而我们那位充满光明的太阳骑士①和所罗门②的助祭爱作的那些高不可攀的理性说教，对那边的疯人可没有多大效验。

对于纳夫塔在塞塔姆布里尼先生身上加的这两个新头衔，汉斯·卡斯托尔普没有时间去过问。他匆忙间打了这么一个算盘：以后一有机会就把这两个头衔的意义彻底问个清楚。可眼前他的注意力都集中在刚才

---

① 即圣堂骑士。源于12世纪。法王亨利四世于1310年对圣堂骑士团予以镇压，对54名骑士处以火刑。18世纪后，法兰西又组织新的圣堂骑士团。

② 所罗门(公元前972—前929)，古以色列王国国王大卫之子，以智慧著称。

的谈话上了。纳夫塔对塞塔姆布里尼话中的总倾向持有异议，刚才曾激烈地同他争辩；这位人文主义的基调是颂扬健康，尽力非难和蔑视疾病。汉斯认为塞塔姆布里尼采取这样的立场，确实是一种令人瞩目的、几乎是值得赞美的自我否定，因为这位先生本人就是病人。然而即使他的话博得人们非凡的尊敬，内容上却不无谬误之处，它是以尊重和崇拜肉体为基础的，而事实上，只有当肉体处于上帝创造时的原始无罪状态、而不是处于退化状态(拉丁文称“in statu degradationis”)时，这种尊重和崇拜才有根据。上帝创造人时，肉体是不朽的，后来由于“原罪”而本性变坏，陷入堕落和干坏事的境地，于是肉体就非灭亡和腐朽不可，而且被看成是灵魂的牢狱和惩罚所；正如圣伊格纳修斯[①]所说，只配称作是“唤起羞耻和困惑的一种感情”（拉丁文称“Pudoris et confusionis sensum”）。

汉斯·卡斯托尔普高声说，大家知道，人文主义者普罗提诺也说起过这种感情。但塞塔姆布里尼先生挪动肩胛，把手高高在脑袋上一扬，叫这个年轻人别把这两种观点混淆起来，还是乖乖地接受他的意见吧。

这时纳夫塔又发起议论来。他认为基督教中世纪的人们对肉体痛苦表现出敬畏，其根源在于宗教对肉体受苦时的景象持肯定态度。因为身体上的脓疡不但使健康受到损害，而且灵魂上也相应地受到毒化而堕落，从而使精神上产生了某种富有启迪性的满足感——而强健的身体则会引人误入歧途，是一种有辱于良心的现象，人们在孱弱多病的身体面前低声下气，就能否定这一现象，从而获得极大的裨益。Quis me liberabit de corpore mortis hujus？这句拉丁文的意思是：谁能把我从这个血肉之躯中拯救出来？这就是精神的声音，它永远是真正人性的声音。

不是这样！塞塔姆布里尼先生激动地提出自己的观点。他说话的声音阴森森的，仿佛发自理智和人性的太阳尚未出现的一个世界。不错，即使他的身体染上毒素，然而他的精神是健康的，不受病菌感染，在肉体问题上有足够的能力同这个有神职的纳夫塔好好较量一番，而且在灵

① 圣伊格纳修斯，叙利亚王教名，公元115年在罗马殉教。

魂问题上取笑他。他论点上的谬误之处，在于把人类的肉体崇奉为神的真正的圣堂，因为纳夫塔直言不讳地说，这个血肉之躯仅仅是我们与永恒之间的一个帷幕，以后的结果是：塞塔姆布里尼先生最后禁止他使用“人性”这个字眼。争论仍旧进行下去。

他们冻僵了脸，光着脑袋，穿着套鞋，时而在脚下咯吱咯吱作响、满是尘埃的积雪的人行道上踏步，时而一步一个脚印地踩过车道上一团团疏松的雪块。塞塔姆布里尼穿的是一件冬季外套，上面的海狸皮领子和翻边袖口由于脱毛而显得寒酸，但他懂得如何让自己穿着这套衣服依然显得落落大方。纳夫塔穿的是一件黑大衣，大衣一直长到脚跟，上面高高裹起，原来衬上的毛皮现在一时也看不出来了。他们为这些原则争论不休，热切地发表各自带有强烈主观色彩的见解。争论时，他们不但相互交锋，而且常常朝汉斯 · 卡斯托尔普瞥上一眼，向他表明自己的论据，而且向对手摇头摆脑，伸出大拇指做手势。他们让汉斯也卷了进去，而汉斯只得把头转来转去，一会儿同意这个，一会儿又赞成那位。他呆立在那儿，身子微向后仰，戴羊皮手套的那只手挥来挥去，发表了一些见解，这些见解当然是极端站不住脚的。费尔格和韦泽尔围住这三个人，时而在前，时而在后，时而同他们排成一列，最后为了让路，不得不散开。

由于这两个人也介入其中发表了一些意见，辩论的题目遂转到一些较具体的问题上来。他们大家随即谈论起火葬、体罚、拷问和死刑问题，而且兴致越来越浓。笞刑是费尔迪南特 · 韦泽尔先提出来的，他谈起来时眉飞色舞，汉斯 · 卡斯托尔普看得清清楚楚。塞塔姆布里尼先生对这种野蛮的刑罚义正词严地加以谴责，呼吁要保持人类的尊严，无论从教育学角度和司法的角度上看，都应当是这样。他抱这样的态度是不足为奇的。还有一件事虽然同样不足为奇，但人们听了不免有些毛骨悚然，那就是纳夫塔居然赞成笞刑。根据他的意见，侈谈人类的尊严是荒谬的，因为我们真正的尊严在于精神，而非肉体。人们的灵魂一直乐于从肉体中吸取全部生活乐趣，因此使人们遭受到痛苦乃是破坏人们官能之乐的极其有效的方法，使他们仿佛从肉体回到灵魂中去，从而使灵魂又占统治地位。认为鞭打的处罚方式特别可耻，这是一种十分愚蠢的谴责。圣伊丽莎白[1]曾被她听取忏悔的神父康拉德·冯·马尔堡打出血来，根据《圣徒传》的记载，“她的灵魂”在被打后“在天界内飞翔，欣喜若狂”。此外，她也曾用鞭子抽打过一个昏昏欲睡不能好好做忏悔的可怜的老太婆。某些教团和宗派的成员以及一般思想虔敬的人，有时为了赎罪而自行鞭笞，为的是自己将宗教教义更加牢记在心，难道你能板起面孔说这种行为是野蛮和不人道的吗？固然，某些自称为文明的一些国家在法律上已废止了笞刑，这也许是一个真正的进步，可是固执地推行下去，未免贻笑大方，这是公认的事实。

不错，汉斯·卡斯托尔普说，可以绝对地承认，在肉体与精神的对立中，肉体无疑是体现邪恶与恶魔的原理……哈哈，“体现”两字用得好！只要肉体理所当然地属于自然的范畴——理所当然地属于自然，这话倒说得不坏！——自然同精神和理智完全对立，它肯定是邪恶的——神秘地邪恶的，人们可以这么说，如果人们凭自己的教养和知识卖弄才学，用起这样的字眼来。根据这样的观点，就可以得出一个合乎逻辑的结论：肉体方面也须相应地加以对待，也就是说在其上施加刑罚，如果我们再一次卖弄才学地用一个词儿，也可以称之为“神秘地邪恶的”。如果塞塔姆布里尼先生当时不是体弱有病，不能到巴塞罗那去参加进步大会，也许他会站到圣伊丽莎白那个女人身边去的！……

大伙儿哈哈大笑。那位人文主义者正想发作，汉斯·卡斯托尔普抢先讲述起自己一段挨揍的经历来。以前他在一所高级中学低年级读书时，还有一部分人用过这种惩罚方式，而且用的是马鞭子。教师考虑到他的社会地位，不敢动手，可是一个比他结实的同学有一次用一条弯曲的棍子揍了他，这是一个粗野无礼的家伙，棍子打在他穿袜子的小腿上。挨打时他真痛得难受，丢尽了脸，这次经历永远不会忘记，简直有

① 圣伊丽莎白(1207—1231)，原系伯爵夫人，伯爵死后，在神父康拉德·冯·马尔堡的指导下过着严酷的禁欲生活。1235 年列圣。

点儿神秘感。他蒙受羞辱，不禁痛哭失声，由于愤怒和不光彩的“韦泽尔”①，眼泪夺眶而出——请韦泽尔先生原谅我用这个字眼，我丝毫没有恶意——此外，汉斯·卡斯托尔普在书刊中看到：在监狱中，即使穷凶极恶的抢劫杀人犯在受到笞刑时，也会像孩子那样号啕大哭。

塞塔姆布里尼先生用戴着破旧皮手套的两只手遮住了脸。这时纳夫塔以政治家的冷静态度提出一个问题：对于顽固不化的犯人，除了用拷问台之外，是否还有别的办法使他们屈服，这种拷问台在牢狱里倒是挺风雅的；一个人道的牢狱在美学上是非驴非马的东西，是一个折中之物。塞塔姆布里尼先生尽管是一个美学家，对美却基本上一无所知。纳夫塔又说，就教育学而言，主张学校中废止体罚的那些人头脑中所存在的有关人类尊严的概念，系根植于市民人文主义时期的自由——个人主义和启蒙的自我中心主义，这种观念目前正在消亡，而同时，一种新兴的、不那么温情脉脉的社会意识已经形成，这是一种束缚和屈从的意识、强制与服从的意识，要实现这一目的，非有神圣的残酷性不可，而对于尸体的惩罚，又应当另眼相看。

“所以有这么一句话：尸体也得乖乖的！”塞塔姆布里尼嘲笑着说。然而纳夫塔反唇相讥，他说上帝为了惩罚我们的罪恶，使我们的肉体终究可怕而受到污辱地腐烂掉，那么对这个身体鞭笞一回，到头来也不是什么弥天大罪。于是，话题忽然转到火葬上。

塞塔姆布里尼对火葬高唱赞歌。这样，纳夫塔所说的污辱就可得到弥补，他高兴地说。不论是实际需要的理由也好，从思想意识的角度考虑也好，人类正在为此进行弥补。他说自己正参与国际火葬促进会议的筹备工作，会议地点也许在瑞典。届时计划展出一个模范的火葬场，它是根据以前人们累积的种种经验而设计的。另外还准备展出一个放骨灰箱的厅堂。他们指望能引起人们广泛的兴趣，受到人们热情的鼓励。土葬是多么陈旧、多么过时的方法呀，在文明开化的环境之内！何况城市越来越多！占去许多土地的所谓坟场都得挤到郊外！地价也是一个问

① 原文 Wehsal 是“痛苦”的意思，与病人韦泽尔的姓氏谐音，故汉斯·卡斯托尔普表示抱歉。

题！由于必须使用近代的交通工具，送葬行列就显得简单化了！塞塔姆布里尼先生如数家珍地说了一通大道理。他嘲笑起这么一个悲痛欲绝的鳏夫来；他每天到他亲爱的妻子那儿去上坟，在坟地上跟她聊天。这样一个牧歌式的人物所拥有的人生最宝贵的财富——也就是时间，必定是多得出奇了。此外，现代公墓里那种闹哄哄的景象也一定会伤害他那不合时宜的感伤情绪。用火焰来烧掉尸体——同另一种景象——那就是让尸体悲惨地自行分解，并且让它与下等生物同化——相比之下，该是多么清洁，既卫生又庄严，甚至富有英雄气概啊！不错，火葬使人们的心情得到更好的满足，也符合人们对永生不灭的追求，因为随着火焰消逝的，主要是人们活着时身体上一些可变化的、经受新陈代谢的成分，而相反地，人的一生中那些极少起变化的成分在火化时却并不消灭，它们变成骨灰，从而让活着的人们把死者不灭的东西收藏起来。

“说得好，”纳夫塔说。这话说得真妙呀，真妙呀。人类的不灭部分，骨灰。

哎，不言而喻，纳夫塔的用意，是要在生物学的事实面前把人类固执地推到非理性的立场上去。他提出了原始宗教阶段，那时人们对死亡感到恐惧，对它有一种神秘的恐怖感，因而不能用冷静的理智来看待这一现象。这是多么野蛮啊！对死的恐惧，是从人类文化处于最低级阶段的时期开始的，那时暴力致死司空见惯，死于非命的可怕景象，在人们的头脑中一直与一般的死亡连在一起。然而由于大众卫生学的发展，个人安全性有了保障，自然死亡已越来越成为常规，在近代从事劳动的人们看来，死亡是一生精力用尽后所获得的永久性休息，不但一点儿也不可怕，而是正常的和求之不得的事。不，死亡既不是什么可怕的东西，也没有什么神秘可言，它是一种明确的、理智的、生理学上必然的和值得欢迎的现象，如果不恰当地老是思考这个问题，就无异剥夺生命应有的权利。因此人们也在筹划上述那个“模范火葬场”和所属的保藏骨灰的厅堂(也就是“死亡之厅”)时，又同时筹建一个“生命之厅”，在这个厅内，建筑、绘画、雕刻、音乐和文学汇合在一起，使活着的人们不去思念死亡的景象，不致陷入深沉的悲哀和无谓的痛苦中，而一心想到生活的欢乐……

“太快了！”纳夫塔挖苦他。“他们在丧葬仪式方面适可而止就是了，他们在死亡这样一桩简单的事情面前别小题大做就是了。可是没有死亡，也就自然没有建筑，没有绘画，没有雕刻，也没有音乐和文学了。”

“他归队倒当之无愧，”汉斯·卡斯托尔普像做梦那样地自言自语。

“你说的话叫人难以理解，工程师，”塞塔姆布里尼回答他，“这样别人可以在您的话里找碴儿。死亡的经历，最后必然是生活的经历，不然就只是一个鬼怪。”

“在‘生命之厅’里，人们是不是像古代的石棺上那样，绘上淫秽的象征画？”汉斯·卡斯托尔普一本正经地问。

纳夫塔斩钉截铁地说：不管怎样，官能方面总可以大大享受一番了。在油画和大理石方面，所赋予的古典风味使人体显得绚烂夺目，人们使这种有罪的人体不致腐败，这也是不足为奇的，因为人们由于它的可爱而不愿加以惩罚……

说到这里，韦泽尔忽然插话了；他的话题是拷问。看来他对此颇为内行。关于那令人难堪的审问，各位先生不知有何高见。他，费尔迪南特，利用出差的机会，常常喜欢到文化古城的一些冷僻的场所去访问，那里在拷问过程中曾施行一种所谓“探索良心”的方法。他了解纽伦堡和雷根斯堡的拷问室，为了获得教益，他曾到那边仔细参观过。确实，他们为了拯救灵魂，利用许多巧妙的方法对肉体进行相当残酷的折磨。受拷问的人连一声叫喊也没有。他们把一只梨子，也就是拷问出名的梨子，塞到犯人张开的嘴里，梨子的味儿可不坏。于是，他们动起手脚来就静寂无声……

“Porcheria[①]，”塞塔姆布里尼嘟哝一声。

费尔格赞美塞梨子的拷问方式，并且对他们干的不出一声的全部勾

---

① 意大利文，意为脏话或缺德之事。

当也表示赞许。当时可谁也不会想出比敲击胸膜更下流的事来！

而那样做居然是为了他的健康！

顽固不化的心灵，触犯了法律，照理应当在短时期受到无情的惩罚。再说，拷问是人类的理性获得进展的成果。

纳夫塔也许神志不清。

不，他的头脑清楚得很呢。塞塔姆布里尼先生是一个文学家，他对中世纪的司法历史显然不甚了了。实际上，中世纪的司法史是一种连续不断的合理化运动的历史，唯其如此，以理智为考虑的基点，上帝的形象就逐渐从司法的范畴排除出去。神的审判已经过时，因为人们必定已经看到，较强的一方往往赢得胜利，即使正义不在他一边。塞塔姆布里尼先生这号人和一些怀疑家、批评家确认了这样的事实，并加以贯彻，即用审讯法来代替古代朴素的裁判方式，为了明辨是非，不再仰仗神明的干预，而是由被告来供认事实真相。没有供词就不能判决——即使在今天，你在人群中还可以听到这样的话，这种想法已经深入人心。尽管证据确凿，但如果缺乏供词，人们会认为判决是非法的。可是供词是怎样得到的呢？又如何从一切迹象和疑窦中获知事实的真相呢？对于否认和隐瞒罪状的人来说，如何窥见他的心灵和思想呢？如果那人存心作恶，死不悔改，那么能够搞到手的就只有肉体了。拷问是获得必要的供词的一种手段，它是合情合理的。可是正是塞塔姆布里尼先生要求采用这种通过供认而做裁判的方式，因而他也是拷问的鼻祖。

人文主义者要求别的先生不要相信这番话。纳夫塔开的是恶魔式的玩笑。如果一切像纳夫塔先生所教导的那样发生，如果可怕的东西确实是人类的理智所发明的，那么只有说明了理智在任何时候多么需要支持与启迪，而自然本能的崇奉者害怕世界上受理智驱使的事情太多，又是多么缺乏根据！说这种话的人肯定是错了，因此，司法上的横蛮行为不能归咎于理智，因为它的根源在于相信地狱的存在。我们可以在博物馆和拷问室里看到这些东西：如夹钳、拉肢刑架、拇指夹和火钳，这些东西显然源自稚气的幻想，企图忠实地模仿在地狱中永远受苦时可能使用的种种刑具。此外，他们还想帮助作恶的人。他们认为坏人在坦白后可怜的灵魂还在挣扎，而作为“罪恶原则”的肉体却违抗自己的良知。他们认为干脆还是赐以仁爱为妙，就让罪人通过拷问备受皮肉之苦。这是禁欲主义者的痴狂……

“那么古代的罗马人是否也有这份痴狂呢？”纳夫塔问。

“罗马人？Ma che①！”塞塔姆布里尼回答。

不过罗马人也懂得利用拷问作为审判手段。

逻辑上陷入死胡同……汉斯·卡斯托尔普很想在其间助一臂之力，让他们走出死胡同，同时擅自把话题引开(仿佛这是他分内之事)，让辩论转到死刑问题上来。拷问固然废止了，尽管审判官仍旧有办法使被告的态度软下来；然而死刑是不能废止的。在文明最发达的国家里，死刑依旧维持着。法国人用流放到国外的办法来代替死刑，效果很不好。对某些近乎畜生的人们来说，除了砍去他们的脑袋之外，简直不知道该怎么办才好。

并没有什么“近乎畜生的人们”，塞塔姆布里尼纠正他。他们是像他工程师和塞塔姆布里尼本人那样的人，只是意志薄弱，成了有缺陷的社会的牺牲品。他谈到了一个罪恶深重的犯人，是一个有多次前科的杀人犯，检察官在起诉书中多次说他“与禽兽无异”，称他是“衣冠禽兽”。可是他在墙上写过许多诗句，这些诗句写得一点也不坏，可以说比那些检察官能写的要好得多。

这表明艺术有某种特异的性能，纳夫塔答道。可是在其他各方面说，没有什么值得注意的地方。

汉斯·卡斯托尔普已经预料到，纳夫塔是主张采用死刑的。在他看来，纳夫塔虽然也像塞塔姆布里尼先生那样是个革命者，但只是在保守的意义上而言，也就是说是一个保守的革命者。

塞塔姆布里尼先生带着自信的微笑说，世界在经过一段不人道的反动时期以后，将转而趋于正常秩序。纳夫塔先生宁可怀疑艺术，而不愿承认艺术能使罪大恶极者的灵魂净化。抱着这样狂热的观点，就休想争

---

① 意大利文，有什么话或天晓得之意。

取追求光明的青年一代了。塞塔姆布里尼先生有幸参加一个旨在废除所有文明国家内死刑制度的国际性组织，这个机构不久前才建立。第一次大会在何处召开目前尚未确定，可是人们可以相信，与会发表讲话的人将有充分的论据来反对死刑。他提出了下列一些论据，其一是办案过程中可能有错，无辜处人以死刑；其二是对犯人决不能放弃其弃邪归正的希望。他甚至引用“复仇就是我的权限”这句话，按照这句话的意思，国家就其教化而不是就其行使暴力的职能而言，不能以怨报怨；他用科学的“决定论”立场抨击了“罪”，从而否定了“罚”的概念。

纳夫塔对这些论点一一痛加驳斥，而对“追求光明的年轻一代”这个问题却可以容忍。他嘲笑塞塔姆布里尼害怕流血，说他过分尊重人的生命。他说，这种对个人生命的尊重只是极其庸俗的市民的太平盛世的产物，不过在动乱的环境中，一旦某一种超越个人“安全”，即某种超自我、超个人的观念出现，——只有这种观念才合乎人类尊严，因而在更深一层的意义上说是合情合理——那么不论何时，个人的生命不但要干脆地奉献给那个更高的观念，而且要自觉自愿地舍弃个人，为这一观念毫不踌躇地赴汤蹈火。纳夫塔又说，他的论敌所鼓吹的博爱主义力图剥夺生命中一切最重要和最严肃的特征，它的出发点是阉割生命，在这一点上，它同自命为科学的决定论一样。可是实际的情况是：犯罪的意识不仅不会由于决定论而消除，而且还会通过它变本加厉。

这并不坏。那么试问他，纳夫塔是否要求这个社会的不幸的牺牲者真正能意识到自己有罪，而且确信自己正往断头台走去?

当然。罪犯对自己的罪恶像洞悉他本人那样心中有数。因为他知道自己就是自己，而不可能、也不愿意是别人，罪恶正好就在这里。纳夫塔先生把罪恶和德行的话题从经验主义转向形而上学。他说从行为和行动上看，决定论当然占统治地位，这里谈不上自由，可是人的本性却有自由。一个人可以随心所欲，在呼吸到最后一口气之前，他一直可以为所欲为，一刻也不停止。他可以“孤注一掷”地任意杀人，结果以自己的生命作抵，代价并不太高。他情愿死去，因为他觉得这是极大的兴趣而心满意足。

极大的兴趣?

是的，极大的兴趣。

大伙儿把嘴唇咬得紧紧的。汉斯·卡斯托尔普干咳起来。韦泽尔歪起了下颚，而费尔格先生则唉声叹气。只听得塞塔姆布里尼先生尖刻地说：

“不难看出，您谈的虽是一般意义的话题，其中也染上了个人的色彩。您有兴趣杀人吗?”

“这不干您的事。如果我这样做了，那么对于在我寿终正寝之前给我吃小扁豆的一个愚昧无知的人道主义者，我将嗤之以鼻。杀人者比被杀者活得更久是没有什么意思的。他们两个人息息相关，其中之事第三者不得而知，他们单独待在一起，可分可合，一个行动，一个任他摆布，分享着某种秘密，这种秘密永远把他们联结在一起。他们你中有我，我中有你。”

塞塔姆布里尼冷冷地说，他承认自己对这种死亡和谋杀的神秘主义缺乏理解能力，并且认为没有这种理解力也并不可惜。他对纳夫塔先生的宗教才能没有什么意见——纳夫塔这方面的才能无疑比自己高明，只是他申明，他对此并不艳羡。他如饥似渴地需要有一个清净的环境，这促使他远远离开这么一个境界：在那里，对刚才所提到的探索光明的年轻一代来说，崇敬的只是他们的苦难，显然，这种苦难不仅仅是肉体上的，同时也是精神上的；简单地说，他要远离这样的境界：那里，德行、理智和健康都无足轻重，而罪愆和疾病则令人惊异地受到尊重。

纳夫塔振振有词地说，德行和健康实际上并不是宗教方面的东西。他说，“宗教同理智和道德基本无涉”这么一个提法，就能把问题的实质说清楚，这样就更有说服力了。接着他又说，宗教同生活也没有关系。生活是植根于制约条件和基础的，一部分属于认识论，一部分属于道德的范畴。时间、空间、因果关系是属于认识论的，而伦理和理性则属于道德的范畴。所有这些东西不但同宗教的本质没有任何关系，甚而处于敌对地位。因为正是它们构成了生活，也就是所谓健康的生活，它们是：古旧的市侩主义和古老的市民意识，宗教世界同它们处于绝对的对立地位，而且是天才地处于绝对的对立地位。另外，他，纳夫塔，也不想完全否认人生领域里天才的可能性。存在着某种市民意识，它那伟大的正直性是无可争辩的，也就是市侩的庄严与崇高，人们感到它是值得尊敬的。人们不会忘记那种两腿分开傲然而立的姿势，同时反剪双手，胸部凸起，表示对宗教不放在眼里。

汉斯·卡斯托尔普像小学生那样，把食指高高举起。他说，他不想得罪任何一方，不过刚才他们谈的显然是涉及进步，涉及人类的进步，因而在某种程度上也涉及政治和雄辩的共和制度以及有教养的西方文明。在这方面，他认为：宗教和生活之间的差别——或者像纳夫塔先生所坚持的那样，是宗教和生活之间的对立——似应归因于时间和永恒的差别或对立。因为进步仅仅寓于时间之内，而在永恒之中，说不上什么进步，也没有政治和雄辩可言。打个比方，人们在那里仰起脑袋，倚在上帝的怀抱里，同时闭起眼睛。这就是宗教和道德的差别。他知道自己说得语无伦次。

塞塔姆布里尼说，汉斯·卡斯托尔普的说话内容固然稚气十足，但并不像他害怕得罪别人的心理和曲意迎合魔鬼的倾向惹人讨厌。

噢，关于魔鬼，塞塔姆布里尼先生和他，汉斯·卡斯托尔普，在一年之前已经讨论过。“哦，撒旦，哦，叛逆！”可是他所迎合的是什么样的魔鬼呢！是叛逆、工作和批判的魔鬼[①]，还是别的什么魔鬼呢？不论魔鬼在右边还是左边，对生命都有威胁，我们要驱除魔鬼才好！

纳夫塔说，塞塔姆布里尼先生想发表的这种见解，并未把事实的真相说清楚。塞塔姆布里尼世界观的主要特点，是他把上帝和恶魔作为两个不同的个体或原则来考虑，并认为“生活”是两者争论的对象，这种看法，同中世纪的观点并无二致。但实际上，上帝和魔鬼是一个东西，它们都同生活对立，此外也同现世的市民意识、伦理、理性和道德对立。它们两者都代表宗教原则。

“多么叫人讨厌的大杂烩！che guazzabuglio proprio stomachevole！[②]”

---

① 指19世纪意大利文学家卡尔杜齐笔下的魔鬼。

② 意大利文，意同上句。

塞塔姆布里尼高声说。善与恶，神圣和不道德的行为，统统混淆起来了！没有判断！没有意志！应当唾弃的东西，却没有能力唾弃！纳夫塔先生知道他否认的是什么，同时在年轻人的耳边把上帝和魔鬼混为一谈，以后把两者胡乱地合而为一，拒不承认伦理的原则！他否定了价值——否定对每一件事的评价——说来叫人恶心。好吧，于是既没有善，也没有恶，在伦理上，什么都是一片混乱！对个人来说，也就不存在批评的尊严，只是一个把什么都包罗在内的、万事都一律看待的共同体，个人则神秘地融合在其中！个人……

塞塔姆布里尼先生又一次自以为是个人主义者，真是妙不可言！不过要做到这一点，一个人必须懂得伦理和幸福间的区别，而我们这位光明使者和一元论者对此却一窍不通。把生活愚蠢地看成是本身的目的而不问其最终意义和目的的社会，占统治地位的是种族的伦理和社会的伦理，以及凡夫俗子的道德，而并非个人主义。因为个人主义仅仅属于宗教的和神秘的，也属于所谓"伦理上无秩序世界"的范畴。塞塔姆布里尼先生的伦理究竟是什么东西，它的要求又是什么？它同生活有密切关系，因而十分有用，因而它不是英雄主义的而值得令人怜悯。这种伦理的目的是使人变得老成、快乐、富裕和健康，情况就是这样。塞塔姆布里尼的伦理系统，就是理性主义和工作万能主义。至于纳夫塔，他再度表明自己的伦理观不过是可怜的现世市民主义。

塞塔姆布里尼要求对方心平气和些，但他本人的声音由于内心激动而震颤。纳夫塔先生经常用那种天晓得不知为什么的傲慢而轻蔑的语调谈起"现世市民主义"，仿佛对立面（人们当然知道，生活的对立面是什么）比生活本身更为高贵！

多新的口号和词目！现在，这个高傲的问题算得上是高贵了？！汉斯·卡斯托尔普在袭人的寒气和疑难的问题前面显得兴奋而疲劳，在理解方面感到头晕目眩，力不从心，虽然敢于壮起胆子发表个人的见解，但心里难免战战兢兢。他颤动软弱无力的嘴唇表白自己的心里话：从戴西班牙式的硬领时候起，他就想到了死，或者至少可以说，他在穿上胸口结竖领的小制服时已想到了它，反之对于生命，却只是在他系上一条近代普通的低竖领时方才想到……不过他对自己说话中那种醉意朦胧和不近人情的内容感到吃惊，并且向别人保证，他说的并非肺腑之言。可是世界上是不是有这么一些人，他们自以为不会死去，只因为他们特别平凡？这就意味着他们自以为有本领生活着，仿佛永远不会去世，仿佛受死神的洗礼是不值得的。

塞塔姆布里尼先生认为他做这样的假设不会错：汉斯·卡斯托尔普说出这样的话，只是为了让人反驳他。年轻人能一直指望他从他那儿得到帮助，在精神上来抵御这一类侵袭。汉斯不是说“有本领生活着”这样的话吗？而且用这个字眼时有轻蔑的意味！对他来说，这个字眼可用“值得生活下去”来代替——这两个概念对他来说能真正地和美丽地达到和谐的统一。“值得生活下去”——这个字眼，使人自然而然地马上联想到另一个意念，那就是“值得相爱”，这个词儿同前者如此息息相关，可以说，只有真正值得生活下去的东西才是真正值得相爱的。两者——即“值得生活”和“值得相爱”结合在一起，就构成了人们称之为“高贵”的东西。

汉斯·卡斯托尔普觉得这些话很有吸引力，而且非常值得聆听。他说，塞塔姆布里尼先生巧舌如簧的一番论点，使他十分折服。不论你怎么说都行——反正有一点是有某些文章可做的，那就是，比方说：疾病是生命的一种亢进状态，有其庄严崇高之处；不过有一点却是肯定的，即疾病意味着肉体达到某种高昂状态，它似乎使人全然退化，仅仅变成一堆肉体，因而有损于人的尊严，使尊严荡然无存。在这个意义上，疾病是不合人性的。

纳夫塔听后立即反驳。他说疾病是异常合乎人性的，因为人生下来总得生病。人在本质上说是会生病的，他不健康的身体是构成人的要素。有人希望人类获得健康，要促使他最后回到自然界里得到安宁，即所谓“返回自然”，而实际上，他永远不曾是“自然的”人。今日，新生活的倡导者、生食主义者、户外生活赞美者及日光浴指导者等诸如此类的人到处都在鼓吹这种论调，预言人类返回自然，而卢梭哲学的各种信奉者所致力的，也不外乎“非人性化”，使人沦为动物……人性乎？高贵乎？而事实上，人类不同于其他一切动物的乃是精神——人类是基本上脱离自然、基本上自己感到反对自然而存在的生物。因此，人类的尊严和高贵寓于精神，也就是寓于疾病；一言以蔽之，一个人越是多病，他就越是高度发展的人，疾病的天才比健康的天才更富有人性。某个以人类之友自居的人竟然对人性的这些基本事实闭起眼睛，真是咄咄怪事。塞塔姆布里尼先生口口声声说到进步。可是如果进步确实存在的话，它不是应当归功于疾病，也就是归功于天才吗？因为天才不过是疾病的同名词罢了！难道健康人不是一直靠病人的成就而生活的吗？有一些人为了认识人类的通往健康之道，有意识地和自愿地陷入疾病和癫狂之中，在通过狂热的探索后，获得这种知识。在作出了这些英雄的献身行为之后，人类才能占有和享用；那时，疾病和癫狂再也不起作用了。这是真正的十字架上的殉难……

哈哈！汉斯·卡斯托尔普想。你那不正统的耶稣会会士，你对十字架殉难原来是这样解释的！不难看出，你为什么当不了神父，joli jésuite à la petite tache humide！①现在，你咆哮吧，狮子！他暗自对塞塔姆布里尼先生说。这位先生咆哮了。他认为纳夫塔刚才说的一番话，全是假象、诡辩和胡扯。

“您倒说说看，”他高声向论战的对手说，“凭着您那教育者的责任感，您倒说说看，在可塑性强的青年人面前，您倒直截了当地说说看：精神——它就是疾病！您这样做的目的，是为了煽动青年人崇奉精神，争取他们相信精神的力量！另一方面，您却视疾病和死亡为高贵，以健康和生命为卑贱——这是初出茅庐的人研究人文学所用的最稳妥的方法！Davvero，è criminoso！②”于是他像一个骑士那样，维护健康和生命的崇高性，维护自然所赋予之物的崇高性，维护对精神不必有所顾虑的崇高性。“形态！”他说。但纳夫塔随即浮夸地说：“理念！”可是塞塔姆布里尼不愿听“理念”这个词，于是说“理性”！而那个口称理念的人却用“热情”一词来抗辩。

---

① 法文，意为肺里有浸润性病灶的漂亮的耶稣会会士。

② 意大利文：确实，这是有罪的！

两人卷入一场混战。“对象！”一个说；而另一个却答以“自我”！最后，一方甚至谈到“艺术”，另一方则以“批判”回敬，后来又一而再、再而三说起“自然”和“精神”来，而且谈到什么是更为高贵的东西，什么是“贵族式的问题”。他们语无伦次，意义含糊不清，甚至没有二元性的和战斗性的那种明快；他们两人不仅是论战的对手，而且某些观点互相混淆，双方的论点不但相互矛盾，而且本人也不能自圆其说。过去，塞塔姆布里尼经常夸夸其谈地高唱“批判万岁”，如今他唱起反调来，他鼓吹“艺术”，认为它理所当然地是高贵的原则。过去，纳夫塔曾不止一次地充当“自然本能”的维护者，他反对塞塔姆布里尼，说对方称自然是一种“愚蠢的力量”，认为自然仅仅是factum①和fatum②，在它面前，理智和人类的骄傲是不能废弃的；而现在，他却站在精神和“疾病”一边，说只有在那里才能找到高贵和人性，同时，塞塔姆布里尼赞成自然和它那健康的高贵性，不管他那种种“从自然中解放出来”的观点对此是否有矛盾。“对象”和“自我”也同样纠缠不清；真的，这方面的问题始终是一笔糊涂账，甚至混乱得不可救药，每个词都经不起推敲，因此两个人中间再也搞不清谁是虔敬的人，谁是自由思想家。纳夫塔用严厉的词句禁止塞塔姆布里尼先生自称为“个人主义者”，因为他否认上帝和自然的对立性，在人的问题上，亦即人的内心冲突方面，他仅仅从个人利益和集体利益之间的冲突来理解，因而一心一意信奉现世主义和市民阶层的道德观，这种道德观把人生看成是自己的目的，毫无英雄气概地着眼于实用，使道德标准服从于国家利益。而他，纳夫塔本人，却持相反的意见：他清楚地知道人类内在的问题系基于感觉和超感觉的斗争，代表真正的、神秘的个人主义照理应当是那个自由思想家和主观主义者③。

这时汉斯·卡斯托尔普想：如果真是这样，那么“无名和共同”又当如何来解释？这里只是举出矛盾的一个例子而已。此外，他与翁

① 拉丁文：行为。
② 拉丁文：命中注定的东西。
③ 根据英译本，这个人指纳夫塔。

特佩廷格神父进行的关于御用哲学家黑格尔的“天主教教义”精辟的谈话，“政治的”与“天主教的”两个概念之间内在的关系，以及它们两者一起包含的“客观性”的范畴，又作何解释？难道政治和教育不是纳夫塔那个教团一直从事的特殊活动领域吗？这是什么样的教育啊！塞塔姆布里尼先生确实是一个热心的教育家，热心到令人困惑和厌倦的程度。可是在禁欲的、自我否定的客观性方面，他的教育原理敌不过纳夫塔的理论。绝对权威！铁的纪律！强制！服从！恐怖！这些东西也许有其值得尊敬之处，但很少顾及个人批评的尊严。它仿效普鲁士腓特烈大帝和西班牙罗耀拉的操典，无比虔诚，无比严格。人们不禁要提出一个问题：纳夫塔怎么会信奉血腥的绝对主义，因为按照他自己所说，他全然不信纯粹的认识，没有假设的探求；一句话，他全然不信客观的、科学的真理，而洛多维科·塞塔姆布里尼却认为这是人类道德的最高原则，对此孜孜以求。塞塔姆布里尼先生对这点是既虔诚而又严格的，而纳夫塔则漫不经心地、掉以轻心地把真理追溯到人的本身，并且公然说真理有用于人类！纳夫塔竟然使真理从属于人类的利益，难道这还不是现世的市民主义和实用的市侩主义吗？这里谈不到什么严格的客观性，有的却是自由和主观，其成分比纳夫塔所承认的为多——当然，它里面所含的“政治学”同塞塔姆布里尼先生学究式的说法并无二致：“自由是人类之爱的原则”。在这方面，与其说是自由的，还不如说是虔敬的，这点可谓确切不移。不过这里又存在一个区别，这个区别在下这样的定义时有消失的危险。唉，这个塞塔姆布里尼先生！怪不得他是一个文人，也就是说，一个政治家的孙子和一个人文主义者的儿子。他对批判和美好的解放有他的崇高的想法，并且向街上的姑娘们哼小调，而那个尖厉刻薄而矮小的纳夫塔，却受到严格的誓言的约束。不过他在思想上差不多是一个放纵的自由思想家；塞塔姆布里尼跟他相反，是一个褊狭的卫道士，如果人们想这么称呼他的话。塞塔姆布里尼先生害怕“绝对精神”，希望这种精神能到处同民主的进步结不解之缘；对于好斗成性的纳夫塔的宗教狂热，对他将神与魔鬼、神圣与恶行、天才和疾病糅合在一起的做法，以及对他那不讲价值观念、不懂用理智来判断事物和不承认意志的种种见解，都感到惶悚不安。那么，谁才是真正的自由思想家，谁才是虔敬的正统派？什么是人的真正的地位和资格？人是否应当投身到消灭一切差别的集团中，这种集团既放纵，又禁欲？或者人应当站在“批评的主体”的立场，在那里，大言不惭和市民的谨小慎微处于互相干涉的状态？唉，原则和观点往往相互干涉，内在的矛盾比比皆是。汉斯·卡斯托尔普以有文化修养的人自居，他的职责不仅使他非常不容易从两种不同的见解中作出抉择，而且难以把那些代表性的意见加以分类，使它们井然有序，因而纳夫塔的所谓“伦理上无秩序的世界”对他有极大的诱惑力，他恨不得一头栽到里面去。到处是交错、重叠和一片混乱。汉斯·卡斯托尔普不禁想：如果这两个争论不休的人在争吵时心灵上的负担不那么沉重，说起话来也许不会那么尖酸。

这时他们已上了山，到“山庄”门口。住在院里的三个人一直陪其他两个外面的客人走到他们的屋子前面，还在那边的雪地上呆上好久。这时纳夫塔和塞塔姆布里尼依旧争论不休——据汉斯·卡斯托尔普推测，他们争论的仍是教育学上的问题，以及如何在追求光明的青年人身上施加影响，使其受到感化。费尔格先生一再表示，这一切都是高不可攀的事，而韦泽尔在有关笞刑和拷问的谈话结束以后，对此并不怎么关心。汉斯·卡斯托尔普垂下脑袋，让手杖陷在雪里，思索着这些乱七八糟的问题。

他们终于分手了。他们不能老是这样站着；谈话是没有尽头的。疗养院里的三个病人又转身走向自己的病室，两个相持不下的学究则不得不一起回家，一个走向铺满绸布的斗室，另一个前往摆有斜面课桌[①]和水瓶的洋溢人文主义气息的小屋。汉斯·卡斯托尔普回到阳台上，耳畔响彻了两支军队短兵相接的刀枪声：一支军队是耶路撒冷的，另一支军队是巴比伦的，他们在 dos banderas 下向前冲锋，遇上时发出混战时的一

① 系旧日一种供站着工作用的斜面桌子。

片厮杀声。

雪

每天五次，七张餐桌的客人都对今年冬季的天气状况异口同声地表示不满。他们认为它几乎没有履行高原冬天应有的本分，它既不像说明书所宣传的那样，也不像多年老病友所过惯了的和新病人心目中所想象的那样，给人们带来了多少有利于疗养的气候条件，而当地本来是以此而驰名的。阳光极度稀少是今年冬天的特点之一；阳光是治疗疾病的重要因素，没有它的帮助，康复无疑会拖延时日……山上的病人都想早日恢复健康，离开这个“家”，回到平原里去，塞塔姆布里尼先生认为这样的想法无可厚非：不管怎么说，他们所要求的只是自己的权利；不管怎么说，他们总希望父母亲和丈夫所负担的费用不致白白浪费，能过上一些好日子，因而他们在餐桌上、电梯中和客厅里啧有烦言。疗养院的管理部门清楚地看出了病人的要求，认为有义务采取辅助措施，以补偿他们所受的损失。于是院方添置了一个名曰“高原人造太阳”的新设备——这种太阳灯一起有两个，但无法满足病人们的需要，有那么多人都希望通过电热式的途径使自己的皮肤变得黝黑些，这对姑娘们和妇人们来说十分适合，而对一大批男子汉来说，尽管不得不过着横卧的生活，但经太阳灯照射之后，就像运动员那样精神奕奕，看去有一种征服女性的魅力。一点也不错，这样的仪表确实产生了良好的效果。女人们虽然心中十分清楚，这种威风凛凛的男子气概只不过是一种人工化妆的结果，但她们有的相当愚蠢，有的十分狡诈，竟沉浸在错觉中而不能自拔，并且陶醉于这样的幻觉中忘乎所以。

“我的天哪！”有一天晚上在客厅里，舍恩弗尔特夫人对一个汉子说。她是柏林来的一个病人，红头发，红眼睛。那汉子有骑士风度，长脚，胸部凹陷，卡片上写的头衔是“Aviateur diplômé et Enseigne de la

Marine allemande"[①]。他在做人工气胸，午餐时穿着一件黑礼服，晚上却又换上了另一件衣服，说这是海军里的规矩。“我的天哪！”她说时贪婪地向海军少尉凝眸，“太阳灯照了后，黑黝黝的肤色多漂亮呀！看去真像一个猎鹰的好手，这个死鬼！”“等一下，美人鱼！”在电梯上，他凑到她的耳边悄声说，她听了后，不由得不寒而栗。“您这样瞅着我，害得我魂都没了，您要付出代价的！”于是那个“死鬼”和猎鹰的好手经过阳台，跨过隔开墙头的玻璃门，溜到美人鱼的房间去了……

然而那个人造高原太阳无法弥补今年天上缺乏真正的阳光所感受到的损失。一个月内只有两三天遇上真正的太阳——在这样的日子里，在白色的山峰后面确是一片碧蓝碧蓝的、蓝得像天鹅绒那样的天空，那时太阳冲开灰色的浓雾，燦然普照大地，显得分外绚丽，它闪着金刚石般的光芒，照得人们的后脖子和脸上暖洋洋的，十分舒适。这样的日子一星期里只有两三天，疗养院里的人是很不满足的，这些人命运不好，确乎需要特殊的安慰才好。他们的内心为这样一个默契而悸动；在这个默契面前，他们舍弃了山下人们的喜怒哀乐，过着一种没有生气的、但却是轻松和安乐的生活——无忧无虑一直到忘记时光流逝的程度，可谓得其所哉。尽管顾问大夫提醒他们：在这样的情况下，住在山庄疗养院里比西伯利亚矿山和蹲在监狱里不可同日而语，而这里的空气又多么好，稀薄而清新，好比宇宙中的以太，没有尘世的杂质(不管好的还是坏的)，即使没有出太阳，比平原上的烟雾和蒸汽还是好些，可是他们还是不愿听。人们到处灰溜溜的，提出抗议，纷纷以私自下山相威胁，有的人甚至付诸行动；萨洛蒙太太最近伤心地回到疗养院是一个出走失败的实例，但人们并不引以为戒。萨洛蒙太太的病虽然很顽固，但并不重，由于她擅自下山在潮湿、多风的阿姆斯特丹住了一段时间，已变成不治之症……

虽然没有太阳，可是下了雪。大量的雪，多得异乎寻常的雪，汉斯·卡斯托尔普可从未见到过。以前的冬天确实并不缺少雪，但同今年

---

① 法语：德国海军少尉，有合格证的飞行师。

的雪相比，就显得微乎其微。今年的降雪量大得吓人，无法估量，使人们充分地意识到这块地方险象环生，荒僻冷落。雪一天又一天地下着，夜里也不肯停止，暴风雪有时稀，有时密，但是雪花总是飘个不停。只有为数不多的道路可以通行，它们像一条条隧道，两边堆起比人还高的雪墙，表面像一块块石膏，晶体似的雪粒一闪一闪地发出光泽，看去赏心悦目。疗养院的病人利用它在上面写字，做记号，传递各种信息，或者写一些戏谑和讽刺的话。雪墙中间通道上的积雪哪怕铲得怎么深，仍旧堆得高高的，这在雪堆松软一些的地方和窟窿里可以看得清清楚楚；人们的脚一下子会陷在里面，一直没到膝盖处，如果你不想意外地折断腿，就得多加小心才是。休憩用的长凳不见了，被雪埋没了，只有一把高背椅尚在白茫茫的雪堆里露出头来。在村子里，街上的雪也不寻常地堆积如山，许多店铺的底层房屋仿佛变成了地下室，人行道高处的雪积聚在阶梯上，下楼时也不得不踩雪。

在积雪的地面上，雪还是飘落下来，一天又一天地下个不停。在并不怎么凛冽的寒气中，雪静静地下着，气温在零下十度至十五度之间，还没有到冷入骨髓的程度。人们并不觉得气温有这么低，认为只有二度到五度光景，因为没有风，空气干燥，所以并无砭人肌骨之感。早晨天空十分昏暗，用早膳时，餐厅里用月球形枝形吊灯照明，它挂在拱形的天花板上，吊带上有色彩鲜艳的图案。户外是一片荒无人烟的世界，大地严严实实地裹着灰白色的棉装，雪花向窗上的玻璃扑来，显得雾气腾腾。山峦已无踪无影，不过有时透过附近的针叶树可以隐约看到一点轮廓；挺立的树上也积满了雪，转眼间在灰濛濛的一片中消失。云杉上有的树枝积雪过多，常常断了下来，雪白的枝儿任风吹走，在银灰色的大地上扬起一道烟尘。十点钟时，太阳像一个荏弱的烟球那样在山后露出头来，给难以辨认万物的景色添上一抹生机，但其中却夹杂着朦胧的、幽灵似的色彩——光线尽管苍白无力，但人们总有所感知。即使如此，野外的一切仍融合在魅影重重的、一片青白色的柔和之中，肉眼依旧无法明确地看清任何线条。山峰的轮廓模模糊糊，混沌不清，而且被烟雾笼罩着。前前后后，上上下下，雪与雪的斜面连成一片，泛出青白色的光，极目远眺，一望无际。后来在悬崖峭壁前面浮起一朵长长的、烟雾般的云，太阳照在云上。云儿的形状始终不变。

中午时分，太阳破云而出，半露着脸，打算把雾气驱散，让晴空显现。可它的努力没有多大效果。然而在一瞬间却可以隐约看到一方蓝天，哪怕这少许光明，也足以使这里因连续下雪而变得面目全非的景物放出金刚石般灿烂的光辉。在这个时候一般不再下雪，仿佛它想看一下自己所创造的业绩；在暴风雪停止、阳光出现的那些稀有的日子里，也会产生同样的现象——那时，空中的阳光直射，企图把新积起来雪层的洁净的表面可爱地溶化。大地仿佛成了一个神话世界，既充满稚气，又滑稽可笑。树枝上堆满的又厚又松的雪垫，隐匿着下层林丛和岩石生长物的因积雪而隆起的地面，各种景物有的蹲着，有的埋着，姿势都十分滑稽，上面都盖上一层白雪——这一切使人仿佛置身于侏儒世界，看去十分可笑，宛如有一本童话书展现在眼前。至于近景，人们要走进去观赏是十分费力的，只能狡黠地激发人们的想象。近景给人以庄严和神圣之感。从远处的背景——积满皑皑白雪的阿尔卑斯山高耸入云的石像处眺望，就会有一种庄严和神圣之感。

下午两点钟到四点钟时，汉斯·卡斯托尔普躺在凉廊里，身子裹得严严实实，脑袋靠在调节得不太高也不太低的卧椅的枕垫上(卧椅对他来说十分舒适)，越过有衬层的栏杆眺望森林和群山。披着厚厚一层白雪的暗绿色的枞树林向山谷的斜坡上伸展开去，树丛与树丛间的地面上是一片又一片软绵绵的雪。树林上面岩石嶙峋的山峦一直耸向灰白色的天际，山峦的表面尽是白雪，山中间有好几块黑黑的巉岩尖棱棱地向上凸出，山顶的雪则并不那么厚。雪依旧下着。景色变得越来越模糊。他的视线朝棉絮般的空无一物的原野上悠悠晃晃地上下移动，他不禁昏昏欲睡。他正要睡去时，却颤抖了一下——不过任何地方都不可能像这个冰天雪地的环境里那样睡得纯，既没有梦，对有机体也没有任何思想负担；有机体呼吸的是稀薄的、没有湿气的空气，这同死人的没有呼吸差不了多少。他一觉醒来时，群山已完全隐没在一片雪雾中，只有少许地方——例如山峰和岩鼻——还交替地显现几分钟，以后又被雪盖没了。

这种时隐时现的把戏引人入胜。要观察这些神出鬼没、变幻无常的雪景，人们必须仔细留神。有时一座险峻的山峦露出了一部分没有被雪淹没的轮廓，气势十分雄伟，这座山既看不到山顶，也望不见山脚。不过在这种场合下，只要你眼睛放松一分钟，就什么也别想看到。

以后会吹起猛烈的暴风雪来。那时你再也不能呆在凉廊里了，因为飘舞的雪花还大片大片地吹了进来，在地面和家具等上面厚厚盖上一层雪。不错，即使在有屏障的高地山谷里，风雪也会咆哮的。稀薄的大气会呼啸奔腾，转眼之间，雪花就会在人们面前乱舞。暴风雪以势不可挡的威力震撼大地，横扫一切，像旋风般地把地上的雪卷到天空，又把谷底的雪往上吹送，然后形成一个旋涡，仿佛跳起疯狂的舞蹈。这不再是在下雪，是银白色暗淡世界的一片混沌，是一片荒无人烟的、脱离人们正常生活轨道的地带。这里没有别的生物，只有雪雀以此为家，它有时会突然成群出现。

尽管如此，汉斯·卡斯托尔普还是爱上雪中的生活。他觉得它在许多方面跟海边的生活相同；自然景物的单调，在两种场合下都是同样的。这种又深、又松而又一尘不染的雪粉，同下面海滩边黄里带白的沙子无甚区别；接触起来，两者都很洁净；你能将鞋底和衣服上干燥的白雪抖落，正如你能触摸海底不沾尘埃的卵石和贝壳一样，不会在身上留下一丝痕迹。在雪上走路也像在沙丘上散步一样艰难，除非由于白天里受到阳光的热气而融化，或者因为夜间结冰而在雪的表面形成硬块——那时行走起来，就像在镶木地板上那样轻快、舒适，轻松舒适的程度足可与在平滑、坚实、润湿而富有弹性的海滨沙地上走路时相媲美。

不过今年的降雪量和积雪量很大，对每个人来说很少有户外活动的机会，只有滑雪者除外。铲雪车在投入工作；虽然它很卖力，但疗养地内一些经常通行的小径和主要街道几乎都无法行走，可以步行的寥寥几条道路转眼间也无法步行。就在这几条路上挤满了熙熙攘攘的人，有健康人，也有病人；有的是当地居民，有的来自世界各国的住在旅馆里的游客。雪橇驶来，很容易将行人的腿碰伤。雪橇上的男男女女，滑行时两足朝前，身体往后仰，高声叫喊要行人小心；从声音中可以听出，他们是多么自命不凡。这些驶着小雪橇滑行的人时而左右摇晃，时而侧起身子，在滑下斜坡之后，又牵着这个流行玩具上山去了。

汉斯·卡斯托尔普对这种环境下的散步感到厌烦透了。他有两个愿望，一是(这个愿望是极其强烈的)让自己独个儿陷入沉思遐想，凉廊就能为他提供这样的机会，哪怕那个地方不是最理想的。另一个愿望和前一个有关，那就是对积雪的荒山发生浓厚的兴趣，热切希望同它亲切而自由地保持接触。可是他只能徒步前往，既无装备，精神又不够振作，因而这一愿望无法实现。后来他想，不妨从铲过雪的某一条小径的尽头出发——任何一条小径的尽头都能很快到达，前往参观一座雪一直积到山腰的山峦。

就这样，汉斯·卡斯托尔普在上山第二个冬天的某一天决定买一双滑雪鞋，并按照他观赏山景的实际需要程度学习怎样使用它。他不是运动员，由于缺乏锻炼体魄的意志，他从来也不是一名运动员。他也不像山庄疗养院别的一些病人那样，在穿着打扮方面追求时髦，迎合当地的风尚。在这方面，女病人黑尔米内·克莱费尔特特别爱出风头，她虽然因为呼吸接不上气，鼻尖和嘴唇经常发青，午餐时总爱穿一条羊毛裤出现，用膳完毕，就叉开大腿坐在客厅的一张藤椅里懒洋洋地坐着，姿态叫人恶心。如果汉斯·卡斯托尔普向顾问大夫提出自己那一超出常规的打算，要求他允许，他准会无条件地遭到拒绝。这里山上的各种机构绝对不允许这类体育活动，山庄疗养院如此，其他类似的病院亦莫不如此。这里的大气呼吸起来固然不花什么力气，但对心肌却是一个沉重的负担。就汉斯·卡斯托尔普本人而言，他那“对不习惯的事逐渐习惯起来”的警句仍旧完全有效，而他那容易发烧的症候——赖达曼托斯认为发热的原因在于肺里的浸润病灶——至今依旧顽强地存在。他留在这儿还有什么必要呢？因而他的愿望和计划充满了矛盾，而且无法实现。可是我们也应当正确地了解他。他没有这份虚荣心去仿效那些迷恋于呼吸自由空气的花花公子和赶时髦的运动员，如果院方下一道禁令，他们就同样会兴致勃勃地坐在空气恶浊的房间里，玩起牌来。他深深感到自己同那些旅游观光者格格不入，属于另一个和更为狭窄的团体，他有更加新的和更加宽广的见解，他的心绪中有一种不屑与他们为伍的尊严感，他认为自己不能随随便便地跟他们一起厮混嬉闹，像傻子一样在雪地里滑行。他不想做出任何放纵的事来，他只希望尽量做得有理有节，他计划的事要是赖达曼托斯真正了解，也许会答应的。然而院规禁止这种活动，所以汉斯 · 卡斯托尔普决心背着大夫干去。

他找机会同塞塔姆布里尼先生谈起自己的计划。塞塔姆布里尼先生由于喜悦，几乎拥抱起他来。"不错，这主意真不错，工程师！看在上帝的分上，干去吧！谁也别去问，干脆干吧！您的好天使在您耳畔悄悄地说话，劝您干呢。趁您的兴致没有溜跑，马上动手干吧！我跟您一起走，我陪您到店里去，一起把那漂亮透顶的工具买来！我还要伴您一起到山里去，同您一起出发，在脚上穿起长翅膀的鞋子，像墨丘利[①]一样——不过人家不许我这样做……哎，不许！如果只是'不许'，我做一下倒也无所谓，可是我不能呀！我是一个完了蛋的人。可是您却相反……只要您能有清醒的头脑，不要做得过分，对您就没有害处，一点也没有。哦，还有，即使对您有一点儿害处，您的好天使仍始终陪伴着您，它……我不再说下去了。这个计划多妙呀！到这儿已有两年了，这样的想法还可以实行……唉，不！您的料子好，人家没有理由对您灰心绝望。妙哉！妙哉！别让阴间里的阎王老爷看出您的打算！您买了滑雪鞋后，送到我这里或者卢加契克家，或者送到我们屋子下面的香料店里。您从那边把滑雪鞋带去，练习怎么使用，以后再去滑……"

事情就这么办了。在塞塔姆布里尼先生的鉴定下——他是挑挑拣拣的行家，尽管他对运动一窍不通——汉斯 · 卡斯托尔普在大街的一家专用商店里买到了一双漂亮的滑雪鞋，是用优质的梣木做的，漆成淡棕色，皮革的质地也很精良，鞋子尖端向前翘。他还买了尖端包有铁皮的木杖和雪轮。他不叫店里送这些物品，而是亲自扛在肩上，把它们带到塞塔姆布里尼家，那里他和香料店老板立刻达成协议，请老板为他每天照管这套用具。过去人家在滑雪时，他曾好几次仔细观察过使用方法，

---

① 墨丘利，罗马神话中为众神传信并掌管商业、道路等的天神。

现在他开始自己实践了。他选中山庄疗养院后面离童山濯濯的斜坡不远的一块场地进行练习，那里离人们闹哄哄地练习滑雪的所在则很远。他每天在胡乱地滑来滑去，塞塔姆布里尼先生不时站在不远的地方看着他。这位先生拄着手杖，两腿叉在一起，姿势十分优美，看到他的技术有了进步，总是连声叫好。有一天发生了这样的事：汉斯·卡斯托尔普顺着铲过雪的小道从山上滑行向“达沃斯”村驶去，准备把滑雪鞋再寄存在香料店里，正好遇上了顾问大夫。虽然是大白天，贝伦斯却没有认出他，这位新手几乎同他撞了个满怀。当时一阵烟雾罩住他的脸，他跨着重浊的脚步走去了。

汉斯·卡斯托尔普懂得，只要有决心做一件事，就能迅速达到目标。他并不想成为一个滑雪老手。他所需要的技术，在两三天里就不费太多的精神和力气学会了。他聚精会神地把两足巧妙地并在一起，保持好平行起步的姿势，并且试着在滑降时如何操动木杖。他学习如何对付障碍物和地面上凸起的地方，那时他张开双臂，身子一起一伏，仿佛怒海中的船儿随着波涛而上下颠簸；在试了二十次以后，他不再摔跤了，在全速滑雪时也能刹住，并能作“特勒马克旋转”①，一只脚朝前，另一只脚的膝盖弯曲。后来他渐渐扩大他的活动范围。有一天，塞塔姆布里尼先生看到他一下子消失在一片白雾里，就拱起两只手掌当话筒，高声对他提出警告，然后怀着教师爷的踌躇满志的心情回家去了。

冬天的山峦是秀丽的——这并不是一种温文、宁静的美，而是像强劲的西风吹过北海荒原时那样一种粗犷的美。那里没有咆哮声，而是死一般的寂静，令人肃然起敬畏之心。汉斯·卡斯托尔普那双又长又能伸屈自如的滑雪鞋把他带往四面八方：他沿着通往克拉瓦代尔左面的山坡滑行，或者往右到“妇女堂”和格拉里斯；在那些地方后面，阿姆塞尔弗罗山脉的阴影在烟雾中像幽灵似地浮现。有时他还滑到迪施马山谷，或者从山庄疗养院后面一直驰往树林茂密的“雪峰”，在树林尽头处高高耸起的，只是它那积满白雪的山顶；有时则来到特鲁沙查丛林，从丛

① 特勒马克旋转，滑雪时改变方向或停止前进的一种旋转运动，难度较高。

林后面，则可以望见埋在雪中连绵的雷蒂冈山灰白色的朦胧的轮廓。他还可以带着滑雪鞋乘缆车一直又高又陡地来到沙特察尔普山峰，在海拔两千米的高山上逍遥自在地逛来逛去，欣赏山坡上雪如白粉、闪闪发光的一片银色世界，在晴朗的天气里，他可以饱览他前来历险的那个地区周围庄严的景色。

他对自己的成就沾沾自喜，一些难以到达的地方他都到了，一些障碍也几乎排除。这样，他获得了所希望的清静，甚至可以说清静到了极点。在这样清静的环境里，他感到自己远离尘嚣，而且冒着很大的危险。他一侧可能有一株枞树在一片雪雾中突然坠落，另一侧可能遇上一方陡然耸立的岩壁，岩壁上面会有巨石堆积的洞窟，有的呈圆顶形，有的呈拱形，上面都盖满了大堆大堆的雪。只要他一动不动地站停下来，周围就静得一点儿声音也听不见。这里真是静得半点声音也没有，静得那么深，那么阒无声息，任何地方都比不上它。没有半丝儿风，连树木最轻微的震颤声也没有。既没有树叶的沙沙声，也听不到鸟儿的啁啾。汉斯·卡斯托尔普听到的，是原始时代的一片寂静；这时他倚杖而立，脑袋耷拉在肩膀上，嘴巴张了开来。雪呢，依旧静静地、不间断地下在山上，它寂然飘落下来，没有一些儿声息。

不，这个无限寂静的世界一点也不好客。它让来访者冒上一定的风险；实际上，它并不接待他，欢迎他。客人闯入时，它只好勉强容忍；不过看到了客人，它总抱着冷峻的、不怀好意的态度，并使他感觉到原始的自然力有一种无声的威胁，不仅富有敌意，而且十分冷漠，能置人于死地。文明人生来与这种粗野的自然力格格不入，对自然的伟大之处在感受方面要比野蛮人深得多，野蛮人从小同自然界接触，而且生活在它的怀抱里，过从甚密，日以为常。野蛮人对自然几乎并无任何“宗教敬畏”心理，而文明人则高扬起眉毛，对它满怀敬畏之心，这种感情在文明人的心灵深处扎了根，对自然永远怀着一种虔诚而胆怯的震颤与激动。汉斯·卡斯托尔普穿着长袖的驼毛背心，裹着绑腿，站在质地优良的雪橇上，面对着原始时代的那种静寂和冬天万籁俱寂的原野，不禁有目空一切之感。当他回院途中在一片雾气里又看到人住的房舍时，他有一种如释重负的感觉，这时他马上意识到自己刚才的处境，并且使他明白：以前的几小时里，他的内心为一种神秘而神圣的恐惧感盘踞着。在叙尔特[①]上，他身穿白裤站在怒涛汹涌的海边，坚定，优雅，而且毕恭毕敬，像站在狮子笼前一样；在笼子的木栅后面，狮子张牙舞爪，凶相毕露。他在海浪里沐浴，那时海岸守卫人吹起预报险情的号角，不让谁冒险越过第一个浪头，暴风雨即将来临，不要离得太近——最后一道急流像狮子的爪子那样扼住了他的脖子。年轻人从这一经历中认识到，玩忽自然界的力量有一种令人激奋的乐趣，而“完全拥抱”它则可能招致毁灭。不过他当时所不了解的，乃是为什么他偏爱同致命的自然界激动地接触，而且接近的程度非常密切，近乎“完全拥抱”的程度——尽管他全副武装，有文明人的一些差强人意的装备，他依旧是一个弱者。他也不知道自己怎么竟敢深入这神秘莫测、荒无人烟的地方，或者至少没有在它面前逃之夭夭；直到他经历了各种险阻，正好来得及让自己煞住为止——直到不再是戏弄泡沫以及轻巧地同狮子的利爪周旋的事，而是波浪，狮子的大口和海洋。

一句话：汉斯·卡斯托尔普在这里的高山上勇气十足——如果说勇气在大自然面前并不意味着麻木和不动声色，而是意味着有意识的献身和出于对自然的亲切感而萌发的一种战胜死亡恐惧的感情。——是对自然的亲切感吗？——确是这样。汉斯·卡斯托尔普在他那狭小的、文明人的胸膛里，怀着对大自然的亲切感；这种感情与他近来看到滑雪橇的那些愚夫蠢妇时所产生的一种新的自高自大的感觉相互关联，这使他意识到有一种比躺在凉廊里更深、更厉害、但没有那么奢侈的寂寞已经合适地和合乎希望地出现。他曾在那里远眺，看到了云雾缭绕的高山和飞舞的风雪，对自己倚在凉廊舒适的护栏上打呵欠而引以为耻。正是基于这个原因——他既不是一个运动迷，生性也不爱体育活动——，他才学习起滑雪来。如果说伟大的自然界和大雪纷飞的死一般的静寂对他来说都神秘莫测——对文明人的儿子来说，肯定是这样的——这也没有错，

① 叙尔特，岛名，在今德国北海北弗里西亚群岛，是群岛中最大和最北端的岛屿。

因为好久以来，他在山上一直感到自己的心灵里有一种神秘莫测之感。同纳夫塔和塞塔姆布里尼的谈话也是神秘莫测的，它会引到一条冒险的、十分危险的路上去。如果我们要谈汉斯·卡斯托尔普对冬天大自然所怀的亲切感，那么指的是这个意思：尽管他对大自然有一片虔诚的敬畏感，他却觉得自然界是披露他内心复杂思想的适当舞台，同时对一个有责任为 Homo Dei 的状况进行省察却又茫然不知所措的人，也是一个合适的居留之所。

在这里，没有人为这位冒失的青年吹起报警号。这个人除非就是塞塔姆布里尼，他曾望着汉斯·卡斯托尔普消失的背影拱起两只手掌当话筒。可是汉斯有的是勇气，与大自然心心相印，他不再理会背后的叫唤声，正如他在谢肉节之夜并不理会他背后响起的脚步声一样。“Eh, lngegnere, un po’ di ragione, sa!”[①]嘿，一点不错，你这个满口理性与叛逆的好为人师的撒旦！他想，不过我很喜欢你。你虽然是一个爱说大话和弹奏手摇风琴的人，可是你与人为善，你的心地比一般人好，同那个身材矮小、口齿尖利的耶稣会会士和恐怖主义者[②]相比，我更喜欢你。那个人戴着一副亮光光的眼镜，为西班牙式的拷问和笞刑辩解，尽管你们两个人争吵起来时，他差不多总是对的……你们的说教震撼了我可怜的灵魂，仿佛中世纪传奇中的神和魔鬼……

有一天，他挣扎着登上山坡的某一个地方，两条腿沾上粉状的白雪；这座山坡像罩上一层雪白的床单，断断续续有许多越来越高的石阶。汉斯不知道上哪儿去才好，看来，这些石阶无路可通。它的高处与天际相接，天际也像高山上那样弥漫着白色的雾气；人们看不清两者的接壤处。这里看不到山顶和山脊，汉斯·卡斯托尔普努力攀登的地方，是一片迷濛的虚无世界，而他后面的世界和有人烟的山谷则很快地消失，再也不能看到，同时也再无法听到那边发出的声音。因此他感到非常孤单，而且惘然若失(而这正是他所企求的)。这种孤寂感和失落感非

---

① 意大利文：哎，工程师，你得讲一些理性才是！
② 指纳夫塔。

常深，他不禁不寒而栗，而这却是勇气的先决条件。“Praeterit figura hujus mundi，”①他用拉丁文自言自语，这句话不合人文主义精神，它原属于纳夫塔的语汇。他站着环顾四周。他到处看不见什么东西，只看到一片片雪花从白色的天空飘落在白色的地面上，而周围则是莫可名状的静寂。当他极目向白茫茫的一片望去时（这使他眼睛发花），他感到心潮澎湃；由于登高，他心头怦怦乱跳。——在爱克司光室里，他曾亲眼看到过心脏肌肉组织在喀喇作声的荧光下所呈现的动物形态和跳动方式，当时他的心头也许有某种亵渎神灵之感。他的心绪骚动起来；他对自己的心脏、对人体搏动着的心脏不免有一种单纯和虔敬的亲切感，在这冰天雪地的空旷的高山上，心里怀着疑问和不解之谜。

他继续前进，越走越高，直到天边。有时他拿起雪橇木杖，将木杖的末端戳在雪里，眼看着木杖抽出来时出现了一个洞，洞底露出蓝色的光线。这使他十分高兴，他久久站在那里，一再考察这个小小的光学现象。这是高山深谷一种奇特而柔和的光，呈青绿色，像冰那样的明净，但底部却有阴影，有一种神秘莫测的魅力。这使他想起某双眼睛的光泽和色彩，那是一瞥足以决定他命运的斜睨的眼睛，塞塔姆布里尼先生从人文主义立场出发，曾轻蔑地称之为“鞑靼人细长的眼睛”和“草原狼的眼睛”——这双眼睛以前曾看到过，以后又不可避免地重新找到：是希佩和克拉芙吉亚·肖夏的眼睛。“很好，”他在万籁俱寂中小声地说。“可别折断了它；c'est à visser， tu sais.②”在内心中，他听到自己后面有人提出悦耳的警告声，要他理智些。

在右面相当远的地方，影影绰绰地出现一丛树林。他向那个方向前进，想看看除了这片白茫茫的超现实世界外，究竟能不能看到现实的目标。他急匆匆地滑向那边，一点儿也没有看清有一片洼地。炫目的白雪使他看不清地形。什么也看不见，一切都在他眼前变得模糊起来。障碍

---

① 拉丁文，有“世事无常”、“过眼云烟”之意。

② 法文，意为“应当旋紧些，你知道”。这里，汉斯·卡斯托尔普在回忆过去肖夏太太对他说过的话。

物完全意想不到地横在他的面前。他只得向下坡方向滑去，眼睛无法辨别山坡的倾斜度。

吸引他的树林位于山谷的另一侧，他不由自主地滑了过去。盖着松松软软白雪的地面在山峦的一侧向下凹陷，他朝那个方向滑近时就看得清清楚楚。树林一直往下生长，两侧的斜坡十分陡峭；地面的皱褶像一条狭径那样通到山腹中。这时汉斯的雪橇又顶部向上。这里的土地隆起，要不了多时，两侧就没有妨碍他攀登的阻挡物了。汉斯·卡斯托尔普又能在广漠的山坡里任意驰骋，往高入云霄的山巅进发了。

他看到身后侧面和下方的针叶树，于是又朝那边滑去。他用很快的速度就来到积上厚厚一层雪的一丛枞树前面，这些枞树呈菱形，仿佛是从斜坡上雾气弥漫的森林里延伸出来而耸向空间的一脉分支。汉斯在它们的树枝底下休息一会，抽起一支烟来。周围极为静谧，而且荒凉无比，他总觉得有什么东西压在心头，显得紧张而透不过气来。但他由于能征服它们而感到自豪；他居然有资格闯到这个天地里，倒是挺勇敢的。

现在已是下午三点钟了。他是午饭后就启程的，原想避开午饭安静疗养的一部分时间和吃茶点的时间，趁天黑之前回院。想到自己还有好几小时可以在野外漫游，欣赏大自然瑰丽的景色，他心里非常愉快。他的马裤袋里还有几块巧克力，在马甲袋里则有一小瓶波尔图葡萄酒。

此时太阳的位置已难以辨认，因为它已被雾气重重围住。在他身后他所望不见的山脉一角的山谷出口处，乌云密布，雾霭越来越浓，而且似乎在升腾。它看去像雪一样，更多的雪——似乎去赶什么紧急的任务：看去要下一场暴风雪了。真的，一小片、一小片雪花已经飘落在雪积得相当多的山坡上。

汉斯·卡斯托尔普挺直身子，伸开双臂，让一些雪花飘落在他的袖子上。他以大自然业余研究者的鉴赏家的眼光观察它们。它们看去是形状不定的小片，可是他以前曾不止一次用倍数颇大的放大镜看过这类东西，十分清楚它们是由一些纤细而极其规则的珍奇的小东西组成的——它们像珠宝，像星形勋章，也像金刚石饰针，连最能干的宝石匠也不能加工出比它们更精细、更巧妙的作品来。不错，这些漫山遍野的雪，这些沉甸甸地压在树上的雪，这些在他脚下踩着的雪，它们是那么轻，那么松软，那么洁白如粉，使他不禁联想起故乡海滩边另一种类似的东西，也就是砂粒。大家都知道，雪不是砂石的小颗粒构成的，它是由无数形状规则、形态复杂凝结成晶体的水粒聚合而成，这些水粒也就是作为生命原形质、植物生命和人体起源的无机物质的水粒。这些数不清的星状小颗粒富有魅力，肉眼无法看出它们隐秘而细微的瑰丽之处，而它们彼此之间也千差万别。人们始终怀着无穷的创造性的兴致研究雪粒的变化和极其精细的结构，它始终具有同一的基本形态，即等边等角六角形。可是每一粒雪（它们都是天寒地冻的产物）都极其规则，整齐；不错，它们都是神秘莫测的，非有机的，和生命格格不入的。它们太规则了，适合于生命的任何物质从来没有规则到这样的程度，生命对它那一丝不苟的形态感到战栗，生命把它看成是致死的因子，有一种死亡的神秘感。这时，汉斯·卡斯托尔普认为自己才懂得，古代的寺庙建筑师在廊柱的配置方面为什么故意地、暗暗地排列得不是百分之百的对称。

他继续驾着雪橇咔嚓咔嚓地向前滑去，沿着森林的边沿，滑过山坡上一层厚厚的雪地，冲进下面雾气弥漫的一片地方，然后再向上漫无目标地、从容不迫地滑行。这时他又来到一片不毛之地——空旷，地形起伏，植物稀少；只有几株矮松黑沉沉地挺立在那儿。地平线上参差的景物，酷似沙丘上的风光。汉斯·卡斯托尔普站在那里品味着两者的相似之处，十分满意地点起头来。即使他那被太阳晒黑的脸，他四肢容易打战的倾向，以及兴奋和疲劳混合在一起的那种奇特的陶醉感，他也能怀着好感而予以忍受，因为这一切使他亲切地想起海滨的空气也会产生类似的作用，海滨的空气既能像一条鞭子那样打在身上使人清醒，同时也像催眠药那样令人沉醉。他觉得自己无拘无束，自由自在，十分惬意。他前面无路可通，后面也没有一条可以把他带回出发地的道路。山里原来设置标杆之类的东西，指明人们在雪里走路的方向，但他故意置之不理，走了一阵后就不愿再受这些东西的约束。他想起了向他吹奏警号的男子，而且觉得这样一来，似乎有愧于他对冬天的原野所抱的态度。

他在埋在雪中巉岩累累的山丘之间滑行，时而向右，时而向左。山丘后面有一个斜坡，接着是一片平地，以后又遇上一座大山——它的峡谷和隘口都铺上软绵绵的一层雪，看去多么诱人，走向前去似乎也很方便。不错，远方和高峰以及愈来愈展现一片新异境界的沉寂，对汉斯·卡斯托尔普有一股十分强烈的吸引力。他冒着推迟回院的风险继续向前迈进，来到更加荒僻冷静、神秘莫测以及险象环生的地方。天空过早地黑了下来，越来越深的暮色像一块灰色的面纱那样笼罩着大地，他内心不由紧张起来，后来由紧张不安而转为恐惧。尽管如此，他还是继续前进。这种恐惧使他意识到：到现在为止，他一直暗暗存有这样一条心，有意让自己迷失方向，忘却山谷和村落的方位，而这一切现在却遂他的心愿而达到了目的。不过他也明白，如果他立刻掉过头来往山下的方向滑去，他就会很快到达谷地，即使那里离山庄疗养院可能很远；这可太快了。他回院的时间还太早，他的时间还没有充分利用。另一方面，如果暴风雪突然来临，他也许会一时找不到回家的道路，这也是毋庸置疑的。因此，尽管他对大自然威力确实十分害怕，使他内心忐忑不安，他还是不愿过早地溜走。他的态度跟运动员不怎么相同，因为运动员只有明白自己是大自然的主宰时才对它介意，他采取预防措施，聪明者应当随机应变，能屈能伸。至于汉斯·卡斯托尔普心里想的，却只能用一个字眼来表达：挑战。这个词也许包含着责备的意味，即使——或者“尤其是即使”——这种适合于他个性的亵渎神明的感情同这许多出自内心的恐惧密切相关。然而有一点，人们在思考过程中几乎是可以理解的，即对长年在这里的环境中生活的年轻人和年轻男子来说，他们的灵魂深处会积聚起一些东西来，或者如汉斯·卡斯托尔普这位工程师所说，“累积”一些东西，而日后有一天，他们会如释重负地发出一声原始的感叹：“哎，怕什么！”或者“来就来吧！”总而言之，是一种挑战和对审慎的抗拒。就这样，他穿着那双滑雪鞋滑向下坡，以后继续在一个山坡上前进。山坡上离下一座山不远的地方有一座木屋，也许是堆干草的小屋或者牧人的茅舍。木屋的屋顶石块累累。下一座山的山脊长满了猪鬃般的棕树，在它后面，高高的山峰耸向云雾缭绕的天空。他前面的岩壁十分陡峭，长着零零星星的几丛树林，但看去要向右面绕个弯，再往斜坡爬上一段路，才能到达岩壁附近，一到那后边，就能看清远方是些什么景物。汉斯·卡斯托尔普往这条路探索，他先滑过有茅屋的那片田野，再进入一个相当深的、自右至左倾斜的峡谷。

他刚开始上山，就发生了他意料中的事：下起暴风雪来了。简而言之，这是这样一种暴风雪，它长久威胁着人们——倘若“威胁”这个字眼可以用在盲目无知的自然界的威力上，这种威力并不存心毁灭我们(这个相对地说是比较舒适的)，而是在我们身旁发生时对我们的命运极其可怕地漠不关心。“妙呀！”汉斯·卡斯托尔普想，同时站停下来，那时第一阵风吹到飞舞的雪花里，并且打在他的身上。“这是一种气流，它吹到骨髓里来了。”确实，这种风非常厉害，大地上寒气凛冽，温度降至零下二十度；可是只要空气不怎么潮湿，而且像平时那样凝住不动，就难以觉察到这种寒气，还感到相当温暖哩。然而风一大，就像一把刀那样割在肌肉上；如果刮的是现在这样一阵风——第一阵扫过来的风不过是前奏曲——那么七层毛皮也不足以保护四肢免受冷入骨髓寒气的侵袭。汉斯·卡斯托尔普没有披七层毛皮，穿的只是一件羊毛背心，要不是这场风雪，他穿这样的衣服已绰绰有余，如果一丝太阳光露出了脸，他甚至觉得还是个累赘呢。不过风是从后面偏向一侧的地方吹来的，不宜转过身去让它扑在脸上。这个如痴如狂的青年考虑到这一点，同时心里又混杂着藐视一切和“哎，怕什么！”那样的感情，于是仍旧在三三两两耸立的枞树间一直向前挺进，企图横越这座他视为目的地的山峦。

这可不是一件闹着玩儿的事。在飞舞的雪花面前，什么也看不清，它在天空打着旋涡，看去满天都是，似乎不是飘落下来的。刺骨的寒风吹得他的耳朵阵阵灼痛，他的四肢麻木了，两手也失去知觉，不知道自己手里是否还撑着木杖。雪吹到他的领子后面，淌在背上融化了；有时也落在他的两个肩胛上，而且在右侧身子积聚起来。看来，他会像手里紧握木杖的雪人那样冻僵在这块地方。不过这一切逆境他都能相当顺利地度过；要是他掉过头来，情况就更糟了。回家是一件艰巨的任务，现在他想动身，也许不容再踌躇了。

于是他停了下来，愤怒地耸耸肩膀，变换了雪橇滑行的方向。迎面扑来的逆风马上吹得他连气也透不过来，因而他又一次吃力地改变方向，以便喘过一口气，振作精神来对抗这个无情的敌人。他低垂着头，小心地一呼一吸，想能在逆方向顺利滑行，但事与愿违，他向前挺进困难重重，尤其是眼前看不清什么东西，呼吸又不很顺畅，因此十分懊丧。每隔片刻他不得不停下来，首先是能在暴风雪中喘上一口气，其次是因为他眨巴眼睛、垂下脑袋前进时，在灰濛濛的雪野里一无所见，必须时刻提防自己会不会撞上树木或者由于地上的障碍物而摔跤。雪花一大片、一大片地扑向他的脸，在脸上融化、结冰，它们飘向他的嘴，他稍一尝到它们湿漉漉的滋味，它们就消融了；打到他的眼皮时，眼睛抽搐一下就闭上了；飞向他的眼睛，他的视线则被阻挡住，使眼睛失去了它们的功能——由于周围都是白茫茫的一片，他的视野像蒙上一层面纱，眼睛发花，视觉几乎完全消失。眼前是一片虚无世界，是一片打着白色旋涡的虚无世界，他在非看不可的情况下睁大眼睛往里面看。偶尔有幽灵般的阴影在现实世界里显现：一株矮松，一丛云杉，还有他刚才滑行而过的那间干草木屋的微弱侧影。

他头也不回地仍向前走，想循原路找到木屋所在的那个山坡。可是那条路再也没有踪影。要在山谷里辨明回院的方向，主要靠运气，而不是凭理智能办到的事。虽然他能在眼前看到自己的手，却无法看到滑雪鞋的尖端；如果再仔细瞧瞧，那么还会遇到更多的险阻，使他寸步难行：脸上满是雪，狂风是他的劲敌，它使呼吸急促、困难，呼气和吸气都很不顺畅，而且每时每刻迫使他气咻咻地回过头去。在这种情况下，不论这个人也好，那个人也好，汉斯·卡斯托尔普也罢，比他更强壮的人也罢，谁还能前进一步呢？他停了下来，气喘如牛，眨巴着眼睛，让水滴从睫毛上落下，而且把罩在身子前面一块铠甲上的雪花掸落。他觉得在这样的境遇下，要向前挺进是不明智的。

然而汉斯·卡斯托尔普毕竟往前进发了，也就是说，他起步了。不过现在前进是否适当，前进的方向是否对头，或者还是站在原地不动为妙（不过站住不动也不是办法），一时还看不清楚。从理论上看，现在挺进似乎不是时候；而从实践上说，汉斯·卡斯托尔普不久就看出，他脚下的一片土地有些蹊跷，也就是说并不是他费劲地从峡谷登上来的那个平坦的山坡，而这个山坡以后又非走过不可。平坦的地方很少，他转眼就又上坡了。显然，从西南谷口方向吹来的风暴威势凶猛，他的脚跟再也站不稳了。他好长时间辛辛苦苦地所作的挺进，看来是不对头的了。他在雪花旋舞的白茫茫的夜色中挣扎着前进，在冷酷无情、危机四伏的土地里越陷越深。

"咳，这算不了什么！"他从牙齿缝里迸出了这句话，并且停了下来。他说这句话时并没有感伤的意味，尽管有一瞬间他觉得好像有一只冰冷的手抓向他的心，因而它痉挛起来，然后这颗心像过去赖达曼托斯向他宣布肺里有浸润病灶的那样，抵住肋骨怦怦地猛跳。他看出，既然他视挑战为自己的本分，而目前危险的处境都是咎由自取，他就没有权利说大话，作高姿态了。"不坏，"他一面说，一面感觉到他脸部的表情——也就是说，他脸上能作出表情的肌肉——已不再听心灵的使唤，一点也不能再现心中的情绪，恐惧也好，愤怒也好，轻蔑也好，因为这些表情都给冻住了。"现在怎么办？从斜坡滑下去，顶着风儿笔直向前走。不过这事说来容易做来难，"他继续气喘吁吁地断断续续地说话，声音实际上已很细了，同时他又继续前进。"不过某种事必然会发生，我不能坐下来等待，不然，我就会被埋在规则的六角形晶体[①]之内，而塞塔姆布里尼呢，当他吹起小喇叭来找我时，会看到我蹲在这儿，两只眼睛像玻璃，一顶雪帽歪戴在头上……"他知道他在自言自语，而且在胡说八道。他存心叫自己说些话儿，可是声音又提不高；他的嘴唇麻木不仁，他说话时索性不发唇音和辅音，这使他想起过去一段类似的生活经历。"别吭声，让自己走出这块地方，"他说，随后又加上一句："依我看，你走错了路，头脑不很清楚。这在某些方面来说是一件糟糕事。"

从他脱离险境的角度上看，真正糟糕的倒是他的理智是否真正谈得上已受到约束——在某种程度上说，他已不由自主，对安危抱一种无所

① 此处指雪。

谓的态度，尽管对自己还没有完全置之度外。就他的躯体来说，他恨不得委身于这一片向他侵袭、使他越来越感到疲倦的一片混沌之中。但他已注意到自己的这种倾向，并对此沉思起来。“这是某一个登山后陷在暴风雪里而无法找到归途的人所遇上的一种典型的经历，”他一面努力往前，一面断断续续地、上气不接下气地自言自语，同时小心翼翼地避免用更清晰的表达方式。“谁以后听到我现在这样的经历，谁就会不寒而栗，不过他忘记了，疾病对患病的那个人竟能相互协调，彼此相安无事——按我的现状，在某种程度上说是一种病。我感觉不灵敏，慈悲心处于麻痹状态，对自然界加在我头上的苦难已能逆来顺受，一点也不错……不过我得同这些现象作斗争，因为它们具有两面性，是异常模棱两可的；在评价它们时，一切视观点而异。如果你不想回家，它们就怀着善意，认为这是一件好事；然而像我现在那样还存在回家的可能，那就怀着恶意，非狠狠斗争不可。不过我不想回家；现在我心潮澎湃，我一点也不想回去，宁愿呆在这里，让冰凉的、有规则性的六角形晶体铺在身上……”

实际上，他已晃晃悠悠，感觉方面开始有些迷迷糊糊，于是朦胧而狂热地与它展开了斗争。当他发现自己又从平坦的道路上下来时，吃了一惊，不过震惊的感觉跟健康人的不一样。这一回，他显然在山坡向下倾斜处的另一侧，因为逆风从斜向吹来，他向下方滑行，尽管现在这样做是不适当的，但眼前却是最舒服的办法。“不要紧，”他想。“将来到了下面，我又会找到方向的。”他这样做了，或者他自以为这样做了——或者以为这样做不一定对头，也许还有更多的疑虑；后来，他对做还是不做开始抱一种无所谓的态度。模棱两可的态度起了作用，他的抗争只是软弱无力的。对山上的病人来说，既疲倦又兴奋是一种家常便饭，要适应环境，就得使不习惯的东西习惯起来。现在，疲倦与兴奋这两种成分大大加强，再也谈不上对目前的处境采取一种理智的态度。此刻他的感觉同纳夫塔和塞塔姆布里尼谈话后不但十分相似，而且更加强烈：迷迷糊糊，昏昏沉沉，同时又是醉醺醺的，兴奋得浑身哆嗦。这也许是为什么他企图以缅怀这些谈话来掩饰他懒于跟一种麻醉的意识作斗争的思想。即使他轻蔑地反抗“规则的六角形晶体会把他掩埋”这样的想法，他内心却在胡乱地嘀咕些什么，有的是清醒的话，有的是胡诌——那种督促他同那种可疑的感觉不灵敏的现象作斗争的责任感，只是代表肮脏的现世市民主义和非宗教的市侩主义的一种伦理观。躺下来休息的欲望和追求披着“感觉”的外衣悄悄地走进他的心房，他不由得把目前的暴风雪比之于沙漠中刮起的一阵沙风，它促使阿拉伯人伏在地上，把外套的头巾①一直披到头顶。所不同的只是他没有这种披风的头巾，而羊毛背心是不能套在脑袋上的，因此无法仿效。不过他已不是孩子，他已有许多见闻，相当清楚地知道冻死是怎么一回事。

他以相当快的速度往下滑行，在平地滑了一会以后又上坡了，这个山坡是比较陡的。这个地方倒不一定是不对头的，因为到山谷去也必须先登上山坡。至于风向呢，它已显得变化无常；此刻它正好从汉斯·卡斯托尔普的背后吹来，他觉得这无异是一个福音。他伛着身子前进——这是因为风暴使他不得不折腰呢，还是因为阴沉沉的暴风雪在山坡表面，留下了软绵绵的一层白雪，才使他弯起身子往那里走去？他真想不顾一切地躺下来，而诱惑力又如此之大，大得恰如书本里的主人公遇到危险时作者所常常描绘的那样。诱惑的活生生的、现实的威力一刻不停地侵袭着他。它顽强地表现自己，要显得自己与众不同，坚持自己是个例外，宣称自己是独一无二的，在紧迫性方面是无与伦比的——当然也不能否认，这种诱惑力原来就是来自某一方面的悄声细语：这是身穿西班牙黑色服装的某个人的灵感②，衣服上有雪白的皿形领饰，他的思想和基本观点同一切阴暗的、有浓厚耶稣会气息的违反人道的种种观点密切相关；他还主张用拷问和笞刑，而塞塔姆布里尼先生对此则深恶痛绝，不过他提出反对意见时总使自己显得滑稽可笑，这位先生真像一个手摇风琴的演奏者，总是大谈其所谓“理性”……

然而汉斯·卡斯托尔普终于挺立起来，把那想躺下来的诱惑力挡住了。他什么也看不见；但他挣扎着，又起步了。不管这样做是否适当，

---

① 头巾，原是北非贝督因人一种带有帽子的斗篷。

② 此处指纳夫塔。

他终于做了自己分内的事。尽管冰雪越来越重地压在他的四肢上，成了他的负担，他还是向前挪动了身子。由于正面上坡太陡，只得沿斜面方向登上去，别的也顾不上这么多了。不一会，他就登上山坡。他的眼皮痉挛着，要张开眼睛看望是一件十分费力的事，他试了几次都不济事，因此再也鼓不起多大勇气来。偶尔他瞥见一些东西：拥在一起的云杉，一条小溪或一条沟渠，它那黑色的线条从积满白雪的两岸中间明显地衬托出来。现在，他又一次改变方向，往山下走去——这会儿他是顶着风暴的。这时，在他不远的前方有什么东西仿佛在飞扬的雪雾中浮动，原来那是住房的影子。

看到这个景象，他心里多么宽慰呀！他不顾一切险阻顽强奋战，现在终于看到了房舍，这表明住人的山谷已离此不远。也许那边有人住着，也许他可以进去躲避一下已接近尾声的暴风雪，必要时还可以问路要求指导，如果这时暮色已笼罩下来的话。他向因风雪而变得昏暗的天空里经常消失不见的梦幻似的房舍滑去，同时还得顶住风雪费了好大劲儿努力登上山坡，才能到达目的地。可是一到门前，看出这间屋子原来就是他所熟悉的茅屋，也就是屋顶上石块累累的干草小屋，他不觉又愤怒，又震惊，又恐惧，只感到头脑一阵晕眩。他东绕西弯，精疲力竭，又回到老地方来了。

这真是活见鬼。汉斯·卡斯托尔普冻僵了的嘴唇里发出了几声狠狠地诅咒。他打量了茅屋周围的方位，确定他是从后面这条老路来的，因而据他估计，他已整整浪费了一小时光阴而一无所获。可是这种情况也同书本里描述的一模一样。你在周围跑来跑去，心力交瘁，自以为有一个确定的目标，结果愚蠢地兜了一个大圈子，像周而复始的年份一样。你逛来逛去，可家里找不到。汉斯·卡斯托尔普以某种满意的心情——满意中难免带几分恐惧——看出了这一传统性现象，一想到自然界的普遍规律竟丝毫不爽地发生在他目前个人的特殊场合上，不禁惊异而愠怒地拍了拍自己的大腿。

那间荒僻的仓屋可望而不可即，门是锁着的，无法进入。但汉斯·卡斯托尔普决定暂时在这儿待一会，因为屋顶向前伸出，看来似乎可聊作藏身之所，而小屋面向山峦的一侧则确实可以避风雪，这点汉斯·卡斯托尔普已经看出来了。于是他的肩胛靠到树干做成的板壁上，由于滑雪鞋很长，他的背无法倚在上面。他把滑雪杖扔到身旁的雪地上后，就斜倚在墙头上，两手插在衣袋里，把羊毛衫的领子翻得高高的，利用跨在外面的那条腿撑住身体的重心，让那个昏昏沉沉的脑袋靠在木板墙上，闭起眼睛。不过他又微微张开了眼睛，顺着肩胛朝峡谷对面的巉岩峭壁不时瞥上一眼，它在昏暗的雪雾中有时隐约可见。

目前他的处境相对地说是舒适的。“我就可以这样整夜站着，如果非这样不可的话，”他想，“只要我常常调换两条腿，也就是说交替地把身体重心放在另一条腿上就可以了。在这中间，我当然可以活动一下身子，这是少不了的。即使身体的外部冻僵了，活动以后内部就会产生热量，因此，我兜了一个大圈子，走过了小屋，又回到小屋来，长途跋涉并没有枉费精力……‘绕来绕去’，这样的说法不是很妙吗？一般人不用这个字眼，这词儿不很通用。就我而言，我却擅自用了这个字眼，因为我头脑里并不怎么清楚。不过依我看来，就其本身来说却是很不错的词儿……我熬过来了，这是一件好事，因为飞雪，漫天大雪，难以驾驭的大雪，很可能一直下到第二天早晨，即使只落到天黑，也已经够糟的了，因为一到夜里，就又有绕来绕去的危险，在周围绕来绕去的危险，这种危险同暴风雪的危险一样大……看来甚至已是黄昏，大约已有六点钟了——原来我绕来绕去混日子已有这么多时间了。那么究竟有多晚了？”他看看表，可是他的手指冻僵了，不容易从衣袋里摸出来。终于他掏出了有花押字的猎用金表，它在这个荒僻的地方生气勃勃地、克尽厥职地发出滴滴答答的走动声，像他本人心脏的跳动一样：胸膛里这颗动人的心正散发出有机体的温暖……

已是四时半了。真见鬼，一切都几乎同暴风雪发作以前差不多。他能相信，他兜圈子的时间总共只有三刻钟光景吗？“在我看来，这段时间可长哩，”他想。“看来，绕来绕去是很花时间的。不过五点钟或五点半，天照例会黑下来，这样的事实不会改变。如果早些时候暴风雪能及时停止，我是否还有必要再转来转去呢？我真想喝上一口波尔图葡萄酒，让我提提神。”

他本来随身带着一瓶逢场作戏的饮料——仅仅只有一瓶而已。这种饮料装在扁平的瓶子里，是山庄疗养院卖给出门的人们的；当然，它们并非供私自在荒山的冰天雪地里漫游而且准备在这样的环境下过夜的病人饮用。如果他的意识清醒些，他必然会对自己说：要是他还想回家，喝酒几乎是最糟糕的主意。他喝了几口后，心里确实说过这样的话，因为酒性立即发作，发作的程度与他上山第一天晚上喝库尔姆巴赫啤酒时一样；当时，他对塞塔姆布里尼信口开河地说些鱼酱汁之类的话，从而触怒了他。也就是这位作为教育家的洛多维科·塞塔姆布里尼先生，甚至能用目光驯服放肆的疯子，使他们恢复理智；此刻，汉斯·卡斯托尔普仿佛从空中听到他那悦耳动听的“小喇叭”声。这种声音是一种信号，说明这位滔滔不绝的教师爷正迈着大步向他走来，将这个挨苦受难的弟子和“生活中令人担忧的孩子”从如痴如狂的境界中拯救出来，并且领他回家……这自然是纯粹的胡扯，原因仅仅在于他喝了藏在身边的波尔图葡萄酒。因为首先，塞塔姆布里尼先生根本没有小喇叭，而只有一架手摇风琴，用一只木腿架在路面上，一面熟练地演奏，一面用充满人道主义的眼光往上望着屋子；其次，意大利人对汉斯的遭遇既一无所知，也没有亲眼目睹，因为他已不住在山庄疗养院，而是住在做女人衣服的裁缝卢加契克家一个储藏室般的摆水瓶的小房间里，上面就是纳夫塔那铺满绸布的斗室。再说，他也没有权利和理由对此进行干预，远不像谢肉节之夜一度插手过的那样，当时汉斯·卡斯托尔普也像现在那样如痴如狂，神志沮丧。他那时正将铅笔，也就是普里比斯拉夫·希佩那样的铅笔，还给有病的克拉芙吉亚·肖夏……当时的“处境”又是怎样的呢？倘若要置身于那样的处境中，他就不得不躺下身子，而不是站着，以求这个字眼获得它确切而正式的含义，而不仅仅是一种隐喻。“横躺着”——这就是山上多年老病人所遇到的处境。难道他不习惯于在户外的冰雪与寒气中躺下身子，夜里如此，白天也如此吗？他正准备躺下来，忽然头脑里闪现一个念头(仿佛有什么东西抓住他的领子，要他直挺挺地站起来)：刚才他那有关“处境”方面的啰啰嗦嗦的内心独白，乃是波尔图葡萄酒引起的结果，而书本中的人物喜欢常常躺下来睡觉的某些扣人心弦的典型描写(这与他个人无关)，也是原因之一。关于他们爱好躺下来睡觉的种种文字游戏和似是而非的论点，一刹那使他晕头转向。

“刚才的主意不对，”他承认了。“波尔图葡萄酒喝不得，只喝了几口就叫我的头脑发胀，胸口发闷，我的思想也糊里糊涂，还说起无聊的俏皮话来。我不能相信它们——不但不相信第一个念头，就是批判第一个念头的第二种想法也不能信，这真不幸啊。‘Son crayon’！[①]这一场合下指的是‘她的’铅笔，而不是‘他的’铅笔，法文里只能用‘son’，因为‘crayon’是阳性名词，其他的只是俏皮话而已。我不想再纠缠这种事情了！有的事倒比这个要紧迫得多，例如我撑住全身的左腿使我油然回想起塞塔姆布里尼那架手摇风琴的木腿，他经常在路面上向前弯起膝盖，让琴儿摆动，而且走近窗下，摘下天鹅绒帽子伸出手去，让窗口的姑娘在帽子里扔些什么。同时似乎有谁用两只手硬是拉着我，要我在雪地上躺下。正好相反，只有活动一下才有帮助。我得活动活动，来惩罚那波尔图葡萄酒，让木腿变得软一些。”

他挪动身子，让肩膀不再顶住墙壁。可是当他一离开仓屋往前跨一步时，风却像镰刀那样向他脸上刮来，把他赶回护身的墙头旁。毫无疑问，那个地方是他目前不得不将就的栖身之所，他可以任意变换姿势，让左肩抵住墙头，用右腿支持身子，并且使左腿动几下，活活血。在这样的天气下，谁也不会离开屋子的，他想。出去适当散散心是容许的，可不能外出猎奇，而且别跟风暴打交道。你得保持安静，让脑袋垂下来，因为它一度曾经是那样沉重。墙壁挺好，木梁里似乎还散发出一些热气，如果这里还谈得上什么温暖。这是木头潜在的热气，也许这只是我主观上的感觉……唉，那么众多的树木！咳，生物的生机勃勃的气氛！它闻起来多香！……

这是一个公园。公园位于他似乎站着的阳台下面。它是一个广袤的、郁郁葱葱的花园，有许多阔叶树，如榆树，悬铃树，山毛榉，槭

---

① 法文：他的铅笔。铅笔是阳性名词，不管物主是男人或女人，在法语中只能用阳性的物主形容词来修饰。

树，白桦树等，它们的树叶有的浓，有的淡，枝繁叶茂，焕发出鲜艳灿烂的光泽，树梢则发出轻轻的沙沙声。空中吹起了一阵和煦而润湿的微风，风中夹着树木发出的芳香。下了一场暖洋洋的骤雨，但一会儿雨过天晴，阳光普照。抬头望去，可以看到高高的天际都是光彩夺目的雾雨。多美呀！唉，故乡的呼吸，平原的芬芳和丰盛，已好久没有领略了！空中鸟语啁啾，有温馨而甜润的笛音、啭音、咕咕的叫声、滴溜溜的啼声，还有如泣如诉的调子，但鸟儿却一只也见不到。汉斯·卡斯托尔普微笑起来，怀着感谢的心情吐了一口气。但景色还有更美的呢。一条彩虹横贯长空，它鲜艳夺目，澄澈清丽，七种不同的颜色放射出润湿的光辉，像彩油那样注入在一片茂密而熠熠发光的葱绿中。这时又仿佛听到了音乐声，像是伴有笛子和提琴的竖琴声。蓝色和紫色融在一起，蔚为奇观。后来，各种色彩魔幻似地渐渐朦胧起来，又改变颜色，以新的姿态出落得更加美丽。几年之前有这么一回事：汉斯·卡斯托尔普有一次有幸出席一位享有声誉的歌唱家的演出，他是意大利的一名男高音，从他的喉咙里涌出了既浑厚有力、又悦耳动听的声音，人们都为之倾倒。他发出一个高音后让它保持着，一开始就很有魅力。后来，充满激情的和谐的声音随着每一瞬间逐渐展开，声音越来越洪亮，越来越放射出动人的光彩。以后声音像一阵一阵烟云似地减弱了，听众却不知不觉，而最后一个声音也行将消失；人们认为，他的歌喉里闪出了最后一道华光，但是不然；他还发出也许是最后的一个音来，这时空中荡漾着一种无比美妙、催人泪下的余音，人们心醉神迷，从人群中发出一阵低沉的响声，像是在提抗议。年轻的汉斯·卡斯托尔普也不禁抽咽起来，因而现在在他眼前变化的景物，又愈来愈美地展现了。他面前浮现一片湛蓝……雾雨消失了，海洋横在他的面前——这是南方的海洋，海水是深蓝色的，反射出银色的闪光；还有一个异常美丽的海湾，一侧是通海的，雾气弥漫，另一侧是远方群山环绕，山峦的轮廓在远处呈现朦胧的蓝色。海湾中间有小岛，岛上棕榈树耸立，还可看到柏树丛间一座座白色的小屋在闪光。哦，哦，够了，对于这明媚的光，碧澄澄的天空，阳光闪耀、生气盎然的水面，人们看了该是何等快慰，又该感到多么惭愧！汉斯·卡斯托尔普从未看到过这样的景色，也从未见到类似的场面。他在休假旅行时几乎没有问津过南方，他熟悉那边波涛汹涌、水色苍白的海洋，对它怀着稚气的、沉重的感情，但从没有到过地中海、那不勒斯、西西里或希腊。然而他都记得。不错，他又以十分奇特的方式重新认识了它们，这使他兴高采烈。“哎，对呀，事实确是这样！”他内心发出一声呼喊，仿佛他眼前显现的那种阳光般叫人振奋的幸福感，以前一直秘密地藏在心底里，没有宣泄出来。这里的“以前”已是遥远的过去，远得看不到边际，像左面敞开胸脯的大海一样，那边，与水面接界的天空显出一片柔和的紫色。

地平线很高。汉斯从高处俯视下面的海湾，远方的景物似乎也随着升了起来。周围群山环抱，山前的丘陵地带长着一些树木，山丘一直伸到海里。它们与汉斯住处的视野中央形成一个半圆形，并且一直往前伸展。这里是岩石嶙峋的海滨；他蹲坐在阳光照暖的石阶上，前面的一块沙地往下通向一个平坦的堤岸，沙地的石级上长满了苔藓，还有几丛低矮的树林，卵石累累的海岸和芦苇丛生的地带，形成了蓝色的海湾、港口和湖泊。这个阳光明媚的地方，这块可以到达的海滨高地和一直通往岛屿与船只频繁往来的海洋的欢乐的盆地，远远近近都有人住着：男人和女人们，太阳和大海的儿女们，都到处在活动，到处在休息，他们都是一些头脑清醒、精力充沛的漂亮青年人，看到他们真叫人高兴。汉斯·卡斯托尔普的整个心灵都敞开了，而且满怀着爱，但其中不无痛楚。

小伙子们都在戏弄着马儿，把手按在马鞍的手枪皮套上奔跑着，他们身边的马儿一面嘶叫，摇晃着脑袋，一面在奔驰。对于难以驯服的马，他们用长缰绳牵着；有的马没有马鞍，脚踵上不包铁皮，他们就干脆骑在上面，抽打它们的肋腹，把它们赶到海里。骑马青年们背上的筋肉在被阳光晒成紫铜色的皮肤下一动一动，他们相互的招呼声和对畜生的吆喝声听来很有魅力。在一个像山湖那样反映出海岸并且深入内陆的海湾旁，有一群姑娘在跳舞。有一个姑娘在那边坐着，后脖子的头发高高地挽成一个发髻，看去特别可爱；坐时她的脚搁在地面的一个小坑里，吹起一支牧笛，两只眸子越过游动的手指望着她的同伴们——她的同伴们穿着又长又宽的衣服，有的嫣然含笑，独自款款而舞，有的成双成对，依偎在一起翩翩起舞。吹笛子的少女身穿白衣，背部显得十分苗条，吹笛子时她的胳膊摆动起来，腰身看去有些圆滚滚的。她后面还有一些别的姑娘，有的坐着，有的聚在一起站着，一面看人家跳舞，一面悄悄谈话。再远一些的地方，年轻人在练习射箭。年长的人们教那些技术还不怎么熟练的鬈发小伙子们如何上弦，并和他们一起瞄准，箭呼呼地射出去时，小伙子的身子往后跌跌冲冲地倒去，长者就连忙笑着把他们扶住。看到这幅景象，真感到欢快而亲切。另一些人在钓鱼。他们趴在海岸扁平的岩石上面，跷起的一条腿在晃动，把钓丝投在海水里，一面悠然自得地跟身边的伙伴闲聊；对方坐在倾斜位置上，伸长身子把诱饵远远抛在水中。另外有人忙着把一只尚未下水的船——船上有桅杆和帆架——拖呀扛的推到海里。孩子们在防波堤间嬉戏，并且发出叫喊声。一个年轻的娘儿伸手伸脚地躺着，她眼睛朝上，一只手把身上的花衣服一直高高地撩到两只乳房中间的地方，另一只手向空中伸去想摘取一只带叶子的果实，可是另一个臀部很小的姑娘仰起了头，伸出手臂开玩笑似地抓住这只果子不放。有些人倚在岩洞里，有的在海水边欲前又止，同时叉起两只手抱住肩膀，让足趾尝尝海水冷冰冰的滋味。一对对情侣沿着海滩漫步，小伙子的嘴贴在姑娘的耳边说知心话。一群长毛山羊在一块块扁平的岩石间跳来跃去，而牧羊人则站在一块高地上看守着，他的一只手搁在臀部上，另一只手拄着一根长长的棍子，一顶帽檐向后翘起的小帽子盖住他那棕色的鬈发。

“太动人了！”汉斯·卡斯托尔普感动地想。“这多么令人愉快，多么讨人喜欢！他们是多么美丽，多么健康，多么聪慧，又是多么幸福！他们不仅外表美，内心也是一样，既富有智慧，又惹人爱。使我感动，并使我眷恋不已的，是他们的生命赖以为基础的精神，或者我可以说，是某种情爱，他们就是这样水乳交融地生活在一起！”这里，汉斯指的是这些阳光下的青年们所显示的深情厚谊和相互之间平等的礼仪，这是他们互相表示的一种朴质的尊敬，尊敬后面蕴含着微笑，由于彼此之间情投意合，这种尊敬就十分清晰地到处表现出来了。他们有些人甚至显示出某种尊严和庄严，但表面上仍明朗而欢快——这仅仅是一种无可言喻的精神力量，严肃而不阴沉，所作所为都有理有节，当然也不是不讲礼仪。瞧！那边的一块长满苔藓的圆石上坐着一位年轻的母亲，她身穿袒胸露肩的棕色服装，正在给自己的孩子喂奶。路过的人都以一种特异的姿态同她打招呼，这种姿态集中地体现了这里人们潜在的普遍风貌：小伙子们走向这位母亲时，迅速地、一本正经地在胸前叉起两只胳膊，笑吟吟地颌首；少女们屈膝示意，有几分像屈膝礼，仿佛有人去教堂做礼拜时经过祭坛面前轻捷地欠身施礼。她们也向她点头致意，可是比起男子们要热情、欢快得多，完全出自一片真心。她们的姿态既真诚，又亲切。温文的母亲一面伸出食指捏自己的乳房，让婴儿吃奶更加方便些，一面抬头莞尔一笑，向对方表示敬意，汉斯·卡斯托尔普看在眼里，不由心花怒放。他看了还不觉得满足，因而惶惑地扪心自问，他这样观望是否容许？自己这么卑下，丑陋，粗野，又不是他们的一员，是否有资格偷看这群阳光下生活的人们一番欢乐升平的景象，他这样做会不会受到最严厉的惩罚？

这真是一种无谓的想法。这时有一个俊美的男孩正好离开同伴们，叉起双臂坐到他的下面来。孩子满满一脑袋头发向横侧分开，额头露出的头发一直披到太阳穴上。他不是郁郁不乐地或任性地，而是随随便便地离开他们坐到一旁来的。那孩子看见汉斯，便抬头把视线转到他身上来。孩子的眼睛偷偷地在那位窥探者和海滩的景物之间游移。忽然，他的目光越过汉斯的脑袋投向汉斯身后的远方，刹那间，他那漂亮、线条分明而有些稚气的脸上顿时收起了众人共有的那种亲切而彬彬有礼的笑容——不错，他的眉毛没有皱起，但神情十分严肃，像一块没有表情又莫测高深的顽石，冷峻得像死神，情绪还不怎么稳定下来的汉斯·卡斯托尔普大惊失色，同时心中也不无某种捉摸不定的预感。

汉斯也往身后看看……由圆筒形石材建成而没有台石的巨大石柱在他后面高高耸起，在接缝处长满了苔藓。这是神殿大门的石柱，他正坐在敞开而有石阶的下层建筑的中央。他怀着沉重的心情站了起来，从斜角方向走下石阶，进入下面幽深的拱路；后来又走到一条铺砖石的街道，这条街道一会儿又把他带到新的廊柱式入口面前。他也走过了这块地方。此刻，神殿就呈现在他的眼前。它十分巍峨，由于风化呈灰绿色，前额广阔，阶台陡峭。前额用极其坚实、又矮又粗的石柱支撑着，石柱呈圆锥形。有时在圆柱形石材的接缝处雕出了沟纹，从横向稍稍凸起。汉斯·卡斯托尔普花了好大力气，才登上高处的石阶，最后到达了石柱林立的场所。他有时甚至用手攀登，走时气喘吁吁，胸口也愈来愈闷。这块地方很深，他仿佛在淡蓝色的海滨边的山毛榉丛林里漫步。他尽力绕弯抹角不让自己在中央处走，然而走来走去仍旧回到中央的地方；此刻，他置身于一列列石柱分开处一群石像面前。台石上有两个女人的石像，她们看去是母女俩：一个坐着，年纪较大，也较为尊严，表情柔和，像一个女神；但眼睛里没有眼珠，双眉略带感伤，穿的是一件有很多皱裥的短袖束腰长袍和上衣，她那端庄大方的波浪形头发用面罩遮住。另一个是女儿的立像，由母亲的石像拥抱着，女儿脸儿是圆圆的，手臂和手都隐匿在上衣的皱裥里面。

在细细观看立像时，汉斯·卡斯托尔普的心情由于某些潜在的原因变得更为沉重，同时还深感焦虑不安。他好容易鼓起勇气绕到这两座像后面，走过以下两列石柱所在的地方。在他面前，神殿的金属门开着；往里细细一瞧，这个可怜的青年差点儿折断了膝盖骨！原来有两个头发灰白的女人在里面烧得很旺的火皿之间忙着干某种极其可怕的事儿：她们头发蓬乱，半裸着身子，两个像巫婆般的乳房耷拉下来，乳头有指甲那么长。她们在一个盘子上肢解一个婴儿，用两只手把婴儿的皮肉撕开，凶相毕露，但不作声。汉斯·卡斯托尔普眼看婴儿柔软的金发沾上了鲜血，而魔女则把肉一口口吞下去，脆脆的骨头在她们嘴里发出咔嚓咔嚓的声音，鲜血从她们丑恶的嘴唇淌下来。汉斯·卡斯托尔普顿时浑身打战。他想伸出手来捂住眼睛，但办不到。他想逃走，但逃不了。她们在干这件残忍的勾当时已经看到了他，向他挥舞血淋淋的拳头，低声地咒骂着，骂的话极其下流淫猥，用的是汉斯·卡斯托尔普家乡的方言。他感到恶心；他从来没有这样恶心过。他想没命地拔脚溜走，但刚一挪动了脚，身子一侧就撞到石柱的根部——就这样，他发觉自己原来仍躺在雪地的仓屋外，一只胳膊撑在墙头，头枕在胳膊上，两脚在滑雪鞋里向前伸出，对刚才看到的景象还心有余悸，耳畔还依稀听到魔女可怕的低语声。

然而他还没有真正苏醒过来。他眨巴着眼睛，由于摆脱了女妖精的纠缠而感到一阵轻松。可是他此刻究竟躺在神殿的石柱边，还是卧在仓屋外，他却不甚清楚，也觉得无关紧要。在某种意义上说，他继续在做梦——不是幻觉，而是冥想，因而没有那么富于冒险精神，那么乱七八糟。

“不过我觉得刚才我在做梦，”他胡乱地自言自语。“我做的梦既可爱，又可怕。这样的景象一直萦绕在我的心头，一切都是我自己创造出来的——树叶繁茂的花园，清凉而潮润的空气，还有别的，它们有的美好，有的丑恶。我事前差不多都心里有数。可是一个人怎么能知道这一切，而且把它们描摹出来，时而喜，时而忧？我怎么会知道岛屿旁那美丽的港湾和离群独立的那个美少年以目光向我示意的神殿区域？我可以说一句，人们做梦并不仅仅凭自己的意识；即使做梦的内容各不相同，做的梦都是无名的，都有其共同之处。你只是其中小小一部分的伟大的灵魂，也许只是通过你而按照你的方式，梦见灵魂所一直暗暗地梦寐以求的事物，梦见它的青春、它的希望、它的幸福和它的安宁……以及它的血腥的飨宴。此刻我躺在柱旁，身体上还有梦境实际的残余痕迹，怀着对血腥飨宴的毛骨悚然的恐惧以及以前体会到的那种出自内心深处的喜悦，也就是看到阳光下那些人们十分幸福、富有教养时一种由衷的喜悦。因此我敢说，我有书面确认的权利躺在这里，做这些梦。我从山上的某些人那儿懂得了什么是冒险，什么是理性。我曾跟纳夫塔和塞塔姆布里尼一起在非常险峻的山峦里转来转去。有关人类的一切，我都知道。我了解人类的肉和血，我已把普里比斯拉夫·希佩的铅笔还给了有病的克拉芙吉亚。谁懂得了肉体和生命，谁就懂得死亡。不过这还不是全部；从教育学观点看，这仅仅是开始。我们一定要抓住它的另外一半，也就是它的对立部分。因为对死亡和疾病的一切兴趣，只是对生命感兴趣的一种表现方式，医学的人文主义分科就恰恰证明了这一点。它一直用拉丁语如此温文地叙述了生命和它的疾病，稍有差别的是它只涉及重大而极为迫切的问题。我可以满怀亲切的感情把它的名字一一列举出来：这是生活中令人担忧的孩子，这是人和他的地位以及能耐……我对他了解得不多，在山上人们中间学到许多东西，我乘雪橇离开平地来到高山上，因而我这个可怜虫连气也透不过来；不过我从柱脚向下眺望，倒有一番景象可看……我梦见人类的地位，以及人类崇尚礼貌、通情达理、相互尊敬的那个社会，而神殿后面，却在进行血腥的飨宴。这些彼此谦恭知礼的太阳下的儿女，难道看到这种景象会默不作声吗？他们将会作出一个好的、十分正确的结论！我要在灵魂里拥抱他们，而不要纳夫塔——塞塔姆布里尼也不要，他们两人都是饶舌之徒。纳夫塔为人放荡，存心不良，意大利人则经常吹牛，大唱其理性之高调，而且十分自负，自以为能使疯人恢复理智。这真叫人倒胃口。这是市侩主义和纯粹的道德学，不符合宗教原则，这一点是确切不移的。然而我也不赞成纳夫塔这个矮子，不赞同他的宗教，它只是上帝和魔鬼、善与恶的一种 guazzabuglio[1]，其目的是使个人一头栽到集体里，以求神秘地溶化于其中。两个教师爷！他们的争论和他们的对立，本身就仅仅是一种 guazzabuglio，是打仗时一种杂乱的噪音，谁只要头脑稍稍清楚些，心胸虔诚些，就不会被搞得晕头转向。他们提的都是些莫测高深的问题！什么高等不高等的！死亡或者生命，疾病或者健康，还有精神和自然。也许它们彼此矛盾吧？我问：这些难道是问题吗？不，这不是问题；没有他们贵族老爷性质的问题。死的冒险在于生命，没有它，恐怕也就没有生命，它的中心就是'神子之人'的地位——在冒险和理智之间——正如人的国家在于神秘的集团和空洞的个人之间。我从我的柱上看清这一切。在这样的状态下，人应当是好样的，应当懂得自爱自尊，因为只有他自己是高贵的，不能把自己看成是对立面。人是对立面的主宰。对立面只有通过人而存在，因而人比对立面高贵。他比死亡高贵；对于死亡

---

① 意大利文，意为混合，混杂。

来说，他是太高贵了——这就是他头脑的自由。他比生命更为高贵，对生命来说，他是太高贵了——这就是他心灵的虔诚。我作了一首短诗，一首人类的梦的诗歌。我要好好想想这个。我将成为一个善良的人。我决不让死亡支配我的思想！因为善良与人类之爱即寓于此，而不在别处。死亡是一种强大的力量。人们在它面前脱下帽子，踮起脚尖悄悄走到它的跟前掂估分量。它佩戴着死去者的尊严的领饰，而人们自己则穿庄严肃穆的黑服，以示尊敬。在死亡前面，理性显得愚蠢可笑，因为理性只是一种德行，而死亡则是自由、冒险、无形和快乐。快乐，我的梦说，是肉欲，而不是爱。死亡和爱情——这是一首糟糕的诗歌，一首索然无味的、不像样的诗歌！爱情与死亡背道而驰。比死亡强的，不是理性，而是爱情。只有爱情能萌发美好的思想，理性则不能。形式只有从爱情和善良中得到：一个富有理智、人与人开诚相见的集体和人类处于美好状态的形式和文明——对血腥的飨宴即使看到了，也默默无言。哦，我在梦境中就这样一清二楚，而且很好地省察过一番！我要记住这个。我要把死亡怀在心里，表示忠诚，可是我清楚地记得，忠诚于死亡和死者乃是邪恶的，是一种阴暗的欢乐，与人性是敌对的，它影响了我们的思想和省察。一个人为了善良与爱情，决不能让死亡主宰自己的思想。我就这样醒来了……因为我的梦已做到了尽头，而且正好达到了目标。我很早就在找寻这个字眼：希佩在我面前出现的地点，在我的凉廊里以及别的任何地方。为了寻找这个，我也长驱直入来到雪山上。现在我找到了。我的梦异常清楚地向我指出，我已永远洞悉了其中道理。是的，我大喜若狂，因而身子也发热。我的心剧烈地跳动，知道这是为什么。它并不仅仅是由于身体上的原因而跳动，像指甲长在尸体上那样；它跳动得富有人性，完全出于快乐的情绪。我的梦话是一种醇酒，味儿比波尔图葡萄酒和英国的淡色啤酒更佳。它像爱情和生命那样流过我的血管，使我一点也不想睡觉， 做梦； 我当然很明白， 睡觉和做梦对我年轻的生命是极其危险的……起来吧！起来吧！张开眼睛来！这是你的四肢，你雪中的两条腿！振作精神，起来！瞧，天气好啦！”

有什么东西把他的两手两脚缚住，使他动弹不得，他想挣脱感到十分困难。不过他想摆脱束缚的愿望更加强烈了。汉斯·卡斯托尔普终于支着胳膊肘撑了起来，曲了曲腿，抖了抖身子，挺立在那儿。他用雪橇的木板跺着雪，扬起胳膊捶捶肋骨，还抖动起肩膀来，同时兴奋而紧张地仰望天空。天上中间呈淡蓝色，两边是灰青色的、薄纱似的云，后来云儿慢慢地移过，出现了细细的、镰刀似的月亮。已是薄暮时分；没有狂风，也不下雪。背部长着枞树的对面山壁此时已清晰可见，它正宁静地躺着。阴影笼罩在山壁的下半部分，上半部分则染上异常柔和的玫瑰色。天究竟怎么啦？世界上发生了什么变化？难道这是黎明？难道他真像书里写的那样，在雪地里过夜而没有冻死？躯干没有一点儿坏死，他努力跺脚、抖动身子和捶打时，什么也没有断裂，同时他在苦苦思索实际情况究竟是怎么一回事。虽然耳朵、手指尖和足趾都麻木了，但不比冬夜经常卧在凉廊时更加厉害。他还能把表拿出来。表还在走。它没有停，他晚上忘记上发条时，它经常还能走。它上面五点钟还不到，离五点钟还远呢。有十二三分钟误差。真奇怪！当他的头脑里掠过这些既欢乐又恐怖的光怪陆离的形象和惊险万状的念头时，莫非他在雪地里只躺上十分钟或稍久一些，而这些思想出现的时候，六角形的妖魔却迅速销声匿迹？真是这样，那么从回家的角度上看，他是谢天谢地够幸运的了。他的梦境和幻象两次发生了转折，使他兴奋地跳起来，第一次是因为恐惧，第二次是由于喜悦。看来，对他这只迷途的羔羊来说，生活还是怀有善意的……

不管会发生什么，也不管现在是早晨还是午后(毫无疑问，现在仍是接近黄昏的午后)，环境方面和他个人情况方面都没有半点因素足以阻碍他启程回家。于是汉斯·卡斯托尔普就动身了。他浩浩荡荡地驾着雪橇，向谷地滑翔而去。他来到谷地时，已是灯火通明，虽然雪的反光已把他的归途照得够亮了。他沿森林的边缘滑下布雷门伯尔，五时半即抵“达沃斯”村，在杂货商那儿把那副运动工具寄存好，然后到塞塔姆布里尼先生的顶楼上休息。汉斯向他叙述了自己受到暴风雪袭击的经过。这位人文主义者大吃一惊。他把手甩到脑袋上，狠狠地叱责了这样危险的轻率行为，随即噗噗地点起了酒精灯，替这个精疲力竭的小伙子煮咖啡。虽然咖啡颇能提神，汉斯·卡斯托尔普还是免不了坐在椅子上沉沉入睡。

一小时以后，山庄疗养院高度文明的气氛使他感到温暖。晚餐时，他的食欲十分旺盛。他对梦里的情景已经淡忘了。当时他想的事物，当天晚上就不再理解得那么真切了。

英勇的战士

汉斯·卡斯托尔普从表哥那里经常得到简短的消息。起先都是一些振奋人心的好消息，后来就不那么叫人快慰了；最后，字里行间透露出一些勉强掩饰的伤心事。他收到了一连串明信片，起先报告的是约阿希姆归队后一些有趣的消息以及举行狂热仪式的场面；这种入队仪式，正如汉斯·卡斯托尔普在回信中所说，表哥在宣誓时一定保证自己今后力求做到清贫、贞洁和服从。接着他又传来好消息：他一帆风顺地度过了军队生活的各个阶段；由于他本人热爱自己的职业，而上级又很器重他，各种困难都迎刃而解——这些，他在信中都高高兴兴地作了描述。由于约阿希姆已上过了两三学期的预备课，不必再进军事学校，也不必履行候补军官的勤务。新年里，他已擢升为士官，并且寄来一张制服上饰有金银丝绦带的照片。军队里的等级制度是严格得令人肃然起敬的，虽然它讲究铁的纪律，但也通情达理，约阿希姆对此颇能适应，他在简短的信札中每次谈起它时，总是洋洋自得。他还谈起他一名上士的一些趣事，此人是一个生性粗暴、态度狂热的士兵，是他一个易犯错误的年轻的下属，上士对他的态度富有浪漫色彩，情感十分复杂，不过从上士身上可以看到明天一位领导人的萌芽，现在他实际上已出入军官俱乐部。这些都很有趣，而且别开生面。后来他谈起了核准参加军官考试的事。四月初，约阿希姆已是少尉了。

显然，再也没有比约阿希姆更幸福的人了，谁也没有像他那样全心全意投身于这种特殊的生活方式了。他怀着羞答答的幸福感谈起自己第一次盛装走过议事厅的情景，当时站岗的哨兵向他肃立致敬，而他则隔开相当远的距离点头答礼。他谈起军务方面一些小小的烦恼和叫他高兴的事，谈起同人间的关系非常融洽，谈起他的勤务兵既调皮，又忠诚，谈起操练和授课时一些可笑的插曲，还谈起检阅和聚餐。此外，他也偶尔说起一些社交活动，访问，宴会和舞会等等，而对自己的健康却只字未提。

在夏天前他从未谈起这个。但不久他就来信说，他卧床了，不得不请病假，感冒发烧，不过这只有两三天工夫而已。六月初，他又归队，但该月中旬，他又感到“浑身无力”，叫苦连天地大喊“倒霉”，深恐自己无法参加八月初他所全心向往的大演习。胡说！到七月间，他又壮健如牛，几星期来都是如此。可不久，他的体温忽高忽低，真是该死，因此不得不作一番命运攸关的体格检查。至于这次检查的结果，汉斯·卡斯托尔普久久没有消息；后来他接到的信息，可不是约阿希姆所写——也许是因为他没有办法写，也许是因为他羞于动笔——而是他母亲齐姆森太太打来的电报。她说根据大夫的意见，约阿希姆必须请几星期假。电报中称：即刻出发上高山，请定两个房间。回电已付。舅母路易丝发。

汉斯·卡斯托尔普躺在凉廊里阅读这份电报，时间是在七月底。他读了又读。他微微点头，点头时不仅摆动脑袋，整个上身也摇晃起来。他在牙齿缝里模仿塞塔姆布里尼的腔调说：“索，索，索，西，西，西！[①]——约阿希姆回来了！”这时他忽然感到一阵高兴。不过他立刻又沉默下来，心里想：“哼，哼，这是重大的新闻。这真是一件不愉快的意外事件。该死，这事发生得真快——回老家的时间又成熟了！母亲一起来。”（他说“母亲”而不说“路易丝舅母”；他对亲戚的情谊和家庭观念已不知不觉地淡化了。）又接下去想：“这可严重哪。而且正好在大演习之前，他心急火燎地想去！嗨，嗨，这真是一出下流的恶作剧，嘲弄人的恶作剧，是一件与理想主义背道而驰的事。肉体是会占上风的，它

① 走了音的意大利文，意为“原来如此！是这样！”

要求某种与灵魂不同的东西，而且会达到目的，这对于口口声声宣称肉体从属于灵魂的那些雄心勃勃的人们来说，无疑是当头一棒。看来，他们不知道他们在说些什么，因为如果他们有理，在这样一个场合下就会使灵魂置于一个可疑的境地。Sapienti sat①，我知道我指的是什么意思。因为我提出的问题恰恰是：他们把两者对置在一起，究竟错到什么程度，两者穿一条裤子和串通一气究竟到何种程度——雄心勃勃的先生们从来也没有运气会想到这些。好心的约阿希姆啊，谁愿意说你的坏话，挫伤你的那股傻劲儿？你认为这叫做光荣，可是我倒要问，什么是光荣，如果肉体和灵魂一旦成为一路货的话？你是否有可能已忘记某种沁人心脾的香气，一个丰满的胸脯，以及无缘无故的笑声，这些都在斯特尔夫人的餐桌上等待着你？……约阿希姆又回来了！”他又想到这个问题上来，一颗心因高兴而抽紧了。“他显然是在身体糟的情况下回来的，可是我们又成双搭对，我住在山上再不会形单影只了。这挺不错。一切都不会全像过去，他的房间已经定好。麦克唐纳尔德太太在那边咳嗽，这是一种无声的咳嗽，她自然又看起小儿子的照片来，不是在餐桌上凑着身子看，就是拿在手里看。她已经病入膏肓。这个房间如果别人没有预订好，那么……现在还得另找一间病室。据我所知，二十八号病室是空着的。我马上到管理部门去，特别要找贝伦斯。这是一桩新闻——一方面固然是坏消息，另一方面也是耸人听闻的消息；不管怎么说，是一条重大新闻！我想等一下那位口若悬河的‘伙计’②，他总该马上就来，因为我明白，现在已三点半钟了。我倒要问问他，在这样的场合下他是否仍坚持认为肉体是第二性的东西……”

在喝茶以前，他就上管理部门了。位于同一走廊上他打算预定的病室正好没有人住。这样齐姆森夫人也可有一个下榻之所。他急忙去找贝伦斯。他在“实验室”里遇上了他。他一只手捏着雪茄烟，另一只手拿着试管，试管里有颜色混浊的液体。

“顾问大夫先生，有什么情况吗？”汉斯·卡斯托尔普问……

① 拉丁文：我知道我说什么。
② 指克罗科夫斯基大夫。

“麻烦事是没完没了的，”那位人工气胸专家回答。“那是罗森海姆的痰，他是打乌特雷希特来的，”他一面说，一面用雪茄烟指指试管。“加夫基指数是十。工厂主施米茨跑来跟我提意见，说罗森海姆在人行道上吐痰，而他的加夫基指数是十。我真想训斥他一顿。不过要是我训斥了他，他就会耍脾气，因为他动不动就发火，他跟家人一起占了三个房间咧。我不能把他撵出去，我要跟院里的董事会商量。您瞧，我每时每刻都处于四面楚歌之中，要是我能我行我素，安安静静地没有人打扰我，那该多好啊。”

“蠢事，”汉斯·卡斯托尔普说，他对这里老资格病人的性格了如指掌。“我了解这两个人。施米茨很讲究礼节，有上进心，而罗森海姆却随随便便。依我猜想，除了卫生方面的原因外，他们别的地方也有摩擦。施米茨和罗森海姆两个都跟克莱费尔特同桌的巴塞罗那女人佩雷斯太太相好，根源也许就在这里。我建议，不妨再一次提醒大家禁止随地吐痰，同时对这件事睁一只眼闭一只眼就得了。”

“我当然眼开眼闭喽。因为睁一只眼闭一只眼，我得了眼睑痉挛症。您来这儿干吗？”

汉斯·卡斯托尔普把那件伤心而耸人听闻的消息抖出来了。

顾问大夫听了可并不惊讶。他一点儿也不惊讶。当汉斯·卡斯托尔普把约阿希姆的身体状况一五一十告诉了他（有时大夫也提出了问题），而且约阿希姆五月间曾卧病在床，大夫更毫不惊奇。

“啊哈，”贝伦斯说，“原来是这回事。我以前对你们怎么说的？我对他和您不是一字一句地说过十遍、百遍吗？现在您该明白了。他在九个月里随心所欲，在天堂里优哉游哉。不过这个天堂里并非一点也没有毒，不是极乐世界，而逃犯却不相信贝伦斯老头说的这番话。大家一定要时时刻刻相信贝伦斯老头的话，否则就会吃亏，而且悔之晚矣。他总算当上了少尉，这是没有疑问的。可是结果他得到了什么？上帝明察的是人们的心，而不是他们的级别和地位；在上帝面前，我们都赤身裸体地站着，不管将军也好，老百姓也好……”他开始乱说一通，用一只大手擦起眼睛来，手指间夹着雪茄烟。他又说，汉斯·卡斯托尔普别再烦扰他了。齐姆森的睡榻是弄得到手的，他一来，做表弟的就得赶紧催他上床。至于他贝伦斯，他对谁都不怀恶意，他慈父般的手臂始终张开着，准备为出国旅行的人宰一只牛犊。

于是汉斯·卡斯托尔普打电报了。他向左邻右舍通风报信，说他的表哥即将回院，认识约阿希姆的人听到这一消息，都又喜又忧，而这两种情感都是很真诚的，因为约阿希姆为人正派，又有骑士风度，很能讨大家的喜欢，人们嘴里虽不说，心底里都感到他是这里山上最优秀的人物。我们在这里并不专指某个人，但认为某些人一想到这样一件事即心满意足，那就是约阿希姆必然会放弃戎马生涯而回到山上来过卧疗的生活，并且带着他那正派的作风又成为自己圈子中的一员。众所周知，斯特尔夫人有她自己的一套想法：约阿希姆动身下山时她所怀的疑虑，现在已得到了证实，她以此自炫而不以为耻。"不妙，不妙，"当时她曾经说过。她早已料到此事不妙，只希望齐姆森别再固执己见，使事情"不妙到过了头"。（她选用"不妙到过了头"这个字眼，纯粹是因为粗俗透顶。）像她那样呆在老地方就好得多了，她在山下也有她的生活兴趣，那个地方就是坎斯塔特，她在那里有一个丈夫，两个孩子，可是她懂得控制自己……打电报去后，约阿希姆和齐姆森太太没有回音。汉斯·卡斯托尔普不知道他们到达的日期和钟点，因此不能去火车站迎接。然而汉斯打出电报三天以后，他们就来了：约阿希姆少尉带着兴奋的笑声，走向表弟的卧椅。

他们来时，晚间的卧疗刚刚开始。他们是乘汉斯·卡斯托尔普几年前上山同一辆火车到这里的。这些年头不短也不长，而是数不清的时间，非常值得体验，但同时又像他刚到山上的时候那样，觉得时间虚无缥缈。而他回来的季节和日期也甚至一模一样：八月初的某一天。刚才说过，约阿希姆喜气洋洋地进来了——不错，他眼下无疑是兴高采烈的，说他进来，倒不如说走出了汉斯·卡斯托尔普的房间，快步来到阳台上，嘻嘻哈哈招呼他，呼吸急促，声音低沉，而且语无伦次。他作了一次长途旅行，经过许多国家的土地，越过海洋般的湖泊，然后绕过险峻的小道来到高山上——依然回到原来的高山上。现在他站在那儿，仿佛从未离开过似的。在卧疗中的表弟看到他愣住了，半仰起身子，向他亲切地问好。约阿希姆显得容光焕发，这也许是因为他常过户外生活，或者系旅途兴奋所致。他先不进自己的病室，直接快步地走到三十四号房间，同他旧日的伙伴叙旧(现在，过去的日子又卷土重来)，而他的母亲此时则忙着梳洗。他们得在十分钟内前去用晚餐，地点当然是在餐厅里。汉斯·卡斯托尔普还能多吃一些，或者喝上一口酒。然后约阿希姆拉他到二十八号病房，他们在那边的情景，同以前汉斯刚上山时相仿佛，只是现在颠倒了过来：此时喋喋不休的是约阿希姆，他在亮晶晶的面盆里洗手，而汉斯·卡斯托尔普在一旁瞅着他——眼看表哥现在穿起便服来，既惊愕，又有几分失望。在他身上，看不到一点飞黄腾达的痕迹。汉斯一直把他想象是一位穿军服的军官，可现在他却一身灰服站在他面前，同别人一般无二。约阿希姆笑了，觉得他很天真。哎，不是这样：他已把军服干脆撇在家里了。汉斯·卡斯托尔普应当知道，穿军服可并不简单。军服不是到处可以穿的。“啊，原来如此。向你虚心道谢！”汉斯·卡斯托尔普说。不过约阿希姆似乎并未意识到自己的话有任何冒犯的意味，而是向他打听起山庄疗养院的各个人和发生的事情，不但没有任何傲气，而且为自己的归来显得十分感慨。不一会，齐姆森太太经过那扇与两室相通的门进来了，她向外甥照例寒暄了一番(很多人处在这样的情况往往是这样寒暄的)，也就是说在这儿遇上他十分高兴。由于旅途劳顿和显然为了约阿希姆而默默地担心，她说话时声音低沉，神态忧伤。以后他们就下楼了。

路易丝·齐姆森有一双像约阿希姆那样美丽、温柔的黑眼睛。她的头发也是黑的，不过已夹杂了相当多的白发，用一个几乎看不见的纱网罩紧，这和她的仪态十分适合。她审慎、端庄、亲切而娴静，在朴质无华中带几分令人愉快的尊严。这是很明显的。对于约阿希姆兴致勃勃的模样，对于他快速的呼吸和过分急促的谈吐，她感到不理解，同时还抱几分反感，这些现象与他家中和旅途上的表现也许大相径庭，也不符合他身体的实际情况。汉斯对齐姆森太太的心理状态看在眼里，心里毫不奇怪。她觉得回院来是一件伤心事，她认为在举止方面该与此相应才是。她无法体察约阿希姆的思想感情，重返故地的那种乱糟糟的思想感情；目前，这种感情压倒了其他与之对立的感情，而在重新呼吸了这儿山上的空气，亦即无可比拟地轻盈、空灵、有刺激性的空气之后，他这种感情又燃烧得更旺。“我可怜的孩子，”她想，同时看到这个可怜的孩子正和他的表弟一起纵情欢乐，相互忆起了无数往事以自娱，彼此还提出了一连串问题，回答时在椅子上笑得前仰后合。有时她说：“别再闹了，孩子们！”最后，她说出一些令人惊异和有轻微责备意味的话，说出后心头倒松快些：“约阿希姆啊，也许我好久没有见到你这样开心了。看来我们早该到这儿来，让你能像晋升为少尉之日那样高兴。”这话一出口，约阿希姆的兴致自然收起来了。他的情绪给毁了，变得沉思起来，不出一声，正餐后的甜点心什么也不吃，虽然这是加上掼奶油的巧克力蛋奶酥，模样儿极其美味可口(汉斯 · 卡斯托尔普代他吃了些，虽然他一小时以前吃了一顿丰盛的晚餐)。他不再抬起头来，显然是因为眼睛里噙着泪水。

这可确实不是齐姆森太太的本意。她主要是出于礼仪上的考虑，希望儿子的一举一动能够稍稍节制些，严肃些，不知道中庸之道和循规蹈矩在这里是行不通的，只能在两种极端之间作出抉择。她看到儿子一下子垮下来，自己也几乎潸然泪下；幸而外甥作出种种努力，让忧心忡忡的儿子重新振作起来，对此她十分感谢。他说，就疗养院的病员而论，约阿希姆确实会发现在组成部分方面已有所改变，有所更新；另一方面，有些离院病人在他不在时又重新上山，情况像过去一样。例如，姨婆由人陪伴早已回院了。那些女人仍像以前那样坐在斯特尔夫人那张餐桌上。玛鲁莎经常大笑，而且笑得十分爽朗。

约阿希姆一句话也不说，而齐姆森太太则由此想起一件事：她曾遇见一个人，那个人还问候了他们，趁此机会快些说一说，免得忘记——她在慕尼黑的一家饭店里遇见一个相当讨人喜欢的女人，她没有人做伴，两条眉毛齐齐整整，当时他们在旅途上过了两夜，正好在慕尼黑待上一天。那女人走到她和约阿希姆的餐桌旁，向约阿希姆问好。是以前院里的女病人。约阿希姆也许能对她有所帮助……

“肖夏太太，”约阿希姆轻声说。他说她当时在阿尔格奥斯的疗养院里休养，秋天打算去西班牙。冬天也许仍回到这里来。她向汉斯致以亲切的问候。

汉斯·卡斯托尔普已不是毛孩子了，他已能牢牢控制自己的脉管神经，不让脸色发白或满面通红。他说：

“是她？瞧，她又从高加索后面露脸了。她要去西班牙吗？”

那女人说了比利牛斯山的一个地名。“标致的女人，至少很有魅力。嗓音悦耳动听，举止很讨人喜欢。可是有些不拘小节，随随便便，”齐姆森太太说。“她一见如故地跟我们聊天，问起别人的事，又谈起自己的事。不过我从谈话中听出，约阿希姆实际上对她并不熟识。这事可真有些古怪。”

“这是东方人的特点，还有病，”汉斯·卡斯托尔普答道。人们不能用人文主义文明的尺度来衡量她，这是错误的。他此刻回想起来，肖夏太太以前确曾打算去西班牙。哼，西班牙。那个国家离人文主义的中庸之道甚远——不讲宽容敦厚，而崇尚刻板严峻。它不是一个不拘形式的国家，而是一个偏重形式的国家，在死亡方面也追求形式，认为死亡不是肉体的分解，而是一件严肃的事，黑服，高贵的和血腥的，宗教法庭，浆硬的轮状皱领，罗耀拉，埃斯科里亚尔①……有趣的是，肖夏太太对西班牙的观感不知如何。她在那边也许不再砰砰地撞门了，也许两种非人文主义阵营的极端势力获得平衡以后，会把她带到人文主义立场上来，不过，如果东方人到西班牙去，会产生十分可恶的、骇人的后果……

他既没有脸红，也不显得脸无血色，然而肖夏太太出现的意想不到的消息深深地打动了他的心，这在言谈中也表现出来——齐姆森太太自然回答不出什么，只能是一片尴尬的沉默。约阿希姆却没有像母亲那样受到震动，他很早就了解，表弟在这儿山上一向是十分机敏的。可是齐

① 埃斯科里亚尔，原是西班牙王宫，公元1130年后成为西班牙各帝王的墓地。菲力浦二世(1527—1598)于1563年至1584年把它建成为一个城市，在今西班牙马德里州。

姆森太太的眼睛中流露出极其惊愕的神情，她的言谈举止只能表明这么一点：汉斯·卡斯托尔普似乎已说了非常不礼貌的话，于是在难堪地沉默了片刻之后，用别的话机智巧妙地把不愉快的场面掩盖过去，大家就散场了。在他们分手之前，汉斯·卡斯托尔普传达了顾问大夫的命令：约阿希姆一定要睡到明天早晨大夫来查病房为止。以后的事将来自有分晓。不一会，三个亲属各自回房，房门敞开着，迎来夏夜高山上的清新空气。他们各有各的心事，而汉斯·卡斯托尔普所主要关心的，则是肖夏太太在半年时期内就要回到山上来。

就这样，可怜的约阿希姆遵从大夫的劝告，开始在疗养院里重新作一次小小的“病后调理”。“病后调理”显然是山下人们的用语，但这里山上也同样适用，就连顾问大夫贝伦斯也用这个字眼，虽然他有一回向约阿希姆大声告诫，要他单独卧床四星期，这对弥补身上的严重创伤、适应新的环境以及调节目前的体温状况都是必不可少的。他努力避免确定“病后调理”的期限。齐姆森太太有头脑，有见识，她不在约阿希姆的床边时，个性就一点也不爽朗活泼。她建议出院日期是秋天，或者十月左右，贝伦斯原则上同意，说只要那时病人的身体比现在好转，他就放他走。贝伦斯倒很能讨齐姆森太太的欢心。他颇有骑士风度，口口声声称她为“最尊贵的夫人”，一面抬起充血的水漉漉的眼睛谦恭地看着她。他说话时常用学生会前辈们的切口，这位夫人尽管郁郁不乐，听后也不禁笑出声来。“我对他非常放心，”她说。八天后，她就动身回汉堡，病人必需的照料根本不成问题，何况约阿希姆的身边又有一位亲戚。

“你要开开心心，等到秋天就可以走了，”汉斯·卡斯托尔普坐在二十八号病室表哥的床边，对表哥说。“老头儿多多少少已经讲定了，你就拿他的话做根据，指望在那时离院。十月——这是规定好的时间。那时有好些人去西班牙，你也回到你的联队里，出类拔萃……”

他每天的任务就是安慰约阿希姆，尤其是因为表哥住在山上，无法参加八月份开始的大规模的军事演习。对于这次军事演习，他一直耿耿于怀，在最后的时刻身体竟然该死地垮了下来，他对自己简直一点儿也瞧不起。

“Rebellio carnis，”[1]汉斯·卡斯托尔普说。“你有什么办法呢？在这个问题上，最勇敢的军官也无能为力，连圣安东尼也有这方面不愉快的经历。老天爷，演习每天都有，你又不是不知道这儿的时间有多快！时间一转眼就过去了，你在外面待的时间并不长，亡羊补牢并不难哪。弹指间，你的调理阶段就结束了。”

约阿希姆在平原生活了一段时期，时间观念毕竟大大刷新，因而对四星期的光阴不禁害怕起来。周围的人都多方帮助他，使他感到时间过得快些；大伙儿对他纯洁正直的性格都怀有好感，远远近近的人都来看望他。塞塔姆布里尼走来了，他对他满怀同情，态度十分亲切；过去他一直称约阿希姆“少尉”，现在却叫起“Capitano”[2]来了。纳夫塔也来看过他。疗养院里的老相识利用卧疗以后一刻钟空余时间，逐一前来访问，他们坐在约阿希姆床边，重复说些关于病后调理的话，还请他谈谈自己的遭遇。来人中，女人有斯特尔夫人、莱费、伊尔蒂斯、克莱费尔特；男人中有费尔格、韦泽尔等人。有的人甚至送花来。四星期过去后，他不再终日卧床了，热度也低了许多，因而可以自由活动。他开始在餐厅里同表弟同桌用膳，坐在表弟和酿酒商马格努斯太太之间，马格努斯先生正好坐在对面的边座里，那里原先是吉姆斯舅舅坐的，而齐姆森太太也曾在那里坐过几天。

就这样，这对年轻人又像以前那样生活在一起了。正好这时麦克唐纳尔德太太手里拿着孩子的照片咽下最后一口气，她住的病室（与汉斯·卡斯托尔普的房间毗连）就让给了约阿希姆，当然事前用福尔马林彻底消毒。于是，一切都更加逼真地回复了原来面目。说得真切些和形象些，现在是约阿希姆住在汉斯·卡斯托尔普隔壁，而不像原来那样正好颠倒过来；汉斯成了“老土地”，表哥只是短时间与他同在，或者只有去做客时才在一起。约阿希姆努力以十月份作为争取出院的最后期限，尽管他中枢神经系统的某些方面不愿维持人文主义的常态，而且妨碍了皮肤的

---

① 拉丁文：肉体在反抗；肉体在作对。

② 意大利文：上尉。

调整性的体温发散。

他们又去看望塞塔姆布里尼和纳夫塔，并且同这两个冤家对头一起散步。如果A.K.费尔格和费尔迪南特·韦泽尔也参加——他们也常常去——那么总共有六个人。这两个思想上持敌对态度的人不停地唇枪舌剑。关于他们对阵的详情，我们不想在此赘述，免得陷入无限混乱与绝望之中。他们就这样每天在一大堆人面前无休止地、声嘶力竭地混战，而汉斯·卡斯托尔普则愿以自己可怜的灵魂看作是他们用辩证法争论的主要对象。他从纳夫塔那儿得知，塞塔姆布里尼是共济会[①]会员，这在他心里的印象与以前他从意大利人处得悉纳夫塔原来是耶稣会会士（他还获得该会资助）一样深。汉斯听到如今还确实有共济会会员存在，吃惊非凡，于是煞费苦心地向这个恐怖主义者问长问短，想把这个奇怪团体的起源和性质摸个清楚，再过几年，这一团体即将欢庆二百周年了。塞塔姆布里尼在纳夫塔背后常以感伤的警告语调谈起他的精神倾向，并且斥之为恶魔一类的东西，而纳夫塔在塞塔姆布里尼背后则对那位意大利人所代表的世界用轻松的口气加以嘲笑，让人们领悟到他所追求的无非是一些十分古旧的和落后的东西，是昨日的市民启蒙主义和一种自由思想，充其量不过是可怜的亡灵，不过这是一种滑稽可笑的自我欺骗，其中还经常注满革命的生机。他说：

"你们可知道，他的祖父是一个Carbonaro[②]，也就是说是一个烧炭党人。他从祖父那里获得了烧炭党人的信仰，即崇尚理性、自由、人类进步和全部陈腐不堪的古典的布尔乔亚道德意识……你们瞧，使世界陷入混乱的，乃是精神的敏捷性同物质的无比笨拙、缓慢、怠惰、固执之间的不均衡。我们必须承认，这种不均衡足以为精神上对现实全然不感兴趣开脱罪责，因为常规往往是：引起现实革命的酵素对精神来说早已感到厌倦了。事实上，对活着的人们来说，死气沉沉的精神比玄武岩之

---

① 是一种秘密组织的名称。它是世界上最大的秘密团体，源于中世纪行会，带有强烈的宗教色彩，其纲领是强调道德、慈善及遵守当地法律，会员多为新教徒。

② 意大利文：烧炭党员。

类的物质更叫人厌恶：玄武岩至少没有自诩为精神和生命。这种玄武岩是精神遗留下的过去现实的残骸，它已远隔这么久，以致根本不再同现实的概念结合起来，它自己懒洋洋地生存下去，靠厚着脸皮、死气沉沉地继续存在下去而可憎地防止自己陈腐。我是泛指普遍性的问题，你们可以把我的话应用到人文主义的自由思想上去，这种自由思想家自以为仍经常具有一副英雄气概同统治和权威作斗争。咳，灾难啊，自由思想家以为凭借灾难，就能显示其生命力，而且还有所谓姗姗来迟的、十分壮观的胜利，这种人正在为这种胜利作准备，而且梦想有朝一日能欢庆！光想到这些，富有生命力的精神就会厌倦得要死。难道信奉这种精神的人不知道，在这种灾难过去以后，实际上只有他能成为胜利者和受益者——他把古老的东西和未来的东西融而为一，促成了真正的革命……汉斯·卡斯托尔普，您表哥的身体可好？您知道，我对他非常同情。”

“谢谢，纳夫塔先生，每个人都对他真诚地表示同情，他是一个好小伙子，这点是明明白白的。塞塔姆布里尼先生也非常惋惜他，尽管他对约阿希姆职业中某种过激的恐怖主义气味理所当然地不能赞同。现在我听说他原来是共济会会员，这简直难以想象！我得说，这件事促使我沉思默想。它叫我从一个新的角度去看他的人品，并且让我明白许多事情。他有时走起路来两只脚不是成一个直角，而且握手的姿势也很特别？我从来不曾注意到……”

“对于这种幼稚的把戏，”纳夫塔说，“咱们这位好心的‘三点派’会员干起来也许有过之而无不及。我认为，共济会为了顺应时代的崇尚简朴的市民主义精神，在仪式方面已经简化多了。他们也许把以前的那种仪式看成是不文明的胡闹，因而引以为耻。我这样说不是没有道理，因为要在无神论的共和主义上面披上神秘主义的外衣，归根结蒂其实是荒谬绝伦的。我不知道他们用哪些恐怖手段来试炼塞塔姆布里尼先生信仰的坚定性——他们是否蒙住他的眼睛让他走过各条长廊，并且叫他在黑暗的拱门里等待，一直到那个组织的会议厅所充满的反射光使他的眼睛张开为止。也许他们严肃地用教义问答来考察他，并且在一个骷髅头和三支蜡烛面前用宝剑来威胁他裸露的胸膛。您可以亲自问问他，可是我怕您听不到他会说些什么，因为尽管仪式方面没有那么严格烦琐，他们一定叫他发过誓，要严守缄默。”

“发过誓？严守缄默？他们也有这套规矩吗？”

“当然啦。严守缄默和唯命是从。”

“也讲唯命是从。听着，教授，现在我觉得，他似乎一点没有理由指责我表哥职业上的狂热性和恐怖主义。严守缄默和唯命是从！我压根儿也想不到，像塞塔姆布里尼先生这样崇奉自由思想的人居然会在西班牙式的条件和誓言下面俯首帖耳。我在共济会里简直看到了军队般的和耶稣会的作风不相上下的东西……”

“您的看法完全正确，”纳夫塔回答。“您的探矿杖在摆动，在敲击。集团的观念与绝对观念不可分割，而且彼此息息相关。因此，集团的观念是恐怖主义的，换句话说，它是反自由主义的。它解脱了个人的良心，以绝对目的的名义将所采取的种种手段奉为神圣，即使它们是血腥的、犯罪的手段。人们也有种种论据，认为以前在共济会里会友也是歃血为盟的。一个集团并不是什么可供玩赏的地方，就其性质来说必须是能体现绝对精神的组织者。您知道不知道，光友会[①]过去有一段时间差不多同共济会合而为一，而它的创始人过去却是耶稣会的一个成员？”

“不知道。我当然不熟悉。”

“亚当·魏斯豪普特[②]创立这个秘密的人道团体，是完全以耶稣会为楷模的。他本人是共济会会员，而当时最有威望的共济会会员都是光友会会员。我讲的是十八世纪下半叶，对于那个时代，塞塔姆布里尼会毫不犹豫地看成是他那组织腐败的时代。而实际上却是这种组织的全盛时代，在那个时代，所有秘密团体都欣欣向荣，共济会也享有旺盛的生命力，只是后来被他这类博爱主义的吹鼓手‘清除’了。如果他活在那

① 光友会于1776年由亚当·魏斯豪普特创立，主张宗教的启蒙主义，尊重理性。最初该会会员仅限于耶稣会会士。

② 亚当·魏斯豪普特（1748—1830），原为大学教授，后为光友会的创始人。

个时代，肯定是口口声声谴责共济会不该具有耶稣会和蒙昧主义倾向的那号人。”

“这些就是谴责的理由吗？”

“对，如果您愿意这么说的话。当时，浅薄的自由思想家都是这么想的。在那个时代，我们的长老企图在共济会里大力灌输天主教的僧侣主义精神，那时在法兰西的克莱蒙地方，确实有一个耶稣会的共济会繁荣地存在。另外，当时还有一个蔷薇十字团[①]渗入到共济会，那是一个出名的团体，您会看出，它的目的是从纯理性角度改进政治和社会现状，并将东方的、印度的和阿拉伯的智慧和魔幻的自然认识奇妙地结合起来，形成一种神秘的宗教观念。当时，许多共济会组织的改革和修正是在‘严格服从’的意义上执行的——它是全然不合理的，神秘莫测的，并像炼金术般地充满魔幻色彩，它的存在应归因于苏格兰共济会的等级观念。除了教团骑士阶层外，还加上生徒、伙伴与师长旧的军事等级制度，骑士团长的职位具有僧侣的色彩，并且充满了蔷薇十字团神秘的宗教气息。它又回复到中世纪存在的某些僧侣骑士团那种组织形式，特别是圣堂骑士；您知道，圣堂骑士要在耶路撒冷的长老面前发誓，决心做到清贫、纯洁与服从。直到今天，共济会的等级制度里还有一个高级的品位，名为‘耶路撒冷大公’。”

“这些我都是第一次听到，十分新奇，纳夫塔先生。我看穿我们这位塞塔姆布里尼先生的把戏了……‘耶路撒冷大公’倒挺不错呐。以后有机会，您倒可以用这个头衔称呼他，开一下玩笑。他新近送给您一个外号，叫‘天国博士’。您要报仇。”

“哦，在‘严守规律’的圣堂骑士高层，还有许多类似的显要头衔，例如大法师、东方骑士和十司祭长，居于第三十一位阶的甚至被命名为‘皇家神秘大公’。您可以看出，这些称号同东方的神秘主义有关。圣堂骑士的重新出现，仅仅意味着某些概念得到了体现，即意味着非理性酵素渗入了旨在以理性和功利角度改善社会的意象世界里。凭借

① 蔷薇十字团，一称玫瑰十字团，是 17 世纪欧洲的一种秘密团体，从事神秘的炼金术活动，并宣扬宗教的神秘教义。

这一点，共济会获得了新的魅力与光辉，这就是当时许多人趋之若鹜的原因。它把那个世纪中对偏重理性、对人道的开化主义和宁静淡泊的处世哲学感到厌倦而渴求更高目标的人们全部吸引过去。共济会的成就达到如此程度：世俗的人们都怨声载道，说它剥夺了人们的家庭乐趣，并使妇女的尊严受到损害。”

“是啊，教授，难怪塞塔姆布里尼先生不愿意回忆起它那教团的黄金时代，那是不难理解的。”

“不错，他不愿意回想起以前曾有那么一个时期，当时它那个集团招致了各方面的反感：自由思想家，无神论者，以及面向教会、天主教会、僧侣、中世纪的百科全书研究工作者。您可曾听说，人家给共济会会员扣上蒙昧主义的帽子……”

“为什么？我倒想听听其中详细的原因。”

“这个，我可以对您说一说。‘严守规律’的意思无疑是把教团的传统加以深化和扩大，其历史根源可以追溯到神秘世界，即所谓中世纪的黑暗。共济会中身居高位的人都是 physica mystica① 的行家，通晓魔幻之术，他们大多是炼金术术士……”

“我得努力开动脑筋想一想，炼金术大体上究竟是怎么一回事。炼金术，那就是把什么变成黄金，智慧之石，Aurum potabile②……”

“对，通俗地说就是这样。说得文雅些，那就是提纯，使物质变形，将物质精炼，使化体③，因而达到更高的境界——lapis philosophorum④，硫磺和水银的两性产物，res bina⑤，两性的 prima materia⑥ 恰恰是在外部影响的作用下向上精炼的原理，而不是其他。这是幻术的教育学，随您怎么说都行。”

汉斯·卡斯托尔普沉默不语。他向上斜睨了一眼，还眨巴着眼睛。

---

① 拉丁文：神秘自然认识学；神秘物理学。
② 拉丁文：内服用黄金。
③ 化体，原是宗教术语，意为使圣餐面包和酒变成耶稣的肉和血。
④ 拉丁文：智慧之石。
⑤ 拉丁文：两性物质。
⑥ 拉丁文：最高物质。

“炼金术变形的象征，”纳夫塔接着说，“主要是墓穴。”

“坟墓？”

“不错，尸体腐朽的场所。它是所有炼金术的神髓，同时不外乎是物质被迫最后变形和提纯的容器，是保存得很好的水晶蒸馏器。”

“‘炼金术’①这个词用得妙，纳夫塔先生。‘密封的’②，我一直喜欢这个字眼。这是一个很有魔力的词儿，使我浮想联翩。请原谅我，这里我不得不联想起我们汉堡老家的管家婆夏雷恩食料储存室架子上一排排地摆着的贮藏玻璃罐来，我们干脆叫她夏雷恩，不加什么太太或小姐的头衔。这些玻璃罐都是封得严严实实的，里面放些果品、肉类和别的什物。这些罐子日日夜夜放在那里，一旦有需要时打开一只，里面的食物依旧十分新鲜，岁月丝毫没有使它变质，人们可以像新鲜的食品那样加以享用。这肯定不是什么炼金术和提纯，而仅仅是一种保藏，‘罐头食物’③一词即由此而来。但是不可思议的事实是：它不受时间的影响，它所起的密封作用不受时间的干涉，时间从它身边流过，这里谈不上什么时间，它们超然于时间之外而兀立在架子上。哦，玻璃罐的问题就谈到这儿吧。我这个问题谈不出什么名堂来。请原谅我，我看，您还想教导我一番哪。”

“只要您愿意就得了。按照我们谈话主题的风格来说，徒弟必须有强烈的求知欲和大无畏精神。墓穴或坟墓，一直是入会时的主要象征。徒弟，也就是说渴望入会的新人，必须在墓穴的恐怖面前保持无所畏惧的勇气。会里要求把新人带到墓穴里进行试炼，并且必须在那里逗留一会，然后再通过另一位陌生的弟兄之手把他带出这个恐怖的境地。因此有所谓迷宫般的长廊和黑暗的拱门，新入会的人们务须在那边踱步；还有‘严守规律’的厅堂里悬挂的黑布；此外还有对棺材的顶礼膜拜，这在举行入会和集会仪式时起着十分重要的作用。在通往神秘和净化的道路上，到处都有危险，途中既有死亡的恐怖，又有尸体腐烂的王国，徒

① 原文 Hermetik 有两个意义，既可解作“炼金术”，也可解作“密封”。

② Hermetisch 是 Hermetik 的形容词，此处汉斯·卡斯托尔普一语双关。

③ 原文 Konserve，本来的意义是“长期贮存”。

弟，也就是新入会的人，是一种对生命的神奇如饥似渴、要求有魔鬼般的生活经验的年轻人，他由某些蒙面的会员来引导，其实他们只是神秘的阴影罢了。”

“十分感谢，纳夫塔教授。说得妙极了。这也是炼金术的教育学嘛。从您那儿能听到这些情况，倒没有什么害处。”

“一点也没有害处，因为这个是通向‘终极目的’之事，它导致超感觉的绝对的认识，因而符合我们的目的。在以后几个世纪内，共济会炼金术的戒律促使好多高尚的、孜孜不倦进行探索的精灵为这一目的而努力——名称方面恕我不必一一列举，因为有一件事逃不出您的眼睛，即苏格兰式位阶的等级只是僧职制度的代用物，共济会大头目的炼金术学问是在变化的神秘中实现的，而共济会为其弟子所授予的那种神秘的指导，也可以从天主教的恩宠手段中清楚地看出其渊源，正如共济会仪式上那些象征的玩意儿，可以从我们神圣天主教会的礼拜上和建筑上的象征物中找到彼此的共同之处。”

“啊，原来如此！”

“且慢，全部事实还不止这些哩。我以前已经指出，共济会组织系从那些可尊敬的手工业石匠行会发展而来，只是一种历史上的表面现象。‘严守会规’至少赋予它远为深刻的人道基础。共济会的神秘，如同我们教会的某些秘祭，同太古人类祭典的秘事和献祭上过分的地方有十分明显的关联……就教会而言，我这里所指的是晚餐和友好聚宴，即享用肉和血的圣餐，而在共济会里……”

“等一下，让我插一句。在我表哥所从事的极端严格的军事生活里，也有所谓友好聚餐。他给我的信中常谈起这件事。当然，除了稍稍有些喝醉外，这种晚餐是十分严肃的，并不像学生会里的宴会那样热气腾腾……”

“不过就共济会的场合而论，我却想起了对墓穴和棺材的顶礼膜拜；关于这个，我在上面已经提醒您注意了。教会也好，共济会也好，都涉及一种关于‘最后’和‘终极’的象征物；是热烈的原始宗教的要素，又是一种放纵的、在黑夜作出的献祭，旨在对死灭和生成、死亡、变化和复活表示尊敬……您该记得，伊西斯①和埃洛伊西斯②的秘祭是在夜间举行的，而且是在阴暗的洞窟里举行的。在共济会里，曾有许多埃及的遗风，这些遗风至今依然存在，而在一些秘密集会中，有的称为埃洛伊西斯集会。有些共济会的祭典，就是埃洛伊西斯秘祭和性激素秘密的祭典，在这样的祭典中，最后把女人的因素也掺到里面去——即蔷薇祭典，这里指的是共济会会员衣裙上的三朵蓝蔷薇，其结果看来往往是狂饮烂醉……”

“哦，哦，情况原来是这样，纳夫塔教授。共济会就是这副样儿吗？听到这一切，我们这位头脑清楚的塞塔姆布里尼先生在我的心中的形象应当是……”

“那您未免对他太不公道了！其实，塞塔姆布里尼对这些事一无所知。我已对您说过，在他那一类人的手里，共济会里一些较高的生活要素又得到了清除。谢天谢地，共济会已经变得近乎人情，变得现代化了。它已走出了歧途，变得实用，崇尚理智和进步，而且同王侯和僧侣作斗争；一句话，它回到为社会谋福利的道路上来。共济会里的会员们又谈起自然、道德、节制和祖国。依我看，还谈到了商业。一言以蔽之，是以俱乐部形态出现的可怜的布尔乔亚主义……”

“真可惜！蔷薇祭典应当惋惜。我倒要问问塞塔姆布里尼，他对这类事是否一点也不明白。”

“尊贵的角尺骑士！”纳夫塔嘲笑起来。“您得仔细想想，他踏进人类圣殿的大门是非常不容易的，因为他不名一文。我敢说，那边不但需要有较高的教养，人文方面的教养，而且一定要是资产阶级的一员，这样才负担得起为数不小的入会费和每年的会费。教养与资金——布尔乔亚就是这样！自由主义的世界共和国的基石就是这样！”

“确是这样，”汉斯·卡斯托尔普笑了，“我们对这个问题已看得一

---

① 伊西斯，古代埃及女神，据说她施行的魔法能治病。

② 埃洛伊西斯，古希腊城市名，在雅典西北，曾征服雅典成为独立国家。所谓“埃洛伊西斯秘祭”，系指以德米特、佩塞斯封和狄奥尼索斯三神为中心的神秘教。

清二楚了。”

“然而，”纳夫塔顿了一下后接着说，“我倒要奉劝您，您对这个人和他从事的工作不能掉以轻心。既然我们谈到这个问题上来，我就要请您对他多加防范。枯燥无味并不等于清白无辜。浅薄的东西并不一定没有危险。这些人在他们原来很强烈的酒里加了许多水，但集团的观念至今依旧十分强烈，足以承受多量的水。它保留肥沃的神秘性的残余；没有多大疑问，共济会在世界的政治活动中插上一手，我们在这位可爱的塞塔姆布里尼先生身上看到的东西，比他这个单纯的人还要多些，而他背后有一些势力在控制着他，而他与这些势力血缘相连，又是它们的密使……”

“密使？”

“确是这样。他是竭力劝诱他人改变信仰的家伙，是灵魂的诱惑者。”

“你是什么样的密使啊？”汉斯·卡斯托尔普想。于是他说出声来：

“谢谢，纳夫塔教授。衷心感谢您的指示和警告。我倒有一个想法：我往上再走一级——如果房屋里有一部楼梯的话——摸一摸蒙面的共济会会员的老虎屁股。徒弟必须有强烈的求知欲和大无畏精神……当然也得小心谨慎……同密使打交道，自然要小心谨慎。”

他也可以厚着脸皮向塞塔姆布里尼问起其他有关情况。塞塔姆布里尼并不责怪纳夫塔先生对此事信口开河，他本人对自己是那个和谐团体里的一名成员之事也不想特别保守秘密。《意大利共济会评论》公然放在他的桌子上，而汉斯·卡斯托尔普却从未注意到。他在纳夫塔的启迪下，把话题引到“王者之术”上，仿佛塞塔姆布里尼同它的关系是一件毋庸置疑之事，而对方谈起来也没有什么保留。对于某些问题，这位学者却不吱一声，话题一接触到它们，他就卖关子似地紧闭嘴唇，这显然是受到纳夫塔所说的那些恐怖誓言的约束：这是行会的一种秘密，那个不可思议的组织要求会员严格遵守，而他本人的地位也要求自己不能泄密。但在其他方面，他谈起来就口若悬河，对好奇的汉斯描述他那集团遍布世界各地的一幅壮丽的图画。他说共济会在全世界一起有二万个左右支会，一百五十个左右分会，它的势力甚至扩展到像海地和利比里亚黑人共和国那样文明不发达的地方。他还能说出一大批过去和现在赞助共济会的大人物的名字，例如伏尔泰、辣斐德[①]、拿破仑、弗兰克林和华盛顿、马志尼和加里波第；在活人中间，有英国国王，此外还有一大群手中掌握着欧洲国家大权的人——政府和国会的成员。

汉斯·卡斯托尔普听了表示敬佩，但并不惊讶。他说，学生会的情况也是这样。学生会毕生团结一致，懂得如何让自己的会员各就其位，谁不是学生会的一员，谁就难以得到僧侣的品位。因此，认为塞塔姆布里尼先生以参加有这么多名流的共济会而沾沾自喜，也许不合情理，相反，人们却可以作出这样一个假设：共济会会员中有许多人都身居要职，恰恰证明该会的力量，而这些人插手世界政治事务则是确凿无疑之事，而塞塔姆布里尼先生不愿直截了当地说出来。

塞塔姆布里尼微笑了。他甚至用手里的那本意大利文共济会杂志扇起风来。难道汉斯想给他设下一个圈套吗？他问。难道汉斯想诱使他对共济会的政治倾向和它的政治本质作一番不审慎的表白吗？

“您的狡黠是多余的，工程师！”他说。“我们承认政治，毫无顾忌地、公然地承认它。在有些傻瓜的眼里，一涉及政治这个字眼和名称，就感到厌恶，我们对此毫不介意。这是贵国的特产，工程师，其他国家几乎没有这种现象。人类之友全然不承认政治和非政治之间的区别。非政治的东西是不存在的。一切都是政治。”

“您说得这样斩钉截铁吗？”

“我知道有些人认为共济会的思想上原来是没有政治性的，并对此津津乐道。可是这些人在做文字游戏，而且定下了条条框框，好久以来，人们都认识到这些条条框框都是空想的、没有意义的东西。首先我要指出，至少是西班牙的共济会一开始就带有政治色彩……”

“这个我可以想象得到。”

---

① 辣斐德(1757—1834)，法国将军兼政治家。系法国大革命初期的领导人之一。

“您很难想象啊，工程师。您不是一个善于思考的人，而是善于接受外来思想，以后再进行消化——我这样说是为了您个人的利益，同时也为了贵国和欧洲的利益——现在我准备灌输给您第二点意见。那第二点就是：共济会的思想从来不是非政治性的，任何时候都是这样，不这样是不可能的。如果不相信这一点，那就把它的性质看错了。我们是怎么样的人？一个建筑物的建筑师和建筑工人。大家的目标只有一个，那就是人间最高的幸福，团结的原则。什么是这种最高幸福，这种建筑？精巧的社会结构，使人类趋于完美，新的耶路撒冷。政治和非政治究竟是什么东西？社会问题，我们共同生存的问题本身就是政治，彻头彻尾的政治，除政治外什么也不是。谁致力于这一问题——倘若不致力于这一问题，就不配是人——谁就从事于政治，不论对内或对外；他懂得，共济会之术就是统治术……”

“统治……”

“光友会派的共济会有统治者的位阶……”

“妙得很，塞塔姆布里尼先生。统治术，统治者的位阶，这些都使我喜欢。可是现在我倒要听您说说，您是基督教徒吗？你们会里的人都是吗？”

“Perchè！”①

“请原谅我。我要再提一个更加广泛性的、单纯的问题。您相信上帝吗？”

“我等一会再回答您。不过您为什么要问？”

“刚才我并不是想诱惑您。可是《圣经》里有一则故事，说有人想用一块罗马货币诱惑天主，结果天主的回答是：是王的东西应该给王，是神的东西应该给神。依我看，这种区别正是政治和非政治之间的区别。如果有神，那么也有这个区别。共济会会员相信神吗？”

“我有责任来回答您。您谈起了我们正在努力促其实现的统一问题，可惜今天这种统一还并未实现。共济会会员的世界大团结并没有实

---

① 意大利文：怎么会呢！

现。一旦如愿以偿——我重复一句：我们都默默地、孜孜不倦地为这一伟大的事业而工作——那么毫无疑问，我们的宗教信条就会是一致的，那就是：‘Écrasez I’infâme’①。”

“非这样不可吗？这似乎不够宽容。”

“宽容问题，您可不大有资格过问，工程师。您要始终记在心头：如果对邪恶讲宽容，那就无疑是犯罪行为。”

“难道您认为神就是邪恶吗？”

“形而上学就是邪恶。它除了麻痹我们在建造社会殿堂方面奋发向上的力量以外，别的不能带来任何好处。三十年前，法国的‘大奥尔良’已为我们作出了榜样：在他全部的刊行物里，他把神的名字统统删掉。在这一点上，我们意大利人仿效他……”

“真是天主教徒的气派！”

“您的意思是……”

“我觉得把神的名字删去，是多么富有天主教徒的气派啊！”

“您想说的是……”

“没有什么值得一听，塞塔姆布里尼先生。对我的喋喋不休不要特别放在心上！此刻，我只觉得无神论仿佛沾满了天主教的气味，仿佛把神删去以后，会成为更出色的天主教徒似的。”

每逢塞塔姆布里尼先生沉默片刻时，他总是在沉思默想，想把对方教诲一番，这是显而易见的。沉吟了一会儿后，他答道：

“工程师，您信奉新教，我一点儿也不想引您到歧路上去，也不想使您难堪。我们刚才谈起了宽容……我对新教不但能大大容忍，而且认为它是良知受压抑的历史的反对者，对它怀有极深的敬意，这点用不着我强调了。印刷术的发明和宗教改革，过去是、将来也一直是中部欧洲对人类所作的两个重要的贡献。这是没有疑问的。不过听了您刚才说的话后，倘使我再向您指出这只是问题的一方面，还有另外一方面需要考虑，那么您也会理解我的话，这个我毫不怀疑。新教掩盖了某

① 法文：粉碎寡廉鲜耻的人。

些要素……贵国那位宗教改革者本人在人品方面也有某些要素秘而不宣……我所想的要素是：静寂的极乐和催眠术的冥想，它不是欧洲的要素，而是同这块活动的土地的生活原则无缘的、甚至是敌对的要素。您瞧一瞧这个马丁·路德吧！请您看看他的肖像，他年轻时和晚年时的肖像吧！他有怎么一颗头颅，怎样一副颧骨，而眼窝又多么特别！我的朋友，这是亚细亚！如果里面没有汪达尔人、斯拉夫人和萨马特人①的血统混在里面，那才叫我奇怪哩，那才叫我啧啧称奇哩。因此，如果这个人的巨大形象——这点谁会否认呢——并不在贵国危险地保持平衡的两个要素中意味着一种咄咄逼人的优势，那才不可思议哩。重心可怕地偏向东方，而西方的要素不但直到今天还无法与之抗衡，而且还有烟消云散之虞……"

塞塔姆布里尼先生本来站在小窗边的人文主义的折叠式写字台旁，此刻来到放水瓶的圆桌边，向他的学生走近。汉斯·卡斯托尔普正坐在壁际没有靠背的沙发床里，胳膊肘支在膝盖上，下巴用手托住。

"Caro！"②塞塔姆布里尼先生说。"Caro amico！③应该作出决定——应当作出对欧洲的幸福和未来有无比重要意义的决定。贵国应当对此作出决定；贵国应当在灵魂里完成这样一种决定。在东方与西方之间，它必须作出抉择，它必须最终地、有意识地在各自争夺自己立足点的两个世界之间作出决定。您年纪正轻，您在这样的决定中间也有份，您有责任去施加影响。因此，让我们彼此为命运的安排而祝福，命运把您带到这个可怕的地方来，从而使我有机会用我那训练有素的、并非全是陈词滥调的话来影响您这个性格尚未定型的小伙子，并使您意识到自己的责任感——您和贵国在世界文明面前所负的责任……"

汉斯·卡斯托尔普拳头托住下巴，坐着。他凭复折屋顶的窗子往外眺望，从他那双单纯的蓝眼睛里可以看出某种倔强的神态。他默默无言。

---

① 是乌克兰高原上从事游牧的伊朗人。
② 意大利文：亲爱的！
③ 意大利文：亲爱的朋友！

“您沉默了，”塞塔姆布里尼先生感动地说。“您和贵国有时都严守缄默，别人怎么也摸不透你们的心底里究竟是什么名堂。你们不爱说话，不具备说话的能力，或者把说话看得太神圣了，对人抱着不友好的态度。爱说话的人们不知道、也不懂得拿你们怎么办才好。我的朋友啊，这是危险的。说话就是文明本身……言语，哪怕是最最自相矛盾的言语，也有一种异常的亲切感……而不吭一声却使人孤独。人们猜想，您将设法用行动来打破你们的孤独。您将叫贾科莫表哥(塞塔姆布里尼先生为了方便起见，常常叫约阿希姆为‘贾科莫’①)在您的沉默面前露出脸来，‘他用刀斩了两下，另一个逃之夭夭’……”

汉斯·卡斯托尔普笑了起来。塞塔姆布里尼先生也微笑了，眼前他对自己巧舌如簧的一番话的效果感到满意。

“好，让我们笑吧！”他说。“您会始终很容易看到我笑逐颜开的。一位古人说过，‘笑是灵魂的一缕阳光’。我们离题了；我们刚才谈的是，我承认，有关筹建共济会世界大联盟所遇到的困难问题，特别是信奉新教的欧洲所遇到的困难问题……”于是塞塔姆布里尼先生继续满怀热情说起这种世界大联盟的想法来，他说这一想法源于匈牙利，它所指望实现的目标，是使共济会能成为主宰世界的力量。他随手拿出外国共济会头面人物涉及上述内容的一些来信，其中一封是瑞士骑士团长的亲笔信，他是三十三位阶的“营帐员”，信中阐述了一个计划，想以人造语言世界语作为世界大联盟的通用语言。他非常热心，居然关心起高级政治范围内的事来，把目光投到那个方向，而且预计在他本国和西班牙及葡萄牙将会萌发革命共和国思想。他也想同葡萄牙王国共济会总会的首脑保持通信关系。在那个国家里，条件无疑已趋成熟，事态会有决定性的发展。汉斯·卡斯托尔普在想象，最近的将来会在那个国度里爆发什么事件。他指望会这样。

应当指出，学生同两个导师之间这类有关共济会的闲聊，在约阿希姆回山之前就已经分别进行了。下面的一次谈话，是在约阿希姆重返疗

---

① 贾科莫，意大利人名，相当于德文中之约阿希姆。

养院九星期以后进行的，时间是在十月份，当时他也在场。那次聚会，汉斯·卡斯托尔普记忆犹新：他们聚在“达沃斯村”的疗养地高级旅馆面前，沐浴着秋天的阳光，喝着清凉爽口的饮料。当时他为约阿希姆的身体暗暗担心——有些迹象使他不得不担心，这种迹象对常人来说却算不了什么，表哥只是有些喉咙痛，声音沙哑而已，因此只是一些小毛病；不过在年轻的汉斯·卡斯托尔普看来，却不知怎的有些异乎寻常，这种异乎寻常的光辉，在约阿希姆的所谓“眼睛深处”也可以看出。那双眼睛过去一直又大又温柔，可是今天，严格地说就是在今天，它们变得更大，更深沉，显得有些不可捉摸，而且充满沉思的、不吉的（我们不得不加上“不吉的”这个特殊的字眼）神情，同时还闪耀着上面说的那种沉静的光辉。如果说汉斯·卡斯托尔普不喜欢这种光辉，那也许是不真实的——恰恰相反，他甚至非常喜欢，只是替他担忧而已。总之，就这件事的性质而言，所得到的印象只能说是十分含糊的。

至于这次谈话，这次争论——争论当然是在纳夫塔和塞塔姆布里尼之间进行的——则是一件独立自在的事，同几次有关共济会的个别谈话并无多大关系。除了这对表兄弟外，费尔格和韦泽尔均在场，尽管与会者并非每个人都能理解，但大家的兴趣十分浓厚。例如，费尔格先生对此肯定一窍不通。所进行的争论仿佛是一场生死搏斗，但谈吐机智而风雅，又不像是生死搏斗，而只是一种高雅的斗智——塞塔姆布里尼和纳夫塔之间的争论就是这样进行的；聆听这样的争辩当然是一件趣事，即使对不大理解这场争论内容、不清楚这场争论意义的那些人来说，也是如此。甚至一些不相干的路人也坐着谛听他们眉飞色舞的高谈阔论，他们谈得这样热烈，这样精彩，听着连走也不想走了。

上面已经说过，人们高谈阔论是在疗养地的高级旅馆面前，时间是在下午喝过茶以后。疗养院里的四个宾客在那里碰上了塞塔姆布里尼，而且也偶然遇见了纳夫塔。他们众人围坐在一张金属小圆桌边，喝的是用苏打水冲淡的各种饮料，还有茴芹酒和苦艾酒。纳夫塔一向在这里吃点心，现在又要了葡萄酒和糕点；显然，他在追忆自己的学生时代。约阿希姆喝一杯鲜柠檬水来润润他那疼痛的喉咙，柠檬水又浓又酸，能收敛肌肉，缓解痛楚。塞塔姆布里尼则干脆享用砂糖水，用的是一根麦秆，他喝这种名贵的饮料时咂咂有声，态度优雅，而且显得津津有味。他打趣地说：

“我听到了什么呀，工程师？我的耳朵怎么听到了一些响声？您的贝亚特丽契又回来了吗？您的女向导可曾游遍天国的九界？哦，我希望您不致蔑视您的维吉尔那只引导的友好之手！[①]我们的传道士在这儿会向您断言，如果方济各会的神秘主义对托马斯主义[②]的认识论并不持反对的立场，那么 medio evo[③] 的世界并非完美的。”

大家对他开的那么博学的玩笑都笑出声来，而且盯住汉斯·卡斯托尔普看。汉斯也笑了起来，举起那杯苦艾酒向“他的维吉尔”致意。下一个钟点，塞塔姆布里尼在无休止的理论斗争中会说出哪些即使十分花哨，但却无害的话来，谁也难以想象。纳夫塔在某种程度上既然受到了挑战，就立刻采取攻势，开始说起这位拉丁诗人[④]的坏话来。他知道塞塔姆布里尼一直对这位诗人奉若神明，甚至认为他超出了荷马。过去，纳夫塔曾不止一次地用极其激烈的措词贬低维吉尔和全部拉丁诗歌，现在他又抓住机会进行恶毒的攻击。他说，伟大的但丁由于其时代的局限性，竟好心地把这个平庸的诗人[⑤]看得十分崇高，居然在诗句中把他捧上了天，即使洛多维科先生对其赋予了带有偏激的共济会色彩的意义。更有甚者，这个出入宫廷的桂冠诗人和裘利亚斯王朝的帮闲诗人，这个世界城市诗人和辞藻华美的修辞学家，其实连一星儿创造性都没有，他的灵魂——如果有一个灵魂的话——说什么都是第二流的，根本谈不上是一个诗人，而是披着奥古斯都时代卷曲长假发的法国人！

纳夫塔对罗马的高度文明嗤之以鼻，而自己却以教授拉丁文为业，对于这个矛盾，纳夫塔自有一套手段和方法加以调和，塞塔姆布里尼先

---

① 这一段的出典，可参见但丁的《神曲》。这里，塞塔姆布里尼把汉斯的心上人肖夏太太比作但丁的心上人贝亚特丽契，把自己比作古罗马诗人维吉尔。

② 托马斯主义是西欧中世纪的神学学说，经院哲学的基础。

③ 意大利文：中世纪。

④ 此处指维吉尔。

⑤ 指维吉尔。

生对此是毫不怀疑的。不过他仍认为有必要向他指出这一严重的矛盾，就纳夫塔关于那个可爱的世纪所作的判断而论，当时维吉尔不但没有受人轻蔑，而且人们真诚地承认他的伟大，把他看成是一个才华横溢的魔术师。

真是枉费心机，纳夫塔说。塞塔姆布里尼先生把中世纪的单纯性捧了出来为自己辩护——胜利者既保持了它的创造力，又保持了征服的恶魔性质。此外，初期的天主教教会的传道士们总是孜孜不倦地警告人们，要警惕哲学家和诗人的谎言，特别叫他们提防不要为维吉尔的花言巧语所毒害。今天，当一个世纪已走向没落，无产阶级的黎明又一次在望时，我们实在应当有同样的感受，这是一个有利时机！为了回答一切问题，洛多维科应当确信：他，说话者，做一名市民的教师乃是自己小小的职责，刚才承洛多维科先生的一片好心提到了这件事；不过他从事这项工作是持批判态度的，而且对古典的修辞的教育制度不无讽刺，据乐观者的估测，这种制度的寿命说什么也不过只有几十年光景。

“你们已经，”塞塔姆布里尼高声说，“你们已经研究过他们，研究得汗水涔涔，这些古代的诗人和哲学家；你们企图把他们那笔宝贵的财产据为己有，正像你们已用过那种古代建筑的材料来奠造你们的教堂！因为你们清楚地感到，你们那无产阶级的灵魂凭着自己的力量不可能产生任何新的艺术形式，同时你们希望用它本身的武器来击溃古代。这种情况会反复出现，历史永远会循着这样的轨道前进！你们那粗野的不开化的性格，应当在你们自己所轻蔑、并且劝别人也不屑一顾的力量那里进修一番，因为没有教养，在人类面前你们就无法忍受，而实际上教养只有一个，那就是你们所称的市民的教养，而这种教养却是人文的！”塞塔姆布里尼继续说，几十年的问题？——人文教育原理的终了？只是出于礼貌，塞塔姆布里尼先生才不致无所顾忌地、嘲弄地发出笑声来。懂得保存自己不朽财富的欧洲，通过人们到处喜欢梦想的无产阶级启示录后，会变得平心静气，把古典理性重新放到议事日程上来。

关于刚才所谈的议事日程，纳夫塔尖刻地说，塞塔姆布里尼先生似乎消息不灵通。提到议事日程上的却是这样的问题，这种问题确实应当认真对待，那就是：地中海沿岸的古典的人文的传统是否就是人类的传统，因而也就是人类的永久财富，或者是否只是市民自由主义时代的精神形式和附属物，并会同那个时代一起消灭。决定这一点则是历史的任务，他要奉劝塞塔姆布里尼先生别太沉醉于自信中，自以为历史的决定将有利于他的拉丁保守主义。

塞塔姆布里尼先生一向以进步的使徒自居，现在矮小的纳夫塔竟称他为一个保守主义者，真是肆无忌惮。在场的人们都感到这点，受攻击的对象——塞塔姆布里尼先生自然特别感到难堪。他激动地捋着翘起的小胡子，想找一些话来反击敌手，并留出一些时间让对方再来攻击古典的教育理想、欧洲学校和教育制度的"修辞学-文学"精神及其"文法的形式的"偏执性，它充其量不过是市民阶级制度感兴趣的附属物，而对人民群众来说很久以来则是一个笑柄。不错，人们没有想到，人民群众对我们的博士头衔和我们教育上的全部官僚制度加以嘲笑，对国家的公立学校也是如此，它是布尔乔亚阶级专政的一种工具，而且存在着这么一种妄想：民众教育只是学者教养程度较低的一种东西。民众在同腐朽的市民国家作斗争时所需要的教养及教育，他们早已知道除了从上级政府的强制性设施中去找寻，别无其他途径可循；有朝一日，普天下的人都会知道，这种由中世纪的修道院附属学校发展起来的现行学校制度，会成为滑稽的遗物，是时代的错误；现在，世界上再也没有人把自己的教育归功于学校，而借助于演讲会、展览会和电影等种种开放性的教育，都远远优于任何学校教育。

塞塔姆布里尼先生回答他说：纳夫塔在听众面前拉杂地谈了一通，其中既有革命，也有蒙昧主义的东西。不过，内中蒙昧主义的成分多得叫人反胃。看到纳夫塔对民众的启蒙问题表示关心，他很高兴；不过他害怕纳夫塔讲这番话的本意和指导思想似乎是为了使民众和世界陷入文盲遍野的黑暗中去，这不免使他的愉快情绪黯然失色，令人遗憾。

纳夫塔微微一笑。文盲！塞塔姆布里尼先生自以为说了一句真正吓唬人的话，把果尔果[①]的脑袋捧了出来，深信任何人见了以后就会勃然变色。他，纳夫塔，不得不使他的争辩对手感到失望，为此他感到遗憾：人文主义者对文盲这一概念所抱的恐怖感只有使他哑然失笑。只有文艺复兴时期的文学家，才子，矫揉造作的文人[②]，马里诺派的文体家[③]和崇尚书写的丑角，才对阅读和书写的规则如此重视，赋予它们以过分大的教育上的重要意义，居然认为缺少知识，精神上的黑夜就会来临。塞塔姆布里尼先生是否记得，中世纪最大一位诗人沃尔弗拉姆·冯·埃申巴赫[④]原来是一个文盲？当时在德国有这样一种情况：谁送孩子到学校里去若不是为了能当上一名牧师，谁就会遭人唾骂。贵族和民众对文学艺术的这种轻蔑，一直是高贵人们的灵魂的一种特征——而文人呢，作为人文主义和市民主义之子，确实能读，能写，而贵族、士兵和民众则不能，或者只能勉强读，勉强写——然而文人在整个世界上除此之外什么都不会，什么都不懂，只是满口拉丁语的饶舌者，他们只掌握言语，而生活上的种种事却留给规规矩矩的人去干。因此，文人经常认为政治是放空炮，也就是说它都是一些修辞学的字眼和漂亮的辞藻，在政治术语上，那就是激进主义和民主——诸如此类。

这一下，塞塔姆布里尼先生可气坏了！他提高嗓门说，他的对手怎么如此放肆，竟敢说出自己原来偏爱某些时代中出现的狂热的野蛮现象，同时还对文学形式的爱好加以嘲笑，而没有这种文学形式，人类的本性不但无从谈起，而且无法想象，过去不会有，今后也决不能存在！文盲的高贵性？只有憎恨人类的人，才会称不识字——粗野的和不吭声的实用主义——是一种高贵的东西。我们不如说，高贵是某种上等的奢侈品，也就是宽宏大量，这种宽宏大量表现为在形式上赋予一种人性的、与内容无关的绝对价值——对言词的崇拜其实是一种“为技巧而技

---

① 果尔果，按希腊神话，是一个蛇发女怪，人一见其貌就化为石头。

② 原文 Secentist，17 世纪意大利的一派艺术家，他们大都是虚饰的文体家。

③ 马里诺(1569—1625)，16 世纪意大利诗人，文体崇尚浮华矫饰，当时有许多人仿效他，对后世颇有影响。

④ 埃申巴赫(1170—1220)，高地德语最大的叙事诗人。代表作《巴尔齐伐尔》于 1200 年着手，1210 年完成。

巧”的东西，是希腊和罗马文明的遗产，这种遗产由人文主义者，uomini letterati①传给拉丁民族，至少是还给了拉丁民族；它是后世各种具有内涵的理想主义的源泉，也是政治的理想主义的源泉。“不错，阁下！言词和生活分离，您尽可以提出非难，不过它只是美的王冠中更高的统一，志向远大的青年人在争论中——选择文学还是野蛮——究竟站在哪一边，我是并不担心的。”

汉斯·卡斯托尔普对他们的谈话并不怎么注意，因为他只是一心想着纳夫塔这个人——他既是现场的一个战士，又是所谓“高贵精神”的代表；或者可以说，他眼睛中那种前所未见的表情把他吸引住了。当他听到塞塔姆布里尼先生最后几句话时，他微微一怔，似乎觉得意大利人在催促他干什么事。他脸上的神色同以前塞塔姆布里尼庄严地要他在“东方和西方”之间作抉择时相仿佛：脸上既有严守缄默的神情，也有执拗的姿态。他什么话也没有说。这两个人都各走极端；当人们争论不休时，也许非这样做不可。他们两人都提出了极端的选择方案，然而在汉斯·卡斯托尔普看来，似乎在各不相容的两个立场之间，在崇尚言词的人文主义和文盲的野蛮性之间的某个地方还必然存在着某种东西，人们可以折中地称之为“人性”或“人文”。不过他没有说出口，免得伤了两个人的感情，他只是保持缄默，听他们继续你一言我一语的争执不休，他们的话越扯越远，这都是塞塔姆布里尼先生在拉丁学者维吉尔身上开一个小小的玩笑引起的。

意大利人在言词上不肯让步，他施展自己的口才，满想获胜。他以文学天才的维护者自居，他欢呼人类文字记载的历史，说世界上最初出现人类的那个时刻起，人类就希望把自己的知识和感受永远流传下来，在石头上刻下文字符号。他谈起埃及的神祇多德②，这个神同另一个名气比它大三倍的赫尔姆斯③是同一个神，后者作为文字的发明者、书库

---

① 意大利文：人文家。
② 多德，据埃及神话，系知识与魔法之神，人身狗头。
③ 赫尔姆斯，学艺、商业和辩论之神。

的守护神和一切精神活动的奖励者而受到尊崇。他在这个斗技场的守护神面前屈起膝盖说这样的话，它是人文的赫尔姆斯，角力学校的大师，人类由于它而获得了文学语言和斗技修辞学的巨大天赋，从而使汉斯·卡斯托尔普发表起这样的议论来：这个出生于埃及的神以前显然也是一个政治家，他所起的作用有好多地方跟布鲁内托·拉蒂尼先生相同，后者开发了佛罗伦萨人的智慧，教他们辞令和艺术，还按照政治原则引导他们管理共和国。听了这些话，纳夫塔就接嘴说，塞塔姆布里尼先生的话有些言过其实，对多德和斗技场的守护神的说法不够全面。因为它实际上是猿猴、月亮和亡灵之神，是头上有一个新月的孔雀，是以赫尔姆斯命名的死亡之神和死者之神：是灵魂的诱惑者和灵魂的引导者，到古代后期成为大魔术师，在希腊哲学占统治地位的中世纪则成为神秘炼金术的祖师爷。

这究竟是怎么一回事？在汉斯的头脑里，什么都显得一片混乱。那里是以人文主义修辞家自居的披着蓝色外衣的死神；当人们仔细看看这位从事教育的文学神和人类之友时，就会发现一张猿猴的脸，而且具有黑夜的标记，额头上还施过魔法……他用手把它甩掉，并且用手捂住眼睛。然而在他企图摆脱头脑里一片混沌的黑暗时，响起了塞塔姆布里尼的声音，他继续为文学大唱颂歌。他大声说，所有的伟人，不管是沉思型的还是活动型的，任何时代都与文学结下不解之缘，于是他列举了亚历山大，恺撒，拿破仑，还举出了普鲁士的腓特烈大帝和其他英雄人物，甚至拉萨尔[①]和毛奇[②]。至于纳夫塔对中国人说的一番话，他并不加以攻击；在中国，对文字崇拜已达到空前绝后、滑稽可笑的程度，认得了四万个汉字就能当上元帅，这种标准肯定能称一个人文主义者的心。哎，纳夫塔清楚地知道，问题不在于文墨，而在于人类推动力的文学，在于文学的精神，可怜的嘲笑者！文学的精神就是精神本身，是分析和形式相结合的奇妙的东西。是它唤起了人间所有事物的理解力，削弱了

---

① 拉萨尔（1825—1864），德国社会民主党创始人之一，著作家。
② 毛奇（1800—1891），德国军事家。1857 年任普鲁士总参谋长，后任德国国防委员会主席，其军事思想在德国人中有很大影响。

愚昧的判断与信念，并使之消解，同时使人类的教化、提高和改善成为可能。在实现文学精神最高的道德和洗练性和敏感性的同时，养成了远非狂热的怀疑、正直和宽容精神。文学的净化与治疗效果，通过认识和言词来抑制热情，以文学作为理解、宽恕和爱的途径，言词的拯救能力，作为人类精神的最高贵的表现的文学精神，作为完善的人和圣人的文学家——这些都是塞塔姆布里尼先生为文学所作辩护的颂歌中光辉的基调。唉，他的对手听了这番议论后，嘴巴并不就此封住，他懂得用辛辣和漂亮的反对论调来非难他那英国风味的赞歌，同时声称自己是站在保守和生活的那一边，反对腐朽精神，它是隐藏在那些天使般的伪善后面的。塞塔姆布里尼先生用震颤的声音发出的奇谈怪论，不外是欺瞒和诈骗，因为文学精神自诩为与探索和分类的原则相结合的形式，只是一种表观的、欺人的形式，而没有真正的、完全的、自然的形式，即生命的形式。那些所谓人类的改革家嘴里口口声声说什么净化和治疗，实际上所做的却是阉割生命，使生命失去血液。不错，他们的精神实质和令人激奋的理论是有损于生命的，谁想消灭情欲，谁就什么都不要——他要的只是纯粹的虚无，我说是“纯粹的”，因为“纯粹”实际上是唯一能用到“虚无”上的形容词。而塞塔姆布里尼先生这个文人正好在这个问题上暴露了自己的面目，也就是说，他是一个进步、自由主义和市民革命的人。因为进步是纯粹的虚无，而自由思想的市民则全是虚无和恶魔的人。不错，他否定上帝，这个保守的和积极的绝对精神，同时信奉恶魔的反绝对精神的东西，而且对没有活力的和平主义感到非常虔敬。他岂止是虔敬而已，而是生命的大罪人，应当难堪地送交生命的宗教法庭和严峻的秘密法庭去裁判一下，等等。

就这样，纳夫塔针对塞塔姆布里尼的观点攻击了一通，把他的歌颂硬说成是恶魔般的邪道，把自己却说成是捍卫爱的严峻的化身；因此，现在全然不可能区别真理究竟在哪一边——不知哪里是上帝，哪里是恶魔，哪里是死亡，哪里是生命。读者要相信我们的话，而他的对手并不肯从此罢休，而且要以眼还眼，以牙还牙；就这样，谈话依然进行下去，一言一语又纳入了以前所定下的轨道。可是汉斯 · 卡斯托尔普不再倾听了，因为在他们谈话过程中，约阿希姆曾经说，他相信自己肯定因受凉而发了烧，此刻不知怎么办才好，因为在这个圈子里，感冒是“不受欢迎”的。这两个死对头对此并不在意，然而我们已经说过，汉斯·卡斯托尔普对表哥十分关心，因而在论争的中途，他就拉着表哥一起告辞，看其他两名听众(他们由费尔格和韦泽尔组成)是否再有足够的兴趣提一些教育学上的问题让他们继续争辩。

在归途中，他和约阿希姆取得一致意见：在感冒和喉咙痛这类事情上，应当公事公办，也就是说先跟浴室师傅打招呼，然后再通知护士长，看看能不能减轻他的病痛。这样做很好。当天晚上正餐一用毕，护士长阿达丽亚蒂卡就来敲约阿希姆的门，恰巧当时汉斯·卡斯托尔普也在房间里。她用尖利刺耳的声音问这位年轻的军官，他有什么要求，哪儿不舒服。

“喉咙痛？声音沙哑？”她又说一遍。“小伙子，您到底怎么啦？”于是她试图用咄咄逼人的目光瞅起他来，不过两人的目光没有相遇，这可不是约阿希姆的错，而是这位护士长自己把目光避开了。她还想抬起眼睛盯住他看，但经验告诉她，这样的做法也是无济于事。于是她从腰袋里掏出一块鞋拔似的金属，前去察看病人的咽喉，汉斯·卡斯托尔普则站在一旁用台灯照着。她踮起脚尖细细查看约阿希姆的小舌头，问道：

“告诉我，好小伙子——您咽东西可感到有什么地方不对头吗？”

这怎样回答才好呢？在她检查喉咙的当儿，他不可能说什么话，可是检查完毕以后，他却茫然不知所措。当然，在过去的生活经历中，他在吃喝时确实有几回咽起东西来不对头，但这类事任何人都能遇上，她的意思也许不是这个。他说，问这个干吗？上次什么时候咽东西不对头，他可记不起了。

哦，不要紧，她只是心血来潮，随便问问罢了。他不过是受了些凉，她说。表兄弟听了大惊失色，因为“受凉”这一词儿在这儿是禁忌的。必要时，得请顾问大夫用喉头镜来仔细检查一番。她走时留下了薄荷脑一类的药，还给了他一卷古塔橡胶，叫他在夜间湿贴。约阿希姆两种办法都用，用了后觉得有明显好转，因此他继续使用，但沙哑声依然如故，第二天甚至更厉害些，尽管喉咙痛有时几乎完全消失。

他的感冒发热只是凭空想象而已。体温表的客观记录仍像平时一样——它同顾问大夫的检查结果结合起来，使可敬的约阿希姆不得不再逗留在这里疗养一番，以后才能赶回联队里去。十月的期限无声无息地过去了。谁也没有提起过一个字，不论顾问大夫，还是表兄弟之间。他们俩让它不吱一声地、垂头丧气地过去了。贝伦斯每月一次对约阿希姆的胸部进行检查，检查结果叫那位擅长精神分析的助理医师笔录。从检查情况及爱克司光照片上可以非常清晰地看出，他上一回擅自下山只能说是铤而走险，这一回非严加管束不可。直到他的身体能耐受风霜雨雪之后，才能回到平原里去履行任务，在军旗面前信誓旦旦。

他们朝着这一目标前进，彼此已达成了默契。不过事实却似乎是这样：他们两个人谁也不敢肯定，对方内心深处对此抱有充分信心。如果说他们彼此不敢正视，那是因为相互之间存在着疑虑；倘使两人的目光以前没有相遇过，那就是另一回事了。他们在谈起文学上的问题时，往往会遇到这种情况。那时，汉斯·卡斯托尔普第一次在约阿希姆的眼睛深处看到一种新奇的闪光和一种“不祥的”的表情。尤其是，有一次在餐桌上发生了这么一件事。声音沙哑的约阿希姆咽食物时突然给什么哽住了，几乎连气也喘不过来。于是约阿希姆用餐巾掩住嘴巴直喘气，而坐在隔壁的马格努斯太太则按照以前的老办法来上一手，轻轻敲起他的背来。当时汉斯·卡斯托尔普和他的目光相接，看到表哥的眼神十分吓人，甚至比呛咳这件事本身更为可怕，而餐间呛咳其实每个人都免不了，这是不言而喻的。后来约阿希姆闭起眼睛，用餐巾掩口离开餐桌和膳厅，到外面去把嘴里的东西咳出来。

过了十分钟后，他又笑吟吟地回来了，尽管脸色还有些苍白。他嘴里说，刚才惊扰了大家，很对不起，接着便大吃特吃，事后人们甚至想不起在这件区区小事上说一些话。可是过了几天，同样的事又发生了，时间可不是在用正餐时，却是在第二次早膳时分，当时的膳食十分丰盛。那时人们的目光没有相接，至少这对表兄弟是这样的，因为汉斯·

卡斯托尔普正埋头吃东西，没有注意到这个情况，仍旧照吃不误。但用膳完毕以后，有人提起此事，约阿希姆就把那可恶的女人米伦东克骂了一通，说这个女人专用一些问题来纠缠他，在他耳边絮聒不休，把他搞得迷迷糊糊，真是活见鬼。不错。显然，这是一种感应作用，汉斯·卡斯托尔普说。尽管叫人不愉快，但可以断言，它挺有意思。约阿希姆把这件事数落了一通后，似乎觉得自己已卓有成效地抵御那个女人的巫术，吃饭时小心起来，不再常常哽住——最后，哽住的次数不比未受巫术的人为多。只有隔了九天或十天后才重新发作，对于这个，再也没有什么可说的。

然而赖达曼托斯又把他破格地召去了。护士长事先对此作了安排，而这件事也做得不蠢，因为院方已备了一副咽喉镜，可以利用这个聪明地创制出来的工具来对付顽固性的声音嘶哑和好几小时发不出声音来的毛病。约阿希姆一不小心忘记服润喉药剂让自己的喉头保持舒适，就会失音，就会喉痛。不消说，约阿希姆现在所以能像常人一样不常哽住，乃是因为吃东西时非常小心，同时吃饭的速度也差不多通常比别人慢。

于是顾问大夫拿起咽喉镜一会儿照，一会儿反照，窥看约阿希姆的咽喉深处，结束后，这位病人就应汉斯·卡斯托尔普之邀立即来到他的凉廊里，向他汇报情况。检查时，他觉得相当难受，也有些痒——他说话时把声音压得低低的，因为此刻正好是午休时分，周围静寂无哗。他说，贝伦斯最后胡扯一通说，他的喉咙发了炎，每天必须涂药，而且明天就得涂，他现在就得把药准备好。就是这样，喉咙正在发炎，需要涂药。汉斯·卡斯托尔普满脑子都是连绵不断的遐想，他想得很远，而且想到离他相当远的一些人，例如跛足的门房和那个整整一星期一直无事生非地护住耳朵的女人；他还想提出一些问题，但又忍住了，决心想跟顾问大夫私下谈一谈。他只对约阿希姆说，听了他的话感到很满意，那件烦恼事现在已得到处理，顾问大夫已着手承办这件事了。大夫在这方面是一位老手，一定有办法治好的。约阿希姆听了点点头，连看也不看对方一眼，然后掉转身子，回到自己的住所去了。

爱好荣誉的约阿希姆此刻怎样了？最近几天，他的眼睛游移不定，而且很害臊。不久以前，护士长米伦东克使劲盯住他看时，遇上了他那柔和的暗沉沉的目光，结果败下阵去。如果现在她再作一次尝试，结果如何也许很难说。不管怎么说，约阿希姆总想避开别人的目光；如果终究无法避开(因为汉斯·卡斯托尔普常常瞅着他)，那说明汉斯不够明智。此刻，汉斯·卡斯托尔普坐在自己的小天地里，郁郁不乐，他迫不及待地想马上去见大夫，同他谈谈这件事。然而他又耐住了，因为约阿希姆会听到他在起身，因此还是等一下的好，到傍晚再去找贝伦斯。

可是他没有找到，真奇怪！他要找顾问大夫，可他连踪影也没有，那天晚上没有，以后两天也没有见到。当然，这件事要掩盖一下，别让约阿希姆看在眼里，可是这也不足以说明为什么无法与大夫会上一面，也无法解释为何赖达曼托斯不来值勤。汉斯·卡斯托尔普东找西寻，在整个疗养院里探问他的下落，人家叫他一会儿上这儿，一会儿上那儿，说那块地方一定找得到，但一到那边，大夫却已离开了。有一回用膳时，贝伦斯确实坐在席上，可是坐的地方离汉斯很远，坐在“下等俄国人”的餐桌一隅，在餐后的甜食没有端来之前，他已杳无踪影。有一两次，汉斯·卡斯托尔普一心以为找到他了：他看到大夫站在楼梯上和过道里同克罗科夫斯基谈话，同护士长谈话，同一位病人谈话，于是留神守着他。不料他的眼睛向旁边一转，贝伦斯立刻不见了。

只有在第四天，他才达到了目的。他从自己的阳台上，看到他的追逐对象正在花园里向园丁发布什么指示，于是迅速掀开毛毯，急急忙忙冲到楼下。他看到顾问大夫圆鼓鼓的后脖子，大夫正大摇大摆地朝自己的住所走去。汉斯·卡斯托尔普跑起快步来，甚至擅自叫起他的名字来，可是对方置若罔闻。最后他气咻咻地走到了他的面前，把他要找的人拦住了。

“您找我干吗？”顾问大夫鼓起眼睛，盛气凌人地呵斥他。“难道要我给您制订一份院方作息制度的特别日程表吗？据我所知，现在是卧疗时间呐。您的体温曲线也好，爱克司光照片也好，都说明您毫无特殊权利做一位逍遥自在的绅士。我真恨不得在这里什么地方摆上一个威风凛凛的吓唬小偷的东西，用尖锐的措词来恐吓那些胆敢在下午二时到四时闯进花园里的人！您到底要什么？”

“顾问大夫先生，我一定要跟您谈一会儿！”

“我注意到，您早已有这个打算了。您苦苦跟在我后面转，好像我是一个女人和您恋爱的对象。您对我有什么要求？”

“我是为我表哥来的，顾问大夫先生，请原谅我！现在他在用药涂喉咙……我相信这样做是有好处的。这个没有害处吗——我是不是可以这样提出问题？”

“您希望什么事都始终没有害处，卡斯托尔普，您就是这样的人。您总喜欢把没有害处的东西带进来，而您对待它的态度，就好像它本身并没有害处似的，同时还想取悦于上帝和别人。您是一个懦夫，又是一个伪君子，小伙子；如果您的表哥称您是一个文人，那么这样的称呼还是很委婉的。”

“您说的也许都是事实，顾问大夫先生。当然，我个性方面的弱点是不在话下的。不过现在的问题是：这些弱点目下也许不成问题。我三天以来一直想找您向您请教的，只是……”

“您要我送些美味可口既掺糖又掺水的酒给您喝吗？您想打扰我，叫我厌烦，使我支持您那可恶的伪君子作风，好让您心安理得地睡大觉，而别人却苏醒着，饱经风霜雨雪。”

“不过，顾问大夫先生，您可对我太严格了。我要的却是……”

“对，严格，这可不是您分内之事。您的表哥倒是另一号人，是另一种料子做成的。他懂事。他懂事，只是嘴里不说，懂得我的意思吗？他不会攀住别人衣裳的下摆，要他们帮助他装蒜，把什么都看成没有害处。他知道他干的是什么，冒的是什么险。他是一个男子汉，知道男子汉应当抱怎样的态度，应当怎样立身处世，可惜您不是这样一种可爱的两足动物。不过我对您说，卡斯托尔普，要是您吵闹不休，大喊大叫，把您那文人的脾气发泄一通，我就把您撵走。我们这里要的是男子汉，您要懂得我的意思。”

汉斯·卡斯托尔普不出一声。现在他的脸变色时，他会出现雀斑。他的脸已晒成古铜色，不会十分苍白。最后，他说话了，说时嘴唇抽搐起来：

“我很感谢您，顾问大夫先生。我现在也懂得其中道理了，我认为，如果约阿希姆的情况并不那么严重，您就不会——我怎么说才好呢——这么一本正经地跟我说话。我一点也不想吵吵闹闹，大喊大叫，您刚才对我说的话是不公平的。如果这件事需要审慎，那我可以担保，我不会辜负您的期望。”

“您对您表哥怀有很深的感情，汉斯·卡斯托尔普，是吗？”顾问大夫一面说，一面突然抓住年轻人的手，用他那双鼓起的蓝眼睛从下面望着他，眼睛里布满了血丝，眼睫毛却是白的……

“我还有什么好说的呢，顾问大夫先生！他既是我的近亲，又是一个知心朋友和这儿山上的一位病友。”汉斯·卡斯托尔普快哭出声来，一只脚的脚尖踮起，脚后跟朝外。

顾问大夫连忙把手松开。

“噢，以后的六星期到八星期里您要好好注意他，”他说。“就让您天生的那种‘什么都没有害处’的观点听其自然吧，这对他大有好处。我会上他那儿去的，把事情尽可能安排得雄赳赳、气昂昂，而且还叫他舒舒服服。”

“问题出在喉头里，是吗？”汉斯·卡斯托尔普说，说时向顾问大夫点点头。

“喉结核，”贝伦斯同意他的说法。“发展得很快，破坏性很强。气管黏膜看去也不妙。也许是军务号令的叫喊声促使他 locus minoris resistentiae[①]。对于这样的破坏活动，我们一定时刻做好准备。没有多大希望了，我的小伙子；实际上一点也没有希望。当然，各种办法都得试一试——各种好的办法和价格高昂的办法。”

“母亲……”汉斯·卡斯托尔普说。

“以后再说，以后再说。不必急急忙忙。您得小心谨慎，讲究策略，将来她会慢慢明白的。现在您回到老地方去吧。他会发觉的。一旦

① 拉丁文：局部抵抗力减低。

知道人家在背后说他的话，他一定会难受的。”

约阿希姆每天去做涂布疗法。那个时间是晴好的秋天。他穿着白色法兰绒裤和蓝色外套，在做好治疗以后，总是姗姗来迟地赶到餐厅里，衣冠整洁，英姿飒爽。他亲切大方而简洁干脆地向大家致意，为自己的迟到请求原谅，于是坐下来用膳。现在他吃的是特殊的伙食，因为有哽住的危险，他不能再吃普通的食物，他用的是汤、碎肉和粥。同桌的餐友很快就懂得这是怎么一回事。他们非常有礼貌地、十分热情地回答了他的问候，同时还称他“少尉先生”。当他不在时，他们就问汉斯·卡斯托尔普，其他餐桌上的人也走过来问长问短。斯特尔夫人来时绞着她的双手，没有教养地长吁短叹。可是汉斯·卡斯托尔普只是用单音词做了回答，承认表哥的情况相当严重，但在一定程度上避重就轻，说话时很有分寸，为的是保全面子，同时也不希望过早地把约阿希姆的真实情况泄露出去。

他们一起外出散步，每天作三次的例行游逛。顾问大夫对约阿希姆的活动作了极其严格的限制，免得他不必要地消耗过多的精力。汉斯·卡斯托尔普走在他表哥左边。他们平时散步，汉斯有时在左，有时在右，要看机遇而定，但现在汉斯·卡斯托尔普一直在左面。他们谈话不多，所说的都是山庄疗养院的日常琐事，别的没有什么。至于他们之间的事，他们没有说些什么；在一向沉默寡言、只有万不得已时才喊对方名字的人们中间，尤其是这样。然而在汉斯·卡斯托尔普这位文人的胸怀里，有时跃跃欲动，很想把心里话倾吐出来。但他做不到。他终于把心里痛苦地翻腾着的、即将出口的话压了下去，保持缄默。

约阿希姆低着头，走在他的身边。他俯视地面，仿佛他在观察泥土。它显得十分奇特，他走到这里来，衣冠楚楚，落落大方；他以他的骑士风度向过路人打招呼，神态像往常一模一样，而且显得彬彬有礼——他是属于土地的。不错，我们大家都早晚属于这块土地。可是年纪这么轻，怀着多么善意和热切的心情去服役——这么年轻就归属这片土地，却是令人痛苦的。这件事对于走在约阿希姆身边、洞悉内幕的汉斯·卡斯托尔普来说，比行将就木的约阿希姆本人更加痛苦，更加难以理解，约阿希姆即使知道些什么而不说出口来，就其性质来说实际上也是“学究式”的，谈不上什么实际根据，因而基本上说，对这个问题还不及表弟那么关注。实际上，我们的去世与其说是死者自身的事，还不如说是继续活下去的生者之事。不管我们是否引用得恰当，下面这句富有机智的格言在精神方面好歹是非常适用的：只要吾人在，死神不再来；一旦死神来，吾人不复在。因此，在死神和我们之间，并不存在着实际的关系，死神对我们并不意味着什么，只是世界和自然或多或少同它有些关系。因此，所有生物都以十分镇静、冷漠、不负责任和自私的天真无邪来看待死神。在最近几星期里，汉斯·卡斯托尔普在约阿希姆身上看到了许多这种天真无邪和不负责任的东西，同时还懂得，约阿希姆知道对这件事的真相保持合适的沉默并不怎么困难，因为他对它内在关系并不怎么亲密，而且是理论性的。从实际角度考虑，它为一种健全的“合适感”所调节，所决定，使他不大想谈论这方面的事，正像他不愿去谈论生命所熟知的其他许多不体面的生活机能一样，生命是受这些不体面的生活机能所制约的，这些生活机能并不妨碍生命去保持礼节。

他们就这样走着，对自然界那种生命不得体的情况闭口不言。约阿希姆本来对自己不能出席操练和无法参加平原上的军事训练十分激动，而且愤愤不平地口出怨言，现在他不出一声了。尽管他天真无邪，为什么他那温柔的眼睛里又出现忧伤而羞怯的表情呢？那种游移不定的目光——如果护士长盯住不放，也许会获得胜利的吧？是不是因为他知道自己的眼睛已经变大，两颊也凹陷了？——这几星期来，他看去确是这样，比回到平原上老家那段时期要憔悴得多，他那黑黝黝的脸色一天比一天黄，黄得像皮革那样。这样一个环境，对阿尔宾先生来说仿佛是一种耻辱，他尽情享受其中无比的好处，而对约阿希姆来说，则是忧伤和自我轻蔑的根源。那么，在什么面前，在谁的面前，他以前如此坦率开朗的眼光显得躲躲闪闪？一个生命溜到一个角落去死，这是何等荒唐的事，又是生命多大的耻辱啊！他确信，他不能指望外面的自然界会对他的苦难和死亡寄予关切和同情；他认为这样的确信是满有理由的。瞧！一群愉快地振翅飞翔的鸟儿对病弱的同伴们不会不尊敬，而且还用它们的喙愤怒而轻蔑地去啄。不过这是下等动物的天性。在汉斯·卡斯托尔普的胸怀里，涌起了一股非常富有人性的爱怜心，当他在可怜的约阿希姆的眼睛里看到一种黑沉沉的本能的耻辱感的时候。他走在约阿希姆左边，他是故意这样做的；约阿希姆的脚步不大稳，因此要爬到草地高处时，汉斯得扶他一阵子。汉斯还需要克服传统的羞怯，挽住他的胳膊，等上坡后，胳膊还搭在约阿希姆的肩膀上，忘了移开，最后约阿希姆稍稍有些动气，挣开他说：

“瞧你的，这成什么体统。我们这么走路，看去像喝醉了酒似的。”

可是另一个时刻，年轻的汉斯·卡斯托尔普在约阿希姆的忧郁的眼神里看到另一种闪光。这是在十一月初约阿希姆奉大夫之命不得不卧床休息的时候，当时积雪已很深了。那时，他吃东西已经十分困难，连碎肉和粥也难以下咽。每咽一口，总觉得喉咙不对头。大夫建议把膳食改为流质，同时贝伦斯命令他经常卧床休息，以积聚精力。在他需要经常卧床休息的前一天晚上，也就是还能走动的最后一个晚上，汉斯看到他在同玛鲁莎谈话。就是这个笑起来没个完的玛鲁莎，手帕散发着橙子香味和胸脯看去很美的玛鲁莎。那时正餐已经用毕，人们在客厅里像往日的晚上一样聚在一块儿。汉斯·卡斯托尔普原来逗留在音乐室里，这时走了出来，想找约阿希姆聊聊。这时他忽然看到约阿希姆在瓷砖壁炉面前，靠近玛鲁莎的椅子旁——玛鲁莎坐的是一把摇椅，约阿希姆的左手搁在摇椅的靠背处，使摇椅往后仰，这样玛鲁莎就能以横躺着的姿态用她那双棕色的大眼睛直视着他的脸。他向她俯下身子，悄悄地、断断续续地谈些什么，而她有时笑眯眯的，激动而轻蔑地耸耸肩膀。

汉斯·卡斯托尔普急忙退到一旁。他也不是不知道，当时还有别的病友们在场，像过去习以为常的那样津津有味地在看这幕话剧，只是约阿希姆没有发现，或者没有注意到罢了。这样一个场面在汉斯·卡斯托尔普的内心引起的震动，比他近几星期来看到可怜的表哥出现体力不济的种种征兆时还要大些——约阿希姆好长时间来虽和玛鲁莎同桌而餐，但彼此一直没有交换过一言半语，过去一看到玛鲁莎，他总是规规矩矩地、恭恭敬敬地垂下眼睛，脸上显出严肃的表情，尽管人家提到她时他会脸色发白，面部出现雀斑。可现在，他却肆无忌惮地同这个乳房高起的玛鲁莎在密谈！“不错，他是一个病入膏肓的人！”他想，于是在音乐室的一把椅子上静静地坐着，让约阿希姆有充分时间在那边客厅里享受他最后一个夜晚。

从那时起，约阿希姆一直卧在床上。于是汉斯·卡斯托尔普写信给路易丝·齐姆森，在他那舒适透顶的卧椅上写。在他的早几封信里，他又加了这么一些话：约阿希姆现在躺在床上，虽然什么也没有说，但从他的眼神里可以看出，他很希望母亲在身边，而顾问大夫贝伦斯对这个没有说出口的要求也明确表示同意。他写得委婉而清楚。因此，齐姆森太太尽快赶上车子来看儿子，可一点儿也不奇怪。在发出这封充满人情味的告急信后的第四天，她到来了，汉斯·卡斯托尔普就驾乘了一部雪橇冒着暴风雪到“达沃斯”火车站去接她。在小火车开到之前，他站在月台上，努力使自己面不变色，免得做母亲的一下车就吃了一惊，同时也不让她在看上第一眼时就抱有虚妄的、比较乐观的幻想。

在这个月台上，人们相遇不知有多少回！当旅客下车时，前往迎接者东找西寻，眼睛里流露出紧张和恐慌的神色，他们不知有好多回就这样急匆匆地走到一块儿了！齐姆森太太给汉斯的印象，似乎她是从汉堡步行到这里的。她涨红了脸，拉住汉斯·卡斯托尔普的手，让它搁在自己的胸口上。她怯生生地环顾四周，提出一些匆忙的、仿佛是见不得人的问题，汉斯一面感谢她这么快就来，一面对她的提问避而不答，只说她来真是好极了，约阿希姆一定很高兴。唉，可惜目前他躺在床上，这是因为喝流质的缘故，这当然影响到他的体力。必要时也可以想一些别的办法，例如人工营养。反正她可以亲自照料。

她看到了，她身旁的汉斯·卡斯托尔普也看到了。在此时此刻之前，他对约阿希姆近几星期以来身上发生的变化并不怎么在意——年轻人对这类事是不很注意的。然而现在，当他站在来自外界的母亲的身旁时，他却仿佛用那位母亲的眼光来看约阿希姆，好像他已好久没有见到他了，于是什么都看得一清二楚——当然，做母亲的也看得一清二楚。这三个人，连约阿希姆自己在内，都确凿无疑地知道：他是一个行将就木的人了。他把齐姆森太太的手放到自己手里，这只手又黄又瘦，像他的脸孔一样。在他健康时稍稍叫他操心的两只耳朵，由于消瘦而令人惋惜地变了样，显得更加像招风耳了。不过除了这个缺点之外，尽管病痛在他脸上打下了印记，尽管他的表情是严肃的，冷峻的，甚至是傲慢的，他看去却更俊美了——虽然他黑胡子下的两片嘴唇同他阴沉沉的深陷的双颊相比，显得过于丰满。在他额角的黄苍苍的皮肤上，在两只眼睛中间，出现了两道皱纹；他的眼睛虽然深陷，却比过去更大，更美，汉斯·卡斯托尔普看到这样的眼睛本来是应当高兴的。自从约阿希姆卧床以来，他眼睛中所有烦恼、忧伤和不安定的色彩都消失了，在它们平静的、黑暗的深处，只能见到以前出现过的那种闪光——当然也是某种“不祥的”闪光。他握住母亲的手，轻声地向她问好和表示欢迎时，他脸上一丝笑容也没有。当母亲进来时，他也没有微笑过一下；他脸上毫无表情说明了一切。

路易丝·齐姆森是一个刚毅的女人。她看到她那亲爱的儿子，并不显出悲恸欲绝的样子。她的头发用几乎看不见的网纱罩住，显得十分整洁，由此看出她的态度镇定自若。她冷静而精力充沛地担负起约阿希姆的护理工作，她家乡里的其他人干起活来都是这样。看到儿子那副憔悴的模样，做母亲的不得不急于尽最大的努力去办理一些需办的事，同时怀着这样的信心：如果有什么能拯救她儿子的话，也许只有她孜孜不倦的努力和无微不至的关心才能奏效。过了几天以后，她同意请一位护士来照料身罹重病的儿子，这次不是为了贪图安逸，而只是摆摆场面而已。这位护士就是贝尔塔，也就是阿尔弗蕾达·席尔特克内希特；她带着黑黑的手提箱，来到约阿希姆病床面前。然而不论白天或夜晚，齐姆森太太总是自己抢着干，因而贝尔塔护士有许多时间空出来，可以站在走廊里好奇地东张西望。她那条夹鼻眼镜的带子总是在耳朵后面拖着。

这位路德会女护士为人冷漠。有一回，她在病房里跟汉斯·卡斯托尔普和另一位睁开眼靠在床上，但并未睡着的病人单独在一起时，居然说出这样的话来：

“你们两个人中间我先护理谁，送谁的终，我连做梦也没有想过哩！”

汉斯·卡斯托尔普听了这话大惊失色，伸出拳头，拉长了脸，可是她不大明白他的意思——她对约阿希姆连一点儿同情心都没有，认为他是不值得怜悯的；同时还有一种过分实际的想法：不论谁，哪怕是近亲，对约阿希姆的病情和后果可能存在某种错觉。“瞧瞧这个，”她在一块手绢上倒了一些科隆香水，放到约阿希姆的鼻子下面，“您可以再舒服一会儿，少尉先生！”那时候，实际情况确实也是如此，对善良的约阿希姆再抱自欺欺人的想法可不是挺理智的了。齐姆森太太用有力的、激动的语调谈起他儿子的康复，无非是为他充当一剂强身的补药罢了。因为有两件事是清晰无误，确凿无疑的：一是约阿希姆本人也清楚地意识到命在旦夕，二是他的心情十分平静，视死如归。只是在上星期——当时是十一月初——他明显地出现了心力衰竭的症状：他一连几小时昏昏沉沉，对自己的情况不甚了了，还喃喃地谈起自己不久要回联队，参加军事大演习——他还以为演习还在进行中哩。这时顾问大夫贝伦斯对他的病人不再抱任何希望了，他说几小时内生命即将结束。

这样的现象既如此令人伤感，又颇合乎规律。这种易忘而轻信的自我诳骗，在濒临死亡前、生命进行崩溃的过程中也会侵袭着意志坚强的男子汉。它合乎规律，并非个人的现象，而且超越了一切个人的意识，像一个冻僵了的人或兜圈子时迷失了方向的人那样，有什么东西诱使他昏昏欲睡。尽管汉斯·卡斯托尔普愁肠寸断，心如刀割，这样的现象他依旧冷静客观地看在眼里，而且在向纳夫塔和塞塔姆布里尼谈起表哥的身体情况时也未能避免地用笨拙而尖锐的措词加以叙述。他说目前流行一种见解，这种哲学信仰的实质是：相信“一切都会好起来”是一种健康的标志，而悲观和厌世却是疾病的标志。他认为这样的见解显然是谬误。说到这里时，他竟被塞塔姆布里尼训斥一番。如果真是这样，令人失去一切希望的生命最后阶段就不会产生一种乐观情绪，它那反常的玫瑰色彩，同先前的沉郁状态相比显示出一种粗犷而健康的生机。要感谢上帝的是，他同时可以告诉关心约阿希姆的友人们：虽然赖达曼托斯已对约阿希姆不抱任何希望，他却预言病人临终时平平稳稳，不会有多大的痛苦，尽管病人年方青春。

“心脏就像一支牧歌那样停止了，我尊敬的夫人哟！”贝伦斯说时把路易丝·齐姆森的手捏住，把它放在自己两只硬大的手里，并且抬起他那充血的、泪汪汪的、鼓起的蓝眼睛瞅着她。“现在他经历了这个称心如意的过程，不必遇上声门水肿之类折腾人的花样经，这叫我满意，十二分满意！这样，他不会吃上许多苦头了。他的心很快就衰竭，这对他是运气，对我们也是运气。我们可以尽到我们的责任，给他注射樟脑一类东西，不过要使他苟延残喘，已没有多大希望了。最后他会好长时间睡去，做起愉快的梦来，这点我可以向您担保。最后如果他没有睡熟，那么过渡时期也一定很短，短得难以觉察，这对他来说也差不多，请相信我说的这番话。情况基本上总是这样。我知道死是怎么一回事，我是他的老伙计，人们把它估计得过高了，请相信我！我可以告诉您，死没有什么了不起。有时，死前也许会使你叫苦连天，不过把它记在死的账上是不公正的，这是生命在跃动的现象，以后可能起死回生，恢复健康。可是对于死，从那面回来的人谁也说不出究竟是怎么一回事，因为我们没有经历过。我们从黑暗中来，又回到黑暗中去，两者中间就是人生；而开头和结束，也就是生和死，我们都无法体验。它们都不是什么主观上的东西，而完全属于客观范畴。事实就是这样。”

顾问大夫就是用这样的方式来安慰的。我们希望这些话能给富有理智的齐姆森太太带来少许宽慰。确实，他那番头头是道的话大部分是说到点子上的。最近几天，虚弱的约阿希姆一睡就是好几小时，也许在做他心目中的美梦，我们可以假定，他梦里不外乎自己如何在平原上过军人生活。当人醒来时，人家问他感觉如何，他就老是含含糊糊地回答，他很舒服，很快乐，虽然他已几乎没有任何脉搏，而接受注射时也不再感到针头的刺痛。他的身体已无任何感觉，你尽管烧他，拧他，而约阿希姆这个好小伙子已对这些无动于衷了。

自从母亲来到以后，他身上又发生了巨大的变化。修面对他已是一项沉重的负担，他已有八九天没有修了，因此胡子长得很多。漆黑的连鬓胡子，衬托着他那苍白的脸和温柔的眼睛。这是士兵在战场上有时留着的“战士胡子”，大家都觉得挺漂亮，挺有男子气概。不错，约阿希姆长着这样的胡子，已从青年一跃而成为一个成熟的男子汉，当然也不仅仅由于这样的胡子。他的生命消逝得很快，像滴滴答答行走的钟表机构一样；他像奔马似地跨过了年龄的各个阶段，时间不容许他在每一阶段上驻足。最后二十四小时内，他骤然变成一个老人了。心脏衰弱使他的脸部浮肿，使人感到病人处于一种紧张状态，因而汉斯·卡斯托尔普获得了这样的印象：从最低限度说，死亡必定是一件十分费力的事，尽管由于他的许多感官失灵以及医学上采用的镇痛措施，约阿希姆本人似乎感觉不到这些。肿得最厉害的部位要算嘴唇了，嘴巴内部干燥而没有感觉，这样一来，显然使约阿希姆说起话来像老人那样含糊不清。这一障碍使他十分恼火；一旦他迸出什么话儿，总是那么嘟嘟囔囔的。但愿一切都会好起来，可言语障碍却是一件该死的麻烦事。

当他说“一切都会好起来”时，意义是不那么明确的。他说话时显然呈现出暧昧不明的倾向，他不止一次说一些模棱两可的话，似乎懂得什么，实际上却又不怎么懂。有一次，一阵毁灭感袭上心头，他显然浑身战栗；他摇摇脑袋，有某种自怨自艾的神色：他说自己从来没有那么难受过。

不一会，他变得严肃起来，抗拒一切而不服管束，甚至十分粗鲁。他不愿再听编造出来的话和甜言蜜语，也不回答问题，只是呆愣愣地瞅着前方。路易丝·齐姆森请来了一位年轻的牧师，他衣服上不用硬领，只有胸饰，这使汉斯·卡斯托尔普深感遗憾。牧师与约阿希姆一起作祈祷后，约阿希姆的态度变本加厉，他官腔十足，提要求时用的只是发号施令的短语。

晚上六时左右，他开始做起一项奇怪的动作来：他反复摆动右手(右手的手腕上戴着金锁片手镯)，先摸摸臀部，然后摸摸床单，伸回来时又把那只手稍稍抬起，再用“刮”和“耙”的动作伸向床单，仿佛采集什么东西似的。

七点钟时，他去世了。当时阿尔弗蕾达·席尔特克内希特正好在走廊上，只有母亲和表弟在场。那时他倒在床上，用命令式口气叫人把枕头垫得高些。当齐姆森太太动手前去扶他时，他急匆匆地说起话来，他说他一定要申请延长假期，并且把申请书呈上——刚说了这句话，顾问大夫的所谓“短暂的过渡”开始了。汉斯·卡斯托尔普在红灯罩台灯放射出的光线下，以虔敬的心情清楚地看到了表哥的动静。约阿希姆的眼神黯淡了，他脸上那种无意识的紧张状态松弛起来，嘴唇的肿胀也显然消退，青春之美又一次呈现在他沉静的脸上，事情就这样结束了。

这时路易丝·齐姆森掉过头去啜泣起来。是汉斯·卡斯托尔普站在已经停止呼吸的、一动不动的表哥身边，用无名指指尖合上他的眼皮，并且小心翼翼把他在床单上的两只手交叠在一起。接着他也哭了，让泪珠从面颊上滚滚流下，像以前泪流满面的英国海军军官一样——这是一些透明的液体，在世界各地每时每刻都在如此大量地、如此痛苦地流淌，因而有人富有诗意地称之为“泪谷”。这是一种碱性而含有盐分的腺分泌物，当神经受到冲击，生理上或心理上受到剧烈的痛苦时，泪水就会从我们的身体上绞出。汉斯知道，泪水里含有黏液素和蛋白质。

顾问大夫接到护士贝尔塔的通知后赶来了。半小时前他刚离开，给病人注射了一支樟脑，他只耽误了“短暂的过渡”那么短的时间。“啊，他毕业了，”他把听筒放在约阿希姆静止不动的胸脯上，简短地说。他同死者的两位近亲握握手，向他们点点头。接着他同他们两人一起再在床边站一会儿，细细看着约阿希姆纹丝不动的、蓄着战士胡须的脸。“了不起的青年人，了不起的小伙子，”他向长眠不醒的死者点头拨脑，越过肩头对两人说。“他是逼上梁山的啊，你们知道哇。他在山下的勤务都是强制执行的。他干起军人这一行来头脑发热，而且不达目的，誓不休止。你们要懂得，这是光荣的战场。这个冒险家啊，他逃出了光荣的战场，离开了我们。他死得可光荣，而死亡——你们对死亡随便怎么看都行——他毕竟说了‘我有这份光荣’那样的话。了不起的家伙，了不起的小伙子！”说罢他走了，身体看去颀长而佝偻，后颈骨高高突起。

他们决定把约阿希姆的遗体运回家乡。山庄疗养院当局为此做了一切必要的安排，同时也注意到如何合乎仪礼，如何显得颇有气派。母亲和表弟几乎不用亲自动手。第二天，约阿希姆躺着时穿一件硬袖口的绸衬衫，被子上撒满鲜花，在一片洁白中显得比临死前更加俊美了。他脸上紧张的表情全部消失，连一丝痕迹也没有，它已经平静下来，模样儿看去极其恬静、安谧。黑而短的鬈发披在他那静止不动的、黄苍苍的额头上，额头似乎是用介乎蜡和大理石之间的贵重材料制成的；嘴唇丰满而傲慢，上面的两撇胡子也是卷曲的。前来向他告别的许多宾客都异口同声地说，如果给他戴上一顶钢盔，对他的头部可能还要合适些。

斯特尔夫人看到昔日的约阿希姆的形象，激动得放声痛哭。“真是一位英雄，一位英雄！”她好几次高声嚷嚷，并且要求在他墓前一定要演奏贝多芬的“Erotika”①。

“别作声！”她身边的塞塔姆布里尼发出嘘声。他是和纳夫塔一起与她同时走进房间的，对约阿希姆的死非常激动。他挥起双手，要在场的人们走到约阿希姆面前去哀悼他。“Un giovanotto tanto simpatico， tanto stimabile！”②他几次三番地说。

纳夫塔连看也不看他一眼，态度依旧十分拘谨。他禁不住轻声而尖刻地向他说：

“您除了致力于自由和进步的事业之外，对这类严肃的事居然也安上一片心。我看到这个，十分高兴。”

塞塔姆布里尼只好忍一下。也许他意识到在目前的形势下，纳夫塔的地位比他占更多的优势；也许由于他刚才用活泼的方式来悼念死者，已使他暂时占了对方的优势，因而现在还是默不作声为妙。但莱奥·纳夫塔还进一步利用他那不稳定的优势，刻薄地说出警句式的话来：

“文人的错误在于他们抱着这样一种信仰：只有精神才能导致高尚行为。其实，倒过来说才是正确的。没有精神的地方，才会产生高尚行为。”

“好啊，”汉斯·卡斯托尔普暗想：“这句话多么隐晦曲折！这样的

① Erotika一字源于Erotik，意为“情欲”，“色情”。但斯特尔夫人实际上想说的却是贝多芬的《英雄交响曲》（Eroica）。此处喻那位夫人的愚昧无知，说话不伦不类。

② 意大利文：他是一个多么讨人喜欢，多么叫人尊敬的小伙子呀！

话一出口，谁都得闭起嘴唇来。听了这话一时会吓破了胆……”

下午，金属棺材送来了，由一个运棺材来的人员单独办理遗体处理事宜，准备把约阿希姆放到这个庄严的、饰有金环和狮子头的容器里。他是殡仪馆的一名雇员，身穿一件短短的外套，粗俗的手上戴着一只结婚戒指，这只黄黄的戒指可以说几乎陷在肉里。人们不禁感觉到他那件短褂会散发出尸体的气息，不过这只是一种偏见而已。然而受过专职训练的人却告诉大家，他是关起门来办这件事的，死者的亲友们只须穿起合适的丧服来就可以了。这就引起了汉斯·卡斯托尔普的怀疑，觉得这样很不是滋味。他主张叫齐姆森太太退一下，别露面，用委婉的语气请对方让自己留下来帮上一手。他把遗体抬起来，帮助对方把它从床上抬到棺材里。于是约阿希姆的躯体高高地、庄严地躺在饰有流苏的亚麻布垫被上，中间则放着山庄疗养院当局的烛台。

但过了两天出现了一个情况，使汉斯·卡斯托尔普决定同遗体暗暗告别，让那个料理后事的专职人员来收场。原来约阿希姆的神情一直庄严肃穆，现在却在军人的胡须间露出了笑容。汉斯·卡斯托尔普并不隐瞒自己，这样的笑容是尸体行将分解的标志，于是他心里着急起来。现在，看上帝分上，理应是闭上棺木、钉上棺盖的时候了，不日就应下葬。汉斯·卡斯托尔普一反传统习俗，用嘴唇温柔地吻起约阿希姆亡骸的冰冷的额头，以示告别。尽管他仍对背地里干活的那个殡仪馆职员满肚子不信任，但只好顺从地跟着路易丝·齐姆森走出了房间。

我们让最末第二幕的幕布落下。不过当幕布沙沙地落下时，让我们在心灵上同滞留在高山的汉斯·卡斯托尔普在一起，跟着他一起神游下方平原上一个潮湿的墓地，窥看那里时起时落的刀光剑影，倾听墓地里发出的命令。这时响起了三声礼炮，犹如三个热情的敬礼，礼炮声在约阿希姆·齐姆森土壤里生了根的、战士的坟茔上回响。

第七章

海滩上的漫步

我们能将时间、时间本身，按它的本来面目和为了它本身的目的叙述出来吗？这点确实是办不到的，这会是一件蠢事！一则故事中这么说："时光流逝，它消逝了，时间的海洋一直在流"以及诸如此类，凡是理智健全的人，谁也不会称它是一则故事。这好比一个人在整整一小时内只疯疯癫癫地奏出同一个音符或和音，而居然称之为音乐一样。因为故事和音乐的相同之处，在于它填补了时间的空隙，它"合适地填补了时间"，它进行"分割"，因而"它有了某些内容"，因而"有什么事发生了"——我们在这里怀着虔敬而又悲痛的心情(对于死者的格言，我们总是怀着这种心情)引用了已故约阿希姆的即兴式的话，不过他的声音早已不在我们的耳际回荡了。我们不知道读者是否清楚，约阿希姆说这些话离开现在已有多久了。时间是故事的要素，正如它是生活的要素一样。它们两者息息相关，犹如空间中的各个物体。时间又是音乐的要素，音乐对时间进行计量和分割，它能同时使时间缩短，并提高它的价值。如上所述，音乐和故事血缘相近，两者都存在着前后的依存关系，而且处于不息的流动状态，它们与造型艺术不同，后者在"现实"中是完整的，它对时间的关系，同物体对时间的关系一样；而故事犹如音乐，即使它企图在任何瞬间完整地存在，也需要时间来促成。

这是了如指掌的。不过同样显而易见的是，这里存在着一个区别。音乐中的时间要素仅是一元的：音乐把自己倾注在人间的一小部分时间内，从而莫可名状地使其高贵与美化。故事则相反，它的时间要素是二元的：首先是故事本身所需要的时间，也就是故事的经过和再现所必要的纯粹的音乐的时间；其次是故事中所含的内容的时间，它具有透视效果，这种透视性的幅度各不相同，因而故事的虚构时间既可以大致或完全与实际时间即音乐时间吻合，也可以相距十万八千里。一段名称为《五分钟华尔兹》的音乐，持续时间为五分钟——这是它同时间要素的唯一的关系。而一则故事呢，它的内容时间倘为五分钟，那么，假使你全力以赴地利用这五分钟时间，时间界限方面就能扩展到原来的一千倍——即使同其虚构时间相比已显得十分冗长，但实际上却是非常短的。另一方面也存在着这样的可能性：故事的内容时间可把本身的实际时间无限地予以缩短。我们说“缩短”，指的是另一种幻觉的要素；说得明确些，也就是一种疾病的要素，它和我们涉及的主题显然有关。我这里指的也就是故事涉及炼金术的魔法和暂时性“超透视”效果的场合，使人想起实际生活中某些反常的和明确地超感觉的经验。我们曾读到过吸鸦片者的一些记录，它们说明了这些瘾君子在短时间吸醉了时头脑里会产生幻觉，这种幻觉的时间跨度为十年、三十年、甚至是六十年，甚至超越了人们生活经验中的时间界限——他们梦境中的幻觉时间，极大程度地超过了实际时间量，他们的时间感缩短得令人难以置信。正如一个吮用麻醉剂的人所表白的那样，在沉醉者的头脑中，幻象一个接着一个出现，速度非常快，仿佛“什么东西像一块损坏了表的发条那样被取走了”。

故事可以同时间一起投入工作，并且对时间予以处理，像吸用鸦片者那些不道德的梦境一样。由于故事可以对时间进行“处理”，因此作为故事要素的时间，也能成为它的客体，这是显而易见的。如果说，“讲一个时间的故事”这样的说法有些过分，那么，讲故事时要谈谈关于时间就显然不像开始时看去的那样是什么荒谬的事了。正因为如此，“时间小说”这一名称就能有奇特的、梦幻似的双重意义。事实上，我们提出了时间能不能讲述的问题，不得不承认我们是故意这样做的，为的是它同现在这篇小说有关。如果我们再提出一个问题，围绕我们的读者是否清楚我们这位已故的、值得尊敬的约阿希姆发了上面那段关于音乐和时间的议论后离开现在已有多少时间（谈话涉及他那本性的某种炼金术的进一步提纯；就他那善良的本性来说，这种议论非他的能力所及），那么当我们听到读者诸君对此目前其实均不甚了解时，我们也并不怎么动气。不但不动气，而且还感到满意，其中的理由十分简单：因为我们写作的主旨就是唤起读者同情我们主人公的遭遇，而且因为这位汉斯·卡斯托尔普对有关问题也心中无数，好些时间来一直不清楚。这就构成了以他为中心的一部小说，因而从另外意义上说，也是一部“时间小说”。

约阿希姆和他在这儿山上——时间上到他擅自下山为止，或者总的时间一起算——究竟住了多长时间？他不听劝告擅自离院，究竟在日历上的哪一天发生？他离开了多久，什么时候再回来？在约阿希姆回到山上、以后又和时间诀别时，汉斯·卡斯托尔普本人在这里究竟呆上多久？撇开约阿希姆不管，肖夏太太已经离开了多少时间？从什么时候，哪一个日期起，她又回来(因为她确实回来)了？她回来以后，汉斯·卡斯托尔普又在山庄疗养院消磨了多少尘世上的时间？——也许有人会向他提出这些问题，不过谁也没有提出。他本人也没有提出这些问题，因为他羞于启齿。如果有人真的提出了，那么他就会用指尖轻轻敲着额头，肯定答不上来。这一情况，正如他上山的第一个晚上在塞塔姆布里尼面前显得局促不安一样，当时塞塔姆布里尼先生问起他的年龄，他竟期期艾艾地回答不出，因为当时他确实不清楚，自己究竟有多大岁数了！

这话听来也许十分荒唐，而且不近人情，闻所未闻，不大符合事实。不过在某些情况下，任何人在任何时候都会遇上这样的问题。在这样的先决条件下，没有什么能保护我们，使我们不致对时间的过程、甚至我们的年龄茫然无知。由于我们身体内部缺乏时间器官，也由于我们完全没有能力来确切知道时间过程(没有外界的提示，我们就没有多大把握知道它)，所以发生上列现象也是有可能的。以前曾有一群矿工被埋在矿井里与外界隔绝，既不知白天，也不知黑夜；后来，他们幸运地得救时，曾做过这样的估计：他们以为在黑暗中时而满怀希望，时而悲观绝望，总共是三天时间。但实际上却已有十天了。我们本来还以为，他们在极其难堪的处境里，时间对他们来说一定很长。在他们看来，时间的客观长度竟缩短了三分之一以下。因此，人们在一筹莫展的困境下，往往把时间看得过于短些，而不是估计过高。

当然谁也不会怀疑，要是汉斯·卡斯托尔普愿意的话，实际上会毫无困难地摆脱无知状态，把问题搞得清清楚楚的，正如读者在遇到一些朦朦胧胧、模模糊糊的问题与他们健康的理智背道而驰时，他们也会不费什么力气地这么做。就汉斯·卡斯托尔普而论，要他单独作出努力挣脱这种朦朦胧胧和模模糊糊的状态，搞清楚他上山的时间究竟已有多久，也许并不特别轻松。妨碍他这么做的是一种畏缩情绪，是他良知的一种畏缩——虽然对时间不放在心上，乃是失去良知最恶劣的表现，这是显而易见的。

环境大大地促使他缺乏善意(我们几乎要说，促使他不怀好意)，这样对他是否有好处，我们可说不上来。当肖夏太太重归故地时(她来时的情况跟汉斯·卡斯托尔普预期的不同，不过终究来到了他的所在地)，又是基督降临节时分，是一年中最短的日子，从气象学角度来说，冬季即将开始。不过实际上，从理论上区分时间的角度上看，从冰天雪地的角度上看，天知道冬天已经过去了多久。确实，冬天中随时会有短时间的晴天，那时骄阳如火，碧空如洗，有时天色甚至蓝得发出一种黑沉沉的光泽——那是些即使在冬季也会遇上的夏日，且不谈在夏天的每个月份里都会降下的雪。以前，汉斯·卡斯托尔普同已故的约阿希姆经常谈起这种变幻无常的天气。各个季节相互混杂，难分彼此，每年的季节不分顺序，因而人们不是感到令人厌烦地短，就是短得令人厌烦。唯其如此，所以有一次约阿希姆发过一句牢骚：这里压根儿谈不上什么时间。这种大混乱造成了一笔糊涂账，于是在感受上或意识上就有“依然存在”或“再度出现”两种情形出现，这是人们在山上体会到的最令人困惑、最茫无头绪和最扑朔迷离的经历之一。汉斯·卡斯托尔普在上山的最初几天就感觉到这里有离经叛道的倾向，也就是说，当他在富丽堂皇的餐厅里享用五顿丰盛的膳食时，第一阵叫他眼花缭乱的昏眩感就向他袭来，尽管这种昏眩感是比较无害的。

从此以后，这种感觉上和精神上的混乱日甚一日地加剧了。人们在主观意识上对时间的感受不管削弱或消灭到何种程度，时间毕竟有其客观的实在性，只要时间在“活动”，在“发生作用”。这是职业思想家的一个问题——汉斯·卡斯托尔普年轻自负，有一回居然也想到这个问题——墙角台板上密封的储藏罐是否也受到时间的影响。可是我们知道，时间对“七个睡人”[①]也会发生作用。有一位大夫曾用文字形式证明了一个实例：有一个十二岁的小姑娘有一天睡着了，一睡就是十三年之久，在醒来以后，她已不再是十二岁的女孩，而是发育成一个成熟的女人了。她怎么会是别的呢！死去的人已经物故，他已经与世长辞。他有许许多多时间，不过就死者本人来说，他一点儿时间也没有。这并不妨碍他长指甲，长头发，总而言之——不过我们不愿重复约阿希姆对此发表的粗野议论，当时汉斯·卡斯托尔普刚上山来，听了这话很不自在。汉斯既长头发，又长指甲，看来它们还长得很快。他经常坐在达沃斯村大街上一家理发店的一把椅子里，身上披着一块白布，让理发师修剪，因为有几绺头发已经长到耳边。他老是坐在那边；或者不如说，当他坐在那边，同向他阿谀奉承的理发师聊天时，或者当他站在自己的阳台门边，从漂亮的天鹅绒化妆袋里取出剪子和三角细锉刀修剪指甲时，他突然感到一阵恐惧，恐惧中夹杂着好奇的喜悦，他不由头晕目眩——昏眩这个词儿在这里是有双重意义的：他既晕头转向，又茫然若失，只觉得团团转，再也分不清什么是“依然存在”，什么是“再度出现”，它们的混合和含糊不清构成了没有时间的“永远”与“永恒”。

我们以前已经常说过，我们既不希望把汉斯看得比实际上好，也不希望看得比实际上坏。因此，我们对下列这点不愿沉默，即尽管他喜欢沉湎在这种神秘的诱惑中(他清楚地意识到这种诱惑，而且故意挑逗起这种诱惑，而耽于这样的诱惑是应当受到责备的)，但他总是想方设法作种种努力来抗衡它，以事补偿。他会静坐着，手里拿着他的那块表——就是他那扁平光滑的怀表，他把上面刻有花押字的盖子打开来——垂下眼睛看着它有红黑两排阿拉伯数字的陶瓷表面，陶瓷表面上有两枚纤细而华丽、方向各异的金针，还有一枚很细的秒针，秒针在一个特殊的小圆圈里滴滴答答走个不停。汉斯·卡斯托尔普定睛看着，为了阻滞几分钟

---

① 原文 Siebenschläfer，本系“七睡仙节”之意(日期为六月二十七日；按照农谚，这一天天气决定以后七星期的天气)，直译则为七个睡人；也可转义为睡上七年的人。汉斯在山上已住了七年，故用此双关语。

和延长几分钟，他想设法抓住时间，不让它溜走。可小针仍滴滴答答地往前走它的路，不管它到达的数字如何，接触着，走过去，超过，远远超过，后来又接近了，又到达了。它对到达点、大刻度和小刻度都是不关心的。到了“60”这一数字时，它似乎暂停一瞬间，或者至少显示出一种微小的征兆，说明这里已到了终点。从它迅速地越过未标数字的小刻度线的那种方式上，人们可以看出，它行程中的全部数字和刻度只是隶属品，它只是往前走着，走着……就这样，汉斯·卡斯托尔普再把这块玻璃表藏到背心袋里，让时间自行其是。

年轻的冒险家内心生活的种种变化，我们应如何使山下的那些正派人来理解呢？时间上无差别的昏眩感有增无已。如果稍稍迁就一下，难道不容易把“今天”和“昨天”区别开来，和“前天”、“大前天”区别开来？在他看来，这些日子都像一只鸡蛋那样，并无差别。如果真是这样，那么“现在”是不是容易同一月前的“现在”和一年前的“现在”混淆起来；而且永远混在一起？不过，只要对“依然存在”、“再度出现”和“未来”的意识形态区别开来，人们免不了会感到那么一种诱惑力把“昨日”和“明日”的相对名称的意义扩大，并适用于广大的相对关系，而“今天”却与“昨日”和“明日”肯定保持一定距离。要想象生物的存在是并不困难的，也许比地球小的行星上也有生物存在；这些行星的时间单位是极小的，对于它们“短促的”生命来说，我们秒针敏捷而迅疾的小步走动可能相当于时针的迟迟不前的缓慢的移动。然而我们也可以想象这样一些生物，它们的生存空间大，时间单位也十分巨大，因而“刚才依然存在”、“过了少许时间”以及“昨日”和“明日”那些不同的概念在其时间感受方面具有非常大的扩展的意义。我们说，这种空想不仅是可能的，而且从可容忍的相对主义的精神来判断，再根据“场所不同，标准亦不同”的谚语来看，也可以说是合法的、健康的和值得尊敬的。然而对于受到年龄约束的地球之子来说，一天，一星期，一个月和一学期对他该有多么重大的意义，而在生活中却有这么多的变化，从而也有这么多的进步，而他有一天会染上罪恶的习惯，或者说，有时沉湎于酒色——对于这样的人，我们怎能想象他会把“一年之前”说成是“昨天”，而把“明天”说成是“明年”呢？毫无疑问，我们在这里要把他看成是“迷途和迷乱”者，从而引起我们极大的忧虑。

在人间，人们生活中会遇上这样一个处境，会出现某些风光如画的环境(如果我们对眼前呈现的景色能用上“风光如画”这个词)，在这样的环境下，时空区分混乱和消失到令人目眩的无差别境界在一定程度是合乎自然规律的，是满有理由的，因而沉浸于它的魔力之中——例如休假时间——无论如何是能够允许的。我们指的是海滩上的漫步——汉斯·卡斯托尔普对此一向满怀渴望。我们已经知道，他总是怀着欣喜和感恩的心情怀念着雪野和家乡海边的沙丘。我们相信，当我们提到这样的迷人心窍的奇游时，凭着读者的经验和记忆力，他们不会对我们不理不睬。你走呀走的……你这样在漫步，决不会准时回家，因为你是属于时间的，而时间对你来说却不存在了。哦，海洋啊，我们坐在离你很远的地方，讲述你的故事，我们向你披露了我们的思念和爱慕之情，我们可以明确地、大声地告诉你，你应当在我们的故事中占一席之地；实际上，你暗地里一直在我们的故事里，而且今后也是这样！……海洋像一片荒原，发出轻轻的呼啸声，天空是淡蓝色的，有些苍白，浓重的湿气，使我们的嘴唇沾上一些盐味。我们在有弹性的砂地上走着，走着，地上满是海藻和小贝壳。我们的耳边吹起了海风，这是透过空间自由自在地、无拘无束地、毫无半点奸诈地吹来的海风，它的风势虽大，却很柔和，吹了使人陶醉。我们漫无目的地向前走着，走着，眼看汹涌奔腾的海洋上卷起泡沫，舔着我们的脚。巨浪在咆哮，后浪推前浪时发出低沉而明快的吼声，然后又像白绢那样拍打在平坦的沙滩上——这里是一个浪头，那边又是一个浪头，有的浪头打在那边的沙滩上。我们的耳畔尽是重浊而温柔的浪涛声，世界上其他一切声音再也听不见了。我们的内心非常惬意，意识上达到忘我的境界……且让我们闭起眼睛，藏身于永恒之中！不！瞧呀，在泛起灰绿色泡沫的、海面与地平线神秘地相接的远方，扬起了一张帆。在那边吗？“那边”是什么地方？离这里多远？多近？这个你可不知道。你感到头晕目眩，无法判断。为了知道这只船离海岸有多远，你必须知道它所占的空间面积有多大。它是小而近呢，还是大而近？任你极目眺望，你总是心中无数，因为在你身上，你既没有任何器官，也没有任何感觉可以帮助你了解空间的奥秘……我们走着，走着——已经走了多久？走了多远？我们可不知道。我们举步时，什么都没有变，那边是这样，这里也是这样。“以前”正如“现在”和“以后”一样；在空间浩渺的单调中，时间淹没了；在单一的、无差别的世界里，从一点到一点的运动不再是运动，而当运动不再成为其运动时，时间也消失不见。

中世纪学者企图教导人们：时间只是一种错觉，它在因果关系内的流动只是我们感觉的某种机构的结果，而事物的真正本质却寓于“常驻的现在”。他是不是在海边漫步，这位首先感受到这一想法的学者，当时，他的嘴唇上隐约感到对于永恒的痛苦？我们好歹得重复一遍：我们说的只是假日的特许，闲暇时的空想，对于这些，情操高尚的人很快地就会厌烦，正如精力充沛的人在温暖的沙滩上休憩时那样。对人的认识方式和认识形式进行批判，对它的绝对有效性提出疑问，乃是荒谬的，不光彩的，令人反感的，如果其中所牵涉到的意义不外乎节制理性，使其不致越轨，不怠忽理性本身所肩负的使命。我们要感谢塞塔姆布里尼先生这样的人，感谢他仅仅是因为他曾用教育者的角度断然称形而上学是“邪恶”的东西，而且对青年人(青年人的命运正是我们所关心的)曾巧妙地称为“生活中令人担忧的孩子”。我们异常怀念那位对我们来说十分亲切的死者，我们明确地说，批判性原理的意义、目的和目标只能是一个，也应当只有一个，那就是责任感和生活指令。不错，在指导我们生活的那种睿智批判地限制理性的界线时，它恰好在那些界限上树立了生活的旗帜，并且宣称在这样的旗帜下服务是人的军士般的义务。我们该不该把这笔账记在年轻的汉斯·卡斯托尔普名下，而且能不能抱着这样一种看法：由于看到他军人的表哥所作的努力——某个患忧郁症的饶舌者称之为“瞎起劲”——最后却以葬送性命而告终，他在不道德地节约时间方面和笨拙地与“永恒”打交道方面已经花上更多的精力呢？

明希尔·皮佩尔科尔恩

明希尔·皮佩尔科尔恩是一个年长的荷兰人。他曾在山庄疗养院里呆过一段时间，这个疗养院的招牌上用“国际的”字样作为修饰语，是满有理由的。皮佩尔科尔恩是一个殖民地的荷兰人，来自爪哇，是一个咖啡的种植主。他的姓名是皮特·皮佩尔科尔恩，他自己也这么称呼；他经常说：“现在皮特·皮佩尔科尔恩要喝一杯烧酒提提神了。”皮佩尔科尔恩虽然沾上了少许有色人种的味儿，但我们说这并不是我们迟迟未把他列入故事中角色名单的确切理由，因为天晓得，顾问大夫贝伦斯博士操着好几个国家的语言，在这所颇有名望的疗养院里不知亲手治疗过多少不同肤色的病人啊！不久以前，山上甚至来了一位埃及公主，她有一回把一套十分显眼的咖啡用具和一些斯芬克斯牌香烟送给了顾问大夫；她是一个引人注目的人物，手上戴着戒指，手指被尼古丁染得黄黄的，头发剪得很短，走来走去时穿的总是一件男式短上衣和烫得笔挺的裤子，不过每天用几次主餐时却是一色巴黎式装束。她对这里的一些男人全都不看在眼里，唯独对一个罗马尼亚籍的犹太女人非常宠爱，对她怀着既迟缓又热烈的好感。这个女人就是兰道尼尔太太，人品可一点也不出众。不过检察官帕拉范特为了博得公主的青睐，竟怠慢了他的数学，痴痴地倾心于她。上疗养院来的除了公主本人以外，在为数不多的随从人员中尚有一名摩尔人太监，这个人弱不禁风，但似乎比别人更加怕死，卡洛琳·斯特尔对他的病体经常津津乐道。当爱克司光透过他黑黑的身体把他的内部摄成像片时，他见了怏怏不乐……

同这种情景相比之下，明希尔·皮佩尔科尔恩就不免黯然失色了。如果我们在小说中的这一节依旧像以前某一节那样在标题上冠以“又来了一个人”的名称，那也请别因此担心，怕这一节又会出现讲大道理、搬弄教条的混乱场面。不，明希尔·皮佩尔科尔恩绝不是给大家带来逻辑上混乱的人。我们从下面可以看出，他完全是另一种人。不过他这个人仍免不了给咱们主人公添上了不少麻烦，下面自有分晓。

明希尔·皮佩尔科尔恩是和肖夏太太乘同一班夜车到“达沃斯村”车站的，而且和她乘同一部雪车来到山庄疗养院，后来又跟她一起在餐厅里用晚餐。他们不但同时来，而且**一起**来。在用餐时座位的安排方面，他们也不分开：明希尔坐“上等”俄国人的餐桌，旁边就是回院的肖夏太太，他对面则是大夫的座位，那里本来是教员波波夫坐的，波波夫曾在那个座位上任性地演过一番暧昧不明的戏。两个人这种同行同坐的做法，使善良的汉斯·卡斯托尔普大惑不解，他从来想不到有这回事。顾问大夫早已例行公事地向他宣布过克拉芙吉亚回院的日期和时刻。“喂，卡斯托尔普，老朋友，”他当时说，“真心实意地翘首企盼总会有报答的。后天晚上，那只小猫要溜回来了，我已接到一份电报。”可是大夫没有说起她不是一个人来，也许他也不知道她同皮佩尔科尔恩成双搭对地一起来。当他们同时到达的后一天汉斯·卡斯托尔普要他谈谈其中原委时，他至少有些吃惊。

“她在哪儿把他拣起来的，我也说不上来，”他说。“我猜想，他们显然是在离开比利牛斯山回到这里时在路上相识的。嗨，您只好忍耐一下。您这小鬼，悲观失望可一点儿也帮不了您的忙。您要知道，他们的交情深得很呐。看样子，两个人的旅行费用也是不分家的。据我所知，那条汉子蛮有钱。您得知道，他是一个隐退的咖啡大王，有一名马来亚的仆从，境况富裕得很。此外，他上这里肯定不是来玩儿的。除了酒精引起的黏液过多外，他似乎还有恶性热带病，间歇性发热，您要懂得。这种病很拖时间，也很顽固。您得对他耐心一些才好。”

“哪儿的话，哪儿的话，”汉斯·卡斯托尔普傲慢地说。“那么你呢？”他暗自想。“你的心情怎么样？你也不会无动于衷的，你对她也一向十分关心，如果我没有搞错的话。你这个脸色发青的鳏夫呀，你还有一套可观的油画技术呢。依我看来，你话中全是幸灾乐祸的口气，在皮佩尔科尔恩的问题上，其实我们有几分同病相怜哩。”——“这个人很怪，确实是一个与众不同的人物，”这时他说话了，同时还做了一个描摹这个人物形象的手势。“这人又结实，又瘦削，这是人们对他的印象，今天早上早餐时，我至少对他有这样的印象。既结实，又瘦削。根据我的看法，我一定要用这样的形容词来形容他，尽管这两个词儿的意义是矛盾的。他确实身材高大，肩膀宽阔，站立时喜欢两脚叉开，把两手插在直的裤袋里。我已经看得清清楚楚，他的裤袋是直的，不像我们上流社会的人那样，裤袋是横的。当他这样站着按照荷兰人的方式用上颌音说话时，他确实给人以一种结实的印象，这可一点儿也不假。不过他的下巴胡子很稀——又长又稀，连几根毛也数得清。他的眼睛很小，没有生气，简直可以说没有色泽。他一直想睁大眼睛，但是不济事，这样他额头上的皱纹反而线条分明。皱纹沿着太阳穴向上扩展，在额角上一条一条地横着。您可知道，他的额角又高又红，上面披着长而稀疏的白发。他的眼睛始终是小而无神，尽管他想努力睁大。他的背心像是牧师穿的，可他的小礼服上有方格花纹。这是我今天早上获得的印象。”

“我明白，您死死地盯住他看了。”贝伦斯答道。“您把那条汉子的特点看得一清二楚，我认为这样蛮有道理，因为您以后不得不跟这个人打交道。”

“对，我们将来会的，”汉斯·卡斯托尔普说。我们借汉斯之口对这个意想不到的新客人描摹出一个大致的轮廓，而他的差事可干得不坏。对于这样一幅画面，我们描写起来也好不了多少。确实，在他的座位上，种种情况可以看得清清楚楚——我们已经知道，当克拉芙吉亚离院时，他已换了位置，坐到“上等”俄国人餐桌近旁的地方来，现在他的座位与克拉芙吉亚的平行，只是离开游廊的门更远一些。汉斯·卡斯托尔普和皮佩尔科尔恩两人都坐在餐厅比较里面和比较狭窄的一侧，因此可以说他们的位置毗邻。汉斯·卡斯托尔普的位置在荷兰人稍稍后面一些，这样便于观察他的一举一动而不引人注目，而肖夏太太则在他的斜向前方，他可以看到她四分之三的侧影。对于汉斯的速写画，我们还要作一些补充：皮佩尔科尔恩上唇的胡髭剃修得干干净净，鼻子很大，而且肉嘟嘟的；他的嘴巴也大，嘴唇的形状不大均匀，仿佛有些裂开。另外，他的两只手相当阔，指甲又长又尖，说话时总是摆动着手。他说起话来差不多总是滔滔不绝，虽然汉斯·卡斯托尔普对他的谈话内容不很了解。他说话时总要做一些优美的、引人注目的手势，手势像乐队指挥那样精确细腻，变化多端，富有文化教养，并且把食指同大拇指弯成一个圈儿，或者把手掌摊平——手掌很阔，但指甲很尖，有时叫人慎重，有时要人沉默，有时则提请人注意；然后笑眯眯地说了一通别人不易理解的话把人们的精神集中起来，但人们听后又觉失望——或者不如说，人们感受到的并非失望，而是惊喜参半，因为他那些优美有力、意味深长的手势在很大程度上弥补了他所没有说出的话，就其本身来说，能在人们身上产生一种满足感、欢乐感甚至丰满感。有时他说完了话后，什么手势也不作。他把一只手搁在左侧男人的胳膊上，那人是一位年轻的保加利亚学者，或者放在右边肖夏太太的手臂上。以后他举起了这只手，方向呈斜角，要人们屏息地听他讲述他将要说的话，同时扬起眉毛看着邻座的桌布(邻座的人此时已显得很紧张)，因而额头与眼角成直角的那些皱纹像面具上的皱纹那样深了起来，这时他张开大口和两片有些裂开的嘴唇，似乎准备说一番意义非常重要的话。然而过了一会儿，他透过一口气来，不想说话了，仿佛示意叫大家“稍息”，一言不发地再去喝咖啡，这号咖啡特别浓，是他自己的咖啡壶里烧出来的。

喝完咖啡以后，他采取了下列步骤：他挥起一只手作出“欲谈又止”的姿态，又像乐队指挥下令叫混杂地发音的各种乐器静默下来并集中精力浑然一体地要他的乐队开始演奏时那样，要大家保持安静。他大大的脑袋上发亮的白发，没有光泽的眼睛，额头上一条条深深的皱纹，长长的髯须和上髭被剃修一光的嘴——这一切都无可争辩地使他有一种号召力，何况他还作出种种手势。大家都静默下来，微笑地看着他，等待着。有时有人向他笑嘻嘻地点点头，催他快讲。于是他用不高的声音说了起来：

“女士们， 先生们！好。什么都好， 就这样定了。不过你们要聚精会神， 思想上别——一秒钟也别——开小差，否则——不过这个问题不多谈了。我有义务要说的话不怎么多，主要只有这么一点，那就是我们有责任——应当信守不渝——我反复说这个，对这个词的意思极其强调——对我们提出了非遵守不可的要求……不！不，女士们，先生们，不是这样！别以为我……如果以为我……那就大错特错了……就这样定了，女士们，先生们！完完全全地说定了。我知道大家都是一心一意的，那么，言归正传！”

其实他什么也没有说。可是他的脑袋看来无疑十分威严，他的姿态和手势是那么刚毅有力，富于表情，令人折服，因而大伙儿——甚至包括侧耳倾听的汉斯·卡斯托尔普在内——都认为已经听到非常重要的东西；或者说，即使他们没有听到故事的实质和结局，却并不因此感到遗憾。我们不禁要问，聋子听了以后会有怎样的感受。也许他会十分难过，因为他会从讲话者眼睛的表情中得出错误的结论，可能自以为由于自身的残疾而在精神上受到伤害。这样的人容易对他产生不信任感和感到痛苦。相反地，坐在另一张餐桌一端的一个年轻中国人尽管不谙德语，不懂德语，在注视他的表情、倾听他的谈话以后，却高声地说一句“very well”①的赞语来表达自己喜悦的心情，甚至还拍起手来。

于是明希尔·皮佩尔科尔恩“言归正传”。他站了起来，挺挺宽阔的胸脯，把方格子花纹小礼服同牧师式的背心扣紧，他那一头白发的脑袋看来颇有帝王气概。他招呼餐厅的女侍者——就是那矮个儿走过去，虽然她很忙，看到他威严的手势立刻应召前去，两手捧着牛奶壶和咖啡壶站在他的椅子边。她那又老又大的脸也禁不住露出一丝微笑，兴高采烈地向他点点头。看到他布满一道道深深的皱纹的额头下面射出了苍白的目光，看到他扬起手来，食指与大拇指弯成一个圈儿，而另外三个指头往上翘起，指甲像长矛的尖端那样突起时，她不由聚精会神起来。

“我的孩子，”他说，“好。到此刻为止一切都很好。您个子小——不过这对我有什么关系？恰恰相反！我对这个非常尊重，我感谢上帝，他创造了您，使您成为现在这个模样！您的矮小成为您的特征——很好嘛！我对您所要求的，也是矮小和富于特征。不过先要问一句，您叫什么名字？”

她微微一笑，期期艾艾地说，她的名字叫埃梅仑蒂亚。

---

① 英文：很好。

“妙极了！”皮佩尔科尔恩高声说，身子往后仰，倒在椅子背上，同时向矮个儿女侍者伸出胳膊。他提高嗓子似乎想加重语气说：您有什么要求？一切都很好嘛！——“我的孩子，”他用极其恳切的、几乎是严肃的语气继续说，“您超出我的种种预料。埃梅仑蒂亚——您说的话太谦虚了，不过名字——与您的人品合在一起……总而言之，开辟了种种最美丽的可能性。您这个名字很叫人喜欢，应当在胸头怀着种种感情，以便——用爱称形式——我的孩子，您要懂得我的意思，用爱称形式，可以叫您仑蒂亚，不过叫埃姆欣要热情些——此刻，我要用埃姆欣这个名字，毫不动摇。注意，我的孩子，就叫埃姆欣吧。给点儿面包，我亲爱的。且慢！慢点！千万别引起误会！我看到您的脸儿比较大，不过这个危险性——面包，仑茨欣，不过不是烘面包——我们这里烘面包多的是，各种形状的都有。是烧出来的，我的天使。上帝的面包，清洁透顶的面包……小小的爱称形式，为了提神醒脑。我说不准，这个词儿的意义对您——我建议用‘心肝’来代替，只怕会出现新的危险，让人们理解为一般的轻浮……就这样——定了吧，仑蒂亚。就这样定了，这事就这样算了。从我们的责任和神圣的义务上看——比如说，一种光荣感责无旁贷地落到我的身上，让我由衷地为您那富于特征性的矮小身材而高兴——来一杯杜松子酒，亲爱的！让我高兴高兴，我要这么说。斯希丹[①]酒，埃梅仑欣。快给我端一杯来！”

“一杯杜松子酒，地地道道的，”矮个儿重复一句，同时身体打一个转儿，想把她手里的罐子放放好。最后，她放到汉斯·卡斯托尔普餐桌上的餐具附近；显然，她不想打扰皮佩尔科尔恩先生。她急忙走了，她的委托人马上得到他所要的东西。玻璃杯斟得很满，“面包”向四边溢了出来，把盆子沾湿了。他用大拇指和中指把它夹起后，拿到灯光下面。“就这样，”他说，“皮特·皮佩尔科尔恩喝一杯荷兰酒提提神了。”他把蒸馏过的谷粒咀嚼一会儿后就吞了下去。“现在，”他说，“我用精神饱满的眼睛看着各位了。”于是他一把握住肖夏太太搁在台布上的手，凑到

---

① 斯希丹，系荷兰的一个城市和河港，以酿酒著名。

嘴唇上吻了吻，再让手放回原处，而自己的那只手又在她的上面搁了一段时间。

他是一个古怪而很有威信的人，即使个性是含糊不清的。山庄疗养院里的人们对他产生浓厚的兴趣。据说他原来经营殖民地企业，不久前才退休，把自己所拥有的一切转为固定资产。人们谈起他在海牙有一座华丽的邸宅，而在歇维宁根①则有一幢别墅。斯特尔夫人把他说成是一个“金磁铁”（“磁铁”这个字其实是“大亨”②！真是一个糟糕透顶的娘儿！），还说起肖夏太太回院后穿晚礼服时所戴的一串珍珠项链；据卡洛琳的看法，这种项链不像是高加索山脉那一边她丈夫为了讨好她而送的礼物，而是两个人“旅行时共同的腰包”里面掏出来的东西。她眨眨眼睛，歪着脑袋对着汉斯·卡斯托尔普，用滑稽的模仿姿态垂下嘴角，装出苦恼的样子，以此来不遗余力地嘲笑汉斯·卡斯托尔普的不幸。由于疾病和苦痛，她显得更加毫无教养了。汉斯却不动声色。他甚至不失机智地纠正了她没有教养的话。她刚才失言了，他说。是有钱的大亨。不过用“磁铁”这个字也不坏，因为皮佩尔科尔恩显然有许多吸引人的地方。女教师恩格尔哈尔特小姐脸上浮起淡淡的红晕，乜着眼睛向他微笑。她不朝他看，只是问他，他对那位新病人是不是喜欢。汉斯十分镇静地回答她：明希尔·皮佩尔科尔恩是一个“性格模糊”的人物——他是一个人物，但性格模糊。他用这些话说明了这个人的特征，他的论断十分精确，证明了他既客观，又冷静，女教师只得打退堂鼓了。至于费尔迪南特·韦泽尔，他居然也转弯抹角地提起肖夏太太意想不到地回院的事来，汉斯对此只是瞪了一眼；就其意义的明确性而论，这一眼同说出口的责备话丝毫不相上下。“你这可怜虫！”汉斯·卡斯托尔普向曼汉姆人狠狠地瞪的这一眼仿佛在这么说，而且这样的解释也丝毫不会错。对于这样的眼光，韦泽尔也心领神会，只好憋在心里——他甚至还点了点头，露出了他那些七零八落的牙齿。不过从此以后，每当纳夫塔、塞

① 歇维宁根，系荷兰北海沿岸的一个海滨浴场。

② 在德文中，磁铁为“Magnet”，而大亨则为“Magnat”，两字十分相像。斯特尔夫人没有教养，把两者混淆起来。

塔姆布里尼和费尔格一起散步时，费尔格再也不替汉斯·卡斯托尔普拿大衣了。

看在老天爷的面上，他可以自己拿大衣；他甚至更爱自己拿，只是看在友谊的面上，他有时才让那条可怜虫拿着。不过在我们的圈子里谁也不会错认这样一个事实：汉斯·卡斯托尔普看到了那些意想不到的情况，内心确实受了很大的刺激，他对谢肉节之夜那个想入非非的爱恋对象所抱的、有关重逢后的种种希望，如今都已破灭了。我们不如这样说，是她使他的种种希望成为多余，难堪的事实就是如此。

他的计划原来十分细致、周密，一点也不笨拙、唐突。他没有想到上车站去迎接克拉芙吉亚——他居然没有想到这个，真是一件幸运的事！他心中一点也没有把握的是：一个由疾病赐予这么多的自由的女人，是否愿意把那如梦的夜晚里（在那个遥远的晚上，戴的是面具，操的是外国语）发生的梦幻般的经历看得认认真真，或者她是否愿意把这样的经历干脆记在心里。不，没有迫切的需要，没有笨拙的要求！姑且承认，他同那个目光斜视的女病人的关系，实质上超出了西方的理性和传统的界限——外观上是极度的文明，眼下，在表面上甚至看来十分健忘。骑士般的问候，从一个餐桌到一个餐桌——暂时只有这一点，别的没有什么了！以后一有机会就向她走近，随口探问这位女人旅行后的健康状况……到适当时候，再和她真正重新相见，作为自我克制的骑士风度的报酬。

上述所有这些细腻的感情，如今都由于汉斯·卡斯托尔普失去自由意志、从而失去了一切价值而显得毫无用处。明希尔·皮佩尔科尔恩的出现，彻底地排除了采取任何策略的可能性，只有保持极度的矜持。在肖夏太太到达的那天晚上，汉斯·卡斯托尔普从住所看到雪车循着迂回的山路驶上山来，驾驭台上除了马车夫外，还坐着那个马来亚的仆从，这是一个皮肤发黄、身材矮小的男人，大衣上衬着皮领子，头上戴一顶圆顶硬礼帽。后座里克拉芙吉亚的身边，则坐着那个陌生人，他的帽子压住了额角。那天夜里，汉斯·卡斯托尔普睡得很少。第二天早晨，他毫无困难地打听出与肖夏太太同来的那个令人困惑的男人的姓名，还得悉了这样的内幕消息：两个人都住在二楼的特等病房里，房间正好毗邻。第一次早膳的时间到了，他及时赶到餐厅，在自己的座位上坐好，面色苍白，等待着肖夏太太关玻璃门的砰砰声。结果没有什么声音。克拉芙吉亚进来时声息全无，因为明希尔·皮佩尔科尔恩走在她后面，把玻璃门关上了——这是一个身材高、肩膀宽、额角高的汉子，威严的脑袋上披着亮闪闪的白发。他亦步亦趋地跟在女旅伴后面，女人跨着熟悉的脚步，像猫那样轻捷地来到自己的餐桌前，脑袋稍稍向前探出。不错，这就是她，模样儿并无改变。汉斯·卡斯托尔普并不改变原定的计划，用他那睡眠不足的眼睛忘我地死死盯住她看。她那一头金发略带红色，像过去一样并未花过多大功夫修饰，只是在头上编了一条辫子；她那“草原狼般的眼睛”依然如故；她的脖子仍是圆圆的；嘴唇看去比实际上更加丰满，这是因为她的颧骨凸出，使面颊秀美地凹了进去……克拉芙吉亚！他浑身战栗地想。他定睛注视着这个不速之客，看到他那面具一般的脸和魁梧的身材，不禁嘲弄而高傲地摇了摇头，同时内心也不免提出一种要求，要对自己现在所拥有的巨大所有权嘲笑一番；由于过去的某些经历，这种所有权已确实走了样，实际是过去的某些经历，它们并不朦胧，并不模糊，是属于半瓶醋的油画范畴的，当时汉斯·卡斯托尔普也许觉得不安……肖夏太太坐下来笑容可掬地同餐厅里的人们打招呼，神态依然一如往昔；而皮佩尔科尔恩则歪着身子站在她的后面，跟着她向大伙施礼，然后在桌子的一端靠克拉芙吉亚身边坐下。

在餐桌上，汉斯始终没有机会向她致以骑士般的问候。在“向大家致意”时，克拉芙吉亚的眼睛越过汉斯·卡斯托尔普和他附近的整个区域，扫向餐厅的远处一隅。他们在餐厅里第二次聚会时，情况也并无变化。用膳时间一点一滴地过去，肖夏太太的目光还是老样子。她吃东西偶尔转过身去，射出的依然是空荡荡的、冷漠无情的目光。时间越长，汉斯越觉得向她致以骑士般的问候是不合时宜的。在晚餐后短短的聚会期间，这一对旅伴坐在小客厅里：他们肩挨肩坐在沙发上，周围是同桌而食的病友们。皮佩尔科尔恩一张堂堂的脸在白闪闪的头发和下巴胡子衬托之下，显得非常红润。此刻，他把晚餐时要的一杯红葡萄酒一饮而尽。每次主餐时，他总要喝上一杯、一杯半或两杯，“面包”酒更不必说，他在第一次早餐时就开始喝起这个来了。显然，这个有王者风度的人需要异乎寻常地喝酒来提神。此外，他得一天好几次喝特别浓的咖啡，不但早上喝，中午也得喝上一大杯——不但饭后喝，而且饭间也喝，和酒一起喝。汉斯·卡斯托尔普听他说，两者对退热都有好处，对间歇性发作的热带病寒热大有好处，他在到院后的第二天就染上了这种病，使他不得不一天好几小时呆在房里，躺在床上。顾问大夫称这种热病为“四日热”，因为这个荷兰人每隔四天发一次，开始时冷得发抖，后来发高烧，以后再出一身汗。由于这个原因，他的脾脏也肿大了。

“二十一”点[①]

又是一段时间过去了。按照我们的算法，也许是三星期至四星期吧，因为我们不能信赖汉斯·卡斯托尔普的判断和估量时间的概念。时光流逝，它并没有带来新的变化，而在主人公汉斯·卡斯托尔普身上，带来的却是习惯性的轻蔑；他对那些未能预见到的情况采取不屑一顾的态度，从而使他保持一种没有收益的孤芳自赏的姿态。引起他反感的情况，名字就叫做“皮特·皮佩尔科尔恩”，当这个人喝起荷兰烧酒的时候，他就很看不上眼。来了这个有王者风度、既威严而又含糊不清的人，对他确实是一个妨碍——实际上，就干扰的程度来说，这人比往日的塞塔姆布里尼先生要厉害得多。在汉斯·卡斯托尔普的两道眉毛之间，刻上了两道傲慢的、情绪不佳的直直的皱纹；每天五次，他蹙起眉头端详着这位回院的女人，不管怎么说，他能瞅着她是高兴的，同时他对强有力的“现在”抱十分轻蔑的态度，他想不到，过去的种种事件会以歪曲了的形象呈现在他面前。

一天晚上，晚餐后聚集在客厅里和房间里的人们比平时更加活跃，

---

① 一种纸牌游戏的名称。

有时他们没有什么特殊理由，也会这样热闹一番的。室内音乐悠扬，一个匈牙利大学生尽兴地拉起小提琴来，奏的是吉普赛曲。当时顾问大夫贝伦斯和克罗科夫斯基大夫也凑巧在场，他们待上了一刻钟工夫，还叫某个人在钢琴的低音部弹出“朝圣者合唱”[①]，而自己则站在一旁，用一柄毛刷在钢琴的最高音部跳跃式地动来动去，从而风趣地模仿出小提琴的伴奏音。这使大家忍俊不禁。以后，顾问大夫在一片喝彩声中离开了叙谈室。他对自己的演奏得意忘形，走时摇头晃脑地十分高兴。大伙还逗留一会儿，音乐又奏了起来，不过这时人们已不再倾听，而是坐下来打多米诺骨牌和桥牌，同时喝起饮料来。他们玩着各种娱乐器具，还在东一块、西一块地聊天。即使是“上等”俄国人餐桌的病友们，也来到客厅和钢琴室里和大家一起玩乐。人们在许多地方都可以见到明希尔·皮佩尔科尔恩——人们非看到他不可。他那庄严的脑袋夹杂在人们中间，显得鹤立鸡群，威风凛凛，气宇不凡。站在他旁边的人们，本来也许为他那家缠万贯的名声所吸引，但不久就为他的人品——仅仅是为了他的人品——所倾倒了。他们笑吟吟地站在他的身边，向他颔首，兴高采烈，忘却了自己。看到他苍白的眼睛和额头上一道道深深的皱纹，他们给迷住了；看到他用指甲长长的手指引人入胜地做出各种富有文化教养的姿势，他们的注意力也高度集中起来，而对他那语无伦次、含混不清和不得要领的谈话却并无半点失望感。

如果我们在这样的环境下找一找汉斯·卡斯托尔普的下落，那么在书写一阅览室里可以看到。就在那样的社交场所里，他过去曾一度受到有关“人类进步组织”的重要的启蒙教育。（不过“一度”这个词是含糊的，不论讲故事的人、主人公和读者，对“过去究竟哪个时候”已经不再清楚。）这里十分安静，同他一起呆在里面的只有两三个人。在一张双人斜面书桌边，有一个人在悬吊着的电灯灯光下写东西。有一个戴一副夹鼻眼镜的女人，坐在书架旁边翻阅一本有插图的杂志。汉斯·卡斯托尔普坐在通往钢琴室的那扇开着的门附近，背向着门帷，手里拿着一份

① 系德国作曲家理查·瓦格纳著名歌剧《汤豪舍》中的一节。

报纸。他坐的那把椅子是人家刚才放在那里的，那是一把文艺复兴时代衬有长毛绒的椅子(看来像是这类型式的)，靠背的地方高而直，但没有扶手。年轻人拿着一份报纸，给人的印象仿佛是在阅读，但实际上并不在看，而是歪起脑袋谛听隔壁房间里断断续续的、其间夹杂着谈话声的音乐。他眉宇间一片阴沉，说明他听音乐其实是一只耳朵进、一只耳朵出，实际上别有所思，想的却是自己已经幻灭的荆棘丛生的生活道路。年轻人一直在等呀等的，结果这番等待难堪地落了空，自己当作了傻瓜——这真是一种受人奚落的痛苦经历。他差不多快要下定决心把报纸扔在那把随便坐着的、怪不舒适的椅子上，穿过客厅的门走出去，离开这糟透了的人群，回到寒气袭人的阳台上享受孤寂的滋味，同马丽亚·曼契尼雪茄烟做伴。

“您的表哥呢，Monsieur[①]？”一个声音越过他的头部在后面响起：有人在问他。在他耳朵听来，这是一个富有魅力的声音。他的耳朵生来是感受这种甘美而沙哑、像有一层薄纱罩住似的声音的，它和谐悦耳到极点了——这个和谐悦耳的概念已达到登峰造极的境地。这就是以前说过这话的声音：“好，不过别把铅笔折断。”这是摄魂夺魄、能对命运起决定作用的声音。如果他没有错，她刚才问的是约阿希姆。

他让那张报纸慢慢往下坠，把自己的脸抬高了些儿，脑袋一直向上仰，头发的旋儿靠在椅子的硬靠背上。他甚至稍稍闭起眼睛，但又马上张开，朝头部摆动时视线的方向向上斜睨空间的某个地方。可以说，这个单纯的青年脸上显出了先知和梦游病患者的表情。他巴不得她再一次提问，可是她没有问。他甚至不敢确定她是否站在他的后面。隔了一会儿，他异常缓慢地用几乎听不见的声音回答了：“他已死了。他到山下完成了他的使命，后来就死了。”

他自己觉察到，“死”是说话中发出的第一个强调性的字眼。他也同时觉察到，由于她对汉斯国家的语言掌握得不够熟练，她竟过分随便地选用了表示同情的词儿。她站在后面，居高临下地又说起来：

---

① 法文：先生。

“哦，真不幸。太可惜了。下葬了没有？已有多久了？”

“已有一段时间了。他母亲把他带到山下了。他后来长起了军人胡子。他们在他的坟墓边鸣了三发礼炮。”

“他当之无愧。他真是好样的。比别人好得多，比别的某些人。”

“不错，他是好人。赖达曼托斯经常谈起他的那股傻劲儿。可是他的身体不听他使唤。Rebellio carnis[①]，耶稣会会士说过这样的话。他一直从正经的角度上来考虑自己的身体。可是他的身体背道而驰，使他的那股傻劲受到一些挫折。不过让身体消亡甚至毁灭，好歹比保住它更要道德些。”

“我看得清清楚楚，您在哲学方面总是一窍不通。赖达曼托斯？他是谁呀？”

“贝伦斯。塞塔姆布里尼这么称呼他。”

“啊，塞塔姆布里尼，我知道。就是那个意大利人……我不喜欢这个人。他不近人情。”（说“人情”这个词时，她的声音有些懒洋洋的，带几分狂热。）“他是一个高傲的人。”（说“高傲”这个词时，重音落在第二音节[②]。）“他已不在山上了？我真笨，我竟不懂得什么是赖达曼托斯。”

“这是某种人文主义的比喻。塞塔姆布里尼搬走了。这些日子里，我们对一些哲学问题经常高谈阔论。他，纳夫塔，还有我。”

“纳夫塔是谁？”

“他的论战对手。”

“如果真是他的论战对手，我倒很想结识一下。不过我不是对您说过，您表哥想下山当军人就会丧命吗？”

“对，你已知道这个了。”

“您心里想些什么呀！”

较长时间的沉默。他没有撤回自己的话。他头上的旋儿顶着硬靠背，两眼出神，等待着她的声音再度响起。此刻他又吃不准她是否仍站

---

① 拉丁文：肉体的反抗（或肉体的背叛）。

② 原文 hochmütig，其实重音应在第一个音节上。

在他的后面，深恐隔壁房间里断断续续的音乐声会淹没她渐渐远去的脚步声。不过他终于又听到她开口了：

“您先生没有下山送表哥下葬吗？”

他答道：

“没有。我只是在这里跟他诀别的，事前我把他的眼皮合上，当时他还露出笑容来哩。你不会明白，他的额头有多凉。”

“又来了！对于一个不很了解的女人，您用的是什么样的措词啊！”

“我是不是应该用人文主义的口气说话，而不该合乎人情地说话？”（他不由自主地也把“人文”这个词拖得很长，令人昏昏欲睡，仿佛一个伸懒腰、打哈欠的人。）

“Quelle blague！[1]——您一直在这儿吗？”

“是的。我一直在等待。”

“等什么？”

“等着你。”

他头顶上爆发出一阵笑声，同时听到了“傻瓜”这个字眼。“等着我？人家还不放您走呢。”

“不，贝伦斯有一次在大发脾气时要我离开。不过这也是擅自离院罢了。除学校时代一直留下来的老疤以外，你知道，贝伦斯找到的新病灶也会叫我发烧。”

“还一直在发烧？”

“不错，一直在发烧。差不多老是发烧。一会儿烧，一会儿退。可是这不是间歇热。”

“这是在影射……”

他沉默了。他眉峰紧蹙，眼神恍惚。过一会儿，他问道：

“这段时间你在哪儿？”

一只手在椅背上敲了一下。

“Mais cést un sauvage！[2]——这段时间我在哪儿？我什么地方都到

① 法文：开什么玩笑！
② 法文：真是一个怪人！

过。到过莫斯科。(发出来的音是“木厄斯科”——好像刚才发“人情”这词的音时，第一个音节拖得长长的。)还到过巴库，到过德国的温泉，到过西班牙。”

“哦，到过西班牙。那边怎么样？”

“马马虎虎。旅途上不怎么开心。一半倒是摩尔人。卡斯提亚[①]地方十分贫瘠，很煞风景。克里姆林宫比那边山脚下的城堡或修道院更美……”

“埃斯科里亚尔城……”

“不错，这是菲力浦的宫殿。这是一个不近人情的宫殿。卡泰洛尼亚[②]合着风笛的民间舞蹈，倒叫我更加喜欢。我自己也和他们一起跳舞。大家携起手来，围成一个圈子跳舞。整个广场里人山人海。C'est charmant[③]。这是富有人情味的。我买了一顶小小的蓝帽子，那边的男人和孩子都戴这种帽子。它很像非斯帽[④]，波伊那帽[⑤]。我要在午休和其他场合戴上这顶帽子。那时让先生判断一下，这样的帽子是否对我合适。”

“哪一位先生？”

“这里椅子上的那位。”

“我还以为是明希尔·皮佩尔科尔恩呢。”

“他已下过评语了。他说，我戴着这顶帽子迷人极啦。”

“他这样说吗？他作了结论吗？把一句话说到底，让别人听懂他的意思？”

“哎，看来，您先生是动气了。您未免太尖酸，太刻薄了。这位先生比自己……avec son ami bavard de la Méditerranée, son maître grand parleur[⑥]……伟大得多、好得多、人——情味也丰富得多，企图取笑一番

---

① 卡斯提亚系西班牙中部地区，四周多山脉，雨量少，气温差别显著。

② 比利牛斯半岛东北部的一个地区，在今西班牙。

③ 法文：这多迷人。

④ 一种圆锥形帽，顶上有缨，流行于北非和近东，因摩洛哥非斯城而得名。

⑤ 一种圆形帽子，亦称贝雷帽。

⑥ 法文：以及他出生于地中海的巧舌如簧、喋喋不休的朋友。

哩……不过我不许听到人家对我的朋友——”

“你还带着我的爱克司光照片吗?”他用忧伤的语调打断了她的话。

她笑了。“我还得找一下。”

“我一直把你的片子藏在身边。另外，我的五斗橱上有一个小小的画架，在夜里……”

他的话没有说完。皮佩尔科尔恩站到他的前面来了。他在找寻他的旅伴。他穿过门帷走了进来，站在汉斯·卡斯托尔普的椅子面前。他看到她站在椅后跟汉斯交谈。他像一座巨塔那样贴近汉斯·卡斯托尔普的脚跟前站着，因而不得不促使汉斯摆脱了神思恍惚的状态，清醒过来。他现在只好站起，显得彬彬有礼。椅子正好在这两个人中间，他很不容易正面挺起身来，不得不侧身站着，这样，三个人构成一个三角形，椅子正好在他们中间。

肖夏太太按照西方国家礼仪的要求介绍了“这两位先生”认识。她对他的友人说，汉斯·卡斯托尔普是一个旧相识，是她过去住在疗养院里时结识的。至于皮佩尔科尔恩先生的来龙去脉，那就用不着再说明了。她又说出了他的名字。荷兰人额头上的皱纹纵横交错，又多又深，十分触目，脸庞活像一个偶像。他的两眼射出苍白的目光，看着这个年轻人，同时向他伸出背面雀斑累累的大手。汉斯·卡斯托尔普想，这倒像是船长的手，他那长矛般的指甲姑且撇开不谈。汉斯站在那里，第一次处于皮佩尔科尔恩这个人物直接而巨大的影响之下(一提到这个人，人们经常会想起“人物”这个词；他会马上懂得究竟怎么样才算得上是一个人物；人们注视他越久，就越是深信：“人物”的长相非像他那样不可)，年轻而意志尚不坚定的汉斯在这个肩膀宽阔、脸颊红润、一头银发的六十岁老人面前，开始感受到他的分量。老人的嘴唇有些裂开，下巴上蓄着的胡子又细又长地一直垂到牧师穿的那种背心上。皮佩尔科尔恩本人就是礼貌的化身。

“阁下，”他说，“非常高兴。不，让我说一句——非常高兴！今天晚上我结识了您——结识了一个值得信赖的年轻人。阁下，我确信您能受到我的信赖。对此，我要全力以赴。阁下，我喜欢您；我——别客气！就这样定了。您称我的心。”

汉斯不能提出什么异议。他那富有文化教养的手势是一点也不容抗辩的，何况汉斯·卡斯托尔普又叫他喜欢。因此皮佩尔科尔恩最后想出了一个主意：他一面讲，一面打手势，与他同来的那个女人也插了话，帮助他把意思说个清楚。

“我的小伙子，”他说，“什么都很好嘛。不过怎么会这样呢——我真希望能了解我。生命是短促的，而使生命能获得正当要求的本领，此刻——这是事实，我的小伙子。也是法则。它们是无——情的。总之，我的小伙子，总而言之啊——”他不断作富于表情的、听凭别人决定的手势，仿佛表明如果他的意思受到严重的误解，他本人对此概不负责。

显而易见，肖夏太太对于这些意义不完整的句子是能辨别出它们的主旨的。她说：

“干吗不这样呢！我们大家再呆上一会儿，也许再玩玩，或者喝上一杯酒。您站着干什么？”他转身对汉斯·卡斯托尔普说。“走动走动吧！我们别三个人呆在一起，得跟大伙一块儿玩。小客厅里还有谁呀？您看到就叫他们来！到阳台上叫些朋友下来。我们去请同桌吃饭的丁富博士。”

皮佩尔科尔恩搓搓手。

“好得了不得，”他说。“好极了，好极了。年轻的朋友，您快走！就照您的办！我们要凑上一大帮人。我们要玩玩，吃吃，喝喝。我们将感到，我们——好得了不得，年轻人！”

汉斯·卡斯托尔普乘电梯到三楼。他先敲A.K.费尔格的门，费尔格随即走到下面的休息室把坐在椅子上的费尔迪南特·韦泽尔和阿尔宾先生叫出来。这时检察官帕拉范特和马格努斯夫妇还在人客厅里，斯特尔夫人和克莱费尔特也还在小客厅里，他们都找到了。于是就在这里摆起了一张大大的玩牌桌，上面正好是一盏悬在中央的枝形吊灯，同时在四面放好了许多椅子和小小的上菜桌。明希尔对出席的每个客人都一一问好，他的目光苍白而有礼貌，额头上纵横交错的皱纹十分引人注目。他们一起十二个人坐了下来，汉斯·卡斯托尔普坐在威严的邀请者和克拉芙吉亚·肖夏之间。牌和筹码也放好了，因为他们一致商定要打几圈“二十一点”。皮佩尔科尔恩煞有介事地把那个矮个儿侍者叫来，要了一些葡萄酒——他要的是一九〇六年夏布里①出产的白葡萄酒——第一次来三杯，另外要了一些甜食，不管是南方的果子干或糕点甜食店里买来的都行。他要办的一些好东西送到以后，他踌躇满志地搓了搓手，同时说一些支离破碎的话把自己的感受向大家传达；就施加他个人的影响而论，他这样做是卓有成效的。他把两只手搁在他邻座两人的手臂下方，翘起了指甲像长矛尖端的食指，叫大家仔细看看水晶玻璃酒杯中葡萄酒的瑰丽的金黄色，大家看了都赞叹不已。他还伸出食指叫大家欣赏马拉加②葡萄里榨出来的糖和含盐及罂粟的8字形小烘饼。他说这些烘饼的味儿美得像上帝所赐的食物一样，同时做了一个专横的、富有教养的手势，使别人无法针对他那夸张的形容词提出反驳。打牌时，第一回由他坐庄，不过不一会儿，他就让给了阿尔宾先生，因为据他说，如果大家明白他的意思，坐庄家后就会妨碍他自由自在地享受玩乐的气氛。

显而易见，赌博对他来说是一件次要的事。根据他的看法，他玩牌不是为了什么钱。开始他下的赌注只有五十生丁③的区区之数，不过对在场的大多数人来说，这笔数目已是很可观了。检察官帕拉范特和斯特尔夫人的脸一会儿红，一会儿白，特别是那位夫人；当别人问她十八点时是否还要进一张牌，她思想上斗争得更加厉害。在阿尔宾先生以冷漠的例行公事姿态发给她一张牌，而这张牌却太大，使她的冒险行动彻头彻尾破产时，她尖起嗓子大叫起来。皮佩尔科尔恩看到这个场面，纵情大笑。

“您尖声叫吧，尖声叫吧，夫人，”他说。“声音很尖利，充满了生命力，是从内心最深处发出来的——喝一杯吧，让您的精神重新振作起来——”于是他给她斟一杯酒，给邻座和自己也各斟一杯，以后又要

① 夏布里是法国的一个城名，以产白葡萄酒驰名。
② 马拉加是西班牙的一个州名。
③ 系瑞士硬币，合百分之一法郎。

了三瓶，同韦泽尔和腹内空空的马格努斯太太干杯，因为这两个人看来最需要提神。确有奇效的葡萄酒使许多人的脸色迅速改观，而且越来越红，只有丁富博士的脸除外，他的脸仍旧黄苍苍的，一点儿也没有改变，两只鼠眼里的眼珠像两块黑玉。他勉力忍住自己不笑出声来，下的赌注很大，不过运气也怪好，厚着脸皮赢了许多钱。别人也不甘示弱。检察官帕拉范特的目光游移不定，他向命运挑战，看到第一张牌稍有一些苗头，就下了十法郎赌注，进牌时脸色煞白，但结果赢了双倍的钱，因为阿尔宾先生盲目地寄希望于补来的一张“爱司”牌，把赌注成倍押了上去。这一下不但当事人大为震惊，连全座的人也为之激动。即使曾与蒙特卡洛[1]赌场里收付赌钱者冷静而审慎地决一雌雄的阿尔宾先生(他自称是那边赌场的常客)，也不由啧啧称奇。汉斯·卡斯托尔普也投下了高额的赌注，克莱费尔特和肖夏太太也是这样。后来，他们转而打起“局牌”来：玩的是“铁路”、“我的婶娘，你的婶娘”以及危险的“差异”之类。时而响起一片欢腾声和绝望的喊声，时而响起愤怒的叫声和一阵阵歇斯底里的笑声——这一切都是卑下的官能之乐刺激神经而引起的，都是真诚而一本正经的。在实际生活中遇到祸福的场合，就势必会出现这些反应。

然而使这个小圈子里的人如此激动，使他们脸颊发热，两眼亮晶晶地睁大，神情紧张，上气不接下气，而且几乎痛苦地专心致志于眼前的玩乐，主要也不仅仅是玩牌和喝酒引起的。这一切，倒不如说是在场的某个人——他们中间的一个“人物”——在起主宰作用，是明希尔·皮佩尔科尔恩引起的。他那经常打着手势的手，他脸上富于戏剧性的表情，他那苍白的眼光和额头上密密实实的皱纹，他的言词，以及扣人心弦的哑剧——这一切都左右着众人，在当时把大家深深吸引住了。他说些什么话呢？是一些极其含糊不清的话；他喝得越多，说的话也就越含糊不清。可是大家迷恋着他的两片嘴唇，同时扬起眉毛，点着头微笑着看他用食指和大拇指弯成一个圆圈，其他的指头在旁边像长矛尖端那样

---

① 在摩纳哥，有赌城之称。

突出，还目不转睛地看着他那威严的、富于表情的脸。他们毫无抵御地在一种情感下面就范，这种情感远远超出忘我地纵情的程度，而这些人平时素来是不习惯于此的。对于这样的情感，有些人可吃不消了。至少马格努斯太太不能适应。她快要昏厥过去了，但执拗地拒绝回房休息，只希望在沙发榻上躺一会就行。她在额头上敷了一块湿餐巾，休息片刻后，又回到圈子里去了。

皮佩尔科尔恩认为她的昏厥现象是由于营养不良引起的。他用断断续续的话表达了自己的这一看法，说话时还翘起了食指。他要叫大伙懂得：为了使人生的各种需要获得满足，一个人必须吃东西，合适地吃东西。为了保持旺盛的精力，他为大家定了这么一些菜：肉、肉片、舌头、鹅胸、烤肉、香肠和火腿——许多盆富有脂肪的美味可口的食物，各盆里都有奶油球、小红萝卜和香菜，宛如百花烂漫的花坛。这回晚餐的丰盛程度是毋庸赘言的，大家都高高兴兴赞许一番，然而明希尔·皮佩尔科尔恩吃了几口，就骂这些东西是“废物”，而且大发脾气，这足以说明这个性格专横的人是捉摸不定的，叫人望而生畏。不错，如果有人胆敢说这些点心的好话，他就会动气，他那威严的脑袋就会膨胀，伸起拳头在桌面上敲几下，说这些倒霉的食物都是垃圾货——于是冒犯他的人就闭口不言，因为归根结蒂他是请客者和东道主，他有权对自己的赠与作出判断。

虽然他那样大发雷霆令人不能理解，但动气时他的容颜非常好看，这点汉斯·卡斯托尔普看得特别清楚。这样一点也没有使他变形，也没有使他的形象渺小起来，不过人们对他更难以理解了。谁的心里也不认为这是他饮酒过量所致。他发起火来十分厉害，凛然不可侵犯，因而每个人都俯首帖耳，不敢再去吃一块肉。这时，肖夏太太前去抚慰她的旅伴。她抚摩他那只拍桌子后搁在桌面上的大人物似的手，带着奉承的口气说，可以另外要一些吃的东西，如果他需要的话，可以要一盆热菜，只要掌管厨房的肯照办就行了。“我的孩子，”他说，“好得很。”于是他毫不费力地从盛怒转为心平气和的状态，而仍旧保持原有的尊严，同时吻起肖夏太太的手来。他为自己和众人各要了一份菜肉蛋卷，又替每个人要了一份上等野菜蛋饼，让他们不虚度此生。定菜时，他附带送去一百法郎的票子，作为工作人员晚间为他们额外服务的小费。

当装点着鲜黄色和绿色的许多盆热气腾腾的菜端了上来，室内弥漫着一股鸡蛋和牛油柔和的热气时，他又感到十分愉快了。大家跟着东道主皮佩尔科尔恩美美地享用起这些食物来，这位主持人说的那些不连贯的话和文雅的手势使每个人都非常注意地，甚至满腔热情地认识到这些天赐之物的价值。他还替大家各定了一杯荷兰的杜松子酒，透明的液体散发出混有少许杜松子味儿的谷物的一股健康香气。他劝大家怀着虔敬的心情喝下去。

汉斯·卡斯托尔普抽起烟来。肖夏太太也抽了，不过她用烟嘴，抽的是俄国烟，为了方便起见，烟盒就放在她前面的桌子上，烟盒涂漆，上面绘有三驾马车。皮佩尔科尔恩自己从不吸烟，对邻座的吞云吐雾并不责怪，高高兴兴地听任他们抽。如果人们没有误解他，那么按照他的看法，吸烟乃是人生过分讲究的享乐方式之一，常常吸烟，朴素的生活之乐就会失去其尊严性——对于人生的这些赐予和要求，我们情感的力量差不多是无能为力的。“年轻人啊，”他对汉斯·卡斯托尔普说，一面用苍白的目光和文雅的手势使他就范，“年轻人啊，纯朴！神圣！好，您了解我。一瓶葡萄酒，一盆热气腾腾的蛋，纯粹的谷物——让我们尽情享受它们，吃个精光，真心实意地享受一番，趁我们还没有——好得不得了，阁下。就这样定了。我认识一些人，男人和女人，有的服可卡因，有的吸大麻，有的嗜吗啡——好，亲爱的朋友！呱呱叫！让他们吸去吧！我们不该计较，也不必裁判。不过对于应当发生的事，对于纯朴的、伟大的，就上帝来说是原始的东西，这些人不全是一样——就这样定了，我的朋友。定罪了。被唾弃了。他们都有罪！您的尊姓大名，年轻人！好，我本来已经知道，后来又忘记了。堕落不在于可卡因，不在于鸦片，不在于这一类的罪恶。不能原谅的罪愆，乃在于——”

他说到此暂停一下。他硕大的身躯俯向旁边坐着的汉斯，富有表情地沉默了好一会，迫切希望能获得对方的理解。他的食指翘起，嘴唇上部剃修得十分光洁之处显得红而粗糙，而嘴唇却不规则地裂开，在他那光秃秃的、披着银发的额头上，一条条横皱纹毕露无遗，两只小而苍白的眼睛睁得大大的。汉斯·卡斯托尔普从他的眼睛里看出了对于罪行、严重的犯罪和他刚才提及的那种不可原谅的过失所怀的某种恐惧感，而探索这种恐惧时，他施展了全部迷人的力量(他那含糊不清的话能够主宰别人)强使别人肃静无哗……汉斯·卡斯托尔普想，这种恐惧是客观存在的，但同时也具有个人的性质，这种恐惧也与他本人，这个有王者风度的人有关——因而这是一种惧怕心理，但并不是一种微不足道的、小小的惧怕，而是在他眼睛里瞬间闪现的一种巨大的恐慌……汉斯·卡斯托尔普尽管有各种理由来敌意地曲解肖夏太太那位庄严的旅伴，但对他的话还是满怀尊敬，不显出惊惶失措的样子。

汉斯垂下眼睛，点点头，表示对那位崇高的邻座所说的话完全能满意地予以理解。

“您的话确实不错，”汉斯说。“沉湎于过分讲究的享受，同时对生活中纯朴而自然的赐予——它们既伟大，又神圣——却不作出公正的评价，也许是一种罪愆，又是一种没有能力的表征。明希尔·皮佩尔科尔恩先生，如果您的意思我没有搞错的话，这就是您的意见。虽然我本人还没有考虑到这一点，但您指出的一切我完全信服，完全同意。生活中这些纯朴而健康的赐予，实际上只有在很少的场合下才受到公平合理的对待。确实，大部分过分疏懒，过分漫不经心，过分不负责任，内心也过分摇摆不定，不能公平地对待它。事实上可能是这样。”

这个强者听了这些话十分满意。“年轻人，”他说，“说得好极了。您能否允许我——别的什么都不谈了。我请求您和我一起干杯，而且手挽着手。现在我对您还不能以兄弟般的‘你’相称，不过我快要这么称呼了，我考虑到现在就称‘你’不免有些过分冒失。在不久的将来，我很可能要这么称呼了，这点请您相信我！不过要是您愿意，而且坚持认为我们立刻……”

汉斯·卡斯托尔普对皮佩尔科尔恩暂时不以“你”相称的建议表示赞同。

“我，小伙子。好，伙伴。‘没有能力’，说得好。好得叫人发抖。

‘不负责任’，说得很好。赐予——不好。要求！生活对于荣誉和男人的力量所提出的神圣的、女性的要求——”

汉斯·卡斯托尔普不得不突然地意识到，皮佩尔科尔恩已经酩酊大醉了。不过他的醉态并不显得卑下，并没有失去尊严，而是同他庄严的性格相结合，产生一种出色的、令人敬畏的形象。汉斯·卡斯托尔普想：酒神本人在喝醉时也要靠热心的崇拜者来扶持，而不致有损于神性；问题的关键在极大程度上取决于喝醉了的是谁，是一个人物呢，还是织亚麻的工人。他内心非常注意，不让自己对这位长者(他是肖夏太太的旅伴，对众人有一种驾驭的力量)的尊敬有丝毫削弱；此刻，他那文雅的手势不再那么卖劲了，说起话来也是结结巴巴的。

“用‘你’相称的朋友呀，”皮佩尔科尔恩一面说，一面把魁梧的躯体自由自在地靠向后面，骄傲地露出了醉态。他的胳膊伸到桌面上，微微捏紧的拳头轻轻敲着桌子。“不久就要用这个称呼了，在不久的将来，哪怕考虑了一会才决定。好，就这样定了。生命呀——年轻人，它是一个女人，一个伸手伸脚躺着的女人，有两只靠得很近的丰满的乳房，在凸出的臀部之间有一个大而柔软的腹部，细细的手臂，壮壮的大腿，半闭着眼睛，神气活现地嘲笑我们，向我们挑战，迫切要求我们投入我们的全部精力和欲念，要我们站在它的面前或者覆灭。年轻人，您可懂得‘覆灭’是什么意思？那就是情感在生命面前的失败，这就是所谓‘没有能力’，对于它，没有任何慈悲，没有任何同情，没有任何尊严，而且无情地、嘲弄地受到唾弃。就这样定了，年轻人……耻辱和不名誉是这种毁灭和破产、这种可怕的丑事的婉转说法。这是各种事物的终极，地狱般的绝望和世界末日……”

那位荷兰人在说话时魁伟的身躯越来越往后仰，同时他那个帝王般威严的脑袋垂到胸前，仿佛昏昏欲睡。说到最后一个字时，他抬起了捏得不紧的拳头，在桌面上猛敲一下，因而瘦弱的汉斯·卡斯托尔普吓了一跳，惊愕而敬畏地望着这位强者——由于玩牌喝酒，周围的气氛又别开生面，他变得神经衰弱了。“世界末日”，这个词同他的脸庞多么相称啊！除了宗教课外，汉斯·卡斯托尔普记不起过去在哪儿听到过这样的话。他想，这也不是偶然的事，因为在他所熟识的人们中间，究竟谁有资格能说出这个雷霆万钧的词儿来呢？谁有特殊地位竟会正确地提出问题来呢？矮小的纳夫塔也许会说出这种话来，不过他的措词是专断、辛辣和喋喋不休的，而出于皮佩尔科尔恩之口，那响雷一般的话就像号角那般嘹亮，听起来颇能震撼人心，总之，有《圣经》般的威力。“天哪——他真是一个人物！”他千百次感受到这一点。“我终于接触到一个人物，而他却是克拉芙吉亚的旅伴！”他本人当时头脑还不很清楚，只是在桌子上转动着酒杯，另一只手则插在裤袋里；他嘴角叼着一支香烟，他的一只眼睛在缭绕的烟雾面前紧紧闭上。在有资格讲话的人说出了这句响雷般的话后，他不是应当沉默不语吗？他那细弱的声音又算得了什么呢？可是他两个大谈其民主的教育者已使他习惯于讨论问题了（两个教育者的本性都有民主倾向，虽然其中一个竭力反对民主），这就促使他真心实意地发表一番议论。他说：

“明希尔·皮佩尔科尔恩，您的见解（这算什么话呀，见解！难道对世界末日要发表什么“见解”吗？）使我又一次想起了您刚才谈的关于罪恶的话，也就是说，罪恶在于对生活纯朴的、神圣的（“神圣的”是您的用语）和传统的（我也许会用这个字眼）赐予滥加使用，也就是说对十分重要的生活赐予滥加使用，异常讲究，力求华美，而且正如我们两人中的一个曾说过的那样，‘沉溺于’其间；人们向巨大的生活赐予‘献身’，而且向它们‘致敬’。不过这里我似乎在辩解了——请原谅，我生性有一种辩解的倾向——虽然辩解也许没有多大分量，这个我清楚地感觉到——我似乎在为罪恶作辩解，而且这恰恰是我们称之为‘无能为力’的结果。对于‘无能为力’的恐惧，您已说了许多有重要意义的话，使我的内心很受震动。不过我认为，罪恶的人对您说的那种恐惧是无动于衷的，相反地，他还认为挺有道理；由于对传统的生活赐予一点也不动心，就促使他犯罪作恶，因此，我们不必认为罪恶使生活蒙受灾难，而可以理解为对生活表示敬意。另一方面，只要对生活赐予的过分讲究意味着一种沉醉和高扬的手段，或者如人们所说的，stimulantia——也就是感情力量的支持和增强，那么生活就是其目的和意义；对情感的爱，对于情感的无能为力的追求……我的意思是说……”

他在说些什么？在关系到皮佩尔科尔恩这样一个“人物”和他本人时，竟谈起“我们两个人中的一个”来，难道这还不够“民主式”地厚颜无耻吗？难道过去的某些事——这些事对目前的某些所有权投下了阴影——促使他有足够的勇气说出这些厚脸皮的话吗？难道舒适的生活竟使他忘乎所以，不得不对“罪恶”作起恬不知耻的分析来？现在他得明白如何从这件事中脱身了，因为显而易见，他已招致了可怕的后果。

在汉斯的整个谈话过程中，明希尔·皮佩尔科尔恩一直往后靠在椅子上，脑袋垂在胸前，因而他是否把汉斯·卡斯托尔普的话全都听在心里，却是一个疑问。但现在，当年轻人茫然不知所措时，他开始在靠背椅上渐渐直起腰来，终于坐端正了，他庄严的脑袋涨得满脸通红，额头上纵横交错的皱纹越来越深，绷得越来越紧，一对小眼睛也睁大了，射出苍白而咄咄逼人的光芒。这里酝酿着什么呢？看来，他快要大发雷霆了，相比之下，上次只是耍耍小脾气而已。明希尔的下唇异常愤怒地咬住上唇，这样他的嘴角就垂向下面，下巴则向前突出。他从桌面上慢慢抬起右臂，举到脑袋一般高的地方，又捏紧拳头，神气十足地挥动起来，准备给那个喋喋不休地侈谈民主的年轻人以毁灭性的打击。汉斯·卡斯托尔普大惊失色，可是对他动气时那种富有表情、仪态万方的姿态却怀着异样的好奇十分欣赏。他努力掩饰自己的恐惧和想逃跑的心理，迫不及待地、彬彬有礼地说：

“当然啰，我刚才说的话是有缺点的。总的问题是一个大小问题，别的没有什么了。凡是有大小的东西，我们就不能称之为罪恶。罪恶从来没有规模大小可言。完美无缺的东西也没有什么规模大小。不过在人类对感情的追求方面，从原始时代到现在一直有一种辅助手段，一种陶醉手段和兴奋手段，这种手段属于传统的生活赐予，属于‘纯朴’和‘神圣’的性质，因而也不是罪恶的东西。如果我能这样说的话，它是‘大小’的一种辅助手段。举例来说，葡萄酒是上帝赐予人的东西，古代具有人文主义思想的民族曾明确说过这样的话，它是上帝的博爱的发明物，人类的文明甚至和它息息相关——请您允许我这么说。因为我们知道，借助于葡萄的种植技术和压榨技术，人类摆脱了野蛮状态，获得文明；即使在今天，种植葡萄的民族比不种植葡萄的民族即基米里人[①]还是更加文明，或者被认为更加文明，这肯定是一个值得注意的事实。因为事实表明，文明决不是理智和雄辩的冷静的赐予物，而是和兴奋、陶醉及清新感息息相关——我擅自向您提一个问题：我的这番话是否符合您的本意？”

这个汉斯·卡斯托尔普真是一个淘气鬼，或者像塞塔姆布里尼先生舞文弄墨地形容的那样，是一个“机灵鬼”。冒失地甚至是放肆地跟一个“人物”打交道——然后在必要时灵巧地从困境中摆脱出来！首先，在极其令人担心的时刻里，他即兴式地为饮酒作了一番十分体面的辩护；以后，又顺便将话题引到“文明”上面，这样，明希尔·皮佩尔科尔恩原来那种气势汹汹的神色就不再那么明显可见了；最后，他向那个受窘的杰出人物提出了那么一个问题，使对方不好意思再动气了，对方尽管扬起了拳头，却什么话也答不上来。荷兰人在洪水发生之前那种愠怒的姿态，现在已经缓解了；他慢慢地垂下胳膊，把它搁在桌上，脸也不再涨红，他那余怒似乎尚未完全消退的脸仿佛在说：“算你运气！”一场暴风雨就这样过去了。这时肖夏太太插了进来，提请他的旅伴注意：大伙儿已经显得没精打采了。

“亲爱的朋友，您冷落其他各位宾客了，”她用法语说。“您过分专心地跟这位先生聊天啦，您同他谈的无疑是一些重要的问题。打牌已经结束，我怕大家已经很累了。我们就此散场好不好？”

皮佩尔科尔恩马上把头转向圆桌上的众人。事实确是这样：大家已经萎靡不振，昏昏欲睡，几乎麻木不仁。这些客人像在无人管束的课堂里那样，胡作非为起来。好几个人在打盹。皮佩尔科尔恩立刻拉紧马缰绳，控制了局面。“女士们，先生们！”他翘起食指高声说道。他那长矛尖似的手指像一把指挥刀或一面旗帜，他的声音像是领袖发出的“不是胆小鬼的都跟我来！”那样的召唤，这位领袖要把开始溃退的军队重新

① 基米里人，古代居住在黑海北岸地区的一种民族。

振作起来。这个人物一介入，就起了唤醒人们和聚集人们的作用。大家的精神抖擞起来，绷紧了昏昏欲睡的脸，对着威严的东道主满是皱纹(这种皱纹像是画在偶像上面似的)的额头下一双苍白的眼睛笑吟吟地点点头。他把他们都吸引住了，要他们重新活动起来；他垂下了食指的指尖，让它贴近大拇指的指尖，同时高高翘起了其他三只留有长指甲的手指。他细心而克制地伸出了船长般的手，痛苦地裂开的嘴唇上吐出一些话来，尽管他的话抓不住中心，意义含糊不清，但由于他为人审慎持重，对听众却有一种扣人心弦的魅力。

“女士们，先生们——好得很。关于肉体，女士们，先生们，归根结蒂只是——就这样定了。不，请你们允许我说一句——它是‘衰弱’的，《圣经》就是那么说的嘛。‘衰弱的’，意思是人生的要求方面往往倾向于——可是我向你们呼吁——简而言之，女士们，先生们，我要呼——吁。你们会对我说，睡觉。好得很，女士们，先生们，这个好极了，妙极了。我喜欢睡眠，尊敬睡眠。我尊敬这种酣畅的、甜美的、令人神清气爽的欲望。睡眠是属于——年轻人，您叫它什么呀？——它是传统的生活赐予之一，是它最最原始的、最最重要的——我怎么说好呢——最最高级的生活赐予之一，女士们，先生们。不过请你们注意到，请你们记得：客西马尼[①]！‘于是带着彼得和西庇太的两个儿子同去。后来对他们说：你们在这里等候，和我一同儆醒。’你们还记得吗？‘来到门徒那边，见他们睡着了，就对彼得说：怎么样，你们不能同我儆醒片时吗？’多么有力呀，女士们，先生们。感人肺腑，激动人心。‘又来见他们睡着了，因为他们的眼睛困倦。于是来到门徒那里，对他们说，现在你们仍然睡觉安歇吧，时间到了’——[②]女士们，先生们：动人肺腑，感人心弦。”

确实，这些话深深地打动了他们的心，使他们感到惭愧。他双手叉在胸前靠近稀疏的下巴胡子的地方，脑袋歪向一侧。由于他断裂的嘴唇

① 客西马尼是耶路撒冷城外的一块地方，耶稣门徒常聚集在该处。

② 有关内容，可参见《圣经 · 新约 · 马太福音》第26章第43节。译文亦根据《圣经》。

里吐出的话涉及孤寂的死亡的痛苦，他那苍白的眼神变得黯淡起来。斯特尔夫人抽抽答答地哭了。马格努斯太太深深叹了一口气。检察官帕拉范特感到自己有责任作为大伙儿的代表人物，他压低嗓门对那位令人尊敬的东道主说了一些话，保证大家都按照他的意旨办事。他的话必定会引起误解。大家不是高高兴兴，生龙活虎的吗，而且一心一意在寻欢作乐。这是一个多么美丽、多么富有节日气氛、简直是异乎寻常的夜晚——每个人都理解这一点，感受到这一点，目前谁也想不到有什么睡觉的需要，尽管睡眠是生活的良好赠与。对此，明希尔·皮佩尔科尔恩对他的每一位客人都深信不疑。

“好极了！妙极了！”皮佩尔科尔恩高声说，一面站了起来。此刻他的两手不再攥在一起，而是手掌向上，摊了开来，仿佛异教徒在祈祷。刚才他那张笼罩着愁云惨雾的颇有气概的脸，现在又阳光明媚，灿然露出笑容，甚至在他的面颊上一下子显出了一个西巴里斯人[①]的酒窝。“时间到了，”于是他吩咐侍者拿酒菜单来。他戴起了角制夹鼻眼镜，眼镜腿在额头上高高突起。他要了香槟酒，三瓶穆姆公司“红绳”不带甜味的酒，此外还要了上等圆锥形的彩色糖衣小点心，像一种极脆的饼干，里面有巧克力和阿月浑子酱，点心外面罩着小纸，边缘尖棱棱的，煞是好看。斯特尔夫人在品尝时，竟舔起每一只手指头来。阿尔宾先生懒洋洋地解开了第一只酒瓶的绳子，手法十分熟练，让蘑菇状的瓶塞像儿童玩具枪那样“砰”的一声离开有饰物的瓶颈飞向天花板，同时用餐巾裹住瓶颈，按照习俗用优雅的姿态把酒倒在杯子里。漂亮的泡沫把上菜桌的桌布也沾湿了。人们在碰杯，酒杯发出丁丁当当的声响，第一杯酒大家都一饮而尽，以后又用冰冷的、有香气的液体来刺激一下胃。每个人的眼睛都闪闪发光。玩牌已经结束，谁也不感到有必要把桌子上的牌和钱收拾好。大家觉得优哉游哉，无所事事，只是无牵无挂地聊着天。他们是由于情绪高昂才交谈起来的，原来准备用一些极其漂亮的措词，但出口以后却显得支离破碎，期期艾艾，时而过分冒失，时而

① 西巴里斯人，意大利南部一个古都的人，以生活奢侈著称。

是一些不易被人理解的大杂烩，头脑清醒的旁观者听了会因而愤怒地耻笑。不过他们并不以为意，因为大家都处于同样的放纵状态。马格努斯太太连耳朵也红了，她承认，她觉得生命之水从她身上汩汩地流过，马格努斯先生听了此话似乎不很高兴。黑尔米内 · 克莱费尔特把背脊靠在阿尔宾先生的肩膀上，同时把自己的酒杯放到他面前准备斟酒。皮佩尔科尔恩竖起长指甲的手指，做着颇有教养的手势指挥这场闹哄哄的酒宴，这时忙于酒食的补给。香槟酒之后又叫来了咖啡，是阿拉伯产的双料上等咖啡，后来又来了“面包”酒和甘美而辛辣的酒，杏子白兰地，荨麻酒[①]，香草奶油和樱桃酒，后面这些是给女士们享用的。后来又端来了酸鱼片和啤酒，最后还有茶，既有中国绿茶，也有甘菊茶——对于那些喝了香槟酒或其他酒后不愿再喝烈性葡萄酒的人来说，就备上了茶。明希尔本人就是这样，他在午夜后同肖夏太太和汉斯 · 卡斯托尔普一起，喝起天然起泡的瑞士红葡萄酒来。他们真的十分口渴，饮了一杯又一杯。

他们又呆坐了一小时，迟迟不走的原因一方面是由于大家都喝得醉醺醺的，不想移步，另一方面是因为这样的熬夜方式既新奇又愉快；再一方面，则是被皮佩尔科尔恩这个人物迷住了，而他所举的关于彼得和他弟兄们的例子对他们也产生了影响，谁也不愿成为肉体上的弱者。一般说来，女士们在这方面受到的威胁似乎比男人们少些。那些男人们，不管脸孔红的也好，白的也好，都伸开了腿，脸颊鼓起，不时机械地举起杯来，而实际上，内心对杯中物已不再感到乐趣。而女人们却比较活跃。黑尔米内 · 克莱费尔特的胳膊肘撑在桌面上，两手托住腮帮儿，笑嘻嘻地面对着正在吃吃地笑的丁富，把上排雪白的牙齿露了出来。斯特尔夫人卖弄风情地把下巴贴在稍向前伛的肩膀上，挑逗着那位检察官。马格努斯太太居然坐到阿尔宾先生的怀里，拉着他的两个耳垂，马格努斯先生看了这番景象却似乎感到轻松自在。有人要求安东 · 卡洛维奇 · 费尔格详细谈谈自己胸膜振荡的故事，可是他张口结舌，说不清楚，尊

---

① 原文 Chartreuse，是法国卡尔特修道院中修士所制的一种黄色或绿色的酒。

敬地宣告自己彻底完蛋，于是大家异口同声地都认为这又是一次举杯痛饮的机会。韦泽尔由于某种深深的苦恼一下子痛哭流涕，他两眼望着在座的人，什么话都说不上来。人们给他端来了咖啡和法国白兰地给他提提神。他的哭泣引起了皮佩尔科尔恩深切的关注，他哭时胸脯起伏，下巴也皱纹累累地抖动起来，而且泪下如注。皮佩尔科尔恩翘起食指，脸上一条条的皱纹毕露，要大家好好注意韦泽尔的精神状态。

"这是——"他说。"不过这是——不，请允许我说：神圣的！把他的下巴揩揩干，我的孩子，把我的餐巾拿去！或者，还是让它去更好一些！他自己拭干了。女士们，先生们，这是神圣的！不论在哪种意义上都是神圣的，基督徒也好，异教徒也好！这是一个原始的现象！第一级的——最高级的现象！不，不，这是——"

"这是——"、"不过这是"之类的话不过是一些开场白，一面讲话，一面在众人前做着种种细致的、简直变得有些滑稽的富有教养的手势。他有这样一种姿态：他曲起食指和大拇指弯成一个圆圈，荡空放在耳朵上部，脑袋风趣地侧向一边，使人感到他像一个抓起衣服一角在祭坛面前以无比优雅的动作跳舞的异教老祭司。以后他又回复庄严肃穆的神态，伸出手臂围住邻座的椅背，描摹出寒冷而又阴暗的一幅冬晨景象，这幅景象栩栩如生，引人入胜，大家都听得入迷了，十分兴奋。他说起我们夜间的台灯发出微弱的黄光，透过玻璃窗在光秃秃的树枝中间反射出来，树枝在冰天雪地、雾气弥漫的黎明中冻得发僵，还可以听到乌鸦刺耳的啼声……他能用隐喻的方法把日常生活的简朴情景说出来，给人以强烈的印象，大家听了都打起寒战来，特别当他还谈到在这样的大清早用一块浸过冰水的大海绵来擦洗脖子；他称这样的事是"神圣的"。不过这个离题太远了，只是举例讲授养生之道而已，是一种想入非非的即兴曲，他这样讲出口来，无非是使他那殷勤好客的形象再一次深入人心，宣泄一下自己对夜间欢宴场面的一些感受。

他对女人一视同仁，不管她外貌如何，人品如何，只要他能接近，他都表示爱慕之意。他对矮个儿女侍者大献殷勤，使那个残废人过大而苍老的脸绽开了笑容，她咧嘴笑时出现了条条皱纹。他对斯特尔夫人说一番恭维话，那个庸俗的女人更加令人讨厌地向前弯起肩膀，惺惺作态到疯狂的程度。他请求克莱费尔特在他那大而断裂的嘴唇上吻一下，甚至跟闷闷不乐的马格努斯太太调情——这一切都无损于他对他那位女旅伴的依恋之情：他不时握住肖夏太太的手，虔敬而殷勤地凑到他的唇边。“酒，”他说，“女人——这是——这不过是——请允许我说——世界末日——客西马尼——”

将近二点钟时，传开了一个消息：“老头儿”——也就是顾问大夫贝伦斯——大摇大摆地走近叙谈室了。这一下，病人们吓得魂飞魄散，乱作一团。椅子和水桶都给撞翻了。人们取道阅览室逃走。皮佩尔科尔恩眼看欢宴的人们突然四散逃逸，不由威严地发起火来；他用拳头敲着桌子，骂逃散的人们是“奴颜婢膝的胆小鬼”。不过汉斯·卡斯托尔普和肖夏太太安慰他一番以后，他心里才稍稍舒坦了些，他们劝他说，刚才大家吃吃喝喝已长达六小时之久，总该有个收场了。他们劝他睡一会以便“神圣地”恢复精神，他也总算听了进去，答应让他们扶到床上。

“扶住我，我的孩子！年轻人，请在另一头扶住我！”他对肖夏太太和汉斯·卡斯托尔普说。于是他们把他那笨重的身体从椅子上扶起来，再向他伸出胳膊，于是他夹在两人中间，迈开大步向休息的地方走去。走路时，他庄严的脑袋歪向高起的肩膀一侧，脚步踉踉跄跄，重心一会儿靠在肖夏太太身上，一会儿又靠在汉斯身上。也许他这样让人带着扶着走路，从根本上说是帝王般的骄奢的一种表现；也许如果真的要走，他自己一个人也能走。他不屑作这种努力。如果他作出什么努力，那就是不顾羞耻地掩饰自己的醉态，而事实上，他不但对自己的酩酊大醉不以为耻，而是引以为了不起的乐事；看到扶持他的两个人随着他左右摇摆，他感到自己高人一等，十分愉快。他在路上甚至说起话来：

“孩子们——真是胡闹——我当然一点也不——即使在这个时刻——你们应当看清楚——可笑——”

“可笑！”汉斯·卡斯托尔普应上一句。“不过这一点也不用怀疑！我们享用了传统的生活赐予，而且在它的荣光中踉踉跄跄。另一方面说，老实说……我也享有了我的份儿，不过尽管我已经醉态朦胧，但我还是清楚地意识到，我有特殊的荣幸把一位出类拔萃的人物扶上床去。我并不怎么醉，关于规模大小问题我根本不能作比较……”

“噢，你这个饶舌鬼！”皮佩尔科尔恩一面说，一面扶着他摇摇晃晃地向楼梯的栏杆走去，肖夏太太则拖在他的身后。

显然，刚才传说顾问大夫即将到来不过是一场虚惊。也许这谣言是疲倦的矮个儿女侍者放出来的，为的是叫大家散伙。在这种情况下，皮佩尔科尔恩站住了，想回餐厅去继续喝酒，可是左右两个人都劝他还是上床睡觉更好些，于是他依旧向前挪动脚步。

马来亚男仆是一个身材矮小的人，他颈上系着白领带，脚上穿着黑缎鞋，正在病室门口的走廊里等候他的主人。他迎接主人时深深鞠了一躬，一只手搭在胸口上。

“你们互相吻吻吧！”皮佩尔科尔恩命令道。“凑向那个迷人的娘儿，在她额头上吻一下以示告别吧，年轻人！”他朝汉斯·卡斯托尔普说。“她不会有什么反对意见的。在我的准许下，为了我的幸福，吻吧！”他说。可是汉斯·卡斯托尔普拒绝了。

“不，阁下！”他说，“请您原谅，我做不到。”

皮佩尔科尔恩靠在男仆身上，脸上的皱纹纵横交错，一条条更加明显地露了出来。他要知道为什么不愿那么做。

“因为我和您的旅伴不能彼此吻额头，”汉斯·卡斯托尔普说。“我衷心希望您好好休息！不，无论从哪个方面看，这纯粹是胡闹。”

这时肖夏太太也已经走到自己的房门口，皮佩尔科尔恩只得放不听话的汉斯走了。不过他越过自己的和马来亚人的肩膀又目送他一会儿，脸上显出一条条深深的皱纹。对于汉斯的反抗，他十分惊讶，他那发号施令的性格也许一向是受不了这种反抗的。

明希尔·皮佩尔科尔恩(续)

整个冬天，明希尔·皮佩尔科尔恩呆在山庄疗养院里——冬天还有一些残余的日子——一直住到第二年春天，因而最后还能同塞塔姆布里尼和纳夫塔一起到弗吕埃尔山谷作一次值得纪念的漫游，并到那边去观看瀑布……说什么“最后”？难道他以后不再住下去了吗？不错，不再住下去了。那么他离开了吗？——是，也可说不是。——为什么是或不是？请别穷根究底了！到头来自会明白的。齐姆森少尉已经死了，更不必提没有像他那么值得尊敬的其他许多跳死神舞蹈的人了。那么含糊不清的皮佩尔科尔恩已被恶性的热带病夺走了？——不，并非如此，可你们为什么这样没有耐心？什么景象都不会一下子出现，生活的原则和讲故事的原则是应当遵守的，上帝赐予人类的认识形式毕竟是不能违抗的！至少，我们要在我们故事性质的允许范围内，给时间以尽量多的光荣！事实上，我们对时间已不再十分重视，什么都搞得乱哄哄的！如果这个字眼显得过于喧闹，那么，可以说它像风那样地飘走了！时钟的小指针在计量我们的时间，它在滴滴答答地走，仿佛在计量每一秒钟光阴，当它每一次不动声色地、永不休止地经过它的刻度时，天知道这意味着什么！我们可以肯定的是，我们到这儿山上已有好几年了。我们的头天昏地转，这是一个噩梦，尽管梦里没有鸦片和大麻，而道德家是会非难我们的。然而，我们拿多少理智的神圣性和逻辑的尖锐性故意同不道德的朦胧状态作对呀！应当承认这样的事并不是偶然的：我们花了很多笔墨同纳夫塔先生和塞塔姆布里尼先生打交道，而不大同含糊不清的皮佩尔科尔恩周旋——这样自然会导致一个比较，它在各方面，特别在规模大小方面，归根结蒂都必然有利于这位迟迟来到的人物。汉斯·卡斯托尔普的心里也是这样想的。这时他躺在自己的住所，暗自承认那两个争夺他可怜灵魂的雄辩的教育者和皮特·皮佩尔科尔恩相比，简直是侏儒而已，因而他真想像皮佩尔科尔恩上次在威风凛凛地饮酒时打趣似地称呼他那样，称他们是“饶舌者”。此外，炼金术的教育家使他能与这个地地道道的人物保持接触，也使他感到十分愉快。

这个人物是肖夏太太的旅伴，因而是出现在舞台上的一个强大干扰因素——这是汉斯·卡斯托尔普在作判断时不允许失误的一个要点。我们重复一遍：在他对这个人所怀的真诚、充满尊敬、有时即使是有些大胆的相当大的同情中，他不使自己的判断失误——哪怕这个人同肖夏太太共同使用一只旅行箱，而汉斯·卡斯托尔普在谢肉节之夜曾向她借过一支铅笔。这就是他的为人之道——尽管我们充分地估计到，我们圈子里的许多男男女女对汉斯的这种“麻木不仁”抱有反感，宁愿看到他对皮佩尔科尔恩持憎恨和规避的态度，内心暗暗叫他一声“老蠢驴”和“说话含糊不清的酒鬼”。相反地，汉斯在他的间歇性寒热发作时却去看他，坐在他的床沿，跟他聊天——“聊天”这个词自然只是汉斯自己词汇中的用语，而不是庄严的皮佩尔科尔恩的用语——，同时怀着有教养的青年的那种好奇心，听凭自己为这个人物的魅力所左右。他就是那样行事的；我们说明这件事，并不顾虑到人们会因此联想到费尔迪南特·韦泽尔这个人来，他过去曾为汉斯·卡斯托尔普代拿大衣。这种联想是不在话下的，因为我们的主人公并不是韦泽尔。他不是一个卑躬屈膝的人。他也不是什么“主人公”[①]，那就是说，他对男人的关系并不由女人来决定。我们的原则是，既不把他描写得比实际上更好些，也不更坏些；忠于这样的原则，我们就能断言：他干脆不赞成——不是自觉地和明确地，而是天真无邪地不赞成——让自己在对同性的判断力方面受到任何传奇小说的影响。对男性世界有益的生活经历，他也置之度外。这也许会引起女人们的不快，我们知道，肖夏太太不由自主地为此动了气，而且终于脱口说了一些尖刻的话，我们以后将要述及。不过也许正是由于他的这种性格，才使他成为教育者论争时的合适对象。

在玩纸牌和喝香槟酒那个晚上的第二天，皮特·皮佩尔科尔恩就躺在床上病得很厉害，这是不足为怪的。凡是参加那次时间拖长而又十分紧张的晚会的人，差不多都病倒了，连汉斯·卡斯托尔普也不例外。他头痛甚剧，但病痛阻止不了他前去探望昨天的那位东道主。他在二楼走廊上遇见了马来亚男仆，要求见一见皮佩尔科尔恩，对方随即表示欢迎。

他穿过一间同肖夏太太的卧室隔开的客厅，走进荷兰人那间有两张

---

① 原文“Held”在德文中既可解作“主人公”（指小说中的主角），也可解作“英雄”。

床的卧室。他看到这个房间十分宽敞，陈设也很精致，比山庄疗养院一般病室都要华美。室内有缎面靠背椅和弯脚的桌子，地上有一块软绵绵的绒毯。眠床也不是一般医院里的病床，气派十分豪华，用抛光的樱桃木制成，床架的配件是黄铜质的。两张床有一个共同的天盖，而没有床幔——它只是一个遮蔽两张床的一个小小的华盖。

皮佩尔科尔恩躺在其中的一张床上，在红缎羽绒被上放着书籍、信札和报纸。这时他正架起一副高高的角制夹鼻眼镜在读《电讯报》。他身边的椅子上放着一套咖啡用具，而床头柜上则放有一瓶已喝剩一半的红葡萄酒——这就是上一天晚上喝的天然烈性的葡萄酒——和一些药瓶。使汉斯·卡斯托尔普稍稍感到惊讶的是，荷兰人没有穿白衬衫，而是穿一件在手腕处用纽扣、无领子的长袖毛线衫，毛线衫结得圆鼓鼓的，套在这位老年人宽阔的肩膀上和壮实的胸脯上十分合身。穿着这样的衣服，他枕边那个雄伟的脑袋就显得更加突出，没有市民阶层的一点俗气，使人们感到他既有劳动民众的风度，又像一座永垂不朽的胸像。

“太好了，年轻人，”他一面说，一面抓住角制夹鼻眼镜的腿，把眼镜拿下。“别客气———点儿也别客气。要正好反过来才行。”于是汉斯·卡斯托尔普坐在他的身边，亲切友好而又生动活泼地同他聊天，而皮佩尔科尔恩则用一些花妙的断断续续的话和动人心弦的手势作为回答。看到他时，汉斯竭力掩饰内心的惊异，当然惊异中掺杂着同情心；而这种惊异本来是应该用真心实意的赞美来代替的。他的脸色不好，有些发黄，看去十分衰弱，备受疾病折磨之苦。天快亮时，他的病发作得很厉害，他那疲劳不堪的神色同上一天晚上的纵酒狂饮有关。

“我们昨天可真痛快——”他说。“不，不是这么说，应当说又糟糕，又痛快！不过您倒是——好样的，您居然没有什么——只是像我那么一把年纪，身体情况又糟——我的孩子，”这时肖夏太太正好穿过客厅走了进来，他就转向她，用温柔而一本正经的口气说话。“什么都很好。不过我向您重复说一句：最好留心能加以防止……”说这些话时，他的脸色和嗓音都出现了某些大发雷霆的征兆。人们只要设想一下，如果人们要认真地干涉他的饮酒，估量他的谴责的不合理性和非理智性，那么一场暴风雨就可能发作。大人物也许往往是这样的。他的旅伴肖夏太太同已经站起的汉斯·卡斯托尔普打了招呼，走了过来。她没有跟他握手，只是报以微笑，而且示意要他仍旧“别拘束地”坐着，而对明希尔·皮佩尔科尔恩则暗暗地、心照不宣地向他表示，要他“对此别担心”……她在房间里收拾这个，张罗那个，并吩咐仆役将咖啡用具端走，后来又出去一会儿，不久又轻手轻脚地回来，站在一旁插几句话，或者可以说是——如果我们能把汉斯·卡斯托尔普所得到的不很确切的印象说出来——在稍稍监护他。当然啰！难怪她伴着一个大人物回到山庄疗养院来。可是当这个在疗养院里久久等着她的年轻人向这位大人物怀着像一个男子汉对另一个男子汉那样内疚的心情表示敬意时，她又马上显得惴惴不安，甚至机智地作出“别拘束”和“别担心”的表示来。汉斯·卡斯托尔普不禁微微一笑。他俯下身子不让别人看到它，而内心却喜不自胜。

皮佩尔科尔恩打开床头柜上的酒瓶，为汉斯斟上一杯红葡萄酒。在目前情况下，荷兰人认为最好能把昨夜中止的事情接续上去，这杯起泡的葡萄酒和汽水的作用不相上下。他和汉斯·卡斯托尔普碰杯，汉斯一面饮酒，一面望着他那只斑斑点点的、指甲长长的船长的手，他身上毛线衫的一排钮子在手腕那儿扣紧。他的手举起杯来，放到裂开的厚嘴唇边，于是他那像工人或胸像那样的喉咙就把葡萄酒咕噜咕噜地咽了下去，咽时喉结忽上忽下。他们还谈到床头柜上的药品，这是一种棕色的液体，皮佩尔科尔恩遵从肖夏太太的劝告，从她的手里服了满满一调羹。这是一种解热剂，主要成分是奎宁。皮佩尔科尔恩要他的客人稍许尝尝这种药富有特征性的苦涩而有香气的滋味，而且对奎宁说了许多赞美的话，说它不但对消灭细菌有奇效，有良好的解热作用，而且由于能滋补强身而受到推崇。它能抑制蛋白质的代谢作用，改善营养，总之，它是一服真正的提神剂，是一种出色的强壮剂、刺激性和活力剂，同时也是一种陶醉剂，人们喝了以后有些醉醺醺的，他说，说时他的手指和脑袋像上一天那样做出诙谐的动作来，神态又像手舞足蹈的异教祭司了。

不错，金鸡纳树皮是一种了不起的物质！我们欧洲的药物学了解它的性能，还不到三百年时间；而作为金鸡纳树皮的有效成分的生物碱，也就是奎宁，人们发现其化学机理——并最终能在一定程度上予以分析——也不到一百年工夫。到现在为止，化学对其性质尚不能说已能完全阐明，或者说可以进行人工合成。我们的药物学还不能厚着脸皮地自诩了解奎宁的各方面知识，因为跟奎宁在一起的还有许多别的东西。药物学对物质的力的作用固然有所认识，不过精确地说，这种作用究竟归因于何方，却往往是一个令人困惑的问题。如果年轻人想了解毒物学，那么在决定所谓毒素作用的基本性质方面，任何人都不能提供任何情况。蛇毒就是其中一例，人们所能了解到的不外是：这种动物性物质只是蛋白化合物的一种，由各种各样的蛋白体组成，只有靠一定的结合方式——也就是说，结合方式一点也不明确——才能产生极为强烈的作用。这种蛋白化合物一旦进入血液循环，就引起反应，人们对这种反应只会惊诧不止，因为人们是不习惯把蛋白质看成为毒物的。可是皮佩尔科尔恩从枕边抬起头来，瞪起苍白的眼睛，扬起额头的皱纹，伸起长矛般尖尖的指头(伸时还露出了手上的戒指)说，就物质世界而论，物质始终处于生命和死亡的交替过程，大麦茶①和毒药不分彼此，药物学和毒物学是一样的东西，人们能用毒药治病，能促进生命的物质，有时转瞬间能一下子置人于死地。

他谈起大麦茶和毒药时，劲头十足，而且一反常态，说得有条有理。汉斯·卡斯托尔普侧起脑袋倾听着，连连点头，他关注的倒不是谈话的内容(这样的内容，他似乎心中有数)，而是如何默默地探索那个人物所发挥的作用；说到底，那人的作用正像蛇毒的作用一样，无法解释清楚。动力学，皮佩尔科尔恩说，是物质世界的一切，别的各种东西都完全受它的制约。奎宁也是医疗上的一种毒药，首先它是作用强烈的物质。服了四克会使人耳聋，眩晕，呼吸急促，会像阿托品②那样引起视觉障碍，又会像酒精那样把人醉倒。制造奎宁的药厂里，工人们眼睛发

① 一种药物。
② 药品名。

炎，嘴唇肿胀，皮肤也会受到感染。皮佩尔科尔恩又从金鸡纳树，也就是奎宁树讲起，说到南美洲连绵的山脉中的原始丛林，这种植物生长在那边海拔三千米的高山上，它的树皮名叫“耶稣会粉末”，最近才运到西班牙，而南美洲当地的土人早已知道这种树皮的功效。他谈起爪哇的荷兰殖民当局规模宏大的金鸡纳树种植业，在那里，每年有几百万磅一卷卷的金鸡纳树皮(它的颜色微红，外表同肉桂差不多)用船舶运至阿姆斯特丹和伦敦……这种树皮，这种木材的树皮组织，从表皮和形成层，据皮佩尔科尔恩说，也差不多具有特异的动力学性能，既能为善，也能作恶。有色人种所拥有的医药知识，远远较我们西方人为多。在新几内亚东面为数不多的几个岛屿上，年轻人从某种树木的树皮上提取媚药，这树也许是一种毒树，属于爪哇的见血封喉①一类，它像“曼察尼拉”树一样会散发出某种毒气，使周围的空气受害，还会使人畜陷入昏死状态。他们把这种树的树皮磨成粉末，把这种粉末混合在小片的椰子果实里，然后将混合物包在一张叶子里烘烤。他们把混合物的液汁喷洒在正在睡觉的、对异性冷淡的女人的脸上，一经喷洒，女的对对方就春情大发。有时是这种树的根皮在起作用，例如马来群岛一种名叫“斯特利希诺斯·丢德”的攀缘植物的根皮，当地土人从这种植物中制出一种名叫“见血封喉-拉查”的药物，制造时再加上蛇毒。这种药例如可以涂在箭头上，一旦射在人体上，进入血液，就立刻丧命。但谁也无法告诉年轻的汉斯·卡斯托尔普，这究竟是怎样造成的。他所清楚的，只是“见血封喉”同马钱子碱血缘相近……接着，皮佩尔科尔恩直挺挺地坐在床上，不时用轻微地颤抖的船长般的手举起酒杯凑向他裂开的嘴唇边，大口大口贪婪地喝，似乎很渴。他谈起科罗曼迪海岸②的马钱树，从这种树里生长出一种橙黄色的浆果，也就是“马钱子”，从中可提取一种名叫“马钱子碱”的作用极其强烈的生物碱。他压低了嗓音，扬起了额头上的条条皱纹轻声地谈论这种树上灰色的丫枝，一簇簇闪亮的叶子和黄绿色的花朵，因而年轻的汉斯·卡斯托尔普听了后，脑海里立刻浮现出这

---

① 一有毒植物。

② 是印度南部的海岸。

种树木阴森可怖、色彩斑驳的歇斯底里式的影子，他不由感到毛骨悚然。

这时肖夏太太也插话了，她说谈话多了会使皮佩尔科尔恩疲倦，这可不好，以后又会发起热来；尽管她不愿打扰这次的会晤，但这一回谈话就此收场，汉斯·卡斯托尔普得谅解她才是。他当然照办了。不过在以后的几个月里，当皮佩尔科尔恩的间歇热发过后，他还是经常坐在这位有帝王之相的男人的床边，而肖夏太太则在室内走来走去，监听他们的谈话，有时也插上几句。在皮佩尔科尔恩不发烧的日子里，他一天好几小时同汉斯和他的那位饰有珍珠的女旅伴一起消磨光阴。荷兰人在不用卧床时，很少错过机会在正餐后将山庄疗养院一小部分病友(人马常常在换班)聚集起来，一起玩牌喝酒，还进行其他各种各样的娱乐活动。他们的活动地点有时像第一回那样在叙谈室，有时在餐厅里，汉斯·卡斯托尔普通常坐在那位懒洋洋的肖夏太太和魁伟的荷兰人中间。有时他们甚至一起在户外活动，他们一块儿散步，开始时参加的有费尔格先生和韦泽尔先生，不久塞塔姆布里尼和纳夫塔也参加了。这两个人是思想上针锋相对的论战对手，不肯错过机会不碰头。汉斯·卡斯托尔普认为自己有幸让这些人跟皮佩尔科尔恩、最后跟克拉芙吉亚·肖夏结识，完全不顾这两个争论不休的人对这样的结识和联谊是否欢迎。他暗自相信，这两个人为了贯彻他们的教育主张，需要有一个对象，他们宁愿容忍一个不受欢迎的随从，而不愿在这个人面前放弃解决矛盾的打算。

这样一个想法他并没有错儿：他那杂七杂八的一群朋友对过去相互不习惯的事至少会习惯起来。在他们中间，当然存在着紧张、陌生感，甚至有潜在的敌意；我们感到惊异的是：我们这位无足轻重的主人公竟能成功地把他们聚集在自己的周围。我们所能作出解释的是：汉斯这个人在待人接物方面亲切而圆滑，人家都认为他是“值得听从的”，我们可称之为“融合力”，它不但把各种迥然不同的人和人物汇聚在他的身边，而且一定程度上甚至将他们自己结合在一块儿。

在这些人物的相互关系方面，变化又是多么惊人啊！要把他们之间纠缠不清的线索一下子理出一个大概的轮廓来，却是一件使我们伤透脑筋的事。汉斯·卡斯托尔普在散步过程中，也用狡黠而亲切的眼睛仔细观察过。譬如说可怜巴巴的韦泽尔吧，他在为肖夏太太苦苦害着相思，他低声下气地尊敬皮佩尔科尔恩和汉斯·卡斯托尔普，前者是因为现在有权威性，后者则是由于过去同这位太太的交谊。而肖夏太太本人呢，这个外出旅行过的病弱的女人，风度优雅，步履轻盈，对皮佩尔科尔恩百依百顺，不过看到过去谢肉节之夜的那位骑士如今同她的主人相处得如此融洽，尽管她的信念没有动摇，却始终有些惴惴不安，内心真想说几句尖刻的话。她对塞塔姆布里尼先生的关系中，不是也有这种烦躁不安的情绪吗？她不是受不了这个说漂亮话的人文主义者，而且说他这个人是高傲和不近人情的吗？她真想向年轻的汉斯·卡斯托尔普那位诲人不倦的朋友请教一些问题——有一些话，在他地中海的方言里究竟是什么意思，她对此连一个音节也发不出来，正像他对她的方言也一窍不通（对此，她肯定不抱多大轻蔑的态度）。她指的是意大利人在谢肉节之夜准备走近她时向那个合乎礼仪的德国青年抛出的那番话。这个德国青年是一个漂亮的小布尔乔亚，出身于一个良好的家庭，肺部则有一个浸润病灶。汉斯·卡斯托尔普，像人们惯常地形容的那样，已“彻头彻尾地”陷入情网，不过他没有享受到爱情令人愉快的一面，而是像不能明目张胆地和不理智地爱的人那样去爱，不能像山下的人们那样唱起安宁的小曲来。他深深地陷入情网，这种爱是以女方为转移的，从属的，痛苦的，迁就的。不过汉斯这个男人尽管在恋爱中卑躬屈膝，仍有足够的狡黠，清楚地知道自己对这个步态轻捷、有一双鞑靼人细眼睛的富有魅力的女病人曲意逢迎会有多大价值，从塞塔姆布里尼先生对她的态度上，她已清楚地看出这种价值，何况他处处地方又显得低声下气，十分痛苦。意大利人在人文主义礼仪的允许范围内显得不可亲近，他的态度十分显然地证实了她的猜疑。在汉斯·卡斯托尔普的眼睛里，她同莱奥·纳夫塔的关系不是很好。糟糕的是：她也不能从这个关系中获得真正的补偿，而她本来对此是抱有期望的。她不像洛多维科那样反对纳夫塔的为人之道，并没有根本否定了他，而谈话的条件则较为有利：他们两人，克拉芙吉亚和尖刻的矮个儿，有时单独在一块儿聊天，议论书籍和政治哲学的一些问题，两个人的态度都是激进的。有时，汉斯·卡斯托尔普也真心实意地参加了他们的谈话。然而肖夏太太也许发觉纳夫塔在待人接物方面有某种贵族式的矜持，这种气质在她看来是暴发户之流所特有的——所有的暴发户总是审慎的。他那西班牙式的恐怖主义，在原则上同她那种随手重重地关门的放荡不羁的“人文主义”作风格格不入。此外极为微妙的是：肖夏太太凭着她女人的直觉，势必感到塞塔姆布里尼和纳夫塔这两个对手都在憎恨她，这种憎恨是轻微的，难以觉察的（这种憎恨，连汉斯·卡斯托尔普，她在谢肉节的那个骑士，也觉察到了），而其根源则在于两个人对汉斯·卡斯托尔普的关系；教育家对这个女人是看不惯的，认为她是一个干扰的和使人分心的因素，这种默默的、原始的敌意，使他们两人联合起来，因为他们在教育学上的争端有增无已。

这两个雄辩的理论家对皮特·皮佩尔科尔恩是否也抱有敌意呢？汉斯·卡斯托尔普认为自己已将此看在眼里，也许因为他不怀好意地期待着这个，而且总的来说，他也不是不渴望那个有帝王之相的口吃的男子同那两个“省察顾问”（有时他用这个头衔诙谐地称呼他们）打交道，而且研究交往的结果。明希尔在户外所发挥的作用，可不像在室内那么大。他戴的那顶软毡帽低低地压在额头上，遮住了他的一头银发和额角一道道深深的皱纹，这样他就不再显得那么气宇轩昂，人似乎萎缩了，甚至他的红鼻子也不再那么威严。他走路时也不及站着时那么神气：他有这么一个习惯，每跨一小步，整个笨重的身子甚至脑袋的重心都向旁落在向前跨出的一只脚上，人们把这看成是一个好心老人老态龙钟的表现，而不是什么王者风度。他走起路来，身子多半不像站着时那么挺直，而是有些缩头缩脑。但尽管如此，他对洛多维科先生还是居高临下，而比起矮小的纳夫塔来则高出一个头——不过他的出现使这两个政客很不好受，非常不好受，并非仅仅是这个原因；关于这点，汉斯·卡斯托尔普早已预见到了。

相比之下，这两个理论家不免自惭形秽，内心很不自在。不但狡诈的观察者能看到这一点，连当事人——不但是两个身材矮小的饶舌者，而且是仪表堂堂的口吃者——无疑也感知到了。皮佩尔科尔恩对纳夫塔和塞塔姆布里尼非常有礼貌，而且十分殷勤。如果不是汉斯·卡斯托尔普充分认识到“讽刺”这个概念同“宏大”这个概念水火不相容，他差点儿要把老头儿这种毕恭毕敬的态度称为“讽刺”了。王者是不懂什么叫讽刺的，哪怕在修辞学直截了当的和古典方法的意义上也是如此，在复杂的意义上更不必说了。荷兰人对汉斯两位朋友的态度，在特征方面不如说是一种别出心裁的漂亮的嘲笑，这种嘲笑有时披着过分一本正经的外衣，有时则很露骨。“对—对—对！”他总爱这样说，伸起手指朝他们那个方向作出威胁性的姿势，并且掉过头去，裂开的嘴唇露出诙谐的微笑。“这个是——这些是——女士们，先生们，我提请你们注意：Cerebrum，cerebral[①]，你们懂得吗？不！——不，全然，特别，这就是，事实就表明……”他们两人报复他，彼此交换了目光，目光相接后又无可奈何地朝天空东张西望，他们也想把汉斯·卡斯托尔普的目光吸引过来，可汉斯没有反应。

于是塞塔姆布里尼先生直接向学生提出诘问，在教育学角度上表达了自己的不安。

“看上帝的分上，工程师，那是一个愚蠢的老头儿！您在他身上找到了什么呢？他能有助于您吗？我的头脑真给搞糊涂了！什么都是一清二楚的：您能够容忍这个人，无非是因为跟他在一起，就可以寻找他眼前的那个情人。不过这是不值得赞扬的！不可能不看到，您对他几乎比对她还关心。我恳求您，过来帮助一下我的理解力吧……”

汉斯·卡斯托尔普笑了。“太好了！”他说。“好极了！[②]不过——请您允许我——好！”于是他也模仿起皮佩尔科尔恩富有教养的手势来。“对，对，”他又笑了，“您觉得这个是愚蠢的，塞塔姆布里尼先生，而且不管怎么说，又是含糊不清的。在您的眼睛里，它也许比愚蠢还要糟糕。哎，愚蠢。世界上有多种多样的愚蠢，而聪明却不是其中最好的……嘿嘿！我认为，我创造出一个名句，一句名言来啦。您喜欢吗？”

---

① 大脑，属于大脑的。Cerebrum 系拉丁文。

② 这里的“太好了”和“好极了”，系模仿皮佩尔科尔恩的口头禅。

“很好。我翘首企盼您的第一本名言集问世。也许我还来得及向您提出一个请求：我们有一回曾经谈起似是而非的谬论具有反人道的性质，关于这方面的某些观点，我请您还是记在心里为妙。”

“遵命，塞塔姆布里尼先生，完全遵命。千万别以为我热衷于似是而非的谬论，因而想出什么‘名言’来。我只是想指出，要区别‘愚蠢’与‘聪明’会有多大的困难……困难是存在的，可不是吗？把两者区别开来是多么困难，其中的界线混淆不清……我清楚地知道，您憎恨神秘的 guazzabuglio[①]，赞成价值、判断和价值的判断，我认为您是完全正确的。不过关于‘愚蠢’和‘聪明’，有时全然是一个神秘的东西，如果人们能作出真诚的努力在可能范围内穷根究底，对这种‘神秘’加以关心是应当允许的。我要请教您以下一些问题。我问您：他比我们大家都强，这个您能否认吗？我冒昧地提出了这个问题，然而据我所知，您是不会否认的。他比我们大家都强，他不知从哪儿取得了开我们玩笑的权利。他从哪儿得到这种权利的？它从哪儿来？他如何行使它？靠他的那份聪明自然不行。我承认，这个人几乎谈不上什么聪明。不如说，他是一个含糊不清和感情用事的人物，感情简直是他的癖好——请原谅我用这样一个口语！我说，他比我们强的并不是因为他聪明，也就是说并不是由于智力方面的原因——您不容许这样的说法，事实上这种说法也站不住脚。不过同样也不是因为体力方面的原因！并不是因为他有船长那样的肩胛和良好的腕力，也并不是因为他挥起拳头就可以把我们中间的任何人打倒——他根本没有想到他能做到这一点；一旦他想到了，就能用两三句文明的话使对方就范……因此也不是体力上的原因。但体力在其间无疑起着作用：这里指的不是膂力，而是在另一种意义上，在神秘的意义上——一旦体力发生了作用，事情就变成了神秘的，体力的要素过渡到智力的要素，反过来也是一样；它们之间无从区别，愚蠢和聪明也不分彼此。可是一个作用却存在着，那就是动力学的作用，于是我们大家都被他压倒了。对此，我们只能用一个词来表达，那就是：‘人

① 意大利文：混合，混杂物。

物’。我们也可以较为理智地运用这个词，让我们大家都成为‘人物’，道德上、法律上和其他意义上的人物。不过我这里说的不是这个意思。我指的乃是一种超乎愚蠢和聪明的神秘性，人们对此应当加以关注——一方面设法对它尽可能穷根究底，另一方面在不可能的场合下受到它的启迪。您赞成价值，因而我倒认为，人物归根结蒂也是一种积极的价值，比愚蠢和聪明更有积极意义，在极大程度上有积极意义，绝对地有积极意义，像生命一样；总而言之，是某种仿佛生命一样值得的东西，理应迫切地予以关注。关于您对愚蠢的那番议论，我所要回答的就是这些。”

最近，当汉斯·卡斯托尔普这样地倾吐衷曲时，他不再茫无所措，语无伦次，也不会中途顿住。他一直把要说的话说完，声音抑扬顿挫，像堂堂男子汉那样自行其是。不过他说话时脸仍有些红，而且担心在说完了话后对方就会批评性地沉默一阵子，以便让他有时间自感羞愧。塞塔姆布里尼让沉默笼罩一会儿，接着说：

“您否认自己在猎取似是而非的言论，同时您也确切地知道，我看到您在执著地追求神秘，心里很不痛快。您把人物看成是神秘的东西，这就陷入了偶像崇拜的危险。您在对一个面具致敬。您在神秘化中看到神秘，您在有欺骗性的、空洞的形式里面看到神秘，肉体和容貌的恶魔有时是爱用这种形式来戏弄我们的。您同演戏的那伙人有过交往吗？您难道不认识扮演恺撒大帝、歌德和贝多芬的这些角色，这些幸运的扮演者只要一张口，就显示出自己不过是世间最可怜的蠢材？”

“好，这是自然界的一种游戏，”汉斯·卡斯托尔普说。“不过这不止是一种游戏，不止是一种戏弄。因为这些人是演员，他们一定要有才能，而才能本身是超越愚蠢和聪明的，它是很有价值的东西。明希尔·皮佩尔科尔恩也有才能，不管您怎么说都行，因而他比我们强。您请纳夫塔先生来到房间的一个角落里，让他发表一通关于‘大格列高利’教皇和‘神之国家’的演说，而这篇演说是非常值得倾听的——同时请皮佩尔科尔恩先生站在房间的另一个角落，他的嘴巴很古怪，额头上呈现一条条深深的皱纹，他说的无非是‘太好了！请您允许我——就这样定了！’之类的话——您会看出，人们将聚集在皮佩尔科尔恩身边，大家都围绕着他，而纳夫塔则随着他的智慧和他的‘神之国家’孤零零地坐在那里，虽然他讲起来头头是道，像贝伦斯经常说的那样，他的话‘价值连城’……”

“您只是崇拜事物的结果，好不害臊！”塞塔姆布里尼先生告诫他。“Mundus vult decipi。[①]我并不要求大家都拥在纳夫塔先生身边。他是一个狡诈的煽动家。然而，鉴于您描摹出一幕洋洋自得、其实是值得受到谴责的虚构场面，我倒愿意站在纳夫塔一边。您竟敢轻视明晰、正确和合乎逻辑的东西，轻视人们说的连成一气的话！您在轻蔑它们的同时，却尊崇含沙射影的胡言乱语和情感上的招摇撞骗！魔鬼已经肯定把您……”

“可是我告诉您，当他兴头上来时，他说起话来也是连成一气的，”汉斯·卡斯托尔普说。“他有一回跟我谈起强有力的药物和亚洲的毒树，内容非常有趣，几乎是神秘莫测的。有趣的事往往是有点儿神秘莫测的。不过，如果不跟他这个人物结合在一起，故事本身却并不那么饶有兴味，这就使故事既神秘，又有趣。”

“当然啰，您对亚洲东西的那种偏爱乃是人所共知的。事实上，我没有想到竟会有这样神奇的效果，”塞塔姆布里尼的回答非常尖酸刻薄，以致汉斯·卡斯托尔普急于向他解释说，从另一个角度看，他的谈话和教诲毫无疑问有很大的价值，他汉斯自己根本不存心对任何人进行比较，对两方面作出不公允的评价。然而意大利人置之不理，对他的礼貌不屑一顾。他继续说。

“不管怎么说， 您一定要允许我对您的客观冷静表示钦佩， 工程师。您得承认， 这似乎有点儿荒诞不经了。归根结蒂， 事实是这样明摆着的……那位泥菩萨把您的贝亚特丽契[②]抢走了——我还是打开天窗说亮话吧。而您呢？真是闻所未闻。”

“这是气质上的差别问题，塞塔姆布里尼先生。我们对于什么是血

① 拉丁文：世界是希望受欺骗的。

② 贝亚特丽契是意大利大文豪但丁的情人，但丁在诗歌中经常以她为题材。

气方刚和骑士风度有不同的看法。当然，由于您是一个南方人，您也许会求助于一碗毒药和一把匕首，或者按照社会的和热血沸腾的角度来处理问题；一句话，像公鸡那样好斗。这确实很有男子气概，从社会的角度看很有男子气概，而且十分勇敢。不过对我来说，情况就不同了。如果我把别人只看成是一个情敌，那么我就一点也没有男子气了。也许我一点男子气也没有，可是肯定不是就我不由自主地称之为‘社会的’那个意义上而言。我不知道这究竟是什么缘故。我对着我那痛苦的心问自己：我是否应当责备他一番。他故意跟我过不去吗？不过侮辱必定是故意的，否则就什么也谈不上了。至于‘过不去’，那么我应当向她算账，可是我却没有这份权利——一点权利也没有；对于皮佩尔科尔恩来说，我更加一点权利也没有。因为首先，他是一个‘人物’，单是这个就对女人有吸引力了；其次，他和我不同，不是一个文人，而是有些军人气概，像我可怜的表哥那样，也就是说，他有一个 point d'honneur[1]，一种对荣誉的癖好，它就是感情，生命……我在胡说八道，不过我宁愿瞎说几句，把一些难以表达的一言半语说出口来，而不愿老是墨守成规，规规矩矩地一点不出毛病——这也许是我性格中有军人气质的一面，如果我可以这么说的话……”

“您这样说也行，”塞塔姆布里尼先生点头同意。“这无疑是一个应当称道的特点。认识和表达的勇气，这就是文学，这就是人道……”

他们就在这样的情况下不伤和气地分手了。塞塔姆布里尼使谈话引向妥协性的结局，他这样做也是蛮有道理的。他的立场也并非无懈可击，对他来说，最好不要过分词严义正。涉及嫉妒的一席谈话，对他是一个滑溜溜地抓不住的话题；在某一个点上，他不得不承认，鉴于他是一个教育者，他在“男子气概”方面既谈不上有什么社会意义，也不像公鸡那样好斗，因此，那个强有力的皮佩尔科尔恩干扰他的程度，正如纳夫塔和肖夏太太一样。最后，他不能指望自己有本领说服弟子摆脱这位“人物”的影响和荷兰人所拥有的天然优势，而他本人和他那专爱在

① 法文，直译为“荣誉的地方”或“荣誉之处”，此处即指下文“对荣誉的癖好”。

脑子上用功夫的对手是没有多大办法取消这种优势的。

当塞塔姆布里尼和纳夫塔两人为一些学术问题争辩起来时，他们就最洋洋得意了。那时散步的人把注意力都集中在他们既高雅又热情的谈话上，他们的话题是学术性的，辩论时的语调仿佛是在讨论某些极其迫切的时事问题和生死攸关的问题。他们两人争论不休的代价，几乎全由两人自己来偿付，不过时间一长，他们谈话的"宏大气派"却或多或少地黯然失色，因为皮佩尔科尔恩的额头上会出现条条皱纹，表示惊讶，而且说了一些含糊不清、断断续续的嘲笑话。只有在这种情况下，他的威力才开始显现，这给他们的谈话投上了阴影，因而使谈话似乎失去了光彩，在某种程度上剥夺了它的精髓。在场的每个人都感受到这一点，不过皮佩尔科尔恩却肯定没有察觉，或者天晓得他有几分程度察觉到。这对双方都没有好处；他们的唇枪舌剑从而暗淡无光，失去了原有的极端重要的意义。说得文雅些：他们的谈话会盖上"废话"的印记。或者试用另一种说法：当那位"庞然大物"经常在他们身边走来走去时，他们你死我活的斗智方式变得隐蔽起来，像是一种躲躲闪闪的地下活动，在他的磁力作用下，他们的力量被削弱了。否则就不能说明这个不可思议的、对两个争辩家来说是十分恼怒的现象。我们还可以这样说：如果没有皮特·皮佩尔科尔恩，那么两人各执一词地你争我斗还要进行得尖锐化。例如莱奥·纳夫塔卫护教会，说它的本质是彻头彻尾革命的，反对塞塔姆布里尼先生那种学究式的说法，后者把教会看成是一种历史势力，它只是黑暗的停滞和保守的捍卫者，而热爱生命、着眼于未来以及一切变革和革新的力量则都代表启蒙、科学和进步的原理，是反对这种保守和停滞、复活古代文明的光荣时代的产物。他用极其华丽的辞藻和优美的手势阐述了自己的这一信念。于是纳夫塔用冷峻而尖刻的语调努力向对方表明——他说起来斩钉截铁，而且几乎说得天花乱坠——教会是宗教和禁欲观念的体现者，就其内在的本质来说，决不是现存事物，亦即世俗教养和国法制度的卫护者和支持者，不如说，它一贯标榜过激行动和彻底的革命；而那些软弱无能的、怯懦的和保守的人以及小市民企图保存的一切观念，国家、家庭、世俗艺术和科学，都自觉地和不自觉地同宗教观念和教会是敌对的；教会固有的倾向和坚定不移的目标，是分解现存的世俗秩序，按照理想的和共产主义的神之国家的模式，重新建立起一个社会。

接着，塞塔姆布里尼先生说话了。老天爷！他懂得应当说些什么来对付。他说，把启蒙的革命思想与一切邪恶的总体反叛混同起来，是令人十分遗憾的。几世纪来，教会的改革癖的实质仅在于对充满生命活力的思想提出了诘问，对它加以扼杀，并在其木柴垛[①]的烟火里予以窒息。今天，它又通过它的使者宣称，它是喜欢革命的，还振振有词地认为它的目标是用群氓的独裁和野蛮来代替自由、文明和民主。哎，事实上，这是一种令人骇然的充满矛盾的结论，从头至尾充满了矛盾……

纳夫塔反驳道，这种矛盾和合乎逻辑的考虑，他的对手在言谈之间并不匮乏。他自称是民主主义者，可是他的言谈中很少有亲近民众和讲究平等的成分，而是显示出某种不可原谅的贵族式的傲慢——他居然把代表万民独裁的世界无产阶级称为群氓。在他公然反对教会这一点上，他确确实实是一个民主主义者；人们可以昂然认为，教会代表人类历史中最高贵的势力，它在最后的和最高的意义上（也就是精神的意义上）显示出它的高贵。因为禁欲精神（如果允许重复使用这个词儿），否定现世精神和毁灭现世精神就是高贵本身，是纯粹文化的贵族原理。它决不可能是民众性的，而不论在哪个时代，教会基本上都是非民众性的。只要稍稍研究一下中世纪的文化史，塞塔姆布里尼先生就会看清这样一个事实：民众——这里是指意义最广泛的民众——对教会的存在是深恶痛绝的。举例来说，某些僧侣发现了民众富于诗的幻想，就按照马丁·路德的方式用酒、女人和歌咏来对抗禁欲主义思想。世俗英雄主义的所有本能，所有好战精神以及宫廷文学均公然反对宗教观念，从而也反对僧侣阶级。这一切就是“世俗”和“贱民”，同以教会为代表的精神的高贵性相对立。

塞塔姆布里尼先生感谢对方提醒他。《玫瑰园》[②]中的僧侣伊尔山的

---

① 古代教会为了排除异己，将异教徒置于木柴垛焚烧致死。

② 《玫瑰园》是13世纪奥地利的英雄叙事诗，僧侣伊尔山为其中的英雄人物。

所作所为，比起纳夫塔在此大加赞扬的愁云惨雾的贵族精神来，令人耳目一新。他，谈话的人，固然不是刚才提到的那位德国宗教改革家的朋友，但是对于新教教义中作为主导思想的民主个人主义，反对用任何精神的和封建的欲望来压抑人性，他是竭力加以卫护的。

“啊哈！”纳夫塔突然叫了起来。您先生是想说教会完全缺乏民主思想，对人性的价值毫不理解？其实，宗教法规对任何人都不抱有偏见！根据罗马法，权利能力根据有无市民权力而定；而根据日耳曼法，则系是否属日耳曼人所有及个人自由而定。教会法以宗团所属和信奉正教作为唯一的条件，它摆脱了所有的国家的和社会的考虑，主张奴隶、战俘和失去自由的人均享有遗嘱权和继承权！

塞塔姆布里尼听了后又尖刻地说，人们对“教会抽头”也许不能熟视无睹吧——教会从每份遗嘱那里都要抽一定的份额。此外，他还谈到了“僧侣的政治煽动”，即表面上装得平易近人，实则渴求权力，在当权者松劲的当儿对下层民众加以煽动。他又说到，教会对灵魂的数量显然比灵魂的质量更加关心，由此不难得出教会在精神上十分低级的结论。

居然认为教会是低级的？这倒要提醒塞塔姆布里尼先生注意那严峻的贵族主义了——那就是认为耻辱是可以继承的；从民主主义角度上看，重大的罪恶可以从上一代传至无罪的下一代。私生子一生受到玷辱，又不能享受任何权利，即为其中一例。然而塞塔姆布里尼要他别再出声了，首先，他那充满人性的感情提出反抗；其次，他对纳夫塔的诡辩已够受了，在那一套巧妙的充满敌意的辩解中，他又一次看到了恬不知耻的、恶魔般的虚无主义，这种东西居然被称为精神，而人们公认为不得人心的禁欲原则，却被看作是那么正当，那么神圣。

这里，纳夫塔要求对方原谅了：他不得不爽朗地笑出声来！说什么教会的虚无主义！谈到了世界历史上最现实的统治体制的虚无主义！教会对世俗和肉体经常让步，由于贤明地让步，把禁欲思想的最后的要求巧妙地包藏起来，让精神起抑制调整的作用而居主导地位，而对自然本能并不提出过分严格的要求——这样看来，塞塔姆布里尼先生对教会富有人情味的讽刺简直一窍不通！由此可见，塞塔姆布里尼先生也从来不知道僧侣对宽容的纤细的考虑方式，其中之一就是圣事，亦即婚姻的圣事；婚姻像别的圣事一样，并非有积极意义的善行，只不过是一种不使人们堕入罪恶的手段，其目的仅在于抑制肉欲的贪婪和漫无节制，从而使禁欲思想、即贞洁的理想得以伸张，而不必对肉体施行非政治性的惩罚。

听了这话，塞塔姆布里尼先生不禁对“政治的”这么一个可怕的概念提出了抗议。他还抗议在“精神”方面——这里僭称为精神——以妄自尊大的宽容和狡狯的聪明作出的姿态，而精神自以为能够反对它那对立面的虚构的罪恶，对它居然用“政治的”意义来处理，而实际上，有害的宽容是一点也不需要的；他还抗议宇宙观的可诅咒的二元论，它使宇宙恶魔化了，也就是说，不但指的是生命，同时也指它黑暗的反面，即精神——因为如果生命是恶的，那么精神作为纯粹之否定，也同样是恶的！塞塔姆布里尼对肉欲的无罪作了一番辩护，汉斯·卡斯托尔普听了后，不由想起这位人文主义者所住的小房间以及屋顶下的斜面桌子、铺稻草的椅子和水瓶。纳夫塔声称，肉欲从来也不可能是无罪的，“自然”对精神来说实在于心有愧，他对教会的政策和精神的宽容称之为“爱”，以反驳禁欲思想的虚无主义。汉斯·卡斯托尔普觉得“爱”这个词儿出于瘦小刻薄的纳夫塔之口，实在有些古怪……

议论就这样继续下去。我们知道这出戏是怎么演的，汉斯·卡斯托尔普也早知道。我们同他一起继续倾听一会儿，以便观察此种逍遥学派的战斗在旁边散步那个人物的阴影下究竟如何进行，以及这个人物究竟以何种方式悄悄地影响到这场战斗。换句话说，由于某种神秘的力量强自介入，他们争辩时跃动的智慧的火花熄灭了，这使人想起当一条电线失去接触时，我们会不由感到奄奄无生气。两人论战时再也爆发不出火花声，没有闪光，没有电流——本来他们论战时想借助于“精神”的力量使皮佩尔科尔恩钝化，如今，皮佩尔科尔恩的存在反而使“精神”钝化了。汉斯·卡斯托尔普看在眼里，十分惊异，又暗暗好奇。

革命与保守——他看着皮佩尔科尔恩，他看到他跨着沉重的脚步，脚步并不大，而是重心落在侧面，一顶帽子低低地压在额头上；他看到他那宽阔的、不规则地裂开的嘴唇，听到他打趣地摇头摆脑对两个争论不休的人说：“对——对——对！ Cerebrum， cerebral[①]，你们懂吗？——事实表明……”瞧，插塞接头完全不通电了！于是他们试谈起别的题目来，念起更加强有力的符咒，把话题扯到“贵族问题”，扯到大众性和高贵上面来。没有火花。谈话带有个人的色彩，但不乏吸引力。汉斯·卡斯托尔普看到克拉芙吉亚的那位旅伴躺在床上，盖着红缎被，穿着针织的衬衫，不系领带，一半像年老的劳动者，一半像王者的胸像。论战的神经疲乏地抽搐，然后失去了生命。他们剑拔弩张，斗争更加激烈了！一方是否定与虚无主义，另一方是永恒的肯定，使精神具有亲切感和生命力！如果你看看明希尔——你不可避免地由于某种神秘的吸引力朝着他看——那么论战的中枢神经在哪儿，闪光和电流又在哪儿？简而言之，它们消失了；用汉斯的话来说，它们不外乎是一个神秘。在他的警句集里也许可以记下这么一条：要么人们用最简单的言词表达出神秘来，要么对神秘缄口不言。为了终于把它说出来，只需干脆说出这么一点就行：对那位有帝王之相、脸上满是皱纹而嘴唇痛苦地开裂的皮特·皮佩尔科尔恩而言，上述两种情况兼而有之，如果人们看看他的话，这两种情况似乎对他都合适，而且在他身上似乎互相抵消，非此即彼。不错，这个愚蠢的老人，这个支配者的“零”！他不像纳夫塔那样，靠混淆概念和存心刁难来麻痹反对者的中枢神经，他不像纳夫塔那样模棱两可，他采取一条完全相反的、也就是积极的途径——这种摇摇晃晃的神秘，它显然不仅不超越愚蠢和聪明的界限，而且也不超越塞塔姆布里尼和纳夫塔为了达到教育的目的呼风唤雨地提出(为了这一目的，他们造成极度紧张的空气)的其他这么多反对意见的界限。看来，这个人物不是什么教育者，然而他对于渴求受教育的青年来说，却是一个多大的希望啊！当两个争论对手谈到婚姻和罪恶，谈到宽容的圣事，谈到肉欲的有罪无罪时，这个有帝王之相的人物就显得茫然不知所从，这又是多么不可思议啊！他耷拉着脑袋，脑袋搭在肩膀上或靠在胸前，有

---

① 大脑，属于大脑的。Cerebrum 系拉丁文。

创伤的嘴唇分开，嘴巴懒洋洋地张大，似乎想倾吐什么苦水；鼻孔紧张地翕开，仿佛有什么隐痛；额头上的皱纹加深，眼睛也睁得大大的，射出苍白的痛苦的光——满脸是苦恼的表情。可是一转眼，他脸上痛苦的表情消失了，显得开朗起来，并洋溢着淫乐的神色。他斜起脑袋，装出诙谐的样儿，仍旧张开着的嘴唇放肆地微笑着，一侧脸颊上浮现出以前出现过的那种色迷迷的小酒窝——他又变成了手舞足蹈的异教祭司。他对着那两个人的脑袋开玩笑似地点头摆脑时，人们听他这么说：

"哎，对，对——好极了。这是——这些是——这不过表明——肉欲的圣事，你们明白……"

然而，汉斯·卡斯托尔普那两个影响已经减弱的朋友和导师在能够展开争辩的时候，也往往是他们最得意的时候。当那个"庞然大物"不在时，他们就得其所哉。他在他们争论时所扮演的角色，人们可以作出各种不同的判断来。如果反之，他们谈的不再是机智的格言和警句，而是尘世的实际事务——简言之，即实际问题和事实（那个能支配别人的"庞然大物"能证明它们是有价值的），则情势无疑对那两个人不利。那时，两个人就完蛋了，他们埋身于阴影里，再也不显眼了，于是皮佩尔科尔恩执起牛耳来，裁决，命令，支配，发号施令……他致力于造成这样的局面，把两人的舌战压倒，这又何足为奇呢？只要唇枪舌剑在进行——或者长时期地进行，他就觉得痛苦，然而并不是由于虚荣而痛苦，对此，汉斯·卡斯托尔普是满有把握的。虚荣没有什么大小可言，而庞然大物是没有虚荣心的。不，皮佩尔科尔恩要求切合实际还有其他的原因：说得粗俗一些，这是由于他怀着"恐惧不安"的心理，这种心理是某种责任心和汉斯·卡斯托尔普向塞塔姆布里尼先生努力说明过的那种荣誉感造成的，汉斯曾把这种荣誉感称之为军人气概。

"女士们，先生们——"荷兰人举起了留有长指甲的船长般的手，用召唤鬼神和祈求的语气说话了。"好，女士们，先生们，好极了，妙极了！禁欲——宽容——肉欲——这个我真想——太好了！极其重要！极有争论价值！不过请允许我——我怕我们会犯下一个严重的……女士们，先生们，在一个最神圣的问题上，我们逃避了，我们逃避了责任——”他深深吸了一口气。“这个空气，女士们，先生们，今天是典型的燥热风空气，使人想起了春天的芳香，这种香气叫人软绵绵的，十分困倦——我们不应该把它吸进去，以便它以什么方式……我恳切要求大家：我们不应该吸进去。这是一种冒渎。我们对这种空气要完完全全、彻彻底底——哦，我们最最高的、最最沉着镇定的……就这样定了，女士们，先生们！为了赞美它的性能，我们应当从我们的胸口再……我暂停一下，女士们，先生们！我暂停一下，以纪念——”他站停了，身子向后仰，帽檐遮在眼睛上，大家都学他的样。“我要把，”他说，“把你们的注意力引到空中，引到高空，让你们看看天上打圈儿的那个黑点，它在非常蓝的、蓝得几乎发黑的天空下回旋。这是一只猛禽，一只大大的猛禽。如果我没有看错的话，先生们，还有您，我的孩子，它是一只山雕。我坚决请你们注意它——你们瞧吧！它既不是黑鸢，也不是秃鹰——如果您像年纪已经老了的我一样远视——对，我的孩子，我年纪已经老了。我的头发已经苍白了，准是这样。因此，您能像我一样清清楚楚地看出它翅膀上没有光泽的弧线。是一只山雕呀，女士们，先生们。是一只金雕。它正好在我们头上的蓝天打圈儿，它在我们上面的高空中翱翔的时候，翅膀也没有拍击一下，它那突出的眉骨下面一双高瞻远瞩、炯炯发光的眼睛肯定在向地面窥视——山雕呀，女士们，先生们，是朱庇特[①]之鸟，是鸟中之王，是空中之狮！它穿一条用羽毛织成的裤子，嘴巴像铁一般坚硬，嘴尖成弯钩形，脚爪极其锋利，钩爪向内侧弯曲，前爪同后面的长爪啮合。你们瞧，就是那样的！”说罢，他伸出指甲长长的船长般的手，试图仿效起山雕的钩爪来。“朋友，你打着圈儿，看着地面干吗？”他一面说，一面又抬头望着天空。“冲下来吧！冲向上帝赐给你的生灵，用你那铁嘴去啄它的脑袋和眼睛，把它的肚子也啄破吧！妙极了！就这样完事了！你的利爪一定要深入它的五脏六腑，让鲜血从你的嘴儿一滴滴地淌下……”

他异常兴奋。散步者对纳夫塔和塞塔姆布里尼自相矛盾的论战所怀

---

① 罗马神话中的主神。

的兴趣消失了。即使人们不说话，山雕的形象却依然活跃在人们的心头。接着，大家由明希尔带头，谈起即将作出的决定和即将采取的步骤：他们来到一家能有东西吃吃喝喝的小客店，尽管已不是吃东西的时间，但山雕的事他们还默默记在心里，胃口也就上来了。他们大吃痛饮——明希尔在山庄疗养院外面时，不论在达沃斯“高地”或达沃斯“村”，不论在格拉利斯和克罗斯特的客店里(人们可以乘小火车到那边去)，一遇上机会就常常如此。在他的率领下，大家享用起生活“传统的赐予”来：奶油咖啡和乡下面包，或者是多汁的乳酪和香喷喷的阿尔卑斯山牛油，还有烤栗子，味道真是顶呱呱的。他们喝的是维尔特林①红葡萄酒，可谓开怀畅饮。皮佩尔科尔恩在即席就宴的当儿说了许多断断续续的话，后来又要求安东·卡洛维奇·费尔格说话，他心肠挺好，逆来顺受，对一切崇高的东西都完全无缘，不过谈起俄国套鞋的制造来却头头是道。他说制造时可将橡胶物质与硫磺和其他物质混合起来，制成的套鞋上光以后，再在一百度以上的温度下作“硬化”处理。他也谈到北极的情况，因为他本人曾好几次去那边出差。他还讲起半夜日出以及北岬“一年常冬”的情景。这些话，都是从他突起的喉结和浓密的小胡子下面吐出来的。他说汽船在北极巨大的冰山下和冷峻灰色的海面上，显得极其微小。有时天空会放射出黄色的光圈，那就是北极光。在他安东·卡洛维奇看来，整个景物和他本人仿佛都处于一片鬼魅世界中。

就费尔格先生而言，他是这个小圈子里唯一同他们这些人中间错综复杂的关系毫不相干的人。不过谈到这种错综复杂的关系，我们倒要叙述一下我们这位没有英雄气概的主人公②所作的两次简短的谈话。这是两次惊人的密谈，一次对着克拉芙吉亚·肖夏，另一次则对着她的旅伴。同克拉芙吉亚的谈话是在客厅里进行的，时间是晚上，当时那个“干扰者”躺在楼上发烧；另一次则在下午，地点是在明希尔床边……

那天晚上，客厅里半明不暗。例行的晚间聚会一点也没有生气，匆匆而过。病友们有的早退，到阳台间去做晚间卧疗，有的则违反疗养原

① 维尔特林是意大利的一个地名，以栽培葡萄和畜牧业著称。

② 此处的主人公指汉斯·卡斯托尔普。

则到外面去游逛——跳舞和赌博。房间里死气沉沉，只有天花板某处悬着的一盏灯还亮着，隔壁的客厅里几乎已暗淡无光。汉斯·卡斯托尔普知道肖夏太太刚才并未同她的保护人一起用正餐，此刻也没有回到二楼，而是单独呆在书写兼阅览室里，于是他也迟迟不上楼去。他坐在客厅深处的瓷砖壁炉旁，这里比房间的别处高出一阶，并由两个木柱撑住的白色门拱同房间的其他部分隔开。他坐在一把摇椅里，以前约阿希姆同玛鲁莎作最初、也是最后一次谈话时，玛鲁莎坐的也是这把摇椅。他燃起一支香烟，在这个时刻这里是允许抽烟的。

她来了，他听到她的脚步声和衣服窸窸窣窣的声音。她来到他的身边，手里拿着一封信，捏住信封的一角打起扇来。她说话了，嗓音同普里比斯拉夫的一样：

"看门的走了。请您给我一张邮票。"

今晚，她穿的是一件轻飘飘的黑丝衫，这件衣服在脖子周围开圆口，袖子很宽，袖口在手腕处扣紧。他偏爱这件衣服。她戴着一串珍珠，它在昏暗的光线里闪出灰白色的光辉。他抬起头来，凝视那张吉尔吉斯人的脸。他重复她的话，说：

"邮票吗？我可没有。"

"怎么，没有邮票？Tant pis pour vous。①您不想讨一个女人的欢心吗？"她翘翘嘴唇，耸耸肩膀。"这使我失望。您应当是一个循规蹈矩的、可以信赖的人。据我猜想，您的皮夹子里有一格地方藏有各种邮票，它们是按照价值的等级排列的。"

"没有。我干吗会有呢？"他说。"我从来不写信。我写给谁呢？我最多偶尔写一封明信片，而它是不用贴邮票的。我该给谁写信呢？一个人也没有。我同平原里的人们一点也没有联系，这种联系早已不存在了。在我们的民谣集里有一首歌，其中有那么一句歌词：'我已被世界遗弃'，我的情况就是这样。"

"哦，那么您至少给我一支烟，被世界遗弃的人！"她一面说，一面

① 法文：您这样可不好。

坐到他对面靠近壁炉有一个亚麻布软垫的长椅上，架起二郎腿，同时伸出了手。“看来，您身边是备烟的。”他向她递上银质的香烟盒子，她懒洋洋地取了一支，连谢也不谢一声，接着拿起打火机来，打火机的火光照亮了她俯身向前的脸。“给我一支烟吧”这一懒洋洋的语调以及拿了烟后又不道谢，说明这个娇生惯养的女人确实十分放纵，但其中却富有人情味，或者显得更贴切些：他们之间的情感已经沟通，用的东西已不分彼此，不论给也好，取也好，都是理所当然的事，不必拘束。沉浸在爱河中的汉斯细细琢磨着其中滋味。接着他说：

“对，这个少不了。我香烟一直藏在身边。香烟非有不可。没有烟，我怎么行呢？有人说，这可以说是一种热情，可不是吗？我坦率地承认，我绝不是什么热情的人，不过我有热情，冷静的热情。”

她把吸进去的一口烟喷了出来，说：“听到您说您不是一个热情的人，我非常放心。不过您干吗要这样呢？您怕是退化了。热情，这就是为了生活而生活。可是大家都知道，你们是为了经验而生活。热情，这就是忘我。可是你们需要的，却是怎么来充实自己。C’est ça。[①]您全然不知道什么是丑恶的利己主义，你们会有朝一日因此成为人类的敌人？”

“嘿，嘿！不久会成为人类的敌人？克拉芙吉亚，你居然泛泛地作出这样的结论来？你说我们不是为了生活而生活，而是为了充实自己而生活，不知你心里是不是具体的指什么事和什么人？你们女人是不会这么凭空进行道德说教的。咳，道德，你知道这个。这是纳夫塔和塞塔姆布里尼的争论题目。这是一个令人大惑不解的范围。一个人是为他自己活着还是为了生活而活着，他本人是不知道的，谁也说不真切，说不确实。我认为，其中的界限是灵活的。有利己主义的献身，也有献身的利己主义……我认为从大体上说，这和恋爱的场合相同。你对我说了一番关于道德的话，我不但没有好好留心，而是首先为了我们能坐在一起而自得其乐——我们过去只有一次面对面坐着，你回院后却一次也没

① 法文：就是这样。

有——这当然是不道德的。我可以对你说，这窄窄的袖口和你的手腕是多么相配，这薄薄的丝绸和你的玉臂又是无比相称——你的玉臂，我清楚地知道的玉臂……”

“我要走了。”

“走，请别走吧！我要把情势考虑一番，还有——人物。”

“至少指望一个没有热情的人能说些什么吧！”

“咳，瞧你的！你嘲笑我，责骂我，当我……你要走了，当我……”

“如果您想叫我理解您，那就请您谈起话来别那么残缺不全。”

“叫你猜测我那些残缺不全的话，我不是一点儿好处也捞不到吗？我得说，这是不公平的，如果我不知道这里并不涉及公正不公正的问题……”

“啊，不。公正是一种冷静的热情。它与嫉妒相反，冷静的人嫉妒起来，肯定叫人笑话。”

“瞧你说的，笑话。那就请你赐给我冷静吧！我再说一遍：没有这种冷静，我怎么能行呢？比如说，没有这个，我又怎么能苦苦等待得这么久呢？”

“请问，等谁呀？”

“等待你呗。”

“voyons, mon ami。[1]您傻里傻气地硬要以‘你’相称，我也不再生气了，对此您会厌倦的，而且归根结蒂，我不是一个忸忸怩怩的人，也不是一个动肝火的市民妇女……”

“不，因为你有病。疾病给了你自由。疾病使你——且慢，现在我忽然想起我过去从未用过的一个词儿！它使你变得有天才！”

“关于天才，我们还是下一次再谈吧。我的意思不是指这个。我只要求一件事。您别假托，您的等待——如果您等待过的话——是我造成的，是我鼓励您等待的，或者是我允许您的。您要明确地向我说，情况恰好相反……”

① 法文：朋友，让我们瞧瞧。

"很愿意，克拉芙吉亚。确实是这样。你并没有要求我等待，我的等待完全是自愿的。我完全理解，你着重说这个是因为……"

"甚至在您的供状里也有冒失的成分。您好歹是一个冒失的人，天晓得为什么。不仅同我打交道时冒冒失失，别的地方也是这样。哪怕在您的赞美和低声下气的态度里，也有冒失的成分。别以为我没有看到这点！其实我根本不应该跟您谈这个；因为您胆敢口口声声说等待我，我也不该谈这个。您如今还待在山上，这是不负责任的行为。您早该下山工作，sur le chantier①，或者去任何地方……"

"现在你说的话没有天才，全是陈词滥调，克拉芙吉亚。这是一种俗套。你不能用塞塔姆布里尼那样的口气说话，别的也不行。你不过是随口说说罢了，我不会当真。我不会像我可怜的表哥那样擅自下山，他，正如你以前所说，由于他打算在山下服役，因而死去，而他自己也清楚地知道他是会丧命的，不过他宁愿死，而不愿再呆在山上疗养。嗯，这是因为他是一名军人。不过我不是军人，而是文人。对我来说，如果我像他那样做去，不顾赖达曼托斯的禁令下山直接走上工作岗位，为实利和进步事业服务，那就无疑是开小差。这对疾病、对天才和我对你的爱都是最大的忘恩负义和不忠，我对你的爱既有旧疤，又有新伤，同时也对不起你的玉臂，它们是我所熟悉的——即使我承认，我只是在梦中，在一个天才的梦中才学会认识它们，因而你自然对它不用承担后果，也不必负什么责任，由此产生你自由的局限性……"

她大笑起来，嘴里叼着香烟，因而她那双鞑靼人的眼睛眯成一条细缝。她往后靠在长椅的护板上，两手一左一右托在椅面上，架起二郎腿，摆动穿黑色漆皮皮鞋的脚。

"Quelle générosité！ Oh là， là， vraiment②，我一直在想象的，原来就是这样一个 homme de génie③，我可怜的小乖乖！"

"别这么说，克拉芙吉亚。我生下来当然不是什么 homme de génie，

---

① 法文：在工地上。
② 法文：多么慷慨大方！哦，确实是这样。
③ 法文：天才的人。

更谈不上是什么大人物，老天爷，我不是这号人。可是后来由于偶然的机会——我说它是偶然——我高高地来到这个天才的世界上……总之，你也许不知道炼金术的一密封的教育法这类玩意儿究竟是什么，还有化体，而且是从低级到高级的，也就是渐次增高，如果你愿意好好理解我的话。不过当然啰，适用于此的物质会由于外力的作用而被迫趋于更高阶段，这种物质的内部必然也有少许与之呼应的东西。至于我身内所有的，我清楚地知道，我很久以来就对疾病和死亡非常熟悉，还在儿童时代，我就不理智地向你借过一支铅笔，在山上的谢肉节之夜也借过一支。不过不理智的爱情是天才的，因为你知道，死亡是天才的原理，res bina①，lapis philosophorum②，这也是教育的原理，因为对它的爱导致对生命和人类的爱。我在阳台间休息时领悟了这番道理，我能对你倾吐感到异常高兴。有两条道路通向生命，一条是普通的、直接的和正当的。另一条是不正当的，它是通过死亡而引导的，这就是天才的道路！”

“你是一个傻乎乎的哲学家，”她说。“我不敢说，我对你德国人乱成一团的思想完全理解，可是听起来像你所说的，颇有人情味，而你也无疑是一个好青年。实际上，你的谈吐像一个哲学家，人们得对你……”

“对你来说，克拉芙吉亚，哲学家的味道太重些了，可不是吗？”

“别再说什么冒失的话了！这叫人厌倦。你一直等着我，这可是愚蠢的，不允许的。可是你生我的气吗，因为你白等了一场？”

“嗯，克拉芙吉亚，即使对一个情感冷静的人来说，这也是有些难受的——我这方面是难受，而你竟同他一起来，却显得心肠太硬，因为你通过贝伦斯当然知道我在这里，而且一直等着你。可是我已经对你说过，我把我们这件事仅仅看成是一个梦，我什么都听你自由处理。到头来，我还是没有白等一场，因为你又来了，我们像过去那样坐在一块儿；我听到了你清脆动人的声音，这种声音是我好久以来所熟悉的；在这宽大的丝衫下面是你的玉臂，它也是我所熟识的——即使楼上睡着你发烧的旅伴，那个魁梧的皮佩尔科尔恩，他送给你这些珍珠……”

① 拉丁文：二元的原理。
② 拉丁文：贤者之石。

“为了充实自己，你同这个人结成了如此深厚的友谊。”

“别生我的气，克拉芙吉亚！塞塔姆布里尼也为了这个骂过我，不过这只是社会的一种偏见。这个人是一个宝——看在上帝的分上，他确实是一个人物！他已上了年纪，这倒不错。即使如此，我也完全理解你，作为女人，是多么全心全意地爱着他。你真的非常爱他吗？”

“向你的哲学致敬，你德国的小汉斯，”她一面说，一面抚摸着他的头发。“可是要向你谈起我对他的爱情，我认为是不人道的！”

“啊，克拉芙吉亚，为什么不呢？我认为，人道是在没有天才的人们以为它已终止的时候才开始的。让我们平心静气地谈论他吧！你热烈地爱他吗？”

她俯下身子，把烟蒂斜扔在壁炉里，然后叉起双手坐着。

“是他爱着我，”她说。“他的爱使我骄傲，叫我感激，并使我忠诚于他。你要理解这一点，不然，你就不配享有他对你奉献出的友谊……他的感情迫使我追随他，为他效劳。不这样又该如何呢？你自己倒判断一下！对他的情感置之不顾，又有哪个人办得到呢？”

“办不到！”汉斯·卡斯托尔普斩钉截铁地说。“不，这当然不在话下。一个女人怎么能忍心对他的情感置之不顾，对他在这种情感上所怀的痛苦置之不顾，把他遗弃在客西马尼呢……”

“你不笨，”她说，她那斜视的眼睛凝视着前方出神。“你很懂事。在情感上所怀的恐惧……”

“一个人不必很懂事，就能够看出你非跟随他不可，尽管——或者不如说是因为——他的爱情中必定有许多令人不安的东西。”

“C’est exakt①……令人不安。人们同他接触总有很多顾虑，你知道，有许多障碍……”她拉住他的手，无意识地拨弄起自己的手指来。突然，她双眉紧蹙，眼睛朝上，问道：

“慢点儿！我们像现在那样议论他，不是很卑鄙吗？”

“当然不，克拉芙吉亚。不，一点也不卑鄙。可以肯定说，这是合

① 不纯粹的法文：这是千真万确的。法文中，exakt 一词应为天空下面 exact。

乎人道的！你爱用‘人道’这个词，发音时如此醉心地把它的第一个音节延长，我总是满怀兴趣从你嘴里听到这个。我表哥由于是一个军人，不爱听那样的发音。他认为这样的发音软弱无力，很不稳妥，把这看成是放荡不羁的无边无际的 guazzabuglio[①]，而我承认，我对此是持有疑问的。但一旦涉及自由、天才和善良，那么这就是一件大事，我们就能心安理得地予以运用，使其有利于我们对皮佩尔科尔恩的话题，也适用于他给你造成的顾虑和障碍。这些顾虑和障碍当然来自他对光荣感的癖好，来自他本人对自身情感失常的一种恐惧心理，这种心理使他酷爱碗中食，杯中物——我们可以满怀敬畏的心情说这些话，因为他毕竟是一个气宇宏大的人，像帝王那样巍巍然，当我们以合乎人道的原则谈论他时，既不会贬损他，也不会贬损我们自己。”

“问题并不在于我们，”她又把胳膊叉上了，说道。“如果谁不愿意为了一个男人，为了一个如你所说气宇宏大的男人忍受屈辱，而同时又是这个男人的爱慕对象和痛苦的根源，谁就不是一个女人。”

“完全正确，克拉芙吉亚。你说得很好。即使屈辱也有大小之分。一个女人可以在屈辱的高度上俯视那些没有王者宏大气度的人，对他们像用你以前向我借邮票时那种轻蔑的口气说：‘你应当是一个循规蹈矩的、可以信赖的人。’”

“你神经过敏了吗？别这样。我们让神经过敏见鬼去吧。你同意吗？我们今晚在这里坐到一块儿时，我有时也神经过敏，这个我承认。我为你的冷静生过气；为了你自私自利地想获取生活经验，你同他的关系相处得这么好。可是这叫我高兴， 而你对他表示敬畏， 我也很感谢你……你的一举一动都表现得非常忠心，即使你有些冒失，我终究也会原谅你的。”

“你的心肠真好。”

她瞅着他。“看来，你是不可救药的。你是一个工于心计的青年人。我不知道你是不是有灵性，可是无论如何，你是工于心计的。好吧，这

① 意大利文：混合物，大杂烩。

样也行。就让我们保持友谊吧，并且为了他而结成同盟，让像人们为了反对某个人而结盟那样！请你伸过手来好吗？我经常害怕……我有时害怕单独同他在一起，害怕这种内心的孤独感，tu sais[①]……他总叫人惴惴不安……我有时害怕，他也许会出什么事……有时这使我不寒而栗……我真希望有一个好人在我身边……Enfin[②]，如果你想知道的话，我也许正是为了这个缘故才回到这儿的……”

他们促膝相坐；他把椅子往前挪动些，她仍坐在长椅上。当她凑着他的脸说最后几句话时，她按住了他的手。他说：

“回到我这儿？这太美了。哦，克拉芙吉亚，这真是出乎意外了。你和他一起到我这儿来？而你还要说，我的等待是愚蠢的，不能允许的，完全是白等一场吗？如果我不懂得珍惜你献出的友谊，为了他而献给我的友谊，那我是极其愚蠢的……”

于是她在他嘴上吻了起来。这是一个俄国式的吻，是那个辽阔的、富于灵性的国土里人们在隆重的宗教节日发誓相爱时的那种接吻。不过，如果一个声名狼藉地“工于心计”的年轻人和一个同样是年轻的、走起路来一步一拖富于魅力的女人接起这样的吻来，那么我们在叙述时就不由自主地想到克罗科夫斯基那种艺术性很高的——即使并非无懈可击的——说法，他认为爱情的范畴是稍稍有些灵活的，谁也说不准他的爱情是贞洁的还是肉欲的。当他，汉斯·卡斯托尔普同克拉芙吉亚·肖夏在作这样俄国式的接吻时，我们是怎么看的呢？不过，要是我们干脆不提这个问题，读者又会怎样说呢？根据我们的意见，要把贞洁的爱和肉欲的爱“截然”区别开来，乃是一个分析性的问题，然而这样做——我们重复一下汉斯·卡斯托尔普的用语——是“极其愚蠢的”，简直是不合情理的。什么叫做“截然”！其中的界线是灵活的，又是模棱两可的！我们直言不讳地对此加以讪笑。如果我们的语言中只有**一个**词来代表从最贞洁的爱情一直到最贪婪的肉欲，那岂不是一件天大的好事？这是模棱两可中完完全全的单一性，因为极其贞洁的恋爱不可能离肉体而

① 法文：你知道。
② 法文：最后。

存在；同样，极端肉欲的恋爱也不会是不贞洁的。它始终就是它本身，像狡猾的恋爱游戏以及最激烈的情欲一样，它和有机体相亲相爱，令人感动地放纵地拥抱注定要腐败的物质。在极其虔敬的或极其疯狂的激情中，肯定还存在着爱怜之情。其中意义令人捉摸不定吧？看在上帝的分上，就让恋爱的意义捉摸不定吧！正因为它捉摸不定，才使它充满生命活力，富有人性；如果为它的捉摸不定担忧，那就意味着缺乏“深度”，令人遗憾。

当汉斯·卡斯托尔普和肖夏太太嘴唇凑在一起作俄国式的接吻时，我们让舞台的灯光暗淡下来，转换一个场景。现在我们要谈谈汉斯两次谈话中的第二次了(我们以前已答应讲给大家听听)，这次谈话不是在灯光下，而是在一个光线朦胧、春天即将消逝、积雪已经融化的日子里进行的。我们看到我们的主人公坐在大汉皮佩尔科尔恩的床边，他坐在平时坐惯了的地方，恭敬而亲切地跟他谈话。肖夏太太在餐厅里一用完四点钟的茶，就上“达沃斯高地”去买东西，不论四点钟时的茶也好，以前三次的饭食也好，她都是独来独往的。肖夏太太一走，汉斯·卡斯托尔普就像往常一样自告奋勇去探望这位荷兰人，一则是因为向他表示关切，同他聊一会儿天，再则是亲聆这位人物的教诲——一句话，是出于同变化多端的生活那样捉摸不定的动机。皮佩尔科尔恩把《电讯报》搁在一边，并从鼻子上摘下角质夹鼻眼镜的腿，随手把眼镜扔在报纸上。他向来访的年轻人伸出船长般的手，而他有某种痛苦表情的宽阔而残缺的嘴唇喃喃不清地翕动起来。红葡萄酒和咖啡像平时那样一伸手就能拿到，咖啡用具放在床头的椅子上，留着饮用后的褐色痕迹。明希尔像往常一样已喝过他又浓又热的午后咖啡，咖啡里放上砂糖和奶油，因而汗水涔涔。他那皓首银发的帝王般的脸显得红彤彤的，额头和上唇出现了一颗颗汗珠。

“我出了些汗，”他说。“欢迎，小伙子。正好相反。请坐！一个人喝了热饮料后就冒汗，可是身体衰弱的一个征兆呀。您愿意不愿意给我——一点也不错——一条手帕。我很感谢您。”这时他脸上的红晕马上退去，肤色白里泛黄，这个威严的汉子在疾病恶性发作后，往往有这样的脸色。三天一发的疟疾今天上午闹得很厉害，病的三个阶段他统统经历过了：发冷，发烧，出汗。皮佩尔科尔恩没有血色的小眼睛在额头上偶像般的皱纹下面没精打采地瞪着。他说：

“这个——太好了——年轻人。我真想用这个字眼：‘值得赞许的’——，绝对这样。对于一个年老的病人，您真关怀体贴——”

“我来看您吗？”汉斯·卡斯托尔普问……“没什么，明希尔·皮佩尔科尔恩。我得在这儿坐一会，感激的应当是我呀。应当感恩的地方，我比您要无可比拟地多得多，我来这儿完全是出于自私自利的目的。您把自己说成是‘年老的病人’，这可不对头喽。谁也不会想您是这么一号人。这完全歪曲了事情的本来面目。”

“好，好，”明希尔回答。他闭上几秒钟眼睛，下巴翘起，威严的脑袋靠在枕头上，蓄着长指甲的手指在帝王般宽阔的胸脯前交叉着，胸肌在针织衫下面显露出来。“这是好的，年轻人，或者不如说，您是一番好意，这个我深信不疑。昨天下午很开心——不错，是昨天下午——在那个好客的地方——我忘记了它的名称——那边的意大利香肠和炒蛋好极了，还有当地呱呱叫的葡萄酒……”

“味道真好啊！”汉斯·卡斯托尔普强调地说。“我们大家是不准品尝那些东西的，山庄疗养院伙房里的头儿见到了会不高兴，而他不高兴也不是没有理由。总之，我们大家在这上面真卖劲，没有一个例外！这种意大利香肠确是货真价实，塞塔姆布里尼先生吃了非常动心，甚至可以说连眼泪也快出来了。您知道，他是一位爱国者，一个爱国的民主主义者。他把市民的长枪奉献给人类的祭坛，这样，意大利香肠就会在布莱纳国境线被课以关税……”

“这并不重要，”皮佩尔科尔恩说。“他是一个像骑士那样彬彬有礼、说起话来十分爽朗的人，是一个绅士，尽管他没有经常换衣服的习惯。”

“一点也没有！”汉斯·卡斯托尔普说。“一点也没有这个习惯！我结识他已有好长时间了，同他十分友好，也就是说，他待我无微不至，因为他发现，我是一个‘生活中令人担忧的孩子’——这是我们之间的一种切口，这种说法不是随随便便地能够理解的。他费尽心机对我施加影响，叫我走人正路。不过不论夏天或冬天，我从来没有看到他换过衣服，穿的老是一条方格子裤和粗罗纱双排纽扣上衣；他穿着这些旧东西自以为非常体面，挺有绅士风度，我非常同意您的说法。他穿这样的衣服是意味着对贫穷的胜利，我宁可这样的贫穷，而不要看到矮小的纳夫塔一身华贵的衣服，看了叫人老不舒服，简直可以说妖形怪状。他做衣服的钱不是正大光明地搞到手的，这事的内幕我很清楚。”

“一个像骑士那样彬彬有礼和爽朗的男人，”皮佩尔科尔恩重复说，对纳夫塔的评论不予理会。“不过——请允许我作一些保留——这样的说法并不是没有偏见。作为我旅伴的那位夫人认为他没有什么了不起，这个您也许已注意到了。他对她没有什么好感，这无疑是因为他对她的态度也存在着同样的偏见。别再说了，年轻人。我一点也不想对塞塔姆布里尼先生和您对他亲切的感情——就这样定了！我并不是想说，他在礼节方面，绅士对于女人的殷勤方面——这可是十全十美的，亲爱的朋友，断然是无可指摘的！只是他划了一条界线，他采取了一种矜持的态度，某种回—避—的—态—度，使得夫人对他抱有的高度的反感……”

“变得可以理解的，成为理所当然的。而这也完全难怪。请您原谅，明希尔 · 皮佩尔科尔恩，刚才我擅自把您的话打断了。我胆敢补充您说的话，是因为我意识到我完全赞同您的说法。尤其是，如果人们估计到，女人们在多大程度上——像我这样涉世未深的人竟泛泛地谈起女人来，您也许会微笑——她们对男人的感情，在多大程度上是以男人对她们的态度为转移的，那就丝毫不足为怪了。女人们，如果您允许我这样表达的话，都是没有独立意志的、缺乏主动性的生物，她们是被动的，无所作为的……请允许我继续发挥下去，即使我讲起来十分吃力。女人，就我所能够说的，在爱情问题上，首先把自己看成是被爱的对象；她让爱情向她走近，她并不自由选择，她只是在男人选择的基础上加以选择；即使在那时，请允许我补充，她的选择自由——不过这里有一个先决条件：谈恋爱的男人可不能太差劲，然而这也并不是一个严格的条件——也就是说，她的选择自由为她被选择这一事实所影响，所左右。亲爱的上帝，我说的话是多么平淡无味，可是如果一个人还年轻，他对一切自然都感到非常新异，新异而新奇。您问一个女人：‘你爱他吗？’于是她眼珠朝上或眼珠朝下回答：‘他多么爱我呀！’请您设想一下，这样的回答如果出于我们中间一个人的口——请您原谅，我竟把这个题目同我们联系起来！也许有些人会作出这样的回答，可是这样的人却极其可笑，是‘爱情中的惧内者’，恕我用一句警句来表达。我很想知道，在女人的这句回答里，她们对自己的评价究竟是怎样的。难道一个女人对男人表现出无限忠诚，只是因为男人能垂怜像她那样卑微的人，以自己所选择的爱恩赐给她？或者她在男人的情爱中看出了一个确凿无误的征兆，说明自己是一个出类拔萃的人？这是我独个儿沉思默想时经常向自己提出的问题。”

“您涉及的是古已有之的问题，传统性的问题，年轻人，而您对这个神圣的问题轻描淡写了，”皮佩尔科尔恩答道。“男人被他的欲念陶醉了，女人则要求并希望她的欲念得到陶醉。因此我们对情感负有责任。因此，对女人不动情感，无力唤起女人的欲念，乃是奇耻大辱。您愿意跟我一起喝一杯红葡萄酒吗？我想喝，我口很渴。今天，我消耗了大量水分。”

“我非常感谢，明希尔·皮佩尔科尔恩。这个时候我虽然不喝酒，但我始终愿意为您的健康喝一口。”

“那么您拿起酒杯吧。酒杯手头只有一只。我拿茶杯临时代替一下吧。我想，我用普通的杯子来喝酒不会使我们这回对饮煞风景吧……”他在客人的帮助下斟了酒，他那船长般的手微微颤抖。他如饥似渴地喝起红葡萄酒来，好比喝白开水一样，酒从没有脚的杯子流经他胸像般身体的喉管。

“这倒颇能提神，”他说。“您不再多喝些吗？那么请允许我再斟一杯——”他又一次斟了一些酒。床单沾上了暗红色的斑点。“我重复一遍，”他一只手翘起长矛般的手指，另一只手颤巍巍地举起酒杯。“我重复一遍，因此我们对情感负有责任，我们对情感负有宗教上的责任。我们的感情，您了解，是唤起生命的男性的力量。生命在打瞌睡。它应当被唤醒，以神圣的感情促成醉醺醺的婚姻。因为感情，年轻人，是神圣的。一个人只要有感情，他就是神圣的。他是上帝的感情。上帝创造他，是为了通过他产生感情。人不外是一种器官，上帝通过它与被唤醒了和被陶醉了的生命结合。如果人没有感情，那他就是渎神，就是上帝的男性力量的失败，这是宇宙性的灾难，是难以想象的恐怖——”他喝了起来。

“请允许我把您的杯子接过来，明希尔·皮佩尔科尔恩，”汉斯·卡斯托尔普说。“我跟随着您的思路，得到了极大的教益。您在谈话中发展了一种神学理论，根据这一理论，您对人类赋予了崇高的，即使也许有些单方面的宗教职能。恕我直言，在您的观点中有某种严酷性，它有其令人憋闷的一面——请您原谅！对凡夫俗子来说，所有宗教的严酷性都自然是令人憋闷的。我不想纠正您的观点，我只是想回到您刚才说的关于塞塔姆布里尼先生对您的旅伴肖夏太太怀有‘偏见’的话题上来。我认识塞塔姆布里尼先生已很久很久了，已经长年累月了。我可以断然向您说，他的偏见，要是真的存在偏见的话，决不是微不足道的和俗人的东西。如果这么想，那倒是可笑的。这只能是一种较大的意义上，因而也是一种非个人性质的偏见，系一种有普遍意义的教育学原理，塞塔姆布里尼先生应用了这种原理，公然承认我的品性是属于‘生活中令人担忧的孩子’——不过这个题目扯得太远了。这是一个范围十分广泛的问题，我不可能用三言两语——”

“那么您爱那位夫人吗？”明希尔突然提出这个问题。他那帝王般的脸转向来访者，裂开的嘴唇上显出痛苦的表情，在皱纹纵横交错的额头下面是一对没有血色的小眼睛……汉斯·卡斯托尔普猛地怔了一下。他结结巴巴地说：

“哦，我……这就是说……我自然尊敬肖夏太太的为人，把她看成是……”

“对不起！”皮佩尔科尔恩一面说，一面伸出手来做一个阻止他继续讲下去的文雅手势。“请让我，”他以这样的方式为自己留下不得不表白一番的余地后，继续说，“请让我重复一遍：我绝没有责备那位意大利绅士，说他实际上违犯正人君子的礼仪——我并不对任何人提出这种指责，不对任何人。只是我注意到……目前，我很高兴——好，年轻人。非常好，非常妙。我很高兴，这是没有疑问的；我真的十分愉快。但我仍然对自己说——我总而言之对自己说：您认识那位夫人比我早。您以前同她一起在这个地方住过。此外，她是一个非常富有魅力的女人，而我只是一个有病的老头儿。您瞧——今天下午，她一个人到疗养街去买东西，没人陪伴，而我却爱莫能助——这也并不是什么倒霉事！一点儿也不是！不过毫无疑问——我该不该把这个——像您刚才说的那样——归因于塞塔姆布里尼先生的教育学原理的影响，您对女人的骑士般的气概——我求您能理解我的话……”

“我理解您的话，明希尔·皮佩尔科尔恩。可是事情不是这样，完全不是这样。我的一举一动完全是独立自主的。相反地，塞塔姆布里尼先生有时甚至——看到您的床单沾上了酒渍，我很遗憾，明希尔·皮佩尔科尔恩。我该不该——如果污渍刚沾上不久，我们平时总在上面撒一些盐——”

“这没有什么要紧，”皮佩尔科尔恩说，眼睛紧紧盯住客人。

汉斯·卡斯托尔普的脸色变了。

“这里的许多事情，”汉斯干笑着说，“真的有些反常。这块地方的风气，恕我这么说，和传统的习俗不同。病人都有一种特权，不管他是男是女。而循规蹈矩的绅士风度却被抛在后面。眼下您身体不适，明希尔·皮佩尔科尔恩——身体严重地不适，实实在在地不适。而您的女旅伴却是比较健康的。我想，当夫人不在时，我就权且代表她同您作一会儿伴，这也完全符合她的心愿——如果谈得上代表她的话，哈，哈——而不是要求跟在她身边代表您一起下山到街里去。我怎么能硬要在您的女旅伴面前充当骑士般的角色呢？我对此没有任何资格，也无人授予这一权利。我对世间的权利义务观念信守不渝。总之，我觉得我的举止是对头的，它和总的情势适合，特别同我对您明希尔·皮佩尔科尔恩所怀的公正无私的情感吻合。这样，对于您向我提出过的一个问题，我已经作了满意的答复。”

“一个相当漂亮的答复，”皮佩尔科尔恩回答。“我怀着不由自主的喜悦聆听了您轻巧的话，年轻人。您的话避开了种种要害，磨平了棱角，使人听起来怪舒服的。不过能否叫人满意？不。您的回答一点也不能使我满意——如果我的话叫您失望，那就请原谅我。亲爱的朋友，‘一本正经’这个字眼，您过去曾用来形容我所发表的某些见解。可是在您的讲话里也有某些一本正经的成分，一种生硬和不自然感，在我看来，这跟您的天性似乎不合，从您的举止中，我从某些方面已熟悉了这种性格。现在我又一次看清它了。也就是说，在我们一起谈话、一起散步时，您对那位夫人就显出那种不自然感——可您对别人都不是这样。对此，您要向我解释清楚。这是一种义务，一种责任，年轻人。我是错不了的。我的这一观察经常得到证实，别人也不会硬自视而不见，所不同的是：别人很可能，甚至也许已经掌握了解释这一现象的关键。”

今天下午，明希尔尽管疾病恶性发作，精疲力竭，说起话来却异乎寻常地明确清晰，差不多毫无断断续续的痕迹。他半躺半坐地靠在床上，宽阔的肩胛和威严的脑袋朝向来访者。他的一条胳膊越过被子伸出，一只满是雀斑的船长般的手在羊毛袖口的末端竖起，长矛般的手指向前突出，形成了一个精确的圆环形。他嘴里说出了一大堆尖锐而正确明了的话，而且说得十分流利，合乎塞塔姆布里尼先生的要求；说起“也许”和“硬自”这些字眼时，“r”的发音用小舌头卷出。

“您在微笑，”他继续说。“您眨巴着眼睛，把脑袋转来晃去，似乎忙于徒劳无益地思考。但毫无疑问，您知道我指的是什么意思，而且问题的实质是什么。我并不是说，您有时不同那位夫人对话，或者在话不投机时针锋相对。可是我要重复说一句，您这样做相当不自然；说得精确一些，您在回避，您在规避，如果人们仔细留神一下，是在规避某一种形式，就这方面而论，人们有一个印象，似乎在打什么赌，似乎您在同那位夫人讲话时受到什么约束，似乎由于什么默契，您对她用的不是一般的谈话方式。您一贯地、毫无例外地避免用这样的方式同她交谈。您对她是不称呼‘您’的。”

“可是明希尔·皮佩尔科尔恩……打赌是什么意思呀……”

“我要向您指出一个现象，这个现象您自己不是不知道——你刚才脸色刷白，连嘴唇也没有血色了。”

汉斯·卡斯托尔普并不抬起头来。他俯下身子，卖劲地察看床单上的红斑点。“事情终于发作了！”他想。“这事要冒出头来了。我认为，这是我的所作所为引出来的。在某种程度上，这样的局面是我存心造成的，在这个时刻我已意识到这点了。我真的这样苍白吗？也许如此，因为现在已是孤注一掷的时候了。谁也不知道会发生什么。我还得说谎吗？也许还得说，可我一点也不愿意。眼下我还是呆瞧着这儿床单上血红的斑点，红葡萄酒的污渍。”

对方也不出一声。沉默约两三分钟之久——人们可以注意到在这样的境况下，这些微小的时间单位能扩展到何种程度。

先开腔的是皮佩尔科尔恩。

“在我有幸结识您的那天晚上，”他用歌唱般的声调开始说，讲到最后几个字时降低了嗓音，仿佛是长篇故事的开场白。“我们举行了一个小小的庆祝会，有吃的，也有喝的，情绪十分高昂，我们放浪形骸，尽情作乐，后来手挽着手，各人走向各人的床铺。在我的房门口道别时，我忽然心血来潮，要求您吻一下那位夫人的额头，在我的心目中，您是她以前住在这里时的一位好朋友，严肃而明朗地在她额角印上了这样一个吻，在我的眼睛里倒是这个美好时刻的一种纪念。您直截了当地拒绝了我的建议，拒绝的理由是：吻我那女旅伴的额角是荒唐之举。您对此要作出解释，甚至应当作一番说明，这是不容争辩的。到现在为止，您还欠我这笔债。您现在愿意偿清这笔债吗？”

“哦，原来他也注意到了，”汉斯·卡斯托尔普想，一面仍转过身去仔细察看床单上的一些酒渍，并且用中指弯曲的指尖去抓其中的一个酒渍。“说到底，我是叫他注意到这点，记住这点，否则我就不会说了。可是现在怎么办？我的心跳得不慢。他会不会动帝王的雷霆之怒？也许我最好留神他的拳头，可能他已向我头上挥来？我处在一个极其古怪和非常难堪的地位里！”

突然，他感到自己右手的手腕被皮佩尔科尔恩的手握住了。

“此刻他握住了我的手腕！”他想。“哼，可笑！我干吗像一条长鬈毛狗那样坐着？我做了什么对不起他的事？一点也没有。首先，他得向达吉斯坦的那个男人诉苦去。然后是这个或那个人，再后是我。他对我有什么可以抱怨的？那么我的心干吗要怦怦地跳呢？现在我正该站起来，坦然地——即使是满怀尊敬地——直视他那庄严的脸！”

他这样做了。那张庄严的脸黄苍苍的，满是皱纹的额头下一双眼睛没有血色地瞪着，开裂的嘴唇显出痛苦的表情。他们彼此直视着对方的眼睛，一个是高大的老人，一个是渺小的青年，而老人继续扼住青年的手腕。最后皮佩尔科尔恩轻声说：

“您是克拉芙吉亚上次在这里休养时的情人。”

汉斯·卡斯托尔普又一次垂下了脑袋，但不一会又昂然挺起，深深吸了一口气后，说道：

“明希尔·皮佩尔科尔恩！我非常不愿意向您说谎，而且在找寻机会避免。这可是不容易的。如果我的回答是肯定的，那我是在夸口；如果我否认，那无疑是说谎。事情是应当这样来理解的。我在没有认识克拉芙吉亚——请原谅我——也就是您的女旅伴之前，我同她在这座屋子里已经一起生活了一段时期，一段很长的时期。我们的关系，或者说我跟她的关系并不是什么社交性的，我得说，这种关系一开头就蒙在黑暗中。在我的思想中，我对克拉芙吉亚总是以‘你’相称，而实际上也是这样。因为那天晚上，也就是扬弃我刚才说过的某些‘教育学枷锁’的那天晚上，我向她接近，而且找寻了很久以前埋在心里的一个借口——这是一个假面之夜，谢肉节之夜，是一个不负责任之夜，在这样的夜晚，‘你’这个字眼梦幻似地、不负责任地占了上风。这也就是克拉芙吉亚动身的前一天晚上。”

“占上风，”皮佩尔科尔恩重复一句。“您这话说得十分巧妙——”他松开了汉斯·卡斯托尔普的手，开始用自己那只蓄着长指甲的、船长般的大手按摩起自己的脸部两侧、眼窝、面颊和下巴来。然后他交叠双手，放在被酒渍玷污的床单上，脑袋歪向一侧，也就是左侧，面对着客人，仿佛他的脸掉转了一个方向。

“我已作出了一个尽可能确切的回答，明希尔·皮佩尔科尔恩，”汉斯·卡斯托尔普说。“而且我也作出努力，让自己说的话既不太多，也不太少。我主要的目的是要让您看清楚，那天晚上人们在一定程度上是可以自由自在地以‘你’相称的，而对她离院下山这一点考虑在内也行，不考虑也行。那是一个不讲秩序、在日历里也几乎没有的晚上，可以说是 hors d'oeuvre①，一个例外的夜晚，自由支配的夜晚，二月二十九日。——要是我否认您说的话，那么我说的倒有一半是谎话。”

皮佩尔科尔恩并不回答。

汉斯·卡斯托尔普停了一下又继续说，“我宁愿向您说实话，宁愿冒着失去您的宠幸的危险；我坦白地向您承认，这样对我会是一个可观的损失。——我还可以说这会是一个打击，一个真正的打击，这种打击，同肖夏太太不是独个儿回来，而是伴着您一起回来时我受到的也许不相上下。我甘愿冒着这样的风险；我的夙愿，就是把我们和您之间的关系弄个清楚，对于您，我一直怀着特别尊敬的感情——在我看来，这样更加美好，更加富于人情。您知道，克拉芙吉亚发起这个字的音来很有魅力，她非常动人地把第一个音节拖长了。我不愿沉默和伪装。您刚才说的那番话，使我心上的石头落了地。”

皮佩尔科尔恩没有回答。

“还有一件事，明希尔·皮佩尔科尔恩，”汉斯·卡斯托尔普继续说。“还有一件事我要向您开诚布公。这是我个人的一种感受，它十分恼人，又捉摸不定，一旦挂在心头，就叫我猜疑不已。您现在知道，在目前这一确定不移的关系建立起来之前，同克拉芙吉亚打交道的人是谁——对我来说，对这种关系不予尊重乃是荒唐透顶的——是谁同她一起度过、消磨和庆祝二月二十九日的，也就是说庆祝过。可在我这方面说，我对此事始终搞不清楚；尽管我清楚地知道处在我那种地位的任何人都会对过去沉思默想——我不得不说，有的人同她打交道比我更早，

① 法文，意为“附加部分”或“插曲”。

我指的是真正的先辈。我也知道，顾问大夫贝伦斯在油画方面懂得一些皮毛，这个也许您也知道。他好几回让她坐着，作出了一幅优秀的画像，皮肤勾勒得栩栩如生，说句私房话，这使我惊呆了。这件事叫我十分难受，连头脑也胀裂了，到今天还是如此。”

“您还爱着她？”皮佩尔科尔恩问，身体的姿势并没有改变，也就是说，他仍掉过脸去。宽大的房间越来越昏暗了。

“请您原谅，明希尔·皮佩尔科尔恩，”汉斯·卡斯托尔普回答，“由于我对您的感情，由于我对您有着非常尊敬和钦佩的感情，我不便说出我对您旅伴所怀的感情。”

皮佩尔科尔恩悄声问：“她到今天是不是还怀着同样的感情？”

“我没有说过，”汉斯·卡斯托尔普说，“我没有说过，她曾怀着同样的感情。这是不值得相信的。刚才我们谈起女人的被动的性格时，曾经在理论上涉及这个问题。像我这样一个人，自然没有多大地方值得去爱。我又不是一个大人物——您倒评一下！至于二月二十九日发生的事，不过是女人在男人‘自由选择’的基础上所作出的被动性反应而已。我不妨说，当我把自己称为‘男人’时，我认为自己是自吹自擂、枯燥无味那种类型的人，而克拉芙吉亚不管怎么说总是一个女人。”

“她跟随着您的感情，”皮佩尔科尔恩用裂开的嘴唇喃喃地说。

“她对您还要顺从得多，”汉斯·卡斯托尔普说。“而且很可能，她对别的一些人也曾是这样。不论谁得明白这一点，如果他要……”

“住口！”皮佩尔科尔恩说，他的脸仍旧没有回过来，但伸出手掌向他的对话者作了一个手势。“我们对她这么说三道四，难道不卑鄙吗？”

“不，明希尔·皮佩尔科尔恩。不，我想，这个您尽可以放心。我们刚才说的是有关‘人情’的问题——是指自由和天才意义上的人情——请原谅，我也许用上了一个装腔作势的字眼，不过最近我有需要用它，使这个字眼成为我自己的词汇。”

“好，说下去吧，”皮佩尔科尔恩轻声命令他。

汉斯·卡斯托尔普也轻声说话。他坐在床边一张椅子的边沿，俯身朝向那个有帝王之相的老人，两手放在膝间。

“因为她确实是一个有天才的女人，”他说。“丈夫远在高加索——您清楚地知道，她在高加索那边有一个丈夫——他允许给她自由和天才，也许这是因为他愚蠢，也许是因为他聪明；我可不认识那个家伙。不管怎么说，他允许她这样总是一件好事，因为这是疾病赐给她的，她遵循了疾病的天才的原则；不论谁处在这样的境地，都会好好地仿效，既不会抱怨过去，也不会抱怨未来……”

“您并不抱怨？”皮佩尔科尔恩转过头来问道……这时暮色苍茫，他的眼睛在满是皱纹的额头下面苍白而无神地瞪着，嘴唇开裂的大口半开半闭，他的那张大口，很像悲剧演员的嘴巴。

“我并不认为，”汉斯·卡斯托尔普谦逊地说，“这是涉及我本人的一个问题。我那句话的意思是：您既不要抱怨，明希尔·皮佩尔科尔恩，也不要为了过去的事剥夺我对您的友谊。此刻我关心的就是这个。”

“这个姑且不论，但我必定已无意地给您添加了很大的痛苦。”

“如果这是一个问题，”汉斯·卡斯托尔普回答，“如果我对这一问题点头称是，那么我的意思也决不是说，我不懂得如何珍惜由于结识您而给我带来的莫大的好处，这种好处是同您所谈起的失望情绪不可分割地结合在一起的。”

“我感谢您，年轻人，我感谢您。您巧舌如簧，我很器重。不过撇开我们的友谊不谈……”

“撇开这个是困难的，”汉斯·卡斯托尔普说，“我一丝一毫也没有想过要把它撇开，以便随随便便地对您的问题作出肯定的答复。因为克拉芙吉亚在您那样的大人物陪同下回到山上，只会使我的痛苦比其他平凡的男人陪同她回来时更加尖锐化，复杂化。这件事好长时间来颇使我闷闷不乐，直到今天还是如此，对此我并不否认。不过对于这个问题，我有意识地努力在积极方面加以考虑，也就是说，我对您怀着一种由衷的尊敬，明希尔·皮佩尔科尔恩，而对您的女旅伴的感情却附带地会造成小小的挫伤，因为女人在看到爱她的男人和解时，总不会特别高兴。”

“这倒是事实……”皮佩尔科尔恩一面说，一面伸出手掌抚摸自己的嘴和下巴掩盖住一个微笑，仿佛怕肖夏太太会看到这个微笑似的。汉斯·卡斯托尔普也暗暗地微笑了，然后彼此点点头，表示相互谅解。

“这个小小的报复，”汉斯·卡斯托尔普继续说，“现在终于赐给我了，因为就我个人而论，我真的有一些理由可以抱怨——不是对克拉芙吉亚，不是对您，明希尔·皮佩尔科尔恩，而是抱怨普遍的一切——我的生命和命运。现在，我既然有幸享有了您的信任，而且又是一个极其美妙的黄昏，我想至少作一番尝试把这个问题说说清楚。”

“那么请吧，”皮佩尔科尔恩很有礼貌地说，于是汉斯·卡斯托尔普继续下去：

“我来这儿山上已有很长时间，明希尔·皮佩尔科尔恩，或者说已是长年累月了。究竟多长，我也说不准，不过我度过的是一部分有生之年，刚才我谈到了‘生命’和‘命运’，在适当时机又回到这个老题目上来了。我原先想来探望的表哥是一个军人，他是一个名副其实的正直而勇敢的军人，可是这对他毫无帮助，他在这里死去了，而我却始终呆在山上。我不是军人，我有一个文职，这个您也许听说过。这是一个牢靠而合适的职业，据称这种职业甚至能把世界各国民族联系在一起。不过我向您承认，它对我没有特殊的吸引力，其中理由我可说不上来，我只能说理由朦胧不明，而我对您那女旅伴所怀感情的缘由也同样朦胧不明，说不出原因来——我公然称她是女旅伴，是为了表明我从来不想动摇我们之间现存的有积极意义的权利关系——自从我第一次见到克拉芙吉亚·肖夏以后，我就对她怀有好感，暗自用上了‘你’的昵称。我深深地爱上了她，这个我从来也不否认——您要懂得，我是晕头转向地迷恋上她了。鉴于对她的爱和对塞塔姆布里尼先生的反抗，我屈服于非理性的原理和疾病的天才的原理；当然，我好久以来就屈从于这样的原理——我现在仍住在山上，再也说不真切还将呆上多长时间。我已忘记一切，和一切断绝关系，和我的亲属、我在平原上的职业和我的前途断绝关系。当克拉芙吉亚动身下山时，我等着她，在这儿山上一直等着她，因而现在我已完全失去了平原；在它的心目中，我好比死去一般。我刚才谈到‘命运’时，指的就是这个意思，由此我可以暗示性地说，我无论如何有权对目前的权利关系埋怨。有一回我看到一篇故事——不，我看到这个故事在舞台上演出：一个生性温良的青年——他是一个士兵，像我的表哥一样——搭上了一个很有魅力的吉普赛女郎——她很有魅力，耳朵后面插一朵花，是一个热情妖艳、放荡不羁的女人。她迷上他到这样的地步：他处处地方出了轨，为她牺牲一切，做了逃兵，同她一起走私，到处做丢脸的事。当他走得这么远时，她把他玩腻了，投到一个斗牛士的怀抱里，斗牛士是一个精明强悍的人，嗓音是漂亮的男中音。结局是：那个小兵面色刷白，拉开衬衫，在斗牛场前用短刀将她刺死，这是她咎由自取。我讲的是一个毫不相干的故事。可是说到底，我为什么会想到它呢？”

明希尔·皮佩尔科尔恩一听到“短刀”这个词，他在床上的位置稍稍改变了一下，不久就转向一侧，迅速把脸朝向客人，探索性地注视着他的眼睛。此刻他坐坐端正，支着胳膊肘说：

“年轻人，我一直听您说话，我已了解事情的全貌。听了您的话，让我向您作一番忠诚的表白！如果我不是皓首银发，受着恶性寒热的折磨，那么您将会看到我手持武器——我们两人像男子汉那样面对着面——让您心满意足地对付我无意识地给您造成的创痛和我的女旅伴另外加在您身上的伤害——对于这个，我也得补赎一下。好极了，先生，您看到我已准备就绪了。可是从实际情况看来，您得让我作出另一个建议。建议的内容是这样的。我记得在我们刚相识不久时，有一个十分兴奋的时刻——我还记得那样的时刻，尽管我当时痛饮葡萄酒——在那个时刻里，我为您的气质而愉快地受到感动，对您快要以兄弟般的‘你’相称；然而当时我又见到，走这样的一步尚为时过早。好，今天我又提到了这样的时刻，我回溯到了它，我认为当时暂缓以‘你’相称的决定已可以撤销。年轻人，我们是兄弟，我在此声明我们是兄弟之交。您以前说过，‘你’有完美的意义——那就让我们享有这种完美的意义吧，享有兄弟的情谊吧。由于年老和身体不适，我们不能干戈相见，让您获得满足，于是只好请您采用这个形式，请您采用以兄弟的情谊结盟的形式，而一般地说，人们是为了反对第三者、反对世间、反对某个人而结盟的。我们却是为了某个人的感情而结盟。请举起您的酒杯，年轻人，我则再拿起自己的茶杯，这样，这次欢聚再也不会造成不痛快的局面了……”

他伸出了船长般的微微发颤的手往杯子里斟满酒，汉斯·卡斯托尔普怀着尊敬而惊愕的心情前去帮助他。

“您拿住杯子吧！”皮佩尔科尔恩又说了一遍。“同我交臂吧！就这样喝吧！干杯！——好极了，年轻人，就这样定了。我的手在这里。你感到满意吗？”

“我当然没有什么话了，明希尔·皮佩尔科尔恩，”汉斯·卡斯托尔普说。他觉得难以一口气把杯子里的酒喝完；葡萄酒有些儿溅在膝盖上，他就用手帕把它揩干。“我想说一句，我非常幸福，我真一点也不明白这事怎么一下子突然发生了——我坦白地承认，我好比在梦中一般。这对我是一个莫大的光荣，我不知道自己是否当之有愧——我肯定是感到问心有愧的。嘴边用上这个新的称呼时，一开头觉得离奇古怪，这也是不足为奇的，对此我有些惊惶失措，特别在克拉芙吉亚面前，女人家对这样的安排也许不会完全同意……”

“这事让我来管，”皮佩尔科尔恩回答，“至于其他，只是练习问题和习惯问题！现在走吧，年轻人！离开我吧，我的孩子！天黑了，夜晚降临，我们亲爱的人儿随时都会回来。你们相遇，目前也许不是最适当。”

“再见，明希尔·皮佩尔科尔恩！”汉斯·卡斯托尔普说罢就站了起来。“你瞧，我已克服了理所当然的羞怯，练习起这种大胆透顶的称呼来。对，天色已经黑下来了！我能够想象到，塞塔姆布里尼先生会突然走进来，把灯开亮，让理智和社交活动占上风——他有这个弱点。明天见！我就这样满意地、骄傲地离开这里，这样的情况我连做梦也没有想到。这样的补救办法倒是挺好的！对你来说，至少有三天时间不发烧，你将能顺利地应付人生的各种要求。这使我高兴，仿佛我就是你。晚安！”

明希尔·皮佩尔科尔恩(完)

瀑布始终是一个富有吸引力的漫游目标。尽管汉斯·卡斯托尔普对流泻而下的水怀有一种特殊的亲切感，但到现在他一次也没有参观过弗吕埃尔谷地森林中风光如画的瀑布，其中原因我们几乎不知道怎么解释才好。在他同约阿希姆住在一起时，做表哥的严格遵守疗养院作息制度，不爱游山玩水，他那务实的、富有目的性的态度使他们的视野仅仅局限于山庄疗养院周围附近的地方，这点也许可以说明汉斯没有去过那边的原因。在约阿希姆离去以后——在那以后，汉斯·卡斯托尔普对那边风景胜地的关系保持着一种既保守又单调的性质(姑且撇开他那次滑雪的经历不谈)，这种单调同他开阔的思路和丰富的内心"省察"活动形成了鲜明的对照，这对我们这位小伙子甚至不无一定的能感知的魅力。不过，当有人提出一个计划，让他们小圈子里的七个朋友(包括他本人在内)一起到那个胜地作一次远足时，他欣然同意了。

时值五月，这是平原上人们哼小调的幸福时节——这里山上空气清新，但气温并不怎么讨人喜欢，不过融雪却不在话下。最近几天虽然多次下过大雪，但雪可积不起来，下过雪后，只留下湿漉漉的一片；冬天堆聚的雪块化为水后流去，最后只剩下稀稀落落的残迹而消失。大地跨着葱绿的步伐，诱使人们去遨游。

在过去几星期内， 由于这个小团体里的主脑——气宇轩昂的皮特·皮佩尔科尔恩身体不适，他们相互之间很少交往。对于他恶性发作的寒热病毒素，不但非常有利的气候条件无法减轻，而且像顾问大夫贝伦斯那样杰出的医师所用的解毒药也不能缓解。他许多时间都躺在床上，不但在四天热度猖狂发作的日子里得卧床休息，平时也是这样。他的脾脏和肝脏都有毛病，有人前来探望这位病人时，顾问大夫就这样悄悄告诉他们；他的胃也处于不正常状态。贝伦斯并不懈怠地告诉人们，即使像他那样强健的体质，在这种情况下也不能完全排斥慢性衰竭的危险性。

在这几个星期里，明希尔只主持过一次晚宴，而共同散步总共只有一次，而且为时不很长。不过汉斯·卡斯托尔普感到——说句私房话——这个小团体松松垮垮，在某种程度上说对他倒是一个安慰，因为他同肖夏太太的男旅伴在干杯时所作的誓言使他背上了思想包袱，他在众人面前跟皮佩尔科尔恩谈话时，显得“不自然”、“转弯抹角”，避免用正规的谈话方式，这和以前同克拉芙吉亚打交道时的情况相仿佛。他在改用称呼方面应付自如，如果他不把这种称呼咽在肚里的话——他同克拉芙吉亚谈话时如果有别人在场，或者只有克拉芙吉亚的保护人在场，他都感到很窘，而皮佩尔科尔恩赐给他的那份恩宠，使他的困境更变本加厉。

现在，大家一起出发去参观瀑布的远足计划已提到议事日程上来。这个目标是皮佩尔科尔恩亲自定出的，他感到有足够的精力来应付这次行动。那天是他发过四日热的第三天，明希尔通知大家，他要利用此一时机。在几次早餐时，他虽然没有在餐厅里露面（原来他在自己的房间里和肖夏太太一起就餐，最近一段时间他经常如此），可是在第一次早餐时，汉斯·卡斯托尔普已从跛脚门房那儿接到命令，他得在午膳后一小时作好这次漫游的准备；此外，他还得将这一消息通知费尔格先生和韦泽尔先生，同时告诉塞塔姆布里尼先生和纳夫塔先生，以后有马车来接他们去；最后，要想办法定好两部四座马车，三点钟时要用。

三点钟时，人们在山庄疗养院的大门前相遇：汉斯·卡斯托尔普、费尔格和韦泽尔在那边等待着特等病房里的先生和女士，一面等，一面在跟马儿闹着玩：他们抚弄它们，在手掌里放着砂糖块让马儿又厚又湿的黑嘴唇去尝。不一会，这对旅伴在露天台阶上出现，他们并不迟到多久。皮佩尔科尔恩帝王般的脑袋看去似乎小些了，他身穿一件长长的、有些破旧的双排扣男大衣，站着时脱下了他那软软的圆顶帽，身旁站着克拉芙吉亚；他的嘴唇喃喃不清地迸出一些普通的问候话。然后，他同走向石阶脚下前去迎接他们的三个人一一握手。

“年轻人，”他对汉斯·卡斯托尔普说，左手搭在对方的肩胛上……“你可好，我的孩子？”

“多谢多谢！你也可好？”被问的年轻人说……

阳光照耀，是一个晴朗、绚丽的日子。可是他们披上了春秋大衣，这可是一个好主意：路上，天气无疑是会凉下来的。连肖夏太太也穿起一件围有腰带的大方格子羊毛外套，肩头上还有一些毛皮。她下巴下面系着一方橄榄色的纱巾，这使她的毡帽边缘向侧面下方弯曲；她显得婀娜多姿，在场的多数人都看得心里发痛——只有费尔格一个人不是这样，他是唯一没有爱上她的人。他之所以显得漠不关心，是因为眼下他坐的位置十分有利，即恰好坐在第一辆四座马车明希尔和肖夏太太的对面的后座上，而汉斯·卡斯托尔普则同费尔迪南特·韦泽尔一起登上第二辆马车，当时她看到克拉芙吉亚的脸上露出一个嘲弄的微笑。瘦小的马来亚侍仆也一起参加远足。他随身带了一只大篮子，篮盖上伸出了两只酒瓶的颈子。他把篮子藏在前面一辆马车的后座下面，跟在他主人后面出现了；一当他叉起胳膊坐在马车夫身边，马就出发。马车开了闸，沿着环形车道下坡而去。

韦泽尔也看到了肖夏太太的微笑，他露出了蛀坏了的牙齿，向同车的汉斯发表了对这一问题的看法。

“您可曾看到，”他问汉斯，“她怎样在取笑您，因为您不得不单独和我坐在一块儿？对，对，谁有毛病，谁就不会把嘲笑放在心上。您坐在我身边是不是很气恼？”

“您要振作起来，韦泽尔，说话可别这么低声下气！”汉斯·卡斯托尔普责备他。“女人们一有机会就会微笑，她们只是为了微笑而微笑，把这当作一回事是毫无意义的。您总是这样卑躬屈膝干吗？您像我们大家一样，有您的优点，也有您的缺点。例如，您奏《仲夏夜之梦》十分出色，这可并不是每个人都行呐。您不久再要弹奏一下吧？”

“不错，您屈尊跟我说话，”那个可怜的汉子回答，“可您一点也不知道，在您的安慰中有多少厚颜无耻的成分，这样一来，您更加降低了我的身份喽。您的话说得很漂亮，而且居高临下地安慰我；如果这显得滑稽可笑，那么您真是这样。全能的上帝呀，您好比在七重天上，感到她的玉臂抱住您的脖子，全能的上帝呀。当我想到这个，我觉得喉咙里和心窝里像火烧一般——您能充分意识到您所享有的东西，而且能体察到我内心有一种摇尾乞怜似的痛苦……”

“您刚才说的话可不美哪，韦泽尔。听来甚至叫人极度反感，这点我不用向您隐瞒，因为您责备我厚颜无耻，而这个听起来确实十分刺耳。您自己的所作所为免不了惹人讨厌，而您还在不断地贬低自己。您真的非常非常爱她吗？”

“爱得发昏！”韦泽尔摇头摆脑地回答。“我无法表达出我憋在心里的对她如饥似渴的思慕之情；我希望我能说的是：这真要我的命。不过在这种情况下，一个人既不能活，也不能死。当她离开时，情况开始好转一些，我渐渐把她淡忘。可是自从她回来，她每天在我眼前出现以后，我有时就痴狂到这个地步：我咬起自己的胳膊来，还乱扑乱抓一通，不知该怎么办才好。这样的事真不该发生，可是忍不住会这样做去——不论谁处在这样的境地，都会忍不住这样做去，甚至恨不得连性命也不要了，因为这是和生命息息相关的事。死去又有什么意义呢？死了以后——心满意足。在她的怀抱里——将由衷感到快乐。可未死以前，却是一片胡闹，因为生命就是要求，而要求就是生命，这是无法违抗的，叫人走投无路，真是天诛地灭的。我说‘天诛地灭’，只是随口说说而已，仿佛我是另外一个人，我本人并没有这个意思。有各种各样的痛苦，卡斯托尔普，谁受到痛苦的折磨，谁就想摆脱它，千方百计地摆脱它，这就是他的目标。可是肉欲的痛苦是怎么也摆脱不了的，除非这种欲望能获得满足——别的都不行，除此之外，花任何代价都不行！事情就是如此，没有吃过这种苦头的人，就不会絮絮聒聒地谈这个问题，但吃过这种苦头的人，就能体会到我主耶稣基督的苦难了，他的眼泪就会滚滚而下。天上的神明啊，一个肉体对另一个肉体竟会渴慕到那样的程度，原因仅仅在于这个肉体并不是自己的，而是属于另一个灵魂的——这是多么奇怪啊，而仔细观察一下，在害臊的亲切中又是多么平淡无奇！人们也许可以说：如果他要的不外是这些，那么看上帝分上，就让他的欲望获得满足吧！那么我要的是什么东西，卡斯托尔普？我想害死她吗？难道我希望她流血吗？我只是想爱抚她罢了！卡斯托尔普，亲爱的卡斯托尔普，请您原谅我发出这种哀鸣，可是看上帝分上，她能使我如愿以偿吗？那是一个更高的意境啊。卡斯托尔普，我可不是畜生，我也是一个堂堂正正的人！肉欲到处存在，无处不在，它不是限定在、固定在某一个地方的，因此我们称它为兽欲。然而当它固定于某一个人和某一张脸上时，我们谈起来就称作为爱。不过我需要的，并不仅仅是她的躯体和洋娃娃似的皮肉，只要她的脸有一点儿异样，我就很可能压根儿不需要她整个的肉体，因此事实表明，我爱的是她的灵魂，我用我的灵魂爱着她。因为对脸儿的爱，也就是灵魂的爱……”

“您怎么啦， 韦泽尔？您已经昏头昏脑， 天晓得您在说些什么来着……”

“真是这样，不幸的地方恰好就在于，”那个可怜虫继续说，“她有一个灵魂，她是一个既有肉体、又有灵魂的人！可她的灵魂跟我的全不相干，她的肉体也同我的无涉，这真叫我伤心，叫我挨苦受难。为了这个，我的欲望注定要蒙受耻辱，而我的肉体不得不永远蜷缩起来！为什么她不想了解我的肉体和灵魂，卡斯托尔普？为什么我的欲望引起她的憎恶？！难道我不是一个男子汉吗？难道一个惹人厌的男人不是男人吗？我甚至是一个地地道道的男子汉，这个我可以向您起誓。如果她张开玉臂向我展示无穷的魅力，我给予她的也许比在座的所有男人更多！她的玉臂这么美，因为它们是属于她的灵魂！我会带给她世界上所有的肉体的快乐，卡斯托尔普，如果问题仅仅牵涉到肉体而不是牵涉到容颜，如果她那该死的灵魂一点也不想了解我；不过要是没有这样的灵魂，我就丝毫不会渴求她的肉体——这就是我永远陷在里面不能自拔的糟糕透顶、走投无路的局面！”

“韦泽尔，嘘！轻声些！马车夫会听清您说的话！他故意不转动他的脑袋，可是我从他的背部看得出，他在偷听。”

“他在偷听，什么都听清楚了，您说得对，卡斯托尔普！您已窥见我刚才这番话的特点和性质了吧！如果我讲的是再世或者……流体静力学，那么他就什么也不会懂得，什么概念也没有，不会偷听，一点兴趣也没有。因为这种东西不通俗。可是肉体和灵魂的问题，却是世界上最高、最后和最最涉及个人阴私的问题，您瞧，同时它又是最最通俗的问题，每个人都懂得这个，而且会嘲笑那些为这个而苦闷的人，也就是那些白天里受肉欲折磨、夜间落入耻辱的地狱里的人。卡斯托尔普，亲爱的卡斯托尔普，让我再向您哭诉几句：我夜里是怎么过的！每天夜里我都梦见她，唉，要是我不梦见她的种种情景！一想到这个，我的喉咙和胃部就像火烧一般！梦做到最后，她总是打我耳光，揍我的脸，有时还向我啐唾沫——她向我啐唾沫时，扭曲的脸上充满厌恶的神情，于是我醒来了，出了一身汗，既感到屈辱，又满怀欲念……”

“原来是这样，韦泽尔。现在我们要安静一会，在我们没有到香料店让别人参加进来之前，还是住口吧。这是我的建议和想法。我不想使您难堪，而且承认您的境况确实十分尴尬。不过以前我们在家里听到过一则故事：一个女人有一回受到这样的惩罚，她一说话，蛇和蛤蟆就从她的嘴里爬了出来，每说一句话，就爬出来一条蛇或一只蛤蟆。书里并没有说她怎样对付这个，不过我一直认为，她最后不得不改变方针，把嘴闭住。”

“可这是人类的一种需要呀，”韦泽尔可怜巴巴地说。“可说是人类的一种需要啊，亲爱的卡斯托尔普。一个人处在像我这样尴尬的境地，诉诉苦经就可以使心情舒畅。”

“这甚至是人类的一种权利，韦泽尔，如果您愿意的话。不过根据我的看法，对于某些权利也许还是不去使用为妙。”

因此，根据汉斯·卡斯托尔普的意愿，他们沉默了。马车很快在香料店葡萄叶茂密的小屋前停下，不过它一刻也不用等待，因为纳夫塔和塞塔姆布里尼都已来到街上。塞塔姆布里尼身穿一件破旧的皮夹克，反之，纳夫塔穿的是一件缝得严严实实的淡黄色春季大衣，打扮得有些像花花公子。他们彼此打招呼，相互问好，马车转个方向，这些先生就都上了车。纳夫塔坐在前面一辆四座马车里费尔格的身旁，这辆马车现在有四个人；塞塔姆布里尼心情极佳，妙语连珠，他坐到卡斯托尔普与韦泽尔坐的那辆马车里，韦泽尔把后座让给他。塞塔姆布里尼悠闲自得地坐着，仿佛自己坐在一辆巡礼彩车里。

他对乘车的享乐大加赞扬——舒适安静地坐在那里，身子一动一动的，眼看两边的景色不时变换，真是赏心悦目！他对汉斯·卡斯托尔普表示出慈父般的关怀，甚至抚弄起可怜的韦泽尔的面颊来，同时要求他在观赏明亮的大千世界时忘记那个不讨人喜欢的自我，说时他挥动右手，手上戴的是一只破旧不堪的皮手套。

他们一路顺风。四匹马额头斑白，强健结实而膘肥，在平坦的道路上跨着坚实的步伐并足前进，没有扬起一些儿灰尘。有时道路两旁出现了一堆堆的岩石，岩缝里长着野草和花卉；电线杆从他们眼前飞掠而过。不一会，山峦的森林浮现上来，它们看去像一条条优美的曲线，一会儿迎面扑来，一会儿又落在后面，引起人们的好奇心。在阳光照耀的远方，部分积雪尚未融化的山巅上始终闪着霞光。山谷见惯了的部分已在他们眼前消失，景物的随时变换，使人们心旷神怡。不久，马车在森林的边缘停住，他们想从这里起徒步继续漫游而到达目的地——这个目的地，他们不是刚才，而是好久以前就已经知道了：起初是微弱的哗哗声，后来声响越来越大。一当他们下车，他们都听到远方的水声，这是一种时而隐约可闻、轻轻的、哗啦哗啦地奔泻而下的水流声，需要仔细分辨、驻足侧耳才听得真切。

“现在，”过去经常到过这儿的塞塔姆布里尼说，“瀑布的声音还有些怯生生的。不过在这个季节里，那块地方呼啸奔腾，不可一世。你们要镇静，那时，我们连自己说的话都听不清楚呢。”

于是他们沿着长满潮湿的针叶树的一条道路走到森林深处。带头的是皮特·皮佩尔科尔恩，他挽着女伴的胳膊往前走，一顶软软的黑帽披在额头上，走起路来一瘸一拐的。他们后面的中间是汉斯·卡斯托尔普，他不戴帽子，像别的几位男士一样；两手插在袋里，脑袋歪向一侧，眼睛东张西望，嘴里轻轻吹起口哨；后面是纳夫塔和塞塔姆布里尼，再后面是费尔格和韦泽尔，最后是马来亚仆人，他一个人走，手里提着一只盛午后点心的篮子。他们都在谈论这座森林。

这座森林与别的不同，风光如画，别具一格，甚至可说带有异国情调，看去有些阴森森的。森林里长满了苔藓类的地衣，不但树上挂满，树里面也长得比比皆是。这种寄生植物纵横交错的桠枝上都摇摇晃晃地挂着那纠缠不清的针织品似的植物，像一绺绺退了色的长髯，因而人们看不到针叶，看到的只是挂着的苔藓。这使这里的景色变得古怪而丑陋，看去有些妖气，令人不快。森林也不喜欢这样，它讨厌这种繁茂的地衣，这种植物有使森林窒息的可能。当这小队人循着针叶路往前走，耳听瀑布的响声（这时他们渐渐走近了目的地）时，他们都有这样的想法。一当他们走近，汩汩的流水声就渐渐变为隆隆的轰鸣声，证实了塞塔姆布里尼以前说过的话。

他们拐一个弯，就可以看见架着一座小桥的森林和岩石嶙峋的峡谷，瀑布就从这个峡谷倾泻而下。他们的眼睛一看到瀑布，耳畔就听到千军万马的响声——看到这一景象，真令人心战胆寒。大股大股的水流从唯一的飞瀑里笔直地滚滚而下，高度约有七八米，宽度也十分可观，它们溅起白色的飞沫，越过岩石向前奔流。流泻下来的水发出疯狂的咆哮声，其中似乎夹杂着各种各样可以想象到的喧闹声和高高低低的响声——有雷鸣声，嘶叫声，号叫声，沸腾声，吹奏声，爆裂声，澎湃声，轰隆声和打钟声——确实，这样的声音叫人肝胆俱裂。来访的人走近瀑布旁边峡谷滑溜溜的岩石上，仔细参观。他们吸到这里的水汽，浴着这里的飞沫，周围为一种水雾笼罩着，耳际不断响起轰隆轰隆的声音。他们交换着目光，含着羞涩的微笑摇摇头——这种泡沫横飞、湍流怒鸣的情景和令人经常毛骨悚然的场面（瀑布疯狂的呼啸声使他们震耳欲聋）激起他们的恐怖感，使他们的听觉迷失方向。人们感到从后面、从头顶上、从四面八方听到了威胁性和警告性的呼声，还有长号声和男人粗犷的声音。

他们聚集在明希尔·皮佩尔科尔恩后面——肖夏太太在别的五个男人中间——，同他一起观赏着滔滔的急流。他们看不到他的脸，只看到他已卸下帽子，露出了他的皓首银发，而胸脯则在清凉的空气中一起一伏。他们通过目光和手势达到相互了解，因为说话声，即使是凑到耳边的叫喊声，在这雷鸣般的奔流声中也许一点也听不清楚。他们的嘴唇说出来的只是惊愕和赞叹的话，而声音却是听不到的。汉斯·卡斯托尔普、塞塔姆布里尼和费尔格用颔首示意的方式约定，大家一起爬到山峡上面(此刻他们正在这个山峡的谷底)去，并且登上木板小桥，从那里俯瞰瀑布的水。这并没有多大困难：有一列陡峭而狭窄的、在岩石里刻出的石级一直通往森林那边仿佛高出的地方。他们一个挨一个爬了上去，接着登上了横跨瀑布(瀑布呈拱形奔泻而出)的那座桥，倚着栏杆，在桥中央挥手向桥下的友人们致意。然后他们一一过桥，吃力地下坡到达彼岸，最后来到瀑布的另一侧同站在那里的友人们会面，这里又架着一座桥。

有人示意，此刻该享用午后的点心了。他们中间的大部分人认为，为了吃点心，大家应当稍稍离开这个喧闹的地方，以便在清静的环境中——当然不是一点水声也听不到，也并非一句话也不说——自由自在地吃点心。可是他们必然看出，皮佩尔科尔恩的意愿与此相左。他摇摇头，一再翘起食指指向地面。他那断裂的嘴唇费力地分开，形成了“在这里！”这样一句话。那该怎么办呢？在这样的指挥问题上，他既是统帅，又是发号施令的人。他这个人物的分量有决定性的作用，即使他今天像过去一样不是这次远足的发起人和指挥者。大人物一向是专断暴虐的，今后还是这样。明希尔希望对着响声如雷的瀑布吃点心，这是他的十分固执之处，谁不想空着肚子走路，谁就得留在此地。他们中间大多数人都不满意。塞塔姆布里尼先生眼见人们之间的交谈——民主式的谈论或争论的机会落了空，就作了一个绝望和无可奈何的手势，把一只手往脑袋上一甩。马来亚人急急忙忙去执行主子的意旨。他那儿有两把折椅，他靠着岩壁一一把它们撑开，一把给明希尔坐，一把给肖夏太太坐。然后，他把篮子里的东西统统放在他们脚下的一块布上，有咖啡用具、玻璃杯、热水瓶、糕饼和葡萄酒。人们忙着分配食物。于是有的人坐到卵石上，有的人倚在小桥的栏杆旁，手里端着热咖啡，膝上搁着糕点盘，在喧闹的响声中默默地吃着。

皮佩尔科尔恩的大衣领高高翻起，帽子放在身边的地面上，用一只刻有花押字的银酒杯喝波尔图葡萄酒，有好几次一饮而尽。突然间，他开始说话了。奇怪的人！他不可能听见自己的声音，别人更听不出他吐出的一个音节——其实，他根本发不出什么声音来。他右手握住酒杯，举起食指，又伸出左臂，朝斜上方向摊开手掌。人们看到，他那帝王般的脸在颤动，正在说话；他的嘴巴说出词儿来，但仍旧听不到声音，仿佛他在没有大气的空间里说话。谁也想不到他竟会继续干起这种徒劳无益的事来，大家用尴尬的微笑观察着他，以为他随时会停止——然而他继续下去，一面说，一面用他左手做迷人的、吸引人们注意力的富有文化教养的手势，手势朝向吞没他声音的震天动地的呼啸声。同时，他那疲倦、苍白、睁得大大的小眼睛在满是皱纹的额头下一会儿看看这个同伴，一会儿又看看那个，因而对方不得不扬起眉毛向他点头，而且张开嘴巴，把手掌按在耳壳上，仿佛这样一来，这个无可救药的局面多少能够得到补救似的。现在他甚至站起来了！他手里拿着酒杯，身穿一件差不多披到脚面的旅行大衣，衣领翻起，头上不戴帽子，高高的、布满偶像头上那样的皱纹的额角披着闪闪的银发——他就这样站在岩石上，脸孔翕动着，长矛般的手指弯成一个圈儿，好像在训诫别人；同时他作出富有魅力而精确的手势，用含糊不清、人家听不见的话祝酒。人们从他的手势和嘴唇上知道他说的无非是他常用的一些字眼，例如“好极了”和“就这样定了”之类。他们看到他的脑袋歪向一边，嘴唇显示出肝肠欲断的痛苦表情。不一会，他脸颊上又露出了色迷迷的酒窝和一种享乐至上的狡黠神色，而且飘然拉起衣服，像异教徒的祭司在举行不合乎礼仪的祭典。他举起酒杯，在众人眼前画了一个半圆圈儿，一连喝了两三口酒，直到喝完酒、杯底朝上为止。接着他伸出手臂把酒杯递给马来亚人，那个仆役恭恭敬敬地接住了。于是他示意大家动身回院。

大家欠身向他致谢，同意准备执行他的命令。蹲在地上的人一跃而起，坐在木桥栏杆上的人也跳了下来。那个戴硬帽、穿皮领的瘦小的爪哇人把剩余的点心和器皿收拾好。他们像来时那样三三两两地挨着次序沿着那条潮润的针叶路回去，穿过那座因长满地衣而显得面目全非的森林回到马车停着的那条路。

这一回，汉斯·卡斯托尔普同主人和他的女伴一起上车。他身边坐的是同一切崇高之物无缘的善良的费尔格，对面正好是这一对人。在回院的路上，他们几乎一句话也不说。明希尔坐着，下颏下垂，两只手掌放在旅行毛毯上，他的膝盖同克拉芙吉亚的膝盖都用这条毛毯盖住。塞塔姆布里尼同纳夫塔在马车经过道路和水路以前，就已经下车，并且分手。韦泽尔一个人坐在第二部马车上，车子沿着环形车道一直在“山庄”的大门前停住，那里人们相互道别……

那天夜里，由于内心的某些骚动(他的灵魂对此一无所知)，汉斯·卡斯托尔普的睡眠变得又浅又短，因而凡是同山庄疗养院日常宁静的夜间生活稍有一丝差异的任何变化，一点极其轻微的动静，以及远方几乎觉察不到的走动声，都足以使他苏醒，使他从床上坐起来。当两点钟刚过、有人敲他的房门时，实际上他已醒来多时了。他立刻回答，头脑清醒，反应灵敏，显得生气勃勃。原来是病房里值勤的一个护士在叫他，声音尖而犹疑不定，她受肖夏太太之托，要他马上到二楼去一趟。他精神十足地说愿意遵命，同时一骨碌地起床，匆匆披上衣服，用手指掠一掠额角上的头发，不快不慢地走下楼去，心里吃不准到底是怎么一回事。

他发现通往皮佩尔科尔恩客室的门和通往那个荷兰人的卧室都敞开着，灯光通明。两位大夫、米伦东克护士长、肖夏太太和那个爪哇侍役都在那边。这个侍役所穿的衣服与平时不同，穿的却是一种民族服，是一种袖子又长又宽、像衬衫那样阔条纹的短上衣，下身穿的不是裤子，而是一条颜色花哨的裙子，头戴一顶黄布做的圆锥形帽子。此外，他还佩戴了一个护身符作为胸饰。他站在床头左方一动也不动，两臂交叉。床上，皮特·皮佩尔科尔恩仰天躺着，双手伸开。走进房来的汉斯看到这番景象，面色苍白。肖夏太太背朝着他，坐在床脚边一把矮矮的安乐椅上，胳膊肘支在羽绒被上，一只手托住下巴，手指埋在下唇里，凝视她那旅伴的脸。

“晚上好，小伙子，”贝伦斯说。他本来在同克罗科夫斯基大夫和护士长轻声谈话，看到他就忧郁地点点头，花白的小胡子向上翘起。他穿着一件白大褂，听筒从他的胸袋里露了出来。他穿了一双刺绣的拖鞋，衣服没有领子。“没有什么办法啦，”他又悄声说了一句。“彻底完了。您倒走近瞧瞧。用您富有经验的眼睛扫一下吧。您会承认，医术对此是完全无能为力的。”

汉斯·卡斯托尔普蹑手蹑脚地走近床边。马来亚人头也不转地盯着他的这一动作不放，连眼睛也翻白了。他斜睨了一眼，看到肖夏太太并没有注意他，于是他按往常的那种姿势站在床边，重心放在一条腿上，双手在腹部交叉，头歪向一边，露出尊敬而沉思的表情。皮佩尔科尔恩穿着针织衬衫，盖着红缎被，像汉斯·卡斯托尔普经常见到的那样。他两手黑里带青，脸上有一部分地方也是这样。这使他的脸大大变了样，尽管帝王般的仪容依然如故。披着满头银发的高高的额头上，偶像上那样条理分明的皱纹形成四五条横线，与两侧太阳穴成直角，这是他一生习以为常的紧张生活的标志。与他安眠时低垂的眼睑相比，这些皱纹显得格外突出。两片痛苦地断裂的嘴唇稍稍分开。脸色发绀说明了他的生命是突然停止的——生命机能因急遽中风而骤然终止。

汉斯·卡斯托尔普怀着虔敬的心情继续逗留一会儿，观察事态的发展。他迟迟不想改变原来的姿势，一心期待那位“未亡人”跟他交谈。但结果她没有动静，他暂时也不想打扰她，于是就去找他背后其他在场的一群人了。顾问大夫向会客室那个方向晃了晃脑袋。汉斯·卡斯托尔普朝那个方向望去。

“自杀吗？”他轻声地、单刀直入地问……

“可不是吗！”贝伦斯做了一个轻蔑的手势，接着又说：“一点也不假。绝对如此，您可曾看到过这类时髦用品？”他一面问，一面从白大褂袋里掏出一只形状不规则的盒子，从里面取出一个小东西给年轻人看……“我可没有。不过这个值得一看。一个人是学不完的。这东西倒颇有独创性。我是从他的手里拿过来的。小心。如果里面的东西滴在您的皮肤上，就会像火烫过的那样起泡。”

汉斯·卡斯托尔普把这个神秘的东西放在手指中间。它是用钢、象牙、金子和橡胶制成的，模样儿十分奇特。它有两枚弯曲的、发出钢铁光泽的叉针，针头极尖，中间部分稍呈螺旋形，它是象牙质的，中间嵌有金子；叉针在一定程度上能够活动——也就是向里面活动，而且有一定的弹性，下部是一个半硬半软的黑橡皮制成的球状附加物。它只有两英寸左右长。

“这是什么？”汉斯·卡斯托尔普问。

“这个嘛，”贝伦斯答道，“是一个结构精巧的注射器。或者用另一句话来说，是眼镜蛇毒舌的机械仿制器。您理解吗？——您看来并不理解，”他说，因为汉斯·卡斯托尔普还是呆呆地低头看着这个古怪的工具。“这就是牙齿。它们并不怎么坚实，它里面有一条毛细管，也就是一条很细的管子，您从这儿针尖上部的某个地方可以清楚地看到它的出口。在齿根那儿，小管子当然也是开放的，它同那个与中央象牙部分相接的橡皮球的排出口相通。牙齿咬紧时，它们就呈现出一定的弹性，这是显而易见的，同时在容器内产生一种压力，把橡皮球里的液体压到管子里，因而一当针尖触及皮肉，里面的药就注入血管中。只要您亲眼目睹，其中的过程是十分简单的。人们得了解这个道理。也许这是他亲自设计出来的。”

“真是这样！”汉斯·卡斯托尔普说。

“注射量不会很大，”顾问大夫继续说。“数量方面不够，必须代之以一种……”

“动力学的东西，”汉斯·卡斯托尔普补充说。

“哦，是这样。它是什么东西，我们不久就可以搞清楚。我们怀着某种好奇心期待着它的结果。毫无疑问，我们能从这里学到一些知识。也许后面那个如此勤勤恳恳守夜的外国人能说出其中的奥妙，这个我们敢打赌吧？我猜想， 这种毒液是动物性物质和植物性物质的混合物——质地一定很纯粹，因为它的效力必然十分惊人。一切都表明他立即停止呼吸，呼吸中枢麻痹，您知道这个；他迅速窒息而死，也许没有挣扎和痛苦。”

“愿上帝垂怜！”汉斯·卡斯托尔普虔敬地说。他叹了口气，把那个神秘莫测的小东西还给顾问大夫，转身回到卧室。

只有马来亚人和肖夏太太依然在场。此刻克拉芙吉亚抬起头来，看着这位又走近床边的年轻人。

“您有权利接受我的召唤，”她说。

“您的心肠真好，”他说。“您是对的。我们本来是以‘你’相称的朋友。我在灵魂深处感到羞愧的是，我在别人面前对此引以为耻，而且总是转弯抹角的。临终时，您在他身边吗？”

“什么都完了时，仆人才通知我。”她回答。

“他真是一个大人物，”汉斯·卡斯托尔普又开始了，“对人生来说，他竟把感情的枯竭看成是宇宙的劫难和渎神行为。因为您得知道，他把自己看成是神的合欢器官。这是做帝王的一种妄想……当一个人受到感动时，他就有勇气说一些听来是粗暴和不敬神的话，不过它们比允许说的那种敬神的话更加严肃。”

“C’est une abdication[①]，”她说。“他知道我们的傻事了吗？”

“我没有办法向他否认，克拉芙吉亚。我不肯当着他面吻您的额头，他就猜到我们间的事了。此刻，他的存在与其说是实际的，倒不如说是象征性的。不过现在，您允许我这么做吗？”

她把脑袋凑向他，闭住眼睛，仿佛向他示意。他把嘴唇按在她的额头上。马来亚人一双畜生似的棕色的眼珠向一侧翻转，监视着这个场面，连眼睛也翻了白。

麻木不仁

我们又一次听到顾问大夫贝伦斯的声音——让我们仔细谛听吧！这也许是我们最后一次听到他的声音了！！这个故事迟早总得结束，它已持续了极其漫长的时日，或者不如说：故事的“内容时间”已经发展到如此地步，要停下来也是不可能了——即使它的“音乐时间”已经结束。如果这样，我们也许不会再有机会听到这个能言善辩的赖达曼托斯在谈话时明快的抑扬顿挫的语调了。他对汉斯·卡斯托尔普说：

① 法文：这是一种弃权。

“卡斯托尔普，老朋友！您在闷闷不乐呐。我整天看到您噘起嘴巴，愁眉苦脸。您对什么都不感兴趣，卡斯托尔普。您像一个被宠坏了的孩子，爱闹情绪，如果每天得不到最上等的东西，就会嘟嘟哝哝板起脸来，抱怨眼前的淡季。我说的话对呢还是不对？”

汉斯·卡斯托尔普不吭一声，这说明他的心绪确实十分阴郁。

“我说得有理，以往我也是这样，”贝伦斯自己做了回答。“在您把怏怏不乐的毒素在这里扩散开来之前，您这个怨天尤人的国民啊，您应该看到：您还没有被上帝和世界完全遗弃，上苍对您睁开一只眼睛，一只不变的眼睛，我亲爱的，而且一刻不停地考虑到如何使您快乐。贝伦斯老头还在那儿呐。哦，现在不开玩笑了，我的小伙子！上帝明鉴，在许多不眠之夜，我一直在考虑您的病情，现在有一个想法。可以说，这是一个启示——实际上，我这种新想法很有实现的希望，那就是：在意想不到的不久的将来，您就能解除身上的毒素，胜利地回到老家，我这话既不夸大，也不缩小。”

“您睁开眼睛看看，”贝伦斯有意识地停顿一下后又继续说；不过汉斯·卡斯托尔普并没有睁开眼睛，只是睡意朦胧地、心不在焉地注视着他，“贝伦斯老头儿话里的意思，您却莫名其妙。我的意思是这样的。您身体上有某些地方不大对头，卡斯托尔普，这个逃不过您那可贵的‘统觉’。您的病灶无疑已有很大的好转，中毒症候已好久不再在那儿出现，可您还是有些不大对头。我不是从昨天起才考虑这个问题的。这里是您最近的爱克司光照片……让我们把这个鬼东西放在光线下面看看。您瞧，连最爱发牢骚的、最最悲观的人，像我们皇上所说的那样，也没有多大地方可以挑剔的。两三处病灶已经完全吸收，缩小些了，边缘也清晰些了，凭着经验您知道，这说明已经痊愈了。根据上面的诊断，那您里面还不稳定地发着热就难以解释了，小伙子；做大夫就有必要寻找其他方面的原因。”

汉斯·卡斯托尔普点点头，表现出相当有礼貌的好奇心。

“您现在会不会想，卡斯托尔普，贝伦斯老头儿必须承认治病方面出了差错？要是这样想，您可不对头了，事情出了岔子，贝伦斯老头儿也不对了。您的治疗方面并没有出毛病，也许只是失之片面。依我看不外乎存在着这样的可能性：我一向把您的症状仅仅归咎于结核病，现在却推导出这样一种可能性来，那就是不要再把这笔账记在结核病头上。一定有其他原因在找麻烦。依我看，您身上有球菌。”

“我坚决相信这一点，”顾问大夫看到汉斯 · 卡斯托尔普点点头后，又加强语气重复说，“您身上有球菌。可是您不必害怕。”

根本谈不上什么害怕。倒不如说，汉斯 · 卡斯托尔普的脸上显示出某种讥讽的承认——不是承认顾问大夫观察问题的尖锐性，就是承认他作出假定时所表现出的新的尊严性。

“没有理由惊慌失措！”贝伦斯改变了劝说的内容。“每个人身上都有球菌。每头驴子身上都有链球菌。您一点也不要自负。我们最近才知道，尽管人们的血里有链球菌，但不一定都会产生传染现象。我们还得出这样的结论——关于这个，许多同事到现在还茫无所知——那就是血液里甚至允许有结核菌存在，而不致引起什么后果。再稍稍探索一下，我们就会得到一个概念：结核病实际上是一种血液病。”

汉斯 · 卡斯托尔普觉得他的话确实十分动听。

“当我说起链球菌时，”贝伦斯又说，“您当然不能由此推想到某种人所周知的严重的疾病。如果我们家族的这个小东西在您那儿安了家，细菌学的血液检查一定会检出结果来。关于您的发烧——假定发烧是存在的——那只有看链球菌疫苗治疗的效果如何，现在我们已运用这种治疗方法了。办法就是这个，亲爱的朋友，我正期待着闻所未闻的结果。结核病是一种旷日持久的病，不过今天，这种病也能很快治愈。如果您打针后反应良好，那么过了六星期后，您就健康得活蹦乱跳。好，您认为这件事怎么样？贝伦斯老头儿还算尽职吧，嘿？”

“目前这只是一种假设罢了，”汉斯 · 卡斯托尔普懒洋洋地说。

“是一个能够证明的假设！一个富有成果的假设！”顾问大夫说。“当球菌在我们的培养基中生长时，您将会看到它多么有成果。明天下午我们给您抽血，卡斯托尔普，我们要根据乡村庸医的方法给您放血。这不过是一个玩笑，不过对您的肉体和灵魂会产生令人极为满意的效果……”

汉斯·卡斯托尔普表示准备接受这种破坏活动，并且十分感谢大夫对他的衷心关注。他侧过脑袋，目送顾问大夫大摇大摆地离去。负责大夫的话说得正是时候，赖达曼托斯相当正确地预卜出山庄疗养院这位年轻病人的气色和情绪。他的新的试验方案已经确定——是公然确定的，目的一点儿也不加否认——旨在使病人渡过目前的沉滞状态，对于这位年轻的病人最近面临的这种状态，从他的表情中看，不免使人清晰地回忆起已故的约阿希姆来——当时他暗暗下着某种孤注一掷的决心。

还有一些话要说。不但汉斯·卡斯托尔普本人似乎已经达到了这个沉滞状态，而且在他看来，包罗一切的世界都已达到了这样的境地，或者不如说：他觉得难以把“特殊”和“一般”区别开来。他同那个“人物”的关系终于以古怪的方式结束了。这个人物去世以后，疗养院里曾引起各方面的波动。最近克拉芙吉亚·肖夏同山上的众人告别，而她同她“主人”那位迄今依然活着的、以“你”相称的兄弟[①]之间，又在无可奈何、悲痛欲绝的阴影下以及尊敬与关怀的气氛中相互道别——自从这些事件发生以来，这位年轻人似乎觉得世界和生活已不再怎么可怕，任何事都以奇怪的方式变得七歪八斜和令人惴惴不安，而且程度越来越厉害，仿佛有一个恶魔掌了权，这个恶魔又凶狠又愚蠢，尽管它好长时间来大逞淫威，但此刻却肆无忌惮地公开宣布自己的主宰权，以致使人有一种神秘的恐惧感和产生一种逃遁的愿望——这个恶魔的名字叫做“麻木不仁”。

当读者看到写小说的人把麻木不仁的名词同恶魔的名字连在一起，而且认为它有一种神秘性恐怖的威力时，也许会责备他危言耸听，想入非非。然而我们并非信口雌黄，而是以我们纯朴的主人公的个人生活经历为依据的，他对这个问题的理解从某种程度上说固然不值得推敲，但好歹却提供了这样的证明，即在某种情况下，麻木不仁会获得这样的性质，引起这样的感情。汉斯·卡斯托尔普环顾周围……他看到的都是神

---

① 这里指汉斯·卡斯托尔普。“主人”指皮佩尔科尔恩。

秘莫测的、穷凶极恶的东西，他知道他所看到的是什么：没有时间的生活，无忧无虑、没有希望的生活，表面忙忙碌碌、实则呆滞不动的放纵的生活，死气沉沉的生活。

他们忙忙碌碌，从事各种各样的活动。有时，其中一种活动越出了常轨，变成了时髦热，众人都如痴如狂地梦寐以求。例如业余摄影，在山庄疗养院的病人中间就一直占有不小的位置，它已两度成为热门的东西——凡是住在这里相当久的老病人，都能亲身经历到这种时髦热会周期性地发作——大伙儿对它如醉如痴。到处看到有人以专心致志的神色低下头，把照相机托在上腹部对光圈，把洗印好的照片在餐桌上传来传去，忙个不停。亲自显影一下子变成了光荣的事。医院里所能提供的暗室远远不能满足要求。人们在房间的窗户和阳台门挂上了黑色的帷幕，人们在红色的灯光下用化学药水操作。后来有一回，操作时起火了，“上等俄国人”餐桌上的一位保加利亚学生差点儿被烧成灰烬，院方当局才发布一道禁令。

不久，他们又觉得一般性拍照枯燥无味，吕米埃尔①的闪光摄影和彩色照片流行起来。他们看到这样的照片兴高采烈，在这样的照片上，人们在镁光灯的突然照射下直愣愣地瞪着眼睛，脸色苍白而紧张，好像被谋杀后让人扶起来张开眼睛的死尸的脸。汉斯·卡斯托尔普保存了一块用厚纸板做成框架的玻璃片，对着光线一照，就能看到一张古铜色的脸，钮孔上闪亮着一朵黄澄澄的蒲公英，站的地方是黄花植物盛开的绿得刺眼的一片林中草地，身旁一侧是斯特尔夫人，另一侧是皮肤白得像象牙一样的莱费，前者穿着一件天蓝色的套衫，后者穿的则是一件猩红色的套衫。

此外还有收集邮票的癖好。固然不论何时个别的人都在收集，但有一个时期大家却普遍着了魔。每个人都在黏贴，讨价还价，相互交换。他们在看集邮杂志，同国内外的邮票专售店通信，同专门的集邮组织和私人收集者保持联系；为了得到珍奇的品种，他们不惜耗费巨资，即使

① 指19世纪法国著名化学家奥古斯特·吕米埃尔和路易·吕米埃尔，他们是活动照和彩色照的重要发明人。

有些病人经济拮据，只能勉强应付住这座豪华疗养院的月度或年度支出，他们也宁愿这样做。

这种癖好一直持续到下一个风尚盛行的时候。下一个风尚也许是积聚和不停地贪食各种各样的巧克力。每个人的嘴都吃得发黄，山庄疗养院的厨师们发觉用餐的人们对一些美味品都吃不进去，而且还要吹毛求疵，他们的胃，对牛奶胡桃巧克力、巴旦杏仁奶油巧克力、“那不勒斯侯爵”巧克力和有一粒粒金色砂糖的“猫舌”形巧克力都觉得腻口，食之淡而无味。

闭起眼睛画小猪，是过去谢肉节之夜某位最高领导人想出来的一种游戏，曾经风靡一时，后来转而盛行描绘几何学图形，短时期内消耗了山庄疗养院所有病人的智能和精力，甚至把奄奄一息的病人最后一丝思维能力和精力也耗掉了。几星期来，整个疗养院里的病人都热中于描画一种复杂的图形，图形由不少于八个大圆和小圆以及若干相互交合的三角形组成。他们的任务是把这个复杂的平面图徒手一笔画出，不过最高的目标却是蒙住眼睛画出这样的图形来。只有检察官帕拉范特顺利地完成这一任务，从事这种智力活动要数他最机敏了，尽管他画得不够均匀，有失美观。

我们知道，这个人致力于研究数学——我们是从顾问大夫本人那里探悉的——我们也知道他对这门学问专心致志的动机是为了禁欲。研究数学有镇静和克制肉欲的效果，我们早听说人们称颂过，如果大家都悉心研究它，最近疗养院里采取的某些强制性措施也许成为不必要了。其中主要的措施之一，就是把所有阳台门的通道封闭起来，阳台门位于不通向栏杆的乳白色玻璃隔墙的末端。进出只好通过几道小门，这些小门夜间由浴室师傅锁住，大家对此报以一笑。从那时起，游廊上面二层楼的一些房间就经常有人来往，人们在经过栏杆后就能不走小门而经过突出的玻璃屋顶从一个地方走到另一个地方了。不过这个整肃纪律的创新措施对检察官根本不起作用。那个埃及公主的出现在帕拉范特身上所造成的严重的冲击，他早已克服，而她则是挑逗他的自然本能的最后一个女人。从那时起，他以双倍的热情投入明眸的数学女神的怀抱，对于数学女神镇静人们心灵的功能，顾问大夫曾经对大家作过教诲。他日日夜夜孜孜以求的问题，是圆的求积法问题。以前，他曾以运动员一般顽强的意志坚持不懈地经常要求延长假期，后来甚至受到退职的威胁，一度成为可怜的罪人，如今，他也以这股劲儿致力于求积法。

这位退职的官员在研究过程中确信这样一个事实：科学曾经证明圆的求积法不可能作出，他认为这样的论据是站不住脚的；上苍的意旨把他帕拉范特从芸芸众生的大千世界游离出来，让他住在这里，因为上苍选定他从超验的课题里走出来，进入尘世精确的、实验的领域里来。他的情况就是这样。他描图，计算，走到哪里就做到哪里，在数不清的纸上涂上了数字、文字、计算符号、代数记号；他的脸是黑黝黝的，看去十分矫健，但露出了狂人那种充满幻想的、愠怒的神情。他的谈话千篇一律，非常单调，总是念叨着圆周率 π，一个卑下的天才心算家，名叫扎哈里亚斯 · 达泽[①]，有一天他曾把这个绝望的分数计算至小数点以下二百位——他这样做纯粹是为了装饰门面，因为即使计算到小数点以下二百位，对于不能达到的正确数字来说，近似值也不能解决问题，因而也可说实际上于事无补。大家对这位烦恼的思想家都避而远之，因为他抓住了谁的衣领，谁就得听他滔滔不绝地高谈阔论一通，他会唤起你的情感，叫你认识到这个神秘关系的绝望的无理数给人们精神上的污染所带来的耻辱。一直用半径乘 π 来求得圆周——用半径自乘来求得圆的面积都未能取得结果，这使得这位检察官心中不时受到疑惑的冲击，他怀疑人类对于这个问题的解答是否从阿基米德[②]的时代以来就已经过分复杂化了，或者这个问题的解答实际上只是最简单的一种儿戏。依他想，圆周怎么不能修正，因而为什么不能把每一条直线都弯成一个圆呢？有时，帕拉范特自以为已近乎得到一种启示。人们常常看到他在深夜还坐在自己的餐桌旁，这时餐厅里已无人问津，光线也很暗淡；他在光秃秃的桌面上拿出一条很细的线来，把它小心翼翼地弯成圆形，以后，他突然把手一甩，一下子又变成了直线，接着用手托住两颊，冥思苦想。有

① 扎哈里亚斯 · 达泽（1824—1861），德国数学家。
② 阿基米德（公元前 287—前 212），古希腊数学家，物理学家。

时顾问大夫前来替他解解闷，对他的想入非非打一番气。那个苦恼人怀着满肚子忧伤有时也来找找汉斯·卡斯托尔普，一次不够还有第二、第三次，因为他认为汉斯为人亲切，深明事理，而且对圆的神秘性也感到有兴趣。他向这个年轻人画了一张极其精密的图，向他展示出绝望的 π，而且竭尽心力描出了一个圆周，这个圆周在两个具有无数短边的多角形之间，一个是外接圆，另一个是内接圆，这种多角形的边与人的智慧所能绘出来的极其近似。而剩余的东西，曲率——它以烟云般的非物质的方式，由于可以计算的周边线而免于合理化——这个，那位检察官抖动下颚说，莫非就是 π！汉斯·卡斯托尔普尽管易于接受别人的影响，对 π 却没有像谈话者那样感到富有吸引力。他对帕拉范特先生提出劝告，说这是一种鬼把戏，对这种捉弄人的游戏不必过分认真，过分热衷，而且说起一些不能扩展的弯曲点来，说圆就是这种弯曲点构成的，从它不存在的始点起一直到它不存在的终点止；他还说到，方向不持久的自行循环的永恒性是非常可悲的——他说话的口气冷静而虔诚，在检察官身上暂时发挥了有利的影响。

汉斯·卡斯托尔普生性善良，他博得信赖的不止一个病友——某些病友的头脑中怀有某种“固定的成见”，而且因大部分病人放浪不羁而不愿倾听他们的话感到闷闷不乐。有一位病人年事已长，以前是一个雕刻家，来自奥地利乡镇。他这人鹰爪鼻，蓝眼睛，胡子已经花白，胸中怀着一个经济性和政治性的计划——计划已用书写体缮写好，要点已用毛笔浸在深棕色的颜料中写成，以示突出。计划的基本精神是：每个报纸的订阅者应当有义务每天交纳四十克数量的旧报纸，每月一号收齐，这样一年计一万四千克，二十年就不少于二百八十八千克；如以一公斤报纸二十芬尼计算，则总计有五十七马克六十芬尼。那份备忘录继续说，如果有五百万家订户，则二十年之内，旧报纸的价值可达二亿八千八百万巨额的马克数。其中的三分之二也许可以算在新订户的账上，他们就能心安理得地阅读，至于其余的三分之一即一亿左右马克，则用于人道的目的，例如作为民众结核病疗养所的经费，资助怀才不遇的人们，诸如此类。计划极其细致，甚至形象化地叙述了一个一厘米见方的价格栏目，收集旧报纸的机构可以从中读到每月所收集的报纸的价值，以及发放酬金时所用的钻孔纸的格式。从各方面看，这是一个头头是道、颇有道理的计划。任意浪费和消灭报纸，由没有文化教养的人们将它用水洗掉或付之一炬，对我们的森林和国民经济是莫大的背叛。大力节约用纸，意味着大力节约纤维素、林木和节约人类用以制造纤维素和纸张时所消耗的物质资料——更不消说是人类的物质资料和资金了。此外，由于旧报纸的价值很容易比再生的包装纸和厚纸高出四倍，因此是一个重要的经济因素，成为丰富的国税和附加税的税源，从而减轻了读报者付税方面的负担。总之，这个计划是很妙的，确实是无可争议的。如果这个计划蒙上了一层神秘的和徒劳无功的阴影，甚至前景惨淡，而且显得愚蠢，那么这是由于这个艺术家怀有一种偏执的狂热，正是他怀着这样的狂热去追求和维护一种经济观念，他内心深处对这种观念显然并不怎么认真，因而并未作出任何尝试去推行它……汉斯·卡斯托尔普侧起脑袋倾听这个汉子用热烈而激动的话向他宣传自已增进人类福泽的主张，一面听，一面点头，同时看到自已存在着某种轻蔑和厌恶情绪，这种情绪妨碍了他对那位创始人反抗冷漠的世界的拥护程度。

山庄疗养院里还有几个病人在攻读世界语，而且也懂得在就餐时操起这种人道的语言来。汉斯·卡斯托尔普阴郁地瞪着他们，但另外他还得忍受一些糟透的事。不久前从英国来了一批病人，他们给院里带来了一种社交游戏，内容不外是这样的：参加者围成一个圈儿，当一个人向身旁另一个人提出“Did you ever see the devil with a night-cap on? ①”这样的问题时，另一个人必须这样回答：“No! I never saw the devil with a night-cap on②.”这样的句子一个换一个问下去，周而复始。这真叫人受不了。可是可怜的汉斯·卡斯托尔普看到了玩“单人纸牌戏”的人，心里更不是滋味，这种人在屋子里每天随时随地都能找到。

最近，玩这种牌的热情已大大蔓延开来，使整座屋子变成了一个名副其实的罪恶的巢穴。汉斯·卡斯托尔普本人一时居然也染上了玩这种

① 英文：你可曾见到头戴睡帽的恶魔？
② 英文：不，我从未见到头戴睡帽的恶魔。

纸牌的恶习，这使他有充分理由感到这是一件可怕的事。也许他已迷上了这种游戏。他所醉心的纸牌叫做“十一张”，玩法是把惠斯特牌分成三列，每列三张，再加上两张牌，凑成十一，还有三张“人头牌”①，把三张牌翻开后，又补上新的。这种游戏纯粹是碰运气的。这样一种简单的游戏方法居然能够引人入胜，甚至使人着迷，真是难以想象。然而汉斯·卡斯托尔普像其他许多人一样，亲身体会到它的着迷之处——他确实体会到了。这种纵情的娱乐决不是什么轻松之事，他玩起来总是双眉紧锁。他让自己听凭“牌神”的摆布，沉醉于“牌神”反复无常的恩宠之中。有时牌运来了，一开头十一张和J、Q、K三张牌就堆起了，因而三分之一的牌还没有完，这局游戏已经结束(匆匆忙忙的胜利刺激了他的神经，他顿时想再来一次)。有时，他一直打到第九张和最后一张牌，已经没有任何补牌的可能性，或者看来已胜利在望，一直坚持到最后一刻。他随时随地玩这种单人纸牌戏，白天也好，夜间在星光下也好，早上只穿着睡衣时也好，在餐桌上也好，甚至在梦中也在玩。他心里发慌，但还是玩着。塞塔姆布里尼先生有一回找上了他，“干扰了”他，仿佛干扰他是这位先生一贯的使命。

“Accidente！②”他说。“您玩起牌来啦，工程师？”

“其实并不是真正在玩牌，”汉斯·卡斯托尔普答道，“我只是摊着牌，在一种抽象的、充满偶然性的游戏中自得其乐。它那变化无常的把戏使我工于心计。它向我阿谀逢迎，后来又不可思议地难以驾驭。今天早上我一起身后，就接连打了三遍牌，其中有一次达到了两排，打破了纪录。我现在已经在打第三十二遍了，不过没有一次能打过半数，您相信我的话吧？”

塞塔姆布里尼先生像多年来经常看他时那样看着他，黑眼睛里流露出忧伤的神情。

“我看到您忙得很哪，”他说。“看来，我似乎不能在这里找到什么安慰来消除我的烦恼，也不能为我内心的矛盾找到慰藉，这种矛盾使我

---

① 即纸牌中有人头的K、Q、J三张牌。

② 意大利文：意外之事！

痛苦……”

“矛盾？”汉斯·卡斯托尔普重复这个词儿，又玩起牌来……

“世界局势使我迷惑不解，”那位共济会会员叹了一口气说。“巴尔干同盟即将实现，工程师，我手头上所有的情报都这么说。俄国正卖力地在这上面用功夫。联盟的矛头是指向奥匈帝国的。这个帝国不崩溃，俄国人的计划就无法实现。您理解我的顾虑吗？我全力反对维也纳，这个您是知道的。可是我的灵魂是否因此该转而支持萨尔马特[①]的专制统治，它即将把我们具有高度文明的大陆卷入战火之中？另一方面，我认为我的祖国和奥地利进行外交上的合作，即使只是权宜之计，也是不光彩的举动。这是良心问题，它们……”

“七和四，”汉斯·卡斯托尔普说。“八和三。杰克，王后，国王。来了。您带给我好运气，塞塔姆布里尼先生。”

意大利人沉默了。汉斯·卡斯托尔普感到他那双黑眼睛非常悲哀地注视着他，目光里蕴含着理智与德行。他又玩了一会儿牌，接着用手托住面颊，用顽皮的孩子那种狡猾、执拗、天真无邪的神态抬头看着站在他前面的良师益友。

“Placet experiri，”汉斯·卡斯托尔普厚着脸皮回答。塞塔姆布里尼先生走了。这时只留下汉斯一人。他不再打牌，而是一只手托住脑袋，在白色房间中的桌子旁坐上好长时间，沉思默想。他看到世界上妖雾升腾，内心感到不寒而栗；他现在已在龇牙咧嘴的一群魔鬼的掌握之下，在它们迷惘和放纵的统治之下，魔鬼的名字就是“麻木不仁”。

这是一个邪恶的、不祥的名字，很容易引起人们神秘的恐惧。汉斯·卡斯托尔普坐着，用两只手掌摩擦自己的额角和心窝。他很害怕。在他看来，“这一切”都不会有好结果，结局将会是一场大灾难；忍耐的大自然将会反抗，一场雷雨和横扫世界一切障碍物的风暴即将发作，使生活越过“沉滞状态”，使“平淡无奇的生活”变成可怕的世界末日。他真想逃遁，我们已谈起过这点——幸运的是，那个当权者[②]“睁着一只

---

① 此处似指俄国。

② 指顾问大夫贝伦斯。

不变的眼睛”，这点以前已经说过，他对他能察言辨色，设法用新的有效的假说使他高兴。

那个当权者的学生会会员的语调声称，汉斯·卡斯托尔普身体内部温度不稳定的真正原因，正在查找之中；根据他的科学见解，要查到原因并不困难——他的康复和合法地出院回到平原，一下子似乎是近在眼前的事。当这位年轻人伸出手臂让人抽血时，他心头怦怦乱跳，思绪万千。当他看到自己红得像红宝石那样的美丽的鲜血注满清洁的玻璃管时，他眨眨眼睛，面色略带苍白，为自己这么殷红的血而赞叹。顾问大夫亲自施行这个简单而有重要意义的抽血术，由克罗科夫斯基大夫和一名护士协助。在以后的好些日子里，汉斯·卡斯托尔普一肚子疑问，从他身上抽出的血在科学的慧眼里究竟呈现什么性状。

顾问大夫开始时说，当然不能期望细菌一下子就会生长。后来他又说，可惜到现在它还不肯生长出来。可是有一天早晨，他在早餐时走到汉斯·卡斯托尔普身边——汉斯当时坐在“上等俄国人”餐桌旁的上席，他那位以“你”相称的魁梧的兄弟曾一度坐在那个位置上——用一些行话来向他道喜，说他们所做的一个培养基里已确凿无疑地找到了链球菌。现在只是一个可能性的问题：中毒现象究竟是少量的结核菌引起的呢，还是由链球菌引起的，后者的数量也同样不多。他，贝伦斯，对这件事必须进行仔细的、较长时间的研究。培养的细菌还没有十分成长。他陪汉斯到“实验室”里去看这种细菌。在红色的血液凝结物中，可以看到灰色的小点。它们就是球菌。（不过每头驴子都带有球菌，也有结核菌。如果没有症状，这一检验结果就没有什么重要意义。）

对汉斯·卡斯托尔普身上抽取的血液，人们继续用科学的眼睛进行检察。有一天早晨，顾问大夫用激动的语气宣称：不但在一个培养基上生长出球菌，以后其他所有培养基上也生长了，而且数量很多。虽然不能确定它们是否都是链球菌，但十分可能的是中毒现象就是它们引起的；当然人们还不知道，它们究竟多少数量才会影响到过去无疑存在、目前尚未完全制服的结核病。由此该得出什么结论呢？注射链球菌疫苗！预后如何？极为良好——试种这种疫苗并无任何危险，无论如何不会有害处。由于血清是由汉斯·卡斯托尔普本人的血液中提取的，因此注射时不会把外界的病菌带入体内。最糟的情况也不过是注射无用，没有效果——即使不注射，病人照样还是病人，谈不上有什么不良的后果！

汉斯·卡斯托尔普可不愿想得这么远。他心甘情愿地接受这种疗法，虽然他觉得这种注射是可笑的，不体面的。把自己的血注入自己的体内是一件丑不可当的事，是一种血亲相奸的骇人听闻的行为，就其本质来说既无成果，又无希望。这就是他愚昧无知的、类似疑心病患者的判断，从注射并无效果的角度上看，这种判断是正确的——无疑是完全正确的。这出戏演了几星期之久。它有时似乎对他有害——这种想法当然是错误的——，有时似乎对他有利；事实证明，这同样也是错误的。结果等于零，虽然大夫并不公然声明治疗无效。这件事陷入了僵局，于是汉斯·卡斯托尔普继续玩他的单人纸牌，而且同恶魔眼睛对着眼睛，它那无法驾驭的统治，对他的情感预示恐怖即将结束。

清音妙曲

是山庄疗养院里什么样的家产和新玩意儿，使我们这位长年呆在山上的朋友终于摆脱了牌瘾，投身于另一种更为高尚的，即使在本质上也同样奇特的癖好呢？这种东西有一种神秘的魅力，我们深深为它吸引，因而就要叙述，同时急于对它作一番说明。

在最大的社交活动室里，娱乐器具增加了。院方管理部门在这方面的操劳真是不遗余力，而且想到后就决定去办。这个非大大赞扬一番不可的疗养院，其管理部门为此花去了一笔费用，费用多少我们不想计算，但数目一定十分可观。那么这是箱式立体观察镜、望远镜式万花筒和电影放映筒这类别出心裁的娱乐工具吧？真是这样，但又不尽然。因为首先它不是什么光学设备——有一天晚上在钢琴室里，人们看到了这样的设备，于是人们欢天喜地，有的高举双手，有的低背弯腰——而是一种声学设备；此外，无论从等级、品位还是从价格的角度上看，引人入胜的程度同光学设备也无法相比。这并不是什么孩子气的、单调的戏耍工具，玩上了三星期后就感到厌倦而不再动心。这是一种滚滚地流泻出既明朗活泼、又庄重严肃的乐音而富于艺术享受的“丰饶角”。这是一种音乐设备。它就是留声机。

我们十分担心的是：人们不要将留声机这个词用不体面的和陈旧的概念加以误解，在想象中别把它同我们心目中那种旧式留声机联系起来，不要把它看成是人们在孜孜不倦地致力于乐器制造技术的改进后而研制出来的优秀而完美的产品。亲爱的朋友们！这并不是一只可怜巴巴的带有一根曲柄的盒子，上面有转盘和针杆，还有一个黄铜制的奇形怪状的漏斗形传音喇叭，它放在旅舍的桌子上，以它哼哼唧唧的声音充塞凡夫俗子的耳朵。这是一种加工过的暗黑色盒子，深度比宽度大些，由一根丝绸包着的电线接到墙上的插座，简朴高雅地被安置在一张专用的桌子上。它和上述老掉了牙的留声机毫无共同之处。只要你一打开漂亮的圆锥形盒盖——盒盖内部用一根凸起的黄铜杆向斜上方自动撑住——你就可以在稍稍凹陷的表面上看到一个衬着绿色布料、边缘镀镍的转盘，中间还有一个同样是镀镍的轴头，同硬质胶唱片当中的小孔正好配合。人们还可以看到，右侧前方是钟表那样标有数字的调速机构，左边是一个小柄，可以使转盘起动或停止；左侧后方则是一条中空而呈楔形的弯臂，关节柔软可以活动，弯臂由镍制成，末端有一个扁圆形的唱头，那儿有一个螺旋机构，可以把唱针旋入。如果你打开前面的双门，你在这后面看到的是类似百叶窗结构的经过加工的斜置的黑木板，别的什么也没有了。

“这是最新式的一种留声机，”同病人们一起进室来的顾问大夫说。“是最新的技术成就，孩子们，呱呱叫的。市场里再也捡不到比这个更好的货色喽。”他说了一些既可笑又古怪的话，仿佛一个缺乏教养的商人在兜售生意时故意捧场。“这不是什么设备，也不是什么机器，”他一面继续说，一面从桌上放着的一个花哨的金属小盒子里取出一枚唱针，把它固定好。“这是一种音乐仪器，同斯特拉迪瓦利乌斯[1]和瓜内利[2]的东西不相上下，那里面有顶呱呱的共振和振荡，令人拍案叫绝！这东西的牌子叫‘波利希姆尼亚’，盖子里面印着这个名称，你们一看就明白。你们要知道，这是德国货。我们制造这个东西，说什么都赶不上德国人。这是一种具有最新机械化形态的地地道道的音乐产品，体现了最富于时尚的德意志灵魂。那边就是文献资料嘛！”他说，用手点点一个小壁橱，橱里排列着一本本厚厚的小册子。“我要向你们展示它的全部魔力，让你们尽情取乐。我请你们大家好好保管它。让我们试放一曲怎么样？”

病人们都恳求他放唱片，于是贝伦斯从那些默默无言、内容丰富的“魔书”中抽出了一本，一页页翻过去，从一张厚纸袋里抽出一张唱片（从厚纸袋圆形的切口中，可以看出彩色的片名），把它放在转盘上。他用手一拨，转盘就通电，待几秒钟后运转达到全速时，再小心地让钢针纤细的尖端接触到唱片的边缘。这时可以听到摩擦时轻微的沙沙声。他放下盖子，就在这一瞬间，各种乐器发出的一股乐音通过开着的双扇门和百叶窗式木板的缝隙——不，从整个箱体——奔泻而出。这是一种欢愉、热闹而优美动人的旋律，原来这是奥芬巴赫[3]一首序曲中开头一段活泼的节奏。

病人们张开嘴巴笑眯眯地倾听着。木管乐器的装饰音非常纯净而自然，人们简直不相信自己的耳朵。由小提琴单独奏出富有幻想气息的引子。人们可以听出弓弦拨动的声音、按弦的颤音和音域转换时甜润悦耳的声音。后来小提琴奏出了华尔兹的音乐：“唉，我已失去了她”。管弦乐队和谐的声音轻巧地承载着这一诱人的旋律，整个乐队出色地演奏这段曲子，后来又重复合奏，使人听了心旷神怡。当然，这和乐队在室内演奏的效果不尽相同。尽管乐感方面并未失真，但缺乏立体感。如果允许的话，我们可将听觉上的事同视觉上的事作一番比拟。这好比我们用

---

① 斯特拉迪瓦利乌斯（1644—1737），意大利小提琴制作家。
② 瓜内利，是意大利一家以制造小提琴闻名的商店。
③ 奥芬巴赫（1819—1880），法国作曲家。

观剧望远镜的不正确的一端去观察一幅图画，虽然在线条的清晰和色彩的明暗方面未受损害，但景物似乎又远又小。这部音乐作品才气横溢，演奏时充分体现了作曲家所赋予作品的轻巧诙谐的特色。终曲热情奔放，开始时可笑地踟蹰不前，以后一泻千里，纵情地奏出坎坎舞的节拍，于是可以看到这番景象：人们在空中挥动帽子，扭动膝盖，扬起衣裾，觉得终曲喜剧性的胜利的旋律似乎还没有终止。然后，转盘戛然自动停止，唱片放完了。大家从心底里拍手叫好。

大家要求再放一张，结果如愿以偿：只听得盒子里涌出一个男人的声音，温柔而有力，由管弦乐队伴奏。这是一位意大利著名男中音的歌声，人们再也不能说他的声音已经失去光彩，或者有什么遥远感。歌唱家出色的歌喉把自己天赋的音量最大限度地发挥了出来，如果你走进开着门的隔壁任何一个房间而没有看到这台留声机，你就觉得那个艺术家简直就站在那座客厅里，亲手拿着乐谱在演唱。他用意大利语唱某一出歌剧[①]中的咏叹调，这支歌的难度很高——eh， il barbiere. Di qualità， di qualita！ Figaro qua， Figaro là，Figaro，Figaro，Figaro！[②]听到他用假声讲话的方式所唱的歌，雄浑粗犷的歌声与巧舌如簧的台词交相辉映，听众不禁捧腹大笑。听众密切地注意到歌手“分句”[③]的艺术和吐气吸气的本领，并大为赞赏。他是无与伦比的大师，代表罗曼国家[④]高级音乐风格的声乐家。看来，他唱到最后第二个音时在终主音之前延长声音，走到舞台前沿向听众挥手致意，因而在他没有唱完时听众就连声叫好，情景确实十分动人。

接着又放了一张。圆号谨慎而美丽地吹奏出一支民歌变奏曲。一个女高音歌唱家用顿音和颤音高声唱出了一曲《茶花女》[⑤]咏叹调，清新、

---

① 指奥地利作曲家莫扎特的著名歌剧《费加罗的婚礼》。

② 意大利文：哎，理发师。好极了，好极了！这里是费加罗，那里是费加罗。费加罗，费加罗，费加罗！

③ 将乐曲按其内容分成“起承转合”的段落，称为分句。把旋律或乐曲分成短句，也称分句。

④ 罗曼国家指意大利、西班牙或法国等操罗曼语的国家。此处指意大利。

⑤ 意大利作曲家威尔第的歌剧。

甜美而精确。小提琴由一个享有世界声誉的名家朦胧地奏出，情调仿佛鲁宾斯坦[①]的浪漫曲，而且用钢琴伴奏，钢琴的声音干巴巴的，好像是斯宾耐琴[②]发出的声音。从这只无奇不有的魔盒里，迸发出清脆的钟声，竖琴的滑音，嘹亮的喇叭声和一阵阵的击鼓声。最后放上了舞蹈唱片。甚至还有一两张新进口的外国舞蹈唱片，名叫探戈舞，它的情调类似外国港口小酒店里的风味，维也纳圆舞曲跟它相比，简直是老掉了牙。有两对人已掌握这种时髦的步法，就在地毯上翩翩起舞。这时贝伦斯已退出房间，事前告诫大家每次只能用一枚唱针，并说唱片很脆，应当像“生鸡蛋一模一样”对待。汉斯·卡斯托尔普掌管这台留声机。

为什么正好由他掌管呢？原来事情是这样的：顾问大夫走后，有些人想把换针、换唱片和通电、关断的事掌握在自己手里，但汉斯却低声地、冷冰冰地表示不同意。“这事就让我来干吧！”他一面说，一面把他们推开。他们冷静地让步了，首先是因为汉斯装出一股对此事已是多年老手的神气，其次是因为他们认为在生活享受方面与其出一把力替大家办事，倒不如无拘无束地、舒舒服服地闲着享清福，只要不感到腻烦就得了。

汉斯·卡斯托尔普却不是这样。顾问大夫在展出这种新购置的用品时，他静静地待在一个不显眼的角落里，既不笑，也不喝彩，只是聚精会神地听着乐曲，同时用两只手指拧起自己的一根眉毛来，这是他有时常做的习惯动作。他好几次变换站立的位置，怀着某种骚动不安的心情跟在众人后面走进阅览室来聆听音乐，以后又反剪双手，紧绷着脸站在贝伦斯身边，凝视那只留声机盒子，审察它简易的操作方法。他内心在说：“瞧吧！注意！划时代的东西！！我居然享有它了！”他确切地意识到一种新的热情，新的魔力；他喜欢得入了迷。对平原的这位年轻人来说，这种心情同他第一眼见到姑娘时爱神的逆钩箭就出乎意料地射中他的心窝那样并无二致。嫉妒立刻主宰着汉斯·卡斯托尔普的一举一动。这不是公有财产吗？没有热情的好奇心既没有权利占有它，也没有力量

① 鲁宾斯坦(1829—1894)，俄国钢琴家、作曲家。

② 斯宾耐琴，一种长方形的羽管键琴，是钢琴的前身。

占有它。“让我干这件事吧！”他在牙齿缝里说，而他们对此也很满意。他们合着他放的几张轻音乐唱片跳了一会儿舞，还要叫他放一张声乐片，一张歌剧二重唱唱片，《霍夫曼的故事》[①]里的《船歌》，听起来非常甜美。当他闭上盖子时，人们都已离开了。他们一瞬间都很兴奋，在卧疗和上床休息时还在聊天。这个他是在意料之中的。他们走时什么都不管，一切听其自然，针盒开着，小册子没有闭上，唱片十分散乱。他看到这些人同它们差不多。他假装跟他们一起走，但到楼梯口又悄悄离开，回到客厅里，关上门，半个夜里待在那边，忙碌着。

他设法让自己熟悉这种新的物品，不间断地仔细研究所附属的乐曲宝库，即厚厚一叠小册子的内容。小册子一共有十二本，有两种开本，每一种有十二张唱片。许多刻有圆形密纹的黑色唱片两面都可以用，这不仅仅是因为不少唱片一面还没有完，内容须用反面来接续，而是因为许多唱片的两面录入了全然不同的曲子。因此开始搞这项工作时，头绪很不清楚，而要征服这个境界美丽的领域则是一件令人眼花缭乱的事。他大约放了二三十张唱片，为了不致扰乱夜间的安宁，用的是某种柔软的唱针以减少音量。可是这几乎还不到引诱人们去欣赏的唱片总数的八分之一。今天，他不得不满足于把唱片题目匆匆浏览一遍，并且不时从盒中选取一张默默无言的圆盘，让它发出声音来。这些硬胶质的圆盘所不同的，只是中央有色彩的标签，其他看来都一模一样。唱片上面，到中央或近乎中央的地方都毫无例外地有许多同心圆，在这些细微的纹路上面，蕴藏着各种各样的音乐和所有艺术领域内精选出来的杰作。

唱片中有一些是序曲和著名交响乐中的一些乐章，由著名的管弦乐队演奏，指挥的姓名就刻在唱片上。还有不少由钢琴伴奏的歌曲，演唱者都是大歌剧院里的歌手。在这许多歌曲中，既有艺术家个人高雅的创作，也有质朴无华的民歌，另外一些歌曲则仿佛介乎两者之间——它们既是精神艺术的产物，在情感和表现方面又极其真实而虔诚地反映了人民的生活和情绪，也可以说是一种经过人为加工的民歌——“人为加

---

① 《霍夫曼的故事》是19世纪法国作曲家奥芬巴赫的歌剧作品。

工”这个词在这里并无损于它内容的真实性。其中有一首歌曲，汉斯·卡斯托尔普从童年时代起就听到过了，此刻，他对它却怀有一种不可思议的热爱，我们在下面将要谈到。

还有一些什么唱片呢？或者说，哪样唱片没有呢？歌剧多得不可胜数。由颇负盛名的男女歌手组成的一个国际混声合唱团，在演奏得十分谨慎的管弦乐队伴奏下，展示了他们训练有素的、天赋的才能，节目有咏叹调、二重唱和合唱，内容取自各个国家、各个时代的歌剧院：有高洁、轻浮而令人陶醉的风光秀美的南国之歌，有滑稽、粗犷、狂野的德意志民谣，还有法国大剧院和喜剧剧院的歌曲。就这样完了吗？哦，没有完。接下去还有许多室内乐，四重奏和三重奏，小提琴、大提琴和长笛的器乐独奏曲，小提琴协奏曲、长笛协奏曲和钢琴独奏曲。至于单纯的娱乐曲、散曲[①]和供跳舞的唱片，则更不在话下了，它们均由小乐队演奏，放时须用一枚粗针。

汉斯·卡斯托尔普一个人忙忙碌碌，把所有的唱片加以筛选和整理，并把其中小一部分放在留声机上，唤起它们具有发声能力的生命。他很晚才去睡觉，头脑热烘烘的，这一回，他上床同跟着皮特·皮佩尔科尔恩一起参加第一次称兄道弟、大吃大喝值得纪念的庄严盛会时一样晚，而且有两次到七次梦见这只魔盒。他在睡梦中看到唱片绕着轴头在旋转，速度快得他看不清楚，连声音也听不到。它的运动不但是旋涡形的圆周运动，而且是一种奇特的向侧面倾斜的波状运动，它传给了承载唱针的弯臂，并且赋予一种类似呼吸的弹性的振荡——可以认为，这对于再现弦乐器的声音和声乐家的颤音和滑音十分有效。然而难以理解的是：不论做梦也好，醒着也好，他那心灵的耳朵居然灌满了如此众多复杂的声音，为什么在声敏的空箱里只要让唱针划在头发丝那样细的沟纹上，仅仅借助于吸声箱的振荡薄膜就会再现出这些声音来。

第二天早晨还没有用早膳，他就不失时机地赶到客厅来，叉起手坐在一把安乐椅上，听一个优秀的男中音歌手伴着竖琴歌唱：《我在这幽雅

---

① 散曲，源自法文，原意为“分节歌曲中的一段”。

的地方环顾四周》。竖琴的声音非常自然，演奏的声音并未失真，音量也没有减低；此外，留声机还能发出浑厚飘逸和清晰的歌喉来，真叫人惊异不止。世界上没有比汉斯·卡斯托尔普所放的下一支歌曲更优美动人的了：它选自一出现代意大利歌剧[①]，是一首二重唱，抒发男女主人公纯洁甘美的爱情，男的是世界闻名的男高音歌手，他的名字在唱片说明书上经常出现，女高音歌手的声音则异常清脆而甜润。当他唱起“Da mi il braccio， mia piccina”[②]时，女的就用纯朴、优美、调门急、旋律优美的短句作为酬答……

汉斯·卡斯托尔普身后的门开了，他怔了一下。原来顾问大夫进来看他。他穿着一件白大褂，胸袋里挂一只听筒，手握门柄在那里站了一会儿，并且向开唱片的汉斯点点头。汉斯转过肩胛回头回答他的招呼，这时，这位脸颊发青、小胡子翘向一侧的主任随手关上门走了，而汉斯·卡斯托尔普则仍旧回过头去欣赏那对隐身情侣的美妙的歌声。

以后，在白天里，当午膳和正餐以后，他所操那份行业的听众成员经常有变化——如果人们不是把他本人看成是听众的一员，而是把他看成是娱乐的施舍人的话。他本人倾向于把自己看成是娱乐的施舍人，疗养院的伙友们也对此加以认可：他毅然决然担负起管理和看护这台留声机的责任来，他们从一开始起就加以默认。他们对此是不在乎的：因为尽管表面上他们装得心醉神迷，但除了对那个男高音顶礼膜拜外——那个男高音歌手沉湎于自己光灿夺目的歌声，让他那取悦于人们的声音以短歌形式和高超的技艺从喉间流泻而出——他们实际上对此缺乏热爱（尽管他们淋漓尽致地宣泄了自己的激情），因而不论谁愿意掌握这台留声机，他们都同意。是汉斯·卡斯托尔普把这些珍藏的唱片整理得井井有条，在每本小册子的封面内侧写上了内容，因而每张唱片可以按照需要立即找到，并把留声机开动起来。人们看到，他不久就能熟练而利索地干起这个。别人干起来会怎样呢？他们会损坏唱片，因为他们可能使用已经磨损了的唱针，或者会把唱片胡乱地放在椅子上，拿留声机开玩

---

① 指意大利作曲家普契尼（1858—1924）的著名歌剧《蝴蝶夫人》。

② 意大利文：把手臂给我吧，我的小宝贝。

笑，有时让一张主题严肃的唱片以最高的速度和音调转动起来，或者让指针指向零位，因而机器里发出一种歇斯底里的尖叫声或一种放纵的呻吟声……其实，他们这些事统统干了。他们固然有病，不过毕竟太粗野了。因此，汉斯·卡斯托尔普不久就把藏小册子和唱针的小箱子的钥匙掌握在手，他干脆把它放在袋里，因而谁想放唱片，就得向他打招呼。

当晚上的聚会结束，人们四散以后，他的最佳时间到了。那时他留在小客厅里，或者悄悄地回到那边，一个儿放唱片，直到深夜。他不大害怕扰乱屋子里的安静，而他开始时却非常担心会这样，因为事实证明，他那魔法似的音乐的渗透力并不那么强。声音的震荡，在离发音源较近的地方强烈得那么惊人，但稍远些就越来越弱，在远处变得微乎其微，像所有具有魔力的东西一样。汉斯·卡斯托尔普在整个房间里只伴着这只魔法箱的魔法——伴着这只用小提琴木材制成的、截短了的小棺材的光辉成就；这是一个暗黑色的小庙，他坐在它开启着的双扇门前，坐的是一把安乐椅，坐时双手交叉，脑袋歪向一侧，嘴巴张开，让清音妙曲向他流泻而来。

他在倾听他们歌唱的男歌手和女歌手，他可看不见，他们待在美国、米兰、维也纳和圣彼得堡。让他们在那些地方逗留吧，他所享有的，是他们身上最好的东西，他们的声音；他对这种净化了和抽象化了的东西十分珍惜(它们令人足以享受官能之乐)，尽管他本人无法同他们直接接触，但有了留声机，这个缺憾就可以弥补了。尤其当他听到他的同胞，也就是德国歌手们的声音时，他更觉得自己的心同他们的息息相通了。歌手的发音、方言和亲密的同胞关系可以清楚地分辨出来，他们的声音特征透露出每个人不同的精神气质，而他们的智慧等级则可以从他们是否运用或忽略艺术效果这一点上清楚地看出来。如果他们这一点欠缺，汉斯·卡斯托尔普就很生气。要是唱片的技术复制效果不佳，他的心绪也不好，会气咻咻地咬起嘴唇来。假如一张常听的唱片在播放过程中歌唱声显得尖厉刺耳——难度较高的女声很容易犯这个毛病——他简直如坐针毡。不过他还是忍受下来，因为爱使我们含辛茹苦。有时，他在气喘吁吁地打转的唱机前面俯下身子，好像在一束丁香花上面伛下身躯，他的头部为一层音响的云雾所缭绕；他站在开着的小盒子面前，品尝着乐队指挥挥起手来使喇叭声恰如其分地和乐队中其他乐器合拍时的无比喜悦之情。他在他的宝库里有他的偏爱——有些声乐作品和器乐作品，他是百听不厌的。对此，我们不想错过机会表白一番。

有一组唱片灌的是一出歌剧的终场部分，这出歌剧优美动人，作者才气横溢，是塞塔姆布里尼先生的一位伟大的同胞写的[①]。他是南方戏剧音乐的一位祖师爷，在上世纪的后半叶，他受一位东方王侯的委托，创作了这出歌剧，以纪念一项巨大工程的落成，这项工程把地球上的许多民族联系在一块儿了。[②]汉斯·卡斯托尔普对这出歌剧的情节略知梗概，他大致了解拉达梅斯、阿姆内利斯和阿依达的命运，唱机里放出的歌虽是意大利语，男女歌手唱出的曲调他却有许多地方都能听懂。无与伦比的男高音，雍容华贵的、在音域中间处漂亮地发出如泣如诉的变音的女低音，还有清脆如银铃的女高音——尽管他并非每个字都能听懂，然而借助于对剧情一鳞半爪的理解和对于剧中人物的同情，他已掌握住这出歌剧。歌剧共有四五张唱片，他越听下去，一股亲切的同情心就越发增长，也可以说他已真正迷恋上它了。

开始时是拉达梅斯和阿姆内利斯的对唱。公主吩咐仆从把俘虏带上来，她爱这个俘虏，为了自己渴望把他救出，虽然他为了一个异教徒的女奴已经放弃了祖国和名誉——不过确实如他所说，“在心底深处荣誉依然存在，未受污辱。”然而由于他罪孽深重，即使内心深处未受到玷污，也帮不了他多大的忙，因为他那昭然若揭的罪行将由宗教法庭审判，宗教法庭对一切人性的东西是无缘的；如果他不在最后一刻作一番考虑，发誓与那个女奴决绝，并且投身于那个十分庄严的女低音的怀抱里（女低音唱出如泣如诉的变音），法庭就要干脆作出处理。女低音的火候很深，恰如其分地体现出对那个男高音的情感。阿姆内利斯十分

---

① 伟大的同胞，此处指19世纪意大利著名作曲家威尔第（1813—1901）。为庆祝苏伊士运河通航，他于1870年创作了歌剧《阿依达》。此处之歌剧即指《阿依达》。

② 此项工程即指苏伊士运河的通航。

费劲地同那个用优美动听然而悲切迷茫、没有生活气息歌唱的男高音周旋，他所能唱的只是“我不能！”和“枉费心机！”而她呢，却对他作出绝望的恳求，希望他能舍弃那个女奴，因为这和他的生命攸关。“我不能！”——“再听我说一遍，舍弃她！”——“枉费心机！”令人昏眩的执拗和热烈的情爱，使他们合成了一首异常美丽的二重唱，但结果还是没有希望。于是宗教法庭的僧侣们提出了令人震惊而又正式的问题，这使阿姆内利斯心痛欲裂。他们的声音仿佛是从地府里发出来的，瓮声瓮气，而不幸的拉达梅斯一句话也不回答。

“拉达梅斯，拉达梅斯，”主教严正地唱道，同时用激烈的措词向他指出出卖国家的罪行。

“辩护吧！”全体僧侣用合唱的形式一致要求。

主教指出拉达梅斯不吭一声，于是众僧侣一致要求将他治以重罪。

“拉达梅斯，拉达梅斯！”主教又开始唱了，“你在作战以前就离开了军营。”

“辩护吧！”他们又说。

“你们看，他还是不吭声，”抱有很深偏见的主教第二次说话了，这一回，所有裁判官又一致判决他：“治以重罪！”

“拉达梅斯，拉达梅斯！”起诉人第三次响起了无比严峻的声音。“你已违反了对祖国、对荣誉和对国王的誓言。”

“辩护吧！”又响起了僧侣们的声音。当这群僧侣注意到拉达梅斯依旧紧闭嘴巴不吭一声后，他们终于惊恐地宣布：“治以重罪！”

这件不可避免的事终于无法避免。声音汇合成一支合唱，宣告罪人已受到审判，他的命运已经注定，他应当像一名重犯那样死去——他应当在愤怒的神殿下被活埋。

阿姆内利斯对僧侣们这一残酷的判决是多么愤怒，人们是不难想象的，因为唱片到这里告一段落。汉斯·卡斯托尔普不得不换唱片。他换片时一言不发，动作利索，眼睛仿佛低垂着。当他重新坐下来倾听时，听到的已是这出“情节剧”的最后一场了。这是拉达梅斯和阿依达在地牢里的最后二重唱，而在两个人头上的神殿里，狂热而残忍的僧侣们正在做祭礼，他们伸开两臂，口中念念有词……

“Tu—in questa tomba?[①]”拉达梅斯用感人至深的、同时又是甜蜜而富有英雄气概的声音高声唱道，声音中带着恐惧和狂喜……不错，她已找到通向他的路，为了这个亲爱的人儿，他丧失荣誉和生命。现在她已在这里等待他，准备同他一起去死。他们的对唱，有时为他们头顶的地面上僧侣们作祭礼时低沉的响声所打断，有时歌声则交混在一起——正是这些歌声，深深地打动了夜间孤寂地守在留声机旁倾听音乐的青年人的心坎；他既被当时的情景所吸引，也为音乐的旋律迷住了。这些曲调可以说是天国的歌声，可是它们本身就是天国的，唱起来像天使那么美。拉达梅斯和阿依达的独唱和二重唱形成一条缠绵的旋律线，这是一条以主音和第五音为中心的曲线，单纯而引人入胜，从主音起升高第八音前的一个半音，让这个音长而有力地延留，在同第八音轻轻地接触以后，又回到第五音上。汉斯·卡斯托尔普从来没有听到过这样无比清纯而令人惊叹不已的旋律。然而，如果作为音乐背景的剧情不是那么深地感动了他，使他沉醉于由此产生的甜美的旋律，他对这些歌声是不会那么迷恋的。阿依达居然找到通往身败名裂的拉达梅斯之路，与他永远共生死，这真是太美了！被判处的犯人反对她白白地牺牲可贵的生命，他是言之有理的；可是他那温柔而绝望的话“No, no! troppo sei bella[②]”，可以看作是最终能与她相聚的一种狂喜情绪，他本来以为今后永远见不到她了。汉斯·卡斯托尔普如何与拉达梅斯一起清楚地感受到这种狂喜和感激的心绪，我们是不难想象的。归根结底，当他叉起双手，眼望着小小的黑百叶窗(这一切都是从百叶窗的小木条缝间流泻出来的)时，他所感受的、理解的和享受的，都是音乐、艺术、人类情绪胜利地理想化了的东西，是在现实事物的卑劣与丑恶上面所赋予的一种高洁的、不容反驳的美化。不过从理智的角度来考虑，这里发生的究竟是什么事呢？两个被活埋的人，他们的肺部充满了沼气，他们在这里一块儿——或者更糟的，是一个接着一个——在饥饿的痉挛中丧命，然后，

---

① 意大利文：你在这个地牢里？

② 意大利文：不，不，你太美了。

他们的身体会经历一种无法形容的腐败过程，最后在有拱顶的地牢里面只剩下两副骸骨，至于横着的究竟是一副骸骨，还是两副骸骨，他们中间谁也无所谓，而且完全无动于衷。这就是事情真实的和客观的一面——是事情的一个方面，是活生生的事实，人类心灵的理想主义是不考虑这个的，而美和音乐的精神则极其成功地使它变得黯然失色。在歌剧里，不论拉达梅斯也好，阿依达也好，上面的客观事实是不存在的。他们的声音由齐唱而转为极其幸福的第八音的延留音，他们确信天国之门已经敞开，而永恒之光已照射在他们如饥似渴的眼睛面前。这种美化的慰藉力量对这位聆听音乐的青年起了非常良好的作用，因而他特别偏爱这个节目。

为了摆脱这种恐惧和“美化”，使自己松散一下，他经常听另一张唱片，它虽然较短，却有深刻的魅力——就其内容来说，它要比上一出歌剧宁静得多，是一首田园诗，一首细腻优雅的田园诗，它是用既简洁又复杂的最新艺术手法描写和创作出来的。它是一首纯粹的管弦乐作品，没有歌唱，是法国的一首交响序曲①，从现代音乐的角度上看所用乐器并不多，但具有近代音乐音响技术的一切优点，作曲家匠心独运，使人听后仿佛置身于梦境。

汉斯·卡斯托尔普做的是这样一个梦：他仰天躺在繁花似锦、阳光灿烂的草地上，头枕着一个小丘，一条腿稍稍跷起，另一条腿搁在上面——可是他交叉的两条腿却是山羊的腿。这时他伸起手来抚弄一个小小的木笛，他玩它仅仅是为了自娱，因为草地里实在太寂寞了。他把木笛放在嘴边，这是一种单簧管或芦笛之类的东西，吹奏时诱发出一种悠扬的鼻音，声音连绵不断，流泻自如，像一首愉快的圆舞曲。这种无忧无虑的鼻音一直飘向深蓝色的天空，天空下面耸立着一株株白桦树和楞树，它们好看的叶子随风摇曳，在太阳下面闪闪发光。然而他那笛子恬静而奔放的旋律已不再是孤寂的草地上唯一的声音了。草上昆虫在夏日的热空气里发出的营营声，阳光本身，轻风，树梢的摇曳，一簇簇树叶

① 这里的器乐作品，系指法国作曲家德彪西(1862—1918)的管弦乐作品《牧神的午后》。

的闪光——宁静的夏日里周围环境的一切颤动声，都发出了一种混合的音响，为他那简单的芦笛添上了一种经常变幻不定的、令人惊异不止的优美的和音。有时，交响乐的伴奏声远去而消失。可是山羊脚的汉斯依旧在吹奏，他那纯朴而单调的笛音把自然界五彩缤纷的音响魅力又吸引过来了——最后，在又一次中止以后，这种魅力又甜美地再现了。这时又加入了越来越新、越来越高的器乐声，它们接二连三地迅速发出，最后在短短的一瞬间达到了前所未有的、尽善尽美的丰满程度，使人听了心醉神迷，仿佛置身于天国。年轻的农牧神在夏日的草地上非常愉快。这里没有"辩护吧"之类的话，没有责任，对于忘却和丢失荣誉的人来说，不存在什么僧侣的军事法庭。这里主宰着的是一种忘我境界、清净无为和不知时间为何物的超脱感。这是一种不存邪念的放浪形骸，是对彻底否定欧洲活动主义哲学的一种理想的神化。这里散发出来的一种宁静平和的气氛，使我们这位夜出活动的音乐爱好者很珍爱这张唱片。

接着又放了第三张唱片……其实是好几张相互连贯的一组唱片，共三四张，因为男高音咏叹调单独占了一张唱片的一半地盘。这又是一出法国歌剧[①]，汉斯·卡斯托尔普对此十分熟悉，他在剧院已不止一次地看过，听过。过去有一回，在一次十分关键性的谈话中，他甚至引用其中的情节作过隐喻……唱片开始时是在第二场，在一家西班牙小酒店里，在一个宽敞简陋的酒吧间里，周围挂着布，是一种破旧的摩尔人建筑物。卡门用热情、有些嘶哑但富有感染力的声音说，她想在军曹面前跳舞，人们已经听到她的响板在格格作声。但就在同一时刻，从远处传来了喇叭声，这是联队里又一次发出的军号，那个小人物不禁哆嗦起来。"等一下！"他嚷道，像一匹马那样尖起了耳朵。卡门问道："你这是干吗？"又问，"出了什么事啦？""难道你没有听到吗？"他叫道。他看到她不像他那样关心，十分吃惊。兵营里的号角响了，他们吹的是集合信号。"回队的时间快到了，"他用歌剧的台词说。可是那个吉卜赛女郎不能理解这个，也丝毫不想理解这个。这样更好，她厚着脸皮而又愚蠢

---

① 这是指法国作曲家比才(1838—1875)创作的歌剧《卡门》。

地说，这样他们就不需要响板了，老天爷本身给他们送来了伴舞的音乐，于是拉拉拉拉！——他晕头转向了。他痛苦失望，再也鼓不起勇气向她开口解释这是怎么一回事，世界上任何一种情爱都不能违抗这个信号。不过她又怎么会懂得这个根本性的、绝对性的道理呢？“现在我得走了，回到老家去，回到军营去，军号在召唤我！”他大声叫道，但因为对方不理会而绝望，这使他的心头从来没有这么沉重过。

现在可听听卡门的说话吧！她勃然大怒，大发雷霆；她的声音中充满了被欺骗和被凌辱的爱——或者她装成这个模样。“到兵营里去？让军号唤走？”她的心呢？她那温柔而善良的心是荏弱的——不错，她承认这个，她的心是荏弱的！她本来不是正准备同他一起唱歌跳舞，消磨时间的吗？“特拉迪拉达！”她把手弯成圆形，按在嘴上，模仿吹号角的模样，对他显示出极度的轻蔑。“特拉迪拉达！”这已经够了。这足以叫那个傻瓜跳将起来，转身就走。那好，走就走吧！这里是他的盔甲、马刀和刀带！让他走吧，走吧，走吧，回到兵营里去吧！——他要求宽恕。不过她继续无情地嘲笑他，并且模仿那条汉子听到军号声后惊惶失措的神色。特拉迪拉达，听到军号声回队去！老天爷发发慈悲，他可能去得太迟了！走就走吧，因为军号声唤他回去，他当然像傻瓜那样地，在她卡门要他跳舞的那个时刻吓得拔腿要走了。这个，这个，原来这个就是他对她的爱情！……

多么叫人痛苦的局面！她不理解。那个女人，那个吉卜赛女郎不能、也不愿意理解这个。她不愿理解——因为毫无疑问，在她盛怒之下，她的嘲讽有点儿超越时间和个人的意味，这是对法国军号或西班牙军号召唤她所爱的小兵归队的原则所怀的一种憎恨和原始的仇恨，她那极大的、与生俱来的、超越个人的野心想通过它获得凯旋。为此，她有一个简单的办法：她扬言说，如果他走，她就不爱他；正是这个，叫唱机盒里的那个何塞听后受不了啦。他恳求她让他把话说出来，但她不肯。于是他强迫她——这是一个极其严重的时刻。管弦乐队奏出了十分阴郁的音乐，这是一个愁云惨雾的主题，汉斯·卡斯托尔普知道这一主题贯穿了整出歌剧，一直到灾难性的结局为止，同时也构成了下一张唱片那个小兵咏叹调的开始部分。现在他要放入第二张唱片了。

“这里我把它珍藏在心，”何塞唱得漂亮极了。汉斯·卡斯托尔普把这段独唱部分放了又放，同时聚精会神地一直倾听着。就内容来说，它离咏叹调并不远，但它的哀怨的情调极其感人。那个士兵唱起了他们刚相识时卡门扔给他的花，在他为了她而遭到拘禁的期间，那花是他唯一的安慰。他十分激动地承认，他诅咒自己命运不济，竟让自己遇上卡门。但一转眼，他又对自己的过错痛悔不已，跪在上帝面前要求再和她相见。这时——也就在这时，他唱起了“哎，亲爱的姑娘”刚开始前同样的高昂的调子——这时，各种器乐又发出迷人的伴奏声，似乎旨在描摹出那个小兵内心的痛苦、渴望、失落的温情和甜蜜的绝望——这时，她站在他的眼前，千娇百媚，夺人魂魄，这时他清晰无误地只有一个感觉，那就是“他完了”（唱“完了”这个词时，第一个音节上有一个啜泣的全程的倚音），永远完蛋了。“你是我的幸福，我的欢乐！”他用绝望的音调反复地唱着，这时又一次响起了管弦乐的哀伤的旋律，从基音提高了两个音，以后深切动人地落在较低的第五音上。“我的心是你的，”他非常温柔地、同时又枯燥无味地、画蛇添足地申明，音阶一直过渡到第六音，然后又加一句：“我永远属于你！”以后，声音下降十个音，满怀激情地说：“卡门，我爱你！”歌词终了时痛苦而迟疑地发出一个交替达到谐和的延留音，最后，“你”字与上述的音节屈服于基础和音之下。

“对啊，对啊，”汉斯·卡斯托尔普说，心情沉重，心满意足。他又放了终曲，只听得众人都在庆贺年轻的何塞，因为何塞同军官谈判以后，退路已被截断，因而现在他必须退役，像以前卡门使他吃了一惊地提出过的那样。

让我们来到巉岩峭壁的高山，
那儿，田野里的清风阵阵吹来。

他们一起合唱。人们对他们所唱的内容能听得清清楚楚。

世界任我们遨游，无忧无虑，
你的国土啊，真是无边无际；
往前看，幸福和欢乐无比，
自由在欢笑，自由在欢笑呢！

“对啊，对啊！”他又一次说，于是换上了第四张唱片，这是十分珍贵的好唱片。

原来这又是法国货，不过这可算不上是我们的过错。它也富于军队精神。这是一首插入曲，一段独唱，是古诺[1]的歌剧《浮士德》中的一段“祈祷”。有人登场了，这个人很富于情感，名叫瓦伦廷，不过汉斯·卡斯托尔普暗下里用另一个名字称呼他，用的是另一个亲切的、令人十分悲痛的名字[2]；汉斯让取这个名字的人与唱机盒里引吭高歌的人极大程度地等同起来，尽管后者的嗓子比前者好得多。他是一个热情而强有力的男中音，歌曲分为三个部分。歌词分为两节，前节与终节息息相关，富有宗教气息，差不多保持了基督徒赞美诗的风格。中节有一股雄赳赳、气昂昂的声势，好战而轻快，但基调也是虔敬的，实际上有法国式的军队作风。看不见形体的歌手唱道：

现在我只得离开
我那可爱的故国。

他一面唱，一面转身面向上帝，要求上帝在他出征期间保佑他那可爱的妹妹！他上战场去了，旋律变换了，变得富有进取精神，悲切忧伤的情绪也许一扫而光。那个看不见的人要在战斗最炽烈、危险性最大的地方，以英勇、虔诚和法国人的气概同敌人作战。他唱道，如果上帝把他召唤到天国，那么他就要在那边垂顾“你”，予以保护。这里“你”指的是他的妹妹，可是汉斯·卡斯托尔普的内心受到极大的震动，这种激

① 古诺(1818—1893)，法国作曲家，歌剧《浮士德》是他的名作。
② 汉斯·卡斯托尔普暗地里用表哥约阿希姆的名字来称呼名叫瓦伦廷的歌手。

动情绪一直持续到曲终，那时唱片里的那位英雄合着有力的赞美诗的和音唱道：

啊，在天之父，听我的祈祷吧，
让玛格蕾特在你的保护之下！

唱片到这里放完了。我们本想说得简短一些，但因为汉斯·卡斯托尔普特别喜欢这张唱片，同时也因为它在以后某个奇妙的场合下还起着一定的作用，所以不厌其烦地加以赘述。

现在，我们来谈谈他偏爱的那组唱片中的第五张，也就是最后一张。这一回当然不是什么法国唱片了，而是典型的、甚至富有特色的德国货，不是什么歌剧作品，而是歌曲——那些歌曲既是民歌，又是经典性杰作。由于它兼有两者之长，因而它具有特殊的意义，在世界各地流传很广……我们又何必转弯抹角呢？原来这是舒伯特[①]的《菩提树》，唱的不外是家喻户晓的“门前有一口井”。

男高音在钢琴伴奏下唱起来了。年轻的歌手是一个得体而富有情趣的人，他懂得如何用熟练的技巧、细腻的音乐感受力和吟咏时的缜密作风来歌唱这些既纯朴、又意境深远的曲调。我们大家都知道，优秀的民歌和儿歌，唱起来的格调同艺术歌曲有些不同。它们一般比较简单化，主旋律被一节一节地直接唱出来，而在原来的乐谱中，八行诗节的第二节已转为短调，而在第五行诗里又以美妙非凡的效果转为长调；在下一节“寒冷的风”里，在帽子从头上吹落的部分，旋律获得戏剧性的处理，只有到第三诗节的最后四行时，才重新回复，就这样周而复始地把曲调唱完。旋律的真正压倒性的转折出现了三次，转调在后半部分，而第三次则在后面半节“我好多时候”的重复上面。这个富有魅力的转折，我们不想在这里详细叙述，它落在短句“这么多亲切的话儿”，“当它们向我召唤”和“远离那个地方”上面。每一次，男高音歌手用嘹

---

① 舒伯特（1797—1828），奥地利作曲家，除交响乐及钢琴曲等外，尚作有大量歌曲，有“歌曲之王”之称。

亮、热情的声音唱了起来，唱时还运用吐气音和适当的啜泣音，歌声能聪明地充分体现出这首歌的优美之处，因而聆听着的汉斯受到了出乎意料的感动。当歌唱家懂得用特别亲切动人的“头音”唱起“我经常从它那边得到”和“你在这里找到你的安宁”这两行以提高自己的效果时，汉斯尤其受到感动。但在重复咏唱最后一句诗时，在“你在这里找到你的安宁”这一句上，他唱“找到”这个词时第一次声音丰满而洪亮，唱时带着渴求的神情；第二次才又唱出温柔的银笛音来。

这首歌和它的解释就说到这里为止。我们也许可以自夸地说，对于汉斯·卡斯托尔普在他的夜间音乐会里所优选的一些节目，我们已在前面作了一番卓有成效的介绍，使读者能对汉斯热切地关注这些唱片的情况有一个大致的了解。不过要让大家理解最后一首歌曲——也就是《菩提树》——对他的意义，却是一件棘手透顶的工作，语气方面需要极其谨慎小心，否则就会成事不足，败事有余。

我们姑且这样来作一番说明：一个精神的、也就是一种重要的事物之所以显得“重要”，是因为它超越自己，是一个更富有普遍意义的精神事物的体现者和代表者，是整个感情和思想世界的体现者和代表者，这个世界在它那里找到了或多或少完整的征象——而它的重要性的程度则由此来衡量。此外，对这种事物的爱好就其本身来说也是“重要的”。它多少体现了怀有这种爱好者的性格，它表明了他与上述事物所代表的有普遍意义的那个世界的关系，而他本人却自觉地或不自觉地与这样的世界共命运，同呼吸。

难道我们认为，我们这位质朴的主人公在经受了这么多年的密封式教育和饱经沧桑之后，已经意识到他的眷爱和眷爱物的重要性了吗？我们认为，并且告诉大家：他已意识到了。歌曲对他意味着很多东西，意味着整个世界，而且这是一个他必须眷爱的世界，否则他就不会如此沉湎于它的象征物了。我们知道，我们再添上下面一番话是不无道理的——也许这样说有些消极——如果他的性情不是那么容易受到感情世界的魅力的吸引，如果歌曲以如此亲切而神秘的方式概括性地表现出来的普遍的精神魅力又是那么深地吸引着他，他的命运也许会换一个样了。恰恰是这样的命运使他饱经风霜，经历各种冒险，增长见识，使自己对许多问题进行自我省察，并使他成熟起来，能对这个世界，这个极端优美的象征[①]和这种情爱进行十分深刻的批判。他甚至能把三者作为内心怀疑的对象！

只有对情爱之事一窍不通的人，才会认为这样的怀疑有损于情爱。恰恰相反，它为情爱添加了调味品。这种怀疑给激情火上加油，因而人们甚至可以把激情定义为疑神疑鬼的情爱。然而对于这首迷人的歌曲和它的世界来说，汉斯·卡斯托尔普却容许了较高形式的情爱。对此，汉斯内心的怀疑和自我省察的怀疑究竟在哪儿呢？歌曲后面蕴藏的究竟是一个怎样的世界，而根据他的良知，这似乎应当是一个情爱被禁止的世界？

这是死亡。

可是这是显而易见的疯狂。一首多么奇妙的歌曲！这是玲珑剔透的杰作，是人民最圣洁的心底里发出来的声音，是一个极其珍异的宝藏，是真挚的化身——它本身就体现了情爱！多么丑恶的胡言乱语！

唉，对，对，对，说得倒很动听。每个人也许都会说得头头是道。尽管如此，在这个优秀的艺术产物后面，潜伏着的却是死亡。它跟死亡有某些关系，人们也许会爱这些关系，不过对这种情爱不是没有预感，不是没有自我省察的精神，而且允许在这种情爱里有某种不合法的成分。也许在它本身的原始形态上，它和死亡并没有什么亲切感，而且富于人民性，充满生命的活力；不过精神上的亲切感，也同样是对于死亡的亲切感。乍一看，这个十分虔诚，而且很有意义，对此一点儿也不用争辩，但到头来却有个悲惨的结局。

他是怎么想的呢？——他是不会让你们中间任何人说服的。黑暗的结局。阴森森的结局。这是拷问别人的狱吏的思想，是憎恨人类的思想，披着西班牙的黑服，戴着盘形领饰，以欲念来代替情爱——这是目光真诚、心地善良的结局。

---

① 这里指《菩提树》这首歌曲。

确实，塞塔姆布里尼这个文人并不是他无条件信赖的人，不过他还记得，在他密封式的生活经历开始以前，那位头脑清晰的教师爷曾向他作一番教导，叫他“回归”，也就是在精神上“回归”到某些年代里；他觉得把这番教诲谨慎地应用到目前的场合上来是适当的。塞塔姆布里尼先生曾把这种“回归”现象称之为“疾病”——这种以回归为目标的宇宙观本身以及崇尚那种精神的时代，在他那教育者的气质面前，似乎显得是“病态”的。即使这样又如何呢？汉斯·卡斯托尔普优美的思乡曲，它所属的情感世界，以及对于这个世界的爱——难道都应当是“病态”的吗？决不是这样！它们是世界上最愉快、最健康的。不过这是一个果实，它在这个瞬间固然新鲜、灿烂、健康，或者刚才还是那样，但非常容易分解腐烂。调剂人们心灵的最纯粹的精神食粮也是这样，要在适当的时机予以享受，错过了适当的时机，就会在享受着的人们中间受到腐败乃至毁灭的命运。这是一种生命的果实，它由死亡产生，而且招致死亡。这是灵魂的一种奇迹——在没有良心的美的面前也许是最高的，而且受着它的祝福；然而对尽责地进行自我省察的热爱生命（热爱有机体）的人来说，却蛮有理由地用不信任的眼光看待这个，这是良心在受到最后判决时自我征服之事。

是的，自我征服，这也许是征服这种情爱的实质——这个带有阴惨结局的灵魂的魔力！当汉斯·卡斯托尔普在夜间独自坐在那个截短了的音乐柜面前时，他的思想，或者说他满怀预感的冥想高高飞翔，这些思想飞得比理智所及的范围还高，这是些被炼金术提高了的思想。哦，灵魂的魔力，它是强有力的！我们都是它的儿子，只要我们为它服务，就能在世界上干出强有力的事业来。一个人不需要有比《菩提树》这首歌曲作者更多的天才，只需要他有比这位作者大得多的才能，就能作为灵魂魔术师而赋予这首歌曲以浩瀚无比的内容，从而使世界臣服于它。人们甚至有可能在它上面建立王国，现世的、太现世的王国，坚实，进步而高兴，一点也不害思乡病——在这里面，那首歌曲堕落为电唱机的音乐。可是它那最优秀的儿子，也许却是那个在自我征服中消耗自己的生命并且死去时在嘴唇上挂着“爱”的新词儿却不知如何说出口来的人。

多么值得为它而死去啊，迷人的歌曲！可是谁为它而死，他实际上并不再为它而死；只有当他在原则上为新的东西而死，心里怀着“爱”和未来的新词儿，他才是一个英雄……

这些就是汉斯·卡斯托尔普最心爱的唱片。

极其可疑的问题

近几年来，埃特兴·克罗科夫斯基的演讲会已有了意想不到的转折。他的研究本来一直限于精神分析和人们的梦境，性质上使人想起冥府和地下的墓穴，然而最近悄悄地(公众对此几乎没有注意到)作了过渡，转移到魔法和充满神秘性质的问题上来。他在餐厅里每十四天作一次演讲，这是疗养院主要吸引人的东西，也是住院说明书中引以为自豪的事。演讲者身穿小礼服，脚踏凉鞋，站在铺布的讲台后面用拖长的、带有外国腔的声音说话， 山庄疗养院的公众坐在他前面凝神倾听——他现在讲的可不再是伪装的爱情活动以及由疾病还原为有意识的情感，他讲的却是催眠术和梦游病的不可思议的现象，以及心灵感应、“真梦”和“第二视觉”现象。此外还谈到歇斯底里的奇迹，经过他的解释，哲学的视野就大大开阔了，以致听众眼前突然闪现出光彩来，想对某些谜一般的问题进行探索，这些问题，诸如物质与精神的关系，甚至生命本身之谜；要研究这些问题，看来通过健康的途径还不如通过极其神秘的、疾病途径更有希望……

我们说这些，是因为我们有责任让那些轻率的人感到羞愧，这些人扬言：克罗科夫斯基只是担心他的演讲会失之不可救药的单调，才转到神秘莫测，也就是以纯粹的感情为目的的题材上去。他们说一些非难的话，这种话不论哪儿都可以听到。说真的，在星期一举行的演讲会里，男士们比平时更加卖劲地侧起耳朵，以便听得更清楚些。莱维小姐大概比以往更像一座胸部有驱动机构的蜡像。可是这些效果，同有头脑的先生们心中想的东西一样合情合理，他有权利认为这样的效果不仅是自然而然的，而且简直是必然的。他的研究范围经常是人类灵魂中阴暗的、宽广的领域，人们称之为潜意识，虽然也许称它为“超意识”更加好些，因为从这些领域里有时会产生一种远远超出个人“意识知识”的知识，并且在个人灵魂最奥秘、最见不到光线的部分和全智全能的灵魂之间可能存在着密切的关系和联系。下意识的领域，根据这个词的本身意义是“潜在的”，不久也就在狭义上显示出它是“神秘的”，而且形成了那些流溢出我们姑且称之为“神秘的”现象的源泉之一。可是这还不是全部。谁把有机体的疾病症状看成是受抑制的、歇斯底里式情欲的有意识的精神活动的结果，谁就承认精神在物质世界内的创造力——人们不得不公然称它是魔法现象的第二个泉源。“研究病理学的唯心论者”——且不说“病理学的唯心论者”——在他本人思路刚开始展开的时候就面对着生命的一般问题，也就是说精神和物质之间的关系问题。唯物主义者是单纯的现实力量哲学之子，一向不认为精神是物质的闪现磷光的产物。相反地，唯心主义者从创造的歇斯底里的原理出发，倾向于——而且不久就作出决定——用全然相反的意义上来回答物质和精神谁是第一性的问题。总而言之，他们争论不休的不外是自古以来的一个老问题：究竟先有鸡还是先有蛋。这一争论不休的问题由于下列双重的事实而显得异常复杂化：母鸡不下蛋，任何鸡蛋都是无法想象的，而没有一只母鸡不是从一只上面假定的蛋里爬出来的。

这些就是克罗科夫斯基大夫最近在讲演上所阐述的内容。他有条不紊地、合情合理地、合乎逻辑地讲述这些内容，这个我们不用絮絮叨叨地加以强调。我们要画蛇添足地加一笔的是：早在爱伦·布兰特登场以前，他的讲演已进入经验性和实验性的阶段了。

爱伦·布兰特是谁呀？我们几乎忘记了，读者并不知道这个人，尽管这个名字对我们当然是熟悉的。她是谁？一眼看去谁也不知道她。这个可爱的小东西十九岁，人们通常叫她爱莉，是一个亚麻色头发的丹麦女郎，她不是哥本哈根人，而是出生于菲英岛上的欧登塞[①]，她的父亲在

---

① 菲英岛是丹麦的一个岛名，欧登塞是该岛的一个城市。今为菲英州首府。丹麦童话作家安徒生即生于欧登塞的贫民区。

那里经营一家牛油公司。她本人从事商业活动已有两三年了，右臂带着袖套，是首都某银行的地方支行的一个女职员，坐在一把转椅上，前面堆着厚厚的账簿——那时，她的体温升高了。她的病情很轻，实际上只是有患病的嫌疑，当然，她的身体是娇弱的，不但娇弱，而且显然有些贫血。这个姑娘非常惹人怜爱，人们很喜欢把手放在她的头发上；顾问大夫在餐厅里跟她谈话时就经常这样。她有北欧女郎的一种明净感，纯洁贞静，天真无邪，非常可爱。她有一双孩子般的水汪汪的蓝眼睛，十分清澈，说话的声音十分尖细，德语讲得并不标准，发音时有些典型的疵病，例如德语的 Fleisch 理应念成“弗莱施”，她却念成“弗莱希”。她的脸容并无值得注意的地方。下巴太短了。她就餐时与克莱费尔特同桌，后者像母亲般地对待她。

就是这个布兰特小姐，这个爱莉，这个年轻的骑自行车和伏在账簿上的丹麦女郎，现在遇上问题了。乍看上一两眼，谁也梦想不到这个纯洁明净的女郎会有什么事，但她在山上住了两三星期以后，她的问题就开始暴露出来，把这个问题的奇特性揭示出来，乃是克罗科夫斯基大夫分内之事。

这位有学识的大夫是在晚间一次聚会时大伙儿娱乐的当儿首次偶尔找到这件事的蛛丝马迹的，这使人家颇为震惊。当时人们在做各种各样的“猜想”游戏，另外还借助于钢琴声来找寻被隐匿的物件；谁走近那个物件，钢琴声就强起来，反之如找错目标，声音就变得弱了。做这项游戏时人们得轮流站在室外，一直等到别人来叫他适当地执行某种复合的任务，例如与某两个搭档的人轮换；或者邀某人跳舞，邀时得行三鞠躬礼；或者从书橱里取出一本被指定的书，将它递交给某个人，诸如此类。应当指出的是：这类游戏过去在山庄疗养院的病友之间一直没有流行过。究竟是谁搞起来的，事后谁也说不清楚。也肯定不是爱莉搞起来的。然而这类游戏在她来院后方才开始。

参加这类游戏的人差不多都是我们的老相识，其中也有汉斯 · 卡斯托尔普。他们干起这个玩意儿来多多少少有些本领，但也有一些人一窍不通。但爱莉玩这种游戏的才能不同一般，十分出色，而且非同小可。

她找寻隐藏物百发百中，大伙儿连声喝彩，在欢笑声中带着钦佩，而在一些复合性的活动中，他们简直目瞪口呆。她履行向她指定的任务，一踏进门来就干，脸上带着温柔的微笑，毫不犹疑，也不必借助于音乐。她从餐厅里拿起一撮盐，撒在检察官帕拉范特的头上，以后挽住他的手，把他拉到钢琴面前，在那里，她用他的食指弹奏一首名叫《一只鸟儿飞来了》小曲的开始部分。然后她把他带到原来的位置上，在他面前行一个屈膝礼，并且搬过一只小板凳，放到他的脚边——她居然一丝不苟地完成了许多人绞尽脑汁地想出来的一系列规定动作。

那么她是在窃听吧？！

她的脸红了。人们看到她满面羞惭，真正松了一口气，于是异口同声地责备她。她却斩钉截铁地说，不，不，我并没有窃听过，大家可别这么想！她没有在外面，没有在门边窃听过，肯定没有，真的没有！

没有在外面，没有在门边？

“哦，没有，请你们原谅！”她是在走进这个房间里时听到的，而且非听到不可。

非听到不可？在房间里？

有什么声音在她耳边絮聒，她说。这些声音悄声告诉她该做些什么事，声音虽轻，但十分清晰。

从表面上看，她是招认了。不过从某种意义上说，爱莉意识到自己的过错，她欺骗了大家。既然她能悄悄听到一切声音，她早该说自己不宜做这项游戏。举行一项竞赛时，如果参加比赛的某一个人拥有超自然的能力，那么竞赛就失去了人情味。爱伦一下子失去了继续参加游戏的资格，其理由仅仅是因为许多人听到她的自白后，感到毛骨悚然。好几个人都马上要求把克罗科夫斯基大夫请来。有人跑去找他，他来了。他微微笑着，显得精力充沛；他立刻领会这是怎么一回事。大夫的整个神态博得了人们愉快的信任。人们气喘吁吁地告诉他，有一件事完全反常了，有一个女郎无所不知，能够听到别人听不见的声音。——哎，哎，还有什么呀？安静吧，我的朋友们！我们等着瞧瞧。这是她的地盘，她的世界——别人在这个地方走起路来都是摇摇晃晃，因泥泞满地而不得不低头弯腰，而她却能安安稳稳地、舒舒服服地走路。大夫提问题，让别人一一作答。哎，哎，她来了！“您的情况是这样的吗，我的孩子？”他像别人乐于做的那样，把一只手放到小姑娘的脑袋上。对这个问题加以注意倒有很多理由，但一点也用不着大惊小怪。他那棕色的、异国人的眼睛紧盯住爱伦·布兰特那双蔚蓝色的眼睛不放，同时用一只手抚摩着她，从头颅经过肩膀一直摸到她的胳膊。她回敬他的目光很温顺，越来越温顺，也就是说越来越俯首帖耳，她的脑袋慢慢地垂到肩胛和胸口。她的目光开始变得呆滞时，那位饱学之士就在她的脸前往上作了一个漫不经心的手势，于是宣称一切都已安排就绪。他打发激动不已的病人们前去作晚间卧疗，留下爱伦·布兰特一个人，他还想跟她“聊聊”。

聊聊！这个大家是可以想象到的。谁听到这句话都不舒服，这是咱们愉快的伙伴克罗科夫斯基的一句惯用语。每个人听了心里都发冷，汉斯·卡斯托尔普也是这样。当他姗姗来迟地躺在舒适的卧椅上，回忆起爱莉非凡的成就和她羞愧地作出的自供状时，他也有同样的感觉——他觉得土地仿佛在他的脚下摇晃，因而他感到有些恶心，身体也不舒服，有轻微晕船感。他从未经历过地震，但他对自己说，这必然是与地震时相仿的一种恐惧感，且不说爱伦·布兰特那夺人魂魄的才能在他心里引起的好奇心。这种好奇心本身蕴含着某种更深的绝望感，也就是说，他意识到这一领域在精神上是难以捉摸到的，因而它是无益的还是有罪的，却是一个疑问，不过这依然是一种好奇心。

汉斯·卡斯托尔普像别的任何人一样，在他的生活经历中曾听到神秘现象或超自然现象的种种事情。一个千里眼的太叔婆之类过去已经听人说过，他曾听到过关于她的一些令人伤感的传闻。然而超自然的世界从来没有亲临他的身边（尽管他在理论上和客观上承认它的存在），他本人也没有实际的体验。他对这样的体验抱有很大的反感，在情趣上抱有反感，在审美观念上抱有反感，是人类骄傲的一种反感——如果我们可以用这些十分奢华的字眼来形容我们这位极其质朴的主人公——这种反感几乎同他心里热烈地激起的好奇心一样大。他预先感到，清清楚楚地感到，这样的体验不管它从哪一方面发展，终究免不了是索然无味的、不可理解的和违反人类尊严的。然而他如饥如渴地希望得到这样的体验。他懂得，“无益的或有罪的”作为一种抉择来说，是糟透了的，它根本算不上是一种抉择；两者是恰好相合的，而精神上的绝望，只是一种“禁止”性质的道德以外的表现形式。不过“Placet experiri”这个观念，在汉斯·卡斯托尔普的心底里已经根深蒂固，这个观念是一个确确实实不赞成作这样的试验的人灌输给他的。渐渐地，他的道德判断和好奇心合而为一，也许一直已经合二为一了；他怀着自我修养的旅途上那种无限制的好奇心；当他品尝那位人物的神秘性时，他离开这里所出现的禁区已不再十分遥远；同时，由于这种好奇心在禁区出现时并不加以回避，足以说明它具有战斗的性质。因此，汉斯·卡斯托尔普决定严阵以待，不加回避，如果爱伦·布兰特的奇特经历今后有进一步发展的话。

克罗科夫斯基大夫曾经发布一道严格的禁令，外行人以后不准对布兰特小姐神秘的才能进行任何试验。他对那个姑娘进行了封闭试验。他在他那间地下的分析实验室里同她娓娓而谈，据说还给她施行催眠术，想尽种种办法使她陷入昏昏欲睡的状态，并且探索她过去的内心生活。她的那位既像母亲、又像保护人的女友黑尔米内·克莱费尔特也做着同样的工作，因而对内幕情况略知一二，尽管当时她保证守口如瓶。以后，她在要求别人守口如瓶的情况下把事情张扬开去，后来整个疗养院、连门房在内都知道了。例如，她知道，在游戏时把待执行的任务悄声透露给那位小姑娘听的那个人或那个东西，叫做霍尔格，霍尔格是一个小伙子的鬼魂，是他身上游离出来的透明的精灵，他和爱伦姑娘相熟，是她的什么保护神之类。——那么把一撮盐和帕拉范特食指弹钢琴的事泄露给她的就是他？——不错，幽灵的嘴唇贴在她的耳边，那么温存，以致她感到痒痒然，使她微笑起来，还轻声向她说了这些话。——以前在学校里她做不出功课时，霍尔格把答案悄悄说给她听，这该是一件很愉快的事吧？——对此，爱伦答不上来了。后来她说，霍尔格也许不允许这么做。他也许不能在这样严肃的事情上插一手，也许他自己也不知怎么正确回答课题才好。

后来又透露出来：爱伦从小看到过幻象，即使每次间隔时间相当长。——有的幻象有形，有的无形。——那么什么叫做无形的幻象？——举个例吧。当她还是一个十六岁的小姑娘时，有一天她单独坐在爸爸、妈妈的起居室里。这是一个明媚的下午，她坐在一张圆桌旁做针线活儿，她身边的地毯上躺着一条叭儿狗，这是她爸爸的一条狗，名叫弗雷亚。桌上盖着一条花布，这是一条像老太婆披在肩膀上三角形土耳其围巾那样的东西。桌布对角地铺在桌面上，末端下垂。突然，爱伦看到她对面的布角的末端慢慢向上卷起，卷起的时候没有声音，十分小心，而且颇为均匀，它向台面中央卷了一大段距离，因而最后卷起的布条相当长；在这样的动作发生的当儿，弗雷亚狂野地惊跳起来，毛发倒竖，前脚伸起，后脚跟上，汪汪地叫着窜到隔壁的房间里，然后蹲在沙发底下。以后整整一年里，它再也不敢把脚伸到那间起居室去。

克莱费尔特小姐问，卷起那条围巾般桌布的是不是霍尔格？——布兰特小妞儿可不知道。——那么她对那件事有什么想法呢？——可是这是一件完全不可思议的事，所以爱莉对此也没有别的想法。——这件事她对爸爸妈妈说过了吗？——没有。——这倒奇怪。虽然爱莉对那件事一点也没有什么想法，她却有这样一个感觉：在这件事和类似的场合下，她必须守口如瓶，必须对它严守秘密，虽然这样做是不体面的。——那么她对那件事耿耿于怀吗？——不，并不特别放在心上。桌布自动卷起来又何必大惊小怪呢。不过还有一些事却使她的心头很重，这里姑且举出一个例子：

一年之前，也就是在她欧登塞爸爸妈妈的屋子里，她有一天像平时一样，一清早就离开底楼自己的房间，准备上楼走到餐室里，在父母亲就餐以前把咖啡烧好。当她快走到楼梯拐弯的平台那儿时，她忽然看到贴近楼梯的平台边站着她那结婚后住在美国的姐姐索菲——是索菲本人活生生的血肉之躯。她身穿白衣，头上奇怪地戴着一顶长满芦苇的睡莲编成的花冠，双手交叉在肩胛上，向爱莉点点头。“啊，索菲呀，是你吗？”在地上生了根似的爱伦惊喜参半地问。这时索菲又一次点点头，然后消融了。她变得十分透明，不久只看到她像一股热空气的气流，然后消失得无影无踪，这样爱伦就能上楼了。后来事实表明，就在那天早晨的这一时刻，她姐姐索菲在新泽西州患心肌炎去世。

当克莱费尔特向汉斯·卡斯托尔普讲述这件事时，汉斯表示这里面倒颇有些道理，值得一听。这里出现幽灵，那里有人死了——不管怎么说，两者之间可以看出某种值得注意的关联。他们决定不顾克罗科夫斯基大夫有妒忌意味的禁令，背着他同爱伦·布兰特一起举行一次唯灵论的室内活动，一次“移动玻璃杯”的游戏，汉斯也答应参加。他们等得不耐烦了。

他们集会地点是在黑尔米内·克莱费尔特的房间里。被亲密地相邀出席这次聚会的只有少数人；除了东道主、汉斯·卡斯托尔普和小姑娘布兰特外，尚有斯特尔夫人、莱费以及阿尔宾先生、捷克人文策尔和丁富博士。晚上时钟刚敲过十点，大家就悄悄聚在一块儿，仔细察看黑尔米内所准备的东西，看时还窃窃私语；她的东西是没有铺布的圆桌，中等大小，放在房间的中央，此外还放有一只底部朝天的酒杯。在桌面边缘的周围，以适当的间距排列着小小的骨牌，也就是充作一般用途的筹码，上面用墨水和钢笔标明了二十五个字母。克莱费尔特小姐先端上茶来，客人都向她道谢，因为尽管这场游戏是天真无邪的，斯特尔夫人和莱费却觉得四肢发冷，心头怦怦乱跳。等喝了茶身体暖和以后，他们就围着桌边坐下。女主人为了配合晚会的情调，已把吸顶灯熄灭，开了一盏有罩的台灯，它放射出朦胧的玫瑰色的光线。在灯光下，每个人把右手的一只手指轻轻按在酒杯的脚上。这就是游戏办法。大家等待着玻璃杯移动时刻的来临。

这个干起来很容易，因为桌面光滑，玻璃杯边缘已磨得光光的，颤抖的手指哪怕轻轻放在上面，压力自然也是不均匀的。有的以垂直方面施加压力，有的从侧面施加压力，但到头来都足以使玻璃杯离开它的中央位置。在它活动区域的周围，它会撞击到标有字母的筹码上。如果筹码上的字母凑在一块儿构成了有某种意义的词，那就会有某种复杂的，甚至是内心不洁的现象，是每个人的全意识、半意识和无意识要素以及受欲望驱使的动力——不管他们本人是否承认有这样的行为——与共同方面灵魂的阴暗部分秘密协调的混合产物，后者是一种导致表面性奇异结果的隐蔽的协力，每个人的潜意识都或多或少参与其事，而可爱的小姑娘爱莉的潜意识在这方面也许显得最为强烈。关于这些，他们大家原则上事先全知道，汉斯·卡斯托尔普在别人哆嗦着手指坐着等待时，甚至脱口说过这类的话。女士们四肢发冷，心头乱跳，男士们强作欢笑，无非是因为他们知道他们在静静的夜间集合起来，是在拿自己的灵魂从事一种并非光明正大的游戏，对他们自己灵魂中尚未认识的部分作一番可怖而好奇的探索，而且等待那些人们称之为“魔法”的幻象或半现实现象出现。他们想通过玻璃杯的移动叫死者的亡魂向集会的人们说话，差不多只是为了装装样子，也就是说是一套因袭的办法。阿尔宾先生自愿担任晚会的司会者，他说一旦幽灵出现，他可以应付，因为他以前曾出席过灵交术的集会。

二十几分钟过去了。悄悄话的材料枯竭了，第一阵紧张松弛下来，人们的右臂开始疲劳，改用左手的胳膊肘撑在桌面上。捷克人文策尔快打起瞌睡来。爱伦·布兰特把小手指轻轻按在玻璃杯上，她那大而天真烂漫的眼睛越过近旁的东西盯着台灯的灯光。

突然间，玻璃杯向一侧倾斜，在桌面上跳动，并从坐着的人们手中逸出。他们好不容易把手指挣脱。玻璃杯一直滑到桌子的边缘，沿着边缘走了一段路，然后笔直地回到桌子中央附近。这里它又跳了一下，接着一动也不动。

大家非常惊异，其中既有欣喜的成分，也有害怕的成分。斯特尔夫人带着哭声说，这场游戏还是停止了的好，但大家都对她说她早些时候就该考虑这个了，现在一定要保持沉默。事情看来已有进展。大家商定，玻璃杯在回答“是”和“否”字，不必移动到有字母的筹码上，只要跳一两回就可以了。

“精灵在吗？”阿尔宾先生抬头用严肃的神态向半空中问道，声音越过别人的脑袋。玻璃杯迟疑片刻，接着跳了一下，表示肯定。

“你叫什么名字？”阿尔宾先生几乎用粗暴的口气问，说话时摇头晃脑，借以加强语气。

玻璃杯移动了。它果断地在筹码之间走来走去，成锯齿形，在回程中始终和桌子中央保持一段距离。它走到“h”，走到“o”，走到“l”，然后显得精疲力竭，茫然不知所措，但后来又振作起来，又找到了“g”、“e”和“r”。居然不出人们所料！这就是霍尔格[1]本人，就是幽灵霍尔格，他懂得撒一撮盐那类的事，但对学校里的课题却不介入。它在空气中浮游，它在这个小圈子里的人们头上浮游。他们现在要它做什么呢？这伙人都感到有些不好意思。他们悄悄交谈，仿佛在窃窃私议，应当向它提些什么要求。阿尔宾先生决定问它，霍尔格生前是干哪一行的。他说话时像以前一样，带着审讯的口气，十分严肃，而且眉毛倒竖。

玻璃杯沉默一会儿。不一会，它跳跳蹦蹦来到“d”字面前，离开以后再指向“i”字。它指的是什么意思啊！大家屏息静气，十分紧张。丁富博士吃吃地笑起来，怕霍尔格是一个小偷[2]。斯特尔夫人歇斯底里地大笑起来，但这并没有阻止玻璃杯继续工作，它跳起来即使有些蹒跚，还发出格格的声音，但还是滑行到“c”和“h”边，接触到“t”字；显然，它错误地遗漏了一个字母，以“r”告终。它拼出了“诗人”[3]这个字。

见鬼，霍尔格原来是一个诗人？——玻璃杯倾斜了一下，又跳了一下，表示肯定。看来它这样是画蛇添足，只是出于骄矜才这样做。——是一个抒情诗人吧？克莱费尔特问它，问时把“y”的音发成“i”的音，汉斯·卡斯托尔普注意到这点时十分不满……对于这样的称号，霍尔格似乎不大乐意。它不再回答。它像以前那样再拼一次字母，迅速而确切，而且把上次忘记的“e”字也加了进去。

好，好，原来是一个诗人。困惑增加了——这是以自身灵魂无意识部分的形态出现的一种奇妙的困惑，然而由于这种无意识部分带有伪装的、半现实的形态，这种困惑又具有客观的、现实的性质。

---

① 霍尔格的原文为“Holger”。
② “小偷”在德文中为“Dieb”。
③ “诗人”在德文中应为“Dichter”，这里幽灵漏去了一个“e”，误拼为“Dichtr”。

人们很想知道，霍尔格对目前的处境是否感到舒适，快乐。——玻璃杯精神恍惚地移来移去，拼出了“泰然自若”这个词。嗯，这个词儿人们是意料不到的，可是玻璃杯却拼了出来，大家觉得它倒有些入情入理，而且说得挺好。——那么霍尔格处在这种泰然自若的状态下已有多久了？——这一回，它的回答又是谁都想不到，而且拼起字来又是精神恍惚的。这个词是：“弹指一挥间”！——很好！它居然会说出“弹指一挥间”这样的话来，这是一种用腹语[①]说出来的并非尘世的诗的语言。特别是汉斯·卡斯托尔普，觉得这个词非常出色。“弹指一挥间”是霍尔格的时间要素，这是理所当然的。他必须用箴言来回答人们的提问，它当然已经忘记如何运用人间的语言和精确的度量单位了。——还有谁想了解它的一些情况？莱费小姐承认自己有某种好奇心，想知道霍尔格的外貌如何，或者过去某一段时期的长相如何。它原来是不是一个美男子？——阿尔宾命令说，您还是自己去问吧，因为想问这一类的话会降低自己的身份。因此她亲昵地问，幽灵霍尔格是否有一头金色的鬈发。

“一头漂亮的棕色的、棕色的鬈发，”玻璃杯一步一拖地移动着，把“棕色的”这个词仔细地拼了两次。小圈子里的人喜形于色。女士们公然表达对它的爱慕之情。她们斜对着天花板，举起手作出飞吻的姿态。丁富窃笑着说，霍尔格先生似乎颇爱虚荣。

这一下，玻璃杯可勃然大怒了！它在桌面上疯狂地、漫无目的地转来转去，怒气冲冲地摇摇摆摆，后来倒了下去，滚在斯特尔夫人的怀里，她吓得面无人色，张开手臂，眼睛朝下看着它。人们小心翼翼地用歉疚的心情把它送回原处。他们还责备了那个中国人。他竟敢说出这样的话来！难道他看不出，他的冒失已造成了怎样的结果？如果霍尔格大发脾气，不肯再说一句话又怎么办？他们对这只玻璃杯说了许多恭维话。它也许能为他们赋些诗吧？在它还没有浮游在“弹指一挥间”的时候，他可是一位诗人啊。唉，他们多么希望它能作一些什么诗歌来！他们会诚心诚意地欣赏的！

① 腹语是一种不动嘴唇说话的技巧，听起来声音宛如从腹内发出。

瞧，好心肠的玻璃杯跳了一下，表示同意。从它跳动的姿势上可以看出，它心情好，已肯谅解。于是幽灵霍尔格作起诗来，诗冗长而详细，它不假思索地写来，天知道有多么长——看来，他们根本没有办法叫它沉默！这是一首惊心动魄的诗歌，是不动嘴唇从腹内发出来的，在座的人一面赞叹，一面同它一起朗读，它具有某种魔幻的现实感。它吟咏的主题主要是一望无际的海洋——在海岸上沙丘起伏的岛国里，有一个深而弯曲的港湾，沿着港湾狭窄的沙滩，升起了海洋浓重的雾霭。哦，看啊，在浩渺的海面上，一片葱绿色渐渐消隐，最后消失在永恒中；在重重的雾帘之下，夏日暗红色和乳白色的光带迟迟不愿下山！谁也无法描述，水面上活泼的银白色的反射光何时及如何变成珍珠色的微光，变成淡色的——色彩斑驳的——乳白色的月长石的闪光，颜色变化多端，莫可名状。……啊，它是多么神秘地形成，而无声的魔法消失了。海洋沉睡了。但夕阳的温柔的余晖，还在地平线上残留着。天空一直到深夜还没有暗淡下来。沙丘的松林里发出一种幽灵似的青光，使地面上的沙粒看去像雪一样白。迷惑人的冬天的森林沉默不语，只有一只猫头鹰振翅飞翔时的声音。让我们此时在这里待上一会！我们脚下的沙子是多么轻，夜又是多么深，多么静！我们下面的海洋正在缓慢地呼吸，而且在梦魂中不时在嗫嚅。你还想再见到海吗？那你就走到沙丘那灰白色的冰川一般的斜坡上去，一直爬上柔软的沙土，让沙土在你的鞋子里有一种凉飕飕的感觉。灌木丛生的陆地向下陡峭地倾斜，一直伸展到卵石累累的海滨；在远方即将消隐的地平线上，不时闪现着落日的余晖……在这里的沙地上躺下吧！沙地冷入骨髓，又软如面粉和丝绸！手里握着的沙子，从手指间像一条又白又细的光带落了下来，在你身边的地面上形成了一个软绵绵的小丘。你可知道这种细丝般的流动吗？这是通过计时沙漏的无声的细流，是点缀隐士茅舍的易脆的道具。一本翻开的书，一个骷髅头，在台上轻巧的架子里，放着瓢形薄玻璃沙漏，里面有少许取自永恒的沙子，计算着时间，它是一个既神秘而又神圣地使人望而生畏的东西……

幽灵霍尔格就是这样即兴赋诗。这是一首富有奇妙想象力的“抒情”诗，从有乡土气息的大海一直写到隐士和他的冥想工具。诗里有一些大胆的、想入非非的词汇，既富有人性，也富有神性。这个圈子里的人们在拼这些词儿时，都觉得不胜惊异，几乎来不及欣喜若狂地喝彩；玻璃杯转来绕去有千百次之多，而且速度很快，一点也不想停住——一小时过去了，这首诗还一点看不出快要结束的模样。接着，它不厌其烦地说起做母亲的十月怀胎之苦和情人的第一次接吻，说到痛苦的王冠和上帝严父般的仁爱；还深入探索人的本性，忘情于缕述各个时代、各个国土和宇宙空间，一度甚至述及迦勒底人[①]和黄道十二宫。如果那些搞灵交术的人最后不从玻璃杯那儿移开了他们的手指，向霍尔格千感万谢，并且说这一回它已经说得够多了，大家感到意想不到的快乐，没有人把这首诗记下来真是永远令人遗憾，还说由于无人记下，写出来的诗肯定已经被人遗忘——因为这首诗像梦幻那样令人有些捉摸不定，可惜大部分已经遗忘……那么霍尔格肯定会说个通宵。下次可要不失时机地请一个速记员来，在白纸上记下黑字，以便能够连贯地读出。可是目前，在霍尔格泰然自若地回到“弹指一挥间”之前，要是它能对这个圈子里的人们提出的这个或那个实际性问题作一番回答，那就太好了，在它来说是做了一件天大的好事——至于提些什么问题，他们还心中无数。不过从原则上说，它是否异常乐意回答这样的问题呢？

“乐意，”它这样回答。然而他们却发现了一个难题：他们不知问些什么才好。这好比神话里一样，一当仙女或侏儒提出一个问题，人们就战战兢兢，唯恐宝贵的机会溜失。世界和未来似乎有许多东西值得去获悉，人们有责任去作一番选择。由于没有人能下一个决断，于是汉斯·卡斯托尔普问，问时一只手指按在玻璃杯上，一只手捏成拳头托住左腮，他想知道，他还将在这儿山上住上多少时间，原来他只准备待上三星期。

好吧，既然大家想不到更好的提问，就让幽灵凭着它无限丰富的知识来回答这个随便碰上的问题吧。玻璃杯踌躇了一会，然后移动了。它

① 系古代的一种巴比伦人，以星占术见长。

的跳动方式十分特别，看来同汉斯所提的问题毫无关系，拼出来的诗句谁也看不懂。它先拼出一个“走”字，后来拼出了一个“斜向的”，这个词的意思谁也搞不清楚。再后面的词，则是指汉斯·卡斯托尔普的房间。这样看来，这是一道简短的指令，提问题的人应当“斜向穿过他的房间走去”——斜向穿过他的房间？斜向穿过三十四号病室？这是什么意思？当人们坐着商议，摇头晃脑时，忽然响起了拳头重重叩门的声音。

大家的血都凝住了。这是突然袭击吗？是克罗科夫斯基大夫站在门外，来破坏这次被禁止的集会？人们露出了一脸狼狈相，等待着捣蛋的人进来。这时桌子中央也发出了一响猛烈的拳击声，仿佛表明第一个响声也不是来自门外，而是室内发出的。

这是阿尔宾先生开的卑鄙的玩笑吧！但他信誓旦旦地否认这个；况且即使他不是这样说，大家都确信屋子里谁也没有敲过什么。那么这是霍尔格干的吧？他们看看爱莉，她那副沉默的神态在众人面前显得十分古怪。她靠在椅子上坐着，手腕垂下，手指尖碰在桌子的边缘上，脑袋歪向一侧的肩胛，竖起眉毛，小嘴的嘴角稍稍弯向下面，所以看来更小了。她脸上挂着一丝微笑，微笑中既有诡谲的成分，也有天真无邪的成分。她用孩子般的蓝眼睛斜视前面的空间，但什么也没有看见。大家叫她，但她全然没有反应。就在这一瞬间，台灯的灯光熄灭了。

熄灭了？斯特尔夫人再也忍不住了，她尖声怪叫起来，因为她曾听到转开关的声音。灯光不是自然熄灭的，而是被某人的手关掉的，说得客气一些，可以称它是一只“外来的”手。难道是霍尔格的手吗？到现在为止，他一直表现得温文尔雅，颇有诗人之风——可现在，它已开始退步，耍起无赖，闹起恶作剧来了。谁料得到那只猛叩房门、猛击桌子和无耻地把台灯熄灭的手，不会扼住哪一个人的喉咙呢？在黑暗中，人们高声尖叫，要火柴，要手电筒。莱费小姐怪叫一声，有人拉着了她前额的头发。由于恐惧，斯特尔夫人厚着脸向上帝大声祈祷：“啊，主呀，这一回就饶了我吧！”她尖叫着，呻吟着，虽然大难临头，她还是要求赦免。倒是丁富博士有头脑，出了一个好主意：他想到应当打开吸顶灯，于是室内立刻灯火通明。他们已经搞清了这一事实：台灯实际上不是偶然熄灭，而是被人关掉的，只要暗暗地把开关再转一下，就能恢复光明。恰在这时，汉斯·卡斯托尔普本人暗暗获悉了一个令人惊异的情况，他把这看作是在这里显灵的幼稚的“黑暗势力”赐给他的特殊关照。原来在他的膝上有一个轻巧的东西，那是他的舅父从外甥的五斗柜上取去看时曾经大吃一惊的“纪念品”——一张显示克拉芙吉亚·肖夏体内图像的玻璃底片，而这张底片，他，汉斯·卡斯托尔普，肯定不曾带到这个房间里来。

他不让别人注意地把它藏了起来。别人都在忙着照料爱伦·布兰特，她依然呆坐在老地方，姿势与前相同，目光呆滞，脸上有一种古怪的、不自然的表情。阿尔宾先生在她的脸上吹气，而且仿效克罗科夫斯基大夫在她脸前用手向上做出一扇一扇的动作。这样她总算苏醒过来，但不知为什么却抽抽答答地哭了。大家抚摸她，安慰她，吻她的额头，并且打发她睡觉。莱费小姐说，她准备跟斯特尔夫人一起过夜，因为那个已吓得魂不附体的女人不敢上床。汉斯·卡斯托尔普在胸袋里已经藏着这件靠神灵之助获得的东西，并不反对同其他男士一起在阿尔宾的房里喝一杯法国白兰地跟这个有越轨行为的夜晚告别，因为他觉得这类事既不刺激他的心灵，也不妨碍他的精神，只是影响到他的胃部神经——而且这样的影响是持续性的，正如晕船的人在上陆后还有好长一段时间感到恶心和因而引起的眩晕。

他的好奇心眼前已得到满足。霍尔格的诗歌一眼看来固然写得不坏，但整个说来，却充满了事前预料到的那种沮丧气氛，毫无情趣可言。他确确实实地、情不自禁地怀着这样的感受，因而他想，就让地狱之火爆出的这少许火花——它们触到了他的身上——自行其是吧。当汉斯·卡斯托尔普把自己的经历说给塞塔姆布里尼先生听时，对方尽心支持他，要他提高信心。“这个嘛，”他说，“就是我们还缺乏的一切。哦，可怜啊，可怜啊！”同时他还简单扼要地宣称，那个小爱莉是一个奸诈的女骗子。

对此，他的学生不置可否。他耸耸肩膀说，真实性是什么，似乎谁也说不确切，因而什么是欺骗也说不准。也许其中的界限是灵活的。也许两者之间有一些过渡阶段，在无言的和不受评价的“自然”之内存在着真实性的阶段，因而难以作出一个判定；在他看来，这里在很多程度上牵涉到道德因素。塞塔姆布里尼先生对“幻象”这个词的理解，也许是这样一种概念：他把梦幻的要素和现实的要素凑成了一个混合物，它对于我们粗杂的日常思维而言，比对于“自然”也许更为陌生。生命的奥秘确实是没有底的，因而一旦出现了幻象——而且出现在我们主人公身上，其作风是亲切、随和而漫不经心的——那又有什么奇怪呢。

塞塔姆布里尼先生对他适当地洗脑子，使那个年轻人的良心在一瞬间提高了抵抗力，而且似乎获得了对方的某种许诺，保证今后不再卷入那类令人憎恶的事情里去。

“工程师，”他向汉斯提出要求，“您要尊重自己的人格！您应当信赖明晰而合乎人性的思想，嫌恶头脑中的旁门左道和精神上的泥淖！幻象？生命的奥秘？Caro mio！[①]当用以确定和区别幻象和现实间差异性的那种道德上的勇气衰败时，不论生命也好，判断力也好，价值也好，革新也好，就统统寿终正寝，而道德怀疑的分解过程就开始进行它骇人的工作。”他还接着说，人是一切事情的衡量标准。他那认识善与恶、真实和幻象之间区别的权利，是不能转让的，谁敢于把他引入歧途，使他失去对这种创造性权利的信仰，谁就倒霉！这种人的脖子上最好挂一个石臼，让他们沉到深井中淹死。

汉斯·卡斯托尔普听了点点头。实际上，他有个时期确实对这一类实验敬而远之。他听说克罗科夫斯基大夫在地下的分析实验室里同爱伦·布兰特举行集会，还邀请了一部分病人参加。可是他无动于衷地拒绝参加——当然，他从与会者和克罗科夫斯基大夫本人口里也听说过这样和那样的试验成果。曾经发生了与克莱费尔特房间里类似的随心所欲的魔法现象，例如敲桌子，敲墙壁，把电灯熄灭，诸如此类。在这些集会里，当伙友克罗科夫斯基用他的法术把小爱莉催眠并使她达到梦幻状

---

① 意大利文：我亲爱的！

态后，又对上面种种现象系统地、尽量保证其真实性地加以记录及投入实验。事实表明，如果用音乐伴奏，干起这件事来就轻松些，因此在这些夜晚，留声机就换了地方，已为搞幻术的那伙人所占有。不过这一回放唱片的是波希米亚人文策尔，他对音乐有些内行，肯定不会胡乱使用，把留声机损坏，所以汉斯·卡斯托尔普交给他时倒也心安理得。文策尔选出了一组适合于特殊用途的唱片，其中有各类轻音乐、舞曲、简短的序曲和其他小调[①]。因为爱莉并不要求听更为高级的音乐，这些唱片完全达到了目的。

汉斯·卡斯托尔普又听人家说，在音乐伴奏之下，一块手帕自动地，或者被一只隐蔽的“魔爪”折拢后从地上升起；大夫的字纸篓飘浮而起，一直升到天花板处；挂钟的钟摆在“无人过问”的情况下一会儿停，一会儿又摆动起来；桌上的铃一会儿“被取去”，一会儿又响了，还有其他类似的乱七八糟、毫无意义的怪现象。那个博学的实验指导人以欣喜的心情给这些成果冠以一个希腊词，这个词既富于科学性，又十分优雅。大夫在他的讲演和私人谈话中解释说，它们都是一些“遥传动力学”现象，也就是说一种远处动能传感现象；大夫把这归到科学上称之为“有形化”这一类的现象范畴，而对于爱伦·布兰特的试验企图和目标，也正是朝着这个方向进行的。

在他的谈话中，还讲到潜在观念群在物体上投影的有机的心灵现象，谈到被视为催眠状态的源泉的灵媒状态；对于这种现象，人们可称之为客观化的潜在观念，只要自然的“自己有形化”能力获得证明。这是在一定条件下获得思维的能力，它使物质引向自己方面，并借助此一物质暂时使自己有形化。这一物质从灵媒的身体中释放出来，通过外界作用于生物学有生命的末梢器官，例如抓物件的肢体，两只手——人们在克罗科夫斯基大夫实验室里目睹的那些令人惊异的、不可思议的现象，就是这样产生的。有时，这些肢体可以看见，可以触摸到，而且在石蜡和石膏里获得了它们的形式，但在某些场合下却无法完成。有时，

---

① 原文 Dideldum，是一个象声词，原意是唱歌或奏乐时哼的模仿苏格兰风笛或手摇风琴声调的伴腔。

头部、显示出各人特征的脸部和整个幻象，都显现在实验者的眼前，在某种局限程度内同他们保持接触。在这里，克罗科夫斯基大夫的学说开始带有妖气，走到旁门左道的方向去，而且像他在讲述“爱”的问题上时一样，讲话中带有模棱两可、暧昧不明的性质。现在，他的学说已不再是实际上客观地反映灵媒的主观内容及其被动的辅助者性质的纯粹而可以察见的科学学说，它已成为外界的自我和彼岸的自我的一种杂烩，至少一半对一半——有时至少是这样的。它涉及——这里只是可能性，而没有多大的假定性——没有生命的自我，涉及使其变为复杂并在一瞬间神秘地利用有利机会使自我再度回复到物质的形态并显现于召唤者眼前的一种物象———言以蔽之，是召唤死者的一种灵交术。

克罗科夫斯基伙友同他那群人最近致力于研究的，就是这样一些现象。他埋头于这项工作，脸上总是带着“结实的”微笑，对同伴们愉快地满怀信任；他孜孜不倦而又十分内行地从事这项令人怀疑而又困难重重的工作，探究鬼魂的奥秘。他是一个当之无愧的领导人，甚至在这个领域最令人疑惧的方面也是如此。由于爱伦·布兰特有非凡的功能，他不遗余力地对它加以开发，训练；从汉斯·卡斯托尔普获悉的一切情况来看，他的工作似乎卓有成效。

某些参加活动的人，都感到一些有形化的手触摸过他们。检察官帕拉范特由于超验而感到被幽灵打了一记狠狠的耳光，并且由于获得了这一科学成果而兴高采烈，他甚至渴望在另一侧面颊上再挨一下耳光——尽管他是一位绅士，一个法官，决斗俱乐部的一名老会员。如果这一记耳光系出自活人之手，那他不得不采取另一种态度了。A.K.费尔格一向是一个逆来顺受、同一切高尚之物无缘的人，有一天晚上他感觉一只幽灵的手握住自己的手，根据触觉，他确信这只手也和自己的一样，有血有肉，十分完整。手握得热烈而不失礼仪，但一下子又莫可名状地抽了回去。

过了相当长的一段时间，大概有两个半月吧，在一周两次的某次集会上，出现了一只来自冥府的手——在与会者看来，这是一只年轻人的手——在一盏罩有红纸的台灯的照射下，手的颜色有些儿红；这只手越过桌面时，手指也在抖动，大家都看得清清楚楚，而且在一个陶瓷器皿上留下了沾有面粉的手印。只过了八天，克罗科夫斯基大夫的一群合作者(其中包括阿尔宾先生、斯特尔夫人和马格努斯夫妇)快到半夜时气急败坏地、欣喜若狂地出现在汉斯·卡斯托尔普的阳台间，那时他正在砭人肌骨的严寒中打盹。他们七嘴八舌地告诉他，他们已看到了爱莉的那个霍尔格，他的脑袋出现在处于催眠状态下的爱莉的肩胛上，他真的有一头“漂亮的、棕色的、棕色的鬈发”，在它消隐之前，它微笑了，笑得那么温柔，那么忧郁，叫人难以忘怀！

汉斯·卡斯托尔普想：霍尔格这种高尚的忧郁，和它其他的行径，它那没有幻想的幼稚行为和粗鄙的流氓作风——例如检察官帕拉范特挨的一记耳光，这种耳光一点也不能体现出他忧郁的性格——究竟有什么共同之处呢？这里，人们显然不能要求它在品德上前后一贯。它的气质也许同歌曲中那个驼背的矮人[①]一样，他可怜巴巴地一心一意想做恶作剧。霍尔格的崇拜者对此似乎并不放在心上。他们所关心的，就是想叫汉斯·卡斯托尔普放弃原来那个克制自己的主意。现在什么都是那么美妙，他一定得参加下次的集会。爱莉在催眠状态下曾经答应过大家，她能够把在座各人所要求的任何一个死者的亡魂召唤回来。

任何一个人吗？尽管如此，汉斯·卡斯托尔普还是不愿出席。不过“任何一个死者”这几个字一直盘踞在他的心头，三天之内，他终于决心改变主意。准确地说，使他改变主意的用不着三天工夫，只是几分钟时间而已。有一天晚上，音乐室里已阒无一人，他又放起那些镌刻着瓦伦廷十分动人品格的唱片来。他坐在椅子里，倾听英勇的战士在奔赴光荣的战场前所作的祈祷：

如果上帝把我唤到天庭，
我一定垂顾你，保护你，
哦，玛格丽特！

① 这里指古代小说中的人物阿哈斯维鲁斯。他是耶路撒冷的鞋匠，与耶稣基督同去加尔各答旅行，因举止唐突，被罚在最后审判日里在地上彷徨。

他像往常一样，听了这支歌后意气风发。不过这一回，由于某种原因，汉斯·卡斯托尔普显得更振奋了，情绪浓缩成为一种愿望。他的心里异常激动，想道："不管此事是否多此一举或者有罪，说什么也是一件非常奇妙而且十分有趣的冒险行为。他，如果他同这事打交道，是不会嫌恶的，这个我了解他。"他记起了这么一回事：有一次他和表哥在爱克司光室里，当他向表哥提出是否允许他有失礼貌地看看他肺部的透视情况时，表哥在一片漆黑中慷慨大方地回答："没什么，没什么！"

第二天早晨，他宣布参加下次的晚会。正餐后半小时，他跟着那些在神秘的世界里过惯了生活并且一路无拘无束地谈天的人们一起走进地下室。他们都是一些雷打不动的老前辈或者老资格的成员，例如丁富博士和波希米亚人文策尔，这两个人，汉斯先在阶梯上、后来在克罗科夫斯基的小房间里碰见了。此外还有费尔格先生和韦泽尔先生，检察官，莱费小姐和克莱费尔特小姐，更不必说那些告诉他霍尔格显灵的人和灵媒爱莉·布兰特了。

当汉斯·卡斯托尔普跨进饰有名片的房门时，那个北方少女已处于大夫的护理之下了。她站在克罗科夫斯基身边；大夫穿黑色的工作服，胳膊慈父般地搂住少女的肩胛。她和大夫一起站在由地下室廊下通往这位助理医师住所的石阶脚下，等待客人，并向他们表示欢迎。双方都互致问候，喜气洋洋。看来，大家存心使会开得无拘无束，不要那么一本正经。人们大声地、风趣地谈话，开心地交互碰碰对方的肋骨，从各方面表示自己无牵无挂。克罗科夫斯基大夫脸上始终浮现着坚实的、能博得人们信赖的微笑，笑时胡须间露出了两排黄牙。他见到每个人都说一声"欢迎您"，在迎接汉斯·卡斯托尔普时，他的声音特别热情。汉斯默默无言，他的脸色显出游移不定的神态。"我的朋友，鼓起勇气来！"主人紧紧地、几乎是粗暴地握着这个年轻人的手，一面摇头摆脑地似乎在这么说。"谁在这里垂头丧气呀？这里既不需要胆小鬼，也不需要伪君子，只需要认认真真、快快乐乐地干没有偏见的研究工作！"不过汉斯对大夫的这种哑剧并不感到更好受些。我们让他回忆起过去在放射室里所下的决心，可是他的思路和他目前的心情一点儿也对不上号。目前的处境，倒使他栩栩如生地想起好几年前第一次和同学们一起到圣保利区一个娼妇家去的情景，那时他有些醉醺醺的，当时他怀着激动而又自负，好奇，轻蔑而又敬畏的复杂心情，此情此景既十分奇妙，又令人难以忘怀。

全体人员既已到场，克罗科夫斯基大夫就派两名助手退到邻室去监护灵媒的身体。这一回助手是两个女人，即马格努斯夫人和皮肤白如象牙的莱费小姐。汉斯·卡斯托尔普和其他剩下的九个人在大夫的书斋兼诊疗室里静待精密的科学分析的结果，而这种科学分析经常是搞不出什么名堂来的。他熟悉这个房间；以前有一个时期，他曾背着约阿希姆同这位精神分析学家在这里谈过话。室内有一张写字台，旁边有一把安乐椅和就诊时坐的靠背椅，它们都在房间内侧左边的窗口；在边门的左右两侧书架上，摆有他日常必需用的一些图书；右侧一隅斜放着一把铺有蜡布的长沙发，用折叠式的屏风与写字台及就诊坐椅等家具隔开。大夫的医疗器械玻璃柜也放在那个角落，另一个角落里则置有希波克拉底[①]的胸像，而在右面侧壁的煤气炉上方，挂着伦勃朗[②]人体解剖的铜版画。这是一间像别的许多一样极其普通的就诊室，但可以看出，陈设方面已作了某些改变，以应特殊目的之需。一张红木圆桌本来放在房间中央，周围都是安乐椅，上面是电气枝形吊灯，下面几乎整个地方都铺着红地毯，现在已搬到前方左隅墙角的石膏胸像之下，而一只较小的、罩有一块轻巧台布的桌子(桌上有一盏包着红绸的小灯)则被斜移到煤气炉的近旁，炉子正散发出干燥的热气。在小桌上面的天花板下方，还有一个电灯泡悬着，灯泡上除包着红纱外，还有一层黑纱。这张小桌子的上面和旁边，有两个引人注目的东西，它们虽都是台铃，但结构不同，一个是手摇的，一个是揿的。另外还有盛有面粉的盘子和字纸篓。

小桌子周围有各种类型的椅子和安乐椅十二把左右，它们绕桌围成一个半圆形。它的一端靠近长沙发的脚，另一端差不多正好在房间中央枝形吊灯的下方。留声机就放在这里最后一把椅子的近旁，离边门正好

---

① 希波克拉底(公元前460—前357)，希腊医学家。

② 伦勃朗(1606—1669)，荷兰画家。

半当中的地方。轻音乐唱片放在旁边的一把椅子上。这就是整个布置的情况。这时红灯还没有亮。天花板上的枝形吊灯放射出亮光，照耀得如同白昼。写字台纵侧上方的窗子用一块黑布遮住，前面还挂着一条奶油色的带有尖孔的窗帘，即所谓白色透明窗帘。

过了十分钟，大夫带着三个女人离开小室回来了。小爱莉的外表已经改变了。她不再穿自己原来的衣服，而是穿一件灵交用的专门服装。这是一件用白绉纱做成的睡衣模样的服装，腰部用一根腰带束住，而她细细的手臂则露了出来。穿着这身衣服，她那少女的胸脯显得温柔而无拘无束，同时似乎显得有些飘飘然。

大家热情地招呼她。"你好，爱莉！你看去又是多么迷人！像一个纯洁的仙女！真漂亮，我的天使！"听到人们赞美她的服装，她莞尔一笑；她清楚地知道，这套衣服是合身的。"准备工作，一切都没问题！"克罗科夫斯基大夫明确地宣布了。"开始干吧，各位朋友！"他又加上一句；他在发"r"音时，舌头像外国人那样在上颚只碰撞了一次。汉斯·卡斯托尔普听了大夫的说话心里不很舒服，他正想学别人的样(这时别人一面谈天说地，相互拍拍对方的肩膀，一面开始坐到椅子上，组成一个半圆形)坐到某个位置上去，大夫却亲自找上了他。

"我的朋友哟，"他说，发"朋友"的声音有些走样，"在某种程度上说，您在我们这群人中间是一个客人或者新手，因此今天晚上，我想授给你一项特别光荣的权利。我托您监护我们的灵媒。我们的工作方法是这样的。"接着，他陪年轻人到半圆形的一端，即靠近长沙发和屏风的地方，那里，爱莉坐在一把普通的藤椅上，她的脸与其说是朝向房间中央，还不如说朝向石阶下面入口处的那扇门。大夫自己也在同样的一把藤椅上坐下，位置同她的贴得很近。他抓住她的手，把她的两个膝盖夹在自己的膝盖中间。"您得照我的样子干！"他吩咐汉斯·卡斯托尔普，要汉斯学他的样。"您得把她的膝盖完全夹紧。另外，您也能获得别人的帮助。克莱费尔特小姐，我请您帮个忙吧?"那位小姐得到了大夫殷勤而带有外国腔的命令，就走到他们那边来了；她伸出两只手，把爱莉脆弱的手腕紧紧握住。

这个娇美少女的脸同汉斯·卡斯托尔普的贴得那么近，汉斯不可避免地盯着她看。他们的目光相遇，但爱莉当即避开了，眼睛朝下，表示害羞，这也许是入情入理的。她稍稍有些不自然地微笑了，侧过了头，而且稍稍噘起了嘴，情态同不久前“玻璃杯显灵”的集会上一样。不过少女的这位监护人面对着她这副忸怩的神态，不禁勾起了往事的回忆——他想得很远，想到另外一件事：他觉得，以前有一回，当他同约阿希姆和卡伦·卡斯特德一起站在“达沃斯村”墓园里那个尚未筑成的坟墓前时，卡伦那姑娘也这样微笑过……

围成半圆形的人们坐了下来。他们一起有十三个人，波希米亚人文策尔不计在内，因为大家经常留着他照管留声机，而他在放唱片的工作准备就绪后，就面向房间中央在留声机旁的一条凳子上坐了下来。他随身还带了一把吉他。克罗科夫斯基大夫在转了一下开关将两盏红灯熄灭、再转了一下开关将吸顶灯熄灭后，就在中央枝形吊灯下面围成半圆形的一些椅子的对侧坐了下来。室内黑沉沉的，只有一些微光；远处之物和各个角落一点也看不清楚。只有小桌子的桌面和它的周围还被微红的光线照亮着。在以后几分钟里，人们连邻座的人也几乎看不见。好一会儿，人们的眼睛才对这片黑暗适应起来，而且懂得利用现有的灯光，而炉子里一闪一闪的火焰也为室内增添了一些光亮。

大夫在灯光方面说了几句话，对其缺乏科学根据表示歉意。他提请人们注意，别以为这样是为了酿成一种气氛和有意使场景神秘化。遗憾得很，眼下无论如何也不能有更多的光亮。这里要研究的那种“力”具有这样一种本性：它在白光下是不能显现的，否则就不能达到预期的效果。这是一个先决条件，大家只得暂时忍受一下。汉斯·卡斯托尔普对此感到满意。黑暗对他有好处，它冲淡了整个环境的离奇气氛。此外，他回忆起在爱克司光检查室里为了在黑暗中辨认荧光屏上的图像，他不得不恭恭敬敬地振作起精神来，而且在“观看”之前先把习惯于白昼光线的眼睛“擦擦干净”。

克罗科夫斯基大夫继续他的开场白说（显然特别是针对汉斯·卡斯托尔普），现在，灵媒已不再需要由他医师来催眠了。正如监护人将可看到的那样，她自动进入催眠状态，一旦入眠，就由灵媒的守护神——例如我们已知的霍尔格——用他的声音说话；怀着愿望的人们不应对她说话，而是应当跟霍尔格之流的守护神说话。另外，如果认为人们一定要在所期待的幽灵面前聚精会神，那也错了，可能会导致不良的结果。相反地，他们应当分散一些注意力，而且稍稍说些话。汉斯·卡斯托尔普应当特别注意，要把灵媒的四肢完整地保护好，一动也不能动。

“大家手拉手！”克罗科夫斯基大夫最后说。他们按他的吩咐做去，但由于在黑暗中一下子摸不到旁边那个人的手，哈哈大笑起来。丁富博士坐在黑尔米内·克莱费尔特旁边，他把右手搁在她的肩上，而左手则搭住了跟在他后面的韦泽尔先生。在大夫身边坐着马格努斯夫妇，接着是A.K.费尔格；如果汉斯·卡斯托尔普没有搞错的话，费尔格握住了他右边那位皮肤白得好比象牙一般的莱费小姐的手——以下恕不赘述。

“放音乐！”克罗科夫斯基大夫发布命令，大夫后面靠近他身旁的那位捷克人开起唱机，插上针头。

“谈话！”当留声机响起米勒克[①]某部序曲最初几节的音乐时，克罗科夫斯基又发出一道命令。于是人们就听从他的嘱咐，开始交谈。他们谈天说地，内容空洞，一会儿谈冬天的雪景，一会儿谈膳食中的最后一道菜，一会儿又谈起一个新来的病人，谈起某某人擅自离院或合乎手续地出院等等。他们的谈话时断时续，有意消磨时光，谈话声有一半为音乐声所淹没。就这样过去了几分钟。

唱片还没有放完，爱莉就剧烈地哆嗦起来。她浑身震颤，她叹气，身体上部向前倾，因而额头碰到汉斯·卡斯托尔普的额头上；同时，她的两只手臂和她监护人的手臂一起，开始做起一种奇特的前后推撞的“抽气”式运动来。

“催眠状态！”克莱费尔特小姐宣布了。音乐声停止，谈话也中断了。在突然出现的一片寂静中，人们听见大夫略为拖长的男中音提出问

① 米勒克(1842—1899)，奥地利作曲家，著有多部小歌剧。

题："霍尔格在吗？"

爱莉又颤抖起来。她坐在椅子上摇摇晃晃。这时汉斯·卡斯托尔普觉得，她两只手把他的手攥得多么紧。

"她攥紧了我的手，"汉斯告诉他们。

"不是她，是他，"大夫更正了他。"是他握紧了您的手。他可来了——我们欢迎你，霍尔格，"他带着抚慰的语调继续说。"让我们衷心表示欢迎，伙计！请记住一件事！你上次跟我们待在一起时，曾经答应过：你能够把我们这些人提出的任何人的亡魂招来，让我们的肉眼看到，不管那个亡魂是活人的兄弟或姐妹。今天你愿意履行这一诺言吗？你觉得能不能办到？"

爱莉又打起战来。她叹息着，迟迟不作回答。慢慢地，她的手拉起了监护她的汉斯的手，把它们按在她的额角上，一动不动地放上一会儿。接着，她贴近汉斯·卡斯托尔普的耳朵，悄声说出一个热情的字："能！"

幽灵贴近耳朵说"能"这个字时呼出的热气使我们这位主人公的肌肤为之战栗，人们俗称它为"起鸡皮疙瘩"；关于它的性质，以前顾问大夫曾经解释过。我们说起这种因肌肤受刺激而发生的战栗现象，乃是为了对纯粹的肉体现象和心理现象作一区别，因为对他来说，恐怖也许已经不在话下了。此刻他所想的，大概是："嗯，她已经面目全非了！"可在同时，他又突然感到一种迷惘的同情和震撼，这种情感是由于某种困惑和某种幻觉的景象而产生的，也就是说，有一个他握住手的年轻人，刚才在他耳畔吐出了一个"能"字。

"他刚才说个'能'字，"汉斯向大家报告，同时觉得很不好意思。

"那好吧，霍尔格！"克拉科夫斯基大夫说。"我们相信你说的话。你一定会好好完成任务，这点我们大家都深信不疑。我们马上要告诉你我们要求显灵的亲爱的死者之名了。朋友们，"大夫侧过了脸，转向大家，"快说吧！谁怀着这个愿望？朋友霍尔格让我们看的该是谁呀？"

大伙儿默然无言。每个人等待别人说话。最近几天来，各人都在打算盘，自己的思路应当往哪个方向，应当叫谁显灵；然而召回死者的亡魂，也就是说，希望把亡魂召回，毕竟是一件复杂而棘手的事情。说到底或者说穿了，这样的希望是不存在的，这是一种误解；严格说来，它像这件事本身一样是不可能办到的，这点我们不久就可看出，如果自然让这种“不可能性”一旦展现的话。我们对死者悲伤不已，在痛苦方面也许不在于我们不可能使去世者起死回生，而在于根本不可能有这样的奢望。

大家都感到有些黯然。由于这里的问题并不等于真正的、实际性的起死回生，而只是一种情感上和戏剧性的活动，在这样的活动中，人们只想再见死者一面，因而对活人来说是一件不可思议之事。唯其如此，人们害怕去看那些想召唤死者亡魂的别人的脸，每个人都有权利表达出这样的意愿：这事还是让给别人吧。汉斯·卡斯托尔普的心情也是这样。尽管上一天夜里他耳畔还响起表哥“没什么、没什么”豁达大度的声音，但此刻还是忍住了，而且在最后一刻，他还是准备让别人发言。可是时间实在拖得太长了，他终于把脑袋转向召集人，用沙哑的声音说：

“我很想看看已故的表哥，约阿希姆·齐姆森。”

大家都松了一口气。在座众人除了丁富博士、捷克人文策尔和灵媒本人外，都认识汉斯提出的那个人。其余的人，如费尔格、韦泽尔、阿尔宾先生、检察官、马格努斯夫妇、斯特尔夫人、莱费小姐和克莱费尔特小姐，都大声叫好，高兴地表示赞成。克罗科夫斯基大夫也点头表示满意，尽管由于约阿希姆对精神分析法采取漠然的态度，两人的关系一直较为冷淡。

“那很好，”大夫说。“你听到吗，霍尔格？被提名的那个人，你生前是不认识的。你在另一个世界里认识他吗？你是不是愿意把他招来给我们？”

大家都非常焦急地等待着。睡着的少女摇晃着，叹息着，哆嗦着。她似乎在搜寻，在挣扎，东倒西歪，一会儿向汉斯·卡斯托尔普耳语，一会儿向克莱费尔特小姐耳语，说的话他们都不大了解。最后，汉斯·卡斯托尔普感到她的双手向他的握了一下，表示“能”。他向大家通报了，于是……

“那好！”克罗科夫斯基大夫喝道。“干吧，霍尔格！放音乐！”他大声说。“谈话！”他又再三嘱咐，思想上不必紧张，等待期间也不要想入非非，只要泰然自若地注意事态的发展即可。

现在，我们年轻主人公迄今所经历的最奇异的时刻即将到来了。虽然他以后的命运我们不完全清楚，虽然他在我们故事的某一阶段将在我们的眼前消失，但我们仍然认为，这是他所经历的最奇特的遭遇。

好些时间过去了——说得明确些，两小时以上过去了；对霍尔格目前从事的“工作”来说，或者把少女爱莉的工作也实际上考虑在内，这不过是一个短暂的间歇。干这件工作，时间竟拖得惊人地长，最后大家都开始灰心丧气，怕搞不出什么结果来；此外，他们出于纯粹的同情心，真想叫爱莉半途而废，因为她所肩负的任务，对她来说似乎确实重得叫人可怜，非她荏弱的能力所能胜任。我们男人如果不想逃避做人的责任，根据某种生活经验就会了解到这种强烈的难以忍受的怜悯心，这种怜悯心别人谁也不理解，而且也许一点也不得体。我们胸口中会迸发出一句愤怒的“够了！”，尽管“这个”不会不够，也不该不够，就这样不知怎的一直到结束。读者诸君想必了解，我们这里说的是丈夫和父亲之道，说的是分娩过程，它同爱莉的挣扎毫无二致，即使没有此项生活经验的人也一定认识到。年轻的汉斯·卡斯托尔普也是这样，他没有规避生活，因而看到爱莉眼前的姿态，也联想起充满有机体神秘性的分娩过程。可爱莉是怎么样的一种姿态呀！而且是为了怎样的目的！况且在何等情况之下！看到了这个红灯映照下的闹哄哄的分娩室里触目惊心的具体景象——一方面，年轻的产妇穿着飘飘然的睡衣，露出了手腕；另一方面，留声机里一刻不停地放送着放荡不羁的音乐，人们按照命令排成半圆形，故意发出嘈杂的讲话声，而且不住为痛苦地挣扎着的女人开心地打气，说什么：“喂，霍尔格！鼓起勇气来，霍尔格！快来了！别松气，霍尔格，努力让他出来，这样一定会成功的！”——看到了这幅景象，谁都不能不说这样的事叫人十分反感。我们在这里也一点不想把“丈夫”的为人和地位排除在外——如果我们应当把汉斯·卡斯托尔普看成是怀有这种愿望的丈夫的话——这样的丈夫用自己的膝盖夹住“做母亲的”膝盖，而且把她的手紧握在自己手里：这双小手那么湿，像以前少女莱拉的手一样，因而他得经常重新把它们握住，免得滑脱。

在座各人的后面，煤气炉放射出热气。

神秘而又庄严肃穆吧？唉，不。在一片红彤彤的幽暗里，一切都是那么喧闹而庸俗。人们的眼睛对这片幽暗已渐渐习惯了，因此已能相当清楚地看到室内的景物。音乐和响声使人想起了救世军喧嚣的鼓声与歌声，也使汉斯·卡斯托尔普联想起一些兴高采烈的狂热的信徒举行的祭神集会，这种集会他到现在为止从未参加过。这一场面充满神秘性，在那位多愁善感的青年身上引起的是一种虔敬，但其中并不带什么妖魔鬼怪的意味，而是仅仅带有一种自然的、有机的意味——这是由于两者之间血缘相近的缘故，这点我们上面已经说过。

爱莉在休息了一段时间以后，她又一阵阵挣扎起来，软绵绵地斜靠在椅子上，显得灵魂出窍，克罗科夫斯基大夫称这种现象为“深度催眠状态”。不一会她又跳起身来，呻吟着，左摇右摆，对她的监护人推推搡搡，拉拉扯扯，还在他们的耳边说一些激动的、毫无意义的悄悄话，身子一歪一斜的，似乎想把什么东西从身体里扔掉，后来把牙齿咬得格格响，有一回甚至咬着了汉斯·卡斯托尔普的袖子。

就这样过去了一小时以上。此刻，召集人觉得暂时休息一会对各方面都有利。捷克人文策尔为了调剂一下气氛，关上了留声机后就娴熟地奏起他的吉他来，弹好后把乐器搁在一边。他们把手分开，吐了一口长气。克罗科夫斯基大夫走到墙边，打开了吸顶灯，室内顿时一片光亮，众人刚才习惯于暗室的眼睛都傻乎乎地闭拢了。爱莉低垂着头睡觉了，脸孔几乎贴近膝盖。人们看到她正从事一种稀奇古怪的活动，别人对这一现象似乎十分熟悉，但汉斯·卡斯托尔普觉得很惊异，而且还在注意地观察：有几分钟工夫，她的手掌在臀部附近摸来摸去——后来又把手挪开，过一会再放回原处，做着汲水或搔耙的动作，仿佛要把什么东西收集进去。这时，她的身子抽搐了好几下，眨巴着眼睛，睡眼惺忪地看着灯光，微笑起来。

她微笑了，笑得很妩媚，同时有些含蓄。刚才大家那么同情她的苦苦挣扎，事实上似乎多此一举。从她的外表看，刚才她似乎并不特别疲倦。也许她对此一点儿也记不得了。她坐在窗边写字台后横侧、写字台与长沙发周围的屏风中间那把克罗科夫斯基供病人坐的安乐椅里；她把安乐椅转了一下，这样胳膊肘就能支在写字台的台面上，同时瞪着这个房间看。她就这样坐着，大家向她投来深受感动的目光，还不时向她快乐地点点头。她在整个休息期间一言不发，休息持续了十五分钟。

这场休息很合时宜，它解除了刚才从事工作时的紧张气氛，使大家松了一口气。男士们的烟盒噼噼啪啪地响了起来。大家舒舒坦坦地抽烟，他们三五成群，交头接耳，谈论今晚集会的前景。没有多大根据使人们对前景抱沮丧态度，怕最后不会获致什么成果。有种种迹象表明，这样的悲观情绪是完全应当禁止的。坐在半圆形另一端靠近大夫的那些人，一致认为他们好几次清晰地感到有一股阴飕飕的冷气从灵媒身上的某个方向传来，这种冷气通常是幽灵即将出现的标志。另一些人则认为他们看到了某种发光现象。他们看到的是白色的光斑，游移不定的能量凝聚小块，它们在屏风前曾多次出现。总之，不要泄气！不要灰心！霍尔格既然作出了许诺，大家就没有权利怀疑它会不会履行。

这时克罗科夫斯基大夫下起命令来：实验重新开始。他亲自领爱莉回到原来那张多苦多难的椅子上就座，抚弄她的头发，而其余的人也各就各位。一切像以前那样进行。汉斯·卡斯托尔普要求大夫解除他第一轮监护人的职务，但被大夫婉言谢绝了。大夫说，他强调这么一点：他要让表示出这样愿望的人确凿无疑地认识到，任何操作过程都是绝对不能欺瞒灵媒的。因此，汉斯·卡斯托尔普又同爱莉面对面地执行着他那奇妙的任务。灯光熄灭了，代之以一片暗红色的朦胧。音乐重新开始。过了几分钟，爱莉又剧烈痉挛起来，作“抽气”运动；这一回，是汉斯·卡斯托尔普宣布她进入“催眠状态”。令人反感的分娩过程又继续了。

这真是可怕的难产！她似乎不想生孩子了——她能生吗？多么痴狂！她是怎样怀胎的？分娩——怎么分娩，分娩什么？“救救我，救救我！”少女呻吟着，她的阵痛快要变成产科大夫称之为“子痫”的无法医治和危险的持续性痉挛了。她在阵痛期间叫大夫助一臂之力，大夫前去帮助，对她说了些鼓励性的话。催眠术——如果这算得上是一种催眠术的话——增强她继续搏斗的信心。

第二小时就这样过去了。这一时期内，室内时而吉他奏鸣，时而留声机放送出轻音乐，他们习惯于白昼光线的眼睛又能适应朦胧不明的灯光了。这时发生了一件插曲，这是由汉斯·卡斯托尔普引起的。他提出了一项动议，说出了自己的一个愿望和设想，他一开始就怀着这样的想法，也许早该提出来的。爱莉刚躺好，双手合十，搁在脸上，进入“深度催眠状态”。当时文策尔先生正想换唱片或翻一个面，我们的主人公却下定决心说，他要提一个建议，建议本身固然无足轻重，但也许对事情有益。他那边有……也就是说，疗养院的唱片库里有一张古诺的关于“玛格蕾特”的唱片，是瓦伦廷的祈祷，他是一个男中音，有管弦乐队伴奏，十分悦耳动听。他汉斯这个建议人认为，不妨试一下这张唱片。

“干吗要这张唱片？”大夫透过暗红色的微光问……

“这是气氛问题和情感问题，”年轻人回答。那张唱片的情调十分独特，别具一格，最好试放一下。根据他的看法，这张唱片的情调和气质也许能缩短爱莉的工作过程——这一可能性不能完全排除。

“手头有这张唱片吗？”大夫问。

不，手边没有。但汉斯·卡斯托尔普能轻而易举地把它取来。

“您想到哪儿去了！”克罗科夫斯基大夫坚决不予考虑。什么？汉斯·卡斯托尔普想去而又来，拿什么东西，以后又把中断了的工作再承担起来？他这人说这种话可谓毫无经验。不，这干脆办不到。什么都会毁了，大家得从头做起。科学是精确的，不允许考虑这种任意进进出出的可能性。门也许关着。他，大夫，在衣袋里藏着钥匙。总之，如果唱片不能轻而易举地找到，那么必须……他的话还没有完，留声机旁边的捷克人插话了：

“唱片在这儿。”

“这儿？”汉斯·卡斯托尔普问。

是的，这儿。玛格蕾特。瓦伦廷的祈祷。谢天谢地。它例外地被放到轻音乐的唱片集里，并不按照原来的安排放在第二号绿色的咏叹调唱片集里。它偶然地、反常地、粗心地、幸运地而且胡乱地落到这里来，只要放上就行。

汉斯·卡斯托尔普有什么话可说呢？他什么也没有说。是大夫说了声“这样更好”，好几个人齐声附和。唱针在转，机盒关上。在圣歌伴奏下，一个男声唱了起来：“现在我要离开……”

没有人说话。大家倾听着。歌声一开始，爱莉就重新工作，她跳起来，颤抖，呻吟，做抽气动作，同时又用汗水涔涔的两手摸着额头。唱片在转。现在它已唱到中间部分，节奏是跳跃式的，内容涉及战斗和危险，果敢，虔诚，具有法国风格。唱完后，接着是终曲；管弦乐队增强了开始部分副歌的气势，那段有力的歌词是这样的：“哦，在天之父啊，听着我的祈祷吧……”

汉斯·卡斯托尔普还在同爱莉周旋。她惊跳起来，通过那变得狭窄的喉咙口吸进一口气，然后叹了一声长气，颓然在椅子上坐下，安静下来。他关切地俯下身子看着她，这时他听到斯特尔夫人尖声尖气地带着哭腔说：

“齐姆——森——！”

他没有直起身来。在他的嘴里，有一种苦涩的滋味。他又听到另一个声音深沉而冷静地回答：

“我早就看到他了。”

唱片放完了，吹奏乐器的最后和音也已经消失。但谁也没有关掉留声机。在静寂中，唱针还在唱片中间喀啦喀啦地继续空转。汉斯·卡斯托尔普抬起头来，眼睛不用东找西寻就往正确的方向看。

房间里比以前多了一个人。那边，在离大伙儿稍远的地方，在幽暗的红光显得朦胧不明而肉眼几乎不能在那里投上一瞥的角落里，在写字台横侧和屏风之间，在背向房间那张大夫诊病时病人坐的、休息期间爱莉也坐过的安乐椅里，坐着约阿希姆。这是临终前的约阿希姆，两颊深陷，蓄着大兵胡子，嘴唇胡子中间的两片嘴唇丰满而骄傲地撅着。他靠背坐着，架起二郎腿。在他憔悴的脸上，人们又可以看出痛苦的印记和庄严肃穆的表情，这使他更富有男子气概的美，尽管他的脸被头上的帽子遮蔽着。他额头上两眼之间有两条皱纹，两眼深陷在骨头突出的眼窝里，但并不妨碍这对漂亮的、暗黑色的大眼睛里射出的温柔的目光。他两眼安详而亲切地看着汉斯·卡斯托尔普，而且只朝着他一个人看。即使戴了帽子，他过去那个小小的烦恼——一对招风耳朵依旧看得清楚。那顶帽子很特别，大家吃不准是什么样的帽子。表哥约阿希姆没有穿便服，他的马刀似乎靠在交叉着的腿旁，两手捏着一个手把，人们似乎在他的皮带上看出了手枪袋之类的东西。但他穿的不是正式的军装。衣服上既看不到闪亮的徽章，也见不到鲜艳的色彩，上面有夹克衫式的领子和腰袋，在胸口下面较低的地方挂着一个十字架。约阿希姆的脚看去很大，但两条腿很细。它们似乎用什么东西紧紧裹着，与其说是为了打仗，倒不如说是为了运动。他头上戴的东西又是怎样的呢？看来，约阿希姆头上是一种战地用的饭锅之类的东西，戴时把它翻了个身，而且用一条帽盔革带扣紧在下颏上。但这却显得古色古香，有步兵风度，还有一股雄赳赳、气昂昂的威武姿态。

汉斯·卡斯托尔普在自己手上闻到了爱伦·布兰特的气息。他还闻到身旁克莱费尔特小姐急促的呼吸。别的声音什么都听不到，只有唱针在继续转动的唱片上不停的摩擦声——谁也没有让唱片停下来。他对周围的同伙谁都不看一眼，他不愿看他们，也不想知道他们有什么反应。他的眼睛偏向一方，越过自己膝盖上的爱伦的双手和脑袋，伛起身子通过暗红色的灯光注视着坐在安乐椅上的来客。一刹那间，他似乎觉得自己要反胃了。他的喉头给哽住了，胸口一阵阵痉挛，有四五次真想失声痛哭。“原谅我吧！”他暗自悄声说，于是眼泪夺眶而出，什么也看不清了。

他听见有人在低声说：“跟他说话吧！”他听到克罗科夫斯基大夫的男中音庄严地、愉快地在叫他的名字，重复地提出要求。汉斯不但没有听从，反而两手抽离了爱莉的脸，站了起来。

克罗科夫斯基大夫又一次唤起他的名字来，这一回声调严厉，带着训诫口气。可是汉斯·卡斯托尔普三脚两步走到通入室门的石阶处，用迅捷的动作把灯开得亮如白昼。

布兰特小姐惊骇万状地缩做一团。她在克莱费尔特怀里抽搐。那把安乐椅里则空无一人。

汉斯·卡斯托尔普向站着连声抗议的克罗科夫斯基走去，贴近大夫身边。他想说话，但嘴唇迸不出一个字来。他摊开了手，脑袋一动一动的，像向对方急于索取什么。当他接过钥匙以后，他用威胁性的眼光瞅着大夫，点点头，然后转身离开房间。

高度神经质

随着岁月的更迭，山庄疗养院里有一种精神状态在开始蔓延，它是以前那种恶魔的直接产物，这种恶魔凶险的名字，我们以前已经称呼过，汉斯·卡斯托尔普这样猜想。在自我修养的旅途中，他怀着放浪不羁的好奇心研究过这个恶魔；不错，他发现自己有一种令人忧虑的能耐，那就是能同山上的人们一起，对这个恶魔致以非同寻常的敬意。这种新的恶魔同旧的恶魔一样，本来只处于萌芽状态，现在却开始蔓延，在各个地方显露出来，而沉溺于其中，按汉斯的本性来说是不大有什么危险的。尽管如此，他还是惊惧地发现：他稍不留意，他的仪容、谈话和举止就会受到感染，而这个圈子的任何人都逃脱不了这种感染。

那么发生了什么啦？什么东西在蔓延？——好争吵。暴躁易怒，神经过敏。莫名其妙的不耐烦。大家普遍有口出恶言的倾向，往往大发脾气，甚至扭打起来。每天，个别人之间和一群人之间总是苦苦争论不休，而且肆无忌惮地大叫大嚷。这种争吵还有这样一个特点：局外人不但不对动肝火的这些人感到嫌恶，或者从中调解，而是同情这方或那方，心醉神迷地把自己也卷了进去。人们面色苍白，浑身发抖。他们的眼睛冒火，咬牙切齿，怒不可遏。人们对有理由、有机会积极参加争斗而大叫大嚷的人表示艳羡。他们如饥如渴地希望跟这些人并驾齐驱，灵魂和肉体为之痛苦不已；谁没有本领逃之夭夭，孑然独处，谁就会无可挽救地被卷入到这种旋涡中去。他们在当局面前进行徒劳无益的争执和相互指控，当局虽在调停方面作了一番努力，但结果他们自己也吵吵闹闹，行为粗暴，可怕地陷进了是非中去，这在山庄疗养院是一件司空见惯的事。病人离开疗养院时还是心平气和的，但回来时情绪如何就难说了。

有一天发生了一件事。“上等俄国人”餐桌上有一个人下山到街上一家法国人开的女式服装店里购货。她是一位来自明斯克的内地贵妇人，年纪还轻，病情一点也不重，医嘱住上三个月就行，不需多住一天。在那里，她跟一个女店员吵起架来，吵得很凶，回院时异常激动，竟咯起血来，以后就无法医治。院方把她的丈夫唤来，告诉他说，她得一直待在山上，永远住下去。

这是一个例子，说明了人们的普遍心理状态。我们不无反感地再举出其他一些例子来。读者诸君也许还记得坐在萨洛蒙太太餐桌上的一个戴圆边眼镜的学生，或者是一度做过学生的人。他是一个贪吃的青年，习惯于把自己盆子里的菜肴切成碎片，变成杂烩，然后狼吞虎咽，有时还用餐巾去揩拭他厚玻璃镜片后面的眼睛。他就这样一直坐在那里，到现在还是一个学生也好，过去是一个学生也好，吃呀，吞呀，拭眼睛呀，大家对他这个人只是偶尔匆匆注意一下而已，别的没有什么印象。可现在，有一天早晨在第一次早膳时，他发作了，大家对此大为吃惊，可谓晴天霹雳，整个餐厅为之轰动。在他坐着的地方发出一片叫嚷声，他坐在那边，面色苍白，尖声怪叫，矛头是针对站在他身边的矮个儿女招待的。

“您说谎！”他咆哮起来。“茶是凉的喽！您给我端来的茶冰冷，我不要！在您说谎之前，自己先尝一尝，这个是不是不冷不热的脏水，有身份的人是根本不要喝的！您怎么敢把冰冷的茶端来？您怎么会存这样的念头，自以为把这样又孬又凉的水放在我的面前，我就可能去喝了？我不喝！我不要喝！”他叫嚷着，而且开始在桌上擂起两只拳头来，害得桌面上的器皿都丁丁当当地跳起舞来。“我要热茶！我要的可是滚烫的热茶，这是我在上帝和人类面前的权利！我不要这个，我要火热的茶，那样的茶哪怕只喝一口，我也宁可死掉——你这个该死的矮冬瓜！”他忽然又怒吼了，仿佛一下子失去了最后的自制力，把满腔怒火尽情发泄出来。他向埃梅仑蒂亚挥了挥拳头，龇牙咧嘴地朝着她，嘴里尽是泡沫。他继续擂拳，跺脚，嚷着“我要”，“我不要”——这时，餐厅里出现了以前经常有过的场面。好些人对暴跳如雷的学生寄予同情，尽管其中有害怕和紧张的成分。有些人跳了起来，他们也握紧拳头，咬牙切齿、虎视眈眈地看着他。另外一些人则静坐不动，脸如土色，两眼低垂，战战兢兢。学生精疲力竭地倒在椅子上，前面放着一杯换过了的茶；他没有喝。过了好长一段时间，大家还是心惊肉跳。

这究竟是怎么一回事？

有一个人来到了山庄疗养院。他过去是一个商人，三十岁，长期发烧，从一个疗养院转到另一个疗养院已有好几年了。这个人反对犹太人，是一个排犹分子，这是他的生活原则，同时也是为了体育运动；对于运动，他视为乐事，十分热衷——鼓吹排斥犹太人，是他生活的骄傲和内容。他原来是一个商人，别的什么都不是；他在世界上无足轻重，但一直是犹太人的死对头。他的病很厉害，咳起来很吃力，好像里面有很多痰，咳嗽时，仿佛他的肺在打嚏，又响又短，要把里面的东西一次性咳尽似的，声音叫人难受。然而他不是犹太人，这是他唯一可取的地方。他叫维德曼，是一个基督徒的姓，并无任何不纯之处。他购阅一份名叫《雅利安人之灯》的报纸，谈话内容不外这一套：

“我来到疗养院甲，来到疗养院乙……当我在卧疗室里躺下时，谁在我卧椅的左边呢？是希尔施先生！谁躺在右边呢？是沃尔夫①先生！理所当然地，我立刻离开了……”诸如此类。

“你有这个必要嘛！”汉斯·卡斯托尔普嫌恶地想。

维德曼看起人来，眼光尖锐而阴险。他这样看人实际上很没有教养，仿佛他鼻子前面挂着一条流苏，他不怀好意乜起眼睛来看，而这后

① 希尔施和沃尔夫两个姓，在德语中的意义分别是“鹿”和“狼”。这里是双关语。

面什么东西也看不到。他的妄想变成了病态的猜疑心，变成了无休止的迫害狂，它促使他嗅出可能隐藏或改头换面地隐伏在邻人心里的一切脏东西，然后张扬开来，让人耻笑。无论他走到哪里，他总是挖苦人，猜忌人，诽谤人。总之，凡是谁没有具备他那个绝无仅有的优点，他就说他们的坏话，这已成为他的家常便饭。

疗养院里病人的心理状态——对此，我们已在上面交代过——使这条汉子的猜忌心格外加剧了。他在这里也不会不遇到某个具有缺点(这种缺点，他，维德曼是没有的)的人，于是在这种精神状态的影响下就导致一个可悲的场面，当时汉斯·卡斯托尔普也躬逢其盛。我们不得不叙述一番，作为另一个例子。

这是因为还有一条汉子——关于他的情况我们不必隐瞒，事情是明明白白的。这人叫素嫩沙伊恩[①]，这样的姓氏再脏也没有了，因此在维德曼眼中，素嫩沙伊恩从第一天起就是他鼻子前挂的这条流苏，他不但尖锐地、恶狠狠地斜睨着它，而且用手去拂它；可这不是把它赶跑，倒是让它摆动起来，这样他的神经更焦躁了。

素嫩沙伊恩同维德曼一样，以前是一个商人。他也病得很厉害，而且有一种病态的敏感性。他待人和气，头脑不笨，而且生性诙谐。他对维德曼的尖酸刻薄和狗眼看人十分痛恨，维德曼对他也恨之入骨。有一天下午，大家一起拥到客厅里，因为维德曼和素嫩沙伊恩两人争吵起来，闹得不可开交，而且十分野蛮。

这番景象真叫人触目惊心。他们像小孩子那样殴斗起来，但打起来却有大人那种不顾一切、拼死拼活的劲儿。他们抓对方的脸，揪住对方的鼻子和喉咙，狠狠地打，还翻在地上打滚，凶相毕露。他们互相啐口水，踢呀，撞呀，拉呀，抓呀，而且嘴角溢出了白沫。院方工作人员闻声急急赶来，好容易把咬来咬去、扭成一团的两个汉子分开。维德曼，流口水，淌鲜血，一张脸气得痴痴呆呆，大有怒发冲冠的气概。汉斯·卡斯托尔普从未见过这番景象，他不信事情真会闹到这个地步。毛发根

---

① 原文 Sonnenschein，意为“阳光”。这是犹太人的常用姓氏。

根竖起的维德曼先生就这样跌跌撞撞地走了，而素嫩沙伊恩呢，一只眼睛变成青黑色，额角周围的一绺鬈发上面有一个流血的创口，他被送到办公室里，在那里坐下后，双手捂着脸抽抽搭搭地痛哭起来。

维德曼和素嫩沙伊恩的事就是这样。凡是目击这个场面的人，事后很长时间仍心有余悸。现在我们来谈一件名誉毁损问题，它同上述的不体面行为大相径庭，是一件较为愉快的事情。事情也发生在同一个时期；从进行这件事既正式又庄严的角度来看，真可谓名副其实到可笑的程度。汉斯·卡斯托尔普并未亲自参与此事的各个阶段，只是通过有关此事的文件、声明书和记录才了解其错综复杂的、戏剧性的过程，这些材料不但在山庄疗养院内外广为流传，也就是说，它们不仅流传在村、州和本国国土内，而且在国外和美国也以文字形式不胫而走，有一些人即使对这个问题肯定不感兴趣或不愿过问，也不得不注意起来，加以研究。

这是一个牵涉到波兰人的问题，是一个名誉毁损问题，发生在最近到山庄疗养院里来的一群波兰人中间。他们占领了上等俄国人餐桌，形成了一片小小的“殖民地”——顺便插一句，汉斯·卡斯托尔普现在已不再坐在那边了，而且迁到克莱费尔特的席上去，以后又坐到萨洛蒙太太那儿，最后又搬到莱费小姐处。这群人十分高雅，颇有骑士风度，谁如果一竖起眉毛，内心就作好了一切准备。我们要说的是一对夫妇和一个未婚女郎，她同其中一位男士保持着友好关系。别的都是有绅士风度的男人。他们的名字分别是楚塔夫斯基、启辛斯基、冯·洛辛斯基、米哈伊尔·洛迪戈夫斯基、莱奥·冯·阿沙拉辛斯基等等。故事是这样发生的：有一天，他们中间一位名叫雅波尔的先生在山庄疗养院的餐厅里喝香槟酒，当时还有其他两位绅士在场，他在这两位绅士面前谈起了楚塔夫斯基先生的夫人，还谈起了一个名叫克雷洛夫的小姐，她是洛迪戈夫斯基先生的亲密朋友。手续、措施和程序均由此产生，它们构成了这份发布到各地到处流传的文件的内容。汉斯·卡斯托尔普念道：

“声明书，译自波兰文原文——一九××年三月二十七日，斯丹尼斯拉夫·冯·楚塔夫斯基向安东尼·启辛斯基和斯丹芬·冯·洛辛斯基博士提出请求，希望他们以他的名义向卡西米尔·雅波尔先生交涉，要求同他决斗以保全名誉，此案实质是：卡西米尔·雅波尔先生在同雅努什·台奥费尔·雷纳尔特先生和雷奥·冯·阿沙拉佩蒂安先生谈话时，对楚塔夫斯基的夫人雅特维迦·冯·楚塔夫斯卡构成了严重的侮辱和诽谤。

“上述谈话发生于十一月底。当冯·楚塔夫斯基先生数日前间接闻知上述情况后，他即刻采取步骤，以便确切地获悉事实之真相及内容。在上一天，一九××年三月二十九日，他通过雷奥·冯·阿沙拉佩蒂安先生之口确证了此种诽谤与侮辱，那位先生是侮辱性言词和讥讽的直接见证人；因此，斯丹尼斯拉夫·冯·楚塔夫斯基先生毫不迟疑地委托下列签名人，授权他们向卡西米尔·雅波尔提出有关名誉权的诉讼。

下列签名人作如下声明；

1. 根据一九××年四月九日由斯捷斯塔夫·西古尔斯基和塔杜斯·卡迪伊在雷姆堡有关拉迪斯拉夫·戈杜雷茨基先生控告卡西米尔·雅波尔先生一事所作的记录，另外，根据一九××年六月十八日名誉裁判所在雷姆堡对上述之事所作之判定，而两份书面材料之内容相符，均认为卡西米尔·雅波尔先生由于屡次言行均有失体面，失去了绅士的资格。

2. 下列签名人根据上列事实得出了富有意义的结论，并且明确认为，绝对不能认为卡西米尔·雅波尔先生尚有任何决斗能力。

3. 下列签名人认为，针对一个缺乏荣誉概念的人处理有关名誉毁损之事或作为仲裁人，就他们本身来说是不能允许的。

鉴于上述事态，下列签名人提请斯丹尼斯拉夫·冯·楚塔夫斯基先生注意：想通过名誉权的诉讼向卡西米尔·雅波尔先生提出控告以恢复名誉权，是徒劳无益的，我们劝他不如采取刑事审判的途径，以阻止像卡西米尔·雅波尔这样不能提供满意答复的人进一步伤害别人——(日期及签名)安东尼·启辛斯基博士和斯丹芬·冯·洛辛斯基博士。”

汉斯·卡斯托尔普继续读下去：

“记录——

斯丹尼斯拉夫·冯·楚塔夫斯基先生和米哈伊尔·洛迪戈夫斯基先

生之间事情的证人；

以及卡西米尔·雅波尔先生和雅努什·台奥费尔·雷纳尔特先生之间的证人；

地点在达沃斯疗养地旅馆的酒吧间，时间在一九××年四月二日晚上七时三十分至七时三刻之间。

斯丹尼斯拉夫·冯·楚塔夫斯基先生鉴于他的代理人安东尼·启辛斯基和斯丹芬·冯·洛辛斯基博士一九××年三月二十八日就卡西米尔·雅波尔先生之事所作的声明，经过深思熟虑后，确信他们因卡西米尔·雅波尔先生‘严重侮辱及诽谤’楚塔夫斯基夫人雅特维迦而建议向他提出刑事诉讼一事对方不会同意决斗，因为：

1. 人们有足够的理由怀疑，卡西米尔·雅波尔先生在指定时间不会在裁判所面前出席；鉴于他是一个有奥地利国籍的人，对他作进一步的惩戒不但有困难，而且简直是不可能的；

2. 再者，对雅波尔先生进行法律惩罚并不能弥补他因企图诽谤斯丹尼斯拉夫·冯·楚塔夫斯基先生及其夫人雅特维迦的名誉和家族所造成的损失；

因此，斯丹尼斯拉夫·冯·楚塔夫斯基在间接获悉卡西米尔·雅波尔先生拟于次日即离开疗养院后，采取了他认为是最简便、最彻底的、而鉴于目前情势也是最适当的方法；

于是，在一九××年四月二日晚上七时三十分至七时三刻之间，在疗养地旅馆的美国酒吧间里，他在他夫人雅特维迦和米哈伊尔·洛迪戈夫斯基以及伊格纳斯·冯·梅林面前，打了卡西米尔·雅波尔先生几记耳光；当时他坐在酒吧间里喝酒，身边同他做伴的还有雅努什·台奥费尔·雷纳尔特先生和两位不熟识的少女。

随后，米哈伊尔·洛迪戈夫斯基先生打了卡西米尔·雅波尔的耳光，附带声明这是为了惩罚他对克雷洛夫小姐和对自己所进行的严重侮辱。

紧接着，米哈伊尔·洛迪戈夫斯基先生打了雅努什·台奥费尔·雷纳尔特先生的耳光，为了是他对楚塔夫斯基先生和夫人毫无根据地进行伤害。

接着，斯丹尼斯拉夫·冯·楚塔夫斯基先生不失时机地连续打了雅努什·台奥费尔·雷纳尔特先生好几下耳光，为的是他对自己的夫人和克雷洛夫小姐进行了污蔑，玷辱了她们的名誉。

在上述过程中，卡西米尔·雅波尔先生和雅努什·台奥费尔·雷纳尔特先生始终听任他们摆布，一点也没有还手。（日期及签名人）

米哈伊尔·洛迪戈夫斯基，伊格纳斯·
冯·梅林”

这种迅雷式的当众打耳光，汉斯·卡斯托尔普若在平时一定会哈哈大笑，但目前的精神状态使他笑不出来。他读了以后反而感到一阵战栗，当事人一方的做法无懈可击，另一方则卑劣而荣誉扫地，这两方面的对比情况，读者从文件中可以一目了然。尽管这些事实冷静而客观，却深深地打动了他的心。别人也都有这样的感受。人们到处在热烈地研究波兰人的名誉毁损问题， 谈论起来无不咬牙切齿。卡西米尔·雅波尔先生的反驳起不了多大的效果，其原因在于楚塔夫斯基十分清楚地了解这样一个事实：他，雅波尔，在雷姆堡的某些自吹自擂的花花公子曾经说过他没有决斗能力，他毫不迟疑所采取的一切步骤只是纯粹装模作样而已，他事前已经知道他是不会参加决斗的。此外，楚塔夫斯基不想控告他雅波尔的唯一理由，是因为每个人连他本人在内，都清楚地知道，他的妻子雅特维迦在雅波尔手里有许多把柄，他雅波尔要提供真凭实据乃易如反掌，即使把克雷洛夫传到法庭里，对他们也不会有多大光彩。不管怎么说，这只证明他雅波尔本人不能参加决斗，而同他谈话时的搭档雷纳尔特却并无牵涉，而冯·楚塔夫斯基设起防来，以免使自己处于危险之中。关于阿沙拉佩蒂安在整个事情中所起的作用，他不愿说。不过就疗养地旅馆酒吧间里的这场戏而论，他，雅波尔，即使口齿伶俐，富有机智，却是一个十分衰弱的人；他发现冯·楚塔夫斯基和他的朋友以及力气异乎寻常的楚塔夫斯卡在体力上都比他占优势，特别是同他雅波尔和雷纳尔特作伴的两位女郎虽然生气勃勃，却胆小如鼠。因此，为了避免野蛮的格斗和当众出丑，他示意本来想起而抵抗的雷纳尔特保持安静，而且看在上帝分上暂且忍气吞声地同楚塔夫斯基先生和洛迪戈夫斯基先生保持社交来往，这对他们没有什么坏处，而在旁观者眼里却看成是一种有趣的笑柄。

因此，对雅波尔来说，他的名誉自然已经没有多大挽回的余地了。从他的对手发布的一些声明中，人们可以看出一个鲜明的对比：哪一方面光明磊落，哪一方面卑劣无耻。他的反驳，对于上述鲜明的对比并不能起到多大的作用，何况他又没有楚塔夫斯基那伙人多样化的宣传本领。他只是把自己的反驳文章打字复印了几份，分给一些人。反之，楚塔夫斯基方面的上述那种“记录”，每个人都收到一份，即使对此事毫无兴趣的人也收到了。例如纳夫塔和塞塔姆布里尼也得到这样的材料。汉斯·卡斯托尔普看到他们手里有这种东西；他惊讶地注意到：即使是他们，也脸有愠色、全神贯注地低下头读着其中的内容。由于疗养院里主宰着的那种精神状态的影响，汉斯自己一直闷闷不乐，连一声明朗的嘲笑都没有，但他至少希望从塞塔姆布里尼那里听到一些冷嘲热讽。可是这种正在蔓延的传染病，也涉及了那位共济会会员清晰的头脑，汉斯·卡斯托尔普对此看得清清楚楚。显然，有某种力量使他笑不出来，打耳光的那件事给他留下了深刻的印象，他十分兴奋，而又焦躁不安。此外，他的健康状况慢慢地、不停地恶化，要复原只是自欺欺人的想法，这使那个热爱生活的人感到沮丧。他诅咒自己的病，痛恨自己，瞧不起自己，认为这是一种耻辱；这段时间来，病情迫使他一连数日卧床休息。

住在一个屋子里的论战对手纳夫塔，情况也不见得好些。在他的有机体内部，疾病也在发展。他过早地结束耶稣会的活动，乃是因为身体上的原因，或者不得不说，是以此作为一种借口。他所住的高原和高地上稀薄的空气，也不能阻止疾病的蔓延。他也常常缠绵床侧；他的声音本来已像敲破碟子一样，现在说起话来更是一副破嗓子了，而且体温愈高，话说得愈多，措词也比以前更加尖酸刻薄。塞塔姆布里尼先生对疾病和死亡在精神上是抱着抵抗态度的，在卑劣的自然的巨大威力面前宣告失败，对他来说是十分痛苦的，但矮小的纳夫塔对此却并不在乎。他对身体状况恶化所抱的态度不是悲哀和懊恼，而是愉快的嘲讽，对战斗怀着独一无二的兴趣，在思想上有一种怀疑、否定和诡辩的癖好，这对塞塔姆布里尼的郁郁寡欢是一个极为严重的刺激，因而两人在意识形态上的争斗日益激烈。汉斯·卡斯托尔普当然只能谈论他在场时的一些情况。不过他感到相当肯定的是；他并不错过一次机会，他是受教育的对象，为了引起他们重要的学术讨论，他有必要在场。如果他让塞塔姆布里尼先生费一番精神，去发现纳夫塔那些恶毒的话值得一听，那么他必须承认，这些话已渐渐超出了节度，而且经常大大超过了精神的健康的领域。

这个病人并没有力量或意志去超越疾病，而是在疾病的图景和表征来看到这个世界的。纳夫塔说，物质是非常糟糕的一种素材，精神在其间不可能实体化；塞塔姆布里尼先生听了这种话十分愤慨，恨不得他那在旁聆听的学生当场离开房间，或者封住他的耳朵。要在这方面作出努力，简直是愚蠢透顶。这会有什么收获呢？一种不伦不类的脏东西！被人吹捧的法国大革命，其实际结果不过是一个资本主义式的布尔乔亚国家——真是糟透了！人们本来希望情况会有所改善，结果到处酿成恐怖！世界共和国，这会带来幸福，确凿无疑！进步呢？哎，有一个出名的病人，他经常改变自己的姿势，满以为这样可减轻痛苦。人们暗暗地、但并未公开表露地普遍希望战争，这又是这种精神状态的又一种标志。这个战争，它总要爆发的，而这是一件好事，尽管它的结果并不会像发动战争的人所期望的那样。纳夫塔轻蔑安全第一的市民国家。有一个秋日，他们在疗养地的大街上散步，天忽然下起雨来，众人像听到一声号令似的都在头顶上撑起雨伞来。纳夫塔就借题发挥，说这是胆怯和庸俗的软弱的一种象征，而这正是文明的产物。“泰坦尼克”号邮船[①]的沉没是一个意外事件和不祥之兆，这使人们回复到远古时代，确实令人振奋。后来，人们又大声疾呼，要求“交通”方面有更多的安全。一当

---

① “泰坦尼克”是一艘邮船，1912 年 4 月 15 日在大西洋作处女航时撞在冰山上沉没，2224 名乘客中，有 1563 名遇难。由于沉没时缺乏救助手段，国际间呼吁要急需改进此项设施。

“安全”受到威胁，总是舆论哗然。这真是叫人伤心，就其人道的软弱性来说，同布尔乔亚国家内经济战争领域内贪婪的野蛮性和寡廉鲜耻实际上是合拍的。战争啊，战争！他是赞成战争的，世界上普遍出现的战争热，在他看来是值得尊敬的。

但塞塔姆布里尼先生马上在谈话中引用了“正义”这个词，把这一崇高的原则看作是对付内部政策和外部政策破产的有效手段。纳夫塔刚才还认为精神是一种高不可攀的东西，不能、也不该用现实的形态体现出来，此刻却对这种精神本身表示怀疑，力求对它进行诋毁。正义！难道它是一种值得崇拜的概念吗？是第一流的概念吗？是一个神圣的概念吗？上帝和自然是不公正的，它们有自己的宠儿；它们高兴选择什么就选择什么，对某个人饰以荆棘的荣冠，对另一个人则赐以平淡而卑微的命运。而具有意志力的人呢？对他来说，正义一方面是一种软弱无力的东西，本来就值得怀疑——另一方面，它是号召我们去投身于毫无顾忌的行动的号角声。因此，一个人为了不失自己的道德性，必须经常用前面一种意义的“正义”来修正后面一种意义的“正义”——那么概念的绝对性和过激性又在哪儿呢？此外，人们是否“公正”，有时根据一个立场来判断，有时或者根据另一个立场来判断。其余的则是自由主义，目前连一条狗也对此不感兴趣。正义不言而喻的是布尔乔亚修辞学的空虚言词，为了行动，我们首先了解人们指的是哪种正义：是指给每个人以自己本分权利的正义呢，还是给众人以平等权利的正义。

我们从他口若悬河的谈话中，有幸举出一个实例说明纳夫塔是怎样存心把理性搞混的。然而当他谈起科学的时候，情况就更糟了——他是不相信科学的。他不相信科学，他说；因为信不信它，悉听人们自便。它像其他任何东西一样，是一种信仰，只是比其他任何东西更糟糕，更愚蠢，而“科学”这个词儿的本身是最愚昧的现实主义的一种表现，它恬不知耻地把客观事物在人类智力中投下的颇成疑问的印象看作是真的东西，或者伪称为真的东西，并且从中得出人类所能指望的极其愚昧、极其悲惨的教条来。难道自己存在、也为自己而存在的物质世界的概念不是自相矛盾中最可笑的一种吗？但近代的自然科学，作为教条来说，仅仅是以形而上学的假定为基础的，即我们有机体的认识形式、演出一切现象的空间、时间和因果律，都是实实在在的情况，它们不依赖我们的认识而存在。这种一元论的主张是对精神最最无情的侮辱。时间、空间和因果律，用一元论的话来说，就是进展——这就是自由思想——无神论的似是而非宗教的中心教条。借助于这种似是而非的宗教，人们驳斥摩西的第一书①，企图用启蒙知识来对抗荒诞无稽的寓言，仿佛海克尔②在创造世界时曾亲身在场似的！经验的知识！宇宙中的以太果真能精密地计算出来吗？原子，这个“最小的、不可分割的单位”不过是纯粹数学上的玩笑——它真的能够证实吗？空间和时间的无限性的学说，是否确实以经验为基础？事实上，只要一个人有少许逻辑头脑，就能在空间和时间的无限性和实在性的教条方面获得了愉快的经验和结果，也就是说，获得了一无所有的结果，也就是基于这样的观点，实在论是真正的虚无主义。为什么？理由很简单，因为你所假定的任何大小同无限的关系等于零。在无限的空间中，并没有什么大小；在永恒的时间中，既不存在持续，也不存在变化。在无限的空间中，由于每个距离在数学上都等于零，两个点是不能并存的，物体不必说了，运动更不消说了。他，纳夫塔，明确地指出这点，为的是对付唯物主义科学的大言不惭，竟把它关于天文学方面的胡诌和关于“宇宙”的呓语称为“绝对认识”。可怜的人类啊，他们在夸夸其谈地拥有了一大堆毫无意义的数字后，竟把自己看得一文不值，连认识自己重要性的那份激情也失去了！如果人类的理性和认识不离开尘世，而且在此范围内把主观和客观的各种经验看作是实在的，那倒还可以过得去。如果不满足于尘世现象而欲探究永恒的奥秘，搞起宇宙论、宇宙开辟论来，那就不是开玩笑了，其狂妄的程度达到骇人听闻的顶峰。如果任何一颗星星到地球间的“距离”以万亿公里或光年计算，而且设想人们利用这样一个大的吹牛数字

---

① 摩西是基督教《圣经》中传说率领希伯来人摆脱埃及人奴役的领袖。第一书见《圣经·旧约》，由《创世记》、《出埃及记》、《利未记》、《民数记》及《申命记》五书组成。

② 海克尔(1834—1919)，德国自然科学家。

在精神上就能洞察无限和永恒的本质，那归根结底是亵渎神明的无稽之谈！然而无限性和大小全无关系，而永恒也同时间的持续和时间的距离丝毫无涉，和自然科学的概念毫无共同之处，简直是对我们称之为自然的那个东西的扬弃！确实，天真无邪的孩子认为星星是天幕里的小孔，永恒的光辉从它们那里照耀出来，在孩子看来，这样的看法比一元论科学对于“宇宙”那套空洞、荒唐而又狂妄的议论亲切几千倍哩！

塞塔姆布里尼问他，他纳夫塔对星星是否也怀着同样的看法。对此他回答说，对此他得表现得谦逊些，而且保留怀疑的自由。从这里又一次可以看出，他说的“自由”是什么意思，而且这样一个概念会引导到哪个方向去。但愿塞塔姆布里尼先生不要找到什么理由，怕汉斯·卡斯托尔普觉得这一切都是值得听的！

纳夫塔怀着恶意，伺机侦查出人类在征服自然时取得的进步所表现出的弱点，指出这种进步的代表者和开拓者倒退到人类非理性的境界中去。他说，航空者和飞行员大多是一些品质恶劣而不可靠的人物，尤其非常迷信。他们在飞机上随身带着吉祥物，如猪和一只乌鸦之类，他们在不同的地方啐三次唾沫，他们戴着好运气的驾驶员戴过的手套。这种原始的反理性现象，怎么能与他们的职业赖以为基础的世界观调和呢？纳夫塔指出，这种矛盾现象使他高兴，使他心满意足，他早已对此进行过指摘……不过纳夫塔的恶毒攻击比比皆是，不可胜数，现在还是谈谈具体的事吧。

二月的某一天下午，一些男士们集合起来到蒙斯泰因去远足，从他们每天逗留的所在乘雪橇到那边，需要一小时半光景。他们是纳夫塔、塞塔姆布里尼、汉斯·卡斯托尔普、费尔格和韦泽尔。他们乘两辆由单匹马拉的雪橇出发，汉斯·卡斯托尔普同人文主义者坐在一起，纳夫塔跟费尔格和韦泽尔坐在一起，韦泽尔坐在马车夫旁边。三点钟左右，他们从纳夫塔和塞塔姆布里尼的寓所出发，大家都把衣服裹得紧紧的。马车沿着右面的斜坡路，经过格拉利斯和弗劳恩基尔希向南方行驶。一路上他们看到静静的雪景，还伴着亲切的铃声。预示风雪的云层迅速移动，离开这里的天边，因此在他们身后雷蒂冈山脉上面只能看到一条淡蓝色的光带。气候凛冽，山峦上披着浓雾。雪橇经过的道路在峭壁与深谷之间，狭而平，周围没有栅栏，后来又向上高起，坡度很大，通向一个杉树丛生的荒原。马车一步一拖地走得很慢。他们经常遇上单身滑雪的人，他们一见到马车就从雪橇里跳下。在迂回曲折的道路后面，有时会响起清越而有警告性的陌生的铃声，原来有两匹马前后拉动的雪橇驶来了，它在狭窄的道路上驶过来时，闪避起来需要异常小心。在目的地附近，可以眺见齐根斯特拉塞岩壁部分的美丽景色。人们脱去了裹在身上的外套，在蒙斯泰因的小宾馆前下车（宾馆的名字叫“疗养地旅馆”）。他们把雪橇抛在后面，再往前走几步，朝东南方向眺望“斯图尔塞格拉特”的风光。悬崖高达三千米，上面烟雾缭绕。某个地方耸起了一个高入云霄的岩角，岩角矗立在云雾中，超世脱俗，远远地耸向天宇，有神圣地难以接近之感。汉斯·卡斯托尔普看了惊叹不已，同时也要别人赞赏。是他怀着一种谦卑敬畏的心情说出了“难以接近”这个词儿，这就给塞塔姆布里尼提供了一个机会说话，他强调说那个岩壁已有不少人攀登过了。大体上说，天下差不多没有人迹不到的地方。纳夫塔反驳说，这稍稍有些言过其实，自吹自擂。他举出了埃佛勒斯峰为例，说它到现在为止还冷冰冰地拒绝了人们的好奇心，而且看来还将继续采取冷若冰霜的保留态度。人文主义者恼火了。这些男人回到了“疗养地旅馆”，这时旅馆前面除了他们自己的雪橇外，还停着别人两三辆解下了马的雪橇。

大家可以在这里住下。旅馆的楼上有许多房间。那边还设有餐厅，有乡村风味，但暖气设备很好。远足的人们向殷勤的老板娘定了一些点心、咖啡、蜜、白面包和梨子面包——这是当地的特产。给马车夫端来了红葡萄酒。在别的桌子旁，坐着瑞士客人和荷兰客人。

我们高兴地说，我们这五位朋友由于喝了热而相当美味的咖啡，又开始高谈阔论起来。但谈话的内容我们不很清楚，因为实际上是别人说了几句话后纳夫塔一个人在独白——他的独白别出心裁，从社交角度看是得罪人的；也就是说，这位过去的耶稣会会士转过身去背对着坐在对侧的塞塔姆布里尼，专门向汉斯·卡斯托尔普亲切地教诲起来，把其余两位先生根本不放在眼里。

他那即席谈话的主题究竟是什么，我们难以叫出名称来，汉斯·卡斯托尔普听了连连点头，似乎部分地表示赞同。实际上，他谈的也许不是首尾一贯的什么题材，而是漫无边际的精神方面的问题，大体上涉及精神生活现象的暧昧性，并且用怀疑的态度指摘由此推导出的高远概念的彩虹般多变的性质和战斗的无能性，同时指出，绝对观念在尘世上是披着何等绚丽多彩的外衣出现的。

不管怎么说，人们从他的长篇谈论中可以听出，他讲的是自由问题。不过他谈论时概念十分混乱。话题中还涉及十九世纪初的浪漫主义以及欧洲这场运动诱人的两面性，在这一运动面前，只要反动与革命两个概念没有在一个更高的概念里统一起来，它们就失去了意义。因为把革命的概念仅仅同进步和胜利地突进的启蒙思想结合起来，不言而喻是极其可笑的。欧洲的浪漫主义运动主要是一种追求自由的运动，它是反古典的，反经院哲学的，反对古典的法兰西趣味，反对理性的古老学派，把理性主义的卫护者嘲笑为“涂脂抹粉、头戴假发的形式主义者”。

纳夫塔又谈起自由战争①，谈起费希德②那些号召人民狂热地、高唱着战歌起来反对不堪忍受的暴政的那份激情——当时，嘿，嘿，可惜得很，自由，也就是革命思想，已经是一个有形之物了。十分有趣的是：他们高歌猛进，是为了拥护反动的君主专制制度而击溃革命的专制制度，这就是他们为自由干出的事。

在旁倾听的这位青年是能够看清外部自由和内部自由两者的区别的，同时认清这样一个微妙的问题：确切地说，嘿，嘿，不自由是同一个民族的荣誉一点儿也不调和的。

实际上，自由与其说是一个启蒙的概念，倒不如说是一个浪漫的概念，因为它同浪漫主义一样，竭力限制人的扩展的冲动，两者虽都热情

① 自由战争，是指欧洲许多国家联合起来反对拿破仑一世的战争，时间在1813年至1815年。

② 费希德(1762—1814)，德国哲学家，曾发表《告德国国民书》一文，在拿破仑军队入侵之际鼓舞德国人民。

地强调自我，但都有抑制的成分。对自由的个人主义的渴求，产生了对国民传统的怀古的、浪漫的崇拜，它在性质上是好战的，人道的自由主义者称之为阴暗的崇拜，尽管后者也鼓吹个人主义，只是方式方法稍稍不同罢了。个人主义确信个体的无限的、宇宙的重要性，基于这种确信，产生了灵魂不灭说、地球中心论和占星术，因而带有浪漫的、中世纪的色彩。另一方面，个人主义有自由化的人文主义倾向，容易走向无政府主义，而且要不惜一切代价保护亲爱的个人，免得成为集团的牺牲品。这就是个人主义的两面性和一词多义性。

然而我们必须承认，对自由的热情产生了自由最出色的敌人——同不敬神的破坏性的进步作斗争的过去的聪明骑士。纳夫塔举出了安恩特[①]的名字，他诅咒个人主义，赞美贵族主义；还举出了格雷斯[②]的名字，他写了基督教神秘主义的书。那么，神秘主义同自由什么关系也没有吗？难道它不是反经院哲学的、反教条的和反僧侣的吗？人们自然不得不在教权政治中看到一种实现自由的力量，因为它对君主制无限大的势力起着阻遏作用。不过中世纪末期的神秘主义，在宗教改革先驱的意义上显示出它的自由主义倾向——宗教改革，嘿，嘿！反过来又是自由与中世纪倒退的一块解不开的毛毡！……

路德的事业……哎，不错，它的优点是明确而如实地显示出事业，总的事业本身可疑的性质。听纳夫塔谈话的人是否知道这是什么样的事业？举例来说，其中一项事业就是爱国学生团员山特[③]谋杀了枢密院议员科策布[④]。从犯罪学的角度说，"迫使"年轻的山特"手持武器"的动机是什么？不言而喻，是对自由的热情。然而仔细观察一下，实际上并不是对自由的热情，而是道德的狂热和对异族轻浮行为的憎恶。确实，

---

① 安恩特(1769—1860)，德国的爱国者、作家。

② 格雷斯(1776—1848)，德国学者、作家。著有《基督教神秘主义》四卷，确立了天主教的理论。

③ "爱国学生团"是一种学生联合会，以名誉、自由、祖国为纲领，创立于1815年。山特(1795—1820)是神学院学生，狂热的爱国者。他暗杀科策布后自杀。

④ 科策布(1761—1819)，德国文人，曾写有剧作及历史书。曾任俄国枢密院议员。由于仇恨自由思想家，遭神学院学生山特暗杀。

科策布曾为俄国人雇佣，曾为“神圣同盟”服务，因而山特也许是为了自由而暗杀他的。可是实际上，由于山特身边有几位知已朋友是耶稣会会士，我们又不敢对此加以断言。总而言之，不管这是怎样一种事业，采取这种不高明的手段所怀的动机无论如何叫人摸不透，而它对澄清精神问题也很少有什么帮助。

“能不能让我问您一句话，您那样不三不四的话究竟快要说完了没有？”

塞塔姆布里尼先生问道，口气有些严厉。他一直坐在那边，用手指敲着桌面，还捋起小胡子来。现在他再也憋不住了。他已经忍无可忍。他直挺挺地坐着，不，岂止是直挺挺的——他脸色刷白；不妨说，他坐时两脚踮起，只有大腿同椅子接触到。他的黑眼睛闪闪发光，直愣愣地瞅着对手，而纳夫塔则故作惊讶地转身面对着他。

“请问，您这话是什么意思？”纳夫塔反唇相讥。

“我的意思是，”意大利人吞吞吐吐地说，“……我的意思是说，我已打定主意，不能再让您胡缠这个没有人好好保护的年轻人，在他面前说一些模棱两可的话！”

“先生，我要求您好好注意自己所说的话！”

“这样的要求嘛，先生，我看并不必要。我对自己的话一向是注意的。如果我说您的言行不仅在思想上迷惑了那个动摇不定的青年，把他引入歧途，而且在道德上也毁了他，因而是寡廉鲜耻的，光用语言不足以惩罚，那么我这样的话也完全符合事实……”

说“寡廉鲜耻”这个词时，塞塔姆布里尼用手掌猛击一下桌面，同时把椅子推向后面，直挺挺地站了起来。这是一个信号，其余众人也跟着站了起来。其他桌子旁的人也注意地向这边看来——实际上只有一张桌子的人在看，瑞士客人已经走了；只有一些荷兰人在惊讶地倾听他们的唇枪舌剑。

于是大家僵直地站在我们这张桌子旁：汉斯·卡斯托尔普和两个论战对手，对面是费尔格和韦泽尔。五个人都脸色惨白，眼睛张得大大的，嘴巴在抽搐。难道这三个局外人不曾作一番宁人息事的尝试，用戏谑的话来缓和紧张空气，或者说一些劝解的话使他们言归于好吗？他们不曾作这样的尝试。弥漫在疗养院里的那种精神状态使他们做不出这样的事来。他们站立着，哆嗦着，不由自主地攥紧了拳头。哪怕是 A.K.费尔格，那个平时自称与一切崇高的东西无缘、一开始就不愿对他们争论的重要意义加以权衡的人——哪怕是这个人也确信他们此刻所进行的是一场你死我活的争辩，即使对这个问题十分着迷的人也只能让这件事听其自然，别的无法可想。他那善意地翘起的小胡子一上一下地抖动得很厉害。

室内鸦雀无声，只听得纳夫塔在咬牙切齿。对汉斯·卡斯托尔普来说，他又经历了发生维德曼事件时那种毛发直竖的情况：他原来估计这只是说说而已，实际上不会那么剑拔弩张。可现在，纳夫塔确确实实不吭一声地把牙齿咬得格格响，这是一种不愉快的、令人丧胆的怪声，同时却又是一种竭力克制自己的某种可怕的信号。他并不大叫大嚷，而是轻声地说话，说时伴着某种羞涩的干笑：

"寡廉鲜耻？惩罚？难道连善良的驴子也要咬人了？难道我们这位文明的卫道士已经走到非白刃相见的地步不可了？我开头时说这是一种成功——不过我得轻蔑地补充一句：这种成功来得太轻易了，因为一个温和的嘲笑已足以使警觉的道德观念大发雷霆！其他的事会自行其是的，先生。'惩罚'也是这样，它也一样。我希望，您的那些文明的原则不会妨碍您明白您对我欠下了什么。否则，我就要被迫采取某种手段，去考验您的那些原则了……"

塞塔姆布里尼先生挺直了身子，于是对方又继续说下去：

"哎，我看，这样做是不必要的。既然我们水火不相容——那好，我们就找一个合适的地方来解决我们之间小小的分歧吧。眼前只谈这么一点：对于雅各宾党革命[①]所作的经院哲学的解释，您假装虔诚地感到担心，认为我这么一来会使青年人产生怀疑，把是非的界限推翻，剥夺了您那学究式的道德尊严概念，在教育学上铸成大错。您的担心是满有

---

① 此处即指法国大革命。后由雅各宾党人执政，故云。

理由的，因为这样一来，您的人道主义就完蛋了，这点我可以断言——彻底完蛋了。今天，人道主义只是过去的一种遗物，一种古典的陈腐的东西，一种精神上的无聊之物，只会叫人打瞌睡和抽搐。先生，一场我们的新的革命将要爆发，把这些旧东西一扫而光。既然我们是一群散布怀疑的种子、其程度比你们质朴的启蒙思想所能梦想的更为深刻的教育家，我们清楚地知道我们干的是什么。只有从激进的怀疑和道德的混乱中，才能产生时代所要求的绝对观念和神圣的恐怖。这就是我的一番辩白和对您的一番教诲。至于别的，且待来日再说吧。您且等着我的通知。”

“您会得到答复的，先生！”塞塔姆布里尼先生对纳夫塔说。这时纳夫塔正转过背离开桌子，急忙走到衣架旁去拿他的皮大衣。于是这位共济会会士砰的一下倒在椅子上，把两手按在胸口。

“Distruttore！ Cane arrabbiato！ Bisogna ammazza rlo！”①他气急败坏地冲口说。

另外一些人依然站在桌子旁边。费尔格的小胡子继续一上一下地抖动。韦泽尔的下颌歪了。汉斯·卡斯托尔普仿效着他祖父托下巴的动作，因为他的脖子瑟瑟发抖。大家都在想，谁也料不到这次远足会引起这样的后果。他们每个人，包括塞塔姆布里尼在内，都在同时思忖：他们乘了两部雪橇而不是一部来，该是多么幸运。眼下，这样回家就方便了，可是以后呢？

“他向您挑战了。”汉斯·卡斯托尔普惶惑地说。

“当然，”塞塔姆布里尼答道，同时向站在他旁边的人瞥了一眼，接着又转过身去，用手托住脑袋。

“您接受挑战吗？”韦泽尔想知道……

“您问起这个来？”塞塔姆布里尼说，同时也看了他一眼……“各位先生，”他继续说，这时他站了起来，完全恢复镇静。“我们这次愉快的远足竟会有这样的结果，我深感遗憾，不过每个人在生活中总免不了

① 意大利文：破坏分子！疯狗！得把他杀掉！

会发生这样的意外事件。从理论上说，我不赞成决斗，我是一个尊重法律的人。不过实践上却是另一回事。在某些场合下，我——是反对这个的，不过总而言之，我悉听那位先生的尊便。幸亏我年轻时学过一些剑术。练习两三小时后，我的手腕又会灵活起来。我们走吧！至于细节方面，将来会说定的。我猜想，那位先生已经发出命令，准备让马拉雪橇了。”

在回家的途中和以后一段时间里，汉斯·卡斯托尔普为刚才那件可怕的事弄得头晕目眩；特别当后来纳夫塔提出不愿斗剑，而坚持要用手枪来参加决斗。由于从名誉权的概念上看他是受侮辱的一方，实际上他有资格选择武器。我们说，这个年轻人在某些瞬间由于他内在的某些精神状态的影响，在一定程度上得以摆脱那些纠缠不清和混混沌沌的事，而且告诫自己，那是一种疯狂行为，必须加以阻止。

“即使这是真正的侮辱，那又怎样！”汉斯对塞塔姆布里尼、费尔格和韦泽尔说，纳夫塔在回家途中已请费尔格做决斗时的助手，而汉斯则作为双方的联络人。“这不过是民事和社交性质的侮辱！又不是他们其中一个人玷辱了对方的名誉，也不是为了争夺一个女人，更不是为了某种生死攸关的问题，而双方又没有和解的可能性！唔，在这样的情况下，决斗是最后的一条出路。当名誉得到补偿，事情圆满解决，两个死对头心平气和地分手时，人们就会发现，在某些错综复杂的情况下，这是一种很好的办法，既有效，又实用。可是他做了什么呢？我不想卫护他，我只是想问问：他对您究竟作了什么样的侮辱。他把是非的界限推翻了。正像他自己所说的那样，他已剥夺了学究式的道德尊严概念。就这样，您感到自己受到了侮辱——这也是有道理的。让我们假定……”

“假定？”塞塔姆布里尼重复说这个词，同时盯着他看……

“有道理，有道理！他确实侮辱了您，不过他并没有诽谤您！这里有一个区别，请允许我这样说！这里牵涉到的是一个抽象的问题，是精神方面的问题。关于精神问题，他可以侮辱您，但不会诽谤您。这是任何名誉裁判所的通用原则，我可以用上帝的名义向您保证。您回答他时所说的‘寡廉鲜耻’和‘严厉的惩罚’也不是什么诽谤，因为您指的也是精神上的意义，整个事都属于精神领域，同个人的问题根本无关，而诽谤只能是针对个人的。精神问题决不是个人问题，这是对这个原则的补充和说明，因此……”

“您错了，我的朋友，”塞塔姆布里尼先生闭起了眼睛说。“您错误的地方，首先是假定精神问题不能带有个人性质。您是不能这样看问题的。”他说罢奇妙而痛苦地微笑起来。“您主要在精神问题的评价方面犯了错误。您显然把这个问题看得太轻了，以为它不至于产生冲突和激情，这种激情如此强烈，以致在实际生活中除了动用武器外，别无其他解决办法。All'incontro①！抽象的问题，纯粹的问题，观念的问题，同时也是绝对的问题，因而实际上是严肃的问题，在它里面，蕴含着比社会生活深刻得多、也激进得多的憎恨可能性，这种憎恨的对立性是绝对的，无法和解的。它甚至会引起比社会生活更加直接、更加严酷的你死我活的情势、过激的情势、决斗的情势和肉体搏斗的情势，这个您感到奇怪吗？决斗，我的朋友，同其他的‘手段’不同。它是一种回复到原始状态的最后手段，只是在某种骑士方式的掩盖下使其性质变得稍稍温和些，而这种掩盖是很表面化的。就决斗的本质来说，依然是一种原始的、肉体的搏斗，每个人，不管他离开自然状态有多么远，都能够保持这种原始状态。他每天会陷入这种境地。谁不能以他的本人、他的胳膊和他的血为理想而献身，就没有资格谈这个问题。一个人应当始终是一个超凡脱俗的人。”

汉斯·卡斯托尔普受到了指摘。他应当怎样回答呢？他一声不响，郁郁不乐地在思索。塞塔姆布里尼先生的话说得很镇静，而且富有逻辑性，但听起来感到奇怪和不自然。他刚才的想法并不是他真正的思想——他决斗的念头确实并不是自己想出来的，而是那个矮小的、恐怖主义者的纳夫塔授给他的。他说的话只是表达了塞塔姆布里尼先生明晰的理性周围的精神状态，他已成为了这种精神状态的奴仆和工具。难道精神问题，正因为它是严肃的，就必须无情地导致兽性行为，就非用肉

① 意大利文：相反。

体斗争的形式来解决不可吗？汉斯 · 卡斯托尔普不以为然，或者他试图否定这样的看法——不过使他惊愕的是：他也办不到。周围的精神状态也使他深深地受到感染，他可不是能摆脱这种精神状态的人。在他的记忆的某个领域里，维德曼和素嫩沙伊恩像野兽一样扭成一团、难解难分的景象还若隐若现，使他感到不寒而栗；他惊骇地意识到，归根结底，不论什么事都逃不出肉体的东西，还有指甲和牙齿。不错，不错，他们也许非打一场不可，因为只有这样，原始状态的缓和情况至少可以通过骑士精神获得挽救……汉斯 · 卡斯托尔普自愿做塞塔姆布里尼先生决斗时的助手。

但塞塔姆布里尼拒绝了。不，这个不合适，这个不相宜，这是他得到的答复。先是塞塔姆布里尼含着微妙而痛苦的微笑谢绝，接着，费尔格和韦泽尔在考虑一会儿后才认为不妥。这两个人举不出什么特别的理由，只觉得汉斯 · 卡斯托尔普不该介入他们之间的决斗。做一个中间人也许倒可以——有这样一个判定人在决斗场里，也许可以缓和一下兽性行为，而且符合骑士比武的规定。即使纳夫塔本人，也通过他决斗时的助手韦泽尔传话说，他也有这样的想法。汉斯 · 卡斯托尔普对此感到满意。做证人也好，判定人也好，他不管怎么说总有可能对决斗方式的确定施加影响，事实证明这是很有必要的。

纳夫塔提出的要求十分出格。他要求双方的距离是五步路，必要时开枪三次。就在冲突的那天晚上，他就希望把这个狂妄的要求通过韦泽尔提出，韦泽尔地地道道成为纳夫塔这一野蛮主张的代办者和代表，非常执拗地坚持这样的条件，一部分原因是受人之托，一部分原因则是他本人也有这样的意愿。当然，塞塔姆布里尼对此没有什么可反对的，但作为助手的费尔格和作为判定人的汉斯 · 卡斯托尔普非常气愤，汉斯甚至对可怜的韦泽尔发起脾气来。他诘问道，对于完全不存在真正侮辱的这样一场纯粹是抽象的决斗，居然挖空心思提出这样野蛮而难以接受的建议，是不是问心有愧？手枪已是够呛了，可还要作出这些杀人的具体规定。这里骑士精神消失得无影无踪，索性还是通过一块手绢来开枪算了！他，韦泽尔，可不能在这样短的距离内开火，这样残忍的事亏他轻易地说出口来——还有类似的话。韦泽尔一言不发地耸耸肩膀，表示这只是在过分激烈情势下的权宜之计，对方听了多少松了一口气，后来这件事也就慢慢忘了。第二天周旋结果，主要得到这样的收获：原定决斗时打三枪，现在改为一枪，至于距离问题也作了调整，决斗双方彼此相距十五步，在开枪之前有权利先上前五步。但要达到这样的要求，事前应作出这样的承诺：不应作任何尝试劝双方和解。另外，他们没有手枪。

阿尔宾先生有手枪。他除了一把亮锃锃的喜欢用来吓唬女人的小左轮手枪外，在一只天鹅绒盒子里还藏有两把一模一样的军官用手枪，它们是比利时制造的自动白朗宁手枪，棕色木柄里面是弹仓，器械部分用青色的钢材制造，枪筒锃亮，枪口上有小巧的瞄准器。汉斯·卡斯托尔普过去什么时候在那个轻浮的阿尔宾那儿看到过，尽管他反对决斗，他还是厚着脸向他借了。他借时并没有隐瞒实际的使用目的，不过叫他以个人的名誉对这件事保守秘密，轻而易举地使这位大吹法螺的人在骑士精神下就范。阿尔宾先生甚至教他装子弹的方法，而且同他一起用这两支手枪向空中试放空枪。

这一切都需要时间。从争论那天到决斗时聚面，一下子过去了两天三夜。场地是汉斯·卡斯托尔普找到的，它是一个风光如画、夏日蓝花盛开而自己曾隐伏在那儿沉思默想的地方；汉斯主张他们在这里相见。在争辩后的第三天早晨，一当晨曦初吐，此事就应在这个地方了结。上一天夜深时，激动万状的汉斯·卡斯托尔普忽然想到决斗场里必须带一名大夫前去。

他立刻跟费尔格商量，对方认为这事很难办到。赖达曼托斯是学生会的先辈，要院方负责人支持这样一件不合法的事是办不到的，何况又是病人间的事。要在这里找到一位肯插手于两个重病人之间用手枪进行决斗的大夫，大体上几乎是没有希望的。至于克罗科夫斯基大夫，他们吃不准这位致力于精神分析的学者在对付枪伤方面是不是内行。

在场的韦泽尔告诉他们，纳夫塔曾经说过，他不需要什么大夫。他到那个地方去不是为了让人贴膏药，扎绷带，而是去决斗的，而且非常认真地去决斗。至于结果如何，对他来说无关紧要，将来自有分晓。他这样说话听起来有一股阴惨惨的味儿，但汉斯·卡斯托尔普努力解释道，纳夫塔暗地里想：请大夫来是没有必要的。塞塔姆布里尼不是也叫我们派去的费尔格传话，说这个问题应当撇开不谈，他对它毫不感兴趣吗？决斗双方根本上都不想流血，这样的希望不是完全没有理由的。自从他们争吵过以后，两个夜晚已经过去了，第三个夜晚也快到了。时间会使他们冷静下来，时间会使他们清醒起来，随着时间的推移，某种脾气不是不会改变的。一清早，两个人手持射击工具，可能谁也不会像口角的那天晚上这么好斗了。至多，他们会随着荣誉感的驱使机械地去执行任务，而不会像当时那样自觉自愿出于一时兴奋和信念进行决斗，如果他们能否定实际存在的“自我”，从好的方面想想过去，不幸的事就能以某种方式防止！

汉斯·卡斯托尔普的想法，事实证明不无理由，可惜此事的性质他连做梦也没有想到。就塞塔姆布里尼先生方面而言，他的想法甚至是完全正确的。如果他预料到莱奥·纳夫塔在关键时刻往哪一方向改变其主意，或者在这一时刻之前改变其主意，那么导致目前这一结果的精神状态就不会使他投身于即将进行的决斗了。

次日七时左右，太阳迟迟不从山峦后面露脸，但天色终于费劲地在一片浓雾中破晓。汉斯·卡斯托尔普度过了一个不安稳的夜，这时离开山庄疗养院，向决斗的地点出发。打扫大厅的女仆在干活时惊讶地看着他，目送他离开。不过他发现大门没有关上：费尔格和韦泽尔，不管是一个人或两个人，肯定已穿过大门出去，一个陪塞塔姆布里尼，另一个伴纳夫塔去决斗场。他，汉斯，一个人踽踽而行，他的身份是判定人，不允许他依附于任何一方。

他一方面受荣誉心的驱使，一方面为情势所迫，机械地走着。他参加他们的决斗是势所必然、不言自明的事。他可能弃而不顾，睡在床上等待结局，首先是因为——不过他没有实现这个“首先”，接着马上来了“第二件事”：他不能让这件事听其自然。谢天谢地，到现在还没有发生什么糟糕的事，也不需要发生什么糟糕的事，这甚至是不可能的。

刚才他们不得不在电灯光下起床，早饭也不吃，在清晨凛冽的寒气中到野外集合，这是他们预先约定的。不过一旦到了那边，在他汉斯·卡斯托尔普的影响下，形势无疑会以某种方式向好的和乐观的方面发展——这是无法预见的，而且最好也别去猜测，因为经验告诉我们，即使是最简单平凡的事，也会按不同于人们预先试图设想的方向发展。

尽管如此，那还是他记忆中最不愉快的一个早晨。汉斯·卡斯托尔普感到有气无力，睡眠不足，牙齿动辄神经质地打战，内心深处几乎失去自制力。那些时刻是多么奇特啊……因吵架而毁了健康的那个明斯克女人，大发脾气的学生，维德曼和素嫩沙伊恩，波兰人打耳光事件——一想到这些，他的头脑就乱哄哄的。他不能想象现在居然有两个人在他的眼前，当着他的面，彼此要打起枪来，要对方流血。可是当他想到维德曼和素嫩沙伊恩在他眼前实际上曾经演出过的场面，他就不相信自己，不相信周围的世界，而在毛皮茄克里打起战来——不过他对当时的情势有一种异乎寻常和悲怆的感觉，加以清晨的空气十分清新，他因而振奋起来，活跃起来。

在天色渐明的熹微晨光中，他从达沃斯村停二联橇的地方沿着羊肠小道登上山坡，思潮起伏，各种各样的念头掠过脑际。他到达积雪很深的森林地带，走过二联橇跑道上架设的木桥，踏上了一条两边都是树干的道路，这条路是人们的足迹踩出来的，而没有什么人来铲过雪。他急匆匆地往前走，不久就赶上了塞塔姆布里尼和费尔格，后者在斗篷下面捧着装手枪的盒子。汉斯·卡斯托尔普毫不踌躇地同他们走在一块儿。他一到他们身边，就看见前方不远处的纳夫塔和韦泽尔。

“早上好冷啊，至少是零下十八度！”他好心肠地说，不过一想到他的话失之轻浮，不免怔了一下，于是又接上一句：“两位先生，我深信……”

还有两个人不吭声。费尔格那善意的小胡子翻上翻下。过了一会，塞塔姆布里尼停住了，拉起汉斯·卡斯托尔普的手，把自己的一只手按在上面，说道：

“我的朋友，我不会杀死他。我不会这么干。我让他的子弹射来，这就是荣誉要我作出的一切。可我不会杀死他，这点请您相信我！”

他松开了汉斯的手，继续往前走。汉斯·卡斯托尔普深受感动，但走了几步后说：

“您的心眼儿真太好了，塞塔姆布里尼先生，不过，另一方面……要是他那方面……”

塞塔姆布里尼先生只是摇摇头。于是汉斯·卡斯托尔普想：如果一方不开枪，另一方也不致动手，这样他觉得一切都有一个良好的开端，他的假定也许会得到证实。他的心头轻松些了。

他们跨过横在峡谷上的木桥。峡谷里的瀑布在夏天汹涌奔腾，一泻千里，对这里增添了不少如画的风光，如今瀑布冻结，哑然无声。纳夫塔和韦泽尔在如今积了厚厚一层雪的长椅前面走来走去，在那条长椅上，汉斯·卡斯托尔普异常清晰地记得有一回曾呆在那儿不得不等待自己淌完鼻血。纳夫塔抽起一支烟来，汉斯·卡斯托尔普试一下自己是否也有兴致抽一支，但发觉自己对此兴味索然，后来发现对方吸烟不过是装模作样而已。他对这块地方过去一直怀有好感，现在他仍怀着这样的感情环顾四周雄伟而亲切的景色，在这冰天雪地的环境里，它的秀丽与蓝花盛开期间相比毫不逊色。在景色中巍然挺立的枞树现在稍稍歪向一边，它的树干和枝条上沉甸甸地积着雪。

“早上好！”他用愉快的声音向他们问好，满以为这样可以为这一聚会立刻创造出一种自然的气氛，但他没有交好运，因为没有人回答他。那些人只是不声不响地欠欠身表示酬答，姿势很生硬，几乎使人难以觉察到。然而他决心要把刚到时的那股冲劲、他的急促的呼吸和冬晨迅速步行时带来的热量毫不迟疑地应用于良好的目的，于是开始说：

“先生们，我确信……”

“还是让您的确信留到下次再谈吧，”纳夫塔冷冷地打断他的话。“请把武器拿出来吧，”他用同样傲慢的态度添上一句。汉斯·卡斯托尔普挨了一下闷棍，只得眼睁睁地看着费尔格把那只该死的手枪盒从斗篷下面拿出来，于是韦泽尔向他走去，接过一支手枪，把它交给纳夫塔。塞塔姆布里尼从费尔格手里接过另一支手枪。接着要确定场地的范围，费尔格嘟嘟哝哝地提出这个要求，于是就开始用脚来量距离。他用鞋跟在雪中划出短线，表示这是外侧的界限，至于内侧的屏障，则用两根手杖——一根是他自己的，另一根是塞塔姆布里尼的——划出。

至于那位好心的逆来顺受的人，他干些什么事呢？汉斯·卡斯托尔普不相信他的眼睛。费尔格的腿很长，他迈开大步在走，十五步路至少形成可观的距离，而该死的屏障实际上相距并不很远。确实，他干这件事是真心实意的。然而他不得不采取这种有非凡意义的预防措施时，神情是多么恍惚啊！

纳夫塔把毛皮大衣扔在雪地上，因而人们看得见里面的黄鼬革。他握住手枪，走到外侧用鞋跟刚划出的一条线上，那时费尔格还在划另一条线。当那条线划好后，塞塔姆布里尼也敞开了自己破旧的皮夹克，走到自己的位置上。汉斯·卡斯托尔普从麻痹状态中挣脱出来，急急忙忙向前走去。

“先生们，”他尴尬地说，“别急！尽管事情已到了这个地步，我仍有责任……”

“住口！”纳夫塔斩钉截铁地说。“我要的是行动指令！”

可是谁也没有发出指令。大家事前没有约定。某个人也许说一声“开枪吧”，只不过这是裁判人的事，应当由他来发出这一可怕的号令，可是裁判人没有想到，而且说什么也没有发号施令。汉斯·卡斯托尔普不吱一声，而且谁也没有代替他。

“我们开始吧，”纳夫塔说。“先生，您往前走，开枪吧！”他高声对他的敌手说，自己朝前走去，扬起手臂把手枪举到胸膛那么高的地方，对准塞塔姆布里尼；这幅景象叫人难以置信。塞塔姆布里尼也做着同样的动作——开始往前走。当他走到第三步时——纳夫塔已走到边界线那儿，但没有开枪——他把枪举得高高的，同时扣动了扳机。响亮的枪声激起了一阵阵回声。山岳里的回声此起彼伏，在山谷里回荡，汉斯·卡斯托尔普以为人们准会闻声赶来。

“您是在朝天放枪，”他说时强自抑制自己，同时把武器放了下来。

塞塔姆布里尼回答他：

“我高兴往哪儿放，就往哪儿放。”

“您还可以再放一次枪！”

“我不想再放啦，现在轮到您了。”塞塔姆布里尼先生并不正视对方，却将身体微微扭向一边，仰头望着天空，使人看了十分感动。大家清楚地看出，他懂得决斗时不能当着胸口向对方射击，他是照章办事的。

“胆小鬼！”纳夫塔尖叫一声。在这声人性的叫喊中，他承认开枪打别人比挨别人的枪需要更大的勇气。他把手枪握成了与决斗无涉的姿势，往自己的脑袋上开了一枪。

这真是一幅凄惨而令人难以忘怀的景象！他踉踉跄跄或者说跌跌撞撞地后退了几步，自戕的枪弹在山谷里发出刺耳的响声。他一条腿向前抽搐了一下，整个身子向右扭动，最后脸朝下倒在雪地里了。

众人呆愣愣地站在那里。片刻之后塞塔姆布里尼扔掉了自己的射击工具，第一个走到他身边。

“Infelice[①]！”他嚷道。“Che cosa fai per l'amor di Dio！”[②]

汉斯·卡斯托尔普帮助他把纳夫塔的身体翻过来。他们看到他的太阳穴旁边有一个暗红色的小洞。他们凝视着他的脸，很想用一块丝手帕把它盖住，手帕的一角正从纳夫塔的胸袋里露出。

晴天霹雳

汉斯·卡斯托尔普同山上的人们一起住了七年。对于拥护十进制的人们来说，“七”并不是一个完整的数字，然而它是一个挺不错的、有其独特个性的时间单位，有某种神话般的、绘画般的意味；我们也许可以说，它比干燥无味的“六”更能取悦于人们的心情。他在餐厅里的七张桌子上全部坐过，几乎每年换一张桌子。最后一次，他坐在“下等俄国

① 意大利文：不幸的人。
② 意大利文：老天爷，你干了什么啦！

人”的餐桌里，同坐的有两个阿美尼亚人，两个芬兰人，一个布哈利亚[①]人，还有一个库尔特人[②]。他坐在那边，蓄着胡子。这是他最近才蓄起来的，下巴上留着的金黄色的稻草胡子相当零乱，使人不得不把这看作是他不修边幅、对世事抱着某种冷漠态度的征兆。不错，我们还得继续叙述下去，谈谈他本人对周围事物玩世不恭的倾向，以及外界对他同样的漠不关心的倾向。疗养院当局已不再为他筹划调剂身心的娱乐活动了。顾问大夫除了每天早晨简单扼要地向他寒暄几句，问他晚上是否睡得“好”以外，已常常不再对他说些别的话。至于阿达丽亚蒂卡·冯·米伦东克(在我们叙述的这个时间里，她的麦粒肿已经非常熟了)，连每隔两三天也没有来问上一次。如果我们把此事说得更确切些， 她几乎很少去看汉斯， 或者连一次也没有。他们让他安安静静的——他有点儿像一个享有特殊乐趣有权不再受人诘问而也不必再做什么功课的学生那样，因为他闲坐着已是一个确定了的事实，同时也因为谁也不再关心他——这是一种过分放纵的自由，我们得补充一句；不过我们还得问问自己，除了上述的自由之外，能否还有其他形式和其他种类的自由。不管怎么说，他是疗养院当局不必再加以操心的一个病人，因为有一点是确切无疑的：在他的心里，已不再有什么狂野不羁和违抗院规的决定了。他安安稳稳地在这里定居了。他早已不知道该往哪儿走，回到山下的念头他根本不可能再有……他们叫他搬到“下等俄国人”的餐桌里来坐，单是这一事实不是足以说明当局对他这个人漠不关心吗？不过人们称之为“下等俄国人”餐桌，其实一点也没有轻蔑的意味！在这七张餐桌之间，并没有任何明显的优劣之分。我们可以大胆地说，这七张餐桌享有同样的荣誉，当局对它们一视同仁。这个餐桌里的菜肴跟别的桌上一样丰盛，赖达曼托斯有时也轮流地坐到这里来，在菜盆面前叉起两只硕大的手。在这张桌子上用膳的每个人尽管不懂拉丁语，却都是人类中值得尊敬的成员，吃东西时并不过分讲究。

---

① 布哈利亚是古国的名称，在西藏附近。

② 库尔特人，系指巴尔干诸国山地的居民。

时间引起了许多变化。不过我们指的不是火车站上时钟的时间，它的指针五分钟、五分钟地急遽移动，而是指那种极小的计时单元，它指针的运动压根儿无法看出；时间也像肉眼无法看出是否在悄悄地成长的，但有朝一日却不可否认地成长起来的草——时间是一条由不能延伸的各个点组成的线(此刻，不幸亡故的纳夫塔也许会问：不能延伸的各个点怎么能形成一条线呢)，因而时间以肉眼看不见的、隐秘的但却是活跃的方式悄悄前进，从而引起了变化。

我们只举一个例子。特迪这个孩子，某一天——不过当然不是实际上的“某一天”，而是从哪一天起开始，日期完全不能确定——不再是一个孩子了。当他有时起床，脱去睡衣裤换上运动衫下楼时，女人们不能再把他搂在怀里。不知不觉地，他反客为主了。在这样的场合下，他甚至把她们搂在怀里，这使双方都心满意足，甚至还有更多的乐趣。他已变成一个青年——我们不能说他已青春焕发，但毕竟已经成长起来。汉斯·卡斯托尔普以前一直没有注意到这点，现在他可看出来了。可是时光的流转和成长，对特迪这个小伙子的健康不利，他对此不适合。时间并没有给他带来幸运——在他二十一岁那年，他病死了，而且乐于迎受死神的降临，后来院方把他的房间彻底清扫一下。我们平心静气地叙述这件事，因为在他奔赴的阴间和以前活着的人世之间，并没有多大的差别。

然而有些人的死讯却更加重要，那就是平原里人们的噩耗，它使我们主人公的心更深地受到震动，或者说过去有一回更深地受到震动。我们想到的是，最近老参议蒂恩纳佩尔已溘然长逝，他是汉斯的舅公和养父，现在他在汉斯的记忆中已经淡忘了。老人极其小心地避免在不利的气压条件下生活，这使吉姆斯舅舅很失面子；但到头来他终于免不了中风，于是有一天，当汉斯·卡斯托尔普悠闲地躺在卧椅上时，他接到了一份告诉舅公归天的简短电报——措词十分委婉，与其说是哀悼死者，倒不如说是体恤接到这一消息的生者。他买了黑边信纸，写信给表兄弟和舅父：他不但失去怙恃，现在又一次，也就是第三次成为孤儿；尤其使他伤心的是：他住在这里不准中途出院，去见舅公最后一面。

说伤心吧，这话只是虚饰而已。然而汉斯·卡斯托尔普在那些日子里，眼神里一直流露出比往日更富于沉思的表情。舅公的死在他的情感上绝没有造成严重的打击，他在山上过了几年与世隔绝、险象环生的生活后，这件事在他心里已几乎不再留下什么印象。不过老人的去世割断了他同山下人们维持关系的又一个纽带，使汉斯·卡斯托尔普满有理由地称之为自由的东西得以尽情享受。确实，在我们所叙述的最近一段时间里，他同平原之间的感情已荡然无存。以后他没有去过信，也没有接到任何信息。他不再向山下定购马丽亚·曼契尼雪茄烟。他已在山上找到了一种使他称心的牌子，他对它的嗜爱程度不亚于以前的马丽亚·曼契尼：这种牌子的烟甚至能使冰天雪地里的北极探险家熬过最深重的苦难，有了这么一支烟，他可以像躺在海滨上一样悠然度过时光。这是由烟草茎上最下方的叶子精制而成的特种烟，名叫“吕特利施武尔”，比马丽亚敦实，呈鼠灰色，烟身上有一个淡蓝色的圈儿，质地温良，吸后烧成雪白的耐久的烟灰，其叶脉依然可见，燃时十分均匀，对抽烟的汉斯来说，可以作为沙漏的代用品，而他在需要时确实以此来估量时间，因为他已不再带怀表了。那只怀表有一天从床头柜落下，此后他就不再替它上发条——基于同样理由，即使他有一本日历，他也早已放弃每天撕一张的习惯，他既不想记得今天是什么日子，对节日也不在乎。其理由也是因为他想“自由自在”。正因为如此，他把“在时间的海滨上漫步”和现存的“永恒”状态视以为荣，对这种与世隔绝的魔力视以为荣；对于这种魔力，这个脱离现实世界的人显得乐于接受，而且这是他灵魂中基本富有冒险色彩的部分，在这里面，这个单纯的实验材料所有炼金术的惊险活动一一展现。

他就这样躺着，而时光转眼已届盛夏。这是他到山上的第七个夏天。他自己却不知道已是第七个年头了。

于是，天地发出轰鸣声……

然而我们十分羞惭，不敢把响起的声音和发生的事情原原本本地说出口来。不过我们别在这里吹牛，也别夸张虚构！还是让我们用冷静的声音直说出来：我们大家都知道的轰隆隆的雷声已响起了，充满着麻木不仁和神经质的灾难和混乱积聚的时间很长，终于发出震耳欲聋的爆裂声。这是历史性的雷声，我们怀着压抑的尊敬说这样的话。雷声震撼着土地的地基，对我们来说则是晴天霹雳，它炸开了魔山，把沉睡七年的青年粗暴地赶出大门之外。他茫然坐在草上，揉揉眼睛。这个青年人尽管受到不少教诲，却一直懒得看报纸。

他那位地中海的朋友兼导师[①]过去一直试图稍稍帮助他，而且煞费苦心地对这个令人担忧的孩子进行教育，要他多多关心山下发生的事，但做学生的很少听从。汉斯对事物的精神阴影一直在进行内省，对种种事苦思冥想，而对事物的本身却一直不予注意；这是因为他有一种傲慢的倾向，即往往把真实的事物当作阴影，而且在事物中只看到阴影。对此，我们不能予以苛责，因为两者的关系一直未被最终地阐明。

现在情况同过去不一样了。以前，塞塔姆布里尼先生一来就一下子开亮汉斯·卡斯托尔普房里的灯，坐在汉斯仰卧着的病床边，跟他谈谈生与死的问题，企图感化他，对他施加影响。现在正好相反，是汉斯来到那位人文主义者的斗室里，或者坐在他的床边，两手放在膝间；或者来到摆着塞塔姆布里尼那位烧炭党员祖父坐过的椅子和水瓶的书斋里——书斋幽僻而舒适，屋顶是复折式的——，坐在他平时休息的卧椅旁，彬彬有礼地倾听他谈论世界局势，因为洛多维科先生现在不再常常走动。纳夫塔可怖的结局，这位尖锐而绝望的论争家的恐怖行为，对他敏感的个性是一个严重的打击，他的身体因此不能恢复，此后就一直十分衰弱。他不能再协助撰写《社会学病理学》，以人间苦恼为主题的各种文学作品的一部词书陷于停滞状态，那个进步组织本来计划出一部"百科全书"，叫他撰写有关章节，现在也只能是空等一场。现在，塞塔姆布里尼先生对那个进步组织的合作，不得不仅仅限于口头宣传。汉斯·卡斯托尔普友好的访问给他提供了这样的机会，不然，他连口头宣传也无法办到。

他谈起人类如何通过社会的途径来达到自我完善，声音固然很微

---

① 指意大利人塞塔姆布里尼。

弱，但说得很多，很美，而且都是肺腑之言。他的话像鸽子的足那样娓娓而来，然而不一会，当他谈起了获得自由的民族如何团结起来以求获致共同的幸福时，他的话中似乎可以听到雄鹰振翅飞翔的声音。无疑地，祖父遗传给他政治素质，而父亲遗传给他人文主义素质，两者结合起来，就使他洛多维科具有文学家的素质。这正如人文主义和政治在文明的崇高而华丽的思想里得到结合一样，这种思想既有鸽子的温柔，又有山雕的勇猛。这样的文明思想等待着自己一旦会实现，等待着各民族出现曙光，那时保守停滞的原则会挨到当头一棒，而市民民主的神圣同盟将会实现……总而言之，他的这些话中存在着矛盾。塞塔姆布里尼先生是一个人文主义者，但同时，几乎可以直言不讳地说，他也是一个好战者。在同粗暴的纳夫塔决斗时，他的举止像一个男子汉，不过大体上说，当人性以极其亢奋的热情同政治结合在一起，形成一种胜利的、有支配意义的文明概念，而人们把市民的长枪奉献给人类的祭坛时，他个人是否认为手里应当沾上鲜血，乃是一个疑问——确实，周围的精神状态在影响着他，因而在塞塔姆布里尼先生优雅的思想中，山雕勇猛的成分愈来愈多，而鸽子温柔的成分则愈来愈少。

他对世界上一系列重要的政治事件的态度，往往前后矛盾，满腹疑虑，不知所措。最近，两年或一年半以前，他的祖国同奥地利在阿尔巴尼亚采取共同的外交行动，他在谈话中对此流露出不安情绪，并为此感到激动，因为这是反对非拉丁民族的半个亚细亚的，针对笞刑和施吕塞尔堡，这种怀着仇恨、以保守和民族奴役为原则的错误的结盟使他苦恼。去年秋天，法国为了在波兰建筑铁路网，曾经向俄国借巨额债款，这件事在他的心里也引起类似的矛盾情绪。塞塔姆布里尼先生属于他本国的亲法派阵营，当人们想到他祖父曾把七月革命的那些日子看作同创世记的那些日子一样美好时，就不会感到惊奇了。可是那个开化的共和国[1]竟和拜占庭文明的斯堪特人国家[2]达成一致意见，这使他在道义上感到很不好受，他的内心郁郁不乐；不过与此同时，当他一想到那种铁

① 指法国。
② 斯堪特人是古代住在黑海以北即南俄罗斯草原上的游牧民族，此处似指俄国。

路网具有战略上的意义时，他就兴奋起来，把懊恼转为希望与快乐。接着发生了皇太子刺杀事件[1]，这在每个人——除了打了七年瞌睡的德国人外——看来都是一种暴风雨即将来临的信号，对消息灵通人士尤为如此，我们把塞塔姆布里尼先生就看作是其中的一个。汉斯·卡斯托尔普看到他作为一个公民，在这种恐怖行为面前感到战栗。但汉斯也看到他的这样一番情状：当塞塔姆布里尼一想到这是一种旨在反对他所憎恶的城堡的民族解放事业时，他就鼓起胸脯舒一口气。另一方面，他又认为这是莫斯科搞活动的结果，这又使他心绪不宁。不过三星期后帝国[2]向塞尔维亚提出最后通牒时，这并没有妨碍他将此事称为污辱人类的尊严，而且犯下可怕的罪行，关于通牒引起的结果，他能很好地预见到，而且以急促的呼吸表示欢迎……

一言以蔽之，塞塔姆布里尼先生的感情是错综复杂的，像他前面所迅速堆集起来的灾难一样。他企图用隐晦曲折的话将这种灾难指点给学生看，让他明白，但民族的礼仪和同情使他不能尽情吐露衷曲。在最初动员的日子里和宣战的开头几天，他有这样一个习惯，就是向来访的学生伸开双臂，让自己的手紧紧握住学生的手，这可打动了汉斯这个傻瓜的心，不过他的头脑却并未开窍。“我的朋友，”意大利人说，“火药，印刷术——无可否认地，您一度发明了这些东西！不过，您倒想想，如果我们反对革命的法国，向它进军……Caro[3]……”

在欧洲剑拔弩张、风云确实十分险恶的那些日子里，汉斯·卡斯托尔普没有见到塞塔姆布里尼先生。满载血雨腥风新闻的报纸，现在从低地里直接送到汉斯的阳台间里来，震撼着整座疗养院，使餐厅里弥漫着一股令人窒息的硫磺气味，甚至渗透到重病人和垂危者的房间。就在这些时刻，我们那位原来在草上打了七年瞌睡而不谙世界大事的人慢慢地站起身来，在此以前他坐着揉揉眼睛……这样的描写我们还是收场吧，

---

① 奥匈帝国皇太子费迪南夫妇两人于 1914 年 6 月 28 日在塞尔维亚秘密团体的指使下被一名国家主义者刺杀于萨拉热窝，成为第一次世界大战的导火线。

② 此处指奥地利。

③ 意大利文：亲爱的。

以便对他的心理活动作出公正的估价。他伸伸腿站起身，环顾四周。他看到自己不再为梦魇所纠缠，获得了解放——这并非凭借他自己的力量，如他怀着羞愧的心情必须承认的那样，而是借外界的某种自然力而获得解放的；相比之下，他的解放只是很次要的。但即使他个人小小的命运在世界的命运前面显得黯然无光，难道这里没有表现出以他个人为对象的上帝的慈悲和正义？生活是不是还要又一次接纳它那个有罪的、令人担忧的孩子——这一回并不是以轻而易举的方式，而是以严肃和冷峻的方式，在灾难深重的意义上回到它的怀抱里？在这个场合下对他，这个有罪者来说，意味着的也许不是什么生活，而是三响礼炮。这也是可能发生的。因此他跪下来，脸朝着天空，两手高高举起。尽管天空暗沉沉的，充满着硫磺的气味，但不再是有罪孽的山上那个洞窟了。

塞塔姆布里尼是汉斯处于这样的精神状态之下找见他的。不言而喻，这只是一种纯粹象征性的说法；因为我们知道在实际上，鉴于我们这位主人公的传统气质，这种戏剧性的场面是不可能存在的。在客观事实的意义上说，教师爷看到他时，他正在整理行装——因为从汉斯·卡斯托尔普觉醒的时刻起，他心中就七上八下地萌起擅自离院的念头，这是山谷里的晴天霹雳引起的。山上这个“家”已像热锅上的一群蚂蚁那样，乱作一团。山上的人们急急忙忙冲向苦难深重的平原，他们蜂拥来到小火车前，在车子的踏板上挤来挤去，不带行李——如果行李是必要的话——在车站的月台里，行李堆积如山。车站里人山人海，一股有焦味的湿热的风似乎从低地吹送上来，而汉斯·卡斯托尔普也是拥向车站的一个。洛多维科在一阵混乱中拥抱了他——说得精确些，他把汉斯搂在怀里，像南国人那样(或者像俄国人那样)吻他的两颊，这使擅自逃离的青年感到害臊，但也深受感动。不过，当最后一刻塞塔姆布里尼先生对他直呼其名，也就是叫他“乔凡尼”①，同时放弃开化的欧洲所惯用的“您”而代之以“你”时，他几乎失去自制力了！

---

① 意大利人的“乔凡尼”，即相当于德国人的“汉斯”。

“E cosi in giù ①，” 他说。“in giù finalmente！ Addio，Giovanni mio！②要不是打仗，我也巴不得你离开。不过没有关系，这是上帝的意旨，舍此别无他法。我希望你放手工作，现在，你可以站到弟兄们中间去战斗了。我的天哪，去参加战斗的居然是你，而不是咱们的少尉。人生真是一场戏……到需要献出你热血的地方去勇敢地战斗吧！现在除此之外，谁也不能干什么。不过，如果我把自己剩余的精力致力于激发我的祖国在精神和神圣的利己主义指引下投入战斗，那么请原谅我！别了！”

汉斯·卡斯托尔普从十来个人头攒动的车厢小窗间探出头来。他越过他们的头挥手。塞塔姆布里尼先生也举起右手，挥动着，同时用左手无名指的指尖轻轻地去拭眼角。

我们此刻在哪儿？这是什么？梦把我们引到哪儿？黄昏，雨，泥泞。暗淡的天空里燃起了赤色的火焰，潮湿的空气中不停地充满了隆隆的雷鸣般的炮声，杂以撕裂似的尖叫声和地狱里恶犬的狂吠声；在炮弹落下的地方，发出了碎裂声、迸射声和爆裂声，并且燃烧起来，还有呻吟声、叫喊声和震耳的喇叭声，鼓的节拍越擂越快……那边是一座树林，从那里面陆续出来一群又一群灰白色的人，他们奔跑着，倒下去，又跳起来。那边有一个连绵的丘陵地带，在它遥远的后方可以见到火光，火焰有时燃成一片，形成了一团熊熊烈火。在我们周围，是波浪起伏的田野，现在已被炮弹炸得泥土翻飞，七崩八落。前面横着一条泥泞的公路，上面都是断裂的树枝，像树林里的一样；一条田间小路，满是沟纹，泥土都被翻起，从公路里分叉出来，弯成弓形向小丘蜿蜒伸去。树干在寒雨中挺立，光秃秃的没有桠枝……

这里有一个路标，不过它已起不到指路的作用；即使标牌并没有被炮火摧得七零八落，但半明不暗的光线笼罩着它，看不清字迹。是东方

① 意大利文：就这样下山了。

② 意大利文：终于下山了！再见吧，我的乔凡尼！

还是西方？这里是平原，现在在打仗。我们是路旁闪闪躲躲的影子，由于影子的安全性而感到惭愧；我们从来不想大吹法螺，只是本着讲故事的精神，说出我们熟识的、伴随着我们故事多年的一个人来；他是一个好心的罪人，他的声音我们过去经常听到。现在，他正和灰色的，随着鼓声往前冲的战友们一起从树林里出来，往前挺进。趁他还没有在我们的眼前消失，让我们再一次看看他纯朴的脸。

战斗已经持续整整一天了，上级叫这些弟兄们作一次最后的决战，把两天前陷入敌人手中的那个小丘和远方燃烧着的那个村庄夺回来。那是志愿军组成的一支联队，大多数是作战才不久的血气方刚的青年学生。他们在夜里接到出发的命令，乘火车到达时正好是清晨，在雨中踏着泥泞的道路行军，一直到下午。他们别的无路可走，因为各条道路均被堵塞。他们走过田野和沼泽地，身上全副冲锋装备，在雨中整整行军七小时之久，外衣全都湿透了。这样的行军是绝不轻松的。如果你不想掉皮靴，你几乎每跨一步路就得伛下身子，用手指抓住鞋舌，再把脚从吱吱格格的泥地中拔出来。因此他们花了一小时时间才来到一块小草地。现在他们到了目的地，尽管已经精疲力竭，但十分兴奋，积聚在他们体内的极其旺盛的生命力使身体处于紧张状态，他们不企求无法享受的睡眠和食物——青春的血液已经获得了一切。他们那些湿淋淋的、被泥浆溅污了的、用钢盔革带扣住的脸，在绷紧的、移动的钢盔下面发出红光。他们脸上发红光，一方面是因为行军时紧张乏力，另一方面是因为他们在泥泞不堪的树林中进击时受到了伤亡。因为敌人知道他们前来袭击，就用猛烈的火力来阻击他们，投来了榴霰弹和大口径的手榴弹，它们在树林里这伙人中间炸裂，咆哮；榴弹纷纷落下，在广阔的面目全非的田野里燃起了火焰。

他们必须突破，这三千个热血沸腾的年轻人；他们作为增援队，必须用刺刀向连绵的丘陵地带前后战壕和燃烧着的村庄拼死进击，他们必须按照指挥官怀中作战方案的指令作为增援队而挺进到某一指定地点。他们有三千个人，当他们到达丘陵和村庄时，也许还有二千个人，这就是他们这一数目的意义。他们是这样一支队伍，尽管出击时遭受巨大的伤亡，仍足以发挥战斗力而取得胜利，能够取得千人一齐高声欢呼的胜利，虽然个别人在中途掉了队。年纪太轻和身体过弱的人在急速的行军中落伍了，他们只是一些个别的士兵。他们的脸色越来越苍白，走路一颠一瘸，咬紧牙齿，强作好汉，但结果还是掉在后面。他们一步一拖地在进军的队伍旁边再站立一会儿，但一群又一群的伙伴赶上了他们，他们就死去了，倒在不适宜躺下的地方。于是他们来到了弹雨纷飞的树林中。从树林里拥出来的士兵还很多，即使损耗了一些兵力，三千个人依然足以迎敌，他们仍旧是一支密集的部队。他们已蜂拥而过我们那片炮火连天、雨水洗刷过的土地，经过了公路和阡陌小道，经过了满是泥浆的农田，我们——我们是伫立在路旁观看他们的影子，我们在和他们一起战斗。在树林的尽头处，他们用熟练的动作上刺刀，号角劲吹，鼓声擂得像响雷一般；他们拼命向前冲杀，同时发出声嘶力竭的叫喊声。可是他们的脚像给噩梦里的妖怪沉甸甸地压住了，因为农田里的泥块粘住了他们笨重的靴子。

他们在呼啸而来的炮弹面前匍匐在地，以后又跳起身来，再怀着年轻人的一股血气，叫喊着向前挺进，因为他们没有被炮弹打中。有的弟兄则被炮弹打中了，他们倒了下去，胳膊向空中挣扎了几下；弹片有的打在额头上，有的打在心脏或内脏上。他们脸朝向污泥躺着，身子不再动弹。他们背着背囊，朝天躺着，后脑勺贴紧地面，两手紧紧抓向空中。但树林里又有人出来了，有的扑倒在地，有的向前狂奔，有的尖声高叫，有的默默地从倒下的战友身子中间跌跌撞撞地前进。

唉，这些背着背囊，佩着刺刀，外套和靴子都沾满了污泥的热血青年！我们可以从人文的和美学的角度把他们想象成另一番情景。我们可以想象成这个样子：他们跨着一匹匹骏马，在海湾里嬉戏，或者同恋人在海滩上漫步，嘴唇贴在温柔的新娘的脸上，或者快乐地教同伴们射箭。但事实不是这样，他们的鼻子贴在炮火翻腾的污泥上。即使他们无限痛苦，怀着无法用言语表达的思乡之情，但他们乐于为国捐躯——这对他们来说是一件既崇高又丢脸的事情，然而让他们走到这个地步，却是没有什么理由的。

瞧，这是我们熟识的人，这是汉斯·卡斯托尔普！我们从远处就看到了他，从他坐在“下等俄国人”餐桌里时就蓄起的那撮胡子上认出了他。他浑身湿透，满脸通红，像所有其他人一样。他的脚沾满了田里的泥浆，走起路来十分困难，手里晃着刺刀。瞧！他踩过已倒下的战友的一只手，用他有钉子的靴子把这只手踩进了满是泥浆的、铺满零零落落树枝的土地里。不管怎么说，这就是他，怎么，他唱起歌来了！他像一个凝视前方惘然若失而又兴奋地唱歌的人那样，上气不接下气地低声唱出这样的歌词：

我曾在它的树皮上
刻下些甜蜜的诗句[①]……

他倒下了。不，他俯伏在地，平卧着，因为一只来自地狱的恶犬吠着飞来了，一颗巨大的高爆榴弹飞来了，像阴府里的宝塔糖块。他卧着，脸朝着冰冷的泥浆，两腿分开，两脚扭曲着，鞋跟朝地面。这是野蛮化了的科学的产物，里面载着最不幸的东西；它在他前三十步路的地方像恶魔那样斜向陷在地面，在那里以可怕的巨大力量炸裂开来，在空中卷起了房屋那么高的、喷泉那样的尘烟，尘烟里有土壤、火、铁、铅和人的残骸。那里，有两个士兵倒下了——这是两位患难相共的朋友，如今，他们混合在一起，消亡了。

哦，我们安全的影子啊，真是惭愧！滚开吧！我们别谈这个吧！可我们熟识的汉斯有没有中弹？一刹那间，他认为自己是中弹了。有一大块泥土落在他的胫骨上，使他发痛，但他一笑置之。他挣扎起来，拖着满是泥浆的脚，蹒跚前进，同时不知不觉地又唱了起来：

它的树枝沙沙作响，

---

① 是奥地利作曲家舒伯特的歌曲《菩提树》中的歌词。从本书《清音妙曲》一节中可以看出，他很喜欢这首歌曲。

似乎把我轻声呼唤[①]……

就这样，在一片混乱中，在雨中，在黄昏中，他从我们的视线中消失。

别了，汉斯·卡斯托尔普，忠诚的、生活中令人担忧的孩子！你的故事已经完了。我们已把故事讲完。不管它是短是长，这是一个与世隔绝者的故事。我们讲这个故事是为了故事本身，而不是为了你，因为你是单纯的。但归根结底，这是你的故事；你是这故事的主人公，你必须把更多的内容听在耳里。在叙述过程中，我们并不否认对你抱着某种教诲的倾向，一想到我们今后再也看不到你，听不到你的声音，我们真恨不得伸出手来，用指尖轻轻地拭你的眼角。

别了——但愿你还活着，存在着！你的前景是不妙的；你所卷入的群魔乱舞的岁月，还将持续不少罪恶的年头，我们不敢担保，你能幸免。我们老老实实地承认，对这个问题避而不答，我们是不担什么心的。你在肉体和精神方面的种种冒险，使你的单纯变为复杂；你在肉体上几乎没有经历过的事，在精神上却经历到了。过去有那么一些时刻，你出于对死神的恐惧和肉体的放纵，你曾满怀预感地以自我省察的方式萌起爱情的幻梦。如今，在全世界死神乱舞的日子里，从点燃雨夜天空的一股阴惨而无比激烈的欲火中，难道也能滋生情爱吗？

① 舒伯特歌曲《菩提树》中的歌词。

译文名著精选书目

傲慢与偏见	〔英〕简·奥斯丁 著 王科一 译
简·爱	〔英〕夏洛蒂·勃朗特 著 祝庆英 译
基督山伯爵	〔法〕大仲马 著 韩沪麟 周克希 译
少年维特的烦恼	〔德〕歌德 著 侯浚吉 译
茶花女	〔法〕小仲马 著 王振孙 译
呼啸山庄	〔英〕艾米莉·勃朗特 著 方平 译
悲惨世界	〔法〕雨果 著 郑克鲁 译
堂吉诃德	〔西班牙〕塞万提斯 著 张广森 译
红与黑	〔法〕司汤达 著 郝运 译
雾都孤儿	〔英〕狄更斯 著 荣如德 译
欧叶妮·葛朗台／高老头	〔法〕巴尔扎克 著 王振孙 译
莎士比亚四大悲剧	〔英〕莎士比亚 著 孙大雨 译
泰戈尔抒情诗选	〔印〕泰戈尔 著 吴岩 译
乱世佳人	〔美〕玛格丽特·米切尔 著 陈良廷等 译
鲁滨孙历险记	〔英〕笛福 著 黄杲炘 译
安娜·卡列尼娜	〔俄〕列夫·托尔斯泰 著 高惠群等 译
十日谈	〔意〕薄伽丘 著 方平 王科一 译
福尔摩斯探案精选	〔英〕柯南·道尔 著 梅绍武 屠珍 译
老人与海	〔美〕海明威 著 吴劳等 译
漂亮朋友	〔法〕莫泊桑 著 王振孙 译
巴黎圣母院	〔法〕雨果 著 管震湖 译
双城记	〔英〕狄更斯 著 张玲 张扬 译
最后一片叶子	〔美〕欧·亨利 著 黄源深 译
瓦尔登湖	〔美〕梭罗 著 徐迟 译
一九八四	〔英〕奥威尔 著 董乐山 译
复活	〔俄〕列夫·托尔斯泰 著 安东 南风 译
三个火枪手	〔法〕大仲马 著 郝运 王振孙 译
苔丝	〔英〕哈代 著 郑大民 译
变色龙	〔俄〕契诃夫 著 朱逸森 译
钢铁是怎样炼成的	〔俄〕奥斯特洛夫斯基 著 王志冲 译
浮士德	〔德〕歌德 著 钱春绮 译
太阳照常升起	〔美〕海明威 著 赵静男 译
莎士比亚喜剧五种	〔英〕莎士比亚 著 方平 译
理智与情感	〔英〕简·奥斯丁 著 武崇汉 译
罪与罚	〔俄〕陀思妥耶夫斯基 著 岳麟 译
羊脂球	〔法〕莫泊桑 著 郝运 王振孙 译
鼠疫	〔法〕加缪 著 刘方 译
青年艺术家画像	〔爱尔兰〕乔伊斯 著 朱世达 译

我是猫	〔日〕夏目漱石　著　刘振瀛　译
神曲	〔意〕但丁　著　朱维基　译
红字	〔美〕霍桑　著　苏福忠　译
到灯塔去	〔英〕伍尔夫　著　瞿世镜　译
格列佛游记	〔英〕斯威夫特　著　孙予　译
大卫·考坡菲	〔英〕狄更斯　著　张谷若　译
道连·葛雷的画像	〔英〕王尔德　著　荣如德　译
童年／在人间／我的大学	〔俄〕高尔基　著　高惠群等　译
城堡	〔奥地利〕卡夫卡　著　赵蓉恒　译
汤姆·索亚历险记	〔美〕马克·吐温　著　张建平　译
九三年	〔法〕雨果　著　叶尊　译
铁皮鼓	〔德〕格拉斯　著　胡其鼎　译
卡拉马佐夫兄弟	〔俄〕陀思妥耶夫斯基　著　荣如德　译
远大前程	〔英〕狄更斯　著　王科一　译
马丁·伊登	〔美〕杰克·伦敦　著　吴劳　译
名利场	〔英〕萨克雷　著　荣如德　译
嘉莉妹妹	〔美〕德莱塞　著　裘柱常　译
细雪	〔日〕谷崎润一郎　著　储元熹　译
哈克贝里·芬历险记	〔英〕马克·吐温　著　张万里　译
儿子与情人	〔英〕劳伦斯　著　张禹九　译
野性的呼唤	〔英〕杰克·伦敦　著　刘荣跃　译
牛虻	〔英〕伏尼契　著　蔡慧　译
包法利夫人	〔法〕福楼拜　著　周克希　译
达洛卫夫人	〔英〕伍尔夫　著　孙梁　苏美　译
永别了，武器	〔美〕海明威　著　林疑今　译
喧哗与骚动	〔美〕福克纳　著　李文俊　译
猎人笔记	〔俄〕屠格涅夫　著　冯春　译
圣经故事	〔美〕房龙　著　朱振武等　译
希腊神话	〔俄〕库恩　编著　朱志顺　译
格林童话	〔德〕格林兄弟　著　施种等　译
月亮和六便士	〔英〕毛姆　著　傅惟慈　译
失乐园	〔英〕弥尔顿　著　刘捷　译
海底两万里	〔法〕儒勒·凡尔纳　著　杨松河　译
丧钟为谁而鸣	〔美〕海明威　著　程中瑞　译
安徒生童话	〔丹麦〕安徒生　著　任溶溶　译
了不起的盖茨比	〔美〕菲茨杰拉德　著　巫宁坤等　译
虹	〔英〕劳伦斯　著　黄雨石　译
摩格街谋杀案	〔美〕爱伦·坡　著　张冲　张琼　译
坎特伯雷故事集	〔英〕乔叟　著　黄杲炘　译
战争与和平	〔俄〕列夫·托尔斯泰　著　娄自良　译
环游地球八十天	〔法〕儒勒·凡尔纳　著　任倬群　译
人生的枷锁	〔英〕毛姆　著　张柏然　张增健　倪俊　译

剧院魅影	〔法〕加斯东·勒鲁 著 符锦勇 译
百万英镑——马克·吐温中短篇小说选	〔美〕马克·吐温 著 方平 等译
培根随笔全集	〔英〕弗兰西斯·培根 著 蒲隆 译
金银岛 化身博士	〔英〕斯蒂文森 著 荣如德 译
无名的裘德	〔英〕哈代 著 刘荣跃 译
一千零一夜	方平 等译
刀锋	〔英〕毛姆 著 周煦良 译
小妇人	〔美〕露易莎·梅·奥尔科特 著 洪怡 叶宇 译
玻璃球游戏	〔德〕黑塞 著 张佩芬 译
凯旋门	〔德〕雷马克 著 朱雯 译
变形记——卡夫卡中短篇小说集	〔奥地利〕卡夫卡 著 张荣昌 译
伊索寓言	〔希腊〕伊索 等著 吴健平 于国畔 译
前夜 父与子	〔俄〕屠格涅夫 著 丽尼 巴金 译
大师和玛格丽特	〔俄〕布尔加科夫 著 高惠群 译
死农奴	〔俄〕果戈理 著 娄自良 译
被伤害与侮辱的人们	〔俄〕陀思妥耶夫斯基 著 娄自良 译
黑桃皇后	〔俄〕普希金 著 冯春 译
伊利亚随笔精选	〔英〕查尔斯·兰姆 著 刘炳善 译
危险的关系	〔法〕拉克洛 著 叶尊 译
夜色温柔	〔美〕菲茨杰拉德 著 汤新楣 译
弗兰肯斯坦	〔英〕玛丽·雪莱 著 刘新民 译
卡门	〔法〕梅里美 著 王钢 等译
忏悔录	〔法〕卢梭 著 陈筱卿 译
伪币制造者	〔法〕纪德 著 盛澄华 译
斯巴达克思	〔意〕乔万尼奥里 著 李俍民 译
追忆逝水年华(精华本)	〔法〕普鲁斯特 著 沈志明 译
去吧，摩西	〔美〕威廉·福克纳 著 李文俊 译
蒙田随笔集	〔法〕蒙田 著 马振骋 译
美国悲剧	〔美〕德莱塞 著 潘庆舲 译
汤姆叔叔的小屋	〔美〕斯陀夫人 著 杨怡 译
三毛钱小说	〔德〕贝·布莱希特 著 高年生 黄明嘉 译
动物农场	〔英〕乔治·奥威尔 著 荣如德 译
黑郁金香	〔法〕大仲马 著 郝运 译
白痴	〔俄〕陀思妥耶夫斯基 著 荣如德 译
快乐王子	〔英〕王尔德 著 巴金 译
笑面人	〔法〕雨果 著 鲁膺 译
娜娜	〔法〕左拉 著 徐和瑾 译
贝姨	〔法〕巴尔扎克 著 许钧 译
蝇王	〔英〕威廉·戈尔丁 著 龚志成 译
看得见风景的房间	〔英〕E·M·福斯特 著 巫漪云 译

最后一课——都德小说选	〔法〕都德 著　郝运 译
浮士德博士	〔德〕托马斯·曼 著　罗炜 译
草叶集	〔美〕沃尔特·惠特曼 著　邹仲之 译
流动的盛宴	〔美〕海明威 著　汤永宽 译
平家物语	〔日〕佚名 著　王新禧 译
柏拉图对话集	〔古希腊〕柏拉图 著　戴子钦 译
荷马史诗：伊利亚特·奥德赛	〔古希腊〕荷马 著　陈中梅 译
罗密欧与朱丽叶	〔英〕莎士比亚 著　方平 译
都柏林人	〔爱尔兰〕乔伊斯 著　王逢振 译
美丽新世界	〔英〕奥尔德斯·赫胥黎 著　陈超 译
纯真年代	〔美〕伊迪丝·华顿 著　吴其尧 译
愤怒的葡萄	〔美〕斯坦贝克 著　胡仲持 译
项狄传	〔英〕劳伦斯·斯特恩 著　蒲隆 译
名人传	〔法〕罗曼·罗兰 著　傅雷 译
权力与荣耀	〔英〕格雷厄姆·格林 著　傅惟慈 译
叶甫盖尼·奥涅金	〔俄〕亚历山大·普希金 著　冯春 译
爱的教育	〔意〕亚米契斯 著　储蕾 译
西顿野生动物故事集	〔加拿大〕E.T.西顿 著　蒲隆 译
富兰克林自传	〔美〕本杰明·富兰克林 著　蒲隆 译
魔山	〔德〕托马斯·曼 著　钱鸿嘉 译